U0924300

锦凰 著

上册

青岛出版集团 | 青岛出版社

图书在版编目（CIP）数据

我花开后百花杀/锦凰著. —青岛:青岛出版社,2023.3
ISBN 978-7-5736-0048-6

Ⅰ.①我… Ⅱ.①锦… Ⅲ.①言情小说－中国－当代 Ⅳ.①I247.5

中国版本图书馆CIP数据核字（2023）第023029号

WO HUA KAI HOU BAIHUA SHA

书　　名 我花开后百花杀
作　　者 锦　凰
出版发行 青岛出版社（青岛市崂山区海尔路182号）
本社网址 http://www.qdpub.com
邮购电话 18613853563
责任编辑 郭红霞
校　　对 李玮然
装帧设计 千　千
照　　排 梁　霞
印　　刷 三河市良远印务有限公司
出版日期 2023年3月第1版　2025年7月第3次印刷
开　　本 16开（710mm×980mm）
印　　张 46.5
字　　数 885千
书　　号 ISBN 978-7-5736-0048-6
定　　价 89.80元（全3册）

编校印装质量、盗版监督服务电话 4006532017　0532-68068050

目录

上册

目录

中册

目录

下册

第一章　昼竟羲和之末景

碧纱窗轩风悠悠，珠帘暖阁香阵阵。

“你恨我吗？”

清朗的声音深藏着一点儿压抑情绪，在沉静的屋子里响起来，打破了一片安宁。

一道颀长挺拔的身影在窗前侧身而立。

高挑而又雅致的八角烛台内的烛光透出碧玉罩，混合着从微启的窗口偷爬进来的月光落在他的身上，将他映照得宛如谪仙，飘逸出尘。

他就是大兴王朝帝王宠爱的五皇子，信王萧长卿。

回答他的是青烟袅绕的芬芳，仿佛这个屋子里只有他一个人在自言自语。

背在身后的手紧了又松，松了又紧，他终究忍无可忍地转过身，复杂的目光穿过一重轻纱、一重碧玉珠帘、一重香炉之中弥漫的香雾，落在端坐案几之后的人儿的身上。

她细长的柔荑捏着一柄金镶玉的香匙，轻轻地在五福羊脂白玉香炉之中搅动，一圈一圈，不急不缓。

就是这样，永远都是这样，无论发生何等惊天动地的大事，她都能够这样无动于衷。

她就是萧长卿的妻子，萧长卿深爱的女人——信王妃，一个他永远看不清、摸不透的女人。

萧长卿愤而拂开珠帘，掀起一阵珠玉相撞的零乱声音，疾步走到她的面前，隔案居高临下地盯着她：“顾青栀，你恨我吗？”

她终于抬起了头，那一双动人心魄、似有珠玉华光盈盈闪动的眼眸平静地望着他。她那清脆似冰玉相击的声音毫无波澜地响起：“我为何恨你？”

“啪！”他的双手按在了她面前的案儿上，案儿被震得晃动了一下，可见他用力之大。

他这样的举动终于触动了她。她将要收回的视线又落在他的身上，眸子一转间具有万千风华，手中的动作也跟着停了下来。

萧长卿以指尖抠住梨木雕花的案儿，铺在上面的精致繁复的绸布都被抠出了皱褶。他的声音带着努力克制的轻颤之意：“就在今日午时，我亲自监斩了你顾家六十九口人，包括你不满三岁的侄儿！”

萧长卿说出这话后，心不由得忐忑起来。他紧紧地盯着她的双眸，企图从那里看出一点儿憎恨、一点儿厌恶，甚至一丝痛苦之色。

可惜，他失望了。她依然那么波澜不惊，那么平静得近乎冷血，仿佛他说着和她完全无关的事情。

三年，他们成婚三年了。

他将她宠上天也好，当着她的面和别的女人亲热也罢，甚至纵容妾室对她无礼，她都这样云淡风轻，似乎并不是活在这个世间的人。她对所有的人、所有的事漠不关心。

“顾青栀，你没有心，你的血是冷的。”他压抑着堵在心口的愤怒情绪，声音从齿缝之间挤出。

她不爱他，一点儿也不爱。纵使他被千人称赞、万人追捧，在她的眼里也什么都不是。

他想，她既然不爱，那就让她恨好了，至少自己能够看到她那双美得叫人窒息的眼眸里兴起涟漪——可他终究失望了。

他宠爱别的女人，她不妒！

他纳她的表妹为妾，她不哭！

今日父皇下旨让他亲自监斩她的娘家满门，她也不恨他！

“殿下，何至于此？”她轻启檀口，手上的香匙又开始缓缓地搅动，动作优雅，一举一动皆可入画，“君强臣弱，臣强君弱，不过是一场权力的博弈。顾家有今日的结局，是爹爹技不如人，输了便愿赌服输，我何来怨恨？今日若是顾家胜了，殿下同样会沦为阶下囚，甚至性命难保，也或将成为看臣子脸色度日的傀儡之君。”

她稍稍停顿，接着淡淡地说道：“至于顾家的人被牵连，并不无辜。”

她迎上萧长卿那震惊的目光，清楚地看着他的眼中映着仪态端庄的自己，继续说道：“他们生在顾家——顾家权势滔天之时，他们享受着顾家带给他们的荣华富贵；如今顾家倒下，他们自然要一并承担落败之后的代价。这世间，哪儿有人只得好处，却不付出丝毫代价的？我身为顾家女，为何要恨？”她反问他，柔嫩如樱花一般粉红的唇瓣微微一扬，“我为何要恨殿下？我与殿下不过是一场门当户对的联姻，一场押下身家性命的惊天豪赌。若非我姓顾，身为顾家嫡女，又有何资格嫁与殿下为妻？殿下，你看，这就是顾家带来的荣耀，富贵向来险中求。现在顾家还剩下一个我，还请殿下明示，我这条漏网之鱼该被如何处置？”

她已经输了权势富贵、全家性命，绝不能再输了世家大族的风度、名门贵女的傲骨！

大势已去，她亦无力扭转乾坤，若此时歇斯底里、怨恨地放狠话，除了浪费精力，击碎自己最后的尊严和修养，又有何用？

萧长卿被她的话刺激得忍不住倒退两步，不敢相信，到了这个时候她还能够这样冷静和理智。

她那么美，美得不食人间烟火；又那么冷，冷得好似没有七情六欲。

这世间竟然有这样的女人！他深深迷恋得不能自拔的竟然是这样的女人！

萧长卿沉痛地闭上了眼，有些无力地转过身：“你是信王妃，一辈子都是，谁也不能改变。”

“真是不智的决定呢。”顾青栀低低地笑了一声，“殿下可是要争夺明政殿上那把龙椅之人，在这个时候顶撞陛下，对抗言官，就为了保下一个无权无势、空剩一副皮囊的顾青栀，这实在不利于殿下睿智明断的形象。殿下若是一意孤行，想必不少追随殿下的心腹要与殿下离心……”

“顾青栀！”萧长卿克制不住心中的怒火狂吼了出来。

顾青栀扇动着又长又翘的眼睫毛：“殿下应该准备一杯毒酒，亲自送我上路。陛下定然会龙颜大悦。”

萧长卿倏地扭头，双瞳充血，仿佛受伤的野兽，嘴角现出悲戚而又自嘲的笑容：“我知道，你自始至终不愿嫁给我，只是为了顾家，与我虚与委蛇三年，此刻想要解脱了，一心求死。顾青栀，你休想！”

他的嘶吼，夹杂着癫狂的冷厉之意。

顾青栀仿佛没听到这些话，将手中的香炉盖好放到一旁，一手挽袖，一手将一旁早已准备好的托盘端过来。镶着金边的檀木托盘上放着一壶酒、两个酒杯，她翻过酒杯，执起酒壶准备倒酒。

“你要做什么？”萧长卿大步上前，按住她的酒壶，镇定的语气中藏着一丝惊慌之意。

“殿下无须担忧。”顾青栀轻轻地将他的手拨开，满上了两杯酒，端起一杯敬萧长卿，似笑非笑地凝视着他，“酒中是否有毒，殿下比我更清楚。这一杯酒敬殿下，多谢殿下。”

自从顾家满门下狱，他用尽了一切办法严防死守，不给她任何自尽的机会。满屋子的暗卫，四处都是眼睛，凡是送到她手上的东西，都是一查再查。

萧长卿静静地看着她，似乎要将她的灵魂看穿，迟迟未动。

“怎么？殿下觉得我还能动什么手脚吗？”顾青栀温柔地笑了笑，仰头便将酒喝了下去，“这可是我亲手酿的青栀酒。”

萧长卿身子一动，想要阻拦却发现酒杯已空。目光扫过另外一杯酒，他丝毫没有犹豫地端起来一饮而尽：“你即便是死，也休想摆脱我。”

顾青栀短促地笑了笑，双手交叠地放在腿上，正襟危坐地望着萧长卿：“殿下玉人仙姿，我尚在闺中时，每每逢宴便能够听到香闺女子对殿下称颂不已。第一次听到殿下的名讳，是五年前，我至今还记得，殿下以十五岁稚龄文征国子学诸位大儒，惊艳世人。”

“惊艳世人，”萧长卿轻嘲，目光幽幽地看着她，“却唯独惊艳不了你。”

顾青栀几不可见地微微皱了皱眉，倏地又笑得从容：“殿下太执着，抑或得不到的更难割舍……”

顾青栀顿了顿，淡漠的眼眸中闪过一丝恍惚神色：“我九岁那年，母亲在病榻上握着我的手说，这一生万事皆可为，唯独不能对男子落了心。在她闭上眼的那一瞬间，我的心也随她而去。一个无心的女人，自然无情。”

顾青栀轻轻地吸了一口气，脸上一直保持着一丝娴静的笑意：“母亲说，这个世间的女子，唯有绝情才能够活得快活自在。殿下，你看，我的父亲待我的母亲是何等敬重——母亲去后宁可无嫡子，父亲也不再续弦，但我的母亲依然郁郁而终。”顾青栀自顾自地笑着微微摇头，“那是因为她贪心了，父亲身为顾家的家主，如何能够身心皆属于她？母亲深爱着敬她的父亲，却得不到同等的一心一意的回报，又不愿自己成为一个善妒、丑陋的女人，就只能把所有的不快与痛苦全压在自个儿的心里，才会郁郁而终——这都是动情的错。”

“青青……”萧长卿似乎有些明白她的意思。

他想到当初他们新婚宴尔，他想要把世间最好的一切东西都捧到她的面前，他的眼里、心里至今只有她一个人，可是她的态度从来都是恭敬冷淡，仿佛她对一切东西都无感。这让他觉得在她心里，他给予的东西，乃至他这个人，都一文不值。

年少气盛、天之骄子的他，用了极端的办法想引起她的忌妒之心，引起她的关注。

他身为皇子，用了极其卑微的方法想要得到她的感情。他却从来没有想过，在得到她的心之后，该如何回馈她完整对等的情感。

他没有想过，她也不曾给过他这个机会。

现在，他也无法假设——倘若她真的对他全心全意，他能不能扛住母妃、父皇的压力，能不能改变顾家的命运，能不能让她不受到一丝伤害。

“父亲尚且如此，遑论殿下。”顾青栀凝视着萧长卿，“殿下，从陛下的赐婚圣旨传到顾家的那一日，我就知道顾家会有今日满门获罪的结果，你我的姻缘也终将会走到尽头。我如何会对殿下动情呢？”

顾青栀此时想把心里的话都说了：“论起来世间男儿，殿下是真的极好——文武双全，品行端方。要怪只能怪顾青栀不是一个只看得到男女之情，只看得到后宅那一亩三分地的眼浅女人。故而，殿下的一片痴心，注定是错付了……”

顾青栀终于撑不住腹中刀绞一般的疼痛，无法继续说下去了。

“青青！”萧长卿慌乱地冲过案儿，将顾青栀抱在怀里，就看到她的身下已有一大摊血，顿时惊恐而又难以置信地看了虚弱的顾青栀一眼，猛然如同困兽一般冲着外面嘶吼：“御医，快去请御医！”

守在门外的人被吓得来不及进来问是什么情况，拔腿就跑。

“殿下……”顾青栀的声音已有些虚弱。

这是她第一次像个柔弱的女子一般躺在他的怀里。

她对他笑，笑得犹如盛开的幽昙，静谧的美又带着黑夜的凉意：“我不但是个无心无情的女人，还是个狠心毒辣的女人。你看，我连亲生骨肉都下得了手……”

“别说了，别说了，求你别说了！”萧长卿从来没有这样痛过，痛得浑身好似被万虫啃噬，就连骨缝都痛着，痛得想要疯狂喊叫。

“顾家没有了，顾家的女儿也不能活着，活着只会让世人难以淡忘陛下的铁血与暴戾手段，而我顾青栀的骄傲，也不允许我看人脸色……苟延残喘。”

剧烈的疼痛过后，顾青栀又恢复了平静：“一个没有母亲的孩子，活在阴森森的皇家，太艰难，也太可怜。我便是这般自私，既然护不了他周全，给不了他欢乐与无忧的生活，那就不愿将他带到这个人心复杂的世间……”

大滴大滴的泪水从眼眶中砸落，萧长卿双眼里全是挖心刮骨的痛：“顾青栀，顾青栀，你好狠，你真的好狠……”

她这个时候还能够对着萧长卿露出一丝璀璨的笑容。她越来越模糊的目光落在被萧长卿推翻的案儿上，不远处是被打翻的香炉。

她不想活，谁也阻止不了，谁也救不了。

顾青栀，帝都九绝之首，琴棋书画、女红、厨艺样样好，堪称闺阁贵女的典范，但谁也不知道，连爱了她三年的枕边人也不知道——她最擅长的是调香。

香，可以怡情，是雅趣。

然则调香之物多为药材，药，既可救人，也可以杀人，就看用的人有多少本事。

今日的香，她用了藏红花、莲生桂子花的花汁。她没有让萧长卿碰那香。她不爱他，亦不恨他，只想她的黄泉路上干干净净，没有爱恨痴缠，没有算计纷争。

她也相信，萧长卿不会死。他还有母亲，还有兄弟，还有他执着的天下。

“殿下，愿你……愿你早登大宝……”

这是顾青栀对萧长卿说的最后一句话，她的意识被急匆匆奔来的脚步声吞噬。

萧长卿，去争天下吧，去做那个注定要杀兄屠弟，甚至弑父的孤家寡人……

直到死，她脸上依然带着微笑，那一丝定格的笑容深深地刺痛了萧长卿的眼，也刺痛了他的心。

是他错了——他错了。

顾青栀不仅仅有一颗焐不热的冰冷之心，还有这世间最令人生不如死的狠劲！

黑暗中，顾青栀感觉浮浮沉沉，喉咙特别难受，腹中一阵坠痛，像极了她亲手扼杀了孩子的感觉。她想到孩子，心尖微微刺痛。

明明她亲手调了避孕香，却不知怎么有了孩子。若非如此，她又何须亲手扼杀他？

她算了算时间，正是顾家被陷害谋逆之前，那时自己还在假意与萧长卿周旋。

所以，这是老天要惩罚她？哪怕她到了阴曹地府，这股痛意也要追随而来？可她已经别无选择。

顾、崔、王、薛、范五大世家，根基有数百年。哪怕王朝几代交替，除范家外的四大世家依然享誉盛名，权倾朝野——范家在前朝没落。顾青栀早就劝过阿爹要防备范家，奈何她嫁入信王府之后，终有诸多不便，阿爹分身乏术，家里又出了反骨之人，这才使范家里应外合，给顾家设了一个死局。

她是罪臣之女。萧长卿还是太天真，就算不愿意，也拧不过他的母亲荣贵妃。她最好的结局是被贬为妾，除了萧长卿，没有人会将她的孩子放在眼里。

她素来杀伐果决，从不仰人鼻息，更不会卧薪尝胆，屈辱地蛰伏。

范家人以为背信弃义害了顾家，就能重振门楣？愚蠢至极，范家不过是帝王手中一支射向顾家的箭。

这一次，她的死会让范家人明白，他们连蝼蚁都不如。

谋害皇嗣之罪，范家人可准备好接着了？若是顺利，顾家还能被洗清谋逆之罪。

身为顾家女，她也算对得起顾家的生养教育之恩。

顾青栀的思绪渐渐清晰，她睁开了眼帘，碧空如洗，云絮飘动，一群飞鸟掠过。她动了动手，才发现自己竟然漂浮在水中，想要动一动，惊觉浑身乏力。为避免下沉，顾青栀放松身子，只能转动着眼珠。

右边是扎入水中一眼望不到头的崖壁，和她不过一臂之距；左边是绵绵青山，绿茵草地，岸边距离她约莫两丈。

我怎会在此？顾青栀的心里困惑不已。

此刻，她只能保持着漂浮状态，凭自己是绝无可能游上岸的，希望有人路过此地将她救上岸，或是待她蓄上一两分力气再做打算。

幸得河水平缓，她应当不会被冲走太远，就是不知这河里会不会有猪婆龙这等危险之物。

她按下杂乱的思绪，闭上眼，一些杂乱的画面冲入了她的脑海里，让她的大脑一阵眩晕涨疼。

好一会儿，她才重新睁开眼睛，神色极其复杂。

志怪话本里才有的离奇之事，竟然被她遇上了。她此刻已经不再是顾青栀，而是重新活在了这个刚咽气之人的身体里。

这具漂浮在山野的河面浮尸不是旁人，正是赫赫有名的西北王沈岳山的嫡女——沈羲和，祐宁帝钦封的昭宁郡主。

她为何会横死河中？沈岳山要将她送回京畿，她从江南西道的舅舅家出发，行船刚入荆州，在船上被自己的贴身大丫鬟一把推入了河里，后来漂到了此处。

顾青栀死于祐宁十九年四月五日，此刻是祐宁十九年四月六日。沈羲和在河里漂浮了一夜才咽气，而顾青栀莫名其妙地在沈羲和的身体里醒来。

顾青栀闭上眼睛，希望沈羲和自己能回来。在这个世间，顾青栀已无牵挂，并不奢望再活一世。

顾青栀不知道自己漂了多久，心里越发觉得，自己大概真的要成为沈羲和活下去了。

她怅然地再次睁开眼睛，恰好捕捉到一个黑点从天而降。黑点迅速放大，朝着她直冲而来。

顾青栀，不，从此以后是沈羲和——浑身乏力的她，在生死一瞬间却爆发出了惊人的力量，迅速翻身，朝着一边游过去。从高空坠落下来的东西速度太快，她刚刚游了一点儿距离，就听到身后“砰”的一声，有重物砸落在水中。

飞溅起来的水花和巨浪朝着她冲击而来，让她的背部生疼。她用力咬了一下舌尖，用疼痛逼退头晕眼花的感觉，再借助这股冲击力游向岸边。

很快，她就抓住了岸边的石块，粗喘着气，咬牙爬了上去。一上岸，她就瘫倒了，大口大口地喘着气。

过了好一会儿，她感到喉咙和心肺的刺痛感才缓解，一阵风吹来，寒冷之中伴随着一股别样的清香拂过她的鼻息，香气十分独特。擅长调香的她，几乎嗅过百花，这种香味儿却是首次嗅到。

她费力地撑起眼儿皮，就看到面前是一种状如同心带，翠绿欲滴，交织处有红色花蕊之物。

她艰难地伸手将其抓住，几不可闻地呢喃了一声：“仙人绦……”

她浑身的力气被抽干，在合上眼帘之前，似乎看到不少人朝着自己这边奔来。

“郡主！郡主！”

沈羲和清晰地听到了焦急的呼喊声，才彻底放任自己昏迷过去。

酸涩苦辣的汤药被灌入口中，沈羲和真的很想拒绝，但灼痛的五脏六腑容不得她任性。她配合地喝下药，冰冷的腹部总算有了些许暖意。将一碗汤药喝尽，她才有了些力气睁开眼。

入眼的是桃花缠枝窃蓝丝罗帐，暖香融融，她嗅到的是木香、乳香、阿魏脂等调和的合成香，具有化浊截瘀和疏通经络的功效。

一念闪过，沈羲和惊觉自己的嗅觉竟然如此敏锐！

“郡主，您可算是醒了。”

沈羲和的惊愕情绪被一道惊喜的声音打散。她转眸看着侧身高喊“珍珠姐姐”的人。

只是一张侧脸，她也知道这是一个二等丫鬟——紫玉。

紫玉嘴里的珍珠姐姐，是两个一等大丫鬟之一，也是沈羲和的奶娘的亲女儿，和她幼时一起长大。另一个大丫鬟玲珑，也就是推她落水的人，五岁就被卖入王府，极得她的欢心。

因沈羲和娘胎自带不足之症，珍珠便自幼学医。珍珠大步走来，先给沈羲和诊脉，感觉到沈羲和的脉象渐有平稳之势，才松了一口气，关切地看着沈羲和：“郡主可有何处不适？”

沈羲和摇了摇头。她也通晓一些医理，知道此刻体内的疼痛非一朝一夕能够缓解，声音嘶哑地问：“玲珑呢？”

“郡主，玲珑姐姐也跳下船去救你了，此刻还未被寻到……”说着，紫玉红了眼眶。

沈羲和有六个贴身丫鬟，大丫鬟有珍珠和玲珑，下面是紫玉、碧玉、红玉和墨玉。除了珍珠，其他五个人都是五岁来到沈羲和身边的。碧玉和墨玉是家生子，玲珑、紫玉和红玉是从外面被买回来的。她们一起长大，亲如手足。

“呵……”沈羲和低笑一声，“好一个救主而亡。”

玲珑亲手将她推入了江河之中，自己也跳了下去。当时只有她们二人在船头，不知情的人还真以为玲珑是为救主而死。此刻的玲珑，只怕早已逃出生天。

日后，即便是被珍珠她们遇上，只要沈羲和死了，玲珑依然是个忠心耿耿的丫鬟，指不定还能重新潜伏回来。

沈羲和这么弱的身子，能够在河中坚持一夜，实在是奇迹。

“郡主……”见沈羲和的嘴角凝着冷笑，珍珠脸色微变。聪慧如她，立刻会意：“是玲珑将您推下船的？”

沈羲和没有直接回答，而是吩咐：“让莫远上报官府，追捕逃奴。”

紫玉白了脸色。本朝对奴仆较为宽容，不似前朝主人可以随意打杀奴仆。但逃奴就不一样了——奴仆私逃本就是重罪，玲珑还妄图弑主，更是罪不容恕！

“玲珑姐……”紫玉立刻改口，“玲珑为何要这般做？”

在紫玉看来，沈羲和是这世间再好不过的主子，让她们学文习武，即使资质愚钝之人，文武不通，也是择其所长教养，她们的吃穿用度更是许多官家姑娘也不及的。

沈羲和没有回话，只是轻轻地闭上了眼。

珍珠轻轻地拽了拽紫玉的衣袖，将她带了出去。答案很明显，玲珑就是被安插进来的细作。

听到她们要退下，沈羲和突然想到一件事：“你们可看到我手中之物了？”

珍珠忙应声：“婢子这就去取来。”

闻言，沈羲和心安了。

待到珍珠将东西取来，沈羲和在紫玉的搀扶下坐起身，看着放在盒子里那幽香阵阵、碧绿如翠玉的三根形如同心带之物，忍不住伸手抚摩，顿时感觉清凉润滑，不禁赞叹：“果真是仙人绦。”

仙人绦拥有玉质之感，玉质之光。

沈羲和抬眼便问珍珠：“可曾看到其他人？”

沈羲和记得清楚，那个黑点最后落下时明显是人形，应该是有人从悬崖上落下。而这仙人绦长在峭壁岩石之中，那人也许就是为了采摘此物，才不慎失足落下。

珍珠摇首：“未曾。”

“退下吧。”沈羲和便躺了下去，“换个玉匣子放置。”

“诺。”珍珠恭敬地应声，带着紫玉轻手轻脚地退下。

沈羲和身子骨儿很差，就留在临湘县休养。家人为了寻她，惊动了临湘县的县令以及长沙郡刺史。驿站条件简陋，县衙也不宽敞，特意寻了临湘县大户腾出了一个三进的宅院，给沈羲和调养身体。

沈羲和整日沉默寡言，珍珠等人伺候得小心翼翼，即便察觉到了沈羲和对她们不如往日亲厚，也只当沈羲和是被玲珑伤了心。

追捕玲珑的通缉令已发布出去了，但至今官府生不见人，死不见尸。

“郡主，这是今日京都传来的消息。”这日，沈羲和用过早膳后，珍珠照例将一封文书双手递给了沈羲和。

自从沈羲和被救回来，就命人时刻注意京都的动向，每日的相关文书也得尽快奉上。

珍珠自然地将双手放松交叠贴于小腹上，静静地看着沈羲和，发现郡主变了。

以前的郡主聪慧却多愁善感，生在西北那样民风彪悍之地，却依然像从未经风沙的娇柔牡丹，华贵而又孤傲。

自从离开了西北，郡主就变得沉默寡言，在玲珑叛变之后更是一言一行沉着睿智。郡主仿佛在一夜之间长大，退去了那一份柔弱之美，成长为傲视群芳的花皇。

现在的珍珠，在郡主面前总是不自觉地多一份小心谨慎。郡主明明没有正颜厉色，也没有目露威严，只要淡淡地一瞥，就让她们感觉到威压。

沈羲和没有理会珍珠的探究目光，看着今日的文书。文书是西北王安插在京畿之人传来的，范家果然被冠以构陷良臣和残害皇嗣的罪名。

沈羲和见此，眉目舒展了一些。珍珠从这细微的变化中感受到此刻沈羲和的心情极好，忍不住瞥了文书一眼，便说道："原来顾相竟是被范家诬陷，可惜顾家已被满门斩首，陛下竟然也愿意为顾家平反？"

"由不得咱们的陛下不愿意。"沈羲和随手搁下文书，半倚着美人榻，半垂眼帘，似睡似醒，姿态慵懒，却又优雅迷人。

这样的风情，是郡主以往从未有过的。

祐宁帝用范家做刀，刺穿了顾家。唇亡齿寒，崔、王、薛三家只为自个儿的利益，也得联合打压范家，否则范家下一个要瞄准的目标说不定就是他们，同时让祐宁帝知晓，世家之权不可撼动。

没有缺口自然不行，可顾青栀已经为他们撕开了口子，他们怎会不穷追猛打?

沈羲和闭上眼睛，享受着暖阳从枝叶间落下的斑驳晨辉，被暖光包裹，肌肤柔润，整个人显得风情万种。

从今往后，世上再无顾青栀，唯有沈羲和。

沈羲和在临湘县休养了半个月，这期间，听闻她落水的祐宁帝派来了内侍慰问。

"郡主，那人又作妖了。"紫玉气呼呼地跑进来，规规矩矩地行了礼，开口就告状。

沈羲和正在观赏这株仙人绦。这半个月来，她每日都要对仙人绦观赏片刻，对仙人绦的气息格外迷恋，却没有妄动此物。

此物在书籍上的记载不过寥寥几笔，仅有产地、形状和颜色信息，除此以外，再无人知晓更多，许多人恐怕不曾听闻此物。

沈羲和用玉匣子装着它放置了半个月，也不见它有丝毫枯萎之态，仙人绦依然翠绿欲滴。

紫玉的话音刚落，珍珠带着碧玉和红玉跟着进来了，齐齐地向沈羲和行了礼。

沈羲和抬眼看着四个丫鬟。珍珠一袭白裙，紫玉等人穿着与她们的名字相同颜色的裙裾，身上绣着同样的兰花，或秀美，或娇俏，或清秀，各具特色，看着也令人赏心悦目。

沈羲和经过这段时间的仔细考察，深知这几个丫鬟都是真心向着她的。

"他又做了何事？"沈羲和平静地随口问道。

紫玉口中的那人是指祐宁帝派来的内侍，正经的五品官员，是有脸面的宦官。

内侍来这里已经五日，除了第一日带着口谕来问候沈羲和，之后就再也没有来请安，倒是每日派人来催沈羲和启程。

内侍这几日过得极其滋润，每日应酬临湘县的官员和富商，收的钱财只怕都超过了他一辈子的积蓄。

“婢子见他拽着一个姑娘回院子。”紫玉一脸愤恨的表情，“一个阉人，还想糟蹋姑娘，他……”

“紫玉。”珍珠及时出声打断她的话，这等腌臜话岂能当着郡主的面说？

这宦官是奉皇命来问候郡主，而后要亲自护送郡主入京都，拿着鸡毛当令箭，自以为是钦差——偏偏这里就是无人敢动他。

“去看看。”沈羲和面色平淡地说。

金丝勾勒宝相花纹孔雀蓝十二仙裙高束，衬得她身形修长，体态婀娜；晕染水点桃花水蓝罗纱披帛侧搭于肩上，随风而动，飘逸洒脱；腰间珠玉佩环，行则有声，悦耳动听。珍珠等人跟在沈羲和的身后，紫玉更是早已露出了艳羡的目光。

紫玉觉得自从郡主被救回来之后当真是仪态万千，行动自然如行云流水，随时可以定格入画，美得像梦中的仙女。

这等神仙妃子般的人物，立在黄得贵的面前，饶是他不算是个真正的男人，也忍不住醉了眼。

“奴才请郡主安。郡主有吩咐，着人传奴才便是。劳动郡主，奴才该死。”黄得贵假模假样地打了两下自己的脸。

沈羲和淡淡地扫了一眼在自己面前躬着身、衣衫不整的内侍，目光越过他看向其身后打开的房门，里面有一个脸上挂着泪痕、紧抓着衣衫，从门扉后探出半边脸的清秀姑娘，一看就是良家女子。

沈羲和眼里微起波澜，玉珠相击般清脆婉转的声音淡淡地响起：“黄中寺，你可知……上一个让我亲自去寻的下人，现在何处？”

“郡主……”黄得贵的眼皮一跳，不过他很快就镇定下来。他是奉命来护送沈羲和的，是陛下的使臣，沈羲和不敢动他。于是他语气散漫地回道：“郡主息怒，是奴才怠慢。待回了京都，奴才定会向陛下请罪。”

“墨玉。”沈羲和轻轻地唤了一声。

黄得贵还没有反应过来，就见眼前黑影一闪，随后只觉得胸口一疼，就仰头栽倒在地。还不等反应，他就被踢了一脚翻过身，他的双手瞬间被束缚住。

这时候，他随行的两个小太监从外面冲进来，就见一个黑色劲装的姑娘押着黄得贵跪在地上，还看到了云淡风轻地立在院子里的沈羲和。在沈羲和的视线淡淡地扫过来之时，两个小太监鬼使神差地垂下了头。

“郡主，奴才是陛下派来的随使，便是有不妥，郡主也……”

“聒噪。”

沈羲和的话音一落，冷着脸的墨玉就一把卸了他的下颌。

耳边清净了，沈羲和才吩咐：“碧玉，将这姑娘送走，该敲打的人好好敲打。珍珠，吩咐莫远启程。红玉，把这两个人和黄中寺一起绑了。”

次日一早，沈羲和启程离开临湘县，这次改走陆路。

“喀喀喀……”沈羲和的身体实在是太弱，她养了半个月才行半日路就受不住了，开始气喘咳嗽。

“郡主，他不肯进食，还说……”紫玉给黄得贵送了干粮，回来又气了，“还说，郡主今日的‘赏赐’，他定然铭记于心。”

沈羲和躺在马车的最里面，靠在珍珠的怀里，闭着眼睛喝完了药才睁开眼。

沈羲和的眼明亮得像沐浴着仙灵之气的黑曜石，泛着水晶般剔透的光泽，又似飘着一缕山间弥漫的薄雾，让人看不透。

沈羲和的眸子只是轻轻一转，珍珠就会意，掀开了车帘子。

透过四方的小窗看到外面的些许景物，沈羲和说道：“这不是官道。”

“什么？”紫玉几个人皆是一惊。

她们从来没有离开过沈羲和身边，大部分时间在西北，也就这一次陪着沈羲和去了一趟舅家。领路的是沈岳山特意派给沈羲和的亲兵莫远，莫远的一家老小都在西北。

即使出了玲珑的事情，她们也没有怀疑过莫远。

“我去找他问清楚，放着平坦的官道不走，他非要走这崎岖的山路，这不是故意折腾郡主？”紫玉完全把黄得贵的事情丢在一边，转身就要下马车。

碧玉却一把拽住她：“平日里让你长点儿脑子，你总是不听。莫远现在是郡主的人，能够越过郡主命令他的人只有王爷。”

“王爷怎么舍得折腾郡主？”

在她们眼里，郡主就是王爷的眼珠子。

“阿爹自有阿爹的安排。”沈羲和微微坐起身，“扶我下去走走。”

沈羲和刚刚下了马车，前面巡视的莫远就大步走来，对沈羲和躬身禀告道：“郡主，前面有个小村庄。郡主大病未愈，不宜再行路，今日便在村子里歇息一宿，明日再出发，可否？”

顿了顿，莫远又补充了一句：“属下已经着人打听，村子里有富户所建的庄子，这便派人去交涉。”

沈羲和久久没出声，就这样站在莫远的面前，平静无波的视线落在他的身上。

莫远，一个上过战场——见过血腥场面的青年将士，不知为何顿感有一股让他透不过气的压力扑面而来。

“郡主，小心着凉。”就在这时，珍珠拿了披风过来披在沈羲和的身上。

沈羲和瞥了珍珠一眼，任由她给自己整理好披风，才拉了拉披风，说道：“莫远，弄清楚日后谁才是你的主子。”

沈羲和没有给莫远回复的时间，朝着一方断崖走去：“墨玉，把黄中寺三个人带过来。碧玉，去取我马车上第三格藏青色的香囊。”

珍珠和莫远立在原地，对视一眼，皆看到了彼此眼中的凝重之色。

沈羲和没有露出一丝不悦的神色，但他们都能清晰地感受到沈羲和对他们不满。

此刻的郡主实在是敏锐至极，且高深莫测，喜怒不形于色。

沈羲和立在断崖边，从红玉的手中接过几颗石子儿，一颗一颗地往下扔着，看似闲散，实则在判断下方有多深，扔了几颗石子儿后说道：“不够深，落下去也死不了。”

“婢子去另寻一个？”身着墨色窄袖紧衣的墨玉立刻探问。

“不必，这个将将好。”

沈羲和让开后，墨玉直接将三个人推上前。

“郡主，郡主饶命啊！”两个小内侍被吓得脸色苍白。

黄得贵也害怕了，却梗着脖子说：“郡主，您这是藐视君威！奴才是陛下派遣的随使！”

“碧玉。”

见沈羲和伸手，碧玉立刻将香囊递上去。

沈羲和又将香囊丢给墨玉：“推下去。”

墨玉将香囊塞入黄得贵的腰带中，确保摔下去香囊也不会掉出来，才毫不犹豫地将人一把推了下去。

“啊——”他尖锐的叫声惊起一片飞鸟。

两个小内侍被吓得差点儿昏厥。沈羲和没有立刻离开，站在悬崖边，抬首望着对面的一片山花，仿佛在欣赏风景。

大约过了一刻钟，下方再一次传来了黄得贵的惊叫声。很快，这声音就被熊和虎的嘶吼声给盖了下去，两个小内侍更是被吓得小便失禁。

别说他们，就连珍珠等人都目瞪口呆，只有墨玉面不改色。

他们此刻才明白沈羲和口中的“将将好”是何意。沈羲和要的不是把人摔死，而是用香气引来野兽，让黄得贵被撕咬而死。

沈羲和依然面色平淡，仿佛什么事情都没有发生。她转过头，视线落在两个瑟瑟发抖的小内侍身上：“黄中寺是如何遇难的？”

两个小内侍目光呆滞，忍不住缩着脖子。

其中一个小内侍愣了片刻，立刻反应过来："回禀郡主，公公……公公是护送郡主回程时……不慎坠马落崖，又遇到猛兽才遇难……"

他哆哆嗦嗦地说完，然后无助又忐忑地跪在原地，柔弱的身体颤抖不止。

"很好。"沈羲和满意地扬了扬眉，"名字？"

"啊？"松了一口气的小内侍瞬间反应过来，"奴……奴才朱升……内仆局驾士……"

自报家门后，小内侍才惊觉自己似乎说多了，声音又弱了下去。

沈羲和露出一丝淡淡的笑意："是个聪明人，你这同伴就交给你了。"

说完，她就让人给他们松了绑并带下去。

"郡主，这二人……"红玉有些担忧。

"全死了，那可真是藐视君威了。"沈羲和垂眸，细长纱幕般的长睫投下一片阴影，"活着才好，不怕他们反口，凡事都要有证据。"

她之所以不直接杀人，是因为不好处理尸体，总会留下证据，且对另外两个人不足以形成威慑。她是要他们看清楚，知道怕了，不敢轻易招惹她才好。

"啧啧啧……昭宁郡主杀害天子内侍，好大一个把柄。"一道清越的声音自身后山坡的林子中传来。

墨玉几个人迅速站到沈羲和的面前保护她。

须臾，一道敏捷轻快的身影从林子里飞掠出来，飘然落在他们的面前。

来人一袭宝蓝布帛襜褕，身形修长，高出沈羲和半个头，一副好模样——一张雌雄莫辨的脸，长眉配着黝黑锐利的眼睛，挺直的鼻梁下是丰润的唇，穿着虽寻常，但站姿笔挺，浑身透着刚劲洒脱之气。

"你是何人？"莫远的目光锐利，他已经动了杀意。

"退下。"沈羲和淡淡地吩咐莫远，然后迈步径直朝着来人走去，丝毫不惧地走到了那人面前，用只有他们两个人才能听到的声音说道："蜀南王世子竟是女儿身，好大一个把柄。"

本朝有两大异姓王：西北王与蜀南王。

两只驻守边疆的雄狮，各自掌管十万大军。先帝在时，耽于美色，江山依然稳固，便是因为其再荒唐，都没有对不起这二位王。

步疏林倏地盯着沈羲和，嘴角勾起淡淡的笑容："昭宁郡主便是这般辱人？"

她不承认？

沈羲和又凑近步疏林，轻轻地吸了一口气："晚玉女儿香……"

步疏林脸色微变。

沈羲和轻移莲步，和步疏林拉开了距离，那双极其动人的眼睛环视四周："荒山野岭，世子为何出现于此？我不欲探究，你我便当作不曾见过。”

沈羲和的鼻子特别灵敏，方才步疏林飞掠而来之际，有风拂来，她便闻到其中夹杂着淡淡的晚玉香的香气。晚玉香是以晚香玉为主调和的一种香料，适用于香汤沐浴，残留在身上的味道极淡。此香甜腻清醇，男儿断不会使用。

沈羲和也是此刻才知晓，蜀南王独子竟是女儿身。若是让祐宁帝察觉此事，步家距离被灭族也不远了。

见步疏林的手按住佩带的剑，瞬间，墨玉已经掠到沈羲和的面前。

沈羲和往后淡淡一瞥：“世子，西北王府和蜀南王府，永不会为敌。”

不论是沈岳山还是步拓海，都没有谋权篡位的野心。在他们心里，西北和蜀南的安危胜过一切。

在沈羲和的记忆里，沈岳山一直和步拓海惺惺相惜，只不过两府不能交往，恐君王猜疑。

步疏林松了手，对着沈羲和郑重地抱拳：“郡主，我今日也还你一个恩情。”

说了这句没头没脑的话，步疏林就几个纵身，消失在了所有人的视线里。

沈羲和没有好奇步疏林的话，按照莫远的安排，前行到了下一个村落。

一行人住在莫远安排好的富户庄子里。

沈羲和用了晚膳，在珍珠的建议下出来走走，吹着晚风，透透气。

山峦间，夕阳一寸一寸地落下去，疲倦的鸟儿展翅剪断绚丽的余晖，飞旋归家。田野间的农夫也在夜色即将笼罩下来时扛着农具往回走，走到村口就能够看到翘首以盼的孩子，而后一道回家。

如此平静而又美好的画面，让沈羲和不由得看出神了。

清凉的晚风吹来，珍珠上前替沈羲和拢了拢披在肩膀上的雪白轻裘：“郡主，天凉了。”

沈羲和转身，才走了两步就听到了刀剑相拼的声音。她脚步一顿，珍珠和墨玉已经挡在她的面前。

莫远也带着一众护卫奔了过来，将沈羲和四周围得连只苍蝇都飞不进去。

“郡主，可要属下去前方探一探？”前方刀剑之声不绝，隔着一个山坳，迟迟看不到人，莫远便走到沈羲和的身侧躬身问道。

沈羲和的目光扫过他的身上，随后她淡淡地说道：“不必。”

莫远身子一僵，却不敢违逆沈羲和。以后，他可是肩负郡主安危的人，若是和郡主离了心，可如何是好？然而，郡主如此聪慧，怎会不知道这一切是王爷给郡主安排好的路？方才他们也一直配合，却为何这个时候转了心意？

好在那边被追杀的人没有辜负莫远的期待，一路奔了过来。

那一道矫健的身影，被十多个人围攻。那人一袭火红的紧身长衫已发黑，不知沾染了多少鲜血。他还未靠近，沈羲和已经感到一股浓郁的血腥之气扑面而来。

“没有我的吩咐，谁也不准动。”沈羲和见莫远已经起势，冷冷地吩咐。

莫远纵使诧异，也不敢表现出来，而是恭敬地应了一声：“诺。”

另一拨杀手已经追杀过来，原本看到这么多人还犹豫要不要撤退，却见沈羲和的人对他们似乎只是防备，完全没有拔刀的意图。为首的黑衣人毫不犹豫地一招手，所有人便群攻而上。

他们一路追杀到了这里，付出了惨烈的代价，若不将他诛杀，都没有活路。

长刀横扫，鲜血飞洒，被追杀的人纵使身手再好，双拳依然难敌四手。

“郡主，我们……不仗义相助吗？”莫远心中十分着急。

“追杀这人的人也不见得是穷凶极恶之徒，或是被逼无奈；而被追杀者，也不见得是无辜可怜之人，也许是咎由自取。”沈羲和没有压低声音，就这么平静地说着。

即便刀剑相击的声音清脆，那被追杀的人也是被她的言论刺激得手一顿。随即，黑衣人的刀锋横扫而来，被追杀的人躲闪不及，手臂上就被砍出一条大口子，鲜血喷溅了出来。

沈羲和其实一眼就认出了那被追杀的人。

祐宁帝的第九子，烈王——萧长赢。

这就是沈岳山的选择吗？

看来荣贵妃的盛宠真是深入人心。顾家为顾青栀选择了荣贵妃的长子信王萧长卿，而沈岳山为沈羲和选择了荣贵妃的幼子萧长赢，两个老谋深算的人都看好荣贵妃呢。

今日，换作任何一个皇子，沈羲和都愿意尊重沈岳山的意思，唯独萧长卿兄弟俩不行——他们有些让她恶心。

“我们走。”沈羲和轻声吩咐了莫远一声，转身欲绕路向后走。

莫远急得脑仁疼！

王爷费了不知多少心思，就是希望烈王欠下郡主一个救命之恩，但郡主视若无睹。

沈羲和都走了，莫远也不敢违抗她。如果他执意去救人，岂不是暴露了他们认识萧长赢的事？

萧长赢从来没有见过这样的女人，见到这么血腥的厮杀场面不但不怕，连眼睛都不眨，还能够说出被追杀的人也许是咎由自取的话。最关键的是她竟然对他的困境视而不见，并且身姿翩然地转身离开了！

岂有此理！

素来飞扬跋扈的烈王殿下被追杀了整整三日，尽管没有被伤到要害，可体力已经不支。他的骄傲不允许他向这样一个女人低头，现实却不容许他昂起高傲的头颅。

错过了他们，他恐怕真的要成为这些人的刀下亡魂。

他手腕一转，长剑挽起刺目的剑花。寒冷的剑光闪过，萧长赢不理背后的攻击，一剑杀死前方的两个杀手，身子一旋，将手中的一物朝着沈羲和抛了过去。

“叮！”

一声脆响过后，一块火红的玉不偏不倚地落在沈羲和的脚边。虽摔成了两半，却并不影响玉上盘龙威武的气势，即便那个“赢”字从中间断开，依然让人看得清楚。

她带着这么多护卫，一看就是高门大户的内眷。大兴朝只怕没有几个豪门世族不知，祐宁帝赐给每一个皇子的十二岁生辰礼都是一块象征着他们的身份、雕刻着他们名字的玉佩。

方才她还可以装作若无其事地离开，现在却不能。

她明知皇子被追杀而不救，那是要被灭九族的大罪。如果萧长赢在这里死了，她也得陪葬，祐宁帝正好有借口处置沈岳山。

天家之子，个个都不简单。

沈羲和轻叹一口气，吩咐莫远：“救人！”

莫远是在西北疆场上长大的铁血军人，带领的都是西北精锐将士，这些人在战场上均可以一敌十。莫远对付这些已经消耗了不少体力的杀手，不费吹灰之力。

等到莫远将所有人解决了，萧长赢半跪在地上，已经筋疲力尽，手中的长剑抵在地上，才能够勉强撑住他的身体。

沈羲和拾起那一枚断裂的玉佩，缓缓走到萧长赢的面前：“请恕臣女方才有眼不识泰山，幸得殿下还没死。”

幸得殿下还没死……

“噗！”本就受重伤的萧长赢张嘴吐出一口鲜血。他这是被气的！

他视线模糊，只看到她一个转身，雪白的轻裘泛起波浪起伏般的华光，步履轻盈地飘然远去。

沈羲和回到屋子里，在紫玉和碧玉的服侍下沐浴、更衣，刚刚擦干了头发，换上轻便的寝衣，就听到门外红玉的声音响起——

“郡主，珍珠姐姐让婢子来请示郡主。烈王殿下最后受的一刀有毒，珍珠姐姐已经施针止住了毒素蔓延，可殿下的伤口四周的肉得剜去。殿下身子虚弱，又在昏迷之中，若是贸然剜肉，只怕殿下的身子受不住……”

“碧玉。”沈羲和听了此话后轻唤了一声，目光从漆色光亮、雕刻精细的红木木椸上扫过。

碧玉立刻恭敬地上前将搭在木椸上的雪白狐裘取下来，给沈羲和披上。

沈羲和双手将狐裘一拢，就这样披散着一头青丝去了萧长赢的屋子。

此时已是深夜，烛火通明。莫远亲自守在门口，还有不少护卫、侍女候着。他们看到沈羲和踏着月色而来，纷纷行礼。

沈羲和面无表情地走进屋子，直达内室的榻前。珍珠正好将一根银针扎下去，站起身为难地看着沈羲和："郡主，婢子只能施针让毒素不致迅速扩散到王爷的五脏六腑。可若是不及时剜去毒肉，只怕王爷的这只手就要废了。若我强行剜肉，又怕王爷受不住疼痛而苏醒，过激之下极有可能毒素攻心。王爷此刻昏迷，方才婢子试过麻醉止痛之药，灌不下去，且这些药物会刺激所中之毒……"

珍珠虽然觉得烈王意志坚强，他定受得住疼痛，但毕竟是凤子龙孙……

珍珠觉得不妥。她不敢动手，否则要陪葬的不仅仅是她这个奴仆，沈家也要承受陛下的责难。

沈羲和以淡漠的目光落在萧长赢露出来的胳膊上，那个地方有深可见骨的刀伤，裂开的伤口处两片泛着青紫色的肉外翻，四周红肿不堪，血也有些发黑。

"最迟多久内必须剜去毒肉？"她问。

珍珠看了看萧长赢的脸色，有些保守地说道："半个时辰内。"

"足以。"沈羲和转身对碧玉、紫玉吩咐："紫玉，适才我去散步之处，田野间有曼陀罗花，你让莫远派个人陪你去采摘回来。碧玉，去把我的香具取来。"

两个丫鬟听从吩咐迅速去办事。

珍珠跟上正往外走的沈羲和："郡主是要调制迷幻之香，让殿下陷入幻境之中？"

"除此以外，可还有他法？"沈羲和坐到正堂主位的案几之后，问道。

"可这香……"珍珠想要多问一句，惊觉自己差一点儿以下犯上，连忙闭嘴低下了头。

"现下别无他法。若是他的这条胳膊废了，我们罪责难逃；若是他不慎毒素攻心，我们更是罪该万死。"沈羲和伸出手，在红玉备好的热水之中重新净手，"横竖都讨不了好，不如放手一搏。"

珍珠的眉头微微一动，她有些探究地抬头看着沈羲和。她们几个人从小就跟着沈羲和，尤其珍珠，是沈羲和的奶娘之女，奶娘是沈羲和母亲的陪嫁丫鬟。珍珠对沈羲和的了解超过任何人。

珍珠细细思索着。

沈羲和坐在案几之后，单手支颐，闭目养神。浅黄色的融融烛光洒在沈羲和的脸上，将她异于常人白皙如雪的肌肤照出了瓷器的华光。

沈羲和明明那么柔弱，柔弱得令人恨不得将她护在身后，为她挡尽人世间的风霜，只愿她能够无忧地绽放，散发满园芬芳——可她的脊背却仿佛被一柄无形的尺支撑得笔直，宁折不弯，坚定中透着威仪。

郡主的事，珍珠都记得，对郡主的身体状况也了如指掌，明白郡主后背上的胎记更是无法作假。若非这些证据，珍珠都要怀疑自己从小伺候的主子是换了一个人。

也许玲珑的背叛，对郡主而言是极大的打击；也许经历了一场生死，郡主是真的脱胎换骨了——只是这种蜕变，让珍珠觉得心疼。

紫玉和碧玉一前一后回来了，打断了珍珠的沉思。

沈羲和觉察到了珍珠的猜疑，却懒得理会。她现在就是沈羲和，沈羲和就是她。

沈羲和要不着痕迹地改变，让她们重新适应全新的沈羲和。

时下调香盛行，文人雅士更是香不离身，佛门也是对法香极其推崇，因此，调香成了闺阁贵女们不可缺少的一门学问。它不仅可熏陶女儿家的仪态，还可让各家女儿出嫁之后能够与名门夫君志趣相投。

沈羲和本就是个过得精致的女子，沈岳山更是特意从江南为她请来名家悉心教导，可惜这些名家只教她雅致之物，只字不提香能害人。

众人也只是将调香当作一种雅趣，只有从前的顾青栀——现在的沈羲和喜欢用这种优雅的东西杀人或救人。

沈羲和将用曼陀花煮出来的水混合着几种香料煮干，剩下一层白色粉末。

香有线香、盘香、香饼、香篆、香丸、末香等多种形态，其中末香这种粉末状的香，香气最纯粹，最醇厚，效果也最为显著。沈羲和调制的就是末香。

好香是需要功夫的，有些特殊的香还需要选定时辰。不过，眼下时间有限，她粗略制成，能达到效果即可。

沈羲和将曼陀花根茎烧出来的灰放在香炉内，将灰压平，然后执起香勺在灰的中间略微压下去一个凹面，最后将提炼出来的末香倒进去。她用丝绢堵住鼻孔，端起香炉放到床榻边，坐在床沿上。

沈羲和点燃香炉，待白烟缭绕，素白的手轻轻地扇动，薄烟随风而动，尽数被萧长赢吸入了体内。

约莫半炷香的时间，萧长赢就陷入了沉沉的梦境之中。沈羲和恐他挣扎，一直没有离开。珍珠瞅准时机，让碧玉她们按住萧长赢的手脚，从紫玉的手中接过用火烤后的刀，对着那越发红肿的腐肉割了下去……

“冷……”

巨大的疼痛感使幻境中的萧长赢开始剧烈地挣扎，他的手挣脱了紫玉的钳制，一把抓住了沈羲和的手。他奇大的力道瞬间让沈羲和白皙的手臂上出现了青紫的指痕——她险些端不住手中的香炉。珍珠几个人顿时愣了一下。

“接着割。”沈羲和面不改色地吩咐。

萧长赢的指尖掐入了沈羲和的肉里，鲜红的血沿着她的手臂蜿蜒滑下，刺目的红与雪亮的白形成了鲜明的对比。

“郡主……”珍珠给萧长赢处理好伤口，见沈羲和的手臂上出现深深的五个指印，触目惊心。

沈羲和却连眉头都没有皱一下，好似感觉不到疼。

珍珠给沈羲和处理伤口的时候眼眶都红了。这么深的伤口，可能要留疤，女儿家身上留了疤，可如何是好？

“不过是一点儿疤，还是在手臂上，又不是在脸上，何至于你们如此担忧？”沈羲和还真的不在意。

等到珍珠包扎好伤口，沈羲和站起身往自己的房间走去：“红玉、碧玉，你们轮流照看烈王。”

“紫玉，我守着郡主，你下去歇息吧。”行至房门外，珍珠吩咐紫玉。

紫玉看了看沈羲和，见她微微颔首，便行礼退下。

沈羲和走进屋子，由着珍珠服侍，对珍珠说道：“有话便说。”

珍珠服侍沈羲和躺下，给她盖上锦被，才跪在脚踏上：“请郡主责罚，婢子不该自作主张。”

沈羲和有些困倦地闭上了眼睛，就这样沉默不言地进入了梦乡。

室内一片寂静，珍珠一直跪着，不敢挪动半步。

沈羲和在鸡鸣声中醒来，窗外依然黑着。她偏头看着低头跪着的珍珠：“你可知错在何处？”

“请郡主明示。”珍珠回话的声音有些沙哑。

“你错在没有弄明白你到底是谁的人。”沈羲和缓缓地坐起身，“让我去后山散步，是莫远向你提议的，对与否？”

“对，莫将军说是王爷吩咐……”在沈羲和逐渐变得犀利的目光中，珍珠回话的声音弱了下去。

沈羲和继续说道：“你以为莫远不会违背我父王的命令，便鼓动了我。我为何会听你之言？是因为我信任你，将你当作永远不会背叛我之人。但你焉知莫远不是被旁人利用？你不也被他利用了吗？”

珍珠张了张口，最终羞愧地低下头：“婢子知错，请郡主责罚。”

“罚你跪了三个时辰，已经足够。”沈羲和对外面扬声：“紫玉。”

紫玉刚刚起身穿戴好，还有些迷糊，走进了屋子，见珍珠跪着，顿时瞌睡全无，大气儿不敢喘，规规矩矩地走上前：“郡主。”

“将你的珍珠姐姐扶下去，给她的膝盖好好上药。”沈羲和吩咐道。

紫玉连忙上前搀扶起连站都站不稳的珍珠退下。

她们走到门口时，沈羲和又开口：“珍珠，我要的是听话、懂分寸，能够让我以性命相托的助力，而非自作聪明地以为对我好的奴仆——这一点你连紫玉都比不上。

离开西北，我不再是那个事事需要阿爹、大兄拿主意的小女孩儿。进入京都，也容不得我再做那个不谙世事、只懂悲秋伤春的小姑娘。我的事，除了我，任何人都不能做主。”

“是，婢子知晓。”珍珠郑重而又谦卑地应声。

沈羲和没有再多言，静静地看着两个人离去。

沈羲和的这几个丫鬟各有特色——珍珠懂医聪慧，紫玉纯真会烹，红玉听话擅绣，碧玉机灵会算，墨玉寡言能武，最难能可贵的是她们忠心。

京都和西北不一样。在西北，沈羲和就是明珠，只有人人争相巴结她，谁敢生出半分算计心思？若是她现在不将她们敲醒，到了京都要是吃亏，也许就会丧命。

以前的沈羲和太率真、烂漫、心思敏感，明知道自己到帝都的使命却有些逃避，莫远和珍珠才会联起手来瞒着她。若是以前的沈羲和，定然愿意相信那一场被逼到她面前的追杀是巧合。

她和萧长赢的初遇如同话本里面写的那样，救命之恩当以身相许……

即便萧长赢心性多疑，也定然会在她真正无辜的眼神中释疑——这才是沈岳山费力的原因。

沈岳山忘了，他的女儿聪明是聪明，却是一个正值豆蔻年华的少女，正是青春慕少艾的年纪。若她当真这般年纪遇上俊美非凡、桀骜不驯的萧长赢，还指不定谁是谁的情劫。

沈羲和并没有接着睡。很快，碧玉匆忙过来，小心翼翼地服侍着沈羲和早起梳妆。沈羲和刚刚收拾妥帖，外面就有丫鬟通报：“郡主，莫将军求见。”

沈羲和微微扬起嘴角：“让他进来。”

莫远听说了珍珠的事情，第一时间就赶来了，隔着珠帘看了对镜梳妆的少女一眼，低下头：“郡主，是属下私自央求珍珠姑娘，郡主若要责罚，就请郡主降罪于属下。”

“该罚的我已经责罚。阿爹治军严明，我身为阿爹之女，亦懂赏罚分明。”沈羲和在碧玉的搀扶下站起身，缓缓地走出来，“莫远，我再问你一遍，自此以后，你到底听令于谁？”

莫远身子一僵，随即单膝下跪表态：“属下唯听令于郡主。”

“好，你且记下你今日之言。”沈羲和绕过莫远，去了饭桌前，“烈王殿下因何被追杀至此？”

“这……”莫远转过身，依然跪着面对沈羲和，却实在难以启齿。

“嗯？”沈羲和扬眉，淡淡地说道，“不愿说？”

“郡主，烈王殿下是去扬州查胭脂案。”莫远含蓄地说道。

胭脂案……

沈羲和微微一笑，终于明白莫远为何吞吞吐吐了。

这胭脂案可不是指胭脂水粉，而是指女人。

沈羲和知道这个案子。前吏部侍郎有个被宠得无法无天的妾室叫胭脂。侍郎一度宠妾灭妻，最终嫡妻被逼得走投无路，不管不顾地将这妾室打死，自己也吞金而亡。

妾室被折磨致死的事，在高门大户里实在是屡见不鲜，但妾室死了还要嫡妻赔命，这就掀起了轩然大波。

太后派人去查此事，不查不知道，一查可真是被吓了一跳——胭脂没少怂恿侍郎干卖官之事。要知道，吏部可管着朝廷地方官员的政绩考核。祐宁帝被气得不轻，下令严查此案，这一查下去就查出了胭脂的来历。

这位胭脂姑娘背后还有个贼窝，据点在扬州。这个贼窝特意挑了美貌的女子自小教养，长大后将人送给高门大户做妾室，帮他们吹枕边风。

俗话说得好：英雄难过美人关。

男人要征服天下，需要金戈铁马，杀伐果断，白骨成堆；女人要征服天下，只需要征服那个得到天下的男人——再英明果决的男人都逃不了美色的引诱。

想必朝中乃至地方，不干净的人不少。难怪烈王一路被追杀，怕是掌握了不得了的证据，不知这一举是要把多少人拖下水。

莫远僵硬着身体等了许久，生怕沈羲和问何为胭脂案。那他要如何向冰清玉洁的郡主解释？

好在他上方只传来一句话——

“我知道了，你下去吧。”

莫远如释重负，站起身，恭敬地退下。

沈羲和用完早膳，擦了擦嘴，问碧玉：“昨儿是谁给烈王殿下换的染血的衣裳？”

“回郡主，是婢子。”碧玉连忙回答。

“殿下身上可有纸卷、书册等物件？”沈羲和又问。

“奴婢并未看到。”碧玉仔细地想了想，然后摇头道。

沈羲和站起身走到窗台前，从她的香橱里取出一盒香交给碧玉：“去给殿下的屋子里换这个香，再去将殿下换下来的衣裳取来。”

“是。”

碧玉退下后，沈羲和坐在木桌前，圆润粉嫩的手指在绸布上轻轻地滑动着。

那些人如此穷追不舍，定然是萧长赢掌握了充足的证据，而且这份证据还没来得及被传出去，应该一直在他的身上。否则，此案的背后主使早就遭到了惩处，哪里还能够如此嚣张地追杀当朝皇子？

很快，碧玉将满是血的衣裳取来，原本担心熏着郡主，想要去洗一洗，但想到早间的事情，还是原样地送了过来。

沈羲和仿佛看不到那衣裳上的血渍，将衣服抓在手里铺开，一寸寸地摸，却什么也没有摸到，目光一动，又吩咐道："去将殿下的靴子取来。"

碧玉有点儿迟疑，但还是赶紧收好衣裳，去将萧长赢的靴子取来。萧长赢穿了一双黑革云头靴，靴子的边缘缝着精致的金丝云纹绲条。也许因他长衫的遮挡，靴子倒是没有沾上多少血。

沈羲和在靴子里也没有找到任何夹层："不应当啊……"

"郡……郡主，您在寻什么？"碧玉鼓起勇气询问。郡主是一个未出阁的女儿家，竟然这么不避嫌，把烈王殿下的鞋子摸了个遍，这个举止实在是……

沈羲和没有回答她，目光落在靴底那残留的一点儿看不出是什么花的花瓣上。鞋底被摩擦得太厉害，那点儿残留的花瓣大抵因为在底纹处才没有被磨光。

沈羲和取来调香用的银叶夹，将那一点儿花瓣夹下来，凑近仔细地闻着。

碧玉瞪大眼睛惊恐地看着郡主的举动，有些受不住，小心脏剧烈地跳动着。

"是半边莲……"沈羲和轻轻一笑，转身走了出去，寻到莫远低声吩咐："你沿着烈王被追杀的痕迹往回走，寻到有半边莲之处，四周若有踩踏的痕迹，就将其挖开，无论挖到什么东西，都要带回来。你亲自去。"

莫远看了沈羲和身后捧着烈王靴子的碧玉一眼，有些似懂非懂地点头，迅速离去。

沈羲和转身，步履轻盈地走进萧长赢躺着的屋子里，目光落在升起袅袅香烟的香炉之上——这是从曼陀罗中提炼出来的凝神香。

少量曼陀罗可以凝神静气，还能够治头痛，有助眠之效；量多了则会致人神志不清，陷入幻境之中无法自拔。

萧长赢定然是被追杀到这里，察觉自己体力不支，很可能要命丧黄泉，在最后一次摆脱了杀手之后，将身上的东西埋在了隐秘的地方。

只要他死在这里，定然会有人寻来，也定然会搜查此处。他肯定做了记号，至少是他的人能够找到的记号。所以，他藏东西的地方不会距离此处太远。

"不枉我救你一场。"

沈羲和让碧玉取了一本书，就在萧长赢屋子的外堂坐着翻阅。莫远去了大概半个时辰才回来，挖到一本沾满泥土的册子，还有一个装着一块玉佩的香囊，将东西递给了沈羲和。

沈羲和就这样毫不避讳，和萧长赢一帘之隔，堂而皇之地翻阅着萧长赢差点儿连命都赔上才得到的账册。册子里还有两封信和几张契书，全翻完之后，沈羲和不由得感叹："没有想到牵扯的人如此之广，权位如此之重。"

“郡主，我们要如何处置这些东西？”莫远虽然没有看，但已经猜到这些是何物了。他不是个只会打仗的武夫，否则沈岳山也不会特意派他来保护沈羲和。

沈羲和说道：“你可有法子将它不留痕迹地送到太子殿下的手里？”

“送给太子殿下？！”莫远不由得拔高了声音，又立即惊觉自己失礼，“郡主，离开西北前王爷吩咐末将，万不可亲近太子殿下。”

他看了看帘子里面的萧长赢，压低声音继续说道：“举朝皆知，太子殿下活不过两轮，再过几个月就要加冠。”

也就是说太子活不过五年了。他从八岁起因为身体问题，久居道观。朝堂之中，太子毫无根基，是名存实亡的储君。

诸王都等着储君薨，好角逐至尊之位。

“是吗？”沈羲和脸上带着一点儿意味深长的笑意，“短命不是更好？”

“郡主，慎言。”莫远被吓得下意识地往门窗处张望。

沈羲和却从容淡然，甚至忽略了萧长赢的存在：“莫远，西北王府正如前不久刚被灭门的顾家，与萧氏皇族不能共存。要想保住西北王府，保住沈家和跟随沈家捍卫疆土的诸位将军，只能由我问鼎后位。”

祐宁帝不会娶她，她必然是要嫁给皇子的。

“与其去谋心赌情，我不如选个短命的储君，早些让流着沈家血脉的皇孙上位。”

“郡主……”沈羲和语出惊人，莫远被吓得面色苍白。

“你可以请示阿爹，便说这话是我说的。”沈羲和挽着曳地的冰蓝披帛，风轻轻吹来，轻纱飘动，衬得她飘飘欲仙，她的声音也变得空灵缥缈，“以身家性命下注的局，我们切莫押得太早，因为买定离手，再无反悔之余地。”

第二章　香气氛氲百和然

曲径通幽，花木染醉。

沈羲和救了萧长嬴——人未醒，她便不能离开，便是请来此地官员，也不会放她走。

沈羲和原本是看着日头极好，也不觉得身子疲惫，在花园的小亭子里略坐片刻，就听到这家庄子的主人家的内眷求见。

红玉是这样禀报的："郡主，马夫人带着马姑娘求见，说是有要紧之事向郡主禀报。"

"带人进来吧。"其实，沈羲和对对方口中的要紧之事不抱什么希望。

她住到这里，自然是亮明了身份的。这庄子的主家不过是有些钱财的财主，想到她的面前露露脸。既然她住了人家的屋子，对人家无伤大雅的要求何不满足一番？

很快，三个人被红玉带了进来。沈羲和用目光一扫，便停留在了那一道修长的身影上。

他一袭粗布襜褕，长发随意地披在背后，单手负在身后，步伐沉稳。不复当年白皙的肌肤泛着麦色，褪去了一身锦衣华服，没有了金玉装点的贵气，他依然是那个曾经名满京都的谢韫怀。

石韫玉而山辉，水怀珠而川媚。

谢韫怀这个名字因他而不同凡响。

谢韫怀，八大勋贵之首卫国公的嫡长子，才学渊博，风度翩翩，气质雍容，持重清雅。

祐宁帝的皇子个个文韬武略，才貌双全。谢韫怀自小儿和这群凤子龙孙一块儿长大，一块儿读着皇学，却是唯一能够分走风华，难以在众辉之中被遮掩、忽略的耀眼星光。

他还曾是顾青栀的未婚夫，是顾青栀唯一关注的男子。一个是享誉帝京，令闺阁少女怀春的少年郎；一个是京都九绝，让世人称赞的贵女典范。两个人自小儿便有婚约，本应该郎才女貌，天造地设，可惜终究有缘无分。

这个一直温润无争的少年郎在母亲含恨而终之后，愤而揭发父亲谋害妻室，在父亲续弦的酒宴之中，当着满堂的宾客断发，与谢家恩断义绝，从此再不为谢家儿郎。

那一年谢韫怀十四岁，顾青栀十三岁，他们刚刚开始议亲。

事后，他负荆请罪，跪在顾家的大门前，奉上两家的信物退婚。

顾丞相好言劝说无果，依然愿意将娇贵的女儿嫁给他。他却直言要去游历山水，从此风餐露宿，恐负千金意而执意退婚。

他连见都不曾见顾青栀一面，便决然离去。

也是这件事，让原本就对男子不抱期望的顾青栀越发冷漠。

男人哪，永远有他最在意的，父母兄弟姐妹、红粉佳人富贵、康庄大道权势、无拘无束的自由……抛去了这一切，才轮到那个为他倾注全部心血的傻女人。

转眼已经六年光阴，曾经修竹如玉的青春少年郎，纵使经年游历于山川田野间，崎岖跋涉，一举一动仍然尽显世家贵公子的风华气度。

"愚妇携女拜见郡主。"沈羲和出神之际，三个人已经走到了近前，马夫人带头行礼。

"免礼。"碧玉语气平淡，上前一步，"你说有要事告之郡主，是何要事？"

"郡主容禀。"马夫人将谢韫怀推出来，"这位是我们这儿方圆百里内出名的齐大夫。齐大夫有关乎性命之事求见郡主。"

谢韫怀的涵养很好，即便马夫人将事情都推在他的身上，他仍然不卑不亢地上前，低头作揖："小民齐云怀，见过郡主。"

"你倒是说说是何等攸关性命之事，竟然与我家郡主扯上了干系？"碧玉质问。

"郡主，小民家住马家村，时常上山采药。昨日午间下山时，看到山野间有几株曼陀罗，今儿一早小民上山却见曼陀罗已被采摘，特意去询问了一番，才知极有可能是被郡主的侍女采走。"

谢韫怀改了姓，换了名，却改不了他不卑不亢、风度翩翩的气度："故而小民特意前来提醒郡主，这曼陀罗美则美矣，却有毒，不适宜摆放在屋内，尤其郡主千金贵体，长久接触恐有性命之忧。"

沈羲和没有想到他是为了这件事，这也的确是一件大事。

若是她因此在这里有个三长两短，只怕不少无辜的人要遭受牵连，祐宁帝也要作势给沈岳山一个交代。

也许在谢韫怀看来，沈羲和的侍女是见这山野间开着美丽的花，采摘回来为郡主的屋内增添些雅趣与生机。

沈羲和有从娘胎里带出来的心悸之症，若是吸了曼陀罗的气味儿，还真可能一命呜呼。所以，昨夜给萧长赢烧香的时候，她时刻小心谨慎。

“有心了。”沈羲和终于开口，声音极其好听，轻柔得如羽毛拂过清冽的甘泉，转而对紫玉说道：“紫玉，去将紫珠头面和羊脂双鱼缠珠镯取来，赏给马夫人和马姑娘。”

两个人大喜过望地行礼：“多谢郡主赏赐。”

紫玉便带着马家母女退下了。

沈羲和对谢韫怀说道：“齐大夫真是仁心仁术。常听闻世外高人不胜枚举，想来齐大夫医术了得。我自幼有心悸之症，齐大夫可否给我看看脉？”

“小民山野村夫，郡主金枝玉叶，身侧定然杏林圣手环绕，小民不敢献丑。”谢韫怀不急不缓地推拒道。

“恭维的声音听多了，我也想听听实话。齐大夫只管给我诊脉便是，不用你开方配药，只需对我说句诚恳之言。”沈羲和没有就此放弃，转而又说道。

谢韫怀已经听出这位郡主不是突然对他好奇，抑或存心刁难，而是真的想知道自己的身子情况。想她身在王侯之家，竟然有着这样沉静的心，他还真的极少见到这样的女子，躬身道：“那便请郡主恕小人冒犯。”

红玉在沈羲和的手腕上搭上一块丝绢。谢韫怀走上亭子，始终微微躬身，目不斜视，不曾看一眼沈羲和的容颜，将手搭在了沈羲和的脉搏上。

稍倾，谢韫怀收回手，沉思了片刻才说道：“郡主原就体弱而气血不足，又风寒初愈，二寸脉微伏，此乃思虑过重、疲甚所致，应宁心静养。郡主日常是否服用甘枣？”

“甘枣是医工所叮嘱。因我是早产，气血不足，故而每日吃上几粒甘枣助于补气养血。”不论是以前还是现在，沈羲和的确有这个习惯，“可是有何不妥？”

“枣属土而有火，味甘性缓，甘先入脾，多食者，脾必受病也。”谢韫怀直言，“郡主若是欲补气养血，姜糖更佳。”

“姜，入肺经利肺气，入肾经燥下湿，入肝经生血。”沈羲和轻轻地笑道，“的确是好药，可我生来就吃不得姜之辛辣，故而医师才退而求其次，选择了甘枣。”

“闽、蜀两地，有果名蔗，气平味甘，利脾气，捣碎绞汁，与姜汁合为糖，则无辛味。”谢韫怀说道。

“齐大夫，可有家室？”沈羲和忽地问道。

素来沉静稳重的谢韫怀被问得一阵讶异，但情绪转瞬即逝：“回禀郡主，小民居无定所，一心求寻医道，暂无成家之念。”

“我看齐大夫相貌堂堂，又有妙手回春之术，谈吐不俗，起了爱才之心，还想着为齐大夫觅一良缘，将齐大夫这样的有才之士留在身侧。”沈羲和缓缓地站起身，“既然齐大夫志不在此，我也不强人所难。那曼陀罗是我命人去采摘的，用以调制凝神香。齐大夫无须担心，这花我知晓如何用。”

“郡主垂爱，小民惶恐。”谢韫怀嘴里说着惶恐，语气依然平静，没有半点儿忐忑与紧张之意，“既如此，郡主若无吩咐，小民告退。”

“齐大夫可见过仙人绦？”沈羲和没有应允他告退，又问了一句。

“仙人绦？”谢韫怀皱眉道，“郡主，仙人绦乃传说之物。白头翁放言以仙人绦换脱骨丹，是存心刁难之言，郡主切莫上心。”

白头翁？

沈羲和倒是听过这人，这是一个擅医的怪人，医术极高，行踪不定。为了沈羲和的不足之症，这些年，沈岳山从未停止过寻找此人。

她没有想到这仙人绦竟然和白头翁扯上了关系。

“齐大夫，我并不知什么脱骨丹。只是齐大夫来时，我正好从书上看到了仙人绦，故而有此一问。”沈羲和又坦然地问道，“不知齐大夫可否与我讲一讲这脱骨丹？”

原来是自己说漏了嘴，谢韫怀有些懊恼，却也知道自己不说，这位郡主势必要派人去打听。

于是，谢韫怀便一一道来：“一个月前……”

一个月前，这位令人称奇的白头翁宣布自己大限将至。他没有弟子，毕生所学都在手札之中，另有一枚穷尽所能研制出来的脱骨丹。此药可令人脱胎换骨，故而起名脱骨丹。

白头翁临终之际，只余此二物还算珍贵，便散出消息：谁若能寻到仙人绦，了却他的一桩心愿，他便将二物相赠；若谁将仙人绦送去得早，他还能亲自指点对方一两个月的医理。

这便是如今江湖上最热闹的事情。沈羲和乃权贵之女，当然不知市井消息。

沈羲和静静地将目光投放在亭子外的花坛上，绚丽的菊花开得正艳。

谢韫怀见没有其他吩咐，行了礼退下。他转身间，衣袂飘扬，步履无声，平稳而轻缓。

“宁可枝头抱香死，何曾吹落北风中。”沈羲和微微抬眼，隔着一重随风飘动的幔帘，看着那道身影消失在围廊的转角处。

谢韫怀正如这菊花，不俗不艳，不媚不屈。

他是第一个敢直面权势的人，脱下一身锦衣华服，迈出金碧辉煌的高门，抛却富贵华光，吃得下去粗茶淡饭，依然如此高洁而不被熏染。

“啧，堂堂西北王的掌上明珠，竟然看得上这等凡夫俗子，眼神得治！”不羁又透着几分不屑的声音，自沈羲和身后不远处响起。

沈羲和转身，看到了还很虚弱——勉强倚靠着廊柱才能够站稳的萧长赢。他脸色有些苍白，那一双细长的凤眸，如狐狸一样高傲且带着一丝探究意味投向沈羲和。

他的旁边是脸色泛白的丫鬟，显然他们到来许久了。这丫鬟被命令不准出声，这会儿脑袋都快埋入自己的胸口了，身子也轻轻地颤抖着，害怕被降罪。

“看来王爷恢复得极好。”除了虚弱与因失血过多导致的脸色不好，沈羲和看不出还有力气张口损人的烈王殿下哪里不妥，“如此，臣女便能够放心地将王爷交给长沙郡刺史了。”

“你说什么？”萧长赢一把推开要搀扶他的侍女，不顾四肢乏力和伤口的疼痛，大步走到沈羲和面前。他比沈羲和高出了一个头，居高临下地审视着沈羲和：“你要把本王交给长沙郡刺史？！”

“自然，王爷是外男，臣女尚未及笄出阁。昨日是情势危急，可酌情处理，不拘小节。”沈羲和面色平淡地说，“现下王爷已经性命无忧，臣女理应避嫌。”

说着，沈羲和微微福身，转身要走，却被萧长赢一把抓住手腕。他目光变得犀利：“沈羲和，欲拒还迎吗？本王从广陵一路被追杀到长沙郡，生死关头恰好遇上你，你莫要告诉本王如此巧合。本王如今如你们所愿，欠你救命之恩，与你朝夕相处，你反而拿捏起来？”

沈羲和目光怜悯地看着萧长赢：“王爷，您真可怜，活在天家，对救你之人都要小心提防、千般怀疑。不过，王爷忘了，若非您将玉佩扔到臣女面前，想必王爷现在已经得到解脱了。”

顿了顿，沈羲和继续说道：“不妨告诉王爷，臣女离开西北前，将诸位皇子的画像都铭记于心。臣女的确早知您的身份，可就是不想救。臣女因何入京都，大家心知肚明。但上至太子殿下，下至与臣女同岁的十二皇子，共有四位殿下未有嫡妻。臣女凭什么看上您？王爷莫要自视过高。

“论尊贵，您不及太子殿下；论得圣宠，您不及昭王殿下；论性情，您不及景王殿下；论长幼，您也在信王殿下之后。”

沈羲和神色平静，谈论当朝皇子就好似在评论货物，无视萧长赢额头上隐隐跳动的青筋：“您唯一胜过他人的便是狼藉的名声，您说臣女凭什么要接近您？”

烈王萧长赢，祐宁帝的第九子，性烈如火，以乖张狠厉闻名京都，是京都人人避之唯恐不及的混世魔王。

“我是西北王之女，天家男儿任我挑选，便是当着陛下的面，此话我亦敢言。烈王殿下信吗？”

沈羲和一改柔弱的模样，口吻依然冷淡，但那双寒烟如雾般的眼睛透着无尽的狷介，连谦称都丢了。

奇怪的是，萧长赢却平静下来。他那深沉漆黑的眼眸里突然弥漫着无尽的笑意和兴味：“沈羲和，不论你是什么缘由出现在此处，不论你的目的为何，真的让本王起了意。本王就不信这世间还有本王得不到的女人。”

“王爷可否先松手？”沈羲和将目光落在萧长赢的手上。

水袖滑落，沈羲和露出了被包扎的手臂。萧长赢的目光闪了闪，他隐约记得昨夜的事情，他的指尖嵌入了她细嫩的皮肤里。他想到这里，神色稍稍一软，就松了手。

沈羲和自然地垂下手：“这世间尊贵如陛下，都有得不到之物。烈王殿下，您记住一句话，臣女只说一遍——沈羲和，注定是您穷尽一生都得不到的女人。殿下切莫将心落在臣女身上。”

言罢，沈羲和不多看萧长赢一眼，迈步而去。

檀香缭绕，青烟徐徐，薄薄的一层香气笼罩在沈羲和光洁白皙如凝脂的脸庞上，衬得她绝色的容颜若隐若现，朦胧之中让人看不真切。

莫远推门进来，看着案几之后正在调试琴弦的沈羲和。她气定神闲的模样让他心生敬畏。

“办妥了？”沈羲和头也不抬，拨了拨琴弦淡淡地问道。

“郡主，属下已经命人将证据送到了太子殿下的手里，确保万无一失。”莫远立刻低头恭恭敬敬地回复，“长沙郡刺史也在赶来的路上，约莫半个时辰后就会抵达。”

“珍珠，东西都收拾得如何？”沈羲和细长柔软的双手轻轻按在琴弦上，抬头看向一旁低眉顺眼的珍珠。

“回禀郡主，已经收拾妥当，随时可以启程。”

沈羲和说道：“吩咐下去，半个时辰后启程。”

“诺。”珍珠应声后行礼退下。

“郡主。”莫远待珍珠走后，忍不住出声。

“何事？”沈羲和侧首问。

沈羲和的侧颜，在微光之中宛如从厚云之中探出的半边圆月，光润清丽。

莫远低下头：“郡主将那东西交给太子殿下，纵使属下一再谨慎小心，可您救烈王殿下之事瞒不住。只怕太子殿下拿到证物，便知是郡主献上。郡主先是于烈王殿下有救命之恩，后又对太子示好，属下担心……担心……”

“担心我左右逢源，最后落得两头空？”莫远不敢说出这话来，沈羲和何等聪明，哪里不知道他的意思，“我就是想看看太子殿下值不值得我再费神费时。至于烈王殿下，让他误会，岂不是更好？”

沈岳山安排这一场美人救英雄的戏码，她却对萧长赢不屑一顾。萧长赢这会儿正在自以为是地笃定她是欲擒故纵。

那就等他知晓自己拼了命也要护住的东西早不知去向，是谁做的还需要猜吗？可他没有证据，如何奈何得了她？到时他便会明白，她就是冲着他的东西来的，而不是冲着他这个人，早些划清界限也好。

“郡主，若是如此，我们只怕要与烈王为敌！”莫远有些焦急。

沈羲和是西北王之女，素来不干涉朝政，朝堂的风云变幻与其无关，可又偏偏偷走了烈王千辛万苦得来的证物。

这只会向烈王传达一个信息——沈羲和的背后还有人需要他的东西！

烈王再联想到沈羲和入京都的缘由，就不难明白沈岳山已经替沈羲和觅好了某位皇子做如意郎君。

“为敌嘛，”沈羲和不以为意地笑了笑，“不过是迟早之事。”

她以右手指尖流畅地一拨，悠扬、飘逸、空灵的琴音倾泻而出，令人蓦地就心神宁静下来。

然而，莫远和一墙之隔的萧长赢还没来得及享受，沈羲和手腕一转，那音调瞬间变得深沉、雄浑，有如钟磬之声——其气势奔腾如千军万马践踏在心弦之上，令人心神紧绷，仿佛这心弦随时可能随着琴弦崩断。

就在闻者呼吸紧促之际，沈羲和以指尖轻轻一抹，细腻、柔润而略带忧伤，极似离人的吟唱，带着不知去往何处的迷茫飘散开来。

直到一曲终，听到琴声之人还久久不能回神。

“琴乃雅器，不可闲置。”沈羲和站起身，步履轻盈，摇曳着曳地长裙，“这琴就如人，放久了便不知如何用，若是每日用着，便会越来越顺手。许久不曾弹奏，到底是生疏了。”

隔壁院子，一个身手敏捷之人无声无息地潜入了萧长赢的屋子里，单膝跪在榻前：“王爷，属下来迟，请王爷责罚。”

萧长赢正屈着一条腿，单手为枕躺在床上，还在回味沈羲和之前的琴声。

古琴有三音，极少有人能够将天、地、人三音色如此天衣无缝地衔接起来，浑然一体，起起伏伏，每一处变化都恰到好处。

“起来吧，此事怨不得你们，是本王大意了。”倘若他手中的东西脱不了手，他的人自然也不会轻易寻到他，“东西可取回来了？”

下方之人立刻跪拜下去：“殿下，属下寻着殿下的暗记找到后，那里已被挖开，东西不知去向。”

萧长赢霍然坐起身，完全不顾牵扯伤口的疼痛：“你说什么？”

下属被吓得深深埋头：“东西被人抢先一步带走了，至于对方是何人，属下无能，尚未查到。”

萧长赢捏紧拳头，黑亮的眼眸越发深沉冰冷，旋即冷笑一声：“呵，本王还真是小看她了。”

萧长赢蓦地从床榻上下来，急切地往外走去，步子有些不稳。他看到空了大半的院子，不理会刚到的长沙郡刺史，迅速奔到大门口。

萧长赢看着沈羲和远去的队伍。原来她方才抚琴不过是掩盖搬动行李的声响，方便在他浑然不知的时候离去。

马蹄飞扬的尘土还未消散，似落入了萧长赢的眼中，令其目光阴沉得可怕。

“好，好，好一个沈羲和！”萧长赢侧首沉声吩咐：“给本王备马！”

“殿下，您现下不宜骑马。”想要规劝的下属感觉到萧长赢投来的锐利目光，立刻改口道，“郡主方才启程，属下这就准备马车，定然追得上。”

沈羲和的马车刚刚上了官道，她便吩咐莫远：“烈王殿下定然会追上来，纵使他无凭无据，也必然要借故纠缠不休。你带着人继续往前行，珍珠与墨玉随我绕道，我们在京郊外会合。”

“郡主……”

“莫远，我只要听话的人。”不容莫远反驳，沈羲和便轻轻地扔下一句话。

莫远立刻乖乖地带着其他人走了。

“郡主，我们当真要绕小路前行吗？”珍珠望着不敢反驳沈羲和的莫远带着大队人马走上官道，觉得这个陌生而又熟悉的郡主似乎因什么事而故意撇下了莫远。

沈羲和拢了拢肩膀上的披风，声音轻柔婉转：“珍珠，你说我这身子骨儿能有多少年的活头？”

“郡主，您莫要胡思乱想，您的身子也就比常人稍弱，婢子听闻京都的贵女们个个娇弱，以此为美。”珍珠急切地安抚着沈羲和。

沈羲和因为先天体弱，自小就显得多愁善感。

“慌什么？我自个儿的身子自个儿知晓。”

这时候，恰好一股风从竹林吹来。沈羲和的罗裙和披风随风飞舞，简单绾起的青丝也散发出阵阵清香，她看似单薄纤细的身子却站得很稳，如扎根在土里的翠竹，坚韧无比。

“我们先去洛阳。”沈羲和平缓地吸了一口气——似乎竹林的风中带来的清新之气令她感到很舒适。

“为何要去洛阳？”珍珠不解，虽然去洛阳也是顺道，但他们一行人的原路线是绕开洛阳，直达京都。

“去了，你便知原因了。”

见沈羲和不欲多言，珍珠也不敢多问——郡主现在不喜欢刨根问底之人。

沈羲和身子骨儿不好，受不得颠簸。尽管有珍珠照顾，但他们还是走走停停，到达洛阳时已是半个月之后。

到了洛阳府伊阳县，他们找了一家最好的客栈落脚，没想到很是巧合，遇上了步疏林。

“郡主对我所赠之物可满意？”步疏林直接走到沈羲和的雅间里，毫不客气地挨着沈羲和坐下。

沈羲和面无表情地起身，凳脚差一点儿翘起来，幸好步疏林武艺不俗，稳住了身子。

看着挪到另一边的沈羲和，步疏林一脚踩上长凳的另一端：“郡主可真是翻脸无情。”

“若非有我，你只怕难逃谋刺皇子之罪。”

步疏林指的就是萧长赢辛苦得来的证据已落入沈羲和之手。

当日，步疏林是追着萧长赢到的长沙郡，目的也是让那份证据不落入萧长赢的手里。至于其中深意，沈羲和不想深究。

当日，步疏林未带人，贸然现身救萧长赢会暴露，当时可是有多方势力参与此事。沈羲和带了一队西北强兵出现，才让这些人偃旗息鼓。

如果是步疏林，不但不能让这些人偃旗息鼓，还只有死路一条！

沈羲和瞥了惊呆的步疏林一眼，慢条斯理地说道：“故而，那日不是你还了我的恩情，而是我救了你一命，同时帮了你一个忙。如此一算，你欠我两个人情和一条命。”

什么也没做，步疏林就欠下了两个人情和一条命。

“喝杯水，压压惊。”沈羲和递了一杯水给步疏林。

被沈羲和的强盗逻辑惊得没有回过神的步疏林，端起水一饮而尽。

“水里有毒。”沈羲和知道。

握着空杯子的步疏林咽了咽口水，将信将疑地说道：“莫要说笑……”

沈羲和又倒了一杯水推给她：“解药。”

步疏林忙不迭地端起杯子又喝了。

还不等她放下杯子，沈羲和的声音幽幽地传来——“杯上有毒。”

步疏林感到心脏有点儿受不住，觉得眼前这个言笑晏晏的绝美少女，比那狰狞罗刹还要恐怖。

沈羲和捕捉到步疏林眼中的一丝惧意，又倒了一杯水：“还是解药。”

这次，步疏林盯着微微晃动的茶水，迟迟未动。

“只是解药。”

步疏林盯了沈羲和一会儿，才默默端起杯子一闭眼喝了！

待步疏林将杯子重重地搁在桌上，沈羲和才轻声问道："是否察觉四肢乏力？"

当下运气的步疏林瞳孔一缩，绵软地抬起手指有气无力地指着沈羲和："……"

沈羲和眸子一转，流光溢彩，视线落在旁边白烟袅袅的香炉上。

乳丁纹豆形嵌铜琉璃香炉，亮丽精致。这等金贵之物，不可能是客栈提供的。

沈羲和看着晕乎乎的步疏林，声音清婉温柔："早与你说过晚玉女儿香，你偏不改。只当我早就知晓，那日故弄玄虚？寻常人的确闻不到，可我非寻常人。你靠近我，我便能闻到，越近香味儿就越浓。我察觉你靠近，就为你换了香料。"

醉花是一种极美的花，其味道香甜，但活物吸入必然会昏昏沉沉的。

沈羲和和珍珠的身上有其他香囊提神冲克醉花香，自然无事。

"砰"的一声，步疏林倒在了桌上，却并没有闭上眼睛，惺忪而又不甘地盯着沈羲和。

"珍珠。"沈羲和唤了一声。

珍珠将腰间的香囊取下放到步疏林的鼻间，又将香炉内的香灭掉。

清凉的气息从香囊里飘出，步疏林用尽全力去吸，渐渐恢复清明和力道。

"传闻娇弱纯美的昭宁郡主，可真是让我大开眼界。"步疏林好半晌才恢复过来，立刻坐到沈羲和的对面，并且多了一丝警惕之心。

"彼此彼此。"沈羲和不欲与她扯闲话，"说吧，你为何而来？"

"昭宁郡主可真是伤人。"步疏林捂着心口，做伤心欲绝状，"我可真是捧了一颗真心来寻你。"

沈羲和黑曜石般的眼珠一转，无波无澜的双瞳锁住步疏林。

步疏林眼皮一跳，连忙抬手："别，别，别……我是来送礼，送礼。"

说完，步疏林立刻拍了拍手，窗户被推开，一个人被扔了进来。这人滚了一圈，露出了散开的发丝下的正脸。

珍珠目光一寒："玲珑！"

"呜呜呜——"玲珑眼里噙着泪，可怜巴巴地望着沈羲和，目光中似乎深藏着悔意与羞愧，还有一丝仿若临终前能够见到沈羲和的欣慰。

沈羲和意味不明地笑了笑："做戏的功夫不到家。"

玲珑目光一滞。

步疏林笑嘻嘻地凑过来："如何，羲和妹妹，我这礼物送得可好？"

沈羲和似笑非笑地睇了步疏林一眼，语气平淡地说："就这？"

步疏林睁了睁眼："你发了通缉令都未抓到的逃奴，我千辛万苦地为你寻来，你竟然如此不屑一顾？"

"自小在我身边安插细作的人不少，选择在我上京途中下手的只有康王府的人。"沈羲和说完，不着痕迹地扫了玲珑一眼，捕捉到她那一闪而逝的惊惧之色。

沈羲和重新将目光落在步疏林身上，就见步疏林笑得有些谄媚，于是又说道：“我早知她会藏身何处，发通缉令不过是声东击西，让康王府放松警惕。待我入了京都，再好好与他们清算。”

说着，沈羲和那点儿别有深意的笑容加深了：“世子大张旗鼓地把人送来，想来她在康王府的牵挂一并被你掳走了。旁人没有失踪，偏生她的亲人失踪，康王府的人会如何想？”

康王府的人自然不会怀疑是步疏林下的手。

沈羲和站起身，优雅缓慢地走向步疏林。步疏林一步步地后退，最后退到墙上贴着。

沈羲和看着露出弱小无助的求饶之态的步疏林，温和地说道：“世子爷，我以为我们都是聪明人，你若非要试探我，我可就……”

不要以为沈羲和不知道步疏林的心思，步疏林忌惮沈羲和知晓自己女儿身的秘密，不敢轻易动手，引来康王府打前锋……

“不，不，不……”步疏林摇头如拨浪鼓，“我的错，我的错！羲和妹妹勿恼，我保证只此一次。”

“可你打乱了我的计划。”沈羲和慢悠悠地开口。

“我欠着，欠着，以后一定还，一定还！”步疏林连忙表态。

“行吧。如此一来，你便欠了我一条命外加三个人情。”沈羲和很满意地点头。

莫名其妙地就欠了这么多人情债的步疏林，看上去好像有些不服。

“怎么？不对吗？”沈羲和扬眉。

“对，对，对，你说得都对！”步疏林点头如小鸡啄米。

守在外面的步疏林的暗卫觉得自家主子好丢人！

“如此，我要处置逃奴，世子……”

“我走，我现在就走。”步疏林麻利地夺窗而逃。

逃出雅间后，步疏林觉得外头空气如此清新。见她的暗卫跟了上来，她心有余悸地拍着胸口说：“太可怕了，太可怕了！这世间竟有如此可怕的女人，果然最毒妇人心！”

暗卫心想：主子，你怕是忘了自己也是女子。

暗卫为了不让步疏林反应过来又找借口折腾他们，忙说：“属下瞧着昭宁郡主也没做什么。”

“没做什么？”步疏林扭头，满脸嫌弃和绝望之色，“完了，完了，我比不上沈羲和也就算了，我养的人也不及沈羲和养的人机灵。”

暗卫一时不知说什么好。

“你当沈羲和为何见我又是下毒又是点香？”步疏林恨铁不成钢地说，“她早猜到我寻她为何事，意在警告我——若我与她为敌，她就让我连吸口气都顺不了！”

暗卫觉得是自家的主子想太多了。

一眼看出暗卫的想法，步疏林无奈地道：“朽木不可雕也！”

等着瞧吧，沈羲和这女人多智而近妖。步疏林自认聪明不凡，和萧家的老狐狸、小狐狸周旋了这么多年也不分伯仲，头一次被一个女人吓得心肝乱颤。

步疏林蓦然开始期待沈羲和入京都的日子，突然心情大好，哼着小曲走了。

暗卫不太明白主子为什么心情又好了？难道主子受刺激过甚，伤了脑子，不太正常？

步疏林主仆离开后，雅间就剩下珍珠、沈羲和与被捆着的玲珑了。恰好这个时候，客栈的店小二带着几个跑堂儿的端上了饭菜。

端饭菜的几个人看着被捆绑结实，扔在一边的玲珑，笑容一滞。不过他们很机灵，很快就对此视而不见，将一道道菜端上来，放好饭菜，躬身退下。

“墨玉！”沈羲和喊了一声，见墨玉从窗外掠进来，又道，“用膳。”

主仆三人好像都忘了玲珑的存在。玲珑缩在一边，也不敢发出一丝声响。

待到沈羲和用完膳，东西全部被撤下，珍珠才问：“郡主，如何处置这个叛徒？”

沈羲和站在窗边，望着鳞次栉比的房屋——乌黑的瓦片上被铺了一层日光，显得格外新，越过一排排屋顶，远处是杨柳岸堤，柔枝在风中摇摆。

她目光很柔和：“交给莫远，让他将此人做成人彘，夜里潜入康王府，放在康王府老王妃的寝屋内。”

“呜呜！呜呜呜！”玲珑剧烈地挣扎起来，奈何嘴被堵得严严实实。

珍珠正给沈羲和端了一杯漱口的薄荷香汤——听了这话，素来稳重的她手一抖，水溅了两滴在手背上。

沈羲和只目光轻轻一扫，仿佛未见珍珠的失态，从她的手里接过茶杯。

墨玉极其淡定，听了沈羲和的话，一把拎起玲珑的衣领就把她往外拖。

“呜呜呜！”玲珑挣扎着，水汪汪的眼珠传递着有话要说的信息。

“郡主，她有话说……”

“何时做奴仆的要说话，做主子的便要听？”沈羲和反问珍珠。

“郡主，婢子不会为这等谋害主子的贱婢求情，婢子只是觉着她定然对康王府多有了解……”

珍珠的话未说完，沈羲和抬手打断：“康王府如何，我无须从旁人的口中得知。它便是铜墙铁壁，我要它亡，它也得亡。”

沈羲和给墨玉递了个眼色，说道：“在我这里，没有将功折罪，任何人若生了二心，都是如此下场。”

珍珠心口一紧："诺。"

"烈王殿下，一炷香的时间还不够？"沈羲和忽地扬声说道。

在墨玉的警惕之下，萧长赢一跃入内，身上的伤似乎大好，面色红润，俊美张扬，红衣如烈火。

"郡主，如何知晓我来了一炷香的时间？"萧长赢暗自纳罕。

沈羲和体弱不习武，她身边身手不俗的丫鬟都未察觉他来了——她竟然连时间都掌握得如此精准。

霸道的龙脑香，清凉浓烈。对这个味道，在马家的庄子上，沈羲和便铭刻于心。

沈羲和的嗅觉尤为敏锐。稍有家底之人都免不了附庸风雅一番，没有人不喜欢香，每个人对香的偏好不一样，便是同样的香，不同之人制作，或是不同的人使用，都会因为使用习惯而导致气息不同。

这话，沈羲和可以对步疏林说，却不会对萧长赢讲。

沈羲和随口问了一句："烈王殿下因何寻臣女？"

沈羲和转身看了墨玉一眼，墨玉拎着惊恐、绝望的玲珑退下。

"郡主何必明知故问？"萧长赢抱臂斜靠在窗前，"有些东西，郡主该归还原主。"

沈羲和似有寒雾缭绕般的溟蒙眼眸中闪现些许诧异之色："臣女何时盗了他人之物？"

萧长赢肃容道："郡主，那些东西对你并无用处，若是落在心思不正之人手中，更是会酿成大祸，动摇朝纲。本王希望郡主能够将之归还。郡主的救命之恩，本王来日定会结草衔环。"

"烈王殿下乃君，臣女是臣，救殿下是臣女的本分，殿下无须挂怀。"她只字不提萧长赢索要之物。

"郡主，你可要三思。"萧长赢冷冷地说道。

沈羲和依然从容地回："烈王殿下当真不用记挂当日臣女的随手而为。"

时值正午，日头正盛，灼热的阳光从窗户照进来，照在萧长赢的背上，衬得他一张脸越发阴寒。

沈羲和视若无睹，气定神闲，于无声之中透着理直气壮和令人咬牙切齿的有恃无恐之态。

她当然有恃无恐。她是西北王的嫡女，没有人敢轻易对她动手。康王府的人不也是废了一枚苦心经营十年的棋子，才让她遭了一场难？

如今康王府的人还落在她的手里。康王府纵使有圣上的偏宠，这一次也是捅了马蜂窝。

忽然，萧长赢的嘴角一点点地扬起，他道："本王很是好奇。"

沈羲和目光沉静，面色平淡，静待他的下文。

“到底是哪位兄长得了郡主的青睐，令郡主不顾病体也要奔波绕道而来，从我手中截获那些东西？”

此刻，萧长赢不得不承认，沈羲和不是冲着他来的。他在被追杀之时，隐隐察觉有诸多外力推波助澜。

萧长赢初见沈羲和，以为她是沈岳山给他安排的美人计。此刻萧长赢方知，沈羲和的的确确如她所言，看不上他这个人——她看上的是他深入扬州半年，损失了一半精心养出来的暗卫，差点儿连命都搭上才得到的证据。

沈岳山素来不掺和朝堂内斗，沈羲和盗取这份证据绝对不是沈岳山授意。最想要得到这份证据的无非是诸位皇子，或是自救，或是施恩，或是留着做把柄，此物牵连之广，没有人会不心动。

萧长赢的母妃代理后宫，除了太子殿下，没有人比他更尊贵，追逐他之人犹如过江之鲫。十七年的人生中，他第一次遇见有人如此不把他放在眼里，还一再算计他!

这次他奉皇命追查此事，却什么都没有带回去，必将让父皇大失所望。

“或许……是弟弟呢？”沈羲和逗趣了一句，也是委婉告诉他，东西的确已经被拿走，并且已被送到他的某位哥哥或弟弟的手中，他不要再缠着她。

萧长赢整张脸瞬间黑了：“郡主，好自为之。”

言罢，他就纵身一跃，又从窗户消失了。

“唉，为何这些人都不爱走正门？”沈羲和幽幽一叹。待到龙脑香飘远，在风中散去，她目光微沉地吩咐珍珠：“做好准备，接信王殿下的高招儿。”

“郡主，您是说……？”珍珠顿时面色一肃。

“他们兄弟情深，也可以说烈王是信王的左膀右臂。烈王所为皆为信王铺路，我今日真正得罪的不是烈王。”沈羲和勾唇，“明着，他们自然不敢对我动手。暗地里……谁又知道呢？”

自此，她算是和萧长卿、萧长赢两兄弟宣战了。

尽管祐宁帝绝不会让沈岳山的女婿上位，可彻底撕破脸之前，谁拥有西北王的女儿，就相当于拥有军威。无论沈羲和嫁给谁，只要她或她所嫁之人觊觎皇位，都会是萧长卿莫大的威胁。

这样一来，萧长卿早些抓住一切机会，将她除去才是上策。

“莫远传回消息，信王殿下自信王妃被范家毒害之后，就去了法华寺为信王妃祈福三个月。”珍珠思忖着说，“郡主是怀疑这只是个借口，信王殿下并不在法华寺内？”

沈羲和微愣，眨了眨眼：“不会，他一定在法华寺，要动手不需要他亲自来。”

对萧长卿这个人，沈羲和也不知该如何评价，但他对顾青栀是真心的。端从他明知顾青栀是自杀，也顺着顾青栀铺的路，不惜违逆祐宁帝也要范家陪葬，就能窥出一二。

京都，法华寺，佛香缭绕，诵经声绵长。

萧长卿跪在蒲团上，血丝交织的眼瞳有些失神地盯着前方供奉的灵牌，灵牌上金色的字体肃穆而又周正：“先室顾氏之位”。

他痴痴地看着灵牌，一身缟素，青楂短浅，看起来憔悴而又哀伤。

没多久，一道笔挺的身影跪在他的身后：“主子，九爷追到洛阳，无功而返。”

萧长卿的双眸渐渐聚焦，声音喑哑，仿佛他许久未说过话：“杀。”

“诺。”这道身影悄无声息地离开了。

萧长卿从袖中拿出一个巴掌大小的木盒，轻轻掀开，里面是个两指宽、半指长的小灵牌，上面簪花小楷写着四个字：“亡妻青青”。

灵牌上方穿了一根黑色的锦绳。他将灵牌握在掌心里，动作小心而又温柔：“你说在你母亲闭上眼的那一刻，你的心就已随她而去。你可知，你在我怀里闭上眼的那一刻，也带走了我的心？”

他说着，眼眶中有水光闪动：“我知晓，你不信我，不信我会为你违背父命，不信我会为你违抗圣意。你从不曾给我机会去证明……”

一滴泪跌出眼眶，他缓缓地绽出一丝苦涩自嘲的笑容：“你想我活着，想我撕碎冰冷的皇权，想我搅得所有人不得安宁。既然这是你最后的期望，我定会让你得偿所愿，以安你在天之灵。”

萧长卿擦去泪痕，收敛情绪，眼里似有浓浓的乌云在翻滚。他将手中的灵牌郑重地挂在了脖子上，让它垂在自己的心口。

清晨的第一缕晨光自山峰上洒下，雾气缭绕，紫光闪烁，霞彩万千，整座紫山被笼罩在云蒸霞蔚之中，宛若人间仙境。

沈羲和防着萧长卿，也不耽误正事。次日一早，她就带着珍珠和墨玉来到了老君山。

那位白头翁就住在这里，四周都是江湖人士。沈羲和将一幅画卷递给墨玉：“将画交给老人家，无须多言。”

这里鱼龙混杂，沈羲和自然不可能将仙人绦带来。昨夜她将仙人绦画了下来，等着白头翁寻上她。

在等待墨玉的时候，沈羲和遇上了一个熟人。

那人青衫如茶，最劣质的布料，没有任何绣纹装点，一头青丝也只是用了一根木簪绾上。他迎着霞光走来，英俊秀雅的容颜在晨光之中温润柔和。

“沈女郎。”谢韫怀径直朝着她走来，微微行了一礼。

他对沈羲和的称呼让四周打量或者心怀不轨的人变了脸色。

寻常未婚配的女子都会被称为姑娘，只有讲究的贵女才会被称为女郎。

民不与官斗，这些人只当是哪个官宦的女眷偶然路过此地。

戴着幕篱的沈羲和微微对谢韫怀颔首："齐大夫也来了。"

"看个热闹。"谢韫怀疏朗一笑。

"齐大夫请坐。"沈羲和伸手指了指旁边的座位。

"多谢。"谢韫怀没有拒绝，坐在这里可以让旁人忌惮两分。

他真是不知该不该赞一句这位郡主好胆色。哪怕她戴了幕篱，可玲珑有致的身段，那一把珠玉相击般清脆动人的声音，任谁也能猜到她的容貌定是不俗的。

这样一位女郎竟然带着一个婢女就跑来了，真要是遇上胆大的人……

"齐大夫不用担忧，我自有分寸。"沈羲和一眼就能看穿了谢韫怀的心思，"我若得了脱骨丹，可否请齐大夫查验？"

"郡主……"谢韫怀激动得差点儿暴露沈羲和的身份，好在及时刹住，"当真让我查验？"

脱骨丹应当是真的，这是谢韫怀几天前才确定的，没有医者不想接触这等神药。

"自然，我信得过齐大夫的医术，丹药也不能胡乱服用。若老人家不愿说明，还需齐大夫多费些心思。"沈羲和淡淡地笑了笑。

恰好此时一阵微风掀起了轻纱，谢韫怀恰好看到她的这一丝浅笑。

她的笑容轻浅，犹如碧海之上飞溅而起的浪花，又似蓝天之下飘散的一缕丝绸般的白云，干净、轻柔、飘逸，却又转瞬即逝。

谢韫怀出身显赫，后又游遍山川，身为大夫，更是阅人无数，却从未见过这般美丽的笑颜。

珍珠垂下眼帘，心中十分敬佩郡主笼络人的手段。查验丹药岂是一两日之功？如此，齐大夫必然要与她们同行。有了往来，日后郡主有什么需要这位齐大夫帮忙的事，他又如何能推拒？

齐大夫便是心知肚明，入套也甘之如饴。

虽然珍珠不知这位齐大夫何处得了郡主的青睐，又有多少本事，可现在已经学会了少说多看。

大家原以为墨玉不过两三个时辰定然会回来，却没有想到他们在茶寮用了干粮，一直等到日落，墨玉也没有归来。

"女郎，我们要回去了。"她们再不回去，天黑不好赶路，珍珠有些担心墨玉。

"没有放信号，墨玉没有遇险。"沈羲和并不担心，"我们启程。"

"在下送沈女郎一程。"谢韫怀是担心这些人尾随，对沈羲和不利。

沈羲和知道有人朝她动手了，墨玉一定是被绊住了。沈羲和不欲将谢韫怀卷进来：“齐大夫留步，不用担忧，乌合之众不足为惧。”

“若不将沈女郎安全送回客栈，在下于心难安。”谢韫怀到底是在外闯荡之人，只当沈羲和是不想自己为难。

沈羲和沉默了片刻，没有再推辞：“多谢齐大夫。”

此刻沈羲和若是如实相告，只怕谢韫怀更不会袖手旁观。

沈羲和和珍珠上了马车，谢韫怀和车夫坐在外面。马车摇摇晃晃，迎着夕阳之光渐行渐远。

待到黄昏最后一缕光被吞没，马车行到了一条幽静的官道之上。再有半个时辰就会关城门，这里前不着村后不着店，已经没有往来的人了。

马突然嘶鸣，不愿再往前走。受到颠簸的沈羲和稳住身子掀开车帘，看到两旁是茂密笔直的树木，树枝在夜风中摇曳：“夜黑风高，果然是杀人的好时机。”

沈羲和用手在坐垫上拍了拍，左、右、后三方分别弹起一块铜板并嵌入了车顶，几乎是同时，两旁幽暗的树林里射出一排排冷箭，全扎在了马车上。

“齐大夫！”沈羲和扔了两个用锦缎包裹的精巧的棉球给谢韫怀。

谢韫怀一把抓住棉球，转头就见到拔出明晃晃长剑的车夫的鼻子被棉球塞住了，来不及多问，也迅速将棉球塞入鼻孔，才发现这棉球还有股药香。

这时候，左右树林里飞掠出数个手持利器之人。这些人没有穿夜行衣，用的兵刃也不相同，男女都有，是一群三教九流。

车夫扔了一把剑给谢韫怀，就持剑飞身迎了上去。

谢韫怀抓起长剑紧跟而上。

车外响起刀剑相拼的声音，偶尔风掀起车帘，还有寒光闪过。

“郡主，是一群草寇。”珍珠瞥了两眼这些人的穿着打扮。

“草寇才好。”沈羲和微微侧身，手执竹扇，扇面上编织着薄如蝉翼的竹篾，轻轻摇晃着。

扇子旁是清秀素雅的褐彩云纹镂孔炉，炉盖上棉絮般的烟雾袅袅升起，顺着沈羲和的风向，从她留出来的孔洞中溢出。

她们闻不到这香，珍珠却发现烟雾较于其他的香更浓。

借着马车四角镶嵌的夜明珠之光，珍珠悄悄地打量沈羲和。郡主因为体弱不能习武，便在琴棋书画上下了极大的功夫，对调香、酿酒也素来喜爱。

往日，珍珠从不知郡主调香的造诣竟然如此之深，更不知以香制敌也可以如此精妙。

对上沈羲和投来的目光，珍珠立刻垂下眼帘：“郡主为何说草寇才好？”

“先有草寇，草寇应付不了，便可出动官府的人剿匪。”

一计不成会再生一计，这是萧长卿的行事之风。

“他竟然想让官兵借剿匪之名杀了郡主！”珍珠惊愕。

沈羲和目光微转，落在溢出的香烟之上，嘴角微掀：“有何不可？剿匪有功，这些草寇死了，顺道还灭了口。”

天家皇子的心机都如此深吗？

珍珠也是个机敏之人，但从未接触过这些事，此刻不由得心惊，讷讷地说道：“郡主若是……他们如何对王爷交代，还有世子爷？”

“交代？”沈羲和轻笑着摇头，“昭宁郡主不好好跟随着护送的亲卫，跑到山野间……”

说着，沈羲和抬起头望向外面：“你可知齐大夫的身份？”

“齐大夫不是寻常的山野大夫？”珍珠其实怀疑过，毕竟此人的气度让人一眼就能看出他是高门贵子。她还以为他是家道中落才流入乡野间，现在看来并非如此。

“他是谢韫怀。”沈羲和轻声说道，“我与他横死于此，大可被安个私奔之名，到时候便不是朝廷要跟阿爹交代，而是阿爹要跟朝廷交代。”

昭宁郡主入京都，虽然还没有被正式赐婚，但祐宁帝和沈岳山已经达成了默契。

板上钉钉的皇家儿媳，不顾天家的脸面和旁人私奔，被定个触犯君威的罪名一点儿也不为过。

山野村夫不好攀扯到私奔一说，但换成谢韫怀就合情合理了。

“这是萧长卿设的局呢。”沈羲和又感叹了一句。

萧长卿向来是谋定而后动，不出手则已，一出手必然是万全之策。其实他若为皇，也必将是一代明君——只不过萧长卿与沈羲和注定为敌。

沈羲和不恨萧长卿。

正如顾青栀当日所言，顾家和皇家已经到了水火不容的地步。

顾家赢了，祐宁帝必将沦为傀儡，皇子也会一个个无声无息地消失，尤其是在顾青栀意外怀孕的情况下，若是她诞下一名男婴，萧长卿只怕也性命难保。

这些事没有对错，只是形势所迫。

祐宁帝要维护皇权，顾家要维护士族之权，双方总得有一个输赢。

顾青栀不恨萧长卿，并不意味着能够坦然到重新接纳他一次，两个人之间到底是隔着无数条难以跨越的人命。

“信王殿下便如此忌惮郡主？为了将郡主置之死地，竟如此大费周章？”珍珠觉得有些过了。

即使沈羲和日后注定与他们为敌，即使他们对沈羲和抢走烈王殿下辛苦搜罗来的证据很是恼火，想要警告沈羲和，也不至于动用如此多的人脉，稍有不慎便会暴露自己的实力。

“单我一个人，自然不值得。”沈羲和放下了竹扇，“他是想要看看我的背后之人是谁。”

信王将他们以为的那个截取胭脂案证据的人逼出来，若是顺利，指不定他们还能把证据截回去。

珍珠正要说什么，就听到外面传来一阵阵人栽倒的声响，小心翼翼地撩开车帘的一角，只见那些草寇突然面色苍白，有些人捂着心口，有些人咬牙强撑，攻击也变得十分笨拙。

沈羲和的车夫是一等一的骁勇之人，谢韫怀混迹江湖这么多年，武艺不知比当年高了多少。

很快，围攻的人便出现颓势，有些人直接捂着心口逃了。

“前面有悍匪缠斗，格杀勿论！”

就在此时，远处的火把一簇簇亮了起来，一道厉喝过后，一群官兵冲了过来。

事情的发展完全顺着沈羲和的猜测进行着。沈羲和望着这些人踏马奔涌而来。这些人脸上的狠戾之色完全不逊色于真正的悍匪，但她依然镇定自若。

沈羲和灭了香炉，正要放出信号丸，却听到疾驰的马蹄声从她的身后传来。

沈羲和撤去铜板，掀开车窗帘子，只看到一道银色身影从眼前一闪而过，旋即一缕似有若无的香气拂过她的鼻息——这股气息温软却透着高雅尊贵感。

“多伽罗之香。”沈羲和迅速奔上前，掀开了车帘，就看到那一道银色身影对着冲过来的官兵银剑一划，寒冷的夜光下，三颗头颅就被抛到了空中，血液喷溅。

凌厉的手段惊散了后面之人的气势，那些人纷纷勒马停下。还不等领头之人质问，那身披银白色披风，背对着沈羲和之人，便沉声地先发制人：“绣衣使办公，你们是何人？”

这竟然是天子近臣——绣衣使！

绣衣使一出，必有惊天之事。

只听帝王之令的绣衣使奉诏讨伐奸臣，督查百官，三品以下官员可直接将其下狱。他们手握虎符，有调兵之权，是文武百官闻之色变的存在。

“绣衣使恕罪，下官并非有意冲撞。”前一秒还凶神恶煞，连当朝郡主都敢暗杀的人，这一刻在这位绣衣使面前乖巧如猫，战战兢兢地翻身下马，“下官是奉命来此剿匪。”

“剿匪？”银袍绣衣使转头看了马车一眼，目光扫过倒下的那些人，“此处还有山匪，需劳动官府？”

那领头的小官面色讪讪地说：“绣衣使所言极是，是下官消息有误。”

银袍绣衣使掉转马头朝马车驱来。沈羲和看着夜光之中逐渐清晰的脸，下意识地皱起了眉。

这位绣衣使长相俊朗，五官也刚毅，却和那一双银辉凝聚、华光深藏、如渊如海的眼瞳极不相称。

“车上何人？”银袍绣衣使朗声问。

“回禀大人，民女等路过此地，正欲回城，遇上了劫掠之人。”珍珠下了马车，将随身携带的文牒递上去。

绣衣使接过文牒粗略地翻了翻，坐在马车上的沈羲和清晰地捕捉到了他的嘴角有一丝笑容一闪而逝。

“启程吧，再晚便入不了城了。”绣衣使将文牒还给珍珠，就牵马让到一边。

他带了四个人，四个人也纷纷驱马让到路旁。官府的人见此，自然跟着让道。

车夫和谢韫怀坐上了马车，马车缓缓前行。沈羲和撩起窗帘，与那双深渊一般的眼瞳对上了一瞬间。

“郡主，绣衣使来此地的事，可要传信于莫远，问问是否出了大事？”珍珠长于西北，也知道绣衣使轻易不现身。

“不必。”沈羲和的脑海里依然是那双从未见过的眼睛，“也许……他们只是路过……”

“绣衣使从不理会琐事。”马车外的谢韫怀突然开口。

似这等情况，前所未有，绣衣使绝不会为寻常人滞留。

绣衣使也不会看不清对方身着衙门的衣裳却视而不见，出手如此狠辣凌厉。在谢韫怀看来，这位绣衣使明显是在维护沈羲和。

“齐大夫，可识得方才那位绣衣使？”沈羲和问。

谢韫怀突然开口言及绣衣使，自然是听到了她在马车上和珍珠的对话，故而不再隐瞒身份。

绣衣使神出鬼没，沈羲和和他们只打过两次交道，没有见过今日这位绣衣使。

“赵国公府五公子，庶出。”谢韫怀回道。

赵国公，庶出？

沈羲和黛眉微微一蹙，方才那人身上明明是多伽罗香。

多伽罗乃沉香之极品，一两可值百两黄金，比起世人眼中贵重的龙涎香都要珍稀许多。这种香料坊间有市无价，顶多就是巨富之家能够搜罗一些。

赵国公府虽然还是公爵，但早就没落，甚至为了装点门面，嫡次子都迎娶了商户之女。当年的十里红妆，在京都被人们津津乐道了许久。

赵国公府如何用得起这等金贵之物？难道是祐宁帝赏赐？

沈羲和陷入了沉思之中，不知不觉就入了城。他们是踩着关城门的点入城的，谢韫怀执意要送他们回客栈，自然出不了城，便在他们入住的客栈要了一间客房。

一起用了晚膳之后，沈羲和见谢韫怀迟迟不开口离去，便知他有话要讲。

她亲自置了茶具，动作优雅，从用小炉烧山泉水开始，分茶、泡茶、倒茶，动作如行云流水，一气呵成，一举一动让看的人觉得赏心悦目。

“齐大夫，请用茶。”

谢韫怀低头看着杏黄明净的茶汤，鼻息间是清爽怡人的茶香：“君山银针。郡主对在下似乎很是了解。”

沈羲和没有给自己倒茶，而是倒了一碗桃花饮子：“我与已故信王妃是闺中密友。信王妃未出阁前，向我提及过齐大夫。”

说来也巧，沈羲和与长兄——西北王世子沈云安——兄妹之情极深。沈羲和八岁那年，沈云安上京，一去半年。他才走一个月时，沈羲和就整日嚷着要兄长。沈岳山无奈，就给了她一只信鸽。兄妹飞鸽传书了两个月，她的信鸽有一次被误伤，落入一位姓顾的姑娘手上。

顾姑娘养好了信鸽，又让信鸽带信和小礼物回来致歉。若是现在的沈羲和定会对此一笑置之。

当年的沈羲和善解人意，又觉着十分新奇，便又回了信安抚对方。一来二去，两个人书信往来六七年。珍珠等人也只知对方姓顾，直到去年两个人才断了联系。

沈羲和知道这位顾姑娘是谁——和被灭门的顾家倒没关系，也是京都官宦之家，只不过去年末这顾家犯了事，顾侍郎被流放了，他的女儿此刻应该被充入了掖庭。

待入京都之后倒是可以寻一寻，不过她此刻把这位信友定义成顾青栀，自然是另有安排。

至于沈岳山和沈云安有没有去调查这位顾姑娘，沈羲和并不怕。谁说联络要用真的住址？她沈羲和说是谁就是谁！

谢韫怀听了沈羲和的话，握着茶杯，身体僵住了，内心瞬间翻江倒海。

顾青栀与沈羲和即便是故交，沈羲和也从未见过他，却能够一眼认出，说明顾青栀给沈羲和传递过自己的画像。

一个闺阁贵女，除了父兄便只能画丈夫，那时他应当是和顾青栀有婚约在身。

他没有想过顾青栀会画他的画像……

“齐大夫似乎很意外？”沈羲和捕捉到了谢韫怀的眼中一闪而逝的惊诧神色。

“信王妃是我此生见过的最冷静、最沉着、最清醒的女子。她有一双不看凡俗的眼。”谢韫怀言罢，将手中已经凉了的茶水一饮而尽。

“不看凡俗的眼？”沈羲和第一次听到有人用这么特别的话来形容曾经的她。

“斯人已逝。”谢韫怀却没有向沈羲和解释，而是以对死者的尊重来避开这个话题。

沈羲和没有追问，忽地问道：“齐大夫对信王妃的形容独特至极，不知齐大夫觉得我又是一个怎样的女子？”

不看凡俗的眼，沈羲和细细品味，他对顾青栀倒是点评得极其到位。

沈羲和想知道，看人如此一针见血的谢韫怀，是否觉得她不一样……

谢韫怀抬眼，坦然地对上沈羲和的目光，知晓她并没有什么男女绮思，非要撩拨他，而是真真切切地在和他认真闲聊，便也直言："郡主是我此生所见的最深谋远虑、深不可测、深藏不露的女子。"

谢韫怀在马家庄见过沈羲和，亦知沈羲和救了萧长赢，更知萧长赢因何被追杀。他去马家村也不是偶然，同样是冲着萧长赢去的。

萧长赢至今没有回京都复命，说明被一路追杀到马家庄护得好好的东西不见了。

而前些时候，谢韫怀发现萧长赢追着沈羲和来了洛阳，东西落到了何人手中不言而喻。

今日沈羲和被追杀，竟然早有准备，甚至仿佛对谁下的手都了然于心。

谢韫怀深信便是没有绣衣使横插一脚，她也会全身而退，说不定还会将这件事闹得更大，大到龙椅上的那位都得向她低头服软才能揭过此事。

谢韫怀十分好奇，西北那样尚武的阳刚之地，是如何养出城府如此之深的她？她还那般处变不惊、运筹帷幄。

"女子？"沈羲和咀嚼着这两个字，"看来还有男子。"

谢韫怀放下一直捏在手里的茶杯，站起身："郡主入了京都自会遇上。"

他这是婉转地承认，确实还有这样一个人存在。

言罢，谢韫怀对沈羲和作揖后离开。

沈羲和也没有深究这个问题，一直坐在雅间里，直到墨玉赶回来。见墨玉的身上有些轻伤，确定她没有什么大碍，沈羲和才歇下，一夜好眠。

次日一早，就有个身穿葛衣的老仆带回了沈羲和的画卷，留下了一个地址，约她今日午后相见，地址就在城中。

沈羲和让珍珠拿出仙人绦。每次嗅到它的气息，沈羲和都觉得心旷神怡，就连时不时蠢蠢欲动的肺部也会乖觉一些。

关于这个东西，书籍上的记载实在是太少，沈羲和根本无从下手。现下仙人绦尚未枯萎，她也不知能保存多久。

最终，沈羲和还是决定带着仙人绦去见白头翁。

奇花异草，药香盘旋。

沈羲和是一个喜欢侍弄花草之人，来到这个杏林园里，看着满园的药草花卉，心中欢喜，眉宇间就多了一丝柔和之色。

来的不只有她一个人，还有一个看似已过而立之年的高胖男子。

男子身着一袭刺眼的紫赤金色绣饕餮图的圆领窄袖袍服，腰束嵌玉镶宝的革带，脚踩六合靴，头上还戴了一顶金丝织出的嵌了好几颗宝石的软脚幞头，腰间垂着一块白玉嵌满宝石的青白玉折枝花形的玉佩。玉佩是镂空的，清雅高洁，镂空处填满了宝石，整个人看上去实在是耀眼。

这人站在那里就像一堆刺眼的金子——在阳光的笼罩下，活物的视线都会自动避开他，实在是刺得眼睛疼。

“沈姑娘，这位是华富海华陶猗。”白头翁是个头发苍白且精瘦的小老头儿，做了介绍：“华陶猗，这位是苏州来的沈姑娘。”

陶猗是一种敬称，指的是巨富之人。

华富海人如其名，名响华夏，富有四海，是他们大兴的一等有钱人。难怪他是这副打扮。

“沈姑娘。”

“华陶猗。”

两个人互相见礼。她站得近了，一股清雅幽微的香气飘过沈羲和的鼻息间，让她的眼帘微垂。

这股香是意和香的味道。意和香不但清雅幽微，且自然富贵，和它的气息一比，许多香气显得寒酸起来。

然而，沈羲和在意和香之中嗅出了一丝极淡的多伽罗香。

何时多伽罗香这般常见了？

沈羲和不动声色，忍着眼疼多看了华富海一眼。

他个头儿极高，沈羲和的发顶只能与他的肩膀齐平，他的肚腩富态微凸——和她昨夜所见的绣衣使难以重叠。他手中滚动着两个核桃，那手也白胖，与体形倒也符合。

白头翁说道：“二位定然将我着人送回的画都带来了，不如一同展开。”

珍珠和华富海的仆人一起将画卷展开。画卷上都是仙人绦，更绝的是明明不是出自同一人之手，除了画工有些差异，着色大小和图形的方向竟然一模一样，若是将两幅画重叠，必定能大致重合。

画一出，两个人对视一眼——沈羲和的眼眸平静无波，华富海的眸中掠过一丝笑意。

但就是这一眼，沈羲和确定华富海就是昨夜见到的绣衣使！

他的眼睛变了形状，昨夜的锐利神采也消失了，但他深渊一般的眼瞳过于独特了。又有多伽罗香，又是同样的眼瞳，哪怕气质、神色都大相径庭，沈羲和的直觉仍告诉她——绣衣使和华富海是一个人！

“我这里也有一幅画。”白头翁展开自己手里的画卷，也是仙人绦，只不过和前面两幅画差别极大，但能判断是同一物，“二位送来的画都是仙人绦，老头儿想见真物，不知在何处？”

沈羲和淡淡地扫了一眼华富海，没有先开口。

华富海也等了一瞬，才说道："老翁，此物确然是我在衡山绝崖峭壁之间所得。不过，此物扎根极深，我采摘之后，峭壁坍塌，又有毒蛇忽地飞出袭击，我躲避间带着此物跌入了崖下深河之中。待我醒来，此物已不见踪影。"

沈羲和扬眉，原来那日从天上掉下来的是这个人。

白头翁听了，点了点头，看向沈羲和："沈姑娘？"

沈羲和给珍珠使了个眼色。珍珠将手捧的玉匣子打开，里面就是仙人绦。

白头翁看了，激动得脸色一下子涨红了，奔上前嗅了嗅，才伸出颤抖的手，隔空从上至下抚了一遍，颤声呢喃："是……是它……终于见着了。"

说着，老人家竟然落了泪。

沈羲和和华富海静默而立，等老人家控制住情绪。

白头翁揉了揉哭红的眼，直接把老仆人手捧的匣子递给了沈羲和，闭口不言。

沈羲和接过匣子，却说道："老翁，此物是我在河边拾得。我确实看到有人自天上落下，仙人绦也是之后才出现。"

不是沈羲和多正直不阿，是这位华富海过于诡异莫测——她不想这样得了东西惹这人不愉快。她从不与看不透之人为敌。

时至今日，她和这人有过三面之缘。

第一面，她未看清他的容貌，他孤身入高山绝壁采摘稀世奇珍。

第二面，他显然易容了，混入天子的心腹近臣绣衣使中。

第三面，他又易了容，成了富甲天下的华富海。

这是多么矛盾又多么不可思议的三重身份。

"小老儿不理这些。小老儿说过，谁带来仙人绦，便以遗物相赠。"白头翁说话的声音还掺杂着哭腔，"你们之间的恩怨，由你们自行解决。"

"华陶猗？"沈羲和便看向华富海。

"沈姑娘，手札以及老翁的指点，华某可不要，所求乃脱骨丹。"华富海直接说道。

沈羲和握紧手中的匣子，没有回应华富海，而是转向白头翁："老翁，可否请你为小女诊脉？"

沈羲和心想：要是还有别的办法治好自己的不足之症，脱骨丹这种还没有得到验证之物，让给对方也无妨。

"随我来。"白头翁带着他们入了内室，认真地给沈羲和切脉。

白头翁早从沈羲和的五色看出她亏了内腑，心、肝、脾、肺、肾没有一处不弱——这是早夭之象。

给沈羲和诊了脉后，他还是惊讶了："你这丫头还能活着，也是奇事。你先天不足，心肺本就不如常人强健。后天娇养过甚，导致肝、肾皆虚，常食甘枣又伤了脾。”白头翁摇了摇头，“你这身子除了我的脱骨丹，每日少量滋养补足，再无他法能回天。”

“若是不服脱骨丹，我还有多长寿命？”沈羲和问。

“不过三年五载，若再遇上风寒、暑气或是受点儿惊吓，一夕之间就能要你的小命。”白头翁严肃地说道。

她唯一的活路就是服下这枚脱骨丹……

她又问：“老翁，这脱骨丹……”

白头翁笑了：“小丫头，我以性命作保，百年内难出第二枚脱骨丹，药方也在我给你的手札之中，炮制之法亦有详尽的记载。”

沈羲和取出手札，翻到了脱骨丹的配方，只有九味药材，百年人参和百年何首乌这些易得，百年蛇胆和百年金雕骨这些东西……

能活一百年的蛇和金雕，比一百岁的人还稀少。

第三章　百花杀尽我独活

蛇胆还要经过数年的复杂浸泡工序……

这药方看似只有九味药材，炮制九味药材却需要多种药材。

“金雕骨是小老儿祖上传下的，其余药材，小老儿用了五十年才集齐，经历了十次失败才炼制出来……”白头翁有些自得地说到这里，才谨慎地说道，“小老儿刮了一层脱骨丹，用人和野物查验过，于人确有洗筋伐髓、脱胎换骨之效，但有无其他伤害，小老儿已经没有时间和药材去查验。”

白头翁的言下之意便是：有没有副作用，要你们吃了才知道。

无论有没有副作用，沈羲和都不想放弃。她将目光投向华富海：“华陶猗，此物的确是你采摘而来，可它落入我的手中，非我强抢。虽有些强词夺理，但性命攸关，我亦不愿拱手相让。”

华富海微微点头：“沈姑娘原可不承认此物是从河边拾得。”

她若死咬着从别处得到，他也没有证据。

若非你这般诡异，我自不会承认——心中这般想，沈羲和面不改色地微微施礼：“华陶猗深明大义。”

白头翁左右看看，忽地笑了：“外边的人为着小老儿这点儿东西抢破了头，你们倒是心平气和。不如小老儿来做个局，你们二人各凭本事？”

沈羲和和华富海再次对上视线，而后同时平静地移开，齐齐地对白头翁颔首。

白头翁一辈子和医药打交道，也出不了什么题目，目光在两个人的身上转了一圈，最后落在沈羲和的身上：“此物既是华陶猗先得，小老儿便偏他些许。”

白头翁说着转头看向华富海：“华陶猗所长为何？”

华富海以眼尾扫过沈羲和。他若说所长为武，这位郡主哪里有招架之力？

“不才，擅弈。”华富海答。

“对弈，沈姑娘可愿？”白头翁询问沈羲和。

沈羲和觉得华富海也算是君子了：“可。”

“行，那就对弈。”白头翁拍掌，“也别死板地你来我往，小老儿看着打瞌睡。既然是华陶猗所长，就由沈姑娘摆个残局给华陶猗破。”

这位老人家嘴上说着要偏向华富海，实则算是一碗水端平。

“请沈姑娘出题。”华富海很有风度地答应。

“你带沈姑娘去出题，我替华陶猗切切脉。”白头翁吩咐老仆。

沈羲和依言随着老仆去了一间雅室，坐在棋盘前，思忖良久，迟迟没有下手。

沈羲和心想：华富海绝对不是真正的华富海，对方若想将脱骨丹让给自己会直言——所以他说擅弈绝不是虚言，想来造诣极深。

此局她要想胜，得智取。

拿定主意，沈羲和执起棋子，一手黑一手白，开始布局。

沈羲和布局到一半，脸色开始苍白，额头渗出虚汗。她的身子骨儿太差了，脑力和体力稍有消耗，她就会虚弱得喘不上气。

“珍珠，咳咳咳……去取我的香囊来。”沈羲和吩咐。

珍珠立刻大步朝着外面自家的马车奔去。

断断续续，沈羲和花了一个时辰才将残局布好，然后请了他们过来。

“千层式……”华富海看了棋局一眼，话音未落便改口，“不，并非千层式……”

沈羲和面色淡然：“华陶猗请。”

“沈姑娘这棋局布置得精妙，可有名目？”华富海对棋局兴趣盎然。

“月宫局。”

“以两刻钟为限。”白头翁在规则上偏向沈羲和，说完将沈羲和请到另一边。

因沈羲和气短神虚，白头翁便为她施针。其间，珍珠在一旁认真记下白头翁如何施针。

室内只有棋子轻微落入棋盘的声音。

沈羲和似乎真是累极了，在施针的过程中睡着了。

直到最后一枚棋子落下，华富海出声道：“棋局已破。”

沈羲和才在珍珠的轻推下缓缓地睁开眼帘，还有些惺忪。

“沈姑娘，小老儿还有几月可活。我观你身边的这位婢女颇有底子，是否要将她放在小老儿的身边学习？”沈羲和醒来，白头翁便问道。

沈羲和看了珍珠一眼，颔首：“正是，还望老翁多指点她。”

“便将人留下吧。”白头翁点头，“沈姑娘去看看棋局。”

沈羲和觉得没有那么疲惫了，也不那么喘不过气了。她起身缓缓走过去，棋局果然已经被破解。她点了点头："华陶猗棋艺了得。"

华富海刚要伸手捡起被吃掉的全盘白子，沈羲和却伸手阻拦："慢着。"

华富海的手悬在棋盘上，他微微抬头，那双如渊如海的眼眸对上了沈羲和的目光。

若方才只是直觉，那么此刻这一眼让沈羲和笃定，眼前的华富海就是昨夜的绣衣使。

沈羲和笑意轻浅，细长如玉雕的两指从边缘拈起一枚白棋，扔在自己之前喝过的茶杯之中。淡淡的白色散开，白子变成了黑棋，她又将棋子重新放回了原处。

原本是白子被吃光的局面，一下子变成了黑棋全军覆没。

沈羲和谦虚地开口："华陶猗，承让。"

华富海看着棋局瞬间颠倒，渊海般的黑眸里溢出笑意："有意思。"

他执起那枚湿漉漉的黑棋："沈姑娘是如何将它变成白色的？"

这雅室里有笔墨，他检查过所有黑棋，并没有异样。

他没有想过沈羲和竟然在如此短的时间内，将黑棋做得与白子一样光润。

"香脂。"沈羲和解答，"我让婢女取了一趟药。"

这就是她和珍珠的默契了。入雅室前，墨玉就说过外面有人守着，所以她没有吩咐珍珠，而是用了暗示。珍珠去取她的香囊，马车上有她用香料调制的香脂。

香脂，乳白色似漆，她在黑子上轻轻刷一层，用香炉烤干便可。

言罢，沈羲和将香脂与香炉都取了出来。

巴掌大小的精巧香脂用瓷器盛放，香炉是雅室里原有之物。

在时间的限制下，人的正常思维都会以为她若做手脚，会在白子上弄，比如用墨汁将摆好的白子变成黑棋。

白变黑很容易，黑变白却极难。

"两军对垒，安插细作并不高明。令敌军亲斩心腹，方为上策。"沈羲和仿佛附着一缕寒雾的眼瞳晶亮深沉。

"沈姑娘，华某受教了。"华富海站起身，对沈羲和深深一揖。

"你分明是使诈，胜之不武！"华富海的仆人气得面红耳赤，眼里还透着焦急之色。

沈羲和心想：脱骨丹之于华富海，也如于自己一样重要。

"这叫兵不厌诈。"珍珠理直气壮地反驳，"华陶猗巨富之家，想来没有少与人交锋，难道从不曾使过诈？"

"我们……我们……"华富海的仆人被怼得无从反驳，这当然是有的，"可是……"

"退下。"华富海轻声呵斥，淡然地望向沈羲和："华某心服口服，既然脱骨丹为姑娘所有，可否将脱骨丹的方子誊抄与华某？”

“华陶猗请便。”沈羲和将手札递给了华富海。

华富海就在雅室让仆人研墨，抄走了脱骨丹的方子，将手札还给沈羲和，同时向白头翁告辞。

沈羲和目送他们主仆离去，也跟着请辞。白头翁没有挽留。

沈羲和把手札留给了珍珠。珍珠有两个月的时间跟着白头翁，就看能吃透多少东西了。

珍珠舍不得沈羲和，但也知道脱骨丹没有经过反复查验，未必真的万无一失——沈羲和需要她学到更多医理。

回到客栈之后，沈羲和派人去请谢韫怀。

“墨玉，传信给阿兄，着人打听是否见过百年金雕。”沈羲和吩咐墨玉，而后叮嘱，“告诉阿兄，只要消息，无须冒险。”

这位华富海是个能人，她卖个人情也值得。

西北大漠有不少金雕，不过，沈羲和听说过活得最长的金雕也不过八十年。

“诺。”

墨玉退下不久，谢韫怀便赶来了。

沈羲和将脱骨丹推到谢韫怀面前：“交给齐大夫了。”

即便已经坦承了身份，沈羲和依然称谢韫怀为齐大夫，因为谢韫怀说过再不为谢家子。

谢韫怀打开药盒，沁人心脾的药香散开。他只看了一眼就合上了盖子：“郡主，此物珍贵至极。”

“再珍贵，也比不上我的命贵。”沈羲和淡笑，“如何服用，老人家也不知。我不能在此逗留太久，老人家也不会随我同行。齐大夫无须惊惶，你为我验药，我给你药方，我们算是两清。”

顿了顿，沈羲和又说道：“不过要劳累齐大夫随我一道上京都。齐大夫若不愿入都城，住在京郊也可。”

“承蒙郡主抬爱，齐某必当竭力助郡主早日康复。”谢韫怀对沈羲和抱手行了一礼。

珍贵的药材、药方和医界巨擘的巨作对一个大夫而言弥足珍贵，谢韫怀与沈羲和约定，到了京都他住在城外。

沈羲和和谢韫怀说了几句话，墨玉回来，带来了白头翁的老仆。老仆一言不发，只是将仙人绦还给了沈羲和。

“郡主，此物如何处置？”墨玉询问。

这东西是拿去同白头翁换取脱骨丹的，沈羲和以为是白头翁需要，原来他只是想见一见。

年轻时的白头翁对疑难杂症尤为痴迷，一听到何处有怪病和绝症，便不远千里地去医治，遇到想要克服的病症，就废寝忘食地钻研。

后来，因为他不远万里去给别人治病，而没赶上救治岳父岳母，让妻子眼睁睁地看着父母不治而亡。妻子怨恨他，与他和离且老死不相往来。

此后，妻子也未曾另嫁。无论他如何挽回，终究没有让妻子迈过心里的那道坎儿。

后来，他为救妻子的侄儿亲尝毒药，一夜白头，妻子才给了他一幅画，便是先前展示给沈羲和他们看的仙人绦的画。

他何时寻到此物，便是上苍让她原谅他之时，她便与他再续前缘。可惜十年的时间，妻子去世了，他也未寻到仙人绦。

他想和妻子合葬。这么多年，他从未放弃过寻找仙人绦，现在终于找到，算是了却了他的心事。

他也不知道这东西有何用处，不敢贸然带入他和妻子的陵墓，毁了又可惜。妻子也只是想知道世间有此物而已。目的达到，他再三思虑后，决定将仙人绦还给沈羲和。

他不管仙人绦原来是何人拥有，只知道是何人带来给他的，故而送到沈羲和这里。

沈羲和抚着仙人绦的绿带。她很喜欢这东西，但还是决定将之送还给华富海。

“问一问华陶猗下榻何处，物归原主。”

墨玉遂向白头翁的老仆打听出华富海的住所，亲自将仙人绦送了过去。

不久，墨玉不但带回了仙人绦，还带来了华富海的一个仆人。

这仆人很是恭敬：“沈姑娘，老爷说此物从天而降落入姑娘手中，与姑娘当是有缘，便赠予姑娘。姑娘切莫推辞，此物于老爷而言别无他用。姑娘若是不好受赠，不如请日后对脱骨丹的药材多上些心，这仙人绦权当提前赠予姑娘的谢礼。”

赠予她的谢礼？

沈羲和心中一哂，华富海这是提前堵了她向他索要人情的路呢。

她有脱骨丹的药方，自是知道华富海所缺之物。华富海如此富有，人脉定然不少，是怕她哪一日遇上了难处，又恰好打听到他缺的药材消息，以此寻他做交易。

现下好了，有了仙人绦的馈赠在前，便是日后她得了消息，也不好再索要回报，更不好意思明知下落不通知他一声。

“替我多谢华陶猗。”沈羲和收下了仙人绦。

她原就喜欢这东西，便是不喜欢，若是这会儿退回去，只会让华富海对她暗生提防之心，何必呢？

华富海的下人带着沈羲和的话回到府邸的时候，华富海正临窗而立，指间捏着一枚黑棋，正是从白头翁那里拿回来的那一枚，圆润的棋子在他的指间转动。

“主子为何将此物赠予昭宁郡主？郡主留着也无用，不如送与老夫人，那可是《山海经》中记载的奇花异草。”下人把沈羲和的话带到之后，爹着胆子问了一句。他察觉方才沈羲和的态度，很明显是误会了自家主子赠仙人绦的用意。

“形似同心结之物，赠予祖母？”华富海扫了下人一眼，眼瞳里银辉凝聚，“同心结寓意为何？”

同心结——寓意永结同心，是婚嫁之物。

“主子，您……”下人眼皮一跳。

“天圆，”华富海打断下人的话，转而说道，“她认出了我。”

“这……这如何可能？”天圆震惊不已。

他们的主子自八岁起就开始乔装打扮，后特意寻了民间的奇人钻研此道。即便是他们这些自小跟随之人，若是主子有心隐瞒，也难以洞悉破绽。

“我亦不知是何处让她警觉。”华富海对此极其好奇，眸中有笑意一闪而逝，“若非察觉，以她堂堂西北王爱女的身份，哪儿会对我这个商贾如此客气？”

“殿下，您是说郡主知道您……”天圆更是心惊肉跳。

华富海含笑摇头：“不，她只知晓我是昨夜的绣衣使。”

似是想到了什么，华富海眼里笑意更浓：“若她看透了我，知晓我的真实身份，便不会这般谨慎。你莫要忘了她对老五和老九的态度。”

正是因为她看不清他，正是因为她知晓他能伪装成天子近臣绣衣使，才会处处有所保留。

皇太子也好，亲王也罢，真要被这位郡主知道了他的底细，只怕就不会将他放在眼里了。

“沈岳山为人严肃，儿子也刻板，倒是这个女儿甚是有趣。”华富海眼中闪过一点儿兴味。

沈羲和不知有人在赞她有趣。此事完结，她便立刻整装，次日一早就由洛阳出发赶往京都。

沈羲和的身子骨儿极差，他们行路缓慢，到了夜里才出了洛阳城，这一夜只能在荒郊野岭里将就。

墨玉猎了野兔正在烤，在沈羲和的指导下抹了不少香料和蜂蜜，香气随着“刺刺刺”的出油声飘远，便有人闻香而来。

听到马蹄声，沈羲和与墨玉警惕地盯着声源的方向，就见来的是一对主仆。

主子是个少年郎，面容有几分俊秀，着一袭没有任何纹饰的天青色斓袍，看起来有些清瘦。

少年郎翻身下马时，险些没有站稳，腼腆地走上前对沈羲和一揖："二位女郎，不知可否行个方便，容我主仆二人在旁休息？"

少年郎似是怕沈羲和二人误会，连忙掏出文牒："小生郭道译，是赶考学子，绝不是奸恶之人。"

墨玉看向沈羲和。

沈羲和很冷漠地拒绝："男女有别，公子请离去。"

少年郎却没有走，而是踟蹰地试图说服沈羲和："女郎还请通融一番，夜已深，咱们一道也能互相壮胆……"

"我无须壮胆。"沈羲和打断他的话。

"小……小生需要……"少年郎的声音弱弱地响起，说着他还怯怯地看了看漆黑的四周。

"与我何干？"沈羲和隔着幕篱垂下的轻纱，冷冷地看向少年郎。

"唰"的一声，墨玉拔出手中的长剑。

少年郎仿佛受到惊吓，退了一步，有些害怕地不敢再多言，只能牵着马跑到远处蜷缩着。他的仆人好似也很胆小，仅取出了干粮，都未敢上前。主仆二人靠着树，时不时地朝这边张望。

"郡主，可要驱逐？"墨玉低声问。

"不必。"沈羲和盯着已经开始绽皮的烤兔，"可食。"

墨玉立刻用干净的匕首将兔腿切下来，从马车里拿了木盘，将兔腿切成小片放在木盘里递给沈羲和，剩下的她和扮作车夫的护卫分了。

男女有别，谢韫怀不宜与他们一路，便先行去了京都。

霸道的香气飘过去，少年郎似乎忍不住香味儿的引诱，犹豫了许久，拿了一个木盒走过来，小心翼翼地问："女郎，我可否用这盒透花糍与女郎换些肉？"

他打开木盒，半透明的糕体，灵沙臛塑出的桃花隐约映透出来，十分精巧美丽。

沈羲和瞥了一眼精致的透花糍。虽自己也会做，但一向自视甚高的沈羲和，第一次见到有人做出来的透花糍和自己所做的精致程度不相上下。

"墨玉。"她轻轻唤了一声。

墨玉会意，将另外一只兔子的一半肉分给了郭道译。墨玉从他的手里拿过透花糍，先吃了一块，确定没有异味儿和毒，才将剩下的三块递给了沈羲和。

郭道译得了兔肉很是开心，竟然直接在火堆旁边距离沈羲和不远的地方坐下。

沈羲和皱了皱眉。她用银签子插了切开的一小块透花糍送入口中，透花糍软糯适中，香甜不腻的口感，让她的心情极好，便决定不与他计较。

她的脾胃弱，这等不好消化之物，她只能浅尝辄止，一块都没有吃完，剩下的都给了墨玉和护卫。

“女郎的兔肉入口香贯鼻喉，直通肺腑；肉厚处醇香软烂，肉薄处酥香脆爽；腰肋脆韧独特，让人越嚼越香。”郭道译吃得满足至极，吃完后忍不住问，“不知可否请女郎赐下方子？愿以金相赠。”

沈羲和极其讨厌这等看不懂眼色之人，正欲开口，忽地一阵风吹来。

风是从郭道译的方向吹向她的，清新的木香之中似有若无地飘着一点儿多伽罗香。

沈羲和目光一闪，抬起头打量着这个少年郎。他面容秀气，语态和神色没有丝毫与文弱书生相悖之处。

若非这一缕香气，由始至终，沈羲和都没有怀疑过这个路遇之人。

玩儿过了绣衣使和富商，他现在又扮成书生，还故意接近她。

沈羲和仿若未觉，冷冷地拒绝：“我看起来像缺金之人？”

少年郎好似没有想到这位女郎如此冷漠，这么毫不留情地驳了他。他兢兢业业地扮演着文弱书生，委屈巴巴地低下了头。

沈羲和瞥了他一眼，懒得思考他这样做的目的。至少，她能够感受到他没有敌意和恶意。

且由着他装模作样，在墨玉的陪同下，沈羲和简单洗漱一番就上了马车，升起了铜板防风、隔音，安然入睡。

她早间醒来时，那对主仆已经先行一步。

沈羲和没有将这人放在心上。对方有何目的，她迟早会知晓。

平静地行路一日，他们找了个村子落脚。刚入村子里，沈羲和就看到郭道译和两个村民正有说有笑地走出来。

他看到沈羲和的马车，露出灿烂的笑容，再一次自来熟地上前说道：“女郎，我们又遇上了，真巧。”

沈羲和在墨玉的搀扶下下了马车，戴着幕篱走向他，目不斜视地与他擦身而过，更加确定地闻到了多伽罗香，扔给他平淡的两个字：“不巧。”

暮色四合，天光翳翳；树影婆娑，夜幕沉沉。

沈羲和用了餐食，在小院里踱步，既消食，也为了锻炼体魄。

“砸死它，砸死它。”

“俺娘说这东西咬人，有毒！”

“砸它，砸它！”

孩童们夹杂着乡音的起哄声传入沈羲和的耳畔，隐约间还有一种怪异的野物惊惶而又凄惨的声音。

这种声音有些耳熟，沈羲和遂出了院子循声走去。

墨玉拎着灯笼连忙跟上。

村中有个大院坝，中间有棵巨大的榕树。因为村中一种信仰，树上常年挂着照明的灯，也因此这个村子里的孩童们日落后也没有被拘在家里，会在这灯下嬉戏玩耍。

沈羲和与墨玉到时，就看到七八个孩童围着老榕树，拿着石子儿往树根处砸。一道不灵活的身影躲避着、嘶叫着，它的眼睛发着光。

“墨玉。”沈羲和立在院坝的边缘。

墨玉一个闪身到了老榕树前，手中未出鞘的剑一划，将一颗即将砸中小东西的石子儿挑开，大步上前将血迹斑斑的一团东西拎了起来。

小孩子都很畏惧大人，尤其是家里叮嘱过这些都是贵人，不能冒犯。他们看到墨玉和沈羲和，都没敢追过来。

“郡主，这是何物？”墨玉拎着流着血还在挣扎的小东西。

这像猫不是猫，类狸不是狸，墨玉从未见过这等动物。

“去给它洗洗，处理好伤口。”

这家伙现在太脏，沈羲和有洁癖，不想碰甚至不愿靠近它。

墨玉知道沈羲和是要这东西了，于是对它的态度好了些。不过小东西的爪子很利，以为墨玉要对它不利，它还要反抗，在墨玉的手里却是徒劳。墨玉把它收拾干净了，才送到沈羲和的面前。

被收拾干净的小东西皮毛似猎豹，色泽鲜艳，斑纹清晰，绒毛柔细，是个讨喜的小家伙。沈羲和伸手想要摸一摸它。

小家伙却在沈羲和的手靠近的一瞬间亮出了利爪。奈何它还来不及伤到沈羲和，就被墨玉卡住了脖颈儿，发出“呜呜呜”的叫声。

沈羲和用圆润粉嫩的指尖点了点小东西的脑袋：“学乖了吗？”

小家伙依然“呜呜呜”地叫着。

沈羲和抬眼给了墨玉一个眼色，墨玉松开了手。

小家伙趴在桌子上，一动不敢动。

沈羲和拎起它的脖颈儿，看向它的身下，有个香囊：“去车上把香具旁边的盒子取来。”

这是一种灵猫，是夜行动物。看它腿上的伤，它应是掉入陷阱又侥幸逃出来，跑到了村子里，被玩耍的孩童们围住追打。它和猫一样，夜间眼瞳会发光，被孩童们当作异类想要除之。

灵猫有香囊，会产灵猫香，极其珍贵稀有。

灵猫香可以入药，镇痛安神，还能通经络、透肌骨、消痈肿，若是用于调香，可使香味儿浓郁、柔和，并经久不散，还可以抑制鼠疫。

墨玉取来了工具。沈羲和让墨玉拉起它的尾巴，握紧后肢。沈羲和掰开它的香囊，轻轻地将里面的香挤出来。

最初灵猫奋力反抗，并且发出了尖锐刺耳的叫声。感觉到沈羲和的动作轻柔，它才变得温驯。她挤完香后，还细心地给它涂抹了甘油。

被挤完香还很舒服的灵猫趴伏着，眯着眼睛仿佛在享受。

沈羲和收好香，净手回来，就看到小东西蜷缩在原地，大有赖着不走的架势。

"也罢，养你几日。"

这样，她每隔三日可以取一回香。

这小东西受的伤不轻，现在出去也无法捕猎或是上树寻野果，指不定得饿死。

待沈羲和收拾妥当，刚躺下，灵猫就跑过来，竟然要在她的身旁赖着。

"不可得寸进尺。"沈羲和点了点它的脑袋，就将它扔下了榻。

落在地上的灵猫"呜"了一声，却没有再跳上去。

睡了大概两个时辰，有利箭"嗖嗖嗖"地射进了沈羲和的屋子，吓得灵猫"呜呜"地叫着跳上了沈羲和的床榻。

沈羲和缓缓地睁开眼，柔软的手搭在灵猫的背上轻轻地抚着，对射进来的暗箭视而不见。

床榻背窗，对准床榻放箭的方向埋伏的都是她的人。

几支箭被射进来后，箭上的竹筒溢出白雾，是迷烟。

"拙劣的曼陀罗香。"沈羲和微微颦眉，对粗制滥造的东西很不喜欢。

"墨玉……"

"救命啊——"

沈羲和正要吩咐墨玉行动，一道尖锐的叫声划破夜空，一瞬间整个村子亮起了烛火。

沈羲和闭上眼睛，看似面无表情，实则极其恼怒。

大概一炷香的时间后，墨玉从外面回来："郭公子的屋内爬入一条毒蛇，他受到了惊吓。"

"那些人呢？"沈羲和明知道结果，却还是问了一句。

"郭公子的叫声惊走了他们。"墨玉回答。

他们只是想要用迷药悄无声息地对沈羲和下手，可郭道译的一声惊叫让全村人都醒了过来。毕竟这个村子有四五百人，难道他们要将整个村子都灭口？

若有人屠四五百人之多，官府必定追查。

"多事。"沈羲和说话的声音染上了夜的寒凉之意。

洛阳城，他扮作绣衣使打断了她的计划；昨夜又扮作书生横插一脚；今夜掐着时间惊叫一声。

一鼓作气，再而衰，三而竭。

萧长卿定然会就此收手，毕竟也不是非要她的命不可——每次都这般不顺，会让他心生不妙之感。

她距离京都越近，萧长卿就越不好动手。

她原本计划着把事情闹大一点儿，摆明态度，到了京都就懒得和萧家的人虚与委蛇。偏生这个来历不明的家伙屡次阻拦，看着也不像是偏帮萧长卿。沈羲和恼火在于闹不明白这家伙的目的。

“郡主，可要婢子……”

“歇下吧。”沈羲和闭上眼。

她身子骨儿不好，需好生休息，等天亮了，再给他点儿苦头吃。

沈羲和很快入睡。

隔着不远的另一座小院，郭道译喝了几口茶水润了润嗓子：“天圆，快收拾行李，我们即刻启程。”

“主子，这大晚上……”同样易了容的天圆瞅着外面昏沉的天。

“再不走，明儿你的主子就要倒大霉了。”郭道译眼中掠过一丝笑意。

“主子，你救了郡主，郡主怎会……？”天圆不解。

“她何须我救？”郭道译迤迤然地站起身，盯着收拾行李的天圆，“她孤身上路，就是以身做饵。老五聪明一世，却浑然不知这位郡主的秉性……”

顿了顿，郭道译短笑一声：“或许他知晓也不在意。这人哪，可真是疯不得。我们家老爷，还不知他硬生生逼疯了一个儿子，有趣，实在是有趣。快回京，大戏开锣，怎能少了我？”

故而第二天一大早，天微亮就起来的沈羲和便得知郭道译主仆因为被蛇吓得不敢留宿，连夜启程。

他被蛇吓到？他在骂她是蛇蝎美人吗？

沈羲和扬起嘴角：“很好。”

接下来的行程再无波折，沈羲和带着那只灵猫在九日后入了商州，再行五日就能抵达京都。

灵猫的伤势痊愈前，沈羲和在它的身上取了三次香。

这日，路过绵延起伏的山林，沈羲和将灵猫放回山中。小家伙依依不舍，一步三回头。

“走吧，你属于这一片天地。”

沈羲和只喜欢养花草，不喜欢养活物，嫌吵。

更何况这些东西不是家养之物。她知道京都贵女、夫人近年来都喜好养猫，圈养在沈羲和的眼里是一种磨灭天性的行为。

沈羲和没有想到，离开商州后又遇上了这个小家伙。两天两夜的行程，它跋涉而来，似是赖上了沈羲和。

它的眼睛圆溜溜、湿漉漉的，它就围着沈羲和转。沈羲和撵了好几次，它走远了又追上来。最后一次它竟然是带着伤追上来的，一只脚又被割破，伤口深可见骨。

饶是沈羲和冷心冷肺，面对这样一个执着的小家伙，也是有点儿动容："这可是你自找的。你要跟着我，就跟着吧。"

沈羲和带着这只灵猫到了京郊，顺利地与莫远等人会合。莫远见了沈羲和，魂儿才归位。

"郡主，郡主，这是只什么猫？"红玉非常稀罕这只长得像狐狸又像猫，披了一身豹子皮毛的小家伙。

奈何小家伙很高冷，除了沈羲和，就算是墨玉也轻易不让亲近，更别说让谁摸它的毛。

红玉只能眼巴巴地看着它。

"路上捡的野猫。"沈羲和瞥了灵猫一眼，"它死赖着不走，就带回来养着，给你们解闷。"

"郡主，可给它起名儿了？"碧玉也喜欢毛茸茸的小动物。

"起名儿？"沈羲和压根儿没有想到这一茬，摸了摸小家伙的脖颈儿，"听说太子殿下回京了？"

"是，距离太后娘娘的寿诞不远了，陛下早几个月便吩咐在芙蓉园筹办，太子殿下就随太后娘娘一道回了京……且太子殿下亦在太后娘娘的寿诞之后加冠。"碧玉回话。

"嗯。"沈羲和淡淡地应了一声，视线落在享受着她挠抚的灵猫身上，"叫它短命。"

"啊？"红玉和碧玉不约而同地惊呼。

从来没有人给身边养的活物起这样的名字。

郡主先问太子殿下，再给猫起名儿，这不让她们产生联想，很难。

这短命……

"短命。"沈羲和不理会几个丫头的反应，轻轻叫了一声。

灵猫很配合地回应了一声。

自此，它就叫短命。

其中深意，实在不是她们做奴仆的该多想的。碧玉机灵地转移话题："郡主，两家铺子已经被腾出来，也按照郡主的吩咐布置妥当了。我们要用来做什么营生？"

沈羲和派他们先上京都是有任务在身，让他们将两间沈羲和生母留下的铺子腾出来。这两间铺子一间在安邑坊，一间在怀远坊。

安邑坊在东市之前，怀远坊在西市之前，都是做买卖极好的地段。

“开香铺。”沈羲和很满意他们的效率，“让莫远派三个机灵善辩之人，去南海郡联络香户，日南郡有香市，朱崖郡有香洲，给他们一人一百金，不论香料为何，都大量采购。”

“一百金？”碧玉负责管着沈羲和的钱财。三百金虽然极多，但对沈羲和来说不算什么，只是三百金得购置多少香料？！

“一百金。”沈羲和面色平淡地颔首。

“诺。”碧玉应声退下去安排。

“郡主，我们的香铺起何名字？”红玉负责铺子的整修和装饰。

“起名字？”沈羲和很不喜欢起名儿，不过，自己的东西又不喜欢别人来起名儿。

她顺着短命柔软的毛，黛眉微抬：“独活，独活楼。”

“独……独活？”红玉一下子就傻了。

红玉看了看在沈羲和的腿上趴着的短命，这又是短命又是独活的，实在是……

“郡主，独活听着多不吉利啊。”红玉真不知为何郡主净起一些奇奇怪怪的名字。

“百花杀尽，唯我独活。”沈羲和那黑曜石般的眼瞳一转，眼波淡淡，“如何不吉利？”

“呃……”这么一听，红玉又莫名地觉得这个名字很有气势。她觉得郡主的身上多了一股劲，像极了王爷大战归来时的样子，于是欢喜地道：“好听，独活楼好。”

碧玉安排好沈羲和吩咐的事宜，折回来就听到红玉的这句话，不由得白了脑子不灵光的红玉一眼，走上前低声询问：“郡主，独活此名甚是独特，日后定会有诸多人询问缘故。”

总不能别人询问起来，他们就把郡主的原话说出去，这不是要把所有人得罪光了？

“直言又何妨？”沈羲和丝毫不在意。

碧玉露出快哭的模样：“郡主……”

“好了，不逗你。”沈羲和知道碧玉这是为她考虑，淡淡一笑，“独活入药可医人，入香可合香。”

碧玉松了一口气：“郡主，何时将玲珑送到康王府？”

玲珑被送到莫远的手里，已经按照沈羲和的吩咐动了刑，人还没死。

“就今夜。”

沈羲和不想节外生枝，之前吩咐他们先不送人过去，等她归来，正好让康王府知晓——她沈羲和来了。

“明日入京，郡主是住王府还是郡主府？”碧玉又问。

京都有沈岳山的王府，也有祐宁帝恩赐沈羲和的郡主府。

只不过王府里有一个祐宁帝硬塞给沈岳山的妾。这个妾是康王府嫡女萧氏，祐宁帝的堂妹。

西北王府和康王府在十四年前就结下了死仇。

十四年前，沈岳山奉诏入京受赏，谁也没有想到，帝王赐下的酒水里竟然被下了药。

起先以为是不胜酒力的沈岳山被恩准在宫中小憩，萧氏就是那个时候潜入了沈岳山歇息的寝殿。

秽乱宫闱，沈岳山“糟蹋”的又是帝王的堂妹，康王府的嫡女，祐宁帝雷霆大怒。若非太后查清是萧氏自己买通宫人，动了皇帝的御赐之酒，只怕沈岳山就被下狱了。

饶是如此，皇家还是要脸面的。祐宁帝怎么能让自己的堂妹为妾？不过错在萧氏，又有太后主持公道，皇族宗亲便施压，想让沈岳山娶萧氏为平妻。

沈岳山当时只能忍着恶心应下此事。消息传回西北，怀着沈羲和的西北王妃当即受了刺激，怀孕才八个月就早产且难产，生下了先天病弱的沈羲和便撒手人寰。

沈岳山闻讯进宫，上交西北兵权，要为发妻服丧，坚决不肯再娶萧氏。

恰好这个时候，西北之外的突厥来犯，祐宁帝无奈，只能申饬萧氏和康王府，并大肆追封西北王妃以及吊着一口气的沈羲和。

最终就是沈羲和被封为食邑三千、享国公待遇的昭宁郡主，封号中用了一个“宁”字，彰显了帝王的荣宠。

沈云安被封世子，萧氏留在京都，终身不得踏入西北一步。

沈岳山这才临危受命，再次领兵平定西北外乱。

谁也没有想到，萧氏竟然在两个月后被诊出喜脉，十个月后产下了沈岳山唯一的庶出之女——沈璎婼。

父亲是权倾一方的西北王，母亲是王府嫡出的郡主，舅舅是当今圣上，沈璎婼本该是比肩公主的金枝玉叶，处境却因为庶出的身份而极其尴尬。

前些年，沈璎婼在宫中伴着四公主读书，因为机敏聪慧而被祐宁帝喜爱，被封了县主，境地才好了些。

康王府与沈羲和不但有杀身之仇，还有杀母之恨！

“郡主府。”沈羲和不喜欢人多，“着人多购置一些花草树木。”

“诺。”碧玉又退下去安排了。

沈羲和有些疲惫，在红玉的服侍下小睡了半个时辰，一醒来就被红玉告知谢韫怀来了。

半个月的时间，谢韫怀琢磨出了些门道，不过没有实践也不能笃定，但脱骨丹就这么一粒，肯定不能随意寻人尝试。谢韫怀听闻沈羲和到了，便上门请示。

“如何服用，我亲自来。”沈羲和面色平淡地说道。

“郡主三思。”谢韫怀不赞同沈羲和以身试药。

“此药只此一枚，而我亦不过三五载可活，不如放手一搏。”沈羲和坚持。

“郡主，此药虽无大害，可火气足、燥气盛，在下建议以雪水引药。”谢韫怀知道劝不了沈羲和，便斟酌后说道，“一杯雪水，半钱脱骨丹。郡主先服用一次，随后几日，我为郡主切脉，再行定论。”

脱骨丹含有大量大补之药，尽管白头翁的配伍精妙，可沈羲和身子弱又体寒。谢韫怀极其保守，半钱已经是在保证能有药效的情况下最低的服用量，完全是孩童的标准。

雪水很容易弄到，诸多茶庄及好茶之人都会采集冬日的雪水，他们只要花钱就能买到。

沈羲和正要吩咐红玉去买一坛雪水回来，谢韫怀拎出一个小酒坛：“这是在下储藏的白梅雪水，郡主若要服用，便用它吧。”

“多谢。”沈羲和没有推辞，趁着谢韫怀在，倒了一杯雪水，又刮了约莫半钱的脱骨丹，眉头都没有皱一下，先将药含于口中，接着就着一杯冰冷的雪水一饮而下。

沁骨透凉的雪水滑入体内，沈羲和觉得手脚冰凉，偏偏丹药入体，又似有一团火在烧。霎时间，沈羲和只觉得体内似冰火两重天，本就较于常人苍白的小脸血色尽褪。

汗水细细密密地从额头上渗出，她难受至极，却咬着牙硬生生地扛着，一言不发。

“齐大夫，郡主会不会受不住？”红玉看了此景，眼睛里泛着泪光。

谢韫怀面色凝重，扣住沈羲和的脉搏不松手，感受着她的脉象变化，另一只手捏着银针，随时准备给沈羲和施针。

因沈羲和的脉象变化异常，时而气若游丝，时而强健稳定，谢韫怀两条剑眉渐渐拧起。

沈羲和撑不住冰火相撞的剧痛，整个人“砰”的一声趴在桌上。

“郡主！”红玉和碧玉大惊失色。

守在外面的墨玉和紫玉闻声也冲了进来。

谢韫怀抿唇，要给沈羲和施针。

针尖的寒芒闪过眼角，沈羲和艰难地开口：“撑……撑得住……”

沈羲和疼得额头和手背上青筋起伏，泛白的唇上染上了一层血，还咬牙强撑着。

谢韫怀扣着她的手腕，虽然她的脉象混乱，却渐渐趋于平缓，这会儿施针就会前功尽弃。

“手绢，给郡主咬着。”谢韫怀沉声吩咐。

碧玉忙掏出干净的手绢折叠好递给沈羲和。

沈羲和难受得浑身轻颤，闭上了眼睛。

沈羲和能够感受到这种痛苦的滋味正在以很缓慢的速度减轻，最痛苦的时候都撑过去了，接下来也能挺住。

她有预感，如果这样服用脱骨丹有效，那么日后每次服用都免不了要这样痛苦一次。她这会儿不硬扛下去，日后就会心生怯意。

谢韫怀见她拒绝了手绢，心里叹了一口气，眼中闪过一缕疼惜之意。

她明明是世上一等娇贵的人儿，又是那样娇贵地长大，却能够忍下这份煎熬，不得不令他刮目相看。

沈羲和整整疼了半个时辰，在痛苦消失之后晕了过去。

她再醒来的时候已是华灯初上，睁开眼就看到红着眼的红玉和紫玉，心头顿时微微一暖。

“郡主，郡主，我们以后不服脱骨丹了，可好？等珍珠姐姐回来，我们定能寻到其他法子。”紫玉一边扶起沈羲和，一边哽咽地开口。

“我这不是熬过来了吗？”沈羲和脸色依然苍白，声音轻柔，“我也想有朝一日能和阿爹、长兄一起驰骋草原，与风同奔，逐日而行。”

紫玉等几个丫鬟红了眼眶，想到了沈羲和无数次站在城楼上，看着西北官邸的女眷们策马而行，卷起大漠黄沙，久久不能回神。

碧玉更是迅速跑出屋子，直奔向莫远：“即刻将玲珑送过去，缸子里再装几条毒蛇！”

碧玉痛恨康王府的所有人，如果没有萧氏寡廉鲜耻，王妃怎会早产？郡主又如何会体弱？她又何须受今日之罪？

“郡主可还好？”莫远是外男，不能入内，但对沈羲和的事情也都知道。

“郡主无碍。”碧玉回答完就微微屈了下膝，走了。

沈羲和醒来得晚，待紫玉精心熬好了药膳粥端到沈羲和面前，已经是深夜。

万籁俱寂的时候，沈羲和慢条斯理地用着药膳粥。

康王府里发出了一声凄厉的叫声！声音是从老夫人的屋内传出来的，康王府瞬间灯火通明，就连隔壁院子的人也被惊扰了，免不得派下人来探问。

康王带着王妃和儿女奔到老王妃的院子里，看到的是被吓得昏死过去的值守丫鬟和老王妃，还有一口瘆人的缸，里面露出一颗血淋淋的人头。

康王府顿时乱作一团！康王令侍卫去抬缸，却不想缸裂开了，里面蹿出几条毒蛇！毒蛇乱窜之际，康王的嫡长子被蛇咬了一口。

康王立刻派人报官，等冷静下来，才认出这个面目全非的人是玲珑！

这个时候，京兆尹已经带着人来了，就连与康王府隔着一条街的大理寺卿也闻讯过来了。

康王想要捂住这件事情已经来不及……

沈羲和一夜酣睡，早上起来顿觉神清气爽，从未这样舒适过。

早上，沈羲和罕见地用了黍臛和馎饦，看得紫玉喜极而泣。

紫玉为郡主学了一身厨艺，奈何郡主从来吃不下太多东西，让她的一身本事无法施展。

沈羲和的食欲增加，几个丫鬟都开心不已。

谢韫怀一大早就过来给沈羲和诊脉。

“郡主的脉象比往日强健些许，变化不大，却有好转之象。”谢韫怀也松了一口气，担忧了一整晚，好在沈羲和没有大事。

沈羲和看到谢韫怀青黑的眼睑，致谢道：“有劳。”

“郡主……”

谢韫怀正要说些什么，碧玉疾步而来通禀：“郡主，大理寺少卿求见。”

“大理寺少卿？”沈羲和纳闷。

大理寺掌刑狱，祐宁帝要派人来接她，也应该是派礼部的人。她还没有入城，怎会牵扯上官司？

“请人进来。”

沈羲和有正事，谢韫怀自然要回避。

本朝别的不说，人才辈出，青年才俊更是数不胜数。

大理寺少卿是正四品，手握实权。眼前的这人不过二十岁出头，穿了一身绯色官袍，腰间挂着银鱼袋，脚踏官靴，身形修长，面容清俊，看上去是个不苟言笑的翩翩郎君。

大理寺少卿崔晋百是崔家三房的嫡子，有名的神童，十六岁便名满京都。

六年前，发生了两件轰动京都的大事情，一是谢韫怀断发义绝，一是崔晋百三元及第。

这位大理寺少卿今年只有二十二岁，已经为官六年，从翰林院出来先是入了吏部，今年又被调任大理寺——胭脂案就是他捅出来的。

崔晋百年纪轻轻就成了新贵，受天子重用，出身名门，尚未娶妻，是京都高门大户当家主母眼中最好的贵婿。

“下官崔晋百，拜见郡主。”崔晋百行了拜礼。

他背脊笔直，身材匀称，举手投足间都透着世家公子令人赏心悦目的端雅气质。

沈羲和享国公待遇，崔晋百以大理寺少卿的身份来寻她，自然要行大礼。

“崔少卿多礼。”沈羲和微微抬手，待崔晋百起身便问，“不知崔少卿一早来此所为何事？”

“郡主容禀。”崔晋百一副公事公办的模样，“昨夜有人借送瀰水之便，送了康王府一口缸，缸内有一人，被施了酷刑。经京兆尹与大理寺核实，这人是郡主在临湘县通缉的逃奴——玲珑。”

“哦？”沈羲和微微诧异，“我这逃奴跑了数月不见人，却在我刚抵达京都城外时就被人送到了康王府？为何要送到康王府？”

崔晋百微垂着头：“下官此来亦想询问一些关于玲珑之事，还望郡主通融。康王府老夫人受惊未醒，康王府大公子被缸内毒蛇所咬，尚在昏迷之中，稍有不慎便是两条人命。”

“是吗？”沈羲和语气平淡地吩咐：“碧玉，你好好与崔少卿说一说。”

沈羲和不太想理会这位大理寺少卿。其实年少时，他们在宴席上有过几面之缘，只因男女有别，最多是几家长辈在场时互相见过礼。

崔晋百为人刻板严肃，她也是知晓的。

把碧玉留下，沈羲和正要越过崔晋百之时，顿住了脚步。沁人心脾的寒梅之香中夹杂着一缕极浅的多伽罗香，让沈羲和倏地看向了崔晋百。

崔晋百一直保持着疏离有礼的姿态，站得笔直，却微微垂首。他的个头儿极高，沈羲和根本看不到他的脸，只能看到他线条流畅的下颌。

崔晋百十六岁为官，除了休沐，都要当值。他怎能跑到衡山，又有时间出现在洛阳？

这是巧合？不，绝对不是！

尽管以前沈羲和没有这么灵敏的嗅觉，不知崔晋百喜欢什么香，但他绝对不是会用多伽罗香之人。

百年世家底蕴深厚，却不容享乐，尤其是像崔晋百这样性格刚直之人，更是严于律己，信奉世家规训，寒梅香才符合他的性格和身份！

很好，这个人不但能混入绣衣使，还能混入大理寺，文的、武的都能如鱼得水。

京都有这等能人，她以往竟然丝毫未觉察！

沈羲和短促地哼笑了一声，款步离去，回到后院立刻叫来莫远：“去查一查崔晋百在何处？”

“崔……崔少卿……”莫远错愕地扭头往外院看了一眼，“崔少卿不是正在对碧玉问话？”

“他不是崔晋百。你现在就去找人，定要找到！”沈羲和吩咐。

等把崔晋百找到，她非要揭了院里这人的一层皮。

莫远找了一个时辰，根本没有找到第二个崔晋百，甚至怀疑是沈羲和想多了。

天子脚下，谁敢冒充朝廷命官，还是正四品的大理寺少卿？！

“郡主，属下打听清楚了，今日崔少卿从家中至大理寺点卯，接着便打马直奔驿站而来。”莫远谨慎地回复，“按路程和时辰算，崔少卿应当是一路未曾耽搁。”

也就是说，崔晋百不可能半路被调包。况且这一路还有两个大理寺的人随行，除非他在家里就被调包了。谁敢这么明目张胆？

沈羲和面色平静。早在莫远去寻人时，她就料到会有这个结果。

这个男人绝不是冒失之辈，既然来了，定是做了万全准备的。

“墨玉！”沈羲和喊了一声，在墨玉走进来后问，“他还在问话？”

“是。”墨玉回答，“紫玉、红玉、碧玉，都被传唤去问了话，婢子也被问了。”

“他都问了何话？”沈羲和觉得自己猜到这个人扮作崔晋百来此处的目的了。

他想变着法儿地打听她——那他可就要失望了。

沈羲和已经不是原来那个沈羲和了。

“他问了玲珑平日里如何服侍郡主，对郡主的事知晓多少，郡主待玲珑如何……”墨玉如实复述，包括她怎么回答的，一并说了。

果然，他看似在打听玲珑的事，其实每一句话都没有离了沈羲和——碧玉几个人够机警，却也没有察觉。

玲珑到底是她的贴身大丫鬟，参与她的全部生活起居也是应当的，这位少卿又是公事公办的语调，任谁也不会多想。

这会儿，他借着调查玲珑之事，已经从沈羲和的四个丫鬟口中将沈羲和的秉性打听得一清二楚。

沈羲和似氤氲着淡淡薄雾的眼瞳望向屋外，金灿灿的黄花层层叠叠，盛开在挺拔的劲松周围。

她陷入了沉思之中。这人为何这般煞费苦心地打听她的事？

若是为了脱骨丹，他不应该现在才动手，更不应该用这样的法子，也不会将仙人绦赠予她。可除了脱骨丹，他们之间再无交集。他的目的到底是什么？

“郡主，崔少卿告辞了。”就在沈羲和琢磨这个人的目的之际，红玉赶来禀报。

“你去将崔少卿请过来，就说我心中有些疑惑，请他来解惑。”

沈羲和吩咐了红玉，然后让墨玉将窗户都关上，在精巧的香炉里换了一种香料，将香炉盖好放在桌子上。沈羲和掀了珠帘进入内室，坐在软榻上，斜靠在边缘。

崔晋百入了内室，隔着珠帘便见沈羲和单手支头，有些虚弱地靠在床柱上。他唤了一声：“郡主。”

“你们都退下，我有些话要单独与崔少卿说。”沈羲和吩咐墨玉等人，然后用手绢掩住口鼻咳了几声。

崔晋百眼看着几个人退了下去，门也被关上了。

就在他狐疑之际，沈羲和轻声说道：“我体弱不禁风，崔少卿见谅。”

整个京都的达官显贵没有人不知道沈羲和弱不禁风，这都是康王府造下的孽。

“郡主有何吩咐，请直言。”崔晋百不卑不亢地开口。

“崔少卿请坐……喀喀喀……”沈羲和抬手指了指桌旁的凳子，又用帕子捂住口鼻咳嗽了一会儿。

崔晋百见此，抱手行了一礼，才在桌边落座，恰好坐在香炉的旁边。香炉烟气缭绕，一股极淡的香气缓缓散开，香味儿清淡，崔晋百从未闻过，不着痕迹地深吸了一口。

“我与玲珑多年主仆……”

沈羲和说了一些和玲珑之间的事情，语气里满满的追忆与伤感，都是些无关痛痒的话，且说上几句就要咳嗽几声，絮絮叨叨地不知道说了多久。

崔晋百涵养极好——沈羲和句句不离玲珑，他又是为着玲珑的案件而来，故而听得十分有耐心。

“崔少卿乃大理寺少卿，掌折狱、详刑。”沈羲和用手中的帕子轻掩唇瓣，忽地话锋一转，“我想问一问崔少卿，若有人假扮朝廷命官，该当何罪？”

崔晋百淡淡地扬眉，一本正经地作答：“若有人假冒朝廷命官，量刑还得看他的行止。他若是囚禁官员假冒未有恶行，轻则杖刑，重则下狱；他若杀害官员假冒，不论是否有恶行，都应被斩首。”

“崔少卿是哪种？”沈羲和又问道。

崔晋百面不改色地回道：“下官不明郡主所言。”

沈羲和缓缓起身，细长柔软的手指穿过珠帘，莲步轻移而来。

她的臂上挽着银丝勾勒的如意纹浅紫色的轻纱披帛，绕肩曳地；她的身上着米白色的撒紫萱花长裙，飘逸优雅——她行走间腰间的佩环轻摇，宛如随风起舞。

“崔少卿……可觉着头晕目眩？”她说话的声音清越空灵，如玉石相击，悦耳动人。

崔晋百抬起头，看着她眉心的嵌珠花钿。珍珠细小却光润莹白，在红色花钿上高雅精致，一如沈羲和这个人。

渐渐地，崔晋百觉得这小小的一粒珍珠有了重影。他身子一软，单手撑住桌子才勉强让自己没有摔倒下去。

沈羲和走到他的身边，依然用浸过药物的手绢遮掩着口鼻：“看来我这郁金软骨香效用不错。”

以郁金花为主调制出来的软骨香，沈羲和第一次用。

崔晋百偏头看着旁边依然溢着薄烟的邢窑白瓷莲花香炉，抬手捂住口鼻。

“杖刑、下狱、斩首，”沈羲和隔着徐徐飘出的香烟，将目光落在崔晋百的身上，“崔少卿觉着哪一种适合你？”

“郡主，你……”

沈羲和懒得理会他：“墨玉！”

就在沈羲和出声的瞬间，墨玉还没有推门而入，崔晋百突然弹跳起来，身影一闪，用力将沈羲和一把拉入怀中。

“放开郡主！”墨玉推开门就看到这一幕场景，手中的长剑出鞘，对准崔晋百。

“你没事？”沈羲和不信。

人要呼吸，香气入肺腑无可抵挡，且这不是毒药，便是有人百毒不侵也逃不了！

“我以为郡主会亲自来揭开我脸上的皮，”崔晋百说话的声音变了，“便装上一装，哄郡主开心，也好……有机会一亲芳泽，奈何郡主不给我这个机会。”

说到最后一句，他还颇为惋惜。

“你到底是何人？”沈羲和被崔晋百禁锢在怀里，依然沉着冷静。

崔晋百不敢对她不利！

“郡主真想知晓？”崔晋百微微低头，在她的耳畔用一种极其温柔又暧昧的语气询问。

“你不好奇，我如何识破你的身份的？”沈羲和从来不让自己落下风。

他好奇，十分好奇。这些年他把易容的本事修炼得炉火纯青，就连最亲近之人也无法识破，偏这位郡主一猜一个准儿。

“郡主洞察人心。”崔晋百懒洋洋地开口，“我却不愿与郡主交易。”

停了片刻，他又靠近了一点儿，唇就要碰到沈羲和圆润的耳垂：“只因……我只对我日后的夫人坦诚，若是郡主愿意……呲……”

崔晋百还没说完调戏的话，顿感腰腹处一疼！

沈羲和瞬间挣脱了他。

见墨玉持剑飞身而来，崔晋百一掀桌上的布角，东西朝着墨玉飞去——

等到墨玉将这些东西挥开，哪里还有崔晋百的人？

墨玉正要去追，却被沈羲和叫住：“不用追。”

被惊动的其他人也顿住脚步。

沈羲和摸着手腕，腕上有个白玉金手镯，其实是三块白玉圆弧用金衔接起来的，纹路精美的镶金处都是中空的，里面有细小的针。这手镯是沈云安为了给她防身，寻高人打造的。

只不过沈云安只在针上浸了麻药，要是毒药便更好了。

“出了我的屋子，他那副模样，又穿了官袍，就是大理寺少卿。难道我们要光天化日之下追杀朝廷命官？”沈羲和扫了几人一眼，“准备准备，我们即刻入城。”

她早就应该入城了，被这人硬生生耽误了这么久。

话分两头，崔晋百其实是中了沈羲和的软骨香，只不过是强撑着，否则怎么可能那么容易被沈羲和偷袭得手？

好在这香中得不深，他跑出来多吸几口气，吐纳几次后也就恢复正常了。可沈羲和的那针让他的四肢开始不听使唤，他好不容易坚持到大理寺，直奔自己单独处理公务的房间。

他一进屋子，便两眼一黑，勉强才将房门关上。

“殿下！”等候在屋子里的真正的崔晋百和天圆大惊失色，疾步上前扶住萧华雍。

“殿下，你何处不适？我立刻去请余先生……”

“一点儿麻药，无须声张。”萧华雍喝住天圆，坐到竹榻上，“将我身上的官服脱下。”

麻药只是让萧华雍的身体无知觉，他那头脑依然灵活清晰。

待真正的崔晋百穿上官服，萧华雍吩咐道：“父皇还等着你回话，你只管将玲珑是康王府派到昭宁郡主身边的细作的事如实上告。”

“诺。”崔晋百躬身行礼之后退下，确实要立刻进宫给圣上回话。今日一早陛下亲自过问，让他调查这件事情。

等到崔晋百退下，天圆忧心忡忡地问道：“殿下，还是请余先生来一趟，这麻药对您体内的毒可有伤害？”

“无碍。”萧华雍不在意地笑了笑，“到底是一个未及笄的小姑娘，心地纯善。”

这样精巧的机关，用来保命之物，应该浸染剧毒才是。

天圆差点儿将圆圆的眼珠子瞪出来。主子，您都躺在这儿了，还觉着她心地纯善？是他脑子有问题，还是主子的眼睛不好使？

这些话，天圆不敢说出口。他已经隐隐约约地发现，自家主子对昭宁郡主有些与众不同。

天圆念至此，便看到萧华雍盯着屋顶说道：“可真是让人看不透。”

天未亮，萧华雍就比龙椅上的那位先一步知晓了康王府的事——玲珑是步疏林送给沈羲和的，之后一直在沈羲和的手上。

原来，圣上派崔晋百去调查此事，也是萧华雍授意人促成的。于是，萧华雍早早就来了此处，扮成崔晋百，亦如沈羲和所想，借着此事光明正大地从沈羲和的几个丫鬟口中套出沈羲和的喜好和秉性。

话是套出来了，他也相信几个丫鬟并未说谎，可她们口中描绘的沈羲和与他接触的、想象的、看到的沈羲和判若两人。

他原以为这世间只有自己是戴着层层面具，便是他信任亲近之人也摸不透他，不承想，今日倒是又遇上一个让人看不透的人。

“真是越来越好奇，越来越欢喜……”萧华雍嘴角扬起一丝温柔的浅笑。

完了，完了，他的主子要栽了。看着萧华雍春意盎然的模样，天圆愁眉苦脸地想着。

“殿下，您当真要……要求娶昭宁郡主吗？”

“求娶？”萧华雍还未想过婚嫁之事。他之前说同心结也不过是逗一逗天圆，不过经天圆这样一说，开始正视这件事情。

仔细琢磨琢磨，萧华雍觉得这个主意很是不错：“将她娶到东宫，这皇城定然热闹至极。”

“陛下只怕不会应允。”天圆低声提醒。

自家主子从道观回来了，加冠后婚事必然要被提上日程，与其被塞一个不同心的人，天圆也希望主子能娶到自个儿心悦之人。

昭宁郡主，天仙般的人儿，放眼整个天下，只怕也没人比得上，与他的主子很相配。

可昭宁郡主背后是军权，圣上哪里会同意这桩婚事？

“我的婚事，何时轮到他做主？”萧华雍脸上的笑意顿消，渊海般的眼眸深沉冷然。

此时，沈羲和的车队已经来到明德门，进入这一道巍峨大门后，她就真正入了京都。

“前面的车队让一让，让一让——”

就在他们停在城门口给城门守卫验看文牒时，沈羲和掀开车帘看着明德门赫赫威武的门匾，身后响起了高喊声和马的疾驰声。

排在沈羲和车队后的百姓纷纷避让，仿佛是下意识的动作，对这样的情形屡见不鲜。

京都繁华，五陵少年鲜衣怒马，踏花赏春，醉酒千盅，一掷千金，藐视礼法，这些早已是常态。

沈羲和带来的人都是西北精锐——在他们眼里，沈羲和就是最尊贵的，没有沈羲和给这些纨绔子弟让道之理。

骑马少年压根儿不拉缰绳，冲着人群横冲直撞，就像战场上杀人不眨眼的敌军。沈羲和的护卫飞纵而起，挥拳将马打倒！少年砰然坠地，头破血流！

少年之后的大批郎君、女郎迅速赶至。

有人呵斥：“你大胆！”

“我还能更大胆，你们要见识见识吗？”沈羲和手握一条鞭子，绕过马车走上前来。

少女的声音清越空灵，瞬间吸引了所有人的目光，令人完全忽视她话中的狂傲之意，只觉得动人至极。

她身着白裙、紫披帛，绣纹精致秀雅，头上的幕篱遮挡了她的容颜，通身尽显高贵气质。

不过本朝繁盛，往来多商贾，学着大家的做派，出入随行比他们这些世家贵族之人还要张扬。

沈羲和的人都穿着朴素，两个内侍早就被打发回宫，便没有人认得他们。

因为有人从马上摔下来撞破了头，故而紧追上来的人很是气愤。有人立刻带着受伤的人直奔城内寻找大夫，留下的人对沈羲和怒目而视。

“你们这些卑贱的庶民，知不知道刚刚冲撞的是镇北侯的公子？！”

“叫你们让道，你们为何不让？”

“与他们撕扯什么？带他们去京兆府！”

一句句愤怒的责问响起，不知道的人还以为是沈羲和对他们做了多么伤天害理之事。

“闭嘴！”沈羲和喝了一声，将手中的鞭子甩出去，直接一鞭子抽在叫嚣得最厉害的一个人身上。

她喜欢安静，最讨厌聒噪。

谁也没有想到沈羲和会突然动手。她身体弱，虽然甩得动鞭子，但一鞭子下去只是多了一点儿不起眼儿的红痕，真要说伤那是没有的，可这一鞭也是把人的脸面踩在了脚底。

“我与你拼了！”被沈羲和一鞭子抽在脸上之人立刻拔出腰间的长剑朝着沈羲和刺来。

一群纨绔子弟，佩剑也不过是装饰，此人根本没有靠近沈羲和，就被沈羲和的护卫踢飞出去。

又有两个人冲上来，毫无例外地轻易被沈羲和的护卫撂倒。他们这才发现沈羲和的身边都是勇武之人，扯着嗓门儿对着守城的士兵高喊：“郎将，郎将，有人在城门动武，殴打功勋士族之后！”

城门郎将一直被莫远按着，现在才得了自由，恨铁不成钢地一挥手，让士兵们冲上前，却不是针对沈羲和，而是将这群功勋士族之后围住。

早在镇北侯府三公子的声音传来之前，城门郎将就看到了莫远递上来的文牒，正要上前行礼，却不想突发变故。莫远得了沈羲和的暗示，将他按着不准动。

偏这些横行无忌的人张扬惯了，丝毫没有察觉异样，就这样把沈羲和得罪得死死的。

“末将城门郎孙进忠，拜见昭宁郡主！”

孙进忠铿锵有力的声音响起，所有人都呆住了。

“孙郎将不必多礼。”沈羲和微微抬手，目光隔着一层薄纱落在安静下来的人群中：“我生于西北，从未见过京都的繁华盛况，今日刚入城门，着实大开眼界。诸位想要评理，我看不必去京兆府，不如随我一同去大理寺走一遭。”

说完，沈羲和便翩然转身，在红玉的搀扶下上了马车。

“郡主，我们真要去大理寺吗？”碧玉瞅了后面的众人一眼，一群锦衣华服的少年、少女被莫远的人押着，这里面不知道会牵扯多少京都的名门望族。

“戏台子都有人给搭好了，我怎能让她失望呢？”沈羲和目光沉寂无波。

“这……”红玉心惊肉跳，这竟然是有人故意安排，给自家郡主挖坑！

“那马身上有一股罗勒香的味道，根本藏不住。”沈羲和轻轻地闭上眼。

罗勒香是番邦进贡而来，是一种极佳的香料，与诸多香草、香花混合，能达到舒心凝神的功效，也可以调制出避孕或是催情的香。

这位镇北侯府三公子倒不是真的要横冲直撞，是控制不住马匹，才会喊人让道。

沈羲和最初根本没有发现有问题，是在经过马的旁边时，才闻到了十分浓郁的罗勒香气。

即便如此，沈羲和也不认为是有人故意为她设局。可在随之而来的人中，很明显有煽风点火的人，开口就喊她“卑贱的庶民”，但凡谁听了这话都会心生不悦。

这场冲突注定要闹起来。有人煽动，有人义愤填膺，肆意惯了的人就越想越恼怒。

“是什么人？”紫玉怒了，心想这也太恶毒了，对方这是要让郡主一入城就得罪大半的权贵。

“女人。”沈羲和从鼻子里发出短促的一声笑，“一会儿我们转道去王府。”

这不会是几位皇子的手笔，他们很清楚沈羲和带来的人不可能被这群花架子所伤。这样的法子阴损而又绵软，也不像男儿那般刚毅凌厉。

这个京都，恨她的女人应该只有一个——萧氏。

兼之昨晚的事情，萧氏这会儿估计恨死沈羲和了。

沈羲和原想先回郡主府养一养身子再来收拾萧氏，萧氏却迫不及待地送上门——那沈羲和就成全她！

沈羲和靠在碧玉的身上闭目养神，养好了神，再好好收拾萧氏。

大理寺卿一听昭宁郡主来了，还押着一群高门大户的郎君与女郎，立刻丢下手中的文书，急匆匆地迎出来。

“下官薛呈拜见郡主。”即便是出身大族薛家，官居正三品大理寺卿的薛呈，见到沈羲和也要规规矩矩地行礼。

“薛寺卿。”沈羲和也回了一个晚辈的礼，显得十分客气，“昭宁此来，是要告人谋害昭宁。”

沈羲和的话一出，被她的人押来的少男少女们眼睛都瞪直了。谋害郡主者，稍有不慎就是会被判十年徒刑的大罪！

薛呈还看到了两个薛家子弟，气得暗瞪了他们几眼，客客气气地对沈羲和说道：“何人如此大胆？请郡主将原委道来，下官定会严查，给郡主一个交代。”

“方才城门口镇北侯府三公子骑的马受到罗勒香的刺激而失控，朝着昭宁直冲而来。在当时的情况下，昭宁是万不可能避开的。”

沈羲和淡淡地扫了被押来的众人一眼：“他们是群聚策马，只有镇北侯府三公子的马失控，定然是至城门口时才有人做了手脚，否则失控的马不止这一匹。”

“罗勒香能使马失控？”薛呈是头一次听闻。

罗勒被传入大兴朝不到十年，并没有多少人知晓其功效，正是因为如此，才方便沈羲和行事。

“薛寺卿可去试一试。”沈羲和淡淡地说道。

第四章　一碗清茶入肝肠

薛呈能做到大理寺卿，自然性子谨慎，立刻派人去查验。

经过沈羲和指点，很快就有了结果，罗勒香果然能够使马失控。

薛呈又派人去查了那匹被打倒的马，但这个就不好查了，没有办法能够证明马身上有罗勒香——除了沈羲和，此刻也没有人能够闻到罗勒香。

薛呈立刻派人去问了正在治伤的镇北侯三公子丁珏。丁珏知道马失控了，然后大喊让众人避开，以免受到冲撞。而沈羲和的下人不问青红皂白就出手，对此他很是恼怒。听了大理寺的人的转述，他便冷静了下来。

他确实在马失控之前闻到一股奇特的香味儿，特意闻了闻罗勒的香气，虽然那是经过调和后的香气，但和罗勒散发出来的味道极其相似。

“故而昭宁有理由怀疑，是有人看到昭宁在城门口，故意对镇北侯三公子的马动了手脚。”沈羲和站在大堂之上，语调不疾不徐，亦不像受害者带着愤怒或是斥责的语气，气定神闲，仿佛在与人闲话家常，“如若不然，为何对方早不下药晚不下药，偏生选择这个时候？若对方不知昭宁的身份，便是对镇北侯三公子的马下了药，又有何用？”

是啊，如果马不是冲撞到沈羲和的头上，就算是踩死几个庶民，只要庶民的家属接受钱财补偿，自然民不告官不究。那么，动手脚之人对镇北侯府三公子的马做手脚也就失去了意义。

这个人若只是想要恶作剧，在郊外就应该动手，摔马，落崖，岂不更简单？

“郡主所思合情合理，待下官寻到证据……”

“证据无须薛寺卿费心。请寺卿着人盛一盆清水来。”沈羲和打断薛呈的话，“我这里有一种香粉，先要倒入水中，碰过罗勒之人，但凡沾上一点儿香粉，入水便会使水变色。”

薛呈连忙按照沈羲和的吩咐去行事。水被端上来，沈羲和倒入香粉，又取出一些罗勒香，对薛呈说：“大人可以亲自给他们展示展示。”

薛呈有点儿跃跃欲试——管刑狱之人，对这些奇物都感兴趣。

他让医工验看了沈羲和的香，确定是罗勒的香粉之后，伸出手指蘸了一点儿，又将手伸入溶了沈羲和的香粉的水里，果然淡淡的红色痕迹从他的指尖散开。

“果然如此。”薛呈大为惊奇，转身下令：“你们排好队，一个个把手伸入水中，这是自证清白。要知晓，谋害郡主，判刑十年！利用镇北侯府暗害西北王府，定一个祸乱朝纲之罪也不为过。本官自当上报陛下，届时……”

祸乱朝纲会如何，都不需要薛呈说出来，这群少男少女就被吓得面无血色。

没有做过这事的人自然理直气壮，沈羲和看着这些人，发现有一个人面色镇定，实则垂下的手不停地搓着。

前面已经有几个人碰过水，皆没有任何异常。沈羲和趁此时间缓缓地走过排成一列的队伍，确定只在一个人的身上闻到了罗勒的香气，便给墨玉使了个眼色。

墨玉上前就将他一脚踢倒。突如其来的变故，引来众人纷纷侧目。

“就是他。”沈羲和说着，示意墨玉将他拖上来。

墨玉将剧烈挣扎的人的双手按入水盆之中，和薛呈一样，他的指尖也有一丝丝红色痕迹散开。

见此，其他人纷纷退了一步，惊愕地盯着这个人。

“不是我，不是我！郡主、薛大人，不是我！”十六七岁的少年郎涕泗横流。

“不是你，为何你的手上有罗勒香粉？”薛呈质问。

“是他！是丁值！是丁值许我三百金，让我将香粉撒在丁珏身上！”少年郎指着一旁另一位身量修长的少年哭喊道，“我因打烂了祖母的香玉雕，拿出去修补，无人能补，只能重塑一尊。可这香玉极贵，兼之要请李大家雕琢，得三百金才成，呜呜呜……”

“你血口喷人，我何时指使你？”丁值——镇北侯府二公子倒是很淡定。

“可是他亲自将香粉交给你的？”沈羲和问。

“是。”少年点头如捣蒜，红着眼眶，“他交与我时，用纸包着。”

“无妨，这香粉极其细腻，但凡谁经手，总会沾染些许粉尘。”沈羲和转而对墨玉喊道：“墨玉！”

见墨玉上前，丁值想要反抗，却被墨玉三两下压制住。

墨玉强拖着他将手按入了水中。

众人伸长了脖子看，最初是没有什么，但很快就有细微的浅粉色痕迹散开。

铁证如山，丁值不敢狡辩，但死咬着是忌恨丁珏这个弟弟。他说这是他们镇北侯府的内宅矛盾，自己并不知道沈羲和在城门口，只是想让丁珏沾上人命——就算此事能够私了，镇北侯也会厌弃这个儿子。

“不知便可无罪吗？喀喀喀……”

一道沙哑的声音在堂外响起，众人闻声望去。

身后的人纷纷退开，沈羲和回首。

来人身形修长，着了一袭杏白色对襟阔袖便服衫，领座、袖口、裾边都有精致华美的复杂绣纹，腰间素嵌着白玉镶珠的龙纹玉佩革带，足蹬乌皮靴。

那张足以惊艳世人的脸白皙得异于常人，精心修裁的剑眉之下是一双特别温和的眼睛，神采略淡，直挺的鼻梁下是有些泛白的唇，看起来略带病容，却掩饰不了他的绝世容颜。

他的五官不硬朗，又不阴柔。沈羲和第一次在一个男人的脸上看到一种刚柔并济到极致的美。他的脸仿佛是上苍用稀世美玉细细雕琢的，他的乌发由衔珠金冠束起，金冠上有金龙盘绕，这是皇子才能佩戴的发冠。

祐宁帝的几位皇子她都见过，只有一位……

“参见太子殿下。”薛呈急急地上前叩拜，其他人也恭恭敬敬地跟着行礼。

“喀喀喀……”萧华雍似乎抱恙在身，“不必多礼……”

早就听闻这位太子殿下体弱，可沈羲和没想到他比她还要弱，说句话都感觉费劲。

萧华雍在随侍的搀扶下走进来。他于腰间挂了一块特别奇特的玉珏，半黑半白的太极形状，随着他的行动微微摆动，流畅优雅。

随着他的靠近，浓烈复杂的药香将沈羲和包裹住了。

“谋害郡主，意欲挑起两府争端，罪不容诛。”他用最轻的声音说出了最重的话。

“殿下恕罪。下愚一时糊涂，忌妒三弟得父亲看重，才会酿成大错。”丁值“扑通”一声跪地，连连求饶，“还请殿下饶命。”

乌扇般的长睫微垂，萧华雍目光轻移，瞥了一眼跪在面前哀求之人：“喀喀喀……”

丁值懂了，立刻面朝沈羲和跪着拜首恳求：“是下愚有眼无珠，请郡主宽容。”

沈羲和抬眸，清朗的眼瞳看向萧华雍。之前她没有发现，这才看到他左边的眼尾处竟然有颗很小的黑痣，给他平添了一分慵懒华贵之色。

“由郡主定夺。”萧华雍温和地笑了笑。

君子如玉，温润而泽。他轻轻一笑之间，有一种骨子里透出来的风华，不彰自显。

沈羲和也不客气，对萧华雍微微行礼表示谢过，才面向丁值：“我非得理不饶人之人，也不是个愚笨之人。丁二公子要我宽容，总得说句实话。”

丁值身子一僵，霍然抬首，隔着幕篱也能看到她的眼——她的眼睛很美，如黑曜石一般，却仿佛蒙着一层薄雾，有些冷，又有些让人看不清。

不知为何，丁值一对上她的眼睛，就有种被她看透的感觉。

“郡主，我所说句句属实……”丁值低下头咬了咬牙才开口。

“丁值。”萧华雍身边的随侍打断他的话，“你可要想清楚。你伤三公子在前，你的姨娘、你的姊妹，若是没了你，侯夫人会如何对待她们？”

随侍一句话，命中丁值的要害。

沈羲和看了这个随侍一眼——他不像是内侍，应该是侍卫。

丁值一下就慌了，呆滞了片刻，颓然地跌坐在地上：“是下愚不知分寸，冲撞了郡主。”

沈羲和看他似有松动，心思一转，便问：“你可知城门口停留之人是我？”

丁值低下头：“知晓。”

“是何人告知你的？”沈羲和又问。

丁值有些诧异，没有想到沈羲和竟然懂他有苦难言，忙如实回答：“是陈靖，宣平侯府的陈靖。”

宣平侯府啊，和她想的一样。

宣平侯府是萧氏的外祖家。现在的宣平侯应该是萧氏的表哥，康王府的老夫人便来自这宣平侯府。

“这……”薛呈为难地看向沈羲和。

丁值说是陈靖告诉他沈羲和今日进城，暗示、怂恿了自己去借此坑害丁珏。如今虽事情败露，但谁也没有证据，陈靖不认，他人就什么法子都没有。

“谅你未铸成大错，杖责五十，小惩大诫，你可服气？”沈羲和问丁值。

丁值立即端正地跪直身子，对沈羲和深深一拜：“下愚心服口服，叩谢郡主不杀之恩。”

“薛寺卿，如此可好？”沈羲和转头问薛呈。

薛呈小心翼翼地觑了萧华雍一眼，才说道：“郡主心地仁善。”

沈羲和对萧华雍屈膝行了一礼：“昭宁多谢殿下为昭宁做主。”

萧华雍伸出那双好看的手扶住沈羲和的柔荑，虽然触碰到她，又好似只是虚扶了一把：“郡主自西北千里而来，岂能让郡主受委屈，寒了西北将士之心？”

从某种意义上说，沈羲和代表着西北十万大军，萧华雍这样说也不为过。

“殿下，一路舟车劳顿，请容昭宁先回府，明日入宫再至东宫向殿下问安。”沈羲和斯斯文文地开口。

“如此，我便在东宫恭候郡主。”萧华雍顺势说道。

沈羲和微微一怔，自己不过客气一句，这位殿下看着聪明，却好似不大会看人的脸色。

沈羲和只诧异瞬间，便面色平和，没有接话，带着碧玉她们施礼之后翩然离去。

“郡主，太子殿下对您似乎有些……殷勤。”上了马车，碧玉谨慎地措辞。

有些？碧玉算是婉转了。这位太子殿下当众为她撑腰，与她说话温和又透着小心。

沈羲和能够清楚地看到他目光里的欢喜之意。

“这才见面便如此，殿下多半是个好色之徒。”紫玉觉得这世间任何儿郎都配不上她的郡主。

“也许他是因之前的证据，投桃报李？”红玉在萧华雍的眼里没有看到色念。

墨玉素来不参与这些话题，抱剑坐得笔直，只负责沈羲和的安危。

沈羲和没有回答她们，由着她们争论。

“殿下，您方才……”天圆急死了，“郡主若是误以为您是轻浮之人，可如何是好？”

天圆也觉得自家主子过于急切，这样会让昭宁郡主反感，弄巧成拙！就算主子再喜欢郡主，也要徐徐图之，要让昭宁郡主看清楚主子是多么伟岸英明之人。

“日后在她的面前莫要太机灵。”萧华雍低声叮嘱天圆。

方才威胁丁值的话，天圆本不该多说。

“啊？”察觉萧华雍的警告之意，天圆完全不知道自己错在何处。

萧华雍轻轻一笑，剑眉微抬：“她不喜欢太聪明之人。”

尤其是她要托付终身的人，太聪明会让她觉得不好应付，从而敬而远之。

沈羲和并不知晓她的心思被萧华雍看得一清二楚，从大理寺出来，就带着人浩浩荡荡地回了王府。

西北王府位于和善坊，正对着皇城的朱雀门。

被假崔晋百和大理寺耽误了不少时间，沈羲和的马车停在西北王府的大门前时已是正午。

王府大门被打开，丫鬟、仆人姿态谦卑地排成两排，管家带着管事齐齐出动，引来了不少人观看。

“老奴请郡主安。”管家沈庆年过五旬，发丝中掺杂着灰白颜色，看到沈羲和十分激动和恭敬。

“阿庆伯，这些年辛苦你了。”沈羲和安抚沈庆道。

“不辛苦，不辛苦，老奴在皇城脚下，哪里比得上郡主和王爷，还有世子在西北辛苦？”沈庆连连摇首。

“给长姐请安。”

这时，一道清婉的声音在沈羲和身旁响起。

沈羲和第一次见到沈璎婼。

沈璎婼梳了温婉秀雅的垂挂髻，簪了两个雕花精美的赤金钗朵，绑了两根浅粉细发带，额前碎发随风飘动，清丽脱俗；眉间金珠花钿一点，多了一分贵气和俏丽；身着桃色长裙，挽浅碧色披帛；肤若凝脂，明眸善睐。

“免礼。”沈羲和目光淡淡地扫过她，越过她提裙走上阶梯。

两个人本就不可能和平相处，又何必假装姊妹情深？

“郡主，老奴早几日便吩咐人将弄瓦院收拾妥当，何处不合心意，您告诉老奴……”沈庆一边引着沈羲和往闺阁去，一边说着，一路上介绍着王府的格局。

王府有沈羲和与沈云安的院子，是沈岳山亲自题的字，分别是弄瓦院和弄璋院。

弄璋意为生子，弄瓦意为得女。

沈岳山是在沈璎婼出生之后，特意让人给这两个院子挂上的院名，以此告诉所有人，自己只有一儿一女。他只字不提沈璎婼和萧氏，仿佛没有这两个人一样。

沈羲和走向弄瓦院的时候，两个丫鬟迎面而来，向沈羲和行了礼，就往东边行去。

“站住。”碧玉呵斥那两个丫鬟。

两个丫鬟止步垂首。

沈羲和的目光在她们的身上溜了一圈，然后她转身走向了东边。

正东为主，是主院，只有当家主母才有资格居住。

沈羲和站在院子门前，就看到里面有仆人活动。她穿过长廊，看到萧氏高髻金簪，华服厚重，在水榭里悠闲地撒着鱼食。

跟着沈羲和的沈璎婼轻咳了一声，萧氏等人才发现沈羲和。

“婢子叩见郡主。”萧氏身边的婢女对沈羲和不慌不忙地行了礼。

沈羲和缓缓走到萧氏面前，目光冷淡。

萧氏却不以为意，浑然未将沈羲和放在眼里。

“谁允你住在正院的？”沈羲和问萧氏。

萧氏不过三十岁出头，五官明艳。她看都不看沈羲和一眼：“我便是住了，你又能如何？”

“墨玉，给我将人扔出院子。”沈羲和淡淡地吩咐道。

“你敢！”萧氏没有想到沈羲和竟然敢这样对她。

沈羲和完全无视她。

墨玉一个闪身便钳制住了萧氏。萧氏的婢女和沈璎婼的婢女想要阻拦，哪里是墨玉这种从小习武之人的对手？却没有想到，墨玉刚把叫嚣着的萧氏拖出水榭，一道身影从暗处飞掠而出，持剑朝着自己刺来。

墨玉目不斜视，只管拖着萧氏。那人的剑穿过池塘上空，还未触及墨玉，就被另一柄长剑拦下。

莫远面色微沉，直接和这个护卫从长廊过招儿到假山，又由假山缠斗到屋顶。

“长姐息怒，请给母……”沈璎婼慌忙哀求沈羲和，还未说完，触及沈羲和扫来的目光才惊觉自己失言，咬了咬唇，改口道，“请给姨娘留些颜面，妹妹今日一定劝姨娘搬离。”

“十四年，便算前十年你年幼不知礼法，四年的时间也够了。”沈羲和拂袖挣脱她的拉扯：“把这些丫鬟也给我扔出去。”

碧玉、红玉、紫玉就不客气了，跟着墨玉，将萧氏的贴身侍婢反剪双手推搡了出去。

墨玉将萧氏扔到正院的大门外，几个侍婢也被推倒在地。

王府的下人，尤其是伺候萧氏的，一个个如鹌鹑一般缩着脖子。

“沈羲和，你目无尊长！”发髻散乱的萧氏厉声斥责。

“尊长？”沈羲和迈出门槛，裙摆微扬，居高临下地盯着萧氏，“我是陛下钦封的昭宁郡主，位比国公。你不过是我阿爹的侍妾，见我不行礼，我不与你计较，你倒是敢与我说尊长？”

“你是郡主，我也是陛下钦封的郡主，是圣上的嫡亲堂妹！”萧氏在婢女的搀扶下站起来，盯着沈羲和的目光如浸了毒一般。

“哦？原来如此。”沈羲和恍然点头：“墨玉，将人扔出王府。”

“长姐！”沈璎婼追出来高喊了一声，“扑通”一声跪在沈羲和的面前，“求长姐息怒。”

“你别求我，求你的姨娘。”沈羲和瞥了沈璎婼一眼，看向难以置信地盯着自己的萧氏，“她亲口所言，她是圣上的嫡亲堂妹，那便不是我沈家之人。她既不是我沈家人，还霸占我沈家主母的院子，这等不知廉耻、不懂礼教的客人，便是得扔出府。圣上英明，当不会怪罪我。”

“沈羲和——”萧氏大怒。

可沈羲和的话音未落，墨玉就束缚住了萧氏的双手，扛着她向大门飞掠而去。

“长姐，长姐，求长姐饶姨娘一次。”沈璎婼跪在地上，拽着沈羲和的衣袖，含泪的双眸里满是乞求之色。

沈璎婼是歹竹出好笋，沈羲和对她的印象不错，也不为难她：“想清楚，你是姓沈还是姓萧？”

沈羲和扯出自己的水袖，走向大门外。此刻，萧氏和她的婢女刚从地上站起来。

沈府正对着朱雀门，这一幕场景被守门的将士看得真真切切。加上方才沈羲和浩浩荡荡而来，围观的百姓以及周边官邸的下人数不胜数……

他们就这样看着萧氏被沈羲和扔出大门，瞠目结舌，好半晌回不过神来。

“此乃我沈府侍妾，多年来霸占正院，我家主子今日回府才察觉。主子让她搬出正院，她不但不知悔改，还扬言我家嫡出的主子不如她尊贵。”紫玉可不吃亏，对着指指点点的人叉着腰，理直气壮地说道。

此言一出，不知萧氏身份者一片哗然。

妾是何物？玩物耳。妾就是随手可送出去的货物，时下达官显贵常有互相赠妾之举。

妾竟然敢对嫡出子女叫嚣？

如此这般，大家不觉得沈府将人扔出来有多过分。

“殿……殿下……郡主她……她……”远处转角处的马车里的天圆结巴半晌，才憋出一句话，“郡主她好生厉害。”

天圆觉得实在是没有语言能形容这位郡主的手腕之强势。萧氏虽然是妾，但好歹是圣上的亲堂妹啊，就这样被昭宁郡主扔出了府门。

天圆忽然有些害怕，这昭宁郡主真要是嫁入东宫，他家殿下日后还敢纳妾吗？

萧华雍可不知道心腹在为他的未来担忧，那华光深藏的眼眸中涌现出海浪般的欣赏与温柔之色：“这只是个开始。”

不提萧氏和沈羲和母亲的恩怨，就凭萧氏先是用细作将沈羲和推下船，后又利用母族关系想要在城门口暗害沈羲和，沈羲和就容不下萧氏。

“走吧，回宫。”萧华雍微微一笑，放下车帘，“派人去终南山取泉水，明儿本宫好好地为她煮一壶茶水招待她。”

萧氏满身狼狈——在侍女呆愣的目光下，王府的大门“砰”的一声被关上，只留下萧氏被人指指点点。萧氏长这么大都没有受过这种屈辱，气得两眼一翻，晕过去了。

沈羲和可不知道萧氏被气晕。

大门被关上后，沈庆便羞愧地上前跪在沈羲和面前：“是老奴无能，请郡主责罚。”

沈羲和大步上前，亲自扶起沈庆：“阿庆伯，你无须自责。”

这里是皇城，萧氏虽是妾，但只有沈岳山和沈羲和兄妹有资格视她为奴。

“长姐，是阿婼没有规劝好姨娘，请长姐让姨娘回来，阿婼甘愿领罚。”沈璎婼再一次跪在沈羲和面前，双手交叠触额拜地，行了大礼。

“玲珑之事，你听说了吗？”沈羲和淡淡地问。

沈璎婼伏地一会儿，才抬起头，明亮的眼眸里泪光闪动，却一片茫然之色。

“碧玉，你告诉她。”沈羲和留下碧玉，就带着其他人回了弄瓦院。

大多数东西还是被送到了郡主府，她只是在这里小住，收拾完萧氏，就搬去郡主府。

王府内的下人们被沈羲和的强势样子吓住了，连走路都轻了几分。

沈羲和午休起来，碧玉她们已整理好了带进来的行李，也借着沈羲和的威慑力轻轻松松地摸清楚了王府的一切。

萧氏遭嫡女扔出府门的事情已经传遍整个京都，加上早间大理寺的事情，以及玲珑的事情，沈羲和只入京都半日，整个京都的名门世族和高门勋贵都清楚地知道——昭宁郡主不好惹！

京都各家名门的家主纷纷对家里的纨绔子弟和刁蛮姑娘耳提面命，叮嘱他们见了昭宁郡主乖点儿。

外面如何讲她，沈羲和浑然不在意，碧玉等人却有些着急。

王府有门路的下人为了表忠心，彰显自己的能耐，早就把这些消息传给了碧玉她们。

“郡主，他们这般不分青红皂白，明着是让儿郎、女郎敬着您，暗地里就是让他们孤立您。”红玉给沈羲和梳着妆，小心翼翼地说道。

“孤立？”沈羲和柔软瘦长的手握着芍药花，细碎的金珠串在她的指间晃动，发出凌乱的脆响，“你见过狼与狗为伍？虎与狐同行？”

她与他们本就不是一个层面上的人，何须与他们浪费时间？她还不如将这些时间用来调理身子。

再则，她喜静。

红玉惊住了。她们都感觉到经历玲珑之事后，郡主变了。以往在西北时，郡主最爱热闹，不喜一个人静悄悄的——那样会让她觉得自己好似命不久矣。

现在……

沈羲和将手中的鬓唇递给红玉，淡漠的双瞳望着镜中的红玉：“这里是京都，不只有我一个郡主，还有比我更金贵的公主。在西北我说一不二，便是指鹿为马，人人都会附和；在京都，他们只会一致对外，挖坑等着我跳。”

红玉想到早间的事情，心头一凛，将鬓唇固定在沈羲和额前的青丝中，理顺垂至眉上的珠串：“日后他们的拜帖……”

“一律回绝，便说我身娇体弱，受不得风。”沈羲和理了理衣襟站起身。

“郡主，蜀南王世子来了……”沈羲和刚转身，紫玉就在外面禀道，表情有些无奈。

沈羲和也没有问，走出自己的院子，到了王府正堂的抄手游廊上，就看到着了一袭月白色翻领袍的步疏林。这袍子翻领、袖口都绣着同色的精致花纹。此刻，步疏林一只脚正踩着一个鼻青脸肿的人。

"羲和妹妹，我把这坏秧子给你抓来了。"步疏林一脚将脚下的人踢了几个翻滚。

这人"哎哟"连天地叫着，刚停下翻滚，立刻爬起跪向沈羲和："郡主，我是豕，我犬豕不如……"

然后，这人"砰砰砰"地朝着沈羲和一阵磕头，爬起来的时候，面色铁青且满眼愤恨之色。

"你还不服气？"他的表情又招来步疏林怒踹一脚。

这人似是受了内伤，咳出一些血，将院子里光洁平整的青石板弄脏了。

沈羲和蹙了蹙黛眉。

步疏林立刻捕捉到沈羲和的表情变化，一脚踩在陈靖的身上："谁让你吐血了？还不快把地擦干净！"

陈靖，堂堂宣平侯府嫡出的公子，也不知是有什么把柄落在步疏林的手里，一点儿脾气都没有，忙用衣裳将血渍擦掉。

"羲和妹妹要是不解气，尽管揍，只要留口气就成。"步疏林对着陈靖时是一张凶神恶煞的脸，一面对沈羲和就温柔浅笑，甚至有点儿谄媚。

"喵！"短命这时候跳到沈羲和的脚边，尾巴搭在沈羲和的脚背上。

沈羲和蹲下身将它抱起来，摸着它柔软的毛："把人扔出去，别脏了我的院子。"

"得令！"步疏林洪亮地应了一声，就抓起陈靖，当真把他扔了出去，扔出去后还拍了拍手。

这已经是一天之内王府第二次把人扔出去了，路过的人还是很好奇。

步疏林眼珠子一转，说道："这登徒子知晓府中只有娇弱的小女郎在家，便翻墙而入，意图不轨！"

恶人先告状的步疏林，完全不理会这些话会引起的民愤。有那挎着菜篮子的妇人直接扔菜叶子砸陈靖，嘴上还骂骂咧咧的。

步疏林脚步一转，大摇大摆地重新进了王府。

见沈羲和在亭子里摆了些茶点和饮子，步疏林眼瞳一亮，欢欢喜喜地跑进去，一屁股歪坐下去。

沈羲和将一碗梅花饮子放到了她的面前。

步疏林高高兴兴地捧起梅花饮子，嘴唇刚碰到碗沿就面色一肃，心有余悸地问："没……没毒吧？"

"你胡说什么，我家郡主光明磊落，岂容你诬蔑？！"不知洛阳发生了什么的紫玉怒了。

沈羲和唇畔多了一丝笑纹："没毒，你没做错事。"

步疏林这才开开心心地牛饮一口饮子，然后粗鲁地抹了抹嘴："这次不嫌我多事？"

“不嫌你多事，你不必如此。”沈羲和以纤细干净的双手状若掐花般举止优雅地端起茶碗，浅浅地抿了一口。

她知道步疏林是替她出气。沈羲和与宣平侯的梁子，因为早上纵马的事件已经结下，多不多这件事情，都不可能善了。

步疏林了然，才会这样向沈羲和示好。

竹影萧萧，秋风送爽，晚菊灿灿，桂花叠香。

沈羲和一袭浅蓝色的长裙，胸线上粉色刺绣的束带飘垂而下，没有点花钿，而是戴了精致的鬓唇，显得清雅又美艳。

步疏林忍不住夸赞一番：“名门淑女，端雅娴静者，我见过不少，但和你一比，她们行云流水的姿态都让我觉得有些刻意。”

沈羲和明明不是士族培养出来的贵女，便是不能习武，便是名师教导，步疏林也想象不出来她是如何养成这样的——一举一动、一颦一笑，都自然流露出优雅之态。

以前，步疏林很讨厌士族那套繁文缛节，总觉得别扭和琐碎，到了沈羲和这里，却觉得原来士族风范是这样令人赏心悦目。

沈羲和淡淡地瞥了她一眼。

“对，对，对，就是这样。”步疏林继续赞道，“目光一转，自是风情。”

“若是可以，我倒不想这般。”沈羲和轻声道。

步疏林想到沈羲和体弱不能多动，每日只能摆弄那些不费力气之物，不免有些懊恼，慌忙想转移话题，刚好目光落在旁边的短命身上：“你这猫有些……”

步疏林差点儿就把实话说出来——这猫真的是她见过的最丑的。

尽管步疏林没有说出来，短命似乎也感受到了被嫌弃之意，叫了一声就扑上去，出其不意地在步疏林的手背上挠了一爪子，留下了三道血痕。

血痕很浅，沈羲和便没有在意，忍不住笑了。

美人一笑，如百花在眼前绽放，美了风月，醉了年华。

步疏林似乎想到了什么，目光微凉，端起刚倒满的茶碗，仰头一饮而尽：“世人只道权势好，却不知我们这些陷于权势之中的人都是可怜虫。”

沈羲和挽袖按住步疏林又要去倒饮子的手，轻轻地将她手中的茶碗不容拒绝地夺走：“何必悲春伤秋？你只道平民百姓逍遥，却不知道他们穷困潦倒时，会因贫贱而家破人亡。生于显贵，我们应当心怀感恩。至于脚下的路，要靠自己去走，若是荆棘缠绕，斩了便是。不过一些皮外伤，待到无人敢伤你之际，面对这些无关痛痒的事，你自会一笑置之。”

步疏林觉得沈羲和有种特别刚韧和通透的味道，与她说话，还能受到感染。

步疏林疏朗地笑了笑：“受教了。”

步疏林的心里不免有些可惜，可惜自己不是男儿身，否则她定要排除万难谋划一番，不试试怎么知道这样的美人能不能属于自己呢？

“郡主，镇北侯携夫人亲自登门。”碧玉来报。

“你有客人，我便走了。改日我再来寻你。”步疏林站起身，走出亭子，忍不住回头看了一眼从另一条路回正堂的沈羲和。

镇北侯夫妇是为了丁家两兄弟的事情来的。无论是点明马失控的缘由，还是之后对丁值的小惩大诫，镇北侯夫妇都要承沈羲和的人情。否则，他们一个儿子成了当街纵马的纨绔子弟，一个儿子成了搅乱朝纲的毒瘤。

镇北侯夫妇带了许多礼物登门。镇北侯夫人刻意拉近和沈羲和的关系，沈羲和却不近不远，始终疏离对待，二人也就识趣地早早告辞。

隔日一早，沈羲和便起床梳妆，盛装入宫。

今日不是朝会日，沈羲和入宫很快就见到了祐宁帝。

“臣女叩见陛下，陛下圣安。”

“昭宁不必多礼。”祐宁帝说话的声音透着成熟男人的低沉和长辈的随和，“一路辛苦。你在临湘县的事，朕都知道，必会给你一个交代。”

“昭宁多谢陛下。”沈羲和谦恭地回答。

“你的父亲可还好？与朕说说如今的西北是何等模样？……”

之后，祐宁帝与她说了很多话，多是西北的种种事，语气中的缅怀意味很浓。

先帝荒淫，为了讨贵妃的欢心，诟病当年的皇后。当年的皇后——也就是如今的太后，曾连同一双嫡子被贬至西北。是沈岳山偷偷接济，后又孤注一掷地帮衬，才有太后带着长子谦王和幼子祐宁帝杀回皇城。

可惜谦王在攻破皇城的前一夜遭遇敌袭，否则皇位上的人就不是眼前的这位了。

西北可以说是祐宁帝长大的地方。

祐宁帝说了一个时辰才放行，只字不提萧氏的事情。

沈羲和出了太极殿，往左便是东宫。昨日她既然答应了下来，自然要走个过场，全了礼数。

十九年前的那一场敌袭，折了谦王夫妻，也折了保护祐宁帝的皇后。

祐宁帝登基，追封王妃为皇后，并下旨此生不再立后，为的就是无人能够动摇东宫嫡子的地位。

萧华雍作为皇七子，帝王对他的荣宠到了何等地步？

众位皇子避“华”改“长”，皇太子一应照比祐宁帝。

东宫自然极其奢华，甚至比帝王的寝宫更雅致精美。

沈羲和刚走到东宫的大门处，就看到一身浅白色圆领长袍的萧华雍站在门口。还未入冬，他已经披上了大氅，似是在翘首以盼。

太子见到沈羲和，温和内敛的眼睛光华闪烁。他疾步而来，咳了几声才说道：“你来了，我以为你不来了。”

他语气里有一股子难以察觉的委屈之意。

宫门口有两棵繁茂的红枫树，如火一般的叶子在风中飘落，映在他温润的眼瞳里，似有火焰点燃，让他看起来目光灼灼。

“昭宁见过殿下……”

“不用多礼，不用多礼。”沈羲和还没有屈膝，就被萧华雍扶起。

“谢殿下。”沈羲和不着痕迹地挣开自己的胳膊。

“喀喀喀……”一连串止不住的咳嗽声响起，萧华雍似乎方才跑得急了。

“殿下，此处风大……郡主，请殿内说话。”萧华雍身边的内侍忙说道。

见萧华雍咳着被搀扶着转身往宫内走去，原本只是想请个安就走的沈羲和只好随着去了东宫。

算了，别和病入膏肓之人计较，沈羲和只能带着碧玉和红玉进去。

一入东宫，沈羲和目光一亮，外面看东宫金碧辉煌，入内却绿意盎然，一片生机勃勃的景象。

东宫内养了许多奇花异草，很多是沈羲和都不曾见过的品种，风中充盈着清新的气息，令人忍不住闭目深嗅。

有那么一瞬间，沈羲和觉得自己不是在沉郁压抑的深宫里，而是在繁花似锦的世外桃源。

“咦，这里为何满园青苔？”他们路过一个园子，青苔铺地，红玉忍不住小声问沈羲和。

沈羲和看着青苔上大小不一的金色圆果，似暖阳散发着耀眼的光芒：“这是蔓金苔。”

“郡主好眼力。”前方的萧华雍停下来轻咳了两声，“待金乌西坠，满园华光，美不胜收。我夜间喜来此地。他日有机缘，邀郡主共赏。”

这句话就有一定的暗示性了，沈羲和作为臣女不能滞留宫中，如何能陪皇太子夜赏花园？除非……

沈羲和探究地看向萧华雍，只见他的目光一如既往地温和，甚至澄澈，坦荡得令怀疑他的人都觉得惭愧：“多谢殿下盛情。”

她没有应下。

萧华雍的目光肉眼可见地有些黯然，他却依然温润：“喀喀喀，郡主，里面请。”

至此，萧华雍给沈羲和的印象就是个好脾气的儿郎，有天家贵子的清雅风华，却没有皇家骄子的咄咄逼人气势。

萧华雍显然是做了很多准备，待客的殿阁在高台上，视野极好，能够看到半个东宫的轮廓。

高台上花藤和果藤缠绕，葡萄藤挂着圆润晶莹的葡萄，不需要熏点任何香料，花香和果香缭绕在鼻息间，让人不自觉地就放松了心情。

“快至晌午，我备下了一些茶点，请郡主品尝。”萧华雍落座，便让天圆带着东宫的宫人捧上一盘盘茶点。

京都的茶点丰盛，单是饼类就有五六种，皆是外酥内嫩，香不见花，甜不腻口。

还有一道正在烤制的消灵炙——这是一道只取羊腿最精华的四两肉，佐以宫廷的秘方烤制而出，是皇家才有的珍品茶点。

沈羲和吃过两次，对其念念不忘。她还私下研究过多次，终究没有将配方钻研出来。

小炉上热气腾腾，萧华雍裹着布端起砂锅，将第一道冲泡的茶水滤去，分了三个茶碗。

他的动作很慢，却丝毫不让人觉得笨拙，甚至一举一动都能够吸引人的目光。

“郡主请。”待萧华雍倒好茶，天圆躬身将茶端到沈羲和的面前。

沈羲和双手接过茶碗，掀开茶盖就有一股惊艳的茶香浮动。

闻过后，沈羲和浅尝一口，感受到一种别的茶水没有的柔滑口感。

以前沈羲和品茶，第一反应是猜什么茶——这杯茶让沈羲和完全忘记了品茶的出身，而是被茶汤本身的口感所吸引。

等到口中的茶香消失，沈羲和才惊觉竟然没有喝出是什么茶来，不由得再呷了一口。

这次她是抱着目的品尝的，却也没有尝出是什么茶。

“这是我亲手种的茶，”似乎看出沈羲和在分辨，萧华雍温和地笑道，“郡主莫要嫌弃。”

“不，这是我喝过的最好喝的茶。”沈羲和实话实说，“殿下精于制茶。”

萧华雍微微笑了笑：“我幼时生了一场大病，之后便不能耗力费神，学文习武都不及兄弟们。父皇怜惜我，总压着兄弟们的进度，我心中过意不去，索性就弃了这些。多年来，我唯一执着至今的，也就是对茶之喜，故而有些心得。”

他明明笑着，沈羲和却仿佛能从他那真挚的笑容里读出背后铺天盖地的黯然过往。

“殿下，学得文武艺，货与帝王家。”沈羲和不自觉地放柔语调，“您无须学这些，这些都会被捧到您的面前。”

萧华雍目光骤然明亮起来：“郡主，你是第一个与我说这些话之人。”

“大抵是……我们同病相怜。”沈羲和失笑。

他们一样体弱，一样喜爱花草，一样渴望着一些遥不可及的东西。

“同病相怜……”萧华雍呢喃，又是一阵咳嗽。

恰好这个时候，烤好的消灵炙被端了上来，萧华雍让放在沈羲和的面前：“我不能食炙肉。”

沈羲和看着萧华雍的模样，这样孱弱的体质的确要忌油腻的东西。

美食当前，沈羲和当然不客气，饶是喜欢，也只是吃了几口。

她从来不会轻易暴露自己的喜好。人一旦有了偏好，被人掌握，就是致命的弱点。所以她对每一样茶点都不多不少地尝了个鲜就搁箸。

“郡主交与我之物，愿我如何处置？”萧华雍冷不防来了这么一句话。

沈羲和抬眸，知道萧华雍指的是她从萧长赢手中截获的证据。难怪过去两三个月了，这件事情还悬而未决，是因为萧华雍一直将这些证据捏在手上从未放出去。

望着诚恳询问的萧华雍，沈羲和在想到底是她把人心想得太复杂，才会觉得他愚笨，还是他深不可测……

“郡主，我和几位兄弟相比虽不算聪颖，却也不愚笨。”萧华雍依然笑容如阳光般和煦，“是郡主救了九弟。”

所以拿到证据，他必然知道是沈羲和所赠。

“殿下……”沈羲和忽然试探地问，“不觉得我心思诡谲，有意挑起殿下与烈王的争端吗？”

萧华雍认真地看了沈羲和一眼，摇头失笑道：“郡主能有什么坏心思呢？”

君子如镜，照人丑陋。

有那么一刻，沈羲和觉得和面前这个男人谈阴谋诡计是一种亵渎行为。

“我知晓，郡主身不由己，又不愿就此妥协。”萧华雍自身的宽和与善解人意令人动容，“这些年郡主是第一个还对我这个名存实亡的皇太子心存希冀之人。凭郡主这份看重，我定全力以赴，为郡主周旋。”

“殿下甘心吗？”沈羲和肃容问道。

“天不与我，非我妄自菲薄。”萧华雍的话中有一丝丝怅然之意，“我非长寿之人，与其费尽心力去筹谋虚妄之物，不如珍惜眼下，今朝欢乐今朝过。”

“殿下信了那些话？”沈羲和又问，“殿下可曾想过，若有一日殿下得以长寿，又该如何自处？”

“郡主，我不争，并非坐以待毙。”萧华雍推心置腹道，“否则，郡主交与我之物，如何能够到今日还好生存放在我的手中呢？”

示弱要恰到好处，若是让小丫头觉得自己毫无自保之力，只怕她要把他当成弃子。

这才应该是真正的天家之子，沈羲和略微满意：“既已交与殿下，全凭殿下做主。”

防备之心好深的丫头！他的推心置腹竟然丝毫没有打动她。

沈羲和冷静理智，清醒得让他刮目相看。

萧华雍暗笑，面上依然温和："我将之交与二哥吧。二哥为人正直，绝不会徇私。作恶之人当受到严惩。"

沈羲和不予置评，像是避嫌，不参与这个话题。

萧华雍又咳了几声，就在此时，有内侍跪在门口禀道："殿下，三殿下与六殿下约了击鞠，请殿下观赏。"

"郡主，可愿去看看京都的击鞠？"萧华雍问。

沈羲和摇头婉拒："昭宁不喜这些。"

"我亦然。"萧华雍笑道，"我不如哥哥们体健，从未玩儿过击鞠，坐在台子上观看，看多了也觉得乏味。"

天圆会意，立刻去对内侍回道："告知三殿下与六殿下，太子殿下有客。"

萧华雍见沈羲和张口欲言，知道她是想要告辞，先一步说道："郡主似对草木颇有兴趣，我搜罗了不少奇花异草，郡主可愿一赏？"

还别说，沈羲和真的想看看东宫这些稀有的花草，问清楚出处，也去搜罗一些养在郡主府。

于是，沈羲和又随着萧华雍去看了些景物。萧华雍没有忘记自己体弱，介绍了一个园子后，就适当地显得体力不支了。沈羲和便告辞，萧华雍虽不舍，却没有强留。

"殿下，郡主走了。"天圆将沈羲和送出皇宫，折了回来。

此刻的萧华雍早就脱去了身上的大氅，站在一棵石榴树下。此时正是石榴结果的季节，一个个青涩的果子从枝叶间探出头来。

"殿下，您怎么连郡主也骗呀？"天圆不明白。

他和殿下在外闯荡之时，听闻夫妻间因隔阂而闹出人命之事，殿下还说夫妻间贵在坦诚。

殿下和郡主现在还不是夫妻，天圆自然不觉得殿下这个时候就该坦诚以待，可也不能像防着那些人一样防着郡主呀！否则日后郡主什么都知晓了，殿下该如何解释？

"我虽假，她也不真。"

他们俩，一个看似善解人意，一个仿佛推心置腹，其实都在做戏。不同的是他清楚地知道她在做戏，可她未必觉着他全是假意。

"天圆，狼要吃羊，面对一只聪明的羊，你说该如何捕猎？"萧华雍嘴角噙着一丝笑容。

天圆挠头，狼要吃羊，羊再聪明，还不是跑不过狼？更何况狼还是群居的！

显然，天圆跟不上自家主子的思维，萧华雍也不指望他聪明：“披上羊最喜欢吃的草。”

捕猎的最高境界，便是捕猎者伪装成猎物的猎物。她想要什么样的人，他就变成什么样的。

沈羲和回到了王府，也在想萧华雍这个人。萧华雍太符合她的需求，就像瞌睡了被及时递上来的枕头。他不笨但也不狡猾，温和而又知礼，温柔却也不是毫无气性。这样的人，她若是让他深深迷恋上自己，他定会在有生之年为自己拼上一次。即便不能将所有障碍扫清，有了他打前锋，她也能够省很多心。

剩下的事，她自己来。

一切都是这么顺利。

可偏生太顺利，沈羲和不喜欢这种感觉。这种感觉太具有欺骗性，让人堕落和依赖，最后狠狠地将人摔下去，结局就是——粉身碎骨。

这位太子爷，她还得再观望观望，所幸自己尚未及笄，还有时间慢慢看。

眼下，她先解决康王府和宣平侯府。

“莫远，你去为我安排一些事。”沈羲和将一些事情吩咐了下去。

她刚进入香闺，从保持通风的卧室嗅到了丝丝缕缕刺鼻的龙脑香。

沈羲和不动声色地点了自己调制的迷香，又一直没有挥退碧玉等人，甚至在窗前拿起针线做起了女红。

她女红不错，平时却不爱动这些。这会儿既然装样子，她便随手拿起一块手绢在绣绷上固定好，心思一动，在手绢的边角绣了仙人绦。

红玉在院外和紫玉说着东宫的见闻。沈羲和在认真地飞针走线，栩栩如生的仙人绦很快就浮现在手绢上。大概一刻钟的时间，屋梁上发出了声响。

墨玉惊觉，持剑从外掠来，刺向屋顶。屋顶上头晕的萧长赢避开了墨玉的长剑，滚落下来。

“住手！”眼看着墨玉一剑刺向越发无力的萧长赢，沈羲和及时喝住了她。

沈羲和放下手中的绣绷，递了一个香囊给碧玉：“烈王殿下，臣女的闺阁不是谁都能随便来的地方。”

萧长赢以剑支地，才勉强稳住身体，沈羲和映在他眼中的身影越发模糊：“你……”

他想问她何时对他下的毒，偏还没有开口，就晕了过去。

“郡主，如何处置？”碧玉对着香囊深吸了两口，才没有晕倒。

“扒了衣裳，扔回十六王宅入口处。”沈羲和淡淡地吩咐。

十六王宅是皇子搬离皇宫后所住之地。王宅集中在一片区域里，所有皇子都是邻居。

墨玉刚靠近，萧长赢竟然一个鲤鱼打挺弹跳起来，翻身避开墨玉的招式，朝着沈羲和袭来。

沈羲和稳如泰山，都不曾退一步。她身旁的碧玉手臂一扫，针线篓子就朝着萧长赢砸了过去。等萧长赢将针线篓子挥开，身后的墨玉已经持剑逼了上来。

他和墨玉缠斗在一起，紫玉和红玉这时候已经奔进来，纷纷加入打斗。

沈羲和因为体弱不能习武，男女有别，护卫不能贴身保护，幼时选丫鬟第一考虑的就是根骨和毅力。她身边的丫鬟，可以不聪明，可以不伶俐，却必须吃得下习武这份苦。

碧玉她们虽不及墨玉术业有专攻地武艺超群，却也不是花架子。

然则，萧长赢到底是皇家御苑选聘武艺大师教导出来的，一时间，墨玉三人对他一人都没有占到上风。

碧玉看着有些着急，但自身因迷香的缘故，有些体力不支。碧玉看得出，墨玉她们很快就会败下阵来。

“郡主……”碧玉看向沈羲和。

只要沈羲和一声令下，埋伏在屋子外的护卫就会将沈羲和的闺阁围得水泄不通，让这位皇子插翅难逃。

沈羲和伸出一根手指轻轻地摇了摇。

碧玉她们不知，祐宁帝的皇子个个能文能武，且都带着暗卫，一旦她的侍卫冲进来，那么萧长赢的暗卫也会毫无顾忌。

短命跑过来，落在桌子上冲萧长赢叫着，还磨着爪子，一副跃跃欲试地随时要偷袭的架势。

就在它起势的时候，沈羲和用嫩白的手摁住了它。沈羲和抱起短命，沿着桌子走了半圈，目光紧盯着激烈缠斗的四个人。

她的手前一瞬间还轻轻地抚着短命的软毛，一眨眼的工夫，手镯上的机关已经对准了萧长赢，她轻轻一拨，细如牛毛、短如眉睫的针飞射而出，极其精准地扎在了萧长赢的胳膊上。

最初只是细微的刺疼感，不过几息工夫，萧长赢的手臂便失去了知觉，他再被墨玉的长腿一扫，便栽倒在地。

这次与之前头昏眼花不同，他大脑清晰，四肢却不听使唤。

原本就中了迷香却强撑着的萧长赢，这会儿一点儿反抗之力都没有了。

“早些束手就擒不好吗？”沈羲和挠着短命的后颈，缓缓走到萧长赢的面前。

“你当真要把我扔到王宅入口处？”萧长赢仰躺着，细长的眼盯着沈羲和的脸。

“我从不说空话。”沈羲和抱着短命转身，“今儿我去了一趟东宫。你这么急着来寻我，无非以为我和太子殿下有什么。想要试探的人不止你一个，在东宫的时候，三殿下和六殿下便已经先你一步。”

三皇子和六皇子请太子去看击鞠，这不是戳太子殿下的肺管子吗？他们明知太子殿下不能参与，却还不知道避嫌，无非是太子去了，她也要跟着去一趟。他们想探一探她的虚实，也和萧长赢一样，想知道她和太子到底是何关系。

“你们这些皇子心里想什么，我都一清二楚。”沈羲和嘴角微扬，浅笑蕴含讥讽之意，“你们无非是不敢轻易求娶我，却又不愿我嫁与旁人。”

说着，踱着步的沈羲和轻盈地旋身，又看向萧长赢：“我可没有工夫一个一个地教训，既然你送上了门，我只能用你杀鸡儆猴。”

说完，沈羲和还微微歪头对萧长赢扬眉一笑。

紧接着，萧长赢就被墨玉拖出去了。沈羲和紧随其后。

他们刚出沈羲和的闺阁，果然就有几个暗卫飞掠而入。

沈羲和眼眸微转，瞥了他们一眼：“你们大可以抢人。刀剑无眼，我不欲伤你们主子的性命，但你们若是非要试一试我的人有多少能耐，一个不慎在你们的主子身上划上几刀，可莫要怨怪我。”

萧长赢听着这话，眼中浮现笑意。几次交锋，他算是对沈羲和说一不二的性格有些了解了。她从不将他亲王的身份放在眼里，说会划上几刀，那肯定会划上几刀。

“都退下。”既然注定逃不掉，要被她拿去儆猴，他何必多受些罪呢？

萧长赢的人都退下后，沈羲和侧身给了他一个笑脸，那笑容明晃晃地写着：识趣。

识趣的烈王殿下就这样被拖到了王宅的入口处，被扒得只剩下一条裈裤，丢在了王宅的入口处。

所幸王宅建于一侧，寻常百姓难以进入巷道，倒是正好有两位殿下回府撞见此景。

因此，当日烈王殿下私闯沈府，被人扒光衣裳扔回王宅的消息，传遍了文武百官的府邸。

流言的传播速度很快，一人添一句，最后就变成昭宁郡主拥有绝世容颜，烈王殿下听闻，急不可耐地想要一睹真容，岂料王府侍卫武艺高强，最后……

此事勾起不少人对沈羲和容颜的好奇心，同时也更让人忌惮沈羲和。

她不光敢将皇帝的堂妹扔出沈府，对皇帝的儿子，竟也敢将其扒光了衣裳扔回王宅。这都是皇亲国戚，她都这样不留一丝情面，要是换了旁人，岂不是不死也要被折腾掉半条命？

再想一想康王府的老王妃，现在还整日惊梦；嫡长子虽然被救了回来，却时不时地高热发虚汗，医工都常住康王府了……他们现在就更畏惧沈羲和了。

对此，沈羲和很满意。

至于康王府的老王妃夜夜惊梦，不过是沈羲和以其人之道还治其人之身，在康王府找到一个细作，给老王妃换了一种容易产生幻觉的香料。

萧氏现在回了康王府，是时候再给康王府添把火了。

当天晚上，康王府竟然老鼠横行，四处乱窜，吓得整个王府的内眷们哇哇大叫了一整晚，惊得左邻右舍都以为康王府被屠宅了。

"郡主，这个引鼠香真好玩儿，今晚我去。"紫玉摆弄着沈羲和的香，一脸的期待表情。

昨夜康王府之所以会老鼠横行，就是因为他们偷偷潜入王府，点了这个引鼠香。

老鼠一个个像昏了头，想尽办法地钻入康王府，场面甚是壮观。

"你的身手不行，可别暴露了行踪。"碧玉一把将香夺了过来。

康王府的人现在不知道这老鼠是怎么来的，还以为是有人恶意投放的，故在王府外特意加派了人手把守。

紫玉沮丧地低下头。

外面有人报："郡主，东宫送了食盒来。"

刚点完花钿的沈羲和愣了愣，起身披上披帛走向外院，就看到天圆站在那里。

"郡主，殿下让属下给您送食盒。"天圆殷勤地笑着，"殿下平日也喜欢捣鼓些吃食，往日总寻不到可分享之人，不是什么贵重之物，郡主切莫推辞。"

东宫的食盒，便是萧华雍愿意送，也没有人敢接。皇子们担心有毒，功勋们担心太子有别的想法，倒是公主们较为合适——不过东宫那般冷清，想来诸位公主也觉着太子殿下是个不需要费心去讨好的废人。

日后哪位贵人能君临天下还未知，此刻若谁去讨好储君，岂不是碍了日后得位之人的眼？

就算食盒里确实不是什么贵重之物，东宫送来，也算是赏赐，沈羲和想要推拒都没有理由。

"有劳曹侍卫。"沈羲和示意碧玉接下食盒，"替我转达对殿下的谢意。"

萧华雍有两个东宫侍卫统领，两个人是一对兄弟，分别叫曹天圆和曹地方。

"不敢，不敢。"天圆谦卑地弯下身，"里面有一道御髓羹，应还是热的，郡主趁热食用。"

说完，天圆行了礼就告退了。

东宫送来的东西，沈羲和也不好不吃。打开食盒的一瞬间，香气扑鼻，本不是很饿的沈羲和顿时食欲大增。

御髓羹是一道用牛骨髓佐以粳米、大米、芝麻和骨头高汤熬制出来的粥，入口香滑。没有外人在，沈羲和将一碗粥用完后有些意犹未尽。她又看向形如满月、色泽乳白，外皮入口即化，芳香留口的贵妃饼；酥松软糯，如花娇美的花折鹅糕；形态优美，红如枫叶的面果子。

“郡主，赏我些许，让我尝尝呗！”紫玉看得眼花缭乱，忙开口讨要，只有尝过才能想法子做出来。

沈羲和本就胃口小，其他的东西仅都尝了一小块，剩下的全给了紫玉她们。

沈羲和心满意足地用了朝食，就带着紫玉和墨玉去了陶府——她的外祖家。

她的外祖父官居从三品御史大夫，是个严肃的老头儿，外祖母早已辞世。她有两个舅舅，一个在外放，一个从商，还有五个表哥，两个表弟，没有表姐妹。

故而她一到陶府就受到了热烈欢迎。大舅母张氏待她温和中透着热情，是那种不带任何利益、只有温情的和蔼态度。

她的祖父去了御史台还未归，三个表哥都在上学，只有一个五岁的小表弟陶勋在家，大舅陶元特意从外面赶了回来。

“父亲要知晓你今日便过府，定然会称病告假。”陶元忍不住笑着说。

“便是知晓外祖父会这般，我才偷偷来。”沈羲和轻轻笑了笑。

陶御史是个连祐宁帝见了都头痛的人，文武百官都将他视为茅坑里的石头——又臭又硬。但这个世人眼中耿直不阿、不苟言笑的老古板，对沈羲和来说就是个慈爱得没有原则的老人家。

“你打算如何处置萧氏？”一番闲聊之后，张氏察觉沈羲和对他们没有疏离感，才在陶元的示意下问道。

“怎么？他们求上大舅了吗？”沈羲和知道，若非有内情，他们不会无缘无故地提起萧氏。

“是有人寻上我求和。”陶元冷笑一声，“我妹妹的一条命，他们忘了，我却没有忘。”

“老爷……”张氏不赞同地轻唤了他一声。

他不应该在孩子面前提起这些事，以免惹孩子伤心。

“大舅，呦呦替阿娘谢过您了。”沈羲和站起身郑重地对陶元行了一礼。

呦呦是沈羲和的乳名，是陶氏还未生产之前就起好的。

陶元本是进士出身，是陶氏的死让他弃文从商。康王府的人文不成武不就，偏生做生意灵活。陶元这些年和他们针锋相对，无形中削减了康王府的不少财源。

“呦呦这是做什么？”陶元故作生气，“你阿娘是我的亲妹妹。”

“大舅，呦呦希望大舅日后能多为舅母和表哥、表弟着想。”沈羲和正色道，“呦呦现在长大了，他们欠下的债，理应由呦呦讨回来。”

“呦呦，不知多少双眼睛盯着你，你不可轻举妄动。”陶元心疼外甥女。

“盯着便盯着吧。”沈羲和浑然不在意，“我无论如何跋扈，只要阿爹和大兄在一日，他们就得忍着。”

西北王在，她再任性，都无人敢指摘；西北王不在，她再谨小慎微，也无人会宽容。

陶元深深地看了如花似玉的外甥女一眼："你小舅说得对，呦呦是世间最聪慧的女子。"

闻言，沈羲和不自在地用手绢碰了碰嘴角。

小舅陶成纯粹是爱之深，眼之盲。

沈羲和的人生是很多人羡慕不来的。

她的父亲将她捧在掌心里——若非实在无法阻拦，祐宁帝又许以宫内才有的珍贵药材，沈岳山是不会让她上京都的。

沈云安从小就是个妹妹奴，变着花样就为了逗妹妹一乐。无论沈羲和做错什么事，他都会兜着，都会帮她摆平。

外祖家的人更是稀罕她——若非她是沈岳山的女儿，嫁入陶家将会被娇宠一生。

沈羲和没打算在陶府留宿，太多人盯着她。待用了餐食，陶御史还未归，她只能辞行。

却没有想到，她正要离开时，三表哥陶勤归家，随行的还有六殿下萧长瑜。

沈羲和只当没有听到寒暄，让马车不停顿地离开。

昨日她去东宫见萧华雍，萧长瑜便借击鞠想见她。今日她把九殿下萧长赢都扔到王宅门口了，萧长瑜还是锲而不舍。

沈羲和却没有想到，次日一早，宫里传来六殿下萧长瑜被祐宁帝罚跪宫门口的消息。

"缘由？"

"今儿一早，六殿下不知为何去了东宫，将太子殿下气得吐了血。太子殿下此刻仍旧昏迷不醒。"碧玉如实告知。

沈羲和的第一反应是：这么巧？

六殿下萧长瑜在她面前才展露了一丁点儿献殷勤的苗头，接着便招惹了太子殿下。

沈羲和是个凡事习惯多思多虑之人，信奉所有的巧合都是精心安排的。

诸位皇子视东宫为洪水猛兽，唯恐避之不及，六殿下为何突然去了东宫？他又为何气得太子殿下吐血？

"郡主，我们要入宫去探望太子殿下吗？"碧玉轻声问。

碧玉知道郡主对太子殿下是无心的，只不过郡主若是想要择婿，目前似乎看好太子殿下。

那日在大理寺，太子殿下也出面帮了郡主，之后又送了食盒给郡主。于情于理，听闻太子殿下被气病不起，郡主都应该去探望探望。

"去，为何不去？"沈羲和挥了挥手，让碧玉她们去准备。

六殿下向她献殷勤，太子殿下便被气得吐血，紧接着她又马不停蹄地去探望了太子殿下。外人一琢磨这事，定会误以为她和太子殿下关系匪浅，会给人一种她心悦太子殿下的错觉，将她划到太子殿下的阵营之中。

故而，她的第一反应才会是“这么巧”。

当然，她要不想给人造成这种联想，最简单的法子就是她今日不去探望太子，顶多大家谣传太子殿下和六殿下争风吃醋罢了。

不过，她非要去一趟不可，要去看一看这些巧合到底是这位太子殿下一手谋划的，还是有别的缘故。至于旁人如何想，她不甚在意。日后她便是不嫁太子，嫁与旁人，也不忧心这会成为对方心中的一根刺。

无论她嫁给谁，都不过是虚情假意，两个人各取所需。

但在碧玉看来，沈羲和这个节骨眼儿去探望太子，是铁了心要亲近太子殿下。

马车路过宫门口，沈羲和的车帘被吹开。她看到烈日下，六殿下萧长瑜脊背挺直地跪着。似乎听到了马车的声音，萧长瑜转过头来。

不得不说祐宁帝的诸位皇子都是龙章凤姿。萧长瑜剑眉星目，因着母妃，五官略微透着异域风情，双眸也较为深沉，鼻梁高挺，三庭五眼比例极佳。兼之他偏好习武，加冠的年纪，即使跪在烈日之下，也浑身透着灼目的阳刚之气。

“原来……六殿下长得如此英武。”紫玉喜欢西北儿郎的那种高大威猛样子。

“天家儿郎，风华万千。”沈羲和面色平淡地说，“这京都，最多的便是才子佳人。”

说着，她看了紫玉和碧玉一眼：“再过几年，我便放了你们，寒门庶子也多英杰。”

她身边的人，必然是要给人做正妻的。

“郡主，碧玉这一辈子都不离开您。”碧玉惊住。

“郡主，紫玉也不嫁，与其去伺候臭男人，不如跟着郡主一辈子。”紫玉也惊恐地开口。

沈羲和只是淡淡地笑了笑，没有多言。

沈羲和的这句话是真心的，也是让她们知晓，她绝不可能让自己的贴身丫鬟给夫君当妾。

沈羲和到东宫的时候，看到了太后。

前日沈羲和进宫，去给太后请安了，只不过太后染了风寒，只是隔着屏风与她说了些话。

今日，沈羲和看太后还有些病色，太后的脸尽显沧桑，头发也全部染灰。太后二十多岁时被贬至西北，受尽了苦楚，即便这二十年来养尊处优，依然无法抹去其曾经劳苦的痕迹。

不过，太后看起来还是要比平常人家六十来岁的老太太年轻些许，也许是常年吃斋念佛的关系，身上有一股藏香的宁人气息。

“昭宁给太后请安……”

“免礼。”沈羲和还没有屈膝下去，就被太后亲自扶起。

殿内不仅有太后，还有代理六宫的荣贵妃——萧长卿与萧长赢的生母。

荣贵妃就姓荣，后宫的所有女人都没有封号，只有位分，故而是什么位分，便以什么姓来区分。

能够生出萧长卿兄弟的女人，自然是极有魅力的。尽管荣贵妃已四十几岁，却依然乌发浓密，肌肤白皙，高绾的发髻上只戴了两枚金簪和一朵娇艳的牡丹花，衬得整个人如牡丹一般大气雍容。她眉目含笑，像个随和的长者。

“早就听闻昭宁郡主容色无双，今日一见，可真是让我挪不开眼。”荣贵妃笑着夸赞。

荣贵妃虽然是贵妃，到底不是正宫皇后。沈羲和前日入宫只给太后请了安，荣贵妃还不够资格。

“娘娘谬赞。”沈羲和只是按礼数回了一句。

似乎察觉不到沈羲和的敷衍和疏离态度，荣贵妃依然庄重文雅地说：“我见郡主便欢喜。郡主初到京都，若有不适，便到含章殿寻我。正好平陵与你一般大，你们也好做个伴。”

荣贵妃有两子一女，六公主平陵今年刚好十四岁。

“娘娘抬爱，昭宁体弱，不宜多动，恐怠慢公主。”沈羲和直接拒绝了。

“太后娘娘……”不等荣贵妃再说什么，天圆走了出来，“殿下醒了，说是想见见郡主。”

“我们守了半日他都不曾醒，郡主才来，太子殿下便醒了。早知如此，我们哪，就应早些请郡主来，也省得太后与陛下担忧半日了。”一位长相极其美艳的妃嫔打趣道。

这位艳冠后宫的女人是秦昭仪。她入宫十五年，无儿无女，却深受祐宁帝宠爱。

“小孩子，面皮薄，可不像你。”太后对秦昭仪笑骂了一句，才对沈羲和说道：“去看看太子吧。”

本朝男女交往并不严苛，少男少女可以互有往来，知礼守礼并不浮于表面。

沈羲和端庄施礼，便带着丫鬟入了内室。

这回的药味儿比上一次的还要浓烈。沈羲和的嗅觉敏锐也有弊端，比如此刻，于常人而言只是稍微浓烈的药味儿，却差点儿将她熏晕过去。她不动声色地走了好几步，才渐渐适应。

沈羲和见到萧华雍的时候，他正披着大氅坐在床榻边，端着一碗药一饮而尽。

他喝完药又咳嗽了几声，平复下去，才隔着珠帘对沈羲和说道：“郡主，请坐。”

他说了一句话好似又喘不上气一般，剧烈地咳嗽了几声，见沈羲和落座，才费力地说道：“郡主，六哥……心思不纯。”

第五章　少年初识情滋味

沈羲和想过萧华雍见她要说的话，唯独没有想到他开口就说萧长瑜不好。

“太子殿下，昭宁与六殿下尚未谋面。”沈羲和低声道。

虚握着拳头抵唇的萧华雍仗着珠帘阻隔，嘴角闪过一丝浅笑，声音依然孱弱：“未曾谋面，不意味着日后不谋面，咳咳咳……郡主，六哥早已有心仪的女子，郡主要当心。”

萧华雍似乎是拼尽全力说完的这句话，接着就虚弱地躺了下去。

沈羲和能够听到他粗重难熬的呼吸声。

见此，沈羲和也不知该如何回话，怕惊扰到他。

室内瞬间格外安静，很快传来了萧华雍绵长的呼吸声。

天圆悄声走到沈羲和的身边做了个请的手势，沈羲和随着他离开了寝殿。

“郡主，前日六殿下借击鞠一事想接近郡主，太子殿下并未点破，只是私下传了话与六殿下。太子殿下原以为六殿下已经打消念头，却不想……”天圆斟酌着言辞轻声地对沈羲和说道，“太子殿下知晓六殿下多次筹谋想要接近郡主，故而今日一早叫了六殿下至东宫当面质问，与六殿下发生了些许冲突。”

原来六殿下萧长瑜是被萧华雍请到东宫的，为的就是质问萧长瑜对她是何居心。萧华雍知道萧长瑜已心有所属却依然想要接近她，因为偏心于她，这才动了怒。

只因她将那份证据给了萧华雍？在帝王与太后的盛宠之下，被孤立的萧华雍就抓住了她那隐含目的的一丝温度，对她如此看重？

这一切事情合情合理，沈羲和却不愿意相信。她是个将利益关系看得高于情感关系之人——只有绝对的利益才能让她与他人站在同一阵线上。感情，那么虚无缥缈之物，风吹即散。

然则，萧华雍都被气得吐血了，总不能是作假吧？萧华雍若不是作假，就为了博得她的好感，当真吐一口血？

沈羲和也没觉得自己有这样的分量。

这位皇太子让沈羲和感觉很矛盾。种种迹象表明，他是个至情至性、光风霁月的君子。

性格多疑的沈羲和，用她一贯猜疑人的方式来揣度这位皇太子，又揣度不出皇太子的目的。

“六殿下心仪何人？”沈羲和问。

方圆有些挣扎，犹豫了许久，才在将沈羲和送出寝宫时低声说道：“是宫廷舞姬卞大家。”

卞先怡啊，萧长瑜还挺有眼光。

当年的帝都九绝，包括顾青栀在内，有四个人已经香消玉殒。

卞先怡也是官家女，才貌双全。可惜祖父犯了大罪，她也被充入掖庭，不过凭借自己的才华，又从罪籍变成了乐籍。她如今在教坊司，二九年华，快要过了女子最美的花季。

萧长瑜迟迟不娶妻，原来是在等她，倒也值得。

沈羲和意味不明地笑了笑，便挽着随风飘动的湖绿披帛离开了东宫。她终于明白萧华雍为何要这么大费周章地提醒她。

沈羲和离开了东宫，并没有出宫，而是去了一趟掖庭。这里都是犯了事的官员的内眷。她点名要见顾则香，也就是和沈羲和飞鸽传信数年的那位信友。

管事当然不敢阻拦她。

顾则香见到沈羲和的时候，梳了精致的百合发髻，金镶玉步摇摇动间华光流转，衬得她玉容仙姿，眉尾贴了珍珠花钿，尽显不落凡俗的清雅气质。

“婢子给郡主请安。”顾则香规矩行礼。

“顾小鱼。”沈羲和扶起她。

顾则香抬头错愕地看着沈羲和。这世间只有一个人唤她顾小鱼，就是那位与她互通信件的沈姑娘。

“郡主，是您……”

“没错，是我。”沈羲和微微一笑，“我身边缺个伶俐的丫头，你可愿？”

顾则香是罪臣之后，现在是罪籍，在宫里做着最粗的活儿。但沈羲和要一个人，这点儿情面，祐宁帝还是会给她的。

跟了沈羲和，顾则香就是奴籍。等过几年沈羲和再寻个机会放了她的奴籍，她也能够重新成为良民。

顾则香那双极大的眼睛里迅速充满了泪水。她笑着哭着又痛着，还有些恨着，任由泪珠一颗颗滑落，最后却死咬着唇，将眼泪全部抹去。

顾则香“扑通”一声跪在沈羲和面前，对着她深深地虔诚一拜：“郡主，婢子不愿离开。”

沈羲和静静地看了她一瞬，才轻叹一口气，俯身将她扶起来：“你想清楚了吗？”

进入宫里的女人有机会离开，却不愿离开，只有一个目的——成为皇帝的女人。

“清楚，从未这么清楚过。”顾则香异常坚定地说，“郡主今日之恩，则香铭记于心。日后则香若能回报，定义不容辞。”

“不必如此，于我而言，这不过是举手之劳。”沈羲和轻轻地摇头。

“于郡主而言是举手之劳，于则香而言是救则香于水火之中。”顾则香依然湿润的双眼水光动人。

“我终究是来晚了。”沈羲和轻叹了一声。

顾则香咬着唇，噙着泪摇头，退后一步，又给沈羲和行了礼，决然转身，头也不回地入了掖庭。

秋风起，桂花香，碎花飘落，倩影袅娜。

顾则香无疑是个美人，就像掖庭门口的桂花树一样，芳香不屈。

“碧玉，着人打点打点。”她能为顾则香做的也只有这么多。

沈羲和没有带走顾则香。

出宫的时候，沈羲和看到萧长瑜依然跪在宫门口，便叫停了马车。

她一步步走到了萧长瑜的面前，紫玉为她撑着伞。萧长瑜抬起头看着沈羲和，眼中有惊艳之色，却没有情愫和温柔之意。

“六殿下，你可知晓昭宁是个什么样的人？”沈羲和垂眼，目光没有丝毫温度，“我只喜欢这世间的人为我所用，极是不容有人利用我。”

沈羲和对萧长瑜露出了一丝冰冷的浅笑，迈步从他的身旁越过，留下了一句话：“六殿下要试一试，是我杀了卞先怡快，还是你们等我死了，双宿双栖更快？”

少女的声音如冰玉相击，让秋日的烈阳多了一丝寒意，一股冷气由萧长瑜的尾椎骨蔓延至背脊，直冲大脑。

“六殿下，他怎敢？！”知晓萧长瑜在算计什么的紫玉，气得脸都红了。

“他为何不敢？他也是有出众之处的，不是吗？”沈羲和坐在摇晃的马车上，细长的手指穿过腰间禁步的珍珠串。

“他长得是英武，可婢子觉着他还没有太子殿下俊美……”紫玉小声嘟囔。

也是奇怪，紫玉最讨厌粉面小生，还有病恹恹的儿郎。太子殿下的肌肤都快比女人的还白皙，一脸病容，说两句话都要咳上半晌，可紫玉偏生没觉得太子殿下不够阳刚。

沈羲和闻言，指间捏着一颗珠子轻轻转动，微微摇头。

碧玉看不下去紫玉这副蠢样，用手指戳了戳她的脑门儿："你的脑子里都是稻草。郡主说的出众之处，哪里指的是长相？"

紫玉避开，抬手揉了揉被戳的额头："不是长相，是何？"

她们就见了六殿下一面，还能是性情不成？

碧玉深呼吸，努力让自己别生气，告诉自己紫玉单纯娇俏，是郡主的开心果，这才把那股子恨铁不成钢的气愤情绪压下去："是他不得帝宠。"

本朝皇子十四岁听政，十六岁可入六部历练，加冠之后便可被封王。九殿下是额外恩赏才得以早封爵，而六皇子到现在还是六殿下。

这是祐宁帝迁怒于他。并不是萧长瑜本事不够或学艺不精，只是萧长瑜的生母犯过大错。

沈羲和要择婿，最好便是择与祐宁帝离心之人，如此才能最大限度地进行利益捆绑。从这一点来看，六殿下才是最佳人选。

"可他一无所有，就凭自身不得帝心，就想得我们郡主的青睐？他当我们郡主是傻了吗？"紫玉更气了。

"一无所有？"沈羲和抬头，淡漠的眼眸里氿着点点笑意，"你又怎知他一无所有？"

"若没有一点儿底气，他哪里来的胆子敢招惹郡主？便是误以为郡主好糊弄，难道他还以为王爷和世子是靠一身蛮力稳定西北的？"碧玉没好气地冲紫玉翻了个白眼。

紫玉缩了缩脖子，转头拿起糕点安静地吃起来。

沈羲和也拈了一块桂花糕，垫一垫肚子。

京都与西北不同，西北将士日夜操练，一日三食，而京都盛行一日两食。

"这还不是紧要之处。"甜丝丝的味道在嘴里化开，让沈羲和心情大好。她便也指点碧玉两句："六殿下已过弱冠之龄，卞先怡也二九年华——六殿下若是要将卞先怡抬入皇子府为侍妾，是极其简单之事。"

皇子有个乐籍出身的侍妾无伤大雅，也不妨碍六殿下娶高门贵女为嫡妻。

"所以他就是想要娶了郡主，等郡主……"紫玉愤然开口，"就可以娶心上人做继室！"

沈羲和轻轻地扫了紫玉一眼，也不需要身边的人都是玲珑剔透的，有个傻乎乎的丫鬟也蛮好。

"你如何看？"沈羲和问碧玉。

碧玉有些受宠若惊，挺直背脊，认真思考过后才说道："卞大家沦为乐籍，便是六殿下不顾脸面，她也不够资格给六殿下做继室。”

沈羲和投去赞许的目光，鼓励她继续往下说。

碧玉受到鼓舞，就把自己想到的都说了出来：“这一点他们都清楚，可他们还是这般筹谋了，这就意味着卞大家是有可能给六殿下做继室的，只要陛下点头。”

“你的意思是陛下撺掇六殿下出现在郡主面前？”紫玉难以置信地问道。

碧玉瞪了她一眼：“陛下是防着郡主，可郡主才入京，当真用不着这般急。”

更何况，一国之君也不需要用这样拿不上台面的法子。

沈羲和很满意碧玉的反应：“的确不是陛下授意。不过这宫里发生何事，陛下不会不清楚。这次若非太子殿下将之闹到明面上来，陛下只怕要装糊涂装到底了。”

陛下由着萧长瑜继续缠着她，要是能成，就解决了陛下的一个麻烦；要是不成，萧长瑜顶多就是个不受宠的儿子，陛下打骂一顿也无关紧要。

萧长瑜和卞先怡定然是试探后，确定祐宁帝纵容，才有胆子在沈羲和跟前试一试。等到沈羲和死了，西北王府灭了，他们就有功，想要有情人终成眷属，祐宁帝未必不会成全他们。

这便是生在帝王家的人，得宠与不得宠的区别。

紫玉听得心惊肉跳：“这……这些人脑子都是怎么长的？”

她小声嘀咕着，沈羲和只当没有听到，眼神微凉：“就不知这是六殿下的主意，还是那位卞大家的主意……”

若这是萧长瑜的主意，他到底是皇子，沈羲和留他一命，给祐宁帝一点儿颜面；若这是卞先怡的主意……

紫玉抬起头，就见沈羲和点了香，香烟袅袅。不知怎的，紫玉就想到了每逢祭祀，灵牌前好像也是这般，突然间就觉得车内冷了些许。

紫玉不自然地掀开车帘，发现她们不知不觉离了回府的路，有些慌乱：“郡主，我们不回府？”

“去见个人。”沈羲和说完就闭上了眼睛。

荐福寺距离沈府不远，香火还不错。沈羲和是个不信佛、不信道的人，到荐福寺只为见人。她让碧玉打点，很快在内院要了一间禅房。

她不信佛，却尊重佛门圣地，因此点了阇（dū）提华香，在禅房闭目养神了约莫两刻钟，房门被敲响。

碧玉转头见沈羲和睁开了眼，便去打开房门。

走在前面的女人锦衣罗裙，金簪绾发，妆容精致，后面的是婢女模样。莫远将两个人推进屋子，从外面关上了房门。

“你……你是何人？”贵妇人装扮的女子警惕地看着沈羲和。

“我是何人不重要，重要的是你是何人。”沈羲和缓缓地站起身，“我是该唤你罗侧妃呢，还是唤你玉小蝶？”

玉小蝶目光一凛，捏紧手绢，极力让自己镇定下来。

这位玉小蝶年近三十岁，十年前被人赠予康王，从无名无分的侍妾爬到了侧妃的位置。

沈羲和之所以知道她，是因为这个玉小蝶和胭脂案里的胭脂来自同一个地方——萧长赢的那份名单上清清楚楚地记载着这点。

玉小蝶细长的脖子上起伏的筋暴露了她的紧张和不安情绪。

“我给你两条路，”沈羲和淡淡地说道，“活路与死路。”

玉小蝶惊了一下：“你……你到底是何人？”

“你何必如此执着？”沈羲和淡笑，睨着玉小蝶，“我是能救你的命之人，亦是能要你的命之人。”

玉小蝶深感眼前的女郎明明眉眼稚嫩，眼神却有一种仿佛看透生死的沉寂意味，身上有一股极其好闻却无法形容的馨香。她没有冷着脸、厉着眼，可偏偏一靠近她，玉小蝶就忍不住地打寒战。

没有进王府之前，玉小蝶是受过训练之人；进了王府之后，她又是见过世面之人。什么人是虚张声势，外强中干；什么人云淡风轻，翻云覆雨；什么人说一不二，心狠手辣，她还是分得清楚的。

“你……你要我做什么？”玉小蝶这些年都是凭着直觉躲过一次次危险，这次也相信自己的直觉，不想走不出这道门。

“再过几日朝廷就会将胭脂案背后之人一网打尽，你们这些被精心培养出来的人也会被昭告天下。”沈羲和慢条斯理地说道，“届时，你在康王府也将无立锥之地。”

玉小蝶听得眼皮一跳，没有开口，仅认真听着。

“而我，要康王府上下被削爵流放。”

玉小蝶被吓得面色一白，从来没有人敢开口就要让康王府上下被削爵流放！

康王府的背后支持者是陛下，康王府这些年一心向着陛下。

“康王近年来做了些什么事，你这种受过训练之人定然有所察觉。”沈羲和眸色淡然，“够不够我救你一命，就看你是不是真的投诚。”

玉小蝶捏着手绢，用力之大险些将帕子戳穿，内心天人交战。

倘若胭脂没有出事，没有震惊朝野的胭脂案，便是沈羲和知晓了她的身份，她也不会轻易妥协，只需要同康王哭一哭，总能将这件事遮掩过去。

她好不容易才成为亲王侧妃，在王府里，王妃都要让着她。这些年过着锦衣玉食的生活，她早已经忘记了“玉小蝶”三个字。一旦康王府不存在了，她也什么都没有了……

可现在圣上紧盯胭脂案，她也听到一些消息，朝廷的人得到了铁证。虽然不知为何两三个月过去了，朝廷还没有任何动静，但他们不觉得这是逃过一劫。

此刻她的身份若被揭露，即便朝廷没有后面的清查动作，康王也容不下她。

玉小蝶咬了咬牙，说道："我只知道前年起，康王便在私下铸造兵器。"

这么要紧的消息，她从来没有告诉别人，因为她和康王府一荣俱荣。

说完，玉小蝶连忙追问："你如何救我？"

"诚意不够。"沈羲和浅笑，凝望着玉小蝶。

玉小蝶盯着沈羲和许久，才孤注一掷地说道："我可以回去替你打听到铸造兵器之地。"

"果然是个聪明人。"沈羲和赞许地笑了笑。

"你如何救我？"玉小蝶最在乎自己的性命。

"朝廷要缉拿胭脂案的涉案之人，并非我哄你，你要想活，就得金蝉脱壳。"沈羲和不疾不徐地说道，"近日康王府不是夜夜闹鼠患吗？你便散布谣言说萧氏是个灾星，这些老鼠就是她引来的……"

沈羲和点到即止。

玉小蝶是个聪明人，立刻明白沈羲和的意思是要自己和萧氏发生冲突，激得萧氏"杀"了她！

这的确是个好法子，她若装病去世太费周折，也容易露馅儿。

如果是萧氏"杀"了她，尤其是在康王不在的时候，王妃和老王妃一定会忙着遮掩这种事，心虚之下她才容易钻空子。等到胭脂案爆发出来，玉小蝶已经是个"死人"，定然无人再追究。

也就是在这一刻，玉小蝶猜到了眼前这人的身份："您是……？"

沈羲和伸出食指轻轻地摇了摇："知道太多秘密的人，若没有能耐，通常活不久。"

玉小蝶心头一凛，深吸一口气，端端正正地给沈羲和行了礼，然后自觉退下。

玉小蝶出了禅房，沐浴着阳光，才感觉到自己活过来了。

此刻的暖意让她忍不住加快了脚步。

萧氏被昭宁郡主扔出王府后，康王府的人一直在等第二日昭宁郡主入宫面圣后的结果，希冀圣上会为萧氏做主，可昭宁郡主是带了一堆赏赐出的宫。

宫里的人都说无论是圣上还是太后，对昭宁郡主都赞许有加，康王府的人便明白，圣上是不会过问内宅之事了。

可萧氏又不能灰溜溜地自己回去，没有台阶下，只能天天在王府里咒骂沈羲和。

玉小蝶从萧氏和老王妃的骂声中以为沈羲和是个张扬跋扈的小女郎。此刻玉小蝶才知道自己错了，大错特错！从沈羲和把萧氏扔出来的那一刻起，萧氏就注定下半辈子要在牢里度过了。

引鼠香不是恶作剧，是让王府疏于防备，是给玉小蝶出门上香的理由，是后面引发她和萧氏起冲突，把萧氏变成杀人凶手的开端。

玉小蝶只是见了沈羲和一面，就觉得背脊发寒。

沈羲和继续留在禅房里，打算小憩一会儿，以免和玉小蝶前后脚离开而引人注目。尽管她已经极其小心，又有莫远早就安排好一切事情，还是极其谨慎。

这么周全的沈羲和，的确瞒过了许多人，却不知道玉小蝶刚回王府，萧华雍便接到了消息。

“殿下，郡主见过玉小蝶了。”天圆躬身上报。

“以老二的能力，最迟三日他就能寻到证据。”萧华雍手里摩挲着一枚黑棋，仍是从洛阳带回来的那一枚。

他知道沈羲和是要利用玉小蝶。沈羲和把证据给了他，却抹去了玉小蝶的名字，所以一直按兵不动。

另外……

“各地方都安排妥当了？”萧华雍问。

“殿下给了他们两三个月的时间，够他们打点妥当。”天圆低声说道。

证据拖了三个月还未被上交，涉案的人能够脱身的，要么卷了钱财跑掉，要么诈死，都“出殡下葬”了。

萧华雍故意这样拖着，待到祐宁帝拿到证据，大刀阔斧地整顿之际，会发现这些人死的死逃的逃，少了一大半。

这些罪大恶极的人，萧华雍自然不会放过。他只是让各地归属他的人将这些死遁、外逃的人抓回来，立个功，不着痕迹地升一下官罢了。

沈羲和休息了半个时辰，待阇提华香燃尽，就离开了荐福寺。

她刚踏上马车，身后就传来小沙弥急切的叫喊声：“女檀越，请留步。”

沈羲和转过身，循声望去，一个十五六岁的秀气小沙弥奔到她的面前，行了个佛礼：“女檀越，住持师父与护国寺住持虚清大师想请女檀越一见。”

“虚清大师？”沈羲和微微抬眉。

本朝最出名的佛寺非护国寺莫属，虚清大师更是享誉盛名，便是祐宁帝召见，十次也要扑空八次。

沈羲和不信佛，却想知道这位虚清大师为何要见她，于是折了回去。

无论是荐福寺的住持，还是传闻中的虚清大师，都穿着朴素的袈裟，若是在街上与人擦肩而过，看起来也不过是个寻常僧人。也不知是不是自身不信佛的缘故，总之她看不到什么佛光和大智慧。

“住持师父、虚清大师。”沈羲和行了晚辈礼。

虚清回了一个佛礼：“叨扰檀越，适才有僧人打扫檀越小憩的禅房，房内的阇提华香纯然，不知是否为檀越所调配？”

“正是。”

原来是香料引来了高僧。

“檀越可否再点一次？”虚清问。

沈羲和对碧玉点了点头，香炉还在碧玉的手上，紫玉腰间的香囊里还有剩余的香。

碧玉将香点燃。两位大师都围了上去，细细品香，最后对视一眼，皆看到彼此眼中的喜悦之色。

“檀越，可否将香方赠予护国寺？”虚清取出一串雪禅菩提子，“贫僧以此物相赠。”

雪禅菩提子如含苞待放的莲花，白玉般温润，色泽光洁，据闻佩戴可沁润肌肤，净化心灵。

“大师客气，不过寻常配方。”沈羲和没有接雪禅菩提子。

“檀越的阇提华香幽微绵长，细腻润泽，醒脑凝神，绝非寻常之物。”虚清又说道，“护国寺要重铸佛祖真身，一直在寻找上乘佛香，望檀越施以援手。”

沈羲和知道，大多寺庙铸造佛像会用佛香涂抹佛身，越是香火鼎盛的寺庙对佛香的要求越高。

“大师，我并未推托，确实是寻常阇提华香的香方。”沈羲和诚恳地说道。

“阿弥陀佛。”虚清信了沈羲和的话，“世有异人，得天独厚。如此说来，檀越定是于制香一道富有灵性。护国寺恳请檀越为护国寺佛像调制佛香。”

“虚清大师……”

“檀越日后但有驱使，贫僧竭力相助。”不等沈羲和拒绝，虚清又说道。

换了其他闺秀，若是有幸为护国寺佛像调香，定然会欣然接受，借助护国寺的名声也能给自己添光。

沈羲和却看不上这些光。不过，对虚清的这个人情，她觉得值得劳动一番。沈羲和也没有什么高洁的品质——从来只有利益才能打动她。

沈羲和微微一笑：“大师抬爱，我愿尽一份心。”

虚清又施了佛礼，再次将手中的雪禅菩提子递给沈羲和：“此物与檀越有缘，檀越请收下。”

这一次沈羲和不客气了，双手接过雪禅菩提子：“多谢大师。”

“请檀越留一住址，配香所需香料，贫僧随后着人送至。”虚清作为护国寺的高僧，十分豪气。

“大师以菩提子相赠，些许香料不足挂齿。”沈羲和也大方，“待阁提华香制好，小女亲自送往护国寺。”

正好到时候她可以借护国寺给她的独活楼打响招牌。

“阿弥陀佛，护国寺多谢檀越馈赠。”虚清也不与沈羲和客气。

正事聊完，沈羲和与僧人也没有什么好聊的了，便告辞了。

她刚带着碧玉等人走出院子，迎面一个人就冲了过来。

碧玉将他拦住：“行路长眼。”

“是小人莽撞，贵人饶命。”这人脸色一白，连连告饶。

他一开口，就有一股气息散开。紫玉不自觉地退开一步，虽然没有露出嫌恶之色，但眉头打结。

“让他走吧。”沈羲和吩咐。

这人是一边回头望着后面一边跑，才没有看到她们，而且这是一个命不久矣的人，她何必计较？

见碧玉放行，那人连连躬身拜了拜才离开。

“他的嘴里是什么味道？好臭！”等人跑远了，紫玉才低声说道。

沈羲和回道：“是观音莲。”

观音莲的味道其实并不臭，只不过有些人闻不习惯，便会觉得臭。

“观音莲是何物？”紫玉未曾听说过。

“一种在南边才能开花之物……”

“不好了，老夫人落水了，老夫人落水了！”沈羲和的话音未落，远处就传来惊叫声。

沈羲和对旁人之事素来不关心，也不是个爱凑热闹之人，便对惊叫声充耳不闻，带着碧玉和紫玉迈步向前走去。

奈何她得经过池塘——池塘此刻已经被惊叫声吸引过来的人重重围堵，她想要出门就得推开这些人。于是，沈羲和带着碧玉和紫玉止步，在一边等着。

她们看到一个少女在两个僧人的帮助下，将一个老太太从水里捞了起来，随后这个少女被丫鬟拉上来，立刻有仆人给她们披上衣裳。

“听说落水的是平遥侯府的老夫人，跳下去救老夫人的好像是平遥侯府刚从外面被接回来的庶女。”

“瞧那庶女的穿戴还不如我，指不定她在侯府如何被苛待呢。”

“这能怪谁？平遥侯把外室捂了十几年，换了谁家正妻知道，都会不待见。”

“这么深的水，这庶女想都不想就跳下去救人，可见是个心善的人……”

人群中的议论声传入沈羲和的耳里，她目不斜视。

平遥侯府的余老夫人和余女郎在仆人的搀扶下，跟着僧人往禅房的院子行去。

戴着幕篱的沈羲和与碧玉她们微微侧身让道。

这位余女郎巴掌大的脸十分精致，细眉大眼，脸色发白也不损她过人的姿色，湿透的、贴在脸颊上的发丝，反而给她增添了一丝娇弱的媚意。

她看似水润清亮的眼瞳里，并没有十二三岁少女该有的纯真和干净眼神，而是一种很复杂的眼神。

这位余女郎被搀扶着与沈羲和擦身而过之际，池水的泥腥味儿也没有遮掩住她身上的观音莲的气息，很浅很浅的一缕气息。沈羲和微微转过头，目光随着余女郎的身影移动片刻，才确定自己没有闻错。

舍身救祖母，孝感动天哪。

谁又能想到这是一场自导自演的戏呢？行凶者此刻只怕已经毒发身亡，谁想要追查都未必能查到痕迹。

观音莲茎内的白汁，以及从叶脉上滴下的水都有毒，服用过量会致人死亡，这一点鲜为人知。

方才那人明显服用了观音莲，分量还不少。

定然是他将老夫人推入的池塘。他也定然不知，拼了命相助之人，早就哄他喝下了毒药。

不过这又与她何干？沈羲和面不改色，带着紫玉和碧玉离开了荐福寺。

既然应下了帮助护国寺调香，沈羲和也就用了心。其实这次的阇提华香香气如此醇厚，是因为沈羲和在里面加入了一点儿仙人绦。

如今被护国寺邀请调香，她颇有些舍不得仙人绦……

“也不知此物可否培育。”沈羲和想要培育出仙人绦，却无从下手。

“我打听清楚了，昨日在荐福寺落水的是平遥侯府的老夫人，那位救人的女郎闺名桑宁。”透过支起的窗户，传来紫玉的声音。

紫玉不聪明，却好奇心重，来了京都之后整日打听外面的新鲜事，平遥侯府的事情现下是京都的人茶余饭后的热议话题。

原因是平遥侯当年求娶平遥侯夫人的事情至今令人乐道。平遥侯当时在婚宴之上承诺，此生绝无庶出子女，这些年也确实没有，羡杀旁人。

可没有想到，前些日子，平遥侯不声不响地从外面带回了一个庶女——余桑宁。

佳话变成假话。曾经艳羡平遥侯夫人的人怎会放过这个说酸话的机会？

沈羲和估摸着调制佛香需要的分量，割了玉扳指大小的一圈仙人绦，心疼得不行。仙人绦被割了之后，切口会干枯，却不会影响整体。

现在香料不够，沈羲和还得等她的人从外面采买回来。

“郡主，东宫曹侍卫又来了，带了食盒。”沈羲和刚收好仙人绦，红玉的声音就在外面响起。

紫玉早就奔向曹天圆，一听到食盒就控制不住自己。上次的几道点心，她现在都还没有吃透，如今对东宫的吃食都快比对主子还上心了。

只不过紫玉这次失望了——萧华雍送来的并不是熟食，而是满满的一食盒葡萄。

“郡主，殿下说多谢您昨日去探望他。这是殿下在东宫自己种下的葡萄，最先熟透的最甜，不是贵重之物，望郡主不弃。”天圆将葡萄递了上来。

沈羲和喜欢吃好吃的东西，还喜欢吃水果。所有的果子，她都爱。

紫如水晶、饱满欲滴的葡萄散发着香气，十分诱人。

在紫玉羡杀的目光下，沈羲和颔首收下葡萄：“替我谢过太子殿下。”

人家送来葡萄是感谢她去探望，再寻常不过的理由，她自己也想吃，为何要拒绝?

天圆眉开眼笑地离开。

“郡主，如此会不会不好？”碧玉还是担心。

“何处不好？”沈羲和让紫玉去清洗一串葡萄。

“太子殿下总是送东西……”碧玉也说不出来什么不好，毕竟每次都是食盒，一些吃食，还上升不到私相授受的地步。可东宫侍卫每日往沈府送食盒，食盒不贵重，却又带着一种平凡的亲昵之意。

“旁人如何想，与我何干？”沈羲和从不为旁人的眼光委屈自己。

“太子殿下也会多想。”碧玉急声道。

“多想什么？”沈羲和轻笑，“太子殿下不会天真到以为我收下食盒，便是对他另眼相待。我知道太子殿下想娶我，我亦有嫁他之心，便先往来着。”

她不曾欲拒还迎，也没有吊着萧华雍又巴望着旁人。

萧华雍第一次见她，就隐晦地将自己和祐宁帝的关系点明了，自己是名存实亡的皇太子。在世人眼里，他可是受尽帝宠的皇太子呢。

这是萧华雍的诚意。待到哪一日她觉得萧华雍不适合为婿，亦会挑明。至于萧华雍会不会恼羞成怒，她接招儿便是。

既然自家郡主什么都懂，碧玉也就不再多言，服侍着沈羲和吃葡萄。

“这葡萄甘甜多汁，你们都尝尝。”

不得不说，萧华雍的东宫真是风水宝地，种出来的葡萄竟然比她吃到的西域贡品都要好上些许。

奈何她的脾胃弱，沈羲和吃了五颗葡萄便不敢再吃，都将其分给了紫玉她们。

次日一早，谢韫怀便上门了。他是来给沈羲和复诊的，察觉沈羲和的身体并无起色，却也没有再恶化的趋势，他觉着此法有效。

谢韫怀再一次看到沈羲和服药疼得面无血色、浑身痉挛时，不禁眉头紧皱。

他回到京郊的院子，一进门就看到一个人背对着他长身而立，负在身后的手中转动着一枚黑子。

“她的身子如何？”萧华雍出声问道。

谢韫怀不可能不认识太子殿下：“脱骨丹确有奇效，郡主如此吞服下去，待到将丹药服尽，应能调好五脏六腑，健如常人。”

“此药可有伤害？”萧华雍又问。

“丹药阳火极重，郡主体寒且弱，每每服药必要经历一次刮骨割肉之痛。”谢韫怀如实回答。

萧华雍转动黑子的手指停住了。他缓缓地转过身，那张华美异常的俊脸亦从黑暗之中转过来，似拉开了夜幕点亮了人的双瞳：“多久？”

“约半个时辰。”

萧华雍的眼瞳华光深藏，他眸色微凉：“无法遏制？”

谢韫怀沉吟片刻后说道：“这些日子我拟了一道汤浴方子，若是成了，郡主浸泡在汤浴之中服药，可免受疼痛。”

“有阻碍？”

“其中一味药便是极寒之地的天山雪莲，我试过几道方子，发现寻常雪莲品质不行。”谢韫怀将方子取出来递给了萧华雍，“须是极品天山雪莲。这等雪莲非雪山之巅不绽，我已悬赏着人去取。”

沈羲和现在不能离开他三日一次的诊脉——他担心脱骨丹会有意外，需要等沈羲和的婢女珍珠回来，才能抽身亲自去一趟。

萧华雍似乎看穿了谢韫怀的打算，银辉凝聚的黑瞳盯着谢韫怀：“她，是我的。”

正午的风掠过深邃的山谷，穿过浓荫的林地，夹杂着自然的芬芳吹入小窗。

衣摆翻飞，青丝微动，谢韫怀垂眸：“殿下，草民对昭宁郡主欣赏有之，钦佩有之，唯独没有男女之情。”

光润的黑子重新在指间有规律地被翻动起来，萧华雍说话的语调中平添了一丝丝慵懒气息：“但愿如此。”

谢韫怀微垂的脸上露出一丝淡笑：“殿下，昭宁郡主不会属于任何人。”

萧华雍漆黑的眼眸染了些许凉意。

谢韫怀仿佛未觉察，缓缓抬头，毫不畏惧地与之对视，唇畔的笑纹加深。

两个人四目相对。

“谢国公已经知晓你在此地。”萧华雍淡淡地说道。

谢韫怀微敛情绪，抱手行了一礼：“多谢殿下告知。”

萧华雍淡淡地颔首，之后便稳步离开了谢韫怀的篱笆小院。

次日一早，沈羲和便听闻昨儿夜里太子殿下的病再一次加剧，被罚跪一天的六殿下萧长瑜才在家里思过一日，又被祐宁帝叫到宫里，在东宫门口被罚跪。

“为何会突然加剧？”沈羲和蹙眉。

“婢子亦不知。”碧玉摇头。

六局二十四司确实有他们的人，但那些人都没有进入东宫。

“盯着点儿消息。”沈羲和吩咐。

她从未怀疑过萧华雍装病，毕竟他因为病重不宜在宫内调养，自八岁便离宫。

尽管祐宁帝依然派遣大儒随身教导萧华雍，可哪里比得上在宫内耳濡目染？旁的皇子十四岁就能听政，萧华雍即将加冠，都还未曾听政，也没有接触过任何朝中之事。

因为这治不好的怪病，萧华雍错失了太多太多东西。

可这次萧华雍被萧长瑜气到吐血，沈羲和多少有点儿怀疑萧华雍是借自己体弱做了手脚。

如今萧长瑜也被惩罚了，该给她的暗示也已经给了，萧华雍的目的应该都达到了，他没有必要再装病，所以这是真的病情加剧了？

到了晌午，宫内外都传遍了——太子殿下病势凶猛，太医署上至太医令下至医正，竟都束手无策。

祐宁帝发了好大的火，将整个太医署的人训斥了一遍。

祐宁帝差点儿就要拿太医令开刀之际，一位年轻的医正战战兢兢地提出了自己的一个想法，最后得到了整个太医署的人的一致认可，只不过缺了一味药。

“何药？”

“天山雪莲。”碧玉说完又补充了一句，“绝品。”

“何为绝品？”沈羲和知道天山雪莲的品质也有优劣，却不知如何评说。

“据闻要花长近两尺。”

沈羲和微微一愣。她见过不少天山雪莲，均是花长一尺，顶多一尺又三四寸：“怕是罕见。”

“是啊，陛下为了太子殿下都贴皇榜了——谁若寻得绝品天山雪莲，赏金一千两。”碧玉轻声说道，“陛下还将六殿下派出宫，让他亲自去寻雪莲。”

闻言，沈羲和淡淡一笑。

祐宁帝对萧华雍的宠爱，总是这样兴师动众，却并没有真的站在萧华雍的立场上为其考虑。

无论是大修东宫，还是让众皇子避讳，抑或眼前张贴皇榜的行为，他对东宫除了一切虚浮的东西，还有什么？

若非萧华雍体弱多病，又有活不过两轮的传言，本着对弱者的宽容，世人才一直没有非议，否则，萧华雍的名声指不定差到何等地步。

对这一点，萧华雍也了然于心。

越是如此，沈羲和越看好萧华雍。

萧华雍不仅和祐宁帝离心，还与诸位皇子不亲，日后才不会为了所谓的兄弟情分优柔寡断，碍手碍脚。

只不过萧华雍这身子骨儿似乎太弱。她不惧艰难，也不怕孤儿寡母和萧氏儿郎一斗到底，只是担心萧华雍能否撑到与她有子嗣的时候。若是无子，她拿什么与其他人一争高低？

“碧玉，你让宫里的人伺机而动，最好拿到一份太子的脉案。”沈羲和需要了解萧华雍的病情，“你让人送封信去洛阳华府，我想和华陶猗谈一笔买卖。”

“郡主，此人甚是诡异，我们还未查清他的身份……”碧玉不赞同地劝道。

碧玉还不知道当初的绣衣使、华富海、郭道译和崔晋百是同一个人，只是因为沈羲和调查华富海，才觉得华富海不知根知底，不想沈羲和去冒险。

“他能打听到仙人绦这等稀世罕见之物的所在，定然能打听到绝品天山雪莲的下落。”沈羲和说道，“既然有意，我便要拿出诚意，便是只有利益，也要互相给予，方能长久。”

既然现下她筹谋着想嫁的对象是萧华雍，能够急他所急也算是她的一种态度。

她不会只承情，丝毫不付出——沈羲和从不欠人东西。

“郡主……”

“郡主，大理寺崔少卿又上门了。”屋外的红玉禀报。

“还敢上门？”沈羲和扬眉。

等她再一次见到崔晋百的时候，就明白他为何敢上门，因为他是如假包换的崔晋百。

沈羲和特意离他近一点儿，只闻到沁人心脾的寒梅香，没有一点儿多伽罗的香气。

他的动作、神态与上次驿站来寻她的“崔晋百”很像，陌生人真的很难察觉异样。若非沈羲和早知道两者非同一人，也会被欺瞒过去。

她不得不赞扬一下乔装的那人的本事。

“崔少卿，上次是我失礼了。”沈羲和故意试探道。

崔晋百知道沈羲和指的是上次识破假扮他的太子殿下的身份，对太子用毒针的事情：“郡主言重，下官此来是为一桩命案……”

沈羲和在崔晋百的叙述中，才知道昨日荐福寺外死了一个人。这人是从南方护镖而来的镖师，今日一早，他们已经将昨日可能见到这位镖师的人都盘查了一遍，最后来寻的沈羲和。

“这不是……”紫玉看到画像惊呼，这就是昨日撞到她们的人。

“郡主见过死者？”崔晋百看了紫玉一眼。

沈羲和对碧玉颔首。

碧玉将事情的前因后果说了一遍：“崔少卿应当询问平遥侯府之人。他急匆匆地从老夫人落水的地方跑过来，紧接着就有人发现老夫人落水了。”

崔晋百又仔细询问了一遍，确定没有任何遗漏才告辞。

毒杀镖师案第二日便被告破。杀人凶手令人吃惊，竟然是平遥侯府的姨娘。这位姨娘是平遥侯夫人的陪嫁丫鬟，是平遥侯夫人亲自抬给平遥侯的。

据说这位镖师和姨娘有些沾亲带故，这位姨娘的本意是让镖师毁了余桑宁的清白，没有想到出了岔子，慌乱之间镖师撞倒了独自在池边的老夫人。

余桑宁之所以能够及时出现，也是因为被这个镖师掳过来的。

“平遥侯府的夫人可真恶毒。”紫玉打听到事情的始末，说来给沈羲和解闷。

事实上，沈羲和并不喜欢听这些内宅阴私之事，不过也没阻拦，就是希望紫玉等人多了解京都高门贵府到底是怎样藏污纳垢的地方，听得多了也就长了见识。

“大理寺查到了什么证据？”红玉问。

“有姨娘赠予的金子。这位姨娘喜欢在自己的钱财上做记号。”紫玉说道，“她被连夜审问，也招供了，且今日一早在牢房里服毒自尽。”

沈羲和坐在旁边，将之前手帕的最后一些针线补上，完整地绣出了仙人绦的模样。

“前日那位余女郎年方几何？”沈羲和突然问道。

“她与郡主同年，已经及笄。”紫玉作答。

沈羲和是冬日出生的，要到年尾才及笄。

“看着稚嫩，”她那日还以为余桑宁不过十二三岁，“心思缜密，手段凌厉。”

“郡主……”碧玉眼皮一跳，“您的意思是……？”

“她一个及笄的庶女，嫡母便是再觉得碍眼，要于嫁娶之事上做主，谁也挑不了错，何须一个姨娘出手？”沈羲和收了线，将手绢展开细看，“经此一事，平遥侯夫人撺掇姨娘残害庶女的罪名跑不掉了。这个庶女还救了老夫人，从孤苦无依的处境转身得了老太君的喜爱，这又在平遥侯的心头扎了一根刺。”

“郡主是说……这一切都是余女郎自己做的局？！”紫玉听得忍不住咽口水。

“镖师中的是观音莲的毒，余女郎身上有观音莲的气息。”沈羲和微微颔首。

沈羲和自幼嗅觉灵敏，这是她的几个贴身丫鬟都知晓之事。

紫玉头皮一阵发麻：“亏得现在整个京都的人都在同情这位余女郎。”

“这也是她的目的之一。”沈羲和淡笑，“甭管多少人暗自取笑平遥侯夫人，但女郎们都不会轻易接纳一个外来的庶女。经此一事，定会有人同情她，日后她要结识京都女郎，便不再是难事。”

她结识了有身份的女郎，便能结识青年儿郎，才能为以后做打算。

“郡主……紫玉好怕……”紫玉一脸惊惶的表情。

京都的人都好可怕，她想西北了！

“怕什么？”碧玉又戳了戳她的额头，“你有郡主护着。”

沈羲和也温和地对紫玉说道：“他们有什么可怕的？最令人害怕的人就坐在你的面前。”

沈羲和原以为紫玉会更怕，岂料紫玉的反应和她想的完全不一样。

“对，对，对，郡主最聪慧，一眼就能看穿她的小把戏！”

在紫玉眼里，沈羲和做什么事都是聪慧的，旁人就是心狠手辣。

沈羲和哑然失笑，笑了片刻才问碧玉：“玉小蝶那边还没有消息？”

碧玉正要摇头，外头传来匆忙的脚步声，莫远亲自将一份纸卷递给了沈羲和。

沈羲和展开纸卷一看，是一份路线图，便问莫远：“她要何时动手？”

“今夜。”

玉小蝶偷偷临摹了路线图，坐立难安，恨不得立刻离开康王府。

“行。”沈羲和将纸卷递给碧玉，“去将妆台上的匣子取来。”

碧玉把纸卷带入沈羲和的闺房，又取了一个细长的匣子。

沈羲和示意碧玉将之递给莫远：“这里面是一种能迷惑人心智的香，你交给玉小蝶，全力配合她。”

“诺。”莫远带着香料退下。

夜里，沈羲和依然早早地安心歇下，康王府却不太平。

今日二皇子昭王殿下将寻到的胭脂案的证据呈上，祐宁帝大发雷霆，三品以上的官员、亲王和公侯都被急召入宫，弄得内眷们人心惶惶。

萧氏自从被扔出沈府，这几日天天被骂是灾星，这些老鼠就是印证。今夜萧氏终于查到了证据，但康王妃和老王妃都不愿相信这事是玉小蝶所为，反还呵斥了萧氏。

萧氏便带着丫鬟去找了玉小蝶，还没有说几句话，玉小蝶的丫鬟就和萧氏的丫鬟在院子外打成一团，贴身伺候的人也紧跟着冲到外面加入打斗之中。

玉小蝶将萧氏拦下，亲口在她的耳畔说：“没错，是我让人说你是灾星。难道你不是灾星？你看看你给王府丢了多少脸。堂堂郡主自甘下贱，给人下药还被抓到把柄。因为你做了妾，王府的公子和女郎都受你连累嫁娶降等，你还不是灾星？你被扔出府门，还有脸活着，还敢往娘家跑……”

玉小蝶的室内点了沈羲和给的香料，萧氏本就气愤，外加被这股味道刺激得怒不可遏，加之玉小蝶还拽着她不断地羞辱她……萧氏情绪失控，拔下头上一根金簪就朝着玉小蝶刺了下去。

此刻的萧氏已经被刺激得毫无理智，玉小蝶抢过萧氏手中的金簪，并一把推开萧氏。等萧氏撞破额头有些清醒时，回头看见的就是胸口上插着金簪的玉小蝶。

萧氏惊恐得浑身发抖。

玉小蝶倒下之际，握着金簪的那只手骤然发力，将金簪给拔了出来，鲜血溅在了萧氏的脸上。

巨大的响动惊得外面的仆人"呼啦啦"地冲进来，齐刷刷地看到了这一幕场景。

玉小蝶的丫鬟当下扯着嗓子高喊："杀人啦——"

恰好这个时候有给康王府长子看完诊的大夫听闻喊声，当场给玉小蝶诊了脉，断定玉小蝶死亡。

王府立刻乱作一团。王妃以需要王爷定夺为由，将玉小蝶的尸体扣下了。

随即，康王府搁置玉小蝶尸身的屋子莫名其妙地着火了。等到他们熄灭大火之时，玉小蝶已经被烧成了焦尸。经查，焦尸上明显有油，这是有人蓄意纵火焚尸。

沈羲和一早醒来，便听到了这件事，递给墨玉一个药瓶："将这药放入康王府送到牢里的饭菜中。"

昨夜惊动了巡逻的执金吾，萧氏当即被带走了。

"郡主，让她在牢里生不如死，不好吗？"碧玉低声问道。

沈羲和展开双臂，由着红玉为她穿衣："碧玉，你要记住，人只要活着就会存在变数，死了才是了结。"

萧氏入狱并没有引起波澜，无论是祐宁帝还是康王，此刻都无暇顾及她。

胭脂案牵扯皇亲国戚和勋贵大臣，主谋竟然是汝阳长公主驸马韦焘、宗亲之首祐宁帝未出五服之叔父的宗正寺卿，以及三大国公府之一的徐国公府。

祐宁帝看到密密麻麻的一册子名单，心惊肉跳，怒不可遏。这三个人弄出来的美人阁，三十多年来送出的美人，牵涉京都权贵、封疆大吏以及地方要员。他身为帝王，都没有将眼线布置得如此之深，如此之广。

且因为这些美人，诸多地方官员成了"连襟"，祐宁帝不敢想象这些地方的百姓过着怎样暗无天日的日子。

绣衣使连夜出动，以韦焘为首的美人阁的核心成员一夜之间全被下狱。

凡宗亲犯罪，都会被关押在宗正寺，萧氏也不例外。

深夜，萧华雍悄然潜入宗正寺。

最严守的牢房关押着如今的要犯韦焘。韦焘年近六旬，头发不见一丝花白，只有偏黑的刚硬面容上有岁月的痕迹。

哪怕他穿着里衣，戴着手镣，依然不见丝毫狼狈相。他望着桌子上灯盏中微微跃动的火光："既然来了，为何不现身？"

萧华雍从转角走出来，立在牢房外，单手负在身后，指间转动着一枚黑子。

韦烎见到萧华雍，沉静的眼瞳缩了缩，忽地笑了，笑着笑着摇头叹道："老了，老了，眼力也不好使，未曾想过太子殿下如此英雄了得。"

"姑父应当知晓本宫为何而来。"萧华雍面色淡然，不欲与韦烎寒暄。

韦烎盯着萧华雍："太子殿下又能与我何物？"

"汝阳姑母的命，韦正业的爵位。"萧华雍回道。

韦烎有些激动，从石床上奔下来，双手抓住牢门："你如何救得了她？"

事发之后，他已经拼尽全力要与汝阳公主撇清关系，可祐宁帝最喜欢连坐。

"陛下私铸兵刃，饲养战马，训练私卫，国库空虚。汝阳姑母若是能携这三十年来你们收敛的钱财去揭发你们，并称你私下所为她并不知情，陛下定会宽宥她，且能以此博得美名。"

祐宁帝母子三人之所以能够夺得大位，皆是因为武有沈岳山保驾护航，文有顾家联合世家暗中拥护，内有汝阳长公主这位庶长姐里应外合。

已经有顾家被错诛的例子在前，又有沈岳山送女上京示弱，如今祐宁帝薄情寡恩的流言四起。此刻若是祐宁帝让汝阳长公主连坐，只怕群臣会深感心寒。

没有了驸马，毫无威胁的汝阳长公主又充盈了国库，祐宁帝为何不大度地放过她一次？

"陛下……"韦烎听得心惊胆战。

祐宁帝竟然暗地里想要组建一支精锐的私兵，让他心惊；而满朝文武一点儿风声都没有听闻，太子殿下却了如指掌，更让他胆战。

韦烎深吸一口气："那些钱财……"

他正想说那些钱财已经被劫掠一空，蓦然意识到什么，倏地看向萧华雍。

萧华雍面色极淡，过于俊美的脸上有一种乾坤在握的沉稳表情："在我手中。"

韦烎的手不由自主地抖了起来。那批钱财早在一年前就被劫掠了，也就是说这位太子殿下一年前就对胭脂案了如指掌。也许这一次案子爆发，是因为他已经筹谋好一切事情，才让它浮出水面。这是一张网，所有人都在网里，按照太子殿下的心意一步步前行。

韦烎好一会儿才止住自己颤抖的手，退后两步，对着萧华雍深深地行了大礼。

韦烎起身，一拳打在自己的下颌上！一颗金色的牙齿崩落在地，他一脚将其踩碎，里面有一颗极小的紫色珠子。他将之拾起来，擦干净之后递给了萧华雍。

"太子殿下携此物去城南悲田坊，寻那位聋哑看门老翁。他自会将宫中密道图交给殿下。"

当年祐宁帝兄弟二人的兵马能够兵不血刃地逼宫成功，就是多亏有密道。

真正知道密道的人是汝阳长公主夫妇。只不过汝阳长公主聪明，让旁人得知有一条暗道而立功。祐宁帝坐稳皇位后，便追问密道之事，那一条密道已经被毁，知晓密道的人也已经被封了口。

祐宁帝没有怀疑过汝阳长公主，萧华雍也是机缘巧合之下才知晓了这个秘密。

见萧华雍收了换取密道图的信物，韦焘露出惨笑。他们自以为瞒过了所有人，却不知这位手眼通天的皇太子早已洞悉一切。

目的达到，萧华雍转身离开，路过普通牢房时听到细微的动静，恰好看到倒地不起且不断抽搐的萧氏。很快，她便开始七窍流血。

萧华雍扫了一眼牢房外刻有康王府标志的食盒，唇畔浮现一丝温柔的笑容："可真是……凶狠呢。"

天圆一直在东宫等待萧华雍，看到太子殿下踩着夜色，披着月华往回走，眼中好似满是星辉。离得很远，天圆便能感受到太子殿下心情愉悦。

"殿下，成了？"天圆只当萧华雍是因得偿所愿，取到了韦驸马的手中之物。

"嗯。"萧华雍仍在指间轻轻地转动着黑子。

"殿下，地方传信回来，郡主要见华富海。"天圆连忙将正事上报。

萧华雍眉宇间的温和之色稍敛："她遇到了难处？"

对沈羲和的性子，萧华雍不说摸到了十分，七八分总是有的。她那样清冷孤高，若非有所求，岂会主动联络一个只有一面之缘的人？

天圆忙摇头："殿下，您吩咐过不准盯梢郡主。"

玉小蝶的事情，他们盯的是牵涉胭脂案的玉小蝶，并且猜到沈羲和会用玉小蝶这枚棋子，不想扰乱沈羲和的计划，这才多注意两分。寻常时候，他们的人可不敢盯沈羲和。

天圆也不知为何自家殿下明明对郡主上心，却不盯紧人。天圆依稀记得上回不慎问出来，殿下并未责他多心，反而望着院子里逐渐染上一层薄薄浅黄色的石榴说道："她定会不喜。"

萧华雍用左手写了一封信递给天圆："派商行的人交与她。"

萧华雍很好奇，沈羲和到底是有何事，竟然会纡尊降贵地要寻华富海？他的心中也有些担忧。

"殿下，京都距离洛阳虽近，可这才第三日您便回信给郡主，以郡主的聪慧程度，她定会猜到我们有特殊的传信之法。"信没有被折，天圆看得眼皮跳了跳。

天圆总觉得自家谨慎周全的殿下遇上郡主的事，就变得有那么一点点……色令智昏。

萧华雍扫了天圆一眼，低头注视着指间那一枚在月光下泛着幽光的黑色棋子，神色比月色还要温柔："日后，我的事她会知晓得越来越多。"

萧华雍不得不承认，由最初拿到她送来的证据而感到好奇，到后来几番试探之后深觉有趣，以及惊喜于她每次都能猜出他易容，她越来越吸引自己了。

他到了适婚之龄，成婚是顺理成章的事。沈羲和的出现，让他不想在婚事上坐看他的父皇做戏。

萧华雍感觉自己隐隐有些心悦于她。至于这份感情到底有多深，他们能走多远，且行且看。

沈羲和是一并接到了萧氏的死讯和华富海的回信。前者于她是意料之中的事，后者却让她诧异："洛阳距离京都八百余里，我前日下半晌才传信至洛阳，最快也得昨夜他才能收到信……"

信上说他人在京都，这到了洛阳的信，是怎么凭空就被在京都的华富海知晓的？

八百里加急都办不到！

"果然，他是京都权贵。"一封信，在沈羲和这里透露了太多信息。

信上说约见之地由沈羲和定，回信给送信人便是。

"华富海做事挺讲究。"红玉觉得华富海知道约的是郡主，所以没有贸然决定相见的地方。

"讲究？"沈羲和对红玉之言不置可否，总觉得此举绝不是体现了他的君子之风。

沈羲和没有想明白华富海有什么目的。因信上有华富海的亲笔落款，她也不好让下人代笔回信，显得不尊重。

于是，沈羲和提笔写了个地点，也就五个字，交给红玉，让她交给等候的送信人。

"郡主，要派人跟着送信人吗？"

这也许是个极好的摸清华富海身份的机会。

"不用。"沈羲和淡淡地说道，"与人相交，贵在诚心。"

此刻她若派人盯着，任谁察觉后，心中都会恼怒。

沈羲和并不知道，她的信到了萧华雍的手上，就被收入了匣子里。

他甚是满意："如此这般，也算私有往来。"

天圆看得眼珠子都差点儿瞪出来，突然有些悲从中来，殿下遇上郡主就变了个人！

整个京都的百姓都隐隐察觉，他们一觉醒来，仿佛一片黑压压的乌云笼罩着京都，让整个都城压抑沉闷。

沈羲和的马车出城的时候，城门口更是严查。马车到了郊外，沈羲和将接出来的玉小蝶放下来，给了她一个包袱：“这里面有新的文牒和一些盘缠，由此离去，你便获得新生了。”

玉小蝶接过包袱，恭恭敬敬地对着沈羲和行了叩拜大礼，而后干脆利落地转身离去。

对玉小蝶的识趣，沈羲和也很满意，便吩咐碧玉：“让莫远派个人暗中护送。”

马车前行，转入山间建造的精致庄子。这是沈羲和的地方，她刚到还未坐下，华富海便登门了。

与上次金光闪闪不同，这次他穿了华贵的深紫色衣服，佩戴了用数不清的红蓝宝石镶嵌的饰品，和一个行走的宝石库没两样，闪得人眼疼。

清新的意和香之中依然有淡淡的多伽罗香，令沈羲和微微一笑。

隔着幕篱的轻纱，萧华雍看不到沈羲和在笑，却能感觉到，就是有这么一种莫名的直觉。

她在笑话他装得辛苦。

“华陶猗，我想请你帮个忙。”沈羲和没有拆穿他，而是一本正经地开口。

“郡主请吩咐。”沈羲和这次传信就没有隐瞒身份，故萧华雍直言道。

“华陶猗广结善缘，交游四海，我想请华陶猗寻个能人异士，帮忙打听绝品天山雪莲。”沈羲和直入主题。

萧华雍愣了愣。他鲜有被惊住的时候，有那么一刻，心头微微一跳，不过情绪稍纵即逝。很快，他便面色如常：“容华某多嘴一问，郡主求天山雪莲是为了东宫太子？”

祐宁帝都贴了皇榜，没有人不知道东宫病倒不起的太子正等着绝品天山雪莲续命。

“是。”沈羲和承认得十分干脆。

萧华雍的心又加速跳动了两下，这是从未有过的失控情况，幸而他还没有忘记自己此刻的身份，故作沉吟之后便问：“郡主要如何与华某做这笔买卖？”

“许你西北商市。”沈羲和说得云淡风轻。

西北商市，掌握着西北的经济命脉，由于互通货物的都是异族，只有西北军才能镇压，拥有西北商市就是抓在沈家手中的大权。

“郡主能许我西北商市？”萧华雍惊讶。

“我从不说空话。”沈羲和颔首。

如果是真正的华富海坐在沈羲和面前，指不定要激动成什么模样。这些年他的商号遍及天下，在西北和蜀南这些异族群居之所也有，却无法扎根，原因就是没有军队支持。

西北的马匹、蜀南的茶叶，都是他想要深入挖掘的商线，这些年一直都是在边缘徘徊。

西北不只有马匹，牛羊、和田玉、珍贵药材等买卖起来都是一本万金的生意。

“古有一掷千金为美人，郡主……”

“一掷百万金为美人？”沈羲和打断他的话。

萧华雍表情一滞，只能顺着她的话笑道：“看来太子殿下容色出众。”

沈羲和认真地想了想，煞有介事地说道：“世间男儿，容色之上无人能出其右。”

萧华雍一时间有些哭笑不得，明知沈羲和这是故意岔开话题，却依然受用，心中忍不住一阵雀跃。

“郡主，若是我不允呢？”萧华雍故意问道。

沈羲和淡淡一笑：“绣衣使、大理寺少卿的分量够不够？”

萧华雍没有想到沈羲和会先礼后兵。

“华陶猗，我没有证据，可若是有了谣言，陛下多疑，只怕宁枉勿纵，也要对绣衣使清洗一番。崔晋百的大理寺少卿之位定然不保，日后他也不可能再得重用。哦，对了，还有那位赶考的郭举人也难以幸免。”沈羲和笑容淡然，“我轻易不与人合作，可若想与人合作了，这人就没有拒绝的资格。”

这人没有拒绝的资格……没有……资格……

萧华雍还未满月便被册立为皇太子，祐宁帝明面上给予他的偏宠让他孤立无援，同时也无人敢犯到他的头上来，从未有人说他没有拒绝谁的资格。

沈羲和却不是无的放矢。她所言确有道理——只需要她散布一些谣言或是稍微做些手脚，警惕的皇帝就会大肆清洗绣衣使，将萧华雍的苦心经营捣毁大半。

“郡主，买卖不成仁义在。郡主强买强卖，便不担忧树敌吗？”萧华雍沉着脸色问。

“民间有句俗语——债多不愁。我的敌人极多，再多一个也无妨。”沈羲和满不在乎，“我给过华陶猗选择的机会，是战是和，全在华陶猗的一念之间。”

上次她对崔晋百出手，这人就知道她看穿了他。既然他早知她握了他这么大一个把柄，她若是不挑明，反而危险。

“郡主心属太子殿下，又要与我联手，却不问我的身份。”萧华雍意味不明地笑了笑，“郡主这是何意？便不忧心太子殿下知晓之后，于郡主不利？”

“我何时说过要与你联手？”沈羲和纠正道，“合作，不过是暂时互惠互利。你我之间能否一直各取所需，便要看日后有无利益关系。届时输赢如何，你我各凭手段。”

萧华雍一时失语，心中五味杂陈：“郡主可真是薄情，还未合作便言及日后各凭手段……”

“非薄情，而是有诚意。”沈羲和再次纠正道，“我不喜与聪明人虚与委蛇。你我从最初便说明白，日后若拔刀相向，才不会心怀怨恨。”

萧华雍似有所悟，颔首道：“郡主既想到了日后之事，也定然猜到我的背后也有一位殿下……”顿了顿，萧华雍意味深长地说道，“抑或我自己便是，郡主为何不青睐于我？”

“我适才已回答你。”沈羲和重复了一遍，“我不喜与聪明人虚与委蛇。”

萧华雍早已察觉沈羲和与寻常温婉贤惠的闺秀不同。她极有主见，定不会臣服或顺从儿郎。故而比起聪颖过人者，她更易对平凡而又不平庸之人有耐心，因为不喜被人左右。

此刻证实自己真猜中了，萧华雍却滋味难明：“如此说来，太子殿下竟然是个愚笨之人？”

沈羲和抬起下颌，语气微凉：“华陶猗，慎言。”

隔着一层白纱，萧华雍看不清本就情绪内敛的沈羲和是何反应，却能感受到她的不悦之情。

因为有人诋毁太子，所以她不悦了？

萧华雍心头大悦：“是华某失言。华某还是很想知晓太子殿下何处值得郡主这般维护？或许……华某还有机会可言。”

“他与你们不同。”沈羲和只是淡淡说了一句，“华陶猗，我选择此刻与你合作，是觉着我们没必要太早针锋相对，以免有人渔翁得利。”

渗透帝王的心腹绣衣使和收买帝王倚重的栋梁之材，这岂是寻常人敢为之事？

面前这人是皇子无疑，只不过她以往从未接触过诸位皇子，虽从他们的行事风格对其性格有所了解，但一时半会儿也不敢对他是谁妄下定论。她唯一能确定的是他绝不是萧长卿。便是东宫那人，在她心里都没有彻底撇去嫌疑。

这个时候，她提出与这人合作——

其一，确实如她所言，是不想太早与这人殊死相斗，便宜了旁人。

其二，他已经知晓她看穿了他，她找个理由挑到明面上，以免彼此暗中猜忌。

其三，他们接触多了，她总会将他的最后一层皮掀开。

其四，她让他的势力范围渗入西北，方便她掌握更多属于他的消息。

其五，她推动西北的商号，能令西北的百姓生活富足一些。

天山雪莲是个由头，便是没有天山雪莲，日后她也会寻到别的名目行今日之举。

“郡主坦诚相待，华某也无退路，往后还请郡主多指教。”萧华雍端起茶水，对沈羲和遥遥一敬。

沈羲和也双手举杯，两个人算是达成了协议。

一口饮罢茶水，沈羲和一直没有放下手里的茶杯，一手掀着茶盖，垂眸细看，仿佛在研究茶杯的纹路。

深谙茶道的萧华雍自然一眼看出这是送客的暗语。

萧华雍哑然失笑，论过河拆桥，可真是没有人比沈羲和更快。他也识趣，顺势起身告辞。沈羲和不喜虚假客套，一句挽留之言都没有，礼数周全地亲自送他至大门口。

“殿下，如何？郡主与您说了何事？”天圆在山脚的马车里等着——自家主子嫌他天分不够，怕他在郡主面前出现次数多了露了马脚。

萧华雍没有理会天圆，而是掀开了车帘。自山脚往上，树荫重叠间他依稀还能看到庄子的一角，眉眼温和：“她说我与旁人不同。”

“嗯？”天圆蒙了。

看着自家主子温柔如水的样子，天圆暗想：这……这莫不是郡主对殿下表明心意了？

天圆转念一想：不对啊，郡主约见的是华富海，尚且不知华富海是他家主子假扮的。

打量了一番主子华富海的尊容，天圆摇头如拨浪鼓——郡主不会看上华富海。

萧华雍放下车帘，转头就看到天圆眼珠子乱转，还摇头晃脑的。萧华雍拿了旁边的折扇敲了敲他的脑袋：“她许华富海西北商市，让华富海为我寻绝品天山雪莲。”

“殿下便是因此开怀？”天圆感觉有些一言难尽。

这绝品天山雪莲本就是殿下为郡主谋求的，郡主不知，误以为是殿下要。虽然她费了些心思，可最后还不是为了她自己？瞧把殿下给乐的！殿下何时这般好哄了？

“她为我着想，不惜为我与商贾做交易，我不应该开怀？”萧华雍对天圆的反应不满意。

“应该，应该，应该！”天圆立刻堆起艳羡的笑容，“郡主对殿下可真是一片赤诚之心，前儿才听说您需天山雪莲续命，当日便心急火燎地为殿下去寻，可见殿下在郡主心中多么要紧。”

天圆敢发誓，要不是郡主另有目的，绝不会找上华富海来寻天山雪莲。但是自家顶聪慧的主子都选择了忽略这点，他做下属的还能怎么办？他当然是顺着主子的心意行事。

第六章　唯有利益动人心

萧华雍离开后不久，沈羲和也回了沈府。她还未入弄瓦院，就见沈璎婼一袭素衣，眼睛通红地朝着自己走来。

沈璎婼行礼之后对沈羲和说道："长姐，我想在王府给姨娘设个灵堂。"

妾室没有资格停灵，亦不能葬入沈家祖坟，灵牌也没有资格被放在沈家祠堂里。

"我想若是可以重新选择，你姨娘不愿入沈家，最后一程也别让她死不瞑目。"沈羲和淡淡地说道，"去康王府设灵堂吧，那里才有她一生最快乐和尊贵的日子。"

沈璎婼是萧氏之女，为人子女要为逝去的生母守灵，操持身后事，沈羲和不会阻拦，但也没有宽容到允许萧氏死后还在自己的地盘上碍眼的地步。

"长姐，请允我在府中，在我的院子里设灵，院外阿婼绝不逾矩一步。"沈璎婼哀求道。

沈羲和正要开口，蓦然想起，外人不知萧氏是死于自己之手，而以为她是死于康王府送去的食盒。

萧氏除了被她扔出王府，之后与自己再无牵扯；萧氏杀人被拿，也与她沈羲和无关——很难有人会把萧氏被毒死的事与她联系上。

说到底，沈羲和在外人眼里只是个尚未及笄的小女郎，怕是没有这等心思和手段，更何况要悄无声息地将毒下在送给萧氏的食盒里，也不是一件易事。

"你的院子，随你折腾。"沈羲和留下这句话，转身入了自己的院子："碧玉收拾收拾，明日我们就搬到郡主府去。"

虽然在沈璎婼的眼里没有看到对自己的恨与怨，但她不喜欢沈璎婼。王府够大，可她也不喜欢与之处于同一屋檐下。

萧氏被毒杀，朝廷没怎么严查，胡乱找了个康王府的人顶罪这案子就翻篇儿了。

在掀起滔天巨浪的胭脂案下，萧氏的事情实在不值一提，几日的搜查逮捕，牢房都快人满为患了，弄得朝堂上下人人自危。

韦焘等主谋被判了斩立决。汝阳长公主敬献驸马等人搜刮而来的数万金钱财，祐宁帝念及她被蒙蔽以及昔年的功劳，且如今他年事已高，让她与韦焘和离，并且给她的长子赐了一个伯爵，孩子和孙儿全搬到了伯爵府，与韦家断绝关系。

沈羲和趁着京都风声鹤唳之际，带着墨玉等人暗自按着玉小蝶送来的图纸探查了几回，还真摸到了康王府私下锻造兵刃之处。

那地方在京都外的深山之中，要翻过几重山才能抵达，身子骨儿的原因沈羲和没有亲自到那里，不过莫远和墨玉传来的消息说有重兵把守。

“陛下子嗣颇丰，个个能文能武，康王不会痴心妄想到他能得皇位的地步。”其实听到玉小蝶说康王私下铸造兵刃，沈羲和就怀疑这绝对不是康王会干的事，“这于自身无用，他却费心费力，只能是为陛下效命。”

“陛下私下铸造兵刃？”碧玉都惊讶了。

九五至尊统御天下，什么东西不是他的？他又用不着谋反，还需要偷偷摸摸地造兵刃？

“兵刃是给兵卒使用，陛下私造兵刃，定然也私下组建了精锐之士。”沈羲和修剪着枝叶，指尖摩挲着一片绿叶，“这批人无论是用于暗杀，还是用于取代西北军，都有大用处。”

“取代西北军？！”在碧玉等人心中，西北军无可替代。

她们都是西北人，祖祖辈辈都在西北，深知西北军之于西北是定海神针，是西北百姓的信仰。

并非西北军骁勇善战就能让西北百姓安居乐业。沈家几代家主，对外勇拒突厥，对内重农爱民。

“陛下不会容忍西北百姓的眼里只有阿爹。”沈羲和短促地笑了笑，“这是对皇权的挑衅。阿爹不想沦落到顾家的下场，亦不能轻易将西北交给对西北一无所知的文官来指手画脚。这些年君臣之间因为西北的政权早已势如水火。”

沈岳山不是个恋权之人，若是可以，更想做个快意江湖的侠客。可他是沈家的继承人，肩负的是沈家守护西北的重任。

十年前，沈岳山不是没有给祐宁帝机会。当年的都督府和青州刺史，差一点儿把青州弄得民不聊生。

当看到这些朝廷派来的官员故意激起异族人与西北百姓的冲突，排挤异族人，又无法为青州百姓谋生财之道，为了粉饰太平，还故意毒杀行乞者时，他就知道自己若放权，就是弃了西北百姓，百姓只能自生自灭。

所以，沈岳山希望沈羲和能够好好挑一个女婿，争取在新君即位之前，西北军不和祐宁帝撕破脸。

然而，沈羲和不是个寄希望于旁人的女人。人心易变，谁知做了帝王之人会不会变了性情？她更喜欢自己来主导局面。待她成为太后，亲自教养出一代明君，岂不是更可靠？被教养者若是不孝不仁，她将其废了再过继便是。

沈羲和搬到郡主府没几日，胭脂案落下帷幕。据说潜逃各地的一些主事都被各地官员揪了出来，这办事效率，终于让祐宁帝龙心大悦。

高兴之余，祐宁帝便对有功之人大肆重赏，听闻得赏者最高连升三级。

沈羲和觉着这是祐宁帝借题发挥，用意在进一步遏制世家。

受胭脂案的影响，文武百官多心有余悸。为了安抚众人，祐宁帝让荣贵妃在芙蓉园设了一个赏菊宴，广邀名门内眷。

帖子第一时间就被送到了沈羲和的面前。

“羲和妹妹，你可得救我。”本不打算去的沈羲和，被步疏林磨上了，“这说是赏菊宴，实则是相看宴。我听到消息，李妃打算在赏菊宴求陛下赐婚，让我娶安陵公主！”

“你逃得过吗？”沈羲和问。

一如沈羲和逃不过要嫁皇子的命一样，作为蜀南王的“独子”，步疏林也注定要娶公主。

“故而我才来寻羲和妹妹为我出谋划策。你说我若娶了公主，还能不让陛下起疑？”步疏林缠着沈羲和。

“与我何干？”沈羲和态度冷淡。

“羲和妹妹，我可是心悦你……”步疏林还未说完，就接收到沈羲和投来的深沉目光，立刻识趣地闭嘴。

“我不喜谈情分，只喜谈利益。”沈羲和满意她的乖觉，“说点儿实在的。”

“只要你能为我摆平这安陵公主，我便给西北军送三千精甲！”步疏林咬牙说道。

蜀南王府有独门锻造甲胄之法，甲胄轻薄且坚固，沈岳山一直眼馋。

沈羲和笑了：“你诚心求我，我怎好拒绝？”

飞檐、斗拱、琉璃瓦、白玉阶……这里的亭台楼阁可谓雕梁画栋，花墙月门、假山浴池旁更有花木围绕。此处以各色菊花装点满园，沈羲和到的时候，耳旁欢声笑语不断，丝竹声声不歇。郎君、女郎们有相熟的三五成群，大部分还是年轻的女郎们聚在一起。

才子佳人让人目不暇接。

“昭宁郡主到——”内侍高喊一声，满园皆静。

实在是太多人对她好奇。她入城之后，送侯府郎君入大理寺，扔圣上堂妹出王府，丢烈王殿下到王宅门口，还有六殿下与太子殿下为她争风吃醋……

桩桩件件，都惊天动地，从未有哪家女郎如此张扬而大胆，且她还敢令这些天潢贵胄只能吃闷亏。

偏生她深居简出，对一应邀请通通拒绝，至今见过她真容之人屈指可数。众人今日得以见到她，有种千呼万唤始出来的期待。

沈羲和身姿窈窕，上着透着点儿灰的浅白色窄袖短衫，外套金丝团花纹路月白色半臂，长裙上束至胸，曳地飘逸，肩绕淡紫宝相花暗纹披帛；乌发梳了双刀髻，两支串珠紫玉花步摇左右相称，中间一朵珍珠点缀紫玉芍药花华胜，饱满光洁的额头两边也有芍药花鬓唇，眉心金珠花钿。

她妆容精致，淡雅不失华贵，玉光流转不足以形容她之气韵，月华皎皎不足以喻她之清丽。

她一出现，满园娇色黯淡。

“贵妃娘娘。”沈羲和径直走到以荣贵妃为首的一众宫妃、诰命面前。

“郡主多礼。”荣贵妃和颜悦色地虚扶沈羲和一把，顺势介绍了跟在她身旁的妙龄女郎，“这是平陵，你们年纪相仿，正好做伴。”

平陵公主穿了湘妃色上衫、樱草色的多幅长裙，均有精美绣纹，头上戴了金银珠花冠。她容色出众，模样娇俏，似有一层水波的双眸充满慧黠之光。

“早闻昭宁郡主是个美人，可算见着了，真是美得不可方物。”平陵公主是大方开朗的性子，“我小你一岁，便叫你昭宁姐姐吧。”

说着，平陵公主还先给沈羲和行了个平辈礼。

“公主。”沈羲和淡笑着回礼。

“都说西北民风彪悍，今日见了昭宁郡主，倒觉着这端雅之态不输名门世家。”镇北侯夫人念着当日的情分，带头夸赞起沈羲和。

自然就有不少诰命夫人附和起来，看沈羲和的目光只有欣赏和善意。沈羲和是内定的皇子妃，许给谁端看陛下怎么赐婚，与她们不会有太深的交集，结个善缘便可。

有子的宫妃看沈羲和的目光就掺着一些考量和探究。

荣贵妃带着沈羲和认了一圈人，便让平陵公主领着沈羲和去找女郎们一道玩耍。

平陵带着沈羲和去了一队穿着富丽的女郎中。在这里，沈羲和也见到了倾心步疏林的三公主安陵公主，年方十六岁，是个温柔秀丽的美人。

“你们适才在说何话？”互相见过礼之后，平陵公主问道。

“在说家中的狸奴。”安陵公主笑着温和回答。

狸奴是家养的猫。时下贵女、贵妇养猫成风，谁家若是不养上一两只猫，逢宴相聚都会插不上话，会被孤立。

“郡主自西北而来，想来不知何为狸奴。”一道声音插了进来，“我听闻西北贫瘠，穷苦人什么都吃，常有炖狸奴之事。”

这话一出，不少人不自觉地蹙眉，对沈羲和出现排斥的情绪。她们都喜欢养猫，乍然听说有人炖猫，觉得十分残忍。

“听闻？何处听闻？”沈羲和看向这位宣平侯府的嫡女陈佳絮。

“不知何处听闻，不过西北蛮人居多……”

“先帝在位时，突厥每年犯境数十回，一月两三回，西北儿郎奋战御敌。荒原野地，为了果腹，他们饥渴之际掏过鼠洞，饮过蛇血。”沈羲和淡淡地打断她的话，“他们抛头颅洒热血，才有陈女郎你安居京都的生活，有逗乐狸奴之趣。陈女郎有何资格提到西北便以蛮人相称？”

沈羲和语调轻缓，毫无咄咄逼人之势，却噎得陈佳絮说不出话。

沈羲和的瞳色浅，她睨着陈佳絮：“若无西北男女凶狠，你此刻或许就躺在突厥的王帐之中衣不蔽体。”

“你——”陈佳絮怒瞪着沈羲和。

沈羲和话里一个粗俗的字眼都没有，意思却极具侮辱性。

“我说的何处不对？”沈羲和抬眉反问。

陈佳絮气得胸膛起伏，却说不出一个反驳的字。

“郡主此言，仿若天下安宁皆是西北之功？”又一个人站出来，声音有些冷，“西北之安确系西北军之功，可盛世太平，文武百官各有奉献，郡主未免有些偏颇。”

沈羲和转眸看过去，说话的是王家女郎——王羽徽。

王羽徽云堆翠髻，明眸皓齿，气若幽兰。

“王女郎。”沈羲和脚步一转，面向王羽徽，“世家风骨是清贵，而非清高。陈女郎辱及西北，我便与她说西北。你若非要攀扯到天下安宁的问题，我也想知晓王家为天下安宁奉献了几分力？以至于王女郎可以不顾世家礼教贸然插言，高高在上地指教我？”

沈羲和字字如针，扎入王羽徽的心口。

世家贵女务须谨言慎行，贸然插话便是失了礼教，且王羽徽的确有小题大做，故意引人觉着沈羲和狂傲且有抬高西北贬低京都群臣的意思。

“此刻王女郎给我戴高帽，我是不是也可以王女郎之言行推及京都世家贵女皆是此等品行？”沈羲和嗤笑了一声，“王女郎，你我教养不同，不必强融。”

言罢，沈羲和拂袖而去。

以前沈羲和就烦和这些一生只想缠绕依附他人，以男人为天的女郎们打交道。

今日若非为步疏林那三千精甲，她才不来，现在总算找到理由和这些人划清界限。

原以为能躲个清净的沈羲和刚走到一个僻静的小亭子里，脆生生的呼唤声便在身后响起——

“昭宁郡主，昭宁郡主！”

她转过身去，就见一个小姑娘提着裙摆奔来。

小姑娘身穿鹅黄色半臂、石榴色束胸裙，梳着垂挂髻，戴着蝶翼金钗。随着小姑娘奔跑，发髻上的金蝶仿若展翅欲飞。

“郡主，郡主，我能与你一道吗？”小女郎看着不过十二三岁，因为跑得急，小脸覆盖一层薄薄的红晕，望着沈羲和的眼睛晶亮无比。

“不能。”沈羲和很绝情地拒绝。

小女郎一点儿不受伤，依然笑得十分可爱：“我保证一定很乖，不扰你清静。我……我也不喜与她们为伍，就想与你一道。”

小女郎眨着大眼睛，可怜巴巴地盯着沈羲和。这样一看，这小女郎倒是像极了家中想吃鱼的短命。

沈羲和没有驱赶小女郎，寻了个位置坐下，等着步疏林来寻她。

小女郎乐颠颠地在沈羲和的旁边坐下，双手捧着脸，眼睛直勾勾地盯着沈羲和：“羲和姐姐，你可真美……”

跟着沈羲和的碧玉心想：这个小女郎得寸进尺的功夫可真不一般，隔得远是“昭宁郡主”，靠近之后就是“郡主”，说了句话便是“羲和姐姐”……

又是一个沉迷于她们家郡主的美貌小女郎。

在西北这样的小女郎极多，碧玉见怪不怪。

“羲和姐姐，我是薛家七娘，名唤瑾乔。”薛瑾乔小声告知，好似真的怕惊扰她，“怀瑾握瑜的瑾，乔木世家的乔，小名乔乔。”

“乔乔？”沈羲和轻笑着唤道。

“唉。”薛瑾乔脆生生地应着，眼睛仿佛瞬间注入了光，神采奕奕。

碧玉都没眼看，薛瑾乔的丫鬟更是快要把脑袋埋入胸里。

“我记下了。我约了人。”沈羲和委婉逐客。

“嗯嗯……啊？”被迷得七荤八素的薛瑾乔点完头，才品出沈羲和这话的意思，张了张小嘴，有些委屈巴巴地噘嘴，然后磨磨蹭蹭地起身，一步一回头地往外挪去。

薛瑾乔挪出月亮门之后，又探回脑袋：“羲和姐姐，我……我能去郡主府寻你吗？我绝不扰你，只要能见着你……”

“不能。”撒娇对沈羲和这个铁石心肠的女人无效。

薛瑾乔噘着嘴走了。

“此刻方知，羲和妹妹对我多好。”从假山绕出来的步疏林感慨了一句。

以往她总觉着沈羲和对她不是那么友善，此刻见到如此娇俏的小女郎眼巴巴地凑上来，自己都心软了几分，偏沈羲和无动于衷。她才知肯拿茶招待自己的沈羲和对自己有多好。

“你比她有用。”沈羲和无情地回答。

步疏林无言以对。

言下之意，若非她有用，沈羲和对她也是这个待遇？

岂料沈羲和又说道：“若非你有用，又识趣，黄中寺就是你的前车之鉴。”

所以，她的待遇与这个小美人差多了。蓦地，被她遗忘的洛阳客栈下毒事件，又浮现出来……

碧玉掩唇偷笑，郡主就喜欢逗步“世子”。

步疏林见碧玉笑了，就知道沈羲和是故意逗她。其实她们都错了，沈羲和说的是实话。

只是在她们心中已经将沈羲和美化了——她们压根儿不信这残酷的事实。

“羲和妹妹，你到底如何帮我？”步疏林正色问道。

“你怕娶公主，是担忧身份暴露，便要从根源上解决问题。”沈羲和淡笑，“今日你打消了三公主的念头，还有四公主、五公主、六公主……陛下必然要许一位公主给你。有一个法子，或许能让陛下绝了许配公主与你的心思，便是陛下还不死心，你也能不暴露。”

“什么法子？”步疏林眼睛亮了亮。

“好男风。”沈羲和回道。

步疏林摇头：“这法子我想过，可不好伪装，陛下定然不会轻易相信。我与谁做戏，这人都可能被陛下严查紧盯，若是对方露了馅儿，反而不利。”

除非这样的人是经得起严刑拷打的死士，可死士，明眼人都能认出来，等同于不打自招——步疏林不愿意冒这个险。

“我给你寻了个极好的人选。”沈羲和微扬起嘴角。

“谁？”

“大理寺少卿崔晋百。”

步疏林瞬间石化。她没有听错吧？祐宁帝的心腹大臣，当作储相培养的崔晋百！这不是要她自投罗网？

“你若信我，只管往他身上扑。”沈羲和高深莫测地笑了笑，就带着碧玉离开了。

今日赏菊宴，荣贵妃请了诸多适婚之龄的女郎和郎君，沈羲和不确定崔晋百会不会来，特意来一趟亲眼看看，顺便给步疏林制造一个机会。

沈羲和与步疏林说完，刚回到赏菊宴的大花园里，就看到百无聊赖的薛瑾乔正站在莲池边。几个衣着华丽的贵女走过来，挤眉弄眼地看了背对着她们的薛瑾乔一眼。

有个人走过去，故意朝着薛瑾乔一撞，将她撞入了池内。

沈羲和本来无心理会这事，却听到站在池边上撞人的女郎开口——

“你上赶着巴结人家，人家也不看你一眼。我们世家向来和权贵不睦，你这等有辱门风之人，今儿就给你个教训。”

已经抬步往另一个方向走的沈羲和停下了脚步：“碧玉，去寻一根竹竿来。”

“诺。”

碧玉去寻竹竿，沈羲和挽着披帛，转步朝着池边走去。几个人看到沈羲和，顿时有些慌乱，却强自镇定。

薛瑾乔被自己的丫鬟拉上来后，凶狠地盯着推她下水之人。见她似被激怒的小兽般要扑上去，沈羲和伸手隔空拦住了她。

沈羲和一步步上前，逼近推人的女郎。其他人被沈羲和的气势镇住，忍不住后退。而推人的这人也想退，却努力克制着自己，不能屈服。

沈羲和站到她的面前，手一伸，直接一把将之推到了池塘里。恰好这个时候，碧玉寻了根竹竿回来了。沈羲和接过竹竿，用竹竿抵住落水之人的背，用力地将她往下戳。

沈羲和的举动将所有人都惊得脸色煞白，唯有浑身湿透的薛瑾乔不顾仪态地拍手叫好。

“我……咯咯咯……郡……”被沈羲和的竹竿抵着的女郎偶尔能浮上来吸口气，想挣脱往旁边游。

沈羲和见状，用竹竿直接狠狠地插下去，断了她的路，随后又抵在她的后背上。

“郡主，郡主息怒……”

其他的女郎们终于回过神，有人连忙劝着，有人立刻拔腿跑去通风报信。

“会出人命的，郡主！”

“原来你们知道会出人命？”沈羲和笑着说，“我以为你们不知呢。不过你们若是害死了人，定然是要偿命的。可我若是此刻要了她的命，你们猜我需不需要偿命？”

沈羲和不似玩笑的话，吓得几个贵女脸色惨白如鬼。她们都到了适婚之龄，不再是懵懂无知的小女郎，清楚地知晓沈羲和就算真的将人溺死，西北王也能有千百种法子逼得苦主不得不退步。

“郡主，是我等莽撞失言冒犯郡主，愿受郡主责罚，还请郡主饶潆绕一命。”一个身形较高的女郎“扑通”一声跪在沈羲和面前，为水里的胡潆绕求情。

沈羲和看了她一眼，又见前方荣贵妃带着众人疾步走来，转眸瞥见胡潆绕的挣扎渐弱，便扔了手中的竹竿：“碧玉。”

碧玉纵身一跃，在栏杆上一踏，一掠，身轻如燕，就将胡潆绕抓起来，扔在了沈羲和面前。

“咯咯咯——”胡潆绕一边剧烈咳嗽，一边大口呼吸新鲜空气。

荣贵妃等人赶到了。作为赏菊宴的主办人，荣贵妃打量着两个浑身湿透的女郎：“这是怎么回事？”

跟着胡潆绕的人支支吾吾不知该如何说，沈羲和置身事外地立在那里。

“阿绕！”胡潆绕的母亲刘氏奔上前，一把将奄奄一息的女儿搂在怀里，对着荣贵妃跪求道：“贵妃娘娘，您可要为我做主，阿绕自小怕水，这是要她的命呀！”

刘氏早就从跑来通风报信的丫鬟口中得知了事情始末。沈羲和的嚣张让她心中极恨，可她也知晓自己没有资格和西北王爱女昭宁郡主叫板。

“先让医工给两位落水的女郎诊脉。女郎身子娇贵，莫要落下病根。”荣贵妃自然也听到一些事情缘由，不敢揽事上身，已经派人去请陛下。

众人转移到殿阁外。医工检查之后，又开了驱寒的汤药。祐宁帝也带着几位皇子来了这边。

今日祐宁帝也来了芙蓉园，带了诸位皇子和大臣，既然是安抚释放善意，自然不可能只针对内眷。

“昭宁，发生了何事？”祐宁帝一来就直接问沈羲和缘由。

“陛下，今日昭宁与陈家女郎、王家女郎发生了些许口角，便独自离去，寻个僻静之处散散心。”沈羲和不急不缓地开口，“薛家七娘见我一个人，恐我孤单，便来寻我。我想自个儿清静，便谢绝了薛家七娘的好意。谁知我散完心回来，便见胡家女郎故意将薛七娘撞入了湖中，甚至说……”

沈羲和故意在这里顿了顿，美眸扫过几位大臣，包括礼部侍郎胡正扬、吏部尚书薛佪等人。

“说世家清高，与权贵不睦，薛七娘来寻我是有辱门风。”

世家与权贵不睦，这是众所周知的事情，也是帝王乐见其成的制衡之道，却不能拿到明面上来说——这岂不是说朝中官员各有党派，并非上下一心为陛下、为黎民？尤其是“有辱门风”四个字，更是隐含着蔑视羞辱权贵之意。

果然，沈羲和此话一出，在场的勋贵都面色不悦。

“昭宁气不过，便用她欺负薛七娘的法子对她小惩大诫一番罢了。”沈羲和说完，看向祐宁帝，“陛下，陈家女郎口口声声说西北是蛮人，我与她辩论几句，王家女郎便说我抬高西北轻看京都诸公，胡家女郎也说与我相交有辱门风。”

慢条斯理地细数所有人的言行之后，沈羲和继续说道：“一人所言或许是偏见，可这么多人这般讲，昭宁极想知晓，到底是何人看不起西北之人，以致她们如此肆无忌惮，让昭宁误以为昭宁乃至西北之人不是陛下的子民，而是异族，所以才会被如此排挤轻视？”

沈羲和含沙射影的话，让在场的大臣们都暗自倒吸一口冷气。

她可真敢说，连陛下都敢暗讽！

从未与沈羲和打过交道的诸位皇子也忍不住看向沈羲和，只有萧长赢忍着不让自己笑出声。他就知道，任何人碰上她都不会被她恭恭敬敬地放在眼里。

偏她还有理有据，说着谁都听得懂的暗语，谁又都挑不出毛病。

“陛下。”第一个站出来的不是被沈羲和点名的陈、王、胡、薛四家的人，而是沈羲和的外祖父陶御史。

他一站出来，四家的当家人眼皮子齐齐地跳了跳。

“内宅妇人言及朝堂之事，是为夫、为父教管不严，家不平何以安天下？子女之言行乃爷娘之言传身教，区区女郎，若非听了胡言，岂会挑拨朝臣和睦？蛮人是对突厥之称，陈家女郎以蛮人称西北之人，这是裂土之心，其心可诛！”陶专宪年近六旬，瘦长的身躯笔挺地跪在祐宁帝面前，“还请陛下彻查，莫要纵容这等心无朝堂、心无君王、心无百姓之恶徒。”

沈羲和忍不住在心里给外祖父叫好！她早就知晓她的外祖父偏宠她，又言辞犀利，这些年御史台对他的畏惧比肩绣衣使。

胡正扬的额头沁出冷汗，他连忙上前跪在陶专宪旁边：“陛下容禀，臣绝无二心，教女无方甘愿受罚。举头三尺有神明，臣侍君之心昭昭可见，逆女妄言绝非臣所教。”

“陛下，臣亦不知不孝女何处听来狂悖之言。臣教女无方，亦愿领罚。”宣平侯陈仲也紧跟着跪下认错。

最后是王家官居三相之一的侍中王政慢悠悠地站出来。和行了跪礼的陈仲与胡正扬不一样，王政朝着祐宁帝躬身一拜：“陛下，王家女郎不通政事，臣将她们养得无知了些，她们才会不知轻重，言语失当，请陛下责罚。”

比起陈佳絮和胡潆绕，王羽徽的确只是小题大做，并没有直言侮辱西北之人或者沈羲和。

王家到底是世家大族，能够做到三相之一，王政这位王家家主的心思和手段都非比寻常。

“王公，”沈羲和转头看向王政，“昭宁听闻世家家训有一条便是讷言敏行。世家女之所以为人称道，便是因为恪守士族规范。王家女郎既然无知便该守拙。她所犯之错，可不是王公一句言语失当便能抹去的。她触犯的是士族家规，抹黑的是士族颜面，损伤的是士族清风！”

沈羲和的话，让老成持重的王政霍然抬首，暗藏锋芒的眼直直地看向沈羲和。

世家规训只有世家子弟清楚。他们没有将规训隐瞒，反而宣扬出去，以此来显示世家守礼的底蕴。世家出身的子女，自小便耳濡目染，会将这些规矩视作理所当然，旁人却会觉得过于严苛。除了世家子女，或是想要效仿世家的寒门子弟，没有人会去深究世家规训。

沈羲和不过一个未及笄的女郎，却深知世家规训，以及触犯规训的严重后果，如何不让王政心惊？

“郡主所言极是，王家定会对触犯族规的子女严惩不贷。”王政对沈羲和微微欠身，面带笑容。

王政态度强硬地告诉沈羲和，王羽徽便是触犯了世家家规，那也是他们自家的事——他罚也是关起门来罚。

这就是世家。世人皆道世家迂腐刻板，条条框框太多，令人活着都感觉窒息，可又哪里知道，凡事皆有利弊。世家多俊杰，并不是虚言，有些优良的传承和美德确实在世家根深蒂固。

就好比此刻，陈仲和胡正扬都会责怪孩子，王政却会袒护孩子——世家教导子女，对外宽容袒护，对内严明束缚。

王政说要处罚王羽徽绝不是门面话，也不是被沈羲和拆穿后找补的言语，而是由始至终都是这么想的，也会这么做。只不过有了沈羲和的这番话，王羽徽会被责罚得更重罢了。

目的达到，沈羲和便不再多言。

祐宁帝斟酌了片刻说道：“宣平侯、胡侍郎管教不严，罚俸一年，思过一旬，呈书悔过。”

祐宁帝顿了顿，对王政说道：“王家女郎失言，朕信王侍中定会严加管教。”

“叩谢陛下圣恩。”陈仲和胡正扬连忙叩谢。

“臣必将严惩，以正家风。”王政也表态。

“国泰民安，河清海晏，是朕与诸卿所愿。”祐宁帝以视线扫过在场之人，“这份功绩离不了诸卿各司其职，文臣武将都是在为承平盛世添砖加瓦。朕愿你们上下齐心，造福百姓。”

“圣上英明，臣谨遵陛下圣意！”王政朗声道。

其余大臣齐声重复这句话表态。

“今儿难得偷得浮生半日闲，便不说这些。”祐宁帝笑着看了看众人，“朕的金吾卫中郎将呢？”

金吾卫是本朝十二卫之一，是帝王的禁卫，掌管着京都的巡逻和宵禁。

祐宁帝将步疏林放到了金吾卫中，封了个官职不低的中郎将。

众人开始搜寻，并没有看到步疏林。就在这个时候，安陵公主红着眼跑进来，见这里有这么多人，立刻收敛了情绪，上前给祐宁帝行礼。

当着这么多人的面，祐宁帝也不好询问女儿为何哭过。自然没有人敢欺负公主，那便是她有其他伤心事。祐宁帝让大臣们继续赏花，自己带着安陵公主去了偏殿。

沈羲和心里门儿清，之所以要对胡潆绕下手，固然是因为胡潆绕不敢欺负她，另外一个原因就是要借胡潆绕的事情给步疏林制造机会。

沈羲和离开园子的时候，就派人给崔晋百送了信，又把所有人都引走，再让宫中属于西北王府的人将安陵公主引过去。

看来步疏林抓住了机会，让安陵公主亲眼撞破了她和崔晋百的事。

只是沈羲和没有想到步疏林这般狂野。她随着陶专宪走出大殿门，迎面就看到崔晋百走过来，他的下颌上有两个不起眼儿的牙印……

崔晋百的脸色阴沉得似能滴水，谁都不敢轻易靠近。

“呦呦，不喜这些场合，便先回去。”陶专宪一想到方才那些人竟然联起手来排挤自己的外孙女，就气得眼神阴郁。

陶专宪在心里琢磨着怎么整治这些无知女郎的父兄，却完全忽略他的宝贝外孙女根本没有吃半点儿亏……

“呦呦先走了。”沈羲和已将要做的事情做完了，三千精甲到手，也不想留在这里浪费精力了。

陶专宪将沈羲和送到园外的马车上，看着她的马车离开后才转身回去随侍君王。

“成了？”沈羲和一上马车，就看到躺在里面的步疏林。

“我出马，能不成？”步疏林挑眉。

“坐起来。”沈羲和吩咐她。

待步疏林不情不愿地坐起身，沈羲和才看到她方才靠内的半边脸竟然有块青紫痕迹：“你……你这是何故？”

“羲和妹妹，你没有与我说，崔晋百那厮竟会武！”气愤的步疏林因为说话用力，扯得脸疼，轻“嗞”了一声，幽怨地看着沈羲和。

“他会武？”沈羲和确实不知名门世家出身的崔晋百会武，倒是知道假的那位功夫不俗。

世家子弟会练一些拳法强身健体，但学到能够伤到自幼习武的步疏林的地步，实在罕见。

“我这是被他偷袭。”步疏林指了指自己脸上的青紫痕迹，“否则他那点儿三脚猫功夫能伤了我？”

步疏林说的是实话。沈羲和给她铺好了路，崔晋百依约前来，还以为是步疏林约了他。安陵公主还没有来，步疏林自然要拖着崔晋百，哪里知道崔晋百竟然有点儿功夫，一不留神竟被他给伤着了。

随后，不过三两下崔晋百就被步疏林制住压在身下，负隅顽抗。听到脚步声，步疏林猜想一定是安陵公主。这可是沈羲和做的局，绝对万无一失，她对沈羲和就是这般信任。

她本想要作势去亲一下崔晋百，哪里知道崔晋百这个时候激烈地反抗起来。她在重新制住他的时候，头一点，牙齿就磕在了他的下颌上，这一幕场景恰好被安陵公主看到。

“虽有波折，却也成事了。”沈羲和听完点头。

“崔晋百当真可靠？”步疏林还是有点儿不放心，毕竟一个不慎这就是欺君大罪。

“放心，你还有用。”沈羲和用一种伤人的话安抚步疏林，“我不会害你。”

步疏林一时语塞。

这边沈羲和心满意足。另一边她刚离开，芙蓉园发生的事情就传到了萧华雍的耳朵里。

听完全部过程，萧华雍只总结了一句话：“陈家、胡家、王家，他们欺负她了。”

“殿下……”天圆很想说，虽然是他们挑事在前，可昭宁郡主并未吃亏，反而是他们被昭宁郡主折磨得够呛，还被陛下责罚——郡主不仅毫发无损，里子、面子还占全了。

到嘴边的话，被天圆咽了下去。他把目光落在殿下手中的那枚黑玉棋子上。最初从洛阳白头翁那里带回来时，殿下还只是偶尔想到才会看一看这枚棋子，近来已经到了爱不释手的地步。

“陈家、胡家、王家……”萧华雍在棋盘上轻轻磕着指间的黑子，每念一个人家就轻磕一下，棋子和棋盘在安静的暖阁内发出清脆的相击声。

“本宫依稀记得，三年前吐蕃来朝贡是陈仲接待的？”

陈仲是宣平侯，宣平侯是袭爵而来。他本人是进士出身，如今官至鸿胪寺卿。

“是。”天圆硬着头皮回答，知道陈仲要完了。

“他还收了吐蕃王子不少奇珍异宝。”萧华雍的唇渐渐扯平，他道，“近年来，吐蕃一直在边境跃跃欲试，好几次偷袭成功。你说若没有人泄露边防图，怎会如此巧合？”

“殿下……”天圆瞪大眼睛，这个罪名足够要宣平侯的命。

“陈仲不会轻易放过她。萧氏的死，陈仲即便不知是她所为，也会对她将萧氏赶出王府视作其源头。”萧华雍吩咐，“鸿胪寺卿也该换个人了，正好为我所用。”

“诺。”天圆应下。

“至于胡家……”萧华雍斟酌着。

天圆已经开始心惊肉跳，忙说道：“殿下，郡主才与三家结怨，三家接连出事，恐陛下对郡主猜疑。”

他不是要阻拦殿下为郡主讨公道，实在是殿下的动作太大，极有可能在陛下的眼皮底下暴露，届时所有追随殿下之人都会怨怪郡主。

萧华雍斜眸瞥了天圆一眼："你说得对，就先把陈仲解决掉。明年开春春闱，胡家自然是跑不掉的。王家……"

"王公老谋深算，王家盘根错节，殿下慎重。"天圆缩着脖子小声提醒道。

天圆想和地方换一换，让地方跟着殿下吧。殿下再也不是以往那个清明的殿下，他现在需时刻冒着生命危险劝谏殿下莫要发展成一个昏君！

"本宫何时说过要亲自对王家下手了？"萧华雍抬眉，"你把我们手中王家的罪证都给老五。"

"信王殿下？"天圆愣了愣。

"顾家之所以被灭，是因为他们世家心不齐。范家固然是罪魁祸首，可王家未必没有推波助澜。"萧华雍银辉凝聚的眼瞳望着窗外，"若非老五的王妃以命做局，临死前摆了一道，今日的尚书令便是王政。这笔账，老五会和他算清楚。"

"我们把证据递给信王殿下，信王殿下便知这是有人欲借刀杀人。他会……按照殿下的计划进行吗？"天圆有些担忧信王会怀疑太子殿下，到陛下面前反告太子殿下一状。

"即便明知是局，他亦会毫不犹豫地去做。"萧华雍笃定地说，"我们的陛下冷心薄情，儿子倒全是情种。老五至今还在法华寺——陛下派人再三催促，老五亦不归，便是在无声地抗拒。"

能让他回来的，只有仇恨。

沈羲和不知萧华雍的部署，亦不知萧华雍的几封书信便将守在法华寺的萧长卿唤回了。

她回到郡主府，也开始琢磨怎么废掉陈仲。

陈家是萧氏的外祖家。之前受胭脂案的影响，陈家上上下下都夹着尾巴做人。萧氏的死又如此突然，他们才会无暇顾及沈羲和，最近已经开始私下打听萧氏死前的事情，这明显是开始怀疑沈羲和。

"鸿胪寺是个很好的地方，"沈羲和用手轻轻地顺着短命的背脊抚摸，"最适合被冠以通敌叛国之罪的地方。"

"喵！"短命莫名地背脊一抖。

啃着贵妃饼的步疏林也张着嘴，瞬间呆愣，贵妃饼的碎屑直往下掉。步疏林僵硬地转过脖子，瞪圆的眼珠子惊恐地对上了动作温柔地抚猫的沈羲和。

步疏林六岁就被送到京都为质子，在京都一群人精当中安然长大。她也不是个好人，手上也沾了人命，可从未一出手就给敌人造个抄家灭族的大罪。沈羲和比她小三岁，其狠绝凌厉的程度令她望尘莫及。

“陈翊为人如何？”沈羲和仿若未见步疏林的惊惧样子，轻声问道。

陈翊是陈仲的嫡长子。陈家是以军功发家，后来渐渐没落，老侯爷在祐宁帝登基上有功，才重新有了侯爵的封赏。陈翊倒是遗传了先祖的骁勇，到了蜀南军中。

“我若说他是个忠勇正直之辈，你会放过他吗？”步疏林眨了眨眼，放下手中的贵妃饼，一本正经地问沈羲和。

“不会。”沈羲和淡淡地回答，“我与宣平侯府水火不容。他身为宣平侯府之人，注定和我也是对立的。我既然动了宣平侯府，就不会给敌人卷土重来的机会。”

“既如此，你又何必问我他的为人如何？”步疏林不解。

“若他为人阴险狡诈，我便以他为口子撕开宣平侯府。”沈羲和回答，“若他为人忠勇正直，我便不从他身上下手，另寻他法对付陈仲。至于他是否被牵连，便不在我的顾虑之中。”

步疏林打心头松了一口气。她就知道沈羲和不是个不择手段之人。

紧接着，沈羲和直接给步疏林泼了一盆冷水：“莫要高估了我的良知，我的良知取决于事情的轻重缓急。我有时间慢慢筹谋，自然不愿殃及无辜；可若我没有时间……”

剩余的话她不多说，覆巢之下无完卵。

世家、权贵、官宦，哪一个地方不是牵一发而动全身？

家族中人同气连枝，一荣俱荣，一损俱损，正如顾家满门一样——荣极之时，一人得道鸡犬升天；倾塌之际，满门被诛。这就是权力更替之下的血腥事实。

“你我皆非圣人，在这刀光剑影的皇城之中，都是为了活着而浴血奋战，对任何一个敌人仁慈，都是对自己残忍。”步疏林正色道，“我与你相交不多，却也知你是个不主动坑害旁人之人。”

宣平侯府的人在沈羲和入城的时候，就想借镇北侯府之手要沈羲和的小命。

步疏林的话让沈羲和垂首笑了笑：“目前为止，我确如你所言，未曾枉害一个无辜之人。可日后……”

“日后你亦不会。”步疏林截下她的话，用一种欣赏的目光看着她，“你没有你所想的那般绝情凶狠，只是你的温柔旁人很难察觉。”

正如她杀黄中寺，只是为了那位被宦官糟蹋的良家女郎，旁人却以为她是给祐宁帝一个下马威，或是不想日后留下黄中寺这个麻烦。

正如她放了玉小蝶，明明可以要了玉小蝶的命，但没有这么做。须知玉小蝶能为了小命帮她坑害萧氏，日后未必不会为了小命而反咬她一口。

玉小蝶帮了她，她救玉小蝶一命，是两清。

与其说她冷情狠绝，不如说她事事不愿欠人。

“你在我这里吃过的亏还少吗？”沈羲和似笑非笑地问。

步疏林不自在地轻咳了一声："你若真要坑害我，当日明明见过我，将盗走证物的事情栽赃给我极简单。如此一来，你也不会被烈王和信王纠缠记恨。虽然你从我的手里要走了三千精甲，可你也确实替我解决了娶公主的麻烦。"

她又问道："陈翊这个人究竟如何？"

"这个人你可以放心下手。宣平侯府一窝坏秧子，陈翊身手了得，深谙兵法。"步疏林冷笑，"但他贪功冒进，冷血嗜杀，为了往上爬，故意派人虐杀吐蕃商贾，引起战乱。

"只是这小子也狡猾，每次都借交战把涉事之人灭口。到现在都没有人抓到过他的把柄，不然他早被阿爹以军法处置了。偏生他还有平乱杀敌之功……要不是有我阿爹压着，他早不知将蜀南弄成什么模样了。前年他还上书陛下，说我阿爹赏罚不公，故意压他的功绩。"

步疏林想着就觉得生气："我怀疑他是陛下特意派到蜀南给我阿爹添乱之人。"

祐宁帝在他们眼里有诸多缺点——凉薄自私，权欲熏心，反复多疑。可他能稳坐帝位近二十年，绝不是个单纯的昏聩之君，在用人之道上极有心得，绝不会不知陈翊是什么德行。

"如此说来，我算是帮你阿爹除了一个心腹大患。"沈羲和挑眉，"你是否应该再赠我两千精甲聊表谢意？"

步疏林顿感自己好像掉入一个圈套。她错了，真的！她怎么能就因为一时感触，对面前这个心眼儿比筛子还多的女郎掏心掏肺呢？

惹不起的步疏林立刻脚底抹油："府中还有要事，告辞！"

沈羲和看着步疏林一溜烟地不见了人，忍不住心情愉悦地笑了。

"哎，碧玉姐姐，你说步世子要是个真郎君该多好？"紫玉在外间见了这场景，忍不住小声和碧玉嘀咕，"自从玲珑叛主之后，郡主就极少开怀，少有的几次多是因着步世子。"

碧玉瞥了紫玉一眼："步世子要是真郎君，郡主便不会待她这般亲近。"

"也是……"紫玉垂头丧气地应道。

沈羲和只当没有听到她们的嘀咕声，而是召来了莫远，吩咐了关于对陈家的安排。

没过几日，莫远便对沈羲和说道："郡主，已经有人在对陈翊做局。"

"有人？"沈羲和诧异又警惕地问，"何人？"

"属下无能，探不出来是何人。"莫远惭愧地低下了头。

"这个时候，怎会有人对宣平侯府动手？"沈羲和百思不得其解。

她在对一个人动手之前，必然要将其了解透。据她所知，宣平侯府除了她便没有敌人，至少没有想要宣平侯府被抄家问斩的敌人。

沈羲和在想是谁给宣平侯府做的局。

此时，背后的主谋萧华雍也正好接到了天圆的回复，一切已安排妥当。萧华雍观察着一盆被移栽到瓷盆里的蔓金苔："应该不会轻易枯萎，找个机会送到郡主府，便说是我贺她搬迁。"

"殿下，您还在'昏迷不醒'中……"天圆低声提醒。

萧华雍微微一顿："天山雪莲还没有消息吗？"

"尚无。"

天圆心想：这才几天哪，人从此地到天山也需要时间哪。

"可我想她了……"萧华雍许久未见沈羲和，突然就想见一见她。

天圆安静地站着，不接话茬儿。

萧华雍琢磨了半晌，说道："本宫好转一日，也属常事。"

天圆嘴角抽搐。

饶是如此，隔日他也不得不亲自搬着一盆蔓金苔到郡主府寻沈羲和。

"郡主，这是殿下让属下送来给郡主的。"天圆认命地传达着萧华雍的意思，"殿下昨夜醒来，今早似有好转，听闻郡主搬至郡主府，以此物贺郡主乔迁。"

"太子殿下醒了？"沈羲和微讶，他醒得好突然。

"殿下前几日便偶有梦呓，医师便言殿下梦呓之时神志清醒，昨儿彻底苏醒过来。"天圆无奈地圆着自家主子的谎，"殿下还说，若是郡主便宜，还请郡主今日能入宫一叙，有些话要与郡主说，因他身子不好，不知何时又会昏迷过去。"

沈羲和一时不知说什么。到现在她都没有拿到萧华雍的脉案，对萧华雍具体是什么情况，一概不知。但对方这话说的，什么叫"不知何时又会昏迷过去"？

这位殿下以往都在宫外，也是才回宫中，所以她想要打听有关他的情况，什么也打听不出——合着他是经常昏迷不醒吗？

既然太子殿下如此焦急，担心自己又会昏迷而无法告知她一些他觉得要紧之事，沈羲和自然不好耽误。当日过了正午她便入了宫，先去给太后请了安，转道就去了东宫。

她到的时候，东宫已经有宫人在等候，进入一个小院前，听到了天圆担忧的劝说声——

"殿下，您入寝殿等郡主吧。郡主已经入宫，不多时便会来，您不能吹风……"

"咯咯咯……无……无碍……咯咯咯。"萧华雍说话的声音极其虚弱，伴随着断断续续的咳嗽声，"屋内……咯咯咯……药味儿重……恐熏着她……咯咯咯……她不喜药味儿……"

她何时不喜药味儿？难道是她上次入寝殿时药味儿刺鼻，她的反应太大？

沈羲和一个转身站在垂花门前，就看到了背对着她坐在石桌前的萧华雍。

他披着厚重的玄色斗篷，领口是雪白华贵的白狐皮毛，玉冠束发，乌黑的青丝全部盘上。他的四周是盛开着的桂花树，芳香扑鼻。

日头隐于棉絮般的白云之后，并不刺目的阳光温柔地落在他的身上。只是一个坐姿的背影，他也静可入画。

一阵风吹来，细碎的桂花摇曳着落下。沈羲和伸手接住一朵飘向她的花，迈步走向萧华雍。

这个看起来病弱的男人就像这桂花，清雅绝尘，香气远溢。

“郡主。”天圆看到沈羲和，先行礼。

萧华雍站起身转过来之际，沈羲和已经走到他的近前，盈盈地行了一礼。

“郡主……咯咯咯……多礼了……”萧华雍先一步扶住她，不过似乎乏力得很，表达到意思之后就收回了手，“郡主……请坐。”

沈羲和在萧华雍的对面坐下。今日风凉，她也系了斗篷，不过她的斗篷相较于萧华雍的就单薄了许多。

数日不见，萧华雍的脸色更苍白了，仿佛白得透明。他的双眼温和却缺了点儿神采，半合着眼皮，更衬得他眼尾那颗小小的痣风韵慵懒。

沈羲和刚坐下，就有下人上了茶点，有玉露团、酥蜜寒具等，最后上的一盘是米锦。

萧华雍微垂着眼眸，视线落在米锦上：“重阳将至……咯咯……我恐无力过节……便提前吩咐做了……咯咯咯……米锦，与郡主共食……权当是提前过节……”

米锦是重阳佳节京都家家户户都要吃的花糕。

重阳佳节，便是在西北都有登高的习俗，京都更是热闹，饮菊酒、吃花糕、插茱萸、簪菊花、登高必不可少。

萧华雍这样的身体情况，饮菊酒和登高基本不可能，便是花糕也要少食。

“登高也未必是登高山或高塔。”沈羲和轻声说道，“我自幼体弱，每逢重阳节，阿爹和阿兄便陪着我登上西北关的城楼……”

一边是城楼内的百姓欢歌热舞，张灯结彩地过节；一边是茫茫黄沙，肃穆威严地将外族蛮夷拒之门外。

沈岳山和沈云安变着法子地讨她开心。每到有女郎们可以肆意张扬地策马狂奔的日子，他们总是小心翼翼，就怕她黯然神伤。

有一年上元节，早早就与沈云安约好要去看花灯，但沈羲和受了风寒，沈岳山说什么都不许她出门。她脾气上来，一直不开心。

沈云安放下世子之尊，在她病愈当天夜里，敲响每家每户的门，求着他们当日点上一盏花灯。沈云安带着她去城楼上看满城花灯为她而明，这才哄她开心。

这些本不属于她的记忆，沈羲和单是想一想就觉得甜蜜。

“皇城的城楼，也能将京都盛况尽收眼底，咳咳……”萧华雍便说道，“若是重阳节，我身子骨儿还算好，不知可否……咳咳……与郡主一道登楼？”

沈羲和从那一段久远的回忆之中回过神，淡淡地笑了笑：“好。”

她也想去体会一下站在城楼上的感觉，尽管打心里最想和阿兄一道去。

萧华雍已然做好被拒的准备，沈羲和却一口应下了。这让他惊喜不已，他的心里已经开始琢磨着怎么安排这事。

站在一旁的天圆望着苍天，心想：殿下说好的只“好转”一日呢？

萧华雍的喜悦之情没有掩饰。

沈羲和收敛情绪问道：“殿下邀我来有何嘱咐？”

他哪儿有什么嘱咐？他不过就是想见人。

天圆竖着耳朵听，想听他家主子如何将谎给圆过去。须知这次主子若是不说点儿让沈羲和觉得值得跑一趟的话，下一次想要再骗她来便不可能了，还会让沈羲和对主子的重视程度锐减。

萧华雍原本是有其他话告诉沈羲和，不过因她方才眼眸之中一闪而逝的憧憬之色，又改了主意：“佳节将至……咳咳……郡主是否想见家人？”

沈羲和抬头凝视着萧华雍。

沈岳山和沈云安驻守西北，无诏不得离开西北半步。这就是沈羲和在临湘县命悬一线，那样心疼沈羲和的沈岳山与沈云安只能送书信和派人来探望的原因。

太多人盯着沈岳山和沈云安，一旦他们秘密离开西北，只怕立刻会有人借此引起战乱，将他们擅离职守的事曝出来，祐宁帝就会抓到清洗西北的把柄。

“殿下您……”沈羲和这一刻对萧华雍是有一点儿感激，觉得无论有没有情，他都对她用了心。

“我可以向陛下求一道恩旨……”萧华雍对沈羲和和煦一笑，“咳咳……不过只能一人。”

这是一个极大的人情，对萧华雍也许只是他拖着病体张张嘴之事。祐宁帝要体现对萧华雍的恩宠——十几年不求他的儿子难得开一次口，祐宁帝肯定会答应。

但这对沈羲和不一样。她需要见一见沈云安，告诉他自己的想法，也需要知道更多沈家在京都埋下的人。

她若是接了萧华雍的这个人情，只怕不好还他。

斟酌再三，沈羲和还是决定先欠下这个人情：“昭宁谢过殿下体谅，昭宁想见阿兄。”

“郡主肯陪我登楼……咳咳……”萧华雍露出一点儿满足的笑意，“我为郡主求个恩旨，不值当什么……”

“不，与殿下登楼只是小事……”

“求恩旨，也只是小事，咳咳……”萧华雍打断了沈羲和的话，“于你我而言，这些都是小事；于你我而言，这些又都是难能可贵之事，咳咳咳……”

萧华雍言罢就剧烈地咳嗽起来，天圆连忙递了一杯水。

沈羲和从未遇到这样一个人，他对她竭尽所能地好，却从不索求回报，更让人无法察觉一丝目的性，就是那样极其纯粹而又如沐春风的感觉。他对她好得恰到好处，她拒绝不了，又不会在心上留下负担。

能做到这样的，只可能是两种人：至纯至善，或善于洞察人心。前者令人自惭形秽，后者令人心惊肉跳。

她静静地看着萧华雍，想知道他是哪种人。

“咳咳……郡主为何这般看着我？”萧华雍投以疑惑的目光。

沈羲和直言：“我生来早慧，见过之人算不得多，从未有看不透者，殿下是第一人。我想看一看，殿下是何种人？”

萧华雍轻咳了两声，目光坦然地回望：“郡主不必探究我是何种人，只要相信我是永不会伤你之人。”

多么情深义重的话，但丝毫没有打动心肠冷硬的沈羲和。她甚至觉得这句话有些可笑，不置可否。

“郡主现下不必信这话。”看透沈羲和的心中所想，萧华雍声音微弱地说，“只需记下，交给岁月来印证。”

好笃定的语气，好自信的措辞，好狂傲的态度，这个男人的承诺也与旁人不同，他不指天发誓，也不急于求成，从容淡定，胸有乾坤。

之后，萧华雍也没有再在这个话题上纠缠，开始闲聊。闲谈间，沈羲和陪着萧华雍用了一些米锦。

萧华雍博览群书，无论说什么都能和沈羲和相谈甚欢。

不知不觉间金乌西坠，沈羲和起身告辞。

“郡主，太子殿下可真是博学多才。我从未见有人能和郡主聊得如此畅快。”马车出了宫门，憋了好久的紫玉终于眉飞色舞地开口。

沈羲和体弱，为了不让自己闲着胡思乱想，读了很多书。除了兵书，沈云安一看其他的书就犯困，沈岳山也不是爱读书的性子，正是因此，以诗书传家的外祖陶家，才会特别稀罕沈羲和。

“要是太子殿下身子骨儿健朗一些就好了。”赞完萧华雍，紫玉叹息道。

在紫玉看来，太子殿下真是太好了，容色无双又才高八斗，偏他还特别懂郡主，所送之物都能送到郡主的心坎上，还打算让世子来京都陪郡主过端正月。

碧玉瞥了紫玉一眼，心想也就紫玉没有读懂郡主给短命起名儿的用意。如果太子殿下身子骨儿健朗一些，郡主指定对他和烈王殿下的态度一般无二。

不过，太子能够为郡主求恩旨，让世子入京都陪伴郡主过端正月，也让碧玉颇为感动，不免也为太子说了句好话：“太子殿下对郡主是用了心。”

不论情意和目的，太子对郡主是真的用心。

沈羲和微微一笑，没有说什么。

天圆却愁死了：“殿下，您若是求了恩旨让沈世子入京，只怕有些人会不安分。”

天圆担心弄巧成拙，萧华雍助沈云安入京，诸位皇子的各方势力倒是不足为惧，怕的就是陛下动手。要是沈云安有个三长两短，萧华雍如何向郡主交代？

“沈云安不是废物，沈岳山也不是莽夫。”萧华雍一扫病弱之态，“天圆，本宫要娶她，人和心，本宫都要。”

他不仅要让沈羲和知道他并非为利益娶她，也要让沈岳山父子知道这一点。

他若想谋她的心，他们的婚姻从一开始就不能冠以各取所需的联姻之名。

“本宫这是为了日后打算……”

他不可能在沈羲和面前瞒一辈子，早晚沈羲和会知晓他的真面目。待时机成熟，他也会在她面前卸下全部伪装。只盼在这之前，他能多打动她一些。

既然她将沈岳山父子看得如此之重，他对她越用心，沈岳山父子想来也越乐见其成。待那一日，她若气他今日欺瞒之事，他也能指望有人为自己说道说道。

天圆觉得主子真是为郡主费尽了心思。萧华雍这些年在朝堂布局都是云淡风轻、得心应手，没有像这般挖空心思。

天圆不想将刚接到的消息告知殿下，却又不敢隐瞒：“殿下，天山雪莲有消息了。”

“说。”

“有游侠在天山之巅见过，是绝品天山雪莲。”天圆恭敬地陈述，“我们派了人，也在赏猎堂发了悬赏令，接活儿的人不少，都是好手，却无人能攀上山巅。”

高山之巅寒冷刺骨，气短不顺，已经有武艺极高之人折在山巅之下。哪怕他们给出丰厚的报酬，现在也是人人望而却步。

萧华雍听了这话，沉吟片刻后说道：“本宫亲自去。”

天圆“扑通”一声跪下了：“殿下，郡主服药，没了天山雪莲至多不过是吃点儿苦头，熬一熬也就过去了。您不能去天山冒险呀。”

那山巅气候恶劣，暴风雪和雪崩时有发生，还有凶猛的野兽飞禽，不知多少人有去无回。天圆接到消息，就是担心萧华雍会亲自去冒险。

萧华雍目光冷冷地盯着天圆。

天圆笔挺地跪着，垂头不语。

许久之后，萧华雍才轻叹道：“她体弱，每一次服药都是走一遭鬼门关。”

这话不假，见过谢韫怀之后，萧华雍去信问过白头翁——对方说沈羲和熬过来是幸运，熬不过就会一口气喘不上来，当即香消玉殒。

谢韫怀和沈羲和大概以为，随着她服药的次数增多，疼痛煎熬就会减弱，其实不会。他们都低估了脱骨丹的霸道药性。

“你放心，若无五成把握，本宫岂会轻易冒险？”萧华雍安抚天圆，“本宫去过天山之巅。”

这些年萧华雍为了寻求体内怪毒的解药，什么崇山峻岭没有去过？

“殿下……”天圆红着眼眶。

“天山也有金雕，也许在雪山之巅能寻到百年金雕的踪迹。便不是为了天山雪莲，我为了自己也要再去一趟天山之巅。”萧华雍又说道。

天圆咬了咬牙，知道萧华雍温声细语地对他说到这个份上，是不可能改变主意了。天圆抹了抹眼角，才问：“殿下准备何时动身？”

“自然要过了重阳节再走。”萧华雍自眼角流泻的笑意蔓延到眼尾的痣上，风华无限。

这可是他第一次和她相约在外，不容有失。

“嗯，顺便再寻个人折腾折腾……”他依然在笑，只是这笑容比方才多了点儿凉意。

他要离开，就得“病情加重”，躺在东宫里人事不知，让替身替他躺着。

这么好的机会，他若不加以利用，实在是暴殄天物。

“殿下看中了谁？”天圆心中隐隐有个猜测。

“王政如何？”萧华雍不可捉摸地笑了笑。

王家的根基就由老五去折腾，在这之前，他先给王政开个头。

“郡主，太子殿下又被气晕了。”

前日她才和萧华雍相谈甚欢，昨日也听闻萧华雍的病有好转。

沈羲和抬了抬手，示意红玉暂停为她梳妆，转头看向珠帘外的碧玉：“他如何会被气晕？”

“是宛平伯府大爷寻太子殿下告状，说鸿胪寺卿收受贿赂，误他袭爵……”

在碧玉的叙述之中，沈羲和弄明白了前因后果。

宛平伯府也是京都老牌功勋，爵位是从世袭三代的国公降到了伯。

曲衍光的父亲还是侯爵，到了他的弟弟就成了伯，再到下一代就是子爵。

曲衍光的身世有些坎坷。他的父亲，也就是曾经的宛平侯，本是嫡次子，文不成武不就，也不是个纨绔，独爱游历——年少娶妻也未拴住他。后来他在外游历遇上了事故，被曲衍光的外祖父所救。曲衍光的外祖父本是一个药农，膝下只有一女。

宛平侯那时失忆了，身上财物被劫掠一空，只能留在深山陪伴曲衍光的外祖父，一来二去和曲衍光的母亲生出了情愫。曲衍光的外祖父做主，两个人拜了天地，写了婚书，成了夫妻。

后来，曲衍光的外祖父去世，他们就从山里搬到了镇上。曲衍光的母亲开了间药铺，宛平侯也摆了个画摊，两个人过得也算和美。没多久，曲衍光就出生了。

曲衍光出生没有多久，有一日宛平侯失踪了，这一失踪就是七年。

其实，宛平侯是被侯府的下人强行掳回宛平侯府了。父亲病逝，长兄意外去世，偌大的宛平侯府在等着他袭位。

尽管宛平侯记不得这些人，却知道这些事都是真的，更知道身为男儿要肩负起宛平侯府的重任。随后，宛平侯派了人去接曲衍光母子，却不知道早在他被掳走的时候，曲衍光的祖母就下令杀母留子。机缘巧合之下，曲衍光母子才逃过一劫，躲藏了起来。

七年后，曲衍光的母亲病重。他们已经没有亲人了，八岁的曲衍光无人可托，其母才小心翼翼地打听到宛平侯的身份，送了一封信给宛平侯。

还没有等到宛平侯赶来，曲衍光的母亲便撒手人寰。最终，宛平侯带着曲衍光回到侯府。

宛平侯府中因为其母的身份闹了许久。家中的妻子不可能成为继室，已逝的妻子也不能成为妾。

好在曲衍光的生母临死前留了信给宛平侯，称她的夫君不是宛平侯。宛平侯以当年和她成婚的身份给她立了墓，曲衍光经过宛平侯的据理力争成了嫡长子。

作为让步，宛平侯在世之时不得请封世子。后来，宛平侯去世，承爵的是宛平侯夫人的嫡子，也就是嫡次子。

鸿胪寺的职责：凡承袭爵位者，则辨其嫡庶。

曲衍光之所以不能承爵，就是因为现在的鸿胪寺卿宣平侯陈仲所判。

据闻曲衍光忍辱负重三年，才搜罗到证据。

“为何曲衍光会状告到太子殿下面前？”沈羲和将跑过来的短命抱在怀里。

“宫中传来的消息，太子殿下之所以能醒来，是因为太医署一位医生用了曲衍光所献的针灸之法。”碧玉低眉顺眼地回，“殿下昨日问起，才知此事，便召见了曲衍光，曲衍光当场告状。”

太子殿下派人去核实这件事之后，今日一早就召见了宣平侯。宣平侯在东宫口出狂言，气晕了殿下。

“口出狂言？”沈羲和问。

“传言……宣平侯让殿下莫管闲事，暗讽殿下命不久矣，更是嘲讽殿下无权无势……”碧玉将打听来的话委婉地告诉了沈羲和，原话实在是有些不堪入耳。

“宣平侯能做到九卿之一的鸿胪寺卿，岂是这等口无遮拦之人？”沈羲和不信这些传言。

那日在芙蓉园，宣平侯谨慎的性子也显露一二。

“千真万确，一道去询问殿下冠礼的礼部尚书和宗正寺卿听得一清二楚。”碧玉也觉得这有些不似宣平侯的性子，可又确实有人证，“宣平侯已被下狱。”

六殿下萧长瑜气得萧华雍吐血都要跪宫门口，又被驱使去天山寻雪莲，陈仲算什么？

萧华雍刚好转，要是再有个三长两短，宣平侯便是杀头之罪！

然而这件事情并不算完。次日是朝会日，一道来自蜀南的奏折被呈了上去，上面列举了这些年宣平侯世子陈翊为了累功的种种恶行——以往没人抓到证据，三日前陈翊故态复萌，被人抓到铁证。

陶专宪的弹劾话语掷地有声地在大殿上响起，不亚于一巴掌狠狠地甩在祐宁帝的脸上。

早些年，蜀南王屡次上书奏请调离陈翊，同时陈翊也上书状告蜀南王赏罚不公，故意打压他，祐宁帝一直站在陈翊这一边。

现在铁证如山，御史台罗列的宣平侯府的数桩罪状，其中便有私吞朝贡之物这一条。

要知道凡朝贡之物，都是先上交于鸿胪寺，由鸿胪寺估其价值，定出回赐之物的数量。

祐宁帝当着文武百官的面，下令让绣衣使查抄宣平侯府。结果绣衣使抄出金银珠宝五箱，其中一些珍宝来自异域番邦，比国库之中的东西还要华美精致。

这些珍宝被抬入了明政殿，祐宁帝看得面色阴沉——原来他这个皇帝只得了宣平侯剩下之物！

宣平侯陈仲和陈翊都被判了斩立决。宣平侯府被抄没家产，女眷被充入掖庭，男丁被判流放三千里。

“到底是何人在做局？”沈羲和陷入沉思之中。

只是一日，就让宣平侯府土崩瓦解，远比她要快和狠数倍。

虽然她也是这般布局，可做不到这般干净利落，至少宣平侯还有反咬喊冤的机会。若是宣平侯这些年经营得当，指不定还有人会为他奔波翻盘。

可这个人一出手，陈仲连喘息的机会都没有，便成了死人。

“郡主，会不会是……太子殿下？”碧玉低声问。

“目的呢？”沈羲和问，“除了宣平侯府，他能得到什么？他得到鸿胪寺卿这个位置，没有人可安放于此。且若是他做局，就不应该让自己出头。”

要知道，陈仲气晕他在先，紧接着就有蜀南奏疏及时被送来，然后是御史台弹劾。

“这一切，每一步都算计得精准无比。”

这个人这样连番轰炸，让祐宁帝不得不快刀斩乱麻，震慑百官。

第七章　费心思量与她近

如此大罪，证据确凿，是对君威的挑衅，容不得祐宁帝不手起刀落。

沈羲和不认为这是太子所为，纵观全局，太子更像是一枚棋子。

陈仲气晕太子的事情在先，太子又生死未卜，故而没有人敢开口为陈仲求情。等到陈翊的事情和陈仲贪墨的事情再被曝出来，也无人敢求情。

若非有太子这一环，便是宣平侯被弹劾其他罪名，也定然会有人开口要彻查、严查，祐宁帝就能斟酌这些人的意见，顺势再拖上一拖。

“查一查曲衍光这个人，也许就能猜到是谁在主导这一场阴谋。”沈羲和吩咐莫远。

不仅沈羲和派莫远去调查曲衍光，祐宁帝也和沈羲和的想法一样，不，应该说整个京都的聪明人都觉得宣平侯府是被人盯上许久，而布局的人就是曲衍光的背后之人。

奈何曲衍光自从父亲去世，被宛平伯分家出来，这三年都在守孝。他在乡间租了个茅庐，每日侍弄些药材，读书识字，不与人来往。

宣平侯府的事情落下了帷幕。当年曲衍光被耽误的爵位，祐宁帝还给了他，他的弟弟也因为贿赂命官而被判刑三年。

回到宛平伯府的曲衍光一心备考，足不出户，并未与人接触。

“郡主，属下查到从曲衍光所住的茅屋翻一座山头，只需不到半个时辰的路程，便是四皇子定王殿下的庄子。”

沈羲和问道：“你说谁？”

“四皇子定王殿下。”莫远回。

“竟然是他……”沈羲和有些意外，又觉得是情理之中，似有寒雾般溟蒙的眼眸里闪过一丝惋惜之色。

四皇子定王萧长泰是公认的无心朝堂，只爱山水——闲云野鹤的皇子。定王妃是曾经帝都九绝之一的叶晚棠，夫妻恩爱，羡杀旁人。

四皇子不参与政事，一年有大半时日不在京都，带着叶晚棠四处游山玩水。祐宁帝几次授他官职，都被他推辞了。

叶晚棠和顾青栀的性格迥异，两个人却颇为投缘，叶晚棠不止一次对顾青栀谈及自己的幸运。

蓦然间，沈羲和目光一凝。她一直觉着冒充华富海的人必然是来去自由、能够结交五湖四海之人，这位定王殿下倒是极其符合。

一想到他还曾戏言要求娶自己，沈羲和便替叶晚棠不值。

“郡主，三日后定王于王府设宴，为定王妃庆生，郡主去吗？”

若是往日，碧玉会直接将这些帖子略过——沈羲和吩咐过都回绝。

今日莫远提到定王殿下，碧玉才想起定王要设宴这回事。

“去。”沈羲和颔首，去会一会萧长泰。

“老四的这场寿宴定然热闹，本宫也想去凑热闹。”刚送走御医，躺在病榻上的萧华雍单手枕头，百无聊赖地盯着帐顶。

天圆两腿一软，直接跪下：“殿下，您饶了属下吧。”

他再折腾下去，自己要被主子给折腾死了。

萧华雍眼珠一转，瞥见苦瓜脸的天圆，侧身单手支头：“本宫不以太子的身份去。”

天圆闻言，不愁眉苦脸了，却依然苦口婆心地劝道：“殿下，您何必去呢？”

这次萧华雍连自己都算计在里面，把自己变成一枚棋子，祸水东引，将定王推了出来。现在只怕所有人都以为萧长泰这位整日闲云野鹤的人才是最可怕的。

“呦呦要去呢。”萧华雍嘴角微扬，目光温柔。

前几日他从陶家收到情报，沈羲和的小名叫呦呦。“呦呦鹿鸣”，鹿一样灵动纯洁，果然与她极贴切。

天圆忍着不让自己哭，他的殿下，遇上郡主和与郡主有关之事就像被鬼附身一样。

“这次把老四的野心暴露出来，呦呦定然也会误会，我若不去，她会错将华富海认作老四。她要是被老四察觉又被利用了，可如何是好？”萧华雍说得振振有词。

天圆真的好想摇一摇他的主子：郡主要是那般好糊弄，您还能这么稀罕她？您还需要这般小心翼翼？

他承认定王殿下也是修行千年的老狐狸，可遇上郡主，谁吃亏还未必呢！太子殿下可真是矛盾，郡主对着他的时候，他时刻警惕，不露尾巴；郡主不在他的眼前，他就觉着郡主弱小、单纯、善良，人人都能欺负她。

这到底是何道理？

“殿下，鸿胪寺卿的位置现在空出来了、您还是想想让谁顶上吧。”

多操心操心正事，自家主子就不会满脑子想的都是郡主，就不会色令智昏！

“本宫何时说过要抢这个位置？”萧华雍问。

顾不得尊卑，天圆抬起头见萧华雍不似说笑……

天圆一脸绝望的样子，垂死挣扎道：“殿下，您明明说过把鸿胪寺卿腾出来，正好为您所用……”

萧华雍理直气壮地说：“本宫没有。”

天圆只觉得昏天暗地。他是这样传令给主子的幕僚和追随者的，大家出完力就等着论功行赏，自家主子要赖——他岂不是要背锅，被认为是他假传命令？那群饿狼崽子还不得撕了他？！

天圆恨不得扯下腰带挂脖子！

“哈哈哈——”萧华雍成功地把天圆逗得心如死灰后，朗笑出声，“行了，行了，鸿胪寺卿这个位置不适合我们的人，这会儿谁的人上去，都得被陛下猜疑。”

天圆可怜巴巴地盯着萧华雍。

萧华雍便问：“三日后，定王府寿宴，本宫去不去得？”

天圆幽怨地道：“属下一定看好‘东宫’。”

萧华雍满意地颔首：“让他们助礼部右侍郎升任鸿胪寺卿，再将吏部郎中提拔到礼部顶上右侍郎。把我们的人安排到吏部任郎中，再借着人情，让新任鸿胪寺卿提携个我们的人入鸿胪寺，做个主簿便可。”

如今陛下正值壮年，冒头太早并不是好事。这些人也还年轻气盛，该一步步磨一磨，等过个七八年，便堪当大任了。

天圆听得目瞪口呆，还能这样？

如此一来，陛下哪里还能知道谁是谁的人？

“退下吧，将话传与他们。”萧华雍挥了挥手。

“诺。”

天圆恭恭敬敬地退下，刚走出殿阁，就听到萧华雍似在自言自语——

“太傅家的女郎身量极高，我若扮作女郎，她会不会与我亲近呢？”

天圆打了个趔趄，险些栽倒。

不论天圆如何绝望，都无法阻拦萧华雍去暗访太子太傅，然后开始了解京都贵女们的喜好……

沈羲和浑然不知太子的布局。她这几天忙碌起来，派往外地收购香料的人托镖行押送了一批香料回来，独活楼也已经布置妥当。

她这段日子在京都也没有闲着，早就吩咐红玉采买了一些仆人训练。只不过调香非一朝一夕的事，她只能先重金聘请几位香娘子，又在郊外的庄子建了个作坊。

沈羲和一边开始给护国寺调制阇提华香，一边给红玉指点一些香方。

独活楼不仅仅要售香品，香脂、香膏、香油、香露、香珠……沈羲和都打算经营。

没有女子不爱美、不喜芬芳，她赚不赚利是其次，重要的是借助独活楼渗透京都文武百官的后宅，掌握到第一手消息。

“这香……”沈羲和新调制出来一种香，点燃给碧玉她们感受。

香气酷烈却不刺人，最重要的是随着香气散开，一股暖意如蒸腾的热气扑面而来。

“避寒香。”沈羲和在香气散开之后，用手招引香气，品香后甚是满意。

“这就是汉武之时，丹丹国敬献的避寒香？”红玉目光发亮。

沈羲和微微颔首：“寒冬将至，此香必受追捧。”

“郡主，这香方……”红玉眼巴巴地看着沈羲和。

沈羲和将早就备好的香方给她：“有了方子，也要勤加练习。”

红玉仔细地看了几遍，闭上眼睛确认自己记下之后，就将方子焚烧了，以免落在旁人的手中。

沈羲和拿了一小盒避寒香递给墨玉：“让莫远送到东宫，赠予太子殿下。”

她以往受了萧华雍的不少好处，今日便回赠一次。

“郡主，给定王妃的寿辰礼，送琉璃屏风可好？”碧玉清点了沈羲和的东西，拟定了赠送之物，前来询问。

沈羲和说道：“送那一把紫檀五弦琵琶。”

帝都九绝以一手绝技出名，卞先怡是舞绝，叶晚棠是弹琵琶一绝。

那一把紫檀五弦琵琶是沈岳山的战利品，上面由红玛瑙、玳瑁和螺钿镶嵌出精美的纹理；弦也是用一种珍贵的蚕丝拉出，音色绝佳。整个天下再难寻到第二把。

沈羲和更擅长古琴——这么好的琵琶留在她这里如明珠蒙尘。

“诺。”

定王妃的寿宴不能大办，因为还有不到一个月的时间就是太后的寿诞了，便只是为了彰显晚辈的孝心，定王夫妻也会避让一二。

定王萧长泰排行第四，在十六王宅正好与排行第五的信王萧长卿比邻。

沈羲和听闻萧长卿于昨日自法华寺归来，不知他今日会不会出现在定王府。

沈羲和正想着，突然马车一阵晃动，仿佛是被轻轻地撞了一下。她刚稳住身子，便听到外面有婢女致歉。

“见谅，见谅，是我们莽撞，冲撞了郡主的车驾。”

碧玉撩开车帘，见对方是一辆极其简单的马车，尤其是与沈羲和的这辆双马相拉的毡车相比，就更显得朴素了。

车子只有盖子遮风挡雨，车厢中空。车上端坐着一个女郎，身着竹月色上衫、天青色曳地长裙、黛色披风，只有袖口和领口绣了一点儿素白的梨花，简单的发髻上也只簪上几朵梨花珠钗。

她仪态端庄，坐姿雅正，五官偏于寡淡，眉眼清冷。

秦孜颉，太子太傅的孙女。她的父亲是国子监博士，一家子清流。

秦孜颉似乎感受到了沈羲和这边投来的目光，对沈羲和微微颔首示意，然后就在婢女的搀扶下走了出来。

秦孜颉身量极高，是沈羲和见过的最高的女郎，比步疏林都要高。也正是因此，在婚事上有些艰难，导致她如今二九年华依然待字闺中。

寻常儿郎站在她的身边都没有她高。

沈羲和目测她与自己阿兄的身高差不多。

“郡主。”秦孜颉走了过来，“府中马车冲撞郡主，给郡主赔礼了。”

秦孜颉说话的声音也不似女郎般柔或细，不粗糙却谈不上动听。

“秦女郎无须介怀，不过一场意外。”

她们已经到了定王府外，沈羲和也走下了马车。

秦孜颉对沈羲和颔首谢过，便带着自家婢女先一步入内。

“她……”红玉觉得这位女郎知礼是知礼，高傲也是真的高傲。

“秦家一向如此。”沈羲和倒不介意。

世代耕读之家，秦家在本朝就出了两位太子太傅、一位国子监祭酒。秦孜颉的父亲也是内定的下一任国子监祭酒，只等现在的国子监祭酒致仕。

教书育人的先生，难免会比旁人严肃、规矩些，却没有什么坏心思。

就在沈羲和迈步欲向前行之际，碧玉手疾眼快地将沈羲和一拉，红玉拦住了一个撞过来的人。

“郡主恕罪，是我脚下不稳，险些撞上郡主。”被红玉扶稳的人连忙行礼致歉。

沈羲和看清了来人精致的脸，这人比之上次在荐福寺匆匆一瞥越发秀丽了。

这人不是旁人，正是平遥侯府从外面带回来的庶女——余桑宁。

沈羲和顺着低眉顺眼的余桑宁，看向旁边紧张地捏着手帕的女郎，那应该是平遥侯府的嫡女余桑梓，再看一看停在另一旁的马车，以及从余桑梓的后面越过来的余桑宁的婢女，这个站位很有意思。

若是沈羲和没有猜错，余桑宁是故意从另一边下马车走向余桑梓，而余桑梓没有看到这边站着人，便推了余桑宁一把，余桑宁这才撞向了自己。

换作其他人，定会觉着推人的余桑梓面目可憎，碰上爱恨分明的女郎，指不定还要为余桑宁出头。

的确，余桑梓也不是个大度的人，才会这么轻易被余桑宁利用，给了余桑宁一个不着痕迹地和沈羲和搭上关系的机会。

沈羲和意味不明地笑了笑，看都不曾看这二人一眼，就迈步上前。

已经走到门口的秦孜颉不知何时停下了脚步，待沈羲和走过来，冷冷地瞥着随后走来的平遥侯府姐妹冷嗤了一声："丑人多作怪。"

言罢，秦孜颉上前拽住沈羲和的手。

"你随我走。"秦孜颉很是强势地牵着沈羲和的手入了定王府的大门。

秦孜颉的手有大半在宽大的袖口里，沈羲和只能看到半截指尖，较寻常女子更粗、更有力。

沈羲和不喜与人触碰，正要挣扎，迈入大门的秦孜颉先一步松开了她："你身份尊贵，难免有人想攀附你，你可要擦亮眼睛看清些。"

人人都说御史眼里糅不得沙子，其实这京都言辞最犀利的是秦家人。

定是余桑宁的做派让秦孜颉看了个正着——秦孜颉心中不满，不知沈羲和的为人，恐沈羲和被人利用，才会好心提醒。

"秦女郎多虑。"沈羲和语气疏离。

她不会与余桑宁相交，亦不会与秦孜颉亲近。

秦孜颉似乎察觉沈羲和的冷淡，看了她一眼，便几不可见地点了点头，当先走在前面。

这个时候，叶家的女眷代替叶晚棠在影壁后迎客，将客人一一领到设宴的荷花水榭。

这是定王府风景最美的地方，两座水榭顺着曲折的水上长廊建在碧波之上，遥相呼应，中间一架拱桥，可互相往来。

水榭极大，分别摆置了十几张案几。水榭中间从另外一边延伸过来一个石台，石台上有琴师抚琴，舞姬翩翩起舞。

"羲和姐姐！"

沈羲和刚出现，早就等在这边水榭里的薛瑾乔立刻奔过来。

长廊其实很宽，完全够三个人并排行走。秦孜颉走在沈羲和的前面，在薛瑾乔扑向沈羲和的时候莫名避让了一下。

也不知怎的，薛瑾乔脚下一绊，一头栽了过来，被秦孜颉身后的婢女用手臂一挡，稳稳地扶住，才免于脸磕在石板上。

"多谢秦姐姐。"薛瑾乔被扶住后，对秦孜颉行礼致谢。

"我与你不熟，勿唤姐姐。"秦孜颉很是高傲地睨了薛瑾乔一眼，"世家女郎，行当有仪，立当有态，坐当有姿。"

"知道了，秦姐……秦女郎。"薛瑾乔被训得乖乖地垂下小脑袋。

沈羲和可没有心思看戏，直接越过她们，迈步往前走。

薛瑾乔见此，调皮地吐了吐舌，就提着裙摆大步追上沈羲和，将"我听，但不改”的我行我素态度贯彻到底。

“定王妃。”沈羲和到了水榭内，向定王妃见了礼。

定王妃今年刚好二十年华，着了一袭茄花色系胸长裙、海棠红广袖外袍，头上金簪步摇搭配一朵艳丽的海棠绢花，十分明艳。

“郡主快快请起，莫要多礼。”叶晚棠亲自扶起她，“我前几日才归家，一直没来得及见郡主一面，郡主可真美……”

叶晚棠赞叹间，目光还有些恍惚。方才自己看着沈羲和走来，沈羲和的仪态万千和清冷高贵，让她有种故人归来的错觉。

到了近前，叶晚棠才回神。她们像又不像——那人的高冷偏于寒冷，沈羲和的高冷偏于高贵。

“王妃谬赞。”沈羲和淡淡地说道。

“郡主请上座。”叶晚棠给沈羲和安排了最靠近自己的位置。

沈羲和的对面是一位衣着华丽、姿态慵懒、美艳逼人的年轻贵妇人——三皇子代王萧长瑱的王妃。她穿了一身艳红色的胡服，正漫不经心地看着自己染了蔻丹的指甲，仿佛这里就她一人。

这位代王妃是命妇一景。她是西凉的公主，是西凉被灭之后，为了安抚西凉百姓，更快地主宰西凉，祐宁帝让代王所娶的王妃。

祐宁帝的后宫相较历朝历代的帝王并不算多，也不算少，但他的皇子们的后宅一个比一个干净。

皇长子夭折，二皇子昭王萧长旻在发妻去世后，只有一个侧妃，再未续弦。

三皇子代王萧长瑱和四皇子定王萧长泰只有一个正妃，莫说侧妃，侍妾也无。

五皇子信王萧长卿嫡妻前不久刚刚去世，府中只有两个侍妾。

其余皇子，包括太子在内，都还未娶妻，王府和东宫里也都没有赋予正式身份的女眷。

“这是三嫂，代王妃。”叶晚棠介绍。

“不用与我见礼，我可不是你们天朝的贵女。”李燕燕先一步开口。由始至终，她只看着自己的指甲。

代王妃姓李，名燕燕。她是个随时可能失控的女人，但无论何时，代王都会护着她。无论她做了什么，代王都会为她收拾残局。

沈羲和便把她的话当真，也不去理会她。

这倒是让李燕燕挑眉。她朝沈羲和投去目光，不过也只是一掠而过。

“郡主，我亦去过西北……”叶晚棠担忧沈羲和尴尬，便主动与她说话。

定王夫妇常年四处游玩，自然去过西北，对西北的治安、民风大加赞赏。

两个人说着，就有一位娇美的女郎娉婷而来。她先对叶晚棠行了礼，转过身面对着李燕燕刚刚施礼，就见李燕燕抓起面前的茶碗朝着她的身上砸了过去。

哪知这位女郎闪躲开去，茶碗磕在地板上，“砰”的一声碎了，飞溅的一片瓷片朝着沈羲和这个方向飞来。

变故发生得突然，碧玉都来不及推开沈羲和！就在瓷片差一点儿扎在沈羲和的脸上之际，一个东西从侧面飞过来，就在距离沈羲和的面门不过半寸的地方，将瓷片打落！

叶晚棠和李燕燕同时松了一口气。众人这才看到飞来的是一根箸，顺着箸飞来的方向看过去，发现秦孜颉面前的案儿上少了一根箸，纷纷瞪大了眼睛。

她们没听过秦家女郎会武啊。

秦孜颉对这些投来的目光视若无睹，依然姿态端正地坐着，目不斜视。

这边的动静引来了另一边的人的关注。此时，代王和定王相携而来。

定王扫了现场一眼，说道：“秦女郎的侍婢身手敏捷，小王在此谢过。”

原来是秦孜颉的婢女啊！众人恍然。

沈羲和却不由得看向秦孜颉。碧玉和红玉时刻关注着沈羲和，但因为那被砸的女郎突然避让，没有想到破碎的瓷片会朝着沈羲和这个方向飞来。

这是谁都无法预料到的意外，可秦孜颉的婢女要不是时刻关注沈羲和，即便身手再好，也不能够及时让沈羲和幸免于难。

湖面的风吹来，各种香料之中，一丝多伽罗气息若隐若现。

沈羲和对多伽罗的气息极敏感，只不过水榭之中全是有身份之人，身上各有熏香，一下子随风涌来，令其很难辨别方向。

沈羲和不由得淡淡地扫了一眼和代王一起前来的定王。

恰好，这个时候定王萧长泰也朝着沈羲和看来，从叶晚棠的案桌上端了一杯酒，走向沈羲和：“令郡主受惊，小王自罚一杯，望郡主海涵。”

沈羲和起身，与定王一案之隔，能够清晰地闻到他身上的极品沉香气息，温和醇厚，极具穿透力，却不是多伽罗香。

看来这人不是假扮华陶猗和崔晋百的人。

“无碍。”沈羲和并没有被惊到，端起酒杯与定王遥遥一敬，浅抿了一口酒。

她的态度很是冷淡。定王也只是表达了歉意后便回到了叶晚棠的身边。

沈羲和又看了代王一眼，距离有些远，不确定多伽罗的气息是否自代王身上散出。

虽然这里只有两个男子，可沈羲和也不确定这一点儿多伽罗的气息是否是由贵女混合了其他的香料使用的。只不过恰好定王二人一来，她就闻到多伽罗香，不免多想了一些。

“我赏你，你也敢躲？”李燕燕懒洋洋地开口。她站起身，拖着曳地的火红长裙绕过案儿走出来，蹲下身拾起一片茶碗碎片，缓缓地走向她之前砸的女郎。

这个女郎似乎畏她如虎，不断往后退，躲到了代王身后。

“燕燕。”代王萧长瑱高大的身躯挡在李燕燕的面前，浓密的眉微微皱起。

“哟，人还没过门呢，你就护上了？”李燕燕细长深沉的眼眸中透着一点儿凉薄的讽刺之色，“怎么，你就这么怕我伤了她？”

“燕燕，别闹。”

代王伸手去握李燕燕举着碎片的手，却被李燕燕先一步躲开。李燕燕退后一步，和代王拉开距离，瞥了代王身后的女郎一眼，定定地看着代王：“你当真要护着她？”

“燕燕，我们回府。”代王隐忍着上前要去抓李燕燕。

李燕燕却灵巧地旋身，明艳的裙摆如火花一般散开，轻而易举地躲过了代王的动作。

李燕燕短促地笑了笑：“既然你要护着她……”

说着，李燕燕眼中厉光一闪，抬手一划。

整个水榭里的女郎们都惊得屏住了呼吸！直到鲜血从李燕燕的脸上蜿蜒流下，才有贵女惊叫起来！

“燕燕！”代王朝着李燕燕大步奔过去。

这一次李燕燕没有躲，而是一把将他推开。

李燕燕瓷白的侧脸被划开了一道口子，触目惊心的鲜血令人害怕。她却云淡风轻地丢了手中的瓷片，似没事人一般：“你既舍不得新欢，我便自己向郡主赔罪。”

对李燕燕的狠和疯，沈羲和早有耳闻，如今还是被惊到。

世间女子对自己的容貌多么在乎！有些女郎爱容颜更胜性命，李燕燕毁自己的容貌却连眼睛都没眨一下。

“医工，快叫医工！”还是叶晚棠最先回过神来，连忙吩咐。

李燕燕淡淡一笑：“用不着，一条口子罢了，死不了。”

言罢，李燕燕转身离去，步子不疾不徐，宛如闲庭信步。只有点点鲜血从她的侧脸上滴落，在她行走间，于整洁的地板上留下一串红梅般的痕迹。

代王一个箭步追上去，从后面直接扛起了李燕燕，不顾她的奋力挣扎，一手夺过她的手帕捂紧了她脸上的伤。

代王扛着李燕燕一边奔出定王府，一边吼着自己的护卫让去请医工。

不爱看戏的沈羲和最先收回目光，便看到被遗落在殿内的女郎望着离去的代王夫妇，咬紧了唇瓣，眼里有恨也有不甘之色。

沈羲和黛眉一抬，轻声唤道：“梁女郎。”

梁丹璞回神转过头来，就看到沈羲和也抓起面前的茶碗砸向她。

梁丹璞这一次却没有躲开，茶碗在她的脚边碎裂开来。

似乎被吓坏的梁丹璞顿时眼眶一红。

所有人都不解，有些不悦地看向沈羲和，甚至有人觉得沈羲和过分。只不过当日沈羲和整治王羽徽等人的威风样子历历在目，她们敢怒不敢言。

众人知道陈佳絮现在都进了掖庭，宣平侯府一夕之间倾塌，胡潆绕被罚跪宗祠三日，王羽徽都被打了五十戒尺。

现在女郎们不需要家里人叮嘱，都不敢招惹沈羲和。

就在这时，沈羲和又抓起一个茶碗朝着梁丹璞的身上砸过去！

这一次梁丹璞迅速闪躲开了。

“郡主，你莫要欺人太甚！”还是有看不过眼的女郎霍然站起身指责沈羲和。

沈羲和只是淡淡地扫了对方一眼。

“蠢货。”秦孜颉冷冷地看着站起身要出头的女郎，甩出两个字。

“你……你们……”那女郎被气得胸膛起伏。

“郡主……”定王也有些为难，想要开口。

若有所思的叶晚棠扯了扯他的袖袍，轻轻地对他摇头。

“梁女郎第一次不躲，是因为知晓茶碗会砸在你的脚边；第二次躲，是因为知晓茶碗会砸在你的身上。”沈羲和似笑非笑地开口，“你应当也知晓方才代王妃的茶碗只会砸在你的脚边，躲什么？”

梁丹璞眼中迅速蓄起一层水雾：“丹璞不知郡主何出此言？”

沈羲和低低地“呵”了一声，起身挽着丁香色蕊蝶纹披帛，步态优雅地走到梁丹璞的面前：“你躲，是因我在你的身后——若代王妃伤了我，你正好可以坐收渔翁之利。”

“郡主！”梁丹璞脸上浮起薄怒神色，“丹璞位卑人微，也不能容郡主这般欺辱！”

“欺辱？”沈羲和笑了，“我不过说了句实话，便是欺辱你？你可想知晓真正受欺辱是何种滋味？”

沈羲和一边说着，一边伸出脚露出了缀珠云锦翘头鞋，将三个破碎的茶碗碎片扫到了一处。

“碧玉！”

沈羲和的话音一落，碧玉一个闪身到了梁丹璞的身后，双手按住梁丹璞的肩膀，强制她转了个身，面朝那一堆碎瓷片，旋即抬腿在梁丹璞的腿弯踢了一下。

梁丹璞“扑通”一声双膝跪在碎瓷上，发出了凄厉的叫声，一直萦绕在眼眶里的泪水瞬间流淌下来。

在座的所有贵女，包括叶晚棠在内，都莫名其妙地觉得自己的膝盖一疼。

在芙蓉园见识过沈羲和用竹竿将胡潆绕往池塘里戳的贵女，早就知道沈羲和的狠劲儿，却没有想到沈羲和还能刷新她们的认知。这样的手段，她们看着觉得头皮发麻。

尤其是方才忍无可忍地站起身指责沈羲和过分的女郎，被吓得脸色惨白地跌坐了回去。就连与此处一个水榭之隔的郎君的宴席上，诸位皇子权贵都惊得回不过神来。

萧长赢嘴角带着一丝笑，眼睛直勾勾地看着这边，满目赞叹之色，就差鼓掌了。

其他人若有所思地看向萧长赢。

秦孜颉也冷冷地扫了他一眼。

“郡主……你……滥用私刑……”梁丹璞的额头上渗出了细密的汗，她咬着牙愤恨地说道。

梁丹璞嘴硬，心里却惊惶不已。她自问算计精妙，她的确是故意刺激李燕燕的，就是为了挑拨他们的夫妻关系。

沈羲和入京做的一桩桩事情都骇人听闻，是个人人避之不及的煞星。

李燕燕将茶碗扔过来往梁丹璞的脚边砸时，若梁丹璞的身后不是沈羲和，她自然不会闪躲，说不定还会不着痕迹地迎上去，让人看一看李燕燕的跋扈和不容人的样子，日后才好一步步扳倒李燕燕。可沈羲和偏在她的身后，虽不确定碎片能不能伤到沈羲和，但有这种可能，她就要试一试!

李燕燕一旦伤到了沈羲和，梁丹璞就能成功地给李燕燕树个强敌。

梁丹璞没有想到沈羲和竟然看穿了自己是蓄意而为，更没有想到沈羲和不按常理出牌，直截了当地整治她。

“代王妃是亲王正妃，都得为了惊扰我而划破脸。”沈羲和转过身，面向余桑宁，目光却瞟向身后的梁丹璞，“你难道不应该为此而请罪？既然你不懂礼，我便教教你。你若心有不服，大可去状告于我，我在郡主府恭候。”

说完，沈羲和抬手，指尖微动，按着梁丹璞的碧玉便松了手。

“碧玉，你亲自将梁女郎送回府，将此间发生之事一字不落地告知梁府的人。”沈羲和淡淡地吩咐。

“诺。”碧玉架起梁丹璞就往外走。

沈羲和抬脚款款回到自己的位置，站在案几后：“我在西北长大——西北男女皆爽直，我不喜拐弯抹角，更不喜自以为是之人将我当作傻子。”

在场之人都心有余悸，暗自庆幸自己没有得罪这个煞星。

到了这会儿，只要不是傻子都看得出梁丹璞的心思。近来京城在盛传昭容娘娘有意将梁丹璞指给代王做侧妃。代王已经二十有四，成婚六年，膝下至今空虚，其母梁昭容心急如焚。梁丹璞倾慕代王也不是秘密。

今日这等场合，叶晚棠既然请了代王妃前来，断不可能请梁丹璞。

梁丹璞是不请自来。但以她的身份能被放进来，必然是走了昭容娘娘的路子，来了给叶晚棠祝贺一声便罢，还非要往代王妃面前凑。

梁丹璞是在明目张胆地挑衅代王妃。李燕燕那脾气谁人不知？代王妃会发怒是众人预料之中的事。梁丹璞借机装可怜，挑拨代王夫妇也行，竟然还想利用沈羲和对付李燕燕。

梁丹璞这是吃了熊心豹子胆吧！便是身为定王妃的叶晚棠都不敢这么做，梁丹璞竟然敢！

梁丹璞如此有恃无恐，是仗着自己有几分聪明，无人能把她如何？她真以为全天下就她一个聪明人？

仍旧有人觉得沈羲和狠辣，却不妨碍同样觉着梁丹璞活该！

余桑宁听得手脚冰凉，尤其是方才沈羲和那淡淡的甚至透着点儿笑意的眼神。

余桑宁的直觉告诉她，今日梁丹璞会被沈羲和当众责罚，还有自己的原因在前。沈羲和必然是看明白在王府门前，自己是故意利用余桑梓想要攀附她，又有梁丹璞这一出，才会被激怒。

这位郡主……

余桑宁想到沈羲和，心中又不由得艳羡起来。羲和是日神，而沈羲和活得像她的名字一样，万丈光芒，至高无上。

余桑宁无比庆幸，今日自己对沈羲和只是存了攀附之心，没有丝毫害她之意，否则……

沈羲和不但聪颖绝顶，且行事狂傲无忌，压根儿不需要讲究证据。就好比梁丹璞之事，旁人没有任何证据，梁丹璞也死咬着不认，可她没有要梁丹璞的命，不过是让梁丹璞受了些皮外伤。

梁家人知不知自己理亏不打紧，都不会为了这点儿伤，去得罪沈羲和与她背后的西北王府。

沈羲和成功地杀鸡儆猴，震慑了所有人。她面色平和，刚才说了几句话有些累，自顾自地倒了一杯桂花饮子喝下，仿佛适才什么都不曾发生。

叶晚棠作为主人家，在下人清理好场地之后连忙活跃气氛："今儿大伙儿有眼福，我请了卞大家舞一曲助兴。"

恰好这个时候，石台上有鼓声响起，众人闻声望去，就看到卞先怡一袭飘逸的红裙，舞姿翩然。她时而腾空跃起，时而折腰翻身，时而跪倒在地，足趾巧妙地踏点鼓盘，身体摩击鼓面，舞步轻盈如飞，旋身之际如雪花飘摇，舒展间如花苞绽放。

卞先怡的舞姿，永远是那样绝美，引人沉沦。

"不过尔尔。"沈羲和随着众人走到栏杆前一起欣赏，不知何时秦孜颉站到了她的身旁。

沈羲和最初没有理会秦孜颉。随着人们的拥挤，杂乱的各种香冲击着她的大脑，沈羲和不自觉地后退。尤其是有风带着各种香气拂来时，更是让嗅觉敏锐的沈羲和难以忍受。

恰好这个时候，淡淡的多伽罗香又在鼻息间缭绕。这次，她精准地判断是从身旁的秦孜颉身上散发出来的。若是只有多伽罗香，沈羲和也不会多想。偏生秦孜颉的身上主要的香是荷花调出的香料，荷香幽幽，似断还连，不绝如缕。

这等清雅怡人之香的确符合秦孜颉所爱，可这种香是不可能用多伽罗调和的。

就在沈羲和思索之际，有人为了看卞先怡的舞姿挤了过来。沈羲和目光一闪，顺势往秦孜颉身上一倒，手看似不经意地搭在了秦孜颉的胸前。

沈羲和迅速脱离了秦孜颉的怀抱。

眼前这个秦孜颉是女郎！

沈羲和自以为将试探的小动作隐瞒得很好，却被秦孜颉全然看在眼里。在人看不到的地方，秦孜颉嘴角几不可见地微微上扬。

傻丫头，他可是做足了功课的。

“好！”正逢此时，卞先怡一舞跳罢，四周响起一片鼓掌叫好声。

沈羲和总觉得这位秦女郎有些可疑。哪怕亲自验证了她是女儿身，但生性多疑的沈羲和没有这般容易作罢。

任何人没有引得她猜疑便罢，一旦引得她猜疑，那她必要一探到底，让所有的疑点有了合理解释才成。

“卞大家舞艺出众，确实让我饱了眼福。”沈羲和在叫好声渐低的时候突然开口，“不过适才秦女郎言卞大家如此绝妙的舞姿‘不过尔尔’，不知秦女郎可否让我见一见更精湛的舞技？”

此言一出，众人错愕，齐刷刷地看向秦孜颉。

就连一向在舞艺上极其自傲的卞先怡也走过来，先给叶晚棠与沈羲和等人行了礼，才说道：“先怡悦舞成痴，恳请秦女郎赐教。”

小狐狸！萧华雍在心里笑骂了一声。

但这位秦孜颉在面上依然是刻板守规矩的矜持女郎样子：“三年前，我有幸与祖父一道路过洛阳，恰逢花魁斗舞，见过白大家与戚大家的舞姿。自此之后，见谁的舞姿都不过如此。”

白芙弓与戚筱人是洛阳闻名的花魁，受万人追捧，不知多少权贵为其一掷千金。

卞先怡听了也服气：“早闻白大家与戚大家舞艺登峰造极，若是有幸能一睹为快，定要好生向两位大家讨教。”

沈羲和挖的坑，被这位秦孜颉轻易便化解了。不过对方又提到了洛阳，沈羲和便是在洛阳第一次见到的华富海。

“秦女郎与洛阳很有渊源吗？”沈羲和直接开口询问。

众人诡异地发现秦孜颉对旁人高冷得不行，对沈羲和却极有耐心：“祖父每年都会往来洛阳与京都两地，为太子殿下授课，我跟着祖父去过几回。”

太子……

沈羲和目光一闪，淡淡地颔首，不再追问下去。

卞先怡却突然开口："秦女郎与太子殿下青梅竹马，不知可否与我们说说太子殿下的喜好？太子殿下即将加冠，我们也好准备生辰礼。"

沈羲和转眸扫了卞先怡一眼，面无表情。

现在谁不知沈羲和与太子来往过密？卞先怡这是在挑拨沈羲和与秦孜颉的关系。

不过，众人对这个问题极感兴趣。太子殿下八岁离宫，偶尔逢年过节会回来一趟，文武百官基本没有见过也不曾了解过他。太子的冠礼，他们还是要表足心意的，不为讨好太子，也不想两眼一黑，触太子的霉头。

"卞大家从何处得知我与太子殿下青梅竹马？"秦孜颉冷着眉眼说道，"我与殿下至今未曾一见。卞大家得了六殿下的青睐不够，还想讨好太子殿下吗？"

秦孜颉就只差把"朝秦暮楚"四个字说出口了。

卞先怡与六殿下萧长瑜的私情知道的人并不多，这样当众被说开，令不少贵女看向卞先怡的目光变得略为不善。

萧长瑜再不得帝宠，也是伟岸俊朗的天家儿郎，自然有倾慕者，也还有奔着他的皇子妃位置去的贵女。如今这些人看卞先怡就如看敌人一般。

"是我失言，不该胡乱猜疑秦女郎与太子殿下的事。"卞先怡忙露出求饶的笑容致歉，"秦女郎莫要介怀，我与六殿下清清白白，且先怡身份卑贱，岂敢生出攀附之心？"

卞先怡这样一说，就好似秦孜颉所言只不过是为了报复她攀扯秦孜颉与萧华雍，才故意扯出萧长瑜与她的事，化解了不少敌意。

"此处风大，我们回水榭内说话。"叶晚棠不想好好的生辰宴一再生出波折，便开口打圆场。

众人也给叶晚棠这个寿星面子，纷纷回了水榭。之后大家和和乐乐，让生辰宴完美地落下帷幕。

沈羲和离开时，出了王宅大门走上街道，又碰上了秦孜颉。

秦孜颉坐在马车上对沈羲和说道："我与郡主投缘，不知可否邀郡主做客？"

沈羲和连眼皮都没有抬："我不喜与人往来。"

"郡主既对秦孜颉有所猜疑，为何不顺势应下？"回了郡主府，碧玉才出声问道。

碧玉并不知道沈羲和是对多伽罗的气息起了猜疑，只当是秦孜颉的婢女出手相救，才让沈羲和起了疑心。碧玉自己习武，自然知晓，若非时刻盯着沈羲和，对方不可能如此及时出手。

秦孜颉主仆二人为何要关注着沈羲和的一举一动？

"这次不行，下次……"沈羲和目光微沉。

多伽罗是中空蜜香树经过极其苛刻的条件，历久醇化而来，稀有至极。但并非只一人能用，就比如帝王的寝榻便有多伽罗和龙涎香等香料。沈羲和在祐宁帝身上也闻到过多伽罗的气息，只不过还有龙涎香等其他香料。

多伽罗有五种，沈羲和有幸都闻到过。假扮华富海和崔晋百之人用的是最上等的多伽罗，香气馥郁多变，尊贵至极。

祐宁帝也是这种，只不过不那么纯粹。今日沈羲和在秦孜颉身上闻到的，较之前几位却要淡些。沈羲和故意触碰秦孜颉试探，秦孜颉定然有所察觉。

沈羲和不确定这个人和真正的秦孜颉的关系，或者两个人是否有关系。无论如何，她都不会顺势去打探，这样反而容易成为鱼，咬住对方的鱼饵。

下一次这人若是再出现，再换个身份，她确定之后，定然会不动声色地好生与他玩儿一玩儿。

碧玉不知沈羲和的心思，亦不再多言。

回到东宫的萧华雍，摩挲着黑玉棋子若有所思："她竟然拒绝了我。"

萧华雍是看出了她的试探，明明她还有所怀疑，按理应该顺势应下他的邀请，探究一番才是。

"难道她是嫌秦孜颉太无趣？"萧华雍琢磨着。

天圆心中警钟大响，连忙说道："殿下，京中再无女郎与您身量一样高！"

其实，就连秦孜颉也比萧华雍矮一点儿，只不过矮得不多。他在着装上费点儿心思，也就不容易被察觉，谁也不可能真的去打听一个女郎的实际身高。

天圆真的害怕自家殿下再寻一个女郎假扮。便觉得自己会疯掉，要是让追随殿下之人知晓此事，也会齐齐疯掉！

"殿下，郡主送了礼。"为了转移萧华雍的注意力，天圆连忙跑到正殿内将沈羲和送来的避寒香恭恭敬敬地递给萧华雍。

"何时送来的？你为何不早说？"萧华雍小心地接过东西打开，一股酷烈的香气袭来。

"今早送来的，您不在……"天圆冤枉。

主子昨晚都没有回东宫。以往萧华雍出宫还要小心翼翼地躲着巡卫，自从在韦驸马那里得了宫内的密道图，都是大摇大摆地出宫，畅通无阻。

"去寻个香炉。"萧华雍看到上面有一张字条，写着避寒香的用法。

天圆立刻捧了一个精致的香炉过来。萧华雍净手换了身衣裳，才点燃了香。

融融暖意随着香气散开，将他包裹住。

天圆看到自家殿下闭上眼睛，嘴角微扬，极其享受与满足。不知自己是否眼花，他竟然在那一丝浅笑中品出了一点点甜丝丝的味道。

天圆实在不忍心现在就告诉太子殿下一个残忍的事实，只能等香点完，让殿下先开心一会儿。

哪儿知殿下竟然在暖意中睡着了，天圆便只能等到萧华雍醒来。

"许久未曾如此好眠。"萧华雍一觉醒来顿觉神清气爽。

这避寒香是经过沈羲和改良的，保留了暖香的同时又增添了一点儿安神的功效。

“天圆，把这个香炉放好，日后只用它点此香。”萧华雍吩咐。

天圆默默地收拾好这些东西之后，低着头回到萧华雍的身后，深吸一口气，说道：“殿下，太医署传来消息，郡主在打听您的脉案。”

“她打听我的脉案？”萧华雍眼中柔光点点，“她定是关心我。”

往年诸位皇子和几位大臣打听您的脉案就是居心叵测，怎么轮到郡主就是关心您呢？恕天圆直言，他真不觉得郡主是关心殿下。

“若非关心我，她应当上京前或是一上京便打听脉案，”萧华雍自有一番解读，“怎会到此刻才来打听？她定是一再听闻我晕倒，心中担忧我的身子。”

萧华雍无视天圆满心复杂和一言难尽的神色，煞有介事地说道：“我日后得少晕一晕，以免吓着她。”

此刻，天圆的内心是麻木的，他已经心如死灰，对摇醒智慧绝伦的殿下不再抱有一丝期望。

所以，天圆怀疑沈羲和要脉案是想知道殿下还能不能托付终身，但硬是把这个想法吞了回去。

郡主又能有什么坏心思呢？

郡主怎么可能不善良动人呢？

郡主哪里是唯利是图之人呢？

天圆不停地催眠自己，不这般催眠自己，很快自己就要被殿下远放去边陲吃苦。

深深自我说服之后，天圆问：“您的脉案是否要给郡主？”

“给。”萧华雍银辉凝聚的眼瞳里是温柔的碎光，“她是个固执的丫头，我若是不给，她定不会轻易放弃，早些给她，免得她的人暴露。”

天圆又默念了一遍“催眠三问”之后，才做到面不改色地问道：“如何给？”

要知道太医署备案的那一份脉案，可是给陛下和想看之人看的。那份脉案……只怕要吓到您的心肝宝贝。

任何一个女子看到那样的脉案，只怕都会绝了嫁这个人之心。

天圆决定还是请示一下为好，自个儿可承担不起害殿下丢掉宝贝的罪过。

萧华雍收敛神色，沉默了许久才无奈地开口：“就按照太医署的那份给她。”

天圆闻言眼皮子一跳，心又活络了，难道他的主子还能抢救一下？

不过，天圆的那点儿期望瞬间就灰飞烟灭了，只听见萧华雍说道——

“她不懂医理，身边懂医的婢女还在洛阳，拿到我的脉案定不会寻不信任之人询问。明日恰好谢韫怀要去给她复诊，你去给谢韫怀打声招呼，他知晓该如何说。”

天圆觉得自己真的太天真了！

“诺。”天圆垂头丧气地退了下去。

当天夜里，沈羲和就拿到了萧华雍的脉案。

她因为精于调香，识得一些药材的药性，但是对脉案一窍不通，随意翻了两下，就放在一旁。如萧华雍所料，次日她再一次熬过脱骨丹的药性之后，便将脉案拿给了谢韫怀。

“齐大夫，你帮我看看这份脉案，患者如何？”

谢韫怀看了脉案之后，目光复杂，垂着眼帘。沈羲和看不到他眼中的情绪。

“寻常体弱罢了。”

“只是体弱？”沈羲和觉得不像啊。她也是体弱，疾行会喘不上气，但也没有到萧华雍那地步。

“此人与郡主不同。郡主是先天体弱，他是后天形成。”谢韫怀说道。

“他的寿数如何？”沈羲和问。

“不知这是郡主的何人？”谢韫怀不答反问。

“一个……我斟酌是否托付终身之人。”沈羲和很坦诚，索性婉转地点明这是谁的脉案。

谢韫怀曾是国公府世子，对萧华雍的了解肯定比她多。

谢韫怀抬首，深深地凝视着沈羲和：“单从这份脉案来看，此人体弱无疑，至于是否有碍寿数，无法确定。”

沈羲和点了点头。

谢韫怀看着她因为熬脱骨丹的痛苦而苍白的小脸，多说了几句话：“郡主，日后莫要这般坦诚。在京都长大之人都有无数张面孔，他们见人说人话，见鬼言鬼语。区别只在于，有些人浅显易懂，有些人深不可测。”

听完谢韫怀意有所指的话，沈羲和微微一笑：“包括你吗？”

“是，包括我。”

沈羲和静静地看着他。

谢韫怀目光沉沉地回视。

她的眼睛里似有一层寒雾覆盖，让人看不真切；他的双瞳过于深沉，让人望不到尽头。

“齐大夫。”过了好一会儿，沈羲和才忽地笑了笑，“我与顾阿姊颇有交情，她心中一直有个疑问——你当年为何要退亲？若是你不退亲，她便不用嫁入皇家。”

谢韫怀细密的长睫微微一颤。他又垂下眼帘，久久不语。

就在沈羲和以为他不会作答之时，他回道：“郡主，我学医，是因我阿娘死于郎中误开的药方。这药无毒，只是不对症，她就这般喝了三年不对症的药才不治身亡，而这一切是谢国公授意的。”

沈羲和眼中掠过一丝惊愕之色。

谢韫怀讥嘲地笑了笑："我身负仇恨，如何担得起为人夫之责？"

沈羲和听得怔住。

谢国公府之事闹得沸沸扬扬，谢韫怀断发绝义的事也轰动京都。她知晓谢韫怀在谢国公续弦之宴上直指谢国公谋害发妻，却不知竟然是这样谋害的。

谢国公，一个京都人人称道的大善之人，一个将忠孝仁义刻入了京都所有人脑中之人。

当年谢韫怀断发绝义指责他谋害发妻，没一个人信。人人称是谢韫怀受不了丧母的打击，不懂体谅父亲中年丧妻、人丁单薄的苦楚，兼之他断发绝义本就有违孝道。据闻喜宴之上谢国公悲痛欲绝，甚至自责没有尽到父亲的责任，没有顾虑谢韫怀少年丧母的心情，更是当场要悔婚云云。

"何至如此？"沈羲和有些心疼面前这个光风霁月的男子。

"他少时心有所属，女方却与人有婚约，无奈之下才娶了我阿娘。"谢韫怀不知道为何，面对沈羲和竟然有一种愿意倾吐心事的冲动。这些埋藏在他的心口的沉甸甸的伤痛，他在这一刻仿佛找到了一个可以一吐为快的出口。

"人人都道他深爱发妻，莫说妾室，便是连个通房丫头也无。我阿娘想来曾经也是这般以为。"

谢韫怀轻嘲地笑了笑："他的继室，便是他少年时爱慕之人。我不知他是何时听闻她已守寡多年，更不知他们是何时有了瓜葛的。他不舍她为妾，又想与她相守，便只能让我阿娘腾位置。"

即便如此，人人称道的谢国公也不可能背上杀妻之名。

所以他用了三年时间来达到目的。自谢韫怀的阿娘发病，整整三年，谢国公煞费苦心，让妻子每日喝着不对症的药，眼睁睁地看着她一点点枯萎，每日还假作情深地对她嘘寒问暖。

本朝有律：以妾及女客为妻，徒一年半。

妾不得被扶正，一旦为妾，便是正妻死了，男子也只能续弦，不可将妾扶正。

听了这话，沈羲和便想到了萧长瑜和卞先怡。萧长瑜也是舍不得卞先怡为妾吧，这才想娶了她，让他的妻不知不觉病逝，然后续弦就能娶卞先怡。

"齐大夫……"沈羲和有些歉疚，不知这内情引了谢韫怀的伤心事。

谢韫怀却轻笑着摇头示意无事："他素来与人为善，且布局精妙。我便是将那些郎中扭送去衙门，郎中也不敢攀咬，只得承认自己医术不精。郎中医术不精并不违法，没有招摇撞骗，亦没有下毒害人，便是迫于国公府的威势也不过吃顿板子。"

正是因为如此，谢韫怀在谢国公府一刻也待不下去，怕自己哪日红了眼持刀弑父。谢戟不配他以命抵命！

"我一个与父亲断发绝义之人，人人口中的不孝不义之徒，顾女郎若是嫁与我，便要一生遭人非议。”

当年谢韫怀的举动，确实遭人诟病，且他有此举在先，便是绝了此生的仕途。

谢韫怀骨节分明却布满深浅不一的伤痕的手，正慢慢整理拿出来的药具：“且当时我离开了国公府，转头迎娶顾女郎，顾相若是劝我回府便是伤我，顾相若是不劝，只怕我断发绝义会被传为是顾相唆使，须知顾家无嫡子。”

谢韫怀字字发自肺腑。

他说得没错。他和顾青栀没有谁辜负了谁，只能怪有缘无分。

“你为何不愿当面与她退亲？”

便是他不愿说明内情，亲自去退亲也好啊。

“郡主，我当年声名狼藉，旁人只会说我有自知之明或是不敢冒犯相府千金，于顾女郎而言，实则并无名声上的损害。我若亲自去退婚，便不是这般了。”

沈羲和静静地看着谢韫怀，原来他是这样想的。

没错，婚姻是父母之约。他寻顾相退婚是坦荡，若还要见顾青栀一面，京中必有顾青栀与他早两情相悦的传言，或者传言会更不堪。

那时候顾家烈火烹油，不知被多少双眼睛盯着，但凡被人逮着一点儿机会就会大做文章。

他只是不想污了她的名声。

“若是她愿与你归居田园……”

“不会。”没等沈羲和说完，谢韫怀便斩钉截铁地打断了沈羲和的话，“郡主，她是顾女郎，是京都闺阁典范，是世家女之首。”

一个将教养、责任、感恩刻入骨子的女郎，是不会为了儿女私情抛下属于顾家嫡女应当肩负的使命的。

谢韫怀站起身，挎上药箱：“若她想，有千百种法子不嫁入皇家，但她义无反顾地选择了嫁给皇子，因为她是顾女郎。”

话音落地，谢韫怀对沈羲和行礼告退。

他走到门口却顿了顿，身未动，缓缓转头，侧脸对上沈羲和：“郡主，亦然。”

沈羲和默然地看着谢韫怀一步步走远，最后消失。

她失神地望着窗外的景致，不知何时，淅淅沥沥的小雨细密地斜飞下来。她情不自禁地走到窗前，看着朦胧烟雨，不由得低笑一声：“未承想，最知我者竟是你。”

顾青栀有千百种法子可以不嫁入皇家，沈羲和亦然。然则，她们都选择了孤注一掷，是因为责任让她们义不容辞。

尽管顾家最后还是一败涂地，但顾青栀无悔也无愧，尽力了。

谢韫怀与沈羲和说这么多，是想要告诉她，她还有选择的余地。他不希望沈羲和陷入皇权的旋涡中，一脚踏入，非生即死，便是成为最终的获胜者，也必然精疲力竭，满目疮痍。

那又如何呢？

沈羲和确实可以选择一辈子做阿爹和阿兄的娇娇女，装作天真无知，享受着他们拼尽全力圈出来的安宁与舒适生活。可一旦沈岳山也落败了，她能好到哪里去？她只怕连死都羞于与他们葬在一起。

他们是一家人，相互扶持，共同出力。

权力是一只无形的手，操控着所有人，推动着每一个人不得不入局。

沈家无路可退，身为沈家的一员，她责无旁贷！

"烟雨落，秋风起。有人赏雨景，有人盼雨疾，也有人……"沈羲和将素白的手伸到窗户外，感受秋雨的凉意，"等雨停。"

一场疾风骤雨，坠了花，落了叶，给京都铺了一层潮湿水汽，也卷来了凉意。

爱野的短命不知跑到了何处，湿漉漉地蹿了回来。红玉怜它一身绒毛贴在身上还在滴水，拿了吸水的布上前。调皮的短命等到红玉和紫玉刚靠近，就抖动身子，将一身的水全甩在二人身上。

碧玉忍俊不禁。沈羲和转头也看到了这一幕，忍不住莞尔。

"喵！"短命自以为已经甩干了身上的水，便朝着沈羲和扑过来。

沈羲和将笑容一敛，迅速后退。短命扑了个空，抬起头对上沈羲和不善的目光，立刻缩成一团，可怜兮兮地看着沈羲和，发出类似于撒娇的低低声音。

"浑身脏成这样，也敢往主子身上扑？"紫玉乘机摁住它的脖颈儿，将它抓起来。

"喵！喵！喵！"短命挥动着四条短腿，还是被紫玉带走去洗澡了。

"郡主，烈王殿下登门拜访。"外面有下人来报。

"不见。"沈羲和冷冷地拒绝。

她不在乎旁人如何看她，也不需要旁人来评价她的礼教和修养。便是有人登门拜访，她不想见也一律拒绝。

"殿下说……您若是不见，他只能再闯香闺。"禀报的下人硬着头皮传话。

碧玉清楚地看到沈羲和微垂的眼帘一点点抬起，漆黑的双瞳转向右方，视线落在门外。明明郡主面不改色，眼无波澜，碧玉却能够感觉到一股极寒的杀意。

"告诉他，他若敢，便不是扒衣裳，我能活活剥了他的一层皮。"沈羲和语气淡然，咬字略重。

禀报的下人被吓得小腿一抖，忙不迭地退下传话。

哪儿知萧长赢听了这话也不气，而是将一份画轴递上："你将此物交给郡主，小王在此等候一刻钟。若郡主还是不愿赏脸一见，小王自行离去。"

沈羲和原以为萧长赢会知难而退，没想到下人又战战兢兢地递上画轴。碧玉接过画轴在沈羲和的面前展开，二人脸色大变。

“把莫远叫来！”沈羲和沉声吩咐。

这是一份安西都护府的防御图。西北有三大都护府和三大都督府，前者是朝廷驻扎镇守的军队，只管安宁不涉政务，后者是直接管理当地事务。

先帝在位时，沈羲和的祖父便兼任安西都护与焉耆都督。祐宁帝即位后，论功行赏，有从龙之功的第一人沈岳山便成了西北王。整个西北的所有都护府归他掌管，都督也成了西北王的下属。

如今安西都护府的防御图丢失，若是落入敌人手中，恐怕城池不保。防御图便是没有落入敌人手中，让祐宁帝抓到了把柄，沈岳山轻则被罢权，重则被斩首！

莫远很快赶来，沈羲和将防御图给莫远看了看。莫远顿时白了脸色：“这……”

他的反应让沈羲和心口一沉。她不涉政事，只是猜测这图可能是真的，莫远证实了她的猜测。

“郡主，要见烈王殿下吗？”碧玉焦急地提醒道，烈王可是说了只等一刻钟的。

沈羲和握着防御图，极其冷静，迅速分析情况之后，目光一定：“不见。”

“郡主！”莫远惊愕地唤道。

“若他无所求，得了此物，早就献给陛下了，以弥补之前胭脂案证物丢失之过。”沈羲和缓缓地卷起画轴，“他此刻带着它来寻我，要么是对我有所求，要么就是不确定这是否为真。我若见了他，反而让他占了上风。”

卷好画轴，沈羲和将其递给碧玉：“你亲自去将这个还给他……”顿了顿，沈羲和微扬嘴角，“便说，念在先前之事上，我好心提醒他一句——莫要自作聪明。”

“郡主，此法可行吗？”莫远不是不信任沈羲和，而是这事牵扯实在重大，若是烈王气愤之下将其交给了陛下，后果不堪设想！

“只能赌一把。”沈羲和想了想，迅速去了书房，写了一封信。她将信封好后交给莫远：“送到华富海的手上，让他帮我以最快的速度送到阿爹的手上。”

华富海有属于自己的传信方式，上次她约见他的信，比八百里加急还快。

萧长赢听了她让碧玉带的话，必然会心中起疑。她只要在他打消疑虑之前让阿爹看到这封信，阿爹就能以最快的速度让真的防御图变成假的。

届时，阿爹就可以说这份防御图是他察觉军中有细作，朝中有人通敌卖国，从而故意散布出来诱敌的，就是要看一看是谁吃里爬外。

“郡主，华富海这人……”

“无妨，他便是看了我的这封信，也看不懂。”沈羲和打断莫远的话，“这里面是我和阿爹以及阿兄的暗语。”

这些所谓的暗语，其实是沈云安陪着沈羲和读书读出来的玩乐法子，沈羲和没有想到关键时刻竟然有这等用处。

萧长赢也没有想到沈羲和是这样的反应。他怀疑被碧玉原封不动地送回来的东西可能是假的，或者暗藏其他玄机。

“郡主，我们要不要请太子殿下相助？”打发了萧长赢，碧玉回来之后提议。

太子殿下既然能将胭脂案的证据捂这么久，一定也能帮他们拖延时间。

“这是一个天大的把柄，我绝不会送到别人的手中。”沈羲和断然否决。

这一刻，碧玉才知道沈羲和对太子没有一丝信任感。

“我们无须担忧，萧长赢至少这两日不会轻举妄动。派人随时盯着他，若当真陛下比阿爹先知晓此事……”沈羲和目光微凉，“我只能先下手，把康王府私下为陛下锻造兵刃的事先暴露出来。”

届时混淆视听，她就将盗走防御图的罪名直接扣在康王府身上。

沈羲和不想寻萧华雍，但她的信还是让萧华雍知道了她有急事。

“殿下，您是否要阅信？”天圆问。

“她能将信送到我的手上，必然是笃定我看了也看不懂。”萧华雍伏案认真雕刻着一片梧桐叶，“加急送至西北。一定发生了大事，否则她不会寻上我。”

吩咐完之后，萧华雍目光微深：“让人查一查，尽快。”

到了晚间，消息传来之时，萧华雍正好把梧桐叶雕完，叶子上是沈羲和的模样。

萧华雍听完禀报，轻“呵”了一声：“小九长本事了！既然有这般能耐，就让他去西北立功。”

“将烈王殿下送到西北？”天圆闻言眼皮一跳，有些不确定地小声询问了一遍。

“有何不妥？”萧华雍轻轻地将梧桐叶拿起来，顺着光落进来的方向，看着微光之中惟妙惟肖的轮廓，目光似糅入了霞光，暖波流转，嘴角微微上翘。

“殿下，当日烈王殿下被追杀到郡主面前，西北王府也出了力……”天圆缩着脖子提醒。

萧长赢因为胭脂案被韦驸马等人下了死令击杀，各方势力大显神通，西北王也出了力——暗中保护萧长赢，却没有救人，就是要制造一个沈羲和救萧长赢的机会。

这说明沈岳山有将沈羲和许配给萧长赢的心思。现在殿下将萧长赢送到西北，若是萧长赢得了西北王的青睐，天圆怕主子追悔莫及。

萧华雍笑容微微一滞，旋即鼻子里发出一声短笑：“他没戏。”

沈岳山的打算，萧华雍知道。沈岳山想扶持老五，老五和小九是一母同胞，本就手足情深，老五上位，萧长赢就是一人之下万人之上。看在这兄弟情上，只要沈岳山不恋权，沈家便会有个善终，沈羲和也不用陷入帝王后宫的尔虞我诈之中。

对沈羲和这个掌上明珠，沈岳山是步步谋算，在不撇下西北王的责任，不辜负西北一方的安宁的前提下，为沈羲和选择了最好的一条路。

可惜，沈羲和没有看上萧长赢。

想到这里，萧华雍忍不住心情愉悦，嘴角再次上扬。虽然不知沈羲和为何看不上萧长赢，但萧华雍深信，若沈羲和不愿，沈岳山绝不会勉强她。

故而萧长赢没戏。

等到萧长赢去了西北，他再让人将萧长赢拿着防御图上门威胁沈羲和之事不着痕迹地传入沈岳山的耳朵里，看萧长赢还如何讨沈岳山的欢心。

天圆感受到了自家主子浓浓的不悦之情，已经做到了下属的本分，该说的话都说了，赶紧脚底抹油开溜。

沈羲和盯着萧长赢之际，安西都护府防御图丢失的消息，第二天就小范围地传开了，传得有鼻子有眼的，却没有证据。

风声不知是从何处传来，祐宁帝还为此召见了三省六部的要臣商议此事。有人认为无风不起浪，说不定真有其事，应该立刻传唤沈岳山上京给个交代。

有人则认为也许是有人故布迷阵，为的就是离间君臣，等陛下传召沈岳山，调虎离山，随即大举进攻西北。届时西北受袭，无人坐镇，这个罪名该由谁来担?

见两方争执不下，祐宁帝还派人将几位成年的皇子都传来，问了问他们的意见。

此刻萧长赢心中烦乱。他手上有一份截获而来的防御图，却不敢确定其真假性。若图是假的，由自己呈上，真应了“有人故意调离沈岳山”的算计，罪责必然是他承担。此时他不宜出头。他也知道，此刻不呈上这防御图，之后无论其是真是假都不能再呈上，否则就有欺君之嫌。

不，他还有个法子！于是，在双方争执不休之际，萧长赢上前一步：“父皇，儿臣有一策。”

“说来听听。”祐宁帝被两边的人吵得头疼，这群人一个个老奸巨猾，故意争执又不出主意，就是知晓兹事体大，怕所料不对，乱出主意后被问罪。

“诸公所言皆有理，不如由儿臣去一趟西北，暗查此事是真是假。”萧长赢请命。

如此一来，这份防御图若是真的，他也能够过一下明路；若是假的，他也能够查清楚是谁煞费苦心地故意将一份假的防御图送到他的手上，又是为何这么做。

最终，自然是诸位大臣达成一致，赞同了萧长赢的请奏。只不过是派萧长赢去还是派其他人，众人难免又争论了一番。最后，祐宁帝还是派了萧长赢去。

“郡主……”

自从宫里的消息传来，沈羲和就抱着短命，站在小亭子里许久，一直沉默不语。碧玉等了又等，很是担心。

“有人在助我们。”沈羲和轻声说道。

这人手段比她高，实则虚之，虚则实之，将一件很可能为真之事弄得真假难辨。只怕偷盗防御图之人，这会儿都不确定自己偷了一份真图。

如此一来，祐宁帝得再三斟酌该如何应对此事，不仅是判断防御图的真假，还有幕后之人为何要盗防御图，或者为何散布这样一个谣言……想得多了，祐宁帝自然就会举棋不定。

西北那边，沈岳山一听到风声，自然有应对之法。

这个偷盗防御图之人只是为了对付沈岳山，而不是为了通敌卖国，不会引起动乱。

到了现在这个地步，除非这个偷盗防御图之人把真的防御图送出去，让外敌入侵，攻下安西，否则就再也没有证据证明这份防御图为真。因此，如今沈岳山有足够的时间应对这一切事情。

“会是何人？”碧玉心里松了一口气，至少防御图的事情，他们算是渡过了大半难关。

“不知……”沈羲和在京都应该是孤立无援的，唯一可能帮助她的人就是步疏林。

但步疏林，绝没有这份睿智……

“郡主，曹侍卫送食盒来了。”红玉从外面带着天圆行至垂花门前。

沈羲和转身就看到天圆拎着一个食盒走来。

他在亭外站定：“郡主，今儿东宫供了蟹与雉。蟹肥美，雉鲜嫩，殿下吩咐做了蟹酿橙与雉羹。殿下体弱不可多食，便让属下给郡主送上一些。”

天圆说完，就将食盒递上来。

沈羲和示意碧玉接下。

天圆又说道：“郡主，殿下有句话让属下转告郡主。”

沈羲和看了看天圆，迈步下了亭子，走到天圆身旁。天圆略靠近沈羲和，恭敬地说道：“殿下说，安西之事，郡主可安。”

言罢，天圆立刻退后，恭敬地行了礼退下。

沈羲和心里泛起波澜，这件事竟然是萧华雍所为！她想到了谁都没有想到是萧华雍。

如此看来，萧华雍的势力和睿智程度都远超她之前的评估。他如此帮她，又坦诚相告，这是表明态度并拿出了诚意，是在告诉她，他愿意与她联手。

诚意她感受到了。可他的谋略和手腕超出了她的预期，她不得不重新斟酌一番。

第八章　情不知何时而起

在明政殿，此刻的萧华雍脸色惨白，由内侍搀扶着缓缓坐下。

“七郎若有事，遣人来请阿爹便是。你身子骨儿弱，日后不可这般不爱惜。”祐宁帝责备的语气掩饰不了关切之意。

“阿爹，喀喀喀……”萧华雍咳喘着开口，“儿听了安西之事……想起先前见了昭宁郡主……喀喀喀……言及端正月，一时感触，答应为她……喀喀喀……求一道恩旨，特许他阿兄上京……伴她过节……喀喀喀……”

萧华雍剧烈地咳嗽了一阵，咳得脸都红了，才勉强说道：“请阿爹成全。”

祐宁帝颇为无奈地看着他病弱的模样：“不就是一道恩旨，你何须亲自来一趟？你看把自己折腾成什么模样了？”

萧华雍轻咳着，用孺慕的目光看着祐宁帝。

“阿爹明日就下旨。”祐宁帝温和地说完，就打趣道，“七郎，阿爹把昭宁许配给你，如何？”

萧华雍明显目光一亮，不过那一点儿光亮转瞬即逝：“喀喀喀……阿爹，儿没几年了……”

“胡说！太医署的人不是说了，只要寻到绝品雪莲，你的身子一定能慢慢养好。”祐宁帝温热的手掌轻轻地拍了拍他的肩膀，“你的祖母和阿爹都希望你好好的，盼着你娶妻生子。”

“阿爹……儿会……喀喀……好生养病……”萧华雍吐字越发吃力。

祐宁帝沉沉地叹了一口气：“你在这儿歇会儿，陪阿爹用飧。”

“嗯。”

次日一早，沈羲和便接到了祐宁帝的恩旨。来传话的内侍还特意对沈羲和点明，这是昨日太子殿下亲自去陛下的寝宫求得的。

京都不乏常年驻守边境的将领内眷，太子殿下为昭宁郡主求陛下恩旨，准许西北王世子沈云安入京来陪伴昭宁郡主过节，这件事惹得不少人艳羡。

有些人纯粹是羡慕一番，有些人自然是酸言酸语。

沈羲和不理会这些闲言碎语，拿到恩旨后，心里格外开心，终于可以见到阿兄了。

高兴之后，她便琢磨着要如何对萧华雍表达一番谢意。安西防御图被盗和阿兄上京这两件事，她都要感谢他。

“他……似乎很是喜欢琢磨吃食。”沈羲和想到每次到东宫，萧华雍都会做精美的吃食，时常也会派人给她送食盒，“我给他做一碗馄饨吧。”

他们到底是未婚男女，许多东西不便赠送，吃食好似最能尽到心意也最不会引人非议。

从前的沈羲和就很会做吃食，在西北时都会琢磨些好吃的东西的做法，做给沈岳山和沈云安吃。

一碗馄饨并不难，不过在西北时，她最多就是调调馅儿，和面与包、煮都是下人的事情。

她的力气也不允许她和出好口感的面，不过今天包馄饨和煮馄饨都是她亲自做的。

她调了两种馅儿：一种是肉馅儿，猪肉搭配去刺的鱼肉和虾仁，佐以胡椒、花椒、葱和特制的酱料；另一种是三鲜馅儿，用了去骨的雉肉，加入了核桃仁与松子仁，佐以一样的调料。

她亲自给萧华雍煮了一碗馄饨，让紫玉给天圆也煮了一碗，两碗馄饨同时被送到东宫。

沈羲和考虑到萧华雍体弱不能多食，每种馅儿的馄饨仅煮了三个，担忧萧华雍不好剩下，强撑会伤了脾胃。

萧华雍看到精致的一小碗还不够塞牙缝的馄饨，表情多少有些哭笑不得。

“殿下，馄饨是郡主亲手所做，对殿下聊表谢意。”碧玉低头说道。

“替我谢过……咳咳咳……郡主。”萧华雍说着，看到碧玉的手中还有个食盒，“这是……？”

“郡主特意让紫玉给曹侍卫也煮了一碗。”碧玉连忙回答。

天圆顿时眼睛一亮，蓦地又觉得不对劲，偷偷瞄向自家主子，对上那双凉凉的眼瞳，连忙缩了缩脖子。

“不知……都是些……什么馅儿？”萧华雍不动声色地问，“本宫有些……忌口。”

碧玉答道：“都是郡主调的馅儿……”

碧玉将馅儿都说了出来。这也是沈羲和吩咐的，说明白，要是萧华雍不能吃，就别吃。

萧华雍只听出虽然两碗馄饨不都是沈羲和煮的，馅儿却都是她调的！

“都放在这里……咯咯咯……天圆，你送碧玉出宫。”萧华雍温和地叮嘱天圆。

天圆只能垂头乖乖地送碧玉离开。

碧玉以为的出宫是出东宫，天圆却将她送出了宫门。

等天圆折回去，不出意料，两碗馄饨连汤汁儿都没有留一滴，偏生还有一股若有似无的香味儿在屋子里飘动。天圆舔了舔唇：“殿下，郡主送来的馄饨好吃吗？”

给萧华雍的馄饨只有六个，但给天圆的足足有二十个——萧华雍吃得心满意足，有点儿撑，懒洋洋地靠在贵妃榻上，双腿自然伸直，脚跟交叠，好不悠闲。

“鲜嫩爽滑，唇齿留香。”萧华雍心情极好。

天圆咽了咽口水：“殿下，吃馄饨吧。”

他想吃，特别想吃！

萧华雍睇了天圆一眼：“东宫日后不得再做馄饨。”

天圆：“为何？”

“本宫再也食不下他人做的馄饨。”萧华雍轻声说道。

天圆心想：这要是日后郡主嫁入东宫，什么都给您做一遍，您岂不是只吃得下郡主亲手所做的吃食？离了郡主您就得饿死？

天圆还在暗想着，萧华雍突然坐了起来：“看来她果然爱吃食。”

说着，萧华雍就起身往东宫的膳食间走去。

天圆连忙追上去：“殿下，您去何处？”

“膳食间。”

“去膳食间作何？”

“从今儿起，本宫要学做吃食。”

“殿下，您要什么，让厨子做便是，何苦自己学这些？”旁边掌管膳食间的宫人看着萧华雍笨拙地拿着刀切菜，战战兢兢，吓得脸色都白了，就怕萧华雍一个不慎切到手指。

“若是我的厨子会做的东西，得她所喜，她定会让婢女来学。”萧华雍动作不停，“可若只有我会做的东西，得她所喜，便只能是我亲手教她。”

那样，她自然不可能让婢女来同太子学厨艺。

天圆听着“砰砰砰”的切菜声，哦不，剁菜的声音，看着自家主子那笑容温柔得能滴水的模样，内心的绝望更深了。他的殿下着魔了，彻底着魔了！

第二日，沈羲和觉得送一碗馄饨不足以表达谢意，还是决定亲自登门道谢。

“殿下，你的手……”沈羲和看到萧华雍的好几根手指头都缠着布，有些好奇。

站在萧华雍身后的天圆慌忙低头，用力抑制着自己不听话地要上扬的嘴角。

天圆自五岁起就跟着太子殿下，知道殿下聪颖敏慧，天文地理，提笔习武，学什么都比旁人的悟性高，比旁人学得快。他一直以为萧华雍对任何事情都能轻而易举地学精。

他没有想到太子殿下竟然败给了菜刀！

萧华雍看着被包扎好的手指，目光滞了滞，才随意地开口："天凉了……咯咯咯，我幼时在道观生了冻疮，天一凉……咯咯咯，就易复发。"

沈羲和微微转头，看雕花窗棂外枫叶正红，桂花香正浓，菊花正艳。她没有长过冻疮，倒是听说过天冷了冻疮会复发，可隐隐觉着没有这么早吧？

萧华雍对上沈羲和似信非信的目光，轻咳了一阵，才幽幽地说道："我体弱……"

所以，是因为他体弱冻疮才易复发？

沈羲和将信将疑，也不便深究这个问题："今日我来，是来谢殿下相助之情。"

"些许小事……郡主无须挂怀……"萧华雍的声音有些虚弱，说完之后他又带着点儿暗示性地开口，"郡主……咯咯咯……郡主昨日做的馄饨甚是……美味。"

沈羲和仿若没有听出他的意图："殿下不嫌弃便好。"

"怎会嫌弃？"萧华雍急切地否定，引来一阵急促的咳嗽，好一会儿才平复下来，"我自幼爱食馄饨……咯咯咯……不知为何，旁人做的我闻着总是觉得……咯咯咯……油腻。"

天圆听着自家主子说的话，心里又是无语。

他家主子为了骗一口郡主做的馄饨也是够厚颜无耻的！这话说出去，您就不怕尽心伺候您膳食的九章知道了哭给您看！

沈羲和不料萧华雍竟然直白到这个地步，只能说道："昭宁将方子给殿下写下。"

"咯咯咯……有劳郡主。"萧华雍仿佛就等着方子。

天圆机灵地让内侍去准备好文房四宝。

沈羲和正色道："今日我冒昧叨扰，除了致谢，还有一惑。"

萧华维说道："郡主请问。"

"殿下是如何知晓安西防御图被盗之事的？"这才是沈羲和今天来此的主要目的。

既然萧华雍表示要和她联手，她便不费心去琢磨和打听，直截了当地来问。

沈羲和觉着萧华雍能够这么快知晓安西防御图被盗之事，要么是他在西北也有人，要么是盯着萧长赢。无论哪一种可能，都证明萧华雍的手中有不少有用之人。

萧华雍是在萧长赢寻上她之后有所动作的。所以，他一直盯着萧长赢的可能性更大。

"不瞒郡主……"萧华雍满是病容的脸上露出一丝无力的笑容，"王宅之中都有我的人。"

沈羲和目光一动。他说的是王宅，而不是烈王府！意思是每位皇子的府邸里都有他的人！

一个八岁就离宫的人，能够做到这一步，实在是骇人听闻。

“殿下……”沈羲和抬眸，视线锁住他的病容，“对西北如何看？”

萧华雍嘴角多了一丝笑纹：“西北王骁勇善战，世子英勇无敌，喀喀喀……突厥一日不被灭，西北一日离不了猛将，文武分治，于西北而言不合时宜。”

“往年三大都护府与三大都督府并治，不好吗？”沈羲和轻笑。

萧华雍轻轻摇头：“互相掣肘，适宜京都，适宜地方，不适宜疆域……喀喀喀……人皆有私心……有些人逐起利来穷凶极恶……苦的还是疆域之百姓……”

在沈岳山之前，西北是都护府和都督府分权治理，倒也没有出现过被外敌攻城略地之事。但时有冲突，战乱不断，西北的百姓苦不堪言。

沈岳山成了西北王后，直辖六府，统一西北发展，文武并重，才让西北得以真正休养生息，免于烽火不断。

“殿下也说人皆有私心，西北王之权足够裂土封国，君主如何容得下？”沈羲和问道。

其实也不怪祐宁帝容不下沈岳山。沈岳山整顿西北，让西北日渐繁荣，外敌更是闻风丧胆。百姓朴实，不关心皇帝是谁，只敬重让他们吃饱穿暖、安居乐业的人。

沈岳山在西北是神一样的存在，西北百姓渐渐忘了祐宁帝的存在。沈岳山没有更大的野心，但谁能保证沈云安没有？便是沈云安也没有更大的野心，还能保证沈云安的儿子也没有？

西北啊，整个陇右道，五服十六国之时可不就是一国的领土？

且西北东接秦州，西逾流沙，南连蜀及吐蕃，北界朔漠，越过西北者便可直取中原。

西北一直这样由着沈家世代掌控下去，谁放得下心？但凡遇上一个沈家有野心之人，这就是养虎为患，江山危矣。

“灭突厥，整军队，强亲兵，肃内政。”萧华雍给了沈羲和十二个字。

灭掉突厥，西北再没有强敌外患；整顿军队做到统一，兵权集中到皇帝手中；强化对京都亲兵的训练，组建一支强过西北军的军队，使西北军统领有反的心也无胆；整肃西北内政，委派真正懂得治理西北，以西北百姓为重的官员管治政务。

接着，萧华雍低声说道：“重在用人。”

朝廷用对了人，西北自然安宁，归心朝廷。

“非一日之功。”沈羲和轻叹。

她对萧华雍又有了新的认知，他是个心有丘壑、胸有抱负的储君。若是他能够成为帝王，一定能够成为被歌功颂德的明君吧。

“殿下，您可知我所求为何？”沈羲和端起温热的茶杯，浅呷了一口茶。

“沈家安然无恙，西北……不再动荡。”萧华雍微微一笑。

他的笑容温和地绽放在苍白的脸上，令人顿生亲近之感，又让人情不自禁地生出惋惜之意。

“殿下能给吗？”沈羲和问。

“能。”他回答得干脆利落，掷地有声。

沈羲和静静地看着他，平静的眼里没有一点儿情绪。忽地她笑了：“殿下，我不信旁人，也不会把身家性命寄托于旁人身上。”

她没有说不信他，只是告诉他她是个怎样的人。

萧华雍的唇泛白，笑容扩大，他对她说道：“好巧，我亦然。”

沈羲和抬眉，忍不住会心地笑了：“殿下，从未有一个人能让我与之相聊得如此自在舒心。”

哪怕彼此没有信任之心，没有卸下防备，没有坦诚，她依然有一种说不出的轻松感。

“雍之幸……”萧华雍轻声说道。

“殿下。”沈羲和深深地凝望着他，“殿下对妻子有何求？”

萧华雍借着咳嗽低下头，斟酌了片刻才回道：“不背弃。”

他的要求竟然只有这么简短的三个字，只要妻子不背弃他就可？他竟然只要妻子忠诚，没有想过性子软的人容易被人拿捏、被人利用？

“若是性子软弱也无妨？”

“这东宫步步杀机……喀喀喀……”萧华雍垂眸说道，“她若愿入东宫……立不起来，迈入陷阱……喀喀喀……我不会救她……我若因她被利用而伤……是我无能，亦不怨怪……”

有那么一瞬间，沈羲和看着萧华雍，有一种揽镜自照的错觉。他们竟然是这样相似，一样决绝，只信任自己。

她不知想到了什么，目光游离了片刻，忽地笑了，端起茶杯将茶一饮而尽：“时候不早了，昭宁告辞。”

萧华雍站起身，没有挽留。他陪着沈羲和去将馄饨的方子写下，然后在天圆的搀扶下亲自将沈羲和送到了东宫门口。

“殿下留步。”沈羲和立在宫门前，看着门前火一般红艳的枫树，在轻风之中，树叶飘落，“殿下，您很好。”

沈羲和冲着萧华雍微微一笑，挽着披帛翩然离去。

她今日穿了一袭绯色曳地长裙，披了杏黄色的披帛。她在红枫的掩映下远去，就好似绚丽的夕阳缓缓落下。待她消失，天地间便为之一暗，所有的光亮都收敛。

直到她消失了许久，萧华雍依然立在宫门口：“她说，我很好。”

殿下那略显痴傻的笑容，实在是让天圆不忍直视。天圆只得低着头禀告：“殿下，宫外有人。”

东宫是绝对安全的。东宫的所有人在一次次被换掉之后，全部成了萧华雍的人。

萧华雍立刻握拳抵唇，一阵撕心裂肺地咳嗽，几乎是半边身子靠在天圆的身上，由天圆扶着进去。

“殿下对郡主有求娶之心，为何方才要说那等话？”天圆方才被吓死了。

什么立不起来、陷入陷阱会见死不救的话，这是殿下应该对要求娶之人说的吗？

入了内，萧华雍站在已经泛红的石榴树前，深深地叹了一口气：“这话她才信。”

他倒是想说几句情话，山盟海誓什么的，自己也会。可他若敢说这些，明日起，沈羲和只怕就要对他避之如蛇蝎。

一个无情的人，看待情爱就是看待笑话。否则，上次他说自己是不会伤她之人，她不会无动于衷，甚至觉着可笑。

她不要情，只要互惠互利的关系，只要安逸舒适的生活。

天圆瞪圆了眼睛：“这世间竟有这等女子！”

昭宁郡主还未及笄吧？天圆和殿下四海为家的那些年，见过不少女子，再冷情之人，最多不过是不轻易动情，不过是害怕动情，不过是不敢奢求情，但骨子里还是渴望被真情以待。

昭宁郡主竟然是个真正无情之人，真正不需要真情之人！

“这……大概便是不食人间烟火的仙子。”萧华雍低声笑着。

天圆就看到他们家殿下遇上这么难搞的女郎，不但不觉得麻烦，反而乐在其中。自家殿下连心意都不敢表明，求娶都要靠欺骗和谋算的手段，竟也没觉着自个儿可悲。

天圆都觉得跌份，但不敢说。他严重怀疑，他家主子坐上至尊之位都比俘获郡主的芳心快。

“殿下，馄饨的方子，拿去膳食间？”天圆看到被镇纸压着的方子问。

萧华雍先他一步将方子取走，仔细看了之后，将方子与上次沈羲和约见他写的地址的纸卷放在一起：“谁说要让膳食间做？”

不做，殿下要什么方子？

“这方子是写给本宫的。”萧华雍将锦盒放好，“你明儿一早去郡主府说，东宫按着方子做出来的馄饨，本宫吃不下。”

天圆真是高估了他的殿下，真的！

当天圆厚着脸皮把这句话转达给沈羲和的时候，沈羲和也愣了片刻。

“郡主，也不知为何，膳食间就是按照郡主给的方子做的，可殿下吃着就是觉得不对味儿。”天圆昧着良心说道。

“你等会儿，我再去调一碗馅儿，你带回去。”

沈羲和才受了萧华雍的恩情——尤其是她主动求他让沈云安上京。她便是再会过河拆桥，也不好拒绝萧华雍想吃一碗馄饨的请求。

两种馅儿，沈羲和各调了一大碗，放在食盒里："秋日天凉，你让厨子将所有馅儿都包好，置于冰橱里。殿下何时想吃馄饨了，便让人取出几个入沸水煮，口感无二。"

天圆没想到沈羲和还有这种法子，这下他们殿下想要隔三岔五地寻郡主做馄饨的如意算盘可要落空了。

不知为何，天圆心里隐隐有些幸灾乐祸。

等到天圆带着两大碗馅儿回来，传达了沈羲和的话，萧华雍嘴角的笑容带着无尽的宠溺之意："想占她的一丝好处可真难。"

沈羲和可不管萧华雍怎么想。她弄的馅儿料，至少够做出上百个馄饨，放在冰橱里，够萧华雍吃许久。她没心思去理会萧华雍，一心扑在给沈云安布置院子这件事上。

同时，收集的花草也越来越多，她开始费心规划郡主府。随着香料从各地陆陆续续地被运来，沈羲和炼制的香料也越来越多，请的几个香娘子学习速度快，活儿也做得极好。

作坊出了一批成色不错的成品，红玉亲自检验过之后，便将其搬入了独活楼。

沈羲和的独活楼也就这样开张了。

两个店铺开张当天，点了沈羲和以紫茸香配置出来的香料，香气飘散，十里可闻，仿佛整个京都上空都弥漫着一股馨香，独活楼一举成名。

天圆也是第一时间将这件事告诉了萧华雍。

"独活楼？"萧华雍重复一遍名字，一种说不清道不明的感觉袭上心头。

"独活楼……"萧华雍看了一会儿，又念了一遍，"名字倒是狂傲。"

"殿下，我们要如何贺郡主开市之喜？"天圆问。

"送藤实香杯……"萧华雍想了想，眼角溢出的笑意顺着尾痣蔓延，"一只。"

天圆满心疑惑。

藤实香杯是西域进贡之物，是一种散发着豆蔻般香味儿的酒杯。这杯子不但香，并且用此杯饮烈酒有解酒之效，是稀世珍宝，一共两只，都落到了东宫里。

送礼从来都是成双成对的，哪儿有人单送一只的？

"送一只，她便不会将其取出待客。"萧华雍用小指轻轻地刮了刮眼尾细小的痣，"正好，我与她一人一只。"

天圆不想再多言，应了一声"诺"就打算退下，却被萧华雍叫住了。

"你亲自去一趟，看看独活楼内是否有避寒香，若是有，尽数买下。"

她赠予他之物，岂容旁人染指？

"给管事留话——日后，避寒香只管送入东宫。"

“诺。”天圆应声之后，略一思索又说道，“殿下，只买避寒香，不多买些旁的香？”

天圆想着自家主子也好借此讨好讨好郡主呀。

萧华雍淡淡地扫了他一眼：“你忘了，她亲口说过不缺金。”

沈羲和开香楼，无论是打发时间或是有旁的用处，都不需要他用这等法子讨她欢心。他若当真这般做了，就不是讨她欢心，而是招她厌烦。

独活楼开张，十里飘香。沈羲和既是为了打响名头，也算是用一种法子告诉旁人，这是一家香铺，却万万没有想到她储备的香品竟然三日就被卖光了。

“拿账簿来。”沈羲和听了消息，第一时间查账簿。

独活楼的香定价略高于其他的香铺，只不过她的香铺不仅仅卖香，与香有关之物都有。开张之前，沈羲和清点了各种物品的数量，预估是两个月的存货。

碧玉从外间的掌柜手中接过账簿，递给沈羲和。

账簿厚厚的，有三册，沈羲和一一翻过。她要求每一个购香者留下一个名，便于记下常客和大客人，他们会为常客和大客人预留好货，逢年过节也会给这些客人赠礼。

赠礼只是托词，沈羲和为的是每一份售卖出去的香品都有迹可循。实在不愿留住址和姓名的客人不卖，或是冒充他人者一经发现，也会被列为独活楼拒绝往来的客户。

她想尽可能地不给人留下做文章的机会，不过这样做也无法杜绝这种情况。若真有人惹事，她也只能杀鸡儆猴。

独活楼所在铺面的地契是陶氏的陪嫁，这点稍微有点儿关系的人都能在京兆尹处查到存档。沈羲和也没有隐瞒，目的就是让那些上不得台面的宵小之徒自觉歇了心思。

若还有人要闹事，就不会是寻常人，必然是冲着她来的。

沈羲和一页一页翻过账簿，目光落在“东宫曹天圆”上，再往下一看，是避寒香全数被买光了。

避寒香并不好制，现下红玉制出来的品质便不够，只有沈羲和自己制出了五盒。

“郡主，曹侍卫还留了话，日后避寒香东宫都要。”碧玉瞅见沈羲和看到这里，适时禀报。

预留就是这样，阔绰的客人可以提前留话要了日后所上的香品。

“只有避寒香？”沈羲和又翻了两页账簿，再没有看到东宫购置其他东西。

“是。”碧玉颔首。

沈羲和点了点头，看来是萧华雍喜好避寒香。他没有因着要表现或是献殷勤，大肆购置其他香品，破坏她的生意和她做生意的目的。沈羲和对他的观感又好了一点儿。

沈羲和花了一个时辰，将账簿看了一遍。

除了往南边去的商人，没有大肆购买香品之人，一切正常。

合上账簿，沈羲和说道："你们辛苦了，掌柜一人赏十两银子，账房、跑堂儿的、洒扫之人也都有赏。"

"谢郡主赏。"掌柜很是开心。十两银子，这可是他半年的月钱呢！他会越发用心干活儿的！随后，他又说道，"郡主，铺子里无货可供应……"

"作坊里有一批应急之物，你先拿去用着。另外，我这里也有几箱新鲜物件。"沈羲和说着就给红玉使了个眼色，"你也带回去摆上。"

红玉很快带着人抬了几个箱子过来。箱子还未被打开，就有香气飘出，待到完全被打开之后，更是各种香气散开，令人忍不住深吸几口气。

一箱是香木做出来的碗和匙箸。另外两箱是扇子，一箱是香木扇子，一箱是香料浸染的丝绢做出来的扇子，还有涂抹了香料的白扇，男女皆可用，客人买回去还能自己在扇面上题诗作画。

在制香过程中，难免会出现一些香料的损耗，沈羲和用这些损耗的香料调出了香汤浸染绢布，或者将香料碾成香粉涂抹纸卷，一些不适宜用来做香料的木材，请了匠人做成器具。她本是为了不浪费料子，打算日后再放入店铺，没有想到这么快就能用上。

掌柜心满意足地带着东西走了。

"京都的钱财可真好赚。"碧玉将账目一合计，发现独活楼仅仅两日，盈利就高达一百多金！

"不过是头两日。"沈羲和微微一笑。

她的东西虽贵一点儿，但耐用。不过也不乏豪富之人，什么都想尝试，看到独活楼这架势，要囤下一些货物慢慢用。独活楼日后的生意不会差，一个月盈利一百金应不是问题。

碧玉也仔细算了算，不出意外，一年应当是有一万两银子的盈利的。只要一想到这个数目，碧玉就眼睛放光。她可是财迷，管着郡主的财物。

沈羲和无奈地笑了笑。

碧玉按下心中的激动心情，将一个册子递给沈羲和："郡主，这都是各家送来的贺礼，婢子已经登记造册。"

独活楼是悄无声息地开张的，沈羲和没有请任何人。她不刻意宣扬这是她的营生，也不藏着掖着，知道的人都送了一份贺礼。这样的礼不好拒绝，她便收下记册，日后还礼。

沈羲和随意翻了翻册子，就看到上头记着萧华雍送了她一个藤实香杯："去把杯子取来。"

东宫送来的东西自然独放一处，碧玉很快捧来杯子。

打开锦盒，沈羲和取出藤实香杯就愣住了，杯身上竟然刻了她的模样！

为何杯身上会雕刻她的模样？这要说到两日前。

萧华雍让送一只杯子，天圆取了杯子之后，不得不提醒自家主子："殿下，属下打听到郡主不爱饮酒。您送一只杯子，恐被郡主转送旁人。"

萧华雍只要想想会和旁人用一对杯子，脸就黑了："把杯子拿来！"

为了避免这种事情发生，萧华雍顶着被沈羲和厌恶的风险，寥寥几刻刀，在杯身上似是而非地勾勒出了沈羲和的模样。

如今雕刻之物极多，民间也有寻常人雕木雕人像，所以在杯子上雕画像的情况并不罕见。

掩耳盗铃的萧华雍自以为刀工流畅，没有丝毫刻意之意，但沈羲和还是一眼就看出这个轮廓像自己。

沈羲和微皱黛眉，握着杯子不语。

碧玉瞄了杯子一眼，也瞄到图案："郡主，可要收起来？"

这杯子上的人和郡主这般像，自然不好再将其送人。但方才沈羲和的反应，让碧玉觉得她有些不喜这杯子，多半也是不会用的，那便只能压箱底，可惜了这么个好物件。

"不用。"沈羲和忽地笑了，将之轻轻地放入锦盒，"我与阿爹和阿兄，日后总是要分隔的。将此物赠予阿爹，正好寄托阿爹对我的思念。"

碧玉眼睛一亮。

对啊，这东西不好被送给外人，郡主却可以送给王爷。以后王爷想郡主了，就可看一看杯子。

沈羲和垂下眼帘，嘴角的笑意未变。

她不知萧华雍赠此物对她是何心思。前几日在东宫相谈甚欢，他们都明白彼此所需，这是皆大欢喜的事。但她不希望对方得寸进尺，志在天下之人，不应该被儿女之情束缚。

她把此物送给西北王，也算是给萧华雍一个警示。他若想被她的父王看成一个一心只想着风花雪月之人，就尽管接着送这样的东西。

端正月的前一日，沈云安风尘仆仆地赶到了京都，疲惫地出现在沈羲和面前。

沈羲和正在院子里看书，短命围在她的脚边打着转。

她的身后突然响起一声压抑着喜悦之情的呼喊——

"呦呦！"

沈羲和身子一僵，手上的书不自觉地落下。她猛然起身转头，看到了一身雪青色翻领袍的沈云安。他高大的身子立在月亮门前，挡住了一大片阳光。

喜悦的笑容让他露出了洁白的牙，眼角都笑出了细纹，眼眸深处是要喷涌而出的宠溺之色。

见他展开了双臂，沈羲和提裙就朝着他奔了过去。

沈云安大步走来，将沈羲和抱了个满怀，抱起她还转了个圈，顾虑沈羲和体弱，才克制住将她放下来，粗糙厚实的双手握住她的肩膀：“快让阿兄好生看看。”

兄妹俩心有灵犀，沈羲和今日也穿了月白色上襦、雪青色下裙的绣花襦裙。

她变了，变得更自信、清雅、明朗了！

沈云安看得眉目舒展：“呦呦更美了。”

“阿兄更黑了。”沈羲和说完憋笑。

其实，沈云安和沈羲和有两分相似。他丰神俊秀，奈何在西北受风吹日晒，又黑又糙，和京都的男儿大相径庭。他身材魁梧，兼之常年训练，若不笑，沉着脸一站，指不定多少胆小的女郎要被吓哭。

“调皮。”沈云安轻轻地刮了一下她的鼻子，“走，我们进去说，阿兄给你带来了许多东西……”

沈云安喋喋不休地说着。他这次带了几大车东西，等不了下人去取，自己打马先行赶来。陛下恩准他重阳之后归家，他可以在此逗留大半个月。

“原是可以早些来的，不过才解决完安西防御图被盗之事……”沈云安脸上的笑容淡了一些。

“安西防御图被盗之事？”沈羲和也很关心，“阿兄与我说说。”

“你的信送来得及时，否则后果不堪设想。”以妹妹的身子骨儿她不适宜多思多虑，沈云安一如既往地略过，转而说道，“阿爹刚安排好，烈王殿下便赶至。据阿爹得到的消息，是烈王殿下拿了防御图去威胁你，可烈王殿下登门，言辞间是他故意提醒你，到底是如何？”

“他只是拿了图交与我，其意图我并不知。我看了防御图，为了防止他起疑，便未见他。”沈羲和说得十分中肯。

萧长赢只是威胁一定要见她，不见就夜探香闺，并没有说要用防御图如何。

沈羲和从不抹黑任何人，哪怕是敌人。她知道沈岳山和沈云安曾经属意她嫁给萧长赢，但不会因为自己不想嫁就扭曲事实，连至亲也欺骗。

沈云安陷入了沉思之中：“如此说来，若非有他相助，此事极难善了。”

沈羲和不置可否：“是何人泄露了西北防御图？”

“安西副都护。”沈云安如雄鹰一般锐利的眼眸中闪现寒意，“父亲已经将其斩杀。”

沈羲和问：“可查出了背后是何人指使？”

“他在西北出生，十五岁便服役，一路屡建奇功，三十岁成为副都护，一生未曾离开过西北。他被下狱之后，一个近两年得宠的妾室服毒自尽，死前焚烧了许多东西。”沈云安的面色不太好，“我们深查这妾室，竟然是十年前就被买入府中的奴仆。”

这是一颗暗棋，埋得如此之深。现在他们去查当年谁经手将人买过来的，犹如大海捞针，故而线索就此断了。

“不是陛下。”沈羲和第一个排除的是祐宁帝。

如果幕后之人是祐宁帝，在防御图被盗时，他就会知晓，早就发难了。

对沈羲和的敏锐洞察力，沈云安眼露痛色：“呦呦长大了。”

这京都可真是吃人的地方，他的妹妹不过短短来了几个月便变得如此机敏。

知晓沈云安误会了，沈羲和轻笑：“我本就如此，只是在西北无用武之地。”

“是，是，是，是我和阿爹不好，耽误了妹妹大显身手。”沈云安纵容地笑着。

沈羲和轻哼一声，才正色道：“可从烈王口中得知他是如何得到防御图的？”

他们要想查清这件事，只有这一个突破口。

沈云安温和地看着绝色无双的妹妹：“呦呦，当真无嫁他之心？”

“无。”

“认定了太子？”

沈羲和摇头：“只是暂时看他较为顺眼。”

“暂时……顺眼？”沈云安被噎得说不出话来。

他认认真真地看着沈羲和。她在说起婚嫁之事时云淡风轻，没有丝毫娇羞之色，就仿佛在说一件与自己无关之事。

莫远碍于沈羲和的威压，只说沈羲和改了主意要嫁给太子，并没有说其他的事。

沈岳山和沈云安权当沈羲和不知何时与太子相识，从而互生好感。否则，沈羲和也不会为了太子直接盗走萧长赢手中的证物。

沈岳山得知沈羲和看上了太子，是恼怒的。他恼怒太子居心不良，不知何时诱拐了自己的宝贝女儿。可沈羲和是认死理的性子——她都倾心太子了，若是他强行拆散他们，只怕要把她气得小命不保。沈岳山也就只能捏着鼻子认了。

这次沈云安得到恩旨能够上京，就是想要好好探一探这位太子的底。

现在他看来，完全不是这么一回事！

“呦呦，”沈云安恍惚了片刻，回过神万分紧张地问，“你……对太子并无情意？”

沈羲和喝了一杯水，轻轻地放下水杯，眼眸清澈明亮：“无。”

简短的一个字，让沈云安的心如同泡入了冰水一般凉，他感觉喉咙有些干涩：“呦呦，是谁？是谁伤了你？”

男人的眼瞳泛起血丝，背脊紧绷，像是一头被激怒的雄狮，随时会一跃而起，将仇敌撕碎。在他看来，他的妹妹天真烂漫，若非经历了情伤，怎会一点儿小女儿的婚嫁期许都没有，甚至严重到了仿佛嫁谁都无所谓的地步？沈云安的心口泛起密密匝匝的痛，他恨不得将这个人碎尸万段！

沈羲和明白了沈云安的猜想，心口一暖。她将双手搭在他的手腕上：“阿兄，我不曾对任何人倾心，否则你还能看到我好好的吗？”

就沈羲和这身子骨儿，要真是被情所伤，如何还活得下来？

沈云安这才收敛了些许情绪，以冷冽的目光扫了碧玉、红玉几个人一眼，转头对上沈羲和后又柔和下来，仍小心翼翼地确认道："当真？"

"当真。"沈羲和郑重颔首。

沈云安这才松了攥紧的拳头："既如此，你为何……"

"阿兄，我自幼体弱，不可情绪起伏，一向内敛。"沈羲和露出一丝平和的笑容，"在西北，我是怕你和阿爹担忧。且在你们面前，我自然是娇俏黏人的，其实我的内心一直这般冷。"

沈云安咬着后槽牙，下颌紧绷。

"阿兄，我有你和阿爹，有外祖父和舅舅疼爱，你们都是我血脉相连的至亲，我信你们。可我不会去信一个外人。"沈羲和轻声说道，"我想我这一生大概无法对人动情……"

她知道自己有多冷情。

步疏林说她没有自己想的那么绝情，只不过是对她的偏袒。

步疏林列举的那些例子，不过是她为人的准则罢了。

"呦呦……"沈云安又红了眼眶，这一次不是气急，而是沉痛。

沈羲和见他这般，黛眉一蹙，捂着胸口："阿兄，你莫要这般，我难受。"

"呦呦，你怎么了？"沈云安被吓得跳起来，一边扶住沈羲和的肩膀一边对红玉等人嘶吼："医工，请医工——"

"不用。"沈羲和出声阻拦他，握住沈云安的手，"阿兄，你看，我在乎你和阿爹，你们稍愁眉不展，我便心闷不已。你放心这样的我对一个男子动心吗？"

沈云安僵住了。

是啊，他的妹妹受不得气，也受不得刺激，要是当真对一个男人倾慕，岂不是要为其伤为其忧？她的心承受得住几次折腾？

"呦呦，回西北吧，阿兄娶公主……"

一定要一个人成为皇家的人质，合该是他！

"阿兄，你不是孩童，不可这般胡闹。"沈羲和板着脸斥他，"你不在乎自己的终身大事，也不在乎沈家的家业？你不在乎这些年跟随沈家的将士，不在乎西北的百姓？你不在乎为西北如今的安宁洒下的鲜血？"

"我不在乎！"沈云安近乎嘶吼道，"我的妹妹被逼到这样的地步，我为何要去在乎这些？呦呦，阿兄只想你能够好好的，欢喜地过好每一日……"

他的话让沈羲和怔了怔，被人疼爱和在意的滋味原来这般温暖。

她脸上绽开一丝幸福的浅笑："可我在乎，也想阿兄和阿爹每日都欢喜。我并不觉得苦，也没有不愿和被迫做什么事。若我当真回了西北，换阿兄留在京都娶公主，我的日子将再也没有奔头儿，我会郁郁而终。”

“呦呦！你……”

“阿兄，”她温和地打断他的话，“你没有发现我在这里比在西北快活吗？”

沈云安哽住。

他发现了，在西北的时候，她总是缺了一点儿精气神，柔柔弱弱，整个人都快快不乐，他们只当她是身子之故多愁善感。这一次他再见到她，她的眼睛里多了一股在西北没有的鲜活劲，神采奕奕，如拨开云雾的皓月皎皎生辉，耀眼得令人不敢直视。

“在这里，我是个被需要的人，有活下去的希望和念头。”沈羲和仰起头，明亮的眼眸对上沈云安的眼睛，“阿兄，这里才是我的归属。为了你们，我会更努力、更快乐地活下去。”

眼泪从沈云安的眼眶中滑落，他心疼得手都在颤抖。

“阿兄要惹我伤心吗？”

看到沈羲和皱眉，沈云安胡乱抹了泪，冲着沈羲和傻兮兮地笑了笑。

“扑哧。”沈羲和忍不住笑出声来。

消沉的气氛一扫而空，沈羲和端了一杯热水递给沈云安。

沈云安将杯子捏在手里：“你选择太子，是觉着他……易掌控？”

沈羲和微微摇头：“他非好掌控之人。我择他，是因为他……命不长。”

“噗！”沈云安把刚喝到嘴里的水喷了出去，甚至被呛得厉害。

沈羲和从碧玉的手中接过手帕递给沈云安，眼神有些责备。

沈云安拽过手帕胡乱擦了擦嘴，用一种见鬼的眼神看着沈羲和：“你……你再说一遍。”

“短命。”沈羲和重复道。

误以为被呼唤的短命立刻奔来：“喵！”

沈云安瞪着一人一猫，有点儿抓狂地不知该如何是好。他觉着自己现在需要冷静冷静。

沈羲和不着急，指间轻轻地顺着短命软软的毛发。

过了好一会儿，沈云安才平静下来。他将双手按在桌子上，紧盯着沈羲和：“你当真有此念？”

“嗯。”沈羲和坚定地点头，“阿兄，这是对我、对你、对沈家、对西北最好的结果。”

怕沈云安又多想，沈羲和柔声道：“若是陛下没有动手便罢，陛下一旦动手，我们可以……”

弑君——这大逆不道的话，沈羲和没有说出来：“太子殿下是储君，可以名正言顺地登基。”

“你确定他……活不长？”沈云安捋顺了思绪，觉得这个计划可行。

早些让妹妹守寡，他们就可以筹谋让妹妹假死脱离皇家。若是她遇上了喜欢的儿郎，还可以再嫁。当真无人能打动妹妹，那他们也能一家人安安乐乐地度日。

“他……应是得了怪病，比我还体弱。”沈羲和顿了顿，补充了一句，“不过……他深藏不露。”

“何以见得？”沈云安问。

“我每次见到他，仿佛都能嗅到同类的气息。”沈羲和回答。

沈云安担心要是这太子也如自家妹子这般绝情绝爱，反而让人担忧。

“明日我入了宫，去东宫会一会他。”沈云安无论如何都要亲自去核实此人的底。

沈云安是被特许上京的，恩旨是太子求来的。他拜见了陛下，再亲自去东宫表达谢意无可厚非。沈云安觉得这是男人之间的事情，就没有带上沈羲和。

说句实话，便是知道自家如花似玉的妹子想嫁给这个男人无关情意，只要一想到自己的妹子动了嫁给这人的心思，沈云安看太子就不自觉地目光挑剔起来。

沈云安看到太子脸白如抹粉，迎风咳嗽，弱得风一吹就能倒似的，说句话都要咳嗽半晌，实在忍不住，问了一句：“太子殿下，不危是个直肠子，请容我冒昧一问，殿下是否肺痨？”

沈云安，字不危。

实在是太子殿下太能咳了，肺痨可是会传染的。他可舍不得自己的宝贝妹妹嫁给这样的人，就算是要寻个活不长的人，也不能这样。

“世子爷，您……”

萧华雍抬手拦下天圆，轻咳了两声：“我只是咳喘，若是肺痨，这宫中……哪儿有我的容身之地？”

沈云安也知道，就是存心刺激萧华雍，一是心里确实有点不得劲，二是试一试这位太子殿下的脾性和气度。

沈云安对试探出来的结果勉强满意，就更不得劲了：“殿下为何要替我求恩旨？”

“非替世子求。”萧华雍更正，“郡主……允我重阳一道登楼，我感念郡主的……心意。”

沈云安瞪大了眼。每年重阳一道登城楼，这不是他哄妹妹开心的法子吗？现在这变成了妹妹哄别的男人的法子！

沈云安看萧华雍的眼神更不善了。

偏萧华雍好似未看出来：“我与郡主不过前后回京都……旁人避着我，唯有郡主肯亲近我……恐我畏寒，替我调避寒香；忧我食不下东西，为我做馄饨……时常至东宫探望我……”

沈云安听着他尽量止住咳嗽，慢吞吞地说的每一句话都让自己的拳头发痒。

理智让沈云安觉得这人可能受不了自己的一拳。他心里更不开心了，妹妹找个这么弱的人，自己想动动手都不行，一不小心就会把人给弄没了……

积郁无处发泄，沈云安假笑道：“呦呦就是这般，见不得可怜人。”

“原来郡主的小名叫呦呦？”萧华雍自动忽略后面的讽刺话语，眼里多了丝神采，“那真是缘分，我也有个乳名，叫鹿鸣。”

天圆惊着了。他怎么不知自家殿下何时有了乳名？

沈云安好气，为什么会突然暴露自己妹妹的小名？！

“缘分不缘分，太子殿下未免说得太早。”

萧华雍又低咳了一小会儿：“世子，我信皇天不负有心人……”

“有心？”沈云安冷笑了一声，“天家之子，不配有心。”

萧华雍默了默，才轻声说道：“世子，人皆有心，只不过心属何处不同，我心悦呦呦。”

“殿下还是称舍妹昭宁为好。”脸皮真厚，太子这就顺嘴叫上了，沈云安更气，“殿下才与舍妹见过几回，说过几句话，便胆敢说心悦？殿下之心悦如此草率？”

面对沈云安的咄咄逼人气势，萧华雍丝毫不恼，态度温和：“数面之缘，有幸自日中天聊至日暮。雍不曾对旁人心悦，亦不知何为心悦……”

萧华雍一口气说了这么长一句话不带咳的，顿了好一会儿才又说道：“只知对她：醒而念，寐则梦；目及想，闻即思。”

醒了他就会想念她，睡着了也会梦见她；看到任何东西都会想她，听到和她相关的话立刻会思念她。

萧华雍说话的语气真挚到让沈云安都能够感受到他动了情的地步。

但沈云安还是不太信：“不过几面，何以至此？”

“此情难觅痕，觉时已生根。”

不知道是何时有了这样的情意，他自己察觉的时候，早已经情根深种。

“殿下……”沈云安从未在一个人身上感受到对另一个人如此浓烈的情意，觉得此人便是真的演出的这份深情，也必须糅杂着过半的真心，才能做到如此令人信服，“殿下可想过，您无法伴她一生？恕我不敬，殿下可想过她日后……”

萧华雍垂下眼帘，细长帘幕般的睫毛投下了一片阴影：“生老病死，无可预估。不知多少人看着健朗，不也能眨眼间便折了？只要郡主不弃，雍便纵容一次私心。”

沈云安心中冷哼一声：“殿下或许不知，舍妹是个无心男女之情的女郎。若殿下对舍妹无心，我还能放心些；可殿下既有情，我便不能成全殿下与舍妹，以免婚后殿下求而不得，心生怨怼……”

“我愿以命立誓，一生相护，永不伤她。”

“便是一生单思，殿下亦无悔无恨？”

萧华雍笑了，银辉凝聚的眼眸如渊海深：“若一生单思，只会是我不够好。”

沈云安最后是被硌硬得在东宫待不下去的！萧华雍那情意绵绵的话，实在是让沈云安这样一个大男人都觉得恶寒。

“殿下，您不担心世子将您的话都告知郡主吗？”天圆实在不明白。

他家殿下在郡主面前明明有情却要掩饰成无情，到了世子面前却又换了副模样，仿佛恨不得将在郡主面前想说的话一吐为快。

“亲兄妹之间，便是再亲密，他也说不出口。”萧华雍摩挲着黑玉棋子，笑容淡然。若非如此，他何至于说得这般露骨？

天圆想了想，觉得有道理。殿下方才那些山盟海誓的话，天圆听了都忍不住浑身起鸡皮疙瘩，世子因为受不了落荒而逃，要世子将这些话说给郡主听，实在是太为难世子。

“您不忧心世子……误以为您过于儿女情长？”天圆实在是无法想象，萧华雍竟然能够说出刚才那一段话。

“身份不同，心之所向则异。”萧华雍短促地轻笑了一声，“呦呦不信情，事关己身，自是冷静自持。不危是呦呦的兄长，比起一个冷漠无情的合格帝王，自然更希望将妹妹托付于一个对她爱慕成痴之人。”

他若当真把面对沈羲和的态度拿来应对沈云安，才会被沈云安否决。

试问这世间哪有人不希望自己捧在掌心里的宝被更多的人呵护爱惜的？

天圆这才明白萧华雍方才那般作态是为何，忍不住叹了一口气：“殿下，您累吗？”

太子殿下为了娶到昭宁郡主，可谓花了十二分心思，各方谋算，天圆看着都累。

“你不觉得有趣吗？”萧华雍扬眉，拇指一弹，黑子飞起，又反手一抓，将之抓到手中，“从未有一人有一事，令我百般筹谋，这宫里的日子太难挨，难得有件趣事……”

说着，他唇畔的笑容温柔如春风拂过杨柳岸堤，湖水荡起圈圈涟漪。

太子殿下的乐趣，天圆这等凡夫俗子不懂。

沈云安回到家，越想越觉得太子油腔滑调，不是什么好人。偏对着沈羲和，萧华雍的那些话，他还真说不出口。他又不想笼统地对妹妹说太子对妹妹有情，这不是在帮太子说话吗？

不得不说萧华雍将人心揣摩得淋漓尽致。

沈云安作为哥哥，哪怕沈羲和一再强调自己不会对人动情，可他的潜意识里还是希望有人爱护疼惜妹妹，希望妹妹嫁个心里有她之人。他更不觉得妹妹活生生一个人，怎么会真的一点儿不需情爱？不过是她没有遇上那个人，才无动于衷。故而，他如何能够对沈羲和说萧华雍对她有情？

他不能说太子殿下对她有情，又说不出那些肉麻的原话，最后只能生闷气！

“阿兄？”沈羲和见沈云安回来之后就沉着脸，关切地问，“遇上了何事？”

一腔郁结情绪无法发泄的沈云安只能怏怏不乐地开口：“你为何要陪他去登城楼？”

沈羲和回道：“只是一句安慰。那时不知阿兄要上京，我亦不想重阳节被人扰，索性与他一道登楼。”

沈云安依然不悦：“你还给他做馄饨，调避寒香！”

沈羲和忍不住抿嘴笑了。

沈云安在西北可是骁勇善战，也只有在她面前才会像个孩子。莫说外人，便是自己阿爹的醋他也吃。沈羲和年年给他们父子俩送物什都得一模一样，否则父子俩要吵半晌。

每每都是以沈云安嘴上获胜，身体遭受沈岳山的处罚告终。偏他从不长记性，下次还敢！

“哼！”沈云安没有想到沈羲和还笑，气得重重地哼了一声，环臂扭头。

沈羲和莲步轻移，绕到沈云安面前。沈云安又哼了一声，把头转到另一边。

沈羲和用双手按住沈云安的脑袋，一点点地转过来：“避寒香是谢他为我打发了六殿下……”

沈羲和将萧长泰要做的事情一一说了出来。

沈云安用拳头“砰”的一声砸在桌子上：“六殿下可真是好本事！”

“阿兄，我没有那般好糊弄。”沈羲和握住他的拳头，“做馄饨是为安西防御图被盗之事……”

她又把萧华雍先发制人地布疑阵，将安西防御图被盗之事糊弄过去这件事说了出来。

沈云安听了之后，皱起眉头：“桩桩件件可都不是小事，这位太子殿下……不容小觑。”

“嗯。”沈羲和颔首，“如此也好，他不需全靠我们。日后他得大位，便不会觉得在我面前抬不起头。我问过他对西北的心思是真是假，端看他往后行事便知。”

“他既然手眼通天，娶你又有何目的？”什么情根深种，沈云安之前听得情真意切，现在却一个字都不信了，太子指不定憋着什么坏水。

“他的病当是受宫闱倾轧所累，我查过十二年前并无皇族被惩处。”

也就是说将萧华雍害得如此惨，让他不得不避出皇宫，又差一点儿与帝位无缘的罪魁祸首没有得到惩处。

“我实在想不出，除了……”沈羲和目光隐晦地说，“还有谁能够让陛下连表面功夫都不做？”

“陛下他……怎会？”沈云安错愕。

自古以来，帝王忌惮储君之事屡见不鲜，可那也要等到暮年才会如此，而十一年前陛下年富力强……

“当年陛下立他为储君，是为了安抚功臣之心，是迫于无奈才如此。”

无论是以顾相为首的文臣，还是以沈岳山为首的武将，最初跟随的都不是祐宁帝，而是谦王。

谦王乍然薨逝，这些忠心耿耿、赌了身家性命的拥护之人，如何能够甘心只差临门一脚，要退居次位，眼睁睁地看着祐宁帝的心腹上位？

祐宁帝这个时候必须稳住他们的心，让他们清楚地意识到他会论功行赏。祐宁帝立为他而亡的王妃为皇后，立刚出生就丧母的萧华雍为太子，就是最好的定心丸。且他当时立了太子，有皇子的宫妃及其身后的势力短时间内才能安生些。

否则，仅争夺储君之位，就能让祐宁帝的心腹杀得反目成仇，更何况还有那些原本拥护谦王之人。

可以说，祐宁帝立储君是稳住帝位至关重要的一招！

“那也太早……”沈云安知道天家无情，也觉得祐宁帝那么早就下手，吃相太难看。

“我倒觉得不早不晚刚刚好。”沈羲和淡淡一笑，“八岁得了怪病，太子被迫出宫调养。太子这么多年体弱多病，满朝文武都将他当作一个摆设。他不但无力学文习武，也没有任何一方势力投向他，省了陛下多少麻烦？”

等到太子长大了，祐宁帝不但不好动手，还会引得朝中势力动荡一番。

“天家无情。”沈云安轻叹一口气，抬眼疼惜地看着沈羲和，“呦呦，你若对他无心，待你嫁给他之后，索性给他寻摸一个好拿捏的良娣，生了孩子抱过来养……”

女子生子本就是在鬼门关走一遭，沈羲和又身子孱弱，延绵子嗣这等事情，能够避免便避免为好，日后也无须经历天家为了皇权反目那种撕心裂肺的痛。

“且看日后吧……”沈羲和不置可否。

她不想抢夺别人的孩子，太过于残忍。且她这样冷漠之人，对自己的孩子定然会用心教导，换作旁人的孩子，也做不出真情来。

若是身子允许，她还是想自己诞下亲生骨肉。至于天家无情，当真有一日她的骨肉为了权力而反噬她这个亲生母亲，她也无可埋怨，是自己教子无方。

沈羲和的思虑，沈云安不知，就想着她这态度，或许是她对萧华雍有那么点儿意思……沈云安一时之间五味杂陈，想说萧华雍不好，却又想到沈羲和之前对情爱冷淡，怕真的把妹妹逼狠了，让妹妹成为清心寡欲的尼姑。

虽然沈云安什么都不说，但一想到妹妹日后可能会对萧华雍有情，有可能会被萧华雍所伤，就恨不得现在提刀将萧华雍给宰了！脑子里天人交战，沈云安烦不胜烦。

“这又是为何？”沈羲和疑惑地看着烦躁的沈云安。

他好不容易才被安抚下来，又莫名其妙地暴躁了。

沈云安有苦难言，只能胡诌一个借口：“在想安西防御图被盗之事的主谋。”

“这件事只能从烈王的口中才能有新的线索。”沈羲和今日仔细想了想。

“他只怕也在等我们上门问。”沈云安冷哼了一声。

萧长赢去了西北，话里话外是说他为沈羲和着想，只字不提如何截获防御图的。

这件事关乎西北的安宁，对沈岳山尤为重要，他又不能不问。

“无妨，我见一见他。”沈羲和弯了弯嘴角。

“呦呦……”

“阿兄，我已经下帖请了他。”沈羲和先一步说道，“阿兄无须担忧，我从不求人。”

事关西北，沈羲和不愿耽搁。

萧长赢和沈云安都是昨日到的京都。昨日，萧长赢已经去复命。因为萧长赢的介入，沈家不欲欠人情，没有办法，才说丢失的是假的防御图。

沈云安今日见了祐宁帝。祐宁帝不但没有就此事训斥沈岳山失察，更是好一顿安抚沈云安。

祐宁帝知道训斥一顿也不痛不痒，毕竟没有发生什么大事，要发作也发作不了，只能记下来，待到日后沈岳山被击垮，这就是一条罪名。古往今来，权臣落败，罪名数之不尽，便是这样积累下来的——届时还能彰显帝王的仁德，落败者的不知悔改。

沈羲和约了萧长赢在独活楼见面，顺道亲自看一看独活楼的情况。

沈云安自然不放心妹妹独自与萧长赢见面。两个人在独活楼的雅间里等了一刻钟，萧长赢踩着相约的时间点迈入了屋子。

萧长赢红衣如火，圆领袍显得贵气，金冠束发，颇显意气风发。

“能得世子与郡主相邀，真是受宠若惊。”萧长赢怪声怪气地说道。

沈羲和亲自倒了茶，优雅地做出一个请的动作。

萧长赢斜眼扫了一下：“郡主的茶，不会有毒吧？”

“无须用毒，我也能让殿下张口。”沈羲和淡淡地笑了笑。

她的自信从容，真是无论何时都那么盛气凌人。萧长赢笑了笑，端起茶杯闻了闻茶香，呷了一口：“郡主请，恭候赐教。”

“安西防御图被盗之事，线索全断，我一直想不明白一点。”沈羲和冷漠的眼眸直视萧长赢，“动手之人既然动用了埋藏十年的暗棋，必然是有把握才是，哪怕防御图没有被送到我的手中，也不应当丝毫动作也无。这人明知防御图被截获，就如此甘心费劲筹谋结果一场空？”

沈羲和的话让萧长赢和沈云安都若有所思。

的确，这动手的人过于安静，能够将手伸这么长，不应该是防御图出了意外就束手无策的。

沈羲和也浅抿一口桂花饮子："故而我有理由怀疑，一切是烈王殿下自导自演。"

沈羲和的话音一落，萧长赢目光一沉，紧紧盯着沈羲和，眼中略有怒意。

"殿下也莫要觉得冤。凡事必为利，此事殿下得利最多。"沈羲和笑容浅浅，眼中水光点点，"所以，还请烈王殿下给我们沈家、给西北一个交代。"

萧长赢听得额头青筋跳了跳："郡主可真是巧舌如簧。"

"难道我所言无理？"沈羲和用黑白分明的眼眸看向沈云安。

沈云安心口一软，哪里管沈羲和说什么，必须有理："烈王殿下，还请解释一番。"

萧长赢被这对兄妹的无耻气乐了："郡主以为这般就能逼我开口？"

"自然没有这般简单。"沈羲和莞尔，"可我若是告知陛下，我从殿下这里得知防御图丢了，不知陛下会如何作想？"

防御图丢了的消息还没有被传出，萧长赢就拿到了，沈羲和还在萧长赢这里看到了，祐宁帝不得被气死？就算祐宁帝不怀疑萧长赢是主谋，也会觉得萧长赢是心无父皇！

"陛下不是这般容易被挑拨的，你们兄妹更难取信于陛下。"萧长赢冷笑。

沈羲和有些惋惜地轻叹了一声："不知殿下去西北追回的防御图是否交给了陛下？"

萧长赢眼皮一跳，眯着眼审视沈羲和。

沈羲和张开素白纤细的五指："过我手之物，总会留下一些旁人难以察觉的痕迹。"

萧长赢从西北追回来的防御图，一直在京都的沈羲和不应该能见到。一旦她证明她看过防御图，萧长赢就彻底失去帝心了，被削爵都有可能！

独活楼在东市之前，往来之人颇多，附近商铺林立，今日又是端正月，热闹的声音此起彼伏。

雅间里却静得仿佛落针可闻，沈云安得意地挑眉，对妹妹暗暗投去夸赞的目光。

沈羲和对沈云安微微一笑，双手交叠，坐姿端正，收回目光，静静地看着萧长赢。

萧长赢用拇指轻轻地在茶杯边缘滑了滑，似笑非笑道："郡主惯会唬人。我信郡主聪慧过人——除非防御图丢失之流言是从郡主这里传出，否则郡主如何能够预料事情的演变，又如何能够早早就在图上做了手脚？"

萧长赢顿了顿，目光在沈羲和兄妹的身上绕了绕："这流言传得精妙至极，既不令群臣恐慌，又不让陛下发难，似是而非，虚实难辨。须知三人成虎，恕小王冒犯，郡主与世子还没有这番本事。"

他们兄妹的确没有这个本事。要掌控流言，又要让人查不出流言的出处，这是需要相当了得的掌控力和人脉才能运作的。

沈羲和承认："殿下所言极是，我与阿兄自是没这等能耐，可我有人相助。"

萧长赢捏紧手指："郡主说的是太子殿下吗？"

"是谁，与殿下无关。我只是给殿下两个选择，要么告知我实情，要么我进宫见陛下，谢过烈王殿下早早知会我安西防御图被盗之事，才让阿爹能及时察觉疏漏，免了一场祸端。"沈羲和淡笑着说。

萧长赢轻笑一声："郡主，罗勒香遇水并不会变色，加任何香料都不行。"

沈羲和面不改色，当日在大理寺，那不过是一个小把戏。罗勒香遇水的确不会变色，真正遇水变色的是墨玉藏在指甲里的香料。丁值二人都是由墨玉带着摁入水中的。

"是，罗勒香不会变色，但我依然抓到了真凶。"沈羲和悠悠地开口，"殿下也可以赌一赌，防御图是否真被我动了手脚？抑或我没有在防御图上动手脚，但要去证明我动了手脚，也一定能够弄假成真。"

正如罗勒香不会遇水变红，可她有其他法子让水变红，而那些不知罗勒香的性能的人，便会被她牵着鼻子走，这是一个道理。

"我信。"萧长赢姿态慵懒，"郡主想要知晓是何人盗走防御图，是想抓出潜伏在西北的毒蛇。这一条毒蛇想来也让西北王寝食难安。郡主若是去陛下面前颠倒黑白，我便把我知晓的事告知陛下。陛下恼我，我也可以推说少不更事，为情所困……"

萧长赢看着沈羲和依然一副云淡风轻的样子，但一种直觉告诉他，她有点儿生气。不知为何，这个认知让他开怀不已："我是不是主谋，陛下一查便知。陛下再恼我，顶多是罚我闭门思过。"

萧长赢从桌子上拿了一块胡饼咬了一口，满足地"嗯"了一声，吃完一整块，又喝了口茶才接着说道："就不知这样一条毒蛇让陛下知晓，成了陛下手中的暗棋，西北还能不能有安生日子？"

萧长赢看着沈羲和，万分期待沈羲和如何破局。

"啪！啪！啪！"沈羲和为萧长赢鼓掌："看来殿下是有备而来。"

"在郡主手上吃了几次亏，总要多留个心眼儿。"萧长赢状似谦虚地笑了笑。

"但殿下忽略了三点。"沈羲和轻轻一笑，"其一，我适才说过，这主谋过于安静，我想他既然不急着反击，那必然是心思缜密之人，花了时间去善后。就不知殿下给了线索，陛下是否还能查到证据？"

沈羲和扫了笑容微敛的萧长赢一眼，又说道："殿下，你的线索只对我们沈家有用。其二，西北黄沙，毒蛇不但毒，还多，更擅于伪装，露出了一条没有抓着也无妨。"

说了前面两点，沈羲和又端起桂花饮子润了润唇："其三，我身后有人。"

萧长赢目光一沉。

沈羲和背后的人，是一个她可以为之将萧长赢手中的证据截获的人，一个能够顷刻间就将防御图被盗这么惊天动地的大事化解的人。这个人是萧长赢的兄弟，但他至今没有看透是哪个兄弟！

胭脂案的证据最后是他的二皇兄昭王呈上的。昭王虽然嫡妻已逝，却留了一子一女，萧长赢不信沈羲和委屈自己做继室不够，还要做继母。

沈羲和是在告诉他，这件事闹到陛下面前，他绝对不会如他自己所想的那般只是被训斥或是被罚思过那般简单。

“殿下未加冠便被封王，陛下越是重视殿下，便越容不得殿下的背叛。”沈羲和轻轻地放下杯子，杯底却在木桌上磕出沉闷的声音，“殿下，我只想再听你说一句话。这一句话决定我如何行事，殿下开口可要慎重。”

萧长赢沉沉地盯了沈羲和好一会儿，见她始终做出静听的模样，不催促不着急，姿态从容自如。

“河西节度使！”萧长赢扔下五个字，便起身拂袖大步离去，脸色阴沉，连一句告辞的客套话也无。

“叶岐？”沈云安聚拢剑眉，“可信吗？”

“到了此时，他不会胡乱攀扯。”沈羲和相信萧长赢的确是从叶岐手中截获防御图的。

叶岐是定王妃叶晚棠之父，上次定王妃的寿宴，叶晚棠对西北十分熟悉……

河西这个位置也正好在西北之外，若是有一天西北兵变，对上的第一人必然是河西节度使。

“若是定王，倒也合情合理。”沈云安沉着脸说道，“防御图若没有被烈王截获，送到了陛下的御案上，陛下必然要派叶岐擒拿我与阿爹。叶岐驻守凉州十几年，对西北了若指掌。届时西北一乱，他是最能轻易平乱立功，继而接替阿爹的位置之人。”

“先让阿爹查一查。”沈羲和没有轻易下定论。

看出妹妹的顾虑，沈云安问：“你是如何想的？”

“阿兄所言合情合理，但我觉得时机不对。”沈羲和微微摇头，“叶岐盯着西北，定然有想取代阿爹之心，可现下接替阿爹执掌西北，定王便会被陛下猜忌。我若是他，定要等到陛下垂危之际，才有这番动作。”

“你是怀疑叶岐也只是颗棋子？”

第九章　心有所疑相试探

若萧长赢没有说谎，这东西确实是从叶岐的手中截获而得，那叶岐一定是提前动手了。但他不是主动这么做，而是迫于无奈。这绝不是定王授意的。

定王现在可还是闲散王爷，韬光养晦，自己都还没有冒头，又怎会把岳家推至风口浪尖?

“和曲衍光之事倒有些相似。”沈羲和陷入了沉思之中。

这一次，沈羲和却猜错了。曲衍光撕破宣平侯府的口子，是萧华雍主导，叶岐的事情却不是。

萧长赢之所以妥协，并不全是因为受到沈羲和威胁，还因突然想明白了一件事。他急匆匆地赶回王宅，为免引起人猜疑，忍了又忍，忍到飧之前，萧长卿派人来请他到府上一道过端正月。

端正月燃灯拜月都是女郎之事，郎君通常是对月小酌。

广庭之中桂树矗立，扶疏遮阴，乐律悦耳，舞女蹁跹，素衣飘然。

萧长赢却丝毫没有心情欣赏，而是盯着一身白衣、手挂佛珠的萧长卿。

自从五嫂去后，他的哥哥就喜欢着白衣，且眉目越发寡淡，眼中波澜不兴，像极了他那冷得无心无情的五嫂。

萧长卿把自己活成了亡妻的样子。

“你想问便问。”萧长卿先开口，声音冷淡。

“为何？”萧长赢盯着亲哥哥，“为何要盗安西防御图？又为何将其交到我的手上？”

也是在今日，沈羲和的一句“对方既然没有反击，就应该在善后”的分析，让萧长赢惊觉一些细节，从而抽丝剥茧，猜到这件事是他的亲哥哥所为，但没有证据。

萧长卿布的局，完美到无懈可击——只有他没有刻意隐瞒，萧长赢才能猜到，但即便是猜到了也无法证明。

不过，萧长卿没有欺瞒，目光落在萧长赢身上："阿弟，你对昭宁郡主欲亲近又不敢亲近，想对她示好也不知从何下手，时而会无故想到她，时而又想看她吃点儿亏，甚是想要她在你面前落败一次，是与否？"

萧长赢自眼中浮现一缕惊诧之色。

萧长卿端起茶碗："你动心了，阿兄在帮你。"

"我不要你帮！"萧长赢下意识地否决了后半句话。

萧长卿微扬嘴角："阿弟，莫要步阿兄的后尘。"

"我不是你。"萧长赢其实很恼怒萧长卿变成现在这个模样。

他的哥哥曾经是他的骄傲，是他最敬重的人，意气风发，运筹帷幄，此刻却变得满目沧桑，看似修身养性，实则像个活倦了的厌世之人。

萧长卿仿佛没有听到萧长赢的话，沉寂的眼望着漆黑的夜："当年顾、谢两家退亲，陛下不顾颜面，要纳她为妃。我听闻之后，便在明政殿长跪不起，求陛下赐婚，并允诺，陛下若赐婚，我此生甘愿为陛下之刃。这些年我的双手沾满鲜血……"

萧长卿低下头，盯着虚张的双手："我一边厌弃自己，一边又庆幸自己娶了她。我的所作所为我不敢开口与她讲，却又觉得自己付出良多，而她始终不肯对我有半句嘘寒问暖的话。"

萧长卿说到此，眼中蔓延痛色："我爱着、恨着、怨着、痛着，只想她为我动容一瞬，证明她心中有我，让我觉得我所有的付出都值得。可她始终没有多给我哪怕一丝目光……"

"阿兄。"萧长赢眉头打结。

萧长卿失笑着摇头，接着说道："我曾想，都做到这般地步了，为何还是焐不热她的心？我委屈过、茫然过、煎熬过，唯独没有后悔过。直到她死在我的怀里，我才幡然醒悟，自以为倾尽所有，不过是一厢情愿，自我感动。我的这些付出她并不需要，我又有什么资格要求她回应呢？"

"阿兄，忘了她可好？"萧长赢心疼自己的兄长。

"忘不掉。"萧长卿闭上眼，"阿兄告诉你这些事，是希望你能够早日看清自己的心，寻找到昭宁郡主需要的是什么东西，不要错过，亦不要做错。希望你能拥有阿兄未有的欢乐。"

萧长赢的眉头皱得很紧，他承认当日沈羲和救了自己，就让他记住了她。沈羲和盗走他千辛万苦寻来的证据，他恼怒过，却不怨怪她。他拿到防御图的第一反应竟然不是交给陛下，而是寻上门找她。

萧长卿也是想要借助这一点试探一下弟弟的心意，也让弟弟看清自己的心意。

另外，他自然是学着旁人，让老四的野心再暴露一次，最好是能够借此将他们的人安排到河西，便是不能替代叶岐，也要扎下根。

若日后西北有什么情况，他们才能进退有度，不要像他一样，被陛下以王妃的性命相迫，成了监斩她家满门之人。

“阿弟，不要寄希望于陛下。他答应过我不会灭顾家满门，最多只将他们贬为庶人。”萧长卿讥讽地笑出声，嘲笑着自己曾经的天真，“可结果呢？”

“阿兄……你想做什么？”萧长赢担忧不已，兄长对阿爹的怨恨极深。

“我想做什么？”萧长卿露出一丝诡异的笑容，“我想搅得皇家天翻地覆，想让陛下尝一尝被人主宰命运的滋味……”

“阿兄，你这般，将阿娘置于何地？”萧长赢觉得萧长卿疯了。

“我们的阿娘只有她的四郎。”

祐宁帝排行第四。

“她明知你阿嫂有孕，明知你阿嫂于我何等重要，却还是帮了范家，将能够致命之物送到你阿嫂的手中。”

他盼了那么久的骨肉，还未成形，就那样眼睁睁地看着孩子化成一摊血水。

“阿兄，阿娘她……”

“无须多言，总有一日你会明白，我们在阿爹的眼里是称手的器具，在阿娘的心中是讨好阿爹的物件。”说完，萧长卿站起身离开。

银辉之中，他的身影一点点地没入黑暗里。萧长赢的心也一寸寸地被暮色笼罩。

萧长卿兄弟俩的谈话无人得知。今日是端正月，萧长赢与萧长卿一道也无人多想。

沈羲和陪着沈云安在街上逛了逛。华灯初上之时，他们抢了家最好地段的酒楼赏月，却看到了三个人，正是绣衣使赵正颢、大理寺少卿崔晋百、赶考举子郭道译！

差一个华富海，被那人假扮之人就集齐了。

沈羲和之前不曾留意，此刻才发现三个人差不多高。

中秋之夜，天清如水，月明似镜，不似上元、清明、重阳热闹，可各家各户挂起了明亮的灯笼。满城灯明，目之所及宛若琉璃。

沈羲和选择的位置极佳，他们一眼望去，十里之内的景物尽收眼底。

崔晋百等人站在一个点满灯笼的石台上，周边有来来往往的人。他们都着便服，就好似有人路遇停下来闲聊几句，只不过停得略久。旁人都被满城璀璨吸引，无人留心。

沈羲和支颐凝望，原以为会等来华富海，不承想等来一个身量与他们差不多的青年男子。

这个男子穿着面料最普通的襕衫，长带束发，背对着沈羲和。

那一道背影仿佛从黑夜中披着一身月色走来，挺拔笔直，清雅宽厚。

原本有些懒散的沈羲和顿时坐直了身子，冷淡的眼眸微微一动。她没有看错，崔晋百三人在看到他时做出了要行礼的动作，被他手上的折扇一抬给拦下了。

沈羲和迅速站起身，走到了高楼的窗边，目光锁定那个方向，变换角度，想看清这个人的模样，奈何只能看到小半边脸。

“呦呦，你在寻找何人？”沈云安本来看着外面的盛景，见沈羲和突然站起身，便也跟着立刻起身。

他跟着沈羲和来回走了一圈。外面实在是太多人和物，他也无法确定沈羲和到底在看什么。

敏锐的赵正颢似乎感觉到有视线在监视他们，锐利如鹰隼的眼眸迅速搜寻一圈，目光立刻就投射到沈羲和这里。

“好生敏锐。”不知沈羲和在看什么的沈云安突然似有所觉，就和赵正颢对个正着。

“他是陛下的绣衣使。”沈羲和对上赵正颢投来的目光不躲不避，更是在他锐利的目光中，别有深意地将视线移到那位背对她的襕衫青年身上。

赵正颢先收回目光，动了动唇说了句话，崔晋百和郭道译抬首看过来。

其实，萧华雍比赵正颢更早感觉到这一束目光，只不过没有放在心上。他今日易了容，且几个人不当值时于繁华大街上遇上，停步片刻，便是陛下看到也不会多疑。

赵正颢说道：“是昭宁郡主。”

萧华雍听到赵正颢的话，眉头一抬，嘴角流泻一丝笑意，对他们挥了挥手：“记下了，便散吧。”

三个人几不可见地颔首，各自走了一个方向。唯独萧华雍还站在原地，及至三个人走远，才负手转过身，迎着沈羲和的视线回望过去。

他那一眼穿过繁华琉璃般的灯火，越过了此起彼伏的喧闹声，渗透皓月高悬的暮色，与她隔空相对。他的眼眸银辉凝聚，华光深藏，如渊如海。

完全陌生的脸，其貌不扬，唇畔噙着笑，此人却有着说不出的风流写意。

“是他。”沈羲和轻声说道。

“是谁？”沈云安审视着这个看起来普通，却给人感觉不一般的男子。

“不知。”沈羲和微微摇头。

上次在叶晚棠的生辰宴上，她借机看了一遍祐宁帝的皇子。十六岁以上能够自由出宫的皇子，她都见过了——可这双眼睛她愣是没有在任何人身上寻到。

如此特别，如此令人深刻、过目难忘的眼睛，是如何被藏住的？

难道他其实不是某位皇子，而是某位皇子身边的谋士？

萧华雍冲着沈羲和遥遥一抱手，便捏着未展开的折扇在掌心有一下没一下地敲着，悠然离去。

沈羲和盯着他消失在人海之中，收回视线便迎来沈云安等着她解释的目光。

她便说道：“我在洛阳遇上……”

对沈云安，沈羲和没有丝毫隐瞒。

听完经过之后，沈云安急切地问道：“脱骨丹真有奇效？”

“我已经开始服用，确有药效，近来精神头儿见好，往日走不到一刻钟就喘不上气，现在能走一刻钟。”沈羲和轻声安抚着沈云安。

还未见过沈羲和如何煎熬着服用脱骨丹的模样的沈云安目光明亮：“太好了，这趟上京值了！”

他们让沈羲和奔波上京，最主要的就是沈羲和的身体已经无力回天。其实就算没有玲珑叛变，沈羲和也未必能够撑到京都。现在她得了奇药，有了治愈的希望，沈云安如何能不欣喜？

沈云安恨不能立刻回府修书一封给阿爹送去。这些年沈羲和的病一直是他们的心病。

激动过后，沈云安才想到其他事：“若是如此，京都水深，比我们所想更甚。”

祐宁帝的皇子们都不是省油的灯，如今又冒出这样一个暗中潜伏之人，实在是令人防不胜防。

“我许了他西北商市。”这件事情沈羲和还没有与沈岳山父子讲，毕竟还未拿到天山雪莲，“只管与他正常交易即可。西北这两年休养生息，但百姓依然不算宽裕，是商贸往来不足，阿爹一直寻不到可信之人。”

“他可信吗？”沈云安问。

“脱骨丹于他而言亦尤为重要。当日我拿到脱骨丹使了诈，他却愿赌服输，之后未曾暗下黑手抢夺。由此可见，他是个重信之人。”沈羲和便是因此才让他入西北商市。

沈家既然是为着西北的发展着想，其他都是次要的，守信是重中之重。

“好，我回去告知阿爹。你只管让他派人来。”沈云安相信妹妹的判断，“正好我也能盯着他一些。”

“他志不在西北。”沈羲和觉得沈云安想以此来抓住他的尾巴，掀开他的真面目，不太可能。

“何以见得？”

“你看他人脉之广，陛下的亲卫绣衣使、陛下的心腹大理寺少卿、享誉四海的巨贾、清明励志的举子……若是他志在西北，也定会安排人手过去。”沈羲和给沈云安分析，“可此次防御图被盗之事，他毫无察觉，便说明他的手没有伸向西北。”

她笃定，如果这个人早知防御图被盗之事，定会传信给她，只因他指着让华富海入西北赚钱。要是沈家出了事，换了个人掌管西北，于他而言也是损失。

沈云安点头表示赞同。

这时，房门被敲响，博士带着一个拎着纱灯的小女郎站在门口。

“阿郎，女郎，这女童说寻你们。”博士将小女郎轻轻推了推。

小女郎看着七八岁的模样，也不怯场。她拎着一个精巧的纱灯，纱灯上描绘着一个娴雅的女郎坐在棋盘前，一手挽袖一手拈棋的模样，惟妙惟肖。

这让沈羲和想到了在洛阳，在白头翁的杏林园内，那一盘赢得不算光明磊落的棋局。

“沈女郎，这是一位姓华的公子让我送来与你的。”小女郎的口齿清晰，她将灯递给沈羲和，“他托我传话，愿女郎年年人月两圆。”

“碧玉。”沈羲和接过灯笼。

碧玉赏了小女郎二十文钱，小女郎连连拜谢离开。

小女郎刚走出门，一个人奔过来：“羲和姐姐，羲和姐姐，我就说我没看错！”

来人不是旁人，正是薛瑾乔带着她的丫鬟草草。

“羲和姐姐，你也来赏月？我陪你啊。我知道何处的胡饼最好吃，何处的酒最好喝，何处的月儿最圆满……”薛瑾乔直接无视沈云安这个大活人，眼巴巴地盯着沈羲和。

沈云安觉着这女郎看他妹妹的眼神，比男儿还热切。

“不去。”沈羲和依然冷淡地拒绝。

薛瑾乔又噘起了小嘴：“羲和姐姐……”

“咯！”沈云安重重地咳了一声。

薛瑾乔好似才知道还有个人，看向沈云安，细眉一皱：“不知壮士是何人？”

沈羲和道：“家兄。”

原本觉得沈云安就是个糙汉子的薛瑾乔，顿时觉得沈云安高大威猛：“羲和姐姐的兄长啊。”

薛瑾乔连忙摆出淑女姿态，略带娇羞地给沈云安行了个礼：“沈家阿兄安好。”

如果这位女郎不那么刻意压着嗓子喊他，他会觉得更有诚意一些。

“这是薛家七娘。”

“七娘多礼。”沈云安也回了个礼。

“沈家阿兄，我们去赏月吧。”薛瑾乔有双含水杏眼，灵动而又澄澈。

别看薛七娘眼含期待之色，甚是殷勤，但沈云安只在沈羲和面前才会失智。他一眼就看出薛七娘醉翁之意不在酒，想邀请的是自家妹子。

“多谢七娘盛情，只是舍妹体弱，夜渐深，凉意甚，我要带她回府。”沈云安最了解自己妹妹，她不喜欢和人往来。

“羲和姐姐这般体弱？”薛瑾乔并没有懊恼，侧重于沈羲和的身子如此不好，眼中尽是关切之意。

沈羲和能感觉到她真关心自己。虽不知自己为何得了她的眼缘，不过这种事在西北也常见，沈羲和便真诚地应了一声：“嗯。”

“那快回去，也不披个斗篷……”薛瑾乔开始碎碎念。

一向讨厌人聒噪的沈羲和却没有打断她的话，由着她一边念叨，一边将自己和阿兄送到楼下。

薛瑾乔目送沈羲和上了马车，瞄到碧玉手上的纱灯：“羲和姐姐，这灯甚是别致，不如送我吧。”

沈羲和原也打算寻个地方扔了，既然薛瑾乔要，就示意碧玉递给她。

薛瑾乔等到沈羲和的马车离去，一把将纱灯砸在了地上，还踩了两脚：“哼，登徒子，敢觊觎我羲和姐姐！”

薛瑾乔之所以找到沈羲和，是因为也看上了这个纱灯，觉得特别配沈羲和，想买来送给她，结果有人先一步买了。

她原是想追上那人问问能不能让与她。因为人群拥挤，她只看到那人将灯给了卖花的小女郎。她在楼下看到了沈羲和，原以为与花灯无缘，能见到沈羲和也极好，却见到这灯被送给了沈羲和。

她可是知道这是个男子买下的！

“七娘子……”草草看着自家女郎这酸劲，有些头皮发麻，“郡主是女郎……”

“我当然知道她是女郎。”薛瑾乔用一种莫名的眼神看着她。

草草这才明白，是她想多了。

岂料她家女郎又说：“她都不搭理我……我要是成了她阿嫂，她会不会陪我玩儿？”

草草瞪大了眼睛，嘴皮子发抖，不知该说什么。

草草从小就知道自家女郎想法古怪、行为执拗、性格刁钻，且时常莫名其妙，但从未想过自家女郎会疯狂到这个地步！

“七……七……七……娘子，世子要回西北的。您便是嫁给世子，也要跟着世子去西北！”草草灵机一动地说道。

薛瑾乔整日琢磨着如何靠近郡主，三天两头去爬郡主府，已经被郡主的护卫拎回薛家好几回了。

沈羲和还不知，薛瑾乔为了靠近她，连沈云安的主意都打上了。她回到郡主府，就看到天圆拎着一盏灯站在院子里。

那是一盏极美的灯，白玉镶嵌，耀眼夺目，玉壶冰清，远远看着，像极了一轮皓月。

“郡主，殿下制了一盏灯。”天圆连忙将灯递给沈羲和，“愿清辉明月，永伴身侧。”

“曹侍卫，男女有别，舍妹不好收太子殿下之礼。”沈云安先一步拦下礼物。

“世子无须担忧。殿下做了三盏，一盏送了陛下，一盏送了太后，不算私相授受。”天圆不慌不忙地解释，“殿下极少有能赠礼之人，还望郡主莫要推辞，使殿下黯然伤神。殿下身子本就不好……”

皇太子啊，除了皇帝和太后，还真没有人敢收他的礼。既然不是独给她一人，沈羲和也就收下了：“替我多谢殿下……曹侍卫稍等。”

沈羲和转身让碧玉装了些胡饼，递给天圆：“这是我做的一些胡饼，算是回礼了。”

“呦呦，那是给我做的！”沈云安眼睁睁地看着天圆拎着食盒走了。

不知是不是他的错觉，他开口之后，天圆好像走得更快了！

天圆可不得走快点儿，将胡饼带回去，殿下肯定大大有赏！

他家殿下容易吗？为了掩饰身份，连灯都要送两盏，有一盏已经被丢了！

“呦呦！”等到天圆的背影消失在夜色之中，沈云安投来幽怨控诉的目光。

“昨儿做的，哪儿有现做的好吃？”沈羲和只得哄他，“留着明日定然要回潮，明日阿兄想吃，我再给你做。”

沈云安尽管知道妹妹这是拿话哄自己，还是咧嘴一笑，权当太子爷捡他剩下之物，心情便好了。只是他看着这盏灯，怎么看都觉得有些碍眼。

“碧玉，收起来。”沈羲和会意，无奈一笑，将灯递给碧玉。

这可不是来历不明之人所赠，不好如之前那一盏那样随手送人或是丢弃。

沈云安睁着大眼睛看到碧玉拎着灯入了库，才满意了：“明儿我们去游平仲园？”

“明儿我要去相国寺，答应虚清大师为相国寺调制的阇提华香已调好。”

“我送你去，相国寺也有两棵平仲树，已有百年光景。”

沈羲和欣然应允。

沈羲和喜欢平仲，只是平仲在西北难以成活，往年都是秋末之际舅父家送来一些平仲叶。

早晨用了朝食，沈羲和与沈云安先去了陶家，拜见外祖父和舅父舅母。她日常极少过来探望，不过做了什么新鲜的吃食，或是得了有趣的物件，都会遣人送来。

她和阿兄是站在风口浪尖之人，来陶家勤了，难免有人对陶家不利。

好不容易见到外孙女的陶专宪，愣是不愿意放人走。沈羲和好说歹说与虚清大师有约在先，才得以从舅家脱身。

沈羲和送阇提华香上相国寺，可没有低调。她让独活楼掌柜一大早安排好人捧着红布覆盖的香料，六个人整整齐齐地绕了几条街才进入护国寺所在的山脚。

等沈羲和带着他们入了相国寺，独活楼的香料成为相国寺塑造佛像香料的消息不胫而走，一直嫌贵之人也咬着牙买了一回香，让独活楼的客人也与有荣焉。

“香品甚好，”虚清亲自来检验，十分满意，对沈羲和感激不尽，“有劳郡主。”

“大师客气。”沈羲和谦虚行礼，“我自幼喜平仲，听闻相国寺有百年平仲，不知可否与家兄一观？”

相国寺的平仲是太宗陛下亲手栽种，如今国祚已过百年，平仲树也过了百年，乃是相国寺的镇寺之宝。除了陛下和虚清，常人不可随意参观，想要观看，只能登到高山上俯瞰，能够看到远远一个影像。

虚清大师迟疑了片刻才说道：“此刻有一位檀越在平仲院，郡主若不介怀，贫僧引郡主去。”

“无妨，只要对方不嫌我们打扰。”沈羲和只是想赏景，没有独霸的癖好。

“郡主请。”

虚清将他们引到平仲院，远远就能看到一片橙黄树叶遮天蔽日般覆盖了整个院子的上方，似天边一道金色的霞光，走近了遍地泛黄，如蝶似梦，令人迷醉。

见一片金色之中站立着一道雪白的颀长身影，沈羲和于院子的月亮门前脚步一顿。

这人一身广袖白衣，腰间、袖口、衣摆都是黑色的绲边，白色的发带束起一瀑青丝。他微微仰着头，深深凝视着平仲树，偶尔有叶子飘落，无声地停在他的肩上，温柔至极。

沈羲和没有想到竟然是在这样的情形下见到萧长卿。

定王妃的生辰宴，他因服丧在身，不宜冲撞而未至。

本朝有规定，妻死，夫服丧一年。王公大臣及皇族都会隔一年才续弦，但真正穿一年丧服之人寥寥无几，因为要上朝要办理公务，不可能穿着丧服。

一般人少则穿七天，多则三个月，而顾青栀已经去世四个月有余，萧长卿竟然还穿着丧服。

萧长卿似乎察觉有人到来，转头望过来，目光落在沈羲和的身上，不由得一凝。

这是他第一次见到沈羲和。一种强烈的熟悉感直冲他的脑门儿，让他有些眩晕。

待到他们走到近前，萧长卿才敛去神色，互相见礼。

虚清没有点明萧长卿的身份，萧长卿也没有戳破沈羲和兄妹的身份。大家就当作是陌生人见面，互相致意。

“阿兄，你这是作何？”沈羲和看到沈云安抓了很多飘落的叶子。

“带回去，给你装个香枕。”沈云安挑拣了完整好看的叶片留下，其他的撒落在地上。

秋风萧瑟，随风摇曳的树叶极多，沈云安手忙脚乱，又俯身在地上厚厚一层铺着的叶片之中挑拣干净完好的。

她喜欢平仲叶。沈云安曾经千里疾驰，捧来一袋平仲叶。她感念沈云安的心意，不忍平仲叶枯败，想了个法子，将之烘干填入枕中，用了许久，直到不能用才换掉。

“我们多挑拣一些，也给阿兄做一个。”沈羲和舒心地笑了笑，也不顾礼仪地蹲下身随着沈云安一起挑拣树叶。

兄妹俩旁若无人，甚至讨论起叶片，偶尔寻到一片特别大或者特别好看的，还要拿给对方品评一番。

萧长卿站在另外一边，看着有说有笑的兄妹俩，不由得哑然失笑。

就在方才他看到沈羲和的第一眼，以为看花了眼，甚至心口不由自主地刺痛了一下。但此刻看着提起裙摆蹲下身，露出精美绣鞋的沈羲和，他确信是自己执念成魔，生出了幻觉。

他的妻子，一个将规矩礼教刻入骨子里的端正清雅女郎，永远不可能做出这样随心自在的举动。

青青，我念你快疯魔了……

萧长卿转身，无声地离开了院子，丝毫没有影响到沈羲和兄妹。

兄妹俩依旧拾叶子拾得不亦乐乎。

“也不知这昭宁郡主与西北王世子去了何处？”

就在兄妹俩兴致极高的时候，一个陌生的妇人声音自平仲院的墙外传来。

沈羲和和沈云安对视了一眼，望向与月亮门相对的密实围墙。想来墙外那两个人知道平仲院是相国寺的禁地，才敢约到与平仲院相连的地方密谈。

“我可是为你操碎了心。西北荒凉，没有贵女愿意嫁到西北，你这身份才有机会，可得把握住。”妇人又叮嘱。

“姨母……都在传西北王世子杀人如麻，我……”娇弱的女音听着很是为难。

声音娇弱的女子是看上了她阿兄的身份和地位，又嫌弃她阿兄的名声不好？

沈羲和被气乐了，什么人也配对她的阿兄挑三拣四？

沈云安感觉到妹妹情绪变化，转眼就捕捉到沈羲和眼中的寒意。他按住她的肩膀，小心地将她搀扶起来，噙着笑对她摇了摇头。他还挺想知晓，这京都之人是如何看待他的。

“若非如此，轮得到你？”妇人冷笑，“他再杀人如麻，只要你嫁入沈家，就是西北王世子妃。你便是死在西北，也是袁家之荣。”

袁家？

沈羲和迅速地在脑海里搜索了一遍，京都有两个袁家，一个文臣一个武将，都是五品小官。

五品小官之女，也敢肖想西北王世子妃的位置？

故而在他们的眼里，沈云安已经沦落到不分贵贱娶妻的地步了吗？

若是她的阿兄喜欢，身份地位确实不值一提。可这些人自己是什么身份看不清，就敢往她阿兄面前凑？沈羲和的眼中凝聚点点杀气。

那两个人又嘀咕了几句话，无非是要尽快找到沈云安，要给沈云安留下一个深刻的印象云云。

“去查一查是何人。”等她们的丫鬟跑来通知没有寻到人，两个人合计着去大门等后，沈羲和吩咐墨玉去查一下。

“呦呦勿恼，哥哥可不会随意娶妻。”沈云安轻笑着安抚明显气恼的沈羲和，又担忧沈羲和气坏身子，又因为妹妹为自己而恼这些人觉着开心。

他疼爱妹妹，想来没有几个女郎会对此不介怀，偏自个儿又改不了，故而索性别耽误人家，因此极难找到合适的妻子。幸而阿爹也没有催促他，望他能够寻个可心之人。

“郡主，是谢国公夫人带着娘家外甥女。”墨玉打探清楚消息回来禀报。

“谢国公夫人袁氏？”沈羲和轻哼了一声。

这不就是谢韫怀的父亲心心念念的继室吗？

这个袁氏的父亲在时，也坐到了大理寺卿的位置，只不过已然去世；其长兄外任，英年早逝；其二兄又是个庸碌之人，年近四十才考了个进士，到现在也还是个五品工部郎中。

“走，我们去看看，何等绝色之人才有这般自信。”沈羲和抓住沈云安的手腕离开平仲院，直接往大门口走去。

他们还没有走到正殿，就听到凄厉的叫声。这声音耳熟，像极了那位袁女郎。

沈羲和与沈云安对视一眼，疾步随着闻声聚集过去的人群走到大殿门口，就见到人群纷纷后退躲避。两个人很轻易就看到了大门口的情形——年轻的女郎单手捂着半边脸，血液顺着指缝流出。

打扮贵气的妇人脸上惊怒之色交加，却也被吓得面色苍白。

一袭玄色襦裙的薛瑾乔俏生生地立在他们几步之外的地方，旁边有一只体形庞大健美的猎豹。此刻她正拍着猎豹的额头，似乎在安抚它。

“还不快把那畜生给我打死！”回过神的袁氏厉声吩咐从国公府带来的护卫。

“谁敢！”薛瑾乔拦在感受到威胁的猎豹面前，“点点是陛下赏赐的，你们敢伤它，便是蔑视君威！”

“薛七娘，你纵容畜生行凶伤人，便是陛下赏赐的，我打杀了它，陛下也不会降罪！”袁氏数年的国公夫人可不是白当的，气势分毫不输。

“我的点点素来乖巧，从不伤人。今儿一见到袁女郎便发了狂，定是她身上有不干净之物。”薛瑾乔笑眯眯地开口：“草草，给我搜！”

“你敢！”袁氏被薛瑾乔气得面容扭曲。

两府的护卫对峙起来。虚清赶来，先是吩咐人给袁女郎治伤，而后道：“阿弥陀佛。佛门儿清静地，请二位收起凶刃。”

薛瑾乔点了点头。

见薛家这边的护卫先一步收起了佩刀，袁氏也咬牙让护卫收了手。

“虚清大师，你最知晓点点乖巧，它定不会无故伤人。”薛瑾乔看到沈羲和，眼睛亮了亮，看似上前对虚清说话，实则是靠近了沈羲和，“佛门重地，若是有人带了不干净之物，岂不是玷污佛祖？”

虚清蹲下身，亲自给袁女郎看了伤。袁女郎嫩白的脸蛋上，三条深可见骨的抓痕覆盖了半边脸，有一条从右边的眉骨跨过鼻梁延伸到了左耳后。

端看另外半边脸，沈羲和确定这位袁女郎确实姿色上佳。

虚清的目光扫过袁女郎腰间的香囊，然后他面无表情地站起身：“谢夫人，袁女郎腰间荷包里的香料引得猎豹发狂。”

“虚清大师！”袁氏难以置信地喊道。

虚清看向她的目光却含威带凉。

“我略懂香料，不如由我来看一看。”沈羲和站了出来。

这件事关系到一个女子的一生，若非袁女郎自身之故，无论如何薛家要给袁家一个交代。

虚清让了步，不过沉着的脸色令人发怵。众人都十分好奇，是何缘故让慈眉善目、德高望重的虚清大师如此含怒?

香囊一入沈羲和的手，一股淡淡的馨香袭来，沈羲和细细闻过之后，将香囊递给了袁氏：“谢夫人，这里面有山獭骨粉。”

袁氏未听懂，周边的百姓也未懂。

沈羲和继续说道：“谢夫人，带袁女郎去医馆救治，问一问医工便知。至于谢夫人要不要寻薛七娘给个交代，可问清之后再行定夺。”

袁氏听了这话之后，又见虚清面色不悦，没再纠缠，当下带着袁女郎离去。

等到人都散了，沈羲和才目光冷然地盯着薛瑾乔。方才还威风凛凛的薛瑾乔，此刻像个犯错的孩子，眼珠子乱转，摸着她的点点。

山獭骨是壮阳之药，獭性淫，此物若是给男子服用，后果不堪设想。一个未出阁的女郎香囊里藏着这样的东西，这事说出去，整个袁家的女郎们都别想有好婚事。

等到袁氏知晓什么是山獭骨之后，哪儿还敢找薛瑾乔讨公道？

袁女郎这容貌是白毁了。可一个官家女，怎么会在香囊里放这样的东西？尤其是袁氏都不知何为山獭骨，袁女郎就更不可能知道。

再瞧瞧薛瑾乔心虚的小模样，沈羲和还有什么不明白的？

“你呀！”沈羲和伸手点了点她的脑门儿，大步走了。

沈云安跟上来，却被薛瑾乔拦下。她压低声音龇牙警告：“在我确定不要你之前，不许你招蜂引蝶！”

沈云安有些莫名其妙。

警告完沈云安，薛瑾乔又泄了气，奋拉着脑袋，带着她的点点跟上沈羲和。

沈羲和上了马车，没有吩咐放下车帘，坐在马车里等着薛瑾乔。

磨磨蹭蹭的薛瑾乔上了马车，随后沈云安也跟了上来。

“为何这般做？”沈羲和问话的声音冷淡。

薛瑾乔盯着自己的鞋面，放在双膝上的双手手指互相绞着：“她不要脸面，我便成全她。”

薛瑾乔说完还瞪了沈云安一眼。

沈云安明明什么都没有做，却莫名其妙地被瞪得有些不自在。

“你这般行事，可想过后果？”沈羲和问道。

“无凭无据，这等事她还敢张扬不成？”薛瑾乔颇为得意。

荷包是薛瑾乔让人撞了袁女郎调了包。这人是薛瑾乔的护卫，薛瑾乔特意让他点了两颗醒目的黑痣。匆忙一瞥，便是袁女郎冷静下来回想到不对劲，也找不到这个人。

薛瑾乔眉飞色舞，还投来求夸奖的笑容，结果对上沈羲和冷淡的眼神，才悻悻地收敛下去。

“便是他们寻不到证据，也知晓是你干的好事。明着他们不会去薛家讨说法，暗地里定是会找薛家的晦气。”

“那又如何？”薛瑾乔浑然不在意，“我父亲是六部之首的吏部尚书，我叔祖父是三省之一的中书令。薛家虽无爵位，便是公侯府邸的人也要礼让三分。她是何物？袁家又是何物？”

顾家倒台，三相之首的尚书令归于崔家，中书令由薛家接任，曾经的枢密使王政成了侍中。薛家这一代才俊辈出，自祐宁十三年起，连续六年每年中一个进士。

薛七娘排行第七，却是嫡出女郎，且是唯一未出阁的嫡出，足可成为皇子正妃。

至于芙蓉园胡潆绕之所以敢欺负她，盖因胡潆绕的姑母是郡王妃。

“家中呢？你这般任性，家中如何交代？”沈羲和有些头痛，以往没有接触过薛瑾乔，也不知她的脾性，看她这样跋扈专横，只怕她在家里也是属蟹的。

“他们？”薛瑾乔忽地露出一丝笑容，笑容令人不寒而栗，不过很快就收敛了，“羲和姐姐放心，我做什么，他们都不会怪我，也绝不会迁怒。”

行吧，薛瑾乔既然这般说了，沈羲和也就不操心了。其实若非知晓薛瑾乔是因着他们才对上袁氏，沈羲和也懒得过问。

“日后不许插手我的事。”沈羲和还是叮嘱了一声。

“哦。”薛瑾乔漫不经心地应了一声。

沈羲和也不知道她是不是敷衍，便没有理会她，把她送到薛家门口就走了。

“碧玉，你让莫远查一查胡女郎如何了。”沈羲和蓦然想起上次定王妃的寿宴，就没有见到胡潆绕。

沈羲和原以为是叶晚棠未发请柬，但京中贵女，便是当真没有收到请柬，想露个脸也多的是法子。就好比余桑宁，一个庶女不也跟着嫡姐来了？

沈羲和今日见到薛瑾乔对付袁女郎，隐隐有种感觉，胡潆绕怕是不大好。

果然，沈羲和回到郡主府没多久，莫远就递来消息，说是胡潆绕自芙蓉园回家之后就时常落水，现在见着池塘或者河都不敢靠近。

沈羲和扶额，不用猜也知晓是谁搞的鬼：“薛七娘……到底是何缘故，薛家如此放纵她？”

薛瑾乔做这种事情，非得像沈羲和一样有私卫才可。沈羲和是因为祐宁帝许她养私卫，可朝中大臣是不准明面上养私卫的。那些护卫都要每年上报数额，大宅里背地里养一个私卫需要大笔银钱，绝不可能给女郎用。

“婢子或许知晓一些……”包打听——紫玉小声张口。

以往沈云安不在之时，她们什么话都敢和沈羲和说；可沈云安一来，她们就拘谨了。世子只是在郡主面前才憨厚，离了郡主，要多可怕有多可怕——她们哪里敢造次？

“又听了什么隐私？”沈羲和将目光投向紫玉。

“八年前，薛七娘满身是血地爬回薛家。有人在郊外看到雷劈坟茔，说是看到薛七娘从被劈开的坟茔之中爬出来，一路上甚是骇人。老百姓跟了一路，愣是无一人敢靠近。”紫玉说得神秘兮兮的，“自那以后，薛家的人就格外宝贝薛七娘。”

沈羲和皱了皱眉，对这事好像有点儿印象，只不过没有多在意。

“莫遥，去打听打听。”沈云安吩咐自己的心腹。

莫遥和莫远是一对孪生兄弟。他们的母亲早逝，七岁时父亲续弦，之后他们就留在王府里，伴随着沈云安一起长大。沈羲和入京都，莫远被指派跟着沈羲和。

“阿兄……”沈羲和抬眼探究地看着沈云安，他从不把无关紧要之人放在心上。

“只是觉着薛七娘是挺有趣的一个女郎。”

沈云安一直以为京都的女郎多娇贵柔弱。他不喜柔弱的女郎，沈羲和例外。他的妹妹本可英姿飒爽，若非先天不足，何至于此？

他就看不上其他的女郎娇弱。这薛七娘敢饲养猎豹，可见其性子刚硬。

两个人就见了两面，沈羲和也没有从沈云安身上看出点儿暧昧意思，便没有多言。

这边，两个人在等着了解薛瑾乔，另一边，沈羲和为相国寺铸造佛像调制了佛香的消息已传遍京都，自然也漏不掉东宫。

萧华雍正在慢条斯理地吃着胡饼，听着天圆禀报，说道："依你所言，呦呦岂不是见到了老五？"

"应是见到了，"天圆只能猜测，"不过郡主刚至相国寺不久，信王殿下便离去了。"

萧华雍吃掉手上最后一点儿胡饼，一边优雅地咀嚼一边思考。待他咽下胡饼又喝了一口茶水后才说道："本宫总觉着安西防御图丢失一事，老五嫌疑最大。"

"为了让烈王殿下在郡主面前卖个好？"天圆觉着五殿下会不会太小题大做了？

"这只是顺带，真正意图或许是叶家河西节度使。"萧华雍自嘴角浮现点点笑意。

"殿下，是否要……？"

"无妨，随他去折腾。"萧华雍轻声嗤笑，"陛下能得大宝，西北王一人要占据五分功劳。老五想要在他手里讨到好处，痴心妄想。"

顿了顿，萧华雍又坏笑道："不过可以给老四透个底，让他知晓谁坑了他。"

天圆就知道，他们的殿下最喜欢搅风搅雨，但凡宫中或朝堂平静下来，就浑身不自在，觉着日子乏味无趣，总要掀起点儿风浪来。

"没旁的事？"萧华雍问。

"郡主和世子从相国寺带走了一包平仲叶。"天圆连忙说道，"已经派人打听出来，说是用来做枕头。"

"嗯。"萧华雍应了一声，便起身走出正殿，他的院子里也有平仲树。

看着四棵叶黄如金蝶栖息的平仲树，萧华雍吩咐道："命人摘些叶子下来，送些至郡主府。"

"讨要一个枕头？"天圆试探性地问。

萧华雍瞥了他一眼："问一问枕头如何缝制便是。"

现在他还没有那个颜面能从她的手里讨要到枕头这般亲密之物。

萧华雍抬手接了一片飘落下来的平仲叶，眼角含笑，眼尾黑痣藏情："早晚会有的。"

于是，隔日沈羲和又看到了天圆。这次天圆不是送食盒，而是送来了一箱子平仲叶。

“郡主，殿下听闻您喜平仲叶，恰好东宫也有平仲树。叶子落了也是落了，殿下便遣属下送来些许。”天圆殷勤地说道。

“替我谢过殿下。”沈羲和让碧玉收了箱子。

“不知郡主将平仲叶作何用途？”天圆腼腆地问道。

“用来缝制药枕，”沈羲和也没有隐瞒，“用着助眠。”

“当真？”天圆眼睛一亮，“殿下时常夜不安寝，不知郡主可否将法子告知属下？”

“红玉，你与曹侍卫好好说道。”沈羲和权当是回礼。

红玉仔细说完，天圆也没有逗留，喜滋滋地离开了。

“狼子野心。”沈云安不满地哼了一声。

“阿兄。”沈羲和有些哭笑不得。

“呦呦，太子殿下心机深沉。”沈云安劝着妹妹，“你看他，不是装可怜让你不忍拒绝，便是投其所好，送些不贵重之物，让你连个回绝的理由都没有。”

“阿兄，既有意联姻，何故生疏？我是不需与他如漆似胶，却也愿相敬如宾。”她能够将他当成亲人一样处着，只要萧华雍不损西北，不犯她的利益，互相尊重，彼此间也都能轻快些。

“我看他可不满足于相敬如宾。”在沈云安心里，萧华雍就是个黑心的狼崽子。

可是沈云安也没办法，谁让自己的妹妹看上了太子。他遍数成年的皇子：二皇子昭王已有嫡子、嫡女；三皇子代王和四皇子定王都有妻室；五皇子信王刚丧妻，且对亡妻情深；六皇子心有所属；九皇子烈王，自家妹妹看不上——不就只剩下排行第七的太子萧华雍？自己还能阻拦、拆散不成？

“无关他满足与否，我的态度一直明明白白。”旁人如何，沈羲和无法阻拦。

一如当年萧长卿满腔爱意地对待顾青栀，顾青栀由始至终便摆明了无情的态度。

“我是怕……”沈云安更了解男儿，“呦呦，哥哥不愿娶妻，是因哥哥疼爱你已成了习惯。谁家的女郎都是爹娘心中的宝，哥哥改不了自己，也不愿勉强一个女郎接受这对她而言不公的事实，不想多一个怨偶。”

沈云安换一种方式对沈羲和说道：“一个人若是满腔情意，久而得不到回应，极可能因爱生恨。”

“阿兄是怕太子殿下真对我有男女之情，又不甘一厢情愿，爱而不得会伤了我？”沈羲和懂了，“阿兄莫要担忧。这世间能伤我之人，只有我自己。我若不愿受伤，谁也伤不了我。”

望着自信满满的妹妹，沈云安纵有千言万语，也不知如何说。说一千道一万，没有面对过时，人人都能信誓旦旦，无论他人说破了嘴，也无法感同身受。

“好了，阿兄总归要相信呦呦一回。”沈羲和放软语调，有些撒娇的意味。

在战场上，箭如雨下，沈云安都面不改色，唯独拿沈羲和没有办法。沈云安的心里有些吃味儿：“现在便向着他……”

“阿兄，你扪心自问，我真向着他？”沈羲和拉长了脸。

沈云安立刻闭上嘴，不敢再说，生怕惹妹妹不高兴。

正好此时莫遥打探出来关于薛瑾乔的事情——八年前的传说为真，薛瑾乔差一点儿被活葬。

八年前，祐宁帝根基刚稳，为了削弱世家之权，任用宦官，当时的枢密使便是他的左膀右臂。薛瑾乔的堂兄打死了被过继给枢密使的儿子——这个儿子是祐宁帝做主让这宦官从族亲过继过来延续香火的。

枢密使不肯善罢甘休。薛家杀人理亏，薛瑾乔的伯父早逝，长房只有这一根独苗。

祐宁帝希望双方不要闹得太难堪。枢密使死咬着和解的条件，让薛家嫡女和他已故的儿子完成冥婚。

当时薛瑾乔的生父和生母被流放在外，薛家只有两个嫡女，一个是二房的嫡女，一个就是三房的薛瑾乔。薛家欺负一个父母不在身边的孤女，以为冥婚不过是将她嫁出去养在别人家，并且对方答应不对外说结了冥婚。

薛家就抱着等扳倒这宦官之后再把薛瑾乔接回来的心思，把薛瑾乔送到了宦官家。薛家人没想到这位宦官丧心病狂，竟然瞒着薛家人将薛瑾乔活活钉在棺木之中。薛瑾乔在棺木之中抓出了无数道血痕。

老天开眼，天雷劈开了棺木，让奄奄一息的薛瑾乔爬了出来。

也是因为这件事情，薛家人愧对三房，借天雷示警的由头扳倒了宦官，在薛家三房面前却永远抬不起头。薛佪被调回京都，从此扶摇直上。

薛瑾乔却对薛家所有人，包括亲生父母在内，都漠然视之。

“她……”饶是沈羲和自认为冷心冷情，听了这事也觉得不舒服，难怪总觉得薛瑾乔有些偏执古怪，所以一再将她拒之千里之外。

六岁经历这样惨不忍睹之事，薛瑾乔得多么心强志坚，才没有疯掉？

“这便是自诩清流的世家大族。”沈云安唾弃道。

沈羲和默然。若非内里腐败，世家何至于衰弱至此？

沈家兄妹俩心情沉重。

东宫的萧华雍却心情颇佳，按照天圆要来的方法，立刻做了个枕头。

青天白日，萧华雍闭目躺下，鼻间果然萦绕阵阵幽香，说不出的满足感萦绕在心间。

“本宫这也算同她同枕而眠、气息相缠了。”

对太子殿下遇上昭宁郡主之事便会处于疯魔之态，天圆虽有了心理准备，但内心还是有些绝望。不过见着太子殿下心中欢乐，他也多了一丝欣慰感。

只不过太子殿下的欢乐并没有持续多久。

盖因沈云安上京之后，兄妹俩每日结伴游京都。京都好吃的食肆都被兄妹俩吃了个遍，让萧华雍不但找不到借口见人，甚至连送食盒的理由也被剥夺了。

天圆察觉自家殿下一日比一日寡言，也不得不跟着赔小心。

没两日，安西防御图被盗之事果然爆发。沈岳山由叶岐入手调查，虽然大部分证据已经被销毁，可还是厘清了诸多疑点，一一列举出来上奏。

祐宁帝十分不悦，朝会之日当着文武百官的面，斥责四皇子定王居心叵测。定王为表忠心，在地板上磕头，额头都磕破了，信誓旦旦地说他对此事绝不知情，是有人栽赃。

“陛下如何处置？”

沈羲和不能上朝，沈云安可以。他不仅是西北王世子，还是凉州都督，是可以上朝会的，遑论此事牵扯西北。

“阿爹列举疑云，叶岐定然解释不清，但也无实质证据。陛下撸了叶岐河西节度使之职，将他调回京都，之后会如何安置他并没有明言。”沈云安说道，“朝堂上众人为了确定接替之人选吵得不可开交，陛下听得头痛，便散了朝会。”

“陛下怕是故意等着他们为此各显神通，好看清诸位殿下的能耐。”沈羲和轻笑一声。

“与我们无关，当热闹看一看便是。”沈云安今早在朝会上一句话都没说。

“朝中武将能人不少，这可是一个肥缺。”沈羲和觉得有的闹，就看最后谁棋高一着。

“最妙的是，当年陛下为了收拢人心，娶纳的都是武将家的女郎，以至于诸位皇子背后都有人。”沈云安眼中闪过一缕玩味的笑意，“就不知太子殿下会不会也横插一脚。”

太子殿下的母族势微。皇后一族命不好，当年立下的功劳最多，但在祐宁帝登基之前，皇后一族嫡系都死于战乱之中，这些年旁支中多是庸碌之辈。正因如此，萧华雍更不被人看好。

沈羲和来了京都这么久，察觉仿佛所有人都认为萧华雍理所应当会英年早逝，甚至街头百姓在议论几位皇子时，会唯独漏掉萧华雍，太子在整个京都好似个不存在之人。

“会不会，都无妨。”曾经沈羲和以为萧华雍手下无人，因上次曲衍光之事，改变了她的想法，但这次也不敢笃定。

“河西节度使就在我们西北边上，你就不担心他阳奉阴违？”沈云安扬眉。

“我不是信他，而是信阿爹。经此一事，阿爹定会更谨慎。”沈羲和莞尔，“无论是何人，结果都一样。若是那人安分守己，自然是我们各自安好；若是贪心不足，叶岐这样好的下场，再也不可能有了。”

沈羲和看在叶晚棠的情面，此事又非叶岐主谋，且没有给西北造成损失，便不再追究。

若再来一次，沈羲和定要让他们知晓，老虎的屁股摸不得！

“呦呦……”沈云安张口想要劝一劝，话至喉头又咽了下去。

罢了，罢了，她觉着快活便好。

沈羲和的眼眸微弯，她对沈云安的让步很是高兴。

“这定王可真是城府颇深。”沈云安轻叹。

定王成年之后就表现出对政事不上心的态度，成婚之后便与王妃做了一对神仙眷侣。若他当真这样闲云野鹤下去，日后无论谁登位，便是为了彰显仁德，一辈子的荣华富贵跑不掉，而现在……

“可惜了定王妃……”沈羲和也跟着叹道。

叶晚棠此刻不知有多悲痛欲绝。

定王府内，得到消息的叶晚棠正如沈羲和所料，双眸闪烁着泪光，眼眶微红：“为何，你为何要骗我？”

叶家在叶晚棠的祖父在世之时一直是纯臣，忠于君主，惠于百姓。

祖父当年不准叶晚棠嫁入皇家，还早早为她定下婚约。只不过后来未婚夫一家犯了大错被贬，她又遇上了萧长泰，自此难以自拔。

萧长泰求娶她之时，允诺过她远离纷纷扰扰。这些年他一直也是如此做的，这是她曾经引以为傲的抉择。今日方知，她一直是被蒙在鼓里的傻女人。

萧长泰所谓的甘于平凡，不过是借助她的一种伪装！她甚至开始怀疑，他对自己是否真心实意？

“晚晚，我待你如何，这些年你心里明白。”萧长泰双手握住叶晚棠的肩膀，“我只是不甘，身为皇子，自问不输于任何一个兄弟。若是太子康健便罢，可太子早晚……我为何不能搏一次？晚晚，不拼一次，我会抱憾终生的！”

“你可想过……败了会是何等下场？”叶晚棠泛着水光的双眸紧紧盯着萧长泰，“你知不知要如何才能取胜？”

对上妻子悲恸的目光，萧长泰垂下了眼睑。

“我来告诉你，你若败了，我和整个叶家要为你陪葬。”叶晚棠凄惨一笑，晶莹的泪水跌出眼眶，顺着她姣好的脸庞滑落，“你若胜，要杀兄屠弟，甚至可能……弑父！”

叶晚棠颤抖着唇瓣，仰头将泪水逼退：“权力当真如此重要，要你付出如此惨痛的代价？”

萧长泰沉默不语。

叶晚棠一把将他推开，自己踉跄后退，抓住椅背才稳住，再看着他伸出来欲搀扶自己的双手，眼泪奔涌得更凶猛了。

“晚晚……”萧长泰一点点地收拢悬在半空的手指，“事已至此，便是我现在收手，也无人会信。”

叶晚棠沉痛地闭上眼：“你从不曾想过收手……萧长泰，你听着。”她睁开眼，溢满泪水的双眸盯着他的眼，“我不怕为你陪葬，这是我为自己的无知付出的代价。但是我不能容忍我的母族成为你抢夺权力的工具。”

说着，她收敛悲痛情绪，一点点抹去泪痕：“你去找愿意为你拼搏之人吧。我帮你纳侧妃，若是侧妃不够——我腾位置。”

“晚晚！”萧长泰失声高呼，“在你的心里，我便是这般无能，注定是失败者？”

“呵呵呵——”叶晚棠笑着笑着又哭了，哭得难以自控。

“晚晚，别哭了，是我不好……”萧长泰上前想要将叶晚棠拥入怀中。

叶晚棠又推开他：“比起落败，我更怕你成事。”

萧长泰被叶晚棠的话激得瞳孔一缩。

“当你满手鲜血，一身罪孽地披上黄袍时，就再不是我的夫君，不是我心中的良人。”

她似乎用尽了全身的力气才将这句话清晰地说出来，言罢，跌跌撞撞地离开。

一将功成万骨枯，天下易主喋血路。

这条路走到尽头，至亲、至信、至爱之人，皆面目全非。

萧长泰早知自己的妻子生性淡泊，向往安逸无忧的生活。他知晓有朝一日她察觉自己的野心会难以接受，却未想到她竟如此决绝。

他赤红着眼一拳砸在案几上，咬牙切齿地挤出了几个字：“萧长卿！”

若非萧长卿算计他，他又怎会这么早就被揭露出来？以至于现在自己的妻子完全看不到希望，才会如此绝望。

萧长泰恨极了萧长卿，一想到今日自己被陛下斥责有狼子野心，就恨不能将萧长卿碎尸万段。

“殿下，定王殿下已经知晓是信王殿下做的局。”天圆恭敬地垂头立在萧华雍的身后。

只要不涉及郡主的事，太子殿下在天圆的眼里还是高大伟岸的！

萧华雍立在东宫的花园里，细碎的阳光透过枝叶照在他的身上。他的面前是张案几，案几之上有几个瓷盆，旁边是被砍下来的平仲树枝。天圆并不知这几日自己心中高大伟岸的殿下，正在琢磨着弄出一盆平仲盆景赠给沈羲和。

“让他们把老五的人推到河西节度使的位置上。”萧华雍填平土壤，开始修剪枝叶。

“让与信王殿下？”天圆愣了愣，“殿下，河西节度使是西北过道，信王殿下本就想要这个位置，日后好为烈王图谋郡主……”

触及萧华雍侧头扫来的微凉目光，天圆才知自己失言。

“她不乐意，谁也无法勉强她。若是谁讨好西北王便能成，还轮得到他们兄弟？”萧华雍继续动作温柔地修剪盆景。

“那也不能让信王殿下的人得逞，指不定日后会对西北不利。”

“沈岳山不会在同一个地方栽倒两次。”萧华雍“咔嚓”一声剪掉多余的枝叶，唇畔多了一丝淡淡的笑容，“让老五的人做了河西节度使，老四才会更恨他。”

萧华雍顿了顿，眼中涌现一缕柔光：“也算是给呦呦提个醒，这事他们兄弟获益最多。以她的聪慧程度，她定会察觉就是他们兄弟在背后搞鬼，只会更厌恶小九。”

经萧华雍一说，天圆才恍然大悟，对自家主子的英明神武更是佩服得五体投地。

“更重要的是……让陛下提防老五。陛下操心提防的人多了，才没心思顾虑本宫。”

“诺！”天圆响亮地应了一声，脚下生风一般去传达命令。

对河西节度使的任命，朝臣争执了三日，眼见着太后寿宴将至，还没有争出个头绪，祐宁帝很是不满。

恰好这个时候丰州发现了银矿，安北副都护荣策当居首功。祐宁帝论功行赏，就将荣策调任河西节度使，由正四品升至正三品。

退朝之后，所有人看萧长卿和萧长赢的目光都变了，因为荣策是他们兄弟二人的亲舅舅。

有人甚至不阴不阳地讽刺了一句：“银矿发现得可真够及时的。”

银矿这种东西，要经过勘查、检验，都是十分烦琐的流程，没个把月是不可能确定的。也就是说荣家早在一个月前甚至更早就发现了银矿，安西防御图被盗之事发生在这之后，不难让人觉得这是萧长卿兄弟故意在给母族铺路。

可谁又知晓萧长卿和萧长赢的苦？本是丰州刺史发现的银矿，但因不确定而不敢贸然上报，又怕生出祸端，便求安北都护府相助，日后功劳平分。

就在他们确定了银矿之时，副都护荣策却背着他们上了奏折，一下子揽了他们的功劳。他们再去解释，指不定会落得一个隐瞒不报、意图贪墨的罪名。

就这样，荣策升官了，不但被定王萧长泰恨死，还把安北都护以及丰州刺史给得罪死了！

“竟然是荣策……”沈羲和听到这个消息之后，也是陷入了深思之中。

“你说得没错，这就是他们兄弟贼喊捉贼！”沈云安气急。

沈羲和没有否定这话，也认为安西防御图被盗之事肯定和萧长卿兄弟脱不了关系，但总觉得有些不对劲。若这事是萧长卿所为，定不会让人察觉他要安插人，也不会是荣策这么明显的人。

“我总觉得这事还有一个人在背后推波助澜。”沈羲和对沈云安说道，“阿兄，你查一查荣策腾出来的位置是谁接替。”

“你是怀疑有人故意声东击西，摆了荣策一道，乘机闷声发大财，把自己的人塞到安北都护府接替荣策的位置？”沈云安仔细一琢磨，不无可能，“我这就派人去查！”

沈云安的人才开始调查，就惊动了萧华雍。

“殿下料事如神，世子果然去调查何人接替了荣策的副都护之职。”天圆禀道。

“果然……”萧华雍笑容染得眼尾的黑痣都多了温柔的风情，“能想到这一层之人只有她。”

此刻所有人的目光，包括陛下都只盯着荣策，唯独沈羲和察觉事情不似这般简单。

“为何不是世子？”天圆觉得殿下是被郡主迷晕了。

“沈云安不傻……”萧华雍语气慵懒地说，“却没有这份洞察力。”

天圆不敢再说话了，觉得若是再质疑一句郡主的聪明才智，殿下非得削他不可。

“只可惜这次要让她失望了……”

接替荣策的位置的人是金吾卫，陛下的人。只不过这个金吾卫的位置被萧华雍的人给捞走了。

金吾卫是陛下的禁卫亲军。查到这里，他们都会理所当然地认为替补上来的人也该是陛下的亲信，便不会深查下去。

“安北副都护由陛下自金吾卫之中调遣人补缺。”沈云安道。

沈云安的人很容易就查到了这点，事实上查的人还不少，这个人是陛下的人无疑。

“然后呢？”沈羲和轻轻抚着短命软软的毛，时不时地将它的耳朵压倒在脑后，露出张没有耳朵的脸，就剩那一双大眼睛。

“然后？”沈云安微微一怔，“呦呦，你的意思是陛下的人有问题？这不能。”

这个人绝对是陛下的心腹。安北都护已经年迈，此刻陛下安排心腹过去，熬个三五年，顺理成章地接任都护，掌一方兵权。

陛下早就取消了都护、都督世袭制。

“我是说，空出来的金吾卫空缺又是谁补上去的？”沈羲和挠了挠短命的脖颈儿，面色淡然。

“能被选入金吾卫的，都是陛下信得过之人。你是觉得有人乘机安排人入了金吾卫？”沈云安觉得可能性不大，“金吾卫选拔严苛，除非这人能算到陛下要从金吾卫拨走一个人，否则如何提前准备？”

陛下根本没有给任何人反应的机会，从金吾卫调走一个人，立刻又从金吾卫的下面提拔上去一个补缺，又从宗亲子弟中挑了一个放入金吾卫，所有的旨意都是一块儿下来的。

“阿兄，你把金吾卫调动的名单给我。”沈羲和在阳光之中抬起头，一张如花的脸庞被阳光照得高雅光洁，“阿兄莫要忘了，有人能安排人潜入陛下的绣衣使。”

绣衣使和金吾卫——一个是陛下的刀刃，所向披靡；一个是陛下的铠甲，无坚不摧。

既然前者都能被安插进去人，后者又为何不可？

“你是在怀疑这次背后也是那个人？”沈云安能够察觉到，自家妹妹对那个假扮华富海之人多有忌惮。

若当真有一个这样的人，能够隐藏得谁也寻不到，又能够悄无声息地将爪牙伸入至尊天子最严谨隐秘的势力之中，便当真是个可怕至极之人。

金吾卫调任不是秘密，毕竟是明面上的人，不像绣衣使神出鬼没——到现在朝堂之中都没有几个人知道十三绣衣使到底是哪十三位。

绣衣使轻易不现身，一旦现身必然有人犯了杀身之罪，故而见过绣衣使的人大多已经上了黄泉路。偶有一两个没有到灭口地步的罪，也最多见过一两个绣衣使。十三个绣衣使，除了陛下，没有人全知。

也正因此，京都的功勋士族格外小心谨慎，不知自己身边是否有绣衣使。

沈云安很快将金吾卫调动的人员全部信息给了沈羲和一份。

金吾卫分左右职。大将军各一人正三品，将军各两人从三品，中郎将各一人正四品，左右郎将各一人。这次被调任到安北接替荣策的便是左金吾卫中郎将，中郎将又由直系下属左郎将接替，一层一层这样下来。

沈羲和着重看了一下这个左郎将，是武举出身，寒门子弟，孔武有力，曾经在围猎之时表现突出被陛下青睐提拔，为人忠孝节俭，沉默寡言，在金吾卫被埋没了很多年，才有了围猎的机缘出头。不过他独来独往，从不与同僚走动。

“如此干净之人，难怪陛下愿意重用。”沈羲和看完信息之后意味不明地笑了笑，“阿兄，我入宫一趟。”

“入宫？”沈云安的第一反应是，“给太后送寿礼？”

两日后是太后的寿辰，许多宗亲王公已经开始提前给太后送寿礼。

“去给太后请安，顺便见一见太子殿下。”沈羲和没有隐瞒，以免阿兄以后知晓，心里不得劲。

“我与你一道去。”沈云安立刻站起身。他才不放心自家妹子去见萧华雍。

“阿兄，我一个人去，和我们二人去不同。”沈羲和微微摇头。

她去见萧华雍，可以说成儿女之情；沈云安频繁见萧华雍，就有结党之嫌。

“你为何要去见他？”沈云安不甘地问。

“我想去证实一些事。”沈羲和浅浅一笑，将短命抱起来放在沈云安的怀里，“阿兄帮我看着它，不准它出门去抓鼠。”

沈羲和很讨厌鼠这种东西。短命最近总喜欢往外乱窜，半夜带一些没吃完的鼠回来。为此，沈羲和关了它许久。

“喵！”短命猝不及防地被放入沈云安的怀里，立刻伸出爪子抠紧沈云安的衣袍，生怕自己掉下去。

沈云安不喜欢猫，尤其是贵族女郎盛行养猫之后，就更是不喜。他总觉着野性灵敏之物被她们养得软弱胆小，连带对所有的猫都有偏见。不过短命不一样，大概是妹妹养的，丑是丑了点儿，却很勇猛！他觉得短命就像西北的儿郎，没有京都儿郎娇弱精致，却血气方刚，对他的胃口！

沈羲和入宫后，见太后那里太忙，略坐了片刻就去了东宫。

这次，萧华雍是在弥漫着满园清香的平仲树院子里招待的她。金黄的树叶、金色的晨光，他的玄色翻领长袍翻折出来的衣领是尊贵的紫色，绣着精美细致的纹路，他肩上搭了一件厚重的白色斗篷。

他雍容华贵的气度被体现得淋漓尽致。哪怕他微微佝着背，依然不显半分颓废之态。只是看着清瘦至极，他明明是一个儿郎，不见柔弱，却让人看着心生怜惜。

桌子上摆着芳香扑鼻的百花糕、玲珑剔透的水晶糕、精致小巧的七返糕……

“呦呦……郡主请坐……”萧华雍见到沈羲和似乎有些欣喜，温和的眼眸里有光散开，下意识地喊出了沈羲和的乳名，又惊觉不妥，立刻改了口。

待沈羲和坐下，他亲自倒了一杯气息清淡的茶水递给她：“方才冒犯，郡主见谅。从世子口中得知郡主的乳名，觉得甚是有缘，便记了下来。”

“有缘？”沈羲和疑惑。

萧华雍轻咳了几声，才温润地笑了笑：“我幼时也有个乳名，叫鹿鸣。鹿有长寿之意，是祖母盼我能安康长寿。”

沈羲和闻言，唇畔流泻出淡淡的笑意：“我以为鹿为禄，最多的俸禄，最高的地位。譬如……逐鹿中原。”

萧华雍的眉头几不可见地动了动，他低头饮茶掩藏住了黑眸之中的笑意。

看来，她今儿是有备而来呢。

第十章　为卿心动不敢语

日光透过层层平仲叶，光叶相连，宛如金纱飘荡开，漫天橙黄的景致。

风儿轻轻地吹，叶儿悄悄地飘，时辰静静地过，仿佛过了许久，又仿佛只是一瞬。萧华雍剧烈地咳嗽了一会儿，才缓缓平复下来："犹记得郡主当日问我……甘心吗？"他虚握着拳头抵唇，"身为储君，我若无法即位，任何人登基都容不下正统嫡出。虽则……我身子不好，可五六年的岁月，谁也不知是否有变数。只要我活着一日，便应当筹谋一日。"

他在告诉她，他有自保之力。他也担心有机遇身子康健，却不能保护她。

做过储君的人只有两条路：成王或败寇。

正如他所言，没有任何一个登位的君主容得下曾经是正统嫡出的兄弟。他这是婉转地承认了他有自己的势力。

"殿下，不知脱骨丹对您可有用处？"沈羲和问道。

她没有怀疑萧华雍是装病，无缘无故他肯定没法儿子瞒过祐宁帝。十一年前一定发生了什么事，导致他是真的伤了元气。祐宁帝笃定他活不长，才会到现在都没有着急废太子。

假扮华富海之人，能够假扮赵正颢，一剑能取三人的首级，可见功夫了得。

她也没有怀疑那个人是萧华雍，而是怀疑那个人是萧华雍的心腹。

萧华雍既然想过日后的事，培植了自己的势力，就应该很想康复，如同她一样！既然脱骨丹对她有效，那定然也会对萧华雍有效。萧华雍怎么可能无动于衷？

"郡主说的是白头翁的遗宝？"若是说不知，那就太假了，萧华雍声音虚弱地说，"我派人去寻过仙人缘，皆无所获，曾打探老人家的下落，不过此物已然被人带走。"

“殿下便不曾追问是何人？”

“老人家不愿说，茫茫人海，何处去寻？”萧华雍轻轻地摇头，“我想这世间要此物之人定也如我一般急需此物救命，定是不愿相让。既如此，我又何必再打听下去？咳咳咳……”

又咳嗽一阵之后，萧华雍垂着眼睑：“何人之命不是命？我想活着，旁人亦然，总不能为此滥用私权，强行抢夺。”

“殿下是储君。”

“我是储君，更应该爱民如子。今日我若为了自己活命而罔顾他人的生死，他日我亦会为自己的私欲而罔顾百姓的疾苦。若是这般，似我这等储君，不登大宝才是百姓之福。”萧华雍说得很诚恳。

“故而殿下仁德，才会愿赌服输。”沈羲和冷不丁地笑了笑。

萧华雍恰到好处地露出一丝困惑的神色：“郡主何出此言？”

沈羲和微微抬起下颌，与萧华雍对视，似有一层寒雾缭绕的眼眸里的光却极具穿透力。

萧华雍的眼中是一片茫然之色，还有一点点慌张，不是他心虚得慌张，而是一种不知自己犯了何错的慌乱样子。

“太子殿下，脱骨丹在我手中。”沈羲和垂下眼眸，“我拿到脱骨丹之时，遇上了一个奇人。这人神秘至极，先后在我面前假扮成陛下的绣衣使，接着是巨贾，然后是赶考举子，最后是大理寺少卿……”

沈羲和抬眸，看到萧华雍面色凝重：“殿下觉得，何人才能做到如此变幻莫测？”

“非常之人……”萧华雍轻咳着陷入了沉思之中，“必是皇族之人。”

本朝已过百年，是不可能有前朝余孽的。

能够将人费心安插到这些地方的人，必然是大有图谋。朝廷强盛，文武大臣也兴不起谋逆之心，只有要夺嫡的皇子才会做出这等事。

“是啊，必是皇族之人。”沈羲和平静地看着他，“昭宁对诸位皇子都算不上了解。殿下可有怀疑之人？”

“咳咳咳……”萧华雍咳了几声后，才有些惭愧地说道，“我八岁离宫，与诸位兄弟并未一同长大，所知亦不详。”

沈羲和意味深长地点了点头：“不瞒殿下，先前在些许缘故下我与他做了买卖，暂不起冲突，待到将一切清扫干净，再决一胜负。故而这次安西防御图被盗之事，我觉得他不应当知晓，否则定会提前知会我一声。我许了他西北商市，若是安西防御图被盗之事不能善了，西北易主，也损及他的利益。”

见萧华雍认真地听着她的话，沈羲和便接着说道：“我原以为他不知内情，可待到安西防御图被盗之事尘埃落定，又觉得这背后少不了他的推波助澜。”

“何以见得？”萧华雍神色慎重地问。

“我信防御图是前河西节度使之人所盗，我亦信促使这人做出此事乃信王殿下在背后做局。而信王殿下的目的是将人安排到河西……”沈羲和凝视着萧华雍，“正因为信王殿下如此计高，故而绝不会在至关重要的一步，明晃晃地安排自己的亲舅舅做河西节度使。这不符合信王殿下韬光养晦的性格。”

“因而，郡主觉得是有人打了五哥一个措手不及，而这个人便是郡主还未寻到之人，喀喀喀……”萧华雍顺着沈羲和的话得出结论。

“是。”沈羲和轻轻颔首，“所以他参与了此事，但又未曾想过做个顺水人情告知我。殿下说这是为何？”

萧华雍沉吟了片刻说道：“或许……是他知晓之时，郡主已知晓？”

“我也如此认为，此人和殿下一样……”沈羲和故意略停顿，接着说道，“是在我知晓之后，极快地便知道安西防御图丢失之事。若是再慢一点儿，他也来不及如此精妙地布局。”

沈羲和都说得如此明了了，萧华雍自然不能继续装傻：“郡主是怀疑我便是那位……喀喀喀……手眼通天之人？”

沈羲和飞快地抬眼，看了一眼萧华雍身后的天圆。

天圆一脸不解和困惑之色，就差没有把“郡主怎会如此猜疑？”说出口。

在沈羲和出其不意地去看天圆之际，一丝笑纹从萧华雍的唇畔一掠而过。

若他真的是这样的人，身边的心腹绝对不会不知。他的城府再深，身边跟随之人也定会猝不及防地露出马脚。

若她查金吾卫之前来寻他，或能如愿。她现在来，他已经猜到她的用意，早对天圆做了提点。

天圆的反应令沈羲和多少有些意外。不过一瞬过后，她便轻轻一笑，目光一转，视线又落在萧华雍身上：“殿下，真是难以让人捉摸。”

“郡主……”萧华雍极其温柔地低低唤了一声，温和的黑眸里氤氲着幽深的光，“当真欲捉摸透我？”

沈羲和目光淡然，平静无波地凝视着他，静默不言。

头上的平仲树枝干修长，叶子金黄，一片片点缀在枝头，风来似蝴蝶展翅欲飞。

院子静若无声，萧华雍与沈羲和四目相对片刻后说道：“这世间，除了初降的婴孩儿，人人都有不止一张面孔。我是，郡主亦然。”

“殿下错了。”沈羲和淡淡地说道，“无论对谁，我只有一张面孔。”

“当真？”

“是。”沈羲和语气笃定地说，“我或许有所隐瞒，但绝不会为达目的而伪装。沈羲和不屑于伪装，所欲定要明明白白地去取。”

“明明白白……”萧华雍仔细品味这几个字，忽地笑了笑，“郡主，我若明明白白，便活不到今日。郡主之坦然，我钦佩有之，艳羡有之，也只能钦佩与艳羡。”

“殿下不咳了？”沈羲和似笑非笑地问。

萧华雍微扬嘴角，端起一杯茶水浅呷了一口：“郡主，我的身子确实不好。”

“我信。”沈羲和颔首，然后目不转睛且毫无情绪起伏地看着萧华雍。

“郡主为何这般看我？”

沈羲和说道：“欲知殿下到底是何样之人。”

“何样之人？”萧华雍似轻声自问，“我亦不知自己是何样之人。但郡主相问，我只能道我非郡主所想那般复杂之人，亦非郡主所见这般简单之人。”

说着，他微微倾身，隔着石桌拉近了与沈羲和的距离：“郡主若想知，不如朝暮做伴，亲眼看个清楚明白。”

他凑得如此近，近到沈羲和垂眸就能看清他眼尾细小的黑痣似乎流转着风情。他的声音如此温柔，温柔得像是有某种蛊惑，能够轻易将人的心弦拨动。

奈何坐在他对面的是沈羲和。她不但没有丝毫避让和闪躲之意，反而微垂目光，与他四目相对，平淡的双眸昭示着她的无动于衷。

过了好一会儿，沈羲和才开口说道：“殿下，我不喜与强者联手，我喜与强者为敌。”

萧华雍一直以为算是猜透了沈羲和，但此刻也有些捉摸不透：“为何？”

“与强者联手，一旦反目，就是致命之敌。敌人再强，未曾联手，互不相知，便是落败也必不会全军覆没。”沈羲和缓缓说道。

“可郡主不也与那人联手了？”

“不，我与他只是当下达成协议，互不为敌。”沈羲和纠正，“若是殿下愿意，我们也可以如此。”

萧华雍看了沈羲和一眼，低头笑了笑：“我不想与郡主联手，想与郡主携手。”

“殿下心悦于我？”沈羲和面不改色地问。

“求娶之心为真，携手之意为诚。”萧华雍如是作答，“至关重要的是，郡主之于我，我之于郡主，皆是彼此最好的选择。”

沈羲和认可他的这句话：“殿下所言极是。于我而言，殿下确实是目下最佳之选。”

“既如此，郡主又何必试探？我们……”

“殿下。”沈羲和打断他的话，缓缓站起身，“目下是，不意味着永远是。”

沈羲和给萧华雍留下别有深意的淡淡一笑，优雅地施礼，迤迤然地带着碧玉和红玉离去。

沈羲和披了单薄的樱草色斗篷，纤细的身影，在轻轻飘落的平仲叶中渐行渐远。

直到她消失了，萧华雍才失笑出声。

“殿下，郡主这是……信了还是没信？”天圆完全摸不准沈羲和的心思。

“她对我原就只有五分猜疑。”萧华雍轻叹一声，“大意了。”

沈羲和的敏锐程度超出他的预估，他不应让沈羲和知晓安西防御图被盗之事是自己捅出来的，也未曾想到沈羲和便借着他知晓的时机算出全局，猜疑他就是她提防之人。

“当真只有五分？”天圆觉得不靠谱儿。

会不会是殿下又在美化自己在郡主心中的地位？天圆听着郡主怎么都像是笃定了殿下的身份。

“五分猜疑，五分试探。”萧华雍微微仰头，退去伪装的双眸银辉凝聚，“她猜我可能是他。若不是，她将这话告知了我，我岂会容忍这样一个人存在？我必会有所行动，不就是帮她找出了这个让她如鲠在喉之人？”

天圆忍不住抿了抿唇，颇想知道殿下如何自己找自己。

萧华雍眼眸一转，睨了天圆一眼：“莫要轻举妄动。”

天圆还以为殿下要整出一个假的他迷惑郡主，洗清嫌疑。

“她的心思深着呢。”萧华雍转回头继续欣赏着纷纷扬扬飘落的金黄树叶，“就算我真不是此人，我若去寻，定会暴露诸多势力，正好如了她一探我的深浅之意。”

她的来意有三：一则试探他是不是她怀疑之人，二则让他知晓存在这样一个威胁他的皇位之人，三则坐等他出手对付这个人。

天圆心惊。除了他家殿下，郡主是第二个让他惊惧于对方的城府之人。

“猜疑就猜疑吧。”一片轻软的叶子落在萧华雍雪白的斗篷之上，他将之拾起，指尖捏着叶梗轻轻一搓，叶片转如花绽，“总比让猜疑变成防备来得好。”

他已经不想骗她了，与其费心思去打消她的猜疑，不如琢磨一下如何将她目下最佳之选变为永久最佳之选。

只要他还是她唯一的选择，其余的都无所谓。待到他们能朝夕相处，彼此身份转变，便是她当真铁石心肠，他也有的是法子焐热她的心！

萧华雍这般想着，拈着手中的一片平仲叶缓缓走到了高台上，黑眸晦暗不明地投向了最东边，声音在风中飘散开来：“目下是，便永远是。”

天圆循着这个方向，精准地看到了那片王宅，知道他们家殿下要开始将任何可能都扼杀于摇篮之中了。天圆在心里默默地为诸位殿下念了句阿弥陀佛。

静潭飘黄叶，临江品湖蟹。

八月的最后一日，是太后的寿辰。今年是太后的花甲之年，因而格外热闹。祐宁帝下旨从五月到八月，足足筹备了三个月。为了哄太后开心，皇宫还自民间请了百戏团。

上至王孙贵族，下至黎民百姓，这一日都似过节一般，恰好又逢丰收，欢腾的气氛笼罩了整个王朝。

宫宴设在芙蓉园里。

沈羲和简略用了朝食便入宫，寿宴自正午开始，一直到傍晚酉时末结束。

沈羲和先与沈云安去宫里拜见了太后。沈云安独自去拜见陛下，并随行在陛下身后。沈羲和则留在永安宫陪伴太后，随太后一同赶到芙蓉园。

百官齐贺，命妇叩拜，百姓高呼，声势浩大，无不彰显着繁华盛世。

丝竹声声，管弦歌舞，钟鼓瑟瑟，倾酒飞觞，宫廷非第一次设宴，可这一次尤为特殊，处处洋溢着欢庆气氛，人人笑靥如花。

沈羲和欣赏着歌舞，享受着美食，十分惬意。

“昭宁姐姐。”与沈羲和相邻的平陵公主伸头轻声唤了她。

乐舞之声鼎沸，沈羲和并没有听到她的声音，但看到了她的举动，便也靠近投以询问的目光。

“昭宁姐姐，四姐让我问一问，世子哥哥可有婚配？”平陵公主低声地问道。

沈羲和闻言转眸看向位于平陵公主之前的四公主。四公主头戴牡丹花冠，着了一袭藕荷色胸前绣牡丹的长裙，外罩一件广袖宽大曳地雪青色长袍，华贵美艳。

四公主封号为长陵公主。祐宁帝现存的女儿只有四位，给公主以五陵为封号，但长陵这个封号尤为特殊——因为众皇子避讳太子，改华为长，长陵就和皇子比肩。

一个幼年丧母的公主，却最得陛下疼爱，其恩宠一如她的名字一样与皇子同等，就连六公主平陵也不及她。

六公主有两个亲王哥哥，生母还是代理六宫事务的贵妃。

接触到沈羲和的目光，四公主对她颔首一笑。

沈羲和收回视线，对平陵说道：“这话，不妨让四公主去问陛下。”

沈羲和上京是要嫁入皇家，这是沈岳山和祐宁帝达成的协议，其中包含了不再过问沈云安的婚事的条件。

本朝婚姻嫁娶不拘小节，譬如夫死再嫁叔伯甚至公爹、庶子都不算离奇，兄妹娶嫁同一家人，姐妹或兄弟嫁娶同一家人，都是寻常事，只要不涉及血缘伦理，就极其宽容。

沈羲和嫁入皇家，皇室公主再嫁给她的兄长也是可以的。但祐宁帝不会做主，除非沈云安亲自求旨。

就不知这位看起来高不可攀的长陵公主是真看上了她的兄长，还是背后有人授意？帝都繁华不好吗？公主非要跑到西北去忍受风吹日晒？

平陵对长陵几不可见地摇了摇头。长陵面色微变，抿着唇不知在想什么。

沈羲和给红玉使了个眼色。红玉悄然退下——这件事情她还是得早些给沈云安打个招呼，别闹到最后，弄得他非娶公主不可。

本来兴致颇高的沈羲和被这样一打岔，就有些意兴阑珊，起身带着碧玉离席，朝着恭房的方向走去。沈羲和自然不是要如厕，半路就拐了个弯，寻了个僻静之处躲清净。

沈羲和刚坐下，就听到了熟悉的声音。

“你跟着我作甚？”

沈羲和听出是步疏林的声音。

“外面那些风言风语，是不是你做的好事？”崔晋百清冷的声音隐藏着怒意。

“什么风言风语？”步疏林装傻，“我不曾听到什么风言风语。”

沈羲和抿唇无声笑了笑。京都都快传遍了，步世子与崔少卿深夜见面被人撞见，惊慌之下一同坠入河中。

话说前几日，步疏林因为一桩斗殴被告到大理寺。

哪知崔少卿故意公报私仇，在律法规定之中，最大限度地严惩了步疏林。

步疏林气急，眼珠子一转，说道：“行，小爷认了！宽人律己，小爷受些罪也使得。”

之后，谣言在京都传得更凶猛了，险些没有把崔晋百气晕过去。

众人这才恍然大悟，难怪崔少卿年少有为，却二十好几都不成婚，原来是……

还有在蜀南军中的亲友，想要为自家人打点，大张旗鼓地给步疏林送了细皮嫩肉的儿郎，结果被步疏林大大咧咧地扔了回去，

步疏林更是扬言：“本世子不好男风，只好崔家少卿。”

崔家人气得牙痒痒，崔少卿的父母更是恨不得立刻给崔晋百相亲，结果每次步疏林都去捣乱。

偏步疏林除了这点儿私生活不检的问题，其他地方也不犯错。蜀南王府更是谨言慎行，让崔家人抓不住步疏林的把柄，想整治这位世子爷也无从下手。

这样一闹，也没有好女郎愿意嫁给崔晋百了。

大家就怕崔晋百也不清白——谁舍得把女儿嫁给这样一个人？

“你——”崔晋百被步疏林的装傻充愣气得脸色铁青，“你一见昭宁郡主离席便追过来，是何用意？”

“用意？”步疏林转了转眼珠子，“好浓的醋劲哪。”

崔晋百面色更难看了：“我只是想知道，你总往我身上泼脏水，是否昭宁郡主授意？”

“哎呀呀，”步疏林眨巴眨巴眼睛，“你这是在意我对你不是真意呢！还说对我无

心，还说我往你身上泼脏水，我看哪，你可比我急……”

不等步疏林说完，崔晋百气得拂袖转身就走。以往他还会气急地与步疏林动手，几次交锋，他也发现自己实非对方的对手。

“哎呀呀，别走呀，再聊一会儿……”步疏林冲着崔晋百的背影嚷嚷，“别人可没有看到我追着郡主而来，倒是把你追着我而来看个明白！崔少卿，咱多聊一会儿，一会儿旁人准会浮想联翩。这日子多无聊，咱善心些，给他们一点儿趣闻……”

步疏林未说完，崔晋百已经疾步消失在她的视线中。

崔晋百的身影消失后，步疏林露出了志得意满的笑容，嘴上吹了一段曲调，步伐轻快地绕过假山，寻到了沈羲和。上次在芙蓉园，她们也是在这里碰的头。

“你来作甚？”沈羲和见她便问。

步疏林一撩长袍，在沈羲和面前坐姿豪放地坐下，弯眼笑了笑：“自是想妹妹想得慌。”

“油腔滑调，要我帮你洗洗嘴？”沈羲和眼眸一转，前方就是个小池塘。

步疏林连连摆手，收起得意忘形的姿态，正襟危坐，还理了理衣袍下摆：“我是有正事。近来为了打消陛下让我娶公主的念头，我对崔晋百可是死缠烂打，也不敢贸然去寻你，以免给你招事。”

沈羲和将视线在步疏林身上一掠而过：“说吧。”

步疏林往外看了看才凑近，并用一手作势挡着，压低声音说道：“你不是让我盯着崔晋百吗？我缠了他有些时候了，发现他与诸王都无瓜葛往来，倒是和裴家交好。”

当初沈羲和说过，帮步疏林解决娶公主之事，步疏林则给沈羲和三千精甲，顺带帮着盯一盯崔晋百。

那会儿的步疏林多么天真单纯，此刻才回味过来，她说什么帮自己解决娶公主之事？这分明是自己眼巴巴地送上门给沈羲和当棋子，而且还是一枚不会引人怀疑的棋子！

“裴家……”沈羲和有点儿意外。

裴家是武将之家，是祐宁帝第八子景王萧长彦的母族。

萧长彦与诸位皇子都不同。四年前，安南连失三城，景王的外祖父裴老将军战死沙场。裴家被口诛笔伐，年仅十五岁的萧长彦主动请缨，要替裴家正名。当时群臣阻拦，百官反对，祐宁帝力排众议，让萧长彦为先锋，披甲上阵。

萧长彦去了安南，不但将丢失的城池夺了回来，更是一路打到文单国，其骁勇善战令祐宁帝引以为傲。这四年，萧长彦一直在安南，目的是查清楚当年裴家兵败的缘由，同时震慑文单国。

这两年也有传言，萧长彦不肯回京是想要攥紧手中的兵权。

不过，裴家深得陛下的信任——金吾卫左将军之一就是萧长彦嫡亲的舅舅，这一次萧长彦的得力下属又被调配到安北去做了副都护。

这样一算，得了最多好处的就不是萧长卿兄弟了。仅因他们俩高调，得到了明面上的好处，而萧长彦是不声不响地得到了实惠的好处。

崔晋百和裴家来往，原本沈羲和就只有五分怀疑萧华雍，现在对萧长彦的怀疑要多一点儿，不过暂不定论，且看日后。

“多谢。”沈羲和对步疏林展颜一笑。

步疏林一脸辛酸的样子：“终究是有用之才能博美人一笑。”

沈羲和脸上的笑容加深：“有用，还能保命。”

不待步疏林再开口，沈羲和说道：“你可以走了。”

步疏林一时无语。

“我们都离席太久，总会引人猜疑。”

心塞的步疏林只得面无表情地离开。

看着步疏林紧绷着脸走了，沈羲和才笑出声，吩咐碧玉道：“明儿将我调制的香料给步世子送去。”

步疏林之所以还没有改掉用晚玉香的习惯，是因为那是她母亲的挚爱。为了悼念母亲，她用得很淡，除了沈羲和这样嗅觉奇特之人，其他任何人都无法闻到。

也许晚玉香对步疏林而言，不但有追思亡母之心，更有时刻提醒自己的身份之意。

沈羲和以晚玉香为引，配了一种阳刚的香料，以后步疏林就可以光明正大地用了。

“步世子只怕要高兴得睡不着了。”碧玉忍不住打趣。

沈羲和微微一笑，又吹了一会儿风，才往回走。为了不引人注意，她特意又原路折回，少不得要路过恭房的院子，没有想到就碰上了平遥侯府的两姐妹余桑梓与余桑宁。

余桑梓一把将余桑宁推倒在地：“你整日不安好心！别人送我一个香囊，你也要我防备着！我最该防备的人是你！”

说完，余桑梓恼怒地大步离去，余桑宁则在丫鬟的搀扶下缓缓站起身。

她们恰好看到了走过来的沈羲和。上次在定王府，沈羲和惩治梁丹璞让余桑宁心有余悸。这一次一见到沈羲和，余桑宁就乖乖地站到一边，一副低眉顺眼的样子。

沈羲和不欲与她搭话，只不过这条路稍窄，从余桑宁身边走过时，两个人相距不到半步。微风中有从恭房飘出来的熏香，也有从余桑宁身上飘散的桂花香，只是桂花香中又有一种似曾相识的清幽草香。

沈羲和并没有多想，回到席间，就到了贵女们献舞的环节。

本朝尚舞之风尤为强盛，达官显贵，平头百姓，无论男女都喜欢跳舞，舞技也是高门贵女不可缺少的一门学问。

卞先怡带着教坊司的舞姬们开场跳了一段鼓舞。鼓声浑厚，舞艺柔中带刚，看得人惊心动魄，一舞罢意犹未尽。

有卞先怡这个高调的开场舞，后面的人只怕要怯场。

紧接着竟然是长陵公主献舞。她一身红衣，胡旋舞轻快敏捷，变化多姿，飘然灵动，真是令人大饱眼福。

接下来是平陵公主献舞，她的舞步错落有致，交替叠影，似踏花欲飞。

一场接一场的舞蹈令人目不暇接。幸好不是比舞，非得排个名次，否则只怕谁也评不出优劣。

就在这时，距离沈羲和不远处有了骚动，原来是平遥侯府的余桑梓已经换好了舞裙跑来。

沈羲和看到她的脸上起了红疙瘩，看起来她很是焦虑，想来很快就轮到她献舞了。

她这个模样上前是君前失仪，也是对喜庆寿宴的冲撞。她只能对上禀明缘由不上场献舞，可一旦说了，定会因未献舞而被人评头论足。

就在这个时候，余桑宁凑过去，不知道说了什么，两个人一同离开。

沈羲和笑了："马鞭草，久晒而起疹。"

知晓这特点之人不多，她因调香深入研究过才知。

很快，轮到余桑梓登台献舞，所有的乐师都被撤下了，引来不少人的猜测和议论。

两位窈窕佳人同时上场。余桑宁怀抱着秦筝，余桑梓换了一袭轻纱白裙，白纱遮面。

余桑梓一袭青丝如瀑，一袭白裙如雪，半边脸被遮挡，露出了饱满的额头、一双秋水般的眼眸，眉间是赤红桃花花钿，美得清新脱俗，惊为天人。

原本有些忐忑的余桑梓，感受着无数惊叹的目光，霎时间信心倍增。

姐妹俩对视颔首，架好筝的余桑宁噙着一丝温柔浅笑，素手一拨，悠扬的旋律于指间流泻而出，余桑梓舞姿翩跹。

与前面让人心潮澎湃的鼓舞、刚柔并济的胡旋舞、姿态百变的胡腾舞相比，这两姐妹的配合天衣无缝，将女子的柔美展现得淋漓尽致。如同苍茫高原之上飘落的一片雪花，美得沁人心脾，干净澄澈。

撇去其他不提，只论舞姿，只品乐音，沈羲和真觉得是视听盛宴。

在场无论男女，都看得如痴如醉。

一舞作罢，掌声雷鸣，就连太后都连赞了几声"好"。祐宁帝见太后满目赞赏之色，便传了两个人上前问话。

“此舞甚是新奇，可是由你姐妹二人编排而出？”祐宁帝问。

余桑宁十分有分寸地落后余桑梓半步。

余桑梓看了余桑宁一眼：“回禀陛下，此舞是臣女妙手偶得，阿妹看了一遍，便为臣女谱了曲。”

余桑梓没有居功自傲，甚至贴心地提到了余桑宁，将高门贵女的风度、友爱兄妹的教养完美地展现出来。

祐宁帝很是满意地点了点头：“为何以纱遮面？”

“回陛下，小女因故发疹，不敢君前失仪，故以纱遮面，还请陛下治不敬之罪。”余桑梓盈盈一拜。

“你抱恙献舞，何处不敬？”祐宁帝笑容慈和，“朕曾耳闻，平遥侯府嫡庶不睦，嫡母不慈，如今看来谣言不可尽信。”

说着，祐宁帝淡淡地瞥了御史台一眼。

御史台前不久弹劾平遥侯府治家不严，私德有亏。

“此舞可起名儿了？”

“禀陛下，并无。”余桑梓按捺住激动的心情，镇定地回答。

祐宁帝看了看余家两姐妹，沉吟了片刻说道：“不如起名儿《双华》？”

“小女叩谢陛下赐名。”余桑梓和余桑宁齐齐地叩拜谢恩。

沈羲和看着余家两姐妹在御前出尽风头，轻轻地转动着手中的水杯。

虽然弹劾平遥侯府的不是陶专宪，但御史台由陶专宪统御。祐宁帝的警告自然是冲着陶专宪去的。

陛下警告她的外祖父，沈羲和自然要好好地回敬一番。沈羲和将目光淡淡地扫过一直恭顺地跟在余桑梓身后的余桑宁。

似有所感的余桑宁转身之际，触碰到沈羲和的目光，立刻低眉顺眼地缩了回去。

“聪慧，有远见，能屈能伸，前途不可限量。”沈羲和低笑了一声。

若沈羲和所料不错，余桑梓身上的马鞭草定然是余桑宁的手笔，只不过少有人知晓马鞭草久晒之后会使人起疹。余桑宁已经找好了替罪羊，就是送余桑梓荷包之人。

余桑宁明面上好心去提醒余桑梓，实则给余桑梓暗下了马鞭草。余桑梓不喜她，觉着余桑宁居心叵测。等到疹子发作，余桑宁不但没有就此取代余桑梓去献舞，反而尽心尽力地为其谋划，让其献舞更加惊艳，同时不耽误自己露脸。

事后余桑宁又表现谦卑，经此一事，她们姐妹二人声名大噪。余桑梓只怕要审视自己以往对待余桑宁过于苛刻的态度，说不定日后还会护着余桑宁。

她们姐妹在陛下面前友爱互敬，更是洗清了平遥侯这段日子以来嫡庶不睦的传言。

余桑宁先有舍身救平遥侯府老夫人的举动，此刻又一举拿下平遥侯嫡长女和平遥侯，至此算是在平遥侯府站稳了脚跟。

自从触碰到沈羲和的目光，余桑宁不由得紧张起来。明明沈羲和的目光中毫无情绪可捕捉，余桑宁总觉得这位深不可测的郡主已经看穿了自己的把戏。

余桑宁坐回平遥侯府内眷所在的席位，不由得一遍遍地回顾自己的谋算，自觉毫无破绽，也绝无可能被人看透才是，心却一直悬着，生怕沈羲和突然开口。

沈羲和压根不知自己的一眼给了对方多大的压力——她由始至终就是一个看客。

直至夜幕降临，宴会才散。散宴并不意味着结束，而是百戏游园。百家戏法散在各处，精兵把守两道，众人可自由活动，想看什么就去看什么，大有逛闹市之情趣。

“妹妹，我们去那边。”沈云安从不会在众目睽睽之下唤沈羲和的乳名。

“羲和姐姐，陪我，陪我，我要去这边。”早就贴过来的薛瑾乔拽着沈羲和的广袖。

自从知晓薛瑾乔幼时的遭遇，兼之沈云安对薛瑾乔有怜惜之心，沈羲和对薛瑾乔的容忍度就增加了不少。换作以前，薛瑾乔怎么可能摸得到沈羲和的衣角？

“我要去那边！”沈云安瞪眼。

薛瑾乔都不看他，一双无辜且可怜兮兮的眼睛只盯着沈羲和：“羲和姐姐，我要去这边。”

总之，薛瑾乔就是和沈云安去相反的方向。

沈羲和左右看了看，往后退了一步：“你们俩一道先去这边，再去那边。我乏了，对这些东西也没有兴致，在这里等你们。”

沈云安正要拒绝，看到沈羲和不准拒绝的眼神，识趣地没有开口。

薛瑾乔捕捉到沈羲和瞪了沈云安一眼，把要拒绝的话也咽了下去，冲着沈云安轻哼一声，就甩头往自己想去的那一边走了。

“不懂礼数。”沈云安摸了摸鼻子，嘀咕了一句。

沈羲和只当没有听到，笑眯眯地看着他。

沈云安想到沈羲和的筹谋，严肃地叮嘱了一声：“当心。”

“看戏。”沈羲和无声地动了动嘴唇。

沈云安有些不放心地走了，很快他们的身影就淹没在人群之中。沈羲和特意找了个安静处坐着，不多时，一个其貌不扬的小宫娥跑过来，对沈羲和行了礼。

“郡主，四公主遣婢子请郡主一叙。”

她终于来了！

沈羲和微扬嘴角，垂眸：“你回公主，我身子疲乏，不愿挪动。”

似乎料到沈羲和会推辞，宫娥便道：“公主命婢子告知郡主，事关世子爷。”

她口中的世子爷，自然指的是沈云安。

“阿兄怎么了？”沈羲和蹙眉问。

“婢子不知。”小宫娥垂首做惶恐状。

“碧玉，你去寻一寻阿兄。”沈羲和冷冷地看了碧玉一眼，吩咐道。

“诺。”碧玉立刻行礼后疾步退下，一眨眼的工夫就消失在人群之中。

长陵公主派来的宫娥双手拇指相扣于胸前，规规矩矩地低眉等待着。

碧玉约莫一刻钟后回来，面色有些凝重：“郡主，婢子未寻到世子爷，沿途问了人，也说未见到世子爷。”

沈羲和闻言，目光沉沉地盯着宫娥。刚开始宫娥还强自镇定，渐渐地也感到脚底发寒。

直到宫娥面色发白，不由自主地弯下背脊，沈羲和才收回目光：“走吧。”

芙蓉园被曲江池一分为二。今日寿宴在水殿这边，沿岸也有极多表演。宫娥带着她们到了临水亭，越走人越少，最后到了一处人迹罕至的角落，池边停着一艘小船。

“郡主请上船。公主在紫云楼等郡主。”宫娥立在池边让了路。

沈羲和几不可闻地轻笑一声。碧玉先上了船，伸手将沈羲和扶上船，宫娥随后。待到红玉要上来之际，小篷船明显有些承载不下，宫娥便说道：“郡主，船小，不能上人了。”

“你们是有心弄了这艘小船吧？”碧玉不满地皱眉。

“婢子不知。”宫娥垂首。

“红玉，你留下。”沈羲和出声吩咐。

曲江池上灯火通明，往来行船不少，就连祐宁帝都陪着太后在池上。沈羲和不信他们还敢在池中动手，便真是在池中动手，也不过是自取其辱。

故而行船之际，沈羲和始终镇定自若地坐着。小船绕着无人的边缘到了对岸，岸边的木台之后是茂密的树林，除了间隔较远的树梢上挂着的一盏照明的灯笼在风中摇曳，几乎看不到他物。

沈羲和带着碧玉随着宫娥上岸，摆渡的人摇着船离开。还未入树林，沈羲和就闻到了淡淡的曼陀罗花香，夜色之中看似寒雾缭绕，实则糅杂了缕缕香烟。

曼陀罗花的气息不算浓烈，还掺杂着几种使人致幻的香料，整个园子四处熏香。香料有异，极难察觉，沈羲和拿着帕子轻咳了两声。

“郡主，寒风大，小心着凉。”碧玉上前挡住宫娥，给沈羲和系上斗篷，将两个细小的棉塞递给沈羲和。

米粒大小的棉塞是常年用提神醒脑的香药浸泡的。沈羲和借着帕子遮挡，将棉塞塞入了鼻孔。

沈羲和塞好鼻孔，碧玉才让开，随着宫娥一道向前走去。跟在沈羲和身后的碧玉，也在宫娥看不见的时候塞了鼻塞。

不过短短二三十步，她们就走到路的尽头。

宫娥腿一软便晕倒了。

沈羲和紧跟着也直接栽倒在宫娥身上。碧玉似乎好一点儿，惊呼了一声，要去搀扶沈羲和，刚蹲下身，也是眼前一黑，晕了过去。

三个人晕倒不过片刻后，一个穿着夜行衣的男子冲出来，盯着沈羲和，亮出了明晃晃的刀，刀光在寒夜之中更显锋利，笔直地刺向沈羲和。

刀尖垂直下落的瞬间，碧玉蓦然睁开眼睛，抽出腰间的软剑挡下刀，长腿一扫攻向黑衣人的下盘。黑衣人立刻纵身一跃躲开，就在这时，远处的一支利箭飞射而来，洞穿了黑衣人的肩膀。

黑衣人手上的刀落地，人瞬间被碧玉制伏。还不等她们审问，黑衣人便咬了毒囊自尽。

碧玉扶起沈羲和，将昏迷的宫娥控制住。很快有人扛着一个死人跑过来，将人扔下，对沈羲和行了礼，就无声地扛着服毒自尽的黑衣人离开了。

沈羲和看着这个被扛来的死人笑了。她抬眸看向远处灯火璀璨的地方，灯火映照得夜空也明亮了几分。

寿宴到了尾声，祐宁帝陪着太后行船一圈，回到了水殿里。王公大臣、贵女、夫人齐聚一堂，正等着祐宁帝发话散席。此时，一道凄厉的声音在门外响起："陛下！"

脸上还泛着愉悦之光的众人齐齐看过去，就见到昭宁郡主的两个侍女架着发髻松散、浑身血污、面色苍白的沈羲和匆忙赶来。

祐宁帝面色一沉，大步上前："传太医！"

寿宴本就有太医署医师在场，太医几乎是和祐宁帝同时走到沈羲和面前的。

"陛下……"沈羲和声音虚弱地开口，"有人要……杀我灭口……"

此刻，正殿静谧无声，沈羲和的声音再微弱，所有人也听得清楚明白。

"先让太医为你看诊，朕一定会为你做主！"祐宁帝十分恼怒，太后的寿宴，竟然有人闹事。

"陛下，是……是康王殿下……"沈羲和仿佛用尽最后一口力气，说完就歪倒在碧玉的怀里。

全场哗然，众人齐刷刷地盯着康王，与康王近的人不约而同地退开。

康王的脸上惊怒交加，他疾步上前，跪在祐宁帝面前："陛下明察，臣绝无谋害郡主之心！”

祐宁帝冷冷地扫了康王一眼，吩咐太医：“先给郡主治伤！”

沈羲和被宫娥抬到偏殿。太医诊脉之后，察觉沈羲和是惊吓过度而昏迷不醒，加之本就体弱，情况异常凶险。太医面色凝重，如实向祐宁帝禀报情况。

祐宁帝吩咐太医救治沈羲和，不容有失，转身询问沈羲和的两个丫鬟。此时，狼狈的沈云安与薛瑾乔赶了回来，两个人的衣裳都有些脏乱。沈云安冲到沈羲和的身边，面色铁青。

“回禀陛下，是长陵公主着宫娥约见我们郡主……”碧玉口齿清晰地将事情的前因后果说了一遍，“幸而婢子自幼习武，护住了郡主。那刺客被婢子所杀，临死前也不愿吐露半句话。不知为何，郡主一路上都神色惊慌，呢喃着是康王要害她。”

康王听了这话之后，心下稍安：“陛下，定是郡主对臣心有隔阂，才会误以为是臣主谋。”

岂料沈云安冷笑了一声：“陛下，臣知晓康王为何要暗害舍妹。”

“你说！”祐宁帝喝道。

“几日前，舍妹去了南面深山，不慎发现有人私造兵刃，且看到康王殿下入山！”

此言一出，众人皆惊。

“西北王世子，你血口喷人！”康王面赤声厉。

沈云安却不看他一眼，依然躬身说道：“此事干系重大，臣唯恐妹妹是看花了眼，故而不敢上报陛下，而是派人暗中监视。方才有人寻臣，手中持有臣派去南面深山探子的腰牌，臣才会与他离去。薛家女郎因担忧臣，便暗中跟了上来。若非薛家女郎相救，臣只怕凶多吉少。”

说到这里，沈云安眼尾泛红，满怀恨意地盯着康王：“臣万万没有想到，康王竟一箭数雕，借此着人假冒四公主的宫女诱骗妹妹，妹妹险些惨遭毒手！”

“陛下，绝无此事，绝无此事！”康王也不理沈云安，一个劲儿地喊冤，“臣侍君之心，日月可照！西北王世子与郡主空口白牙诬蔑臣，请陛下为臣做主！”

牵扯到私下铸造兵刃的事，这是杀身之祸。在场的朝中人无论是与康王交好，还是与康王交恶的，都不敢轻易开腔。

但其中又不乏了解康王老谋深算者，例如门下省侍中王政：“陛下，私铸兵刃是谋逆之举。陛下正值壮年，广施仁政，天下承平已久，且太子储君尚在，诸王允文允武，康王殿下焉能有谋逆之心？”

“王公所言，未免偏颇。”中书令薛衡站了出来，“康王殿下是否有谋逆之心，西北王世子是否诬蔑，圣上自有决断。我等身为臣子，又是陛下近臣，堪为陛下耳目臂膀，此等大事，切不能凭一己之妄断扰陛下之英明。”

这件事情既然扯上了薛瑾乔，薛家就不可能独善其身。薛衡谁也不偏帮，却也不会坐视王政包庇人。

“陛下，西北王世子既然敢有此言，臣深信绝非无的放矢，必有证据。”陶专宪也站出来力挺外孙。尤其是沈羲和现在仍昏迷不醒，他恨不能将视线化作利剑，在康王身上戳几个血窟窿！合该让康王血流尽，慢慢被折磨而死！

祐宁帝的目光喜怒难辨，他道：“不危，你可有证据？”

“回禀陛下，臣有！”沈云安抱拳道，“适才偷袭臣之人已被拿下。”

“人呢？带上来。”祐宁帝下令。

很快，两具尸身被人抬了上来，放在正殿上。

“都已死了？”祐宁帝不怒自威。

“陛下，这两个人的嘴里都有毒囊，被擒之后他们便吞毒而亡。”沈云安不急不缓地说道，“不过，臣派去南面深山探寻之人早已传信于臣，在深山把守铸造兵刃的私卫，手臂上皆有一个弓弩图案。”

沈云安言罢，将两个人的衣袖一把撕裂，两个人的手臂上果然露出了图案。

看到这个图案，康王嘴哆嗦了一下，脚底生寒，终于意识到自己完了！

派人去暗害沈羲和与沈云安之人确实是康王。起因还要自两日前说起，康王去私造兵刃之处察觉有人跟踪，费了一番波折才打听出竟然是沈云安的人。

康王也曾想对陛下坦白，但冷静下来之后，选择了借今日对沈羲和与沈云安下手。

康王无非是仗着沈氏兄妹二人在京都势力单薄，且又用的是绝无可能露出破绽之人，便是不成功，也绝不会留下把柄。他绝不可能调动把守锻造兵刃之处的人，那都是陛下的人！

把守那里的人手臂上确实有这个图案，位置大小都一模一样！

但这不是他派的人！

“陛下，私造兵刃之地，臣已知晓是何处。陛下派人去搜查便知真假！”沈云安肃容道。

听了这话，如热锅上的蚂蚁一般的康王又镇定下来——陛下会保他，他是在替陛下办事！

“陛下，臣绝无二心，不受西北王世子的诬蔑，请陛下明察！”康王说话铿锵有力。

作为看客的大臣们在二人之间目光游移，一时间竟然难以断定孰真孰假。

祐宁帝的眼中有厉色闪过，他心中恼怒康王办事不力，这个时候却不得不为康王兜着。祐宁帝不想白白失了经营这么多年的心血，且锻造兵刃的事牵扯甚大。

其中一个是铁矿——那是康王隐瞒未上报的一处铁矿，一旦私造兵刃的事被发现，且被收缴出大量兵刃，有人就会深究其源，锻造兵刃的铁从何而来？

这就是拔出萝卜带出泥，一个不慎，祐宁帝暗中培养的心腹得折损巨大！

“不危，你将私造兵刃所在之处告知绣衣使，朕派绣衣使亲自去！”祐宁帝吩咐。

“陛下，深山险要曲折，由臣带领绣衣使前去较为妥当。”沈云安请求。

祐宁帝面不改色，声音平淡地说：“昭宁受惊，在京都并无至亲，你留下更为妥当。”

祐宁帝这是提醒他，他的宝贝妹妹在皇宫里。

文武大臣大多没有怀疑祐宁帝，只当是祐宁帝不想暴露绣衣使的身份，故而不让沈云安随行。

王政又说道：“陛下所言极是，世子与康王是非未断，都不宜出面，以避嫁祸之嫌。”

原本没有觉得有什么的尚书令崔征、中书令薛衡，都动了动眉头。

王政是个媚臣，极会讨好陛下，更是个无利不起早之人。

二人略一深思，都目光一凝，保持缄默。

他们二人不表态，其他跟随王政之人却纷纷附和。陶专宪正要开口，沈云安却先一步开口：“陛下圣明，臣还是留下照顾妹妹的好。”

于是，祐宁帝让沈云安描绘出简易的路线，就派了绣衣使快马加鞭出宫。

这些人自然不是去搜罗证据，而是去杀人灭口，毁尸灭迹。

康王微扬嘴角，对沈云安露出一丝讥笑的神色。待到绣衣使什么都没有带回，康王就能反告沈氏兄妹诬蔑宗亲及朝廷命官！

沈云安压根儿没有多看康王一眼，而是守在沈羲和的床榻前，看着沈羲和沉睡中煞白的脸，满眼焦虑之色。

沈羲和说过这都是假的，可她的面色太过骇人，且太医署并没有他们的人。太医署都无人能够察觉沈羲和是假装的，他真担心沈羲和是不是真受了惊，或是计划之中出了变故……

就在沈云安胡思乱想之际，众大臣的内眷们被打发回府，大臣们则都陪着祐宁帝等结果的时候，宫外京兆府有人来报——

“陛下，南城南面天降大火，四周百姓集结灭火，发现有人私造兵刃……”

在内殿躺着的沈羲和嘴角缓缓上扬。皇上想要杀人灭口，想要反将他们兄妹一军，也要看她同不同意！

南面深山把守之人个个武艺不俗，沈羲和派莫远小心翼翼地监视了许久，才摸清这些人轮值的规律。恰好在一批人昨日轮值之后，他们截住了两个，这两个就是被抬上大殿之人，为了不露破绽，人都是才杀不久。

这两个人还未到换值时间，故而无人知晓他们失踪。

因为有这些人的存在，他们强攻是不可能的。沈羲和也猜到这件事情闹到祐宁帝面前，祐宁帝必然要替康王脱罪，定会反咬他们兄妹一口。

看到妹妹的嘴角有笑意一闪而逝，沈云安才松了一口气，不只是不担心沈羲和了，更多的是知道他们的全部计划万无一失了。

沈云安的耳畔回响起几日前和沈羲和的对话——

“呦呦，惊动康王，怎就一定会激起他的杀心？他或许会将事情告知陛下。”

“不，他一定会兵行险着。”沈羲和笃定地说，“原因有四——

“其一，他将事情告知陛下，就是自己失职，陛下定不会再重用他，可又担忧他知晓这般多的事，很可能会让他暴毙。”

“其二，若被久居京都根深蒂固之人察觉此事，他或许会谨慎行事。但察觉之人是你我，他会看轻你我在京都的能耐。杀我们易，我们亦不会将此事宣于他人，更不可能动锻造兵刃之处。”

“其三，便是一切事情败露，也不过是最坏的结局——被陛下知晓他无能。事关陛下之利，牵扯甚大，陛下再恼怒，也会为他善后。如此，陛下便是厌弃他，亦不会让他死于非命，否则便是不打自招，康王府铸造兵刃有猫腻。”

“其四，陛下又是个需要心腹办诸多见不得光之事的人。只要他暂时过了这道坎，保住了性命，虽能力不足，忠心有余，待到陛下盛怒过后，便还有将功折罪的机会。”

沈云安饶是深觉自己的妹妹天下第一聪慧，可在那一刻，也被妹妹的心智深深震撼到。

甚至有一瞬间，沈云安冒出离奇荒唐的想法，眼前这个不是他的妹妹。旋即他又狠狠地扇了自己一巴掌，怎么可以怀疑血脉相连，从小呵护在掌心里的妹妹呢？要是她知晓了自己的想法该多伤心？明明她在西北只不过是没有展露的机会，只是不愿让他和阿爹担忧，一心做个无忧无虑的好女郎罢了。

“既然你知晓陛下无论如何都要护他，咱们便是步步算到，又如何破陛下之局？”沈云安觉着胳膊拧不过大腿。

这天下唯一能颠倒黑白之人，便是高坐龙椅之上，受万人敬仰之人！

也无怪乎这么多人为这个位置前仆后继，不惜血浸白骨。

沈羲和当时在温柔地抚短命的毛，用手轻轻地从短命的头顺着背脊缓慢地抚过。

每当她这样给短命顺毛的时候，短命就会四肢下趴，做出顺从的模样，叫出讨好的声音。

“有些事，不是陛下想便可只手遮天的。”沈羲和莞尔，“他想派人去灭口，我偏要他的人不得不铁面无私！”

自送走玉小蝶之后，沈羲和便安排了几个人进入附近村子的农户之中，与他们为善，和他们打好关系。

至于天降异火，不过是他们找出另外一片山脉，用抛石机抛了个火球。抛石机的火球砸过去，动静就不会小，大火在树林之中，又是深秋枯叶遍地之际，更是易燃。

即便周遭的村庄相距甚远，但有沈羲和安排的人晓以利害，带头往前闯，不怕平日里受他们恩惠的村民不跟随。

"我会掐着点，在陛下派的人出城门之后，再放信号让各处行动。"

正好今日是太后寿诞，陛下下令要举国欢庆，四处都是烟火，多一两处烟火也不会引人怀疑。

"若无意外，绣衣使会在近千百姓与深山护卫遇上之时赶到。我便不信他们胆敢一下子灭了周遭十来个村落的百姓！"

沈羲和把所有事情都算得清清楚楚。她并不敢赌祐宁帝的仁义，亦不愿这么多百姓因她而死于非命。

她做了最后的准备，那就是鼓动百姓一起去救火，会让几个村的里正联合去官府报案，巡城搜罗的金吾卫、治理京畿的京兆府，甚至在城门守城的郎将……她都要知会，这些人会慢于绣衣使片刻抵达事发地。纵使绣衣使冷血无情，不拿百姓之命当回事，难道金吾卫、京兆府衙役、守城士卒，都会一块儿被灭口？

这自然是不可能的！

既然不能灭口，那绣衣使就只能完成搜山抓人的使命。这些把守私造兵刃之处的护卫，再强还能强过绣衣使？

"得让陛下品味一番，自己人杀自己人的心痛滋味——他才能明白向功臣挥刀之时，这些刀下亡魂的怨与恨。"

沈羲和的话犹在耳边，沈云安对妹妹的才智佩服得五体投地。

外殿静谧一片，所有人肉眼可见祐宁帝面色变得阴沉。

除了闭眼不语的王政和若有所思的薛衡、崔征，大多数人只当祐宁帝是被康王欺骗而隐忍怒意，纷纷大气儿不敢喘。

不过不耽误他们心思活络，正如王政所言，康王除非脑子被驴踢了，否则怎么可能做出这等谋反之举？

他们倒没有往祐宁帝的身上想，只是纷纷猜测康王到底站了哪位皇子的队，这是在为哪位皇子卖命？

压抑的气氛持续。绣衣使将锻造兵刃的私卫头领的尸体交给了内侍送入大殿，尸体的衣袖被撕开，手臂上的图案与今日之凶徒一致。

祐宁帝忍无可忍，抬脚将抖如筛糠的康王一脚踢倒："将康王下狱，着绣衣使查抄康王府，再行定罪！”

说完，祐宁帝拂袖而去。

大臣们纷纷轻手轻脚地离去。

沈云安也抱起“昏迷”的沈羲和，坐上马车离开了芙蓉园。

“阿兄，一定要在宗正寺安排好人，看清楚谁会去见康王！”沈羲和睁眼，眼中清明而深不可测，“就让我看一看，我们怀疑之人到底是太子殿下还是景王殿下。”

祐宁帝不确定康王留了多少东西，暂时不会要他的命。

她相信那个人一定会乘机撬开康王的嘴，得到对陛下不利的东西！

这是她安排这一局的最后一层用意。

“呦呦，你真没事？”沈云安更关心沈羲和的身子。

她依然苍白没有血色的脸，让沈云安极担忧。

“阿兄，我无事。”沈羲和神色如常，“太医署会被蒙蔽，是因我早有准备。明儿我为你引见一个人。”

到现在，沈羲和都没有让沈云安见到谢韫怀，几次服药都是趁着沈云安外出之时。她不愿让沈云安看到自己服下脱骨丹之后痛苦难熬之状，知这会刺激到沈云安。

昨日，沈云安去安排芙蓉园藏人时，沈羲和用药后，问谢韫怀要了一种可以短暂让脉象紊乱的药物，对身体是有点儿冲劲，却无大碍。谢韫怀担忧她体弱，坚持明日复诊。

“是那位齐大夫？”沈云安猜到了。

“是。”沈羲和轻轻颔首。

沈云安目光定定地盯着沈羲和，看得沈羲和一脸茫然。

“阿兄，你为何这般看我？”

“齐大夫年少有为，又仪表堂堂……”

“阿兄。”

不等沈云安说完，沈羲和就知晓他心中所想。大抵是亲近之人，对适婚之龄的人更为敏感，但凡有才貌双全的异性之人出现，沈云安总会多想几分。

“齐大夫与我是坦荡挚友，男女之间也可如君子相交。”

沈羲和目光坦荡，沈云安又是欣慰又是心焦，欣慰的是妹妹没有被任何儿郎的花言巧语哄骗，心焦的是越发觉得妹妹真是个心如止水的女郎。

沈云安对齐大夫有所了解。毕竟沈羲和时常接触之人，他都要查清底细，这是自幼养成的习惯，妹妹太娇弱、太动人，可不能被居心叵测之人接近。

玲珑这个意外更是让沈云安谨慎许多。他得查清楚齐大夫的身份，对人品样貌、才华学识也了然于心。

天家儿郎个个出类拔萃，齐大夫也是人中龙凤。妹妹来了京都许久，又正是情窦初开的年纪，却无一人能打动她分毫。

“阿兄，宗正寺！”沈羲和只要一看沈云安的表情，就知他在琢磨些什么，只得催促。

沈云安轻叹一口气：“阿兄这就亲自去盯着，保管任何人都休想来无影去无踪。”

沈羲和这才给他一个愉悦的浅笑。

她的笑容在马车内高悬的夜明珠光下如玉生辉，带着点点华光，让沈云安眼睛一晃，也情不自禁地露出了宠溺的笑容。

既然妹妹这么开心，他自然要把事情办好，让她更开心些。

沈云安把沈羲和送回了郡主府，颀长高大的身躯转身便消失在夜色中。

沈羲和身子骨儿虽在好转，却也不是一下子就健如常人。今日是真的折腾狠了，她回了府邸也无法等待沈云安，沐浴洗漱之后就沉沉睡去。整个京都的达官显贵，今夜能够睡着的只有她一人。

文武百官都在琢磨私造兵刃这件事情。和康王交好的人都忙着回想有没有什么把柄落在对方的手上，或者和对方往来之间，有没有不知情时被牵扯到康王府私造兵刃之事当中。和康王交恶的或者自己有政敌与康王交好之人，都想着怎样能煽风点火，落井下石。

王宅里诸王的书房也是灯火通明，众人纷纷在想康王是为谁卖命，在琢磨康王腾出来的空缺由谁来补上，在思考他们如何运作能够从中得到更多的好处……

东宫的萧华雍也坐在正殿暖阁的书案后，正看着今日递来的信件。

灯火摇曳，暖光融融，淡雅如雾。

萧华雍冠玉般的脸上浅浅荡开一丝柔笑，银辉凝聚的眼眸泛起层层波澜，有着掩不住的赞赏和惊喜之情。

“我早知她聪慧，却还是有所低估。”静夜里，他声音温润轻柔，糅杂着无尽的赞叹之意。

太子身子不好，满朝皆知。太后的寿宴，他只是略坐了片刻，聊表心意之后，就在太后与陛下的再三催促下回了东宫。他原以为今日寿宴也不会有什么乐趣，不承想竟然这般震撼收场。

“可惜，若早有察觉，我该寻个由头折回去，目睹这份热闹。”萧华雍甚是遗憾地轻叹了一声，“陛下当时的脸色一定很好看。”

天圆如木桩一般立在萧华雍的身后，等他感叹完。

萧华雍举起手，指间的那一枚黑棋在灯火的微光下越发亮泽，神色也更温柔：“女郎，果不容小觑。”

萧华雍早知晓陛下在私造兵刃，私组精兵，为此掏空了国库。幸而这些年风调雨顺，否则户部尚书就得为陛下背罪。萧华雍一直在调查，却毫无头绪，没有想到陛下竟然将造兵刃的事交给了康王这个草包，更没有想到这个草包竟然让玉小蝶一个侧室察觉此事并被探出来了。

最让萧华雍没有想到的是，沈羲和得到消息之后竟然如此不动声色，一步步巧妙布局，借力打力，不费吹灰之力地就将这件事情捅出来了！

她没有折损一兵一卒，甚至没有暴露自己的一点儿势力，就连陛下都不会觉得她是有意为之。

“天圆，你说郡主是否才智无双？”萧华雍淡淡的桃红的唇往两边勾起，目光明亮柔和。

“能让殿下另眼相待，郡主自然是无女郎能出其右。”天圆赶紧夸赞。

尽管天圆也觉得昭宁郡主若是男儿身，必将是殿下最强劲之敌，但此刻是真不敢不夸！

“另眼相待……”

饶是天圆发自肺腑地称赞沈羲和，依然没有让萧华雍满意。萧华雍轻声重复了这四个字之后，伸手按住自己的心口。

就在方才，萧华雍看完沈羲和整个布局的详细过程后，清楚地感觉到这里有别于寻常的跳动频率——只是那么轻微的一两下，足以让他明白，沈羲和勾动了他的心。

又来了，又来了，英明伟岸的殿下又露出了这种沉迷的神色，这次比往日更着迷，犹如徜徉于酒海之中，醉得不轻！

天圆露出苦瓜脸：“殿下，时机要紧。”

康王事件不亚于平地惊雷，震得所有人晕头转向回不过神，也震得陛下措手不及。太子殿下不趁着此时见缝插针，更待何时？偏偏明智果决的太子殿下好似忘了一般，满心满眼都在惊叹郡主的智谋！

锦凰 著

中册

青岛出版集团 | 青岛出版社

第十一章　心有灵犀一点通

眼瞳微转，萧华雍漫不经心地说道："急什么？你以为陛下为何不将本宫这位堂伯父斩立决？"

"康王殿下为陛下效命，足有二十年，手中只怕有不少为陛下办事时经手的证物。"天圆轻声回道。

"这只是其一。"萧华雍抬眸，视线落在摆放在窗前的平仲盆景上，"其二才是至关重要的，康王私造兵刃之罪已被证实，他的目的为何？本宫知晓他是奉陛下之命，旁人却不知，亦不敢如此猜想。

"陛下要将此事彻底了结，让诸公都不再琢磨深究，就得给个说法。"

摆放盆景的花几上落了三片叶子，萧华雍起身走过去，拾起一片叶子，捏在指间细细摩挲："人人都想知晓康王是为谁效命，此时正是各显神通之际。殊不知，陛下只不过是将康王当作诱饵。此刻谁蹦得越欢，摔得便会越惨。陛下正缺一个'主谋'来了结此事。"

天圆的心口一紧，他没有想到陛下还有这层深意，恭敬地低头不语。

萧华雍放下叶片："这盆叶子枯了。"

言罢，萧华雍出了暖阁。外面摆了好几盆平仲，他一一观察树根的情况，有的烧根，有的缺水，有的沤根……

做了详细记录，挑出了长势极好的三盆盆景，萧华雍吩咐天圆："这三盆让下面的人记好施肥浇水，待我离京之后，如何养护一并告知呦呦。"

"诺。"天圆慎重地应声。

他自小跟着太子殿下，从未见殿下为任何一人细心至此。时下无人做平仲盆景，殿下从挑拣花盆开始就未经他人之手，精心呵护将之养活，从光、风、肥、水四个方面，一点点把平仲盆景之需琢磨出来——就是怕郡主拿了去，培育不当而使平仲枯死败落，反而扫了郡主的兴致。这让天圆心底甚是震撼，原来太子殿下想要对一个人好，竟可以做到如此细致的地步。

沈羲和没有想到祐宁帝竟无耻到想坑自己的儿子——他正等着某个儿子撞上来顶罪，好将这件事彻底翻篇——因此一心等着野心勃勃的人冲上来，好将祐宁帝的伪装彻底撕下来。

萧华雍看穿了祐宁帝的算计，因此按兵不动，以待最佳时机，却也没有算到这件事情的走向会出乎他的意料。

“五哥，康王是为谁筹谋？”萧长赢来到信王府，商议今日发生之事。

“此事我们不宜插手。”一身素白的萧长卿刚刚诵完经，手里捏着一串佛珠。

“我……”萧长赢欲言又止。

萧长卿看了他一眼，目光温和：“康王被定罪，便与西北王府扯不上干系。昭宁郡主与西北王世子断不会再有波折。”

“五哥，你是不是知晓是谁？”萧长赢隐隐有了猜测。

萧长卿垂眸片刻，才看向他：“我若说是陛下，你可信？”

“怎会？”萧长赢惊得站起身，“怎么会是陛下？陛下如何用得着私造兵刃？”

天下都是陛下的！陛下想要造兵刃，大可御笔一挥，下旨光明正大地造！

“釜底抽薪。”萧长卿轻声说道，“我朝马上得天下，陛下又是危难之际得兵马相助才成了九五之尊，深知兵权之重。如今天下兵权一分为三，其一在西北王手中，其二则是在以蜀南王为首的各地藩镇手中，其三在京畿陛下手中。

“可这京畿的兵权，又由几大军功之家分揽，几家背后又各自有成年的皇子。皇子日益长大，原本忠于陛下之人，难免要开始做长远谋算……”

陛下此刻急需一支效忠他又不和任何皇子扯上干系的精锐之兵。

若是一直这般隐瞒下去，待到精兵组建成功之日，就是陛下挥师西北之时。

“届时陛下进可攻，退可守。”萧长卿哂笑一声，“若是取胜了，他们就是陛下的利剑，朝中何人不惧陛下之威？若是败了也不打紧，谁也不知这群人从何而来，陛下大可褒奖西北王镇压匪寇有功。”

萧长赢忍不住退后一步，惊愕地看着逆光而立的兄长。

他身为皇子，亲娘受宠，兄长睿智，虽知晓皇家尔虞我诈，也从未天真地以为这是个无忧安乐的大家族，但对陛下是发自内心地崇拜与尊敬。而今日，他的兄长一点点将父皇的真面目揭露，他这才发现自己竟从未看清父皇的为人。

“阿弟，你要长大了。”萧长卿轻叹一声，“此刻谁若是动了，都得成为替陛下顶罪之人。”

萧长赢望着兄长清冷孤寂的细长身影倒映在水面上，愣愣出神。

祐宁帝在明政殿等了许久，心腹来报竟然只有二皇子昭王殿下到宗正寺探望了康王，不过是光明正大地去的。

因为昭王幼年曾在康王府寄养过一段时日，与康王有些交情。他去送行，也在情理之中。

“只有昭王去了宗正寺？”祐宁帝面色阴沉。

“是。”心腹匍匐在地。

祐宁帝一拂袖，将御案之上的物品扫到了地上：“朕真是小瞧了他们！”

会出现这种情况只能有两种缘由：要么他的儿子们都单纯无害，没有任何异心，并且兄弟和睦；要么就是个个城府极深，不敢轻易冒头，甚至极有可能知晓康王背后的人其实是他这个父皇，因此才会揣着明白装糊涂！

一想到是后者，祐宁帝就恼怒不已。

“若今夜还无人，便……”祐宁帝话未说完，就挥了挥手，“罢了，退下吧。”

跪在地上的人松了一口气，知晓陛下未完之言是要安排康王府那边与昭王密谋的证据。

既然别的皇子都没有动，那就只能让唯一去见过康王的昭王来顶罪。且昭王这个时候去探望康王，未必只是全了幼年时的情分。

沈羲和一觉起来原以为会是风起云涌，结果竟然风平浪静。

“宗正寺有绣衣使把守，除了昭王去了一趟，再无任何人到宗正寺。”沈云安守了一夜有些疲态。

“是我低估了他们的城府。”沈羲和从未觉得诸皇子蠢笨，却也没有想到个个如此谨慎，“是了，他们都已羽翼渐丰，身后也都有了谋臣……”

“还要盯吗？”沈云安问。

“要！他暂时不去，但一定会去！”沈羲和笃定，又心疼兄长地说道，“阿兄派人去便是，能不能抓到都无妨，错过了这一次，我还有其他法子。”

她有的是时间与他周旋，若轻易就拆穿了反而乏味，现下倒是激起了她的战意。

感受着妹妹的关怀，沈云安心口一暖，满口应下：“好，阿兄派人盯着。”

“阿兄，快去休息。”沈羲和催促。

“你不是要引荐人给我吗？”沈云安问。

“阿兄只管歇息，我会留人等阿兄醒来。”沈羲和浅浅一笑，“等阿兄醒了，我给阿兄做糖脆饼。”

“当真？！”沈云安眼睛一亮，欣喜道。

沈羲和笑出声：“当真。若你不好好歇息，我还能看到你眼中的血丝，糖脆饼就送人。”

沈云安人高马大，孔武有力，但只有沈羲和知晓他爱吃甜食。

沈羲和做的糖脆饼，表皮香脆，内里有一层糖，外面撒上芝麻，甜而不腻，沈云安能吃十来个。

他不知是否因对妹妹的偏爱，总之无论谁做的糖脆饼，都觉得有些不对味儿。

“我现在就去！”生怕糖脆饼被送人，沈云安一下子蹿得没了影儿。

在自己面前永远孩子气的兄长，让沈羲和不由得无奈地笑了笑。沈羲和吩咐红玉赶紧去准备。

沈羲和梳妆完毕，正要享用膳食，墨玉来报：“郡主，薛家七娘又来翻墙了……”

薛瑾乔来翻郡主府的墙，已经不是第一次了。自从知晓敲门会被拒绝之后，她便一直翻墙。

要是以往，他们也就把薛瑾乔送回薛家了，可昨夜世子当众说过薛瑾乔对他有援助之情，这会儿便只得来请示一下沈羲和。

沈羲和：“这是第几回了？”

“第四十三回……”墨玉记得清清楚楚——每次都是她把薛家娘子送回去的。

算算日子，自赏菊宴之后，薛瑾乔是一日不落地到她这里来翻墙。

沈羲和揉了揉额头，道：“把她请进来吧。”

她是个独来独往的性子，除了至亲，无人能靠近她。

薛瑾乔的执着并未打动她，只不过自己阿兄对薛瑾乔似乎有些不一样，她便要对薛瑾乔好点儿。

已经做好再一次被送回薛府的薛瑾乔突然被带入郡主府，整个人都容光焕发起来，尤其是到了沈羲和跟前，更是杏目笑成了月牙儿。

沈羲和：“用朝食了吗？”

“用……”一个字还没有吐出完整的音，薛瑾乔立刻改口，“未曾。”

沈羲和只当没有看穿她的小心思：“红玉，添置碗箸。”

“羲和姐姐，我给你准备了朝食！”薛瑾乔立刻说道，“在外面，草草拎着。”

沈羲和微微一怔：“往日也带了？”

说着，沈羲和看向墨玉。

墨玉微微颔首。

沈羲和不解：“为何要给我备朝食？”

每日都准备，即便她从不知晓，也从不过问，回回落空，薛瑾乔也能这么坚持，而且没有丝毫埋怨之意。

“旁人能为你做的事，乔乔也能为你做！”薛瑾乔强调。

旁人指的是送食盒给她的太子殿下？

因此，薛瑾乔认为她与太子殿下亲近，是因为太子殿下送了她食盒，讨好了她？

沈羲和哭笑不得，自是不会向她解释其中缘由，便吩咐墨玉将薛瑾乔的丫鬟放进来。

“为何……为何这般喜欢我？”沈羲和一直弄不明白。

“第一眼见到羲和姐姐，我就喜欢。”薛瑾乔的眼睛透着满满的真诚之色，她郑重地说道，“羲和姐姐是第一个为我出头之人。”

薛瑾乔回答得很简单，沈羲和却有些触动。

因为容色过人，沈羲和自幼被人喜爱，但她的性子极少有人能忍受。她看似受万人奉承，其实在西北一个可交心之人都没有——并不是别人不愿，而是她自己孤高不屑。

这也导致她遇到顾则香这个信友之后，会长长久久地联系下去。

薛瑾乔一开始对她和世人好美色一般，只是第一眼对容色的喜欢，之后之所以这般掏心掏肺，是因为在被胡潆绕推下水之后，她为自己出了头。

薛瑾乔是薛家的嫡女，叔祖父是尚书令，父亲是吏部尚书，薛家可谓是炙手可热！她的身份何等尊贵，是什么缘由让她因为有人第一时间肯为她出头，就对这个人如此喜爱呢？

沈羲和不由得想到她幼时的经历，于是放软了声音：“乔乔，你还有爹娘和兄弟。”

“不，他们都会舍弃我。”薛瑾乔摇头，“爹娘为了讨好祖母，把我留在家中，带着阿兄和阿弟外放。结果，家人却把我丢给阉人。那阉人用鞭子抽我，用火烛烫我，用泔水灌我……”

薛瑾乔说着说着，眼瞳竟一点点放大，浑身释放戾气。

沈羲和握住她的手说道：“乔乔，都过去了……”

手背的暖意让薛瑾乔心口一颤。她立刻反握住沈羲和的手，紧紧地攥在自己的手心里，笑容又甜美起来：“我可不好欺负！我咬掉了他的一只耳朵！不过他力气大，又有帮凶，把我打晕钉在了棺木里！”

沈羲和用另一只手捏了捏她的手。

薛瑾乔脸色阴沉地说：“他们……都丢弃了我！”

明明她什么都没有做，明明是堂兄杀了人，他们却让她代堂兄受过。她被折磨的时候，多希望有个人能救她！

她在棺木中醒来时窒息痛苦，十指的指甲都在棺盖内侧划断了！

她伤痕累累地回到家中，等了许久才等回爹娘，多希望爹娘能为她惩治恶人，可他们没有那么做……

他们只是抱着她，对她说她是薛家女郎，要以大局为重，要懂事，要为阿兄和阿弟着想……

自那一刻起，她便知在这世间她是孤身一人，没有人会护着她，没有人会为她撑腰做主！

那她就要学会自强！她要让任何人都欺负不了她！

欺负她之人，她都要让其求生不能、求死无门！

“乔乔，用膳。”沈羲和清楚地感受到薛瑾乔内心浓浓的恨意，立刻出声将薛瑾乔的思绪拉了回来。

“嗯！”薛瑾乔缓了一会儿才平复下来，重重地应了一声。

沈羲和动了动被攥住的那只手，发现薛瑾乔固执地不放手，微微蹙了蹙眉，对上薛瑾乔水汪汪的大眼睛，心想就由着她一次吧。

用完朝食，薛瑾乔也不松开她的手。沈羲和没等到谢韫怀上门，倒是等来恰好今日不当值的步疏林。

“你凭什么牵着我的女人？”步疏林上前就蛮横地扯开薛瑾乔拉着沈羲和的手。

沈羲和显得十分无奈。

“步世子！”碧玉低声提醒。

她自己知自己是女儿身，沈羲和知她是女儿身，可薛瑾乔不知！她这般说岂不是坏了沈羲和的名声？

话脱口而出的步疏林，也意识到自己说错话了，讪讪地摸了摸鼻子，拉开了与沈羲和的距离。

沈羲和转头就见薛瑾乔看步疏林的目光有些阴沉，赶忙温和地对她说道：“我与步世子是挚友。她行事不着调，嘴上的话向来不过脑，你莫要往心里去。”

薛瑾乔收敛了眼底的阴沉之色，十分乖巧地点了点头，却不应声。

步疏林压根儿就没把薛瑾乔放在眼里。

沈羲和却知晓薛瑾乔坏主意层出不穷——薛瑾乔要是记恨一个人，一定会把那人往死里折腾，据说这几日胡潆绕都成药罐子了。

“你们都是我的友人，大家和和睦睦便好。”沈羲和劝和道。

“我也是吗？”果然，薛瑾乔眼底复杂的情绪一扫而空，眼睛瞬间变得澄澈而干净。

单看她这双眼睛，只会让人觉得她是个心思单纯、活泼可爱的小女郎！谁能想到她是能将人不断溺水溺成药罐子，还能放豹子挠得女郎面目全非的主儿？

沈羲和微微一笑：“是。”

“我能常来寻羲和姐姐玩耍吗？”薛瑾乔立刻得寸进尺。

沈羲和微微蹙眉——她是真不喜欢与人来往。

“羲和妹妹身子骨儿弱，性子喜静。若你每日都来，她哪有精力陪你？”步疏林立刻开口，“似我若无正事，也最多一旬来一次。”

“何为正事？”薛瑾乔问。

“这……”步疏林顿了顿才说道，“事关羲和妹妹之事。”

“哦。”薛瑾乔若有所思。

步疏林终于察觉这个女郎脑子和寻常人不大一样，不着痕迹地挪远了一点儿。

她倒不是怕有病之人，而是不耐烦被这样的人缠上。

“你今日也是有正事才登门的吗？”薛瑾乔忽地问。

步疏林立刻挺直背脊，得意地冲薛瑾乔笑了笑，才对沈羲和拱手郑重地行了一礼：“我特意来谢羲和妹妹为我调香。那香，我用着甚好。”

说完，步疏林还故意冲着薛瑾乔挑了挑眉，轻轻嗅了嗅衣袖。

薛瑾乔对她冷哼一声，转头就变了脸，可怜巴巴地看着沈羲和：“羲和姐姐，你说我们都是你的友人！”

既然大家都是友人，她就不能差别对待！

沈羲和淡淡地扫了一眼步疏林，对薛瑾乔说道：“我改日为你制。”

薛瑾乔这才眉开眼笑。只不过两个人时不时要拌上一两句嘴，沈羲和被吵得头痛，终于忍无可忍，让墨玉和莫远将两个人一同撵出去。

沈羲和耳边总算清净了。

谢韫怀此时方才上门。

“齐大夫今日心情甚佳啊。”沈羲和能够感觉到谢韫怀今日有点儿开心。

“遇上一桩解气之事。”谢韫怀含笑道，“说起来，还与郡主有些干系。”

“哦？”沈羲和疑惑——她没有做任何与谢韫怀有关之事。

“袁家女郎在相国寺被豹子所伤，袁家遍访名医想要将其治愈。”谢韫怀已经知晓相国寺之事的来龙去脉，明白袁家女郎是想要去相国寺与沈云安偶遇，“袁家人不认识我，不知在何处听了我的名号，便请我上门医治。我得知他们的身份后，推拒了三次。之后袁家拿了一株好药求上门，我便去看了看……”

商人不会与钱过不去，官员不会与权过不去，他自然不会与好药过不去。

当作寻常病人治一治便是，却不想他今日一早去复诊，恰好遇上谢国公夫人袁氏登门。他折回去寻遗落之物，恰巧听到袁氏与其嫂子谈话，才知这位袁家女郎压根儿不是舅家小姐，而是袁氏与前夫所生之女。

袁氏在丈夫去世之后察觉自己有了身孕，为了不被夫家扣留隐瞒了下来，原是打算一碗堕胎药流掉孩子，但她的身体不能服堕胎药，否则有性命危险，还可能导致日后不孕，她这才生下袁家女郎——充作嫂子的女儿。这也难怪她会这么紧张袁家女郎的婚事，竟亲自出谋划策。

“她想把女儿嫁到西北王府，并不是为了荣华富贵。据说她先夫的兄弟今年要被调回京都，而袁家女郎肖似她的先夫。”说到这里，谢韫怀冷笑了一声，“这些年，她可没少借不愿与先夫家人碰面而让谢国公压着其功绩，令其迟迟不入京都。”

如今压不住了，她就想着趁人没有回来之前把女儿远嫁。

盘算得不错，不过袁家女郎如今被毁了容，她固然心痛，但也松了一口气。

“令尊与继夫人倒是天造地设的一对。”沈羲和感慨了一句。

两个人都是为一己之私，罔顾亲情人伦的货色。

谢韫怀甚是赞同地颔首，此话题就此揭过。

恰好沈云安睡醒寻来，二人由着沈羲和给引见了。

他们互相见礼后，沈羲和说道：“阿兄，我昨夜所服之药便是从齐大夫手中拿到的。今日齐大夫上门诊脉，便是确认此药于我无碍。”

沈云安立刻详细问了谢韫怀关于沈羲和的身体的状况——一个问得仔细，一个答得耐心。沈羲和索性让他们聊，自己去厨房做糖脆饼，做好之后折回来，两个人正相谈甚欢。

“得此神药，我替西北儿郎拜谢若谷。”沈云安郑重地向谢韫怀施了一礼。

“不危兄客气了。”谢韫怀忙扶起他，“身为儿郎，本应上阵杀敌；若谷不才，能为战场上的儿郎尽一份绵薄之力，幸甚至哉。”

“这是何物？”沈羲和不由得好奇。

“若谷给了我一份金疮药，敷上即刻止血。”沈云安很是激动。

他们战场上的男儿，最怕的就是伤势严重，血流过多而救治不及。

“什么金疮药？”沈羲和也十分好奇。她也听说过许多金疮药，但都没有如此神奇。

沈云安看了看谢韫怀，见他没有阻拦，就把药方递给了沈羲和。药方里除了有松香、麝香、黄蜡等大多数金疮药都有的几味药材，另有一份特殊的药材——龙骨。

“我亦是偶然得知龙骨入药，止血效果极佳。”谢韫怀温和地说道，“只是此物不好寻。”

“龙骨西北、蜀中都有。”沈羲和淡淡一笑，“恰好步世子欠了我些人情。”

突厥之地更是常见，华富海不是要西北商市吗？就让他去收！

“呦呦……”沈云安轻唤道。

他们站在郡主府大门口，目送着谢韫怀的身影渐渐消失。见沈羲和抬眸望过来，沈云安才轻叹一声：“齐大夫是个好儿郎，也不知日后谁家女郎有幸嫁他为妻。”

沈羲和不由得失笑。她明白沈云安与谢韫怀为何一见如故。谢韫怀的风度、学识都让沈云安折服，而且谢韫怀文韬武略无一不精，还放得下富贵，活得逍遥自在，更让沈云安欣赏。

京都风云变幻，也许前一瞬还风光无限的家族，转眼就一无所有，像谢韫怀这等富贵时清雅，平淡时豁达之人实属罕见。

沈云安大概是希望捧在掌心里的妹妹能够嫁给这样一个儿郎，尤其是谢韫怀脱离了谢家，那就可以长居西北了。

可惜他也清楚，除非萧氏皇族倾塌，否则沈羲和定是要嫁入皇家的。这些话不说也罢，徒增沈羲和的烦恼，沈云安这才改了口。

沈羲和说道："阿兄是惋惜不能再有一个妹妹？"

如若这样沈云安便可以满足将谢韫怀变成妹夫的心愿。

沈云安转过身，目光和煦如初春暖阳："阿兄这一辈子只要你一个妹妹，将兄长对妹妹的呵护与疼爱全部给呦呦一人。"

沈羲和眉眼含笑："呦呦也只有阿兄一个哥哥。"

秋阳绚烂，梧桐落叶，一片橙黄，兄妹俩相视一笑，情暖意浓。

兄妹俩都忘了沈璎婼的存在。

此刻沈璎婼一身素服地在沈府自己的院子里挽袖提笔练字。

自从萧氏亡故，沈羲和搬到郡主府之后，沈璎婼就深居简出，不与人往来，戴孝之身，亦不参加任何宴会，安安静静地做着沈二娘子。

"县主，王爷送信来了。"贴身丫鬟初一递上了纸卷。

沈璎婼宛若没有听到，下笔毫不停滞，字迹娟秀流畅，颇具风骨。

一个"静"字，宁静致远，她一气呵成。

沈璎婼放下笔时，初一还保持着双手递纸卷、躬身低头的姿势。沈璎婼扫了她一眼，才拿过纸卷展开，看了之后又递了回去："你回话，我会去宗正寺探望舅舅。"

"县主……"初一退下后，沈璎婼的乳娘担忧地说道，"此事牵扯郡主与世子……"

乳娘很是心酸，她的县主自小就是个聪慧灵秀、心思纯善的女郎，可爹不疼娘不爱，现在康王府又倒下，日后县主能指望的只有王爷……县主这个时候去探望康王，要世子与郡主作何感想？

"我有分寸。"沈璎婼一边吩咐准备食盒，一边整理衣裙，"舅舅待我至少有一二分真心疼爱。我只是去见他最后一面，旁的事我不会多问，若是……他们因此怪罪，我也无法。"

谁也没有想到第二个去宗正寺探望康王的竟然是沈璎婼，这出乎众人意料却又在情理之中。

沈璎婼给康王备了他最爱的吃食和西域葡萄酒。

康王看了看满满一桌的佳肴，又看了看面前亭亭玉立的外甥女，眼眶突然有些湿润。

“舅舅，阿婼来送你。”沈璎婼低声说道。

康王忍住眼泪，轻轻点着头，闷声坐在桌前，神情悲怆，抖着手和嘴皮饱餐了一顿。

他吃完，沈璎婼就开始收拾东西，收好之后对他说道：“舅舅，阿婼会尽力照拂表弟和表妹们的。”

说完，沈璎婼行了个万福礼，提着食盒转身离去。

“阿婼！”当沈璎婼走到牢门口时，康王突然叫住她。

沈璎婼转头，水润的眼眸温和地看着康王：“舅舅？”

康王几次动了动嘴，才问：“你……没有话要问舅舅吗？”

沈璎婼轻轻摇头：“阿婼此来，只为昔年舅舅对阿婼的爱护之情。阿婼人微言轻，能做到的也仅此而已。”

私造兵刃，这是被抄家灭族之罪，若非康王是陛下的堂兄，极可能祸及满门。

除非能够替康王洗清罪名，可证据确凿，谁都不可能扭转乾坤，她和康王都要认命。

康王的目光黯然中又有些欣慰与释然，他说道：“阿婼，你是对的，不要卷入这些是是非非。有些人并非良人，不值得托付终身。”

沈璎婼微微一愣，旋即有些勉强与悲戚地笑了笑：“舅舅，阿婼知道了。”

“回去吧。”康王红着眼眶挥了挥手，“你表弟、表妹若能幸免于难，你便照拂一二；若不能……替舅舅送他们一程，清明之际，也为他们烧些纸钱，上炷香。”

“阿婼记下了。”沈璎婼郑重应下，站了片刻才又轻声说道，“舅舅，阿婼走了。”

康王无力地点着头，极力扯出一丝笑容，看着沈璎婼远去。

沈璎婼出了宗正寺，刚上马车，就看到车上端坐着一个人。

来人剑眉星目，薄唇高鼻，刚毅俊美的容颜有些冷峻，一袭藏青色圆领长袍，金冠束发，威严而又尊贵，腕上戴着一串金刚菩提，衬出自身阳刚而又不失细腻的成熟气质。

“见过昭王殿下。”沈璎婼放下车帘，在狭窄的马车里也端端正正地行礼。

萧长旻微微一动那浓密的剑眉：“阿婼与我生分了，可是在怪我？”

“殿下此言，我听不明白。”沈璎婼选了一个距离昭王较远的地方坐下。

“阿婼，你娘去世，我知你伤心，也曾深夜来祭奠，可都被你拒之门外。我……”

“殿下，阿婼之母是妾室，妾室不可设灵堂。长姐宽容允我私设祭拜，断不敢再不知收敛，请旁人祭奠。”沈璎婼打断萧长旻的话，“殿下，我见舅舅，仅是送他一程。”

萧长旻微沉着目光，静静地看着低眉顺眼的沈璎婼，许久才既无奈又宠溺地轻叹一声："阿婼……"

"殿下，男女有别，日后还请殿下莫要这般唐突。"沈璎婼垂眸，"也请殿下早些离去。"

此时，萧长旻在眉宇间也凝聚起冷意："我若不离开呢？"

"我只能停车下去。"沈璎婼冷漠开口。

这是沈璎婼的马车，她要是突然下车不坐，足以引人猜疑。

萧长旻几次试图与她搭话，沈璎婼始终拒人于千里之外。最终，萧长旻只得如她所愿地离开。

等到萧长旻离去，沈璎婼才闭上眼，遮盖眼底的酸涩。连她的乳娘都知这件事她不宜干预，萧长旻却依然不顾她的尴尬处境，要她为他谋算。

他自己先正大光明地去探望了康王，紧接着沈璎婼也去探望了康王，即便有人怀疑沈璎婼探望另有目的，也不会怀疑到昭王身上。

为了掩盖自己的目的，不招人忌惮，他没有想过她身为西北王的庶女的尴尬处境，亦没有想过作为康王嫡亲的外甥女，在康王命不久矣之际，若是她也和旁人一样，恨不能趁此再吸一口康王的血，这会让她多么不堪，又让康王多么心寒。

这就是她曾倾心之人！早在阿娘下狱，她求着他帮她去见一见阿娘，被他断然拒绝之后，沈璎婼就知道，权势和名声在他心里都高于她。

"县主，我们要去郡主府，与郡主和世子说道说道吗？"乳娘低声询问。

在乳娘看来，沈璎婼实在太可怜了。

"不必，阿兄与长姐都不喜见到我。"沈璎婼苦涩一笑，"他们不喜欢我，也不憎恶我，不会因我去见了舅舅就心生隔阂，亦不会因我没有去见舅舅便心生好感。"

她对他们来说是个不该存在的人。她的存在时刻提醒着他们，他们是因何失去母亲的。她没有被迁怒，已是他们人品高尚，日后能少碍他们的眼便少碍些吧。

沈璎婼去见了康王，还没有离开宗正寺，沈羲和与沈云安便已知晓。

沈云安不咸不淡地说道："她到底是康王嫡亲的外甥女，这会儿去见一见，也无可厚非。"

对此，沈云安丝毫不恼怒，自己未曾将沈璎婼当成自家人。她亲近舅家，沈云安觉得是人之常情，并不会因此就觉得她亲疏不分。

沈羲和敛眉吩咐莫远："去查查，看看她与哪位殿下往来密切。"

"呦呦是觉得她并非为着血脉之情去看望康王？"沈云安皱眉。

这就让沈云安有点儿反感了。康王是他们的敌人没错，可他的至亲在他临死前还为着别人，打着亲情的旗号对他物尽其用，未免有些冷血。

"不能妄断。"沈羲和对沈璎婼并无喜恶，完全当作陌生人评价，"她是不是奔着利益而去的我不知，我只知她去探望的时间不对。”

康王下狱已经一夜，这事瞒不住，人人都知晓。

如果沈璎婼单纯去送别或探望，一早就应该去。要知道一旦康王被定罪，他们想探视就不可能了，谁又能知道查抄定罪的时间长短？

现下已日近黄昏，她倒像是受人所托或经人提醒才去的——昭王殿下昨夜就去探望了。

可是莫远查探回来之后，很是羞愧：“属下无能，未曾查到二娘子与哪位殿下来往过密。”

沈璎婼是长陵公主的伴读。长陵公主并没有亲兄弟，她的母妃早逝，据说她的眉目与皇后肖似，因此祐宁帝对她格外恩宠。

“无妨，若是藏得不深，也就不是陛下的皇子了。”沈羲和没有失望，反而轻声笑道，“原以为会各显神通，丑态毕露，不承想个个都是聪明人。”

这人还知道借助沈璎婼不着痕迹地达到目的。

“你若是想知晓，把她叫来问问便是。”沈云安简单粗暴地说道。

“阿兄，上一辈的恩怨就到此为止吧。我们不承认也好，不喜欢也罢，她与我们终究血脉相连。”沈羲和轻声软语道，“只要她不招惹我们，相安无事最好，莫让阿爹为难。”

沈璎婼到底是沈岳山的亲生骨肉，沈岳山再不喜，作为父亲的责任和义务都少不了。

以前还隔着一个萧氏，有萧氏在，沈岳山还能对沈璎婼不管不问，现在却不能如此。

“知与不知，没什么妨碍。”沈羲和并不好奇，这件事情无论谁获利，对他们而言都一样，“不如静看好戏，此刻最心焦的应该是陛下。”

祐宁帝的确很心焦，将罪责甩在昭王身上未免吃相太难看，也禁不起推敲，可其他人都乖觉得让他头痛。

万万没有想到，就在这个时候定王萧长泰求见。他一见到祐宁帝便“扑通”跪下，痛哭流涕：“儿不孝，与堂伯谋私，请阿爹责罚。”

祐宁帝霍然看向定王，看到他含泪的眼底尽是痛悔之色。

萧长泰说道：“儿被猪油蒙了心，起了不该有的心思，请阿爹给儿一条活路，儿定要痛改前非。”

“你可知你在说什么？”祐宁帝沉声问。

萧长泰俯身叩头：“一切皆是儿之过，儿一律承担。只是日后儿不能侍奉阿爹于膝下，还望阿爹自个儿保重。”

祐宁帝心思急转，深深盯着定王，良久不语。

大殿里一片寂静，香烟袅袅，浮浮沉沉，飘散无声。

“你去檀山守陵，对列祖列宗悔过吧。”祐宁帝声音里无一丝起伏。

“儿谢恩。”定王重重叩首，如释重负，嘴角一丝笑意一闪而逝。

这是一步险棋！他韬光养晦多年，却被人将无心名利的表象撕开，以致夫妻失和、惨失帝心。现在留在这里，对他而言如芒刺在背。

从昨夜到现在，他和幕僚商定了无数次，最终决定替陛下顶下这个罪名，挽回帝心，同时再一次韬光养晦。陛下正值壮年，时机不对。

另外……

萧长泰跌跌撞撞、面色惨白地回到王府里，直奔叶晚棠的院落：“晚晚，这一次我真的丢下一切，向陛下坦诚一切。我日后再不是亲王贵胄，只是守陵罪人，无诏不得离开皇陵一步。你……若不愿，我们和离吧。”

“发生了何事？”叶晚棠扶着他担忧地问。

萧长泰痴痴地看着她：“晚晚，你要的我都给你了，都给你了……”

待到陛下派人到定王府宣读圣旨，将萧长泰褫夺封号，贬为庶人，罚至檀山皇陵守陵，叶晚棠才知道发生了何事。

她坚定地握着萧长泰的手：“我会陪着你，我是你的妻。”

无论是沈羲和，还是萧华雍，都被定王置之死地以期后生的一着险棋给惊住了。

“呵，老四竟有这魄力？！我真是小瞧了这帮兄弟。”萧华雍笑了，笑完又深深地叹了一口气。

“殿下何故叹气？”天圆不解。

“又走了一个，日后少了个顶罪的。”好看的浓眉间浮现一缕忧愁之色，萧华雍说道，“呦呦只怕更易认出我了。”

天圆简直无可奈何。

“殿下，康王那边……？”天圆请示。

他们原本以为会有一番龙争虎斗，不承想定王横插一脚，就把这件事给了结了。现下他们也不好去见康王，眼睁睁地错过一次大好时机。

只要撬开康王的嘴，他们就能知晓是谁负责为陛下组建私兵，也能顺着锻造兵刃的铁矿来源一举将陛下诸多隐藏的势力连根拔起。

“陛下行事谨慎，康王未必知晓铁矿的来源，也未必知晓是谁负责组建私兵。”萧华雍轻轻摇着头，“否则他不会把康王留在宗正寺，还许人探望。”

只有不了解陛下之人，才会妄图从中浑水摸鱼。

不过康王肯定知晓一些事情，至少有个怀疑的对象，至于是真是假就要他们去证实了。

因此，即便他们没有见康王，损失也不大。

萧华雍举起手，拇指在食指边缘轻轻摩挲一番：“得想法子把户部尚书换下来。”

陛下能够掏空国库去私下筹谋，大批的银子被转走，没有道理不让户部尚书察觉。只能说明户部完全被掌控在陛下手上，从尚书到两位侍郎，都应当是陛下的心腹。

天圆知道户部尚书董必权的好日子就要到头了。

“税粮要上来了，你让各路人马盯紧一点儿，一定要抓到董必权的把柄！”萧华雍面无表情，不曾有一丝不悦，却让人莫名畏惧。

“诺。”天圆立刻应声，退下去安排。

九月至，秋意浓，康王被问斩。康王府其余人等都被祐宁帝贬为庶人，既没有充入掖庭，也没有流放。随之而来的，还有定王被贬为庶人，罚去看守皇陵悔过。

祐宁帝没有给萧长泰安排一个私造兵刃的罪名，只说他狂悖忤逆，但表达的意思大家都知晓——这是做父皇的给儿子一点儿体面，康王私造兵刃为的是谁也就不言而喻了。

既然陛下什么都知晓，要高高举起轻轻放下，他们做臣子的自然不能咬着不放。

这件事情在祐宁帝罢免了几个地方要员后，表面上圆过去了。

“为何而愁呢？”沈羲和看着坐在对面的步疏林。

这是步疏林第一次来她这里沉默不言。

步疏林端起茶杯喝了一口茶，有些冷硬地开口：“阿爹来信，今年军费被动了手脚，少了一笔抚恤衣粮，且粮食和布匹都是以次充好。”

本朝对军人格外优容，年迈退役者免赋税，战场上伤残者每年都有抚恤金。

军需不以钱财，皆以衣粮和器械的方式，由户部批条给支度使，由城镇支度使及时送到各军队。西北自陛下登基之后，每年上缴的税都是先自行扣除军需，再押运至京都。

西北的军需从无人敢动手脚，沈岳山也丝毫没有中饱私囊。

蜀南是除西北之外军队最庞大之地，谁要是随便动动手指，就是一大笔钱财。

沈羲和：“清点之时出了纰漏？”

“有备而来，被人设了局，军需已经被清点盖印，此刻我们是有口难言。”步疏林叹了一口气。

她不在蜀南，因此也不知具体情况。现在蜀南接了军需，并确认无误，待到支度使离开之后，他们再反口说有问题谁会信？

若是他们将事情闹大，指不定被反咬一口。

“此事由来已久，还是今年才有？”沈羲和又问。

“往年也有些，但这都是不成文的规定，大家心知肚明，都互不为难。”步疏林说道，“今年不知为何，他们竟不顾脸面！”

说着，步疏林咬牙：“定是他们见蜀南这几年太平无战乱，便轻慢起来，以为求不上我们呢。”

“不会。”沈羲和沉吟之后说道，“问题绝对不会出在支度使上。你先回去，莫要轻举妄动。我让阿兄查一查各地军需的情况。”

“羲和妹妹对我真好。”步疏林立刻眉开眼笑。

沈羲和睨了她一眼：“三千精甲。”

步疏林一时无语。

“给还是不给？”沈羲和问。

“我得请示阿爹！”她已经被沈羲和坑了两千精甲。

精甲难制，不然她也不会如此小气。

沈羲和目光一转：“不要精甲也行，你让令尊在蜀南为我搜罗一车龙骨。”

“你要龙骨作甚？”步疏林好奇。

沈羲和冲着她勾了勾手指头。

待她兴冲冲地凑上来，沈羲和吐气如兰地说：“秘密。”

步疏林一脸无奈。

沈羲和看了看天色：“我阿兄就要回来了……”

步疏林立刻乖乖起身告辞——沈云安看她的眼神和看登徒子一般，从不许她亲近沈羲和。

她也不知是该喜自己男子扮得成功，还是该怒沈云安小肚鸡肠。

这会儿她有求于沈云安，姑且不惹恼他。

为了金疮药中的龙骨，沈羲和把这件事情放在了心上，等沈云安一回来，立刻告诉了兄长。沈云安身为西北王世子，在军中自有人脉，用了三日就查到各地军需情况。

“和蜀南情况差不多。”沈云安面色凝重——这可不是小事。

“这样一算，各地加起来，足足少了一支军队的军需！”沈羲和轻轻一笑，“监守自盗呢。”

“陛下也不怕寒了边陲将士的心。”沈云安冷笑道。

他们若是不知康王是为陛下私造兵刃，也不会怀疑中饱私囊的是陛下——既然陛下都私造兵刃了，那肯定也私养了军队，否则兵刃有何用处？

这几年风调雨顺，国库富足，户部断不可能克扣边陲军需，要贪墨也不至于用这种手段，随便抹平一个县的征粮，也比动用军需的好。

“不能这般坐视下去。”沈羲和皱眉，“现在是没有遇上天灾，陛下都已经任性到克扣军需，若是再遇上战乱或天灾，国库空虚，就是亡国之祸。”

说着，沈羲和抬眸望着沈云安的眼睛：“得动动户部尚书了。”

“户部铁桶一般，我没法儿插手，倒是在尚乘局查到一些异样。”沈云安对沈羲和说道，“各地牧监除了西北，竟然死耗都过百，繁殖不过百！”

沈羲和惊了一下。

本朝骑兵强盛，马政庞大，各地设有牧监养马，死耗过百，繁殖不过百，这里面就大有猫腻。

这要么是当地牧监贪赃枉法，谎报数量，夸大死耗，瞒报繁殖数量，从中将昧下来的马匹转卖；要么就是这中间差量被拿去另作他用。

掌管马政的太仆寺卿姜八十是祐宁帝在西北救下的战乱遗孤，祖传一套驯马技能，追随祐宁帝后一路高升，从马奴做到如今九卿之一的太仆寺卿，对祐宁帝忠心耿耿。

“阿兄，能否派个得力之人，去各地牧监调查一番？最好能够抓到证据……”说着说着，沈羲和笑了，“不，不用我们派人，我去一趟东宫。”

“你要利用太子？”沈云安微惊。

“哪里是利用？”沈羲和巧笑着更正道，“我这是给太子殿下递消息。”

牧监都设立在民风彪悍之地，要想整治一个人，都不用自己出手，随便设个陷阱，就能让当地百姓群起而攻之。这样吃力不讨好又危险之事，他们怎能用自己人？

而且，稍有不慎，他们暴露了身份，反倒授人以柄，对西北不利。

“太子一定会去吗？”沈云安觉得有些悬。

“他会。”沈羲和微微一张如樱花般粉润的唇，“旁人告知他，他不会；我告知他，他会。”

旁人告诉他，他会担心是陷阱，也会顾虑其中的危险性。可沈羲和就不一样了，他们都心知肚明要结盟，结盟的前提是他们得有共同的敌人。沈羲和告诉他的，就必然不是假消息。

另一方面，她也是给他一个机会证明他身为陛下的嫡子，是真的会与他们同心，从而打消他是陛下派来试探她的疑虑。

这是一个彼此互表诚意的机会。

沈羲和的诚意，是不递假消息坑害他；他的诚意，是信任沈羲和，给沈羲和一颗定心丸。

沈羲和发现，每一次到东宫都能吃到新鲜而又精致的吃食。

今日萧华雍又备下了小天酥、金乳酥、芙蓉糕等点心。

“郡主能来看我，我甚是欢喜。”萧华雍眸色温和。

他今日穿了一袭月白色圆领袍，衣襟和袖口都绣了精致的平仲叶，披了水貂领海蓝斗篷，衬得整个人飘逸清雅。

“殿下，昭宁无事不登三宝殿。”沈羲和干脆直接地将折叠的杏色信笺取出，按在桌子上，用两指将信笺推到萧华雍面前，“此事，须得亲自告知殿下。”

萧华雍拿起信笺，翻开之后有一股淡淡的清香，信笺上还有平仲叶的花纹。他扫过信笺上的内容，心思却在另一处：“郡主的信笺甚为别致。”

“我无事喜欢折腾。这是我独创的信笺，”沈羲和将视线落在信笺上，“用了平仲树枝，又熏了平仲叶之香。”

“澄净且细滑柔腻。”萧华雍轻轻摩挲笺纸，“不知可否向郡主讨要些许？”

“昭宁明日便让人送些与殿下。”沈羲和很大方地说道。

心满意足的萧华雍笑了，将信笺珍而重之地交给身后的天圆：“郡主放心，此事我定会上心，早日给郡主一个满意的答复。”

“静候殿下佳音。”沈羲和端起茶碗，以茶代酒敬萧华雍，喝完茶便起身，“兄长还在府中等候，便不叨扰殿下了。”

萧华雍真是哭笑不得。她总是这般，单刀直入，开门见山，说完就走。

沈羲和都把沈云安抬出来了，他也没有理由强留，只能说道：“我这东宫冷清，只盼郡主能常来与我说说话，让东宫多一丝烟火气。”

沈羲和直接拒绝：“殿下有所不知，与我相识之人，都言我是不食烟火之人。我若是常来，反倒让东宫更少了烟火气。”

萧华雍还是第一次被人堵得说不出话来，但又莫名地觉得开怀，看着沈羲和的眼神更加如星光般璀璨。他不再多言什么，亲自将沈羲和送出东宫。

“殿下，郡主明摆着是试探你，你为何要接下此事？”天圆看了信笺——马政有虚。

“本宫若是不接此事，这东宫她只怕再也不会踏足。”萧华雍的嘴角含笑，他从天圆手中拿过信笺，“太仆寺……她也算是给了我一个惊喜。”

姜八十管控太仆寺极严。萧华雍人脉再广，也有顾不到之处。不算紧要的太仆寺，他便未曾来得及安排自己人，这次可以好生计划一番。

“殿下，各地牧监都不是寻常之地。”天圆还是担忧。

殿下要布控的地方实在是太多，等腾出手，天圆不担心什么，可现在接了这事，而且还要把这事放在前头，就会打乱殿下的许多计划。

“那便派个非常之人去。”萧华雍从容地说，“让华富海亲自去。”

天圆惊讶地说道：“殿下，让华陶猗去，要是郡主知晓，您……您就暴露了！”

“她不会派人去。”萧华雍笃定地说，“她将马政之事告知我，便是要我信任她，既如此，就不会做出不信我之举。她只会等我给她结果，看一看我有多少本事，是不是真的与陛下离心。”

正因陛下对西北多有忌惮，故她不会选择一个不够干脆果决、对陛下有孝子之心的夫君。

她担心即便是筹谋到最后赢了天下，夫君也会为了父皇的遗命而对西北不利。

他要她把全部的疑虑都打消，让她彻彻底底地信任他会与她同心。

“诺。”天圆轻叹口气，不知道殿下的自信来自何处，要知道郡主但凡多个心眼，对牧监暗查马匹之事来一招螳螂捕蝉黄雀在后，殿下就会暴露大半！

殿下实在是有些冒险。

萧华雍淡淡地瞥了愁眉苦脸的天圆一眼：“我记得库房里还有一块多伽罗木。”

“属下去看一看。”萧华雍的东西实在是太多，天圆也无法全部记得。

“把它取来。”萧华雍吩咐。

“殿下用作何处？”天圆随口问道。

萧华雍将目光落在信笺上，笑容温柔：“呦呦既然赠了礼与我，我自是要回礼——木料用来掏出一对镯子回赠她。”

“殿下，属下斗胆，郡主恐不会收。”

镯子这东西过于亲密了。

“充作及笄礼，她还能不收？”萧华雍银辉凝聚的眸底闪过狡黠之光，一闪而逝。

多伽罗是他最喜之物，最喜之物赠予最爱之人。

到了九月，转眼就是重阳佳节，沈云安变得情绪低迷。因为过了重阳节，他们就要分离——他不得不回西北。

“阿兄，我会时常与你通信。”沈羲和笑着安抚他。

她也心有不舍，不过对人世间的别离看得极淡。

“呦呦。”

沈云安看着俏生生地立在面前的妹妹——她白皙的脸颊上总算透出一丝血色，以往唇色淡白，非得上胭脂才可掩饰一二，这段时日也渐渐粉润起来。见她一日比一日康健，他该欣慰才是。

“呦呦，牧监之事，阿兄还是想派人去追查，马匹绝对不是被转卖，定是被挪作他用。”沈云安不放心沈羲和一个人在京都，总想把所有事情都安排妥当。

能够让这么多地方一起干出这等事，说不定他顺着这条线，就能查到陛下隐匿军队之处，也好摸清陛下私下组建了一支多大规模的军队，以便早些防备起来。

“阿兄，此事陛下定然非常谨慎。前些时候私造兵刃之事已经扯上你我，陛下此刻少不得心有疑虑。若他再知晓我们和其他事有牵连，只怕会对我们不利。”沈羲和劝道，“陛下手中有多少兵力，我们尚且不知。而且此事既然有太子殿下插手，我们且信他一回。”

太子殿下离及冠、她离及笄都不远。若无意外，太子及冠之后，祐宁帝定会为他指婚，她亦然。

沈羲和思考了良久，终于决定给他一个机会，就让这次的事情来决定她与萧华雍是否能结为连理。

“呦呦，你须知这事若成了，他对他父皇之薄情、心思之深沉都令人忌惮。”沈云安聚拢着剑眉，“若是不成，他不是与陛下串通一气，便是不自量力。”

沈羲和不由得笑了，这真是成也不是，不成也不是。

“阿兄，这段时日我冷眼看着，太子殿下不像是凉薄冷血之人。他与陛下定不是寻常龃龉，至于心思深沉，总比蠢笨无知好。”沈羲和说道，“我们从何处去寻一个十全十美之人呢？”

这段时日，沈羲和对诸王都在观察，排除有嫡妻、心有所属之人，就剩那么几个，太子殿下已经是最好的选择了。

“呦呦，你当真不考虑考虑烈王吗？”沈云安低声问道。

就在昨日，他遇见了信王萧长卿——信王是特意来寻他，为的是替烈王求娶沈羲和之事。

“世子，小九虽然急躁骄矜，却是个心性刚毅之人，更是小王唯一嫡亲的幼弟。他钟情于郡主，小王才厚颜代弟弟向世子求娶令妹。西北之处境、世子与王爷所愿，小王都能尽力周全。”萧长卿诚意十足地说，“王爷与世子若允嫁，小王必定看着小九，定不让他纳二色。小九有小王这个哥哥在前，万事小王担着；若是大事得成，小九必然富贵无忧。”

沈云安心动了。从一开始他们父子就看好烈王，信王与烈王手足情深，信王若为君，烈王便能逍遥自在，待一切尘埃落定，沈家再将西北放心交托，新帝也不会忌惮。

他们可以卸下重担，一家人和和乐乐地安享晚年，尤其是萧长赢答应不让烈王纳二色，自家妹妹更能舒心。

这些话沈云安也直接告知了沈羲和。

沈羲和微微一愣——萧长卿也曾对顾青栀说过不纳二色。顾青栀不怨怪他毁了诺言——实则是顾青栀逼得他走到这一步，因此也从不肯回应他半点儿温情。

萧长卿纳安氏——顾青栀的表妹，是因为那一日顾青栀回娘家，恰好撞见安氏勾引萧长卿。

萧长卿本要拒绝，看到她之后却没有闪躲，任由安氏靠近。

他想让顾青栀为他吃醋。

谁料顾青栀竟视若无睹地离开！萧长卿气急，寻了顾青栀单独大吵一顿。

是的，单独大吵，他们婚后几次闹不愉快，都是她静静坐着，看着他由怒火中烧，到无力颓然，最后狼狈离开。

后来姨母来寻顾青栀，说安氏闹着绝食，求着她让安氏进门。

男人三妻四妾本就寻常，顾青栀也就把话带到。谁知萧长卿气得当场掀翻桌案，连声质问。顾青栀觉得这男人简直莫名其妙，自己只是传话，愿不愿意纳妾，是他自己的事。

大概是顾青栀的无动于衷彻底粉碎了天之骄子最后的尊严，他一气之下就答应了。

顾青栀转头便把话带给了姨母，这件事情就这样尘埃落定。临到纳妾前一日，他满目强装的凶狠之色，攥着她的手说："青青，你求求我，只要你求我一句，我立刻悔婚。"

安氏也是大族，表妹嫡出女郎做妾室已经委屈，见他还要悔婚，顾青栀回了一句："殿下吃酒吃糊涂了。"

当时，萧长卿愣愣地看了顾青栀片刻，忽地大笑起来，笑得癫狂而又隐藏沉痛，最后笑出了眼泪，还不肯放弃："青青，我求你，我求你说一句不许我纳妾。你说一句可好？"

"殿下是男儿，岂能朝令夕改？此刻您若悔婚，陛下该如何责罚您？若是安氏气性急，不堪受辱寻了短见，殿下日后如何立足？"顾青栀是无情的——她考虑的都是男女情爱以外之事。

萧长卿那痛入骨髓的眼神，就和顾青栀死在他怀里时一样深刻。

拉回思绪，沈羲和用一种不解的目光看向沈云安："阿兄，我不在意夫君纳不纳妾。"

她不懂，为何要为男人纳不纳妾拈酸吃醋，为何要去理会一个男人纳不纳妾？

沈云安被吓得瞳孔紧缩："呦呦！"

"我志不在后宅。他有多少女人，我都能治得服服帖帖的。女人多了，他还能少烦我。"沈羲和实话实说。

沈云安惊讶不已。

他……他……他有些崩溃！

沈云安张嘴许久，有诸多话想要问一问，最后只能丧气地问道："呦呦，你不妨告诉阿兄，你在乎什么？"

"我在乎阿爹和阿兄，在乎养育我长大的西北。"沈羲和回答。

沈云安松了一口气，顿时又有些懊恼，是他们把沈羲和维护得太严实，以致她竟然对父兄和西北以外的任何人与事都冷漠到了极致。

"呦呦……"沈云安想说父兄不能陪伴她一生，最后还是把话咽了下去。

罢了，罢了，现下说再多也无法改变她已根深蒂固的想法，他只能期盼这一场纷争早日尘埃落定，太子殿下也少活几年，届时他们把呦呦接回家——有他们陪伴，呦呦欢乐便好。

沈云安陷入了一种极其矛盾的情绪之中，自责没有早些察觉妹妹活得过于清醒，没有了丝毫正常女郎的憧憬与诗情画意。

但他又庆幸妹妹活得这么清醒，这样的妹妹不会被任何男子所伤。

“呦呦，阿兄会回绝信王殿下。”沈云安轻叹一声。

“阿兄，勿要烦恼。”沈羲和将柔软的双手轻轻地搭在沈云安的胳膊上，“世间之人所欲所需皆有不同，能得所欲，能拥所需，便是大圆满。”

旁的不需要，她又何必去强求？

“是阿兄狭隘了。”沈云安突然想通了——这样的妹妹很好，只要他和阿爹好好的，就再无人伤得了她。

“非阿兄狭隘，是阿兄太心疼呦呦，总想让呦呦拥有这世间所有最好的东西。”沈羲和见沈云安一扫眉宇间的愁绪，也情不自禁地露出了贝齿。

话说开了，沈云安也不去忧愁离别，抓紧时间为妹妹打点好京都的人手，同时带着她到京都郊外四处游玩一番。

转眼便是重阳节，一早沈羲和起来，就做了五色糕，将酿造的菊花酒也取出来，五色糕与菊花酒都让紫玉送了一份给谢韫怀。

沈云安今日穿了一袭藏青色翻领袍，翻出的衣领和袖口都绣了茱萸。沈羲和穿了一袭月白色齐胸襦裙，挽了杏黄色披帛，一样绣了茱萸。

沈羲和弄了两株茱萸，一株给沈云安佩戴在手臂上，另一株放在香囊中悬挂在自己的腰间。

沈云安在院子里精心挑选了一朵艳丽盛开的菊花，亲自簪在沈羲和的发髻之间。

佩茱萸、簪菊花，都是重阳佳节的风俗。

“我见呦呦这几日气色甚好，不如我们也去登山？”沈云安从未和沈羲和登过山。

沈羲和的身体不好，在西北他又忙于政务，而且自己说要背着沈羲和上山，沈羲和也不乐意。

“姑且试试。”沈羲和也有一些跃跃欲试。

她感觉服用了一月有余的脱骨丹，身上有了些力气，每日饭后都会绕着院子走走，现在已能独步很远了。

今天是重阳登高节，往来皆是登高祈福之人，人人都佩戴茱萸，簪上菊花。他们到了山脚，因为沈羲和身子骨儿不好，沈云安已经选择了一处小山，但人来人往络绎不绝，两旁也有些百姓挑着担子卖一些做好的茱萸香囊、菊花酒和新鲜之物。

秋风正劲，不似春光，胜似春光，满山菊花香。

沈羲和终究还是高估了自己的体力，才登了几十步就气喘不匀，面色泛白，唇无血色。

“我们在旁边歇息会儿。”沈云安看到有座亭子，亭子里有些人，但也有空位。

沈羲和不敢逞强，由碧玉搀扶着去亭子里坐下。亭子里有其他女郎，沈云安不好进来，只能守在外边。恰好山上有人放纸鸢，他去过很多地方，南边也有重阳节放纸鸢的习俗。

沈云安想着沈羲和不宜再登山，不如弄只纸鸢与她一道放。

“呦呦，你在这里歇息，阿兄去买只纸鸢。”

他们虽来登高，但并没有多带侍卫和下人，以免扰民。沈云安没有可差遣的人，只能自己去。

不等沈羲和回话，沈云安已经大步走远。

这座亭子沿着山崖边而建，一眼望去重峦叠嶂，黄、橙、红的枝叶交叠摇曳，在烈日下，秋风格外凉爽。

沈羲和大约坐了半炷香的工夫，正好缓了口气，急跳的心稍稍平复。突然从高处飞来两条毒蛇，惊得一众女郎尖声高呼。墨玉瞥见人影一晃而过，当下纵身追去。

碧玉立刻将沈羲和护在身后。一条毒蛇恰好落在离沈羲和不远处，受到惊吓后直接朝着沈羲和袭来。碧玉迎身而上，精准地抓住了飞弹而来的毒蛇。

正在这时，惊慌的女郎们逃离之间，有人距离沈羲和格外近，就在快奔过沈羲和身侧之际，一颗细小的石子弹在她的膝盖上，她的身体一下子就朝旁边歪倒，撞在了沈羲和身上。

沈羲和身体不稳，整个人朝着后面跌倒下去。碧玉反应极快，一个纵身就用一只手抓住了沈羲和，另一只手抓住了亭子边缘的美人靠木栏。

沈羲和在石壁上撞了一下额头，眼前有些发黑。

这个时候追了一小段距离才发现这些人是故意引走自己的墨玉立刻折返回来。正好另一条毒蛇飞过来，眼见就要对碧玉的手咬下去时，墨玉手中长剑飞出，将之挑开一划——毒蛇被斩为两段。

她一把将碧玉和沈羲和拉了上来。

“郡主恕罪，婢子保护不力。”墨玉和碧玉“扑通”一声跪下。

沈羲和摆了摆手：“你们起来，这事怨不得你们。”

墨玉第一反应是抓到主谋给沈羲和出气，也是驱赶隐藏在高处的敌人，否则她们都被困在这里，对方再放暗箭或是有其他动作，反而坐以待毙。

“呦呦！”沈云安听到骚动折回来，见沈羲和额头上有一片略显红肿的擦伤，瞬间眼瞳充血，“是阿兄不好，不该离开你。”

一想到差一点儿就失去妹妹，沈云安呼吸不畅，拳头攥得“咯吱咯吱”响。

“阿兄莫要自责。今日人多，我们都没察觉早已被人盯上。”沈羲和任由碧玉简单为她处理额头上的伤势，反过来安抚沈云安。

这是早就盯上他们了，除非她一直不出门，否则对方总会抓到机会对她下手。

“我们先回去。”沈云安绷着脸。

“好。”沈羲和应道。

她倒是不惧背后之人一计不成再生一计，如此倒是正好顺藤摸瓜把人给揪出来。可山头上百姓极多，她不能为了引蛇出洞，而罔顾这些人的安危，牵连无辜之人。

沈云安什么也不顾，便将沈羲和背起来，疾步下山。墨玉和碧玉断后。

沈羲和无奈，只能由着他们。

他们刚到山下，就听到了薛瑾乔的声音。

“羲和姐姐，等等！”

沈羲和抬眼便见薛瑾乔带着两个壮汉，而且那两个壮汉还拎着个人。

“羲和姐姐，就是这蠢蛋偷袭你们的！”薛瑾乔奔到沈羲和面前，示意护卫将人押到他们面前——是个身着灰衣的黝黑男子。

沈羲和看了一眼墨玉。

墨玉依稀记得一点儿对方的轮廓：“像。”

“就是他！”薛瑾乔不满墨玉的回答。

她今日才到郡主府，就从红玉口中得知沈羲和与沈云安来这里登山，立时追了上来，在山脚看到驾车的莫远和莫遥，便知沈羲和他们上山了。

她追赶到的时候，就见墨玉在追人，以为跟着墨玉就能寻到沈羲和，结果墨玉中途折回了。她本也要跟上，察觉不对，就让护卫接着追人，自己折回，不过晚了沈云安和墨玉一步。

又见护卫把墨玉要追的人给逮到了，她当下就带着他们追过来了。

“你们抓我做什么？光天化日，胡乱抓人，你们还有没有王法？！”被抓的人立刻叫嚷起来，“救命啊，救命啊，权贵杀人啦——”

“你——”薛瑾乔被气得恨不能一刀了结了他，不过在沈羲和面前，没有轻举妄动。

倒是他这嘹亮的一嗓子，把众人都给惊动了。

山脚本就有不少人，一下子都围聚过来。

薛瑾乔和沈羲和都戴着幕篱，又穿着华贵，故没有人敢轻易开口出头。

沈羲和静静地由着他号叫，等到越来越多的人围了上来，便给莫远递了个眼色。

莫远握拳就朝着对方胸口砸去，直接将人砸趴在地。

那人捂着胸口剧烈咳嗽起来：“救……救命……”

莫远又飞踢一脚，将人踢得几个翻身，蜷缩在地上。

围观的百姓纷纷退开了。许多人看不过去，却也不敢帮腔——实在是不敢招惹沈羲和等人。

莫远又是一脚踢在他身上！那人喷出一口鲜血来。

莫远踩着他逼问："谁指使你的？"

"咯咯咯……"这人咳出几口鲜血，"我……"

"昭宁郡主虽不是皇家宗亲，亦是陛下钦封的郡主！你如此作为，众目睽睽之下对百姓施虐，便不怕使西北王颜面尽失，令陛下威名蒙羞吗？"一道掷地有声的女音猝然响起。

这是个穿了翻领袍的女郎。时下女郎为出门方便，常着男装，尤以翻领袍格外受青睐。

她并非假扮男儿，只是着了男装，略施粉黛，细眉深画，显得英姿飒爽。

沈羲和识得这人，正是太仆寺卿姜八十之女姜柏妍，据说她骑射不输儿郎。

"姜女郎，适才见过谁？"沈羲和忽地问道。

姜柏妍愣了愣，不明白沈羲和为何有此一问，下意识地皱眉："你问这个作甚？"

"姜女郎仗义执言前，见到的最后一个人是谁，或是听到了谁的话？"沈羲和进一步问。

"你到底要说什么？"姜柏妍一头雾水。

"今日我与家兄登高，半途有人纵蛇欲取我的性命，还惊扰了不少登高客。"沈羲和淡淡地说道，"这人便是纵蛇之人。"

"诬蔑……纯属诬蔑……"躺在地上的人疼着还挤着声音反驳。

"你有什么证据？"姜柏妍看了这人一眼，问沈羲和。

"他抓了蛇，为避免蛇咬他，手上涂了雄黄。"沈羲和示意莫远将人拎过来，若非瞥见他手上的黄色雄黄粉，也不会不经调查就让莫远动手。

沈羲和倒不是不信薛瑾乔，而是登山之人极多，难免会混淆。

可寻常登山之人，怎会双手涂抹雄黄？

见此人泛黄的双手被莫远强势摊开，姜柏妍又听到人群中响起被惊吓的人的咒骂声，就知道沈羲和所言十之八九为真，拱手行了一礼："郡主见谅，是我未经查实，贸然指责。"

沈羲和并不斤斤计较："姜女郎不必自责。我方才故意让下属对他下狠手，觉得我狠辣之人不止姜女郎一人。之所以这般作为，是因我猜想指使他之人定然也来此登山……"

说着，她用目光扫了周围一圈。这人是伺机而动，不可能猜到他们会在亭子里歇息，从而提前计划好，那就绝不会只让驱使之人前来，必然是自己随行，随时制订对付她的计划。

“此人心思缜密。这次若非有七娘子在，我亦不能抓住他。”沈羲和瞥了一眼因为雄黄百口莫辩的人，“此人见驱使之人落入我手中，必会焦虑。我刻意让下属殴打这人，便是要激得正义之士心中不忿，如此他便会寻个人出面‘伸张正义’。”

寻常百姓见了沈羲和这等贵族，即便再刚正，也会明哲保身——寒门对贵族天生有着敬畏之心。能够被利用来与沈羲和对峙之人必然身份不低，且侠义心肠还不太聪明，抑或是对沈羲和本身就有些偏见。

姜柏妍能当众坦然致歉，那就不是心中对沈羲和有偏见，只能是前者。

“是荣府二娘子！”姜柏妍也气坏了，对方做了坏事竟然还敢利用她，“是荣府二娘子说郡主张扬，作践百姓。”

沈羲和微扬着嘴角，正愁没有证据呢。

“莫远，带着他去京兆府。碧玉去将今日亭中受惊的女郎们都请到京兆府做证。”沈羲和吩咐完，就搭着墨玉的手上了马车。

一行人浩浩荡荡地去了京兆府。

上次去大理寺，是因为涉及的是王公大臣之子，而且沈羲和也想借机看一看崔晋百会不会现身。

这一次的事牵扯的只是平头百姓和大臣内眷，沈羲和就给京兆尹点儿面子。

事实上，京兆尹巴不得这位祖宗无视他的颜面，直接去大理寺呢！

沈羲和的背后是西北王，荣家的背后是荣贵妃和信王与烈王！

要不是沈羲和非宗室，他恨不能甩锅给宗正寺！

“堂下李二郎，郡主告你受人指使，蓄意纵蛇，意在害命。你可认？”京兆尹苦着脸审问。

“大人，小人冤枉！小人有祖传的驯蛇手艺，今日上山只是为了抓蛇……”短短时间，李二郎已经想好了说辞。

“荒唐，涂抹着雄黄抓蛇，你当本官是无知小儿好糊弄？！”京兆尹呵斥。

“小人是抓了蛇之后，唯恐被毒蛇所伤，才涂抹雄黄。”李二郎辩驳。

第十二章　她之美耀目无双

“蛇呢？”京兆尹问。

“小人下山有些累了，就在溪边坐着歇息，没承想被人打晕，醒来后蛇不知所终。”李二郎哭着说道。

他说得情真意切，合情合理，甚至把惊扰沈羲和她们的蛇的来源都给圆过去了。

荣二娘子寻的人还不是个蠢货。

“郡主，这……”京兆尹有些为难地看向沈羲和。

“章公，不如等荣家二娘子来了，我们再行审问吧？”

沈羲和因为受了伤，京兆尹特意安排了把椅子让她坐着。

荣二娘子荣觅珍很快便被请来，随着她一道来的还有其父荣二爷荣昌讯。

京兆尹章鹏詹将事情的前因后果说了一遍，问荣觅珍：“荣二娘子，你可识得此人？”

荣觅珍看了一眼，轻声细语道：“回府尹话，见过。今日在山脚，见昭宁郡主似乎与这人起了些冲突。”

荣觅珍大方承认了，京兆尹倒不好继续问话了。京兆尹斟酌了片刻说道：“郡主言，此人是受你指使纵蛇伤人的。”

荣觅珍一脸惊恐的表情，满目无辜之色：“我与郡主无冤无仇，郡主身份尊贵，几次赴宴都只能远远看上一眼，不曾有过半句言语，为何会害郡主？”

“郡主何以断定是小女指使？”荣昌讯问。

京兆尹有些尴尬——按照沈羲和的推理的确说得过去，可也过于牵强。他是主审官，不能包庇偏袒，因此将沈羲和的一番说辞原原本本地道来。

“荒谬，郡主是女郎，我便不与她计较。”荣昌讯听完前因后果之后冷嗤，盯着沈云安道，“世子好歹也是朝廷命官，竟不阻止郡主。难道在西北，世子也是如此断是非？”

“荒谬与否姑且不论，”沈羲和先开口，“我自有法子让这人开口指证幕后之人。就不知若是在铁证面前，荣二爷如何给我交代？”

沈羲和至少有八分把握确定就是荣家搞的鬼，至于缘由——或许和烈王萧长赢有关。

荣家二娘子倾心萧长赢——知晓之人不多亦不少，顾青栀就知晓。

“郡主是铁了心要往荣家泼脏水？”荣昌讯面色铁青，“若是郡主拿不出证据，又当如何？”

“若我拿不出证据，或是我的证据不能让荣二爷心服口服，我亲自去荣府门口三跪九叩，向荣家告罪。”沈羲和冷笑了一声，“若是证实此事是荣家所为，荣家又当如何？”

沈羲和如此言之凿凿，荣昌讯反而有些发怵。他的确不知晓自己的女儿做了什么，但到了这个地步，也不可能自打嘴巴输了气势：“郡主意欲如何？”

“我险些坠崖，不知摔下去是死是活，不好嚷嚷着杀人偿命。”沈羲和浅浅一笑，“亦不知若是被这毒蛇咬上一口，我会如何？我这人从不咄咄逼人，若能拿出证据，令爱便让毒蛇咬上一口，再从我险些跌落之处跳下去，是生是死就看她的造化。”

荣昌讯看了镇定自若的女儿一眼，一口应下：“好！”

“章公做证。”沈羲和对京兆尹说道。

京兆尹看了看两边的人，硬着头皮应道：“我做证，请郡主呈上证物。”

沈羲和低声轻唤：“碧玉。”

碧玉手捧着一个香炉上前递给衙役。

沈羲和说道：“章公，香炉内有我特意调制的迷幻香。此香可使人松懈不设防，若谁大量吸入此香，无论大人问何话，都会如实作答。”

此香以米囊花与底也伽为主原料调制，闻之使人飘飘欲仙，比五石散更甚。

“李二郎，你上前来！”京兆尹立刻让衙役点燃香，给李二郎闻。

吸了几口，李二郎就开始红光满面，眼神迷醉，笑容轻浮。

京兆尹皱了皱眉，看向沈羲和。

沈羲和颔首：“章公请问。”

“李二郎，你姓甚名谁，家住何处？……”

京兆尹问了些简单的基本信息，见李二郎都能清晰回答之后，才话锋一转问道：“今日重阳，你可有纵蛇伤人？”

“重阳？纵蛇……嘿嘿，”李二郎笑着，“李管事吩咐我，扔两条毒蛇，便给我二两金子！”

“李管事是何人？”京兆尹又问，全然不顾荣昌讯和荣觅珍听到李二郎的话后脸色大变。

“荣府管事李继福。”李二郎依然享受地笑着。

“去，传李继福！”京兆尹冷声吩咐。

“不必！”

“不必！”

荣昌讯与沈羲和的声音一同响起。

荣昌讯冷冷地看了沈羲和一眼：“章公，此人神志不清，所言不可取信！”

“荣二爷若是不信，大可写下几桩只有自己知晓的往事，吸入我的迷幻香一验便知。”沈羲和淡淡地说道：“章公，无须再传荣府管事。此事是非曲直，我想诸位心中自有定论。若是荣二娘子要自证清白，那便用上一用我的迷幻香！”

“郡主，你要我如这等泼皮，在大庭广众之下出丑？”荣觅珍受辱噙泪。

“不用，就由我、姜女郎和薛女郎至内堂问。若是荣二娘子信不过，也大可以点你信得过的女郎来做证。”沈羲和分毫不让，“自然，你也可以寻死觅活，说我羞辱你。我这迷幻香随时可用，此时你也可以撞柱以明傲骨，不受侮辱以便躲过一劫。

“但我必是要将此事告至御前的，让陛下来为我主持公道。”

说完，沈羲和向荣昌讯投去意味深长的目光——这事若闹到陛下面前，也还是要用迷幻香的，到时候就不是两个女郎之间的小事了，整个荣家包括荣贵妃都讨不到好。

荣昌讯早在李二郎供出李继福之时就知这件事他们荣家脱不了干系，盯着荣觅珍的目光又惊又怒：“你到底有没有雇人捉弄郡主？！”

好一个“捉弄”，沈羲和在心里嗤笑了一声。

“阿爹，阿爹，女儿不是故意的。”荣觅珍立时反应过来，“女儿只是忌妒郡主貌美，想让郡主出丑，哪知……哪知事情闹得如此严重，呜呜呜……女儿真不是有意为之……”

“毒蛇竟是捉弄，崖边放毒蛇竟只是想要让人出丑。”姜柏妍都听不下去，冷笑了一声。

荣觅珍竟然还利用她，让她成为出头鸟。她不怨荣觅珍奸诈，只怪自己蠢！但并不妨碍她气恼，继而落井下石！

遮羞布被姜柏妍撕破，荣昌讯与荣觅珍脸上都无光。

荣昌讯企图周旋：“郡主……”

“荣二爷，该如何处置，方才你我都已说明，章公做证。”沈羲和不欲与他多言。

荣昌讯被噎了噎，却不想轻易放弃：“郡主，小女年幼无知，恳请郡主网开一面。这份恩情，荣家定会铭记于心。”

沈羲和低笑出声："荣家的恩情，比不上我的清净。今日我若饶了她，日后人人都以为我好欺负——只要人没事，就能得到宽恕，我还有舒心日子可言？

"我不咄咄逼人，亦不轻易饶人。"

见沈羲和的态度很明确，京兆尹只好看向荣昌讯："荣二爷是要私了还是公审？"

方才他们是私下协定，荣昌讯可以反口拒不履行，最多落个言而无信的名声。

荣觅珍若是真的让毒蛇咬上一口，再从崖上跳下去，估计性命难保。此事虽恶劣，可沈羲和并未实际受重伤或亡故，按照律法荣觅珍最多也就被羁押几日或是吃顿板子。

对荣昌讯来说，私了保全名声，丢掉女儿的性命；公了没了名声，保全女儿的性命。

荣昌讯深吸一口气："荣家一言九鼎。这个孽障糊涂，陷害郡主在前，欺瞒父亲在后，理应遭受惩处。"

说完，他向京兆尹拱手，深深看了一眼荣觅珍，转身大步离去。

"阿爹，阿爹——"荣觅珍要冲出去追荣昌讯。

京兆尹立即让人拦下她，将人交给了沈羲和。

沈羲和问清楚抓的是什么蛇，便让莫远也去抓了一条，并没有直接让蛇咬荣觅珍，而是让荣觅珍坐在她今日坐的位置，莫远站在李二郎的位置，将蛇扔了过去。

她会不会被蛇咬，全看她的命。

不过荣觅珍倒是幸运，蛇并没有咬她。她被推到崖下，也没有死，只不过摔断了两条腿，还刮伤了脸。她其余地方是否有伤，沈羲和不知。最终，荣觅珍被荣府的人带回家了。

"姐姐为何要留她一命？"薛瑾乔有些不乐意。

荣觅珍没被蛇咬的确是幸运，但没有被摔死，是因为沈羲和特意叮嘱，将她往有树杈处推，有了阻力和树承接，才幸免于难。

"人死了，旁人便会觉得她可怜，我毒辣。"沈羲和瞥了一眼薛瑾乔。

"姐姐会在乎这些？"薛瑾乔觉得自己被敷衍了。沈羲和与她一样，才不在乎旁人的言语呢。

"不在乎。"沈羲和缓缓扬唇，"她活着会更痛苦。世人不会忘了荣家女郎做了什么好事，荣家也不好过分与我纠缠；可她若是死了，就不一样了。"

"这样呀。"薛瑾乔单手撑着脸，脸上荡漾着迷人的笑容，用一种崇拜的目光看着沈羲和。

沈羲和只当看不见她的痴样，由着她跟随自己回了郡主府。沈羲和取出两种香料："九和香与九真香，你看看喜欢哪个？"

薛瑾乔瞬间眼睛变得晶亮，两个都打开闻了闻，她其实更喜欢九真香的气息，绵长而又内敛：“九和香的‘和’，是不是姐姐闺名中的‘和’？”

沈羲和一听便知她的心思，直接拿起了九和香锁起来：“九真香更适合你。”

“姐姐——”薛瑾乔噘嘴，拖长了声音撒娇。

“我还有事在身，今儿就不留你了。你早些归家，重阳佳节，莫让家人寻。”沈羲和叮嘱。

“姐姐——”

“墨玉！”沈羲和喊了一声。

墨玉入内，拎着薛瑾乔的后衣领将人提走了。

由始至终，薛瑾乔都盯着沈羲和，嘴巴越噘越高。

“郡主还要去赴太子殿下的约吗？”红玉见沈羲和坐在梳妆镜前。

“言出必行。”沈羲和选了一对较宽的缕金垂珍珠鬓唇，她的伤在左边额头上，初时红了一大片，这会儿只有一点儿殷红痕迹，这对鬓唇恰好能遮挡住。

善后完荣觅珍之事，沈云安回来就看到了盛装华服的沈羲和，顿时吃醋地问：“妹妹打扮得如此动人，这是要去何处？”

沈云安一闹别扭就会叫她妹妹，寻常都会叫她的乳名。

“只是为了衬这对鬓唇。”沈羲和用指尖拨了拨垂在额间的半圆弧珍珠串。

这对鬓唇是用沈云安得来的一斛上好的鱼眼大小的珍珠打造而成的。

果然，沈云安被哄好，说道：“呦呦打扮得真好看。”

沈羲和无奈地笑了笑：“走吧，我们出发。”

“我们？”沈云安指了指自己，有些不确定。

“自然，我和殿下有约，却也没说不带旁人。”沈羲和觉得真要是单独和萧华雍去登城楼，只怕回来不知如何才能哄好哥哥，不如带哥哥一块儿去。

“我这就去换衣裳！”沈云安脚下一移就飘了出去。

用过晚膳，日落黄昏，沈羲和才和沈云安一道来到宫门口。他们登城楼不是去的城门口，而是宫门的城楼。

萧华雍穿了一袭黑色圆领袍，银白色的绣线绣了很精美的平仲叶和寓意吉祥的图纹，肩膀上搭了一件银白色的斗篷，银冠束发，看起来尊贵雍容而又不盛气凌人。

“听闻郡主受了伤，咯咯咯……”萧华雍有些担忧地看向沈羲和的额头。

她都把事情闹得这么大了，京都该知晓的人都已经知晓。萧长赢亲自到了郡主府，只不过她没有见人。

她有意将事情闹大，也有这个意思——和信王、烈王划清界限。

“些许小伤，劳殿下挂怀。”沈羲和淡笑道。

萧华雍又咳了几声，才从天圆手中接了一个匣子：“里面有些润肤香膏，对擦伤、撞伤疗效奇佳。”

沈羲和还没有伸手，沈云安先一步接住匣子：“不危替舍妹多谢殿下美意。”

此时天际最后一丝光亮被吞没，一朵绚丽的烟火在他们的头顶飞升，瞬间炸开，五彩斑斓的光映在两个高挑的男子脸上，他们一起用双手捧着同一个匣子。

画面莫名其妙地有些怪异。

天圆缓缓退后——殿下为了营造这个氛围费了不少心思，结果却被世子横插一脚。

他莫名其妙地想笑，却又不敢笑出声，只能努力憋着。

笑容滞了滞，萧华雍从容地收回手，让出上城楼的路：“世子、郡主，请。”

城楼登高，望尽京都繁华；烟火簇簇，洒遍满城金辉。

人站在宫门的城楼上，俯瞰整个京都，灯烛辉煌，载歌载舞，家家张灯结彩。

此时西北也可以看到整个城内百姓欢呼劲舞，烛火通明的场景，有着一股淳朴与真实的喜悦。

而人站在京都的高楼之上，看整个京都灯火如长龙望不见尽头，点亮了皇城的夜空，繁华富贵，民康物阜，令人觉得天地都匍匐在脚下，雄心壮志油然而生。

“若是上元佳节，会更美。”萧华雍轻咳了几声，“上元佳节会有灯会，几家灯行赛灯，最高的灯楼高逾数十丈，一经点燃，轮转不休，光耀数里。”

“是吗？来年便能一睹为快了。”沈羲和应声。

“来年郡主若不弃，我愿与郡主同游上元节灯会。”萧华雍邀约。

“眼下不过九月，距离上元节还有一季之长，谁知届时是一番怎样的景象？太子殿下，人有远虑是好，但想得太长远往往会希望落空，为人须务实，谨慎眼下。”沈云安替沈羲和拒绝道。

对沈云安的挖苦，萧华雍依然面带浅笑，虚心说道：“世子所言极是，雍受教。”

宛如一拳打在棉花上，沈云安冷哼了一声，站在沈羲和的另一边，不去理会萧华雍，而是指着外面一个劲地与沈羲和说话。

沈羲和自然是要陪着沈云安说话的，但她的涵养令她做不出无视萧华雍的举动，会兼顾萧华雍，偶尔问萧华雍一些京都的风俗。

萧华雍含笑应答，其实更希望沈羲和能够忽略自己。人只有在至亲面前才会无所顾忌，不生疏客气、礼貌周到，因为知晓他们不会计较，他们会无限地纵容。

这一刻，烟火璀璨，他低头看着明媚淡笑的少女，想成为那个纵容她、让她放心依靠之人。

萧华雍很想，迫切地想。

“多谢殿下带我与阿兄一览京都繁华。城楼风大，殿下不宜受凉，我们早些离去吧。”沈羲和轻声说道。

萧华雍看得出来，她依然淡雅自持，眉宇间也没有丝毫变化，但她少有的澄澈双瞳显示着她今夜心情甚佳。

就不知她是因为他带她来此，还是因为有另一个人作陪。

大概是后者吧。

有那么一瞬间，他心中有些苦闷。

“没能让郡主尽兴，是我招待不周。”萧华雍有些歉意地说道。

沈羲和：“不，我亦体弱不胜寒，他日若有时机，再与殿下一道登楼赏景。”

“走吧，走吧。”沈云安催促，见不得这家伙对自己妹妹咬文嚼字，净说酸话。

萧华雍温雅一笑，随着他们下了城楼，亲自将沈羲和送上了马车。

马车行了一段路，沈云安才说道：“呦呦在此等我片刻。”

说完，他掉头往回走，果然看到萧华雍还等在原地：“殿下，借一步说话。”

萧华雍随着他来到一处杨柳堤岸，湖水在夜色下波光粼粼。天圆守在远处。

“殿下，你我皆是男儿，你看舍妹的眼神不似寻常。”沈云安直言。他明日就要启程，由于身份敏感，临行前最好不要去见萧华雍，但有些话还是要现在说明白：“我不知有几分真、几分假，却想对殿下一言。”

萧华雍：“世子请讲。”

“信王为烈王殿下求娶舍妹，允诺烈王殿下此生不纳二色。舍妹拒绝了。”

沈云安不知道萧华雍和自家妹妹能走多远，也不知道萧华雍对自家妹妹有几分真情。他与萧华雍说这话，并非要萧华雍同样做到这一步，毕竟自己的妹妹并不在乎这些。

他只是想让萧华雍知道，自己的妹妹有多好，萧华雍应该多加珍惜。

“他日若得呦呦为妻，必将此生长伴一人。”萧华雍对沈云安郑重地施以一礼。

“殿下，我并无此意……”

“世子无须多言。”萧华雍拦下沈云安的话，“我这一生，览尽浮华万千，看遍山河日月，才遇一人能动我心神。”

他不是才疏学浅的无知少年，亦不是涉世未深的懵懂稚童，更不是孤陋寡闻的迂腐莽夫。

他是经历了人世千帆，看遍了千面风华之后，才遇上了她，认定了她。

他不敢信誓旦旦地说自己对她情深几许，却能笃定，这世间再不会有人如她一般能令他动容。

沈云安没料到萧华雍如此郑重其事，一时间竟不知说些什么，只得拱手行了一礼，无声离去。

而在沈云安离开之后，萧长赢寻上了沈羲和。沈羲和知道若是不见他一面，必要被纠缠不休，于是下了马车，进了旁边的食肆雅间。

"今日之事，你是受我牵连，特来致歉。"萧长赢有些小心翼翼地开口。

"事已了结，昭宁无碍，请殿下宽心。"沈羲和十分善解人意地说。

萧长赢反而有些不适，踌躇着不知如何开口。

沈羲和静静地等了片刻，才说道："殿下若无事，昭宁便先告退了。"

沈羲和站起身欲走，萧长赢一把攥住了她的手腕，两个人的目光都落到他的手上。虽见沈羲和黛眉微蹙，萧长赢却没有松手："郡主，我何处不好？"

沈羲和挣了挣，没有挣开，索性不挣，声音冷漠地说："殿下，这世间人与物，美好者数不胜数，并非好就是人人所求。各花入各眼，殿下很好，却没有合昭宁的眼缘。"

"谁合你的眼缘？太子殿下吗？"萧长赢脱口而出。

"谁合昭宁的眼缘，与殿下无关。"沈羲和神色淡然地道，"昭宁不欠殿下。难道殿下对昭宁有了一点儿心思，昭宁就得感恩戴德？"

"我并无此意……"萧长赢急忙解释。

"殿下，昭宁早与殿下说过与殿下无缘。"沈羲和一用力便挣出自己的手腕，扬起手臂，袖口下滑，露出了手臂上淡淡的疤痕。

萧长赢愣愣地看着："当日，你为何要救我？"

"殿下何故有此一问？昭宁的意图你我早已心知肚明。"沈羲和总觉得萧长赢有些不对劲。

难道他是知道她拒绝了他的求娶，自尊心受挫，受了刺激？

萧长赢面色微白："我……"

"殿下，世间人、世间事便是如此，总有求而不得的，愿殿下早日释然。"沈羲和微微施了一礼，转身离去。

"羲和……"萧长赢霍然起身，追出一步，却眼睁睁地看着她毫不犹豫地离去，眸底涌出丝丝缕缕的怅然之色，"释然……在他人口中只是轻飘飘的两个字，只有放在自己身上才知千斤重担难以挪动。"

他亦不知是何时对她有了这等心思。马家庄里初见，他被追杀得筋疲力尽，见谁都防备与猜忌，对她亦然。

后来她冷艳而又强势地告诉他，他的所有猜想不过是自作多情。

他素来睚眦必报，性格狂妄而霸道，换作往常，定会将盗走证物之人碎尸万段以解恨，可对上她，却从未想过报复。他一直告诉自己她身份特殊，自己并无实证，后来又对自己说，权当是抵了她的救命之恩……

他一次次找遍了无数理由，如今想来不过是不舍得伤她分毫。

阿兄说他动心了，他不愿承认。因此他一直避着她，用一股子不知何处生出来的别扭劲，妄图证明自己根本没有动心，怎会对这样狡诈的女子倾心呢？

阿兄看不下去，为他制造机会。他一步步看清自己的内心，一点点被她吸引，终于无法自欺欺人。阿兄说为他去说亲，只要沈岳山父子同意，便去宫中求陛下赐婚。

他是既期待又欣喜的，等来的却是这样一个结果。一如当日她在马家庄所言，她不会嫁给他，并不是推托或欲擒故纵，是真的不会。

萧长赢不明白，自己哪里不好？他想要问个明白，还没来得及，荣家表妹从阿娘口中听到了这话，便对沈羲和痛下狠手，这无疑是将她推得更远。

他想在这一点上他就输给了太子皇兄，以往总觉得太子皇兄体弱又被传会早逝，孤零零一人，没个母族相护，甚是可怜。

今日，他却羡慕极了这位太子皇兄。

沈云安回来没有看到沈羲和，正要追进食肆，就在门口遇上了沈羲和。往内看了一眼，他才轻声问："妹妹，没事吧？"

之前沈云安一直觉得萧长赢更好，可如今有荣二娘子一事闹出来，就否决了萧长赢——乌七八糟的事情太多，日后妹妹嫁与他只怕更麻烦。

这才有沈云安折回去对萧华雍的一番叮嘱——他也算是认可了妹妹的选择。

"没事。"沈羲和抿唇笑了笑，和沈云安折回马车。

"是哥哥不好……"沈云安有些自责。

若非他想给萧长卿和萧长赢一个机会，也不会闹出荣家之事。

"我的傻阿兄，这事不怨你。"沈羲和轻笑，知自家哥哥绝非蠢笨之人，只不过战场上用兵如神，应付这些弯弯绕绕的事却不太擅长，"信王殿下前日才向阿兄透露口风，我与阿兄尚未表态，这事荣二娘子又是如何知晓的？"

沈云安一想也对，都没影儿的事情，信王只是私下来询问，不可能这么早就将此事告诉舅父。

"母族是不可能，但母亲有可能。"沈羲和轻笑一声，"荣贵妃待我热情周到，却从未有看儿媳的挑剔目光——一开始她就不允许烈王娶我。"

荣贵妃不愿意烈王娶她，却又不能和儿子离心，因此不好表现出反对的态度，只能利用母家外甥女来达到目的。

"荣贵妃竟是这等罔顾亲情之人！"沈云安怔了怔。

"这里头有一层缘故，荣贵妃现在的二嫂并非原配。荣二爷的原配曾是荣贵妃的手帕交，留了一儿一女。据闻荣二爷的原配尚未去世时，荣二爷就与现在的继室有了首尾……"

有些话，一个女儿家也不好对哥哥说得太直白，她说道："荣家想要亲上加亲——当年信王娶了顾家女郎，现在顾家女郎已辞世，信王妃的位置就被腾了出来，可信王不好拿捏，荣家便想将女儿嫁给烈王。"

烈王骁勇有余，城府不足，为人刚烈坦率，是佳婿之选。

“荣家有资格做烈王妃的是否只有这位二娘子？”沈云安冷笑，“因此，这是荣贵妃一箭双雕之计。”

这既绝了他们对烈王的心思，也让荣家没有女郎嫁过来。

“荣家绑在信王和烈王身上，联不联姻都得为他们筹谋。”沈羲和颔首，“荣贵妃怎会在荣家浪费一个王妃的头衔？”

两个人若是娶文臣武将的贵女，就是给信王与烈王再增添一份筹码。

“呦呦，你是对的！”沈云安现在无比庆幸当日沈羲和有了自己的主意。

他和阿爹终究是男人，男人所想和女人所想大有不同。他们只考虑到信王和烈王本身，完全没有想到荣贵妃还有荣贵妃之女，日后妹妹是要和婆家往来的。

妹妹有这么一个笑面虎一般的婆婆，能有什么好日子？

太子殿下就不同了——皇后早逝，日后妹妹嫁入东宫就是东宫之主，是从皇宫正门八抬大轿地被抬进去的，即便是见了荣贵妃等人都不用见礼。

只要她高兴，想以太子妃的身份掌管后宫也是使得的。

沈羲和微微一笑，不去解释她并不畏惧荣贵妃，荣贵妃遇上她只有吃亏的份。

只要沈云安打消了让她嫁给萧长赢的心思，偏向于她，回到西北定会极力劝说阿爹。

另一边萧长赢闷闷不乐地回到王府，随后便去了信王府，见到哥哥的确还没有歇下，也不知如何开口倾诉自己的伤心事，便闷闷地坐在一旁，一杯一杯地灌着菊花酿。

萧长卿背靠亭子廊柱，斜坐在长椅上，单脚屈膝踩在长椅上，长袍滑落，指尖握着陶埙吹着，旋律古朴，低沉悲壮，更让萧长赢心生刺痛。

一曲吹罢，萧长卿拿着素白的帕子轻轻擦拭埙：“知道母妃为何故意让二表妹知晓你意欲求娶昭宁郡主吗？”

萧长赢握着酒杯的手一紧。

“全因……陛下不喜。”萧长卿擦得十分温柔与仔细。

这是他厚着脸，缠着亡妻随手买下赠予他之物。

“砰”的一声，酒杯被扔在桌子上，萧长赢面色阴沉，眼底充满挣扎与痛苦之色。

“我说过，在阿娘心中，陛下才是首要的。为了陛下，她可以抛却一切，包括你我。”萧长卿将擦拭干净的陶埙用干净的帕子仔细包裹好。

“阿兄，别说了！”萧长赢沉痛地闭上双眼。

兄长提醒过他，不要太相信阿娘和陛下，但他只当是兄长因为长嫂去世记恨上了阿娘。

他一直以为，自己是在阿娘的仔细呵护下长大的，觉得整个宫里只有阿娘一人护着他们三个孩子健康长大。在他心里，阿娘一直是既伟大又疼爱他们的慈母。

阿娘对长嫂之事推波助澜，萧长赢知晓。可萧长赢不喜欢顾青栀，全因顾青栀从不把他的兄长放在眼里。而且毒物被送到长嫂手里，阿娘并没有逼迫长嫂服用。他一直觉得此事怪不得阿娘。

兄长说已为他探了沈云安的态度，沈云安对沈羲和与太子殿下的婚事有所动摇。

他喜形于色，被阿娘看到后问及之时，便没有隐瞒。他是真心将阿娘当作可倾吐之人、信赖之人！明明阿娘也夸赞她极好，转头却……

萧长卿明白萧长赢现在的心情。因为他也是这样一步步忍受摧肝断肠的滋味，才有了今日的无悲无喜，百炼成钢。

以往他什么都承担着，只希望这个唯一真心待他的弟弟能够安乐无忧地成长。

现在他有些累了。待到他做完他的事情，便也没有什么牵挂了，阿弟必须自己成长起来。

萧长卿没有刺激弟弟，起身走到萧长赢身边，轻轻拍了拍他的肩膀："阿弟，你要快点儿长大啊。"

弟弟快点儿长大，能够风雨不侵，他这个做哥哥的才能放心。

萧长卿兄弟的愁苦，萧华雍领略不到。他今日心情甚佳，沈云安折回来说的那番话，无异于是将沈羲和托付给他照拂。尽管沈云安对他仍是不假辞色，可越是如此，他反而越开怀。

若非他对沈羲和来说是独特的，何至于引得沈云安耿耿于怀？

心情愉悦的萧华雍走路都带了风。

跟在他后面的天圆觉得自家殿下就差没有蹦跳两下，来表达此刻的愉悦之情了。

眼看着殿下往东宫去，天圆连忙拦下："殿下，您忘了您还有事……"

萧华雍一拍额头："是啊，竟然欢喜得忘了正事。"

说着，萧华雍一转身就往另一个方向走去。

今日重阳佳节，连陛下都给当值的大臣批了早下值的谕令。本是举国欢庆的日子，一份税粮被劫的急报却呈上御案，祐宁帝十万火急地召集三相和机要大臣前来商议。

侍中王政王大人有些点背，出门先是被两方有摩擦的人争执堵了路，不得不绕道而行。绕道还惊了马，从马背上栽了下来，他好不容易爬上马，紧赶慢赶地到了宫门口，正要勒紧缰绳下马时，不知道这马怎么突然不听使唤起来，直接朝着前面横冲过去。

宫门侍卫识得王政，就让了道。王政准备进了宫门再制服疯马，却没想到今日与昭宁郡主、沈世子登楼的太子殿下竟然还没有离去，而是趁着身子略有好转多走了走。

众人眼睁睁地看着疯马朝着太子殿下直冲过去！千钧一发之际，一个宫门守将飞掠而来，一拳打在马脖子上，王政和马匹都飞弹了出去！

王政被摔得头晕眼花，也顾不得什么仪容不仪容的，慌忙爬起来看向萧华雍。

不出他所料，太子殿下已经被惊吓得晕了过去。

众人一阵手忙脚乱，将太子殿下抬到东宫。太医署、太医令、太医丞都被急唤进宫，纷纷诊断太子殿下受惊过度，脉若游丝，恐有不测……

祐宁帝把税粮被劫之事安排妥当后，率领群臣来了东宫。

王政跪在东宫门口。老成持重的他心里也在打鼓，幸好在第一时间让自己的人盯着受惊的马匹……

令他绝望的是，太医署、太仆寺的马医都来了，检查过之后，说这匹马并没有任何问题。

没有人栽赃嫁祸，他就是因为急躁骑马闯宫，还惊得太子殿下昏厥，病情加重。

尚书令崔征和中书令薛衡都对王政投去一种既同情又幸灾乐祸的目光。

“王公素来行事稳妥，守正持重，今日何故慌乱成这般？”先开口的是薛衡，话里话外意有所指。

“税粮丢失，关系民生，王公素来急民所急，是我等楷模。”崔征也笑着开口。

这事本来就蹊跷，王政更不能让两个老家伙乱扣屎盆子。他们俩明里暗里都是说，他是为了税粮丢失的事慌了神儿。

他又不是户部尚书，亦不是押粮官，慌什么？

除非这税粮被劫与他有关！

“陛下，臣确实出门不利，唯恐耽误有些急躁，到宫门口之时马又的确失控……或许……或许是臣骑术不精所致。”王政俯首认罪。

“陛下。”薛衡躬身道，“无论王公是否骑术不精，纵马闯宫门为真，惊得太子殿下昏迷是实。殿下才稍有好转，此一惊更是伤了根本。此罪若不严惩，何以服众？”

“臣附议。”崔征也表态。

他们曾经同为世家，纵然多有较劲，但从来同气连枝。王政为了让王家出头，投靠了陛下，帮着陛下连同范家扳倒了顾家。

若非顾相临死时快刀斩乱麻，揽下一切罪责，只怕他们崔、薛两家也讨不到好。

对王政，他们既心寒又不齿，偏陛下袒护王家。王政为人既狡猾又谨慎，他们好不容易逮到一个把柄，可不得使劲逮着做文章！

其他臣子保持缄默。这都是神仙打架，他们人微言轻，不会轻易表态。

祐宁帝这会儿十分火大，却被这么多人眼巴巴地望着。王政擅闯宫门，事情说大不大说小不小，身为陛下一句“事急从权”便可以揭过，还能体现他对臣子的宽容。

但是皇太子因为臣子的马而昏厥，这么多人诊断恐有不测，他如何包庇？

“太后驾到——”

祐宁帝还没有做出决断，已经歇下的皇太后也被惊动来到了东宫。

谁不知道太子殿下是皇太后的命根子，自幼养在膝下？！

皇太后大步走来，连个好脸色都没有给祐宁帝，冲入内殿，看了一眼脸色苍白昏迷不醒的萧华雍，盯着太医令问：“太子如何？”

太医令额头渗出细密的汗，哆哆嗦嗦地开口：“回太后，殿下受惊过度……恐……恐不大好……”

皇太后听闻后眼前一黑，向后倒去，幸得贴身女官搀扶住。

“阿娘……”

“别叫我！”皇太后一把拂开祐宁帝的手，“我与阿雍是碍了谁的眼？阿雍往年在道观安稳得很，一回宫不是被人气晕就是吓晕。若是这宫中没有我与阿雍的位置，我即刻带着阿雍离宫！”

“太后息怒。”群臣“呼啦啦”跪了一片。

祐宁帝也连忙阻拦：“阿娘，您这是要诛儿的心哪。阿娘息怒，儿自会严惩罪魁祸首。七郎不宜被挪动，儿让太医署轮番照看。七郎有皇天庇佑，必会化险为夷。”

“如何惩治是皇帝的事，我只要阿雍平安。”皇太后眼眶泛红，“若是阿雍有个不测，我这把老骨头也没什么好活了。”

祐宁帝又安抚了太后好一会儿。有太后坐在这里，他当即就罢免了王政门下省侍中的职位，令其暂时回家悔过并为太子祈福。

那意思就是，如果太子有什么三长两短，王政就得以死谢罪。

沈羲和一早醒来就听到了昨夜宫中的风云变幻，有些愣怔。

“嘿，王政这老匹夫也有栽跟头的一日。”沈云安听了这消息觉得甚是大快人心。

往年在官场上，他对王政就有些不满。此次他来京之后，更是听闻王政的女儿竟然针对他的妹妹——当日康王之事，王政难道就没有偏袒？

王政这人他也查过，跟泥鳅一样滑溜，明知道是个黑玩意儿，却就是抓不住！

“呦呦，你在想什么？”乐了片刻，沈云安察觉沈羲和有些失神。

眨了眨眼，回神的沈羲和没有敷衍沈云安：“只是觉得过于巧合。”

“巧合？”

沈羲和说道：“当日在赏菊宴上，针对我之人有三，宣平侯府女郎和王家女郎便是其中两个人。宣平侯是因曲衍光状告到太子殿下面前，才被掀出了其通敌卖国之罪；如今王政也是因为纵马闯宫吓晕太子殿下而被停职查办，都和太子殿下有关……”

“你不说，阿兄竟然没有想到这一茬。”沈云安回过味来，爽朗一笑，“这宣平侯府之案纯属巧合。太子殿下是被六殿下气晕的，恰好曲衍光的外祖、母亲都是医者，才有药方献上。

“求助无门，曲衍光才求到太子殿下面前。王政这事更是巧合，若非你与太子殿下有约在先，太子殿下昨夜断不会出现在宫门口。

“更何况深夜王政被急召入宫，也不是太子殿下可控之事。两个深夜都不可能出现在宫门口之人，要刻意安排实在是有些难。”

沈羲和总觉得这些事情不简单，却又想不通其中关节。

瞧见妹妹仍在深思，沈云安又说道：“呦呦，兄长觉得这些事若真是太子殿下刻意而为，反倒令人欣慰。”

沈羲和抬眸不解地看着沈云安。

“他为你筹谋至此，可见是有心，日后也定会一心一意地待你。”

沈羲和听了这话一点儿喜色也无，反而眉头皱得更紧：“我不要一心一意，只要互惠互利。”

沈云安很是不解，一时无语。

“心意最是不可靠，利益才能让两个人永久捆绑。”沈羲和冷静地说道，“只要我能给他利益，他便永远不会对我有丝毫背弃。”

沈云安：“呦呦，你……你怎么会这样想？！”

“阿兄，这样不好吗？”沈羲和不解，“情爱痴缠费时又费神，若有朝一日情变，伤心又伤身。但若是利益冲突，便是技不如人，我也输得心服口服。”

她说得好有道理，沈云安竟然不知该如何反驳。

目瞪口呆地盯着妹妹看了好一会儿，沈云安才干巴巴地说道：“呦呦，凡事不能只讲究利益。”

“我知道，还要讲究有来有往，诚心与信誉。”沈羲和颔首。

沈云安抓狂地扯了扯头发，问：“你对步世子和薛七娘好也是因为利益？”

“步疏林是，薛七娘是为你。”沈羲和回答得简单直接。

“你为何给步疏林调香？”沈云安问。

“她帮我探了崔晋百的底，这是有来有往。”沈羲和答。

沈云安沉默良久，说：“所以你给太子殿下做馄饨、送信笺、重阳陪他登楼，也是基于此？”

“嗯。”沈羲和点头。

沈云安无语地看着妹妹，好一会儿才笑出了声，笑得格外开怀。

“阿兄，你笑什么？”沈羲和不解地盯着他。

沈云安笑着摆了摆手：“没什么。呦呦，你就这般有来有往吧。”

无情的人做着自以为公平交易的举动，不想却被他人误解为嘴硬心软。

这样的误会，只要沈羲和不说破，恐怕也没有人能看出来，就这样也挺好。

只要旁人不先对不起妹妹，妹妹也不会伤了他们。

至于太子殿下……

原本对太子殿下横看竖看都不顺眼的沈云安，突然有些同情起他来。

左右不过是一个短命之人，妹妹对他无情，也好过因他早逝而伤神。

怀着这样愉悦的心情，沈云安带上了沈羲和准备好的东西，浩浩荡荡地离开京都回了西北。

沈羲和亲自送他出城，看着他一马当先地消失在城门外的官道上后才折回郡主府。

陪了自己半月有余，嘘寒问暖还变着花样哄她开心之人走了，沈羲和以为自己可以适应，回到府邸才觉得有些落寞。

心不在焉地过了一日，沈羲和原本早早就歇下了，却不想萧华雍竟然来了，而且是悄然而至。沈羲和被他身上难以忽视的浓烈药香惊醒，睁开眼看到他就坐在榻沿上。

“殿下！”沈羲和很不开心。

她骨子里对私闯闺房的行为很是厌恶，这是一种领域被侵犯的不舒服感。

“郡主见谅，我需离京一些时日，特来向你辞行。”萧华雍起身自觉地退到了屏风外面。

沈羲和披上衣裳和披风，点了灯走出来。看着面色依然有些苍白的萧华雍，她面无表情地坐到了他的对面：“王政之事所为何故？”

萧华雍那温和的眼眸之中泛起点点笑意：“为郡主，也为自己。我要离宫，需有缘由，王政就是缘由。”萧华雍淡淡地笑着，“若非王家对郡主不敬，我自不会选他做替罪羊。”

他突如其来的坦诚话语，让沈羲和倍感不适。沈羲和下意识地露出了排斥之色。

“郡主，我知你通透，这世道对女子苛刻，你这般方能自在。”萧华雍低声说道，“我告知你这些，是不欲再欺瞒。无论郡主将我当作何人，是盟友还是夫君都好，我想郡主都希望我们能坦诚相待。”

沈羲和并未否认这一点，轻轻颔首。

“我这也是坦诚。”萧华雍目光真挚，“我此刻对郡主有心，哪一日对郡主无心，亦不会虚情假意。

“因此此刻所作所为，郡主无须多思多虑，是我一人之事，不强求郡主回应。”

“不强求回应？”沈羲和明显有些不信。

这世间哪有不需回应的付出？

“不强求。”萧华雍认真地重复了一遍，“郡主为西北筹谋，是心有西北；对世子关怀，是因为在乎世子。郡主的付出，只为觉得值得，只为因此而充实欢乐。我此刻对郡主亦然。”

沈羲和用一种看怪物的目光看着萧华雍。

她的眼眸一直平淡冷漠，极少有情绪起伏，临危之际也从容镇定。乍然看到她费解的目光，萧华雍竟然觉得十分可爱。

若非怕她心生排斥，萧华雍真的很想将她揽入怀中。

他的眼神不自觉地温柔宠溺起来，萧华雍说道：“我的快乐，郡主无法想象，也无须猜疑。”

“若有朝一日，觉得不值了呢？”沈羲和问。

“人生在世，不过一场又一场的赌局，无人能回回稳赚不赔。”萧华雍说得十分豁达，“若有朝一日血本无归，我也无悔昔日孤注一掷。”

“无悔，亦无怨无恨吗？”沈羲和又问。

她不是期待或是试探，更像是在等人为她解惑。萧华雍聪慧无双，也不明白她为何要探究这个。但他还是笑着作答：“既然无悔，又何来怨恨？”

沈羲和似有所悟地点了点头：“原来如此。”

“我走了。”萧华雍拿了一个细小的令牌递给沈羲和，“若遇到难事……”

“殿下，任何难事，我都能化解。”不等萧华雍说完，沈羲和直接淡淡地拒绝。

萧华雍闻言哑然失笑：“是我多虑了，郡主莫要介怀。待我归来，会让天圆给郡主送食盒。”

“殿下保重。”沈羲和顺口送客。

萧华雍有些好气又有些忍不住好笑，多想她问一句他去何处、去做什么，像寻常夫妻之间，妻子询问丈夫那般体贴入微，牵挂着他的去向。

原来，他对她的期待竟如此之深。

出了郡主府，皓月下，萧华雍回眸看向沈羲和的闺房，门窗已经紧闭，烛火已经熄灭。

他笑着轻叹了一声：“终有一日，你会对我恋恋不舍，为我长夜留灯，为我牵肠挂肚。”

仿佛带着远大的志向，萧华雍消失在夜色之中。

沈羲和熄了灯闭眼一觉到天明，用了朝食，才慢慢思索起昨夜萧华雍的到来给她透露了多少信息。

第一，他是装病，也就是说她拿到的脉案很可能作了假。

第二，他说他身体确实不好，但肯定不是体弱。他能瞒得这么彻底，要么是太医署被他掌控，要么是他身边有行医高人，能够轻易让他的病情以假乱真，骗过了整个太医署，抑或是两者皆有。

沈羲和更偏向于第三种，如此才能完美蒙蔽所有人。

第三，郡主府戒备森严，萧长赢都只能在她带着大部分人离开后才能潜入，萧华雍却来去自如——这说明他不但不体弱，且功夫了得！

这位太子殿下，一再出乎她的意料，远比想象的还要深不可测。

她隐隐觉得，他就是华富海，抑或是华富海背后的主子。

那他的确需要脱骨丹救命，也就是说，他的身体有别的隐患。

沈羲和对十一年前发生的事情越发好奇，只不过当年的宫人都被封了口。

她思虑着这些时，谢韫怀来了，今日又是服用脱骨丹之际。

沈羲和像往常一样，眉头都不皱地服下了脱骨丹，无一例外地又一次经历了冰火两重天的煎熬。

也许是习以为常了，沈羲和已经能够稳坐着承受体内的这两股冲击。

就在她脸色苍白之际，外面传来一声嘶吼——

“郡主，世子遇袭，生死不明！”

一句话让沈羲和气急攻心，张嘴喷出一口鲜血，眼睛一翻就晕了过去。

“郡主！”谢韫怀大惊，赶紧给她喂了药丸，却见沈羲和已经无法自主吞咽。谢韫怀对碧玉低喝：“扶住她！”

谢韫怀取出银针，给沈羲和施针。她脉象紊乱，情况万分危急。

“烧一锅热水！”谢韫怀沉着脸吩咐。

沈羲和情况危急，而外面高喊一声的护卫被莫远擒拿住时已经自尽身亡。他手持西北王府的令牌，穿着又与今日世子离去时的护卫一致，身上带伤。莫远等人并没有质疑他的身份，但也没打算带着他立刻见沈羲和，原本是打算等沈羲和恢复好之后再禀报。

他们完全没有想到这人竟然知晓沈羲和在服药，故意来此扰乱沈羲和的心神。

一番救治，折腾到了深夜，谢韫怀才手脚发软地松了一口气。

“齐大夫，郡主会不会有事？”碧玉担忧至极。

“暂时算稳住了，得看明日郡主是否会醒来。”谢韫怀面色凝重地说。

碧玉等人瞬间眼眶泛红。

谢韫怀大步走出沈羲和的闺房，问守在门外的莫远：“高喊者是何人？”

“已查实，并非西北护卫，不过他身上的令牌是真的。”

否则这人也不可能骗得了莫远。

“人呢？”谢韫怀目光森然。

“咬舌自尽了。”莫远回道。

高喊出声之后，此人就立刻咬舌自尽了，根本不给他们任何反应的机会。

谢韫怀说道："带我去看看尸体。"

莫远带着谢韫怀到放置尸身的柴房。谢韫怀用刀斧直接在柴房对人开膛破肚，在尸体里寻找到了一些残留物，说道："是剑南春，他自宫里来。"

他转头对莫远说道："我出去一趟，两个时辰内定归。"

剑南春是御酒，只有宫里才有。这酒每年都有定量，来去皆有记录。谢韫怀只需要用心查一查，他喝了何人给的剑南春，就能知晓是谁要谋害沈羲和。

谢韫怀这些年远离京都，只是不愿看到谢戟，怕自己忍不住生了弑父之心。

他一日都没有忘记自己的仇恨，在京都自有人脉和经营。经年访遍杏林圣手，为了学医他什么苦都能吃，习得一身好医术，结交了人脉，笼络了人情。他要想查清一件事情，哪怕是涉及宫内的事，都不是难事。

待他回到郡主府，差不多是两个时辰后。他直奔沈羲和的闺房，见碧玉和红玉都守在房内。

"郡主可有醒来的迹象？"谢韫怀一边绕过屏风一边询问。

碧玉眼尾泛红，眉宇间有化不开的愁绪，缓缓摇头："没有。"

谢韫怀走前说过哪些迹象是苏醒的征兆。她们眼睛一眨不眨地盯着，却丝毫迹象都没有，眼瞧着再有一个时辰天就亮了。

谢韫怀坐在榻沿上，给沈羲和重新诊脉，发现沈羲和的脉象一点儿都没有改变，目光凝重。

他的反应更是让碧玉等人心都提了起来。

沉默片刻之后，谢韫怀说道："再等等。"

现在他们除了等，也别无他法了。碧玉等人只恨自己没有习医，否则此刻也不用一无所知地干着急。

"齐大夫，请恕婢子冒犯。"碧玉想了又想，还是忍不住说道，"不如上报宫中，请医师前来。婢子不是信不过齐大夫，只是一人计短二人计长……"

多个人，也许多份主意！

谢韫怀没有责怪和愤怒，而是温和耐心地回道："我知你们救主心切，非我托大，轻视太医署医官。实则是太子殿下昏迷不醒，宫中御医皆候在东宫里。即便你们去请，也请不来太医令与太医丞。

"另外，即便你们豁出去请来太医令与太医丞，一诊脉，他们必定要问郡主为何至此。难道你们要将脱骨丹如实告知？"

如若他们将脱骨丹如实告知，只怕沈羲和就没有什么清净日子了。这等神药何人不想拥有？尤其是有沈羲和这个日渐康健的例子在前。

"最后，谋害郡主之人与宫中若有瓜葛，一旦你们请了太医署的太医，就等于惊动了他们，难保会有变数。”

太医署并无他们的人，想要让其不泄露一丝消息极难。更坏的结果是，这太医早就是谋害之人备下，为沈羲和送来的最后一道催命符。

碧玉的背脊渗出一层冷汗，她屈膝行礼：“婢子适才莽撞，齐大夫见谅。”

谢韫怀对沈羲和的几个婢女都多有赞赏：“你们心焦至此，也未曾在我外出之时去宫里求医，实属难得。”

她们这样已经是对他极大的信任和尊重了。

碧玉见谢韫怀如此随和，便大胆地又问了一句：“齐大夫，郡主可能醒来？”

谢韫怀抬眸，视线扫过紧张万分的几个人，铿锵有力地回答了她们一个字：“能！”

醒来还是能醒来，幸好沈羲和这一个多月来调养得不错，有了些底子，且他也摸清了脱骨丹，甚至心中设想了所有突发状况与应对之法，这才施救得宜。

只不过一个多月的辛苦也就白费了，亦不知沈羲和醒来之后，身子骨儿会弱到何等地步，还能不能继续以雪水佐以脱骨丹服用。

谢韫怀一念至此，眼底的厉色一闪而逝。

不提他与沈羲和的交情，身为医者，病患便是珍宝。尤其是他好不容易小心翼翼地将人救治到有了起色，转眼就被人一挥手摧毁，怎能让他不恼怒？

天光破晓，朝霞照透云纱。

暖阳包裹了整个雅致的房间，沈羲和依旧未醒来，甚至面色灰白。

“用这些药材熬一锅水，给郡主浸泡。”谢韫怀一边将配制好的药材交给红玉，一边斟酌了片刻又对碧玉说道：“再取一些脱骨丹，分量……分量就取往日服用的一半。”

谢韫怀现在就是碧玉她们的主心骨。

待沈羲和浸泡在药浴之中，谢韫怀用雪水化了一些脱骨丹，让碧玉她们想法子给沈羲和服下。不多时，沈羲和便面色通红，露出的脖子、肩膀都仿佛着了火一般红得触目惊心。

谢韫怀立刻为沈羲和施针。扎了十几针后，沈羲和身上的赤红颜色慢慢褪去，随之而来的是肌肤越来越凉。碧玉不小心触碰到沈羲和的指尖，寒冰一样的触感让她的魂儿都险些出窍。

谢韫怀的额头上也渐渐渗出汗珠，他却立即说道：“加水。”

一桶桶热水被倒入浴桶，桶内的水溢出来，又被加满，如此反复折腾到深夜，沈羲和的身体才渐渐回温，众人都看到沈羲和的眼皮跳了跳。

众人不知屏气凝神地等了多久，也许是很久，也许只是瞬息之间，沈羲和终于有了一声呓语：“冷……”

“换浴桶。”谢韫怀吩咐之后，为避嫌便走了出去。

旁边早就备下了一个浴桶，里面刚灌满另一种汤药。墨玉将沈羲和抱入浴桶，谢韫怀才进来，重新为沈羲和施针，这次只扎了五枚银针。

又过了小半个时辰，水渐凉之后，一直扣着沈羲和的脉搏的谢韫怀才松了一口气，无力地退后一步，靠在柱子上说道：“好了，郡主睡足自然会醒。”

整整一天一夜，所有人都提心吊胆，疲惫不堪，总算是把沈羲和的小命给救回来了。

饶是谢韫怀笃定沈羲和会醒来，但包括他本人在内，大家都没有掉以轻心，一直守着，又熬了一宿。天际第一缕晨光破云而出的时候，沈羲和才缓缓转醒。

“郡主，先吃些粥吧。”红玉将放置得正好温热的粥递过去。

郡主已经一日两夜未曾进食。

为了让沈羲和及时喝到热粥，她一次性守着十几个瓦罐，虽不知沈羲和何时醒来，但总有一个能对上时辰。

沈羲和浑身乏力，却依然避开了粥。碧玉连忙端来漱口的香药水。简单漱口之后，沈羲和才用粥，一碗粥下肚，除了意识清醒些许，还是浑身无力。

“郡主莫急，这次伤了元气，少则要卧榻休息三五日。”谢韫怀重新给沈羲和诊了脉。

沈羲和闻言神色未变，只是无力地吐出三个字：“脱骨丹……”

谢韫怀明白她的意思，轻叹：“脱骨丹暂时不能服用。”

她依然虚弱，明亮的双眼都不能完全睁开，轻合的眼皮看起来很是无力，但漆黑的眼眸里那一闪而逝的杀意凌厉无比。待到谢韫怀细看，又觉得方才或许只是眼花。

“郡主且给我些时日，待我重配药方，以汤药相辅，或许还能令郡主大好。”谢韫怀轻声说道。

这下是必须要绝品天山雪莲了，沈羲和内服脱骨丹已经无法承受寒热交替之苦。

“有劳了。”沈羲和轻声道谢。

她精力不济，谢韫怀等人也是满眼疲色，彼此都没有多客套。谢韫怀没有离开郡主府，担忧沈羲和的情况这几日会有变化。

所有人都狠狠地睡了一觉，养足了精神。

次日，沈羲和依然卧床。

莫远跪在外间，隔着屏风羞愧地低头说道：“是属下大意，致使郡主险些有性命之忧。”

“阿兄。”沈羲和此刻乏力得很，话只拣关键的一两个词说。

莫远好歹跟了她这么久，猜出她担忧沈云安：“属下派人去追世子，今早回了信，世子确实遇到了一窝山匪，但都无伤亡。”

“如何说？”

见郡主这句话莫远理解不了，立在一旁的碧玉忙说道：“婢子让人带了一双郡主给王爷做的靴子，说是落下的，让人送去，世子绝不会知晓郡主遇险。”

莫远这才明白，沈羲和是问被派去的人是如何向沈云安说的。

这件事情安排好，沈羲和也就心下稍安。若是让沈云安察觉她的情况折回来，看到她这副模样，只怕要杀红眼，这里可是京都。

这些魑魅魍魉也不是犯边烧杀掳掠的敌军，由不得沈云安大开杀戒。

她这个阿兄什么都好，就是容不得任何人伤她分毫。荣二娘的事她讨回公道了，可沈云安前脚离开，后脚荣二娘的亲弟弟就被人打断了四肢。

你伤我妹妹，我打你弟弟。

妹妹是我心中的宝，弟弟却是你在荣家的依靠。

又睡了一日，沈羲和才觉得有了些许力气，坚持要离开床榻，搬了贵妃榻到院子里晒太阳，觉得自己精神头好了不少，便问：“事情查得如何？”

“齐大夫查到剑南春，属下拿到了今年剑南春的去向记录，发现所有酒都有迹可循。”莫远恭敬地回道，“齐大夫说这酒非当日饮下，而是前一日便喝了，且喝了约莫半斤。”

“你去宫中寻陛下，便说我要讨要一壶剑南春。”沈羲和吩咐红玉。

“不去东宫跟太子殿下要吗？”红玉建议，如此可以掩人耳目。

“不用，就是要让幕后之人知道剑南春已经暴露。”既然毫无头绪，那她就打草惊蛇，让他自己爬出来。

“诺。”红玉立刻拿了令牌进宫。

沈羲和有自由出入宫廷的恩旨。以她的身份，她想要个物件做赏赐，祐宁帝几乎都不用想就会给，所以红玉轻易地取来了几壶剑南春。

祐宁帝担心沈羲和不够，便多给了几壶，用精美的凤首龙柄青瓷执壶装着。

手轻轻抚上凤首形的壶盖，摩挲着凸起的纹路，沈羲和说道：“这一壶也就差不多半斤。”

看来宫中的剑南春都是用这种酒壶封装的，祐宁帝但凡要赏赐，也就是一壶一壶地赏赐。所以那日假冒西北护卫闯进来故意使坏之人，很可能就是得了这样一壶酒。

“身份可查出来了？”沈羲和问。

莫远将头垂得更低：“属下查遍了所有可查之路，都未查到这人的身份。齐大夫根据尸体特征断定是南方人。城中往来商户都查了，也请了步世子帮忙，查清了久居此地的南方人都不是，就连衙门都暂无失踪报案。”

“不会有人报案。”沈羲和微微摇头，“这是对方买了一条命来害我。”

酬劳就是一壶剑南春，很有可能是死的这人临死之前想尝一尝这酒的滋味。

“不是流动的商户，不是久居此地的南方人，有必死之心，且酬劳要的不是银子，而是一壶御酒，说明他在这世间了无牵挂。”沈羲和分析道，“若是幕后指使之人特意去南方找这样一个人，显得烦琐又平添几分不可控的因素。他必是久居此地，且幕后指使之人笃定我想不到这点，查他的身份又有如大海捞针！”

目光一定，沈羲和吩咐墨玉：“墨玉，你去寻步世子，让她想法子把崔少卿请来，注意莫要惊动任何人。”

“诺。”墨玉立刻着手去办。

“莫远，你把每日都在府外讨饭的小乞儿从后门带进来。”沈羲和又吩咐：“碧玉，把我的画册取来。”

众人一头雾水，但都手脚麻利地遵从吩咐。

碧玉先捧来画册。莫远将小乞儿带了进来——脏兮兮的小娃娃，看起来清瘦得只有三四岁，实则已经七岁，眼神很灵活，透着一股子机灵劲。

“给郡主请安。”小乞儿端端正正地行了个大礼。

沈羲和用眼神示意紫玉将他搀扶起来，声音温和地说：“你去拼一拼。”

碧玉将画册递给小乞儿，这本画册是沈羲和在西北闲来无事时和沈云安画出来的。

沈羲和不能出远门，见到的人不多。沈云安去的地方多，会带着画师，画各种各样的人。沈羲和后来就把这些人的脸全部拆分开来，特意弄了一本册子，收集了不同的眼、口、耳、鼻的模样。沈云安得闲就会为她编故事，从这些图册里拼凑出一个新的人来做主人翁。

面前这个小乞儿是沈羲和还未入京都时就让碧玉她们去寻的——他记忆力极好。

他怕手弄脏了雪白的画册，央求碧玉：“请姐姐翻书。”

碧玉一页一页地翻着画册。小乞儿将眼、耳、口、鼻等都点了三组，轮到脸的时候，却只挑了一张，又看了一遍，才对沈羲和说道：“郡主，阿呆在府外见到十几次这三个人，另外两个人都不是这样的脸。”

沈羲和让他每日在郡主府对面乞讨，答应给他祖父治病并保证他们的温饱，就是让他在府外盯梢。

这人用了这样的法子，定是知晓谢韫怀定时来郡主府，又得知谢韫怀是大夫，便明白谢韫怀的来意，也就知晓她这样的病在救治之时绝对不能受刺激，才会想出这般阴损的招数。

不得不说这一招极狠又极准，差一点儿就要了她的命。

沈羲和对自己的人很有自信，这人要确定谢韫怀来府的规律，且当日会不会按时来，就得有通风报信的人在外面盯着。

她早知京都就是龙潭虎穴，从不敢掉以轻心，做下的准备不周全，岂敢只身闯入？

“碧玉备画具。”沈羲和懒洋洋地吩咐。

见碧玉带着人很快将东西搬来，沈羲和强撑着身体要起身。一只骨节分明的手按住了她的肩膀，谢韫怀说道：“我来。”

谢韫怀本是在屋子里调配药方，希望天山雪莲取到之前，让沈羲和也能好受些。但同时他也做着最坏的打算，取不到绝品天山雪莲，抑或绝品天山雪莲抗寒之效也达不到预期，该如何调配药方？如何让沈羲和重拾希望？

他知道她是这世间最坚强的女郎，哪怕是调配不出让她恢复如常人的药，她也不会自暴自弃，更不会丧失斗志。

可让一个本就活在黑暗之中的人尝到了阳光的滋味，又突然将她一把推入更深的深渊，何其残忍？

然而沈羲和的身体实在是太脆弱了，他有些担心，因此有些烦乱，理不出头绪，这才打算出来静一静心。听到外面的动静，他便过来看看。

他是谢韫怀，谢家儿郎，天之骄子，心比比干多一窍，君子六艺样样拔尖儿，玲珑心思更是一点就通。

他一眼就看出她是要亲自作画，因此行动比思绪快了一步，竟然伸手按住了沈羲和的肩膀。

意识到自己失礼后，谢韫怀立刻收回手：“郡主需要静养。”

“有劳齐大夫了。”对谢韫怀的能力，沈羲和深信不疑。

他把小乞儿阿呆带到一旁，在阿呆的形容下，把阿呆挑选出来的眼、耳、口、鼻、眉等部位分别拼凑好，然后再勾勒脸庞。其中一张是现成的，另外两张阿呆指着图册上的一些脸说道：“比这个这里宽一些，这里窄一些……”

沈羲和坐在一旁看着——谢韫怀躬身尽可能与阿呆平视。

阿呆是乞儿，身上又脏又臭，谢韫怀却靠得极近，一点儿没有嫌弃，由始至终更是目光温和，声音轻柔。哪怕是按阿呆自己描述的样子画出来又觉得不对，一再修改，谢韫怀都极其耐心。

一袭青衫，青丝如墨，阳光落在他宽厚的脊背上，他整个人散发出玉质的光晕。

谢韫怀不愧是如玉似月的玲珑公子，玉之润泽无声，月之华光无垠。

“对，就是他们。”见谢韫怀终于画出了自己记忆中最满意的模样，阿呆高兴地惊呼起来。

谢韫怀含笑将画纸递给沈羲和。这是三个面容普通的人，难为阿呆记得。

她将三张画纸放在高几上：“这三个人，四日前，也就是有个带伤的护卫奔入我府中那日，你看到了谁？”

“这个，我记得可清楚了。”阿呆立刻指着一张画像说，“他以往两三日就会来一次，自那日之后便不来了。这两个人，今儿还来过。”

沈羲和将他指的画纸抽出来，抬手递向身后的莫远：“掘地三尺，生要见人，死要见尸，他的亲眷都要查得清清楚楚。”

“诺。”莫远双手接过画纸，对自家郡主的敬佩之心已达到了顶点。

他没有想到，恐怕也没有人能想到，一个不起眼儿的小乞儿，竟然是沈羲和刻意安排的。

他们顺着这条线反向追查，不怕查不出是谁谋害了郡主！

“未必就能查到。”见几个丫鬟眼睛也都亮了亮，沈羲和轻笑，“若是个既谨慎又狠辣之人，即便知晓这眼线没有露马脚，也未必不会早早灭口，因此，要两边着手。”

谢韫怀赞赏地看着沈羲和。

本朝虽繁华强盛，但也有乞丐。皇帝其他的不说，从不粉饰太平这一点堪为表率，而且还在京都为老幼病残等人设立了“悲田院”“孤独园”“六疾馆”。他不会为了盛世太平的门面强制要求街上无行乞之人，只要不闹事、不群居，偶尔有一两个乞讨者，官府也不会驱逐。

乞儿在大多数人心里都是低贱如蝼蚁的。他们轻视乞儿多于怜悯，向来不会将其放在眼里，哪怕是注意到有个乞儿每日都在郡主府对面乞讨，也最多当沈羲和心善不嫌晦气，岂会将此放在心上？更别说防备这个乞儿了。

这就是她的聪慧过人之处——她用乞儿不仅显露她的聪慧，更体现了她不拘一格用人才，对贫贱之人没有丝毫轻视怠慢态度的高贵品格。

少年时，母亲在世，曾对他说，他的未婚妻子是世家贵女，冠绝京都，唯有这样的女郎才配得上他。

他见过顾家女郎，第一眼不是为她的容颜惊艳，而是因她冷寂如死水的眼神而惊魂。

沈羲和也冷，但她的眼里似有活水在流动，泛着令人惊艳的流光。

他想过做个好丈夫，不知顾家女郎为何那般孤冷，亦觉得或许是有些人天生如此。他也曾想过婚后多呵护她一些，也许能让她快乐些。无关情爱，既然是未婚夫妻，他自当尽责尽心。

后来他那样做实属无奈。

离了京都，他见过形形色色的人，不是没有聪慧过人者，亦不是没有才貌双全者，直到遇见了沈羲和——她太过于独特，太过于耀眼，身上有一道无形的光，会吸引向光之人的目光。

沈羲和将剩下的两张画纸叠起来——这也是要查的，这两个人背后的人都盯着她的一举一动。沈羲和说道：“剩下的就得等崔少卿了。”

她此言让谢韫怀目光微闪。

他问道：“郡主是觉得，那个假扮护卫之人是自牢狱之中被提出来的？”

沈羲和将叠好的画纸递给碧玉，对谢韫怀轻轻颔首一笑。

只有谢韫怀明白，她为什么要找崔晋百。

要查京都牢狱，她的人做不到这点，步疏林也不行，强行动手只会惹来麻烦，若是再有人趁机闹事，更会引火烧身。崔晋百是大理寺少卿，要查狱中之人有千百种理由，且每一种都不引人怀疑。

“崔少卿为人刻板。”谢韫怀提醒。

第十三章　天纵奇才皇太子

崔晋百和谢韫怀年岁相当，都是惊才绝艳之人，一个是世家儿郎，一个是勋贵出身。

在世家与勋贵暗中较劲之时，年少轻狂的他们也少不得有些许磕磕碰碰。

出类拔萃之人自然也会吸引同类人的目光，无论是崔晋百还是谢韫怀，对彼此都有些了解。

谢韫怀并非诋毁崔晋百，而是陈述事实——崔晋百就是个刚直不好说服之人。

沈羲和温和的目光落在阿呆身上——他洗干净了手正拿着糕点吃。沈羲和说道："他会听话。"

且说沈羲和这边等着步疏林和墨玉将崔晋百给带来。墨玉得了吩咐，一刻不停地找上了步疏林。步疏林今儿当值，不过其三天两头儿称病跑出去赌博、斗鸡、包花魁已经是常事。

因此她说一句"肚子疼"，她的上司也就不耐烦地挥了挥手，大有让她快滚，别来烦自己的意思。

"呦呦找崔石头作甚？"步疏林和墨玉一会合，得知沈羲和的意图后就有些疑惑。

她难道不香吗？崔石头就是茅坑里的石头——又臭又硬！

自从步疏林得知薛瑾乔唤沈羲和姐姐，就改了称呼，本想喊妹妹，结果才喊了一声，沈云安就向她拔剑，最后只能改成沈羲和的乳名。

沈云安在得知步疏林是女儿身之后，也就不再计较这些了。左右唤妹妹的乳名的人那么多，他也不在意这个。不过"妹妹"二字，只能他喊！

"郡主吩咐。"墨玉面无表情地回答。

步疏林嫌弃地瞅了墨玉一眼，这人和崔石头一样，一板一眼，一点儿趣味儿都没有。

“喊”了一声，步疏林还是去打听了崔晋百的下落——崔晋百今儿不当值。

不过大理寺有不少陈年旧案，他是个无聊到没有朋友又没有生活乐趣的可怜虫，往往不当值的时候，就只能在大理寺埋头和旧案卷为伍，以破获悬案获取丁点儿乐趣来实现活着的意义——步疏林一直是这样认为的。

一听崔晋百不当值，她就猜到他在大理寺，于是大摇大摆地去了大理寺。

衙役拦着她，却被她一把推开。

步疏林说道：“没眼力见儿，耽误本世子会情郎。”

大理寺的衙役都被气得面红耳赤——崔少卿在他们心里那就是神祇，就这样被这个纨绔无赖四处败坏名声，奈何他们不敢冒犯步疏林，打又打不过。

崔晋百看到步疏林后，脸色阴沉下来。

步疏林直接曲解他的意思：“哎哟，这是又两日没见小爷，恼了？小爷就知道你会恼，这不是值都不当了，眼巴巴地跑来陪你？”

跟着进来的衙役恨不能封了步疏林的嘴，捂住自己的耳朵。

听听，听听，这人张口就是污言秽语！

“都下去。”崔少卿吩咐衙役——他一个人遭受荼毒就够了。

“别呀，多不好意思，就剩我俩，小爷我脸红！”

等到房内就剩他们俩了，已经被荼毒得能气定神闲的崔晋百直接说：“说事！”

“我不喜欢说，喜欢做……”

步疏林话还未说完，崔晋百已经拔出旁边的长剑架在她的脖子上。

“别，别，别……”步疏林轻轻推开剑刃，“刀剑无眼，动手动脚是情趣，动刀动枪就是伤情……”

话音未落，见崔晋百反手一剑横扫过来，步疏林脚下一滑，身体如游鱼般灵活地躲过剑，瞬间就移到了崔晋百身后，一个旋身扣住他的手臂，从身后抱住了他。

步疏林抬掌抓住崔晋百再一次挥剑而来的手臂，手上一用力，剑就被打落在地。然后她将手上粉末一扬，转头吸入粉末的崔晋百顿时身体一滞，晃了两下就倒下去了。

步疏林手疾眼快地将崔晋百扶住，直接扛起来冲出了大理寺：“我与崔少卿私会，你们别追来碍事啊。”

他们倒是想追，步世子你可跑慢点儿啊！

还不等大理寺的衙役反应过来，步疏林声音还在，人已经没影儿了。

见步疏林扛着昏迷不醒的崔晋百来到自己面前，沈羲和满脸诧异之色。

步疏林将崔晋百扔下来，气喘吁吁地扶着案桌，拎着茶壶仰头猛灌茶水。

过了好一会儿，步疏林才平复下来：“果然是石头做的，真沉！差点儿没把小爷累岔气！”

“谁要你这样把人扛来的？”沈羲和赶紧让碧玉拿了湿帕子给崔晋百洗脸，然后用了醒神的香囊。

“不是墨玉交代，要不动声色且不惊动旁人地将人带到你面前吗？”步疏林看了一眼沈羲和身后的墨玉，“我正好试一试你给我的迷香粉，可比外面的迷香管用多了。”

“你从何处把他掳来的？”沈羲和问。

“大理寺。”墨玉替步疏林回答。

“这叫‘不动声色且不惊动旁人’？”沈羲和盯着步疏林。

“这叫虚张声势，我也不是第一次这般掳走他，大家都习以为常了，不会多想。”步疏林得意扬扬地说。

沈羲和突然有点儿自责，难得良心发现，自己当初让步疏林缠上崔晋百避祸有点儿不厚道。

好好的京都名门望族眼中的青年俊杰兼佳婿之选，被步疏林折腾得声名狼藉也就罢了，偏偏遭受摧残的不止名声，还有身心。

眼见到昔年比肩的傲气少年郎今日如此狼狈，素来君子的谢韫怀也忍不住虚握拳头抵唇轻咳一声。

迷香粉是沈羲和调制的，便自然有解药。

崔晋百很快就醒来了。

崔晋百一睁眼，就将森寒的目光落在了坐在石桌前正没心没肺地吃着茶点的步疏林身上。而步疏林无视崔晋百眼底的寒意，把咬了一口的茶点递上：“我咬过的，你是不是更馋它？”

沈羲和一脸无奈的表情，想笑却只能强忍着。

“收敛点儿。”沈羲和一个正经的名门贵女，何曾听过这等轻浮之语？

步疏林立刻正襟危坐，收起嬉皮笑脸的样子，冲着沈羲和讨好地笑了笑：“习以为常，习以为常，都忘了今儿不止我与他两个人，勿怪，勿怪。”

崔晋百本来只是眼神冷，这下脸都黑如锅底了。

尤其是他看到步疏林对沈羲和一副谄媚的嘴脸，怎么看怎么都像沉迷美色！步疏林对昭宁郡主倒是言听计从！

“崔少卿，是我有事相请，冒犯之处，还请崔少卿见谅。”能言善辩的沈羲和说话都有点儿不自在了。

“不敢当，郡主身份尊贵，下官岂敢心怀怨怼？”崔晋百冷冷地开口。

“哎，你说话客气点儿，对我凶可以，不准对我……”步疏林差点儿把“对我呦呦”说出口，话到嘴边又改了口，“不准对郡主无礼。”

崔晋百觉得头顶直冒火。

我什么？我倾心之人？

气氛尴尬沉默，沈羲和让碧玉扶着她站起身。她走到崔晋百面前行了礼："此事是我思虑不周，望崔少卿海涵。"

倒不是有求于崔晋百，沈羲和才这番作态——实在是她懂世家子弟的傲骨。步疏林以往如何掳劫崔晋百，是他们之间的事，这次却是为她而这般将崔晋百掳来，很是冒犯。

崔晋百是太子的人。太子对昭宁郡主的心思，他们这些心腹焉能不知？

他原也没对昭宁郡主有气，气的不过是……

昭宁郡主面色苍白，明显是大病未愈。崔晋百自认端方君子，见沈羲和又诚意十足地致歉，拱手回礼："郡主勿怪，适才下官言辞失当。"

"你快坐下，与他客气作甚？"步疏林心疼坏了，忙过来搀扶沈羲和，被机灵的碧玉不动声色地隔开了。

步疏林讪讪一笑，忘了自己在其他人眼里是男儿身。

崔晋百冷冷地扫了步疏林一眼，眼不见心不烦，问沈羲和："郡主有何吩咐？"

太子离京之前就叮嘱过他们，但凡沈羲和有需求，他们必鼎力相助。

"我这里有个人，我怀疑他是从京都某个大牢里被替换出来的死囚，想请崔少卿查一查。"沈羲和将一幅画像递给崔晋百，"人已经被解剖，我吩咐下人处理掉了。"

沈羲和有洁癖，绝对不会容忍一具尸体在自己的宅院里滞留太久。

画像是谢韫怀所画，崔晋百没有拆穿谢韫怀的身份，但还认得他的工笔，看了一眼就深思着扫过谢韫怀，又问："郡主，京都若是发生死囚被替换出狱的事，理应是下官职责所在。下官还想知道这人为何落入郡主手中，郡主又因何要追查这人。"

既然叫了崔晋百来，沈羲和就没有想过隐瞒他。见她体弱神虚，谢韫怀便主动将前因后果，包括他查到剑南春之事也一并告知，只不过略过了阿呆之事。

"郡主可有大碍？"崔晋百听了此事后面色一变，急声关切地问道。

他太急，沈羲和、步疏林、谢韫怀都齐刷刷地看向他。

崔晋百也意识到自己有些失态，不过到底是官场上摸爬滚打这么多年之人，面不改色，也不解释什么，以免显示出在掩饰："郡主可有大碍？是否要请太医来问诊？"

"有齐大夫在，我并无大碍。"沈羲和无力地笑了笑，"多谢崔少卿挂怀，另有一事需崔少卿上心。"

崔晋百回道："郡主请讲。"

沈羲和对阿呆招了招手，待他到了近前才对崔晋百说道："这个孩子天资聪颖，崔家族学春诵夏弦，载飏淑声，是个求学的好去处。烦请崔少卿将他带去吧，日后他必不会枉费崔家的一番栽培。”

很早以前，她就给阿呆想好了去处，只是在等待一个时机。

“郡主，阿呆做错了何事？您不要阿呆了吗？”阿呆以为沈羲和是要把他驱赶到其他地方，有些慌张。

“你天赋极佳，若不好好把握，是会受天谴的。”沈羲和伸手摸了摸他洗干净了、瘦巴巴的小脸，“你若想为我做事，就随崔少卿去崔家族学好生学本事，日后蟾宫折桂，便能为我做大事。”

阿呆的眼睛在瘦小的脸上显得格外大，燃起了亮光，甚是璀璨，他问道：“我若学业有成，便能为郡主做大事？”

“嗯，你若不随崔少卿前去，现在能为我看门；待你长大，我不需要看门之人，你就成了无用之人。”沈羲和温和地说道。

“我去，我和崔少卿去！我一定好好读书识字，一定会蟾宫折桂！”阿呆忙不迭地点头。

崔少卿有些意外地看了阿呆一眼，“蟾宫折桂”这个词以他的身份和来历，只怕方才是第一次听，他竟然一遍就能记住，还能懵懂知晓这是何意，天资果然绝佳。

“郡主放心，下官定会照拂。”崔晋百承诺道。

“凶徒之事，便有劳崔少卿了。”沈羲和颔首。

“郡主仔细将养，下次若再有吩咐，着人给下官递个话便是。”崔晋百又说道。

“我记下了。”沈羲和浅笑着应声。

“郡主大病未愈，我等便不叨扰了。”崔晋百告辞，说完还强势地拽着步疏林的胳膊往外拖。

“喂喂喂，崔石头，你自己要走，小爷没说要走！你放手……”步疏林被强势拖走了。

她没有硬要挣脱，也是半推半就，由着崔晋百带走，倒不是良心发现，只是觉得自己方才做得有些过分，而且真的察觉沈羲和身体极差，就不闹沈羲和让其多休息休息。

离了郡主府，步疏林轻轻松松地就挣开了崔晋百：“拉拉扯扯，成何体统？！”

崔晋百甚是惊讶。

这话步疏林也有脸说出口？

崔晋百深吸一口气，说道：“我知你心悦郡主，但你应当知晓，你不能娶她为妻，最好离郡主远些。”

步疏林听了崔晋百的话，挠了挠头，若有所思地围着他转了一圈。

“你这是什么眼神？”崔晋百被看得甚是不舒服。

“我为何要离她远些？”步疏林转动着眼珠子，“我说呢，以往不是没有掳过你，也不见你如今日这般阴阳怪气，原来你是吃醋啊。”

崔晋百眉心一皱，呵斥道：“你胡说八道什么？！”

“我哪有胡说八道？”步疏林一脸“我看穿你了”的表情，“窈窕淑女，君子好逑。我虽心悦郡主，但不在乎多一个人心悦她。你说得没错，我不能娶她为妻，但你也没戏。”

“闭嘴！”崔晋百怒极高喝。

“啧啧，恼羞成怒。”步疏林“啧”了两声，“被我戳穿心思了吧？好，好，好，算我今日错了。我懂，男人嘛，都想在心仪的女郎面前玉树临风，英俊潇洒，坐卧有姿。是我今日不该将你这般狼狈地扔在郡主面前，我道歉，我道歉，下不为例。”

崔晋百气得胸膛起伏，恨不能将面前这个胡说八道、满嘴谬言的泼皮给撕碎。

步疏林倒打一耙的本事可真是无人能敌！

崔晋百气得一拂袖，往另一个方向走去。

“不就是被戳穿了心思吗？用得着这般气恼？”步疏林忍不住嘀咕，“一点儿也不爷们儿。”

爷们儿就应该似她，敢爱敢认！

事情都安排完了，沈羲和也就可以安心养病了。她现在是真的连走几步路都有气无力，不过还是坚持要走。哪怕头晕目眩、跌倒撞伤、呼吸不顺，她也要坚持到极致。

幸好谢韫怀这几天就住在郡主府里，随时能探测到她体力的极限。这样咬牙坚持了两日，沈羲和终于能够离开床榻，自己从屋内走到院子里，又走回去。

这期间莫远查到了监视郡主府之人。他向沈羲和禀报：“郡主，这人本月十二那日失足落水死了。”

沈云安是九月十日离开京都的，她是十一日被人算计的，十二日这人就死了。

其实这全在沈羲和的意料之中——她并没有感到失望。

行事之人心思缜密，谨慎布局，大胆行事。

“身份？”

“是个市井之徒，父母双亡，妻子早逝，整日游手好闲，连个固定的落脚地都没有，少与人往来。属下查不出是什么人接触过他，派他来府外盯梢。”莫远第一次深刻领悟到京都之人心思之深沉。

“另外两个人呢？”沈羲和又问。

“这两个人一个是农家子，他娘是定王妃的母族叶氏放出来的婢女。”莫远把这两个人查得清清楚楚，“另一个也是街上的闲汉，与他接头之人是礼部侍郎胡家夫人的远房侄子。”

“定王与胡正扬。”沈羲和轻笑一声，“果然，定王是以退为进。”

定王从一开始就聪明地选择了韬光养晦，奈何诸位皇子一个赛一个聪明，他的把戏并没有骗过所有兄弟，接连两次被拆穿，尤其是后一次，心思都动到了兵权上，司马昭之心路人皆知。

这种时候，祐宁帝厌弃他，他想要笼络人心，暗中培养党羽简直是痴人说梦。所以他抓住机会豪赌了一把，替陛下解了燃眉之急，再一次仿若退出了争夺帝位的舞台。

须知陛下正值壮年，若无意外，在位一二十年都是常事。一二十年间风云变幻，谁知道日后会如何呢？

他这是又一次聪明地化明为暗了。

“他倒是很喜欢用自己王妃的人。”沈羲和对定王多有不喜——他就像她最讨厌的老鼠一般，畏畏缩缩。

“郡主，是否要将这两个人抓来审问？”莫远请示。

“由着他们去吧。”沈羲和微微抬手，“税粮被劫一案，可有眉目？”

“错综复杂，两百万石粮食竟然不翼而飞。粮食被劫之后，县令即刻封锁城门，刺史也立刻派人来搜查，愣是没有搜到一粒米。”莫远都觉得不可思议。

“粟可久置，只要深山野林里环境适宜，藏个一年半载都无妨。”沈羲和道。

本朝税粮是粟。

不知为何，沈羲和突然把税粮之事和萧华雍联系起来。她总觉得这个当口儿他离开京都，一定和这件事情有关。她就是不知他是去追查此事，还是去善后的。

凭空想象，她也想不出个头绪，不过此事很可能涉及户部。沈羲和多方打听，还是想早些将户部尚书董必权给换掉，不能任由陛下这样瞒天过海地掏空国库了。

日落之后，有人敲响了后门，将一份书函递到郡主府，送到沈羲和手上。

这是崔晋百派人送来的。他详查了京都各个衙门，不但查到了沈羲和要找的人，还查出京都竟然有不少高门大户从刑狱之中弄走死囚，行一些见不得光之事。

人虽然被找到了，但事情的经过，崔晋百还未查实。他先递话让沈羲和心里有个数，说待事情查清之后，会亲自登门告知。

有了头绪，沈羲和就更不急了。

崔晋百的效率极高，他第二日下午便登门了。

他前脚刚到，沈羲和才招呼他落座，后脚步疏林就赶来了。

“你整日玩忽职守，也不怕被御史弹劾？”今日步疏林又当值，崔晋百一见她就皱起了眉。

他是个刚正勤勉、兢兢业业之人，平生最恨游手好闲、碌碌无为、好逸恶劳之徒，尤其是步疏林这等从不知责任为何物的纨绔子弟！

“我若似你一般，将金吾卫视作起居之地，在金吾卫树立威信，用不着御史弹劾，陛下早就容不下我了。”步疏林散漫地落座，白了他一眼。

随后，步疏林又眉目含情地看向沈羲和：“陶御史知晓我与郡主有几分交情，断不会弹劾我。”

事实上，御史台以往没少弹劾步疏林，也就沈羲和入京都之后，才没有时刻盯着这位步世子不放。

原本听了步疏林前面的话，崔晋百还自觉有些过意不去，没有想到这人处境尴尬，结果不等开口，就听到了步疏林的后面一句话，气得鼻孔放大。

崔晋百直接不去看她，而是收敛情绪对沈羲和说道：“郡主，这个死囚叫张卓，是苏州人，在京都犯了谋财害命之罪，为偷盗钱财残杀了一家三口，准备秋后问斩，没有多少日子可活。

“但重阳节那日，他突发疾病，口吐白沫，经过狱中医婆诊断暴毙，便被拖出监牢，放置义庄，等待亲属来认领尸首。”

顿了顿，崔晋百接着说道：“狱中医婆被人收买，干了不少这等买卖。张卓孤家寡人——医婆骗他身患重疾，无药可医——他便接了这活儿。下官已从医婆口中查到，买张卓的命的是一个叫作傅津的赶考举子，寒门子弟，咸宁郡人。”

这结果出乎沈羲和的意料。

她问：“傅津可有与之来往密切的达官显贵？”

一个寒门举子，敢对她下杀手？

崔晋百摇头：“他不与人往来，街坊四邻也不曾见过富贵之人出入他的居所。”

“咸宁郡……”沈羲和眯了眯眼，“我依稀记得卞家祖籍咸宁。”

“郡主说的是曾官至工部尚书的卞家？”崔晋百问。

“是。”沈羲和点头。

“卞家不就剩下一个卞先怡？”喝了几口茶的步疏林问道，“卞先怡与你有过节？”

“是有些许摩擦，但不至于让她对我下杀手。”沈羲和觉得事情有些蹊跷——她不会嫁给六殿下萧长瑜，与卞先怡并无利益冲突。

卞先怡一心想要过得好，更不应当来招惹她才是。

“有什么好费神的？我去把她抓来严刑拷打一番……”步疏林说到一半，就触及崔晋百冷冷的目光，连忙打住，“好了，好了，我知晓严刑拷打的事你最擅长，不抢你表现的机会了。”

“卞大家是宫里的人。”崔晋百沉声说道。

卞先怡是宫廷舞姬，和宫中女官住在一起，并非寻常百姓，也不是住在宫外随时会外出的官家子弟，哪里能说掳人就掳人？

一个不慎，步疏林私闯禁宫，被扣个谋刺之罪都不为过。

“仅凭祖籍，不过是我的猜测，作不得数。”沈羲和也担心步疏林没个轻重。

“这也好办，我们将傅津给抓了，就不怕与傅津串通之人不慌张。”步疏林又生一计，眼里还透出别样的光彩，“赶考的举子，想来细皮嫩肉的，容貌不俗，我有的是法子折腾这种小郎君……”

“砰！”步疏林话音未落，崔晋百就将手中的茶杯重重地搁在桌子上。

“步世子，这儿是京都，你藐视礼法，恣情纵意，莫要在郡主面前如此轻浮！”崔晋百语气严厉地说道。

步疏林撇了撇嘴，心想这人肯定以为她又在想什么奇淫昏着儿。不过在沈羲和面前，她不与他计较：“知道了，知道了，我日后注意言辞，定不会污了郡主的视听。”

说完，步疏林还冲着崔晋百和沈羲和挤眉弄眼。

崔晋百被她气得一噎，却又不好当着沈羲和的面发作，索性起身：“郡主，傅津此人是有功名在身的举子。下官特意前来，便是望郡主给下官些时日，交由下官来暗查此事。”

他这是怕沈羲和当真私下抓了傅津动用私刑。

“一事不烦二主，我身体不济，有崔少卿相助，感激不尽。”沈羲和答应。

“大理寺还有些旧卷须下官过目，下官告辞。”崔晋百一刻也不想多待。

沈羲和起身相送。

崔晋百这一次没有拽走步疏林，大概是真被步疏林气到，不想见到人。

“你方才是何意？”等崔晋百走了，沈羲和才问步疏林。

步疏林不止一次挤眉弄眼，颇有暗示意味。沈羲和却没懂她葫芦里卖的究竟是什么药。

步疏林贼兮兮地笑着靠近沈羲和，压低声音忍着笑意说道：“呦呦，崔石头他……哈哈哈——他心悦你。”

沈羲和听完这话之后，看着笑得前仰后合的步疏林，露出一言难尽的神色。

她虽对男女之情不上心，也没见过多少暧昧目光，但一个人对她是否有亲近之意，还是能感觉出来的。崔晋百对她敬意有余而亲近不足，步疏林从何处看出他心悦她？

“你今日喝酒了？”沈羲和问。

“未曾。”步疏林脸上仍挂着笑容。

沈羲和用看傻子一样的眼神看了她一眼：“你当着我的面胡言乱语也就罢了，莫要对崔少卿也如此。”

“我懂，我懂，不要往他的伤口上撒盐。”步疏林连连点头。

沈羲和简直无语。

“你可以走了。”沈羲和也不太想见到这个人。

步疏林的笑容顿时僵住，她委屈地撇嘴道：“我……我又说错什么话了？”

“你此刻站在我面前就是错的。”沈羲和冲她微微一笑。

沈羲和笑容中的凉意让步疏林立刻跳了起来，迅速往外蹿去！

步疏林一边跑，一边回头说道：“我……我改日再来看你。”

打发了人，沈羲和吩咐莫远去查一查傅津。她答应崔晋百不动手，并不意味着什么都不会去调查。

傅津这个人出乎意料地干净。他三年前就中了举，却没有立刻参加当年的春闱，而是务实地深造了三年。家中清贫，他抄书卖字画以供学业，不结朋交友，一心做学问。

他和卞先怡虽然同是咸宁人，却不在一个县，两者门第相差极大，祖上似乎也没有什么往来和牵连的地方。卞先怡出生在京都，十四岁以前都是高官贵女，两个人的人生没有丝毫交集。

“郡主，这二人并无关联。”碧玉觉得两个人同一祖籍只是巧合。

“这个人一定不简单。”沈羲和察觉到崔晋百对傅津很是上心，尽管崔晋百表现得很不明显，却逃不过沈羲和的眼睛，“郭道译与傅津可有关联？”

“并无。”莫远回。

崔晋百和郭道译都是那人的下属，郭道译也是赶考的举子。她心里有一种莫名其妙的感觉，这些人肯定有某种牵连，那个人应该在筹谋一盘惊天动地的大棋。

“这两日，倒有个人接近傅津。”莫远斟酌着回话，“是个教书先生。”

“教书先生？”沈羲和的脑子里莫名其妙地闪现中秋那日，在楼上，隔着万千灯火，遥遥与她相对的人影，“倒是挺像教书先生。”

她偶然遇上崔晋百等人与他们的主子相聚，只不过这个人又披了一层皮。

那日莫远等人守在房门外，只有她与沈云安看到那人。

“莫远，这事你不用再理会，交给崔少卿，一定要不惜代价地为我查到十一年前，太子殿下到底是得了何种怪病，非得离宫调养。”沈羲和目光一定，扬声吩咐。

察觉到沈羲和对此事重视的程度，莫远郑重地回道：“诺。”

她越来越觉得那个人就是萧华雍，这种强烈的直觉挥之不去。

她不怕萧华雍强盛，就怕他身体健朗，下半生都要与之纠缠，那就太累了。

只不过若那人当真是萧华雍，她若不与他为伍，便是与他为敌，应付起来也难。

罢了，罢了，先看看他到底是什么缘故需要脱骨丹，她再行定论吧。

这个抉择关乎西北，她要慎重，即便万般无奈，也需要琢磨清楚要与他处何种立场。

最初的计划显然是行不通的，沈羲和淡淡地苦笑，摸了摸跳过来的短命，轻叹一声："到底是自己先招惹了个棘手的人。"

最初她递证据主动找上萧华雍，原本只是想要试探试探太子殿下，更是想把一直置身事外的太子扯进来，让这个局越乱越好。

她设想过太子也许是个城府极深、韬光养晦之人，却未料到他城府深到这般可怕的地步，更没有想到他孤身一人竟然能织出一张这般大而密实的网。

似他这般之人，百年难出。

沈羲和也是第一次领略什么是真正的天纵奇才。

尤其是王政一事，他做得滴水不漏，轻而易举地就让三相之一的侍中停职悔过，且无人怀疑他，何等令人心惊？

也是从那时开始，沈羲和才越来越笃定他与自己一直怀疑的人很可能是同一个人。

尽管有八分笃定萧华雍就是那个人，可沈羲和还是抱着两分侥幸心理。彻查十一年前的事情已经有些时日，再一次被沈羲和郑重吩咐后，莫远更是全力追查。

这天夜里，莫远带来了一个人——她披着带帽斗篷，帽子遮盖着脸，只能让人看出是个窈窕的女郎。当她往后掀下帽子露出清丽的容颜时，沈羲和颇为意外："则香，你怎么来了？"

"郡主。"顾则香施礼。

沈羲和将她扶起来："你怎么出宫了？"

顾则香在掖庭是罪臣之后，是不能出宫的，一旦被发现就是杀头之罪。

"郡主，则香得郡主照拂，有幸入了尚服局，成了掌衣女官，今日有幸随崔尚服一道出宫办差，特来向郡主谢恩。"顾则香说着退后两步，端端正正地行了个大礼。

"能入尚服局，也是你有制衣之能。"沈羲和扶住她的胳膊，"至少你脱了奴籍。"

"宫中能人辈出，掖庭里皆是官眷，谁没有几分手艺？能入六局二十四司，并非有手艺便可，若无郡主，则香便无这条出路。"顾则香言辞恳切，"今日来此，则香只有一炷香的工夫。郡主欲知十一年前之事，则香知晓些许。"

"你说。"沈羲和这才知道顾则香的来意。

原来她入了掖庭后不久，就遇到一个知晓些许当年明政殿的事情的人。

时年八岁的皇太子聪颖过人，傲视群王，神童的风采只怕如今少有人记得，当年却风头无两。陛下对他爱若珍宝，太后对他更是宠爱有加。

那一日，皇太子入了明政殿——陛下在与朝臣议事——他独自在偏殿里。以往也是这般，每每陛下还要检验太子的学习。皇太子在明政殿吃了一碗酪樱桃，突然口吐鲜血，面色发紫。

"是毒？"沈羲和惊道。

"是，太子殿下不是生了怪病，而是中了毒。太医署束手无策，是太后请了一位道人赶来，才险险救了太子殿下的命。太子殿下因此卧榻近一年，再出现在宫人面前时脱相如骨架。”顾则香将听来的话原封不动地复述给了沈羲和，“之后太医署医官察觉太子殿下脉象不似活人。太子殿下时常耳鼻流血，昏厥更是常事。道人没有解毒之法，只说让殿下随他入道观，能时刻照料，恐能让殿下活至两轮。”

原来萧华雍活不过两轮的传言竟是由此而来。

“那酪樱桃……”

“这更离奇。”顾则香有些讳莫如深地说，“据查，当日陛下并未着人制酪樱桃。太子殿下到明政殿，见摆着酪樱桃未有人食用，此等精细之物，必然是陛下所有，也就放心食用……

“不等陛下下令追查酪樱桃的事，尚食局的两位尚食与两位司膳齐齐服毒自尽，所有线索就此中断。剩余两位司膳与典膳、掌膳都先是被充入掖庭，之后就一个个暴毙。

“宫内封锁消息，陛下没有一次性大开杀戒，因此没有引起多少猜疑。

“就连朝中大臣都只当太子殿下是突然得了怪病。”

“也就是说，那一碗离奇出现的酪樱桃，很可能是冲着陛下去的。”沈羲和第一反应是排除了祐宁帝。

祐宁帝要对付皇太子，用不着等到皇太子八岁，若是早早就决心废太子，让婴孩儿夭折更容易。且太子殿下天赋异禀也不是八岁才体现的，四五岁时就能看出来，六七岁时就能下定论。

最关键的一点，祐宁帝不会选择在明政殿下手。作为一个帝王，整个后宫不知有多少人都是他的，想要对付一个稚童，完全可以选择在东宫或者其他地方先选好替罪羊。

这一点，她都能想清楚，萧华雍一定也能。

他和祐宁帝离心绝对不是因为此事。

“陛下登基八年，有传当年的酪樱桃是先帝宫里的贵妃留下的老人下的手。”顾则香也不知这传言是否可信，不过既然听了，就告知沈羲和，真假由沈羲和自己判断。

“郡主，则香告退，日后郡主若有事，可到宫中寻则香。”顾则香说完，便急着要走。

沈羲和知晓她时间有限，让碧玉递给她一个鼓鼓的荷包，里面装的是金子。

“郡主，则香不能收。”顾则香推拒。

“拿着吧，尚服局那么多人，谁不想出宫透透气？尚服点了你，必然是你打点得宜。”沈羲和知道人情世故少不得钱银来打点，“你收下，日后我才会寻你打听事。”

沈羲和这般说，顾则香也就不好再推辞，收下荷包之后，盈盈施礼离去。

尚服局的崔尚服在离郡主府不远的地方等着她，事情早已经办好，两个人一道入了宫。回到尚服局，到了崔尚服的房间里，顾则香问道："崔尚服，殿下为何要让我传这些话给郡主？"

崔尚服年过四十，青丝高绾，眼尾没有一丝皱纹，眼波平静："殿下自有殿下的用意。"

"尚服，郡主有恩于我，我决计不能害她。"顾则香咬牙说道。

"殿下比你更关心郡主。"崔尚服说道，"让你传的话都是实情，无半字虚假。郡主想知晓此事，除了殿下，这宫里就只有陛下知晓，即便是太后娘娘也不知细枝末节。

"你的仇殿下为你报，日后你就在宫里好好当差。殿下吩咐，无须你忠于他，只要你忠于郡主。今日之言，便是你偿了殿下为你脱奴籍之恩。"

听了这话，顾则香才安心。

崔尚服见此，笑了笑："你是个好命的人，能遇上郡主。"

顾则香得了郡主的照拂，就是得了殿下的眼缘，在这宫里……不，应是在这皇城里，得了殿下的眼缘，不愁没有后福。

沈羲和在郡主府里消化完顾则香带来的消息后，轻声了一笑："好一个皇太子。"

顾则香变了，上次沈羲和见她的时候，她的眼底有浓得化不开的阴郁之色；这一次却变得澄净，这说明她心中的仇恨得以化解。

她一个罪臣之女，短短时日如何能报仇，又如何能够轻易脱去奴籍？

很显然，有人帮了她。

"郡主的意思是，顾掌衣是殿下派来的？"碧玉几个人听得睁大了双眼。

"宫中之人既然已经被陛下封了口，就不可能有漏网之鱼。"沈羲和轻笑，"即便是当真有漏网之鱼，也绝不可能将这等宫闱秘事宣之于口。则香却说得这般详尽，除了亲身经历之人，我想不出谁能记得如此仔细。"

"殿下这是何意？"红玉等人在西北时觉得自己也不算蠢笨之人，可来了京都，与常人周旋便罢了，但碰上太子殿下和郡主的你来我往，只觉恨不能多生两个脑子。

"何意？"沈羲和想到他离京那日来辞行时说的话，他说愿彼此坦诚以待，"坦诚。"

他这是在对她释放诚意，是否也在告知她——想知晓什么，她大可直接询问他，他定会知无不言、言无不尽？

体味出这个想法，沈羲和失笑。就算他真的知无不言、言无不尽，又有几分真？

第二日，崔晋百给沈羲和带来一个人："郡主，傅凄是受此人所托，去牢里为他办事的。”

“这是……？”沈羲和看着穿戴整洁的高瘦男子。

“卞大家的倾慕者。”崔晋百回。

“竟然真是她。”沈羲和有些诧异。

以她对卞先怡的了解，卞先怡不应该对她下这样的死手，难道背后有人指使？

“我入宫一趟。”沈羲和决定亲自去问个明白。

太子殿下“病了”这么久，她也因为突遭变故，一直没有去探望他，虽然连人都见不着，但心意要到。

“郡主，你不宜入宫。”受碧玉询问后，谢韫怀特意跑来阻拦。

马车只能到宫门口，从宫门到东宫，寻常人都要走许久，沈羲和现在的身体难以负荷。且她一个女郎，不能直接入宫就奔东宫而去，免不了要先去给太后请安。

“太后就在东宫。”沈羲和笑道，“我有分寸。”

谢韫怀站在沈羲和面前，有些不悦——沈羲和太不顾惜自己的身体了。

知大夫对不听话的病人都会恼怒，沈羲和只得低声说道：“齐大夫，我这病不仅不能劳累，亦不能费神。若我不弄明白这事，会心中郁结，反而更不利于病情缓解。”

谢韫怀说服不了沈羲和，只得随她一道去。他就候在停在宫外的马车上——若是沈羲和有什么意外，他自会想法子进宫。

沈羲和也不劝阻他，领了他的好意。

她到了东宫。太后见到她，默默打量了片刻，问：“昭宁这是怎么了？”

“回禀太后，前些日子贪凉，旧疾复发……”沈羲和轻声回话。

她的声音听着虚弱无力，太后微蹙眉头，立刻叫了太医令为她诊脉。太医令得出的结论就是体虚所致，需要慢慢调养，也没有什么速疗之法。

沈羲和能够感觉到太后眉宇间多了一丝愁绪。

太后说道：“帝都深秋寒凉，昭宁要保重身体。”

“让太后挂念，昭宁有罪，自当好生将养。”沈羲和温顺地应下。

“太子尚在昏迷之中，昭宁有心了，早些回府休养。”太后吩咐。

“昭宁有些事欲与卞大家商讨，待见过卞大家之后，即刻出宫。”沈羲和向太后报备。

“你若要见她，递个话让她去府中听训便是，何故要亲自来一趟？”太后略带责备地说道。

“昭宁记下了，下不为例。”沈羲和乖巧地浅笑。

太后见她面色实在不好，也就没有强留，让她速去速回。等她离开东宫之后，太后才问太医令：“昭宁郡主身体如此孱弱，于子嗣可有妨碍？”

太医令低着头苦着脸，是真不想说。谁不知太子殿下想娶昭宁郡主？可这两个人身体都弱到极致，要是他说有妨碍，下一个气晕太子的估计就是他了。

宣平侯都被问斩了，王侍中都被革职悔过了，他一个小小的太医令哪里禁得起太子殿下折腾？！

可问话的是太后，他敢糊弄吗？

“回太后，这生子讲究缘分，民间也有身体健朗的夫妻一生也无子。”

太后瞥了一眼打太极的太医令，终是没有为难他，未继续刨根问底。

她的孙子她自己心里清楚，他认定的人和事，决计不会更改，谁阻止得了？

宫女住所也是在掖庭或是掖庭之后。似卞先怡这等舞艺卓绝的宫女，有属于自己的单独的屋子。她今日没有去教坊司习舞，而是称身体不舒服回了屋子里休息。

沈羲和被宫女领到卞先怡的住所，看到卞先怡坐在屋外的院子里，石桌上摆放了些许茶点，似乎在等人。

看到沈羲和，卞先怡起身相迎：“郡主，恭候多时。”

沈羲和打量了她一眼——她今日穿了一身绯色长裙，抹了艳红的胭脂，眉间点了鲜丽的花钿，看起来明媚动人，十分惊艳。

“看来，你知晓我为何来寻你。”沈羲和走上前。

卞先怡伸手：“郡主请坐。”

沈羲和也有些累，于是大大方方地坐下。

卞先怡在她对面落座，为彼此倒了一碗茶：“郡主是想知道，我为何要谋害郡主？”

沈羲和静静地看着她。

卞先怡笑意盈盈，美艳不可方物，端起茶碗：“先怡先向郡主赔罪了。”

说完，卞先怡双手捧着茶碗将茶一饮而尽。

沈羲和不为所动。

卞先怡放下茶碗，左手搭着右手，轻轻放在腿上，坐姿优雅：“郡主如此聪慧伶俐，定然知晓此非我本意。”

“谁指使你的？”沈羲和淡淡地问。

卞先怡红艳柔软的唇边笑意扩大，笑得有些晦涩难懂。她微微摇着头，发间垂下的步摇珠链晃动着发出夺目的光：“恕先怡无可奉告。”

沈羲和微眯着双眼：“卞大家，你以为在深宫里，我便动不了你？”

“郡主身份尊贵，先怡命如蝼蚁，郡主即便是直接打杀了先怡，也无人追责。”卞先怡脸上依然洋溢着明丽的笑容，“这一点，我知，郡主知，对我下令之人亦知。”

“你……”沈羲和正要说些什么，抬眼就看到有血从卞先怡的嘴角、眼角、鼻孔与耳朵里流出来。

她依然面带微笑地看着沈羲和，张嘴吐出更多的黑血：“郡主，要当心……”

话未说完，卞先怡就栽倒了下去。

沈羲和万万没有想到卞先怡竟然这样死在自己面前。

卞先怡，那个韧劲十足、永不低头的女郎，哪怕是因卞家犯罪入了掖庭，也努力活出一条属于自己的路，这样的人该是多在意自己的命，怎会轻易就死了呢？

沈羲和想不明白，但卞先怡确实就这样香消玉殒了。

跟随卞先怡的宫女发现她死了之后，尖叫一声，引来了四周的无数宫女。很快就有禁宫护卫、内侍、医工赶来，接着就是管理后宫的荣贵妃带着平陵公主赶到。

“发生了何事？”荣贵妃问。

卞先怡死状凄惨，见到她满脸鲜血的人都心有余悸，误以为是沈羲和在深宫中下毒杀人，因此纷纷战战兢兢，不敢随意出头。

“方医工，卞大家因何而死？”荣贵妃问赶来的医工。

“回娘娘，卞大家是中毒。这毒以一种毒蕈提炼，顷刻间就可致人七窍流血，五脏俱损，大罗神仙亦无力回天。”方医工回话。

“卞大家为何会中毒？宫中为何会有这等毒药？”荣贵妃目光凌厉地扫视一圈，周围的人一个个噤若寒蝉。最后，荣贵妃才面色和缓地将目光落在沈羲和身上：“昭宁郡主为何在此？”

“贵妃娘娘，今日我入宫寻卞大家解惑。卞大家在我面前服毒自尽。”沈羲和说着，目光落在卞先怡吃过的茶碗上，“若我没有猜错，茶碗里便有毒。”

方医工接到荣贵妃的示意，立刻去查验茶碗，茶碗里果然有毒。

沈羲和原以为只有卞先怡的碗里有毒，自己的碗里没有，如此一来卞先怡才能更好地栽赃自己，结果她的茶碗里也有毒，最后查验到是茶壶里有毒。

而茶壶里的茶是卞先怡亲自去沏的，茶房里很多宫人都看到了。之后有人又与她一道回来，帮着她将今日做的茶点都端过来。最后她便一直候在这里，直到有人引了沈羲和过来。

沈羲和来此连半盏茶的工夫都没有，是不可能将卞先怡支使开之后，背着她在茶水里下毒的。

“今日卞大家好似知晓郡主会来，叫奴婢在外面恭候。”给沈羲和引路的宫女低声说着。

“卞大家今日还说了些奇怪之言。”又有个宫女说道，“她说日后恐不能再与我们一道吃茶了。”

“奴婢今日到茶房，刚好卞大家泡好茶。卞大家泡茶手艺出挑，往日待我等随和，我们便会厚颜讨要一碗……今日卞大家却不给，还说‘这茶喝不得’。”又有个宫女说道。

她的话引来很多人附和。

如此一来，事情明了了，卞先怡是服毒自尽。可她为何服毒自尽？会不会是被逼得走投无路？事情又涉及沈羲和，荣贵妃不敢妄断，只能将此事上报祐宁帝。

祐宁帝将他们都叫到了明政殿，询问事情缘由。

事到如今，沈羲和也不好隐瞒，就将事情简略道来："昭宁体弱，一直由名医医治，医治之时不可受惊扰。十一那日，突然有人假冒随阿兄离去的护卫进入府中，在昭宁治病之时高喊阿兄遇伏……"

之后沈羲和险些丢了性命。

这人落在了郡主府的护卫统领手上。他们查出他喝了一壶剑南春，而后根据习性猜到他的身份，请崔少卿暗中帮忙调查，查到了卞先怡这里。

沈羲和将实情都说了，只不过将谢韫怀完全择了出去。

祐宁帝听了事情的前因后果之后，传唤了崔晋百。崔晋百早在两日前就上了奏折，言明有人用死囚行凶。这事祐宁帝心里已经有了些底。

崔晋百来了，说："陛下，帮助卞先怡蒙骗傅津去牢房与张卓接头的人也认了罪。卞先怡确实有剑南春。张卓是在这个倾慕者的住所豪饮了一壶剑南春，且歇息了一宿。

"这人觉得剑南春的酒壶甚是美观，又是卞先怡送的，就洗干净收了起来，现在成了证物。"

一切都已清楚了，是卞先怡暗害沈羲和在先，后知晓被沈羲和查到，引咎自尽。

"陛下，此事尚有蹊跷。"沈羲和却不想这么轻易结案，"昭宁与卞大家没有龃龉，卞大家害昭宁是何动机？

"宫女说卞大家一早就在等昭宁，昭宁也是今早才查到此事是她所为。她等候的时辰，昭宁尚未进宫。她是如何这般快就知晓昭宁今日定会入宫寻她的？

"身在宫中，她又是为何能够如此迅速地知晓宫外所托之人被寻到了？

"她行事缜密且隐晦，又为何要留下这么大一个把柄？"

沈羲和说到最后，目光扫过那个倾慕者。沈羲和没有提及府外盯梢之人，既然这个人都被灭口了，难道就因为眼前这个倾慕者倾慕她，卞先怡就留着暴露自己？

只要卞先怡狠下心将这个人也灭了口，没有了人证物证，沈羲和即便怀疑她，还能直接就给她定罪？

祐宁帝听了沈羲和的话后也觉得可疑，便吩咐崔晋百："此事就交由崔卿彻查。"

"臣领命。"崔晋百躬身退下。

"昭宁，受累了。"祐宁帝又安抚沈羲和，"日后若再遇上这等事，你只管到宫中寻朕，朕必为你做主。"

“昭宁谢过陛下。”

祐宁帝亲自将沈羲和扶起：“你在鬼门关走了一遭，不必多礼，回府好生调养，缺什么药便到宫里来取。”

沈羲和再次谢过。

祐宁帝忽地说道：“昭宁初到京都，便有人屡次挑衅谋害，是朕的疏忽。朕派两名女史去服侍你，日后谁敢对你不敬，便由她们代朕降罚。”

沈羲和目光微闪，面色不变，含笑接纳：“陛下垂爱，昭宁受宠若惊，以后便能倚仗两位女史了。”

沈羲和出宫，带了两个年约五旬的女史——都是宫里的老人，这两位女史不是普通的宫女，而是在后宫只打点皇后宫内事宜之人。

很多人因为这两位女史的来历而浮想联翩，有人说是祐宁帝准备让沈羲和给昏迷不醒的萧华雍冲喜，最离谱的是竟还有人说这是祐宁帝打算以中宫之位聘沈羲和入宫。

外面的传言，沈羲和都没有放在心上。她深知这二人是祐宁帝派来监视她的。

她查剑南春和请崔晋百查牢狱引得陛下猜疑和警惕了。

对孙、钱两位女史，沈羲和并没有放在心上。她们听话，沈羲和不为难她们；若是她们不懂规矩，她就亲自教她们规矩。

她正琢磨着卞先怡的死，有太多不合情理之处，却又想不出头绪。

沈羲和不知道的是，第二日天山雪顶，一只雪白的海东青盘旋于上，发出了高昂的叫声，萧华雍立在雪峰之巅。

万丈金光将他笼罩，玄色的大氅在苍茫天地之中分外醒目。他听到叫声，抬起头看向高空，海东青直冲过来，庞大的身躯投下了大片阴影。

萧华雍却伫立未动，面无表情地看着它俯冲而来。距离萧华雍还有数百米之时，它一个偏身，朝着另一边狂奔而来的雪豹攻击过去。

萧华雍负手而立，看着雪地里为了躲避海东青的雪豹急刹住脚步，随后又被海东青给缠上。

几次交锋，海东青的利爪将它的额头抓伤，几滴鲜血洒在雪白的地面上，雪豹嘶吼了几声迅速离开。

体形庞大的海东青敏捷地掠向萧华雍。萧华雍伸出胳膊让它停下，抬手拍了拍它的翅膀，才从它身上取下一个小竹筒。

沈羲和不知他为何传信比八百里加急还快，是因为他特意驯养了几只鹰——这一只是隼，只认他一人，半个时辰便能到千里之外的地方。

其他的传信之鹰速度虽不及它，却也比马匹快上数倍。

萧华雍看完纸卷上的内容，面色一瞬间阴沉下来，惊得海东青都不敢靠近他，立刻展翅高飞。

他从身后抽出一幅画卷，上面是萧长瑜的模样，这次特意带来，就是想知道这个大他几个月的好哥哥是否真的来了这里——若是没有，他把人找到，还能再折腾一番。

展开画卷，他沉声吩咐："找到他。"

海东青被他驯养得很有灵性，听不懂言语无妨，明白他的意图，立刻腾空而上。

萧长瑜在天山，并且在认认真真地寻找天山雪莲，只不过没有往危险之处去。

萧华雍跟着海东青，很快就找到了萧长瑜。和一身整洁——只有靴子沾了污渍的萧华雍相比，萧长瑜就略显狼狈了。

凶猛的海东青围绕着自己盘旋之际，萧长瑜只当自己又被猛禽盯上了，这次在天山遇到了不少危险。但没有想到的是，海东青并没有攻击他，更像是看守着他，让他不能轻易离开。

他等了许久，才看到一道颀长的身影踩着松软的雪，一步步由远及近。

来人身姿挺拔，在雪地上投下一道如利剑般锋利的身影。

萧长瑜看着他一步步走来，直到他的容颜在寒风之中清晰地映入眼帘，萧长瑜的瞳孔缩了缩。

对这个出生起就要他避讳的弟弟，萧长瑜从未有过仰慕与忌妒之情，有的是深深的忌惮与畏惧。

一如此刻，他一步步走来，稳健的步伐仿佛踩在萧长瑜的心口上。随着他的靠近，萧长瑜感觉自己有些喘不上气来。

"看来你知晓很多事。"萧华雍淡淡的声音传来。

萧长瑜见到萧华雍，丝毫不惊讶，只有警惕和防备。他苦涩地笑了笑："我并不想知晓。"

"你已经知晓。"萧华雍停下脚步，立在距离萧长瑜不足三步之远处。

萧长瑜深吸一口气，说道："七弟要杀我？"

"念在血亲一场，我给你自戕的机会。"萧华雍目光漠然。

他没有抬起下颌，只是这样淡淡平视着萧长瑜，就有一种睥睨一切的压迫感。

"为何？"萧长瑜不明白——萧华雍不想让他知晓自己的秘密，大可以不出现在他面前。

萧华雍是特意来杀自己的，他做了什么引得这人对他动了杀心？

"卞先怡死了。"萧华雍看着萧长瑜，见他只是微微一愣，"不悲伤也不意外？"

萧长瑜反应过来，不由自主地后退了两步。

萧华雍抬脚，缓缓上前两步："计划之中的事，你又岂会悲伤意外？"

萧长瑜面色大变。

“你们俩情深义重……你一开始对她动脑筋，不就是引我来对付你吗？”萧华雍淡淡地说道，“你一步步引我来了这里。她在宫里死了，你在这里有个意外，自此以后，你们便能双宿双栖。谁会想到两个已死之人还活着呢？”

“你——”萧长瑜心惊胆战。

萧长瑜早知道这个一直装病的七弟是整个皇家，不，应该说是整个天下最可怕之人。

一旦谁被盯上，萧华雍要其生便生，要其死便死，要其生不如死便求死无门！

他从未有过争夺皇储之位的野心，不是因为没有雄心壮志，亦不是不受宠，而是早在十二岁的时候就看清了眼前这人的真面目！

有萧华雍在一日，这天下除非他不要，否则谁也别想从他的手里夺走。

此刻被萧华雍三言两语戳穿全部计划，萧长瑜仍是心惊胆战。

是的，卞先怡是假死。等他接到消息，就也在天山上假死。这样他们就能抛去一切，寻一处深山隐居，过上与世无争、男耕女织的平凡日子。

原本他和卞先怡是可以双宿双栖的——只待她及笄，他就可以求娶。可卞家在她及笄之前就出了变故——工部尚书失职引得河堤坍塌，致使一方百姓流离失所——她被充入掖庭。

他不想娶旁人，又娶不了她。他肯陛下也不允，礼法也不允！

他今年加冠了，陛下已询问过几次他的婚事。最多明年若他自己不松口，陛下便要赐婚，不能由着他挡着太子殿下大婚。

他没有办法，才和卞先怡商量了一个金蝉脱壳的法子。

可两个人要怎么“死”才能瞒过众人呢？

他们原本是计划利用秋狝。他先诈死，在外面安顿好；卞先怡隔一年半载再假死，如此也不引人怀疑。

可这次他被罚到天山，是意外之喜——他在这里更容易假死，更不会引人怀疑。

他在这里不是在寻找天山雪莲，而是在寻找一个好的时机和位置。

“你甘愿舍弃荣华富贵，我敬你痴情。但你们俩千不该万不该，不该为了脱身利用她，害她险些丧命。”萧华雍说话的语气比脚下的白雪还要寒冷几分，“你不是要‘死’吗？本宫今日就让你弄假成真，让你那好女人尝一尝痛失至爱的滋味。”

听到“至爱”两个字，萧长瑜难以置信地面色灰白起来。

心如冬雪、血似寒冰的萧华雍，竟然对昭宁郡主动了真情。

萧长瑜一直以为似萧华雍这样的人，注定不知情为何物。萧华雍太高傲，令人难以企及；也太孤傲，从不会为谁低头。这样的人，如何能寻到并肩而立之人？

萧华雍甚至连欣赏都吝惜表现。但萧长瑜知道，他看所有人都如看跳梁小丑，云淡风轻的表情之下是对天地万物的绝对漠视。

海东青长啸一声，拉回了萧长瑜的思绪。他镇定下来：“七弟，这其中肯定有误会。”

萧华雍嘴角多了一丝笑纹，笑容不见任何讥诮之意，却轻易让人读出嘲讽的意味。

“非我编织谎话愚弄你。”萧长瑜正色道，“确如你所料，我此来天山，从踏出城门起，便绝了再回去之路。但我和先怡早有约定，待我先脱身，寻到适宜落脚之地安顿好一切，再知会她。为了不引人猜疑，我们约定好，她少则要半年后再寻时机脱身。”

他所说这些都不是推脱之言，而是事实。

但卞先怡把计划提前，绝非心血来潮。

萧华雍面无表情，咄咄逼人之势却消减了不少。

崔晋百将京都发生之事详尽写下，萧华雍阅完之后，便能看出卞先怡和萧长瑜的打算——这对至死不渝的痴情男女，卞先怡突然对沈羲和做局，就令人十分不解，而且还那么轻易地就把命给搭上，更是令人费解。

萧华雍只能大胆猜想她是假死，又想到萧长瑜在天山似乎有刻意逗留之意。他可不信萧长瑜当真是为了寻天山雪莲，那就只能是等待时机假死。

如此一来，他们俩倒是能够隐姓埋名，做一对寻常夫妻。

见萧华雍对自己的话信了一两分，萧长瑜接着说道：“郡主入京都，你便出现在大理寺为她撑腰。似你这等性子，她必是有过人之处才得你青睐。为了证实这点，我才刻意试探。

“我并非故意引你来对付我，只是想知道你对她有几分庇护之心。

“之后我虽没有猜到郡主对你这等重要，却也知你有护她之心。

“这些年，我处处避着你，从不将手伸入朝中，能推托的差事皆推托，并非因我去意已决，而是我知道——我一旦伸手，便逃不开成为你棋盘之上身不由己的棋子的命运。”

萧华雍微微挑眉，竟有些意外——这个不显山不露水、与他同年而生的哥哥，竟然对他了解得如此之深。

萧长瑜并不觉得承认自己不如人有失颜面，事实如此，何必强撑？

“我惧你至此，既知你对郡主有维护之意，便已经特意叮嘱先怡，不可招惹郡主。”萧长瑜也陷入了深思之中，“先怡不会提前实施我们定好之计，更不会以郡主做局，除非……”

除非她迫不得已，有人逼她至此，这才将计划提前，用上了准备许久的假死药。

“七弟，你料事如神，能猜到我们的所思所行，但京都并非人人如你。先怡定然已经逃脱，待我与她会合，我便让她供出主谋，只盼你放我们一条生路。”萧长瑜恳切地说道。

“你以为……她逃得了吗？”萧华雍缓缓抬起手。

盘旋于高空中的海东青脑袋一转，锐利的眼睛就盯紧了萧长瑜。

“只要你在我手中，她能不束手就擒？”

萧华雍从不与人谈条件。这世间他只允许沈羲和对他威逼利诱，旁人都只能对他臣服与听从。

话音一落，他高举的手指轻轻一动，在莽莽雪原之上，万里晴空之下，似划出一道雪光，得到指令的海东青便展翅如利箭般冲向萧长瑜。

萧长瑜来不及再说什么，迅速躲避，可纵使身手敏捷，又哪里是空中之皇的对手？

这只海东青可是连猎豹都能击退，一掠而过，就能制住雄鹿的凶猛飞禽。

雪山高耸，直插云霄，日影细碎，绵延千里。

天地浩然，群山环抱间，有一人长身玉立，直如宝剑，仿若撑开了天与地。

他静静地看着萧长瑜在海东青的攻击下伤痕累累，却依然顽强抵抗。

自知不敌的萧长瑜一步步往高峰边缘退去。察觉他的意图的萧华雍正要去阻拦，突然听到了熊的叫声，身体立刻一偏，险险避开了疾冲而来的巨熊的撞击。

海东青见状，直接丢了萧长瑜飞扑过来，利箭一般射向黑熊。

海东青与黑熊缠斗起来。萧华雍眼眸一瞥，转身朝着萧长瑜攻击过去。已经伤痕累累的萧长瑜躲闪不及，被萧华雍一掌打在胸口，栽倒在地。

他抬头见到明显不是海东青的对手的黑熊已经有了退意，知道一旦黑熊退去，自己绝对跑不掉……他不能落在萧华雍的手上，否则自己和卞先怡都没有活路。

一咬牙，萧长瑜直接从雪峰上滚了下去。萧华雍疾步上前，只看到萧长瑜变成了一个黑点。他目光一沉，对击退黑熊的海东青挥手：“追！”

海东青得到指令，俯冲而下，速度远比萧长瑜滚落的速度更快。下落的萧长瑜见状，咬牙借力朝着一边的石壁滚去，狠狠一撞，转了一个方向，直接朝着幽谷的河流坠去。

萧华雍冷着脸，亲眼看着他砸入了冰河之中。

没有抓到人，海东青飞回来讨好地绕着萧华雍扇着翅膀，发出低沉的鸣啼。

萧华雍从海东青带来的纸卷上抠出“卞先怡”三个字，重新放回竹筒，将之绑在海东青的腿上，拍了拍它的翅膀。海东青飞掠而起，眨眼间便消失不见。

在萧华雍对萧长瑜下手之际，沈羲和终于想到一种可能，连忙请来谢韫怀问：“齐大夫，可有什么药人服下之后会七窍流血，但还能被救回？”

她是被卞先怡那骇人的死状给蒙蔽了双眼，没有人会觉得一个人七窍流血还能不死，但若是有呢？

谢韫怀闻言沉思后说道："七窍流血，多是头部受损，少许毒药也能导致此状。郡主为何有此一问？"

宫中发生之事，沈羲和没有告诉谢韫怀，谢韫怀也不便打听。

"无药救治？"沈羲和不答反问。

略一思索后，谢韫怀回道："三年前，我在封州临封郡见过一老翁救活一误食毒蕈而七窍流血的童子。"

"毒蕈！"沈羲和微眯起双眸朝莫远大声命令："莫远，现在就去，追查卞先怡的去向！还有太医署方医工，也要查！"

"诺。"

"郡主，到底发生了何事？"谢韫怀察觉到沈羲和的情绪有些不对。

"我本不欲将你卷入此事。"沈羲和轻叹一声。

在宫里她对祐宁帝没有提及谢韫怀，出宫后也就没有把宫内发生之事告知谢韫怀，就是不想连累他。早知是这样的结果，她就应该早些对谢韫怀说一说昨日宫中发生的卞先怡之事。

沈羲和说道："卞大家在我面前七窍流血而死，之后太医署的医工证实她是蓄意服毒。我一直想不明白，她为何突然对我下手，不似她以往那样精明与隐忍。今日我才大胆猜想，她或许是假死。"

"假死？"谢韫怀不解。

一个歌姬假死有何用意？

"她与六殿下两情相悦。六殿下此刻去了天山，天山危险重重……若是六殿下也在天山有个'意外'呢？"沈羲和将"意外"两个字讲得意味深长。

谢韫怀微微有些惊讶，旋即轻叹一声："若当真如郡主所言，两个人倒也是难得情深。"

"确实。"沈羲和赞同地颔首。

她之所以未曾想到这一点，一是卞先怡的死状过于恐怖，让所有见者都生出了她必死的错觉。

现在沈羲和想想，卞先怡是个容色绝佳的美人，即便是她自己不重视容色，也爱惜与生俱来的美貌。世间致命之毒千千万，她为何要寻一种死状如此狰狞之毒？

二是，沈羲和不是个相信男女之情的人，就没有想过萧长瑜一个享尽荣华富贵的皇子，明明可以轻易得到卞先怡，却偏偏要为她谋取正妻之位，甚至能够为了她抛弃一切。

这份深情，沈羲和平生首见。

莫远很快就带来了昨日给卞先怡诊脉的方医工。他只是寻常太医，并无品级。

“小人拜见郡主，不知郡主有何吩咐？”方医工恭恭敬敬地问。

郡主以身体不适传召——他心里明白，自己还没有资格得郡主信任，郡主传他来问诊只不过是托词。

沈羲和看到活生生地立在自己面前的方医工，他还没有被灭口，就知道方医工定然是无辜者，于是问：“昨日卞大家所中之毒，当真无力回天？”

方医工知晓昨日的事情沈羲和牵扯其中，因此小心翼翼地回话：“郡主，以小人之能，确实无回天之力。”

沈羲和轻叹一声：“不愧是卞先怡。”

卞先怡只是个舞姬，若是寻常时候，或许还能请到一两位医术高深、德高望重的医师，可在太医署医师都齐聚东宫之际，能够劳动的只能是这等还在学习的寻常太医。

因此方医工诊断不出她的脉象异样，是情理之中的事情。

卞先怡将每一步都算好了，如此一来，也不需要多串通一个人，多一份危险。她多下一次狠手，反倒让人猜疑她的死因。

谢韫怀知晓，沈羲和是介意卞先怡拿自己做局脱身。他想了想便对方医工说道：“方医工，在下略懂岐黄之术，不知可否将昨日卞大家的脉象与症状告知在下？”

方医工不过二十多岁，入太医署之前，谢韫怀就已经离京，因此并不识得谢韫怀，只得看向沈羲和，等待吩咐。

“你便将昨日的情况悉数告知齐大夫。”沈羲和吩咐。

“诺。”

“方医工，这边请……”谢韫怀知道沈羲和还要问莫远关于卞先怡的去向的问题，就借此将方医工引到了屋外。

“郡主，卞大家已经入殓，尚未封棺。不过她是中毒而亡，现下尸体已然腐烂，面目全非。”莫远回道。

“滴水不漏。”沈羲和颔首。

这也是卞先怡选择这样骇人之毒的最后一个缘由。

这毒少见，无人知晓中毒之后的症状，她“死”前的样子那般触目惊心，“死”了一日后，尸体迅速腐坏也无人觉得不妥。

人已死，无凭无据，沈羲和所知不过些许猜测，总不能去验尸，这是对死者不敬。

她倒也不在乎被人传张扬跋扈，而是知道现在去验尸也验不出什么有用线索，终究是自己晚了一步。

“郡主。”这时候谢韫怀迈步进来，“我方才听了医工所言，察觉卞大家中毒或许只是表象。”

“表象？”沈羲和挽着披帛，拖着曳地长裙，步态轻盈地走过来。

“是，当日老翁救中毒的童子，恰好我在场，便请教了一二。这毒救治须及时，似下大家在宫中众目睽睽之下中毒，少则要耽误到深夜才能有人暗中相救，救治恐来不及。”谢韫怀望着沈羲和分析道，“因此她应当不是中了毒蕈之毒，而是另一种禁得起耽搁之毒。至于七窍流血，并非毒素所致，而是早有人为她施针。这人针灸之术超绝，即便是我亦做不到这等地步。”

“必是太医署针科之人。”沈羲和道。

卞先怡没有离开过皇宫。

这种手脚须要当日实施，太医署针科不过五十余人，撇去昨日未在场和聚在东宫之人，剩下的不多。

“这事可查。”谢韫怀要查的却不是这件事，“若当真如我所料，她暂时离不开京都，务须这位为她施针之人连着三次施针救治，稍有不慎她便再难行动。”

“查！我定要将她揪出来。”沈羲和吩咐莫远。

她辛辛苦苦，忍了那么多次煎熬，才把身体调养得好些。卞先怡为一己之私，就将她这一月余的努力付之一炬，还让她落得现下这般模样。

尽管谢韫怀一再说还能助她恢复——沈羲和并非丧气，只是明白谢韫怀多有宽慰之意。

卞先怡既然敢做，就要承担后果！

沈羲和顺着这条线继续追查卞先怡之际，夜里萧华雍的回信也被传到了崔晋百手上。

虽然只有“卞先怡”三个字，但足够崔晋百明白萧华雍的意思。崔晋百立刻传信给天圆，天圆在宫里行事极其方便，太医署更是有他们的人。

很快他们也知道了卞先怡是如何瞒天过海的。

第十四章　情深至性命相搏

他们比沈羲和先一步确定了怀疑对象。下手的人并不在针科，而是在医学部的一名药园师——常年负责城中药园药材的种植、移栽、采集等。

“卞大家，你快走吧，他们应该快来了。”药园师最后一次给卞先怡施完针，急忙叮嘱。

他施了三次针——卞先怡担心事情有变，发作的当天夜里，不顾会落下病根要他先施针一次；后来他借助运送药材，将死尸与她调换出来，第二日又施针一次；今日是最后一次。

太快了，他们知晓实情的速度太快了。他已经来不及为卞先怡配制更多的调养之药。

“我们一起走，你落入他们手中，他们不会放过你的。”卞先怡唇色发白，无力的手抓住他的胳膊。

“卞大家，我不能与你一道走。承蒙殿下当年的救命之恩，我方能苟活这些年。我本就是偷活了数年，今日许我偿恩，若不将你送走，我心中难安。”

药园师拉开一排药柜，里面有个暗格，可以容纳两个人并排站立：“我会驾车装作逃跑引开他们，恐他们还有后手，你藏在此处。这里有些干粮、水还有药，后日会有药农送些药材过来，他们会掩护你出城。”

“阿喜！”卞先怡没有力气，只能毫无反抗力地被推入暗格之中，眼睁睁地看着阿喜拉上药柜。

阿喜换了一身衣裳，跑到后面跳上马车，驾着马车一路狂奔，恰好与崔晋百带来的人擦身而过。崔晋百派了几个人去追，带着剩下的人入了药园。

这里是皇家御用的药园，今日他是打着办公务的旗号来的，对守园的护卫说道：

“方才追踪要犯，察觉他遁入药园，我带几个人查看一下。”

“少卿请，但请少卿仔细，药材金贵。”护卫让了路，却还是叮嘱了一声。

崔晋百带着人亲自查找，却一无所获。到底是药园，没有正当的理由，他不可造次，药材金贵也容不得摧残。

崔晋百没有在药园里搜到卞先怡，但他的人抓住了阿喜。他并没有把人送到大理寺，而是直接私下绑了人带到了郡主府，交给沈羲和。

“崔大人不愧是大理寺少卿，侦查搜捕的能力非常人能及。”沈羲和真心赞了一句。

她自认为琢磨了一日才琢磨透卞先怡的计划，已经极快，又有谢韫怀相帮，才查到这样一条线索，刚锁定这个叫阿喜的药园师，还没有吩咐莫远去查探，崔晋百已经抓了人。

事实上，只有她与萧华雍两个人猜出了卞先怡的计划。在人力这方面，她到底差了培植势力已十余年的萧华雍许多。

“受人所托，忠人之事。”崔晋百正色回答。

此刻，沈羲和没有工夫去琢磨崔晋百受何人所托。现在耽误不得，她多浪费一秒，卞先怡便多一丝溜走的机会。

“你是自个儿开口，还是要我用迷幻香撬开你的嘴？”沈羲和淡淡地看着这个长相斯文清瘦的药园师。

沈羲和的迷幻香当日在京兆府一战成名，京兆府、大理寺、宗正寺甚至刑部，需要撬开犯人的嘴的地方都对此眼馋不已。

这种不需要严刑拷打，就能轻易让人吐出实情之物，就连祐宁帝也想见识见识。

只不过事情接二连三地发生，祐宁帝还没来得及询问沈羲和；其他地方想要，可握有药方的是沈羲和，他们求见被拒，也只能扼腕叹息。

“郡主，小人虽位卑，却也是太医署药园的九品药园师，可否告知何故让崔少卿私绑小人？”阿喜见了沈羲和毫不慌乱，口齿清晰，故作疑惑地问沈羲和。

“碧玉。”沈羲和都不想与他费口舌，直接让碧玉点了香。

出乎意料的是这个不起眼儿的药园师竟然是个意志坚定之人，即便吸了迷幻香，一提到卞先怡，竟然能够忍下极致的挣扎与痛苦，一字不吐。

迷幻香并非万能，只对寻常人有用，对稍微受过一些训练，或是意志坚定之人，很难有效。

阿喜大量吸入迷幻香最后晕了过去，都没有把卞先怡在何处给招出来。

“崔少卿，说说今日抓人的经过吧。”沈羲和道。

崔少卿自然将事情的经过说了一遍：“下官寻了借口亲自带人搜过药园。”

沈羲和听了他的话后沉思了片刻才说：“我并非质疑崔少卿，只是皇家药园不是大理寺，崔少卿无法随意翻找。我倒是觉得卞先怡一定还在药园里。”

如果只是普通民宅，阿喜声东击西，现在崔晋百又离开，卞先怡倒是可以逃出来。可皇家药园有护卫把守，她白日绝对不可能离开。

“我要亲自去一趟。”沈羲和立即让红玉去宫里递话，就说她想去药园挑选些药材，自己研制些药香。

崔晋百做到这一步，将剩余之事交给沈羲和也放心，而且自身还有其他要事。

他来得悄无声息，离开之时却恰好被孙女史看到了个背影。沈羲和看着孙女史若有所思地盯着崔晋百的背影，便自她身后走过来：“孙女史在看什么？”

孙女史低下头行礼：“郡主。”

“我问话，孙女史何故不答？”

“郡主，妾身方才见到了男子的背影。郡主是闺阁女子，日后又是富贵加身，应当爱惜名声。”孙女史低眉顺眼地回答。

沈羲和淡淡地凝视了她片刻，说道：“孙女史，你是宫中女官，是陛下所派，我便敬重你几分，但你记住，我最烦有人教我规矩。在郡主府，我就是规矩。”

说完，沈羲和就迈步绕开了她。

沈羲和想去药园，祐宁帝派遣内侍随红玉回来，亲自领了沈羲和去。

皇家的药园药材丰盛，沈羲和的确挑拣了需要的采摘，又去看了些炮制好的药材，借口累了歇息片刻。此时，她带去的短命却跑不见了，于是又忙让人替她找猫。

他们终于在阿喜的房内找到了短命。

短命挠着一个药柜的角。见沈羲和给墨玉使了一个眼神。墨玉去抱起短命，顺势一把将药柜推倒，露出了靠着墙壁的暗格，里面却空空如也。沈羲和盯着一些吃食碎屑，目光渐凉。

半个时辰前，崔晋百入了药园。这事说大不大、说小不小，药园管事还是担心日后会牵扯不清，因此将此事报了上去。

这等事屡见不鲜，祐宁帝每每只是过一下耳，这次却不一样。不一样在于，没有多久沈羲和的侍婢便入宫向他请求去药园的令牌。

祐宁帝留了心，又知道沈羲和一早派人把昨日给卞先怡诊断的医工叫了去。

祐宁帝索性把医工传来问了一番沈羲和传他是为何事，医工如实作答。祐宁帝还能猜测不到他们在怀疑什么或是追踪什么？那他这皇位也坐不到今日了。

更重要的是，他刚派人拿了令牌随沈羲和的侍女离去，宫外又传来消息，崔晋百去了郡主府，这基本已经坐实了他的猜测。因此，他先一步派人去了药园。

既然他们抓了一个叫阿喜的药园师，祐宁帝便直接吩咐绣衣使到药园师阿喜的房间内搜查。

卞先怡就是这样被秘密带到了祐宁帝的面前。

祐宁帝立在御案后，批着奏折："为何诈亡？"

卞先怡四肢无力，喉咙发干刺疼，却也跪得端端正正："回陛下，婢子谋害郡主，被郡主知晓，心中惶恐难安，这才诈亡。"

她是宫中舞姬，诈死欲逃亡，与逃奴一样是死罪。

祐宁帝下笔不停滞，又问："为何谋害昭宁？"

卞先怡早在落入绣衣使手中之时，就已经想过祐宁帝见到她会问什么，脸上闪过恰到好处的不自在神色："婢子倾慕六殿下……殿下赞扬昭宁郡主，婢子心生忌妒之情，才一时糊涂。"

祐宁帝顿住手，抬首隐含威压的目光落在卞先怡身上："朕一直以为你是个懂进退、知分寸之人。"

陛下的反应在卞先怡的意料之中。

她深深拜了下去，额头磕在交叠至头顶的手背上："令陛下失望，婢子罪该万死。"

祐宁帝锐利的双眸深沉而又具有压迫力。

卞先怡拜伏在地，如芒刺在背，却不得不极力镇定，让自己不露丝毫破绽。

她知道，祐宁帝不相信她对沈羲和下手的动机，但真正的原因不能说，一旦说了就再无一丝价值，只剩下死路一条。

另外，她也要为六殿下思量。她死无妨，不能再牵连他。

祐宁帝看了卞先怡几眼，收回目光，低头继续阅览奏折："老六许了你什么，让你生出不该有的心思？须知即便没了昭宁，你也成不了六皇子妃。"

"陛下明察，婢子对六殿下一片痴心，全因六殿下对婢子素来照拂有加。婢子一直误以为六殿下对婢子是有心之人……"说到此处，卞先怡有些哽咽，表露出一种难言的悲痛与苦涩的表情，"婢子也是前不久才知，殿下心善，对婢子唯有些许怜悯之心，是婢子一厢情愿。因此，乍然听闻殿下对郡主说了几句夸赞之语便心如刀割，才会被忌妒蒙蔽双眼，酿成大错，请陛下责罚。"

祐宁帝恍若未闻，不置一词。

大殿内寂静无声，祐宁帝翻动奏折纸页之声格外明显。那些"窸窣"的声音让卞先怡的内心十分煎熬，她咬着牙才让自己镇定下来。

这一跪就是半个时辰，卞先怡因体力不支晕了过去。

"陛下，她晕了。"有内侍上前查探情况后回禀。

"传太医丞施围。"祐宁帝将一份批好的奏折放到批阅过的那一摞上，又翻开一本阅览。

沈羲和从药园无功而返，知道卞先怡之前一定藏在那里，只是被人捷足先登了。

至于是谁，她心里有数。

她不认为京都还有人能猜到卞先怡是诈死，那就更不可能与她一起追查此事。

唯一会有所察觉的只能是陛下。陛下能稳坐皇位二十年，一步步大权在握，扳倒不同党羽，城府之深，非常人所能想象。

尤其是崔晋百先找了借口入药园搜查，她紧接着也要去药园，这种巧合，也由不得祐宁帝不上心。

沈羲和一回到郡主府，就看到了孙女史与钱女史。二人见到沈羲和，忙低头行礼。沈羲和路过她们身边，停下了脚步。

“你，在这里跪着。”沈羲和点了点孙女史。

她心里清楚，崔晋百和她先后入药园，加上早间传见方医工，只能让祐宁帝有所猜疑，而见到崔晋百来了郡主府，孙女史又把这消息告知祐宁帝，无疑是给了祐宁帝佐证。

祐宁帝倒不至于怀疑崔晋百。追查卞先怡之事，本就是祐宁帝指派给崔晋百的任务。崔晋百联系她并没有什么不妥之处。

她处置孙女史也并非为了撒气，只有无能之人才会对弱者发泄自身的不满。

她是要陛下知道——她对他的行为很不满！

“郡主，孙女史犯了何错？您……”

“你也跪着。”见钱女史欲分说，沈羲和直接打断了她的话。

钱女史怔了怔：“郡主，妾身是……”

“扑通”一声，不等钱女史说完，孙女史笔直地跪了下去。

钱女史见状，暗瞪了孙女史一眼，仿佛看着一个叛徒。不过有了孙女史服软在前，钱女史不敢多言，只得也跪下。

“学学她，好歹也是宫中老人。难道是在中宫清闲久了，所以你分不清尊卑了？”沈羲和俯视着二人，目光淡漠，“你是想说你们是陛下派来的？你要真敢把这句话说出来，我即刻进宫问陛下，你们是来给我做仆妇的，还是来做主子的？我想罚你们，还得挑日子找缘由？”

言罢，沈羲和嗤笑一声，抬步离去。

“郡主，是不是孙女史传了消息给陛下，引得陛下将人劫走了？”碧玉极少见沈羲和这般与下人计较。

她是陪着沈羲和目睹孙女史看到崔晋百离开时的背影之人，心中有了猜测。

“即便没有她报信，陛下一样会先我一步带走卞先怡。”沈羲和说道。

只能怪时不待她。

阿喜把人藏在不能擅闯的药园里，哪怕是王公大臣的府邸，她也能私闯一番。药园为皇家所有，里面有精锐侍卫把守，她强闯未必能行，还会让事情一发不可收拾。

她走了正门，有了理由，结果就是慢了陛下一步。

“人真的是被陛下带走的？”碧玉原本还有一丝侥幸心理，此刻很是沮丧——人落在陛下手里，他们是无法抢过来的。

“郡主，她身为宫中舞姬，诈亡逃逸，陛下会不会处置她？”红玉觉得，只要卞先怡死了，也算是解了众人的心头之恨。

“她伤的是我，不是陛下的公主，陛下也不在意我是否猜到人是他带走的。”沈羲和眼波淡然，“卞先怡是个聪明人，又是‘死’了的人，不是正好为陛下所用吗？”

陛下若是会处置卞先怡就不会让人秘密地把人带走了，此刻卞先怡“死而复生”的消息应该宫里宫外尽人皆知。

“郡主，我们直接入宫寻陛下要人！”紫玉气急——她们郡主何曾受过这等委屈？！

本来有些不悦的沈羲和莫名地就被紫玉义愤填膺的样子逗乐了，无声地笑了笑：“不用，我会让卞先怡自己寻上门来。”

众人纷纷满目崇拜地望着沈羲和。在他们眼里，郡主无所不能！

“莫远，寻个死人伪装成阿喜。卞先怡把自己变成了一个‘死人’，我便将助她之人也变成‘死人’。待她知晓阿喜在我手中，定会自投罗网。”

阿喜只有“死”过一次，才无人报案，才能一直被扣在她的手上，才不会连累崔晋百。

“郡主，她会来吗？”碧玉对卞先怡鄙夷万分——这等卑劣之徒，哪会有良知可言？

“会。”沈羲和笃定地说。

卞先怡这个人为达目的不择手段，心中也没有对无辜之人的同情心和良知，但对恩情十分看重。

阿喜为了她才落入沈羲和手中，她知道消息后一定会想法子营救阿喜。

郡主说会，就一定会！众人按照沈羲和的吩咐安排起来。

沈羲和往返药园一顿奔波，疲惫至极，在申时正草草用了些许吃食，很快就歇下了。

待她早晨醒来，碧玉才轻声提醒：“郡主，两位女史还跪着呢。”

沈羲和歇得早，她们那时候忘了这一茬，等想起来的时候，又不敢打扰沈羲和歇息，更不敢替沈羲和做主，于是就让两位女史跪了整整一宿。

“哦。”沈羲和淡淡地应了一声，就继续穿衣。待用了朝食，又回到闺房绾发上妆，才道：“你去把她们叫进来。”

“诺。”

“红玉，去取那柄玉如意来。”沈羲和又吩咐。

不多时，两个末等丫鬟搀着孙、钱二人入内。二人年纪大了，跪了一宿，面色青白。

“给郡主请安。”宫中规矩礼仪拔尖儿的女史，此刻行礼已歪歪扭扭。

沈羲和并不在意，轻轻抬了抬手，示意她们免礼，就把她们晾在一旁，任由红玉给她上妆。

待到沈羲和梳妆完毕，钱女史撑不住栽倒在地。

孙女史面色煞白，却强撑着。

沈羲和扶着碧玉的手站起身，从紫玉手里拿过让红玉取出来的玉如意，问孙女史：“孙女史，可识得此物？”

沈羲和故意将手中的玉如意转了个头——御赐的标记在孙女史眼底一闪而过。孙女史忍着不适感回道：“这是御赐之物。”

“孙女史好眼力。”沈羲和赞了一声，将抓着玉如意的手举高，眸中流转出瘆人的笑意，“孙女史，可知损坏御赐之物是何罪？”

孙女史目光一凝，有些惊慌地盯着沈羲和。

沈羲和在她惊恐的目光下缓缓松了手指。

“啪”的一声脆响，极品美玉雕琢的玉如意摔成数段。

沈羲和唇畔也多了一丝笑容：“我说这是你打碎的，你觉得陛下是会信我还是信你？”

孙女史手脚冰凉。

沈羲和轻笑一声：“碧玉，绑了人随我入宫，向陛下请罪。”

沈羲和吩咐完，刚走了两步，孙女史就趁着碧玉未上前，一咬牙往旁边的柱子上撞去。

孙女史撞得不轻不重，转过头看了沈羲和一眼，便晕了过去。

沈羲和低头看了她一眼：“请齐大夫过来给她处理一番，这里你们收拾好，红玉与墨玉随我入宫。”

沈羲和入宫求见祐宁帝，行了礼之后说道：“陛下，昭宁今日来是向陛下请罪的。”

“哦？倒是新鲜，昭宁有何罪？”祐宁帝笑问。

“陛下派遣给昭宁的女史，昨日在言语上惹恼昭宁。昭宁气性大，便让她们二人罚跪。随后昭宁因疲惫早早歇下，便忘了此事。

“因昭宁近来身体不适，难得安眠，近身侍婢不敢打扰，便使得二位女史跪了一宿……哪知孙女史直言昭宁有心折辱她，竟不堪受辱，在府中撞柱。是昭宁失了分寸，请陛下降罪。”

沈羲和说得诚恳至极，又懊恼又自责。

殿内还有几位前来寻陛下议事的大臣，是与沈羲和前后脚到的。因还未开始商议，祐宁帝便决定先见沈羲和，以免她久等。

这些大臣听了沈羲和的话，下意识地皱眉。依沈羲和之言，这位女史尊卑不分，不过是被责罚，即便责罚过重，竟敢撞柱威胁主子！

要是每个奴仆都这般，岂不是乱了礼法？

“来人，去郡主府，将孙、钱二人带来！”祐宁帝沉着脸吩咐。

孙、钱二人是他派去的，她们如此作为丢的是他的脸！

沈羲和自然知道陛下没有信她的话，这是要当面对质。

很快二人被弄醒带到大殿，都容色憔悴。

祐宁帝直接发作：“你们好大的胆子，竟敢欺主？郡主责罚，无论轻重皆是赏赐，你们被罚跪一宿便要撞柱，这是从何处学的规矩？你们仗着是朕派你们去服侍郡主，便要比主子还尊贵几分？”

孙女史这才得知沈羲和竟然恶人先告状，连忙为自己辩解：“陛下容禀，奴婢绝无不敬郡主之举。奴婢撞柱，是因为郡主打碎御赐之物，却非说是奴婢打碎的。为证清白，奴婢只得以死明志。”

闻言，祐宁帝和几位大臣齐齐看向沈羲和。

沈羲和面上浮现薄怒之色：“陛下，此等胡乱攀咬之人是如何成为宫中女史的？陛下竟让这等品行不端、满口胡言、推诿攀扯之人服侍昭宁？是昭宁在陛下眼中只能与这等人为伍，还是陛下以此羞辱昭宁？”

她一字一句，当众指责陛下。

尤其是她派人将御赐的玉如意完好无损地取来之后，孙女史面如死灰，祐宁帝更是颜面扫地。

玉如意是沈羲和给孙女史设下的一个无法化解的局。

被摔碎的并不是真正的御赐之物，孙女史谨慎，沈羲和故意罚她跪了一宿，就是让她精力不济，没有那么多劲头动心思。

孙女史见到的标志是沈羲和故意露给她看的。沈羲和当着她的面将玉如意摔碎——她若是不做应对，就是摔坏御赐之物，藐视皇权，轻则被杖责，重则杀头，这要看祐宁帝如何处置；她若是应对，无论怎么做，都是不堪责罚，仗着是陛下派来的女史，竟对沈羲和不敬。

其实孙女史最正确的做法，是由着沈羲和诬蔑。尽管“证据确凿”，但大家心里都有数，沈羲和怎么可能把御赐之物交给她们这些明显是陛下派去且才不过几日的人打理呢？

祐宁帝看在她们受诬蔑的分儿上，也会从轻发落。

可她偏生在疲惫之际做出了最不恰当的应对举动，被扣上了仗着陛下的颜面不敬沈羲和的罪名。

这是重重地打了祐宁帝的脸，也是沈羲和最想要的结果。

“陛下，昭宁在西北也是阿爹捧在掌心里的宝。阿爹忠于陛下，与昭宁讲，到了京都不用害怕，即便举目无亲，陛下也会将昭宁视若亲女。昭宁是将此言当真的。”说着，沈羲和眼底尽是屈辱的隐忍之色，“可昭宁不信，几位公主身边的宫女竟这般伺候主子的。”

诸位大臣垂着头，有一种被利用的感觉。这位郡主估摸着是瞅准时机来寻陛下的，就是让他们成为见证人，见证陛下自打脸面的证人。

“是朕的不是。”祐宁帝又能如何呢？明明吃亏的是他——他还不是得放低姿态给这丫头赔罪，用一种纵容哄人的语气，将尴尬化解：“朕识人不清，让昭宁受了委屈。”

“陛下要如何弥补昭宁？”沈羲和睁着眼睛期盼地问。

行啊，既然你要用长辈的姿态来展示不与小辈计较的胸襟，那我就顺着杆子往上爬，用无知小辈的态度回应。

既然是自己起的头，那就得装下去，总不能突然就翻脸，祐宁帝爽朗地笑了笑：“昭宁想要什么？”

“什么都能要吗？”沈羲和故作狡黠地问。

“不违礼法，不动国本，朕都允你。”祐宁帝很是豪爽。

沈羲和目光一转，森寒的目光落在孙女史身上：“昭宁要宫里上下不当值的宫女、内侍都亲眼看着她被杖毙！”

此言一出，几位安静的朝臣都倒吸一口冷气。

孙女史更是吓得面容呆滞，连跪在她身边的钱女史都浑身抖如筛糠。

“这……”祐宁帝并未想到沈羲和会提出这个要求。

昭宁郡主这一震慑全宫的手段不可谓不一劳永逸。

“陛下可是应允昭宁在前。”沈羲和假装生气地说道，“陛下派两位女史服侍昭宁，原是因为有人一再对昭宁不敬，可她们反倒奴大欺主，若不重重责罚她们，日后何人会将昭宁放在眼里？”

“是应当重罚，可让全宫上下的人看着……”

“陛下。”沈羲和直接气恼地截断祐宁帝的话。她现在是被娇纵的小辈，陛下不是要做个慈爱纵容小辈的好长辈吗？她就成全陛下。

沈羲和继续说道：“昭宁几次遇险，都与宫中之人脱不了干系，前头卞大家险些要了昭宁的命。

“昭宁自幼体虚，在西北那等风吹日晒的荒凉之地也能好好长到如今的年岁，世人都言天子脚下聚天地之精华，凝山川之灵气，最是养人，昭宁却险些在此地一季都未活过……”说着，沈羲和冷了脸，“若再不震慑宫中之人，昭宁可不敢在京都久留。阿爹年岁渐长，昭宁还想为他养老，伴他晚年。”

她说了这么多，意思就两个：要么皇上依从她，要么她转身回西北。

这可不是沈岳山不乐意送人来，是京都太可怕、太不公，人来了不敢待！

理亏在前的祐宁帝只能步步退让，也算是亲身领略了沈羲和的慧黠。

“陛下，孙女史仗着陛下委以重任，欺辱郡主，此等恶奴若不杖杀，难正朝纲。”这时候中书令薛衡站了出来，“臣素闻宫中不少老仆最喜倚老卖老，狐假虎威，不知礼数。郡主此法，倒也能正一正风气。”

王政还被革职在家，门下省由侍郎暂代其职。杨侍郎沉默不语——他可不敢和薛衡叫板。

有了薛衡带头，又有几位大臣出来附和。

祐宁帝便说道：“便依你。三指你亲自去办。”

祐宁帝的近身内侍，内侍省内侍监，从三品，叫刘三指。

他是祐宁帝最信任之人，全宫内侍、宫女没有不畏惧他的。他之所以叫三指，是祐宁帝登基后亲自赐名——因为他有一只手为救祐宁帝断了两根手指，只剩下三根手指。

“三指”之名不是提醒他残疾，而是让所有人都知道刘三指对祐宁帝有救命之恩。

“诺。”刘三指领命退下。

他一声令下，就将所有宫婢召唤到了空旷的殿前，除去当值的人，也有数千人之多。众人顷刻间就将能容纳万人的空地填满，一列列站得笔直整齐，看起来声势十分浩大。

沈羲和带着红玉与墨玉一块儿去看，见孙女史被堵着嘴，一直流着泪。

刘三指手拿拂尘，身板笔直，从一头往另一头走着，一边走，一边不疾不徐地说道：“咱们都是奴婢，做奴婢就要忠心，要认清主子。这宫里上上下下到处都是主子，莫要痴想能仗势，不把其他主子放在眼里。不懂敬主的奴婢，这宫里留不得。今儿奉陛下之命，让你们睁大眼睛好生瞧瞧奴大欺主的下场——打！”

刘三指说完，一声令下！重重的声音响起，一杖一杖都落到实处，很快孙女史背后就是一片渗透而出的血迹，很多宫人惊得不敢看了。

“都给公公我睁大眼睛盯着，谁敢不好好看，同等下场！”刘三指高喝一声。

宫人齐齐哆嗦了一下。有些胆小的人一边抖着身体一边流着眼泪，强迫自己盯着孙女史。

孙女史就在数千双眼睛的注视下，被活活杖责而死。

沈羲和站在一旁，由始至终眼睛都没有眨一下。

杖毙孙女史之后，所有宫女、内侍路过沈羲和身边，大气都不敢喘。

昭宁郡主一举成名。

之前种种事情，达官显贵们都叮嘱自家的那些孩子谨慎些，莫要得罪沈羲和。经此一事，他们自己都对沈羲和心生畏惧之情。

她是连陛下的脸面都可以踩在脚下之人，而且陛下还对其无可奈何！

外面的风声不重要，她从宫中盛气凌人地离开，着实觉得耳边都清净了，就连莫远都说郡主府外盯梢的人一下子全撤了。

薛衡从宫里回去，就见到薛瑾乔在耍枪。世家贵女多以娴静婉顺为训，舞刀弄枪被视为粗俗。薛瑾乔从那场变故之后就开始习武，但从未在外面表现出自己有一身好武艺。

“叔祖父！”薛瑾乔一见到薛衡就扔下长枪跑过来，眼神澄澈如稚子。

“乔乔……”薛衡笑着唤了一声，就往旁边的椅子走去，“你阿姊今儿在宫里……”

薛衡把沈羲和的所作所为告诉了薛瑾乔。薛瑾乔整日在他耳边阿姊长阿姊短地叫，弄得他今日竟下意识地就站出来帮了沈羲和。

薛瑾乔在家中排行第七，男女分开排序；她前面有六个堂姐，但从不喊任何人阿姊。

“阿姊好生厉害。”薛瑾乔更崇拜沈羲和了。

“真这般喜欢昭宁郡主？”薛衡问。

“喜欢，就是喜欢。”薛瑾乔也不知为何就是喜欢沈羲和。

“乔乔，郡主行事不似女郎，即便是诸多儿郎都无她那般杀伐果决。她身为西北王嫡女，日后之路非同寻常啊。”薛衡语重心长地说道。

他们世家虽然不满陛下为了掌权不择手段地对各方进行打压离间，但除去弄权这一点，陛下称得上是一个勤政爱民的好君主——因此他们从未想过站队。

但薛瑾乔若是真的生了嫁给沈云安之心，只要他还是薛家家主一日，便不会舍了薛瑾乔，少不得要随着她站队。

届时薛家也许还有一场硬仗要打，是他力压群雄，带领薛家一道；还是他落败与薛瑾乔一起被薛家驱逐；抑或是两败俱伤，从此薛家分化，现在都说不准。

“叔祖父，乔乔让您为难了。”薛瑾乔有些无措地低下头。

她知道身为薛家的嫡女，她的婚嫁有着千丝万缕的牵扯。她应该乖乖地嫁给一个家中安排好——不牵扯党派之争的人。

但她有病，有时会难以控制。

无论嫁到何处去，一旦病发就是个把柄，会影响薛家其他孩子的婚嫁，因此她都要及笄了，还未相看男子，求娶之人也被拒绝。

“叔祖父，乔乔喜欢阿姊，和阿姊在一起，乔乔不会发病。”薛瑾乔小声说。

沈羲和身上有一股好闻的气息，她看到沈羲和就会心情平和。

薛衡怜惜地看着这个抱养到自己身边养大的孩子。当年若是他在府中就好了，她就不会落下这样的病。想到才去世不到两年的妻子，临死都放心不下这个丫头，薛衡轻叹一声：“容叔祖父好好想想。”

“郡主，齐大夫又出去了。”莫远禀报。

不是他们监视谢韫怀，而是不知何时谢韫怀在郡主府上的消息不胫而走。谢国公听闻之后来寻过三次，每次谢韫怀都在外面见人。有一次红玉去外面采买，恰好听到谢国公与谢韫怀在争执。谢国公言辞间都是斥责谢韫怀成了郡主的入幕之宾，气得红玉险些没有跳出去理论。好在红玉感念谢韫怀对沈羲和的救命之恩，没有给谢韫怀难堪，选择忍下来，回来就将这事告诉了沈羲和。

“他应是要告辞了。”沈羲和轻叹一声。

她昨日收到了珍珠的传信——白头翁已经辞世，虽然没有师徒之名，但两个月的指点，让珍珠受益匪浅。

珍珠决定等白头翁被安葬好之后便回来。此时的谢韫怀留在这里，是因为放心不下沈羲和。等珍珠回来，他也就不需要留在郡主府了，也可以离开京都。

沈羲和之所以要在宫里发作一次，最后一层用意便是红玉听来的那入幕之宾的流言。虽然现在还没有大肆宣扬，但她舍不得谢韫怀那样清雅脱俗之人忍受污言秽语。

正是因为她在宫中以那样强势的法子杖杀了孙女史，这谣言才没有兴起风浪。

“齐大夫会离开京都吗？”

碧玉等人多有不舍之情。倒不是倾慕谢韫怀，实在是谢韫怀帮助郡主良多，又知书达礼、学识渊博、待人亲和，她们都喜欢谢韫怀。

就如同友人一般，一想到离别，她们总有些怅然。

“不会，他这次不会轻易离开京都。”沈羲和觉得他很可能要开始报仇了。

这么多年，该筹谋的已经筹谋完了，他也已经羽翼丰满，是该解开心中耿耿于怀的结了。

果然日落之后，谢韫怀回府就来向沈羲和辞行：“郡主，阿喜之事我已安排妥当。郡主的病情日趋稳定，不用我留府照顾。日后我仍是三日登门一次，若有急事，郡主遣人到郊外递话即可。”

阿喜的事情沈羲和本来是交给莫远的，却被谢韫怀主动揽下了。他做事更细心，兼之阿喜是个药园师，对诸多药师的习性莫远不懂，由谢韫怀来伪造死者更周全。

“保重。”沈羲和没有挽留，大大方方地将谢韫怀送出了郡主府的大门。

见到谢韫怀走下阶梯，她上前两步：“齐大夫。”

谢韫怀顿足，于一片橙色晚霞之中回眸，目光清湛，神色都显得温柔。

“齐大夫帮我，我从不推拒，是因我视齐大夫为友。”沈羲和淡淡一笑，“不知我可有荣幸与齐大夫以知己相交？”

谢韫怀扬唇，缓缓荡开一抹比秋色还要醉人、比夕阳还要和煦的笑容：“若谷之幸。”

沈羲和发自内心地露出一丝笑容——看过流霞漫天遮天映彩，见过雾霭罩地遍地聚灵，都不如她会心一笑美。

“既然如此，齐大夫若有难处，不寻友人，我可是会气恼的。”

原来这才是她的本意。

众人都言他玲珑心肝，令人如沐春风，可今日他才发现，昭宁郡主若要暖人心，怕是无心之人也能为她单独长出一颗心来。

“郡主安心，若谷但有所求，必会厚颜相寻。”

高高的屋檐下，金乌西坠留下的橙红霞光笼罩在年轻男女身上，女郎绝色风华，郎君遗世独立，真是令人赏心悦目的一幅画面。

捧着平仲盆景的天圆，万分庆幸太子殿下不在，未曾见到此情此景，否则这皇城怕是要来一场血雨腥风了，也不知多少倒霉鬼要头破血流。

天圆轻咳了一声。

谢韫怀收回目光，侧过头对天圆微微颔首，就拎着药箱离去。

“郡主，这是殿下特意让属下送来的。”天圆连忙把平仲盆景端过来。

金灿灿的叶子上落了一层瑰丽的霞光，更是金黄喜人，沈羲和看了就喜欢：“殿下好了？”

“殿下早在培育此物，昏迷前便分种好了。这些时日属下记好了要如何养才能养好的法子，这才给郡主送来。”天圆立刻将太子的苦心和用心说了出来。

沈羲和用指尖摸了摸细腻的叶片，沉思了片刻还是收了盆景：“代我谢过殿下，盼殿下早日醒来。”

“有郡主挂心，太子殿下定会早日醒来。”天圆恭敬地说道，“前些日子，殿下还曾对属下言，他身子骨儿不好，时常昏厥，恐让郡主忧心，日后定要好生将养，让自个儿少昏厥，以免吓着郡主。”

天圆恪尽职守地为自家主子说着好话。

沈羲和用一种一言难尽的眼神看着他。

天圆许久未等到沈羲和回话，不由得纳闷儿，微微抬起头，触及沈羲和的目光，一头雾水。他说错了何话，以至郡主要这般看他？

沈羲和忽地笑了，笑后让红玉收了平仲盆景，转身用只有她和天圆能听到的声音说道："殿下走前，寻我辞行。"

八个字，让天圆如同遭遇晴天霹雳。

直到沈羲和抿唇含笑入了府门，他才回过神，旋即一脸悲愤的表情："主子，您去坦白前，可否知会一声？"

合着他方才为主子博好感说的话，竟成了笑话；自以为在为主子讨好郡主的自己，竟成了跳梁小丑。

他还是不是主子的第一心腹了？以往主子可从来不瞒着他任何事！

天圆悲愤地走了。

沈羲和的心情莫名地好了些许，她看着这盆平仲盆景更觉喜爱。

红玉翻完小册子，上面不但写明了如何打理盆景，还写了一些可能出现的问题以及应对之法。

方才还觉得谢韫怀温柔贴心，此时的红玉立刻又倒戈了："婢子从未见过哪家儿郎如此用心讨好郡主。"

以往不是没有想要讨好沈羲和的儿郎，无论是冲着沈羲和的身份地位与背后的荣华富贵，还是冲着沈羲和的容貌，都是极尽所能地逢迎，送的东西，雅致的、贵重的、难寻的比比皆是，但只有太子殿下是投其所好。明明太子殿下抬手便是稀世珍宝，但从未送过郡主任何俗物，送的东西皆是用了心的。

沈羲和听了这话轻声一笑，心无波澜。

天圆回去之后，立刻把京都发生的事情，尤其是有关郡主的事情详细写信传给了萧华雍。

萧华雍接到信的那一日，正是在最高峰寻到绝品天山雪莲的那一日。那雪莲极大的一朵，摇曳在风雪之中，颇有傲世群芳的劲头。它长在悬崖边，比起他当日采摘崖缝之中的仙人绦还要艰难。

崖边连个落脚之地都没有，四周更没有可以捆绳索的树木与石头。

风中夹杂着雪花，阻挡着萧华雍的视线。幸好他带了海东青，指挥着海东青试探一下崖边被厚雪覆盖的地方，将厚雪抖落，就出现了一些可以落脚的狭窄边缘。

眼看着从他这边能够开辟出一条狭窄的攀爬之路，在靠近雪莲之时，遭海东青一撞，不仅雪花抖落，就连萧华雍脚下也开始摇晃——他顿时面色一沉。

就连迅速远离的海东青都察觉到了危险，进而发出了焦虑警告的叫声。

"闭嘴！"萧华雍冷喝一声。

海东青低低叫了两声，就绕开风雪飞到另一边去了。

萧华雍用目光将周围掠过一遍，迅速规划出一条勉强可行之路。确定只有这一个办法，他毫不犹豫地掀掉了身上厚重的斗篷，纵身跳下去，双手抠住锁定的孔洞，脚底横向放，都只有一半能踩到实地。

他确定稳住身体后，将整个身体贴在冰冷的崖壁之上，一只手松开迅速抠住下一处，脚下艰难移动，踩住之后却因为地方过于狭窄，兼之冰雪湿滑，打滑了好几次，细碎的石子缓缓下落，他的五指很快因为攀爬紧抠崖壁而被磨破流血。

寒风之中，只是几息的工夫，他便被冻得失去知觉，前行得比自己想象的还要艰难。

然则此刻他不想轻言放弃。这一刻他才知——他喜欢她，喜欢到愿意为了她以命相搏。

从何时开始情根深种的，他自己不知，亦不须去深究。

风雪却突然渐大，萧华雍只要抬首，就会有雪花随风吹入他的眼底，令他睁不开眼。

时间流逝，他的体力消耗较大。他逆着风雪迅速扫了一眼，便低下头，将吹入眼中的雪眨去，凭着记忆开始挪动手臂。一次正要松动一只手，脚下却突然一滑，多亏他反应迅速才挂住自己的身体，三根手指的指甲因此被掀飞，血却在瞬间被冻住。

寒冷让他都没有了疼痛感。磕磕碰碰，几次险些摔落下去，萧华雍才触碰到这株雪莲。

他稳住身体，腾出手要摘雪莲的时候，才惊觉这株雪莲扎根极深，刚施力，整个崖边都开始晃动，大片大片的雪块往下砸落。

海东青发出了凄厉而又焦灼的叫声。

海东青天生就对自然风险有一种预估能力，于是用翅膀去拍萧华雍，示意他放弃。

萧华雍已经抓到雪莲——到手中的东西，要他放弃，决不可能!

他一点点收紧指尖，低着头看着下方无尽的茫茫雪崖，又扫视了一遍隐隐快要雪崩的雪峰。

萧华雍对着展开双翅为他遮挡风雪的海东青高喝一声："躲开——"

随着一声高喊，他手上一用力，将天山雪莲连根拔起，顷刻间，雪峰"轰隆隆"倾塌。

他的身体也因为用力过度而朝下跌落，随之而来的是翻滚的雪浪在半空之中将他吞没。

急速下坠的过程中，萧华雍将捏着天山雪莲的手藏在背后，以免雪莲受到雪浪的冲击。

海东青从狂涌的雪浪之中横飞而来，展翅用力扇向萧华雍的身体，助他脱离了风暴，免于被厚雪覆盖深埋的悲剧。

一人一鸟抱作一团滚出雪崩浪潮最危险的地段，狠狠砸在雪堆里。萧华雍又顺着滚了一段距离，才停下来。由始至终，他都伸直了攥着雪莲的手，让它完好无损。

五脏六腑都似移了位，萧华雍浑身乏力，躺在雪山上呼吸粗重且困难，望着高悬的骄阳，总觉得光晕被一层黑色的阴影覆盖着。

他累极想要昏睡过去，却又知道自己一旦昏迷就再难清醒，强撑着，好一会儿才蓄起一丝力气，从怀里取出一个信号弹，摸索着缓缓递到嘴边，用力将之咬开，对准高空。

寂静的天空中绽开一朵绚丽的似曼珠沙华般妖冶的烟火！

海东青庞大的身躯停在萧华雍的旁边。它没有受很严重的伤，锐利的眼眸盯着四周，像个守卫的将士，坚守着自己想要守护的人。

萧华雍敢闯无人敢来的雪山之巅，自然做了周全的准备。他的人都在山下候着，看到信号，就知道他在何处，立即朝着他赶来。

在这期间，海东青又赶走了两头雪豹、一只金雕，才等来救援之人。萧华雍被顺利地护送到山脚下的牧民家中，由最好的郎中为其处理好伤口。

“以最快的速度将殿下送到洛阳，殿下体内的毒发作了。”郎中面色凝重。

洛阳有两大圣手：一位是刚刚辞世的白头翁，另一位则是隐退的杏林大家。因为萧华雍的师父，这位隐退的杏林大家一直在为萧华雍体内不知名的奇毒奔波。

萧华雍被紧急送往洛阳的途中，阿喜的“死讯”也传到了卞先怡的耳朵里。

她被陛下安排在宫外一处隐蔽之所疗伤，却猜不出陛下为何留她一命。

她深知陛下不是好色之人，自己虽有些姿色，可陛下若是对她有意，早几年就将她纳入后宫了。

越是猜不透帝心，她越发惶恐不安。近日陛下忙于税粮丢失一案，很是焦头烂额，好似将她遗忘了一般。

她在院子里行动自如，朝夕有人送吃食，只是不能离开此地。

她是如何知晓阿喜死了呢？她在京都这么多年，自然也有些人脉，早就叮嘱人帮她注意阿喜的动向，替她护着阿喜，实在护不住，定要告知她阿喜是否平安。

她没有向这人辞行，就意味着她要么不在人世了，要么仍在京都。

他若是有了阿喜的消息，就在最高的山头放烟火，三个白色代表着亡故。

这夜她在院子里出神，正好看到西边有三朵连起来的白色烟火。她不认为这是一种巧合，这一定是与她约定之人放的信号。

她跌跌撞撞地跑到门口，跪下来求护卫：“烦请郎君为妾打听一下随阿喜的消息。”

当护卫将她的话上报宫里时，陛下正在为现下还未追回来的税粮而恼火。因此，刘三指直接回绝了。

卞先怡在院子里搜寻出不少东西，做了个天灯，选了个风向好的夜里，背着守在门外的护卫点燃天灯放飞，只盼能将自己留在这里的消息传递出去。

“郡主，这都五日了，卞大家真的会来吗？”紫玉例行每日一问。

“等她脱困，再打听出阿喜的消息，就会来。”沈羲和耐心地逗着刚洗完澡的短命——只有这个时候沈羲和是最喜欢亲近它的。

寻找到原因的短命，经常自己跳到水缸或是水池里，湿漉漉地跑回来，后来被嫌弃和无情拒绝，才慢慢明白主人是喜欢它在家里洗干净，再熏香后的模样。

现在每次洗完澡之后，短命都绕着香炉转，烘干了毛发又染了香气，立即奔向沈羲和。

一旦熏了香，它只允许沈羲和触碰。谁敢靠近它，都要被它咬和挠。仿佛除了沈羲和之外，其他人都会玷污它，将它弄臭。

“她要是来了，郡主会要她的命吗？”紫玉忽然又问。

沈羲和的手顿了顿，然后她抬眼看向紫玉：“你认为，我应该要还是不应该要？”

“她那么坏，郡主不能轻易饶了她。”紫玉有些纠结，“可婢子听人说，杀孽过重，有伤天和。不若……”

“不若什么？”所有婢女之中，沈羲和对紫玉最有耐心。

心思深沉的人，身边有个纯真可爱的人，总会不自觉地放下沉重心思，轻松自在起来。

“不若紫玉替郡主杀了她出气。”紫玉严肃着小脸说道。

这样就算是杀孽，也是她身上的杀孽，就不会伤到郡主的天和。

沈羲和抿唇温柔地笑着：“我不信命，不信佛，不信天，唯信己。”

什么杀孽，什么因果，她从不在意。

绝对的强者，永远不会陷入因果循环，在做下一件事时，就应斩断所有后患，如此一来，又何处来的恶果？

说完，沈羲和低笑一声：“她惜命至极，即便是寻上门，也会找到法子赎罪。至于我愿不愿抬手放过她，那是我的事。”

卞先怡敢用这样的法子来对付她，一旦上门必死无疑。沈羲和决计不会给卞先怡任何脱身的机会。

“郡主。”这时外面传来了莫远的声音。

“进来。”沈羲和传唤。

莫远进来，将一份自西北寄来的信双手递给沈羲和。

信是沈云安加急送来的。沈云安先是报平安，说自己已经回到西北，紧接着就委屈巴巴地控诉沈羲和，竟然送了父亲一个刻有自己的小像的杯子，说她没有一碗水端平，对阿爹好过对他。

他表示很伤心、很痛心，只有她再送一个一模一样的杯子给他，才能哄好他！

要是她不哄他，他就三个月不吃素！

沈羲和一脸无奈。

她的哥哥三岁，不能再多了。

沈云安无肉不欢，很讨厌吃素菜。偏偏沈羲和身体不好，注重养生，知晓不吃素只食荤菜对身体不好。以往在西北都是沈羲和盯着他，威逼利诱才能让他乖乖不挑食。

现在他竟拿这个威胁她。

沈羲和看着信忍不住摇头失笑。

紧接着，他才说了正事。他发现今年各地军费都被动了手脚，很可能不是陛下所为，而是与这一次税粮被盗的事有关联。现在除了西北，各地军卫都在商议是否要暗中联名上书告发军费被动之事。

他们在观望是因为拿不准这件事情到底牵扯多少人，又是否为陛下默许。大家都不敢出头，担忧成了出头鸟，因此一直迟疑着。

这么重要的事情沈云安就写了几句，简略带过，若非沈羲和聪慧，怕是读不懂其中的深意。

沈云安会这般写，绝不是怕他们的信泄露，而是在他的心中，第一重要的是让妹妹别担心，因此先报了平安。接着是他吃醋的事情必须让妹妹深刻体会并且反省，所以大篇幅地写，占据了这封信十之七八的内容。

沈羲和刚读完沈云安的信，紧接着就是沈岳山的信。沈岳山在信上表达了对她的思念，因她送来的礼品甚是开心，叮嘱她千万别操劳，在京都莫要惧怕，委屈谁都不能委屈自己。他说关于她想要嫁给谁，都依她，只要她快活便好。

这些零零散散的话占据了一半内容，余下一半就是嫌弃贬低儿子，沈岳山常常以在女儿面前诋毁儿子为乐，仿佛这般就能降低沈云安在沈羲和心中的位置。

对沈羲和要嫁给萧华雍之事，沈岳山一笔带过，丝毫不吃醋。这意味着沈岳山就没有把萧华雍放在眼里。

大概是他已经从沈云安口中得知沈羲和要嫁给萧华雍的缘由。在他眼里，萧华雍不过是沈羲和利用的棋子罢了，没什么看不顺眼的。

不过信的末尾，沈岳山极其欣喜地提道："年节之际，为父亦可上京。"

他这是眼红沈云安来陪她过了中秋和重阳节，告诉她下次有这等好事，记得想着父亲。

沈羲和看着信心口微暖，从头到尾都情不自禁地笑着。

沈岳山就是吃儿子的醋！她几乎能想象到接下来几日，这对父子又要连续动手，阿兄至少要扫半个月的马粪。

此刻西北王府，沈岳山摩挲着女儿送来的酒杯，当着儿子的面倒了一杯香醇的西域美酒，故意很大声地咂着嘴，不顾儿子沉沉的凝视，晃着跷着的腿：“早闻藤实香杯喝酒香醇绵长，千杯不醉，还是呦呦最贴心。”

沈云安咽了咽口水：“阿爹，给儿喝一口。”

“这是阿爹的杯子，岂能与你共用？”沈岳山义正词严地说。

他们都是糙汉子，瞎讲究什么？在军营里别说大家同用一个水囊、杯子，同睡一个被窝儿都是常事。

“阿爹，你知道吗？呦呦长高了，面色也红润了。她挽着儿的胳膊走在京都的大街小巷上，看到有卖糖葫芦的，还晃着儿的胳膊央求儿给她买，她的声音又甜又软……”

沈岳山顿觉酒没滋味了，看向扬扬得意的儿子的眼神都变了，不似看亲生儿子，更似看仇敌！

沈云安不惧，不就是被罚吗？他皮糙肉厚习惯了，被罚也要先给阿爹的心口插一刀：“儿在京都，她每日都为儿做吃食，还给儿做了个平仲叶的枕头。每日枕着枕头，儿都不想起身……”

忍无可忍的沈岳山一巴掌拍在桌子上，一跃而起，一掌朝着沈云安劈来：“混账东西！你妹妹体弱，你竟只知让她操劳，不知心疼她……”

沈云安一边迅速闪躲，见招拆招，一边露出鄙夷的眼神：什么不知心疼，不就这些吗？不是还为你做了许多吗？

王爷和世子又打起来了，王府的奴仆们都十分淡定，视若无睹，该做什么就做什么。

总之，最后的结果就是王爷将世子痛打一顿，然后以世子学艺不精、武艺退步为由，将世子罚去牧监扫马粪……

沈羲和的目光似乎穿透了万里，落在了西北——西北的父兄的相处情景似乎就在眼前，她想着想着，竟情不自禁地笑出了声。

碧玉等人也开心，这世间只有王爷和世子能够让郡主笑得这般动人。

萧华雍此刻方被送到了洛阳。圣手令狐拯替他把脉之后，脸色就没有好看过。

令狐拯憋着一口气，为他重新处理好其他伤势，才说道：“殿下，老头儿是医者，不是神仙。你若这般不爱惜自个儿，趁早让老头儿给你配一份毒药，一口喝下去，包你一觉不醒，酣然长逝，省得你受诸多苦楚。”

自知理亏的萧华雍脾气甚好：“有劳令狐先生。”

“不敢，老头儿不过是为殿下奔走的无名小卒，怎担得起殿下的一句‘有劳’？”令狐拯抖着花白的胡子，阴阳怪气地说道，“老头儿左不过还能活个几年，如若碍了殿下的眼，殿下不如赐下毒酒，让老头儿去得干脆些，也免得被殿下气得升天。”

“是雍之过，白费了先生这些年的心血，望先生原谅一二。”萧华雍放低姿态说道。

他好歹也是皇太子，又是自己看着长大的、天资聪颖的晚辈，令狐拯也不再说他了，只说道：“殿下此次毒发凶险，毒素已经难以控制。老头儿只能将毒素释放一些，才能抑制住。”

“如何释放？”萧华雍问。

“奇经八脉、五脏六腑总是要损伤其一，殿下自行选择吧。”令狐拯冷冷地说道。

萧华雍沉默了许久，最终与令狐拯几经商议，选择了用损伤最浅的法子逼出一些毒素。

为了日后还能随心所欲地动武，萧华雍最终选择了损眼睛，倒没有瞎，只是放毒之后，再也看不见色彩。

“这已然是最好的结果。”令狐拯对此已经千恩万谢，“殿下若是再寻不到解毒之法，不只是看，嗅、听、触等六识会渐渐衰退，接着便是内脏衰竭。”

“还有多少时日？”萧华雍面色平淡地问。

“若不再经历此等凶险情况，有老头儿拖延，还能撑个三年五载；若是再如此次一般复发，殿下莫再来寻老头儿，老头儿不再见殿下。”令狐拯隐含警告地说。

萧华雍听着，等到令狐拯离去，才打开放置在玉箱里的雪莲，拨弄了一下在他看来灰蒙蒙的一片花瓣，吩咐：“加急送入京都。”

天山雪莲当天夜里就被送到了沈羲和的手上——是一个陌生且看着其貌不扬，但眼神犀利、身板结实的习武之人送来的。

二十余寸见方的白玉雕琢出来的箱子，打开之后，清冷寒香溢出，闻者不由得心神一荡。

“哇，好大一朵雪莲花！”紫玉看得瞪圆了眼。

整朵花大如脸盆，碧玉色的叶子翠绿欲滴，白色的花瓣轻轻舒展，似鹅毛般轻柔洁白，且纹路清晰，光泽动人。

沈羲和取了一枚自己的小印章放在匣子里，将匣子递给来人：“将此物交给贵主人。”

西北商市的事情，沈羲和已经对沈云安提及过。既然他平安回到西北，想来也已经和阿爹商量妥当此事。等到华富海带着这枚印章去西北，他们自己去谈如何分利。

“郡主，这朵雪莲只是闻着它的气息，婢子便觉得心旷神怡。”等人走后，紫玉向沈羲和撒娇，“郡主，可否留下一片花瓣？”

“天山至此万里之遥，此花能保存得如此完整，便是根须皆未损。”沈羲和看着雪莲——箱子里是一整块寒冰，雪莲宛如长在寒冰之中。

透明的冰让人能清晰地看到它根须的形状。

沈羲和说道："不知殿下所需分量，亦不知何时能用，不可损坏。"

"婢子知晓了。"紫玉乖巧地颔首。

"早些歇息，明儿一早入宫。"沈羲和吩咐后，就洗漱歇下了。

她以往躺在床榻上从不想事，思绪基本都是放空的，几息之间便能入眠，今儿却在想，到底太子殿下是不是他……

若是，这雪莲本就是他所需。他得了之后又送到她这里。她若再将雪莲送到东宫是何道理？

若他不是，那崔晋百等人背后之人又是谁？当真是远在千里之外的景王殿下？

极少有事能令她如此摇摆不定且看不真切。

萧华雍只是坦承了他并非怪病体弱，而是中了一种剧毒——这毒至今未解。

脱骨丹并不是解毒丹，而是以滋养为主。白头翁也说过未曾仔细查验，不知其是否具有解百毒之效。所以也有可能那日她在杏林园遇上的假扮华富海之人并非萧华雍。

萧华雍这个时候离京又是为何？

税粮被劫一案，是否与他有关？

她有太多谜团想不透。尽管她的直觉告诉自己，萧华雍就是华富海，但是她从不依赖直觉做事，所有决断都需要经过严密推求才下。

沈羲和思虑了小半个时辰，就抛开思绪入眠了。

罢了，罢了，走一步算一步吧，时候到了，自会拨云见日。

次日一早，沈羲和随意用了些朝食便进了宫。她不确定萧华雍是否回京了。

太医署的人原就说过天山雪莲对太子有奇效。

让陛下知晓她送了雪莲，而萧华雍未归不能"醒来"，恐会令他暴露。于是沈羲和悄悄见了天圆，将天山雪莲交给了他。

"属下替殿下谢过郡主。"天圆卖力做戏，表现出了十分激动与惊喜的样子。

他深知殿下并不需要天山雪莲，而这雪莲本就是殿下取来的，也不知殿下为何不让郡主知晓，还要绕这么大一个弯，更不知殿下此刻为何还未归，心中有些担忧。

"殿下用天山雪莲是为解毒吗？"沈羲和轻声问。

太子殿下中毒这事，还是天圆亲自安排顾则香告知的，自不意外沈羲和知晓。他说道："回禀郡主，并非解毒，只是为了强身健体。"

天圆很是难做，殿下可是吩咐了，日后对郡主可以隐瞒不可欺骗，否则郡主清算起来，他自个儿去领罪。为了日后少些罪名，天圆又不能和盘托出，可真是为难死了。

“殿下可归？”沈羲和又问。

天圆躬身答：“未归。”

“殿下为何事离京？”沈羲和再问。

“为税粮之事。”

这些话殿下走之前都叮嘱过。

果然，沈羲和早有所猜测，税粮之事当真与他有关。

“殿下是去……”沈羲和最后问道，“追或是藏？”

“先追后藏。”天圆笑答。

也就是说，税粮被盗之事不是萧华雍策划的。他是去把东西追回来，但又藏起来并利用此事布局。

想知晓的事都知晓了，沈羲和也就不再多言。她正欲离去，天圆却上前半步：“郡主，殿下意在户部。”

沈羲和霍然抬眼，黑曜石般的眼眸直直地看着天圆，有一丝诧异。

尽管税粮关系户部，但萧华雍也未必要对户部下手，劫税粮的人是谁？劫税粮又是为了什么？

沈羲和轻轻颔首，迈步离去。

天圆看着沈羲和远去的背影，想到殿下离京之前的吩咐——

“若她问起我为何离京，你便说是为了税粮。”

“郡主追问，属下要如何作答？”天圆一点儿也不想陪郡主玩儿心计——他根本不是郡主的对手，若殿下不指点，就怕一个不慎踩了郡主布下的陷阱，暴露殿下的身份。

“有关税粮的事，皆可言之。”萧华雍笑着转动指尖的黑子，“她从沈云安口中得知牧监之事，也会起动户部的心思。你告知她我意在户部，让她知晓我与她是多么心有灵犀。”

天圆一脸无奈。

自从殿下遇上郡主，天圆就再也猜不透殿下的心思了。因为他猜不到郡主的心思，但殿下猜得到。

殿下不但猜得到，还总是顺着郡主的心意走。他不禁怀疑，是否应该多与郡主身边的侍婢走近些，把郡主的心思也摸透几分，才能保全在殿下身边第一心腹的位置？

沈羲和之所以偏向于崔晋百等人背后的人是萧华雍，就是因为她提醒了萧华雍有这样一个人存在，萧华雍竟然丝毫举措都没有。这次他离京，沈羲和猜测也许他是去探景王的底。

若萧华雍真是为了景王离京，那就能证实那人是景王。

萧华雍不动景王，那就只有两个可能：一是，他就是背后之人；二是，他早知有这样一个人存在。

沈羲和踩着缀着珍珠的翘头鞋，一边思考着一边缓缓前行。红玉和碧玉跟在她身后。

“啊啊啊，快让开——”

突然上空传来一声高呼，一片阴影投下来。红玉手疾眼快地拽了沈羲和一把。碧玉双手去接住掉下来的人——冲击力让碧玉往后栽倒，撞到红玉，致使红玉与沈羲和一同摔倒在地。

四个人摔作一团，幸好沈羲和有红玉抱着，没有受多重的伤。红玉和碧玉二人都撞伤了手臂，擦伤了胳膊。

“我……我……”摔下来的孩童因为碧玉的缘故有了缓冲也没有受伤，最先爬起来，一脸无措地站在旁边。

沈羲和在红玉与碧玉的搀扶下站起身，先问她们：“你们可还好？”

她们都是习武之人，习武之时磕磕碰碰可比这严重。这点儿小伤并无大碍，二人齐齐摇头。

沈羲和这才看向站在旁边的孩童——他十分瘦小，看起来十岁上下，衣着陈旧，却也是上好的丝绸，眼神愧疚又有些慌乱。

见沈羲和望过来，他先一步躬身致歉：“冒犯郡主，长庚在此告罪。”

沈羲和有些诧异，面前这个瘦弱之人竟然是十二皇子萧长庚。祐宁帝序齿的皇子有十四位，活下来的有十位，分别是行二的昭王萧长旻，行三的代王萧长瑱，行四的定王萧长泰，行五的信王萧长卿，行六的萧长瑜，行七的太子萧华雍，行八的景王萧长彦，行九的烈王萧长赢，行十二的皇子萧长庚，以及行十四的只有两岁的皇子萧长鸿。

十二皇子萧长庚应该与她同岁。可身为男儿的他竟然还没有沈羲和高，并且脸色有些蜡黄。他从屋顶上摔下来，这半晌竟无一个宫婢或内侍追来。

她知道萧长庚生母早逝，但他被养在梁昭容跟前，怎会是这副模样？

“殿下为何上屋顶？”沈羲和没有怪罪他，只是抬眼看向他掉落的地方，发现屋顶上有一个抛足戏具，彩色的羽毛，在阳光下泛着绚丽的光泽。

“我……”

萧长庚还未解释，隔着一道墙，另外一个院子里传来了不耐烦的催促声：“萧长庚，你是摔晕了吗？若是还有口气儿，你就给本公主再爬上去拿！”

沈羲和听着这声音觉得有点儿耳熟，是五公主阳陵公主。陛下的四位公主年纪相仿，三公主安陵十六岁，四公主长陵十五岁，五公主阳陵与六公主平陵都是十四岁。

萧长庚听到催促声，对沈羲和说道：“郡主若要责罚，长庚领罚。”

他这是希望沈羲和快点儿做出处置，不要耽误他去给五公主阳陵捡抛足戏具。

此时，院墙那边的阳陵公主有些担忧，知道萧长庚如果还爬得起来都不敢不应声：“四姐，长庚他不会摔伤了吧？”

阳陵公主嗓门儿较大，隔着院子，沈羲和也将她的话听得清楚。

“这点儿高度他也能摔伤？我萧家儿郎哪有这般丢人的？”四公主长陵嗤笑了一声，“你怕什么？即便他摔伤了，阿爹也只会觉得他无用。”

“郡主日后若有责难，寻长庚便是。”萧长庚告罪后疾步冲了过去。

萧长庚是不想四公主和五公主与沈羲和遇上，担心她们迁怒沈羲和？

他跑起来腿一瘸一拐的，已经用了最快的速度，但还是在月亮门前与人撞上。被他撞倒的正是四公主——长陵公主有一众护卫搀扶，唯有萧长庚无人多看一眼。

沈羲和淡淡看了那边的人一眼，就带着碧玉和红玉从一边走开。奈何她们路过月亮门前时，被搀扶起来的长陵公主看到了。

她厉喝了一声：“你站住！”

沈羲和竟然看到她这样狼狈的样子，而且还不上前行礼。

沈羲和停下，微微转过头，与气急败坏的长陵公主四目相对：“公主若想安生，莫要惹我生怒。”

长陵公主在宫中深受陛下宠爱，既骄纵又蛮横，皇子都对她礼让三分。从未有人这样无视她，又威胁她！

“你算什么东西，也敢警告我？”长陵公主气极，上前就要给沈羲和一巴掌。

可惜她的手还没有碰到沈羲和，就有什么东西弹在她的膝盖上，她“啊”了一声跌向了沈羲和。沈羲和往后退去。长陵公主上前得急，宫女、内侍都没有跟上，也无人拉住她，一张俏脸“砰”的一声摔在地上。沈羲和见状，微微挑眉。

被吓坏的宫女、内侍赶紧将她搀扶起来，发现她不但额头被磕伤，就连鼻子也血流不止。

“请医师，快请医师——”

众人一阵手忙脚乱，有人背着被吓坏的长陵公主跑着去医治了。

五公主阳陵是个妙人，一看到沈羲和就果断选择跟着走了。

沈羲和意味深长地看了瘦弱的萧长庚一眼。她眼神犀利，亲眼看到方才有东西弹在长陵公主的膝盖上，才让长陵公主结结实实地摔了一跤。

这里只有红玉和碧玉会武。她们二人不会做这等事，其他人又都是两位公主带来的。

“郡主放心，长庚会向陛下认罪。”萧长庚竟然没有遮掩，对沈羲和拱手行了一礼，折身追了上去。

“郡主，我们出宫吗？”碧玉试探着问。

“不把事情交代清楚，如何出宫？”沈羲和迈步也跟上。

她倒不是不信萧长庚，而是不信长陵公主。

长陵公主在她面前出了丑，心里定然恨极了她。她若是走了，不说长陵公主本就觉得这是她所为，即便长陵公主知道不是，也会将罪名扣在她身上。

萧长庚对长陵公主而言，是她随时可以处置之人。长陵公主想要的，是让沈羲和遭罪。

当日太后寿宴，她寻平陵公主来问沈云安是否婚配，其实就是想表达要嫁沈云安之意。

沈羲和让她去问陛下，就已经得罪了她。

康王的事情沈羲和还没来得及和长陵公主算账。

那日为何偏偏长陵公主问了沈云安是否婚配之后，康王便知道了，还寻人假扮长陵公主的宫女来引她？

这些事沈羲和不是不计较，而是事情有轻重缓急，长陵公主又在深宫里，于是才将其搁置下来。

她不想清算，长陵公主倒是迫不及待地撞上来！

“长陵怎会磕断鼻梁？”祐宁帝赶来，听到太医的回话，面色很不好。

阳陵公主缩了缩脖子：“阿爹，我与四姐踢燕子。燕子飞到屋顶上，我们央了十二弟去取。十二弟从屋顶上落下来，遇上了昭宁。四姐追过去时摔了一跤，昭宁见了我们视若无睹，径直离去。

“四姐觉得昭宁不将我们放在眼里，就上前理论，在昭宁面前栽了个跟头。”

第十五章　脱胎换骨获新生

好一番避重就轻、似是而非、扭曲事实的言论。

沈羲和的嘴角微微上扬着。

“陛下，并非如此。”萧长庚主动上前，“四姐……”

“陛下。”沈羲和截断了萧长庚的话，挽着披帛，莲步轻移，姿态端庄，“阳陵公主所言，是阳陵公主所见；昭宁所言，是昭宁所见。是非曲直，陛下听后自有明断。”

祐宁帝用目光扫了几个人一圈：“昭宁你说。”

“昭宁今日入宫是为探望太子殿下。出宫之时，路过文轩阁，十二皇子从天上砸落。若非昭宁带着的侍婢有些身手，不只是昭宁会被砸伤，就是十二皇子也非死即残。”

沈羲和说着，淡淡瞥了阳陵公主一眼：“十二殿下自屋顶摔落，竟无一人跟随。臣女心下正惊疑，却听见文轩阁内的阳陵公主正颐指气使……”

沈羲和清了清嗓子，将阳陵公主的话重复了一遍：“萧长庚，你是摔晕了吗？若是还有口气儿，你就给本公主再爬上去拿！”

话音一落，阳陵公主面色青白，萧长庚低头做恭顺状，祐宁帝的面色更是难看。

“阿爹，儿……”

“陛下，阿爹膝下只有三子，昭宁和阿兄与庶妹分隔两地，虽自小不亲，但也不会说出这样的话。不知是否枝繁叶茂的大家族之中，隔母的兄弟姐妹都这般排挤？”沈羲和一脸懵懂的样子，“但五公主这般，实属有些失了教养。十二皇子不管如何也比她小上些许，她不爱护幼弟就罢了，还如此不把幼弟当作活人看……

“阿爹说皇家是天下典范，做万民之表率，让昭宁入京都，但有不明之处便多看看诸位公主的仪态，能学上几分便是昭宁的福气。可似五公主的举止，昭宁实在是学不来。”

“沈羲和，你放肆！”

“闭嘴！”

阳陵公主恼羞成怒地呵斥了一句，却被祐宁帝厉色一瞪，吓得“扑通”一声就跪在地上。

“陛下勿恼，阳陵公主恐是年幼，见殿下许久未回应，便有些担忧殿下是否摔伤；长陵公主的回话，才令昭宁大开眼界……”

沈羲和顿了顿，对沉着脸的祐宁帝又学了长陵公主的话：“你怕什么？即便他摔伤了，阿爹也只会觉得他无用。”

沈羲和说到这里，萧长庚露出了恰到好处的失落和强撑的笑颜。

“陛下，阿爹常说十根手指都有长短。往日在西北我若犯了错，阿爹必要一道责罚阿兄，并非偏心于我，而是兄长应当有照顾幼妹之责。昭宁依稀记得十二殿下与二位公主同岁，却比二位公主小了几个月，怎么还要弟弟谦让照料姐姐？

“阿爹虽不喜欢家中庶妹，可在吃穿用度上从不曾苛待，更是不许我与阿兄欺辱她。

“反观十二殿下，难道京都教养子女与我们西北不同？”

沈羲和问得极诚恳，就差没有把“祐宁帝不会教养子女”这句话说出口了。

偏偏人人都知道她意有所指，但是拆开了又凑不出这句话，祐宁帝想要给她定一个不敬之罪都不成。

萧长庚心里掀起了惊涛骇浪。他早就听闻沈羲和之名，但自己年岁不到，在宫中又无地位，除了在太后的寿宴上远远见过一面之外，便再无接触。

虽对沈羲和的所作所为都知道，但身临其境地感受她对陛下的冷嘲热讽，他还是有种说不出的震撼感。

偏她又不咄咄逼人，有理有据，让陛下发作不得，只得由着她奚落。今日她不仅奚落了陛下，连同两位公主也没有放过。

“昭宁，长陵是因何而摔断鼻梁的？”祐宁帝即使涵养再好，但是作为一个帝王，面上也挂不住，隐含警告地问。

沈羲和丝毫不惧，面色从容地说道：“十二殿下恐昭宁被刁难，便急着去回四公主的话，不想与等不及寻来的四公主相撞。四公主摔倒在地，仪态不佳。

“昭宁不欲上前，以免公主误以为昭宁看她的丑态，因此径直离开。四公主喝住昭宁，斥责昭宁不敬，见到公主不行礼，上前便要掌掴昭宁。”

沈羲和说到此处，目光微凉：“且不说昭宁不欲上前，是因与四公主有龃龉在前，恐公主多心。即便昭宁当真见到公主未行礼，公主也无掌掴昭宁之权。昭宁如何会生受？昭宁学了些防身之计，以珠子弹击公主的膝盖，公主因此栽倒。”

沈羲和不是要袒护萧长庚，而是要让长陵公主清楚地知道，即便陛下明知道是自己害得她摔断了鼻梁，她这个金尊玉贵的公主也只能认了。

沈羲和说完这话，大殿静了静。

祐宁帝面色威严，目光阴沉，问道：“阳陵，可是如此？”

阳陵公主在祐宁帝颇具威压的目光下，心脏如擂鼓般跳得难以抑制：“阿爹……”

她现在慌乱不已，最初因沈羲和的话而气愤，紧接着羞恼，乍然间被陛下询问，几乎是大脑一片空白，根本不知如何应答。

阳陵公主开始在脑子里回想方才沈羲和的话，却觉得全是实情，完全无法辩驳。

沈羲和噙着淡淡的笑，说了那么多话除了是奚落祐宁帝，也是要对这位公主攻心，以免她狡辩。

对方到底是公主，若胡搅蛮缠下去，最后必然是各打五十大板，这可不是沈羲和要的结果。

阳陵公主憋红了脸，说不出话来。

祐宁帝只得问萧长庚：“可如昭宁所言？”

沈羲和都替他扛下了偷袭长陵的罪，萧长庚自然不能反驳，否则沈羲和就是欺君。萧长庚回道：“回陛下，确实如此。”

“阳陵为长不尊，不恤幼弟，罚禁足寝宫三月，朕会遣女史朝夕训话。”

阳陵公主面色一白。父皇让宫中女史训话就是承认她教养不足，而且女史训话她得跪听，从日出到日落。

“至于长陵，念及负伤，便只罚在宫中禁足养伤。日后再犯，再行重罚！”

沈羲和暗忖——陛下果然宠爱长陵公主。

不过自己的目的已达到，她便不再多言。

宫中没有秘密，很快这事便举宫皆知。天圆知道此事后特意寻了负责治疗长陵公主的医官：“可好生给公主治伤，治好了殿下重重有赏。”

什么赏？太子也赏他一个当面昏厥？他可受不起。

给长陵公主看病的医官点头如捣蒜：“下官明白。”

沈羲和回到府中，发现谢韫怀竟然已在郡主府等候多时。

“郡主，齐大夫已经来了半个时辰。”碧玉禀道。

“在宫中略有耽搁，齐大夫来寻我何事？”沈羲和轻声相询。

谢韫怀是沈羲和第一个接纳且不与其掺杂任何利益关系的人。她把他当作真正的朋友，无关情爱，只觉得来往相处舒适自在。

“我来是为取脱骨丹，已寻到法子让郡主再服脱骨丹，不过需要些许脱骨丹查验。”

几乎是沈羲和得到天山雪莲的前一瞬，萧华雍就送了信到谢韫怀手上。

萧华雍让他早些来取，以免到时候沈羲和送走了天山雪莲，并察觉他配制的汤药中有雪莲而后起疑。谢韫怀不知萧华雍为何大费周章地取了雪莲来又要隐瞒沈羲和，也不欲去探究。

“当真能再服脱骨丹？”这算是沈羲和的一桩心病。

“有八成把握。”谢韫怀不敢把话说满。

这已经让沈羲和惊喜不已。她让碧玉将剩下的脱骨丹都给了谢韫怀：“齐大夫只管拿去，若不能成，脱骨丹留着于我而言也无用。”

其实她原本知道不能服脱骨丹之后，是想要将剩余的脱骨丹都给萧华雍送去的——她活不长，就盼着萧华雍长命，届时以此要一个承诺，为西北留下退路。

她能自己活，自然还是选择自己活。

把脱骨丹给了谢韫怀，沈羲和突然问：“齐大夫，可有一种药人在服下之后，会出现假孕之状，且能瞒过太医署的太医？”

谢韫怀一听假孕之药，眼皮一跳：“郡主为何要这等药？”

“对某些金枝玉叶略施小惩。”沈羲和婉转地回答。

能让沈羲和说金枝玉叶的人那必然是皇家公主，所以这事要瞒过太医署，可不是寻常人能做到的。

“我早年在外游历时倒是听说过，但从未配制过。郡主欲求，我回去试试。”谢韫怀没有问沈羲和为何要对付公主。沈羲和是他的朋友，公主与他毫无瓜葛。

生于富贵，谢韫怀对皇室也没有寻常人那么深的敬畏之心。

谢韫怀拿了脱骨丹回去，正好天圆派人将天山雪莲送来——自此他便闭门谢客，开始一心钻研之前拟好的方子。

沈羲和送走谢韫怀，回到屋里就取来了一盆兰花，埋头在她的香房里调制出了一种以兰花为主原料的混合香。

“好清雅的气息。”红玉作为沈羲和的助手，第一个嗅到这股气息，很是喜欢。

“喜欢？”沈羲和淡笑着问。

“嗯。”红玉颔首。

沈羲和将香递给她：“不若今夜点它入眠。”

“谢郡主赏。”红玉高高兴兴地捧着香炉，得意地冲着紫玉扬了扬眉，回了房间。

“郡主……”紫玉眼巴巴地瞅着沈羲和，知郡主从不偏颇。

“你也喜欢？”沈羲和说着也拿了些许香递给她，“正好，你今夜也用。”

说完，沈羲和抬眉看向碧玉。

碧玉经过沈羲和这段日子的指点，变得敏锐了不少。

郡主现在精力本就不济，若非有所需，是不会突然调制新香的。独活楼的香料都是由香娘子调制，沈羲和最多去指点一二。

若是急需的香料，会被用在何处？除去给太子殿下、薛女郎和步世子调制香料之外，郡主每次特意调出来的香都是用来折腾人的。

碧玉又联想到今日宫中发生之事，笑着摇头："婢子便不夺人所爱了。"

沈羲和赞许地看了她一眼。

答案第二日一早就揭晓了——沈羲和与碧玉等人精神饱满，红玉和紫玉两个人眼圈发黑，双目无神。

沈羲和看着强忍着睡意的两个人："还不错。"

效果比她所设想的还要好。

紫玉委屈极了："郡主……"

她是不聪明，但也不傻！全府上下就她和红玉没有睡好，肯定是那香的原因。

"兰花之香清幽，吸入的量过大却易失眠。你们这只是最浅的症状，若是多点几夜，还会食不下咽，犯恶心。"沈羲和说完，吩咐道，"今日不要你俩当值，我就在府中不外出，你们俩点些安神香，好生睡上一觉。"

"诺。"紫玉和红玉忙回房补觉。

沈羲和特意让两个人来检验这香，是因为香成得匆忙，以前设想过，这次首配，也不知是否对所有人都有效。她又取了些香，寻了个自己愿意的丫鬟连续试了五日。到了第五日，这丫鬟就出现了反胃的症状。

谢韫怀恰好这日登门，亲自将假孕的药递给沈羲和，说道："郡主，人服下这药之后，七日内便会出现假孕之象。太医署那边，郡主可安心。"

谢韫怀不是很确信太医署会不会有人能查出这药，只是昨日那个人来了。

萧华雍回来了，京都很快便又会有一场风雨。萧华雍来寻谢韫怀问了问给沈羲和的汤药的进展。

谢韫怀便将这事提了一嘴。只要萧华雍想，太医署的人就能口径一致，倒不是太医署都是萧华雍的人，而是太医署那几位德高望重的人都有把柄落在他的手里。

"殿下，您当真不能辨色了吗？"天圆知道这个消息，眼里倏地泛起泪光。

"收了眼泪。"萧华雍皱眉吩咐。若非天圆贴身伺候，担心他不知，有意外不知如何应对，萧华雍其实并不想告知他此事。

"殿下现在就嫌弃属下。"天圆擦了擦眼睛。

"税粮过几日就会被运入京都，是地方押送来的，你若是想……"

"不，不，不，属下不想。"天圆立刻站直，眼里哪儿还有一点儿泪花，就那点儿红，怎么看都像是被他自己揉出来的。

"明日给呦呦送些新鲜吃食。"

他们约定过，待他回京，就给她送食盒。

“诺，属下记下了。”天圆点头，“四公主……”

“她要做的事，容不得旁人插手。”萧华雍虽想为沈羲和出头，可她用不着。

不过一想到她竟然去寻谢韫怀相助，他心里总有那么一丝不得劲的感觉，连带着看谢韫怀都有点儿碍眼。

若非他的呦呦所需汤药还得指望谢韫怀，他早就想法子将谢韫怀远远地打发出京都了。

天圆霎时就感觉主子情绪不对，连忙退下去处理殿下吩咐之事。

沈羲和一大早就收到了食盒——自东宫送来的食盒每一道吃食都精致美味。天圆没有多说什么，只说这是殿下吩咐送来的。沈羲和直接收下食盒，并且真的食用了。

“郡主，按照您的吩咐盯着，近来并无商队运送大批货物来京都。”莫远这几日被沈羲和派出去盯着商队。

沈羲和自从得知萧华雍是去追回税粮又打算将其藏起来，而且意在户部之后，便猜到萧华雍要做什么——就是让陛下抓贼抓到自己人身上。

那么这些被他追回来的税粮一定要运回来。水路与陆路，沈羲和都安排了眼线盯着。萧华雍都回京了，这些东西也应该随他一起到了才是。

“近来可有什么不同寻常之事？”沈羲和立在窗前，眼帘微垂，看着面前的平仲盆景。

莫远仔细回想着说：“并无不同寻常之事。”

沈羲和伸出手——指尖圆润，因为身体虚弱，指甲也少了些许粉润颜色，反而如冷玉一般洁白，修剪整洁的指甲没有染蔻丹，亮白有光泽——轻轻拨弄着平仲叶。

“定然有与往日不同之事，只是你未曾想到。”沈羲和笑了笑，“你不妨去孤独园问一问。”

莫远也迫切地想知道到底忽略了什么，于是立刻亲自前往孤独园。

这里收留了一些被弃养或是走失抑或亲眷俱亡的孩童，有些是因为疾病和残疾，有些是被拐卖，尚未查到亲人所在。

沈羲和从不上香求佛捐香油钱，但会一年四季给这里的孩童赠衣送食，在西北如此，来了这里亦如此，只不过从不留名。

莫远来也是乔装打扮了一番的，替沈羲和送来准备好的冬衣——京都要入冬了。

等到回来之后，莫远难以置信地说道：“郡主，卑职从孩童口中打探到，近来好似多了些丧事。”

其实莫远也遇到过一两回丧事，只是每日都有人婚嫁，每日都有人死去，喜丧之事实属平常。

“只是近两日多了几桩，昨日和今日都无。”

这才几场“丧事”？即便是京都的棺材都用来运粮，也装不下几百石粮！

“为何要将粮全部运入城？”沈羲和轻笑着问，“只要有十来石留作证据，有了彻查的由头便可。朝廷中的达官显贵，谁在城外还没有几座庄子呢？”

沈羲和吩咐：“你去查一查户部尚书及妻儿名下有没有庄子，多留心一些便是，总会有所发现。”

“诺。”莫远应下之后问，“若是发现，我们……”

“发现了便告知我在何处，你无须轻举妄动。我之事他不干预，他之事我亦不插手。”沈羲和觉得这就是一种互相尊重。

当天夜里莫远就有所收获，一早起来就来禀报。沈羲和听了消息之后吩咐道：“此事便到此为止。你好生歇息几日，过几日咱们也给殿下唱一出戏。”

待到莫远退下，沈羲和看着被厚云覆盖的天空，轻叹一声：“这天要变了。”

等了半个时辰，原以为要下雨，可日头又露了出来，沈羲和带着碧玉再次进宫。

今日一大早，萧华雍苏醒过来的消息便传出宫了，于情于理，她都应该去探望一番。

太子醒了，东宫少了群聚的太医，太后也回了自己的宫殿，东宫又变得冷清起来。

沈羲和再见到萧华雍，总觉得他清瘦了很多，便关怀地问了一句：“殿下的身体可还好？”

“劳郡主挂心，只是有些许疲累。”萧华雍温和地笑了笑。

“今日来寻殿下，是有一事相求。”沈羲和点了点头。

萧华雍：“郡主请说。”

“不知殿下可还有藤实香杯？”沈羲和眼眸中满含笑意，“前些时候殿下送了一只给昭宁，昭宁见上面的雕像有几分肖似自己，想到与阿爹分隔两地，便将其相赠，以慰阿爹的思念之情。

“不想这事被阿兄知晓，阿兄说昭宁偏心。昭宁只好厚颜寻殿下问一问。”

萧华雍顿感气闷。

长到这个岁数，萧华雍从未有一刻如现在这般胸闷气短！

自诩做戏功夫了得的萧华雍，不承想自己竟然有笑容撑不下去的一日！

“咯咯咯……”天圆忽地一阵剧烈咳嗽，忍笑忍得太辛苦，竟然把自己呛得缓不过气来。

接触到太子殿下投来的似笑非笑的目光，天圆咳得更厉害了。

“曹侍卫可还好？”沈羲和关切地问了一句。

咳得眼冒金星的天圆，半晌才跪下请罪：“属下失礼。”

“下去寻个太医好生看看。”萧华雍面无表情地吩咐。

萧华雍是个天生具有威严骨相之人。他笑起来时，温和清雅；他不笑时，不需刻意表现出怒意或者冷意，就让人觉得莫名惧怕。

天圆的打岔，让暗自生闷气的萧华雍回过神来。

他第一次对沈羲和的要求予以拒绝：“不巧，我这里只有一只。”

沈羲和也没有想着强要，只是来询问一番，毕竟皇宫珍宝比较多。而且她也花了大价钱在外放出话求这杯子，至今也没有回音。

之后，萧华雍的态度明显有些冷淡。沈羲和猜到他大概是不太高兴她将他赠送之物转赠他人。她没有多做解释——那是贺她开业之喜的东西，这种贺礼被转赠很正常。

她不留着自讨没趣，说了一会儿话便提出辞行。萧华雍也没有挽留。

直到沈羲和走了，他握着另一只雕琢着自己的模样的藤实香杯，面色微沉。

生了好一会儿闷气，他才自嘲地笑了笑：“当真矫情起来了。”

似她这样的性子，她会做出此举实属寻常，若是这都要气恼，日后他不得当真把自己气晕过去？

“殿下为何不把雪莲之事告知郡主？”天圆察觉萧华雍不气了，才敢出声。

“现在告知她是下下之策。”萧华雍低头凝视着自己的杯子，“只会让她不适，让她退却。即便不退却，她亦会寻找别的法子还了这份恩情。”

他不会现在告诉她雪莲的事，等到她开始重视他之后，会由别人之口给她会心一击。

他说不强求她回应，是因为从未计划过得不到她的回应。

她的心是冷的，他就用尽法子为她焐热；她没有心，他就把自己的心分一半给她！

他将藤实香杯放在面前的桌子上，包扎着三指的手搭了上去：“早晚，我要她亲自去把它要回来。”

“郡主，殿下好似有些生恼？”碧玉低声说道。

不知为何，碧玉有些许惊悸。这是她第一次看到儒雅的太子殿下疏离冷淡的样子——他没有一句重语，只是话少了些，脸上的笑意收敛了些，便让人不自觉地心头发紧。

“恼吗？”沈羲和不在意地笑了笑，“那又如何？”

“日后……”碧玉心知沈羲和不在乎男女之情，日后即便是当真和太子殿下大婚，也不会在意太子殿下对她是否宠爱。

碧玉只是觉得太子殿下智计百出，日后会不会记恨在心，因此对郡主不利。

“太子殿下的心胸不至于如此。”沈羲和读懂了碧玉的担忧之色。

他若是只有这点儿胸襟，成不了今日之势，亦不能隐忍潜伏到现在。

“不用担忧，我不过是在对他坦诚罢了。”沈羲和唇边的笑意一闪而逝。

他们彼此试探过，既然试探之后还要达成共识，那便开始展露彼此。太子殿下不也在一点点袒露吗？她这是投桃报李，让他早日看清楚她是哪种人。

若是互相坦白之后，他们还愿意缔结连理，那便互惠互利、互相信任、互相扶持下去。如此一来，至少在他们还有共同目标和敌人之前，是不会轻易被人挑拨拔刀相向的。

至于等到大局已定，是否人心已变，抑或是利益冲突，届时他们再一决胜负也不迟。

沈羲和到了宫门口，却远远见到一道瘦长的身影立在马车旁——他穿着青翠色的崭新长袍，玉带束腰，更显得直如竹竿。

祐宁帝英武有棱角，后宫娘娘们又都环肥燕瘦，公主和皇子更是个个样貌出彩。

十二皇子萧长庚也是如此，面容虽还稍显稚嫩，但眉目间的英气已经初具雏形，双瞳更是神采暗藏，绝非池中之物。

“郡主。”萧长庚上前拱手行了一礼，“那日多谢郡主回护。长庚身无长物，这是阿娘遗留的一本香册。阿娘极喜爱制香，颇有心得，还望郡主不弃。”

萧长庚从跟着的内侍手中小心取过一本有些泛黄、边角发卷的册子递给了沈羲和。

萧长庚的生母出身于调香世家。这本《香录》集古今制香工艺之大成，是所有好香之人趋之若鹜的东西，沈羲和对此也不例外。

“殿下无须如此，当日并非为了殿下。”沈羲和拒绝得干脆果断，说完对萧长庚缓缓行了一礼，径直走向马车。

这东西她再心动，可以与萧长庚交易，却不会接受赠送。

至少在没有改变要与萧华雍结盟的打算之前，她不会与任何人有说不清的往来关系。

萧长庚笔直地立在宫门口，目送着马车走远。他身后的内侍小声嘟囔：“殿下，郡主和旁人没什么不同，也轻视殿……”

内侍的话还没有说完，萧长庚就投去了冷冷的目光，内侍赶紧低下头。

萧长庚又看向沈羲和的马车消失的方向，微微抿唇露出一丝笑意：“她不同。”

她是不同的——她看他的眼神没有一丝轻视，没有一丝与看旁人相异的神色。

她不收他的礼，不是觉得他是个不受宠的皇子，不值得往来。他相信，能够经营两家香楼，能够为相国寺佛像调香的她，一定是个爱香之人。

对这本《香录》她是心动的，但又没有收。她不收不是欲拒还迎，而是真的不会收。

这说明她的品质是不虚伪、不藏奸，而且性格刚强，自制力极佳，才能对心动之物如此面不改色地拒绝。

萧长庚这样想着，黑白分明的眼底更是多了几分欣赏。

“十二弟，看再久，那也是不属于你之人。”

冷厉的声音自萧长庚身后响起。

萧长庚回头就对上了眼神不善的萧长赢。

他面不改色，浅笑着上前行礼：“见过九哥。”

萧长赢嗤笑了一声：“十二弟用不着在哥哥面前装成温驯的小绵羊。”

“九哥何故恼怒？”萧长庚身量只到萧长赢的肩膀处，却文质彬彬，气质干净，丝毫不显弱势，“弟弟只是感谢郡主的帮扶之情罢了。”

“帮扶？”萧长赢围着他走了半圈，眼神中透着冷冷的探究意味，“是帮扶还是精心谋划？”

萧长庚：“弟弟不懂九哥是何意？”

“不懂？”萧长赢嘴角上扬，眼底流露出讥诮之色，“还没恭贺十二弟得以入朝听政。”

萧长庚已经十四岁，但祐宁帝似乎忘了这个儿子。经过沈羲和这么一闹，祐宁帝就不好再无视他——皇子该有的待遇，他一应俱全。

“多谢九哥，弟弟刚听政，有许多事不懂，望九哥日后多多指教。”萧长庚低眉顺眼地说道。

这是个温顺得仿佛没有脾气的人，旁人无论如何都激不起他的一丝情绪。萧长赢不喜欢这样特别能伪装之人：“十二弟，我给你第一点忠告。”

萧长庚恭敬地应道：“九哥请讲。”

“离她远些！这一次她不与你计较，是你幸运。再有下次，她不计较，我也会剥了你的皮，让人看看你到底是个什么丑陋的模样。”萧长赢冷冷地警告完，大步离去。

“弟弟恭送九哥。”萧长庚依然礼数周全，即便萧长赢的身影消失了，也没有露出一丝愤愤不平之色。

宫门口发生的事情，怎么可能逃得过萧华雍的耳目？正当天圆准备接受太子殿下的雷霆之怒时，听到萧华雍话中透着笑意：“她当真拒绝了十二赠予的《香录》？”

天圆一脸茫然。

重点呢？重点不是十二殿下借故亲近郡主？

重点不是九殿下醋意大发，警告十二殿下？

“是。”天圆一头雾水地赶紧点头，直觉让他顺嘴添了一句，“郡主看都不曾多看一眼。”

方才还气得面色发寒的殿下一下子仿佛被哄好了，笑容都多了一丝甜意。萧华雍说道：“在她心中，我果然是独一份的。”

天圆此时才恍然大悟。

“她从未拒绝我赠予之物。”萧华雍心情大好。

天圆张了张嘴，把话闷在了心里：郡主肯收您赠送之物，大概是因为殿下您是她的目标；至于不收旁人之物，和情意无关，大概是郡主品行端正。

难得看到太子殿下这般开心，天圆也不敢扫兴。他知道殿下对不能辨色看似不放在心上，可好好的人突然看不见这世间的五彩斑斓，又怎会丝毫不在意呢？

若非如此，殿下又岂会得知郡主将所赠之物转送给王爷就控制不住情绪？殿下是有点儿迁怒和委屈的吧。

然则，他看得清清楚楚，郡主看殿下的目光如死水一般沉寂，这分明是没有半分情意啊，也不知他的殿下何时才能真正抱得美人归。

“郡主，十二殿下他……”碧玉低声说道，“婢子听闻十二殿下入朝听政了。”

皇子只有入朝听政，才能有差事领，领了差事才能建功立业。皇子不受陛下宠爱没关系，只要有能耐，做出成绩，立下功劳，陛下也不得不赏赐。

“无关紧要之人，何须费神？”沈羲和闭目养神道。

她知道碧玉怀疑萧长庚当日是故意跌落在自己面前。沈羲和不是个轻信他人之人，但也不是个多疑之人，这种事情真假都有可能。

之后发生的种种事情，都非他所为。即便他料到了长陵公主的行事，也料不到沈羲和会如何应对。

她知道外间都在传，是她为萧长庚出头，才让萧长庚有了该有的待遇。

这些传言如何而来，沈羲和并不放在心上。她的所作所为不过是为了让陛下脸上无光，让长陵公主意识到她不好惹。若是长陵公主不长记性，她也会让公主下场凄惨。

萧长庚与她同岁，可沈羲和看他就像看孩童，即便他的心思再深沉，也不在她的考虑范围之内。

沈羲和见了萧华雍的第二日，谢韫怀便带着汤药上门了。

“郡主，脱骨丹药性猛烈，以往郡主是佐以雪水服用，现下郡主五脏虚弱，禁不起寒热冲撞，便不能再用雪水。我用了这汤药替代，郡主泡上一刻钟，再服用脱骨丹。”

“多谢。”沈羲和对谢韫怀极其信任，当即吩咐碧玉等人熬制汤药。

她浸泡在浴桶里，清凉的雪莲香萦绕在鼻息间。她对气息很是敏感，这股气息与前些时候闻到的雪莲一模一样，只不过夹杂在其他药材里，不似独有之时那么沁人心脾。

“药中有雪莲。”沈羲和说道。

“是有雪莲。”碧玉颔首，“那日郡主昏厥，齐大夫也是用的这种汤药……”

说着，碧玉深吸了一口气：“倒是要比那日更香醇寒凉一些，婢子那日也闻到了雪莲香。”

碧玉之前是没有闻过天山雪莲的气息的，还是那日抢救沈羲和的时候闻到过。后来天山雪莲被送来，她才知道原来这股清香来自天山雪莲，不过那日的气息比今日差得极远。

碧玉只当是谢韫怀改了药方。沈羲和也未曾多想，只不过是雪莲有些特殊，才随口一说。

明明是温热的汤药，可不知为何沈羲和越泡越觉得四肢发寒，但这股寒意是很缓慢地凝聚，不似一口喝下雪水那么可怕。

待到一刻钟之后，她饮下温水调开的脱骨丹。一股暖流顺着喉咙滑下去，热流散到四肢百骸，让她觉得舒适至极，竟然一丝疼痛也没有。

甚至在泡汤药之际她还能酣然入睡。

碧玉有些担心，立刻出来将郡主的反应告知守在门外的谢韫怀：“郡主昏睡过去了，可有碍？”

“郡主可有痛苦之色？”谢韫怀问。

“没有。”碧玉摇头。

谢韫怀一拳捶在自己的手掌心里：“成了，你们进去，按我的吩咐加汤药，泡上半个时辰，就将郡主抱起，莫要弄醒她。她睡得越久，药效越好。”

碧玉等人闻言俱欣喜不已。

沈羲和这一觉睡到了日落西山才醒来。醒来之后，她觉得浑身有一股说不出的暖意在流淌。

“齐大夫，我觉得极好！”沈羲和披上披风，头发都没有绾，便大步走到因恐有意外而不曾离去的谢韫怀面前。

站在庭院里的谢韫怀，听到一声隐含着喜悦的清冷呼喊，回首看来，就见那少女一袭白裙，飘扬的秀发，微掀的披风，白瓷般的脸，黑曜石般明亮的眼睛，有一种不染纤尘的绝美之态。

谢韫怀含笑伸出手，为她把脉，察觉她的脉象走势极好，也露出愉悦的笑容。

“齐大夫，”沈羲和抬眼，看着月色下眼窝深陷、眼睛布满血丝的谢韫怀，端正优雅地行了个万福礼，“昭宁谢过。”

“郡主说过我们是友人，知己相交。既是知己，郡主何须客气？”谢韫怀抬了抬手，并没有触碰到沈羲和，见她披风下只穿着单薄的纱裙，又道，“夜里凉，郡主用些吃食，再歇息一晚。我还有事，先告辞了。”

沈羲和本欲亲自相送，走了一步，才发现自己过于高兴，来不及梳妆，这副模样送谢韫怀到门口，那入幕之宾的传言就坐实了：“碧玉，送一送齐大夫。”

沈羲和真的很愉悦，难得喜形于色。第一次服用脱骨丹，沈羲和没有多少感觉，这次明显察觉到自己的身体大有好转，好似脱胎换骨一般。

第二日，不当值的步疏林登门，看到沈羲和也是“啧啧”有声地打量道：“你是吃了什么神药，我怎么觉得你好似一下子换了个人？”

步疏林前日才见过沈羲和，虽然看不出沈羲和面有病容，却感受得到她的萎靡不振。

这才一日不见，她就神采飞扬，好似所有旧疾顷刻间烟消云散了，虽然面颊和唇瓣未上妆，依然较寻常人少了些血色，却较往日有了光泽。

“莫问。”沈羲和挽袖给步疏林倒了一杯茶。

“为何？”

放下水壶，沈羲和抬眸冲她浅浅地笑了笑：“问了也无用，反正是你吃不着之药。”

步疏林一脸茫然的表情。

她察觉到沈羲和不但身体好了，心情也颇佳，竟然有闲情逸致戏弄她了。

步疏林赶紧趁着她开心，说点儿正事，讨个主意：“我阿爹想要联合各地共同揭发军费短缺之事，你看可行与否？”

之前他们不敢揭露，是以为只有他们一处，且又是清点后盖了章领的军需，只能吃下哑巴亏。可现在他们发现不止他们一处，除了西北，全国一共只有几处没有被动手脚。

“王爷是打算以身作则，冲在最前头？”沈羲和问。

步疏林默然点头。

实在是大家都不敢担责，因为被克扣得不过分，都打算忍下去。蜀南王是暴脾气，受不得这窝囊气，而且有了第一次谁知会不会有第二次？

“我给你出个主意。”沈羲和唇瓣勾起一丝浅笑。

步疏林眼睛一亮，将脑袋伸过去，靠近沈羲和。

沈羲和笑容加深：“你如何谢我？”

“我们谁跟谁啊，这样多伤情分？”步疏林痛心疾首地控诉。

沈羲和摸着短命：“我和你，有什么情分可言？”

步疏林捂住心口：“哟哟，你这般伤我，是又看上了哪家儿郎？”

沈羲和优哉游哉地开口：“我给你的法子，不但不会让你阿爹得罪人，还能不被陛下记恨，而且能追回所有被克扣的军需。”

“当真？！”步疏林双手按在桌子上。

“你这般高兴作甚？”沈羲和打量了她一眼，“须知越是好的法子就越贵。”

步疏林在沈羲和面前来来回回走了几圈才问：“你先说，你想要什么？”

“过几日便是秋狝，到时候你帮我做一件事。”沈羲和笑容浅浅地说道。

明明美人如斯，明艳动人，步疏林却莫名地往后退了一步。

“你放心，不会殃及你的性命，也不会让你这小身板去猎虎杀熊。”沈羲和说着，露出略带鄙夷的目光。

觉得被轻视的步疏林说道：“我秋狝为你猎虎！”

“好，我可等着。”

步疏林轻咳了两声：“方才风好大呀，我啥也没说……”

碧玉几个人都忍不住掩唇笑了。

沈羲和不再逗她，只是问：“你应不应？”

“应，应，应！”步疏林点头。

她相信沈羲和不会让她涉险，至于会不会丢人……无所谓，反正她以丢人为乐。只要她不觉得丢人，所有看向她的眼神都是忌妒和赞美！

“你让你阿爹联合人揭发军粮之事，但要把他们欲揭发的消息走漏给户部尚书。”沈羲和说道。

步疏林听了这话，一时没有完全猜透她的用意。

“走漏风声，还如何揭发？”步疏林觉得沈羲和在逗她。

“这次各地军费被克扣，我觉得不像是户部所为。”沈羲和垂眸，柔软的手轻轻从短命的头顺着脊背往后抚着，“倒像是有人要拉户部下水。你仔细看看，没有被克扣的几处，是否都是与户部沾亲带故的？”

“这难道不是因为户部偏私吗？”

“不，这是为了谨防泄露风声。”沈羲和笃定地说，“税粮这时候被盗，是有人故布疑阵，引得户部无暇顾及；又因你们不敢揭发此事，户部恐怕到现在都不知道消息。

“一旦董必权知晓此事，必然会彻查，然后会想方设法地为你们填补窟窿。”

“就这般简单？”步疏林总觉得事情不似这般简单，可又想不出有什么地方不妥。她不认为在这种大事上，沈羲和会糊弄她，给她挖坑。

“就是这般简单。”沈羲和笑容甜美动人。

步疏林有些不信，但也知道沈羲和不会再与她多言。

“郡主，您这是要给太子殿下捣乱吗？”等步疏林走后，碧玉轻声问。

“不，我是在帮他。”沈羲和淡淡地笑了笑，“让他给人罗织的罪名更铁证如山。”

碧玉莫名地觉得被太子殿下和郡主盯上的人很是可怜……

步疏林回去之后，左思右想不得其法，便将沈羲和的话原原本本地传信给了蜀南王。如何抉择，且由他自行判断，也免得他埋怨她。

蜀南王接到女儿的传信，脸都黑了，对亲随说道："你看，同样是闺女，怎么他沈岳山的闺女就在京都操纵风云，我步拓海的闺女就只能被牵着鼻子走？！"

越说越气的步拓海忍不住叉腰爆粗："是老子这海淹不了他那山？"

亲随心说：您打不打得赢西北王，您心里不是最清楚？

"王爷息怒，现下最重要的是世子所言，我们是否依从？"

步拓海叉着腰来来回回地走，若是沈羲和见了，定然会觉得步疏林当真是得了亲生父亲的真传。

这可不是小事，既然他们要联合揭发此事，又要把消息泄露给户部，这等同于告密，一旦出了岔子，他步拓海就成了坑害同泽、言而无信、背信弃义的小人，日后定要被各地方军团排挤。若日后蜀南出了战事，极有可能陷入孤立无援之境。可他若是不信，伤了蜀南和西北的情分是其一，更可能会陷入未知的惊险处境之中。

"京都我们无人，阿林粗中有细，既然她信任昭宁郡主，我们姑且相信她的判断。"

自己的闺女自己清楚，她看着大大咧咧，实则心有成算。

他通过女儿的来信，以及这次不同寻常的军费被克扣之事，隐隐察觉到京都必然发生了什么不为人知的大事。

此刻稍有不慎，就是粉身碎骨，保不齐还要沦为他人的棋子，他决定信一次沈羲和。

当各处军费出了纰漏的消息传到董必权的耳朵里时，他气得砸碎了手中最爱把玩的琉璃碗，抬脚踹在心腹身上："你们是想造反吗？军费也敢动！"

"董公，陛下要的粮草被劫，我们也无法，不敢声张，又要再补上缺口……"

陛下所需都是私调，即便是被劫了也不敢声张，他们更不敢明着追缴。

"即便如此，出了事你们竟敢不上报，还自作主张地挪用军需，谁给你们的熊心豹子胆？！"董必权气得额头青筋暴起。

心腹伏地不敢言。

董必权的管家躬身说道："老爷，现在最紧要的事是如何解决眼前的困局。"

"税粮被劫，陛下心急如焚，此刻再上报军需被扣之事，你我都得承受雷霆之怒。"

此时，他们哪里敢让陛下知道出了这么大的纰漏！

管家说道："老爷，不如把各地的军费补上？"

"补？从哪儿去拿粮食补？"董必权厉声反问。

"也不一定要一下子全补，咱们低价从外购粮，先补些许，让各地军中的人都知道朝廷会补，他们必不会生事。等过了眼下这个关口，咱们再谋出路？”

董必权听了这话若有所思。

地方军权素来遭猜忌，如非必要，军队是不会和朝廷过不去的。

军粮这事，他看了账本，各地方被克扣得都不算特别多，不然哪里还会如现在这般安稳？朝廷丢了税粮的事也不是秘密，这当口能够平心静气地解决此事，大家应该都愿意。

他可以派人打点安抚军中的人，承诺会补上军粮，并且先把刺儿头的给补了，这件事应该能够应付过去。等到税粮一事解决，他再来想办法慢慢将这件事给化解了。

这对他而言已然是最有利的法子了。

不过下面的心腹却不这般想：“董公，这事有些蹊跷，康王当为前车之鉴。”

康王若是早将铸造兵刃被发现之事告知陛下，最多不过是被罢免弃用，却因一心想要遮掩，最后落得一个斩立决的下场，连带子孙后代都被贬为庶人。若非他是陛下血亲，只怕是满门都要被诛杀。

管家看了他一眼，说道：“徐侍郎所言极是，老爷须仔细斟酌。此刻将此事上报陛下，陛下兴许能念在老爷忠心效力的分儿上从轻发落。若是徐侍郎当日发现陛下所需的粮食被劫，也有这么谨慎，将此事上报老爷，事情也不至于闹到如此地步。”

提到这事，董必权就恨不能将面前的心腹生吞活剥！

徐侍郎和管家都默默等待着他的决定。

就在董必权犹豫不决之时，管家又说道：“老爷，老奴愚见，眼下税粮之事甚为紧要。老爷这个时候奏明陛下，陛下虽恼，可此时离不得老爷——老爷不如趁此交代，再在税粮之事上尽心，将功补过，也不失为一条出路。”

摇摆不定的董必权目光一亮：“极是，此法甚好！”

说着，董必权就大步往外走去，一边走一边吩咐：“让他们准备，我即刻入宫求见陛下。”

还未等董必权出家门，萧华雍就接到了消息，摩挲着指间的黑棋：“董必权要入宫了，给他安排一出好戏。”

“殿下放心，早已备好。”天圆笑得格外纯真无害，“保管董公见了陛下，一个字都吐不出来。”

董必权坐着轿子离开府邸，不久遇到一阵颠簸，好不容易稳住身体后掀开轿帘呵斥：“发生了何事？”

轿夫回话：“老爷，有人偷药被追打，险些与我们撞上。”

“天子脚下，行盗窃之罪，活该被打……”“杀”字还未出口，董必权就愣住了——因为他看到被衙役抓住的偷药犯是康王府曾经风光无限的三公子。

“我阿娘病了，就差几服药，你们把药给我，再押我去衙门可好？求你们了……”

“快走，快走，有什么话，你到衙门再说！”

“我阿娘等着救命，求你们了，我给你们磕头……”

“别啰唆！再啰唆，小心你的骨头！”

董必权看着康王府的三公子涕泗横流地哀求着，看着小小的衙役对他不耐烦地推搡着，一时间内心五味杂陈。

轿夫说道：“老爷，您坐好，我们起轿了。”

“啊？哦，哦，哦，起轿，起轿……”董必权有些心神不宁地坐着。

曾经他还想过将女儿嫁到康王府。他一直非常看好这位孝悌两全的三公子，也私下打探过康王的态度，知道康王并不排斥——哪里想到金尊玉贵的王府郎君转眼就如此凄惨？

若是康王府没有败落……

想到此处，董必权心情沉重起来。若有朝一日他也如康王一般，他的儿女会如何？

只要想一想，董必权就忍不住打了个寒战。

董必权心神不宁地到了明政殿，被刘三指告知殿内有人在见陛下，让他在外面等着。

他等候的地方离正殿很远，但间或还能听到祐宁帝暴怒的呵斥声。

董必权不由得低声询问：“刘公公，请指点两句。”

刘三指是祐宁帝的心腹，自然知晓董必权忠于祐宁帝，便说道：“董公，陛下正在见赵绣使。赵绣使瞒着陛下利用绣衣使职务之便行利己之事，今日特来向陛下请罪。”

“何人告发赵绣使？”董必权又问。

“并无人告发，赵绣使心中有愧，特来自首。”刘三指压低声音说道。

董必权心里“咯噔”一下，等看到赵正颢顶着一头的茶渍与被茶碗划伤的脸出来时，更是面色微白。

刘三指没有工夫理会董必权，需为陛下安抚下属：“陛下正为税粮的事上火，难免火气大了些，绣使莫要往心里去。”

冷着脸的赵正颢接过刘三指递上来的干净帕子：“雷霆雨露，皆是君恩。”

他把脸上的茶渍擦干净之后，又将手中的刀和绣衣使的令牌递给刘三指：“陛下罚我闭门思过，暂不得以绣衣使自居。”

“赵绣使，陛下素来倚重你，是心疼你日夜操劳，让绣使能歇息一番。”刘三指接过刀和令牌，又为祐宁帝说话。

赵正颢没有回话，而是无声地拱手行了一礼，大步离去。

董必权在一旁看得喉咙发干，等祐宁帝召见他之时，脑子一片空白，尤其是感受到祐宁帝明显余怒未消。当祐宁帝问他因何事求见之时，他愣是不敢吐出一个字，脑子里是康王府郎君的凄惨现状，是威风凛凛的绣衣使赵正颢的狼狈模样。

最终，董必权胡乱说了一些需要上报的琐事，被祐宁帝不耐烦地打发掉了。

他面色颓然地回到府中，思虑了许久，又在贴心管家的劝导之下，最终还是决定铤而走险一回。

“天圆，董尚书需要一个粮商。”萧华雍坐在平仲叶飘飞的院子里，摇晃着摇椅。

“属下已经安排妥当。”天圆回道。

抬手间，一片轻飘飘的叶子落在他厚实有力的掌心上，萧华雍目光温和：“这次能如此顺利，可是沾了呦呦的光。”

原本他是打算另外做局，让董必权踏进来。沈羲和利用步疏林的关系，将税粮之事狠狠往前推了一把，加速了董必权的落败。

这一招只有沈羲和使得出。若是他出面，步拓海绝不会信他，更不会下如此冒险的一着棋。

步拓海不会这么做，其他人更不会。他们连出头鸟都不敢做，更何况明里联合人，背地里又把他们密谋之事透露给董必权呢？

“郡主算尽人心。”天圆趁机夸赞，现在夸赞郡主，比夸赞殿下还令殿下开怀。

“不，她是算到了我的心。”萧华雍看着灰蒙蒙一片的天空，心情格外明朗，“她知道只要她推一把，我就能跟上她的步伐。”

只看得到黑、白、灰三种颜色的双眸格外幽深，凝聚着锋芒，他嘴角的笑意蔓延而上，渗透到眼底，眼尾的痣似有万种风情。

她猜到了董必权知道这件事情肯定不敢声张，不敢让政敌知晓，亦不敢轻易向陛下招认。即便是他豁着胆子去了，东宫太子亦会让董必权开不了口。

在有心人的引导下，董必权必定剑走偏锋，企图蒙混过关，却浑然不知自己已经一脚踏入鬼门关。

“赵绣使那里……”

这次可是牺牲了赵绣使呢。

“陛下只是这个关口迁怒他罢了。他原就没有犯下大错，让他这个时候避开才好。等此事了结，陛下会想起他的坦率刚正，侍君之心赤诚，再招他回来，他会更受重用。”

他费了不少心思，才在绣衣使中安排了一个心腹，怎么可能轻易折损？

赵正颢这个时候去自首一些风月间的小事，陛下会恼怒，认为他不堪重用，等冷静下来之后，会觉得他真性情，而且有软肋，又对君主忠诚。

董必权去打听清楚赵正颢为何让陛下如此震怒——只是因为赵正颢利用绣衣使的身份为一个花魁争风吃醋后，就更不敢向陛下道出户部的窟窿，担心立刻会掉脑袋。

左右都是一死，他徐徐图之或许还有一条生路，为何不赌一把呢？

“郡主可真是帮了大忙，原以为还需费些日子才能将董必权给套住。”天圆这是第一次亲身感受到沈羲和与太子殿下旗鼓相当的手段，“可见郡主是向着殿下的。”

闻言，萧华雍沉默不语，望着笔直的平仲树，眼底的笑意浓郁得化不开。

他嘴上说着沈羲和待他不一般，心里却清醒得很，沈羲和这次帮他，原因有三：一是她自己也想动户部尚书；二是为帮助步疏林，或者是以此从步疏林处换得好处；三是她在用她的智慧告诉他——她能看懂他的路数，并且随意一笔，就能让他的布局更完美，抑或全盘皆输。

“她知晓我们把税粮藏在何处。”萧华雍低声笑了，独特的笑声中透着动人的愉悦之意。

是帮他把董必权踢到网里，还是转头帮董必权破他的局，都在她的一念之间。

天圆笑不出来了，嘀咕一声：“郡主可真令人生惧……”

“生惧？”萧华雍轻轻摇了摇头，笑容越发深沉，“她之美，越看越令人生喜。”

从未有一个女子给他如此多的惊喜，让他以为已经看到她的全部之后，她又会展露更多的风姿，让他永远欣赏不尽，沉迷不已，难以自拔。

萧华雍清晰地知晓，他对她是从意外、惊讶到好奇、起兴，再到欣赏、赞扬，最后到惊艳与迷恋。

“就像多伽罗……不燃亦香。”萧华雍低声说道，“芬芳醇厚而浓烈，且经久不散。”

沉香清凉，寻常沉香的味道只能萦绕鼻前，略佳者能深入鼻腔，再优者可入咽喉，唯有多伽罗，香气能够贯穿鼻腔与咽喉，直达胸腔最深处，带给人以心神的震撼。

萧华雍将手掌放在自己的心口上：“多伽罗之香苦中有甜，甜中有苦，也像极了……”

苦与甜，只要是来自她，他都心甘情愿地纳入心怀。

萧华雍接着说道：“苦便做良药，甜则为蜜饯。”

天圆满脸尴尬之色。

殿下，您直言郡主哪儿哪儿都好便是，说得这般文绉绉的，让人听着浑身不自在。

只敢在心里这么想的天圆识趣地低下了头。

当天夜里，大理寺有两名穷凶极恶的要犯越狱，幸得衙役发现的及时，又有巡逻的金吾卫及时赶到，才将人堵住。只不过这两个人殊死抵抗，且还有蓄谋已久的同伙相助，引得金吾卫满城追捕，惊动了不少百姓。最后要犯竟然潜入了户部尚书的府邸，还挟持了户部尚书的夫人。金吾卫和大理寺的人与之斗智斗勇，好不容易才将人擒拿住。

搏斗间众人闯入尚书府一个荒旧的小院里，里面藏着满满的粮食，令人惊诧不已，粗略算来足有六七石！最令人震惊的是，装粮的米袋上竟然有税粮的印记！

沈羲和一夜醒来，就听到碧玉回话："户部尚书下狱了。"

"是该下狱了。"沈羲和一点儿也不意外。

"昨夜是因大理寺有要犯逃亡……"尽管沈羲和什么都知道，碧玉还是将探听来的过程详细告知。

"计划周密详尽，完全看不出是有人刻意陷害。"沈羲和微微赞了一句。

"庄子上的余粮也已经被搜出来，原本董尚书还在喊冤，后来又有自江南来的粮商呈上董尚书欲贩卖粮食给他的证据——董尚书百口莫辩。"

"太子殿下惯会偷梁换柱，这买也能被他按头变成卖。"沈羲和知晓这其中的猫腻都是萧华雍一手操办，也是自己一手为萧华雍促成了这个"铁证"。

董必权采纳了补贴军粮的建议，就会去收购粮食。他能拿出的钱财有限，但犯错的人多了，大家凑一凑还是能够凑出一笔钱来，先买些粮食补贴给不好说话的人，其实是个好办法。

奈何他不知道从税粮被盗，不，应当说从军粮被动手脚起，就是一个圈套。

只要萧华雍能把他买粮的证据变成卖粮的证据，董必权就没有活路。他没有盗粮食，哪儿来的这么多粮食去卖？

"今日大朝会，满朝官员痛斥户部，要求同意清查户部，重罚董尚书。"碧玉又说道。

这些都是莫远一早收集起来的事态发展情况。

"你说满朝官员？"沈羲和微挑黛眉。

"是。"碧玉颔首。

沈羲和看向外面的日头，现在隔一日就会夜间服用一次脱骨丹，次日必然会晚起，今日也不例外，已经日上三竿："陛下晕过去了吗？"

碧玉怔了怔："陛下被气晕了……"

沈羲和勾起嘴角："我终是低估了他的……无耻！"

一个户部尚书根本打动不了他——他还要由恶人变成好人。

董必权虽做人失败，但陛下也有忠君党支持，必不会没有人为董必权说话。户部有多大的窟窿陛下自己心里最清楚，是不可能清查的，一旦清查大笔钱粮不知去向的罪名就只能扣在董必权身上。

但国库空虚，就会引起朝野上下甚至黎民百姓恐慌，这是动摇国本之罪。若是让四夷知道了这个消息，很可能引发战乱。陛下可不就得在一边倒的情形下被“气晕”过去？

祐宁帝以此先躲避群臣进言，接下来就是抹平账目了。

“阿兄，你这次太冒进了。”信王府里，萧长赢不赞同地看着一身素白装束的萧长卿。

税粮被劫之后，陛下派他暗中调查。萧长赢万万没有想到查来查去查到了自己的亲哥哥头上——原来这一次从军费被克扣再到税粮被劫走的事情，都是萧长卿一手策划的。

“你可以上报陛下，此事是我所为。”萧长卿浇灌着院子里的花花草草，看上去云淡风轻，仿佛这根本是无关痛痒之事。

萧长赢的面色一沉，他真的很讨厌这样的哥哥——那个意气风发、豪情万丈的哥哥不见了。他变得冷漠、沉默和死寂，尤其是现在浇花的模样，像极了故去的五嫂——一样漠然，一样不把任何事、任何人放在眼里。捅了天大的娄子，他也满不在乎，大不了一死，令人痛恨和气愤！

“阿兄，你知不知道，一旦户部被清查，后果不堪设想！”萧长赢大步走到萧长卿面前，眼底杂糅着埋怨、责备以及浓浓的担忧之色。

“我只是想要天下人都看清咱们陛下的虚伪嘴脸罢了。”萧长卿头也不抬地说着，目光温柔地端详着面前的一盆兰花，“能有什么后果？”

“阿兄，你难道不知国库空虚是何等大事？事关百姓、将士和番邦蛮夷，这不是陛下的颜面之事！”萧长赢第一次觉得哥哥疯了，“一个不慎，山河动荡，战乱四起，民不聊生！”

萧长卿轻笑一声：“阿弟，国库为何空虚？”

萧长赢默然不语。

“是因为陛下组建私军！这些年国泰民安，风调雨顺，百姓亦无重赋税，国库该有多充盈？”萧长卿停下来，抬眸静静地看着弟弟，“但凡账目不是太难看，陛下也不会借病避着。

“因此，陛下组建私军并非近两年之事，只怕早已开始，而今宝剑正待开刃儿。

“只要陛下愿意承认，有的是理由将他的私军放出来，为朝廷增强兵马，四方夷族岂敢妄动？为兄怨恨陛下，却也不至于泯灭人性，岂会容外族欺凌我朝儿郎，犯我大兴国土？”

是，这个局只是针对陛下——只要陛下肯承认组建私军，肯将私军抬出来，一切问题都能迎刃而解。

只不过陛下若将私军摆在明面上，无论用什么借口，都难以保全颜面。

且私军明化，如何管制？何人统御？这就不是陛下一个人能做主的，甚至私军的犒赏和军饷也禁不起调查——要是让四方将士知晓，这群什么都没有做的私军竟然比他们这些日夜坚守城池、刀尖舔血之人还要受优待，陛下将彻底失去军中人心。

将士不服，必要与私军一较高下。私军赢了倒还好，若是输了，陛下就不得不解散这支私军，甚至要为往年掏空国库来养他们而下罪己诏才能平息众怒！

私军是陛下最大的底牌，没有人知晓是何人在统御，亦没有人知晓有多大的规模。任何人把这一面盾牌击垮，都能要了陛下的半条命。

萧长赢心里很不是滋味："阿兄，非要如此吗？"

萧长卿眼底满含坚定的神色："非要如此。"

"阿兄……他是我们的阿爹呀。"萧长赢低声说道。

"呵呵……"萧长卿轻笑一阵，才说道，"他是我的阿爹，如何待我都好，但不能对我言而无信，不能以我心爱之人的生死来欺骗我。

"当日他若愿对顾家人高抬贵手，哪怕是将顾相一家人流放三千里，贬为罪奴，我都能接受。

"但他没有这么做——他失信了。"

因为陛下失信，萧长卿痛失至爱，痛失亲生骨肉。

他本也可以做阿爹的，是他的阿爹亲手毁了他的信仰和心中仅剩的那份温情。

世家与皇权水火不容，终会有胜负，他没有天真地以为能凭一己之力保全双方。陛下不该给他希望……

若是一开始陛下没有对他许诺会饶顾家人一命，他也不会有丝毫期待。

他亦不会恨陛下，只恨天意弄人，恨他生在皇家，而她生在世家。

他不会为陛下拼了命地造下那么多杀孽，亦不会因此而偏执疯狂地受不了青青的冷漠对待，做出许多让他们夫妻渐行渐远而后又追悔莫及之事。

若是陛下一开始就告诉他，顾家若是落败，下场就是满门被灭，他会认命，会尽自己的所能去周旋。哪怕最后仍是一败涂地，他至少会有更多的时日陪伴她，她也不会用这样的方式残忍地撇下他。

现在他回想过往，后悔不已。他努力在外面为陛下做尽了见不得光之事，不去参与陛下与顾相的明争暗斗，只希望日后胜负明了，陛下能信守承诺。

早知陛下没有放过顾家之心，他就不应该在他们成婚之后早出晚归，甚至有时一连半月、一月两个人也难以相见——他会留在王府里与她说说话、种种花、喝喝茶。

即便她不理他也无妨，他可以说给她听。

这样现在回忆起来，至少他还有可以支撑自己活下去的美好过往……

而现在，他什么都没有，什么都没有了……

萧长赢被哥哥眼底逐渐寒凉的光芒刺得忍不住后退一步。

“这事已然不在我的掌控之中。”萧长卿移开视线，“有人从我手中劫走了税粮。即便我也是要将此事嫁祸给董必权，借户部拉陛下下水，但他的计划应不止于此。”

“他是何人？”萧长赢知道有人横插一脚。

萧长卿后来并未追击，而是适时收手，坐观事态变化。

萧长卿目光幽深，想了一会儿轻轻摇头：“我亦不确定。”

“那他会如何？”萧长赢斟酌着是否要将此消息上报陛下。

“放心，我虽不确定他的身份，但他比我温和。”

萧华雍温和吗？

他也觉得自己是温和的。

他只是在董必权之案事发前，暗中让诸位大臣接到了国库已空的消息罢了。

这些人会担心国库真的已空，再到董必权之事被揭露，自然要一同高喊清查户部。

陛下敢让人如此猝不及防地清查户部核对国库账目吗？

他不敢，就算最终妥协同意清查户部，也要先把自己择出去。但朝野上下义愤填膺，即便是陛下自己的人也不知内情，也会想要把国库还剩多少东西给弄清楚。

陛下还能怎么办？

他还不是得学自己，装晕喽。

“殿下，崔公等人还跪在殿门口，请陛下恩准清查户部。”天圆把下面的人打听出来的消息递了上来。

“不急，让他们掩着陛下。董必权那里还没有松口？”萧华雍剥开一个石榴，尝了尝味儿，“清甜可口，明儿摘几个水灵的送去给呦呦。”

天圆抬起头看了看不远处红彤彤的石榴，表情甚是喜庆：“诺。”

应下之后，天圆又说道：“董必权有所松动，过两日再见不着陛下，自然会开口。”

“嗯，这几日陛下都会‘病’着，但崔征他们也跪不了多久，尽快撬开他的嘴。”萧华雍吩咐。

董必权被关在天牢之中，不准人探视，萧华雍也入不了天牢。天牢的人大半是陛下的亲信，他们安插的一两个人也不敢妄动。

知董必权等着陛下的传召，萧华雍派人把外面发生之事一字不漏地传递给了他。

“董公，早些交代，才能保全董家人。”

“贵主人不曾露面，也未有只言片语，我凭什么相信？”董必权面无表情地坐着。

“董公眼下可还有别的法子？”狱卒问，“董公须知，陛下已被逼到这个份上，万不能保全你。国库亏空，户部贪墨，这罪名注定得董公扛下。”

此话一出，董必权心中一惊——对方竟然知晓自己是为陛下做前锋。

“董公，你若交代也是一死，我家主子或许还能为你保全董府其他人。”狱卒循循善诱道，“若你不交代，董公不妨想一想康王府的下场。”

“你——”董必权心里掀起了惊涛骇浪——对方竟然连康王也是陛下之人都知晓！

狱卒不理会他，接着说道：“康王府的郎君尚能因为是皇室之人而苟活，董家可没有皇亲。”

董必权又想到了康王府的三郎，心绪开始变得纷乱。

“贵主人如何保全我董府诸人？又如何让我妻儿余生温饱不愁？”董必权问。

“这就要看董公信与不信了。”狱卒只是传话，“信则有一线生机，不信也不过是被满门抄斩。”

说完，为了不引起怀疑，狱卒没有久留，毫不犹豫地离开。

陛下已称病两日，崔征和薛衡两个人领着百官于宵禁前离宫，晨间再来跪求面圣。

第三日，萧华雍终于拿到了想要的东西，随意翻了翻，站起身说：“去见陛下。”

刘三指看着弱不禁风、面色惨白——人比前些时候好似更清瘦了的太子殿下。他不敢阻拦，要是太子殿下也在门外跪一跪，自个儿可担不起责。

刘三指入殿禀报。

萧华雍是第一个被允许入内探望的皇子。

“七郎来了，坐。”祐宁帝眼眶发青，唇边还起了红疹。

“阿爹，咳咳咳……”萧华雍一阵猛烈地咳嗽，勉强行了礼坐下，“阿爹，户部……户部到底发生了何事？”

祐宁帝一听到“户部”两个字就忍不住头疼，揉了揉额角：“户部亏空，五年税银不知去向，这事若是让文武百官知晓，无人能安生。”

萧华雍闻言惊得急速咳嗽，咳得眼角泛红：“董必权……他……他好大胆！”

“是阿爹任人不明。”祐宁帝垂头叹气，似是颇为自责。

“阿爹……儿觉得，咳咳咳……大臣们或许是听了些风声……”萧华雍费力地说道，“如此拖延下去……恐更令他们不安……”

“阿爹已想到法子，七郎莫要担忧。”说着，祐宁帝吩咐刘三指：“宣崔征、薛衡、陶专宪及六部尚书。”

祐宁帝用了两日的时间清点完户部的事，已经有了章程，这次只传召了八个人。

这些人这几日也是折腾得够呛。祐宁帝语气平和，将户部的事情如实告知了他们。几位大臣听得眼前发黑，户部贪腐竟比他们想象的还要严重。为了抹平账，祐宁帝又在其他地方增添了一些不存在的账目。

“是朕用人不察，才酿此大祸，这消息却不能泄露丝毫，否则四方夷族必然趁机兴战。”祐宁帝直接把问题甩给了诸位大臣，“诸卿商量出一个章程吧。”

几个人都蒙了——他们心中国富民强的现状竟然只剩下一个空壳。

崔征问：“陛下，这些被贪墨的银钱可有线索？”

“朕会命人拷问董必权。”祐宁帝答，“眼前是要想一想如何瞒下此事……”

是的，这件事情不能被捅出去，否则就是乱国之始。

“陛下，既要瞒下此事，就须要从轻发落董家人。”薛衡说道。

一提到这事，祐宁帝的面色就变得铁青起来。

朝臣们不知内情，自以为陛下心里不舒爽——为大局着想，陛下还得为这等胆大包天之徒善后，还不能痛快地处置这人，自然心生不满——更不敢轻易开口，就怕今日为董必权求情给了陛下一个台阶下，日后董必权再被翻出别的罪名，自己吃力不讨好。

萧华雍看了看众人，在天圆的搀扶下缓缓跪下：“陛下，罪不及妻儿，董尚书之错便由他一人承担，喀喀喀……”

萧华雍咳得撕心裂肺一般难受。祐宁帝大步上前，亲自将他搀扶了起来。

祐宁帝握着他的肩膀，觉出他比上一次瘦弱了不少。

崔征等人看着萧华雍又是感叹又是惋惜，太子殿下有担当，可惜这身体……

最后的结果是，董必权被判秋后问斩。户部由五部尚书联合中书省和尚书省清查，核算出了一个亏空数额，这才安抚住百官的心。而董必权贪腐之数甚巨，有太子求情，妻儿免于被追责。祐宁帝只查抄了董家，敕令董必权三代子孙不得入仕。

百官得知此消息之后，都感念太子殿下仁善。

第十六章　换个身份误导她

“仁善？”沈羲和嗤笑了一声，意味不明地说道，“嗯，确然，仁善至极。”

太子可不就是仁善吗？他保全了董必权一家人呢。

这一局，他大获全胜！

于大臣，他临危而出，做了这个给董必权求情之人，给了陛下轻罚董家的理由，让百官信服国库亏空并不严重，展现了储君的担当。

于百官，他宽厚仁德。官员贪腐是个无法肃清的普遍现象，差别只在于贪得多与少、是否落下把柄罢了。贪腐在他们看来并非大罪，但律法不容，太子却能以“罪不及妻儿”保全董府其他人，赢得了百官的好感，这才有了仁善之名。

于陛下，他顾全大局。陛下必须有一个饶恕董必权家眷的理由，来打破国库空虚之谣言，但若动宽赦，就得拿出证据，然而户部又不能被清算。

陛下需要一个阶梯，朝臣不敢轻易递，因为他们不知道董必权在此事上牵连多深，怕日后成为被政敌攻讦的把柄；萧华雍给陛下递上了，让一切顺理成章。

朝堂里里外外、上上下下没有一个人不说他好，可只有她知道，这一切都是他设下的局。

他捞尽好处，赚尽美名，谁也没有怀疑他，谁也不知道自己只是他的棋盘上的一枚棋子，被他利用得彻彻底底，还要对他满口称赞！

天牢里，当董必权接到圣旨之后，将一份东西交给了游说他的狱卒，并且在牢房门口跪下虔诚一拜：“代我叩谢殿下大恩。”

他之前是交出了一份东西，但东西并不全也不够真。他在等最后的结果，只要妻儿能得以保全，就再无牵挂。这一份才是投名状，他只望殿下看在这点儿情面上，不要为难他的妻儿。

此刻，他才知道自己从未放在眼里，甚至寻常时候都不被他们记起的太子殿下，才是这世间最深不可测之人。

可叹陛下英明一世，却还不知真相。想到这里，他竟然莫名地有一种快意！

“妹妹，陛下已经下令补足各地军需。”步疏林心情愉悦地来寻沈羲和。

事发后，董必权喊冤没有劫税粮，自己是去买粮而非卖粮。他为何买粮？为了填补军需，军需的窟窿就这样被捅出来了。可以说整件事和步拓海他们这些人没有丝毫关系，但陛下还是要给他们填补窟窿。

步疏林开心，是因为事实证明她信对了人。别看步拓海选择相信沈羲和，但心里不是没有隐忧的——只要沈羲和存有一丝歹念，步家就会陷入危局之中。

“莫忘了你答应我的事。”

沈羲和正在品香。这些是香楼那边送来的新香，几个香炉并排在一起被点燃，她用手扇动着一个个轻轻嗅着。

“现在可以告知我是何事了吧？”步疏林万分好奇沈羲和又要她做什么。

“到时再说。”沈羲和头也不抬地说道。

步疏林凑近几个香炉闻了闻，被复杂的香气熏得头晕眼花，立刻退后几步。

也不知沈羲和如何受得了，步疏林赶紧到亭子外吸了几口新鲜空气，觉得清醒之后才问：“这事到底是如何成的？你和我说说。”

沈羲和从第一个香炉闻到最后一个，才抬起头说道：“莫要好奇，知晓太多之人，往往命不长。”

步疏林气呼呼地撇了撇嘴，才发现——沈羲和面色红润，整个人看起来像是脱掉了一层苍白病弱的老皮，鲜活而又明艳起来。

她更好奇沈羲和吃了什么灵丹妙药：“你气色日益好起来，日后能策马吗？”

“过段日子应当能。”提到这事，沈羲和就眉眼含笑。

“我教你骑马啊。”步疏林立刻自荐。

“我的婢女个个都是在西北马背上长大的。”沈羲和淡淡地瞥了她一眼，不见任何嫌恶之色，但愣是让人读出一股不屑一顾之意，“别忘了，你是‘男儿’。”

步疏林低头看了看自己的一身男装，突然冲着她眨了眨眼：“我换了女装，戴上幕篱，陪你去？”

看着她满眼期待之色，沈羲和没有直接拒绝：“待我能骑马之后再说。”

“我就当你答应了。”步疏林最擅长顺杆儿往上爬。

“郡主，有人求见，言姓卞。”这时候下面的丫鬟来报。

沈羲和微微挑眉：“终于来了。”

卞先怡来了。前两日陛下称病，院子疏于防范，她的天灯被挚友寻到。因挚友前来相助，她才得以逃脱。离开前，她去认领阿喜的尸体，想要将之安葬，却发现死的并不是阿喜。

从友人口中了解到些许经过后，卞先怡便知道这是沈羲和在用阿喜的性命等她自己找上门去。

其实她可以头也不回地离开京都，也确实这般做了，可走得越远，心就越难安。

“卞大家，许久不见，别来无恙。”沈羲和缓缓走到正堂来，就看到了身披斗篷的卞先怡。

卞先怡有阿喜给她配制的药材，这段时日养得也极好，因此面色看起来不错。

“郡主。”卞先怡上前盈盈施了一礼，“一切过错皆由先怡私心而起。先怡愿领责罚，还请郡主放了阿喜。”

“郡主，郡主——”阿喜狂奔而来，“扑通”一声跪在沈羲和面前，“郡主请饶卞女郎一命。小人愿终其一生为郡主鞠躬尽瘁，刀山火海，决不后退！”

“阿喜！”卞先怡冲上前，挡在随阿喜面前：“郡主，先怡一人做事一人当。”

“卞大家，殿下还在等你！”随阿喜焦急地说道。

沈羲和懒懒地看了他们一眼：“冤有头，债有主。”

“郡主……”

沈羲和抬手打断了随阿喜的话：“你是个奇才，我确实想要你这等奇才为我所用，可不会为此纵容旁人算计我而不追究。”

说完，她给了碧玉一个眼神。碧玉将准备好的一杯酒端到了卞先怡面前。

“这杯毒酒，你饮下，你我两清。”

卞先怡抿了抿唇，看着澄净的酒水在琉璃杯中晃动着微光，深吸一口气，正要去端毒酒，一道身影冲了进来！紧随其后的是墨玉，飞速掠向了沈羲和。

这道身影掠向了碧玉，一把夺过酒杯，仰头饮下。

“六郎！”卞先怡眼眶充血，飞奔过去抱紧萧长瑜。

萧长瑜脸上还有结痂的伤痕，很深很深的两道痕迹，暗红刺目。

他饮下毒酒就软倒在卞先怡怀里，面色变得苍白，额头渗出虚汗：“郡主，我代饮，可否解你……心头之恨？”

“六郎，六郎啊……”卞先怡眼里大滴大滴的泪水砸落下来，颤抖着手去为萧长瑜擦拭隐忍痛苦的脸。随着越来越多的汗渗出，她能够感觉到萧长瑜的身躯在轻轻颤动，就像她的心一样。

“莫哭……”萧长瑜费力地抬起手，被卞先怡一把紧紧握住，“是我无能，不能与你名正言顺地在一起，要你为了与我相守铤而走险，理应我承担一切后果。”

“不是的，不是的，是我不好，是我不该引诱你……”卞先怡摇着头，眼眶中的泪水飞溅了出来，“我不值得你这般……”

其实她一开始并不倾心他。她是尚书府嫡出，而萧长瑜是所有皇子当中只比十二皇子稍有脸面之人。她心高气傲，一向不愿输于人。萧长瑜空有皇子之尊，既无帝宠，又不上进。

她没有想过嫁给他，直到尚书府一朝倾塌——她成为罪奴。她知道此生做正妻无望，才想起了这个对她痴心不改的六皇子。她开始刻意讨好他，一步步套牢他的心。

她从未想过他待她如此之好——他为了她守身如玉，几次拒绝陛下赏赐的教导宫女；为了她两次拒婚，拒绝陛下赐婚的美意；为了她可以抛下皇子的尊贵生活，只为给她正妻的名分。

“我……我都知晓……”萧长瑜忍着巨大的痛苦笑着，“这些……都不重要，我终究是……得到了你真心以待……”

“六郎，不要，我不能没有你……”卞先怡知道，这是世间待她最好的人，比她爹娘对她还要真心。她大喊“阿喜，阿喜！”

惊呆的阿喜这才回过神来，连忙奔上前为萧长瑜诊脉，一诊之下大惊失色，霍然抬起头看向沈羲和——沈羲和依然神色漠然。

“卞女郎……是……是毒蕈。”随阿喜面色灰白地说道。

卞先怡瞳孔紧缩，浑身一僵——这就是她用来诈亡之毒，沈羲和真的寻到了——为的就是让她弄假成真，自食其果，却最终害了她最爱之人。

很快，萧长瑜的嘴角、鼻孔、眼眶都开始渗血。

沈羲和垂下眼眸：“你们走吧，此事已了，望好自为之。”

卞先怡目光呆滞，失魂落魄地在随阿喜的搀扶下将萧长瑜扶起来。随阿喜花了重金买了一辆马车，带着他们迅速驾着车出了城。

将车子赶到京郊后，随阿喜钻入车厢：“卞女郎，让我为殿下施针。”

卞先怡枯寂的眼里立时多了一丝亮光。她不敢耽搁，立刻让了位置，帮着脱了萧长瑜的衣衫，目不转睛地盯着随阿喜施针。

一个时辰之后，随阿喜才面色微白地收了手，扣着萧长瑜的脉门，两个人屏气凝神，每一瞬都漫长如一年。等了半炷香的时间，随阿喜才如释重负，继而又热泪盈眶：“成了，我们快寻个药铺去抓药！”

“将药方给我，你带着六郎先去村子里，我抓了药去寻你们。”卞先怡说道。

随阿喜立刻将药方给了卞先怡。卞先怡一边听着，一边用手指在掌心里画着，听了一遍就记下，迅速跳下马车。

随阿喜带着萧长瑜到了他们之前落脚的村庄，立刻将里面藏好的药酒取出，将之用缸煮沸，待到人可以接触的热度时掀开，让萧长瑜进去，接着施针。

卞先怡很快赶了回来，一言不发地去熬药。

等随阿喜给萧长瑜泡完药酒，药也煎好了，放凉之后给萧长瑜服下。随阿喜说道："只要殿下明日能醒来，便无碍。"

两个人守了萧长瑜一夜，天亮之后，一直提心吊胆，又忧心焦虑到日暮黄昏。随着天边最后一缕余晖被吞没，卞先怡眼里的最后一丝曙光似乎也被吸走了。就在这时，萧长瑜忽然睁开双眼，翻身坐起张嘴就呕出一口黑血。

"好了，好了，殿下无事了。"随阿喜如释重负，"此法有伤元气，殿下只怕要好生将养三五年才能恢复过来。"

"启程，离开。"萧长瑜抓住卞先怡，吃力地咬牙说道。

"可是你的身体……"

"走！"萧长瑜急红了眼。

"好，好，好，我们现在就走，你莫急。"卞先怡连忙和随阿喜一阵忙活，驾着马车离开。

直到他们安顿好之后，卞先怡还是觉得这一切有些不真实——她时不时就要摸一摸萧长瑜的脸，真怕这一切都是幻象。

"先怡，我还活着。"萧长瑜反握住她的手，声音温柔地说。

"到底是怎么回事？"卞先怡现在还想不透。

随阿喜一直在郡主府，不可能提前为萧长瑜施针；萧长瑜绝不可能是如她一般服下了假死之药，且两个人的症状也不同。另外，沈羲和也不可能给一杯假毒酒。

"只是拿命赌了一次。"萧长瑜缓缓地笑了笑。

"郡主的毒没有作假，是殿下……"

"阿喜，唤我六哥吧，日后再无六殿下了。"萧长瑜纠正道。

"是，六……六哥。"随阿喜有些拘谨，"是六哥事先服了能够克制毒蕈之物。"

这是个冒险之法，只要昭宁郡主拿的不是毒蕈之毒，六殿下就必死无疑。

"太冒险了，你知不知道你差一点儿……"卞先怡听了前因后果后心有余悸。

"我们赌赢了不是吗？"萧长瑜握住卞先怡的手，"这是我们唯一的出路。"

赌输了也是死路一条，他只能这样搏一搏。

"是我连累了你。"卞先怡深感愧疚。

"你为何要对郡主下手，提前我们的计划？"萧长瑜问。

"这个……"卞先怡拿出自己一直随身携带的一个精巧的镂空香熏球，"我那日回屋，它就挂在我的床头。"

香熏球里有一张纸，上面用簪花小楷写着让卞先怡杀昭宁郡主，否则她与萧长瑜祸乱宫闱之事便会天下皆知。

她和萧长瑜彼此倾心，又是这样的年岁，自然有了更亲密的接触，只是不知把柄落在了什么人手上。她只知道她和萧长瑜被盯上了，要想不沦为棋子，做更多身不由己之事，就必须及早脱身。

银质的香熏球被萧长瑜拿在手里，这原本是宫廷御用之物，近几年在京都颇受追捧，银楼、香楼都售卖此物，高门贵女更是人手一个。

萧长瑜仔细看了香熏球之后，发现并没有什么奇特之处。他将纸卷放回去，将香熏球递给随阿喜："阿喜，你寻个镖局将之送回京都郡主府。"

随阿喜接过香熏球之后，犹豫了片刻才蓦然跪在萧长瑜面前，对着惊讶的萧长瑜叩首："六……六哥，阿喜想要将随氏针法发扬光大。阿喜想要回京都，投入郡主门下。"

萧长瑜沉默地看了他一会儿，才将他搀扶起来："阿喜，你不必如此，郡主不会再对付我与先怡。"

沈羲和说了句"好自为之"，未必不知他做了什么，是真的做到此事两清了。

"不，六哥，阿喜并非不信郡主。且以郡主之行事章法，若她当真要不死不休，阿喜也不能令郡主改主意。阿喜是诚心欲为郡主效力。"随阿喜说道。

萧长瑜闻言，轻叹一口气说道："当年我救你，今日你救我，我们也恩情两清了。你非我仆从，来去自由。昭宁郡主行事果决，赏罚分明，是个好主子。"

更何况，沈羲和背后还有个翻手为云、覆手为雨的萧华雍。

"六哥、卞女郎，保重。"随阿喜对二人行礼，"愿二位此去天高海阔，安闲自在。"

就这样，随阿喜带着一个香熏球与萧长瑜夫妇道别后便折回了京都。

"郡主，六殿下并未毒发身亡……"萧长瑜醒来之后，莫远就将消息禀报给了沈羲和——他一直派人盯着他们。

"我当日不也是齐大夫抢救回来的？"沈羲和淡淡地说道，"我的毒酒货真价实，他有能耐逃过一劫，是他的本事。我说恩怨两清便是两清，由他们去吧。"

对萧长瑜和卞先怡，她没有丝毫手软。萧长瑜能够预料到她会用毒蕈，且提前服下有毒的相克之物，这是他的能耐。她再下杀手，就和行凶没有什么区别了。

另外，到了这个地步，她除非将卞先怡和萧长瑜都杀了，否则都会在另一方心里埋下仇恨的种子，日后就要应对对方至死方休的报复。

卞先怡的确是为了和萧长瑜双宿双栖才对她下手，可这事萧长瑜不知情，她又是个恩怨分明之人，不会因此迁怒萧长瑜。既然萧长瑜替卞先怡喝下她备下的毒酒，该偿还的债也还了。

东宫里，萧华雍其实比沈羲和更早知晓萧长瑜死不了。

天圆请示："六殿下那边……"

"她不喜旁人干预她的事，即便是为她出气也不行。"萧华雍只得静观其变。

等到萧长瑜和卞先怡离京，天圆又问："指使卞大家之人我们也不追查了吗？"

"你知道我为何在天山没有给萧长瑜先来寻卞先怡，然后再招供的机会吗？"萧华雍指尖轻轻点在光滑的桌子上，“此人既用了卞先怡，就不会让卞先怡知晓，问也是白问。卞先怡若是知晓什么事，这杯毒酒呦呦未必会让她喝下。”

如此良机，用来做筹码，沈羲和虽不会因此放过帮凶，却也不会不酌情减轻罪责。

到了此时此刻，卞先怡都没有开口，便是知晓自己并无实证，难以取信沈羲和，说这些反而像是在推诿。

“如此，宫中到底是何人要置郡主于死地呢？”天圆想不明白。

“不是陛下。”萧华雍第一个排除祐宁帝。

若是沈羲和在京都不明不白地死了，祐宁帝无法给沈岳山一个交代，就该寝食难安了。

这一点，萧华雍一时间也猜不到是何人所为——沈羲和并未碍着谁的眼，拦了谁的路。

唯一和沈羲和有死仇的就是康王府，但康王府已经败落，不可能有这等势力。康王府若有这个能耐，当日也不会用另一种法子对沈羲和下手了。

“亦不是老五和小九兄弟。”

这次税粮之事是老五一手掀起来的，自是没有工夫去对呦呦下手，更何况小九明显对呦呦起了心思——老五不会做出兄弟反目之举。

宫中势力错综复杂，看似谁也不可能对沈羲和下手，但又谁都有嫌疑。

沈羲和尚不知卞先怡突然对她下手，并非瞅准了六殿下可以在天山诈亡的机会，而是因为有人威胁了卞先怡。她是再次见到随阿喜之后，才知道全部真相。

随阿喜将香熏球亲自递给了沈羲和。沈羲和只是淡淡地看了一眼字条，纸是寻常的纸，字亦是寻常的字，香熏球也是寻常的做工和质地。这类香熏球在京都随便一搜，没有百个也有八十好几个。

她握着香熏球仔细地闻过，有一股残留的香气，极淡：“三匀煎。”

三匀煎是一种用龙脑、麝末、极品沉香等香料合成的香，气息格外独特，富贵精妙。

由于配方讲究，用料贵重，寻常人不会熏。卞先怡是在宫中得了此物，可宫中的宫女、内侍也用不起此等香。

沈羲和说道：“莫远，让宫里之人查一查各宫都用哪些香。”

原来，害她的罪魁祸首还隐藏着。

莫远退下之后，沈羲和将视线落在随阿喜身上：“何故回来？”

随便寻个镖行就能送回东西，随阿喜选择亲自送，看来是打算不走了。

“阿喜想跟随郡主，为郡主效力，望郡主不嫌阿喜粗鄙。”随阿喜自荐道。

沈羲和其实猜到了他的心思，只是身边之人，除了有才能，还要忠诚：“你图的是什么？”

“祖父遗愿，发扬随氏针法。阿喜入太医署考过针科，遭人猜忌险些遇险，蒙六殿下所救，才保全性命活至今日。阿喜入太医署无人帮扶，又有人觊觎随氏针法，因而想投靠郡主，另辟蹊径。”随阿喜抬起头，目光坦诚。

他告诉沈羲和他图的是名利。

“你效力于六殿下之际，为何隐匿于药园之中？”沈羲和问。

“郡主，小人未曾效力于六殿下，只是向六殿下报恩。六殿下志不在名利，小人自然只得隐匿，苦学针法，等一个一展抱负之机。”随阿喜回道。

“卞女郎的毒你下得巧妙，六殿下的毒你解得精彩。”沈羲和用拇指轻轻转动着香熏球，“你帮助了我的两个仇人，却妄想我用你？”

随阿喜闻言深深一拜：“在此之前，阿喜受恩于郡主，在郡主府这些日子，观郡主行事深谋远虑，胸中自有乾坤。郡主若介怀先前阿喜之举，阿喜无话可说。”

“你早有投我之心，依旧选择救治六殿下，重情重义。”沈羲和点了点头，“可你虽隐于药园中，依然有人见过你，日后追查起来……”

沈羲和说完，目光平静地看着他。

见随阿喜解开腰带，碧玉面色一变：“你放肆！”

随阿喜没有理会碧玉，扯开衣衫，露出胸膛，那里有一块烫伤，是新伤：“人有相似，阿喜身上唯有此处有铜钱般大小的一块黑痣，这是入太医署上档之貌。阿喜已将之毁去。

“阿喜会一些烫伤治疗之法，能将之治愈得不留伤疤，痣等同于凭空消失。”

沈羲和满意地笑了，又说道：“我身边不缺能治病之人，除了你见过的齐大夫，我还有个大丫鬟在白头翁处深造医理，不日便归，给我一个留你的理由。”

随阿喜自信地昂头说道：“郡主，于断脉开方一道，阿喜不敢与齐大夫相提并论；于治病救人一道，阿喜也不敢与白头翁高足一较高低；但阿喜的独门针灸之术，绝非二人能比。”随阿喜顿了顿，又说道，“阿喜还有一独门绝技。”

“独门绝技？”沈羲和好奇起来。

“推骨之术。”

沈羲和微讶：“改头换面的推骨术？”

“是。”随阿喜回答得铿锵有力。

沈羲和面上不显，实际上内心很是不平静。

她早就听闻有一种推骨之术，可以将两个完全不像之人弄得面目一致，或是不用人皮面具，也能将一个人的模样永远改变成另外一个人。

虽然改头换面的过程很是漫长与痛苦，但是一旦完成，被改造之人与常人无异，也不伤根骨。

“从今日起，你便跟着我，需要什么只管向碧玉开口。”沈羲和收下了随阿喜，“我不求你为我分多少忧，但容不得丝毫背叛。”

“属下必将誓死效忠郡主。”随阿喜又是一叩首。

宫中的人一开始调查，太子殿下就收到了消息。知道沈羲和要查各宫的香料，萧华雍自然要暗中相助，所以很快沈羲和就得到了一份各宫香料的使用情况。

三匀煎香也并非每个宫里都有，其实只有三个地方有：一个是三公主安陵公主那里，一个是太后礼佛的佛堂，一个就是代王生母梁昭容的寝宫。

“这等香熏球太后宫里从未出现过。”莫远又补充了一句。

沈羲和颔首。

此物多是妇人与女郎喜爱，似太后这等年岁的人，都不会喜爱此物。

安陵公主与梁昭容，她只与梁昭容有些过节儿。这过节儿还要从荣贵妃的赏菊宴说起。当日代王妃向梁丹璞发难，梁丹璞想挑起她与代王妃的不和，被她识破之后严惩了一番。

之后，梁家未曾言及此事，而梁昭容好似也不介怀，至少在宫里见到，见礼时未曾表露出不满的情绪。梁昭容不仅位列九嫔之一，还有被封王的儿子代王，又养着十二皇子萧长庚。

“此物未有宫中制造的标记，像是宫外所有。”沈羲和凝视着上面的一个划痕，“试一试梁丹璞。”

梁丹璞每月十五都会随着梁夫人去相国寺上香。因虚清大师正好欠了沈羲和一个人情，沈羲和便直言需要暗中见一见梁女郎，不会伤其性命，对其不利，请虚清大师帮忙安排一下。

虚清大师确定沈羲和不会对梁丹璞行恶，便给沈羲和行了个方便。因此沈羲和轻易就单独见到了梁丹璞。

还未等有所反应，梁丹璞就因为吸入了大量迷幻香而神志不清。

“梁女郎对昭宁郡主心中可有怨怼？”碧玉轻声问。

梁丹璞面色一下子就变得狰狞起来：“沈羲和，我恨她！”

梁丹璞当然恨沈羲和，不仅是因为沈羲和当众羞辱她，更重要的是芙蓉园赏菊宴之后，代王进宫明确推拒了梁昭容将梁丹璞纳入代王府中为侧妃之意。

梁家虽不显贵，可她也是正经嫡出，姑母在宫中位列九嫔之一，表哥又是亲王。她本会有极好的亲事，但姑母私心想要让她入代王府为侧妃。

代王妃和代王成亲五六年都无所出，只要她能生下长子，日后王府还不是由她说了算？她是侧妃又如何？她有姑母撑腰，有梁家的情面，表哥不能薄待她。

她被说动，就等着入代王府。可赏菊宴之后，代王拒绝了与梁家的亲事，她也被沈羲和重罚了。外面传她不识分寸、德行有亏，别说之前好些官家子弟，就连高门庶子都不愿娶她。

愿意娶她的人都是些獐头鼠目之辈，她的婚事就这样被毁了。

“可想过报复？”碧玉又问。

“想！”梁丹璞高声应着，脸上全是诡异的笑容，“我一定要报复！”

“如何报复？”碧玉引导着问。

梁丹璞想了好一会儿，摇着头：“我定会想到法子。”

沈羲和听着，看她面上的阴鸷神色，就知道她心里只怕没少琢磨着怎么对付自己，只不过近不了自己的身，又有荣二娘子的前车之鉴，她到现在都还没有行动或是得逞，因此才会如此不甘和愤懑。

“芙蓉莲藕纹香熏球，你可有赠予昭容娘娘？”

“嗯，”梁丹璞呆呆地点了点头，“我用调配的三匀煎香讨好姑母。”

“香熏球可有独特之处？”

梁丹璞晕乎乎地摇了摇头：“有划痕。”

碧玉看了沈羲和一眼，又追问：“划痕如何而来？在何处？”

“划痕是宫婢不慎损坏，因是我相赠，姑母特意与我说了此事。在……”梁丹璞有些眼前发黑，“在莲蓬……”

梁丹璞还未说完，就因承受不住迷幻香而昏厥过去。

沈羲和看着莲蓬上的划痕，嘴角缓缓上扬，脸上有一丝冷意一闪而逝。

“给她点安神香。”沈羲和吩咐一声便出了厢房。门外有两个沙弥守着，她说道：“梁女郎有些困顿，约莫半个时辰便会醒来。”

沈羲和出入相国寺之事，无人知晓。第二日，她又入宫给太后请安，坐了片刻便退下，出宫之际恰好与时常出来散步的梁昭容遇上。

“梁昭容，可否借一步说话？”沈羲和先开口。

梁昭容有些诧异，以往昭宁郡主可从不将她们这些宫妃放在眼里，即便是在宫里遇上，也是远远见个礼，全了礼数便视若无睹地离开，今日是太阳打西边出来了？

心里这样想着，梁昭容顺势抬眼往日头上瞥了一眼，才抬手给跟随的宫女和内侍一个手势。

梁昭容挽着披帛随着沈羲和走到一处树木遮挡之处：“郡主有何事？”

沈羲和抬手张开五指，挂在手中的香熏球垂了下来：“梁昭容可识得此物？”

香熏球在沈羲和手中转动着，梁昭容看到莲蓬上面的划痕，目光闪了闪：“不识得。”

“梁女郎亲口与我说这是她赠予梁昭容的。”沈羲和问，“梁昭容要与我去陛下面前分辩？”

梁昭容面色微变："即便是我之物，又如何？"

"此物险些害我丧命。"沈羲和目光微冷。

梁昭容抬手一把将香熏球夺过来，将之狠狠地砸在地上："郡主说笑了，寻常物件，如何能害郡主丧命？郡主张口便是谋害，可有证据？郡主又是如何得到此物的？"

沈羲和平静地看着梁昭容的反应，蓦然开口："昭宁是最后一个见到卞大家之人。"

梁昭容呼吸一窒，不过在深宫里二十余年，早就喜怒不形于色："郡主，我是陛下的正二品昭容，岂容你空口白牙诬蔑？"

沈羲和淡淡地扫了她一眼，又瞥了一眼损坏的香熏球，嘴角轻轻一勾，便一言不发地走了。

沈羲和等人离开后，梁昭容的贴身宫女才上前，瞥见地上的香熏球，拾起来看到上面的划痕，面色一白："娘娘，郡主她……"

"她知道又如何，还能对我下手？"梁昭容镇定地冷笑道。

"郡主会不会对王爷不利？"宫女担忧地说。

梁昭容嗤笑了一声："她和她阿娘一样，清高得很。若非如此，她何须亲自来问我？"

"您为何要认下？"宫女觉得有很多法子可以打发郡主。

这位郡主的彪悍事迹，桩桩件件都骇人听闻，想想康王妃的细作，被削成了人彘送回康王府，就令人不寒而栗。

"由不得我不认。"梁昭容微微摇头，"你们都谨慎些。"

待沈羲和坐上马车，一直等在车旁的碧玉问："郡主，是梁昭容吗？"

"是。"沈羲和冷漠地吐出了一个字。

尽管这东西是梁丹璞送给梁昭容的，但沈羲和也没有立刻对梁昭容下手。因为她一动手，从不留活路，似萧长瑜这样的运道，也是他极聪明和有胆量才搏出的活路。

她不允许自己滥杀无辜，所以亲自来问。梁昭容没有直接承认做了此事，但她的态度告诉沈羲和，这事是她所为。那沈羲和就没有什么好顾忌的了。

梁昭容以为她在深宫之中，自己就拿她无法？

这人天真至极！

她沈羲和想要谁的命，除非改了主意，否则这人就没有活路可言！

"殿下，竟然是梁昭容！"天圆也有些不可思议。

萧华雍听了这话之后，仔细想想，忽地点了点头："倒也在情理之中。"

"就因郡主惩治了梁家女郎？"天圆觉得梁昭容没有这么疼爱梁女郎吧。

“自是不止于此。”萧华雍还知晓一些往事，“梁昭容与呦呦的生母陶氏未出阁之前，是闺中密友，二人都曾倾心西北王。”

天圆的眼睛亮了亮，他最喜欢听八卦，尤其是这种男女纠葛的八卦，就在期待殿下多说几句之时，迎来了殿下似笑非笑的眼神，立刻缩了缩脖子。

失策了，他忘了这桩桃色逸闻涉及郡主的爹娘。

出于对郡主的尊重，殿下也不可能将之细说给他听。

天圆忙转移话题：“梁昭容在宫中，郡主又是个恩怨分明之人，殿下也不相助吗？”

“这是要她命之人，孤以何身份相助？”萧华雍反问。

他倒是想为她出头，为她冲冠一怒为红颜，哪怕是动父皇的妾室……

可他敢吗？

他要是敢动，明儿她就能教他学乖！

“唉……”萧华雍轻轻地叹了一口气，“你不懂倾心之人过于聪慧是何等心酸。”

天圆一时语塞。

殿下，您的嘴角不要上扬得那么高，我会相信您是真的忧愁！

接着，萧华雍笑意有所收敛，这回是真正松了一口气，说道：“幸好……”

幸好什么，萧华雍未说，但天圆从这几日被萧华雍指派的任务能够窥探几分。

也不知是不是荣二娘子的事情给殿下造成了心理阴影，殿下竟然害怕郡主这一次招祸是因为他，故把身边的亲信排查了一遍。此举害得隐有察觉之人误以为他们之间出了细作，好一番互相试探。

现下水落石出，事情是梁昭容所为，殿下可不得松口气？

若是自己的心腹做的这事，他日后有何颜面面对郡主？

郡主对殿下已经重要到此等地步——她稍有风吹草动，就能让殿下人仰马翻。

沈羲和回到府中，就收到了东宫又送来的一篮石榴。东宫的石榴甘甜多汁，她让红玉捣出汁液做成糕点，甚是美味。

这次东西不是曹天圆送来的，而是东宫的内侍。内侍说道：“殿下说，红彤彤的石榴看着喜人，郡主多看看，便能展颜。”

他大概也是知晓她在宫中之事，送几个石榴哄她开心，也让她知道，她若有所需，可对他开口。

“代我谢过殿下。”沈羲和收下了石榴。

内侍却没有走，而是期期艾艾地说道：“殿下说，郡主若是得闲，可否再调些馄饨馅儿？上次的吃完了，东宫做出来的太子殿下说味道不对，对郡主的馄饨馅儿念念不忘。”

“你回殿下的话，改日我入宫亲自送去。”

沈羲和没有拆穿萧华雍的小心思。无伤大雅的事情，有来有往，她也乐意……嗯，宠着他一两回。

打发了东宫的内侍，沈羲和把随阿喜叫来：“我观你颇懂药性，尤擅制毒，你给我制一种要渗进入伤口才能中毒之毒，毒发要尽可能地慢。”

“慢性之毒，要致命都得一日不间断地下毒。”随阿喜回道。

“不，我要中毒之人必死，毒发却要三五日。”沈羲和提出要求。

随阿喜没有多少信心：“属下尽力一试。”

正因为熟悉药性，随阿喜才觉得沈羲和所求的毒药难成。但此乃沈羲和给他的第一件差事，他还是想要努力一番。最终结果不尽如人意，他并没有研制出沈羲和要的那种毒药。

“郡主，此毒涂抹在身上并无害处，一旦渗入伤口，毒素会潜伏在体内，三日后人会头热体虚似热感，若是为了退热服用紫雪丹，则会催发毒性。”

宫中的退热药方无数，太医会不会开紫雪丹就是个不确定因素了。

“太医署的黄医丞喜以紫雪丹退热，且吃药引发的热感，与紫雪丹对症。”随阿喜又说道。

他以往虽然在药园，但和太医署的人接触良多，对各位太医的一些医治习惯十分了解。

沈羲和抬头看着恭敬地立在一旁的随阿喜：“你很聪明。”

她由始至终没有告诉随阿喜这毒药是用来对付谁的，但随阿喜送来了香熏球，之后她查到香熏球的去向也没有避开随阿喜，他就能推断出她要对付谁了。

想到当日随阿喜能够把卞先怡藏到药园里，沈羲和觉得他能想到这些也正常。

“谢郡主夸赞。”随阿喜喜形于色。

“郡主，属下去安排？”莫远有点儿危机意识。

沈羲和想了想，说道：“不，用我们的人过于冒险。”

毕竟中毒而死是瞒不过的，一旦有人毒发身亡皇上是会彻查的。沈羲和站起身，去厨房调制了好大一盆馄饨馅儿，还亲手包了一百个馄饨，放在冰室里冻好，第二日就去见了萧华雍。

萧华雍看到沈羲和端到面前的一碗煮好的馄饨，颇为受宠若惊：“郡主？”

“酬劳。”

萧华雍有些茫然。

她为何不能哄一哄他？他很好哄的！

哪怕是谎言，他也可以相信的，真的！

萧华雍有点儿哭笑不得，先吃了两个馄饨：“不知雍何处能为郡主效劳？”

沈羲和看他吃了两个馄饨，才问："殿下难道不怕昭宁为难殿下吗？"

"雍倒是希望郡主能为难雍一番。"萧华雍说着，又吃了一个香喷喷的馄饨，有些满足地说道，"郡主为人端正，轻易不寻人相助，寻人相助也绝不是为难人之事。"

顿了顿，萧华雍接着说道："即便当真为难，我若推拒，郡主也不会因我吃了馄饨便强求我。"

沈羲和笑了笑，发现萧华雍虽不是谢韫怀那样的人，但和他相处起来一样自在。

"有一事，"沈羲和也不拐弯抹角，"三日后，梁昭容若传医工，望殿下让黄医丞前去。"

萧华雍听了这话只觉得是小事一桩："只需让去的人是黄医丞，便无其他叮嘱？"

"不用叮嘱。"沈羲和颔首。

一个人的习惯是很难改变的，只要是对症之药，除非没有，否则不会有变数。

即便梁昭容真有些运道有了变数，沈羲和再寻他法便是。

"郡主放心，此事交与我，确保万无一失。"萧华雍爽快地应下。

"殿下，我是要梁昭容的命。"沈羲和不希望萧华雍大意，待到梁昭容毒发之后清查，连累萧华雍折损人手。

她不在意萧华雍知道她是个什么样的人，既然日后要朝夕相处，还是不要对彼此抱有虚无美好的幻想为好。

萧华雍很愉悦，喜欢她对他如此坦诚，眼底流泻出丝丝缕缕的笑意："我知道了。"

我知道了。

只有四个字，他没有追问她为何要杀梁昭容，也没觉得她手段狠辣全无女子的娴静柔顺。

她说的是要杀人，他就这么轻而易举地答应了。

沈羲和很是欣慰，留在东宫与萧华雍说了许多话。萧华雍偶尔专注地看着她，像是在认真听，又像是在仔细瞧她的容颜。

"郡主是否气色好多了？"等沈羲和离开之后，萧华雍才问。

他现在看不到色彩，只能从沈羲和的精神状态来判断她的身体状况，算一算她用汤药也有一段时日了。

"郡主可真是脱胎换骨，两颊绯红，神采奕奕。"天圆也惊叹于沈羲和的转变。

萧华雍闻言嘴角上扬，习惯性地用小拇指摸了摸眼尾的细小黑痣："如此便值得……"

后宫生活枯燥乏味。陛下已经渐渐不再留恋于后宫，这些年不再招新人入宫，也极少去后宫走动。因此后妃们生活单调，各自养成了固有的习惯。

譬如梁昭容每日会大致在某个时辰于何处做什么，这些都轻易可探查到，这才有了上次沈羲和与她“偶遇”的情况。她还有个习惯，就是每日要亲自去给自己养的猫送吃食，并且逗弄片刻。

今日她照例前去，将吃食递到猫面前，伸手触碰俯首舔食的猫，却不料猫突然一爪子朝着她的手背挠去，猝不及防地在她的手背上留下了三道抓痕。

梁昭容疼得龇牙咧嘴，立刻让人查看猫为何发狂。最终找到原因，原来是她新换的一种护手香膏，香气刺激到了猫。

伤口不深，梁昭容并未放在心上。此后三日，她突然发起热来，只当是夜里着了凉，传话去太医署，请来了黄医丞为她诊脉。黄医丞把脉后，见是寻常热感，便照例开了紫雪丹。

谁也没有想到，夜里服下紫雪丹睡下的梁昭容——一早宫女去叫她起床，一掀开纱帐——满脸青紫。宫女惊骇的叫声震惊了整个后宫。梁昭容在睡梦中中毒而亡之事，更是引得宫中上下人人自危。

祐宁帝震怒，他的后妃竟然在自己的寝宫里被无声无息地毒死了。若不查出真凶，岂不是他哪一日也会被无声无息地毒死？

然而这番彻查注定是会令人失望的，负责此事的官员没有查到任何可疑之人。

福无双至，祸不单行，梁昭容的死因尚未被查出，天山又传来消息——六殿下萧长瑜坠崖而亡，尸骨无存。

一时间噩耗连连，祐宁帝决定于秋狝之前先去相国寺祈福。

“有些不对劲。”沈羲和皱眉。

“何处不对？”碧玉紧张地问。

“代王府的反应不对。”沈羲和敛着目光，“梁昭容的贴身之人不可能丝毫不对我生出疑心，代王听了禀报绝不会没有丝毫异动。”

她做好的准备，一点儿没有用上。

梁昭容的宫里也有他们的人，这个人是沈云安交给沈羲和的。先帝在位时大肆充盈后宫，宫女逾万人，各方势力都是伺机而动，没有少送人入宫。

即便祐宁帝登基之后，几次三番大肆清洗，终究还有埋藏得极深的探子。

她特意调制了梁昭容喜欢的护手香膏，混入宫内送上的用度里，只要梁昭容看到，就拒绝不了，至于如何让梁昭容看到，不过一点儿银钱的事情。

香膏里有些东西会让猫暴躁，为此她可没少拿短命测试。猫的爪子里藏了随阿喜新配的毒药。此毒入体会潜伏三日，三日后才有发热的迹象。

这个时候梁昭容若是发现中毒，还有救，一旦发现之前服用了紫雪丹，就回天乏术了。

梁昭容做了什么事，她的心腹一定知道，总不能是她亲自将香熏球挂在下先怡的房内的吧。沈羲和那日拿了香熏球去质问梁昭容，这事也不可能瞒过梁昭容的心腹。

无论如何，梁昭容的心腹都应该对沈羲和有所怀疑才是。

“会不会有人在相助郡主？”红玉想到了太子殿下。

沈羲和的针穿了出来，红色的绣线透着光，她坚定地说道：“不会。”

她既然亲自去找了萧华雍，言明只要漪兰宫传太医，让黄医丞去，萧华雍就不会画蛇添足。

“郡主，昨日代王殿下与十二皇子发生了冲突。”莫远禀道。

“哦？”沈羲和微讶，仔细想了想，释然一笑，“原来如此。”

“原来是十二皇子帮了郡主。”红玉恍然大悟。

手上的针顿了顿，沈羲和淡淡一笑，未发一语。

沈羲和心里却觉得陛下的几个皇子当真是有意思，没有一个草包，这也算是一种能耐。

她见过不少大家族，极少有同一代中百花齐放的情况，即便是隔房也总有一些资质平庸之辈。可陛下的皇子，就目前她接触的来看，都不简单。

“殿下，您不将相助郡主之事告知郡主吗？”

漪兰宫内，十二皇子萧长庚的心腹内侍戴一低声问。

“并非我相助了郡主。”萧长庚练完字搁下笔，端详了自己写的字片刻，有些不满意，“而是郡主相助了我。”

他重新铺了一张纸，提笔蘸墨，腕上用力，一气呵成，一个“忍”字充满苍劲之气。

他十四岁了，再不是那个需要宫妃抚养的皇子，六岁到漪兰宫，至今已八年。

梁昭容虽不曾苛待他，却也带着全宫上下的人漠视他。这些年他小心翼翼，没有一日不渴望自由。他与代王相差八岁，梁昭容生怕他表现出一丝聪慧的苗头，让人轻慢了代王。

幼年时，他懵懂无知，以为在秘书省勤奋努力，总能得到父皇的赏识，但后来因此吃了大亏，险些丧命才知道，没有母亲的皇子是没有依靠的。

没有丰满羽翼的人，就不要展开翅膀，让人知晓你拥有翱翔九天的能耐。

皇子十岁便要配置王府官署，可梁昭容从不帮他向陛下提及，陛下也刻意忽略他，以致他到现在还是个一无所有的皇子。

沈羲和要对付梁昭容——他是看到有人对梁昭容的猫做手脚才发现的。他暗查之后猜到是沈羲和在策划此事，虽不知是何缘故，但还是从中推波助澜了一把。

他渴望离开皇宫，渴望搬入自己的府邸，渴望自己当家做主，再也无人能管着他的吃穿用度。

还有什么是比梁昭容逝世更顺理成章的法子呢?

否则他还要再熬两年，才会因为已到知晓男女之事的年龄，搬离漪兰宫。

他把梁昭容的贴身侍婢投了井，为沈羲和的人换走香膏做了掩护，从而让梁昭容的死成了一桩悬案。

“可现在……宫里都在说是您……”戴一有些不忍。

现在宫里因为查不出梁昭容的死因，有一种传言甚嚣尘上，那就是刚刚开始听政的十二皇子是一只白眼儿狼，对梁昭容下了毒手。

毕竟宫里很难进外人，后宫会下钥，能够悄无声息地不惊动旁人毒杀梁昭容的人只能是萧长庚。

“让他们去查！我清清白白，不怕他们查。他们传得越厉害越好。”萧长庚轻勾着薄唇。

他们越诬蔑他，待到证明他无辜之后，他得到的补偿越多。

这些流言甚至有他在背后推波助澜。

写完一个“忍”字，萧长庚又写了一个“贰”字：“她帮了我两次。”

第一次她让陛下不能再无视他，他有了听政之权；第二次她帮他杀了梁昭容，他有了开府之权。

她的出现，改变了他的命运……

“天圆哪，”东宫里，萧华雍翻阅着一封封文书，突然懒洋洋地开口，“孤心里有些不得劲。”

天圆讷讷低唤：“殿下……”

“小十二倒是乖觉，没有去呦呦面前卖好。”萧华雍合上一份文书，“可他会不会对呦呦有了非分之想？”

天圆不知如何作答，想说十二殿下与郡主都没有见过几次面，这次出手也不过是为自己谋利，哪里就扯上对郡主有想法了？

他突然发现殿下得了一种病——疑心病。这种疑心病只体现在郡主身上，但凡有个儿郎和郡主见了面，殿下就会怀疑对方觊觎郡主。

“他想搬出宫，你说孤把他弄到东宫来可好？”萧华雍忽地笑得有些邪气。

“殿下，十二殿下聪慧，若到了东宫……”天圆觉得这是一着险棋。

“聪慧才好，他若像老六一样，什么事都省了。”萧华雍脸上的笑容更深了。

萧华雍想让他来东宫，就是让他看清楚他七哥是个怎样的人，再掂量掂量自己，他就会明白什么是知难而退，什么是识趣。

天圆知道拦不住。

萧华雍又请了太医，陛下知道了自然要亲自过来看望一二。

萧华雍趁机委婉地说道：“咯咯咯……儿这是心病，前些日子……见了几位哥哥弟弟在马场说说笑笑，喀喀喀，儿身体不好，常常艳羡兄弟们时常相聚，又都比邻而居。儿时常想，若是阿娘活着，儿有个一母同胞的兄弟姊妹，应不会碍于儿……储君身份而生分……”

祐宁帝听明白了，儿子之所以心中郁结，是羡慕其他兄弟可时常往来。

他是储君，和其他兄弟有尊卑之分，又体弱难以与他们玩儿到一处，自小还出宫在道观将养……

想到这里，祐宁帝便想到萧长庚也体弱，正好自己这个时候并不想让萧长庚搬出皇宫。代王刚刚丧母，这个时候他给萧长庚加封开府，只怕会让这两兄弟反目成仇。

祐宁帝正为这件事发愁呢，这不，太子就替他分忧了。

第二日，祐宁帝下旨，让十二皇子萧长庚搬到东宫，与太子殿下做伴。

沈羲和听到消息愣住了：“你说陛下让十二皇子暂去东宫与太子殿下做伴？”

莫远还是第一次听到沈羲和这么错愕的语气：“是，陛下已经下旨了。”

沈羲和眼睛不眨地看着不远处的平仲盆景，越深思越看不懂萧华雍的用意：“难道是这位十二皇子有何处令他忌惮？”

东宫是个特殊之处，是身份的象征，尤其对皇子而言。

萧华雍的储君之位的确等同虚设，即便陛下再送一位皇子暂居东宫，也不会引发朝廷各方势力异动，毕竟他们都默认了萧华雍过几年就会病逝。

但这于礼法是不合的，不仅是打了萧华雍的脸，御史那一关也过不了。

如今还能风平浪静，只能是萧华雍本人的意愿。

她实在是弄不明白，除了忌惮，萧华雍为何要将萧长庚弄到东宫去？

总不能他真是为陛下分忧，体恤幼弟吧？或是深宫孤寂，他需要一个伴儿？

“呦呦，我来了——”

沈羲和的思绪被步疏林打断。自从军需的事情被解决之后，步疏林走路都带风，不是去大理寺调戏调戏崔晋百，就是来沈羲和的郡主府一个人喋喋不休。

“今日天晴日头又不大，最适合骑马散心，我们去骑马吧。”

沈羲和看着她奔到近前，手上还拎了个包袱：“这是……？”

“我备下的骑装。”步疏林说着就将里面的胡服翻出来。

翻领、对襟、窄袖，一件月白色印有杏色团纹，一看就是女式服装，另一件是杏色印有月白色团纹——两件是一样的花样。

“你要穿着这身衣裳与我一道骑马散心？”沈羲和问。

步疏林看了看两件衣袍：“有何不妥？”

沈羲和的目光落在步疏林的脸上——细长英气的眉，比自己黑了许多的肤色——她觉得自己多虑了。沈羲和原是担心穿这样的胡服，又有自己在身侧，怕旁人联想到步疏林是女儿身。

“好。”沈羲和也想去试试自己的身体恢复到何种程度了。

这两日她已经可以小跑了，骑马只要不狂奔，应当是没有问题的。

她换上了步疏林带来的月白色骑装，这一身较短；步疏林也换了一身。

沈羲和虽然没有上妆，但肌肤如雪，眼神明亮，眉尾细长入鬓，一眼就能看出是个绝色佳人。

步疏林往那儿一站，满身的纨绔气息扑面而来。

两人骑着马，缓缓路过长街。这是沈羲和第一次骑马游街，看着两旁的百姓和商贩，铺子里人来人往，忍不住嘴角上扬——这些吵闹声让她觉得鲜活动人。

“那不是蜀南王世子吗？他又换女郎了？”

“真是造孽啊，也不知哪家女郎又要被这浪荡子糟蹋！”

“我前两天还听说祝娘子为这位步世子绝食呢！”

“这女郎男装也难掩绝色，颇具风情，难怪蜀南王世子舍了祝娘子。”

沈羲和听着这些议论，似笑非笑地睇了步疏林一眼。步疏林讪讪地回她一笑。

二人出了城门，步疏林带着她去了常遛弯儿的地方。这里草坪宽阔，正适合沈羲和这样初学骑马之人。

她们在郊外骑马散步闲聊之际，萧长庚拎着略显寒酸的包袱来到了东宫，先去给萧华雍见礼。

“十二郎拜见太子殿下。”萧长庚端端正正地行了君臣之礼。

萧华雍是储君，储君与旁人不同，旁人可以只是兄弟间见礼——储君亦是君。

“十二郎不用多礼。”萧华雍低沉的声音响起。

萧长庚缓缓起身，许久没有再听到萧华雍开口，一开始还立在一旁，大概是等了一刻钟也没有等到萧华雍其他的话，才抬起头要开口，就对上萧华雍银辉凝聚的深沉双眸。

只是这一眼，萧长庚就有种自己没有穿衣裳的错觉。

他迅速垂下眼眸：“太子殿下若无吩咐，十二郎恳请退下，整理衣物。”

萧华雍将目光轻轻地从他和戴一身上扫过：“旧物便扔了，到了东宫，孤短不了你的用度。”

萧长庚紧了紧手，十分顺从地应了一声：“是。”

萧华雍看到他的反应，眉峰轻抬：“孤对乖巧听话之人甚是喜爱。十二郎不问问孤，为何要将你收留在东宫吗？”

“收留”二字实属扎心，无时无刻不在提醒萧长庚——他就像无根的浮萍，没有任何属于自己的领地。他低声笑了，抬起头直视萧华雍——这个雍容华美、高贵清雅的太子哥哥。

太子殿下在他面前撕掉了伪装，让他有一种喘不上气的压迫感。萧长庚回道："太子殿下能一直收留十二郎吗？"

"你想一直留在东宫？"萧华雍用漫不经心的目光上下打量着萧长庚。

"十二郎觉得，除了六哥以外，没有哪位哥哥不想留在东宫。"萧长庚任由萧华雍打量，"但太子殿下您并不能将十二郎长留东宫，十二郎只是东宫的一个客人。"

"因此，你不在意孤为何让你暂居东宫。"萧华雍懂了萧长庚的意思，"你不惧孤要对你做些什么。"

"十二郎无牵无挂，无欲无求，自是不惧。"萧长庚硬气地回答。

"哦？"萧华雍轻笑一声，笑容却在一瞬间收敛起来，冷峻得令人胆寒，"也不惧死亡吗？"

萧长庚心口一紧，面上却不显："太子殿下当真以为杀人之器可以不沾血吗？"

"杀人之器自是要沾血的，可若是旁人之刃，沾不沾血、沾了谁的血，又与我何干？"萧华雍语气轻缓，有股子说不出来的从容气势。

萧长庚身后的戴一被吓得"扑通"一声跪在地上，瑟瑟发抖。

萧长庚瞥了他一眼，不肯折腰低头："太子殿下蛰伏已久，要借刀杀人，总是要暴露行迹。十二郎竟如此有幸，能劳动太子殿下不惜暴露自己也要置十二郎于死地。"

"你还是太稚嫩。"萧华雍低声笑着摇了摇头，"孤要你死，何须大动干戈？众人皆知孤至多能活三年五载，你说要是孤自今日起插手朝堂之事，大肆揽权，又处处表露栽培你之意，你会如何？"

皇太子就是皇太子，该属于他的权力谁也剥夺不了。他往年是主动以身体不适为由推拒了，但是今日起若不推拒，谁也无法置喙。他将萧长庚接过来，所有事办得妥妥帖帖，再让外面的人都知道这些事都是萧长庚所为，那么这个被东宫太子大力扶植、势要在油尽灯枯之前培养出来的接班人，如何能够不招人忌惮，如何能够不被推上风口浪尖？

他借刀杀人，不见一滴血，还掩饰了自己的昭昭野心。

萧长庚忍不住后退一步。

"孤再告知你一事，"萧华雍低声说道，"你的六皇兄未死。他只是因为惧孤，才选择早日跑了。你又可知他何以如此惧孤？"

萧长庚脸色一白。

他一直以为六皇兄萧长瑜是只爱美人不爱江山。他怀疑过六皇兄的死，因为卞大家也死了，这未免有些太巧合。他没有想到六皇兄之所以如此决绝，不仅是因为美人，更是因为眼前这位太子皇兄让六皇兄绝望畏惧到不敢对皇位生出一丝一毫染指之心。

“因为……七年前，他亲眼看到我掐死了你的大皇兄……”萧华雍慢悠悠、轻飘飘地说出了一个惊天秘密。

萧长庚再也支撑不住，踉跄几步扶住旁边的殿柱。

大皇兄明明是淫乱宫闱，被陛下捉奸在床，才被陛下处死，为何太子殿下说是他亲手掐死大皇兄的？

七年前，大皇兄已经是弱冠之年，而太子殿下不过十二岁。他……他不仅活生生掐死了大皇兄，还瞒天过海地布下了一个局，以至于到现在都无人知晓大皇兄真正的死因。

那一年，六皇兄也才十二岁。又是什么缘由，让目击者六皇兄选择把这件事烂在肚子里，不敢站出来指证太子皇兄？

这么多年来，太子皇兄明知六皇兄是知情者，却丝毫没有对六皇兄下手，这是何等自信？

这个消息带给萧长庚的冲击实在是太大了，完全超出了他的心理承受能力。

这个消息还将一个事实摆在他的面前，那就是萧华雍已经杀过皇子，而且杀得轻而易举。

“天圆，你带十二郎去腾出的掬月殿。”萧华雍又恢复了懒洋洋的语气。

“诺。”天圆恭敬地应道，转身走到萧长庚面前：“十二殿下请随属下来。”

萧长庚面色颓丧，却依然没有忘了礼数，给萧华雍行了礼才极力镇定地跟上天圆的步伐。

他的反应倒是让萧华雍高看了一眼。等他的身影消失不见后，萧华雍有些惋惜：“可惜了……”

这么好的苗子，被耽误到今日，要是早些栽培，此刻萧长庚已然能独当一面了。

天圆很快就折回，因为接到了另一则消息：“殿下，郡主与步世子外出游玩了……”

说完，天圆立刻缩着脖子，时刻准备迎接萧华雍的雷霆之怒。

自天山回来之后，殿下就对郡主格外在意，任何人稍微靠近郡主一些都会没有好果子吃。

九殿下现在忙得像个陀螺，手上净是要离开京都办的差事，都快不像京都之人了。

十二殿下还是个小孩子，瞧瞧他们殿下把人吓得多可怜。

步世子，您自求多福吧。

出乎天圆意料的是，萧华雍虽然收敛了笑意，却没有发怒，绷着下颌沉吟了片刻，说道：“罢了，左不过孤现下也不能陪她玩乐，有人陪着她，她欢喜便好。”

萧华雍是在吃醋吗？

当然！

他不仅不喜欢男子靠近她，就是女子也不行，不得不极力控制着自己的占有欲。

他深知若是太过强势，他们将再无可能共结连理。

步疏林是女儿身的事，他早已知晓。他不能剥夺沈羲和交友的权利。

她欢喜便好，哪怕这份欢喜不是他带来的。

萧华雍闭上眼一遍遍地说服自己，最终还是说服不了，霍然起身："孤出宫一趟。"

他可以忍受她获得旁人带给她的欢乐，但不能忍受自己看不到她的欢乐。

沈羲和今日是真的很开心。她骑上马，一开始马都是有人牵着的。渐渐地，她熟悉了马匹便让墨玉松手，自己缓慢驱动，尽管没有策马狂奔，但已能自己骑马。夙愿得偿，沈羲和心里说不出有多开怀。

"瞧你这般高兴，我日后常陪你来骑马可好？"步疏林驱马到她身侧，看着她眼底光芒闪烁、神色雀跃，觉得空气中的泥土之气仿佛也被她的笑容感染变得清新起来。

"好。"沈羲和一口答应。

步疏林看到一丝碎发沾在了沈羲和的唇瓣上，因为离得近，便自然地伸手为她拨开。沈羲和因知她是女子，也真心视她为朋友，便没有闪躲。

换了副容貌的萧华雍与几个世家公子驱马行来，竟正好看到了这一幕。

风和日丽，天朗气清，泛黄的枝叶在风中轻轻摇曳，远处有潺潺溪水流动，天地间一片柔和光景。

两匹骏马并驾齐驱，身材略显高大的步疏林与沈羲和偏向彼此。步疏林低头，动作温柔地替沈羲和拨开发丝，眼神专注，唇畔笑容宠溺。

任谁看这都是一幅郎情妾意的和美画面，就连知晓步疏林是女儿身的萧华雍面色都有些不好。

跟随萧华雍一道而来的崔晋百，看着这一场景更是面色如锅底。

"崔少卿这是何故？莫不是步世子另寻新欢，惹你吃醋了？"身旁的郎君看到崔晋百面色阴沉、鼻孔放大，忍不住戏谑了一句。

这声音不轻不重，恰好沈羲和与步疏林都听到了，便齐齐回头。沈羲和最先看到一位身着藏青色翻领袍、腰束玉带的郎君。

他朝她看来时，眼底银辉凝聚，如渊似海。

沈羲和对上这双眼眸，没有表现出一丝讶异之色，不动声色地将目光移向其他人，好似浑不在意一般。

尽管她一度怀疑这个人就是萧华雍，但没有实证之前，不能轻举妄动。

这次她给他玩儿点儿新花样。

互相打量间，萧华雍和崔晋百等人驱马过来。有人朗声笑着对步疏林说道："步世子，我等没有打扰你与郡主的雅兴吧？"

"有。"步疏林没有答话，沈羲和冷淡地抛出一个字。

来人完全没有料到沈羲和会这般冷淡，场面话都没有一句，直接摆出不欢迎他们的态度。沈羲和的身份又摆在这里，他也不好多说什么，只能自讨没趣地摸了摸鼻子。

“萧大郎、崔少卿、文四郎……”步疏林先一个个地打招呼。

沈羲和拉起缰绳，掉转马头缓缓往一边走去，完全不搭理他们。

“郡主她……”有人想说沈羲和过于目中无人，毫无礼教，却被那位萧大郎扫过来的眼神给震慑住，只得把余下的话咽下去。

这些人到来之后，沈羲和就扶着墨玉的手下了马，把缰绳交给莫远。沈羲和由墨玉陪着，站在一旁的山坡上，望着远处起伏的山峦，吹着丝丝缕缕秋意浓烈的凉风。

步疏林打完招呼，就追随沈羲和离去——这些人怎么能耽误她陪美人呢？

“我素日也与他们一起玩闹，因此他们才会追来……”步疏林低声解释。

她忘了叮嘱这一群狐朋狗友，别来打扰她陪美人的美好时光，这些人真是什么热闹都要凑！

沈羲和将被风吹乱的碎发捋至耳后，转头向远处瞟了一眼，发现那群人似乎知晓她不喜欢他们，虽然没有离去，却也没有靠近，便问：“领头的是何人？”

步疏林也回过头看了一眼，才回道：“萧甫行，汝阳长公主家的嫡长子。”

他就是牵涉胭脂案的韦焘韦驸马之子？

沈羲和第一次见到萧甫行。他长得可谓丰神俊朗，一举一动优雅自持，高坐在骏马之上，有股子说不出的神勇气质，身形挺拔，四肢细长，面容不似京都儿郎白皙，亦不似沈云安那种久居边塞的粗糙黝黑的样子。

他的肤色恰到好处地展现了一种健康有力的美感，他面容棱角分明，却有一双含情的眼睛。

“韦驸马受胭脂案牵连，长公主被蒙在鼓里，后上缴大笔胭脂案赃款入国库。陛下感念当年被贬西北，长公主多方周旋，才能保全太后、陛下和谦王兄弟的性命，因而并未追究，判了长公主与韦焘和离，萧甫行自此也改随母姓。陛下原想给他封个爵位，但被拒绝了。”

步疏林还是很佩服萧甫行的，侯爵之位多少人垂涎？

男儿在世，要么承袭爵位光耀门楣不使先祖蒙羞，要么建功立业封侯拜相。

只不过长公主虽然和驸马和离，驸马到底离世了，萧甫行要守孝三年，不能远赴疆场建功立业。

“也是皇亲国戚……”沈羲和若有所思。

其父韦焘能够整出令祐宁帝都谈之色变的胭脂案，被揭发之后其母还能保全他，祐宁帝还想给他封爵，这说明韦家和长公主不容小觑。

这样的角色倒也撑得起那样的身份，那他效忠于谁？

“他素日与谁来往密切？”沈羲和又问。

步疏林发觉沈羲和对这小子似乎过于关注，不由得回头又看了萧甫行一眼。

阳光拨开云层，自高空洒落，笼罩其身，将他衬得玉质金相，是个让人过目难忘的俊美儿郎。

“呦呦，你该不会是……”步疏林不由得多想。

沈羲和出身西北，应该会比较偏爱阳刚的儿郎——可她是准皇子妃!

沈羲和投给她一个淡淡的眼神。步疏林立刻打断了脑中浮想联翩的场景，认真想了想，正色道：“他幼时与景王殿下孟不离焦。后来景王殿下去了安南，他就和我们不打不相识了。我们认识的时间也不短了。”

“景王殿下？”沈羲和陷入沉思之中。

“你……你该不会因为他就要嫁给景王殿下吧？”步疏林有些担忧，“虽然我看不上病恹恹的太子殿下，但景王殿下娶你要付出的代价极大，我觉得不太可能。”

景王手握安南大军，要娶沈羲和就得卸下铠甲，放下兵权，否则整个大兴的疆域基本都落在了他们手中，陛下还睡得着?

“女郎的特性在你身上，也就只有爱胡思乱想这一点了。”沈羲和白了步疏林一眼，打算吩咐墨玉他们准备启程回府。

就在此时，崔晋百和萧甫行走过来。萧甫行对步疏林说道：“步世子，我们打算猎些野味儿在此饱餐一顿，特来邀你与郡主。”

“好啊，好……”步疏林最喜欢在野外打了野味儿就地烤着吃，蜀南将士都喜欢，但应了一声才反应过来，沈羲和不喜欢与太多人相处，忙推拒，“改日吧，改日我再邀请各位。”

“你想去便去。”沈羲和淡淡地说道。

“我不想。”步疏林以为沈羲和不高兴，连忙表态，摇头如拨浪鼓。

崔晋百盯着步疏林，眼神越发不善。这人在旁人面前张牙舞爪，凶猛得像是不服输的野豹；到了昭宁郡主面前，就温驯得像家猫，就差摇尾乞怜求恩宠!

“看什么看？！”察觉崔晋百阴沉的目光，步疏林不乐意了，凶巴巴地回怼，“我把话搁在这里，就因为有你这块臭石头，我食欲都没了，还吃什么吃？”

崔晋百磨了磨牙，忽地冷冷一笑，说道：“如此，日后每至用膳之时，你都见到我，岂不是得活生生饿死？”

“倒也不至于如此。”步疏林怎么可能掉坑里呢？她上前用胳膊撞了撞崔晋百，还冲着他扬了扬眉：“崔少卿往日不是避我如蛇蝎吗？今日怎么想着与我朝夕相对呢?

“我可说好，崔少卿要是愿意八抬大轿地入我蜀南王府，又愿意……”

“咯！”萧甫行轻咳一声，打断步疏林越来越离谱的言语。

步疏林这才反应过来，调戏崔晋百成了习惯，又忘了她冰清玉洁的呦呦妹妹还在呢。

第十七章　惊闻遇险悔情殇

“呸呸呸，你什么都没有听到。”步疏林折回身就捂住了沈羲和的耳朵。

这下子不仅崔晋百，就连萧华雍的脸色都黑了。

沈羲和一把挣脱她，皱眉瞥了她一眼。

“我错了，我错了，忘了净手，这就去洗一洗。”步疏林知道沈羲和有洁癖。她骑马握了缰绳，沈羲和嫌弃不干净。她忙跑向自己的马匹，取下水囊开始净手。

崔晋百迈步跟上去后，这里只剩下了沈羲和与萧华雍。萧华雍没有带下人，沈羲和则带着墨玉和莫远。

萧华雍对沈羲和颔首：“郡主。”

沈羲和淡淡地回了一礼，就无言地从他身边走过。此处风大，沈羲和轻易就闻到了他身上独特的多伽罗香气，却装作没有认出他来。

萧华雍转头看着沈羲和远去的背影，有些意外。以往沈羲和一看一个准儿，他没有一次在她面前瞒住过，就连他扮成女郎秦孜颉时都引起了她的怀疑。

偏偏这一次，她好像真的一点儿都未曾识破。这让萧华雍忍不住看了看自己这身装扮，又仔细回想了一下——这次易容有哪些步骤与往日不同，才能瞒天过海。

琢磨了半晌，萧华雍也没有琢磨透，索性不琢磨了。

另一边，步疏林一只手拿着水囊倒水洗着另一只手。崔晋百见她如此有些笨拙，便伸手抓住水囊：“我帮你。”

步疏林这会儿正生他的气呢，若非他招惹自己，自己怎会惹得呦呦生气？

“不用。”步疏林不松手。

素来稳重老成的崔晋百这会儿也有些不悦，甚至起了恶趣味儿，偏要破坏她刻意在昭宁郡主面前维持的好儿郎形象，用力拽水囊：“我帮你。”

“我说不用！”

“我帮你！”

“不用！”

两个人互相争抢，突然水囊一歪，步疏林先松了手——崔晋百一个用力，水囊里的水全部泼在了步疏林的衣裳上，她的衣服的胸前、下摆湿了一大片。

崔晋百有些无措。

步疏林一把夺过水囊，将剩下的一半水直接往崔晋百的脸上泼去，然后气呼呼地牵着马追沈羲和去了。

沈羲和已经上马打算离开，看着湿漉漉的步疏林，深秋凉意重，担心步疏林这样赶回去会着凉。

“你……能烤火吗？”沈羲和瞥见远处已经有几个郎君生起了火堆。

她们是出来骑马散心的，因此并没有带多余的衣裳。

“能，不过不需要。我身子骨儿好，在冬日寒潭里泡着也无碍，你莫要担忧。”步疏林也一个翻身上了马。

“还是留下来将衣裳烤干吧，我也想吃些野味儿。”沈羲和改了主意。

其实有个正当理由留下来，试探试探萧甫行的深浅，沈羲和对此求之不得。为了不引起萧甫行的怀疑，让他发现他已经被识破，沈羲和一直刻意表现得很淡漠。

如此一来，无论他是真的萧甫行，还是那个人假扮萧甫行出现，日后都会以此身份在她面前转悠——她才好将他的狐狸尾巴揪出来。

“那就留下来。”步疏林感动不已，以为沈羲和这是为了自己而忍受那群臭男人。

以沈羲和这样的性格，她能够为自己做到这一步，步疏林就差没有热泪盈眶了。

对上步疏林的眼神，沈羲和有些受不了，正要开口说不是为了她，见崔晋百和萧甫行二人走了过来，终是把话咽了下去。

“哼。”步疏林没好气地冷哼了一声。

她刚刚看出来了，明明呦呦还要安抚她两句，就是因为这两个不识趣的人，害得呦呦都不好意思说出那些温柔的话！让她错过了赢得美人关怀的机会！

步疏林伸手：“我刚洗干净！”

沈羲和还是把手递给了墨玉，由墨玉扶着她下马。

又忘了自己是“男儿身”的步疏林还以为自己的手有异味儿，凑近闻了闻。

她对沈羲和谄媚、迁就的模样，着实让崔晋百差点儿咬碎牙。

步疏林对他们表明了接受邀请之后，萧华雍就领着他们去了火堆旁。日近黄昏，几个公子哥儿都满载而归，有野兔、野鸡，还有一头小野猪。

步疏林一过来就豪放地宽衣，只着了雪白的里衣。沈羲和瞥了一眼她平坦的胸，收回目光，帮着她将衣裳架起来烤。

崔晋百也脱了外袍烤，把衣服与步疏林的架在一起，步疏林也不在意。她往沈羲和身边凑时，崔晋百先一步拽住她：“你衣衫不整，一个男儿围着郡主，成何体统？”

步疏林知道自己又大意了，一到沈羲和面前就忘了要把自己当男人。

她一把挣开崔晋百：“两个衣衫不整的男人，凑在一块儿成何体统？！”

崔晋百被噎得一语未发。

几个男人兴致勃勃地商量着怎么做野味儿，沈羲和在一旁听得有些皱眉——这些人粗俗得只知道对野味儿进行普通炙烤。

萧华雍注意到沈羲和轻微变化的表情，便问道：“郡主可有高见？”

沈羲和看了他一眼，冷淡地回了一个字：“无。”

“呦……郡主。”步疏林差点儿唤了沈羲和的乳名，不过极快地改口，“你就指点他们几句吧。”

她也想吃好一点儿，而且深知沈羲和于烹饪一道很有心得——她可是经常去郡主府蹭饭的。

所有人都眼巴巴地盯着沈羲和。

沈羲和感觉白吃白喝也有点儿不好意思，便说道：“这个时节，林子里应当有些香料，你们采摘一些来，或涂抹或藏于猎物腹中，肉会更美味。”

“哪些香料，郡主你快说说！”步疏林催促道。

沈羲和便说了些可以用来炙肉的香料。

萧华雍看了步疏林和崔晋百一眼，带着众人去寻，让他们留在这里烤衣裳。等他们回来，步疏林和崔晋百已烤干衣裳穿戴整齐。

“你们可带伤药了？”一回来就有人问，“大郎划伤了手背，我们都没有带伤药。”

野外炙肉是临时起意，他们没有想过打猎，因此也没有准备伤药。

“我这里有。”沈羲和担心自己第一次骑马出意外，因此带了一些伤药。

“有劳郡主帮大郎上药，我们去处理野物。”这人扔下一句话，众人就忙活起来。

沈羲和从墨玉手中接过了药，打算亲自给萧华雍上药。

萧华雍先是高兴，紧接着回过味来，自己没有被她认出来，她这般对自己，也就是说她对旁人也是如此，一下子面色就不好看了。

“多谢郡主赠药。”萧华雍伸出没有受伤的手。

沈羲和特意注意了他的手指。

自从太子再回东宫，她每次见到萧华雍，他的三根手指都是缠裹着布的，应是受了伤。她盯着他手心朝上的手，并没有看到什么伤痕。

沈羲和将伤药放在萧华雍的手上，没有多言，似放弃了亲自给他上药的想法。

萧华雍拿了药收回手，将药粉撒到被划伤处。

沈羲和状似无意地扫了两眼，却没有发现他手指上有任何伤。

“郡主，我们都准备好了，快来指点一二！”步疏林站在炙肉的火堆旁高喊道。

沈羲和看了他们一眼，一想到自己若不插手，这些人准会胡乱填塞一番，便走了过去。

她是不会动手的，都是一边说一边指挥他们动手，尽管条件简陋，但很快就有香气飘散开来。

众人兴高采烈，纷纷延颈企踵，有的还夸张地动了动喉结。

沈羲和不由得失笑，这些人什么珍馐美食没有尝过？不过是自己动手尤显得重视罢了。

就在野味儿要被烧熟之际，有马蹄声传来，是步疏林的下属。他拎着几个竹筒递给步疏林。

“沾了郡主的光，今日你们有口福，小爷我特意拿了珍藏的郫筒酒让你们尝尝。”步疏林接过竹筒，一人扔了一个，自己留了一个，殷勤地凑到沈羲和面前。

步疏林从下属手里拿过放置在锦盒里的杯子，给沈羲和倒了一杯酒：“甜的，你尝尝。”

蜀地有名酒，倾春酿于筒，苞以藕丝，蔽以蕉叶，香达于林外，不放香醪如蜜甜。

沈羲和对此酒早有耳闻，却从未饮过。应说她自幼从未喝过酒——她的五内俱弱，酒之刚烈，她极难承受。

闻着清香的一小杯酒液，沈羲和有些心动，便接过杯子浅浅地抿了一口，甘甜之味在口中散开，又一股灼热之感滑下喉咙，直击肠胃，在身体里蔓延，驱走了一丝寒气。

“如何？”步疏林眼含期待之色地问。

“滋味甚美。”沈羲和认可地说道。

步疏林满意地笑了，仰头就着竹筒大口大口地将酒灌下去，豪放地用衣袖抹了一下嘴：“你体弱，今日且尝尝味儿。待你好了之后，想喝多少我都给你弄来。”

她的话让萧华雍和崔晋百面色微沉。

倒是有与步疏林相交过密的郎君捏着嗓子说道：“世子，奴家也想吃。”

他旁边的郎君附和道：“可惜卿姿色欠佳。”

“讨厌——”

知道这群人纯粹就是拿步疏林打趣，沈羲和并没有生气。

步疏林冷飕飕地扫了那两个人一眼，目光投在远处的溪流上：“郫筒酒无，水管够，你们要吗？”

“不用，不用，世子无须这般客气。”两个人连连摆手，“我们是说要吃炙肉，吃炙肉。”

以前沈羲和对这些人或多或少是有些偏见的，总觉得他们游手好闲，虚度光阴，庸碌无为。

认识步疏林之后，沈羲和慢慢觉得有些人也许只是借此才能保全性命，有些人也许就是以此为乐。他们没有鱼肉乡里，没有仗势欺人，只是寻找属于自己的快活，风流却不下流，人品端正。如何过自己的人生，这是每个人的权利。

沈羲和在理解这些人的同时，这些人吃着香喷喷的炙肉，也对冷若冰霜的沈羲和有了一些好感，她似乎并无传言中那般冷漠无情、目中无人。

用完了炙肉，天光渐暗，再有半个时辰城门将关闭，众人一道启程。

越是达官显贵，宅邸越靠近皇城，走着走着，就只剩下崔晋百、萧华雍、沈羲和与步疏林。

长公主府和沈羲和的郡主府在一条街上，步疏林的府邸与崔晋百的崔府在一条街上。

到了岔路口，步疏林说道：“崔石头，小爷要送郡主归家，你且自行。”

“我有些物件落在长公主府里，随行止去一趟长公主府。”崔晋百说道。

萧甫行刚刚弱冠，已经有了字，字行止。

萧华雍扫了崔晋百一眼，并未多言。

几个人便继续往长公主府行去，沈羲和的郡主府坐落于长公主府后面，也是曾经的公主府，后来祐宁帝将宅子赐给了沈羲和。

先到了汝阳长公主府，萧华雍与崔晋百和她们道别。沈羲和亲眼看到长公主府的下人走出来，熟练、殷勤而又恭敬地招呼他们二人入内。

由下人的态度可以看出，崔晋百和萧甫行的关系的确很亲近。

沈羲和若有所思地收回目光。

步疏林将沈羲和送到郡主府，才掉转马头离开。

萧华雍一入长公主府，汝阳长公主便将他带到了萧甫行的房内。真正的萧甫行正一身素衣地坐在房内看兵书，见到萧华雍回来，忙起身行礼。

“劳姑母等候，姑母早些歇下。”萧华雍温和地开口。

“时辰尚早，我往日也要亥时才歇下。”汝阳长公主笑道，“殿下……是心悦昭宁郡主？”

汝阳长公主是萧华雍的亲姑姑。因为韦焘一事，是萧华雍保全了他们母子三人，如今他们也就是萧华雍的得用之人。

“是。”萧华雍大方承认。

“殿下不求陛下赐婚？”汝阳长公主问。

汝阳长公主猜想陛下是乐意沈岳山的女儿嫁给太子的，没几年就能守寡，一辈子都被扣在京都。

若沈羲和成为亲王遗孀，只要沈岳山够强势，还能将女儿接回去，可曾经的太子妃却不能被接回。

“侄儿希望与她的婚事能水到渠成，两情相悦。”萧华雍语气温柔地说道。

汝阳长公主明白了，太子殿下这是情根深种，不愿一道圣旨将沈羲和捆到身边。

萧华雍在长公主府换回自己的打扮，借助密道回了东宫。

汝阳长公主府内，却有一道纤细的身影深深凝望着他远去的背影，眼神落寞。

“溪儿，你现在姓萧。”长公主轻叹一声。

她之所以如此问萧华雍，就是要让萧华雍亲口承认已有心悦之人，断了女儿的念头。

曾经的韦闻溪，今日的萧闻溪，心悦萧华雍三年，十四岁那年在洛阳对他一见倾心，之后一直盼着他归来。

如今她却等来了父亲犯下天大罪行，等来改随母姓——同姓不通婚。

从改名为萧闻溪的那一刻起，她就知道再无和他在一起的可能。

“阿娘，我知晓，即便是不改姓，我还是韦家女郎，他亦不会娶我。”萧闻溪黯然地垂下眼眸。

她秀眉凤目，玉颊朱唇，嘴角天然微翘，俏丽若三春之桃，清雅似九秋之菊。

长公主有些怅然地将萧闻溪揽入怀中：“你能想通，阿娘很是欣慰。”

萧闻溪依偎着母亲，逼退眼底的水光：“阿娘，我们请郡主来做客可好？”

“溪儿？”

“阿娘，我想好生看看，是怎样的女郎能得他如此珍视。”萧闻溪仰头，眼露乞求之色。

长公主思虑半晌，应道：“好。”

萧华雍回到东宫时已是戌时，却见萧长庚的寝殿灯烛明亮，捧书的身影投在门窗上。

他径直回了自己的寝殿。焦急等候着的天圆看到萧华雍回来，一颗悬着的心才算落到实处。天圆连忙备好盥洗用具，最后才取了药水帮萧华雍浸泡指甲。没一会儿，一片完整的指甲脱落下来，露出了里面鲜红的肉。

萧华雍的指甲尚未长起来，因此他用经过特殊处理的指甲，隔着一层薄如蝉翼的细纱将其粘在手指头上。

因为用了药水，指甲脱落之后，指头上的肉有些发紫，天圆看了很是心疼：“殿下，您就别再出宫了，指甲得好生养养。”

萧华雍在宫里时手指一直是用药棉轻轻包着的，出宫要装成旁人，少不得要仔细处理。

“恐怕不行。”萧华雍微微一笑，说道。

“殿下……”天圆无奈至极。

“过两日秋猕，孤亦要随行。”萧华雍说道，“你放心，孤再不会用萧甫行的身份。”

天圆不解地问：“为何？殿下又被郡主识破了？”

“正是因为未被识破。”萧华雍冷着脸说道。

沈羲和是个性子冷淡之人，对人对事很难熟络。似步疏林和薛瑾乔，都是主动死缠烂打才得了她另眼相待。她对萧甫行未曾有过特别之处，只是不似寻常那般冷淡忽视而已。

这一点让萧华雍心里结了个疙瘩——他决计不会再用萧甫行这个身份。

身份没有被识破不好吗？看着萧华雍不悦的模样，天圆不敢多言。

然而才转过天的天圆没有想到，昨夜才信誓旦旦地说不再用萧甫行这个身份的萧华雍，一早听说汝阳长公主给沈羲和下了帖子，并且沈羲和应允了，就坐不住了。

“孤要去一趟汝阳长公主府。”太子殿下又开始折腾手指，“呦呦入京，对各府帖子一律回绝，今日竟然应允了姑母，指不定就是为了萧甫行。”

天圆无言以对。

沈羲和的确等着萧甫行再来，却等到了汝阳长公主的请帖——请她去公主府喝茶。

若是以往，沈羲和就拒绝了。可今日她猜想着也许这就是萧甫行的招数，因此破天荒地应允了。

等收拾妥当到了汝阳长公主府时，她只见到了汝阳长公主与其女萧女郎萧闻溪。

沈羲和与长公主见礼之后，萧闻溪也上前行礼：“闻溪见过郡主。”

这是沈羲和第一次见到萧闻溪，之前在芙蓉园并未见到人，之后太后的寿宴时萧闻溪已经是戴孝之身，也未出席。

这是个浓淡相宜的出挑美人。

“萧娘子。”沈羲和也回了礼。

“今日请郡主来，是谢郡主昨日对犬子赠药之情。我这女儿也对郡主慕名已久，想见一见郡主，学得郡主的两分仪态，日后受益无穷。”长公主语气和蔼，笑容慈爱。

“公主过奖，昭宁蛮夷之地长大，萧娘子有公主悉心教导，应该是昭宁向萧娘子学习才是。”沈羲和谦虚地说道。

躲在暗处的萧华雍心里莫名地泛酸，想一想沈羲和对待其他长辈时，虽不故作高傲，亦不会轻易放下身段表现得谦逊有礼，对长公主倒是不一样。

她定是因为萧甫行才如此！

这样想着，萧华雍不由得回首冷冷地看了一眼跟上来的萧甫行。

萧甫行感到莫名其妙。

他做错了何事？太子殿下为何要用这等寒凉的目光看他？

“不知郡主平日里都有些什么喜好？”萧闻溪一边说着，一边将沈羲和引到一个布置妥当的花架内。

四周花枝缠绕，清香怡人，石桌上茶点精美，旁边还有煮茶的茶壶和火炉。

“我日常爱煮茶。”她道。

“我不宜多动，平日里在府中也就是看看书，侍弄一番花草。”沈羲和回道。

萧闻溪请沈羲和坐下后，汝阳长公主也陪在一旁：“郡主若不弃，尝一尝闻溪煮的茶水。”

“有幸。”沈羲和微微笑道。

那放置在一旁的金鼎风炉不由得让沈羲和多看了一眼。对这等风炉沈羲和有些熟悉，在萧华雍的东宫里见到过。

尤其是萧闻溪用的炭火也与东宫相同……

她从缸中倒了水：“往年以为泉水煮茶最优，后来得人指点才知天水更佳。”

所谓的天水，是下雨之时，用复杂的工序收集而来的水。

“天水煮茶，壶不生垢，杯不染痕。”沈羲和回应了一句。

萧闻溪笑容加深，颔首道：“郡主亦是懂茶之人。”

沈羲和只是淡淡一笑。

汝阳长公主又拉着沈羲和说话。汝阳长公主认识陶氏与沈岳山，就与沈羲和说着她爹娘的事。

沈羲和一边应答着，一边留意着萧闻溪的一举一动，越看越觉得萧闻溪煮茶的模样和萧华雍有些相似。

泡茶有煮茶法和淹茶法。沈羲和几次去东宫，见萧华雍都是用的煮茶法。

萧闻溪的茶叶储存在镏金银龟盒里——这个茶盒沈羲和在东宫也见到过。

镏金飞凤纹银匙、双鱼纹海棠花形镏金银盏、绶带纹银碗……沈羲和看完之后便问：“萧娘子与太子殿下是否亲近之人？”

谁也没有想到沈羲和会如此直白地问出这话，汝阳长公主面露困惑，萧闻溪却笑容不变：“郡主何故有此一问？”

“我常去东宫，殿下亦善烹茶，萧娘子的煮茶手法与殿下相似，且茶具多有相同，因此有此一问。”

沈羲和压根儿没有往男女之情上说，只是在试探，试探的是萧甫行或者汝阳长公主府与萧华雍的亲疏程度。

萧闻溪不知内情，只以为沈羲和是在质问她。

不远处的萧华雍听了这话眉头一皱，从不知萧闻溪竟然对他有这等心思！

“郡主慧眼如炬。”萧闻溪坦然地笑了笑，“闻溪烹茶是偷学了殿下几分。闻溪与殿下不过两面之缘，并非亲近之人，若说关系，只能是表兄妹。”

沈羲和没有得到想要的答案，面上不显，只是微微颔首。

萧闻溪的内心却不平静，她默默关注萧华雍三年了，三年前就知道萧华雍的真面目，知道他的经天纬地之才、翻云覆雨之能。

他喜欢烹茶，却从不为他人烹茶。即便是陛下、太后，也未曾喝到过他亲自烹煮的茶水。

他竟然为昭宁郡主烹茶！而且听昭宁郡主的口吻，还不止一次——应是郡主每一次去，他都亲自烹茶。

那个宛如在神坛之上不染尘俗的男子，也有了烟火之气，但这一切与她无关。

“大郎君。”就在此时，外面有婢女行礼。

沈羲和转过头去，果然看到了萧甫行——萧华雍假扮的萧甫行。

汝阳长公主不知今日萧华雍会来，竟然没有认出这并不是自己的儿子，笑容亲切并未起身。

倒是萧闻溪有些愣怔，呆呆地站起了身。被身后的丫鬟拉了拉她的衣袖，她这才回过神行了万福礼：“阿兄。”

萧华雍先给长公主见礼，再向沈羲和见礼，然后才对萧闻溪淡淡地应了一声。

他的冷淡，让长公主的目光在二人身上来回看了一圈，她才恍然大悟。不过长公主并未表现出来，而是顺势说道：“兄妹二人闹了别扭？”

“是儿不好，向阿兄讨要阿兄珍视之物。”萧闻溪先答。

萧华雍便说道：“你知我的性子，我所珍视之物不容觊觎。”

萧闻溪俏脸微白：“是，闻溪知晓。”

微风中，熟悉的多伽罗之香拂过鼻息，沈羲和打量着长公主与萧闻溪的反应，所以这个人是真的萧甫行？

汝阳长公主看着女儿有些不忍，便说道：“茶水好了，阿兄素来疼你，可你要知分寸，日后莫要惹阿兄生恼。”

“儿知晓了。”萧闻溪勉强笑着应下，然后分茶。

沈羲和静默不语，心想这一家三口之间没有一丝违和感，所以一直以来假扮华富海等人的人都是萧甫行。

她不认为有人能够假扮一个人，以至朝夕相处的至亲都分辨不清；更不认为一个人要假扮另一个人，会胆大包天到让这个人周边之人都知晓，甚至能够毫不生涩地帮着唱戏。

萧闻溪将茶送到了沈羲和的手上，茶香浓烈却不违和。

沈羲和问道："萧娘子用了香料调茶？"

烹茶之时要用调料，比如盐、椒粉、生姜等。

"郡主尝尝。"萧闻溪笑而未答。

沈羲和尝了茶之后，发现茶原有的香味儿保留得很全，但又多了一丝与众不同的芳香，很适宜女子饮用，对男子就不大好了。

萧华雍饮后眉峰微皱："茶香已浊。"

"女郎饮茶，重于口感；儿郎饮茶，重于质感。"沈羲和倒是为萧闻溪说了句话，"多谢萧娘子的茶。"

能得到认可，萧闻溪还是很高兴的，便回答了方才的问题："此茶并非烹茶之时调以香料，而是炙茶之际，将茶叶与香料一道烘干，茶饼染香再碾碎为茶粉。"

"原来如此，萧娘子奇思妙想，昭宁回去也试一试。"沈羲和笑道。

萧华雍察觉到萧闻溪对自己的心思之后，就十分反感，这会儿见沈羲和竟然未觉，方才的试探也不是因心中不悦，只是单纯一问，就更不舒心了。

眼见二人相谈甚欢，萧华雍忍不住开始找碴儿："茶水未至三沸，涩味儿未绝。"

煮茶有三沸，一沸如鱼目，微有声，此时茶不可饮，茶味儿未出；二沸边缘如涌泉连珠，此时茶不好饮，茶味儿涩苦；三沸腾波鼓浪，此时饮茶最佳，甘冽香滑。

茶三沸之后不可再煮，水老不可食，对身体有碍。

"阿兄教导得极是，日后定当仔细。"萧闻溪垂首应道。

沈羲和低头再饮一口茶，其实不仔细去分辨根本喝不出茶水的涩味儿，茶水差不多已经是三沸起，不知为何萧甫行这般挑剔。

而且沈羲和不是很赞同他的行径——萧闻溪是他一母同胞的妹妹，即便何处有所不足，他也不该当着客人的面指出。倘若沈云安如此，她非得一个月不理他。

不过这是旁人的家事，轮不到她一个外人指手画脚。目的也达到了，沈羲和深觉萧甫行留在这里有些碍眼和扫兴，便不欲久留。略坐了片刻，她就推拒了长公主的再三挽留离去了。

沈羲和一走，萧华雍就变了脸。他顶着萧甫行的模样，目光染上了凉意："表妹，今日看在姑母的情面上，孤不与你计较，下不为例。"

这话看似在警告萧闻溪，他又何尝不是在敲打汝阳长公主？毕竟是长公主给沈羲和下的请帖。

"殿下恕罪，是老身放肆了一次。"汝阳长公主说着就要跪下请罪。

萧华雍先一步搀扶住她："姑母，我待表妹与阿行无二。表妹改随姑母姓，便又与我亲近了几分。表妹年岁渐长，姑母不若早日为表妹觅得郎君，待孝期一过，便可成婚。"

萧闻溪今年已经十七岁了，但是刚刚丧父，要守孝三年，出孝便是二十岁，即便是在本朝也是大龄。若是不早些寻觅，日后她恐怕很难找到好郎君。

萧闻溪闻言霍然抬头，眸底泛红，死咬着唇，不知作何感想。萧华雍正要离开，她拦在了他面前："闻溪不才，不知能否请殿下做媒。殿下心如明镜，最是能断人好歹。"

"本宫是能断人好歹，可不知你是好是歹。"萧华雍眼底泛着寒光，"有姑母与阿行在，本宫自不能害你嫁豺狼。可你心思不纯，孤又岂能让你祸害好儿郎？"

言罢，萧华雍没有多看萧闻溪一眼，就大步离去。

萧闻溪颓然地跌坐在地，眼泪如断线的珠子般一颗颗滚落："我只是想见一见她，只是见一见，为何就成了心思不纯？"

"妹妹，你不应当故意拿出与殿下一样的茶具，想引得郡主误会。"萧甫行轻叹一声。

他知道自己妹妹错在何处，亦知殿下为何如此恼怒，恐还有郡主明明认出了茶具，却未有半分醋意的原因。

原来，殿下尚且是单相思。

萧华雍是兴冲冲地出宫，气冲冲地归来。天圆一看到寒着一张脸的萧华雍，就缩了缩脖子。

哪怕天圆极力降低存在感，也无法逃避他是心腹近臣的事实。从天圆身边擦身而过时，萧华雍扔下了一句话："你今日真丑！"

天圆感觉简直莫名其妙。

萧华雍越想越气，越想越恼。

他心里知道她待自己无半分情意是一回事，被如此残忍地证实又是另外一回事。

偏偏他现在无半分立场去寻她，只能自己生闷气，她还毫不知情！

"天圆，去给我煮碗馄饨！"萧华雍觉得只能吃一碗馄饨才能降下自己心中的怒火。

"诺。"天圆如蒙大赦，赶紧退下。

天圆不但让东宫尚食监做了馄饨，还点了沈羲和送来的避寒香。清淡的香气缭绕，萧华雍的心绪缓缓平静下来。等到香喷喷的馄饨被端上来，萧华雍也就不那么气恼了。

几口嫩滑鲜香的馄饨下肚，萧华雍终是柔和了面色，吃着吃着竟失笑道："明知之事，怎么就控制不住自己呢？"

他素来心性刚毅，这几年更是能做到泰山崩于前而面不改色，几乎已经无人无事能够左右他的心绪。自从与沈羲和相遇，萧华雍当真是尝到了悲喜苦乐皆为一人牵动的滋味。

“人心可控，己心可制，唯有落于他人之身的己心难以控制。”萧华雍轻叹一声，埋头吃馄饨，吃饱了心里会好受些许。

尽管想通了，也安抚好了自己，但萧华雍明显兴致缺缺，心绪低落。

第二日，天圆一听到沈羲和来了，眼睛倏地一亮，忙不迭地跑去对半倚在靠背椅上的萧华雍禀道：“殿下，郡主入宫了，派人传话，少顷便来看望殿下。”

“当真？！”萧华雍精神为之一振，撑起的身体因为意识到什么又懒洋洋地坐了回去，口不对心地说道，“来了便来了呗。”

天圆仿若听错了一般。

他不是很明白，殿下明明脖子朝着门内的方向，为何眼睛还要故意看着相反的方向。

“殿下，您这是不想见郡主吗？”天圆故作不明地问。

“本宫何时说不想见呦呦了？”萧华雍瞪了天圆一眼。

“是属下会错意了，属下这就去备下茶点。”天圆谄媚地笑了笑。

“把那套双鱼纹海棠花茶具扔了。”萧华雍突然想到昨日在汝阳长公主府看到的茶具，也不知萧闻溪是如何知晓他有一套这样的茶具的，竟然仿制得一模一样。

“诺。”

天圆应声，正要退下，萧华雍忽地又改口：“今日就用那套茶具！”

天圆：“诺。”

天圆退到门外，又听到萧华雍吩咐——

“换一套！”

天圆立在门外没有应声——想着定是这套茶具惹得殿下对郡主又爱又恨，殿下又想用其来气郡主，又知道定是气不到郡主，最后只会气到自个儿，因此才会如此反复。

想了想，天圆说道：“殿下，属下几次去郡主府，都见郡主喝饮子，郡主应是不爱喝茶。不如我们用饮子款待郡主如何？”

“行，你去弄些清淡的，莫要太甜腻。”萧华雍总算是拿定了主意。

他去换了身衣裳，整理袖袍之时，发现了手背上的伤痕，立刻去取了用具，细心地将伤痕给遮盖住，对指甲上的伤并未处理。

沈羲和还是给太后问安之后，才来的东宫。她今日来东宫不是为了试探，而是为了了解萧华雍的身体情况——她带了随阿喜入宫。

萧华雍一见到随阿喜，就知晓了沈羲和的来意。

沈羲和也没有拐弯抹角：“殿下，前些时候我得知殿下幼时中了奇毒一直未解。阿喜是我才招纳之士，精于制毒，我便带他来见一见殿下，不求能解殿下之急，但求能多一人多份主意。”

“郡主一番挂怀之情，雍岂敢相拂？”萧华雍是真的开心，她关心他的身体状况了！但他又忧心她知晓真相之后会厌弃他……怀着忐忑的心，萧华雍还是伸出了手。

沈羲和看到他的手背上并无伤痕，倒是指甲受了重伤被掀去此刻还未长出：“殿下的手指因何而伤？”

“不慎划伤。”萧华雍看了手指一眼，云淡风轻地回答。

他不愿意多言，沈羲和也就不再多问。

随阿喜给萧华雍诊了脉，越诊眉头越紧皱，又检查了萧华雍的瞳孔，用针戳破了萧华雍的手指放出两滴血仔细分辨，最后有些迟疑地开口：“殿下有高人救治，毒素被控制得极好。”

“我中毒已十一年。这毒格外奇特，当年有医师为我拔毒，本以为毒已被除尽，但三月之后又毒发，每一次皆是如此。”萧华雍说道。

“郡主，恕阿喜阅历浅薄，未曾听闻此毒。”随阿喜摇头。

除之不尽的毒，沈羲和也是第一次听闻：“是毒还是蛊？”

只有活蛊才能在体内再生。

“不是蛊，”随阿喜笃定地说道，“应是未寻到真正的克毒之物。此毒被抑制之后，中毒之人脉象如常人，会令医者误以为中毒之人已康复，其实体内还残留轻微毒素，时日一长，又会因为某些问题而再次兴风作浪。”

顿了顿，随阿喜又说道：“小人察觉殿下体内的毒素上冲睛明、太阳二穴，殿下视物可有碍？”

萧华雍抬眸看了看随阿喜，又转眸看向沈羲和，说道：“我不辨五色。”

“殿下这是毒发所致，不过殿下身边有圣手相助，这才得以视物。殿下应仔细将养。”随阿喜说着，看向沈羲和，有些犹豫。

沈羲和便说道：“有话你直言。”

“属下暂时对殿下体内之毒毫无头绪，但属下有一法，或许能助殿下视物无碍。”随阿喜低声禀道，“属下只有五成把握，而且此法于常人无害，于殿下……因不知殿下体内奇毒是何，因此不敢确定是否会刺激到体内的毒素。”

救治眼睛是刺激眼部周围受损的经络、穴位，萧华雍不能辨色不是因为眼部有毒，毒还是在其体内，而是毒发上冲损伤了眼睛周围的经络，只要经络被修复便能无碍。

“什么法子？”天圆惊讶地问。

要知道圣手令狐拯都没有法子治殿下的眼睛，随阿喜这个曾经在太医署默默无闻的小医官竟然有法子？！

“得赖于郡主提醒，小人才想到以此法治疗受损的经络。”随阿喜笑道。

“我？”沈羲和不解地问。

“前日郡主言，秋狝之际令步世子为郡主取野蜜。”随阿喜解释道，“随氏针法便有一篇螯针疗法。”

所谓螯针疗法，就是用蜜蜂尾部的针刺激穴位。沈羲和之前说秋狝之际要步疏林为自己做一件事，就是去捅蜂窝——她需要一些上佳的野蜜来调制香品，市面上没有买到。

沈羲和之所以不提前告诉步疏林这事，不是怕吓到步疏林，只是不确定秋狝之处一定有野蜜。如今看来，沈羲和不但需要野蜜，还需要野蜂，就是不知步疏林能不能完成任务了。

“你要野蜜，我遣人去搜罗便是。”萧华雍对沈羲和说道，“恰好我也需要野蜂。”

“殿下愿意一试？”随阿喜闻言有些诧异。

“你是郡主带来之人，孤信郡主。”萧华雍看着沈羲和笑了笑，转头一瞬就收敛了笑意，淡淡地看着随阿喜说，“且你敢治，本宫便敢让你治。”

“小人定当谨慎！”随阿喜恭敬地回道，又多提了一嘴，“殿下，活蜂螯针更有效。”

“孤派人寻一个养蜂人。”萧华雍应道。

沈羲和听他们说完才说道：“殿下无须费心，野蜂、野蜜殿下随意便是。殿下相赠，昭宁先谢过，便不推辞。不过昭宁亦会去寻，蜂不同，蜜有异，昭宁所需不少。”

野蜜这等东西，用来食用也是佳品，自然是多多益善。

只要沈羲和不拒绝，萧华雍就满足。他们只是闲聊了片刻，沈羲和带了人入宫，不宜久留。

回到郡主府，沈羲和才详细地问随阿喜关于萧华雍中毒之事。

“太子殿下体内的毒甚是奇特，阿喜确实闻所未闻。”随阿喜谨慎地回答，“且殿下常年受毒素侵蚀，内腑较弱，此象作不得假。”

所以萧华雍是真的身中奇毒，身体不好。

“可有碍寿数？”沈羲和问。

“人之五脏不可长时间受损，殿下已然受损日久，若是三年五载内寻不到解毒之法，恐无法长寿。”随阿喜如实作答。

“可有碍子嗣？”沈羲和又问。

未料到沈羲和问得如此直白，随阿喜面色一红，有些讷讷地开口道：“不碍子嗣。”

“我听闻有些毒是会传至子孙后代的。”沈羲和依然有所顾虑。

“多为母胎易传给子女。”随阿喜解释，并委婉地说道，“太子殿下体内的毒未融于血脉……”

沈羲和听完这话彻底放心了。萧甫行的出现，让沈羲和发现之前的猜测也许是错误的——萧华雍或许并不是她所怀疑之人，但她又不能确信萧华雍不是，猜来猜去过于费神。

她索性不猜了，带着随阿喜去真真切切地将萧华雍的身体情况摸清楚，甭管他有多深的城府，有多可怕的势力，只要他短命就好。

大不了三五年内她避其锋芒，在他仅有的年华里，彼此坦诚相待。

萧华雍却在沈羲和走了之后，有些辗转难眠。睡不着的他索性把天圆也给叫起来："天圆，你说郡主知晓我体内之毒三五年内无法解便会命不久矣，会不会嫌弃我？"

有些困顿的天圆立时清醒了！这问题他该怎么答？

想了想，天圆才小心翼翼地回道："殿下，郡主非寻常女子，所思所虑亦与寻常女子不同，而且郡主坚忍聪慧，天圆觉得郡主不会因寿数一事而疏远殿下。且三年五载内，殿下定能寻到解毒之法。"

天圆的话并没有安抚到萧华雍。他躺在床榻之上，望着帐顶出神，过了许久，在天圆再一次要睡着之际，才轻叹一声："孤是否不应招惹她？"

以往他从未想过自己当真只能活三五年。

不，应当是他从未在乎过自己只能活三五年。三五年也足够他为所欲为，做完想做之事。

现在他却为之担忧起来——他不能早逝，否则三年五载后，她还未满二十岁——芳华犹在，如此年纪就要苦守一生，这对她何其残忍？

况且……本朝提倡寡妇改嫁，若是自己早逝，她再被旁人哄走……

一想到这点，他就眼瞳充血，恨不得现在就将所有男人杀光。

天圆突然感觉到一股杀气，立刻扮作鹌鹑，将要劝慰太子殿下的话吞了下去。

"你说得对，孤定能解毒。"萧华雍退去眼底的狂暴之意，目光转而变得坚定。

两日后，是祐宁帝去青山狩猎的日子。

青山是帝王的狩猎场。本朝尚武，每年秋季猎物肥美之际，帝王都会带着王公大臣一道来到此地狩猎。

此地还有一批训练士兵的场地，有大批军队驻扎。陛下每年狩猎回来，都会带着许多猎物犒赏这些将士；去山上狩猎之前，也会来此地钦点一些将士随行。

沈羲和这次也跟着来了，见识了一番京都的狩猎场景。

在西北这个时节，沈岳山也会带着将士分队狩猎，场面十分浩大，今日也一样。

"姐姐，我与你同乘。"一出发，薛瑾乔就来找沈羲和，还带了她的点点。

点点本就是猎豹驯养而来，为的就是帮助贵族狩猎。

沈羲和这次也带了短命。短命看到庞大的点点竟然丝毫不惧，还磨着爪牙，做出要攻击的姿态。点点看都不看它一眼。

就在短命要纵身扑向点点的时候，沈羲和一把摁住了它的脖子："不知天高地厚！"

"姐姐放心，点点很乖巧，不会欺负短命的。"

薛瑾乔带着点点去郡主府做过客。点点和短命第一次见面不是很愉快，后来熟了，短命还会跑到薛府找点点。

"喵！"被摁住的短命不满地叫出声。

这时候天空中传来一声高昂的海东青的嘶鸣，引得沈羲和与薛瑾乔都抬首看过去。

薛瑾乔眼睛发亮："姐姐，是海东青，好神骏的海东青哪！"

就在沈羲和看一眼海东青的工夫，短命就跑了。这次秋狝各家都带了大型野物助威，譬如薛瑾乔带了点点。沈羲和担心地急喝一声："短命！"

这声音恰好传到了太子的车驾内。

海东青的出现着实吸引了不少人的目光，就连陛下都命人追捕。

在骚乱嘈杂的声音中，萧华雍听到沈羲和的一声高喊，因为隔得较远，又有杂音混入，只能依稀辨认出是沈羲和的声音，便问骑马在他的车边护行的天圆："郡主在唤谁？"

天圆也因为海东青的出现而被转移了注意力，是听到有人唤了什么，但连是谁唤的都没有分辨出来，也无暇理会，而是忧心忡忡地提醒太子殿下："殿下，是海东青！"

海东青是萧华雍亲自驯服饲养的。当年萧华雍为了追捕它，在渤海郡陪着它耗了足足三个月才将它擒获，之后又花了几个月的时间将它驯服。自此以后，它眼里就只有萧华雍。

它没有被养在京都，只有非常紧急之事才会来寻萧华雍。

"它就是凑一份热闹。"萧华雍淡淡地回了一句。

天圆松了一口气，这才想起萧华雍方才的问话："属下这就去查探……"

"喵！"

话音未落，短命一下子蹿入了萧华雍的马车。萧华雍非常讨厌这些带毛的小动物，面色变得阴沉。当萧华雍正要出手一掌将之击毙时，天圆被吓得高呼："郡主的猫！"

天圆去过郡主府数次，有那么一次恰好遇见过这只猫，猫虽是一闪而过，不过这只猫实在是丑，想不记住都难。

"郡主"二字一出，萧华雍就错开了掌面，一掌劈在了车辕上，害得车好一阵颠簸。若非外面的天圆立即伸手抵了一下，恐怕还有翻车之险。

完全不知道自己闯了祸的短命从车窗向外一纵，蹲在车顶对着在高空盘旋的海东青发出了挑衅的叫声：“喵——喵——”

墨玉追过来，冷漠的脸上都有嫌弃之色——郡主的这只猫总喜欢不自量力，遇到什么强敌都要挑衅一番，浑似不知自己是只猫，还以为自己是一只虎呢！

她一个纵身就将嚣张得不行的短命拎了下来，而后向萧华雍告罪：“婢子冒犯，殿下恕罪。”

“无碍。”萧华雍盯着被墨玉拎着脖颈儿还张牙舞爪的短命，“有胆识。”

他还是第一次见到敢与海东青叫阵的猫。海东青可是连猎豹与黑熊都能击退的万鹰之神。

天圆望天长叹一声。

在殿下眼里，只要和郡主有关的人或物不论如何都是好的，要换了别人的猫敢这么挑衅殿下的海东青，殿下非得招海东青来将之虐得面目全非不可。

“婢子带它回去复命。”墨玉又对萧华雍行了个礼。

萧华雍不愿让沈羲和担忧，摆了摆手示意墨玉可以退下了。

等墨玉将短命抓回来，沈羲和取出笼子，直接将它扔了进去——短命在笼子里“喵喵”地叫唤，还用爪子抓着笼子——沈羲和完全不理会它。无论它如何叫、如何磨爪子，沈羲和都能安之若素。

她喜静，这份静是不需要外物和旁人来迁就与配合的，即便是在人山人海之中，亦能静若幽兰，气定神闲地不被任何外物所影响。

沈羲和可以，旁人就不行了。红玉和碧玉等人硬着头皮忍受着短命的爪子划过笼子的刺耳声；薛瑾乔听得越来越烦躁，有种想要破坏东西宣泄情绪的冲动。

她感觉自己要发病了，忙说道：“姐姐，我回了。”

她带着点点跳下马车，回到了薛府的马车上。

一行人很快到了行宫，自有人领着沈羲和到分配好的住所。沈羲和将短命放在一旁。它已经磨够了爪子，委委屈屈地趴在笼子里。只要沈羲和靠近一点儿，它就发出求饶的声音。

沈羲和刚让碧玉收拾好东西，天圆就拎了些小鱼过来：“郡主，殿下才知郡主养了只猫，特意让属下送些吃食给它。”

“让殿下费心了。”沈羲和示意红玉接下小鱼。

“殿下言行宫多蚊虫，不知郡主这里可有驱蚊的香囊？匀一份与殿下，殿下便不劳动太医署了。今日大家都刚落脚，各处忙乱，不慎拿了不干净之物，也不好追查。”

天圆面上笑着，心里却对自家主子的行为十分无语——主子明明带了驱蚊香囊，非要来向郡主讨要，还要以担忧被人陷害为由让郡主不好拒绝。

萧华雍将话说到这个份上了，一个驱蚊香囊她也没什么好吝惜的。沈羲和不但拿了一个驱蚊的香囊，还拿了一个驱蛇的，都是她亲自配的方子："将这两个香囊挂在殿下的房内，蛇虫鼠蚁都不会靠近。"

其实，行宫负责的人在得知陛下要来狩猎前，就用艾草将每个屋子都熏过了，像他们这些皇亲国戚、高门大户之人要住的屋子，还熏了香料。

只是这些东西并不能防蛇虫鼠蚁。

"我也要，我也要！"薛瑾乔一进门，就听到沈羲和与天圆的话，立刻凑上来。

沈羲和扫了她一眼。

薛瑾乔身后的两个婢女——花花、草草拱手向沈羲和行礼。

沈羲和问道："你的点点呢？"

薛瑾乔鼓了鼓腮帮子："点点不肯进来。"

点点在外面，她怎么拽都拽不进来。

沈羲和微扬着嘴角："我的院子，不仅蛇虫鼠蚁不敢靠近，飞禽走兽也不敢。"

有些植物的气息不自觉地会让动物畏惧，她一入院子就在四角挂上了不同的香囊。

"为何短命不惧？"薛瑾乔问。

"短命是我饲养的，我驯过它。"沈羲和说着转身往内走去。

"姐姐也帮我驯一驯点点……"薛瑾乔追上去。

天圆恍然大悟，原来郡主的猫叫短命，真是个与众不同的名儿。

他拿了香囊回到院子里，将两个香囊递给萧华雍："郡主可真是调香高人，薛七娘的猎豹竟因郡主的香囊不敢入门。"

"避寒香都能被她复原出来，她调出任何香，孤都觉得理所当然。"萧华雍把两个香囊拿在手里凑近闻了闻，近闻有些刺鼻，放远了却散发出淡然舒适的芬芳。

他转身就在床榻两端一边挂了一个，还细心地将穗子理顺，有些可惜这不是她亲手所做。

"对了，殿下，你一定猜不着郡主给她养的猫起了个什么名儿。"天圆卖弄道。

萧华雍睨了他一眼。

天圆乖乖地说道："郡主给猫起了个'短命'之名。"

"短命？"萧华雍听了这名字之后微讶，单品此名甚至觉得有趣和独特。

片刻后，他习惯性上扬的嘴角忽地僵住，然后缓缓变直，眼神变得深幽起来。

天圆本是想要博太子殿下一乐，却蓦地感觉气氛凝滞，也不知何处不对劲，心倏地提到了嗓子眼儿。

萧华雍的脸上全是风雨欲来之色，并非他敏感，而是有件事自己一直想不明白——为何沈羲和独独于诸位皇子之中选择了他？

最初他只当沈羲和选他是因为他是储君，一切更名正言顺。后来他故意试探，以为沈羲和是知晓他十一年前在明政殿的遭遇，与陛下亲缘疏远，日后定不会遵从陛下的遗命为难西北。

可结果是，沈羲和并不知晓他中毒之事。再后来他又猜想是否因沈羲和聪慧，她看明白了陛下对他的恩宠都不是真的，因此才会选择他。

他这个猜想后来再一次被推翻……时至今日，此事还是他心中一个不解之谜。

她查他的脉案，寻人诊断他体内的毒，他一直以为她是在关怀他。可那日萧闻溪做得那般明显，她都没有丝毫吃醋的样子，又说明她压根儿不关心他。

他又想或许她关心自己，是不想辛苦挑选出来的合作之人活不了几年就死了。

直到此刻他才恍然明白，也许从一开始自己就想错了。

她选择自己便是看上了自己命不长！而她无论是查脉案，还是寻人为他诊断体内之毒，都是想要知道他是不是真的短命！

蓦地，萧华雍心口一阵刺痛！一股血腥气涌上来，令他压制不住地张嘴呕出一口鲜血！

“殿下！”天圆大惊失色地一把扶住萧华雍。

萧华雍只觉得眼前模糊，栽倒了下去。

“快传太医！”天圆对着门外嘶吼。

萧华雍一到别宫就呕血晕倒之事惊动了所有人。祐宁帝丢下正在商议的要事，带着几位皇子大步走来。地上还有没来得及擦拭的血迹，让祐宁帝面色一沉。

诸位皇子见状，均目光闪了闪，萧长赢更是露出深思之色。

此次狩猎信王萧长卿未来，明面上说是要留在宫中陪伴太后，实则是因其坚持要给顾青栀守丧，不愿杀生。

但自从上次太子出面保全了董必权的家眷，萧长卿便对萧长赢说：“我们这位太子殿下才是隐藏最深之人。”

“五哥是说，此次从你手中劫走税粮重新布局的人是太子殿下？”萧长赢惊愕不已。

“否则他为何要出面保全董家人？”萧长卿似笑非笑地说，“你不会以为，太子殿下当真是为陛下分忧吧？若我所料不错，董必权必然以全家安危为条件与太子殿下做了交易——董必权可是陛下的心腹。”

萧长卿也想行这一步棋，奈何天牢里无人可用，接触不到董必权，但太子殿下做到了这点——这说明他们看似形单影只、孤立无援的太子殿下，实则势力遍布朝堂。

“可太子殿下身子骨儿……”萧长赢蓦然反应过来，“难道太子殿下是装病？”

太子殿下身患重病，至多活个三五载，还有什么好筹谋的？他不如安心静养，生前享尽荣华。他们都是这般以为的，因此这么多年明争暗斗，谁也没有想过对太子下手。

反倒是他活着，储君之位还不用摆在明面上被争夺，大家可以暗中蓄养势力。

现在，他们觉得太子很可能是装病！

若是装病那可真是骇人听闻，哪一次太子殿下发病不是惊动整个太医署？整个太医署竟然无一人揭露他装病的事，这难道不骇人吗？！

谁还敢再用太医署之人？这不是把命都递到太子殿下手上？

“我原也不信。”萧长卿一直没有怀疑太子殿下装病，就是因为每次太子殿下病发都会闹得声势浩大，这样一来如何瞒天过海？可如今他不得不这般怀疑：“你瞧，他哪次病发，不是有人要倒霉？”

萧长赢仔细想了想，还真觉得是如此。

今日看着这一摊血，萧长赢不禁陷入沉思——这位还没有暴露的太子殿下又要对付谁了？

这边萧长赢心里还在猜疑，那边太医令已经为太子殿下诊了脉，面色很是凝重：“回禀陛下，太子殿下是病发呕血。”

其实太子是急怒攻心，但太医令看到天圆对他摇了摇手，就知晓不能道出实情。

近来发生的一系列事情也让祐宁帝对萧华雍有了一丝怀疑，然而今天之事又打消了他的疑虑——今日太子是实实在在地病发，与任何人都无关。

萧长赢也是等了许久等不到后续，才确定太子殿下是真的病发，觉得他们都猜错了，还着人送了一封信给萧长卿。

沈羲和听闻萧华雍吐血昏厥，第一反应和萧长赢差不多，等着有人倒霉。等了一个下午也没有听到后续，她才知道萧华雍可能真是毒发，便带着随阿喜去探望萧华雍。

萧华雍刚醒来喝了药。

太医令正在对他唠叨：“殿下，您到底是何故如此气恼？您可知您险些毒气攻心？殿下切不可再如此，否则微臣只能为您陪葬了。”

“殿下……”天圆有些忐忑地开口，“郡主来……”

“不见。”不等天圆说完，萧华雍冷冷地吐出了两个字。

天圆其实已经猜到太子殿下怒极吐血是因郡主，却没有参透为何，知道郡主来了还是希望太子殿下见到郡主心情能好转。

甭看他总觉得太子殿下为了郡主就像变了个人，但其实殿下是变得更鲜活、更有人气了。

尽管天圆觉得那样的殿下很麻烦，却不得不承认记挂着郡主的殿下才像个有七情六欲的普通人。他不再对生死看淡，会积极配合治疗，有了努力活下去的求生之欲。

殿下其实早就将生死置之度外，去寻仙人绦也是被他们以死相逼，若真对脱骨丹志在必得，就不会那般轻易地让郡主拿走。

他是盼着殿下能和郡主一道修成正果的。有郡主陪伴的殿下，总是那般温柔又明朗，就连笑容也多了不少，东宫也不再冷寂阴沉。

沈羲和第一次被萧华雍拒之门外，没有强求，只是问了一句“太子殿下是否醒了”，得了一句肯定的答复，就离开了。

“她说了什么？”萧华雍问。

“郡主只问了殿下是否已经苏醒。”天圆如实回答。

萧华雍缓缓闭上了眼，鼻子里发出一声自嘲的短笑，明知结果，又何必抱有一丝自欺欺人的幻想。

他从未想过，有朝一日竟然会如此卑微。

他感到心口一阵阵地扯着疼，原来这就是心如刀割的滋味，真是这世间最可怕的酷刑。

“天圆，孤想把心收回来……”

将心收回来，他是不是就不会这样痛入骨髓，是不是就能做回不为万物所动的自己了？

他说过她若冷心，他便将之焐热；她若无心，他便将自己的心分一半给她。

可今日他才知道，她不是没有心，也不是冷心，而是有一颗坚定得不为任何人所动的心！

这样的她，他撼动不了，自己的心也挤不进去。

“殿下，您说什么？”萧华雍的声音太小又含混，天圆没有听清楚。

萧华雍却说道：“孤不想再听到她的消息。”

天圆愣了愣，旋即才意识到这件事情比他所想的还要严重。

萧华雍第一次退却了，不知道面对这样的沈羲和，还能不能自信地赢得她的芳心，不确定自己日后会不会因为她的冷漠而遍体鳞伤。

他不怕自己受伤，但怕自己情伤之后变得难以自持，日后也伤了她。

到了此时此刻，他依然舍不得伤她分毫，既然如此那便早些放手吧。

如此，他们才能做到互不相欠。

沈羲和并没有想到萧华雍如此聪颖，他仅凭短命的名字，便一下猜到了她的心思。

萧华雍未见她，她折回自己居住之地的路上遇上了长陵公主。距离上次摔断鼻梁已经许久，但长陵公主因为不听太医的叮嘱，鼻梁上留下了痕迹——鼻骨中间凸起，鼻子有了个弧度，正面看不算太严重，侧面看就显得格外怪异。

长陵公主一见到沈羲和，眼里就冒着寒光，像潜伏在草丛内的毒蛇，恨不能扑过来狠狠地咬沈羲和一口。然而这次她没有上来，只是眼神阴鸷地盯了沈羲和一瞬，自己选了一条路走开了。

“她为何这般看姐姐？”薛瑾乔一直跟着沈羲和，对长陵公主的眼神很是厌恶。

沈羲和看了薛瑾乔一眼，一本正经地说道：“忌妒我貌美。”

薛瑾乔听了这话后也赞同地颔首：“人之常情。”

在薛瑾乔看来，这世间女子都应当忌妒沈羲和的容颜。

她是不同的——因为她喜欢沈羲和的容颜。

一连三日，沈羲和都会带着随阿喜去探望萧华雍，回回都被天圆搪塞——天圆很是为难。

他知道殿下正在气头上，也不知何时才能消气，又不敢得罪沈羲和，万一日后殿下再清算，自个儿会吃不了兜着走，只得绞尽脑汁地找妥帖的理由。

尽管天圆回回都说得有理有据，但沈羲和不傻，明白这是萧华雍不想见她。

她仔细想了想，自己好似并未惹恼他。

男人，真是难以捉摸。

捉摸不透，沈羲和索性就不去想。秋狝总共就五日，她都把一半的日子耗在他身上了。

这天，沈羲和应下了步疏林的邀约，与薛瑾乔一道，寻了个地方骑马。

“步世子，可还记得你上次答应我之事？”沈羲和在一片树林前勒住了马，看到了前面的蜂巢。

“你……你不会当真让我去猎虎吧？”步疏林表情防备，眼露乞求之色。

“我要虎作甚？”沈羲和冲着蜂巢努了努嘴，“我要它。”

这是在悬崖峭壁上悬挂着的半月形蜂巢，极大的一片，四周陡峭，又无攀爬的树木。

“这个啊……”步疏林摸了摸下巴，迅速打量着周围的环境，“我倒是可以一试。”

说着，她吩咐下属回去寻干净的白布，自己上去探一探环境。沈羲和给了她一个驱蛇的香囊让她挂着。步疏林爬上悬崖，打算从一边飞跃过去，用一柄长刀将蜂巢划断，下方有人接住蜂巢。

步疏林在对面的峭壁上落脚后再跳跃下来，然后用箭射到对面的落脚处，查探一下对面石块的稳固性，满意之后才回过头对下方的沈羲和说道：“等着我为你取来！”

就在这时后面有马蹄声响起，只见几位公主似乎带着几位贵女在比拼骑马，朝着这里疾冲而来，沈羲和与薛瑾乔等人迅速让了位置。

一马当先的是六公主平陵公主，其后跟着的是两位贵女，最后是四公主长陵公主。

长陵公主看到骑着马立在路边的沈羲和，路过旁边时，扬鞭狠狠地抽了沈羲和的马臀一下。

沈羲和的马受惊，立刻奔驰而去，速度之快，超越了策马狂奔的平陵公主。

众人纷纷大惊失色，忙勒紧缰绳。

平陵公主回头高喝："四姐，你做什么？！"

"怕什么？昭宁郡主是西北王之女，西北女郎谁没有一手御马之术？今天就让昭宁郡主好好展示一番，也好让我们长长见识。"长陵公主慢悠悠地控制着马上前，眼神阴冷。

平陵公主看了她一眼，就扬鞭策马追了上去。

薛瑾乔也追了过来，路过长陵公主身边时，以其人之道还治其人之身，也狠狠地抽了长陵公主的马一鞭。然后，薛瑾乔不顾大惊失色的长陵公主，追向沈羲和。

沈羲和会一些马术，但并不精通。马疾驰起来，她顿觉呼吸困难。她的身体在逐渐恢复，却没有恢复得这般快，骑马散步无碍，一旦马狂奔起来她就会承受不住。

她完全无法控制住狂奔的马，随着心口传来撕扯的痛意，知道自己不能再这样下去，当机立断地弃了马，找了一处杂草丛生的山坡，从马上一跃而下，双手抱着头颅，顺着山坡一路滚了下去。

杂草里有荆棘，她的手臂上不知被划了多少伤痕，这山坡竟比她想象的还要长！她一路不受控制地滚下去，发现下面竟然是瀑布，随后一头栽落了进去。

"殿下，郡主……"

"本宫说过，本宫不想听到她的消息！"不等天圆说完，看着书的萧华雍就将书一扔，冷着脸说道。

天圆"扑通"一声跪下："郡主落马，下落不明，生死未卜！"

萧华雍霍然起身："你说什么？！"

"郡主她……"

不等天圆重复一遍，萧华雍便疾步往外奔去。

天圆立刻扑过去抱住萧华雍的腿："殿下，你这般出去，就暴露了自己……"

脚步一滞，萧华雍推开天圆："她在何处落的马？因何落的马？"

萧华雍一边问，一边脱了外衫，重新寻了件普通的衣衫套上。等他换好衣衫，天圆也将事情的全部经过讲完了。萧华雍抓了一个面具，冷着脸，眨眼的工夫就消失在了院落之中。

已经有侍卫四散开寻找沈羲和，萧华雍绕着陡峭的小路，躲开搜寻的侍卫，锐利的目光一扫，很快就飞掠而下，找到了瀑布。

沈羲和落入潭水之中，潭水并不深，但是高悬的瀑布砸落下来，使得水流十分湍急。她本身不太会游泳，加上又呛了口水，脑子不大清醒，便被湍急的水流带到了更下面的一个深潭之中。

这一砸，她眼前发黑，却知晓不能晕过去，否则必然是死路一条。她努力放松身体，让自己缓缓浮上去，避开瀑布高悬而落、水流湍急的地方。

拼着最后的力气，沈羲和想要游上岸，却发现不远处的岸边竟然群聚着无数花花绿绿的小蛇。她下意识地摸向腰间，所幸香囊在翻滚间没有掉落。

她不敢往岸边游，只能退到崖壁这一边，这边不知为何没有这些看了就令人头皮发麻的小蛇。

呛了几口水，她大口大口地吸着气，突然感觉四周的水流被一股力量推动了一下——水波让她有一种不好的预感——她放缓呼吸，静等了片刻，水潭又归于平静，方才的波动仿佛她的幻觉。

就在沈羲和要松一口气时，清澈的潭水中有巨大的黑影一晃而过，那一处有自下而上的水波翻动，沈羲和的心急速地跳动起来。

这样的跳动让她心口灼热的刺痛感再一次袭来。她深呼吸好几次，才将之压下去。

水底有东西，沈羲和不能断定是何物；岸边有蛇，她不能轻举妄动。就在她飞快思索着如何应对之际，焦急担忧的呼唤声传来——

"呦呦！"

竟然是萧华雍的声音！沈羲和以为是自己幻听，紧接着呼唤声又响起——

"呦呦！"

沈羲和确定是萧华雍在唤她。那声音逐渐逼近，沈羲和却不敢高声回应，看到面前石壁上有青苔，抓了一把捏成团朝着声源方向掷去。

萧华雍是从上面一路追过来的。他判断沈羲和应该是在这个方向，却一直未见到人影，想到上面的瀑布距离这里那样高，她若是真的掉下来，也许会……

只要想到她可能丢了性命，萧华雍就手脚冰凉，自责不已，懊恼到恨不能一掌劈死自己。他闹什么别扭，生什么闷气？

如若不然，他怎会让她遇险？

平生头一次体味何为心慌意乱——他害怕，真的害怕，害怕再也见不着她。

此刻他才懂，故作不在意不过是爱已深入骨髓，又放不下自尊心去委曲求全。

他只要她好好的，只要她好好的，什么都好。

她想要什么都成，他再不强求，再不奢望什么，只盼着她活着，无忧无虑地活着。

只要她快乐，他什么都可以承受。

就在萧华雍都快绝望，以为自己误判了方向之际，有个东西从眼角一掠而过。他定神望过去，没过一会儿又有一物抛过来。

沈羲和担忧萧华雍察觉不到，便又抛了一把青苔。萧华雍呼唤她的声音消失了，她以为萧华雍已经走了，心沉下去之时，却看到了岸边立着的高大身影。

那是个戴着面具的陌生人。

萧华雍正要掠过来，沈羲和对他摆了摆手，指了指下面，示意他水下有东西。他这样飞掠过来，很可能惊动下面的未知之物，给二人带来危险。

萧华雍抬手放在唇边，吹了一个口哨儿，海东青高昂的叫声划破长空。与此同时，萧华雍一跃而来，身如仙鹤展翅，优雅迅猛，跃向沈羲和的同时，就看到潭水下巨大的黑影一闪而过。他面色微沉，一把拽起沈羲和。

几乎是他们一跃而起脱离水面的瞬间，水中“哗啦啦”探出一个巨大的头颅，朝着他们撕咬而来！趴在萧华雍肩膀上的沈羲和恰好看到了这巨蛇。

她长这么大都没有见过这么大的蛇，那蛇的头颅比她的腰还粗，超出了她的想象。

就在巨蛇撕咬过来，沈羲和已经闻到它身上奇臭无比的味道之际，海东青展翅斜飞过来，用尖锐的喙啄伤了巨蛇的眼睛。

萧华雍才得以抱着沈羲和掠出深潭。二人刚刚落地，原本在岸边扎堆的小蛇在大蛇的嘶叫声下全部爬了出来。

沈羲和早就准备好了，把腰间的香囊扯下来——她的香囊因为自己嗅觉灵敏，不会用薄纱布包裹，而是用的密封性更好的油布，因此香粉并未被浸湿——她倒出香粉撒在萧华雍的身上，尤其是脚边，原本要攻击过来的蛇群纷纷退去。

“我们快离开这里。”沈羲和对萧华雍说，“太子殿下……”

刚开始她并没有认出萧华雍，但一入他的怀里，就闻到了熟悉的浓烈药香。

“你再忍忍。”萧华雍轻柔地吩咐了一声，就抱着沈羲和迅速离开了这个诡异的深潭。

巨蛇好像不愿离开深潭，这给海东青带来了极大的优势。萧华雍带着沈羲和还没有走多远，海东青就引来了侍卫。大批侍卫蜂拥而至，堵住了萧华雍回去的路。

“殿下，将我放下来。”沈羲和知道，萧华雍不能暴露。

狩猎场出现一个戴面具的身份不明之人，这些侍卫直接将之射杀都不为过。

“你以为这些侍卫当真不敢动你？”萧华雍抱着沈羲和转了个方向，“莫要小看长陵。”

第十八章　欲与你潘杨之好

长陵是骄纵跋扈、刁蛮任性一些，可并不是一点儿心机都没有。她常年居住在宫里，如今搜寻沈羲和的都是宫里的侍卫，未必没有得了长陵指示之人。

“皇家之人，岂敢小看？”沈羲和靠在萧华雍的肩膀上，声音虚弱地说。

萧华雍的肩膀僵了僵，他抿唇不语，带着她疾步离开。

沈羲和张了张嘴，最终还是抵不住精神松懈之后的困意，放任自己被黑暗吞噬，晕倒在萧华雍的怀里。

回行宫的路上都有人，萧华雍索性带着沈羲和上了山。山上石壁之后有间极其隐秘破败的茅草屋，他带着沈羲和入内，立刻生了火。

看着昏迷不醒、浑身湿透的沈羲和，他脱下自己的外袍，然后闭上了眼，凭着记忆小心翼翼地将沈羲和的衣衫全部脱下，用自己的衣袍将她裹好后才睁开眼睛。

看着沈羲和泛白的唇和微微颤抖的模样，他小心翼翼地将她抱在怀中，往火堆里添了更多的木头。在穿过石壁来到这里之前，萧华雍就放出了信号。

天圆安排人寻到了墨玉和随阿喜，将准备好的包袱交给他们，让人领了他们寻来。前后也不过一个时辰，萧华雍却等得面色阴沉如寒冰。

在他已经生出杀念的时候，墨玉等人赶至。萧华雍将沈羲和放下并退了出去：“给呦呦更衣。”

萧华雍放出的是冰蓝色的信号，天圆知道这代表着遇水，就准备了衣裳和防御风寒的药丸，其中就有退热之效极佳的紫雪丹。

衣裳是萧华雍的，沈羲和穿起来极其宽大。随阿喜给沈羲和诊了脉，知沈羲和受了寒。幸得他有一手针灸之术，祛除寒气最是有效，否则沈羲和只怕要落下病根了。

“殿下，婢子带郡主回行宫。”等妥善打理好一切之后，墨玉开口道。

“郡主可有大碍？”萧华雍问随阿喜。

“回殿下，郡主原就体虚，受寒之后更是损了元气，须好生将养，身上的伤倒是不重，不会留疤。”随阿喜回道。

“留在此处将养可有碍？”萧华雍又问。

随阿喜迟疑了片刻，回道：“小人列个单子，再让墨玉姑娘跑一趟，应无碍。”

他知道萧华雍为何要让沈羲和在山上逗留一日——要让所有人都知道长陵公主害得沈羲和生死未卜——只要时间拖得越长，他们就越担惊受怕，长陵公主得到的惩罚才会越重。

同时也无人打扰沈羲和休养，此地虽然简陋，但收拾一下也未必就比云谲波诡的行宫差。

“你带着此物去见天圆，一应物品由他备下。”萧华雍给了墨玉一块玉珏。

墨玉又与萧华雍的人折回，随阿喜和萧华雍则留在这里。随阿喜仔细收拾了一番，又在入口处撒了一些防野兽的药粉。

一个时辰后，海东青的叫声从悬崖峭壁后传来。它抓着一个巨大的包袱，飞到崖边看到萧华雍就将之扔了下来。

随阿喜看了一眼萧华雍，得到指示之后，就跑过去将包袱拆开。里面是被褥，被褥中间有吊锅和一些药材、食材、水囊、碗筷等，随阿喜都拎不动。他早听闻海东青可以叼起一头成年鹿，今日才知传言非虚。

随阿喜立刻开始煎药，萧华雍则一直将沈羲和揽在怀里，时刻盯着她的变化。

随阿喜将熬好的药端进来，萧华雍接过一点点给她喂了进去。沈羲和虽然昏迷，但还有点儿意识，能够自己将药吞咽下去。随阿喜见此，便又去熬粥。

当随阿喜熬好粥时，墨玉才拎着两只兔子赶来，对萧华雍说道：“四公主被罚跪在行宫的大殿上，不少人见到海东青与巨蛇缠斗，都在传郡主跌入深潭，已成为巨蛇腹中之食。”

萧华雍面无表情地听着墨玉的禀报，并用海东青送来的被褥将沈羲和紧紧地裹了起来。

“陛下要派人斩蛇。”墨玉最后说了一句。

皇家猎场里出现这样的庞然大物，又有不少人见过，众人日后对猎场必有畏惧。山下又是营地，这巨蛇若是离开此地去了山下，后果难以估测，更何况又有人谣传昭宁郡主已死于巨蛇之口。

若当真寻不到沈羲和，这不失为一个好的说法。

萧华雍听了这些依然毫无反应，似乎这都在他的意料之中。

这条巨蛇露了面，祐宁帝便不会允许它存活。这等巨兽最容易兴起怪力乱神的谣传，尤其是还有这么多人看到，皇帝若不及时堵住悠悠之口，日后皇家猎场指不定要被有心人弄出多少风言风语。

这蛇只是对人不利便罢了，祐宁帝怕的是对他不利，对天下安宁不利。

萧华雍想的是这条蛇应该有百年之寿——他正缺一颗百年蛇胆。

“陛下何时斩蛇？”萧华雍问。

“最迟便是明日。”墨玉回道。

这是天圆让她传达的话——天圆预料到萧华雍定会问起。

“照顾好呦呦。”萧华雍吩咐墨玉之后，就走了。

当天夜里，大部分人还在搜寻沈羲和的下落，行宫的仓库却不知为何着了火。因那里储存着所有人的口粮，除了留下一队人保护陛下，其余的宫人全部跑去救火了。

跪得头晕眼花的长陵公主发现看着她的人都不见了，便想要站起来偷懒。突然，一个戴着昆仑奴面具的人出现在她面前！

她被吓得发出一声尖锐的高喊：“鬼啊——”

她喊完就被人打晕带走了。

树丛里跑出一个和她身量相同、穿着打扮一致的女子。那人一瘸一拐，发丝散乱，惊恐地冲过被公主的声音惊到折回的宫女和侍卫身边。

众人追上去只看到她夺了一匹马狂奔出去，不顾后面侍卫的呼喊，一路狂奔到了瀑布边，弃马一跃而下。追上来的人只听到一声巨响，然后就看到一些飞溅的水花。

“快回去禀报陛下，公主跳水了！”

一阵兵荒马乱，有人折回将消息禀报陛下，有人迅速追下去，都没有看到旁边冒出一个人——那人趁着众人忙乱，迅速从另一边离开了。

长陵公主被一盆冷水泼醒，当看清站在面前的萧华雍时，面色大变，想要大叫却发现自己说不出任何话来。

萧华雍对她露出一个温柔到极致却诡异得令人心悸的笑容，并亲自给她喂下几个蜡丸：“陛下明日要斩蛇，你便为陛下立一个头功吧。”

这些蜡丸里面都含有剧毒，等他把她投入深潭，巨蛇吃了她也会中毒。

“长陵公主”在众目睽睽之下跳了水。侍卫和内侍下水打捞，只捞起了“长陵公主”的衣衫。人不在上面的水潭里，那定是落入下面的深潭里了。深潭之中有巨蛇，这事尽人皆知，无人敢下去。

侍卫和内侍就连水潭都不敢靠近——水潭附近小蛇奇多，且色彩斑斓，俱是剧毒之物。

他们用火把将深潭照亮了，远远看着，但没有看到幽深的水潭里有任何动静。

就在这时，海东青盘旋而来，高昂的叫声吸引得所有人仰头望去。同一时间，有人拖着真正的长陵公主潜入了上面的水潭，在水潭底部托着无力挣扎却不断流泪的长陵公主。

从高空俯瞰，她就好似随波漂浮而下。海东青的叫声不但吸引了所有人的目光，爱记仇的巨蛇也愤怒地从水潭之中甩出了头，水潭边的小蛇也变得格外暴躁起来。

海东青在高空中盘旋着，不断地叫着。它的声音让巨蛇极其愤怒——偏偏巨蛇就算将身体伸到最高，也无法够到海东青。海东青还恶趣味儿地故意飞低逗弄巨蛇。巨蛇几次腾起都没有触碰到海东青，兼之畏惧的侍卫开始射箭攻击巨蛇，引得巨蛇狂怒不止。

它一扫尾巴，掀起的巨大浪花伴随着飞荡而起的小蛇，朝着周围的侍卫飞袭而去！不少侍卫后退不及，被毒蛇咬伤，很快便倒下。它这一下，成功吓退了所有侍卫。

"是四公主，是四公主！"

就在这时，长陵公主从上方的水潭顺着水流砸落下来，被激怒的巨蛇当即撕咬过去——所有人都眼睁睁地看到长陵公主被巨蛇一口咬住，鲜血迸溅，随后身体又被扔到水潭之中。似乎是在警告所有人，巨蛇对长陵公主残忍撕咬之后便将其吞下了肚。

众人看到这一幕，不禁心惊胆战、手脚发软。

恰好这个时候，祐宁帝带着人策马奔来，被拦在安全距离之外。祐宁帝面覆寒霜："长陵呢？"

四周静了下来，无人回答。

祐宁帝更加愤怒："长陵呢？"

此时，侍卫头领才回过神，战战兢兢地跑过来，跪在祐宁帝面前禀道："陛下……公主……她被巨蛇吞入了腹中……"

他不敢说长陵公主是他们在上面水潭搜漏掉下来的，否则他们就得跟着陪葬，只能让陛下以为是他们追不上水流，到这里时，公主已经落入巨蛇之口。

萧华雍料到了他们的反应，才会如此行事，否则根本没有时间给长陵喂药。而他要做的最后一步，就是遮掩长陵体内的毒。

"刘三指，你亲自去命黎靳带领三千人入猎场斩蛇！"祐宁帝拿出令牌交给刘三指。

诸位皇子除了重病呕血的皇太子，都随着陛下一道赶来了。十二皇子萧长庚迅速上前："陛下，儿知陛下因四姐之事盛怒，可强攻并非良策。"

祐宁帝犀利的目光穿透夜幕落在了萧长庚的身上。

萧长庚的心口为之一颤，他第一次感受到帝王无声的盛怒，仿佛自己再多言一句，就会性命不保。可想到那人的叮嘱，萧长庚心下一横，继续说道："陛下，男儿服役，铁骨铮铮，为山河安宁、为社稷太平抛头颅洒热血是忠勇，是死得其所，不应枉死于此。"

萧长庚说到此处，惨叫声此起彼伏。祐宁帝等人看过去，就见巨蛇被激怒，已经将大半身体探到深潭外，开始撕咬侍卫。没有人能敌过它的速度和力量，它身体一甩，就能掀飞不少侍卫——侍卫被抛上高空后重重砸落在地，基本上都是口吐鲜血而亡。

"说说你的良策！"祐宁帝沉声说道。

萧长庚目光一定，回道："投毒。"

诸位皇子面面相觑。

祐宁帝还来不及细问，就听有人高喊——

"陛下，速离——"

原来巨蛇竟然整个身体都离了深潭！众人见状顾不得多言，立刻掉转马头，护送祐宁帝撤离。

萧长庚一边策马跟上陛下，一边高声喊道："陛下，不可再激怒巨蛇！请陛下命人撤退，否则巨蛇必然会追击不放！"

这样的巨蛇要是追到行宫，必然会生灵涂炭。

这是萧华雍一早就预料到的结果，对巨蛇不能强攻，因为一时半刻杀不死它，一旦将之激怒，又无法诛杀，很可能所有人都会枉死。

"刘三指，令人全部撤退！"祐宁帝回身对刘三指命令道。

刘三指立刻传达皇帝的命令，所有人迅速撤离。巨蛇继续追击了一段距离，这一次是铁了心要报复。萧华雍在高处看着他们狼狈逃窜了一会儿，眼看距离行宫已经不远了，才吹响骨哨儿。

得到指令的海东青展翅飞掠过去拦截巨蛇。海东青速度极快，攻击猛烈！巨蛇遇上它根本没有一拼的实力，就被其活生生地逼回了深潭之中。

海东青在深潭上方盘旋了几圈，就仰着脖子直冲向云霄。

"陛下天命所归，有神鸟相护。"眼见众人心有余悸，又狼狈不堪，刘三指立马鼓舞士气。

众人纷纷露出肃然起敬之色。

萧长庚垂下眼帘，遮住眼底的神色。他现如今身处东宫，这次能陪着来狩猎场，也是太子殿下带他来的。因此，他也住在太子殿下的行宫中。

一个时辰前，萧华雍出现在他面前，抬起的胳膊上停着那只神骏的海东青。

"本宫给你一个出头的好机会，只要事情成了，你必然能得陛下另眼相待，亦是大功一件。”萧华雍说话的声音冷漠低沉，像随风飘落的枯叶回荡在夜色之中，漫不经心，又透着深秋的寒凉与肃杀之意。

萧华雍在萧长庚面前素来毫不遮掩，甚至让他在东宫来去自如，包括东宫的藏书阁。萧长庚看到那些书籍上萧华雍的批注，对萧华雍既敬服又畏惧。

这位太子皇兄是个越接触越令人生畏之人，萧长庚彻底体会到为何六哥在知晓太子皇兄的真面目之后，会选择远远地逃离皇城。有那么一刻，萧长庚也想逃。

在这座皇城之中，有萧华雍这样一个人在，就似有一柄无形的刀悬在自己的头顶上，那刀随时会无声无息地落下。

若是他心情好，还能给个痛快；若是他心情不好，这一刀会让人痛入骨髓！

“七哥请吩咐。”萧长庚十分恭敬地说道。

“陛下要斩蛇，对此蛇若是强攻，将士必会全军覆没。你要阻拦陛下，且向他提议投毒杀蛇。”萧华雍对萧长庚的乖顺表现很是满意。

“是。”萧长庚应得干脆果断。

萧华雍侧首轻轻摸了摸海东青的翅膀：“不问本宫为何要投毒杀蛇？”

“请七哥明示。”萧长庚不愿去猜，因为没有人能够猜到萧华雍的心思。

“你若要一个冠冕堂皇的理由，那便是本宫心善仁德，不忍无辜将士牺牲，不忍本该保家卫国的好儿郎死于非命。”萧华雍嘴角缓缓上扬，“你若要真正的理由，那便是本宫要长陵死于巨蛇腹中。”

萧长庚霍然抬起头，瞳孔微缩。

长陵从小欺负他，萧长庚也不喜长陵，甚至也想过要整治她一番，可从未想过要让她这样死去。

“你定然很好奇，巨蛇就能咬死长陵，我为何要让你行投毒之举？”萧华雍并不理会萧长庚，继续说道，“这等巨蛇，蛇皮已成甲，寻常之毒未必能伤它，真正能取它的性命的是本宫手上之毒。”

萧华雍不想暴露自己，也担忧他们偷鸡不成蚀把米，不但没有将巨蛇毒死，反而将之惹到发狂，届时必然是一场血战，将死伤无数。

萧华雍一步步精心算计，没有露出丝毫马脚。

萧长庚听得心惊肉跳。

萧华雍忽地笑得有几分邪气地说道：“最重要的是，此毒被密封于蜡丸中，喂入长陵的体内，她咽气之前，会遭受万箭穿心一般的疼痛，但又死不了——如此才能泄我心头之恨。”

萧长庚再一次被吓得后退几步，脸色煞白，吐字艰难：“是……因她伤了昭宁郡主？”

“嗯。”萧华雍淡淡地应了一声，而后漫不经心地说道，“这世间任何把主意打到她头上之人，皆是这般下场。”

这一刻，萧长庚明白了萧华雍为何要把他弄到东宫来，为何让他看清其真面目。

萧华雍是在警告他，让他注意分寸，莫要将心思动到昭宁郡主身上。

他感觉手脚仿佛灌了铅一般，但还是站直身体，艰难地对萧华雍拱手行了一礼：“十二郎多谢七哥指教。”

萧华雍闻言，转过头问道：“本宫指教你什么了？”

萧长庚深吸一口气，回道：“七哥言传身教，行事当如何不置身其中，又当如何令人心甘情愿地为己所用。”

这件事情，萧华雍一手策划，却没有人会猜疑到他身上——他是置身事外的。

萧长庚会按照萧华雍的安排去行事，不是因为畏惧萧华雍，而是因为抵抗不了萧华雍给予的诱惑。

他向陛下进言投毒杀蛇，一则在陛下面前展现了聪明才智，二则博得了所有侍卫的好感。

有了崭露头角的机会又一举获得人心，这是他现在最渴望的东西。

“聪明。”萧华雍就知道亲自培养一个人摆在明面上是件好玩儿之事。

“不知十二郎还有什么事可以为哥哥效劳？”萧长庚又问。

萧华雍大可以找其他人去向陛下进言，都是功劳一件，现在给了他这么大的一个便宜，定是有什么他行事起来更便宜的缘由。

“若陛下问你要什么赏赐，你就说要蛇胆——本宫要蛇胆。”萧华雍说道。

这颗蛇胆不能由他出面索要，亦不能自己凑巧生个病就要百年蛇胆，如此只会让陛下有所怀疑。尤其是长陵前脚才害得沈羲和落水，他又从未掩饰过自己倾心沈羲和的事，就更会让陛下想到长陵突然跳水是他谋划的。

即便抓不到证据，陛下也会生出防备之心。在没有找到陛下暗藏的私军之前，他并不想与陛下正面交锋。

“十二郎知晓了。”萧长庚深深拜下。

萧华雍带着海东青离去，不过片刻工夫就传来库房走水的消息，紧接着就是长陵划破长空的尖叫和疯一般喊着“鬼啊”并夺马飞奔至水潭前跳水的消息。

萧长庚内心的惊惧比巨蛇带来的还要深。

“十二郎，你说说如何投毒？”祐宁帝拉回了他的思绪。

萧长庚立刻回神恭敬地回道：“将剧毒填入鸡鸭腹中，从高处将之投下。”

巨蛇会不会吃鸡鸭不重要，照方才的情形来看，等到他们投毒之时，太子殿下定会又将海东青唤来激怒巨蛇——巨蛇必然会在愤恨之下撕咬这些高空投放之物。

它把长陵吞了，就已经中毒了，投放的鸡鸭不过是幌子。

“此法可行。”二皇子昭王萧长旻赞同道。

见其他人没有反驳，祐宁帝便点头："就依此法。"

祐宁帝回到行宫里，面色有些苍白。他见行走艰难的皇太子萧华雍带着一群人慢慢跟来，又是好一阵安抚。萧华雍得知长陵的遭遇，不免红了眼眶。

一旁的萧长庚看着这场景，只觉得太子殿下做戏的功夫简直无人能及。

回了东宫，萧华雍就换了副面孔，甚至当着萧长庚的面就大摇大摆地离开了。

萧华雍重新折回山上时，已是月到中天。沈羲和刚醒来，发了一场寒，整个人病恹恹的，喝了碗粥就不想睡了，坐在崖边看着无边的黑夜出神。

她不知在想什么，见萧华雍走到她身边，也毫无反应。

"殿下，为何要特意来救我？"沈羲和早就在夜风之中闻到属于萧华雍身上的药味儿了。

萧华雍缓缓在她身侧坐下，不答反问："我为何不去救你？"

沈羲和缓缓地转过头，有些无神的双瞳对上他温和的眼眸："殿下，你可知昭宁是个怎样的人？"

"冷情之人。"萧华雍认真地看着她，亦不似在说笑。

沈羲和微垂着眼，点了点头后又摇头："殿下，昭宁是一个冷情之人，昭宁不信男女之情，但昭宁不是冷血之人。今日殿下的救命之恩，昭宁会记下。他日若能为殿下舍命一次，昭宁亦不会有半分犹豫。"

萧华雍的心又被刺了一下。

原来她深夜无眠，只是在琢磨他救她是出于什么缘由。

她什么情都有，对父兄有亲情，对相交之人有友情，对相助之人也感念恩情，唯独对儿郎没有男女之情。

萧华雍仰头无声地深吸一口气，早在去寻她之际，便接受了这个残忍的事实，此刻听闻她的话依然深觉心里闷痛，却似乎也不是不能承受。

"你可知我为何知晓此处有个荒弃之所？"萧华雍忽地问道。

沈羲和轻轻摇头。

"我第一次来猎场是六岁那年。"萧华雍眼神恍惚，思绪被拉远，说道，"我骑着小马驹，带着侍卫追着猎物。不知何时周边的侍卫都不见了，只剩下我一人。我折身欲往回走，却碰上了大虫。"

大虫朝着他飞扑而来，他滚下马才逃过一劫。大概是有马为食，大虫并未追击他。可他不敢大意，下去的路被堵死了，只能往上走，寄希望于站到高处呼救。

后来他跑到半路，就听到了虎啸，来不及多想只能拼命往上跑，没过多久就看到了猛虎的身影。那时他距离此地已不远，通往这里的石缝极其狭窄，因大虫进不来，才逃过此劫。

"殿下怎会被跟丢呢？"沈羲和皱眉。

“先祖之中都有被跟丢的帝王，本宫不过是一个储君，被跟丢了也不足为奇。”萧华雍云淡风轻地笑了笑，“我在此地不敢出去，拔了所有能吃之物。”

为了果腹，他故意放了血滴在石壁入口处，以此引来野兽。野兽攻击他时被卡在石缝之中，他则用藏在靴子里的匕首将之捅死，分拆后再拖进来，喝兽血解渴，吃生肉果腹。

“本宫等了三日都没有等到人来寻我，后来探知风向，便将衣袍撕碎，咬破手指写上血书，让衣袍飞下去。不知飞了多少衣袍带子，终有一条被本宫的卫率看到了。他们寻上来时，已是七日之后。”

皇太子有六率，一率令三到五府兵，是除了陛下之外拥有护卫最多之人。

“太子殿下聪慧绝伦。”沈羲和不得不赞叹。

萧华雍六岁稚龄时竟能临危不乱，逆境求生，可谓常人所不及。

不知多少六岁的孩童都不敢独行，遑论在这荒凉孤寂、野兽环伺的山崖边求生。

“本宫回到行宫里，才知当日追随本宫去围猎与本宫一道走散的护卫俱已死亡。”萧华雍语气平淡，提起这些往事竟然一丝怨恨与痛苦的神色也没有，“从那一刻起，本宫便知晓身边之人都是随时会要我的命的刀刃，这才学会辨人辨鬼，学会不轻信、不依赖任何人。”

“殿下如今再无人能糊弄。”沈羲和想，这就是他成长和强大的代价。

萧华雍轻笑一声，侧首深深看进沈羲和的眸底：“本宫是因此而不再轻信他人，郡主又是为何不信男女之情？”

原来他与自己说幼时之事，是好奇她为何不信男女之情。

沈羲和也没有犹豫：“世道不公。”

萧华雍微微一怔，似是不明此话之意。

“儿郎可以一妻多妾，女郎只能终身守着一人。”沈羲和说道，“我不明白男子若是倾心，如何能再接纳他人？既不倾心，又何以强求女子用心以待？”

“郡主……就是因此而不信男女之情？”萧华雍忽地笑了。

他的心情愉悦起来，他还以为她独独不信男女之情，是因为她受过情伤……

沈羲和被他笑得有些莫名其妙：“我之言何处可笑？”

“郡主难道不知潘杨之好？”萧华雍问，他的眼里有温柔的星光潜藏。

西晋第一美男子潘安与其妻十二岁定亲，相爱终身，生不纳妾，死不复娶。

潘安将一生的忠诚与深情都给了青梅竹马的妻子，被人们传为千古佳话，并称之为“潘杨之好”。

“千百年来只此一例罢了。这世上有太多的痴情女郎，一厢情愿地追求‘潘杨之好’，才会被困于虚无缥缈的情爱之中，蹉跎一生。须知潘安仁是千年一出，即便当真有幸得遇潘安仁这等郎君，自己又未必是杨容姬。不同之人相遇，修出不同之果。”

“郡主所言极是，不同之人相遇，修出不同之果。”萧华雍深深凝望着沈羲和，“我有潘安仁之心，郡主可愿回杨容姬之意？”

萧华雍猝不及防地表明心意——沈羲和愣住了，脸上没有丝毫动容之色，只是用一种略带探究意味的眼神看着萧华雍。

“郡主为何如此看我？”萧华雍料想过沈羲和的种种反应，唯独没有料到这种。

“殿下不应是儿女情长之人。”沈羲和直言，“男儿胸中有丘壑，便不会被困于世俗之情当中。”

古往今来，凡有大志向之人，不屑于儿女私情，自然就无所谓深情。女人不过是调味剂，有则锦上添花，无亦无伤大雅，他们又岂会花心思在女人身上？

“殿下是皇族，潘安仁是士族，皇族的无奈与士族不同。”

古往今来，从未有哪个帝王只有一个女人，即便是隋文帝与独孤皇后——虽无异腹之子，隋文帝亦不止独孤皇后一个女人，其他人不过是无名无分罢了。

“郡主，一个男人能否做到只看他愿不愿，而不是看他能不能。”萧华雍说道，“美人能否令英雄折腰，端看美人值不值。当然了，此美并非是指皮囊。郡主之美，于我而言越过壮丽山河。

“郡主，我是个极其挑剔之人。若非遇到郡主，我此生大概如郡主所想，醒掌天下权，醉卧美人膝。拥有美人无数，非因我风流，而是无人能入心，只愿随心所欲。

“我想先辈豪杰多如此——他们不够深情，并非被青云之志迷了眼，而是不如我幸运，能够遇到自己心爱之人。”

“殿下，这世间最善变的就是人心。”沈羲和依然平静，十分有耐心地说道。

不只是因为萧华雍刚刚救了她，还有就是她欣赏、钦佩萧华雍这样的人。不提男女之情，萧华雍在她的心里是个令人仰望的一代枭雄，她不希望这样光辉伟岸的形象破灭。

“人心易变……”萧华雍颔首轻叹一声，“只是无法自控而又没有自知之明之人的借口。”

不等沈羲和张口，萧华雍又说道：“我自幼心性坚定，向来不达目的决不罢休，认定之人，即便是王朝更替、岁月变迁，亦不会更改。

“我知今日之言无法取信于你，你且看我日后所作所为。

“我不求你今日信我，亦不求你为我动容，但求你允我用余生证明：日之升，月之恒，不及我对你用情之深。”

皓月朗照，万籁俱寂。深蓝色的夜幕笼罩着大地，天地之间融为一色。

唯独他是天地间另一种与众不同的色彩，那样鲜明地映入沈羲和的眼里。

她是震撼的，只因在这一刻相信他所言句句发自肺腑。

“殿下，相敬如宾不好吗？”沈羲和轻叹一声，“你我成婚，我尊你为夫，你敬我为妻。我们亦可如骨肉至亲，你不相负，我不相离，彼此相伴至老。”

这是沈羲和觉得最好的夫妻相处模式。如此一来，两个人就能对彼此多包容一些，少苛求一些；不论遇到何事也能多一分清醒，少一分冲动。

“不好。”萧华雍断然否决，“我若未遇见你，亦会觉得你所言是这世间最恩爱的夫妻。可我遇见你后，所求不止于此。我不想成为你尊敬之人，亦不想成为你的至亲，而是想要成为你心中独一无二的存在，正如你在我心中无可代替一样。”

他是那样强势，目光又是那样热烈，像黑夜之中的火焰，让沈羲和觉得滚烫。她想要逃避，微微摇头：“殿下，昭宁不知何为情，何为爱，亦不知如何爱人。”

她微微垂着眼帘，素白的脸看起来既憔悴又茫然。

再冷静自持的女郎，对他如此直白地表明心迹的行为，或多或少会有一丝羞涩或者喜悦之情。女郎即便不动心，被人爱慕，尤其是被如同他这般出类拔萃之人爱慕，也应当会有一丝喜色。

她脸上丝毫不见喜色，冷静得让人深感挫败。

他有那么一点儿卑鄙，知道她是个什么样的人，若是寻常时候说这些话，她定会露出抗拒、厌恶之色。他趁着她心中对他感恩说这些话，难免有施恩图报之意。

可她因他命不长而愿意嫁他着实刺痛了他的心。

他原本想要徐徐图之，现在却不能。

他知道她对他没有恶意。只要他不伤她，便是长寿，她亦不会害他；只是若他是长寿之人，她便不会选择他。她是真的很不喜欢与男子有纠葛。

“与你相遇之前，我亦不知。”萧华雍深深叹息，“愿我能成为那个令你懂爱之人。在这之前，你想如何待我便如何待我。”

他妥协了，认命了。

谁让他就是对这样一个人倾心，对旁人都不稀罕呢？

若他不能叫她倾心，大概是自己待她还不够好吧。

至少她在知晓他倾心她时，并没有想过要躲避、推拒他。

“殿下，莫要待昭宁过于用情。昭宁无情，不愿日后你我因此而产生怨恨。”沈羲和想了想，还是觉得要说明白，“我把此话说与你听，你若仍旧一意孤行，无论你日后怨怪与否，我都不觉得自己对你有所亏欠。”

沈羲和从不觉得有人心悦她，她就要以真情相待。

这世间男男女女，有多少纷纷扰扰？一个儿郎不会只心悦一个女郎，一个女郎也不一定只倾慕一个儿郎，若是谁被心悦或倾慕都要回应，岂不是要乱成一团？

萧华雍被她一本正经地告知的模样弄得又好气又好笑，最后只能宠溺而又温柔地无奈应道：“我知，日后无论我为你做什么，皆是一厢情愿，你不亏欠我。”

沈羲和听了这话还是有些不满，又补充了一句："殿下要如何是殿下之权，我无权干涉。但殿下的好意，受不受是我之权，还望殿下日后若是被我拒绝，莫要太放在心上。"

即使萧华雍生气、懊恼她也不会在意，这样只会让自个儿不好受。

这样直白的话到底有些伤人，念在他救了她的恩情上，她委婉了一些。

萧华雍并没有被她的委婉话语感动。她再如何委婉，他也能够读懂她的意思。

萧华雍长长地叹了一口气，自己选择的人只能好脾气地依从："我知。"

萧华雍不咄咄逼人，不强势地提出无理要求，对此沈羲和很满意。解开了心头的困惑，沈羲和缓缓站起身："夜深了，殿下早些就寝吧。"

说完，沈羲和行了个礼，就回了山洞，钻入被窝儿，很快进入了梦乡。

萧华雍一脸无奈。

他有点儿生气，又忍不住上扬着嘴角——沈羲和绝对是他见过的最奇特的女郎。

她竟然能够如此坦然地熟睡，还让他早些就寝，也不管他睡在何处——她对他倒是一点儿也不设防。

她的反应偏又那么惹人爱，像只懵懂的小白兔，萧华雍恨不能将她揣在怀里揉一揉。

萧华雍随意地找了个休息之处睡下，往年游历之时，没少就地而眠。身为皇太子，他娇贵起来无人能及，随意起来也无人能比。

一夜好眠，萧华雍睁开眼，就闻到一股幽幽的香气。他看到沈羲和坐在火堆旁，用勺子搅拌着吊锅里面的粥，有些愕然。

他一向浅眠而机警，稍有风吹草动就会惊醒。沈羲和都已经起来不知多久了，穿戴洗漱完毕，还熬了粥，他竟然丝毫未觉。

沈羲和转过头来，就看到萧华雍坐在一旁有些难以置信地沉默着。

沈羲和说道："我熏了一些安神香。"

安神香是萧华雍未归之前她就熏上的，由墨玉带上来的。

萧华雍闻言，目光温和地朝着她看去："呦呦最知我心。"

他什么话都没有说，只是一个眼神，她就能明白他心中所想。

沈羲和扫了一眼装作不存在的随阿喜和守在石洞口如木桩一般的墨玉："不许唤我的乳名。"

"为何？"萧华雍见她不是特别排斥，便开始装傻充愣。

"这是亲近之人才可唤的。"沈羲和没有别的意思——步疏林唤倒也还好，就是一个陌生的外姓男子唤，她很是别扭。

"亲近之人？"萧华雍意味深长地笑了笑，"呦呦是提醒我要早日求娶吗？"

沈羲和投去微凉的目光："我不喜油腔滑调之人。"

“可我不油腔滑调，呦呦不是也不喜吗？”萧华雍突然发现逗她是这样有趣。

沈羲和想了想好像也对。

她不喜欢与他有什么关系，想明白之后，也就不在意了。

萧华雍却突然说道：“呦呦亦可唤我的小名——鹿鸣。”

“不唤。”沈羲和果断地拒绝。

上次在东宫，萧华雍就说过这个太后给他起的乳名。沈羲和那时候一心想要试探萧华雍，倒不觉得有什么暧昧，今日被他又说一遍，就觉得有些发腻。

萧华雍低低地笑出声，心情甚是愉悦，随后起身，简单洗漱了一番。

沈羲和有随阿喜配药和针灸好得极快。她早间熬了一锅肉片粥，食材简单，只有肉和米，配了一些药材，闻起来清香至极。

她有一手好厨艺，只是不喜欢做吃食，也谈不上厌恶。

见沈羲和拿了碗要盛粥，萧华雍急忙过来接过碗：“我来。”

沈羲和没有与他客气，松了手。

萧华雍先给沈羲和盛了一碗粥，又给自己盛了一碗，瞥见还有两个碗，顿时扬了扬眉，抬起头温和地询问随阿喜与墨玉：“你们二人可要吃粥？”

随阿喜早就伸长脖子等着了，毕竟浓稠的香味儿实在是勾得他的肚子“咕咕”直叫。

然则，随阿喜触及萧华雍的眼神，对方明明是含笑的脸，温柔的语气，却无端地让人心里发怵。

随阿喜下意识地摇头：“小人不……不喜食粥。”

说完，随阿喜在内心默默地流泪——他喜食粥，尤其是郡主这样熬出的粥，是自己从未闻到过的香气。

墨玉是沈羲和的丫头，情子冷漠，像足了沈羲和，完全不懂看沈羲和以外之人的眼色。她不怵萧华雍，自己上前：“不敢劳殿下盛粥。”

说完，墨玉就拿了碗。

她的反应不但没有让萧华雍生气，他反而对她多了一丝赞赏之意。

不过赞赏归赞赏，他笑眯眯地将勺子递给墨玉，还未等墨玉抓住就松了手。墨玉身手敏捷，一把抓住勺子。萧华雍指尖一弹，一颗从腰带上扯下来的珠子打在了墨玉的手臂上。

墨玉手一松，勺子就掉在了地上。

响声惊动了沈羲和。沈羲和回头就看到勺子落在地上：“捡起来洗一洗。”

“诺。”墨玉不知太子殿下是何意。她只听沈羲和的吩咐，但亦不会告状。

随阿喜见墨玉如木头一般不懂事，从包袱里拿了干粮去分给清洗勺子的墨玉：“吃干粮。”

墨玉对吃的东西不挑剔，兼之随阿喜也是沈羲和的人，便没拒绝，接过干粮吃了起来。

墨玉放下洗干净的勺子，并没有盛粥。等墨玉吃完干粮，锅里已经没有粥了，此乃后话。

萧华雍问了沈羲和一句：“可还要？”

沈羲和的胃口小，她摇了摇头，然后萧华雍就三两下吞了碗里的粥，将余下的粥全部倒入碗里，发现还有剩余，又三两口喝完碗里的，锅里剩下的刚好够一碗。

沈羲和见状简直怀疑面前之人真的是太子殿下吗？

萧华雍喝得心满意足，然后说道：“昨日出来寻你之后便未曾进食。”

这不是谎话，他是真的来找沈羲和之后就没有吃过东西——其实三碗粥他都没有吃饱。

沈羲和狐疑地看着他，不经意间瞥见锅底不远处遗落了一颗珍珠，然后目光落在他的腰带上。

萧华雍顺着她的目光看过去，极其自然地说：“咦，何时落了珠，我竟不知？”

随阿喜抽了抽嘴角。他看得真切，就是殿下自己扯下来攻击墨玉的！

但是他不敢说！

墨玉是个寡言少语之人，太子殿下又身份尊贵，对这等小事，自不会争辩。虽然她也不是很懂太子殿下为何要这般做。

就在此时，外面传来脚步声，墨玉迅速闪身过去。

走进来的是带墨玉上山的萧华雍的卫率：“殿下，陛下准备半个时辰后斩蛇。”

“依计行事。”萧华雍只淡淡地说了四个字。

卫率退下，萧华雍隐如泰山地坐在原地，指挥着随阿喜清洗收拾东西：“这些物件便留于此地。”

“殿下，我们也下去看看吧。”沈羲和站起身。

萧华雍抓住她的手腕：“危险。”

萧华雍之所以不让沈羲和立刻回行宫，就是知道祐宁帝见到这条巨蛇定会斩蛇，而萧华雍需要蛇胆。但这条巨蛇的凶猛难以预估，昨夜他就投了毒，此刻巨蛇竟还未毒发身亡，足见其凶悍程度。

下方必然还有一场恶战，她留于此处才是最安全的。

“我们留在此地，等候消息。”萧华雍说道。

沈羲和没有逞强。萧华雍既然这般说，定然是已将事情安排妥当。

“殿下，你希望这场恶战有人伤亡吗？”不知为何，沈羲和突然想问一问。

“你是在想，我是否设局借此取人性命……”萧华雍抿唇浅笑，“譬如陛下？”

萧华雍并未不悦，反而开怀。似沈羲和这样的性子，会问出这样的话，是将他当作可以信赖之人了，尽管这份信赖无关情爱，却也足够让他愉悦。

沈羲和本就没打算隐瞒心思，点了点头。

“我建议投毒，就是不希望陛下命丧于此。”萧华雍也极其坦诚，“陛下若此刻殒命，会留下诸多隐患，我此刻亦不宜登基。”

沈羲和含笑看着他：“宫中有信王与代王，军中有景王。”

这次信王萧长卿和代王萧长瑱都没有来，一个赌气为亡妻守丧，一个则是为母守孝。

陛下与诸王在狩猎场遇难，信王和代王便可以把持朝政，而手握安南兵权的景王就会带兵杀入皇城，天下会大乱。

“这是其一。”萧华雍不再掩饰，“还有陛下的私军将会群龙无首，内忧一出，外患接踵而至，江山不稳，受苦的还是流离失所的百姓。”

沈羲和听了他的话，心思一动：“殿下有仁爱之心。若有朝一日殿下要登帝位，便会使得百姓饱受战乱之苦；若是愿意退让，便能护百姓周全，而代价是殿下的性命。殿下会如何抉择？”

“呦呦，欲听真话？”萧华雍含笑问。

沈羲和：“当然。”

“真话便是，若这世间无你让我牵挂，我便舍身以全天下。”萧华雍唇瓣荡出浅浅的笑容，眼眸温和，似有春水在涌动，说道，“若有你需我相护，我只能辜负苍生。”

宁负天下不负卿，多么震撼人心的情意，若是换个女郎定喜不自禁，沈羲和却将一种难以言喻的目光投在萧华雍的身上。

真的有一个人能待另一个没有血缘之人到如此地步？

他当真有这么喜欢她吗？

他怎么能有这么喜欢呢？

这对沈羲和而言是不可思议的事情。

她毫不掩饰眼神中的困惑与茫然。萧华雍见此竟全然生不起气来，反而舒展嘴角：“终有一日，我会让你明白，什么是心甘情愿，义无反顾。”

沈羲和听后嘴角多了一丝笑纹，不是嘲弄，却透露着十足的荒唐之意。

萧华雍没有气馁，负手望着这苍茫天地间的滚滚雾霭，一股强烈的征服欲油然而生。

海东青的叫声与巨蛇的嘶叫之声交织着，透过重重峰峦断断续续地传来。

随阿喜与墨玉开始整理东西。沈羲和还有些乏力，默然坐着。阳光透过枝叶挥洒下来，她忍不住闭眼仰头享受着此时的惬意。

此处悠然安宁不受打扰，下方的厮杀却极其惨烈。

祐宁帝采纳了萧长庚的意见，对巨蛇投毒。奈何这些被灌了毒的鸡鸭投掷下去，都被巨蛇给撞开了——它根本没有撕咬或者吞食——它中了萧华雍投的毒，因为吃下去的量不大，因此极其暴躁。

巨蛇从深潭之中爬出来，一路横冲直撞，毫无章法，见到活物就撕咬，难受至极的时候还会往墙壁上撞击。海东青一直收敛着翅膀歇在高山峭壁之上，盯着下方发生的一切。

祐宁帝为了斩蛇做了充足的准备，昨晚连夜调了神弩营过来，让他们埋伏在层林之间。这种弩箭威力极大，射程可达数百步。一支支强劲的弩箭飞射出去，穿透巨蛇坚硬的表皮，如同钉子狠狠地扎入它的身体。

饶是如此，它还不肯轻易倒下，身上被扎了数十支弩箭，依然扭动着、咆哮着。

当弓弩手再次出击的时候，它学会了闪躲。很快，见人们的弩箭被耗光了，巨蛇便张着血盆大口冲击过去。此时，萧华雍带着沈羲和到了一个安全的位置，恰好看到这一幕。

他取出骨哨轻轻吹了一声，落在断崖之上宛如雕塑的海东青才展翅飞掠过来。

沈羲和侧头看了一眼他手里的骨哨，是用大型动物的骨头雕琢出来的，亮泽如白玉，声音脆亮，极具穿透力。

"给你一个？"萧华雍又摸出一个递给沈羲和。

沈羲和面无表情地把脸转向一旁，无声地拒绝。

就知道她不会要，萧华雍将之收了起来。

海东青飞掠而去，翅膀展开足有一丈长。

沈羲和清晰地看到，海东青飞过巨蛇的一侧脖颈儿时，带得一串血珠在空中飞溅。随后，海东青在半空中一绕，又折回来，躲过巨蛇的攻击，在巨蛇身上一抓，活生生地从巨蛇身上扯下两块肉。

没有受伤的巨蛇或许还有与海东青一敌之力，现在的巨蛇本就中了毒，又被弓弩手重创，哪里是吃饱喝足的海东青的对手？

不消片刻，巨蛇庞大的身躯就砸落在地，抽搐了几下便再无响动。众人都不敢轻易上前，还是海东青得到了萧华雍的指令飞掠过去，剖开了巨蛇身体最脆弱的腹部。此时，刘三指才敢上前。

"我们回行宫。"萧华雍对沈羲和说道。

此刻，这些人的注意力都在巨蛇身上，是最适合他们悄无声息地回行宫的时候。到了行宫，他们便分开，墨玉搀扶着沈羲和往自己的院子走去。

步疏林和薛瑾乔还在寻找沈羲和——跟来的大臣、内眷都和祐宁帝在议政之处等待消息，所有的侍卫也都被调到这里——只有步疏林和薛瑾乔不顾阻拦去寻找沈羲和。

"红玉，去请太医。墨玉你去找步世子与薛七娘。"沈羲和了解了情况后立时吩咐。

她的后脑勺被随阿喜扎了一针，鼓了好大一个包，她就对太医说是摔下去撞到后脑勺晕了过去，被自己的侍女和随从找到的。

太医来诊脉，只能诊出沈羲和脑后似有瘀血，和摔伤一般无二。这样一来，祐宁帝就不会追究她去了何处，也不会怀疑长陵公主之死与她有关。

祐宁帝刚接到巨蛇被斩杀的消息，紧接着便传来沈羲和被寻到的消息。听说沈羲和需要太医，他立刻钦点了自己最信任的卓太医丞。

太医署三个德高望重的人，陈太医令、卓太医丞和黄太医丞。只有卓太医丞是祐宁帝的心腹。

卓太医丞给沈羲和诊了脉之后便回祐宁帝："陛下，昭宁郡主身上的擦伤颇多，必是自高坡滚落，才造成后脑勺瘀肿。除撞伤外，郡主体内尚有寒气滞留，应是在荒郊野岭中昏迷了一宿。"

"朕知道了，你且退下。"祐宁帝挥了挥手。

他怀疑沈羲和彻夜不归，就是为了报复长陵。对长陵突然发了狂般跳水，祐宁帝有诸多地方想不透，而作案之人最有可能就是沈羲和。沈羲和的迷幻香，他略有耳闻。

不过昨夜长陵的寝殿并无燃香的痕迹，他猜想会不会是沈羲和用了别的手段。

如今看来，不是沈羲和下的手。长陵出事，他第一时间遣人去知会萧华雍，被派去之人也回话萧华雍就在自己的寝殿里。这二人都不是凶手，难不成当真是长陵突然被什么迷了心窍？

祐宁帝折身回去，取出一幅画卷。长陵公主与画卷上的女子有七分相似——这画卷上的女子，是他一生所爱。他之所以宠爱长陵公主，就是因她长得肖似画中人。

现在长陵没有了……

"陛下，十二皇子求见。"刘三指禀报。

"宣。"祐宁帝收起画卷。

萧长庚进来，一眼就扫见半幅女子的画像，然而并未看到面容。他立时低下头："陛下，儿觉得水潭之中毒蛇奇多，或许是因为底下有异物，需得谨慎。"

"朕已经着人善后。"祐宁帝也想到了这些，又问，"此次斩蛇你居首功，想要何赏赐？"

"陛下，儿为陛下分忧，是儿的本分，不求陛下恩赏。"萧长庚拱手躬身。

"你的一片孝心，朕知晓。朕赏罚分明，有功必赏。"说着，祐宁帝便放低语气，"朕不知你的喜好，只想你自个儿要份可心的赏赐。"

萧长庚似乎思索了片刻："儿听闻蛇胆泡酒入药极佳，陛下便将蛇胆赏给儿吧。猎虎留皮，猎狼留齿，儿留下蛇胆，也算是一份纪念。"

“这蛇是中毒而死，蛇胆不知是否附着毒素……”祐宁帝本身没有打算留下这条蛇的任何东西，因为它是中毒而亡，且也不知是不是一条剧毒之蛇。

“儿拿去太医署鉴一鉴，若是含毒无用，儿便不要。”萧长庚又说道。

“你这赏赐……”祐宁帝笑了笑，忽地问，“你在七郎处可还住得惯？”

萧长庚：“东宫雅致宽阔，太子皇兄宽以待人，儿怎能住不惯？”

祐宁帝看了他片刻才又说道：“你便再陪伴七郎两月，待梁妃头三月过了，朕再让你入王宅。”

“儿谢陛下恩典。”萧长庚抑制住自己的欣喜之情。

祐宁帝听得出他是渴望搬出去的，至少说明他与七郎相处并不愉快。

祐宁帝命人处理了巨蛇，只留下蛇胆交给了萧长庚。萧长庚拿蛇胆去请陈太医令鉴别是否有毒，结果便是蛇胆已被毒浸染得不可再用。

萧长庚还是将蛇胆拿给了萧华雍，也如实转达了陈太医令的话：“蛇胆已不可用。”

萧华雍看了一眼玉盒里的蛇胆，盖上盒子递给了天圆，笑着对萧长庚说道：“还没恭喜十二郎，用不了多久就能搬入自己的王宅了。”

萧长庚心头一凛。他要了蛇胆，可蛇胆极大可能已经废了，这赏赐就形同虚赏。在祐宁帝看来，要这等虚赏，很可能是因为萧长庚谦逊。因此祐宁帝有心要补偿，才会说两个月后让他搬入王宅。

祐宁帝一则是将赏赐落到实处，二则是试探一下他和萧华雍的关系。

当时只有祐宁帝、他和刘三指在——刘三指绝对不可能背叛陛下，陛下也不会将这话告知萧华雍，但萧华雍就是知道了。

“你在好奇我是如何知晓的对吗？”萧华雍淡淡一笑，“我猜的。”

萧华雍这是在告诉萧长庚，他对陛下的心思一清二楚。

萧长庚垂眸道：“七哥若无吩咐，十二郎告退。”

“嗯。”萧华雍漫不经心地应了一声。

沈羲和这会儿也听说了她不在这一日发生的全部事情，听完之后，低头沉默——长陵公主好好的怎会突然就发了狂，自己策马往水潭里跳，且在明知道下方水潭有一条巨蛇的情况下——会为她出头又能做得如此干净利落的只能是萧华雍。

他为了她杀了自己同父异母的亲妹妹，尽管她回来也会要了长陵的命，可这意义不同。

沈羲和一时间不知该庆幸他待她足够情深义重，还是该畏惧他心狠手辣。

她想她不会为了一个外人而暗害沈璎婼，除非沈璎婼对不起她。

他这样的人应该是爱之欲其生，恶之欲其死。若有一日她惹了他厌恶，那么下场……

她似乎招惹了一个十分可怕的男人。

“郡主，步世子失踪了！”正在沈羲和沉思之际，碧玉有些急切地来禀报。

沈羲和霍然站起身：“怎么会失踪呢？”

“步世子和薛七娘这一日一夜都在寻找郡主的下落。今日一早步世子归来问可有寻到郡主，我们不知内情，不敢泄露，只能道尚未，步世子便又出去寻……”

这一出去，她到现在都没有回来。

沈羲和面色一变：“崔少卿呢？”

沈羲和一边问，一边往外走。

碧玉拦下沈羲和，回道：“崔少卿昨夜被陛下派去调遣神弩营了。”

“让崔少卿去？”沈羲和目光一沉，“不好……”

陛下是对步疏林起了杀心，还有什么比这一次让步疏林死于意外更能堵住蜀南王的嘴的呢？

步疏林出去寻沈羲和之际遭了意外，是自作自受。陛下忙于斩蛇，疏于照顾，蜀南王也无从指责，要怪只能怪步疏林不听劝阻，非要去寻找沈羲和。

一旦步疏林真的死了，不但步家再无人袭爵，步拓海年迈，祐宁帝就可以指派人接手蜀南王府管辖的兵马。而且步拓海和沈岳山必然会生出嫌隙，祐宁帝再也不用担忧这二人一个鼻孔出气了。

他这可真是一箭三雕的好计谋！

“让莫远来，阻拦任何人将步世子失踪的消息上报给陛下！”沈羲和立刻吩咐。

不能让陛下有派人去寻找步疏林的理由，否则陛下的人就会大量混入。步疏林即使没有死，一旦被陛下的人先找到，也是死路一条。

“阿喜、墨玉，你们二人带着短命去找人。”沈羲和回身去取了一盒香递给阿喜，那是她调给步疏林的香，“若是短命寻不到方向，你便让它闻一闻此香。”

自从短命跟着她以后，她便一直在训练它对香的敏感性。它嗅觉灵敏程度不比犬类差，只不过没有犬类的寻踪之能，但经过沈羲和的引导之后，已渐渐能够根据香味儿来进行追踪。

吩咐完，沈羲和就带着碧玉去寻萧华雍。

她来的时候，萧华雍正将萧长庚打发出来。沈羲和迎面便与萧长庚碰上，匆匆行了个礼，不等萧长庚回礼，就大步走了进去。

萧长庚站在院子外，看着沈羲和畅通无阻，都不需要禀报，也无人阻拦，知这明显是萧华雍特意叮嘱过的。

“呦呦，何事寻我？”萧华雍见沈羲和面色有些凝重，急忙询问。

她回头看了一眼，见门前已没有了萧长庚才说道：“陛下要杀步世子。步世子是去寻我才失踪的，我不能让她因此而丧命。”

尽管不是她要求步疏林来寻她，但步疏林一片真心实意——她也不是泯灭良知之辈，怎可视若无睹？她坚信她的人带着短命一定能寻到步疏林，可还是担心来不及。

在人脉这一块，她比不上萧华雍，因此只能来向他求助。

“天圆！”萧华雍立刻喊了天圆进来，“吩咐下去，全力搜寻步世子的下落。”

虽然步疏林是个女郎，但是萧华雍也不准她死了还被沈羲和记挂一辈子！

“还有陛下那里。”沈羲和补充了一句，“不能让陛下派人去寻找步世子……”

“殿下，议政殿来报，陛下宣步世子。”还不等沈羲和说完，刚出去传完命令的天圆就折回来禀报。

果然，陛下这是铁了心要杀了步疏林。

宣召步疏林，人不在定要问及，他就能以寻人之名下杀人之令。

“本宫去看看……”

“殿下不用理会。”沈羲和抓住他的胳膊，“我早已料到陛下若是没有人给他递话头，定会宣召步世子，因此已经派了丫鬟去寻步世子的心腹金山。”

步疏林有两个从蜀南军中带来的贴身护卫，叫金山和银山。

“你要如何拖住陛下的传召？”萧华雍好奇，早知她聪慧，却依然惊喜和意外。

“我让金山寻个身量与世子相差无几之人装作是闹了肚子，一直往恭房跑，莫要让内侍见到真容，就是太医去了，也尽量拖着不让太医诊治。”沈羲和也不隐瞒萧华雍。

“陛下铁了心要见人……此法只能拖住一时半刻，他定会派刘三指来。刘三指是陛下的心腹，定知晓步世子寻你未归之事，会有法子抓到假扮步世子之人。”萧华雍说道。

沈羲和莞尔一笑：“刘三指抓到也无妨，就让金山说是他见世子闹肚子便请太医开了药，世子素来怕吃药，所以才跑不见了，让他们派人去寻一寻。”

萧华雍听了这话点了点头：“是个好法子。”

这样一来，人不是一夜未归，只是刚刚为了躲避就医而藏起来了，陛下也不好派人四处搜寻，就算是有急事要找，也只能带着人在周围晃。

沈羲和这法子拖上个把时辰还可以。

“呦呦是自信一个时辰内就能寻到人？”萧华雍很是好奇，沈羲和哪里来的信心。

“猎场之大，昭宁难以估测，并无信心一个时辰内能寻到人。”沈羲和摇头，“只能先拖上一时算一时，我只是担心步世子已然遭遇不测，这才来寻殿下相助，还望她能平安归来。”

“你放心，她定会无事。”萧华雍柔声安抚着沈羲和。

沈羲和有些忧虑地点了点头。

萧华雍见不得她眉头微蹙，想要伸手为她抚平，动了动手还是硬生生地克制住了。他忽地想到一事："长陵之事……我并非冷血之人。"

沈羲和微微一怔，没有想到萧华雍会主动提及此事。

"我知你听闻此事之后，定会觉得我心狠手辣，不顾手足……"萧华雍语气有些落寞地说。

沈羲和看似冷漠不与人深交，却是个重视亲情之人——从她不将上一辈恩怨牵扯到沈璎婼身上，从不为难沈璎婼就能看出。只要沈璎婼一直这么知趣下去，若是有一日有人欺辱了她，因为同姓沈，沈羲和也会为她出头。

沈羲和是一个将家族荣誉和手足情分看得很重之人，对他如此残忍地设计长陵定会心生不适。在她看来，血脉相连的手足之间，即便是不往来，亦不能互相残害。

"殿下，昭宁不识好歹，确实有此想法。"沈羲和不是个虚伪的人。萧华雍不问，她或许不会主动说出来；可萧华雍说了，她也不会假意说自己不曾这样想。

"在你心中亲缘至上，我此刻说什么你都无法明白。"萧华雍轻叹一声，"我只盼你知晓，我不会伤你，不会心悦你之时为你可以血染山河，不再心悦你之后却恨不能对你千刀万剐。"

我更不会不再心悦于你。

沈羲和定定地看着萧华雍，默然片刻后才说道："我信殿下。"

不知为何，她相信萧华雍的这句话，这份信心从何而来，自己也说不清，就是一种直觉——他没有欺骗她。

萧华雍真的爱极了沈羲和这样说一不二的性格。她不会说谎——若是不信，她即使不直言，亦会用沉默来表达；但她说了信，那就一定是信了。

其他的不重要，只要她信他便好。

萧华雍终于松了一口气，请沈羲和到屋内坐下，亲自为她煮茶。

一阵清香将心不在焉的沈羲和拉了回来。她低头看到——竟然是一朵花在茶碗里绽开，随着花瓣舒展，胭脂色的汤水显得格外明艳。

"听闻你不爱饮茶，我便制了花茶。"萧华雍端了一杯茶给沈羲和，旁边还有小碟放着牛乳、蜂蜜、糖块等，"喜欢什么，自己调制。"

沈羲和有些焦虑，担忧步疏林担忧得嘴唇发干，觉得茶不太烫就端起来喝了一口。花朵是蜜渍过的，本身就有丝丝甜味儿，对沈羲和而言刚好，便忍不住多喝了几口。

大半个时辰过去了，还没有任何消息，沈羲和站起身："我须得去步世子处，为她拖延些时辰。"

"不用，你且安心在这里等着，我已经安排好了，定然让陛下找不到由头派人去寻找。”萧华雍微微一笑。

沈羲和回眸看着萧华雍。

萧华雍加深了嘴角的笑意：“陛下会立刻起身回宫。”

很快就有人来报宗庙失火，这样大的事情，祐宁帝哪里坐得住，匆匆留了些吩咐，当先带着亲卫策马回宫。

“你……”沈羲和没有想到萧华雍竟然派人去烧宗庙，那可是供奉他的先祖的地方啊！

他这是对先祖大不敬！

“只是在外面弄了些浓烟，我这般做不是不将先祖放在心里，而是有旁的用意。待到回京之后，你便知晓。”萧华雍生怕她对自己有一丝误解。

“我知道。”沈羲和点了点头，“快马加鞭从京都到此处，一个时辰也未必够。”

单程都不够，更何况往返，她来寻萧华雍不过一个时辰，即便是那时萧华雍就这样安排下去，这人也应该还未回到京都。

所以这件事情并不是临时起意，是萧华雍早就安排好的，只是恰好碰上步疏林的事情。这也是祐宁帝一点儿不怀疑这事是有人为解救步疏林故意为之的原因。

如此说来，萧华雍并不是为了步疏林而让宗庙着火。

沈羲和的错愕与震惊，只是针对他烧宗庙的举动。

宗庙失火，祐宁帝来不及部署便匆忙回京，留下了大部队整装待发。帝王走了，也带走了几位王爷。萧华雍作为皇太子体弱不能疾行，祐宁帝便留下口谕，一切以太子为先。

哪怕是祐宁帝留下了刘三指，刘三指也不敢越过萧华雍做主。

“太子殿下，步世子失踪了。”刘三指有些急，隐隐觉得再不派人去“寻”步疏林，陛下的计划便会落空。

“咯咯咯……”萧华雍虚弱地咳嗽了一阵，似乎很不舒服。

天圆递了润喉的茶，他喝了之后，没一会儿又吐了出来。

天圆紧张得面色大变，立刻传太医。太医令急忙赶来，又是把脉，又是问殿下这几日的饮食起居。天圆答的都对不上，太医令又问了些其他的问题。

最后大半个时辰过去，太医令才得出一个“殿下或是着了凉”的结论。

刘三指等了半晌，好不容易等到太医出来，还未重新入内，就见天圆也出来了。天圆关了房门，对刘三指说道：“公公，殿下近来身体多有不适，好不容易才歇下，若无要事，请公公让殿下好生歇息。”

“曹侍卫，步世子失踪了，还请殿下下令寻人。”刘三指说道。

“步世子失踪？”天圆惊了一下，转头就指着一个小内侍，“你去寻步世子的护卫过来问话。”

金山很快就来了，一口咬定自家世子就是顽皮躲起来了，根本没有失踪。

这下刘三指也无法坚持了。他暗道陛下的“补刀之计”怕是无法施行了，只盼被派去的人能得手。

祐宁帝派去的人得手了吗？

自然是没有！步疏林对沈羲和被长陵公主害得落马失踪很是愧疚，是自个儿带着沈羲和出来的，却没有照顾好沈羲和，因此没日没夜地寻人。

萧华雍要借此事做文章，沈羲和的下落自然是越少人知道越好，定不会知会步疏林和薛瑾乔。由着她们在外面寻人，才不会引人猜疑，甚至他自己也派人在装模作样地寻找沈羲和。

谁都没有想到，祐宁帝会在这个时候对步疏林起了杀心。

刚承受丧女之痛，面前还有未知的巨蛇隐患未除，陛下竟然还有心思谋算，不愧是稳坐龙椅二十年之人。

步疏林早间回来得知沈羲和还未归，便又不顾疲惫地去寻人了。她不信沈羲和会这么轻易地死于蛇腹中……也许沈羲和根本不是从那里掉下去的，因此她这次想去远一点儿的地方寻。

她刚入林子，她的马就变得有些不安。最初她以为是遇到了猛兽，直到利箭划过她的耳边，才知道遭了暗算。

她本就疲惫，这次陛下派来的都是一等一的高手，若非她的马与她配合得天衣无缝，只怕是难逃一劫。饶是如此，她也只杀了一人，最后不得不如沈羲和一般，弃马求生。

沈羲和跳的是山坡，步疏林跳的是悬崖。她将腕上的机关中飞出来的铁锥射入了石壁，并且挂在石壁上滑行了一段距离。最终，与铁锥相连的铁丝将她挂住了。但她受伤极重，身上的伤口血流不止，这样被挂一日，必死无疑。另外，她的胳膊也脱臼了，再这样下去，她只怕不死也得废掉一臂。

她知道要她的命的是陛下。如果成为废人，她即便保住了性命，蜀南王府也会名存实亡。

一个残疾的世子如何领兵打仗？

她咬破舌尖，让自己保持清醒，往下看发现是一片郁郁葱葱的松林，距离也不算太高，若是幸运，能够借助松枝缓冲，应当不会致命。

“老子一没有坑蒙拐骗，二没有滥杀无辜，三没有偷看女郎泡澡，我就不信老天爷不给活路！”

一咬牙，步疏林撕掉腕上的机关护腕，身体朝着松林直坠下去。即便她算计精准，又借助了松枝的缓冲，却还是结结实实地砸在地上，五脏六腑好似都移了位。

她身上血流不止，不能留在这里，否则会引来野兽。

浑身的骨头仿佛都碎了，她全凭一股求生的意志，寻到了一棵能够爬上去的树，靠在树上喘着粗气。

已经没有一点儿力气的步疏林不敢掉以轻心，也不敢闭上眼。突然前方传来熊的叫声，步疏林十分绝望："娘的，见不得小爷如此风流倜傥，就莫要给小爷这副皮囊，非得用这个法子来找补回去？"

来只老虎也好啊，这玩意儿不会爬树，老天偏要送一只会爬树的东西！

尤其是那黑乎乎的巨大身影清晰地映入眼帘后，步疏林第一反应是看看自己的小身板够不够给它塞牙缝的。

好大一只熊，步疏林目测需要四个她才能拼凑出来！

步疏林屏住呼吸，心里默念：看不见小爷，看不见小爷，看不见小爷！

直到自己所在的树传来了摇晃感，她不得不望下去——这只熊竟然循着她滴落的血迹找了过来，不停地撞击着树干，发现没办法把她给撞下去，就开始爬树。

步疏林摸出藏在靴子里的暗器，贴于掌心，等到黑熊爬上来距离足够近时，快狠准地飞出了暗器。暗器精准地射入了黑熊的眼睛——它"砰"的一声砸落在地上。

被射伤的黑熊暴怒地撞击着树干——步疏林抱着树枝，用上了吃奶的劲，差一点儿就被颠簸下去。好在暗器上的毒发作得快，黑熊倒在下面，口吐白沫而死。

原以为可以松口气的步疏林万万没有想到，螳螂捕蝉，黄雀在后——底下竟又来了一群狼。

这些狼试着爬树，但是爪子没什么力度，都滑了下去，之后又对着她嘶吼了一阵，就堂而皇之地低头开始撕咬黑熊的尸体。见状，步疏林冷笑一声："吃吧，吃吧，人生最后一餐，不，狼生最后一餐。"

中毒而死的黑熊也敢吃，这群狼真是饥不择食！

这样一折腾，她倒是来了精神。当短命带着墨玉和随阿喜寻来的时候，步疏林正蹲在树枝上兴致勃勃地数着数，算着狼死亡的时间。

狼没有毒发就被墨玉和随阿喜几箭给射倒了，还有两只逃窜而去。

然而他们还没有走近，树上的步疏林就大喝一声："小心，狼群！"

第十九章　皇权路上无无辜

原来方才几只狼分食黑熊之前就开始呼叫，不远处的狼群听到叫声赶来，这一下子就有十几只狼，墨玉和随阿喜立时被包围了。

“喵——喵——”短命在墨玉的怀里挣扎，一副要跳下去和狼王独斗的架势。

墨玉将它的头一摁，拔出了长剑，随阿喜也会一些拳脚功夫，两个人准备和狼群战斗一番。

步疏林起身正准备跳下来与他们并肩作战，一阵高亢的叫声破空而来，直冲云霄！

狼群立刻生出退意，却又舍不得到嘴的美食。

海东青的身影越来越近，由黑影逐渐展露出灰白色的翅膀。

短命看不起狼王了，转头开始对着海东青叫唤：“喵——喵——”

随阿喜抬手遮眼，有点儿看不下去主子的这只猫了。

墨玉冷着脸，哪怕海东青出现，也时刻警惕着。

有心挑衅海东青的一只狼果然朝着他们飞扑过来。墨玉一手抓住随阿喜，要将他拉开，还没来得及动手，只觉得面前一花，似有飓风拂过，狼群纷纷后退。

他们抬眼就看到飞扑向他们的狼此时已在天空之中——被海东青抓着！然后狼嗥叫了一声，海东青一松爪子——这只狼就直接砸落下来，精准地砸在狼群中间，成了一摊血肉。

短命呆了呆，慢慢地将脑袋缩到了墨玉的怀里，团成一个球，只留一点儿绒毛还能看到。

别说短命，就连步疏林三个人都看得目瞪口呆——这只海东青看起来跟三四岁的孩童一般高，展开翅膀有一丈长，但他们也没有想到它竟然凶猛到如此地步。

那是因为他们都没有看到海东青对阵雪豹以及那条巨蛇的情形。

狼群迅速撤离。步疏林紧绷的神经瞬间松懈下来，整个人从树上滑了下来。随阿喜立刻上前给她诊治，一搭脉，脸色一变，不过瞬间就收敛了。

他此刻才明白，为何郡主对步世子格外亲近，丝毫没有男女大防的样子。

他在郡主府有段时日了，沈羲和是一旦信任谁就决不怀疑的性子，所以与步疏林和谢韫怀等人往来从不会避讳他们。

沈羲和待谢韫怀亲近却有礼，掌握着分寸，待步疏林却不同——原来步世子竟然是女儿身。

他迅速给步疏林施针止血，然后包扎好伤口，才蹲下身在步疏林面前说："步世子，得罪了。"

步疏林始终不敢昏睡过去，这荒山野岭的，危机重重，谁知道下一刻会遇上什么意外？

她不知海东青是被人指派而来，觉得能帮他们一次，未必能帮他们第二次。

她趴在随阿喜的后背上，由着随阿喜背着她下山。一路上有海东青开路，下山的路格外顺畅。

刘三指等着太子殿下醒来，最后却等来了步疏林摔伤被寻回的消息。

他闭了闭眼：错失良机了。

步疏林身边也有懂医之人，是一名从蜀南带来的藏医，否则这么多年也隐瞒不了她是女儿身的事。

"世子伤得不轻，不过郡主的医师救治得宜，不会落下病根。"藏医松了一口气。

"我这是托了羲和妹妹的福。"不然这一趟围猎自个儿有去无回，步疏林想。

"世子遭难，不也是因郡主而起……"

一位下属的话还未说完，步疏林便将冷厉的目光投过去："金山，鞭三十。"

"诺。"

"且慢。"沈羲和刚赶到便听到这些话，对步疏林维护她，很是欣慰，但不能因为她，就让步疏林和忠心的下属离心。

这个下属未必是真的怨怪她，而是心疼自己的主子，难免在情绪上有些迁怒。

"呦呦。"步疏林苍白的脸上多了一丝光彩，又给金山使了个眼色，"妹妹不用为他求情，他不知好歹，我身边不要这样的下属。"

说着，她目光凌厉地对所有心腹说道："今日有巨蛇，陛下就有了看顾不到我的由头，断不会放过这个千载难逢之机。此事与郡主无关。

"非要说有干系，那便是我约了郡主外出，却没有照顾周到，害她遇险，是我有愧于她。谁若不服，便请阿爹做主。若让我知晓有人挑拨两府关系，我定不轻饶！"

训斥了一通，她又将冷漠的眼神投在被责罚的下属身上："这三十鞭，你服不服？"

“属下心服口服，是属下失言。”下属“扑通”一声跪下，回答道。

事情到了这一步，沈羲和也不好再劝阻。

这是步疏林在立威，以及堵上有人挑拨的嘴。

“都退下，我与郡主说说话。”步疏林不耐烦看他们，一个个五大三粗的糙老爷们儿，哪儿有她家呦呦赏心悦目？

伤得这么重，她还不忘耍无赖，看向昭宁郡主的眼睛都弯成了月牙，谁能怀疑步疏林是女儿身？

沈羲和没好气地说道：“不疼了？”

“哎哟……”步疏林立刻有气无力地惨叫一声，然后呻吟两声，“我好疼，呦呦你摸摸，摸摸定然就好了……”

“太子殿下对我表明心意了。”沈羲和微微扬唇。

步疏林听了这话后并没有察觉到沈羲和的笑容不怀好意，依然捂着身体：“好疼，好疼，呦呦都不心疼我，疼死我算了……”

沈羲和静静地看着她装腔作势，若非受了伤不允许，只怕她还要打几个滚儿：“那只救你们的海东青是太子殿下饲养的。”

“疼死我算了，我活着——”步疏林叫着叫着，声音戛然而止，嘴巴张成了圆形，眼睛眨了眨，又眨了眨，才有点儿反应过来，小声问：“你说，那只把狼掠到高空中，扔下来砸成肉泥的海东青，是太子殿下饲养的？”

说完，步疏林还忍不住咽了咽口水。

瞧她这没出息的样子，沈羲和忍不住鄙夷地说道：“砸个狼值得你这么大惊小怪？”

“你是没有看到那狼被它‘咻’的一下抓到高空中，然后‘砰’的一下就砸下来了，成了一摊血肉，狼群都被吓跑了。”步疏林瞪直了眼，双手比画着。

“哦，水潭里的那条蛇你见过没？”沈羲和问。

话题跳了，步疏林还是老实地颔首：“见过。”

“那条蛇啊，陛下的神弩营都没有制住，就是被太子殿下的海东青一爪子开膛破肚的。”沈羲和微微笑着说道。

步疏林听了这话两眼一翻：“我晕了，你快走吧。我不想成为肉泥，也不想被开膛破肚。”

“不要我摸摸了？”沈羲和似笑非笑地睨着步疏林。

步疏林见她上前一步，倏地往床榻内挪了一下，都牵动了伤口，疼得龇牙咧嘴。

沈羲和轻轻哼笑了一声：“日后你要当心。”

步疏林收敛了脸上的嬉笑之色，目光微沉：“是我大意，未曾料想到陛下对我已然起了杀心。”

“陛下渐入暮年，见诸位皇子羽翼丰满，只会越来越没有耐心。”沈羲和缓缓迈向窗边，目光看向窗外的竹林，竹影在寒雾缭绕般的眼瞳中摇晃，缥缈得难以捕捉，“另外，陛下还不到非如此做不可的地步，之所以会如此行事，除了时机千载难逢之外，必然也成竹在胸。”

“成竹在胸？”步疏林仔细品味着这几个字，目光变得锐利，“你的意思是，陛下在蜀南军中，在我阿爹身边，安排了眼线？”

陛下在这里将她置于死地，待到消息传到蜀南，阿爹必然悲痛欲绝。这个眼线会趁机发难，设计让阿爹死于悲痛之际。即便有人发现端倪，见朝廷委任之人已立时到达蜀南接手军务，为了自己以及家中人的安危，亦会保持沉默。

陛下好一招兵不血刃之计！

“你所想，只是其一。”沈羲和伸出手轻轻拨弄了一下窗台边摆放的盆景，“凡事无绝对，陛下并不确信此次出手不会留下把柄，但还是出手了，这意味着……”

沈羲和转过身，轻纱裙摆荡出一层光晕，冷静的眼眸对上步疏林的：“意味着陛下不惧与蜀南一战。”

步疏林心头一凛，说道：“陛下何处来的底气？”

即便是帝王，他暗杀臣子在先，在道理上也站不住脚，难道还能强势到一呼百应，令蜀南周边驻军听令围剿蜀南的地步？难道他不怕这些人意识到唇亡齿寒，对帝王的猜忌而心寒？

“陛下从未想过以蜀南周边驻军来镇压蜀南。”沈羲和微垂着目光，“陛下早已私自组建了一支奇兵，约有五六年之久。这支奇兵若成了气候，陛下自然不会再受人掣肘。他只是需要一个开刃的好时机，借此来震慑四方。”

“陛下竟然私建奇兵？”步疏林此时才知道这件事，惊得面色大变。

要组建一支军队，且还是五六年不引人猜疑，即便是帝王想要这么做也非易事。

钱粮是一点，最难的是人。一支奇兵少则千百人，多则数万人，大量人口失踪却没有人上报，这意味着地方有人为陛下兜着此事，意味着陛下对挑选人才的地方有绝对管控权。

“陛下掌权二十载，一扫先帝在位之时的颓势，这些年除了私心极重，一不重用佞臣，二不宽赦贪腐，是文武百官心中的明主，亦深得百姓拥戴。”沈羲和提醒了一句。

步疏林这次遭了这么大的劫难，不得不忍下这口气，无凭无据是无法揭开帝王的狠辣面目的。

除了重权重名以外，祐宁帝几乎是个没有缺点的帝王。他不贪恋女色，勤勉执政，有勇有谋，任人唯贤，若是在太平年代名正言顺地即位，必会开创一个繁荣昌盛的盛世。

时机不对！祐宁帝曾幼年坎坷，落难于西北，受沈家扶持，受顾家恩情，而且还有一个将他的光辉完全掩盖的兄长。

他顺利登基，却对兄长之死一直讳莫如深——不少人在心里猜疑是他所为，无数双眼睛盯着他——稍有力有不逮之时，他便会听到有人叹息谦王早逝，若是谦王登基必是另一番局面。

早年他受世家挟持，顾家一门占据半个朝廷，帝王的诸多命令都会被门下省驳回；地方军权处处裙带，皆在为自己家里的皇子筹谋；西北势大强盛，更是让他彻夜难眠。

他学会了隐忍，一步步扳倒了宦官，瓦解了世家，只差一步就能成为具有不世之功的一代明君——待他集中军权，这天下才完完全全成为他的。

"我不明白陛下的猜忌之心为何如此重？"步疏林轻叹了一口气，"我阿爹与你阿爹都只是想要守护好一方百姓。正如你所言，陛下堪为明君，我们莫说并无谋逆之心，即便是当真有，也寻不到由头。

"只要陛下不失德，我们便是行大逆不道之事，百姓也不会答应。

"明明可以君臣得宜，共创盛世，陛下却容不下我们。

"难道我们步家和你们沈家倒了，陛下便能直辖两地？他之后派来的心腹，大权在握，天高皇帝远，还能不生二心？"

"除宦官，压世族，集军权，"沈羲和的嘴角溢出一丝凉薄的笑，"这是不世之功，陛下若成了，我们都是奴大欺主的佞臣——史书如何记载，陛下说了算。"

"陛下就是为了这虚名？"

步疏林不懂陛下。这些年她在京都所见，陛下朝会从不因病拖延，严于律己，为百官表率，担得起勤政爱民的赞誉。若她不是蜀南王世子，只是陛下的普通臣子，定会赞扬歌颂陛下。

这样一个帝王，步疏林不信他不知沈家和步家，乃至先前被灭门的顾家，并无二心。

可他偏偏没有这一份容人的雅量。

"不只是虚名，"沈羲和十分理智，"陛下有自己的立场，也不是不信我们，而是身为帝王，不能只看眼下。今日我阿爹和阿兄没有谋逆之心，你与你阿爹也想做个纯臣。

"可日后呢？我阿兄的子孙后代也甘愿如此吗？你能保证步家的后世子孙也会一直忠诚下去吗？"

步疏林张了张嘴，却说不出一个"能"字。

"你不能。"沈羲和笃定地说道，"陛下并不希望在他百年之后出现这样的祸事，沈家在西北根基太深，步家亦如此。换了人，他不需要这个人永远忠诚，因为这个人想要扎根，想要成为第二个沈家和步家，需要极长的岁月，足够后世的继位者去筹谋应对。”

从未有人对她说这些话，步疏林甚是震撼。作为一样被帝王猜忌欲铲除的沈家女郎，沈羲和能够如此中肯，不怨怪、不愤怒，令步疏林敬佩不已。

“呦呦，你有帝王的胸襟。”

哪怕是在祐宁帝的眼皮子底下长大，对祐宁帝的诸多政治手腕都认可佩服，步疏林也从未领略过何为帝王胸襟，看到的只是祐宁帝权欲深重、自私自利。

她从未想过，有朝一日能够在一个女郎身上体会到何为帝王胸襟、帝王远见。

“我并没有你想的那般高尚。”沈羲和轻笑一声，眼底光彩逼人，“我理解陛下的立场，却不赞同他的做法，更不会因此而束手就擒。”

“虽然立场使然，可陛下还有旁的法子，非要用此等大动干戈之法……”步疏林对此颇有微词。

“我方才之言，你全未听进去。”沈羲和微叹，“陛下为名，就不能坐视权臣坐大，必然与我们有冲突。陛下不愿选择和平之法，不是疑心病重，只是重名重功绩罢了。

“若是陛下与顾家、沈家君臣和睦，做个宽仁之君，让顾家和沈家全身而退，史书上陛下就是一个碌碌无为，全靠臣子得皇位、保皇位的平庸之君——这是陛下所不能容忍的。”

陛下太看重名望，无论是生前还是身后。若斩除宦官，粉碎世家，平定军阀，为子孙后代留下一个太平盛世，他就是功绩斐然、流芳百世的不世之君。

“也许每一个有雄心壮志的帝王皆是如此。”步疏林轻叹一声。

正如寒门子弟想要一跃龙门是一个道理。

“不只是君王，这是每一个儿郎的凌云壮志。”沈羲和轻声说道。

步疏林忽地看向沈羲和，迟疑片刻之后说道：“太子殿下日后也是要做帝王之人。”

沈羲和选择了萧华雍，那么就只有两条路，要么陪着萧华雍君临天下，要么陪着萧华雍粉身碎骨。

古往今来，有闲散的王爷能够长寿，却没有储君不登基能保命的情况。

沈羲和面不改色，淡然颔首：“我知道。”

“你……”步疏林想说些什么，最终还是沉默不言——说什么都改变不了沈羲和要嫁入皇室的命运。

既然沈羲和做好了抉择，自己就不应该说些不好的话左右她的情绪，除了徒增她的烦扰，又能如何呢？现在只盼太子殿下与寻常男子不同，想到此，步疏林不由得失笑。

这世间哪有不被功名利禄束缚的男子呢？只有庸碌之人才会没有志向，但凡有些能耐之人，谁不想成为天下之主？

成为天下之主后，帝王又想垂馨千祀，千载扬名。

“此次我遇险，是殿下相救。若无他及时赶到，我恐有性命之忧，这是救命之恩。”沈羲和轻声说道。

步疏林：“救命之恩，当以身相许？”

“不至于此。”沈羲和微微摇头，“欠下救命之恩，我便不能再与他为敌。”

这份恩情得还，除非在拔刀相向之前还清，否则她都失去与他对立的资格了。

既然她不能与萧华雍为敌，就不能嫁给旁的皇子。帝王家所有的皇子与太子殿下都是敌对关系，哪怕是一母同胞的兄弟也不例外。

“呦呦……”步疏林有些心疼沈羲和。

“你一个可怜虫，哪有资格怜惜我？”沈羲和不明白步疏林疼惜她作何？

无论怎么看，她都比步疏林处境好，不用担忧随时会被拆穿身份，不用以一己之力扛下一个家族的重任——她好歹有阿兄分担。

遑论她若嫁给了萧华雍，他日就是母仪天下的皇后，不似有些人或许这一生都不能恢复女儿身，要躲躲藏藏地活着。

步疏林甚是无语，煽情总是会被这个冷漠的女人摧毁，这就是个无情的女人！

被戳了肺管的步疏林轻哼一声，翻身面朝墙壁，不想再看到沈羲和。

沈羲和微微抿唇，悄声离开了。

随着沈羲和投在地上的影子越来越远，步疏林闷声说道：“谢谢呦呦。”

沈羲和对她说这一番话，为她点透陛下的心思，告知她蜀南有陛下的眼线，一方面是宽慰她，另一方面也是提醒她早做准备。虽然沈羲和全程没有骂她一句，却明晃晃地把“傻子”两个字戳在她的脑门儿上，但她还是领沈羲和的情。

而且这一次，若非沈羲和为她调制的香，有短命及时跑来，她恐怕小命不保。

沈羲和脚下未停，笑意却流入眼底，令她的眼眸如拨开云雾的皓月般皎洁。

由于步疏林受了伤，萧华雍便吩咐一部分人先行，让步疏林调养一日，再启程回京都。

在京都发生的事情，沈羲和与步疏林很快就知道了——纵火之人竟然是已故巽王萧觉岸！

萧觉岸是祐宁帝的堂兄。这个堂兄与康王不同，康王和陛下是同一个祖父，巽王与陛下则是同一个曾祖，关系远没有康王近。

但巽王战功彪炳。先帝在位时，他四战以室韦为首的异族，护卫东北一方安宁。他和沈岳山并称为“北地双峰”——一个巍峨如高山，拒突厥于外护西北；一个卓绝如崖壁，抗东夷外族佑东北。

十年前，巽王卒于东北，令无数人扼腕叹息，祐宁帝更是亲自扶灵。一个死了十年的人竟然活了，而且还潜伏回宫，火烧宗庙！

这是多么骇人听闻的事情！最可怕的是，虽然没有擒拿住萧觉岸，但很多人看到了他，弄得朝臣都不敢不信。

祐宁帝怒斥这是荒谬之言，定是有人装神弄鬼，图谋不轨，并下令让宗正寺彻查此事。

“让宗正寺查？”沈羲和听了这话之后颇觉玩味，目光瞟向不过两日就活蹦乱跳、非要挤到她的马车上、正在享受着她的茶点和水果的步疏林。

“看我作甚？”步疏林被她看得莫名其妙。

沈羲和微微笑道：“我只是好奇，如此大事，为何要撇开大理寺，扔给宗正寺？”

虽然祐宁帝以涉及宗亲为由，要宗正寺主理此事，可明明大理寺才最擅长查案，就连朝臣也反对这样做——陛下还是一意孤行地点了宗正寺。

“陛下不是说了吗？”步疏林没心没肺地端起一杯花茶狂饮一口，“涉及宗亲，宗正寺才好办差。”

沈羲和笑道：“推托之词，我觉得陛下是信了你与崔少卿……”

“噗——”不等沈羲和说完，步疏林就将喝的一口茶全部喷了出去！她看着一桌子以及一地的水渍，堆着笑容抬起脸，果然对上了沈羲和微眯的双眼。

“我……我擦干净。”步疏林连忙用自己的衣袖把桌子擦干净，才说道，“毯子回去我就让人清洗干净。你若是嫌弃，我送你一块新的，一样的！”

沈羲和深吸一口气，随手拿起自己的书，冷着脸翻阅起来。

以她爱洁净的性子，没有直接将步疏林扔出去，已经是十分克制了。

若非看步疏林重伤未愈，沈羲和真想把她扔在这里。

“也不能怪我。”步疏林委屈巴巴地嘟囔着，“谁让你说的话耸人听闻！”

陛下竟然相信她与崔少卿真的是断袖？！

“为何不信？”沈羲和睇了步疏林一眼，“你难道不知自己做了什么？”

步疏林摸了摸自己的下巴：“难道是我用力过猛？”

她是不是应该适可而止？现在就连陛下都信了。因为算计了她，陛下竟担心崔石头公报私仇，借此为她出头？

“不对啊，即便陛下信了我与崔石头是真的，”步疏林百思不得其解，“崔石头能为我做什么？难不成他还为我违抗皇命？”

即便是真夫妻也不可能这样，更何况她与崔石头还不是夫妻，只是做戏罢了。

“违抗皇命倒不至于，不过若是陛下有什么秘密不欲你知晓，从而小心为上要瞒着崔少卿呢？”沈羲和说道。

“此事与陛下有何干系？难道是陛下派人纵火烧的宗庙？”步疏林沉着脸问。

沈羲和轻叹一口气，继续低头看书。

步疏林被沈羲和那井蛙不可言海、夏虫不可语冰的态度深深刺伤，一把夺了她的书：“我认，我认，我不如你聪慧，不如你窥一斑而知全豹的能耐，你也不能这般嫌弃我啊！”

沈羲和将书抢夺回来：“巽王并未真死。”

“什么？！咝——”震惊之下扯到伤口，步疏林捂着手腕，“巽王假死，这就是陛下的秘密？”

沈羲和点头：“陛下的奇兵需要一个统御操练之人，巽王便是不二人选。”

沈羲和终于明白，萧华雍为何要去烧宗庙，或许巽王就藏匿在宗庙里，抑或是巽王所住之处离宗庙不远。宗庙着火，作为子孙后代，巽王绝不会坐视不理。

火烧宗庙是为了逼出巽王，萧华雍确定了为陛下领兵的人就是巽王。这是要断陛下一臂！

比起康王，巽王才是陛下手下更为得力之人。巽王可是为了陛下愿意成为一个“死人”的人！

他这份忠诚，无人能出其右！

“巽王可真够忠君的。”步疏林有点儿震撼，“他可是‘东北之王’啊！”

他在东北的威望丝毫不弱于在西北的沈岳山。当年他旧疾复发“死”于东北，东北百姓十里相送，家家户户挂白绸，现在提起来也是令人震撼之事。

“他难道不怕陛下卸磨杀驴？他是‘死’过一次的人，陛下杀了他都无人知晓。”步疏林深信她阿爹绝不可能做到这一步。

沈羲和平静地看着她：“蜀南王身边是否有谋士？”

不明白沈羲和怎么突然又跳到这个话题上，步疏林如实颔首：“有啊，我义父。”

“难怪。”沈羲和表示理解。

“不……不是……你这是何意？”步疏林隐隐觉得又被沈羲和嫌弃了，表示非常不服气。

“若无谋士，我有些怀疑蜀南王府屹立不倒的原因。”沈羲和端起花茶，优雅地抿了一口。

“呦呦，我警告你，你可以欺负我，可以支使我，可以不搭理我，但不能羞辱我的才智！”步疏林气呼呼地说道。

“才智？”沈羲和上上下下打量了她一番，遗憾地摇头，“你没有。”

“你……我……”步疏林气得拍着自己的心口。

沈羲和放下手上的茶碗：“你非要说你有也成，那便说说为何巽王放着好好的东北王不做，要假死之后化明为暗地替陛下筹建一支私军？”

“巽王是臣，陛下是君。巽王的妻儿都在京都，他还能逃出陛下的掌控？”步疏林理直气壮地说。

沈羲和听了这话多多少少露出了一丝嫌弃之色：“你错了，陛下将组建私军之事交给巽王，既然陛下提了此事，巽王就只有两条路：为陛下所用，或知晓秘密不从真死。”

步疏林颔首：“是啊，他若真死，必然激怒陛下，陛下定会拿巽王府开刀。”

沈羲和伸手揉了揉太阳穴，继续说道：“巽王功在社稷，若要一死以全傲骨，陛下如何能对他的妻儿下手？如何向巽王的亲兵交代？东北的百姓如何看待陛下？”

“呃……”步疏林立刻气短了，“那他不就是忠君吗？”

“陛下为何组建私军？”有了步疏林的摧残，沈羲和终于明白为何觉得与谢韫怀和萧华雍畅聊快意，实在是步疏林于她而言就是个榆木疙瘩，与步疏林说话可真是费神。

“组建私军，一是军队不受旁人掌控；二是出其不意，对我们暗下杀手；三是震慑藩镇，让各地军团知晓，他们若是不听话，陛下随时便能让人取代他们。”这一点步疏林还是悟出来了。

“既如此，巽王的下场就注定是一死。陛下不会留他成为新军的支柱——在陛下接手新军的那一日，便是他死亡之时。”沈羲和说道，“早晚要死，巽王当年为何不全傲骨，非要被陛下物尽其用？”

“他有大把柄在陛下手中！”步疏林顿悟了。

沈羲和微微摇头：“不，他没有把柄在陛下手中，也不是忠君之心使然，而是想击败我阿爹。”

步疏林的瞳孔一阵紧缩，她想了想恍然道：“我想起来了，阿爹常说巽王对外从无败绩，对内曾经三败于西北王之手。”

先帝还在世时，巽王还是世子，忠于皇族；西北王沈岳山拥立谦王和现在的祐宁帝。二人各为其主，曾经数次交锋，巽王都败于沈岳山之手，才有了谦王和陛下杀入京都的结局。

男人在意的永远是女人无法理解的事，这对巽王而言或许就是迈不过去的坎。

当陛下寻他，让他组建一支奇兵，说是用来对付沈岳山时，巽王一定乐意至极。

且陛下已经寻上他，由不得他拒绝，除非他以死明志。既然都是死路一条，他为何不在死之前解开这个心结？只要自己亲手打造的这支奇兵当真灭了西北军，赢了沈岳山，他就死而无憾了。

“啧，陛下可真是工于心计。”步疏林倒吸了一口凉气。

祐宁帝定是早就看出了巽王的这份不甘心，才寻上了巽王，许了巽王诸多庇佑后世子孙的好处，又给了巽王一个解开心结的机会。巽王是最了解沈岳山之人——他潜心打磨出来的神勇军，必定是西北军的克星。

“你要让西北王当心。”步疏林忍不住叮嘱。

心头一暖，沈羲和说道：“早在我知晓陛下在组建私军之际，我便知晓他们是冲着西北去的。”

步疏林点了点头，忽地又问：“如此说来，宗庙着火并非事出意外，而是人为？”

“难得，你竟然想到了这一点。”沈羲和不咸不淡地赞了一句。

步疏林撇了撇嘴，用防备的眼神看着沈羲和：“你莫要告诉我，这事是太子殿下所为……”

沈羲和缓缓颔首：“除了他，无人能够如此精准地让巽王暴露出来。”

在知晓陛下组建私军之后，沈羲和与沈云安不止一次在朝中挑选怀疑对象。他们将活着的、死了的人翻了个遍，也怀疑过巽王，不过经过调查，也还以为巽王是真的死了。

他们查不到的事，萧华雍查到了，不仅查到了，也不知盯梢了多久，才得到这个千载难逢的机会，将巽王给逼了出来。

一念至此，沈羲和不由得说道：“我怀疑，巽王可能已经落入太子殿下的手中。”

步疏林瞪直了眼，脑袋一僵，好一会儿才后怕地咽了咽口水：“呦呦，你快帮我想想，以往我可曾得罪过太子殿下？”

陛下的几个皇子，没一个简单的，她一直以为那位心思诡谲的信王殿下已经是翘楚，今日才知道从未被她看在眼里的太子殿下才是潜龙在渊！是她有眼不识泰山！

“哦，也没有什么，你不过是叫了几声‘病秧子’罢了。”沈羲和云淡风轻地说道。

步疏林变了面色：“不，不，不，太子殿下寿与天齐，寿比南山，长命百岁……”

“你不过就在我面前叫了几声，慌什么？”沈羲和听不下去，立即打断她的话。

“对啊，我慌什么？！”步疏林立即又挺直了腰板。

沈羲和冲她不怀好意地笑了笑：“因此，你打算给我多少封口费？”

步疏林此时才恍然大悟，原来沈羲和在这里等着她呢。

“我们不是挚友吗？”步疏林试图讲情分。

“可我与太子殿下欲缔结连理。”沈羲和沉吟道，“夫妻和挚友，亲疏有别。”

“这……你们不是还未成婚吗？自是我与你更亲。”步疏林振振有词地说。

沈羲和颔首：“你说得对。”

步疏林笑了，只不过她的笑容还未完全展开，沈羲和又说道：“那就待我嫁入东宫，再以太子妃的身份来与你清算。”

步疏林认命地闭了闭眼，一脸慷慨赴义的表情说道：“你说吧，你要什么？”

“你有什么东西可以打动我？”沈羲和反问。

“我……”步疏林“我”了半晌，愣是没有说出个所以然来。

“你欠我多少东西来着？”沈羲和一副大方的模样，“就先让你欠着吧。”

“一条命两个人情……”步疏林掰着手指头算了算，险些将眼珠子瞪出来，“我现在是欠你两条人命三个人情了？”

沈羲和又救了她一次，若是封口费也变成人情，那就是两条人命四个人情。

“先欠着吧，日后你听我差遣还债。”沈羲和轻声说着，拿起书继续翻看。

步疏林再也不敢去打扰沈羲和，心里还在盘算欠这么多，岂不是卖身都还不完？她享受美食的心情也没有了，心里十分抑郁，苦着一张脸。

沈羲和耳边终于清净了，安安静静地回到了京都。

下马车的时候，步疏林说道：“我弄了蜂巢下来，有许多蜂与蜜，交给了蜂农，明日让他给你送来。”

但是这也不能抵人情，这是她之前就答应沈羲和的事。

“嗯。”看着步疏林抑郁的模样，沈羲和心情甚好，“你回去仔细养着，缺什么药可来寻我，莫要去宫里，或是去药店买，免得暴露了身份。”

步疏林又眉开眼笑地说道：“就知呦呦对我……”

“两条人命四个人情。”沈羲和含笑打断她的话。

步疏林的笑容僵在嘴角，她木然地转身，大步走了。

碧玉等人都忍不住笑了。不知为何，她们就喜欢看郡主将步世子吃得死死的模样。

“郡主！”一声激动的呼喊自众人身后传来。

沈羲和回首，就看到珍珠穿着一袭白罗裙，发间绑着珍珠花，眼中含泪地立在郡主府门前。

她疾步奔来给沈羲和行礼：“珍珠给郡主请安。”

沈羲和扶住她：“清减了。”

“郡主身体恢复了？”珍珠噙着泪，仔细打量着沈羲和。珍珠已经回来两日，从留守的紫玉口中打听了不少关于沈羲和到京都后的事情，听得又喜又忧。

“珍珠姐姐回来了，日后郡主就不再最宠我了。”碧玉故作吃醋地说。

气氛活络起来后，沈羲和问道：“我何时最宠你过？”

碧玉立刻抬手捂着眼睛“嘤嘤嘤”地哭起来，把珍珠逗得破涕为笑。

珍珠回来后，沈羲和发现她变了很多，由骨子里透出一股子自信，就像珍珠散发出了曾经收敛的光辉，看来这几个月她在外面经历了许多事情。

“珍珠，老翁的手札，你誊抄一份，明日齐大夫来了之后赠予他。”这是沈羲和一直想给谢韫怀的酬谢之物。

“婢子已经誊抄好。”珍珠这两日在府中就做这些事，无论离开多久，只要归来永远是郡主最贴心的人。

沈羲和拿着她递过来的抄好的手札，欣慰地笑了笑：“后日我要入宫见太子殿下，你与阿喜随我同去。”

沈羲和一去行宫便是七八日，泡药浴、服用脱骨丹的事不可间断。人在围猎场里，谢韫怀无法顾及。因此在她回来的第二日一早，谢韫怀就上门了，亲自为她诊脉。

他自然也看到了站在离沈羲和最近位置的珍珠，垂眸掩下眼中的怅然之色：“郡主身体恢复极好，如今看来是不会再生意外了。听闻此次郡主还惊了马，如此还能不动根本，郡主健如常人有望。”

沈羲和说：“我惊马之时，吸气不顺，心口刺痛。”

“乍然惊马，郡主难免慌神。郡主的身体还未恢复至常人状态，有些许刺痛感是平常事，郡主无须担忧。”谢韫怀宽慰道，“郡主病情未曾恶化，实乃幸事。”

“我能恢复，能病愈，多亏你。”沈羲和真心感激，“我欠齐大夫一个大恩，齐大夫日后定要给我回报之机。”

“郡主说我们是知己相交，挚友之间互相帮扶，理所应当。若是图报，便污了这份情谊。”谢韫怀笑道。

沈羲和转身从珍珠手中接过手札递给谢韫怀：“齐大夫，这是我的心意，知己相交，不可推辞。”

谢韫怀接过手札翻开一看，如获至宝。他翻得小心翼翼，十分爱惜，看了几页之后，面上喜不自禁：“挚友相赠，必珍而重之。”

沈羲和也笑了，留了谢韫怀一起用朝食。今日谢韫怀来得早，确实没有用朝食，便没有推辞。

只是用完之后，谢韫怀说道：“郡主身体日渐康复，也已经知晓药浴之法，又有珍珠与阿喜在侧，便是有个万一，也无须我出力。日后我便不再来，郡主若另有嘱咐派人来寻我便是。”

沈羲和问：“齐大夫不离京吗？”

“不离。”谢韫怀坚定地回答。

“齐大夫，你对我……你将我视作什么人？”沈羲和忽地问道。

谢韫怀微微一怔，旋即正色起来：“郡主，我曾为你倾心。”

沈羲和黛眉微蹙。

她是个不太懂男女之情的人，和谢韫怀相交坦荡，更欣赏谢韫怀，但无关男女之情。然而她不确定谢韫怀是否也如此，才会想要问清楚。若是谢韫怀与她一样，她便不在乎世俗的目光，与谢韫怀一直坦然如儿郎般相交下去。

谢韫怀却说倾心过她。

谢韫怀没有错过沈羲和眼中的凝重神色，继续说道："倾心过，只有一瞬间，但我与郡主是极其相像之人。"

"相像？"沈羲和疑惑。

"我们都活得太清醒，不会明知不可为而为之。"谢韫怀目光沉静，笑容疏朗，说道，"我与郡主便是无缘亦无分之人，既然如此，我便不允许自己越陷越深。

"现下我待郡主，已然是朋友，知己相交。"

沈羲和审视着谢韫怀，深深望进他的眼瞳——他不躲不闪，坦坦荡荡。

她相信他说的每一个字，莞尔道："为何不是将我视作妹妹？"

谢韫怀摇头："陌生的男子将女子当作妹妹，其实内心深处是觉得这个女子柔弱，不能与之比肩，需他相护，才会言视作妹妹，与年龄并不相关。

"郡主在我眼里，不是需要我相护之人。郡主的聪慧和才智，都令我佩服。郡主是可以与儿郎比肩之人，能与郡主成为友人，是我之幸。"

谢韫怀是告诉她，他把她放在一定的高度，真心诚意地和她做生死之交，无关男女之情。

"既然如此，一事不烦二主，我的病情，日后还要劳烦齐大夫。"沈羲和含笑说道。

谢韫怀笑了，抱拳行了一礼："郡主相托，定当尽心，直至病愈。"

言罢，二人相视一笑。

他们彼此并没有更改称呼，称呼是什么不重要，亲疏如何不在于一个称呼。

在府里休息了一日，步疏林就将活蜂和取好的野蜜给沈羲和送来了。沈羲和让随阿喜挑拣一些，就带着随阿喜和珍珠入了宫。

沈羲和一入宫，萧华雍便得到了消息。在她去给太后请安之际，他站在平仲树下，负手望着满园秋色，许久没有开口。

他知道昨日谢韫怀去寻了沈羲和，并且走时神采飞扬，显然两个人相谈甚欢。

他没有派人监视沈羲和，而是派人跟着谢韫怀。

他知道沈羲和对他无男女之情，对谢韫怀也无，但不得不承认，沈羲和把谢韫怀当作了朋友——也许是一早就挑选了自己做夫婿的缘故，她对他反而没有对谢韫怀亲近。

沈羲和将他当作一个合作的伙伴，即便现在对他恐怕也只有感激之情。日后他们成了婚，在沈羲和眼里，或许他也只是她的责任，作为妻子应当对夫君尽的责任。

这些事他都知晓，可心里还是控制不住地难受——他想她待他与众不同，待他独一无二。

"唉——"萧华雍惆怅地叹了一口气，深知这是一条极其漫长的路。

其实他也可以退一步，不奢求做她心中那个无可代替之人，像谢韫怀一样与她成为挚友。他对她有着救命之恩，想来他们很快就会亲近起来，只是这份亲近无关男女之情。

而沈羲和是个一旦将人定位之后，就再无更改可能之人。

"罢了，罢了，我所求最多，自然要多给予一些，不可操之过急，不可操之过急……"萧华雍不断安抚自己。

"殿下，郡主来了。"

天圆的话音一落，萧华雍立刻情不自禁地露出了温柔的笑容。

萧华雍变脸就是一息的事情，天圆看得叹为观止。

再也不用伪装重病，萧华雍疾步去亲自迎沈羲和："我为你备下了龙团、凤饼和平仲叶茶。"

"平仲叶茶？"沈羲和诧异地问，"平仲叶能制茶？"

"我知你喜欢平仲叶，又不爱喝茶，可我爱喝茶，因此想与你有一道同爱之茶，便以平仲叶制茶，竟成了。此茶油润青碧，清香四溢，饮之爽口，回味甘甜。"萧华雍满目柔光。

自从沈羲和出现之后，他的眼里就好似只容得下她一人，视线时刻不离，他继续说道："我让太医署鉴别过，可以饮用，亲尝了半月，竟觉得清心明目，身体舒爽。"

沈羲和听了这话有些不知如何是好。他竟然亲自试尝！

仲秋佳日，晴空碧蓝，龙飞凤舞的高翘屋脊、麒麟腾云的雕梁画栋，掩映在金黄的平仲叶之间。

萧瑟的风吹来，蝶儿似的叶片打着旋儿飘然落下，铺了一地的金毯。精致的翘头鞋踩在上面"沙沙"作响，飘动的裙裾拂过，勾得一两片落叶飞起，似翩跹蝴蝶。

沈羲和落座，萧华雍就给沈羲和冲泡了平仲叶茶。果如他所言，茶色油润青碧，茶香四溢。属于平仲叶的清新气息随着热气扑面而来，让沈羲和眉目舒缓。

她迫不及待地端起茶来深嗅片刻，浅浅尝了一口，原以为会先苦后甜，却发现入口润滑回甘，忍不住又多饮了一口。

"殿下心思巧妙，这茶别有一番滋味。"不喜喝茶的沈羲和莫名地就喜欢上了这个味道。

"能得郡主喜爱，也不枉费一番功夫。我这里还有不少，晚些时候让郡主带些回去。"萧华雍眼底荡漾着细碎柔和的笑意。

"多谢殿下。"沈羲和也不推辞。

一则她的确喜欢这个味道；二则她也不好向他要制作方法，以前没打算生分，现在更不能；三则今日她来也是要相助萧华雍的。

她有一种感觉——她若推辞了这茶，萧华雍很可能要推拒随阿喜帮他治眼睛。

这听起来仿佛不理智又有些可笑，但沈羲和莫名地就觉得必然会如此。她也不想去试一试，以免萧华雍当真如此。到那时，她再接受茶叶，只怕萧华雍要误以为自己对他狠不下心来。

她坚持要让随阿喜给萧华雍治眼睛，是希望自己能欠他少些。

“今日来，是得了一些活蜂，让阿喜为殿下螯针疗眼。”沈羲和素来不喜拐弯抹角。

萧华雍将目光落在随阿喜拎着的特制药箱上，能听到“嗡嗡嗡”的声响。

“殿下，以活蜂螯针见效更佳，不过这样会有些疼痛。”随阿喜低声禀道，“亦可取针刺穴。”

当着沈羲和的面，萧华雍会惧痛吗？自然不能！

“那就以活蜂螯针。”萧华雍说道。

“请殿下于内室躺卧。”

沈羲和不好跟着去，只能留在这里等候，吃着萧华雍准备的茶点。

这一坐便是半个时辰，等她再见到萧华雍，只见他双眼周围多了许多小黑点，与他眼尾的痣一般无二，看着有些喜庆。

沈羲和忍不住动了动嘴角。

“呦呦想笑只管笑便是，能取悦呦呦，我亦不觉得仪容欠佳。”萧华雍用小指摸了摸眼尾的痣，一种撩人的风情顺着他的指尖流泻至眼角。

沈羲和收敛了笑意，正色道：“殿下，宗庙之事是为了逼出巽王吗？”

“呦呦聪慧，想来已然知晓缘由。”萧华雍颔首，“替陛下统领私军之人正是巽王。”

“巽王是被殿下逼回京都的？”沈羲和一直不明白，巽王定然是和陛下的私军在一处，这些人包括巽王应当是无帝令不能擅离职守。

“老封君重病，恐命不久矣。”萧华雍说道，“我让巽王得此消息。愿不愿归，他可自选。”

萧华雍不知陛下的私军在何处，亦不知巽王在何处，用了五年的时间才打听到一个给巽王递消息之人。

他让这人向巽王传递了老封君年迈病重，这次无力回天了，巽王身为人子，回不回就是自己的选择了。

忠孝难两全，巽王十年前诈死，王妃悲伤过度不久便撒手人寰。老王妃苦苦支撑着巽王府，将他的儿子养成，成为如今的巽王。

沈羲和见过这个而立之年的宗室王爷。他在宗正寺挂着闲职，是一个孔武有力、身手不凡、颇有乃父之风的伟岸男儿。若是沈羲和所料不差，萧长风就是祐宁帝看好的接手西北之人。

“殿下占了天时。”沈羲和轻声说道。

恰好陛下去秋狝，换个时候巽王未必会冒险。陛下带走了大部分达官显贵，此时京都是最安全的时候。

“天时？”萧华雍轻笑，“郡主不怀疑这天时是我一手促成的？”

沈羲和抬眸，黑曜石般灵气逼人的双瞳凝视着萧华雍：“巽王非寻常人，既然回来了，就意味着老封君的病非人为。

“殿下欲从巽王口中套话，就绝不能对老封君下手。否则一旦巽王落入殿下手中，就会知晓这是殿下设计他，这便是杀母之仇。”

“我以为郡主会说，雍心地纯善，不会以老弱妇孺为棋，用无辜之人做局。”萧华雍说道。

“老弱妇孺？无辜之人？”沈羲和轻笑着摇头，“殿下，皇权之路，一人受牵涉，一族之人便都难以置身事外。”

皇权路上没有无辜之人，心慈手软之人没有资格踏上这条路，稍有不慎不是一人葬送，很可能九族尽诛。

“如此说来，郡主会为了引出巽王对老封君下手？”萧华雍诧异不已。

他早知道她与旁的女郎不同，却没有想到她的见解如此特别。

“殿下，巽王用数年打造的奇兵，剑指西北——若是我确认他是统领之人，在别无他法的情况下，也只能出此下策将之诱出。”沈羲和毫不犹豫地直言道，“至于会不会要老封君的性命，就要看巽王好不好糊弄了。”

利益相冲，大家各为其主，都是为了活下去。

“我如此作为，不惧巽王报复。”沈羲和又饮了一口茶水，“他日若有人以我至亲做局，诱我入局，只要承担得起我的报复便可。”

“郡主看得透彻。”萧华雍眼底的笑意更浓——他们是同样的人。

“我知道，老封君的病非殿下所为。”沈羲和言归正传。

“是，老封君之病的确无人做手脚，不过陛下今年秋狝比往年晚了小半个月，我却出了不少力。”萧华雍说道，“因此这也算不上天时。”

若非萧长卿整出了军需之事，萧华雍也准备了一份大礼给陛下，必要拖着陛下在老封君大限将至之时才去秋狝。

“殿下运筹帷幄，昭宁叹服。”沈羲和赞后又问道，“巽王是否在殿下手中？”

若是秋狝之前，沈羲和定不会如此直接相问。现下他们既然已经决定缔结连理，沈羲和便将萧华雍视为同路人了。

巽王关系到西北的安危，沈羲和不得不重视。她觉得萧华雍未必能轻易撬开巽王的嘴，或许自己能帮上忙。

却没想到，萧华雍回道：“让呦呦失望了，巽王逃脱了我布下的陷阱。”

沈羲和心叹可惜，这样千载难逢的机会，而且是唯一的机会——下一次巽王就不会再上当，也没有什么法子再能引他入局了。

即便是萧长风丧生，巽王会痛恨却不会轻易现身。

“他虽然逃脱，但人还在京都。”萧华雍又说道，“他受了重伤，出不了城。这几日我已经遣人盯住了城中所有的药馆和大夫。”

“距离宗庙着火已经过了四日，还无动静？”沈羲和不乐观地说。

萧华雍神色淡然：“不知他藏匿于何处。他中的毒寻常人解不了，我只能确保他并未出城。”

“他……会不会去寻陛下？”沈羲和最担忧这个，一旦巽王寻了陛下，那就必然逃出生天了。

“未必。”萧华雍也不能笃定，“他只有穷途末路时才会去寻陛下，但凡还有一丝希望，都不会如此。”

这次巽王是私自回京，已经犯了陛下的大忌，又受了如此重的伤，陛下会如何处置他还未可知。

从陛下敢对步疏林下手来看，私军很可能已经成了气候——陛下或许已经用不着巽王了。

巽王虽然早知自己的结局，可从选择答应陛下培养私军那一日起，或许就没有想过要逃脱，但不会甘心现在就成为一个死人——他一定要亲眼看到自己的儿子萧长风带着他精心培养出来的大军大败西北才能瞑目。

“但愿如此。”沈羲和也知道不到万不得已，巽王应该不会去寻陛下，可凡事都有万一，尤其是巽王非寻常之人。

“呦呦，莫要担忧。”萧华雍柔声说道，“即便此次他能逃脱，我亦能让陛下无法将长矛对准西北。”

闻言，沈羲和只是淡淡地笑了笑：“多谢殿下。”

“我知西北王与世子都是骁勇善战之人，但也愿意锦上添花。”他眼眸里缠绕着一缕缕柔光，“日后，我们亦是一家人。”

“一家人”三个字被他说得格外缱绻。

对上他晶亮又隐含期待之意的眼眸，沈羲和脸上露出一丝浅笑：“殿下不必如此小心，我、阿爹和阿兄，都不会觉得殿下相帮是认定我们无能，得倚仗殿下而存。”

萧华雍心里又喜悦又沮丧，喜悦的是她心胸宽广、通情达理，不需要他一言一行都小心翼翼，唯恐自己哪句话惹她不悦；沮丧的是她听了他的话没有一丝娇羞之意。

婚姻对她来说，大概就如同人要吃饭、要卧榻歇息一般，再寻常不过了。

她没有丝毫期待之心，也未有一丝不满的情绪，这让他倍感无力。

“呦呦，待你及笄之后，我便请陛下赐婚。”萧华雍用一种商量的语气说。

她不在他的身边，他总有一种恐慌感，担忧下一瞬她就不知飞到了何处，自己再难寻到她的踪迹。

既然不能成婚前两情相悦，那大婚之后，他便能寸步不离，时时刻刻围着她转。

沈羲和：“我去请旨。”

萧华雍怔了怔，有些呆呆地看着沈羲和，仿佛不确定自己听到了什么。

“入京之前，阿爹告诉过我，我若不应允，陛下不会强行赐婚。”沈羲和平静地说道，“殿下去求赐婚，陛下定会对殿下起疑。”

任何一个皇子求娶她，都会成为帝王的眼中钉、肉中刺。

即便是萧华雍，这么多年的苦心伪装也会被一朝识破。

但若是她主动求嫁就不一样了——祐宁帝只会揣测她与她阿爹的目的，会更加坚信太子殿下命不久矣，认定他们的目的就是要扶持太子，太子只是他们的一枚棋子。

指不定陛下还会拉拢太子，挑拨她与太子的关系。若当真如此，太子殿下就更容易坐收渔翁之利了。

萧华雍唇边的笑意僵了片刻，而后一寸寸收敛起来。

他说道：“我这一生，算计无数，无不可利用之物，无不能筹谋之事。

“与你之姻缘，我却不想让它掺杂丝毫算计。呦呦，我要成为你的丈夫，一个能够为你遮风挡雨的男人，这是我应有的担当。”

沈羲和微微蹙眉，片刻后才问：“殿下是将昭宁当作依附之人了？”

“我并无此意！”萧华雍急声说道。

“既如此，殿下何故觉得昭宁此举损了殿下的颜面？”沈羲和又道，“殿下，昭宁永不会成为贤妻良母。对生儿育女之事昭宁不会推拒，然则生儿育女不会是昭宁的全部。

“这些话，昭宁需得早日与殿下说清楚。若是殿下难以接受这样的昭宁，昭宁亦可只与殿下互惠互利，只盼日后殿下能宽容沈家。”

“呦呦！”萧华雍面色一凛，说道，“是我不好，你若觉得由你求赐婚更好，便由你去求。你想何时求赐婚便何时，你若是对我有何不满，日后也定要如此直言相告，只一点……日后莫要说与我只互惠互利……可好？”

“殿下，我并非威胁你，亦不是仗着你此刻心悦于我，便不顾你的颜面。”沈羲和并不喜欢萧华雍这样无底线地退让，“我所言确实是为大局着想，若是殿下觉得不妥，亦可说出来。你我辩一辩，或是彼此退让，想一个你我都能接受的折中之法。”

沈羲和不认为自己永远是对的，或者自己所思所虑就是最全面的。她是可以接受反驳与建议之人——只要对方所言确实有理，也确实获利更大，她自然会听取意见并依从。

萧华雍苦笑，他们如何能折中？他是以情为重，沈羲和是以利益为重。他与沈羲和说情，她如何能够理解？

方才是他冲动了。他只想他们的婚姻不掺杂丝毫利益纠葛，却忘了若非利益，沈羲和又如何会嫁与他？

“方才是我感情用事，呦呦所言极是，便依呦呦所言。”萧华雍摆正态度诚恳地说道。

沈羲和没有让他配合着算计几个兄弟，让陛下主动权衡利弊成全他们，已经是极大的诚意，顾及了他的感受，他不应再得寸进尺。

其实，萧华雍想得半分没错，若非顾及日后他们要同枕共眠，要携手共进，沈羲和是不想自己如此主动地去求赐婚的。最理想的法子，就是把这水搅浑，由着陛下权衡利弊之后，迫不得已地将她嫁给萧华雍。如此一来，陛下对他们的防备心才会降到最低。

考虑到萧华雍对她的情分，沈羲和才做了退让，拿出了诚意来结两姓之好。

若是萧华雍未对沈羲和用情，定会与沈羲和不谋而合，他们一定会合作无间，然而一切有了情就变得不再一样了。

“巽王所中之毒，可会致命？”沈羲和不愿再纠缠于儿女情长之事。

“一两个月内不解毒不会致命，不过诸多吃食不能入口，否则会刺激体内的毒，毒发时内腑灼热难忍，痛不欲生。”萧华雍如实作答。

沈羲和颔首：“老封君还有多少时日？”

萧华雍：“少则三五日，多则十来日。”

“如此说来，巽王即便能离京，也未必舍得离京。”

更何况他现在还不能离京，不仅是萧华雍不想放他走，祐宁帝定然也不愿轻易放他走。

“此事呦呦若是想插手，切记当心，巽王并非一人回京。他带了四名护卫，都是一等一的好手。”萧华雍轻声叮嘱。

他没办法阻拦沈羲和。方才的话让他明白，沈羲和不喜欢依赖人，力有不逮之时会求人相助，这是不狂妄自大；对有把握之事，她会付诸行动，不会因有人为她分忧便乐得清闲。

她很讨厌将希望寄托于他人身上，这一点与他也是极其相似的。

“我知。”巽王能从萧华雍布下的天罗地网中逃脱，她绝不能掉以轻心。沈羲和说道：“他如今既受了伤，需何药材？”

萧华雍也没有隐瞒。沈羲和一一记下，又与萧华雍说了片刻的话后便告辞回府。

出了东宫，由于上次撞见了萧长庚与长陵、阳陵两位公主的纠葛，沈羲和再不走那一条路，然而却听到了哀乐。

“是四公主的宫殿传来的。陛下为四公主建了衣冠冢，几位娘娘与公主都会去吊唁。”珍珠低声禀道。

她适才听闻，特意去打听了一番。

长陵公主惨死，连一点儿尸骨都寻不到。陛下令人剖开了巨蛇之腹，里面有不少腐肉，根本寻不到长陵公主。如今又出现宗庙着火，疑似巽王复生的消息，陛下忙于大事，也无法为她发丧。

更何况前不久还有六殿下萧长瑜与梁昭容的丧事，宫里也不适再大兴丧事，陛下遂让宫里的人为长陵立牌位，送她一程，免得让她成了孤魂野鬼。

沈羲和不想与人撞见，虽然大家都找不出长陵公主之死与她有关的证据，但这事显得有些邪乎。长陵公主对她使坏，最后竟自己发疯跳水，大家怎么想都觉得不对劲，看到她路过，指不定又要多些不必要的流言蜚语。既然陛下未下旨，她也就权当不知情。

沈羲和特意绕了隐蔽的小路，结果竟然听到了争执之声：“三姐，长陵已经死了，你当真不肯给我一条活路吗？”

是五公主阳陵公主的声音。

她在与三公主安陵公主争执？

“五妹，你挑唆长陵对昭宁不利，才害得长陵如此下场。她尸骨无存，死状凄惨，你不应当为此赎罪吗？”安陵公主质问。

“我没有，你听错了。”阳陵公主否认。

“哦，是我听错了？既然如此，你为何要拦着我去寻阿爹？”安陵公主冷笑。

“三姐！你莫要以为我不知，你看上了穷书生，想要让阿爹赐婚，就拿我去讨功？你往日不也和四姐针锋相对吗？”阳陵公主尖声说道，“你若是敢胡乱攀咬，我就将姓孟的那人先弄死！”

原来今日阳陵公主给长陵公主烧纸钱，总是被冷风吹灭，心中有鬼，便有些害怕。想到长陵死前也曾高喊有鬼，她就更是觉得头皮发麻，便说了些自个儿不该撺掇着让长陵与沈羲和不对付的话，恰好被三公主安陵公主听到。

安陵公主原是祐宁帝要许配给步疏林的。安陵公主对步疏林也有那么一点儿心思，可自从撞见步疏林扑倒崔晋百，还啃着崔晋百的下巴的场景后，她的幻想就破灭了。

可她已经十七岁，即便是皇帝的女儿也愁嫁。公主身份尊贵，嫁入夫家，夫君和公婆都得请安，驸马不得纳妾，要进公主房还得公主首肯，有些傲骨的世家子弟都不愿娶公主。

另外，娶了公主，不论做出多少功绩，都会被人冠以靠裙带关系得来，儿郎多有风骨，导致公主难嫁。即便是陛下赐婚也会慎重，以免让功臣心凉。

还有便是，先帝在时，几位公主作风不检，嫁了驸马还养面首，驸马只能忍气吞声——这导致公主风评极差，几乎没有官家子弟愿意求娶而，想娶的那些人又没有资格。

荣贵妃为了几位公主，举办了不少宴会，婚事愣是没有着落。唯独荣贵妃的独女六公主平陵，因为萧长卿，有了个青梅竹马。

安陵公主前些日子陪平陵公主出宫去王宅看兄长，邂逅了一个才华横溢、风流倜傥、俊美非凡的寒门子弟，对其一见倾心。但他身份实在低微，除非蟾宫折桂，否则他们绝无可能成亲。

安陵公主虽然相信自己的眼光，认为对方一定可以蟾宫折桂，但还是担心有意外，想要做两手准备，因此才努力讨好陛下，到时候也有底气求陛下赐婚。

这不，她就抓到了阳陵公主的把柄。陛下疼爱长陵公主，若知道四妹是被五妹撺掇才酿成恶果，定不会轻饶五妹。她为四妹鸣冤，陛下定会多偏宠她一两分。若是能让陛下将对四妹的疼爱放在她身上……

沈羲和没有停下脚步。等她们离了宫，珍珠才问道："郡主与五公主素无往来，亦无仇怨，她为何要煽动四公主与郡主针锋相对？"

凡事必有利可图方为之，五公主这样做的目的是什么？她总不能是忌妒四公主得宠，又知道沈羲和不是善茬，因此就挑拨四公主与沈羲和不对付，从而坐等四公主没有好下场吧？

这理由未免太牵强。

沈羲和赞赏地看了珍珠一眼，珍珠一针见血地点出了关键所在。沈羲和说道："她背后定然有人。"

如果只是想要对付四公主，五公主这么多年有无数法子，宫里的人随便利用，用不着舍近求远。沈羲和更偏向于，五公主是受人指使来对付她，指使五公主的人会给予五公主所求的东西。

五公主又不知沈羲和的深浅，不敢贸然出手，正好可以利用刁蛮任性的四公主。

这也就让沈羲和想明白了，为何四公主那日突然对她阿兄起了兴趣。

只怕五公主没少在长陵公主面前夸赞沈云安，才让心高气傲的长陵公主有了一丝想法。五公主料到沈羲和会拒绝长陵公主的请求，如此一来，长陵公主必会怀恨在心。

之后的一系列事情就顺理成章了。

看似柔弱可怜的五公主才是城府最深的一个，也难怪会被人寻上。

"郡主我们可要……？"

"暂时先不要动她，我要看看她背后是什么人。此人定然还会出手。"沈羲和微微摇头，"现下巽王之事更要紧。"

巽王的事情关乎西北，沈羲和不能让他再回去，哪怕不能从他口中套出私军的下落，也要他把命留在这里。没有了巽王这个主帅，他一手训练出来的人也发挥不了最大的威力。

沈羲和没有直接回郡主府，而是去了独活楼。调香缺不了药材，独活楼与京都几大药材商都有合作。她亲自去下令，让掌柜向药材铺子多打听打听巽王需要的几味药材：“凡是这几味药材，无论是否一起售卖，即便是单独售卖，也要派人盯上购买之人……”

“我想要这柄香扇。”

沈羲和在楼上叮嘱掌柜时，楼下传来了沈璎婼的声音。沈羲和偏头看下去，果然是一身素衣的沈璎婼。

“她时常来此？”沈羲和问掌柜。

掌柜是陶氏的陪嫁之人，自然知晓沈家的弯弯绕绕，忙回道：“郡主，沈二娘子不常来。她与寻常女郎一般，都是偶尔来一两趟，买一些所需之物。”

他们打开门做生意，沈羲和都没有对沈璎婼如何，也未曾叮嘱他们不准做沈璎婼的生意，掌柜自然将沈璎婼当作寻常客人对待。

沈羲和微微点头，对着掌柜挥手示意他可以退下，自己也收回了目光，翻看起账册。既然来了一趟，她就仔细看一看账册，也看一看她的客人有哪些，能不能挑拣一些出来利用。

“沈二娘子，这柄香扇已被人订下。”

“是吗？那我来晚了一步。”沈璎婼有些遗憾。

“阿婼喜欢，它便是你的。”一道浑厚的男声传来，沈羲和目光一顿，又朝楼下看去。

二皇子昭王萧长旻稳步走来。招待沈璎婼的伙计立刻将那一柄香扇在盒子里放好递给了萧长旻：“殿下，您的扇子。”

原来这一把扇子是萧长旻订下的。萧长旻与沈璎婼竟然相识？！而且从萧长旻熟络的语气看，二人似乎关系匪浅。沈羲和将目光在二人身上绕了一圈。

“多谢殿下好意，君子不夺人所好。”沈璎婼盈盈行了一礼，客气婉拒。

“阿婼……”

“殿下若无吩咐，小女告退。”沈璎婼说完，也不等萧长旻反应，行了礼便目不斜视地离去。

萧长旻取了香扇追上去。

沈羲和起身走到临街的窗边，站在支开的窗户前，看到沈璎婼上了自己的马车，而萧长旻并未追上去。

沈羲和若有所思，上一次康王入狱，只有两个人去探望了康王，一个是幼年曾经在康王府寄住过的昭王萧长旻，另一个就是沈璎婼。

当时沈羲和——包括萧华雍，都未曾将这二人联系在一起。可今日一见，沈羲和倒觉得萧长旻心思深沉啊。

他自己先是光明正大地去探望了康王，又指派沈璎婼去。沈璎婼将探来的消息告知他，谁也不会怀疑到他的头上。

不过后来昭王并没有任何异动，而且从方才沈璎婼的态度来看，只怕她并未让他如愿。

“郡主，昭王殿下心思不纯，二娘子她……”

“她好与不好，全看她自己。”沈羲和打断珍珠的话，“你不用担忧，她不知任何关于西北之事。昭王想利用她与西北联系，只怕是打错了如意算盘，不过……”

“不过什么？”珍珠急忙问，生怕漏掉什么重要之事。

“你说……若是没有了我，他再娶了沈璎婼……”沈羲和嘴角勾起一丝凉薄的笑意。

没有了沈羲和，沈璎婼就是沈岳山的独女。沈璎婼再不得宠，他们的裙带关系已在世人眼中被钉死，沈岳山想撇清都没用——除非他公然将德行无失的沈璎婼逐出沈家。

一旦这般做了，沈岳山成了什么人？他如何再令西北的百姓和将士信服？

“郡主的意思是……五公主背后之人极有可能是昭王殿下？”两件事情若非一日发生，还不好联想，但一起发生，那就让她不得不警醒。

“我只是想不明白，昭王殿下即便不够聪慧，也应当知晓陛下不会让沈家的两个女儿都嫁入皇家。人人皆知我入京是为了什么，他为何还要缠着沈璎婼？”

他明知不可为而为之，要么是情不自禁非沈璎婼不可，要么就是从不将沈羲和当作阻碍。

若是没有沈璎婼那日不合时宜地去探望康王，让沈羲和确信沈璎婼是受人所托；今日又撞见这档子事，让她笃定和昭王萧长旻脱不了关系——沈羲和倒也愿意相信昭王是短暂的情深不已。

毕竟前有六殿下萧长瑜可以为了卞先怡抛弃荣华富贵，现下……现下又有萧华雍为她所做的点点滴滴。

至少此时此刻，沈羲和是相信萧华雍所为皆是真心实意的。

她之所以还是毫不动容，是因为从未见过一腔痴情从未改变的人，即便是萧长瑜和卞先怡的例子在前。此刻她敬佩萧长瑜，却也不相信萧长瑜日后不会后悔。

所以，她才说相信“短暂的情深不已”。

但有了前面的种种事情，很显然萧长旻对沈璎婼不是纯粹的一腔痴情，如此还是锲而不舍地追求沈璎婼，那就是不将她沈羲和放在眼里！他凭什么笃定她就要为他们让路？

除非……萧长旻早就筹备好要对她下手。

第二十章　知己相交坦荡荡

"还真是得来全不费工夫。"沈羲和轻笑一声。

她原本还想将五公主撺掇四公主对付她的事情先搁置一旁，没有想到可疑之人竟自己送上门来了。

"让莫远派宫中的人多盯着阳陵公主，看阳陵公主是否与昭王殿下有来往。"

沈羲和吩咐完珍珠，就翻开账册继续平心静气地看起来。

另一边的沈璎婼匆匆回到府中，就对自己的奶娘说道："把初一发卖了！"

初一是她的贴身大丫鬟，自小和她一起长大。自从她在宫中做了长陵公主的伴读，认识了昭王，并在昭王的嫡妻去世之后受昭王多加照拂，初一就不断对自己说着昭王的好话。

她阿娘是个疯子，对她非打即骂，怨怪她不是儿郎，否则阿爹便不会这样冷待她阿娘。

从小到大，她只在几年前阿爹奉召上京时偷偷跑去看过他一眼。也是那日，她为了偷看阿爹从假山上栽落下来，是昭王飞扑过去垫在她的身下，才救了她一命。

那一日，她因害怕哭得很是伤心。她只是想要见一见自己的阿爹而已，为何会这样困难？她常常问自己到底做错了什么，为何老天爷要这样惩罚她？

昭王殿下陪着她，让她趴在他的肩膀上哭，后来又安慰她道，这世间有些人就是亲缘浅薄。

自此之后，昭王殿下于她而言就不一样了。那时候她才七八岁，昭王也不过是将她当作妹妹，没有人知道那时候她就认识了昭王殿下。

后来，她成了长陵公主的伴读，对昭王自有一份感念之情。两年后，昭王的嫡妻病逝，她也已经长大懂得了男女之情。昭王又器宇轩昂，情窦初开的少女自此心里便多了一份牵挂。

加上初一也鼓动她，她和昭王就有了情愫。她现在清醒了，听不得这些话，已经警告过初一。初一竟然还将她出府的消息告诉昭王。她不信这般巧合——昭王和她前后脚到！

“诺。”乳娘开心不已，早知这小蹄子不正经，但是嘴甜，县主一直维护着。

“我何处惹恼了你？”乳娘才拖着初一下去，萧长旻便潜入了沈府。

沈府的大部分人被调到郡主府保护沈羲和去了，萧长旻想要潜入进来并不难。

“殿下，你如此行径，实属轻浮！”沈璎婼面色一寒。

“阿婼，你告诉我，我何处做得不好，让你非要与我一刀两断？”萧长旻眼神落寞，“若你不说清楚，要我如何甘心？是你让我等你长大的。”

两年前，十二岁的少女害怕喜欢之人续娶，便鼓起勇气拽着他的衣角说：“二哥哥，你等阿婼长大可好？”

那时的她还很喜欢他，不想他娶旁人。他答应了下来，之后也果真做到了。

沈璎婼闭了闭眼：“殿下，沈家不能有两个女儿嫁入皇家，阿姐才是皇子妃。”

从沈羲和被召入京，她就知道她和萧长旻不可能了。陛下要的是能够牵制得住阿爹的爱女，不是她这个不该存在之人。

“若只是如此，便交由我……”

“你要做什么？”沈璎婼厉声问道。

她过激的反应让萧长旻怔了怔。而后，萧长旻依然温和地说道：“阿婼，让郡主不嫁入皇家的法子有很多……”

“譬如？坏她的清白？取她的性命？”沈璎婼沉着目光说道，“殿下，莫要毁了你在我心中光风霁月的形象，也莫要忘了我也姓沈。我与阿姐不亲，可我要的幸福，不是踩着她的不幸得来的。

“沈家家训——不生反骨，不可内斗！”

他们不认她是沈家人没关系，她自己做好沈家人便是。

“阿婼……”

“殿下，你若再不走，我立刻收拾细软，厚着脸皮搬入郡主府。”沈璎婼威胁道。

他若真把她逼到郡主府，她自然要把他们之间的过往如实告知沈羲和。沈羲和必然会对他心生防备，他再想要下手就不容易了。

“我改日再来看你……”萧长旻做出了让步。

沈璎婼不去看他。

强撑的坚强在萧长旻消失后被抽空，她跌坐在圆凳上，闭眼忍不住流下两行泪。她是真的深深倾心过萧长旻的啊。

萧长旻是她一生中唯一给过她温暖的人。在她最孤寂之时，在她觉得被天下人都抛弃之时，他出现在她的人生中，给她光亮，给她善意，给她笑容，让她枯寂的人生鲜活起来。

“县主，二殿下并非良人。”乳娘心疼地抱住沈璎婼。

“乳娘，我知晓，可我的心还是好痛好痛。”沈璎婼再也忍不住，在乳娘怀中放声大哭，“为何他会变成这样？为何我想要一个真心在意我之人这样难？”

乳娘也眼眶湿润。

主仆二人相拥着大哭了一场。沈璎婼哭累了睡着了，醒来之后，就坐在书房里写信。

“县主，你这是作甚？”乳娘看着一地的纸团问。

“昭王殿下定是要对阿姐不利，我既然猜到，若不告知她，心中难安。”沈璎婼有些烦躁，“我若告知她此事，他或许也会被阿姐所伤，长陵公主死得蹊跷……”

她对萧长旻失望，也打算斩断情丝，却不想伤害他，一时间左右为难。

“县主，此事不能两全，你便想一想孰轻孰重。”乳娘说道。

沈羲和收到沈璎婼派人送来的信时是错愕的。

信上只有四个字：“当心昭王。”

“二娘子……她这是讨好郡主？”红玉也是震惊不已。

在她们这些侍婢的眼里，沈璎婼与沈羲和不势如水火已经是奇迹，更何况释放善意。

“未免看轻了她。”沈羲和瞥了红玉一眼。

沈璎婼若是要讨好她，就不会往她面前凑。

“她虽然在萧氏跟前长大，却更似阿爹那般磊落。”沈羲和轻叹一声，收了纸卷，不再多言。

今日她有些不好的预感——她一直在等谢韫怀，却左等右等都没有将人等来。谢韫怀以往从未如此，若是真被什么事给绊住了，也定会托人传口信。

“郡主，齐大夫失踪三日了。属下去了齐大夫的住所，桌上有一层薄灰。”莫远回来后禀道，“村子里的人说这两日都未见到齐大夫。”

谢韫怀一定是遇险了。

今日是他们约定好他上门为沈羲和复诊的日子。谢韫怀临时有事离开京都，也定然会派人来知会她一声。这样无声无息地不见踪影，绝非谢韫怀的行事风格。

沈羲和亲自去了谢韫怀的居处。篱笆小院，土坯茅草屋，中间用打磨光滑的石头铺出了一条蜿蜒的小路，两旁的花圃中种着一些花草。院子里晒着药材，里面夹杂了不知何时掉落的枯叶。沈羲和推开门，屋子里面一目了然，桌上的确已经积了灰，厨房里有不少食材，菜叶已腐烂，糯米也被泡得发霉发臭。

谢韫怀的确是失踪了三日。三日前，他应该是正准备将这些东西做成吃食，还没来得及做，便因故离去。家中没有任何打斗的痕迹，他的药箱不在，他极有可能是出诊，且是急诊。

“他身手不俗，又通晓医理，寻常人无法暗算他。”沈羲和垂下眼眸，“他不会轻易给不知底细之人看诊。所以是认识之人来寻他，他才与之一道离去……”

“郡主，属下问了城门的守将，三日前他曾见齐大夫申时三刻入城，与齐大夫走在一起的那人他并不认识。”莫远跑来禀报。

京都人杰地灵，但谢韫怀本身天人之姿，又是个住在城外的大夫，每日都要进出城好几次，几个月下来，城门的守城将士没有不认识他的。

“那人可有独特之处？”沈羲和问。

“守城的将士只是看了一眼，说穿着像是京中勋贵府邸的下人。”莫远详细询问过，也没有询问出其他有用的信息。

京都多豪族，皇室、勋贵、世家、清流，但各有喜好，下人的穿着一般是府邸统一备下的。皇室不用多言，多是内侍、侍卫，且素来带刀；勋贵多是军功起家被封爵位，偏向习武之人，他们的下人多是紧袖；世家下人多是窄袖，但穿着会略显讲究；清流之家的下人衣着多质朴。

守城之人每天都要见到各色各样之人，对人的来历多半不会判断错。

“派人打探一下，近五日内可有公侯伯爵之家着急寻大夫的。”沈羲和微敛着眼眸。

当她离开谢韫怀的居所回到郡主府时，莫远已经将消息打听出来了。

京都就只有四公五侯七伯这十六个勋贵府邸，莫远打听出来的结果是：有请大夫的，却没有急需大夫的，更没有递帖子到太医署的。

勋贵府邸若是出了棘手的疾病，寻常郎中无法，必然是要请太医署的太医。若是太医署的人也束手无策，勋贵才会死马当活马医，去拜访民间颇有声名的郎中。

“我知道是何人了。”沈羲和望向崇义街的方向——那里是谢国公府。

“是谢国公拘禁了齐大夫？”碧玉错愕地问，“谢国公会不会对齐大夫不利？”

沈羲和沉默着回了屋内，沉思着坐下：“他如此聪慧……若是谢国公对他不利，他定然不会去谢国公府。”

“会不会是齐大夫不知情，被谢国公暗算？”红玉也挺担心谢韫怀的——若是没有谢韫怀，沈羲和就不会康复。

沈羲和微微摇头。

谢韫怀此次回来，就是为了替亡母讨回公道。他定会盯着谢国公府的一举一动，绝对不可能轻易被谢国公算计。

当年的事情，谢国公做得天衣无缝，谢韫怀是不可能掌握证据的。谢国公若是有心杀谢韫怀，用不着等到今日。更何况谢韫怀到京都这么久，谢国公有杀心也不会拖到现在。

“他应是心甘情愿地到谢国公府去的，还带了药箱……”沈羲和觉得此处甚是矛盾。

谢韫怀会救治袁家女，却绝不会救治谢家人，若是去下毒就更不可能了，否则日后谢家人中毒而亡，大家第一个就怀疑他。可他去了，还带了药箱，明摆着是去看病的。

有什么线索在沈羲和的大脑里一闪而逝，她却没有抓住。

看着沈羲和皱眉苦思了许久，珍珠将一封送来的书函递上：“郡主，独活楼送来的消息。”

沈羲和接过书函展开一看，霍然起身。

有人买了巽王需要的药材，且还是大量购买，是分了几个药铺，抓了几服不同的药，每一服药中都包含着这几味药材中的一种。这些人都跟丢了，沈羲和念了一遍跟丢的地方，有些看似和崇义街相距甚远，但其实很近。

脑海里勾勒出谢国公府四周的路线图，沈羲和发现这些人消失的地方都距离谢国公府极近。

“我知道了，他是被谢国公带去医治旁人！”沈羲和微沉着目光，起身去厨房，指挥着红玉等人帮忙做了一份银杏酥饼。

受萧华雍平仲叶茶的启发，她和红玉提了一嘴，红玉捣鼓出了一种银杏酥饼。

沈羲和尝过酥饼后觉得味道不错，原也是想要分享给萧华雍的。

“红玉，将银杏酥饼送到东宫，务必要将巽王藏匿于谢国公府之事亲口告诉太子殿下。”沈羲和低声吩咐道。

谢韫怀在巽王手中，沈羲和不得不慎重对待。

吩咐完红玉，沈羲和让碧玉去给谢国公夫人袁氏下帖，然后自己重新梳妆。

碧玉很快就回来了，还带来了袁氏的贴身大丫鬟。“郡主，谢国公夫人说近来身体不爽利，不便招待郡主，待她病愈之后再下帖邀请郡主，向郡主赔罪。”

沈羲和淡淡地笑了笑：“下帖是给她一分颜面罢了。”

没有看一眼袁氏的丫鬟，沈羲和抱着短命上了马车，直接往谢国公府行去。

谢国公府的大门被敲开，下人看到沈羲和，自然不敢把人晾在外面。沈羲和入了府，短命就从沈羲和的怀里跳了下去。

“碧玉、墨玉，莫让它四处乱窜。”沈羲和端起茶，掀了掀茶盖，轻声吩咐。

碧玉和墨玉会意，去追短命。郡主的猫虽然长得丑，但是谢国公府的下人们也不敢用强。加上短命嚣张跋扈，见到陌生的人就狠狠一爪子挠过去——沈羲和从不修剪它的指甲，也不会如同其他贵女养猫那样将猫圈养起来，平时都将短命赶到外面觅食，以免它失了本能——一爪下去必是让人皮开肉绽。

有些身手的护卫们加入了捉猫大战。偏偏有碧玉和墨玉两个人捣乱，每次他们眼看着要抓到短命了，都被短命逃脱。短命最后跳到了屋顶上。

这个时候，袁氏才被丫鬟搀扶着，有些精神不济地姗姗而来。

“郡主见谅，妾身体不适，多有怠慢。”袁氏脸上的笑容看似虚弱，实则透着轻蔑之意。

“夫人，我们也不必客套。我今日来，只为寻齐大夫。”沈羲和开门见山地说，“我查过了，三日前有人亲眼见到你府中的下人请他入了贵府，但他三日未归。

“我的病一直是由齐大夫诊治，今日恰好是他应当入郡主府复诊之日，他却迟迟未来。夫人若是看完病，就把齐大夫还于我。我可等着他救命呢。”

“郡主，我并不识得一位齐姓大夫。”袁氏装糊涂。

“哦，他原是姓谢，后改为母姓，”沈羲和将淡漠的目光落在袁氏身上，“因为继母不慈而不得不与亲生父亲断发绝义，以求保全性命。”

“郡主！”袁氏变了面色，眼含薄怒，“我敬你是陛下钦封的郡主，对你多有礼让，但也容不得你上门指着我的鼻子羞辱我。我亦是陛下下旨恩赏的国公夫人！”

“国公夫人，这下可认识我口中之人了？”沈羲和眼底浮现一丝奚落之色，“夫人既然知晓说的是何人，就把人交出来，莫要逼我搜府。”

“郡主好大的口气！”一道隐含威严的浑厚声音从前方传来。

沈羲和抬眸看去，谢国公谢戟穿着一身藏青色圆领袍缓缓走来。

“国公爷……”袁氏一见到谢戟就大步走向他，脸上还有怒气与委屈之色。

谢戟拍了拍她的手背，站到沈羲和面前：“郡主是把京都当作西北了吗？即便是公主、皇子亦不敢如此目中无人，说搜我国公府便搜我国公府！”

沈羲和不疾不徐地站起身，先是规规矩矩地给谢戟行了个晚辈的万福礼，随后站直身体说道：“谢国公，要么现在就将齐大夫交出来，要么我即刻搜你的国公府。谢国公只管上告陛下，便说昭宁无礼，冒犯国公府，且看陛下如何处置昭宁？”

谢戟被沈羲和嚣张的态度气得脸色发青：“郡主当真有恃无恐，好，好，好！我倒要看看，这京都是不是郡主只手遮天！”

“谢国公，你可要三思，当真闹到陛下面前，我怕你难以收场。”沈羲和语气散漫，多有挑拨激怒谢戟之意。

“此话亦是我要对郡主所言！”谢戟冷笑，怒容难掩。

沈羲和也收敛了脸上那淡淡的笑意：“莫远，给我搜！”

莫远立刻带着一队人马冲进来！

沈羲和因为生下来就体弱，几度养不活，而造成她这样的缘由，皇室难以启齿。祐宁帝除了封她为郡主，给她封地，让她享国公待遇，还御赐了一面金牌给她，允她拥有护军五百。

她是唯一一个能够拥有自己的护军的女郎——这些人都是从西北军营里带来的。

谢国公府也有护卫，不过四五十人，而沈羲和今日却带来了两百人。这两百人直接将对方给压制住了，只不过还没开始搜府，京兆府和金吾卫的人就先后赶到了。

“郡主，这是何故，竟到谢国公府大动干戈？”京兆尹真是怕了沈羲和。

他琢磨着自己还是快点儿挪一挪位置吧，不管是升还是平调，哪怕是无实权的官职也成！有这位郡主在京都，他这京兆尹做得战战兢兢，早晚要被郡主折腾得少活几年。

“章公，我的御赐金牌丢失，我怀疑在谢国公府。谢国公与谢国公夫人拒不交还，我只好命人搜府。”沈羲和理直气壮地说。

谢戟和袁氏被她的无耻行为气得浑身发抖。谢戟怒道：“胡说八道！”

谢戟已经气得不愿与沈羲和争辩，直接拂袖冲出去，抢了金吾卫的马就打马往宫里奔去。见状，沈羲和依然一副云淡风轻的表情。

京兆尹与金吾卫将军也摸不准谁有理。京兆尹只能用商量的语气说道：“郡主，此事不如交由陛下论断，郡主随我等入宫？”

沈羲和说：“我的金牌还未搜到呢。”

京兆尹与金吾卫将军不知该如何是好。

京兆尹忍着发痛的脑仁问道：“郡主可有证据证明金牌在谢国公府？”

“并无，”沈羲和说得坦诚，“但我的金牌一定在谢国公府。”

京兆尹深吸一口气，不得不肃容问：“郡主可知，若金牌不在谢国公府，郡主私闯谢国公府，按律是要吃板子的。”

“无妨，我有金牌呢。”沈羲和满不在乎地说。

京兆尹无奈地提醒道：“郡主，若是在谢国公府搜不出金牌，陛下定会将你的金牌收回。”

“多谢章公，不过章公担忧错人了。章公还是好生提醒一下谢国公夫人吧，若是御赐金牌在谢国公府被搜到，谢国公府该当何罪？”沈羲和目视前方，淡淡地问道。

京兆尹见沈羲和如此胸有成竹，心里也犯嘀咕，难道沈羲和并非有恃无恐?

沈羲和不愿意随他们入宫，京兆尹只能陪着她在这里等候陛下传召，以免沈羲和又趁着他和金吾卫撤离之际强势搜谢国公府。

约莫两刻钟后，刘三指亲自策马而来，宣沈羲和等人入宫。

沈羲和却不走：“刘公公，我的金牌在谢府，金吾卫与京兆尹须派人守着，我的人也要留下，盯着谢府的人，以免他们做手脚，将我的金牌藏起来。”

“郡主，你莫要诬陷谢府！”袁氏被沈羲和气得恨不能将其撕碎。

谢国公府从未遭受过这样的中伤和羞辱!

“是否诬陷，得让人搜了才知道。”沈羲和淡淡地说道。

“郡主，陛下还等着呢。”刘三指低声提醒。

“我亦不愿陛下久等，可此事关乎我与谢国公府孰是孰非。”沈羲和态度强硬地说，“若不断个明白，我如何敢离去？”

“郡主，依郡主所言，若是搜了谢国公府，未搜到金牌，郡主可愿承担后果？”刘三指压低声音一字一顿地说给沈羲和听。

沈羲和：“若是未在谢府里搜到御赐金牌，我愿担遗失御赐金牌之罪，且愿向谢国公磕头赔罪。”

见沈羲和如此执着，铁了心寸步不让，刘三指扫了义愤填膺的谢国公夫人一眼：“郡主稍等，奴婢回宫请命。”

刘三指走了，沈羲和转身就在身后的檀木雕花靠背椅上坐下，端起一杯清茶喝了起来，姿态优雅，颇有反客为主的架势。

袁氏被她气得胸口疼，差点儿晕过去，被丫鬟搀扶着才勉强稳住。

沈羲和看都不看她一眼。

短命被墨玉抱了回来，沈羲和轻轻顺着它的毛。

刘三指再次回来时，带着谢国公和一道搜查谢国公府的圣旨。

“国公爷……”袁氏面色一变，奔向谢国公。

谢国公扶住她，冷着脸盯着沈羲和：“郡主，今日之辱，我记下了。”

“谢国公，我从不辱人，除非有人自取其辱。”沈羲和淡淡地笑了笑。

“郡主，由奴婢带领金吾卫搜查，郡主可有异议？”刘三指问。

“谁搜都可。”在这方面，沈羲和倒是十分大度。

刘三指被沈羲和从容不迫的样子震惊到——要知道这次若是搜不到金牌，沈羲和可是要掉脑袋的！

沈羲和一派镇定自若的表情，和谢国公府的人一起在大堂里等着。刘三指带着金吾卫搜查了谢国公府，却没有搜到金牌。

刘三指面上看不出任何情绪：“郡主，未曾搜到。”

“绝不可能。”沈羲和不信。

“郡主这是要推诿抵赖吗？”谢戟阴沉着脸质问。

“刘公公当真每一处都搜了？”沈羲和并不理会谢戟。

“郡主莫不是怀疑奴婢包庇谢国公？”刘三指面色也有些不好看，“内宅是奴婢带着内侍搜查的，外院是戚将军带人搜查的，每一寸都未遗漏，箱子、柜子，即便是花瓶内部也派人查看过，并未搜到金牌。”

“我亲自去看一遍。”沈羲和说道。

“郡主是想行栽赃嫁祸之举吗？”谢戟高喝。

沈羲和瞥了他一眼：“刘公公可随行，谢国公也可随行。”

刘三指看向谢戟。

谢戟冷笑："西北王势大，我等岂敢不让郡主心服口服？以免落得个联手诬蔑郡主，欲置郡主于死地的罪名！"

沈羲和不在乎他的冷嘲热讽，带着短命，在刘三指和谢戟的跟随下，走向谢国公府的内院。一行人路过一个院子时，短命突然冲了进去。

沈羲和跟了上去，被外面的护卫伸手拦下了。

谢戟疾步上前喝道："这是我谢家祠堂！"

沈羲和问刘三指："刘公公，此处可搜查了？"

"这……"刘三指有些为难，"郡主，此乃供奉国公府先祖之地。"

"正因如此，此地才是最安全之地。"沈羲和从一个护卫手中将被他逮住的短命接过来，放在地上。

"郡主这是要扰得我谢氏列祖列宗不得安宁吗？还是想要逼死谢某呢？"谢戟眼神如冷箭，锋利而又寒凉。

"不用遣人搜查，我与刘公公和谢国公入内看一看便是。"沈羲和淡淡地说道，"若是在此处寻不到金牌，我便亲自在谢国公府先祖面前告罪。"

谢戟气极反笑，抬手让拦路的护卫让开，咬牙切齿地说道："郡主请——"

迈入殿中，短命直接蹿到了供奉牌位的香案上，众人脸色大变。

沈羲和厉喝："短命！"

短命身体灵活，冲着一个牌位伸着脖子叫着。

不等谢戟出手去抓短命，沈羲和大步走过去，在灵牌背后看到了巴掌大的一枚金光闪闪的金牌。她抱着短命，目光微凉："刘公公，请公公过来。"

刘三指上前，看到灵牌背面面色微变，一脸凝重地回望一眼气得额头发青的谢戟："谢国公，得罪了。"

说完，刘三指还走到香案前拜了三拜，才伸手到灵牌后取出了御赐金牌。

御赐金牌是沈羲和亲自让短命叼着入内的，原是让它随意找个地方扔了就行。当短命回来后，她才敲开了谢国公府的门，为了不让人有反应的时间，又决定速战速决。

其实即便有人发现了金牌将其拾起来，也不敢将之扔到府外——谁知道会不会恰好砸到人？她在金牌上熏了香，无论金牌被谁藏起来，短命都能找出来。

没有想到这淘气的家伙竟然将金牌扔到了谢家的祠堂里，不过倒也误打误撞，接下来的一切事情就更顺理成章了。

"这不可能！"谢戟差点儿将眼珠子瞪了出来。

沈羲和上门如此迅速，根本来不及动手脚。他府里的护卫绝非等闲之辈，哪有人能够不惊动任何人便将御赐金牌放入祠堂？

人不能，可……谢戟立刻用目光死死地盯着沈羲和脚下的短命！

“喵——”感受到不善的目光，短命冲着谢戟龇牙咧嘴。

“谢国公这是何意？”沈羲和道，“我这只猫对我的物品都很熟悉。它能寻到金牌是否令谢国公大感意外？谢国公倒也聪明，将金牌藏在这样的地方，若非我带了猫，今日即便来了一趟，也未必寻得到。”

这一点，刘三指都不得不承认，将金牌藏在这样的地方，谁敢翻动谢氏先祖的灵牌？这样的位置，他们若非定睛看去，也未必能够寻到。

“郡主，好手段！”谢戟冷静下来，看沈羲和的目光更加不善。

“呵。”沈羲和轻笑一声，“谢国公若不服，便去寻陛下申冤。我这猫确实在府中逃窜了一番，可压根儿没有往这边来——贵府的下人可以做证。谢国公总不能说是我让猫把金牌带入贵府的吧？”

难道不是？谢国公的喉咙处腥甜，一口老血被他强行咽了下去。

“谢国公好歹也是一品国公，怎么如此敢做不敢当？”沈羲和有些嘲弄地说道，“我与谢国公府近日无仇、往日无怨，为何要大费周章地来陷害谢国公？难道是要为京都之人唱上一场跋扈之戏？”

“郡主因何暗害，心中有数。郡主何以信誓旦旦地保证东西在我府中？”谢戟逼问。

其实早在刘三指折回宫中传沈羲和的话时，谢戟就知道事情不简单。可到了这一刻，他若是不允许搜府或者推托，就是不打自招！

谢国公已经给心腹传了信，让他比刘三指快一步从后门赶回，让家里守护祠堂的护卫搜查一番，确定没有搜到金牌，才让金吾卫和刘三指派人搜府。

谢戟唯一没有想到的是，沈羲和的胆子真大，她竟然让一只畜生来栽赃嫁祸，也不怕稍有不慎，她得以命相抵！

他方才就看到这只畜生快如闪电，身轻如燕。一定是它躲过了祠堂的护卫，让他们毫无察觉！

“我方才便说了，我之物我的猫最熟悉。是它带着我来到谢国公府，否则为何我一入国公府，它便挣脱要往内冲？”沈羲和俯身摸了摸短命背脊上的绒毛，“我不欲与谢国公争辩，是非曲直，自有圣断。”

沈羲和丢下这话，直起身拿着御赐金牌，带着短命走了。

沈羲和入了宫——带着谢国公夫妇。

她该做的事基本都做完了，将谢国公府明面上摸了一遍，又把谢国公府的两个家主带走，耗在陛下这里。剩下的事就交给萧华雍，这次巽王要是再逃了，她就要质疑萧华雍的能力了。

“陛下，微臣不知为何御赐金牌会在府中，正如郡主所言，微臣与郡主素无仇怨。”谢戟一见到祐宁帝立刻跪下禀道，“且普天之下御赐金牌唯有郡主所持，微臣偷来也无用。”

“在京都大家自然都知金牌为郡主所有，”陶专宪一听到沈羲和带兵闯入谢国公府，立刻入宫求见，时刻准备为外孙女迎战，即便无理也要辩出几分理，“出了京都，可大有用处。”

地方官员才不管金牌原是谁所有，只知道御赐金牌是真，便听命行事。

这可是如圣上亲临，他们哪儿敢怠慢？即便他们被人蒙骗做了错事，也怨不得他们，自有丢失金牌之人担责。

谢戟被噎了一下：“陛下，谢氏世代英烈，微臣绝无二心！”

“你方才还说谢府绝无金牌呢，”陶专宪又怼他，“金牌不也从你谢府被找出来了？现下你又言绝无二心，你的心在你的身体里，是否有二心，我们岂能知晓？”

沈羲和轻轻牵了牵唇，她的外祖父不愧是御史大夫。

“陛下，微臣绝对未曾偷盗郡主的金牌。”谢戟只能深深叩首。

所有人都能听到清脆的“咚”的一声。

祐宁帝看了看谢戟，没有发话，而是转头看向沈羲和：“昭宁，御赐金牌当真是谢国公所盗？”

对上帝王深不可测的眼神，沈羲和不慌不忙地说：“陛下，御赐金牌应当不是谢国公所盗。”

所有人都微惊，没有想到沈羲和会如此说。

“既不是谢国公所盗，为何御赐金牌会落在谢氏祠堂里？”祐宁帝问。

“这便要问谢国公。”沈羲和淡淡地扫了一眼依然叩首于地的谢国公，“陛下应知晓，昭宁日益康健，这得益于一位大夫。这位大夫不是旁人，正是与谢国公义绝改随母姓的齐大夫。若非为了救治昭宁，齐大夫是不会再入京都这个伤心地的。

“前些时候，昭宁撞见谢国公与齐大夫多有争执，谢国公甚至带着家仆要强行带走齐大夫。可昭宁的病刚有起色，离不得齐大夫，又不能任由齐大夫因昭宁受人强压欺辱。

“因此昭宁左思右想，便将陛下赐给昭宁的金牌暂给了齐大夫……”

说到此，沈羲和不免解释一句：“昭宁并非心存不敬，齐大夫亦是陛下看着长大的，陛下定然知晓他为人如何。换了旁人，昭宁即便惜命，亦不会以御赐金牌相护。”

谢韫怀——祐宁帝曾经赞扬他：“龙章凤姿，玲珑心思。”

祐宁帝点了点头。

见状，沈羲和接着说道：“御赐金牌在齐大夫身上，齐大夫每三日要入府为昭宁复诊，今日却失约。昭宁断定他是被人羁押了。”沈羲和意味深长地看了谢戟一眼，说道，“齐大夫玉人仙姿，时常往来于城内外，守城的将士都识得他。昭宁略一打听，守城的将士说他三日前与谢国公府下人一道入城，之后再未出城。”

沈羲和自然不能一口咬定就是谢戟偷了御赐金牌。这个局虽然完美，可祐宁帝不是傻子——没有证据但并不代表他没有判断力。

若是真给谢戟扣一个偷盗御赐金牌的莫须有的罪名，祐宁帝就要猜忌她了，因为她开始肆无忌惮地对朝中重臣下手了。

此刻沈羲和换了一个说法，才是合情合理的。

顿了顿，沈羲和轻叹一声：“想来是御赐金牌对谢国公而言大不过亲情人伦，抑或是谢国公念子心切，才将齐大夫绑了回去。”

天地君亲师，君在亲之前。若是谢韫怀真的亮出了御赐金牌，谢戟还将他扣留下来，那就是藐视君威。她扣不成一个偷盗御赐金牌的罪没关系，这个罪名也不遑多让。

“谢戟，可是如此？”祐宁帝沉声问。

谢戟心思百转。经过和沈羲和的交锋，他谨慎起来——这个尚未及笄的小女郎根本不是寻常女郎，心思深沉缜密，不容忽视。

“回陛下，微臣确实带了犬子归家，也确实想要化解父子间的龃龉，却未强留，亦未见到御赐金牌。微臣绝不敢对陛下不敬。”谢戟回答得可退可进。

即便他们真的在谢府里找到了谢韫怀，他也说过的确请了人来，没有强留——谢韫怀也许是自愿留下的。

“谢国公所言，与尊夫人可大相径庭。”沈羲和慢悠悠地开口，“我一入府便言明来寻齐大夫，尊夫人一口咬定未曾见到人，也不识得齐大夫。”

“回禀陛下，犬子对臣妻多有成见，微臣并未告知她令犬子归家之事，因此臣妻不知。”谢戟将话圆得很快。

沈羲和轻笑一声，未再言语。

谢戟继续说道：“陛下，适才刘公公与戚将军已经搜了微臣的府邸，并未见到犬子，可以证明犬子并未被臣强留。”

“谁知你谢府里有没有密室？”陶专宪接话，“郡主将金牌赠予了齐大夫，齐大夫如何会将金牌遗留在谢府祠堂里？还是在先祖灵位之后，先祖灵位……”

谢戟选择不争辩，以免多说多错：“陛下，微臣不知。”

大殿内一片寂静，香炉青烟袅袅，幽幽香气拂过每一个人的鼻间，每个人都各怀心思。

这一下祐宁帝也不好下定论了——谢戟没有偷盗御赐金牌，但是御赐金牌出现在谢家。沈羲和亲口说暂时将御赐金牌给了谢韫怀傍身，毕竟她的性命还要仰仗谢韫怀，这一点祐宁帝也不好苛责。

谢戟也承认谢韫怀去了谢家，御赐金牌即便遗落也不应当在灵牌之后，将金牌放在灵牌之后倒像是有人特意藏起来，也或许是谢韫怀刻意陷害谢府放下的。

相较于前者，并非必有偏袒，祐宁帝还是觉得后者的可能性更大。谢戟应当是不会对先祖不敬，将金牌藏于此处的，且若是拾到金牌，应当立即送到皇帝面前。如此一来，无论是谢韫怀还是沈羲和都要被问罪——谢戟没有必要留着御赐金牌陷自己于被动之中。

沈羲和垂着眼眸，静静等待——谢戟会不会吃不了兜着走，就看萧华雍行事够不够及时了。

“此事有诸多疑点，待寻到若谷之后，再行定论。”

祐宁帝话音刚落，便有内侍躬身进来：“陛下。”

祐宁帝问：“何事？”

内侍回道：“陛下，京兆尹求见。”

这时候，刘三指走到祐宁帝耳边低语了两句。

祐宁帝面色一冷：“宣。”

进来的不止京兆尹，还有面色灰白的谢韫怀。

他看起来十分憔悴。他路过沈羲和身旁时，还有淡淡的血腥之气拂过沈羲和的鼻间。沈羲和不由得眉头微蹙。

“微臣（草民）叩见陛下。”两个人一起跪地行礼。

谢韫怀动作明显迟缓。

祐宁帝的目光有些复杂，他轻叹了一口气：“起吧。”

两个人站起身，祐宁帝才问：“章卿，何事求见？”

京兆尹躬身回道：“陛下，是谢……齐小郎寻微臣状告谢国公私下羁押他。”

“陛下……”

不等谢戟多言，祐宁帝投去一个凌厉的眼神，沉声问谢韫怀：“你可有证据？”

“陛下，草民是从谢府逃出，诸多百姓可做证。”谢韫怀不卑不亢地回道。

“陛下，微臣已然查证，齐小郎确实是从谢府逃出。”京兆尹也忙做证。

“草民被关押在谢府祠堂后面的密室里……郡主带人入内，草民听到郡主与刘公公之言……”谢韫怀又补充，然后将沈羲和与刘三指的话复述了一遍。

刘三指暗自对祐宁帝颔首。

事情水落石出，就是谢戟私囚谢韫怀，这下谢戟的罪名就大了。

他私囚谢韫怀——虽然谢韫怀是他的儿子，但早已与他义绝——他几番狡辩，就是欺君！

不过谢戟反应极快，连忙深深叩首：“陛下恕罪，微臣年近知命之年，一直没有子嗣，想要与犬子修复关系。奈何犬子依然记恨当年微臣续弦一事，对微臣多有偏见。微臣并未羁押犬子，只是想要将犬子留于府中，多与他相处，打开他的心结。”

好个巧言善辩的谢戟。谢戟看到谢韫怀，便知道巽王肯定被人抓走了，但是不会说出这件事情。他和谢韫怀的事情只是家事，有些东西自己一口咬定不知情，陛下也不会深究。

一旦陛下知晓他收留了巽王，那么谢府就要大难临头了。

他不敢说，谢韫怀等人也不会说。他明白过来了，他们费这么大的劲，由始至终不是为了对付他，而是要找到巽王！

祐宁帝听了这话后有些心烦，清官难断家务事。谢戟对他素来是极其忠心的，今日虽然一再说谎，可也情有可原。谢戟年近五旬膝下空虚，唯一的子嗣视他为敌，于情急之下做出这些事情，也没什么可深究的。

祐宁帝素来对自己的忠心下属宽仁：“你们父子之间嫌隙极深，一个说扣，一个言留，朕也不知孰真孰假。谢国公治家不严，罚俸一年，革骁骑上将军职。”

这罚得不算重也不算轻，至少沈羲和是很满意的。陛下有十六卫，金吾左、右卫是其中两卫，骁骑左、右卫也是其中两卫，上将军是统御两卫之人，左、右卫分别由大将军统御。

也就是说，谢国公手上掌握着两卫的兵权！

见沈羲和没有表现出不满的情绪，祐宁帝也比较满意，把人打发了才用长辈的口吻训斥她：“日后即便知晓御赐金牌在何处，也不可如此冲动，可想过若是搜不出来，你如何收场？”

“我定能搜出来。”沈羲和不服软。

祐宁帝深深地叹了一口气：“过刚易折。”

她不硬气一些，不让陛下看到她的弱点，如何能够让陛下对她放心呢？

正如步疏林的示弱，沈羲和处处要强且飞扬跋扈，不也是在给祐宁帝塑造另一个沈羲和的形象吗？

“昭宁知晓了……”

祐宁帝训斥沈羲和的时候，谢韫怀被送出了宫。在给他安排的马车里，萧华雍端坐着，眼眸华光深藏，深如渊海，沉沉地盯着谢韫怀。

谢韫怀行了礼，坐在一旁，挺拔如修竹。

“以身涉险，只为解她所急，若谷可真是情深义重。”萧华雍说话的声音如滑过冰川的河流，凉意入骨。

沈羲和不知道谢韫怀是以身做饵。他猜到谢国公府请自己是为了给巽王诊治，便借此机会入了谢府，假装被谢国公算计。

谢国公并不知巽王在为皇帝训练私军，只当巽王是诈死。他欠了巽王的救命之恩，今日是回报，因此明知谢韫怀在为沈羲和治病，也不曾在意，自以为谢韫怀是最妥当之人。

等到巽王痊愈后离开，谢韫怀无凭无据亦不会往外道此事。

实在是巽王的毒棘手，谢国公用了齐氏留下之物做交换，却根本没有想到中间至关重要的一环。一切事情都在谢韫怀的预料之中，他不见了，沈羲和必然寻他，定能将谢国公府翻个底儿朝天且全身而退。

这是沈羲和唯一能够抓住巽王的机会，他想帮一帮她。

“太子殿下过誉了，比不得太子殿下天山犯险，为雪莲不辨五色。”谢韫怀不矜不伐。

“你既知这些，就当知晓，她日后会嫁与谁！”萧华雍冷冷地说道。

谢韫怀眼眸明亮，不疾不徐地说道：“殿下待她与我不同，我只愿她安好欢乐，对她并无私欲。”

马嘶鸣，轻晃的马车里，萧华雍低着头将视线落在自己缓缓张开的手上，他的手宽大厚实，纹理清晰，看起来充满力量。

“孤要让你无声无息地消失在这人世间，是易如反掌之事。”

“殿下此言，草民深信不疑。”谢韫怀依然泰然自若，“但，殿下会吗？”

萧华雍倏地抬眸，目光锋利，直射谢韫怀。

谢韫怀平静而温和地说道：“殿下若要置我于死地，方才是最佳时机。”

萧华雍与沈羲和配合默契——

沈羲和在谢府给萧华雍争取了足够的时间，后又在明面上将谢府闹了一通，几乎是给萧华雍锁定了能够藏匿人的范围。待到沈羲和盛气凌人地拿着御赐金牌赶到皇宫后，就给萧华雍创造了突袭的机会。

只不过巽王不是寻常人，早在沈羲和入祠堂时就警觉起来，为防万一，打算逃离，却正好撞上萧华雍的人潜入祠堂。

若是萧华雍再晚一步，巽王只怕宁愿闹出动静，落在陛下手上，也不会被萧华雍擒住。

这次是萧华雍亲自出手，才能迅速制住巽王，可谢韫怀还在巽王的下属手中。

谢韫怀不由得摸了摸脖颈儿上的剑痕。

当时巽王的下属要萧华雍放了巽王，否则就杀了他。

萧华雍是怎样的人，没有人比谢韫怀更了解——包括萧长瑜与萧长庚也不过才看到冰山一角，谢韫怀却看到了全部。他知道萧华雍不会妥协。

皇太子从不对任何人妥协，包括当今陛下。

他死在这里，与萧华雍毫无干系。谁也不会知道他因何而死，罪魁祸首只能是谢戟。

令他万万没有想到的是，萧华雍竟然将巽王放了。

在巽王退向自己的下属的时候，萧华雍埋伏的人飞掠而来，直袭巽王！挟持他之人本能地要去保护巽王，就在这一瞬间，他都没有看清萧华雍是如何出手的，热血便飞溅到了他的脸上。

而巽王在将袭击自己的人重伤后，高喝一声，惊动了不少谢府的护卫奔过来。他当机立断地冲出去拦住，高喊着他是被谢戟羁押。护卫全部被他吸引，欲捉住他，才给了萧华雍重新抓走巽王的机会。

就差一点儿，萧华雍为了保住他的性命，而让巽王逃走。

萧华雍淡淡地收回目光。

马车拐入一个无人的小巷里停了下来，萧华雍下车："方才并非最佳时机，孤不会让你在她心中留下不可磨灭的印记。"

以沈羲和的聪慧程度，她很快就会明白谢韫怀以身犯险是为何。若是谢韫怀因此而死在谢府，她即便不知抑或是不怨怪萧华雍见死不救，也会因此而对谢韫怀心怀愧疚。

人活着什么都能改变，可若人死了，就再难以抹去一些痕迹。

"若是如此，殿下想要杀我，可就不易了。"谢韫怀撩开马车窗帘，目光与长身玉立的萧华雍对上，"草民将郡主当作毕生知己。"

萧华雍斜眼看向他。

谢韫怀又说道："草民无论何时亡故，郡主都会黯然神伤，每逢清明祭日亦会惦念。"

萧华雍一掌打在车辕上，强劲的气力震得谢韫怀重重地撞到另一边的车窗上。谢韫怀捂着被撞疼的胳膊坐直，便听到萧华雍语气平淡的声音传来。

"让你死很容易，要一辈子隐瞒下你死了的消息，于孤而言亦是轻而易举。"萧华雍步履从容，声音渐行渐远，"孤只是不想欺骗她，并非无法对付你。"

等到萧华雍的身影消失，谢韫怀才轻笑一声。

"齐大夫，您是要归家吗？"外面的车夫问。

谢韫怀回道："去郡主府。"

他回到家中，沈羲和也定然要去寻他，不如就在郡主府等她归来。

谢韫怀到郡主府让随阿喜帮他针灸一番，又抓了药，沈羲和才带着珍珠等人回府。

"你伤得可重？"沈羲和担忧地询问。

"我说不重，你定也未必全信。我让阿喜帮我治的伤，郡主问阿喜便是。"谢韫怀含笑回道。

沈羲和果然看向一旁的随阿喜。

随阿喜禀道："郡主勿忧，齐大夫受的都是些皮外伤，有些许内伤都不打紧，反而胳膊上的撞伤比较重，胳膊有瘀青，属下施了针，明日或许要疼上一日，后日便好。”

谢韫怀闻言，下意识地抚上胳膊。

沈羲和听了这话也就放心了，随之正色道：“此次多谢你。”

虽不知谢韫怀是如何知晓巽王之事的，不过从其上次能够查到剑南春的事情，可见在京中自有人脉，沈羲和没有深究。

但她能够想明白，谢韫怀应是知晓谢国公寻上门要他救治的极有可能是巽王，才会去这一趟，为的是助她寻到巽王。谢韫怀与巽王并无私怨，若非相助于她，是绝不可能去谢府的。

“郡主不必相谢。”谢韫怀笑容温和，“诚然我因为知晓是巽王才会去这一趟，但也并非全然为了相助郡主。”

沈羲和疑惑地看着他。

谢韫怀委婉地说道：“听闻谢戟被罢免了兵权。”

“这是你所求？”沈羲和似有所悟。

“我确实知晓郡主欲擒巽王，也意欲对付谢国公，利人利己之事，并非无一丝私心。”谢韫怀坦然地笑了笑。

沈羲和想了想，确实如此，这次的事情，谢国公也倒了霉，于是说道：“若真是如此，你就应当让陛下知晓他收留巽王的事。”

“如此定会让他触怒陛下。”谢韫怀笑着摇头，“谢戟狡猾善辩，想来郡主也知晓了些许。我一则见不到陛下；二则陛下即便知晓巽王在谢戟的府中，谢戟亦能推脱掉，譬如受巽王所迫；三则，巽王明面上只是诈死，即便谢戟收留了他，也无大过——陛下明着只怕连将谢戟革职也不会。至于引得陛下猜疑，他自有法子化解此事。”

谢韫怀这样一衡量，还不如现下的结果好。谢戟这些年钻营算计，不知让多少人在他手底下栽过跟头，此次也算是尝到了被人算计的滋味。

“这般说来，还是我利用了郡主。”

沈羲和轻笑：“你的初衷到底如何，我们无须争辩，如今你我各有所得便好。”

“是，各有所得，因此也无须相互言谢。”谢韫怀脸上的笑如皓月般明朗。

雨过天晴，万物明净。

和谢韫怀相处就是这样的感觉，十分舒心。谢韫怀并未久留，沈羲和亦未挽留，送他离开了郡主府。然而此时的沈羲和尚且不知谢韫怀并未出城，而是堂而皇之地回了谢国公府。

谢戟回到家就砸了最爱的一套茶碗！

谢国公府的一片狼藉还未收拾好，下人们就知道国公爷被罢了职，都战战兢兢的。

下人们看到谢韫怀来了，都不知如何对待，不敢阻拦又不敢去通报，只能眼睁睁地看着谢韫怀负手前行——他步伐稳健，脸上还带着一丝意味不明的笑容。

“我早就说过，他不认你这个阿爹，让你莫要大意，你却道我不容人！你看今日……”袁氏正在抱怨，转头就看到站在门口的谢韫怀，目光一厉：“你还敢来？！”

“我为何不敢来？”谢韫怀抬起长腿迈过门槛，“我今日在圣上面前可有虚言？”

他的确是猜到谢戟要他救治的是巽王。

宗庙失火、巽王复生之事闹得沸沸扬扬，城门突然戒严，这一切迹象都昭示着巽王之事非比寻常。

陛下养私军这样骇人听闻之事，谢韫怀是在康王私造兵刃之罪被揭发后才略有猜想——以康王的忠君之心，他决然不可能倒戈哪一位皇子，可若不是为皇子筹谋此事，那便只能是陛下。

谢韫怀特意在康王府倒了之后，给康王府的老王妃问过诊，也从康王府的人口中探听了一些消息，才笃定康王是为陛下效命。

陛下要如此大量的兵刃有何用？谢韫怀不难想象是为私军。巽王复生的消息一出，谢韫怀就知道私军是由谁组建操练的。谢戟曾经在战场上欠过巽王的救命之恩，这事还是他幼年时听谢戟与巽王谈起时知晓的，朝中只怕连陛下都不知。

因此谢戟寻上他，他就有了几分猜测——巽王明显是被人算计才暴露的，无论是谁动了手，这一定是必杀之局——巽王能够逃出来只怕也是非死即伤。

巽王不敢去寻陛下，十有八九要寻谢戟。谢戟不敢寻城中的郎中以免走漏风声，来寻他是最好不过的。谢韫怀心知肚明，却也表现出十二分的不愿意，尤其是来到谢府发现要救治的是巽王，更是严词拒绝。

谢戟为了让他出手，拿了他阿娘的遗物做交换。当年他是与谢戟义绝，没有资格带走属于他母亲的遗物，便故作心动地顺势应下，但也改变不了谢戟拘禁他的事实。

“你当真这般恨我？”谢戟沉声问道，眼尾泛红。

“我不应当恨你吗？”谢韫怀笑着反问，眼底透着凉薄之意，“我如今是大夫，你当年的所作所为，还骗得过我吗？”

“大郎，你母亲之事，无论你信与不信，确不是我有意为之。”谢戟悲痛地说道。

谢韫怀乌黑的眼眸里闪过讥诮之色，说道：“谢国公，不用对我做戏。我今日来只是告知你，一切不过刚刚开始，来日方长。你让阿娘被活生生折磨了几年，我也不会给你一个痛快。”

说完，谢韫怀就离开了。谢国公府没有一个下人敢阻拦他。

“国公爷，你看看他！他视你如仇敌，哪有半分骨肉之情？”袁氏冷冷地说道，“我算是看明白了，他就是冲着我们来的，指不定一早就算计好了，否则昭宁郡主怎么会好端端地将御赐金牌给他？他怕是没少在昭宁郡主面前卖惨诋毁我们！你若再如此放任下去，我们国公府迟早要毁在他的手上！”

“闭嘴！”谢戟怒斥，转头盯着袁氏，“但凡你能为我生下一儿半女，我能受制于他？”

他就谢韫怀这么一个儿子，与袁氏成亲这么多年一直没有喜讯，谢国公府也无其他侍妾，若是谢韫怀有个三长两短，谢家的爵位便无人继承甚至会被收回……

他哪怕有个庶子也好……

若谢家的爵位断送在他的手里，他就是谢氏的罪人。

当年齐氏之事他做得天衣无缝，可谢氏族人都不是傻子——不过是齐氏一族势弱，当家做主的又不是齐氏嫡亲的兄弟，才会无人向他讨公道，谢氏族人为了利益也就不追究了。

随着他年岁渐长，还无子嗣，谢氏族人已经颇有微词。

他倒是可以抱养隔房的孩子记在名下。如此一来，待他百年以后，爵位愿不愿给还得看陛下的脸色，而谢韫怀承袭爵位是顺理成章的事。

袁氏面色发白。她明明生育过，也私下寻了大夫。大夫都说她哪怕年岁大了点儿，也是可以受孕的。可五六年了，她一直没有喜讯，这一直是她的气短之处。

谢韫怀走出月亮门，也听到了这夫妻二人的争执。

袁氏想要受孕，绝无可能！因为他在与谢戟义绝之前，就给谢戟下了绝育之药！

近来，谢氏族人已经感觉到了荣华富贵不保的危机，纷纷寻上谢韫怀表示支持他。

他通通拒绝了。今日之事他就是要让谢氏族人看清楚，谁才是能够支撑谢家走下去的人，这样谢氏族人才会心甘情愿地为他所用。

谢韫怀特意来这一趟，只是为了转移谢戟的注意力，让谢戟只当这一切都是自己精心策划，沈羲和亦不过是自己利用来对付谢戟的一环。

如此，谢戟才不会去报复沈羲和。

接下来他该给谢氏族人施压了，让他们因袁氏不能生育，硬塞侍妾给谢戟。

他倒要看看谢戟能不能坚持住对袁氏的情深似海。

只要谢戟纳了妾，谢韫怀就会让袁氏给谢戟送个“亲儿子”！

他要一步步将谢戟和袁氏折磨得面目全非，让他们互生怨恨，彼此折磨，用他们可歌可泣的深情来祭奠他的阿娘！

“郡主，齐大夫去了一趟谢国公府，才出城平安归家。”莫远派了人跟着谢韫怀，只因看他现在身上有伤，这才暗中护送。

“不用派人相护，以免他多心。”沈羲和吩咐。

谢韫怀有足够的能力自保。至于他这次所为到底是利用她还是帮助她，无须争辩出是非曲直。

于她而言，这是一份相助之情。

沈羲和的威名又一次震惊了京都的达官显贵，带护卫强闯谢国公府，最终结果是她分毫无损，谢国公被革职罢权。事情瞒不住，尽管大伙儿都打探得清清楚楚，也觉得沈羲和有些邪乎。

细数过来，她入京都之后，但凡与她过不去的人就没有一个有好下场的，无论是世家大族，还是勋贵皇亲。君不见抽了她的马一鞭的长陵公主，就那样离奇地自己跳入深潭喂了巨蛇？

没得罪沈羲和之前，长陵公主也没少行事跋扈，可哪次倒霉了？人家可是天之骄女，偏遇上昭宁郡主，就落得如此下场。要说长陵公主之死与昭宁郡主没有半分干系，他们可不信！

以前他们是要敬着、让着昭宁郡主，现在是要畏着、远着她！

沈羲和从不理会那些人如何猜测，趁着第二日陶专宪休沐，去了陶府一趟，和陶专宪还有大舅及舅母开心地度过了一日。

她其实很想去东宫，去寻萧华雍见一见巽王，可为了不引起猜疑，还是按捺住了。她打算过两日再去寻萧华雍。结果当天夜里，沈羲和刚沐浴完正准备歇下，珍珠便走进来禀道：“郡主，府外有人求见，说是郡主看了此物自然知晓。”

沈羲和将盒子拿来打开，里面是两个驱蛇虫的香囊。她记性好，这种东西虽送了不少人，但是这两个香囊是送给萧华雍的——萧华雍就是得了这两个香囊，次日便不知为何与她闹起了别扭。

沈羲和略一沉思，便取了一支素银的平仲叶簪子将青丝简单绾了个发髻，穿戴整齐，带着珍珠和墨玉出了府。

马车停在后门处，牵马的是一个身姿笔直、面无表情、目视前方的陌生少年郎。她一走近，对方便恭敬地行礼。

马车帘子被人挑起来，从里面伸出一只修长宽厚的大掌。

沈羲和也没有矫情，将手搭上去，由萧华雍拉着她上了马车。珍珠随后，墨玉则坐在了车外。

“倒是不怕有人以此诱骗你。”萧华雍对她这般信任他很是愉悦，却又忍不住担忧。

“殿下是在质疑我之智，还是在质疑你之能？”沈羲和轻声问他。

她赠予萧华雍之物，即便不是珍贵之物，萧华雍不需要将其珍藏起来，也应当要么销毁要么好生看管。东西若落入旁人之手，就是萧华雍能力不足。

若是她连真假都分不清，有人凭两个香囊就把她骗入局，那就是她的智力不行。

自己明明只是关心则乱，她真是半点儿情趣也无，萧华雍偏又喜欢她这么利落的话语。萧华雍轻笑道："呦呦大可放心，你赠我之物，定不会落入旁人之手。"

说着，他看向她的目光更温柔了。

沈羲和不似以往妆容精致，未施粉黛，未点朱唇。大概是刚刚沐浴完，她白瓷般的小脸泛着光泽，双颊染着点点樱花色，唇瓣也看似柔软粉润。

一头长发只用了一根银簪子绾起固定，如蝶翼一般的平仲叶装饰朴实无华，衬得她素雅清丽，宛如一朵只在夜间盛开的昙花，美得清新脱俗。

一袭银色绲着银狐毛皮边的斗篷将她包裹着，柔滑光亮的绒毛圈着她的小脸，又给她增加了一丝温柔可人的气息。她若不说话，像极了乖巧迷人的猫，让人忍不住想摸一摸。

沈羲和权当没有看见萧华雍看着她时柔得滴水的目光，问道："殿下将巽王关押在宫外？"

"活生生的一个人，我如何将之带入东宫？"萧华雍依然没有收回目光，只是专注地看着心爱之人，"若是将他关押在东宫，他再逃了，岂不是就能落到陛下的手中？"

但凡有一丝旁的法子，巽王都不会轻易寻上陛下。可若是被逼入绝境，譬如现下，巽王是一定会寻陛下的，尽管不大可能有活路，但至少存了一线生机。

"我以为殿下在宫中来去自如，莫说一个活人，即便是十个活人，只要殿下想，便不是难事。"沈羲和轻声说道。

萧华雍抬眉："原来我在呦呦心中竟是如此神勇呀——"

最后一个"呀"字被拖得极长，还一声三转，配上他独有的低沉的声音，莫名地有些魅惑勾人。

珍珠听得顿觉浑身不适，想要搓一搓双臂，却又不能失了规矩。

沈羲和倒没觉得不适，就是不太喜欢这个语调，总觉得有股子说不出的轻佻意味。

不过她们俩忍住了，马车却轻微颠簸了一下。

赶马车的不是旁人，正是天圆的胞弟——地方。将殿下送到他手上前，天圆就特意叮嘱他："别怪做哥哥的没有提醒你，殿下要带郡主一道去，殿下在郡主面前……嗯……与平日有些不同，你若是听到什么、看到什么，只当自己是耳聋眼瞎，莫往心里去。"

地方当时还不以为意，觉得殿下的什么模样他没有见过——他可是自小跟着殿下的！定是天圆忌妒殿下将他调回来，刻意离间他与殿下的关系。

结果方才猝不及防地听到殿下的话语，地方一瞬间没反应过来，抬起的马鞭差点儿落地，轻轻扫了一下马臀，让马不适地扭动了一下。

哥哥说殿下遇上郡主会与平日有些不同，但也没说是这种不同啊！

定是哥哥忌妒他比较得殿下倚重，故意说得含糊不清，就是要让他在殿下面前出错！

车子轻轻颠了一下，地方身手敏捷地挽救了回来，车子又恢复了平稳。

他心里想着反应如此之快，殿下应该没有察觉吧？

殊不知，车子轻轻一颠簸，萧华雍眼睛都亮了，伸出手正准备接住沈羲和，想要将美人揽入怀中，结果车子就晃了一下！

车子就这么晃了一下！

沈羲和压根儿没有偏倒，只是身体微微倾斜了一瞬。他只得默默地将伸出的手收回去，面上的笑容都不那么明朗了。

沈羲和似乎也察觉到萧华雍要搀扶她的举动，看他似乎有些尴尬，便善解人意、一本正经地说道：“多谢殿下。”

本来已经自然地收回手的萧华雍，被她这样无情地点破心思，还以为她猜到自己心怀鬼胎，脸上更有些挂不住了。

这样一个小插曲，终于让厚脸皮的太子殿下没有继续痴缠着沈羲和。他们很快便来到了关押巽王的一处宅院前。

宅院看起来极其寻常，且还是京都普通百姓的住宅，沈羲和才想起这辆马车也十分普通。入了宅院内，沈羲和略懂一些奇门遁甲之术，看得出院子里布了阵法。

“郡主记住我的步伐。”萧华雍叮嘱。

墨玉和珍珠都候在入门处。院子里烛火摇曳，沈羲和认真地看着，跟着萧华雍入了宅院内，到了卧室打开了暗室的门，又下了密室。密室里有个抱剑的少年郎笔直地立着，像个人俑。

沈羲和终于见到了与她阿爹齐名的巽王。他被粗重的脚镣锁着，双手也被铁链捆着，发丝有些散乱，身上却干净整洁，只是面色极其苍白，嘴唇泛着一种骇人的紫色。

“伯父。”萧华雍轻唤了一声，语气里还透着一丝尊敬之意。

萧华雍一出现，巽王就盯着萧华雍——他已经“死”了十年之久，早已忘了陛下的诸位皇子的模样，且孩子一天一个样，一时间还真分辨不出面前的男子是何人。

“殿下青出于蓝而胜于蓝，好生厉害。”巽王的声音有些虚弱乏力，但整个人未露出丝毫弱态。

巽王又扫了沈羲和一眼——哪怕沈羲和有着绝色的容颜，巽王也只是看了一眼便收回了目光，眼里甚至没有一丝惊艳之色——活到他这个年岁，美色都是无关紧要的。

“伯父应知晓，侄儿为何要抓你来。”萧华雍并没有表明身份。

巽王轻笑了一声：“殿下无须费神。殿下欲知之事，我半个字都不会吐露。”

“伯父连侄儿许以何物都不愿听一听？”萧华雍也丝毫不见怒容。

巽王说道：“无论如何，你不会允许我活着走出此地。”

“侄儿以为，伯父应不是天真之人。”萧华雍眸色淡然地说道，“伯父见到了侄儿的面，岂有活路可言？”

“既如此，殿下又何须多言？”

萧华雍问道：“伯父是因何冒险入京？”

一直无动于衷的巽王目光闪了闪。

“伯祖母没几日了，侄儿可以让伯父送她最后一程，全一番孝道。”萧华雍说道。

巽王失神了片刻，脸上才浮现一丝无奈而又自嘲的笑容：“殿下，我已经见过阿娘，并与阿娘辞别，殿下不必白费心思。若是念在你我血脉相连的情分上，殿下给我一个痛快，也不枉你唤我这一声‘伯父’。”

“伯父何必如此固执？”萧华雍侧首看向他。

巽王只是低下头，不再言语。

“王爷是在担忧巽王府？”沈羲和忽地开口。

巽王抬头，目光锐利地盯向沈羲和。

沈羲和依然面色淡然：“王爷是担忧私军为我们所知，一旦有异动，陛下定然知晓是王爷走漏了消息，定会对巽王府的人不利。”

“你是何人？”巽王问。

“我？王爷无须知晓我是何人。”沈羲和淡淡地笑了笑，“王爷以为，今日落入我们的手中，在王爷这里我们得不到满意的答复，便不会对萧长风动手？”

巽王微眯着双眸，眼神十分危险。

沈羲和视若无睹：“王爷不惜假死为陛下筹谋，除了想要与西北军一战之外，更多的也是为巽王府的长远做打算。

“当年陛下将此事告知王爷——固然王爷可一死以全傲骨，陛下也不能明着将巽王府的人如何，可巽王府将会名存实亡。陛下不会重用巽王府的人，即便是不刻意打压，亦会有人见风使舵地为难巽王府的人。

“因此王爷只能忍辱负重，假死为陛下组建军队。但王爷亲手训练出来的军队，旁人统御只怕难以服众。若是王爷一死，由萧长风接管军队，巽王和陛下正好各取所需。

“陛下有了军队，萧长风有了兵权，巽王府有了风光。”

巽王仔细打量了沈羲和片刻，忽地低声笑道：“京都果然是养人之地，我离京十年，不承想京都的女郎也如此聪慧。”

他这就是承认了沈羲和的说法，承认了也没什么。巽王又说道：“落入你们之手，我不敢小觑你们之能。

“可长风与我不同。他已经袭爵，是正一品亲王。你们要想对他发难，也要看陛下准不准。

“你们若是妄动，便会在陛下面前暴露。”

顿了顿，他又说道：“长风若是败于你们之手，便是技不如人。身为人父，我能为他铺的路都已经铺完，日后如何，端看他的能耐。”

巽王比他们想象的还要难对付，不愧是战场上风刀霜剑浴血走过来的战王。看他这副模样，萧华雍能对他用的手段只怕都已经用了——他根本刀枪不入，油盐不进。

沈羲和看了萧华雍一眼。碰上巽王这样的硬骨头，她也无法。

“伯父不说也无妨，侄儿便将你与你的几个护卫寻来剖体一看。”萧华雍漫不经心地说道，“这人若是常年生活在一个地方，饮食起居都会在身体里留下痕迹。”

巽王置若罔闻，表情平淡。

“若是查不出什么也无妨。”萧华雍又说道，“侄儿只能用伯父的尸体离间陛下与长风堂兄，就是不知届时陛下是否还信得过长风堂兄？长风堂兄会不会怀疑伯父之死与陛下有关？”

听了这话，沈羲和笑了笑：“殿下，我倒是有一计。”

“哦？你说。”萧华雍颇感兴趣。

“不如将王爷永久囚禁于此，生死不论。”沈羲和目光一转，继续说道，“我有个下属懂推骨之术。我们寻个与王爷体形相像之人，把他打造成王爷的模样，再让如今的巽王在机缘巧合之下遇上这个失忆的‘阿爹’。待他获得殿下的堂兄的信任，不愁我们大事不成。”

“推骨之术？”萧华雍听说过此术。那位传授他易容之术的人说过，易容之术逼真却易被拆穿，推骨之术才是真正的“易容”之术。

一旦有人按照一个模子被塑造出新的样貌，就与这个人永远一模一样。

“你们——”巽王的面色终于沉了下去，他听着他们商讨如何对付巽王府，对付他一手培养出来的嫡长子，分得清哪些是虚张声势，哪些是确实可行。

他们二人绝非在糊弄他！

锦凰 著

下
册

青岛出版集团 | 青岛出版社

第二十一章　乐在其中生欢喜

“王爷铮铮铁骨，不惧严刑拷打，我那些雕虫小技在王爷这等铁血男儿身上也无甚用处。”沈羲和是真的钦佩巽王的毅力，普天之下扛得住萧华雍的折磨的人恐怕屈指可数。

“唯有另寻他法，不瞒王爷，我擅调香，能调出一种迷人神志之香，使人记忆混乱。”沈羲和幽幽地说道，“我将人以推骨之术扮作王爷的模样，再使他记忆混乱，令郎即便再聪颖，只怕也很难辨别真假。”

“何须告知我这些？”巽王冷冷地问道。

“倘若有速决之法，我又何必舍近求远？”沈羲和淡淡地说着，转身间给萧华雍递了一个眼神。

萧华雍唇畔多了一丝别样的笑容。他开口道：“伯父，你无非是为巽王府筹谋。十年前陛下年富力强，十年后侄儿与兄弟们都已经成年，伯父可想过，他日登上皇位之人若是侄儿，堂兄会如何？”

巽王的身子突然一震，他之所以没有立刻自尽，绝了萧华雍的念头，并不是还抱着一丝被营救的奢望，而是不知萧华雍是谁，更不知萧华雍的深浅，想要亲自试探试探。

巽王看着面前这个长相极其俊美的侄儿，对方眼眸银辉凝聚，如渊似海，深不可测，探不到底。对方应当一早就猜出自己心中的隐忧，却并没有直戳痛处，就是要向自己展示他到底有多少能耐和法子，更是要拖延到最后一击即中，绝了自己讨价还价的机会。

“陛下皇子众多，每位都能文能武。殿下手段了得，但也未免过于自信了。”巽王终于松口说道。

“本宫当然自信——本宫是正统嫡出。”萧华雍适时地亮出了身份。

巽王的瞳孔一缩，泛紫的唇微微颤抖着，巽王猜测过对方所有可能的身份，却唯独没有想过对方竟然是皇太子！

陛下的皇太子，人人皆知有这么个人，可人人都不曾将这个人放在心上。

他就像一个隐形人，任何事都令人无法联想到他身上，这种可怕的能力让人不寒而栗。

“今日本宫便给伯父一个选择，是由伯父起头，让堂兄带着巽王府投靠本宫，还是伯父要赌一赌，本宫成为落败者，巽王府能够被保全？”幽闭狭窄的地下密室里，萧华雍轻声说道，语气中没有一丝威胁逼迫之意。

他说得轻轻松松，却自有一股王者的霸道之气。

沈羲和将目光越过摇曳的烛火，落在面前伟岸高大的背影上。

曾有人对她说过，有一种人天生是王者，如何来描绘实在是说不清道不明，他日她若是遇上，自会明白。他举手投足之间气定神闲，握乾坤，掌风云，定生死。

选择忠于陛下，还是暗投萧华雍，巽王陷入了两难的境地中。

沈羲和见到巽王态度有所松动，便说道：“王爷，若是令郎投于殿下，殿下对下素来宽容，自不会立刻动神勇军，令郎亦不会被陛下猜忌与厌弃。殿下登基之前，令郎依然是陛下的心腹；殿下登基之后，令郎亦有拥立之功。”

“哈哈哈……”巽王突然笑出声来，笑声由低渐高，笑到仿佛声嘶力竭才收敛笑意，“太子殿下，康王府被灭，是否由你一手主导？”

“不是，”沈羲和上前一步，“康王府的事是我做的局。”

巽王双眸紧紧地盯着沈羲和，不知何时布满血丝的双眼竟变得阴郁与审视起来。

沈羲和面色坦然：“想来王爷已然知晓我是何人，康王府与我因何不能共存，王爷心中亦有数。我亦知王爷有此一问，是想知晓殿下是否为排除异己丝毫不顾念亲情。

“我能替殿下代为作答——古往今来有几位帝王不是踩着兄弟姊妹的鲜血登上帝位的？”

“殿下亦是如此作想？”巽王不理沈羲和，直视萧华雍。

萧华雍将温和的目光从沈羲和身上挪开：“伯父，侄儿若说不是你信吗？到了此刻，伯父问这些又有何用？侄儿无须骗你，康王府败于呦呦之手，即便呦呦不出手，我亦不会留着康王府。”

“为何……为何你不让康王府投诚？”巽王又问道。

“康王与伯父不同，侄儿看不上他。”萧华雍淡淡地回答。

巽王恍然颔首，忽然仰头，深深地叹了一口气：“多谢殿下垂青，望殿下放过巽王府……”

巽王敛眸，缓缓地垂下头来。

淡淡的血腥之气拂过沈羲和的鼻息，她面色大变地喊道："不好！"

萧华雍闪身上前，却还是晚了一步，巽王咬舌自尽了。

沈羲和眼底闪过一丝疑惑之色，明明巽王已经有所松动，却偏偏在这个时候选择了自尽："这是为何？"

萧华雍轻叹了一口气："是我大意了。"

沈羲和微微一怔："何意？"

"巽王暴露，陛下应当已经派人调离了神勇军。这一点，巽王必然心知肚明。或许，神勇军并非如我们所想的那般由巽王一个人统率。"

因为巽王知晓就算他招出这个地方，也只会是人去楼空，也许还有埋伏等着他们送上门去。

巽王没有把这个地方说出来，是不想萧华雍去送死，所以以此为交换，希望萧华雍放过巽王府。

若非今日萧华雍给巽王展现了绝对的实力，巽王就会送他一道催命符。

"陛下好深的心思。"沈羲和担忧地问道，"会不会陛下早就知晓巽王躲在谢国公府里？"

若是如此，她与萧华雍岂不是暴露了？

"不会。"萧华雍握住沈羲和的手，"若能活，巽王不会选择死路。谢戟应该是他唯一的活路，只不过这条路被……谢韫怀堵上了。"

沈羲和诧异地看了看萧华雍，不知是否是她的错觉，萧华雍在说出"谢韫怀"三个字的时候，语气有点儿不对劲。

"莫用这样的目光看我。"萧华雍抬手挡住她的目光，"我就是吃味儿。我知晓你对谢韫怀无男女之情，他对你……大概也不是男女之情，可我就是吃味儿。我知你定是不喜我这般，觉得我无理取闹，儿女情长。我亦不喜我这般，但难以自持。

"我并非要指责你。我就是想说出来，哪怕你……无动于衷甚至厌烦，我也要说出口。"

沈羲和听他说完，神色淡然："我并未不喜，亦不厌烦。"

她的反应让萧华雍宛如一拳打在棉花上一般无力。他都不知该如何描述此刻的心情，既怕她真的厌烦他，又不愿她如此毫不在意。

他垂下眼睑，轻声说道："呦呦不在意便好……"

沈羲和是个对旁人的情绪变化极其敏感之人。萧华雍的这句话怎么听都有一丝阴阳怪气之意，她不欲去探究他为何会如此，因为这不是要紧之事："对巽王，你当真要寻人剖体吗？"

只要运作得当，这一定能挑起巽王之子萧长风与陛下之间的嫌隙。

萧华雍看向巽王的遗体："伯父这一生为东北殚精竭虑，如今虽与我立场对立，但他的功绩不可磨灭，不应让他死后躯体受辱。"

之前说给巽王听的那些话，他都能做到，但有些事不能做，这是对一个保家卫国的将军应有的尊重。

沈羲和缓缓地扬起嘴角。萧华雍对巽王的尊重，让她更加认可萧华雍的品行了。

"让人将巽王的遗体送到巽王府吧？"

叶落归根，人都盼着死后能入祖坟里，被后世子孙供奉。既然萧华雍要给予巽王尊重，不妨送佛送到西。

萧华雍沉默了片刻后颔首："我派人引萧长风发现巽王的遗体便是。"

沈羲和颔首并未多言，知萧华雍行事不会有疏漏。她转身离开了密室，萧华雍紧随其后。

出了院子，萧华雍抬头看着月已西移，极想邀沈羲和夜游。华灯之下，两个人乘船顺江而行，烹茶一壶，畅聊一番，良辰美景，临江望月，必是刻骨铭心之景。

奈何沈羲和身子并未大好，休眠不足，对身子骨儿损伤极大，萧华雍在心里不由得叹了一声。

"殿下是在思虑神勇军之事吗？"沈羲和侧首，透过月华捕捉到萧华雍眼底一闪而逝的怅然之色。

萧华雍真不敢让她知晓刚才他满脑子只有风花雪月之事，只能含混地应一声："嗯。"

"巽王被殿下逼得现身不足十日。"沈羲和没有上马车，戴上墨玉递来的幕篱，与萧华雍并肩而行，迎着月色缓缓上前，"十日，诸多地方是无法抵达的，不过这是以自京都出发为前提。若是陛下传信给离神勇军驻扎之地不远的将领去知会，就另当别论了。"

萧华雍有心提醒沈羲和早些回去歇息，但又贪恋此刻与她在深夜无人往来的寂静巷道里漫步之美好情景，犹豫了片刻后，看着前面一条狭窄的青石小道，道："陛下在离开狩猎场之际，便派了六位绣衣使出京，我的人追丢了四个。"

赵正颢因为之前的事还在被罚闭门思过，恰好错过此次之事，时也命也，萧华雍不得不叹。

沈羲和听了这话后微微一怔。她从未打消过萧华雍就是华富海假扮者背后的主子这个猜疑，哪怕前面萧甫行的出现，分走了她对萧华雍的大部分猜疑。

心中虽笃定萧甫行是华富海的假扮者，但萧甫行到底是萧华雍的人还是景王萧长彦的人，沈羲和一日没有揭开最后一层面纱，就不会放过任何一个怀疑对象。

这会儿她听了萧华雍的话，对萧华雍的怀疑又减了几分。萧甫行假扮过赵正颢，赵正颢是绣衣使，绣衣使本就只有那么十来个人，这次就被派出去六个混淆视听。

赵正颢即便不在这其中，可他们同为绣衣使，应该也会给自己的主子提供一些有利的线索。否则，萧华雍不至于遍地撒网还跟丢了四个人。

绣衣使是极其隐秘的存在，文武百官都不知哪些人是绣衣使。即便是赵国公都不知赵正颢是绣衣使，董必权能够看到祐宁帝处罚赵正颢，是因为董必权也是陛下的心腹。

因此，绣衣使被责罚也只有极少数人知晓内情。沈羲和本就无法接触祐宁帝的心腹之人，也就更不知赵正颢此刻正被罚闭门思过，才会让萧华雍错过这么一个好时机，从而将怀疑之人更倾向了景王萧长彦。

其实沈羲和也不是没有想过直接问萧华雍，但他们虽然有意联姻，到底还未成婚。尚未成婚便有变数，不在其位，不谋其政，她此刻尚无资格问萧华雍这些事。

沈羲和收敛心神，开口道："殿下，我在想陛下即便派人去传信于心腹然后再去调走神勇军，但是您别忘了，神勇军不是几百个人，如何能够骤然集体撤离，并且不引人注意？"

神勇军都是训练有素之人，只要往人群之中一站，其体态、神情必然与常人大有不同。一两个或许只当是镖客或者江湖游侠，可人数多了，如何能够掩人耳目？

"法子有三：其一是从一座山头挪到另一座山头上，如此就能不惊动任何人。"萧华雍显然早已想过这个问题。

"此法过于铤而走险。"沈羲和觉得以陛下之精明，陛下不会如此草率行事。

萧华雍颔首认同："其二是驻扎之地临江、临海，夜间行船亦不会惊动地方官员。"

这是沈羲和所思考的最好的法子——她也是这样认为的。

如果是这般，那么他们就可以在地图上画出大致的时间所能够抵达的区域范围，再看看这附近临江、临海的地方，何处适宜隐藏军队。即便走水路，神勇军也并非是一两艘船只就能全员转移的，动静也会极大。他们可派人调查附近是否有百姓看到过大量船只出行……

如此排查虽然费时费力，他们却也未必不能寻出一个方向来。

"还有其三。"萧华雍眸中闪烁着些许笑意，"陛下并未将神勇军放在一处。"

沈羲和蹙眉。她是军阀之家的女郎，沈岳山和沈云安讨论兵法、谈论古往今来的战役时，都没有避着她。

"神勇军若是分开训练，日后如何齐心协力？战场之上，兵士若无默契，岂不是一盘散沙？"她道。

陛下花了大把心血，掏空国库组建神勇军，决不会允许这样的事情发生。

"让他们齐心协力，并非需要整日同吃同睡，只需要开始时将他们聚在一起，然后分开，每半年或者一季令他们比武，再一同训练几日便可。"萧华雍比沈羲和更了解陛下。

只要运作得当，譬如从同一个地方征集而来之人感情深厚，将之分到不同之地，训练军官不忘每日传输他们是一体的观念，在没有任何利益冲突之下，他们不但不会生分，反而会被激励得各自奋勇训练，以免被看不见的同乡挚友甚至兄弟比下去。

沈羲和听完这话后不由得暗赞这确实是一个好法子：“因此殿下觉得巽王所知晓的并非全部神勇军所在地？”

“巽王作为总指挥，未必需要亲自出面，即便需要亲自出面，也未必亲自前往。”萧华雍想到陛下的谨慎性子便又说道，“陛下最擅长的便是制衡，一定有人制衡巽王。巽王不会与神勇军住在一处，否则不会赶回京都。”

沈羲和若有所悟地点了点头，觉得这才是陛下的手段高明之处。此时，两个人恰好走出了小巷。巷子外还有深夜摆摊的摊贩，沈羲和就不再与萧华雍并肩步行，而是上了马车。

萧华雍并没有跟上去，而是立在下方含笑温和地看着她：“早些歇息。”

猜想着萧华雍很可能是要去善后，沈羲和微微颔首放下了车帘。

就在车轮即将转动之际，萧华雍又轻唤一声：“呦呦。”

地方立刻拉住马。沈羲和掀开车帘，对萧华雍投去询问的目光。

萧华雍脸上挂着温润的笑，眼底似流淌着春泉般的月光：“再有半个月，我便加冠了。”

沈羲和知晓，举朝上下没有人不知晓皇太子的生辰，尤其是加冠之礼，礼部宗正寺这段时日一直为这事忙碌着，还从独活楼那里采购了不少香料。

沈羲和不明所以，萧华雍为何要特意与她说这事？她届时必然会出席皇太子的加冠礼的。

她的困惑和静待下文的模样，让萧华雍暗自叹了一口气。他果然不能太委婉，于是又说道：“不知可否向呦呦讨要一份别出心裁的生辰礼？”

“别出心裁的生辰礼？”这就让聪慧的沈羲和为难了。

她从未为外人精心准备过生辰礼。

她身边自有为她打理一切事情的大丫鬟。一应礼节回赠都是下面的人拟订好了单子给她过目，她翻阅后酌情删减或者添加即可。

沈云安与沈岳山自然不同，他们的生辰礼，沈羲和都是亲手缝制衣衫或鞋袜，重在心意。这些东西显然不适合她赠予萧华雍这个外男。

“别出心裁。”萧华雍无视沈羲和面上的难色，厚颜地又重复了一遍。

“殿下恕罪，昭宁并无灵巧心思。”沈羲和果断拒绝。不是吝惜，而是她真的没有什么特别的心思。

“如此……”萧华雍貌似思虑了很久，才将心心念念的枕头说出口，“我厚颜向郡主求一个你亲手缝制的平仲叶药枕可否？”

沈羲和迟疑了片刻，枕头虽然被枕在头下，但并不如衣衫、鞋袜这样的东西亲密，也不似香囊、玉佩这类东西寓意着定情。

“听不危提及过郡主所灌平仲叶枕极能安眠。虽然郡主给了灌制之法，可我总觉尚寝局灌出来的并不如不危言及那般奇特。因此我对郡主的药枕格外好奇，竟心成执念。”

萧华雍是成了执念，只不过不是对枕头，而是对沈羲和亲手灌制这点形成了执念。

长这么大，沈羲和从未赠予除父兄以外的男子亲手缝制之物，算起来萧华雍还是第一个吃到她亲手所做的吃食的外男……她总觉得不妥。

“殿下可还有其他想要之物？”沈羲和问道。

她这就是想婉转拒绝。

夜色下，俊美绝伦的少年郎君，温润明亮的目光肉眼可见地黯淡了下去，不过失落之色转瞬即逝：“呦呦做主吧，只要不是随意敷衍之物便可。”

沈羲和发现萧华雍在特别正式或者郑重之时唤她郡主，而在寻常随意之时便唤她的乳名。

也就是说，他真的很想要一个她亲手灌制的药枕。

沈羲和没有应承，只是说道：“昭宁会上心的。”

寿星都已经亲口讨要，兼之萧华雍又相助她良多，若非他是自己选择要嫁与之人，对他应当不会与对谢韫怀差别太大，她少不得要真上心。

沈羲和回到郡主府时，都已经是第二日子时了，盥洗一番后，一夜好眠。

次日沈羲和就在琢磨给萧华雍送什么生辰礼，萧华雍的生辰只剩下半个月，如要筹备就需要立即着手，以免之后手忙脚乱。为此她还把红玉等人都给召集来了。

这可把红玉等人为难坏了——她们真的到现在还不知晓太子殿下在自家郡主心中到底处于什么地位。她们都知晓郡主要嫁给太子殿下，但郡主对太子殿下又好似不那么紧张与看重。

就好似……就好似，郡主一个不高兴，就能把太子殿下给换掉一般。

她们又不敢问，哪里敢出主意啊？

“郡主，婢子们真的不知。”珍珠苦着脸求饶道。

沈羲和自然不会怪罪她们。说实话，她自己都拿不定主意，如何能够怪旁人没主意呢？

“要不，我为他调一种香？”沈羲和试探地问道。

珍珠等几个人面面相觑。

碧玉大着胆子说道："郡主，既然是郡主特制之香，要是殿下用完之后再寻郡主索要，郡主怎好拒绝？"

"把香方赠予他？"沈羲和又说道。

珍珠露出一丝奇怪的笑容："郡主，婢子觉得不妥。"

"何处不妥？"沈羲和不解地问道。

"婢子回来之后问了红玉与碧玉，东宫之人好似都不太得用。"和隔一段时间才经历一次的沈羲和等人不同，珍珠娓娓道来，"郡主给了东宫馄饨馅儿的方子，东宫做出来的馄饨味儿也不对；郡主给了平仲叶药枕的灌制之法，太子殿下亦觉得东宫做出来的名不副实……因此，婢子不得不怀疑，即便郡主给了香方，只怕东宫也调制不出香来。"

要是如此，日后郡主不得被太子殿下赖上一辈子？

和避寒香这种会定期售卖，又是作为谢礼相赠之物不同，这是生辰礼，日后太子殿下索要，郡主不给还不成，否则不就是送了半个生辰礼？

这样听来，沈羲和深以为然地颔首："东宫之人确实不大得用。"

沈羲和倒是没有怀疑问题出在萧华雍身上。她因为自己做不出在外诬蔑自己身边服侍之人的事，便权当萧华雍只对外面办事之人上心，对身侧服侍之人只看忠诚不看能耐。

珍珠垂下眼眸，掩饰她的担忧之色。太子殿下动机不纯，偏郡主在男女之事上又不上心也没有心机，压根儿看不出太子殿下的歪心思。

不过郡主暂时决定要嫁入东宫，过于刚硬不利于日后与太子殿下相处，且太子殿下目前的歪心思都是讨好郡主，想方设法地靠近郡主，珍珠也就不点破了。

"珍珠，你去准备些平仲叶；红玉，你去库房里取一些适合殿下的织锦缎。我便给他缝制一个枕头吧。"思来想去，沈羲和觉得还是枕头比较稳妥。

"郡主，您看这匹可好？"红玉抱来了一匹玄色金银线提花的织锦缎，花纹正是平仲叶。

这样的织锦缎是沈羲和在江南探望小舅之时，江南最大的布行知晓沈羲和的喜好，特意用最好的织布娘子为沈羲和赶制出来的。

其他底色的已经被用来做床罩、被套，唯独这一匹底色较深，沈羲和一直未用。尤其是黑色与金色交织，不太适合寻常人家使用，沈羲和也就将其压在箱子里。

现在这个送给太子殿下倒是最适宜。

沈羲和伸手抚摩织锦缎，光滑细腻，手感厚重，花纹精致："就用它。"

既然萧华雍要她亲手做，从挑选平仲叶、晒叶片、搭配其他药材，到剪裁、缝制，每一个步骤沈羲和都不假他人之手。

这期间步疏林养好了伤，又三天两头地往郡主府里跑。这一日步疏林带了一个精美的盒子送给沈羲和：“今儿陪着臭臭去逛银楼，看到此物，猜想你定会喜欢，就买了下来。”

沈羲和将盒子打开，里面是一柄玉背梳。

背梳是一种发饰，有金、银、玉与象牙等不同材质，深受本朝女郎推崇。自及笄到为人妇，几乎没有哪个女郎不用玉背梳的。

步疏林送给她的玉背梳是由上等白玉制作而成的。梳子的左右两端都有精美的图饰，左边雕刻的是平仲叶图饰，右边雕刻的是展翅欲飞的蝴蝶图饰，中间顶端镶嵌了一颗极大的艳红色宝石。

此物既华贵又精美，拿在手里冰冰凉凉的。沈羲和看着的确喜欢，不由得把玩了起来，摩挲久了，玉背梳不但温热起来，还有极其清淡的香气飘散出来。

沈羲和将玉背梳递给步疏林：“你闻闻。”

步疏林看了看沈羲和的面色，看不出喜怒，凑近闻了闻，却什么味道也没有闻到：“并无异味儿。”

沈羲和又闻了闻：“红玉。”

红玉算是她的几个婢女之中嗅觉最为灵敏之人。红玉双手接过玉背梳，也没有闻出任何香气。

“呦呦，你到底闻到什么了？”步疏林知晓沈羲和的嗅觉极为灵敏。

“是葬香的味道。”沈羲和轻轻地将玉背梳放入盒子里，再无初见时的喜悦之情。

“藏香？”步疏林理解错了这个字，“藏香于人有害？”

不应该啊，藏香是极其珍贵的合成香，里面全是吐蕃及蜀地珍贵的药材，寻常人家还用不起呢。她家大老粗阿爹附庸风雅地买了点儿回来熏，深深地迷恋上其味儿，奈何藏香价高，只能梗着脖子说道：“老子只喜欢男人身上的汗味儿！”

“是陪葬之葬。”沈羲和纠正道。

步疏林瞬间石化，脑子里一片空白：“陪葬之葬？”

看到沈羲和肯定地点头之后，步疏林跳起来，将她一路拿着玉背梳的手狠狠地往衣裳之上擦了擦，犹觉得不舒服，连忙对红玉喊道：“快！快！快！给我备香汤，我要净手！”

红玉一听是葬香，也担心沈羲和沾了晦气，亲自小跑去准备香汤。

“谁这么大胆？！竟然敢卖死人玩意儿给小爷！”步疏林十分焦躁地搓着手，嘴上怒喝着，“小爷不带着金吾卫拆了他的银楼就不姓步！”

沈羲和不信鬼神，也不觉得有多晦气，只是爱干净，总觉得这东西有点儿脏，倒也没有如步疏林那么忌讳，淡淡地看着她：“证据？你要去拆银楼，可有证据？”

葬香是一种陪葬在墓地里的香，与寻常活人用的香通常是一样的材料，只不过墓地阴凉，香料闻起来难免就会有股冷气。这股冷气只有沈羲和能够分辨出来，真要证明这是葬香也不是不可能的，只是无法拿去做证而已。

步疏林噎了噎。是啊，没有证据，这下子她就更怒火冲天了。

红玉带着下人捧着香汤过来，沈羲和用了自己做的香膏，动作优雅缓慢地洗了手。

步疏林将双手浸泡到盆里许久才觉得好受了些，从一旁抓过香膏抹了厚厚一层，清洗了数遍，才觉得干净了，心里也舒服了一些："银楼的掌柜对我说这是他们银楼里的匠人打造的，只此一个。我知你喜欢平仲叶，才买下来，本是想要讨你欢心，却没想到……"说到这里，步疏林气恼不已，抓起盒子就往外走，"这绝对不是小事，有人挖坟掘墓收敛钱财，赚如此丧尽天良之财，我要去寻崔石头！"

崔晋百为人可靠，此事经由他处理再好不过。

步疏林急匆匆地跑到大理寺。大理寺的差役一看到步疏林，老远就往里冲，要把大理寺的大门给关上——步世子来大理寺一准是来祸害崔少卿的！

步疏林也是远远地就看到大理寺的差役要把她拒之门外，立刻纵身而起，足尖在马背上一点，飞弹到大理寺门前，一个旋身便将一只脚伸入即将合上的大门里面，腿一拧，掌一劈，就将大门给推开了。

她轻哼一声，大摇大摆地径直往崔晋百的办公之地走去。

见崔晋百正在吩咐差役办事，步疏林风一般地刮进来，直接冲到近前，抓住崔晋百的手："崔石头，我被人坑害了！我是苦主，你可要为我做主，否则小爷这个大理寺少卿相好的威名岂不成了笑话？"

大理寺少卿相好……的威名？

差役们一个个呆若木鸡，旋即都有些同情地看向他们英明果决的崔少卿。

崔晋百忍着额头上暴起的青筋："你们都下去，按吩咐行事。"

"诺。"差役们纷纷脚底抹油迅速离开。

"何事？"崔晋百面无表情地问道。

"我送郡主之物，竟然是从墓地里被挖出来的！气死小爷了！"步疏林将打开的木盒递到崔晋百面前。

后面的话，崔晋百没听太清楚，满脑子都是"我送郡主之物"。

儿郎赠女郎发饰有求娶结发之意，而梳子更是有许诺相携到老之情！

玉背梳非夫君不可送！

"你竟敢赠郡主此物？！"崔晋百几乎是从齿缝之中挤出了这句话。

沈羲和从不理会这些东西。在她心里，步疏林本就是个女子，闺中好友互送头面、首饰极其平常。因此步疏林要带着此物来寻崔晋百，她只想到了此物的来历，压根儿没有多想其他，更不会知晓步疏林开口第一句话就是"我送郡主之物"。

步疏林却不一样——她都快把浪荡子的行径融入骨髓里了，整日流连花楼，即便是盯上了崔晋百，也没有少了她的风流韵事。她本没有在意，直到被崔晋百点出来，才意识到自己在世人眼里是男儿身。

步疏林轻咳了两声，掩饰道：“我知晓郡主喜平仲叶，今日偶然见到，便买下来……”

不知为何，她莫名地有些心虚。

崔晋百冷着脸说道：“为讨郡主欢心，你当真是无所顾忌，就不怕陛下知晓，连累郡主？”

步疏林素来风流浪荡，以往多有眠花宿柳、流连花楼数日不归的情况。她包了个头牌三年，至今都还护着，即便缠上了崔晋百，也没有断了去花楼的行为，只不过再无留宿之举。多是狐朋狗友相邀，盛情难却，她即使去了花楼也再不让花楼娘子近身。

外面都在传这位步世子改了喜好，开始对崔晋百守身如玉，只有崔晋百知晓自己就是个挡箭牌。他只是不愿去解释，也正好气一气他那父亲和后娘，省得他们拿他的婚事做文章。

早前总是见步疏林三天两头地往郡主府跑，他便有所猜测，步疏林寻上他并不是单纯地不想迎娶公主，而是另外心有所属，这个人便是昭宁郡主。

后来他越发觉得自己所想无误，今日看到步疏林拿着玉背梳告诉他这是赠予昭宁郡主之物，莫名地觉得一股压抑不住的怒意冲上天灵盖。

“嘿嘿，你不说，我不说，陛下怎会知晓？”步疏林嬉皮笑脸地伸手去抚崔晋百的胸膛，欲为他顺气，却被崔晋百抓住手腕狠狠地甩开。步疏林撇了撇嘴：“好……好……好，我的错……我的错，我不该瞒着你送郡主这等物件。我发誓我对郡主并无非分之想。我是将郡主当作妹妹，做兄长的给妹妹送个首饰总不为过吧？”

步疏林这话才让崔晋百面色稍缓。

他用深沉的目光盯了步疏林片刻，似乎在猜测对方所言的虚实。

步疏林挺了挺胸，一脸坦然的表情：“我句句属实！我待郡主就是兄妹之情！”

才怪，可惜她不是真男人，否则定要娶个像沈羲和那样的女人，才不枉来世间走一遭！

不是她无心——是她无能啊！

崔晋百信了她的话，才将玉背梳拿起来端详：“你如何得知它是陪葬之物？”

“我……”步疏林不能将沈羲和嗅觉异于常人之事暴露出来，只说道，“郡主说是，定然就是！”

崔晋百本有些烦步疏林如此将沈羲和之言奉若圣旨，不过仔细一想，或许是沈羲和觉得不好收步疏林的玉背梳，又不好直言相拒，怕伤了步疏林的心，才寻了这么个理由。

“东西留下吧。此物应是本朝所有，我托人打听打听。”崔晋百极其敷衍地说道。

步疏林不满意：“有人挖坟盗墓，你们大理寺就如此不上心？”

“就凭一句这是陪葬之物，我如何向上司交代？如何调派人手去追查？”崔晋百头痛地说道。

步疏林也不是蛮不讲理之人，一把抓起玉背梳：“得了，小爷我去盯着银楼之人！等小爷找到了证据再来寻你，让你师出有名！”

“你……”崔晋百要追上去，可步疏林速度极快，一眨眼的工夫就跑出了院子。

她在月亮门前还回身对崔晋百神秘一笑：“崔石头，你放心，我不会让太子殿下知晓你倾心……”

“郡主”两个字她无声地做了个口型。她说完就哼着小曲背着手走了，完全没有看到她身后的崔晋百发青的脸。

在步疏林看来，崔晋百方才之所以那么气恼，就差没有和她动手，定是因为她送了对男儿而言相赠女郎等同定情之物的玉背梳——崔晋百倾心她家呦呦。

步疏林不免笑道：“真有眼光，只可惜……”

唉，这注定是一场情伤。

这样一想，步疏林又庆幸自己并非男儿身，否则也要如同崔石头这般默默痴爱，又不敢宣之于口了。

“可怜见的……我日后对他好点儿吧……”

步疏林自言自语地离开了大理寺，然后跑到银楼去盯梢。她总觉得这事银楼里的人既然撒了谎，他们定然知晓其来历，银楼里就绝不会只有这么一件不干净之物。

敢硌硬她，骗得她丢人丢到沈羲和面前，这些人都得付出代价！

沈羲和不知步疏林和银楼杠上了，除了去陶府，基本上就是留在府中，看看书、种种花，兴致来了和紫玉琢磨吃食，和红玉研究香料，和碧玉一块儿做做针线活儿，看着随阿喜与珍珠讨论药理，或者驯一驯短命。

以往还有人顾着面子给她下帖，自从发生上几次事情之后，现在人人畏她如虎，她也乐得清闲。

巽王的事情萧华雍安排得很是妥当。在一个完全不惊动旁人的情况下，萧长风发现了巽王的尸体，偷偷将之带回府邸，犹豫再三之后，还是将此事禀明了祐宁帝。

巽王明显是自尽，这说明他没有背主叛君。

“萧长风绝非池中之物。”沈羲和知晓萧长风将父亲的遗体秘密带入宫中后轻叹道。

萧长风此举不但让陛下安了心，透漏消息，更引起了陛下的愧疚感——巽王戎马一生，临到头也没有背叛，还死得如此不体面。最后萧长风经由陛下首肯，将巽王葬入其应入的陵地之内。

“这也说明他是一早就知晓巽王未亡，且在帮助陛下组建神勇军。”珍珠低头说道，“他也的确是神勇军的最佳接手人。”

否则祐宁帝是不会让他知晓这等秘辛之事的。

珍珠又建议：“郡主，我们是否要安排人？”

“美人计？”沈羲和明白珍珠的意思，“我不喜利用女子来达到目的。”

她自己是个女郎，这世道对女郎已经有太多不公之事，她们为何一定要像玉小蝶一般靠出卖身体去换取活着的机会？

女人素来心软，对与之有夫妻之实的男人多少会有些情意，除非这个男子伤害过她。若并未被伤害，要让她在情与忠之间择其一，这何尝不是一件极其残忍之事？

“比起利用女郎，我更喜欢利用儿郎。”沈羲和轻勾嘴角。

一个女人被送到萧长风身边，最多是枕边人。不是每个男人都会对枕边人不设防到随口吐露秘辛之事，但男人对有过命交情的儿郎就不一样了，会赏识重用甚至倾吐心事！

更何况萧长风的父亲刚刚去世，虽然十年前他已经守孝三年，但身为人子沈羲和觉得他未必不会再守一次。即便是不为父亲守，他的祖母也撑不了几日，他也得守孝一年。

这个时候，他怎会轻易为女色动容？

“郡主所言极是。”珍珠忽然发现，她的目光还不够深远，远不及郡主，“婢子这就去寻莫远安排一个人？”

“不，不能用我们的人。”沈羲和否决道。

珍珠错愕地问道：“不用我们的人，如何会为我们做事？”

沈羲和沉思了片刻后，起身去了书房。

珍珠不需要沈羲和吩咐，就开始为沈羲和研墨。待碧玉铺好纸，沈羲和画了幅画像，画上的男子年过而立，面无表情，留着络腮胡。

“卢炳！”这个人只有珍珠认了出来。

这人是两年前她与沈羲和遇到的一个江湖游侠。当时这人受了重伤奄奄一息，珍珠懂医理，在沈羲和的吩咐下为他查看伤势。面对珍珠的无力回天，卢炳希望沈羲和与珍珠能为他收尸，并托付了沈羲和一柄软剑以及他的兵刃。

沈羲和将他安葬后，将软剑送给了沈云安。

至于他的兵刃——双锏——卢炳托沈羲和寻个合适之人相赠，莫要让宝器蒙尘。

沈羲和至今也没有寻到合适之人，以至带着这双锏到了京都。

画完画像之后，沈羲和将画拿去给随阿喜：“我要你推骨出这个人的模样，大概需要多少时日？”

“这要看被推骨之人与他有几分相似，越相似就越容易。”随阿喜回道。

沈羲和早就想要见识一番随阿喜的推骨之术，让莫远带着随阿喜亲自去挑人。

然后，沈羲和又写信给沈云安，让他仔细询问当日为卢炳装殓之人——卢炳身上可有什么胎记？

她要弄出一个“卢炳”送到萧长风身边。面对身手了得、无亲无故、看透江湖险恶且四海为家的游侠，她就不信萧长风不动心！

随阿喜从沈羲和的护卫之中挑出了一个人，说是三个月就能成功。

沈羲和安排好这件事情之后，没有多久就迎来了萧华雍的冠礼。

皇太子的加冠礼极其隆重，要在宗庙里举行，为此礼部还特意将宗庙修葺了一番。

皇太子加冠非比寻常，这不是一场简单的冠礼。太子加冠正如帝王亲政，有了冠礼才能正式触碰权力。

沈羲和原以为这场冠礼一定会出些乱子，也许是萧华雍装得太好，无论是祐宁帝还是诸位皇子，竟然都没想过破坏这一场冠礼。

要知晓，若是萧华雍的冠礼不成，即便祐宁帝突然驾崩，萧华雍顺利登基，因为没有举行冠礼，也只能是个傀儡皇帝——自有大臣以礼法为束缚，名正言顺地架空他的皇权。

玄衣、纁裳九章，五章在衣，四章在裳；白纱中单，革带金钩……冕冠于顶，独属于皇太子才能垂下的白珠九旒，遮住了他的半边脸，让人看不到他眼底的锋芒。

这是沈羲和第一次见到穿正装的萧华雍。他步履稳健，行走间冕冠垂下的白珠轻轻地晃动，华光萦绕，衬得一张略显苍白的脸格外俊美。

这大概也是满朝文武第一次正视皇太子殿下。他们这才发现衮冕加身的皇太子身形修长，面如白玉，皇家嫡子的威仪是其他皇子加冠所不能比拟的。

冠礼的最后环节是大宾为萧华雍取字。皇太子的字自然是陛下才有资格取的，身为大宾的宗正寺卿只不过是转述罢了。

“礼仪既备，令月吉日，昭告你字，曰‘北辰’。”

“北辰”二字一出，让所有人心神为之一震。

《论语·为政》曰：“为政以德，譬如北辰，居其所而众星共之！”

帝王治理天下靠德行，像北辰之星，立于至高无上的地位，使群星环绕。

这是多么高的期望，幸而萧华雍是皇太子，是名正言顺的继承人，否则单是这个字，就足够把他推上风口浪尖。

群臣收敛心神，在心中衡量着陛下要将帝位传给萧华雍的决心。

他们是否当真要开始考虑早早投靠到太子麾下？

就在众人心思浮动之际，萧华雍突然剧烈咳嗽起来，仿佛是因为激动咳嗽得俊脸涨红，最后竟咳得岔气倒了下去。

刚刚有些动摇的朝臣一看皇太子这副模样，立刻将不该有的心思掐死！

萧华雍的动静引起一阵慌乱，祐宁帝也大步走上前扶住萧华雍。

萧华雍吐字艰难，满目感激之情甚至仿佛泛着些许泪光："儿……谢阿爹……赐字！"

"莫要多言。"祐宁帝安抚了萧华雍一句，便高喊："太医令！"

冠礼还有一些结尾流程，譬如萧华雍与诸兄弟见礼——但皇太子已经明显坚持不下去了。陛下用凌厉的目光扫了一眼礼部尚书，礼部尚书立刻宣布冠礼成，明日众人于勤政殿拜皇太子殿下。

按照规矩，皇太子加冠之后，要在朝会大殿蟠龙石阶之下接受满朝文武包括宗亲亲王在内的四拜大礼。

沈羲和看着祐宁帝带着萧华雍回了宫里。她是女眷本不应当来，只能参加晚些时候的宴席。因萧华雍特意相邀，她便着了一袭男装，全程看着他完成冠礼。自此以后，他再不是少年郎，而是真正的男儿！

"郡主，如此堂而皇之地观太子殿下的冠礼，真的丝毫不留退路了吗？"萧长赢紧紧地盯着出来的沈羲和说道。

"原来在烈王殿下眼中昭宁竟是个朝秦暮楚之人？"沈羲和淡淡一笑，"要让殿下失望了，昭宁之心，始终如一。"

昭宁之心，始终如一。

八个字，字字砸入萧长赢的心口中，宛如一根铁杵被重锤一下一下地狠狠敲入他的心房里，疼得他头晕目眩。

"郡主，难道没有看到适才……？"萧长赢掩饰不住沉闷低落的语气开口道。

沈羲和知晓他未说完的话是指什么，是指萧华雍连一个冠礼都坚持不住，是众所周知的早夭之命。

"殿下，太子殿下如何，我心中有数。"沈羲和淡淡地回答道。

萧长赢满心疑惑，染着痛意的双眸费解地凝视着沈羲和："你不介怀？"

沈羲和对他淡淡一笑，并未作答，盈盈行了一礼，无声地离去。

萧长卿是看着萧长赢追着沈羲和出来的，也跟了上去，远远地看着却不曾偷听他们的谈话，只是担心萧长赢冲动之下做出不当之举，要知晓今日是太子冠礼，文武大臣可都看着呢。

直到沈羲和离开之后，萧长卿才走过来拍了拍萧长赢的肩膀："阿弟，若是能放下，便放下吧。"

昭宁郡主的心意已经摆在了明面上，太子殿下特意邀请她来观礼，也是将心思公之于众。

萧长赢垂眸，有些失魂落魄地任由萧长卿带着自己走。萧长赢跟着萧长卿回了信王府，闷头儿灌了一壶酒："阿兄，我想我是放不下了……"

自从上次沈羲和明确地拒绝他后，他也曾尝试过用忙碌来麻痹自己，不去见她，不触碰与她有关之物，不让自己闲下来，本想时日一久，自己或许就能忘记她。

那不就是一个女郎吗？她再独特，难道他竟忘不了？

萧长赢这样告诫自己，这些时日没有她，自己不也活得好好的？他原以为这就是放下了。

狩猎场上听到她遇险后，他也焦急地去寻，并将陛下斩蛇之事抛开，谎称卧病不起，任由他人嘲弄他是惧蛇才躲起来的……可他终究没有寻到她。

他告诉自己，这是他与她无缘。

他想让自己释怀，可见到她出现在太子殿下的冠礼上，才知晓他不过是在自欺欺人罢了。他所谓放下，只是逃避不愿面对而已。

原来一个人真的能住进另一个人的心里，刻骨铭心，无法割舍。

要想将她忘记，要想放过自己，他就得挖掉这颗心。

"放不下，也要学会放下。"萧长卿擦拭着自己的陶埙，低头说道。

"阿兄，你是何时倾心五嫂的？"萧长赢从不曾在哥哥面前提及顾青栀，她活着的时候不曾，她死后这也是第一次正式提到。

曾经他不知何为爱，总觉得哥哥的雄心壮志都被顾青栀磨灭了，若是哥哥不曾遇到这个女人该有多好！

此刻他才明白，有些人相遇就是一眼万年般铭肌镂骨，不相遇则是浮生一梦般抱憾终生。

萧长卿闻言手不由得顿住，随后缓缓地抬手，视线落在风中摇曳的木芙蓉上，神思也随着娇艳的花朵摇摆而飘远。

他是何时倾心的？

是小楼烟雨下远远的一瞥，她一袭素纱迎风而立，眉目淡漠疏离的模样，还是小扣柴扉轻缓拉开，她青丝如瀑手握花灯，抬眸间花容如秋水映月？

在这之前，他就见过她许多次。她都是冷艳如冰雕的人，他很是好奇她是否会笑？

直到那一日，她纵马而来，红衣如血地在风中飞舞，让万丈霞光沦为陪衬。她回眸一笑，他才知晓她笑起来有多美，她的身影自此映入他的眼里，更镌刻于心中。

萧长卿的面容不由得温柔起来，唇畔有了浅浅的笑意，他说道："你问我何时，我却说不上来。"

"是在她退婚前吗？"萧长赢换了一个方式问道。

"嗯。"萧长卿颔首。

“阿兄当时难受吗？”萧长赢又问道。

“难受。”萧长卿垂下眼眸，“想她念她，又听不得她，更听不得她的名字与另一个人的名字一道被提及，每一次都要用尽全力克制，不让自己失态，不让自己冲动。”

“为何不向五嫂表明心意？”

萧长卿低笑一声，无奈地微微摇头：“一厢情愿，不过是徒惹笑话罢了。”

旁人眼里他是天潢贵胄，是人中龙凤，可谢韫怀何尝不是显贵人杰？他凭什么让她悔婚另嫁于他？况且她并不知有他这么个痴傻之人在她看不着之处对她朝思暮想。

“若是当初……谢韫怀不曾悔婚，阿兄就眼睁睁地看着她另嫁他人吗？”萧长赢悄悄地握紧了拳头，绷直了身子。

“不然呢？”萧长卿侧首看向弟弟，波澜不惊的眼中却有锐利的光，“我想过……我想过……”

萧长卿深吸一口长气，抬眼望着灰蒙蒙的苍穹：“我想过谢韫怀死于意外，为此还调查过谢家。我比谢韫怀更早知晓谢国公与袁氏的私情，甚至制订了天衣无缝的计划，让谢韫怀惨死，再揭露谢国公与袁氏的私情，将他们变成替罪羊。”

萧长赢死死地盯着兄长：“为何又放弃了？”

“那一日，我在法华寺里上香，听到她与四嫂闲谈，她不愿嫁入皇家。”萧长卿也不由自主地紧了紧指尖。他至今都记得她的那句话——皇家之妇，于她而言是穷途末路，若要她嫁入皇家，定活不过三年五载。

昔日之言不时在耳旁回响，萧长卿双手微微地颤抖起来。

那时他只当她对皇家的尔虞我诈避之唯恐不及，不承想她自始至终说的都是顾家的命运。她比他看得更远，更明白嫁入皇家，于她而言，就是半只脚踩入了黄泉。

“就因如此？”萧长赢愣怔住了。

“就因如此。”萧长卿颔首，“非她所愿，我若强求，必成怨偶。”

萧长赢动了动嘴，终是将那句“不也仍成了怨偶”的话咽了下去。

阿兄是为了五嫂放弃过的，谁也没有想到谢韫怀会因谢戟与袁氏之事而与谢戟义绝，谁也没有想到谢、顾两家的婚事，因为一个人的亡故，就能作罢。

当年他尚且年少，却也知晓不少人要求娶顾青栀。

后来是阿兄求了陛下，才抱得美人归。

“阿兄……是要我不争不抢。”萧长赢明白萧长卿对他说这些话的意图。

“阿弟，你与我不同。青青没有择婿之权，对婚约或许并不看重。昭宁郡主有选择之权，太子殿下便是她的选择——她很看重这门婚事。”

太子殿下便是她的选择，这对萧长赢而言不啻五雷轰顶，密密匝匝的疼痛感遍布四肢百骸。

“阿兄，太子当真不是装病吗？”萧长赢用克制而又沙哑的声音问道。

“阿兄也不能笃定。”萧长卿思忖片刻后说道，“不过昭宁郡主执意嫁与太子殿下，我倒是觉得太子殿下的身子骨儿或许真不好。”

“为何？”萧长赢不解。

“我未与昭宁郡主接触过几回，但从与她相关的几件事便能看出，昭宁郡主慧黠沉着。她虽常去东宫探望太子殿下，可我从未在她眼里看到对太子殿下的爱意。”

最明显的便是今日，她站在一旁看着太子殿下加冠，全程目光平淡，不曾有丝毫波澜。

这不是伪装的内敛表现，亦不是压抑着情意，而是她当真对太子殿下毫无爱意，否则萧长卿也不会纵容弟弟再去寻沈羲和。

如此说来，昭宁郡主要嫁给太子殿下便不是为了情，婚姻一事不是为情自然就是牟利。

“牟利？”萧长赢不信，“若太子殿下当真活不过三年五载，她嫁与太子，日后谁帮她护西北周全？她一个前太子妃，谁登基又容得下她？”

“若她诞下嫡孙呢？”萧长卿反问了一句。

萧长赢哑然，旋即瞳孔微缩：“你是说她……？”

“是，她所求从不是母仪天下。”萧长卿也是今日才隐隐猜到沈羲和的心思，“若她身为嫡孙之母，即便太子殿下薨了，她的儿子依然比我们更具有继承大统的资格。”

古往今来，正宫嫡出就是尊贵。

“陛下怎会允许流着沈氏一脉之血的人继承大统？”萧长赢觉得沈羲和过于天真。

“阿弟，莫要小瞧女郎。”萧长卿以往也对女郎多有偏见，总觉得女郎娇弱短视，但顾青栀让他明白，一个女郎是有颠覆山河之能的。

“后宫无正宫，陛下立誓不再立后，她若嫁入东宫，想要以太子妃之位代掌六宫，亦是合情合理的。届时整个后宫都落入她的手中，你且瞧着，瞧着她如何治理后宫，如何釜底抽薪……”萧长卿并不觉得沈羲和这般筹谋是在异想天开。

这条路看似曲折艰难，但她一旦走通了，西北再无顾虑，沈氏一族才是真正的赢家。

如此一来，谁也无法动摇她的权力，她即便想要效法女帝，亦不是难事。

这要比她依附男子，即便成了皇后，也要与夫君虚与委蛇要干净利落许多。

萧长赢听了萧长卿的话，整个人都蒙了，愣愣地盯着一处，许久才凄惨一笑：

“原来……原来我输在此处。”

“阿弟，哥哥劝你放下，不是怕你争抢之下反而与昭宁郡主成仇。”萧长卿轻叹了一声，“而是若昭宁郡主的心思当真如我所料，她便是一个不会为世俗之情动容的人。”

萧长卿以为自己遇上顾青栀已经够可叹了，而沈羲和比顾青栀更可怕，更敢想亦更敢筹谋。

他飞蛾扑火一般奔向顾青栀，自以为自己能够打动她，沈羲和比顾青栀更可怕，自己的弟弟更不可能打动得了沈羲和。

秋风沁凉，忽然天空中一声闷雷惊响，沉默了许久的萧长赢问道：“阿兄，你可有争夺帝位之心？”

本要将陶埙举起来吹奏的萧长卿瞬间顿住，若有所思地看向萧长赢：“你想助她？”

萧长赢不语，也未否认。

萧长卿垂首静默了片刻后才开口道：“我曾有心，而如今对那至高无上的位置只有憎恶。”说着，他又看向萧长赢，“你莫要以为我无心帝位，你就可以相助于她。太子殿下即便当真命不长，也绝非等闲之辈。我尚且未曾将他看透，他也未必容得下你的心思。

“另外，你要做好……无怨无悔的准备。”

当年他就是没有参透这点，才会让她到死也不曾对自己动容半分。

人心肉长，会疼会累，会苦会恐，这世间哪儿有无怨无悔地给予，不求丝毫回报的情意？

他不想他唯一的弟弟如他一样，累了、倦了、伤了、痛了，一颗心千疮百孔支离破碎，却感觉不到一丝暖意，在自我厌恶与折磨之中变得面目全非，最后伤了自己也推远了她，一生追悔莫及。

“若能倦了也好……”萧长赢呢喃了一句，抬首又将酒壶里的酒灌入口中。

萧长卿顿了顿，将陶埙凑在唇边，一首柔和的曲子倾泻而出，随风卷起落叶，飘向远方。

萧华雍还不知有人已经在盼着他早死，然后要帮他照顾老婆孩子。他好不容易把祐宁帝和太医令给打发走，迫不及待地问天圆：“呦呦给我送的礼呢？快给我取来！”

那日地方回来，就把殿下亲口索要生辰礼之事用一种见鬼的表情复述给了天圆。天圆用一种嘲笑地方目光短浅、没有见过世面的目光鄙夷了弟弟一把，就留了心。

因他负责对各方送来的贺礼进行过目清点，故特意将郡主府送来的贺礼单独放在了一边。此时听主子有了吩咐，他第一时间便给萧华雍取来了。

礼盒从大到小很大的一摞，给太子的生辰礼肯定不能只送一样，萧华雍扫了一遍，精准地将倒数第三个抽出来，抱到寝榻上去打开，解开绑着的红绸，还深吸了一口气。

萧华雍虽然觉得沈羲和极有可能会在找不到别出心裁的生辰礼的情况下，如他所愿给他缝制一个枕头，但仍担心收不到这个心仪的礼物。他方才看着那些盒子，觉得若她送了枕头，便一定是这个盒子，因为大小差不多。

萧华雍屏息小心翼翼地打开盒子，一个玄色金丝银线提花平仲叶的药枕映入眼帘。

萧华雍眉飞色舞地看着，伸手轻轻地抚上去，冰凉柔软的触感，让他的笑容不由得放大，嘴角都快咧到耳根了。他将药枕抱起来，深吸一口清凉的药香。

萧华雍立即将床榻上的枕头扔一边，仔细轻柔地放好药枕，然后缓缓地躺下去，闭上眼睛鼻息间全是平仲叶和药材的清新香气。萧华雍享受了片刻后，又坐起身将之抱入怀里，露出了温柔而又有些痴傻的笑容。

笑后，萧华雍又露出忧心的神色："枕久了，不就被枕坏了？"

天圆真是害怕萧华雍将这个枕头给供起来："殿下若是不用，郡主知晓了，恐误以为殿下不喜欢。"

萧华雍一想也对，不能让呦呦误会，于是又把药枕轻轻地放回去——他爱惜些便是了。

萧华雍又抿着唇带笑地躺下去，只觉得自己的床榻从未有过地舒适，不过看着白晃晃的窗户，他的笑意又收敛了几分："今儿这夜幕为何迟迟不落下？"

天圆一脸无奈的表情。

"殿下不若小憩片刻？"天圆轻声建议道，"属下给殿下点些避寒香？"

独活楼里的避寒香被萧华雍包圆儿了。沈羲和没有因为避寒香被萧华雍包圆就不供应，还是按照原有的计划供应，仅有萧华雍一个人用，也足够用了。

萧华雍每日穿得厚重，并不全是伪装，若非所需，也会捂出汗来。

他体内的毒春、夏、初秋都还好，一到深秋尤其是寒冬，就会发作得极其厉害，因此十分畏寒。

沈羲和调制的避寒香，比他在其他地方搜罗到的要好，暖意融融，最是适宜他。

"嗯。"萧华雍有些矜持地点了点头应道。

这一觉他从晌午睡到了月上柳梢头，还是被天圆唤醒的。天圆让萧华雍吃些飧，他却摆了摆手，再次躺下，很快就又入了梦乡。

次日，沈羲和带着随阿喜入宫来寻他，就看他精神抖擞地在煮茶，且这茶很香，有股奶味儿。

"殿下又有新茶？"沈羲和发现萧华雍真的很喜欢饮茶。

每次她来，都能在萧华雍这里喝到与外面不同的茶。

“这是我从吐蕃人手中学来的茶。在吐蕃，他们都喜用牛乳入茶，加上少许盐，饮用起来别有一番滋味。”萧华雍差不多刚好将茶煮好，给沈羲和倒了一杯。

不只有吐蕃的茶，还有吐蕃的点心，沈羲和第一次尝试，觉得很是与众不同。总之对她而言，吃点心要比喝茶更好——她不是很喜欢饮茶。

“殿下，先让阿喜给你治一治眼睛吧。”沈羲和入宫就是为这件事。

随阿喜不能单独入宫，而且螫针也不能每日一次，需要五日一次，过密的话，蜂的毒液会伤了萧华雍的身体。

萧华雍治疗需要一个时辰，沈羲和便去了后宫阳陵公主的宫殿里。

阳陵公主不慎染了风寒，恰好在寝殿里休息。沈羲和求见被她推拒后，直接入内。

“昭宁，你真是越来越放肆！”阳陵公主看到冲进来的沈羲和怒斥道。

“公主，昭宁还能更放肆，公主想知晓吗？”沈羲和自顾自地寻了把靠背扶手椅坐下，理了理宽大的水袖，双手交叠轻放于双膝上。

“你！”阳陵公主被气得面色涨红，加之本就患了风寒，于是剧烈地咳嗽起来。

“公主，四公主临死前有些话，昭宁很是费解。”沈羲和没有理会她的咳嗽，而是拖长了尾音，意味深长地说道，“她说——阳陵害我……”

本来已经缓过劲的阳陵公主听了这话后，咳得更猛烈了，眼泪都咳了出来。阳陵公主的侍女立刻喊着“传太医”。

沈羲和并未阻拦，站起身来走到阳陵公主的身后。阳陵公主的宫女要阻拦她，却被碧玉和珍珠一把推开。

沈羲和轻轻地抚着阳陵公主的后背，对阳陵公主露出一丝诡异的浅笑：“公主，你猜我为何知晓四公主临终之言？”

有些事情越想越觉得可怕，长陵公主死得蹊跷，纵使不少人猜测是沈羲和报复，可沈羲和当时失踪，后脑勺儿又有那么大一个包，那可是太医署几位医师都诊断过的，这说明那个时候沈羲和是不可能清醒过来的。

没有沈羲和的吩咐，沈羲和的奴仆怎敢对公主下手？

正因如此才没有人敢传是沈羲和害死长陵公主的。

但这会儿沈羲和竟然说她听到了长陵公主的临终之言，岂不是告知阳陵公主，长陵公主就是她害死的？！

背后的手轻轻地拍着，一股寒气却顺着阳陵公主的尾椎骨蔓延而上，令阳陵公主打了个寒战。

感受到阳陵公主的恐惧，沈羲和凑近她的耳畔，声音轻柔地说道：“公主，被巨蛇活生生地咬死，绝不是昭宁能想出来的最残忍的死法……”

“啊——”剧烈咳嗽的阳陵公主一下子跳起来，尖声叫着扑向自己的宫女。

“郡主，你怎能以下犯上，威吓公主？”阳陵公主的大宫女对沈羲和怒目而视，将阳陵公主护在身后。

“珍珠。”沈羲和淡淡地唤了一声。

珍珠疾步上前，一把抓住宫女，抬手就是一个耳光。

“我见公主咳嗽不止，心中担忧，为公主顺气，你却指责我威吓公主？”沈羲和居高临下地看着被一巴掌扇倒在地的宫女，“你们伺候不好公主，公主心善舍不得责难你们，今儿我就替公主好好地教训你们一番。”

说着，她笑眯眯地看着说不出话来的阳陵公主：“公主应不会介意昭宁越俎代庖一次吧？”

沈羲和那张脸，清水出芙蓉，天然去雕饰，美得清雅绝俗，笑容也温和浅淡，映在阳陵的眼里，却狰狞如夜叉。她的脊骨——方才被沈羲和隔着衣裳触碰的地方，现在仿佛都还附着一股凉气，让她又惊又惧。

沈羲和怎么敢……？她怎么敢对公主下杀手，还做得如此天衣无缝？！

即便阳陵公主此刻喊出去，也没有证据，偏偏沈羲和又不是寻常人，没有证据谁也不敢轻易给她定罪！

这时候外面传来了脚步声，沈羲和明眸一转：“公主好生将养，来日方长，昭宁改日再来探望。”

说完，沈羲和就带着珍珠离开，正好与黄太医丞错身而过。

这段时日，她一直在等着阳陵公主与其背后之人联系，可阳陵公主不知是因为达到了目的，还是不敢再招惹她，抑或是寻不到对她下手的机会，更或许是被长陵公主之死惊吓到，一直躲在自己的寝宫里深居简出，未曾与人联系。

沈羲和不确定阳陵公主背后之人是否就是昭王。尽管昭王嫌疑最大，可她不是个随意出手之人。

既然阳陵公主不愿意出洞，她就打打草，吓一吓阳陵公主，让阳陵公主自己爬出来。

从阳陵公主的寝宫里出来，时辰尚早，沈羲和在回东宫的路上遇上了三公主安陵公主与六公主平陵公主。安陵公主明显眼眶红肿，平陵公主在安抚她。

她们彼此间互相见了礼后，并未拉着说话。长陵公主的事情之后，几位公主对她都发怵，日常举办宴会，也只是象征性地给她发帖子，并不期待她到场。

除了薛瑾乔，就没有一个京都贵女不对她避之不及的。

回到东宫后，沈羲和竟观赏起东宫来。

东宫里种植了许多花草——萧华雍是个充满闲情逸致的人，将东宫中的奇花异草打理得格外令人赏心悦目。沈羲和对此极其喜欢。

她骨子里也是个喜欢养花草之人，只因种种原因，对郡主府并未用心装点。

“这院子里夏日百花齐放，彩蝶翩飞，也是一景。”萧华雍不知何时来到了沈羲和身后。

沈羲和转头，不免又看到环绕在他两眼周围的黑点，饶是见过一次，依然觉得萧华雍这副模样格外喜庆："殿下觉得眼疾可有所改善？"

"自我不辨五色后眼皮时常痉挛，上次螯针之后，有所缓解。"萧华雍如实作答。

这样看来这法子是有效果的，沈羲和也放了心："假以时日，殿下的眼疾定能被治愈。"

"让呦呦挂心了。"萧华雍温和地轻声笑道。

沈羲和："殿下体内的奇毒可有头绪？"

提到此事，萧华雍沉静地看着沈羲和不语。

沈羲和也并未催促，只以为萧华雍是在衡量这等紧要之事要不要与她说。她也并非试探，不过是顺口问一问罢了。萧华雍答与不答，她都不会多心。

萧华雍只是想到了短命，一时间不知该如何说起，静默了片刻后，才说道："我身边有一位民间圣手，想来郡主应该听说过，是令狐拯——令狐先生。这些年来我的身子都是由令狐先生照料，先生为了我体内的奇毒访遍五湖四海，仍未寻到毒之根源。"

沈羲和自然听过令狐拯的名字，盖因沈岳山和沈云安也为沈羲和访遍了名医，只不过白头翁隐匿，令狐拯言手上有病人，原来这个病人是萧华雍。

举凡大能者，必有规矩。令狐拯的规矩便是，手上只要有一个未被治愈的病人，坚决不接纳第二个需要耗费大量精力的病人，只给随手能治之人治病，这是为了令狐家的金字招牌，也是为病人负责。

沈岳山救女心切，却也不能强势坏人家的规矩。

"阿喜擅毒，会竭力救治殿下。"沈羲和不会安慰人，只能诚心诚意地说道。

萧华雍霍然抬眸，眼底光亮灼目，似烈日当空："呦呦要命阿喜为我治毒？"

沈羲和不知他为何这般激动，轻轻颔首。

沈羲和的确是因为萧华雍会英年早逝又是正统嫡出才选择他——换个人即便能英年早逝，她也不会选择。因为只有嫡孙才有资格与庶出的叔伯在礼法上一争高低，才能获得大臣尤其是世家的支持。

比起一个不好掌控、背后势力错综复杂的成年皇子，他们自然更倾向于支持孤苦无依又有嫡出正统身份的年幼皇孙。

但她现在欠着萧华雍的救命之恩。她要把这份恩情还于他，尽心尽力地为他解毒。不能解她也没有违背自己生而为人的处事原则，能解亦不后悔。她至少做到了与萧华雍两不相欠，至于日后，便是各凭手段，能相携到老自然最好。

即便最终他们会拔刀相向也无妨，谁主天下，就看最后鹿死谁手了。

萧华雍却不管沈羲和心中如何想，只知晓在这一刻，沈羲和不是图他短命仍旧愿意嫁给他。这个认知就像一把火，把他的心点燃并蔓延全身，让他整个人都炽热起来。

"呦呦放心，我定会全力解毒。"在广袖之中，萧华雍握紧拳头，抑制住自己心湖中的波澜。

沈羲和对着不知为何就兴奋起来的萧华雍有些莫名其妙。以往她只当萧华雍心思深沉，自从他对自己表明心迹之后，他时常举止宛如稚童。

这让沈羲和有些不适。她心性沉稳，不喜与迟钝欢脱之人往来，并无轻视之意，只是觉得与这类人往来特别倦。

渐渐地，她发现萧华雍好似有稚化的趋势。

沈羲和没有表现出来，但萧华雍异常敏锐，察觉了沈羲和神色不似方才那般愉快，仔细回想了片刻，难道是自己太得意忘形了？

萧华雍轻咳一声，又恢复了温文尔雅、高贵雍容的模样："呦呦方才去了素芳殿？"

"嗯。"她光明正大地去素芳殿，自然是瞒不住宫里人的，萧华雍知晓也正常。

"阳陵何处对你不敬？"萧华雍是极其了解沈羲和的。

她不喜与勋贵世家女郎往来，更不喜与宗室贵女交好，性子独，喜爱清静。若非有事，是不会主动寻任何一个女郎的，哪怕是皇家公主。

沈羲和与几位公主素无相交，突然寻上门定不是答谢——尤其是她刚到没有多久，素芳殿就唤了太医。

想到他对长陵的手段，沈羲和淡淡地回道："心中有些许疑惑，寻了公主解答。"

见她不想自己干预的态度显露得太过明显，萧华雍便不再追问："我带呦呦去看看别处。"

沈羲和很满意萧华雍这一点，聪明机敏，一眼能够看透旁人的心思，且信任和尊重。

她相信萧华雍不刨根问底，便不会背着她私下干预她的事。

这是他对她的隐私的尊重，更是对她的能力的信任。

沈羲和并不喜欢像往年在西北的时候那样，那些人为了讨好自己恨不得自己没手没脚没脑子，什么都要他们代劳才好。

她没有在东宫里逗留太久。皇太子在冠礼次日其实还有诸多事情要做，只不过由于昨儿旧疾发作，一切从简，但再是从简，也有不少事情需要其亲自出面。

"郡主，婢子打听清楚了，开年之后吐蕃要入京求亲。"珍珠上了马车后低声禀告道。

既然看见两位公主情绪不对，珍珠就要探清缘由，以免事情波及郡主。

第二十二章　为他千里寻琼花

“和亲？”沈羲和失声轻笑，“这可真是好戏要登场了。”

京都贵女谁愿意嫁到番邦蛮夷去？然而和亲并不限于公主，陛下也可能将宗室女或者大臣之女加封为公主派去和亲。

无论如何，她可以想见自今儿起京都家有适婚女郎的人家里该有多热闹，只怕媒人都要忙昏头了。而一些家中儿郎高不成低不就的人家也能因此身价大涨，更有头痛家中纨绔子弟一无是处、游手好闲的爹娘，也可以借此将歪瓜裂枣装裱一番，指不定也能讨个好女郎。

女郎嫁给这些儿郎，再差能差过嫁到吐蕃和亲，无人撑腰，吃住不惯，甚至连话都听不懂的地步？

这些事与沈羲和无关。即便宗室权贵家中都无适龄女郎，她也不可能成为和亲之人。因此吐蕃明年开春后要来朝贡并且有和亲意向的消息不胫而走后，最悠闲的便是沈羲和了。

“郡主，五公主伤寒好了之后，依然没有异动。”莫远每日都会将宫中的消息传递给沈羲和，着重传递的是阳陵公主的消息。

“倒是沉得住气。”沈羲和修剪着院子里的花草。

这都过去两日了，阳陵公主竟然好似背后无人指使一般。

不过沈羲和不信那日偶然听到的话毫无根据，琢磨着要给阳陵公主再加一把火。

而此时的阳陵公主在素芳殿里焦急地等待着宫女回来，看到贴身宫女，连忙将她带入屋内：“消息可属实？确定开春之后吐蕃会入京朝贡且请求和亲？”

“公主，消息属实，是从明政殿里传出来的。”宫女回道，“公主，你如何是好？奴婢听闻三公主近来和六公主交好，到时候有荣贵妃帮衬……”

“公主，不如去求……”另一个宫女未说完的话被阳陵公主阴沉的目光堵在了喉咙里。宫女惶恐地低下了头。

“此事不可再提。”阳陵公主沉声叮嘱道，“沈羲和手段阴狠毒辣，连对四姐都下如此毒手，却不直接对我动手，不是有顾忌亦不是她的手伸得不够长，而是留着我做鱼饵，就是想引出……一旦遂了她的愿，我必死无疑！”

阳陵公主虽然胆小，可自小就聪颖，只不过不敢表露罢了，一直靠着逢迎长陵公主才能够维持住公主的体面。沈羲和恐吓她，她是真的怕，却也没有被吓得慌不择路。

“可昭宁郡主不是善茬。她既然怀疑公主，必然不会罢手。”宫女忧心忡忡地说道。

阳陵公主凝眸思忖了片刻，不知想到了什么，目光一定：“为今之计，只有一条活路！”

她吩咐宫女为她梳妆打扮，之后便去了明政殿。

祐宁帝并不是一个合格的父亲。作为帝王，他有太多的事情要做，每日处理朝中大小事宜，若非三省六部得力，怕是连一日的奏折都看不完。因此，他对公主极少关心，也只在皇子身上过问一下功课而已。

公主自有她们的母妃或者抚养她们的宫妃操心，唯有长陵公主，祐宁帝会时常召见，令其陪他用膳，即便是荣贵妃的平陵公主也没有如此殊荣。正因如此，公主们都畏惧祐宁帝，从不私下求见。

因此阳陵公主来求见，祐宁帝很是惊讶，正好今儿心情不错，便大手一挥，让刘三指放阳陵公主进来。

“儿给阿爹请安。”阳陵公主克制住自己的不安情绪，得体地行礼。

“起吧。”祐宁帝语气还算温和，“阳陵今儿怎会想着来寻朕？”

除了定期问安，公主们从不会往他跟前凑。

阳陵公主不敢撒娇卖痴，规规矩矩地开口道：“儿心悦一人，想请阿爹为儿赐婚。”

本朝对女郎的行为举止的要求并不算苛刻，只要不是私订终身，女郎有了倾心之人，主动求父母成全也无伤大雅，反而衬得女郎坦荡与直爽。

阳陵公主的话让祐宁帝轻叹一声，儿女们都长大了：“不知阳陵看上了哪家儿郎？”

祐宁帝心想：既然她敢如此大大方方地求到自己面前来，总不会是拿不出手之人。

阳陵公主捏了捏手绢，心一横，闭眼说道：“儿心悦步世子，想招世子为驸马。”

殿内瞬间变得落针可闻，祐宁帝沉思了片刻后才说道：“阳陵，你想要嫁给何人？”

阳陵公主此时已心跳如擂鼓。虽然摸不清祐宁帝的态度，但开弓没有回头箭，哪怕再无方才的勇气，她还是努力地克制住自己的颤音回道：“儿心悦步世子。”

这是她唯一的活路。

只要陛下给她和步疏林赐婚，以沈羲和与步疏林交好的情况，沈羲和绝不会对她下杀手，否则她死了嫌疑最大的人就是步疏林，这样会将步疏林推至水深火热之境。

她有把握让陛下同意这门婚事。陛下本就有意让步疏林娶公主，只不过步疏林闹出了那件事——陛下虽然不重视公主，却也不会明知对方的品性，还把女儿强嫁过去。因此三公主不愿意，陛下也就打消了这个念头。

他自然也不会因为一个女儿不同意，就嫁另一个女儿，因此绝了令步疏林娶公主的念头。

现在情况不同以往，她是主动求赐婚！

“阳陵，你可知你在说什么？”祐宁帝沉声问道，“步世子的喜好，你可听说过？”

阳陵红了眼睛：“儿知晓，可儿不在意。步世子兴许是一时糊涂，儿听闻此事后也想就此作罢，可始终放不下世子，求阿爹成全。”

说完，阳陵公主又深深叩首。

步疏林是不是真的有龙阳之好没关系，她不求夫妻恩爱，只求好好活着。

她若嫁给了步疏林，步疏林不敢对她下手，沈羲和也不会对她如何，步疏林还得保护她。

日后……日后即便步家不被陛下所容，她是陛下的亲女儿也无忧。步家覆灭，她也能一辈子在她的公主府里享受荣华富贵，再也不会似如今这般随意被人拿捏。

祐宁帝看着跪在下方的阳陵公主，神色喜怒难辨，许久之后才说道：“阳陵，你可要想清楚。”

“儿深思熟虑，不嫁世子，必悔恨此生。”阳陵语气坚定地说道。

“你先下去，朕让你好生想一想。”祐宁帝最终说道。

阳陵张口欲再言，刘三指没有给她这个开口的机会：“公主快回去，这终身大事，须要好生思虑。”

阳陵公主最会看人脸色，明白刘三指这是在提醒她，陛下不想再听她说话，于是应道：“诺。”

等到阳陵公主离开之后，祐宁帝才冷笑一声：“朕有意将和亲的消息放出去，就是看一看他们的反应，没有想到第一个坐不住的竟然是朕的女儿。为了不和亲，她什么都不顾了。”

吐蕃有意和亲，如果没有祐宁帝的默许，怎么会这么早就泄露消息？

祐宁帝想借此试探朝中人的反应，这些滑头，没一个人站出来表态。

“陛下息怒，公主年幼，又是金尊玉贵之人，寻常女郎远嫁尚且忐忑，公主如此乃人之常情。”刘三指连忙安抚祐宁帝。

祐宁帝走下御阶，来到偏殿中，双手负在身后，看着面前的地图，目光直直地落在吐蕃的位置上。

吐蕃左为西北，右为蜀南，若是把吐蕃拿下……

“这一次，朕定不和亲！”祐宁帝目光锐利如隼，却有痛意一闪而逝。

二十年前他初登大宝，处处受人掣肘，只能眼睁睁地看着心爱之人被迫和亲。

这些年来他每每午夜梦回，便会忆起那一日她含泪掰开他的手。

“陛下，妾这一生得遇陛下，受陛下垂青，此生无憾。妾身无长物，恨不能为陛下分忧，如今能为陛下、为我朝百姓尽绵薄之力，是妾之幸。

“陛下莫要伤怀……妾此去再无归期，唯愿陛下安国邦，兴国威，强国力，振国风！

“愿妾乃我朝最后一个和亲之女，汉家女郎再不受和亲之苦！”

泪光似流星一般自祐宁帝的眼里闪过，人人皆以为帝王能随心所欲，他却连一个柔弱的女子都保护不了。

他早已不再是当年那个被宦官、权臣、军阀架空的帝王！二十年来他做到了，日后再不会送汉家女郎和亲，要战便战！

“救命啊，呦呦——”

沈羲和正在沉思着如何再对阳陵公主下手之际，步疏林老远叫着奔了进来。

沈羲和已经能够对她咋咋呼呼的样子做到淡然无视了，连头都没有抬，继续仔细侍弄着自己的花草。

“呦呦！呦呦！”步疏林奔上前来抓住沈羲和的手腕，“阳陵公主疯了，竟然向陛下求赐婚，要嫁给我！”

沈羲和这才停了手上的动作，于树叶间洒下的微光之中抬眸：“嫁给你？”

“是，她要嫁给我！”步疏林被气得腮帮子疼。

这个时候莫远也走了进来，对沈羲和微微颔首。

阳陵公主去请旨赐婚，祐宁帝并未令左右退下，知晓的人不少，很快这消息就在宫里宫外传遍了。莫远也是要过来递消息，远远听到步疏林的话，便对沈羲和确认此消息千真万确。

“我何处露了馅儿？”步疏林想不明白，阳陵公主怎么会突然生了这样的心思？

步疏林和祐宁帝不同，不会觉得阳陵公主是为了躲避和亲才要嫁给她。京都那么多儿郎，能够娶公主的也不少，虽然将公主娶回去就和娶个祖宗一样，但只要公主自己识大体、敬长辈，哪怕婚前驸马不乐意，相处久了也会软化。

阳陵公主不愁找不到人嫁，非要嫁给她这个好男风的浪荡子！步疏林只当是自己何处露了马脚。

“不是你的缘故。”沈羲和短促地哼笑了一声，“她还真是聪明。”

沈羲和万万没有想到，阳陵公主为了保命，竟然玩儿了这么一手。

阳陵公主大张旗鼓地去求赐婚，这个时候沈羲和便不好动阳陵公主了。阳陵公主如若有什么闪失，步疏林即便有十张嘴也说不清——这对步疏林极为不利，即便寻不到证据，陛下只怕也要派绣衣使时刻盯着步疏林。

步疏林要是真男儿也就罢了，可又是假的，禁不起绣衣使整日盯着。

“嗯？”步疏林满脑袋问号，“是否有什么我不知之事？”

沈羲和又低下头修剪起枝叶来：“这事因我而起——你不用理会，我会为你解决。”

“呦呦，你是我的亲妹妹，这世上就你待我最好！”步疏林一脸幸福的表情，压根儿没听到沈羲和的前半句话，只听到沈羲和说会为她解决此事，一下子就往沈羲和身上扑。

步疏林想要抱一抱沈羲和，岂料沈羲和早有防备——沈羲和早已不再是刚入京那个不宜动作的柔弱女郎，脚步一跨，就让步疏林扑了个空，险些一头栽倒。

“呦呦——”步疏林嘟嘴道。

沈羲和将剪子搁在丫鬟捧着的托盘上，转身去净手。步疏林也跟上来，挖了一些沈羲和的香膏，跟着洗了一下手，洗完后忍不住闻了闻自己的手：“呦呦，这香膏与我在独活楼里买的有所不同。”

“这是女儿家用的香膏。”沈羲和淡淡地回答。

步疏林转了转眼珠，看到旁边的针线，竟然是一件襦裙。她拿起一看，白色的裙摆绣着金色的平仲叶，配上湘妃色的上衫和绯色披帛，怎么看怎么好看。

“这是女儿家穿的。”沈羲和从她手上取过襦裙。

步疏林闻言心一梗，说道：“呦呦，你的针线活儿可真好！”

她有记忆以来都是被按照男儿养的，舞刀弄枪不在话下，女儿家该学的技艺却一样都未学过。

“呦呦，这套衣裳赠我可好？”步疏林爱不释手地摸了摸，也不知是什么布料，摸起来光滑冰凉，夏日里穿在身上一定极为舒爽。

“送你压箱底吗？”沈羲和淡淡地瞥了她一眼。

“我穿！我偷偷穿！”步疏林眼巴巴地看着她说道，“我长这么大都没有穿过衣裙，以往也从未对女郎的钗裙动过心思，不知为何就是觉得这身好看，想穿一穿。”

她眼里的热切之情不似作假。她自小从未着过红装，戴过金钗，早将儿郎的身份刻入了骨子里。她不会针凿女红，流血流汗如儿郎一般，可内心应是隐隐痛苦的——就拿习字来说，女郎的娟秀的字体她不能写。

“可以赠你，”沈羲和心软地说道，“收起来，莫要穿。”

步疏林稍有不慎，都是致命的欺君之罪。

步疏林心里一暖，伸手圈住沈羲和的肩膀，轻轻地抱着沈羲和，将头靠在沈羲和的肩头上，眼里有水光泛起：“呦呦，你待我真好！”

她独来独往，遮掩着一个生死攸关的秘密，不敢与任何人深交。她三岁时被送到京都来，每一日都如履薄冰，从未想过有一日能够遇到这样一个人，可以不再伪装，能够有个放下心防、说上一两句真心话的地方。

沈羲和这一次没有躲开，任由步疏林抱着。但沈羲和答应，短命却不答应。它“喵”了一声就纵身朝着步疏林飞来！步疏林可不敢对短命发起攻击，只能闪躲。

步疏林一个闪身站定，就看到短命被沈羲和接住，趴在沈羲和的肩膀上对着自己龇牙咧嘴。

“难怪叫短命这么不讨喜的名字。”步疏林不爽地嘟囔着。

“喵——”短命做出要朝着步疏林奔过去干架的架势，被沈羲和摸了摸脑袋，立刻爪子一软，乖巧得如同一个睡着的婴孩一般趴在沈羲和的肩膀上。

“呦呦，这绝对是一只公猫！”

它如此好色！

“短命是母猫。”沈羲和瞥了步疏林一眼，抱着短命举步往临湖的石桌旁走去，“银楼的事如何了？”

这段时日步疏林都盯着银楼，因其不务正业的形象已然深入人心，也无人理会她。

“你说起这事，我总觉得银楼不简单。我才去第一日，他们似乎就有所察觉，掌柜还亲自来试探我。”步疏林正色道，“之后他们银楼再无动静。”

“是哪家银楼？”沈羲和问道。

“就知道呦呦心疼我……”步疏林扬眉，咧嘴一笑，对上沈羲和不耐烦的目光后，立刻乖乖回道，“斗金银楼。”

“你可以走了。”沈羲和直接下了逐客令。

步疏林一脸不情愿的表情。

“嗯？”沈羲和投给她一个“不想走？”的询问眼神。

“走，我现在就走。”步疏林撇着嘴一步三回头地走了。

“郡主，陛下恐会赐婚。”珍珠觉得对阳陵公主要快些动手。

“你说对阳陵公主求旨赐婚之事，陛下会如何想？”沈羲和将短命放在石桌上，轻轻地摸着它细软的毛。

步疏林的事满京都的人都知，崔晋百也不曾否认，似乎默认了他们俩就是关系匪浅。崔晋百是陛下看好之人，陛下少不得要问他。陛下没有强行给三公主赐婚，定是崔晋百的回答让陛下信了这事。

在这样的情势下，阳陵公主求旨赐婚要嫁给步疏林，又是在这个关口，任何人都会理所当然地觉得阳陵公主是为了逃避和亲。

"此时陛下若是不赐婚，就表明他极有可能让阳陵公主和亲。"沈羲和纳闷儿祐宁帝为何没有立即成全阳陵公主，要知道这是阳陵公主自己愿意之事。

"明儿去一趟东宫。"既然想不明白，她不妨找个了解陛下之人问一问。

正好又到了给萧华雍螯针的日子。

沈羲和等萧华雍螯针之后，开门见山地问道："陛下对和亲一事有何想法？"

"呦呦为何忽然关心起和亲之事来？"

这事和沈羲和无关，且已过了好几日。

思及沈羲和之前的举动，萧华雍问道："与阳陵有关？"

沈羲和不希望他插手阳陵之事，他便没有去调查与琢磨。

"只是觉得此事有些蹊跷。"倒不全是因为阳陵公主的关系，沈羲和说道，"距离开春尚有两个月，和亲消息便被传了出来，陛下竟不担忧扰得百官心绪不宁？"

"陛下不会同意和亲。"萧华雍低声说道。

"不和亲？"沈羲和有些诧异。

"不和亲。"萧华雍笃定地说道，眼里有一丝钦佩之色，"他日我为君，亦不和亲！不纳贡、不退让、不裂土、不和亲！"

沈羲和心神为之一震。本朝和亲之事不少，即便祐宁帝刚登基那几年也有过公主和亲的情况，沈羲和从未想过祐宁帝是这个意思。

"所以，陛下将此消息放出来，是希望百官之中有人站出来提议不和亲？"沈羲和明白了祐宁帝的意图。

和亲在许多人看来是理所当然之事。哪怕是送他们的女儿去和亲，他们对此事也并无多少感触。

大概群臣与她一样，都想不到陛下是不愿意和亲吧。

"只怕无人敢开这个口。"沈羲和轻叹一声。

这一点沈羲和是佩服祐宁帝的，但是文武百官觉得吐蕃千里迢迢来求亲，吐蕃又从属于天朝，若他们嫁一个女儿就能免去一场战事，定不可能为了一个女郎，让两国百姓饱受战乱之苦。不和亲决计不是为大局着想，不管是谁提出来的，必然要激起众怒。

"是因为他们早就忘了何为血性，何为傲骨！"萧华雍讥笑道，"他们口口声声

‘和平共存，不应以一己之私让百姓流离失所’，但在地方上并没有少鱼肉百姓，即便在京都也没有少玩弄权术让弱势之人有苦难言。

“只不过是没有触碰到他们的利益罢了。一旦有什么事触碰到他们的利益，他们便是另一副嘴脸。”

沈羲和默然片刻后才开口道：“其实也怨不得他们。若无国力，君王也不敢轻易做此决断。并不是人人都要气节和傲骨，也许安稳地活着才是他们所求之事。”

一旦两国开战，祐宁帝胜了自然是不世之君，败了就会遗臭万年。

“我一直以为陛下重名胜过一切……”沈羲和道。

“我适才说过，不过是没有触碰到他们的利益罢了。”萧华雍钦佩祐宁帝的决断，却也知晓他为何如此，“你可知晓十九年前，汝南公主和亲之事？

“六年前汝南公主去世了。”

汝南公主是陛下登基以来唯一和亲的公主。她并没有诞下子嗣，而她的去世使得吐蕃平定了内乱，吐蕃这才又起了和亲的心思。

“汝南公主是端肃皇后的堂妹，是陛下此生至爱之人。”萧华雍用平淡的语气告知了沈羲和一个惊天秘密。

沈羲和震惊不已。

“当年陛下想要求娶的并非我阿娘，阴错阳差才不得不娶，这导致他与汝南公主生生错过。后来陛下登基为帝，原以为可以得偿所愿……”萧华雍低笑了一声，“但他高估了帝权，低估了身后这些拥立他之人。”

当年此事闹得沸沸扬扬，陛下险些连刚刚坐上去的帝位都不保，后来是汝南公主主动站出来愿意和亲，这才保全了陛下的帝位。

所以，陛下主张不和亲的根本缘由是当年心爱之人被逼无奈成了和亲公主！

“殿下是如何知晓这些往事的？”沈羲和不解地问道。

十九年前，她眼前的人才刚刚降世，尚在襁褓之中。

“我想知晓之事，莫说十九年前的，即便是二十九年前的也能查清。”萧华雍一手挽袖，给沈羲和换了一杯茶，“呦呦日后有何不解之事，只管问我，我愿成为呦呦的百晓生。”

沈羲和已经能对萧华雍的殷勤对待处之泰然，礼貌地笑了笑：“这世间有何事是殿下不知的？有何事是殿下不能做的？”

萧华雍正准备低头饮茶，听了她之言，茶碗在唇边顿住，眼中流光溢彩，目光含情：“呦呦之心，我不知；欲求呦呦之心，我不能。”

沈羲和微微一怔，旋即笑容略深：“呦呦无心。”

“无妨。”萧华雍似乎料到她会如此作答，依然温柔浅笑，“我有心便可，两个人一颗心，同心同德，当是如此。”

沈羲和无奈地摇了摇头，也不再劝他莫要随时随地撩拨她，以为待他明白她心若磐石，便会知难而退："今日多谢殿下解惑。"

萧华雍将祐宁帝的心思和盘托出，既然祐宁帝无心和亲，自然不会把自己的女儿嫁给一个好男风之人，那她对阳陵公主也就不用急着下手了。

比起阳陵公主这枚棋子，她更想知晓阳陵公主背后的人是谁。

从东宫离开之后，沈羲和没有立刻回郡主府，而是去步疏林说的斗金银楼里走了一遭。

这是京都最大的银楼之一，背后靠着谁暂时不得而知，东家是个洛阳富商，十分会钻营。

银楼里金银玉器琳琅满目，熠熠生辉，夺人眼球。

斗金银楼里跑堂儿的都是魁梧的壮汉，据说还特意雇了镖局的人护航。

"女郎这边请！不知女郎欲购何物？"伶俐的售卖娘子上前招待女客，男客则是由售卖郎招待，也算是得体。

沈羲和戴着幕篱，身边就跟了一个寻常不出门的紫玉，售卖娘子只能通过穿着打扮、行走姿态来判断沈羲和是否富贵。

当瞄到沈羲和压裙的玉珏之后，售卖娘子眼睛一亮，殷勤了几分："女郎不如入内看一看，里间陈列的都是上品，楼上陈列的都是些珍品。"

沈羲和没有理会她。

紫玉说道："我家娘子喜静。"

"是妾多言了。"售卖娘子笑着赔礼，然后静静地跟在沈羲和身后。

沈羲和随意地看了一圈，从外间看到了里间，又到了楼上在待客的单独雅间里落座："素闻斗金银楼匠心独运，色韵古雅，今日一见，名不副实。"

"女郎勿恼，某这便命人取些独特之物。"得了消息的东家挂着笑脸迎了上来。

沈羲和淡淡地"嗯"了一声。

她的高姿态丝毫没有惹得东家恼怒——东家反而更加热切，盖因她垂到腿边的玉珏是由极品美玉雕琢而成，更是大家之品，世无其二，一个玉珏便能抵过半个银楼。

东家端上来的多是玉质饰品，尤以白玉为主。不得不说，东家很懂得琢磨人的喜好。

玉簪流光细腻，华贵而清雅；步摇贯珠缠绕，珠玉金枝共颤。

沈羲和用丝绢相隔拿起几样饰品端详之后，挑了一对步摇，是由粗到细的直长白玉，粗的一头以金丝垂下三根细长的金坠，坠子又衔着玉珠，底部有一个小小的白玉平安扣。

就这一对步摇，要价十金，沈羲和眼睛都不眨地便将其买下了。

“郡主，这东西哪里值十金？”紫玉觉得斗金银楼就是看到她们衣着富贵，才漫天要价。

“这是百年前的物件，如何不值十金？”沈羲和拿着步摇低头端详。

“百年前的物件？”紫玉还未反应过来，“是哪家败家子将家传之物败坏？！”

沈羲和微微一笑不语。

珍珠轻叹了一口气：“这是陪葬之物。”

“啊？”紫玉惊了，“郡主，入了墓里之物不吉，郡主快别拿在手里！”

“吉与不吉，端看压不压得住。”沈羲和不但没有将其丢掉，反而插入发髻之中，一边一个，左右对称，指甲盖大小的平安扣恰好垂在耳垂边，“好看吗？”

“郡主如何都甚美！”珍珠夸赞，并非敷衍，而是心中就是如此认为的。

沈羲和又将这对步摇取下来，放在掌心里：“原以为从墓中出来之物不过寻常一两件，银楼或许也是受人蒙骗，见物件精美才收购，只是来路不明，才推说是银楼里的匠人打造的。”

今日她见到了不少应当是从墓地里挖出来之物，倒不是每个都能够闻到一股冷香。东西都是经过特殊处理的，像上次步疏林赠予她的玉背梳那样残留极多味道的是少数。

只是许多物件看起来都不像本朝盛行之物。沈羲和因为研究香方，没少研究前朝女子的喜好，顺道就看了看，一两件东西倒可能是祖传之物，说是从典当行里收来的也无可厚非。

可东西如此之多，件件都是珍品，就值得人深思了。

“莫远，查一查斗金银楼的东家的身份，这人与谁往来密切。”沈羲和觉得这件事情不简单。

有人大量掘墓，收敛钱财，金银回炉重铸，珠宝散落到各地售卖，可真是一本万利的生意。

那么，什么人敢做这样的事情？这些人掘墓的本事当真如此高绝，至今无人发现，抑或是有人将此事压下去了？

斗金银楼里囤聚如此之多的金银珠宝，难道仅仅是为了图财？

沈羲和的注意力都被斗金银楼吸引过去了，她便将阳陵公主之事搁置了下来。

步疏林过了几日忧心忡忡地跑过来：“呦呦，你说要为我解决此事，到底如何解决？阳陵公主这几日想尽法子堵我。”

自从阳陵公主公开求旨赐婚之后，就锲而不舍地缠上了步疏林，逮着机会就给步疏林送吃食，送荷包，送穿戴之物。要不是顾及对方是公主，步疏林真想将她骗到无人的地方狠狠地揍一顿。

“你急什么？”沈羲和不慌不忙，正在给答应送步疏林的衣裙收尾。

“我再不急，陛下指不定就真的下旨赐婚了！”步疏林双手抱头，焦躁不安。

沈羲和看了她一眼，任由她抓耳挠腮地转悠，不疾不徐地将最后一针收好，埋了线头，取了针，才说道：“陛下不会下旨赐婚的。”

“你为何如此笃定？”不是步疏林不信任沈羲和，实在是兹事体大。

“你要感谢崔少卿。”沈羲和轻笑了一声，“陛下信任崔少卿。崔少卿定然未曾在陛下面前反驳与你之间的事，否则陛下哪儿会这般轻易信你突然好男风？”

“便是信了我好男风，以他对步家的忌惮……

“他之前是好面子，不好将三公主赐婚给我；现在阳陵公主主动缠上我，摆出一副非我不嫁的架势，陛下没有心急火燎地赐婚，就是全了颜面，最终一定会禁不住阳陵公主的‘一片痴情’成全阳陵公主。”

届时她就危险了。

“不会。”沈羲和淡淡地说道，“陛下已然对你起了杀心，就不会再牺牲一个公主。陛下虽无慈父之心，可也还是身为人父。”

“呦呦！”步疏林哭笑不得，“你以为陛下为了天下什么事做不出来？他若有身为人父之心，就不会将顾家女郎嫁与信王殿下。他利用起儿子来都不会心慈手软，更何况是公主？”

“焉知陛下不是在磨砺信王殿下？”沈羲和淡淡地笑了笑。

步疏林怔了怔，认真地想了想，好像真有这个可能。太子殿下体弱注定早逝，日后皇位由谁来继承？陛下未必没有思量过这个问题。以步疏林对诸位皇子的了解，信王和景王无疑是最佳人选。

“若当真如此，信王怕是无缘帝位了。”步疏林说道。

信王自顾家倾倒，顾青栀亡故之后的所作所为，都在明里暗里地和陛下作对。

他终究是过不了这个情关。

想到此处，步疏林不由得费解地问道：“其实都已经牺牲到这个地步了，信王为何不继续假装下去，挺过这一关，成为陛下合格的继承人不好吗？”

“人各有志。”沈羲和不欲继续这个话题，“阳陵公主之事，你无须放在心上。我想从她身后引出一个人——若陛下当真改了主意赐婚，我也会让你们的婚事成不了，且你没有丝毫过错，说不定还能让陛下觉得有愧于你，届时能补偿你一番，让你与蜀南王见一见。”

“当真？”步疏林十分好奇沈羲和要如何做。

对上步疏林探求的目光，沈羲和却笑而不语。

“好，好，好，我信你！我就是烦她缠着我。”步疏林特别讨厌应付女人，尤其是阳陵公主这样自己稍微大声点儿就泫然欲泣的女人。

为何这世间的女郎不能多些像沈羲和与她一样，流血不流泪的呢？

“她若是再缠着你，你就去寻崔少卿。”沈羲和出了主意，眼里有她自己都不知晓的促狭笑意一闪而逝。

“找崔石头？”步疏林摇头，“阳陵公主与三公主不同——她压根儿不在意我好不好男风。我跑到花楼里去，她也豁得出脸面跟着去。”

沈羲和挑眉，还是低估了五公主的惜命程度：“你只管去寻崔少卿，崔少卿定会帮你打发人。”

“崔石头有这么好心？”步疏林觉得不可信，“他怕是看我的笑话还来不及呢！且他素来重规矩，怎会对公主不敬？”

“你若信我，不妨一试。”沈羲和别有深意地笑了笑。

自己虽看不出男女之情，可是上次步疏林说崔晋百倾心她，让她起了疑惑，崔晋百怎么可能对她有情？步疏林缘何如此说？

定是崔晋百有所表现被步疏林误解才会得出这等结论。那日步疏林带她去骑马，崔晋百随萧甫行前来，她便留了心，发现崔晋百待步疏林的确有所不同。

不过沈羲和可以肯定崔晋百没有识破步疏林的女儿身，那这份不同是否因为崔晋百当真有特殊癖好就不得而知了，因此不敢点破。

或许崔晋百只当步疏林是朋友，肝胆相照那种，她贸然胡言，岂不是惹得他们不悦？无论如何崔晋百品行上佳，沈羲和不担忧步疏林会遭暗算，且由他们自行去揭秘吧。

步疏林总觉得沈羲和的笑容里没有多少善意，但又觉得沈羲和不会害她，将信将疑的。

这日不当值，一看到阳陵公主，她撒腿就往大理寺里冲，直接冲到了崔晋百的房间里。

崔晋百正在翻阅卷宗，见到她只是抬了抬眼皮并未理会。

“崔石头，你的情敌来了！”步疏林上前就语出惊人。

崔晋百放下书，问她：“你可知何为情敌？”

“自然，我们俩的关系，京都谁人不知谁人不晓？现在阳陵公主整日缠着我，你们俩不就是情敌了吗？”步疏林一脸“你这都不懂”的鄙夷之色。

“我与你……”崔晋百这个饱读诗书的世家公子真是有口说不清，“皆是你一个人造谣。公主倾心于你，与我何干？”

步疏林惊讶地瞪大眼睛：“你这个过河拆桥的臭男人！用得着我之际，便不予否认，任由外面的人误会，现在好了，没有人逼婚了，你就不管我的死活了？”

崔晋百任由对方指责，又拿起卷宗翻阅。

步疏林被气得瞪他，瞪了好久，见崔晋百都不痛不痒，就赖在这里不走了。她不信阳陵公主还能直接闯进崔晋百的办公之所里。

事实证明，步疏林低估了阳陵公主。

她没有闯进崔晋百的办公之所里，却耗在大理寺里不走了。

大理寺卿都不得不过来陪着，就怕这位金枝玉叶有个闪失。此事严重影响到了大理寺的办公效率，大理寺卿就把崔晋百给叫过去叮嘱了一番，意思是让他把步疏林打发了。

崔晋百听完大理寺卿的叮嘱之后径直往正堂走去，对端坐在一旁的阳陵公主行了个礼："公主殿下，此乃大理寺衙门，是为民请命申冤之地，殿下若无状告，长留于此，致使百姓不敢登门报案，微臣只能上奏陛下，请陛下宽恕大理寺办事不力之罪。"

阳陵公主咬了咬唇。她现在害怕沈羲和，只有时刻跟着步疏林，沈羲和才不敢对她下手："步世子不也留于此地吗？"

"步世子在协助微臣办理一宗案件。"崔晋百一本正经地说道。

阳陵公主对着面无表情的崔晋百有些发怯，自己又理亏，而且也怕闹到祐宁帝面前，只能不甘心地离开。

步疏林扒着门，探出一颗脑袋，看着阳陵公主离开后才站出来环臂靠在门上："啧啧啧，刚正不阿、做人坦诚的崔少卿，也有谎话连篇的时候。"

崔晋百的书童对步疏林的无耻行径都看不下去了，步疏林刚才还说他们四郎过河拆桥，瞧瞧步疏林现在这副嘴脸，也不看看他们家四郎是为谁才说谎的。

崔晋百折身入内，目光沉沉地盯着步疏林。

步疏林被他看得有些心虚，贴着门挪出身子，准备溜之大吉，却被崔晋百一把扣住肩膀。

"崔石头，你干吗？光天化日之下，你把我往屋子里拖？你这么猴儿急？好歹容我沐浴……"

"闭嘴！"崔晋百忍无可忍地冷喝了一声，"你再多言一个字，我便将你扔给五公主。"

步疏林张开嘴，反驳的话已经到了嘴边，立刻用手捂住嘴。

崔晋百将步疏林拖到屋子里，把之前翻阅的卷宗递给她："我并未说谎，你确实要协助我办理此案。"

步疏林偷偷地瞄了卷宗几眼，看到"盗墓"两个字顿时来了兴致，收敛起嬉笑之色。这应该是崔晋百特意搜罗来的情报，是各地卷宗关于盗墓报案的汇总。

不搜罗不知晓，一搜罗崔晋百才发现，自三年前起到现在，各地关于挖坟盗墓的案子竟然比之前三十年的都多，只不过一个地方一两起，没有引起波澜罢了。

有些卷宗上还有报了案又撤案的记录，足可见这帮人有人撑腰并给地方官员施压，这绝对不是一件小事。

步疏林看完就把卷宗合上了，睨着崔晋百不说话。

“虽然公主现下缠着你，但我看陛下也无将公主赐婚于你的心思。此案既是你先发现的，就由你出京彻查再好不过——我一出京，必有人盯上。”崔晋百说道。

没有人会好奇步疏林去何处。

步疏林不语。

崔晋百微皱着剑眉：“我会让陛下应允你出京，你出京也好躲过公主的纠缠。”

步疏林仍然不语。

崔晋百微沉着脸色：“出去避避风头，又能散散心，你常年被困在京都里，难道不想去外面看看？”

步疏林盯着他还是不语。

崔晋百彻底恼了：“你到底是何意？”

步疏林铺开纸，执笔写下一个“可”字。

“你哑了吗？”崔晋百沉眸盯着步疏林。

步疏林不怕死，依然挥毫：“你让我不准多言一个字。”

崔晋百额头上的青筋又开始暴起，吼道：“滚出去！”

“啧，好好一个儿郎，毫无风度，世家子的德容谦恭，你身上可半点儿不见。”步疏林一开口就嘲讽崔晋百，对崔晋百阴沉得犹如暴风骤雨来临前的乌云一般的脸色视若无睹，“你说，你为何突然就对这事上心了？”

步疏林语气戏谑地继续说：“我来寻你之时，你都不当回事，眼见着郡主亲自去了银楼，你就急了，就上心了，啧……”

“滚——”步疏林还未说完，崔晋百抄起桌上的镇纸向步疏林砸了过去！

步疏林被吓得立刻跳开。

深觉自己不厚道，明知崔晋百是单相思，还是注定无疾而终的单相思，还拿这话来刺激他，步疏林好脾气地说道：“别气……别气，我这就走，这就走。”

步疏林走到正门看到阳陵公主的马车竟然还停在外面，顿时脚下一转，又翻墙从侧面逃了。大理寺里的人对这位步世子经常从大理寺翻出去已经见怪不怪了。

不敢在大理寺里逗留，步疏林就去了郡主府。她之所以去寻沈羲和，是因为发现了阳陵公主在什么地方都敢缠着她，花楼都不惧，唯独不敢来郡主府。

想到之前沈羲和的种种战绩，步疏林只当阳陵公主不敢在沈羲和面前造次。

“呦呦，还是你有法子，我去了大理寺，崔石头当真向着我。”步疏林笑得见牙不见眼。

“发生了何事，让你如此欢愉？”沈羲和问道。

“我在崔石头处看到他整理卷宗了，近年来掘墓之人猖獗，这绝非小事。他调了卷宗，指不定已经惊动了人。他不宜离京去调查此事，便想向陛下推荐我去调查。”

虽然她偶尔也装病溜出京都，可哪有光明正大地出去自在？

只要一想到自己就要奔出这个鸟笼子，畅快地飞上一圈，她就恨不能痛饮三千杯美酒来表达喜悦之情。

此事很可能牵涉到某位皇子，即便没有牵涉到皇子，也可能牵涉到朝中某些要臣，而这些要臣极有可能和某位皇子有着千丝万缕的关系，陛下不大可能派遣皇子去调查。

“我还是有些担忧陛下不会允许我去。”要不是崔晋百开的口，步疏林压根儿不抱期望。

“为何不允？”沈羲和问道。

“陛下不怕我半路跑了吗？”步疏林转了转眼珠子，“我先弄个诈死，然后再回王府里复生？”

沈羲和用一言难尽的目光看着她。

步疏林大受打击，不服地辩驳道：“我知晓，我一旦死了，陛下就有理由收了蜀南王府的爵位。我可以让陛下的人对我痛下杀手，然后趁机抓住把柄，看陛下还要不要脸。”

沈羲和抬眼看着天空：“日未落，你倒做起了美梦。”

“呦呦，你总是这般，我会恼的！”步疏林就知晓沈羲和看不上她的谋划。

“我且让你知晓，陛下定会允许你出京都，你也甭做什么局栽赃陛下害你。还妄想抓到把柄，你就好生提防着如何逃过陛下的刺杀，活着回京都吧。”沈羲和冷笑一声。

“他还不死心？”步疏林皱眉。

“死心？”沈羲和轻笑一声，“吐蕃这次来注定空手而归，陛下连巽王都可以牺牲掉，这意味着他的神勇军已羽翼丰满——他有攻打吐蕃之心。

“吐蕃在西北和蜀南之间，他会先用神勇军取代西北或者蜀南，让吐蕃毫无戒备之心。”

“陛下要打吐蕃……”步疏林面色凝重起来，“呦呦，你是如何知晓的？”

“是太子殿下推测的。”沈羲和淡淡地看着她，“西北、蜀南，你觉得陛下会选何处？”

西北和蜀南，这还用选吗？陛下肯定是挑软柿子捏啊！

蜀南能够和西北比吗？

不说二者在领地、兵力等方面的差距，只说蜀南旁边有景王屯兵——若是交趾等国有异动，景王就能稳定后方。

可一旦西北换主帅，突厥必然乘虚而入，本朝却没有其他地方的兵马可以援助。

陛下只要不傻，在二者之间定然会选择对蜀南下手！

“不行，我要传信给阿爹，让他当心。”步疏林坐不住了。

“此刻陛下的双眼紧盯着你，你最好莫要轻举妄动。”沈羲和劝阻她道，“只要你无事，蜀南就不会生变。”

步疏林想了想也是，若是能够直接对蜀南下手，陛下犯不着用她做突破口。

“这事若我所料不错，是崔少卿一手促成的。”沈羲和别有深意地看了她一眼。

步疏林整个人僵住：“你是说，是崔石……崔晋百为陛下促成这个暗杀我的机会？”

她蓦地觉得心口一窒，不知为何闷得慌。

“陛下的命令无人能违抗。”沈羲和淡淡地看着她，“这是陛下对他的试探，对你们之间关系的试探。他自然可以推托，可一旦推托，不仅要失去陛下的信任，且陛下会再对你下杀手。与其如此，他不如应承下此事亲自来安排，如此才能最大程度地确保你的安危。”

眼前就似拨开云雾一般瞬间晴朗起来，步疏林有些小心地问道：“当真如此？”

“无论此事是他故意为之，还是陛下试探他，都只是我的猜测。”沈羲和说道。

步疏林与沈羲和相识也非一两日了，知晓沈羲和若无极大的把握断不会轻易开口：“看来此去我得小心谨慎。”

“我倒有个法子保你一命。”沈羲和说道。

“呦呦！”步疏林拽着沈羲和的水袖边，轻轻地摇晃着，弯眼热切地看着沈羲和。

沈羲和无情地将自己的水袖抽出来：“我很好被打动的，只要利益动人。”

步疏林噘嘴，鼓腮，就差把自己弄成一个青蛙脸：“我阿爹前些日子送信来说，已经为你搜罗了不少龙骨，且一个吐蕃商人手中还有不少。”

“这不是你上次欠我的吗？”沈羲和挑眉说道。

步疏林耷拉着脑袋：“你说吧，你想要什么？”

“蜀南奇花异草颇多，你让人给我搜罗一些。”沈羲和提出要求。

“就如此？！”步疏林有些不相信，这也太简单了。

“我要我未曾见过的稀有花草，不多，三十个不同品种的便足矣。”沈羲和伸出三根纤细的手指。

步疏林立即问道：“能不能慢慢寻？”

一下子找到三十个稀有品种的花草，她怕是不行。

“允你慢慢寻。”沈羲和极其大方。

步疏林立刻又觉得她的呦呦人美心善，是这世间最好的女郎。

一旁的碧玉和珍珠都不忍看步世子的傻样。

“你说有法子保我，是什么法子？”步疏林眨巴着眼睛问道。

“我与你一道去。”沈羲和说道。

步疏林被吓了一跳，就连珍珠等人也是面色一紧。

珍珠连忙开口道：“郡主……”

“此事依你所言，牵扯不小，你即便奉命去查，也未必能有所获。我有御赐金牌，谁也不敢怠慢。”沈羲和仔细分析给她听，“我与你不同，陛下想你死，却不想我们俩一起死……若陛下当真有攻下吐蕃之心，就更不想我有三长两短。”

一旦她有什么意外，陛下就不敢攻打吐蕃了，得担心到时候沈岳山背后偷袭他。

步疏林只是心里很生气：“同是异姓王的子女，我与你的差距为何如此之大？”

陛下巴不得她死，却害怕沈羲和有个闪失。

“哦，我觉得令尊大概也有同样的疑惑。”沈羲和清雅动人地浅浅一笑。

步疏林一时没反应过来，细品一番，才明白她阿爹的疑惑。

前次军费之事她阿爹可不就说过：“同是异姓王之女，你与沈羲和为何差距如此之大呢？”

步疏林心里更生气了。

“郡主，陛下不会允许你出京。”珍珠也不想沈羲和出京。

陛下担忧郡主有闪失，可有人恨不得郡主有闪失，如此就能挑起西北和陛下的争端，趁机浑水摸鱼。

“我会让陛下同意的。”沈羲和轻笑了一声，“出京都保护步世子只是顺手而为，我有旁的缘由。”

顺手而为……步疏林觉得她的一颗心都要千疮百孔了。心知沈羲和才不会在意她心痛不心痛，她垂头丧气地问道：“陛下明摆着要对我下手，如何会让你随我一道去？”

“你先去查你的案，我做我的事。事毕，我再去寻你不就成了？”说着，沈羲和又不怀好意地笑了笑，“不过你可要保护好自己，莫要在我还未到之前就小命不保。”

“哼！你看不起谁呢？”步疏林不乐意地撇了撇嘴。

“行了，你早些回去准备。崔少卿既然提了此事，陛下指派你也不过就这两日的事。”沈羲和挥了挥手。

又没有蹭到饭，步疏林更郁闷了。

心知沈羲和可不理会她是否郁闷，步疏林只能磨磨蹭蹭地走了。

等步疏林走后，珍珠才担忧地问道：“郡主为何要出京？”

随阿喜欲言又止。

沈羲和看了他一眼，才说道：“我想去一趟历阳郡，去寻一种稀有的琼花，这种琼花要在秋末初冬之时才开花。”

“为何要寻此花？”珍珠不解，“派人去寻，郡主若是不放心，婢子亲自带人去一趟也成。”

她就是不想让沈羲和出京。

“这琼花并非年年开花，且娇气至极，若是将它的根移了极易枯萎。你从未见过，如何能判断哪种是我要寻的琼花？又如何能判断它能否开花？”沈羲和语气不容置疑地说，“你放心，我心中有数，定会仔细安排妥当。”

“是什么琼花？”珍珠自幼学医，懂很多医理。

“细叶琼花。”沈羲和说道。

琼花有极多品种，细叶琼花是最稀有的一种。珍珠正要开口，却被沈羲和扫来的目光逼得不得不垂下头。

随阿喜见状，有些自责。他不应该对郡主言及细叶琼花对太子殿下有益。

细叶琼花是那日谈到太子殿下的病情时，他多嘴提到了一句——太子殿下虽然多是假装咳嗽，但其实肺也不好，是被毒伤得最重的器官之一。

细叶琼花可解毒，同时还能润肺，对太子殿下大有裨益。可细叶琼花极少，且琼花只开一瞬，也很难采集，若是未完全绽放时被采摘下来效用要锐减，若是开始败落时被采摘下来亦然，这个尺度很难把握。

周围再没有人比沈羲和更了解百花的习性了，即便是太子殿下都不及。东宫里多奇花异草，但明显草木偏多。

太子加冠之后，就和往日不同了，不能只躲在东宫里。许多事情哪怕明知道太子殿下没有精力处理，没有能力解决，但是东宫属官都要让太子殿下过目，这是规矩。有御史盯着呢，谁也不敢自作主张。

这就导致太子殿下几乎每日都要与负责各种事宜的官员见面，轻易离不了宫。

沈羲和也未曾让随阿喜将这件事情告知太子殿下。

随阿喜知晓这种花，却也未曾接触过。他每隔五日要入宫一次给太子殿下治眼睛，这段时日太子殿下的眼睛好转了些，视物依然不辨颜色，却看得更清晰了。

两日后，祐宁帝果然下密旨让步疏林出京调查盗墓一案。明面上步世子是生了病，得了陛下的恩准在步府里养病。太医会按照陛下的叮嘱，每日定时上门走个过场。

沈羲和等到步疏林离开京都三日之后才入宫，这次没有先去给太后请安，而是去求见了祐宁帝。一听到沈羲和求见，祐宁帝眼皮子一跳。

这丫头除了刚入京第二日来向他请安没有幺蛾子，之后每次求见都无好事。

“昭宁今日来，是遇到了什么难事？”祐宁帝索性直接问道。

“陛下，昭宁想要请旨去一趟临川——昭宁表哥大婚。在临川之时，表哥对昭宁有救命之恩，昭宁也曾应诺要亲自观礼。”沈羲和不疾不徐地说道。

这倒不是借口，三表哥大婚这件事情去年就被定下，沈羲和在临川小舅舅家里的时候，也确实答应要留在临川观礼。哪里知道祐宁帝突然下了一道圣旨，她不得不入京。

祐宁帝听后蹙眉："由此去临川，即便一路畅通无阻，也要半个月才能抵达，你一去一回少则一个月。你年关前及笄，朕答应你阿爹要在京都为你大办一场及笄礼。"

"昭宁多谢陛下疼爱。离昭宁及笄尚且有一个半月，昭宁必会在一个月内归来。"沈羲和语气中透着执拗之意。

"昭宁，入冬了，严寒飘雪，你身子骨儿又弱，朕派内侍去一趟临川，带上你的贺礼，也亲自给新人一些恩赏，就说这是你为新人求来的便是了。"祐宁帝不想沈羲和离京，尤其是在这个关口。

"陛下恩赐，自是无上荣耀，可昭宁亲去是为兑现承诺。昭宁不愿成为言而无信之人。"沈羲和坚持说道，"陛下若是不许，昭宁只得偷跑。"

"你——"祐宁帝真是被她理直气壮地说要偷跑气乐了。

她要是真的偷跑了，他还真没有法子。她又不是入京来做质子的，虽然意思是这么个意思，不过没有摆在明面上来——她就是自由身。她又不像步疏林有官职在身，偷跑了还能被定个渎职之罪。

"当真要去？"祐宁帝沉声问道。

沈羲和坚定地颔首："要去。"

"非去不可？"祐宁帝又问。

"非去不可。"沈羲和仍旧肯定地回答。

祐宁帝看了她许久，见她分毫不让，又怕她真的偷跑，最终轻叹一声："行，朕允许你去，不过随行保护之人由朕安排。"

"昭宁叩谢陛下！"沈羲和欢天喜地地应下。

祐宁帝真的觉得他对自己的亲生女儿都不曾有对沈羲和的宽容。倒不是他有多喜欢沈羲和，而是沈羲和这脾气的确让他头痛得不知如何是好，重不得轻不得。

他就盼着她赶紧及笄然后把她嫁人吧。

一念至此，祐宁帝说道："昭宁，自你入京以来，你阿爹将你的婚事托付给朕，让朕为你寻一门好亲事，你可有喜欢的儿郎？待你及笄之后，朕为你赐婚。"

沈羲和想了想往日在西北时那些女郎见到自己的阿兄时的模样，照葫芦画瓢地做出羞涩状："阿爹说陛下的皇子个个才貌双全，说昭宁是最娇贵的女郎，就要嫁最尊贵的儿郎。昭宁心悦太子殿下，想嫁给太子殿下。"

沈羲和面上娇羞，却浑身别扭，心里更别扭。此刻她还挺佩服萧华雍的，扮何人都能扮得自然而然。

沈羲和自入京以来，就不曾对旁的皇子有笑脸，唯独往东宫去得勤些，不只是祐宁帝，就是文武百官也看得出，沈羲和是奔着萧华雍去的。

听到意料之中的答案，祐宁帝却面无喜怒之色：“太子固然是极好的。昭宁，你可知太子身子骨儿……你为何会心悦太子？”

“不瞒陛下，”沈羲和低声说道，“昭宁倾心太子殿下，正是因为太子殿下体弱。”

“哦？”祐宁帝有些诧异，她还真是直言直语。

“同病相怜罢了。”沈羲和语调之中透着伤感之意，“昭宁亦是体弱之人，亦被断言活不过二十岁，明白太子殿下心中的无奈和认命之情。我与太子殿下大概便是命中注定之人，余下时光互诉平生——我不用为太子殿下的身子骨儿而忌讳，太子殿下亦无须为我日后的日子而隐忧。

“或许……或许，我与太子殿下不能同年同月同日生，却能同年同月同日死。如此说来，百年之后，后世子孙言及我与太子殿下，或许是一段千古佳话。”

两个一样被断言命不长的人，在这云谲波诡的皇权之路上杀出一条血路，最后问鼎至尊，这可不就是千古佳话吗？

祐宁帝不知沈羲和心中所想，不过听着沈羲和的这番话倒是觉得情真意切。

原来她是因为同病相怜从一开始就选择了萧华雍，祐宁帝想。

在长沙郡她救烈王之事，祐宁帝自然知晓。从中祐宁帝也看出沈岳山是希望沈羲和嫁给烈王的，只不过这丫头自个儿不愿意。

如此说来，太子并非沈岳山的选择，而是这丫头自己的选择。

“你去向太子辞别吧。姻缘需要两情相悦，朕问问太子的心思，赐婚也得要你及笄之后。”祐宁帝慈和地笑道。

“昭宁告退。”沈羲和也没有表现得多迫切。

陛下自己也说了，姻缘需要两情相悦，便定不会无缘无故地不经她首肯就将她嫁给旁人。不然她闹起来，只怕陛下都要追悔莫及。

今日她进宫也确实是要向太子辞行，顺便将随阿喜带到东宫里——日后她不在京都，随阿喜不便出入宫中。

沈羲和去给太后请了安以后，才去东宫。一见到萧华雍，沈羲和就能够感受到他的头发丝仿佛都透出愉悦之情。以往他见到她时也是眉开眼笑的，看似并无不同，但她莫名地就觉得他今儿格外欢喜。

“殿下遇上什么喜事了吗？”他太高兴了，高兴得引她忍不住询问。

萧华雍告诉自己要克制，要克制，可是克制不住啊！她对陛下说心悦他！

她心悦他！心悦他！

他脑海里就只有这句话在不断地盘旋！陛下的明政殿里有他的人，且沈羲和求见陛下，陛下也没有刻意屏退左右。这消息不单能传到东宫，很快就能传遍宫里宫外，只不过他知晓得早些罢了。

“咯。”萧华雍矜持地轻咳了一声，“郡主对陛下所言，我都知晓了。”

沈羲和没有想到竟是因为这个，奇怪地看向低着头不好意思看自己的萧华雍。

这不是他们很早就说好的吗？她会向陛下求赐婚。

他难道误以为她方才所言是真心实意？

他浓密的青丝垂落下来，沈羲和看不到他的面容，却能够看到他通红的耳朵。

沈羲和：“殿下……”

“郡主，这是殿下一听说郡主入宫后就命尚食局备下的点心。”沈羲和正要把话说明白，天圆爹着胆子将一盘精美的点心递了上来。

沈羲和瞟了天圆一眼，见天圆依然笑得既恭敬又殷勤。

他知晓郡主要说什么，可他们殿下并不知晓——只是不想知晓、不愿意知晓，就想开心一些，哪怕是自欺欺人亦无妨，开怀便好。

若是郡主把话说明白，殿下连自欺欺人的欢乐都寻不到了，那些冷情的话会像刀子一样刺入殿下的心口中，天圆不忍殿下自己去舔舐伤口。

沈羲和没有坚持给萧华雍泼冷水，而是顺势尝了点心。

“呦呦可是有事？”萧华雍收敛了得意忘形的表情，还是很欣喜。

“殿下的人传话只传一半吗？”

既然他知晓她请旨赐婚，却不知她打算去一趟临川？

不是萧华雍的人传话只传一半，而是他们知晓萧华雍心悦沈羲和，先说了沈羲和请旨赐婚的事，后说了沈羲和要去一趟临川的事。

只不过乍然听到沈羲和请旨赐婚，萧华雍已经心神荡漾到神志不清，根本没有注意后面的话。

萧华雍将疑惑的目光投向天圆。

“殿下，郡主应是来寻殿下辞行的。郡主要去临川，临川刺史嫡长子娶妇。”天圆小声提醒道。

“你要去临川？”萧华雍面色微变，紧张地打量着沈羲和，“你的身子骨儿这才好，如此长途颠簸，又是临冬之际……”

“殿下勿忧，昭宁知晓分寸，”沈羲和微笑道，“此去定会安排妥当。”

“非去不可吗？”萧华雍还是不放心。

“也许……这是昭宁最后一次离京。”沈羲和轻声说道。

归来她就要及笄了。无论陛下是明年就赐婚，还是隔一年再赐婚，她都没有理由再离京。

她的话让萧华雍目光一闪。

他温柔地问道：“呦呦，你日后到底想过怎样的日子？”

不料萧华雍会有此一问，沈羲和一时间竟未反应过来：“日后？”

“是，日后。”萧华雍用明亮的双眸认真地凝视着她，“不计责任，不想身份，只问本心。”

只问本心？

她从未任性过，也不知何为妄为；她从不曾自私过，也不知何为私心。

“昭宁不曾问过本心。”沈羲和微微摇头。

“此刻问，此刻想一想。”萧华雍又说道。

他如此执着。沈羲和抬首静静地望着他，他的眼中有迫切的神色，迫切想知晓她的想法。

沈羲和也未敷衍：“殿下，我来京都之时，路过许多寻常百姓家，看着他们日出而作，日落而息，很是艳羡，但只是一瞬。若不可避免地要过穷困潦倒的生活，我亦会安于平凡，在淡泊之中安然。

“可我生来就锦衣玉食，出入呼奴唤婢，车马相随，从不为衣食住行而烦扰，一掷千金更是随心所欲。我想我羡慕那样与世无争、平淡安然的日子，却过不了那样的日子。”

她也只是个俗人，厌倦的从来都是富贵背后的如履薄冰和尔虞我诈，而不是富贵本身。

有好日子过，谁愿意过粗茶淡饭的日子？

至少她没有这等高尚的情操。

然而，这世间鱼与熊掌不可兼得，若真要让她择其一，她还是喜欢现下的日子，哪怕前路未卜，哪怕胜负难料，哪怕一败就性命难保。

“呦呦无论何时都活得如此明白！”萧华雍有时候羡慕钦佩这样的沈羲和。

他踏遍万水千山，看尽人世百态，太多的人得陇望蜀，永不知足，着眼处尽是旁人的好，回顾自身总想着种种不如意之处，欲活成旁人，却从不看旁人的无奈和艰难。

“活得太明白也不好，人生在世难得糊涂。”沈羲和轻叹一声。

她大概是没有这样的时候。

萧华雍轻笑一声：“只有明白人才能难得糊涂，否则便是永远糊涂。呦呦愿不愿糊涂，只看呦呦心中如何想了。”

沈羲和细细品味萧华雍的话，不由得会心一笑。

要不说她为何就是喜欢与萧华雍畅聊呢。

这世间能够与她聊到一处，思路跟得上她之人屈指可数，即便是沈云安都未必行。

在东宫里逗留了两个时辰后，沈羲和才离开。

萧华雍等沈羲和的背影在视野中消失后，嘴角的笑容就落了下来：“孤记得临川郡守已任满三年了吧？”

“是。”天圆回道。

“想个法子，将人调回来。”萧华雍吩咐道。

这等冒险出京之事，有一次便够了，他不容许有第二次。

“郡主要去临川？”

次日是谢韫怀前来为沈羲和复诊之日，沈羲和要去临川之事宫里宫外的人都已知晓。

“嗯，表哥大婚。”沈羲和今儿不施粉黛，没有描过的眉眼自然舒展，让她看起来多了一丝随性惬意的感觉。

“郡主很是喜悦。”谢韫怀都能感觉到她的开怀心情。

沈羲和轻轻垂眼，面色放松，眼瞳明亮：“舅舅与舅母待我如亲女，我与表哥也是情如亲兄妹。”

再没有比在小舅舅家里的那段日子，更令她开心放松的了。在西北她自是千娇万贵，阿爹与阿兄也是极力腾出时间陪伴她，但在临川小舅舅家里时，有舅母、三表哥、小表哥以及小表弟陪着她，每日都热热闹闹的。因为她不宜多动劳累，明明是生性活泼的儿郎，却偏生将朋友们都搁置在一旁，每日都寻她说话，被她支使得团团转。

她这样笑得纯真而又甜美的模样极少见，谢韫怀说道：“郡主很喜欢临川吧？”

沈羲和认真思忖之后轻轻摇头：“除了西北，何处于我而言皆无不同，不同的只是人。”

她喜欢那里是因为那里有她惦念的人。

“郡主的身子骨儿恢复得极好，脱骨丹应还能吞服六回，郡主服完之后，不可乍然断了滋补之物。我这里配制了一些滋补的药丸，郡主带上。等服用完脱骨丹后，郡主便接着服用它，两日一粒，还是须配合汤药，汤药我也已经重配了。”谢韫怀将一个药箱提上来，打开之后，一样一样地叮嘱沈羲和，“这里面还有些止血药、疗伤药和一些应付水土不服之药……”

顿了顿，谢韫怀指着两个翠绿色的药瓶：“这里面都是毒药，这瓶是剧毒，人服下便能毙命；这瓶人服下要隔两日才会毒发。”

沈羲和有些感动，昨日入宫求旨离京，谢韫怀最快也只能下半晌才能接到消息，这些定然是连夜备下的：“多谢齐大夫！”

谢韫怀整理好自己的药箱：“我可盼着郡主归来时给我带临川的土仪。”

“一定！”沈羲和笑着应允，而后叮嘱道，“齐大夫在京都也要当心。”

“我与国公府早该有个了断，郡主不用为我担忧。”谢韫怀拎起药箱，“郡主也要当心。”

“今日留齐大夫在府中用一餐饯行酒如何？”沈羲和含笑问道。

“我更喜欢接风酒。等郡主归来，我为郡主接风。”谢韫怀婉拒道。

沈羲和也没有勉强，亲自将他送离。

不多时祐宁帝派的人都来了，沈羲和万万没有想到祐宁帝声势浩荡地给她拨了五十名护卫随行护送，其余的就没有多加干涉。

沈羲和准备好了一些贺礼，大舅陶元早在半个月前就带着大表哥和二表哥亲自去了临川，帮忙张罗婚事。

原以为萧华雍也会做点儿事或者给她送点儿人，结果等到次日启程时也没有见到东宫里的任何一个人，沈羲和是没有什么不满或者失落的情绪，倒是对萧华雍满怀期待的红玉，随着马车出城面色就开始不好了——沈羲和看了都忍不住摇头。

离了京都，赶了半日路，一直打盹儿的短命突然“喵”了一声。沈羲和撩开车帘，没有发现任何异动。短命十分躁动，就想往外跑，被沈羲和按住。忽然一大片阴影从她的眼尾一掠而过，沈羲和再次撩开车帘时，就看到了天上的海东青。

“好了，别臭着脸，你的太子殿下来了。”沈羲和转头对红玉说道。

红玉面色一白，“扑通”一声跪下：“郡主，可不能这般吓婢子，太子殿下哪里是婢子的？！婢子就是觉得太子殿下平日里殷勤，郡主要出京，齐大夫都为郡主备下了赠礼，太子殿下却无动于衷，全然没有将郡主放在心上。”

“我又何曾将他放在心上？”沈羲和从不做无理取闹的要求——即便她当真将萧华雍放在心上，也不会要求萧华雍非得事事对她上心。

红玉听了这话后就开始心疼主子，她的主子什么都好，就是对什么事都想得太明白。

到了驿站落脚，沈羲和下马车的时候，一双手伸了过来，供她搭扶着下马车。这双手细长白皙，骨节有力，最重要的是有两根手指头的指甲很短，明显是没有长齐的。

沈羲和顿了顿。一向不用外人搀扶的她将手搭了上去，下马车之际，明显感受到手下的胳膊似乎担心她不稳，用了全力绷直。

“你叫什么名儿？”下车之后，沈羲和收回手问道。

萧华雍故意露出指甲，就是让她认出自己：“卑职武卫羽林长史——滕井。”

“一会儿你到我屋内来，我有些事吩咐你。”沈羲和随口吩咐完，就搭手于胸，举步离去。

“诺。”萧华雍低声应道。

沈羲和在驿站里用了简单的飧后，才进了驿站安排的房间里。这些跟随她而来的护卫，由于没有那么多屋子，只能在外扎营。

沈羲和刚刚坐下没多久，萧华雍就来了。她站起身来要行礼，被萧华雍先一步扶住：“呦呦莫要多礼，我来此无人知晓。”

沈羲和也不坚持。

见珍珠等人连忙行礼，萧华雍摆了摆手，又将怀中一个盒子递给沈羲和：“呦呦此去有些凶险，我虽不愿你去，却不想勉强你。呦呦记住，滕井是可信之人。此物呦呦收好，若是遇险，用它可保命；若是……若是念我，亦可用它传信。”

说完，萧华雍还用隐含期待的目光看着沈羲和。

沈羲和将盒子打开，与其预料的一般，里面是一个似白玉雕琢的哨。其实这哨不是玉雕，是骨雕，只是这纹理，沈羲和认不出是何物的骨头。

“我若是不收，殿下当如何？”沈羲和是真不愿意收下这东西。

“若是呦呦不想海东青护行，我又放心不下，只得一路……贴身相护。”他故意倾身，将最后四个字用只有他们二人听得见的声音在她耳畔吐出。

“殿下今时不同往日，不可再任性妄为。”沈羲和蹙眉。

“呦呦吩咐，我定然听从，可呦呦也得让我安心才是。”萧华雍眉眼含笑地说道。

第二十三章　青丝一缕寄情丝

秋冬交替，寒风呼啸，吹动着驿站的门扉丝毫不停歇地响动着，一如眼前男人的执着一般。

他明明目光温润，笑意温和，看起来十分好说话的样子，但沈羲和知晓他在这件事情上不容商议，只给了她两个选择。

沈羲和将骨哨放入盒子里："我收下了，殿下早日归京吧。"

"我留下来守你一夜，明早便归。"萧华雍说罢，不给沈羲和拒绝的机会，"我不便在此久留，有损呦呦的闺誉。"

萧华雍找了个借口，还做戏做全套地给沈羲和行了个礼后才退下。

也不知是萧华雍安排的，还是领队的中郎将故意讨好沈羲和，夜里在沈羲和门外当值的就是萧华雍。寒风不止，萧华雍畏寒这一点，沈羲和从每次见到他时，他都披着斗篷就看出来了，否则怎会送他避寒香？哪怕她后来知晓他并不是因为体弱，而是因为中毒才畏寒后，依然发现他体质偏寒。

"你退下，我不喜有生人值夜。"沈羲和亲自走出去吩咐道，说完便喊了莫远。

莫远过来将萧华雍请离。萧华雍想说些什么，转头就对上沈羲和清冷的双瞳。他识趣地摸了摸鼻子，将话咽了回去。

他刚转身，沈羲和又吩咐珍珠："你去传话给卫郎将，就说滕井领了我的命令要离队，让他放行。"

萧华雍轻叹一声，知她这是铁了心要将他支走，只好无奈地笑了笑。萧华雍还是决定听她的，不过临走前不由自主地逗弄了她一句："我知呦呦这是心疼我。"

打发了萧华雍以后，沈羲和一夜好眠，次日再上马车的时候，站在面前的人竟是未曾装扮过的他。沈羲和都不知萧华雍为何如此大胆，他就是低眉顺眼地垂着头，竟然也无人过问。难道这些护卫之中，无人识得皇太子，抑或这些人都是他安排的？这可是五十个人，是从不同卫队里抽调出来的，若全是他的人，他就不会告诉她谁是可信之人才对。

沈羲和自然不知萧华雍一直到他们半路休息之际才混进来，他们再次启程之后他又一直跟着马车，中途没有发生任何变故，谁会特意来看在车辕上坐着的人是谁？

等她问及他的姓名时，他就跟着她入了驿站里，然后趁着无人盯着他之际藏起来，又换了比他们先一步到驿站里的真正的滕井出去与同僚说话。直到被派来给她值夜，出现的又是他——利用了一个精妙的替换之法以掩人耳目。

虽然有些大胆，但他也不怕有什么变故。若是有人突然叫住他，他自然有其他应对之法。

“殿下，我们回吧。”地方陪着萧华雍站在山头上看着沈羲和的车队渐行渐远，松了一口气，真的害怕太子殿下突然改变主意要亲自跟着郡主去。

萧华雍是想跟着去的，不是怕自己的心腹有微词，也不是怕东宫里出岔子，而是知晓沈羲和不喜他这般，才只能遗憾地送到此处。

“各地都安排妥当了吗？”萧华雍低声问道。

“殿下放心，属下已经传令下去，沿途他们都会在郡主抵达之前仔细清查，不会让任何魑魅魍魉闹到郡主面前去，以确保郡主来去平安顺畅。”地方肃容回道。

地方在心里感叹：哥哥说郡主是殿下的心头肉、眼珠子，让他们要长点儿心，他之前还不知到底如何才称得上心头肉、眼珠子，此刻终于明白了，千里护行，所过之处强势清扫。

“本宫还是有些放心不下……”萧华雍呢喃道。

只要沈羲和不在他的眼皮底下，不在他触手可及的地方，哪怕安排得再妥当，他总会心中不安。

地方终究还是低估了心头肉的分量！

就在他将心提到嗓子眼儿里，害怕萧华雍追上去的时候，萧华雍终于掉转马头，打马归京。

沈羲和做好了应付各种小鬼的准备，一路上却顺利得不可思议，莫说对她不利之人，就是一点儿需要她拔刀相助的欺行霸市的行为都没有。

原本她需要十五六日才能抵达临川，却只用十二日就抵达了。她是带着陛下的赏赐来的，小舅舅陶成假公济私了一回，身着官服亲自在城门口迎接她。

南方暖和，少见飞雪，不过临川这两日正值阴雨连绵。沈羲和这次来临川与上次不同——这次全城皆知。临川大族争相来递帖、赠礼拜见，沈羲和全部拒之门外。

她有点儿担心步疏林，早就叮嘱过步疏林送信到临川，步疏林比她早离京四五日，况且步疏林去的还是京都之边的都畿道河南府，按理说早就应该安顿好才是。

只可惜她的行程是陛下安排的，出了京都从鄂州直到临川，走的是最近的路，她只能等回程的时候寻个理由，绕过历阳郡再到都畿道河南府。

只是她仍担心步疏林，最终还是取出骨哨，用了萧华雍的海东青传信。不过海东青默认东西都是给萧华雍带去的，所以这封信就先被送到了萧华雍的手里。

萧华雍看了信后脸色就不大好了。

步疏林前脚出京，沈羲和后脚就跟着出去了。尽管她的确是真心实意要去贺表哥大婚之喜，但要说丝毫没有帮扶步疏林的意思，他是不信的。事情被证实之后，他心里自然止不住地感觉酸溜溜的。

"给崔晋百好好找些事，让他没事净出馊主意。"萧华雍将信交出去，让自己的人早日送到步疏林手上。

崔晋百什么时候听陛下的话不好，非要这个时候顺应陛下的意思，给步疏林使绊子来表忠心？依他看，崔晋百说不定早就知晓沈羲和要去临川贺喜，才选择这个恰当时机。

萧华雍心想：崔晋百就是闲的。

天圆默默地为崔晋百念了句"阿弥陀佛"，不敢为其说一句好话，忙不迭地跑出去安排，生怕自己跑慢了，殿下会觉得自己也是闲的。

步疏林自然没有危险。她发现自己一入河南府就被人盯上了，这才不敢贸然给临川送信，担忧自己连累沈羲和。意外地收到沈羲和的信后，步疏林先是一喜，紧接着便说道："这是否有人冒充呦呦？"

不能怪步疏林草木皆兵，实在是这河南府不正常，从刺史到地方县令就没有一个好东西——她走到哪儿都有无数双眼睛盯着。她觉得崔石头以她好掩人耳目为由让她来就是个笑话，哪怕她接的是密旨，也无所遁形。

步疏林自然不知，她实实在在就是一个幌子。陛下故意让步疏林接了密旨然后让人走漏消息，致使人人都盯着这位步世子，而后又另外派了绣衣使来追查此事。

这才是崔晋百献的完整策略。至于陛下要对步疏林下手，这事自然不会对崔晋百明说，只能暗示让崔晋百知晓，看一看崔晋百的反应罢了。因此，陛下会如何对步疏林下手，崔晋百是不知的。

不知也没关系，陛下无外乎派人追杀，或者制造事端，让河南府这边的人对步疏林痛下杀手——崔晋百更偏向于后者。

陛下会让绣衣使寻到证据，然后让河南府这边的人误以为是步疏林拿到了证据，转移注意力。在河南府这边的人追杀步疏林的时候，绣衣使可以全身而退且丝毫不引人怀疑，而证据，已经落入陛下手里。

到时候步疏林就是"因公殉职"，陛下杀了河南府这边的穷凶极恶之徒，也算是给步拓海一个交代。

一箭数雕之计，陛下何乐而不为呢？

“世子，这是从东宫送来的。”金山回道，“属下看到了东宫的令牌，且除了世子与郡主，谁能知晓郡主要助你？即便是太子殿下，若无郡主告知，只怕也是猜疑着不敢定论。”

步疏林听了这话之后才安下心来，立刻兴冲冲地跑过去拿起纸笔回信，还将这几日在河南府淘到的精巧东西给沈羲和送了过去。

不过她的东西按照信上的指示送到地方后，就被退回来了，只剩下一封信。

“我备下的东西为何被退回来？”步疏林皱眉问道。

“说是只给送信。”金山如实作答。

“可我信上说了要给郡主送东西！”步疏林气急败坏道。

“他们说会附上缘由为世子说明。”金山也很无奈。

步疏林来回走了一圈，才冷哼一声：“定是太子殿下忌妒郡主亲近我！”

“世子，属下怀疑……”金山将心中一直有的猜疑说了出来，“太子殿下怕是早知你是……”

否则太子怎会容忍自家世子三天两头地往郡主府跑，还帮着给她们俩递信？

步疏林被吓得后退了两步。她自问隐藏得极好，除了沈羲和因为那老天恩赏的鼻子，从未有人怀疑过她的身份。萧华雍会知晓她的身份，定然不是沈羲和告知的。也就是说，萧华雍是自己知晓的。

完了，完了，她天大的把柄都落在了萧华雍的手上。

“世子莫慌，太子殿下既然早知此事都不曾拆穿，也未曾寻世子挑明或者对蜀南动手，只怕从未想过对世子不利。”金山安抚她道，“且现下太子殿下对郡主另眼相待，又知晓世子与郡主交好，定不会对世子不利。”

“难道我没有脑子吗？这些事我自然知晓。”步疏林气急败坏地说，“我不乐意的是他知晓我的身份后，日后我如何在他面前硬气？”

金山一脸无奈的表情。

恕他直言，即便太子殿下不知世子的把柄，世子对太子殿下也硬气不起来。

沈羲和先收到的是萧华雍情意绵绵的书信——萧华雍是用别的鹰送了步疏林的信后，立即又让海东青将他的信给沈羲和送了过去。

“自你走后，日复一日，总有相思绕心头；山青霞明，天高路遥，无人相约黄昏后；半月不过，日渐消瘦……”

沈羲和只是看了前面几句，就受不了那股毫不掩饰的露骨之词，将信折起来直接放到灯烛上烧了。萧华雍既然知晓她担忧步疏林，还能有这等闲情逸致，那步疏林必然是平安的。

“郡主，信函里还有这个……”珍珠硬着头皮将信函里的一根发丝递了上去。

一根青丝，一根情丝！

自古以来，无论男女都只能给正妻或者丈夫赠发。

萧华雍这样送一根发丝，而且还放在信函内最醒目之处，沈羲和一拆开就能看到。

说他是故意的吧，一根青丝他定然狡辩是写信之时不慎落下的；说他不是故意的吧，他那心思真是司马昭之心，路人皆知！

“一起烧了。”沈羲和冷冷地吩咐道。

珍珠只能将发丝放入信封里将之付之一炬。

然而沈羲和没有想到，自这一日起，萧华雍的书信每日一封，每一封里都会有一根青丝。

“郡主要是在临川多留一段时日，太子殿下也不怕将头发拔光？”红玉都忍不住吐槽道。

不过吐槽归吐槽，她是越来越喜欢太子殿下了。她觉得只有太子殿下这样的人才能让他们郡主多些烟火气，因此越发期待郡主早日嫁入东宫，想看太子殿下如何痴缠他们郡主。

“郡主，我们不回信吗？”

这都已经是第五封信了，每封都被郡主烧了。真不能怪郡主狠心，有一次她不慎瞄到太子殿下的话，就差没被吓晕过去了。

在她眼里，太子殿下是那等清雅至极、雍容华贵、高高在上的神祇，尽管偶尔会在郡主面前挑逗几句，但是绝对不可能说出那等露骨之词——真是轻浮到让她怀疑是有人假冒太子殿下给郡主写的信。

但是沈羲和后面还得指望萧华雍帮她联系步疏林，因此也不好过河拆桥，就只能每日忍耐，可一直不回信似乎也不妥。

“明日就是三表哥大婚，给他送一块喜饼。”沈羲和冷着脸吩咐道。

她发现海东青的速度极快，不用半个时辰，喜饼就能被送到萧华雍的手上，原意是希望他能够明白，她在用吃的堵住他的嘴。

然而当萧华雍收到用手绢包好、裹着油纸的喜饼时，虽然饼已经有些碎了，但看到上面艳红、醒目的“喜”字的那一瞬间，目光还是快柔得能滴出水来了。

“天圆，你看，呦呦送我喜饼。”萧华雍当即将喜饼拿到天圆面前显摆，“我就知晓呦呦是念着我的。”

天圆不知如何接话。

虽然他不太明白郡主为何会回一个喜饼，但知晓肯定不是好的寓意，这……殿下高兴便是了。

“你说呦呦是不是在暗示我该筹备大婚了？”

天圆一语未发。

大婚是一件很轰动之事，尤其是士族，十里红妆更是引人注目。陶勒的妻子是临川大族，其父也是正经的进士出身。只不过他志不在为官，回到临川接手了祖父传下来的学馆，是临川极其有威望的大儒。

沈羲和身份特殊，不能去外面观礼，否则会引得客人拘谨——让婚礼变得不够热闹尽兴，就是她的不是了。陶成和陶元兄弟比起婚礼的热闹，更担心的是人多眼杂，威胁到沈羲和的安危。

耳边鞭炮声连天，即便是在后院里，沈羲和也能够听到起哄叫好声。被这喜庆气氛感染，沈羲和看着枯败的枝头也露出了温柔的笑容。

红玉跑到前面从头看到尾，用心记下画面之后回来对沈羲和一一讲述，权当是沈羲和也全程观了礼。

暮色四合，沈羲和又收到了萧华雍的回信，只有一句话——

“雪向梅枝枝头艳，心慕明月月不见。”

信里依然有一根青丝。

珍珠挺钦佩郡主，面对太子殿下每日示爱的信，竟然能够岿然不动，也没有不耐烦。郡主看到第一封信的时候还有些气恼，之后便都能等闲视之，看完确定没有错漏有关步世子的消息后，就将之付之一炬。

“吩咐下去，后日启程，我要自历阳郡绕道。”沈羲和对珍珠吩咐道。

珍珠抬了抬眉：“诺。”

郡主心里对太子殿下虽然并无情爱，但是应与旁人也有所不同吧。否则以郡主的性子，她是不会为任何人打乱自己的行程的，前几日才说要多留两日才启程，以便等墨玉传来历阳的消息。

只不过这份不同，到底是因太子殿下对郡主有恩，或是郡主已经向陛下表明要嫁太子殿下的心思，还是旁的，珍珠便不得而知了。

次日，新妇给公婆见礼的时候，沈羲和倒是去了。新妇是个长相温婉柔美的女子，言语之时轻声细语，不疾不徐，一股子文雅书卷气，令人顿生好感。

“妾给郡主请……”

“三嫂免礼。”沈羲和亲自扶住她，“我与三表哥是兄妹。”

身份什么的都是做给外人看的。

“北方有佳人，绝世而独立。以前念到此处，总是难以想出是何等风华绝代的美人才担得起这般称赞，今日见了郡主，方觉古人诚不我欺。”李氏轻声赞美沈羲和道。

沈羲和不是喜欢与人互夸的性子，只是微微一笑：“嫂嫂谬赞。”

李氏的眼底依然闪烁着月华晕染般柔美的光，她从婢女手上接过一个雕花紫檀木锦盒：“我不知郡主喜好，问了三郎后选了此物，望郡主喜欢。”

沈羲和接过锦盒，并没有当众打开：“兄嫂相赠，必是可心之物。”

李氏随后还要和陶勒去见族中亲友，只说了晚些时候再寻沈羲和说话，就和陶勒继续见礼去了。

沈羲和回到屋里才打开盒子，是一个极其漂亮的玉镯。

玉是好玉，整体褐色，勾连云纹，雕琢精细。

沈羲和将之拿起来，玉质的冰凉让其心思一动：“取我的香具来。”

红玉立刻将整个箱子拎过来。沈羲和先用加了香料的水浸泡手镯片刻后取出，用干净的巾帕轻轻地擦拭，擦拭了许久，雪白的巾帕之上就有了些褐色的尘屑。沈羲和又用银叶夹将之一点点地夹入旁边的碗中，碗里有水，这些东西入内便缓缓溶解。

沈羲和等它们都溶于水中之后，才端起来闻了闻：“入过墓之物。”

大户人家下葬都十分讲究，为了保护尸身都会放入极多香料，这些香料与活人用的香料并无不同，只是入过墓的香料与活人用的终究不同。

红玉低头闻了闻。这水看着无色，她也没有闻到任何气息。

“你去外面候着，等三表哥与三表嫂归来后，便说我有事与三表嫂说。”沈羲和吩咐红玉。

红玉退下之后，沈羲和望着窗外灰蒙蒙的天空出神。

“郡主，看来这挖坟窃财的勾当，不止在河南府肆虐。”珍珠也有些担忧，这件事情或许比他们所想的牵扯还要大。

“我在想，三表嫂缘何会赠此物给我？”盗墓案牵扯甚广，只怕不比胭脂案小，沈羲和早有准备，思忖的是这只玉勾云纹镯。

她不是昨日才至，来了这么几日，足够李氏准备好见面礼。李家也是大族，李氏是嫡女，嫁妆都有八十六抬，家里难道没有送得出手之物？她非得临时去买一个？且此物来历不明，按照李家谨慎稳妥的家风，李氏也不应该送这个与她。

“这只玉勾云纹镯来历不简单。”一切缘由，都得等李氏来了她才能问明白。

沈羲和午睡起来刚刚梳妆，李氏就带着丫鬟来了。

“表嫂，此物是从何处寻来的？我甚是喜爱，在京都有个小姐妹，欲买一只相赠。”沈羲和将打开的盒子递到李氏面前。

李氏听沈羲和这般说，心里十分高兴：“这是我阿兄得来赠予我的，我觉得独特，才挑选出来赠予郡主，只是独此一个。”

“表嫂的阿兄处可还有别的好物件？”沈羲和又说道，“我来临川之时，答应带些土仪回去赠友。”

“郡主若不弃，我唤我那阿兄带着好物件过来，由郡主挑选可好？”李氏殷勤地说道。

她还未嫁过来前，就知晓陶家只有这么一个女郎，哪怕是外姓，也是陶家的心头肉。她是新妇，自然想和这个表姑子搞好关系。

“那就有劳表嫂了。”沈羲和没有推拒。

待到李氏吩咐下去之后，就留在这里与沈羲和闲聊。沈羲和不着痕迹地套着她的话，越听越发觉得不对劲。

沈羲和原以为李氏的兄长不过是在外淘到此物，可听着李氏的话，她这个读不下去书、只爱钻营的兄长，更像是那挖坟敛财的同伙，而李氏与李氏的父母竟全然不知情。

珍珠也听得面色微变，心知这件事情郡主可不好干预，否则一个不慎，就是离间新妇与表哥的夫妻情分。

“郡主……”

沈羲和淡淡地扫了珍珠一眼，面色如常地对李氏说道：“表嫂的阿兄可惜了经商之才。”

士农工商，虽然陛下登基之后开了恩旨，允诺商贾子弟也能根据科考入仕，但商人地位低下已根深蒂固。李氏的阿兄一心想经商，却碍于李家门楣只得作罢。

李氏也笑着说：“阿兄也时常惋惜，自己无法一展抱负，只能帮家里打理祖产。”

不多时，李氏的阿兄李竞就来了，这不是她的长兄，是她的二哥。

李氏的阿兄长得清瘦高挑十分俊秀，带了两三个仆人，每个仆人都捧着不少匣子——是陶勒领着他们过来的。大舅陶元听闻此事后也跟着过来了，要亲自为沈羲和掌眼。

李竞面对沈羲和时很是圆滑从容，但陶元提到要亲自为沈羲和把关的时候，李竞的笑容明显变得有些勉强。

陶元这些年来浸淫行商，走南闯北，自然目光如炬。他刚开始看着还没有察觉什么，但是看多了发现老物件不是一两件，就皱了皱眉，却没有往深处想，而是叮嘱李竞道：“贤侄，日后收物件莫要图旧，这世间并无那般多不肖子孙落魄到要变卖祖传之物。”

陶元这是委婉提醒李竞，觉得李竞被人蒙骗，才收了这么多可能不干净之物。

其实李竞带来的物件有三十四件，沈羲和粗略地估计了一下不干净之物也就四五件，且还只是猜测，是不是真的不干净尚未验证，只不过陶元经验足才会好心地提醒一句。

“三表哥，你去请小舅来一趟。”沈羲和对陶勒说道。

这件事情她不能袖手旁观，朝廷现在正在彻查这桩案件，日后凡是涉案之人，一个都别想逃。李家和陶家如今是姻亲，现在不将之挑破，等李竞越陷越深，陶家也要吃大亏。

为今之计，只能是陶成发现蹊跷，策反李竞，由李竞戴罪立功，方能让陶家和李家全身而退。

尽管沈羲和面色一直很平淡，但李氏敏锐，总觉得有什么不好之事要发生。

看到李氏忐忑的样子，沈羲和便对她说道："表嫂，此事与你无关。你今日才见公婆，我也不好请李翁来，外人看到了只会传你的闲话。"

新妇过门头一天，夫家就请了新妇的爹娘上门，这要外人如何想李氏？如何想陶家？

沈羲和是个不在乎虚名之人，但仅限于对自己，这个时代容不得人人如她一般恣意。

"郡主……"李氏感谢沈羲和为她着想，但也担忧自己的哥哥，尤其是转头看哥哥面色发紧，心就更是沉入了谷底，"可是阿兄有冒犯之处？"

"令兄确有冒犯之处，不过冒犯的不是我，亦不是活人。"沈羲和淡淡地瞥了李竞一眼。

不是活人……那就是死人。提到死人，他们都懂陪葬物，李氏再看着桌子上的物件，脸色一白，身子一软差点儿栽倒！好在陶勒及时扶住她，握紧了她的手，给她支撑。

房门被敲响，沈羲和让珍珠开门。

红玉将陶成领进来，又关上门，和珍珠一起守在外面。

"小舅舅，半个月前我在京都……"沈羲和将事情的起因大略说了一遍，"此刻步世子已经奉皇命去河南府彻查，陛下极其重视此事。李家阿兄之物，大多来路不正，待到陛下清查至此，李家一世清名必将毁于一旦。"

挖人坟墓，这是何等天理不容之举？！

"阿兄！"李氏尖声叫道，难以置信地盯着自己的哥哥，"你怎能如此糊涂？！"

这事要是让阿爹知晓，阿爹定会将他从族谱上除名，他们一房也将蒙羞，再也无法于族亲面前抬起头。不仅她日后无颜面对夫婿和公婆，她的弟弟妹妹们的婚事也会有碍。

李竞在听到沈羲和挑明此事之际心思百转，想要推说自己并非参与者，只是受人蒙骗收了些旧物罢了。即便是陶成凌厉的目光也未让他动摇，但面对妹妹含泪的眼眸却羞愧地垂了首。

原本还有一丝期待之心的李氏见此，承受不住晕倒在丈夫的怀里。

"三郎，带你媳妇下去。"陶成沉声吩咐道。

屋子里只剩下沈羲和、陶家两兄弟和李竞。

“二郎，这事你如实说来，悬崖勒马，回头是岸。”陶成劝说道。

于公陶成是刺史，这样的事情发生在临川，是他的职责所在。

于私李、陶两家现在是姻亲关系，他也不能不谨慎处置。

“世叔，此事乃我一人所为，家中无人知晓。”李竞“扑通”一声跪下，“还望世叔莫要对爹娘言及，我明日便归家自尽。”

他也想在这里一死了之，可这会让李、陶两家成仇，破坏妹妹的大好姻缘。

“你若是当真行这等有伤天和之事，确实罪不可赦。但男儿在世，顶天立地，不畏行差踏错，畏知错而不改，错而不见。”陶成语重心长地说道，“你老畏罪自尽，便是逃避错举。你既然知错了，首要是如何抵过，而非一错到底。”

李竞明白陶成的意思，眼底先是燃起了一丝光亮，旋即就黯淡下去：“世叔，这帮人穷凶极恶，我若非受迫，如何会堕落至此？”

李竞好歹出身于书香门第，读着圣贤书长大，如何能不知挖坟敛财是多么伤天害理之事？

可他错信友人，一脚踏进去，再无回头路。

“侄儿目睹了他们对叛逃之人屠害其至亲……”李竞说着泣不成声。

“你以为你一死了之，他们便会放过李家？”沈羲和轻笑一声，“他们会怀疑你是否将秘密告知了家人。

“行这等事之人是不会有半分慈悲之心的！为了以防万一，他们会在你死后，想尽办法地残害你爹娘、兄弟、姊妹……”

李竞身子一抖。

陶成也说道：“郡主所言极是，现下你将功补过才能挽救李家声誉，救你爹娘于水火之中。”

李竞呆滞了片刻后，才抬袖擦干脸上的泪痕，一脸慷慨赴义的表情，坚定地望着陶成：“世叔教我！”

陶成将李竞搀扶起来，就在沈羲和这里问话，也没有避着沈羲和——这事沈羲和比他们知晓得更多。

原来李竞是被他们套进去的。好在李竞坚持只帮着销赃，不参与分钱、挖墓。

陶成问完全部话之后，让李竞在陶府里留了片刻，等他面色无异，眼睛不再泛红后才让他回去。

“小舅舅，你查一查临川可有牢狱之中的死囚被人替换出去？”沈羲和等李竞走后，才对陶成说道。

“呦呦，你是怀疑……？”陶成惊了惊。

沈羲和颔首：“但凡有人性之人，都对死者心存敬畏，不会轻易掘人坟墓。唯有穷凶极恶之徒，不信鬼神，不畏鬼神，也对生死之人毫无悲悯之心，才能做出这等灭绝人性之事！”

上次卞先怡寻了个死囚来对付她，沈羲和就知晓有人将这些十恶不赦之人调包出去继续为恶，只是崔晋百在调查之后，发现这是勋贵们惯用的伎俩，牵连甚广。陛下也只能在朝会上发作一顿，而后只命崔晋百严加盘查，并没有严惩谁。

否则祐宁帝惩治了一个，只怕要咬出更多的人。

百姓要知晓这等事，不知如何作想。

京都都有这样的事情发生，遑论地方上。

“呦呦，若当真如此，必将朝野动荡。”陶成被吓得面色一白。

如果是地方上出了问题，而且不是一个地方上出了问题，这牵连的就是整个朝堂上的地方官员。要从牢里将十恶不赦的死囚替换出来，必是官府之人才能做到。

一旦此事被证实，从上到下，没有一个官员能够逃脱罪责。

就好比他身为刺史，或许临川郡没有这等事，可临川郡下的县里有，自己也难辞其咎。

“法不责众，这些人不就是吃准了这一点吗？”沈羲和从鼻腔里发出一声短促的冷哼，“小舅舅还是先派人暗中查一查临川郡下各县内是否也有这等龌龊之举吧！”

“我这就派人去查。”陶成十分重视此事。

沈羲和立即提笔给萧华雍写信，将这件事情的严重性给他透了个底。这事可真的丝毫不比胭脂案牵连小，甚至性质更恶劣。

另外，为何会有人收敛这么多钱财？这些人敛财的目的更值得人深思。

萧华雍收到沈羲和的信后，笑容淡了几分。他都没有想到做此事的竟然不是寻常的盗墓贼。

“将此事告知崔晋百，”萧华雍捻着指间的黑棋，“并让律令暗中协助彻查。”

天圆应下之后说道：“殿下，郡主要改道自历阳郡路过河南府归京。”

“嗯。”这在他的预料之中。

沈羲和原就放心不下步疏林，现下更放心不下了。她身边有从西北带来的护卫、陛下派的护卫，对上穷凶极恶之徒也只有旁人绕着她走的份，身上又有御赐金牌，即便是对上地方官，也没人敢冲撞她。

饶是如此，萧华雍依然希望她一路平顺，还是派人先把路障给扫清。

“殿下，还有一事……”天圆低头说道，“王政在相国寺里昏厥被抬回王府了——自打能出府以后，他每日都在相国寺里为殿下祈福，为表诚心不吃不喝……

“如今，百姓都知晓他是因冲撞殿下而悔过。”

王政是个厉害之人——太子殿下冠礼之前，他都乖乖地在府邸里受罚虔诚抄经，抄了几大箱子；太子殿下冠礼之后，因上呈所抄经书并未得到陛下松口，虽仍停职在家，却日日到相国寺里为殿下祈福，从早跪到晚。

来来往往的百姓无不感叹王政心诚忠君——他这卖惨行为实属有效。

“他想回来，便让他回来。”萧华雍嘴角一扬，“天圆，你知晓猫捉鼠吗？”

猫抓住老鼠后，不是立刻下嘴将之吞食，而是喜欢将之活生生地玩弄致死。

朝中的事情接二连三地发生，陛下又有心来年开战，如何离得了王政呢？

沈羲和没有因为突发之事就延期启程，心知陶成不是没了她就做不成事。

她接到了墨玉的传信，已经寻到细叶琼花，只是不知会不会开花……

她依然如期启程，只是留了几个得力之人给陶成用。

一路畅通无阻地直达墨玉所在之地，沈羲和果然在荒野间看到了几株细叶琼花，都有花骨朵儿，是要绽放的时节。她看着墨玉熬红的眼，有些心疼：“你去县里寻个客栈好生歇息一日。”

一路走来，沈羲和也看到了别的细叶琼花，只不过都是开过后的模样。

墨玉寻到这几株定是日夜守着，就怕这花开了没了。

沈羲和吩咐人在四周扎营——她要摘花。

祐宁帝钦点的护卫不敢问也不敢违逆她的命令，只能听命行事。

沈羲和白日里歇息，一到夜里就亲自守着。

夜里风寒，珍珠心疼不已道：“郡主，婢子守着，你去营帐里避一避风。”

“花开花谢不过一瞬，待你看到它开花叫我时，怕是来不及。”沈羲和微微摇头。

珍珠无法，只得叫莫远派人围成一个圆替沈羲和挡住寒风。

沈羲和看了之后无奈地笑了笑：“我已非往日，穿得厚实，手里也捧着暖炉，并不觉得凉。你们都去歇着。若是今夜不开花，白日里我得休息，你们便要为我守着。”

“郡主，我们能挺住。”莫远回道。

他们都是上过战场的人——在战场上几日不眠不休还要随时抗敌对他们而言都是家常便饭。

“这是命令。”沈羲和冷冷地说道。

莫远只能带着人和祐宁帝的人会合，只留下几个值夜的人站岗。

一夜过去，花并未开。

萧华雍是在次日收到信的——是他派去给沈羲和清路之人传来的。

他惊诧不已：“呦呦要摘花？”

想了想后，他让人把随阿喜叫来：“这细叶琼花有何用处？”

随阿喜毕恭毕敬地回道：“解毒润肺强体。”

萧华雍原本是想了解一下沈羲和要这东西的缘由，但一听到随阿喜的话，眉心一蹙，心跳抑制不住地渐渐提速：“郡主……为何去寻细叶琼花？”

沈羲和并不精通药理，若是突然寻药定然是有所用。

他自己的身体自己明白，但怕自己想差了空欢喜一场。

“恕小人多嘴一句，细叶琼花于殿下有益。”随阿喜如实回答道。

轰然一声，仿若无数烟火在萧华雍的脑海里绽放，绚丽得令他头晕眼花。他下意识地捂住心口——心欢快得好似要跳出来一般。

天地悠悠，山河空阔，他痴痴的目光仿佛穿过山海，落在了沈羲和的身上。

从未有一刻他的心这样胀满，这样火热，他恨不得长出一双翅膀，展翅朝着她飞翔而去。

随阿喜是何时离开的，萧华雍都不知。他像游魂一般飘到窗前，视线越过琉璃瓦的飞檐，望着万里长空，神思飘得很远很远。

他以为她此行只有两个目的：一个是祝贺兄长娶妇，另一个是庇护步疏林。原来他不知晓的是她竟为了他千里奔波，寒夜苦守，只为琼花刹那绽放。

“痴儿……”

他的呢喃声轻柔而缠绵，不知是在说自己还是在说她，嘴角再也忍不住咧开，眼底的笑意宛如流光倾泻而出，映照在他清俊的脸上，似春风拂过，百花绽放的瞬间，让人见了都禁不住受他感染而喜悦。

“天圆，孤要去历阳郡。”萧华雍掩饰不住欣喜地说。

天圆张了张嘴，看见萧华雍眼底慑人的光，不忍让这样明亮的目光黯淡：“属下会守好东宫。”

萧华雍一直带着笑拍了拍他的肩膀，欢快地倒退了几步，才疾步跑去崇文殿。到的时候他面色苍白，气喘不匀，几位大臣看得心惊胆战。

“殿下，可要宣太医？”崔征关切地问道。

太子殿下加冠之前，他们极少与他接触，对他可以说是一无所知；可加冠之后，太子殿下每日都会拖着虚弱的身子来崇文殿，凡要亲自过目之事，从不懈怠，且温和有礼，有自己的见解——有不足之处，谁提出来他都会虚心接受。

短短半个月，他们就能够感受到太子殿下的敦厚谦和、君子如玉，更知其德行堪称表率。

每当遇见太子殿下，他们都忍不住降低语调——这样温润如玉的人，让他们有一种在他面前喧哗争执就是亵渎的错觉。

看到他面色苍白，依然眉目清俊，染上世间温润之气，见之忘俗。

“无碍，今儿一早起来便有些气短。”萧华雍声音虚弱，轻轻地摆了摆手，拢了拢肩膀上的斗篷，走到自己的位子，“议事吧。”

崔征还是有些担忧，与其他大臣互看了一眼，迅速将一些要紧的事挑拣了关键之处道来。原本有政见不合的几方人，也不忍再面红耳赤地争执下去，生怕一个不慎惊扰了太子殿下，或者气得太子殿下昏厥过去。

饶是他们如此小心翼翼，萧华雍还是一口气喘不上来，剧烈地咳嗽了一阵晕了过去。众人一阵手忙脚乱，将萧华雍送回了东宫。太医令赶来，只道是入冬寒冷，太子殿下旧疾复发。

祐宁帝听闻消息之后亲自来探望，出了东宫后面色变得凝重。

“陛下，殿下吉人自有天相。”刘三指低声劝慰道。

祐宁帝忽然停下脚步，眼底有化不开的怅然之色：“是朕对不起他。”

“陛下莫要自责。”刘三指安慰道，“当年之事，亦不在陛下掌控之中。”

祐宁帝这会儿是彻底信了萧华雍的毒并未解，导致他如此体虚。

北地寒冷，已经开始降雪，枝头的梅花也结了花骨朵儿，只待一夜冰霜，迎风绽放。

“七郎他……应是倾心昭宁吧。”祐宁帝忽然长叹道，“你说，开春之后，朕成全他可好？”

到底他们是血脉相连的至亲，他喊了自己二十年阿爹，自己却未曾为他做过什么。这些年来他比任何一个儿子都乖巧安静，从未做出一件让自己头痛为难之事，临到头便成全他一回吧。

“陛下圣断，所赐都是良缘。”刘三指可不敢给君王拿主意。

祐宁帝转头笑着用手指虚点了点他，大步往明政殿走去。

夜幕降临，黑夜沉寂，星月皆无。

萧华雍安排好替身，就顺着密道离开了皇宫。

迎着寒风策马疾行，冰冷的气息拂过脸庞，畏寒的他却丝毫感觉不到冷。

心口有一团火在不断地燃烧，令他浑身有使不完的劲。

沈羲和还不知晓萧华雍正奔向自己。她守着琼花，靠着珍珠的肩膀小憩一会儿，又靠着墨玉的肩膀打了个盹儿，一夜过去，琼花依然未开。

守了一天两夜，祐宁帝派来的领头卫郎将坐不住了：“郡主，何时启程？”

“何时花开了，何时启程。”沈羲和困倦地回答，“若是干粮不足，我让莫远去准备。”

此地偏僻，距离最近的镇，坐马车也要走大半日，骑马要快许多，好在不远处有个村子，坐马车只需要半个时辰就能到。沈羲和白日里都在村子里腾出来的屋子里歇息用食，夜里才会来此守着。

只不过带来的护卫多，村子容不下，他们只能守在这里。

沈羲和回到村子里洗漱用了朝食后歇下，睡得迷迷糊糊的时候短命发出了尖锐的叫声。沈羲和霍然睁开眼，第一反应是抓起旁边的香包捂住鼻息。

有迷香，还是很浓郁的迷香！

沈羲和披衣下榻，疾步走出去，就见珍珠和红玉显然已经吸入了几口迷香，都有些站立不稳了。很快一些身形壮硕、衣着粗糙，或提或扛着凶器的人围了上来。

“大哥，真是个美人啊！”

这些人一见到沈羲和，眼里就浮现欲色。

“和这样的美人春风一度，就是死了也值得！”

沈羲和冷冷地扫了他们一眼，迅速走到珍珠和红玉旁边，将腰间的香囊递给她们。

几个壮汉见势不妙，立刻冲上来，还没有靠近沈羲和，隐藏在暗处的墨玉和莫远已从两旁飞掠而来。两个人以长剑划出寒光，在沈羲和面前交错——冲在最前面的两个壮汉就被一人一刀抹了脖子，鲜血飞溅，迅速栽倒。

余下的人似乎不知暗处还有人，看到墨玉和莫远手起刀落的模样，迅速地刹住脚，拔腿就往外面跑。墨玉纵身空翻，从他们头顶上掠过，落在他们前面，堵住去路。

“上啊——”为首的人将身旁的一个人推上前，自己挑着空子企图逃跑。

墨玉左一剑右一剑，将两个人砍倒，抬脚将地上的刀踢飞起来，直插入为首之人逃到的门柱上。

伴随着一声惨叫，为首的人被墨玉踢飞砸落在沈羲和的面前。还不等他爬起来，珍珠已经一脚踩在他的后背上：“说，你们是何人？为何来此对我们行凶？”

她和红玉其实根本没有中迷香，故意装出中迷香的模样，就是想把这些下迷香的人给引出来。

“女侠饶命！女侠饶命！”这人努力地抬着头哭丧着脸求饶，“我们是山上的猎户，几个月前有一群来历不明的人霸占了我们的住所，胁迫我们为他们放哨跑腿……”

一群被驱赶的盗匪，还是不成气候的盗匪，整日在附近的村子里抢掠称霸，听闻有富贵人家的人就带了几个丫鬟过来采花借住，这才起了歹意。

“猎户？”沈羲和嗤笑一声，“是匪寇吧。”

这人不敢反驳。

“只怕没少为非作歹。”沈羲和眼中掠过凉意：“墨玉，杀了。”

“女侠……女侠……饶……饶命！我……我……”这人被吓得直哆嗦，“女侠，我们……我们虽不是好人，但就是从百姓手中抢点儿果腹之物，从未杀过人或欺辱过小娘子，山上那些人才是穷凶极恶之徒！他们还干挖人坟墓之事……”

“你说什么？！”沈羲和抬手阻拦墨玉落下的剑。

剑光划过这个贼匪的双眼，已经刺穿了他的皮肉，他被吓得失了禁。

珍珠嫌弃他污浊，给墨玉使了个眼色，将他拖了下去：“郡主，婢子去问。”

嗅觉敏锐也有坏处，就是一些不好的气息更熏人，沈羲和面无表情地入了屋内。

莫远和红玉开始收拾，并给屋外熏了香。

“郡主，婢子已经问清楚，山上的确有一个窝点，他们亲眼看到这些人掘墓，抬出一箱箱金银珠宝。这些人暂时还未离开，因此他们依然流荡在外。”珍珠问清楚之后回禀，“入山寨有一条隐蔽的捷径，他们并不是被驱赶，而是逃出来的漏网之鱼。”

那些人穷凶极恶，做的又是如此隐秘之事，怎么可能轻易放活口出来？

“人呢？”沈羲和问道。

“处理掉了。”珍珠语气平静地回答。

就凭他方才看他们郡主那淫秽的目光，就没有再活着的理由。

“莫远。”沈羲和唤了一声。

莫远立刻进来躬身应道：“郡主请吩咐。”

“你去寻羽林长史滕井，你们二人顺着他招供出来的路去探一探，切记不要暴露了行踪。”沈羲和吩咐道。

“诺。”

这下子沈羲和再无睡意，等了两个时辰，才等到莫远和滕井回来。

“郡主，确有一条通往山寨的路，且山寨里还有人驻守，有人受过黥面之刑。”莫远语气沉重地禀道。

黥面之刑！

本朝对囚犯极少侮辱，除了陛下下令，只对两种人处以黥面之刑：逃兵和罪大恶极之徒。

逃兵受此刑是为了管束将士，而寻常杀人的囚徒都不会受黥面之刑，只有那种杀人如麻，或者灭绝人性、惨无人道之人才会受黥面之刑，这是担忧这些人在监牢里未被监斩之前逃跑以此标识。

“有多少人？”沈羲和问道。

这样一群人，莫说涉及盗墓案，即便不涉及盗墓案，沈羲和也不可能坐视他们逃脱——让他们多逍遥一日，不知还要伤害多少无辜之人。

“有二三十个人。”滕井回道。

“郡主，这些人虽然凶狠残暴，也都有些身手，却不足为惧。”莫远对诛杀这些人很有信心。

“我要留活口。”沈羲和目光微冷，“他们是不要命之人，一旦要留活口，你们就会吃亏。”

“留一两个活口？”莫远和滕井对视一眼。

这么多人要全部留活口，恐怕不容易，他们没有把握。

“要尽量多留活口。”她不确定这些人知晓多少内幕，干这种事或许是有挖墓手艺之人打头，而这些人未必知晓其他事情，他们要想顺着这根藤摸出瓜来，就得尽量将人活捉。

“这……”莫远有些为难，陷入沉思之中——想一想有什么兵法能够用得上？

沈羲和走出房门，转身望着看不见任何人家和炊烟的山峰：“山寨在何处？”

“在那边。”滕井对方向很敏锐，立即指出来。

沈羲和抬手抓了一把枯黄的树叶，摊开掌心，任由风将掌心里的枯叶卷走：“这几日夜里刮的都是北风。滕井，你去寻个以山寨为北的隐蔽位置。”

“诺。”滕井领命离去。

沈羲和去马车隔层里翻找了两包香料出来，交给珍珠：“这是醉花香，香气清淡与迷香迥异。珍珠带两个人与滕井会合之后，三更时分点香，注意风向，一旦转变，要格外当心。”

“诺。”珍珠接过香料。

“莫远，你去调派人手，埋伏在小路上，这些鼻塞要戴好，莫要中了醉花香。”沈羲和又递了一个小锦囊给他，鼓鼓的一包全是棉花掺杂着醒神香料的鼻塞：“墨玉带五个人堵在寨子正门处，红玉跟着我守琼花。”

能够安排的人她都安排了，其余的自己也帮不上忙。若是恰好今夜琼花开了，她不在岂不是得不偿失？她相信她的下属。

沈羲和没有动多少祐宁帝派来的人，但是鉴于对方人也不少，又都是狠辣之辈，便让滕井抽调了几个可信之人跟着他们去端这个匪窝。

她这里仍留下了三十多个人。

这三十多个人分为三批，轮番值守，负责保护她。

沈羲和捧着暖香炉，坐在细叶琼花前，今夜的暮色格外沉，天空有些泛红，呼啸的寒风似乎也比前两夜更猛了。

沈羲和看着风中草木摇摆的方向，刮的依然是北风，且持续了小半个时辰，如此一来就能成事一大半了。

就在此时，寒光在沈羲和的眼尾一闪而逝，她还没有做出反应，就被红玉抱着往一边倒去，一柄长刀在夜色之中泛着凌厉的光砍在她的旁边。

红玉抱着沈羲和迅速一滚，暗处有三道身影飞掠而来，挡在她们面前，和五个护送她的侍卫对峙。

她转眼看过去，这边刀光剑影，不远处的扎营处却毫无动静。

果然，这些人趁着滕井和莫远被调动，白日里定然给他们下了蒙汗药。

祐宁帝给她的护卫里既然能够有萧华雍的人，就很可能也混入了旁人的人。

这些人的主子也许和盗墓之人背后的主子是同一个人——那他们或许比她还先知晓这里有个窝点，且就是在等着她动手！一旦她动手，他们就不会让她和她的人活着离开！

“红玉，我们上山，莫远他们很可能中计了！”沈羲和拽住拉着她往另一边逃的红玉。

“郡主，莫远和珍珠姐姐他们定会无事，我们不能上山。”红玉拉着沈羲和跑向马车，发现马车也被人动了手脚，只能带着沈羲和往村子方向跑去。

红玉与沈羲和跑到一条小路上。

有人站在前方背对着她们，握着一柄抵在地上的大刀正等候着她们。那人听到声音后转过身来，竟然是这次的护卫首领——卫郎将！

“郡主，为何要多管闲事呢？”卫郎将不复平日里刚正的模样，眼神阴冷。

“你的主子是谁？”沈羲和镇定自若，脸上没有一丝慌乱之色。

“郡主不如去问问阎王爷！”卫郎将没有废话，拔出长刀就朝着沈羲和冲过来。

红玉身子一转，拔出腰间的软剑迎了上去。

沈羲和抬手将一直捏在手里的骨哨吹响——空寂的山野间，骨哨的声响清脆嘹亮，最先奔来的不是海东青，而是短命。

沈羲和的几个婢女都会武艺，但唯独墨玉是专攻，其余的人虽都不算弱，但也不是很强。红玉平日里撂倒三五个寻常男子不在话下，可碰上卫郎将这等靠着过硬的功夫做上正五品武官的人，很快就落了下风。

就在卫郎将的大刀挑开红玉的软剑，迅速横刀直取红玉的头颅之际，短命纵身朝着卫郎将的后脑勺一掠而过，逼得卫郎将不得不折身一刀朝着短命扫来。

“短命！”

卫郎将的刀太快，沈羲和只看到白影从卫郎将的刀上飞过，目光追随着短命落地，见它在地上打了一个滚儿，又迅速地朝着自己飞奔而来，这才松了口气。

卫郎将原本可以将红玉一击毙命，却被短命横插一手，不但没有伤到红玉，还被红玉瞅准机会一剑划在腰上。

只不过卫郎将身手太过敏捷，闪躲得极快，红玉这一剑只划出一点儿血痕。

这时候高昂的叫声划破夜空，巨大的黑影从高山之巅飞掠而来，眨眼间就奔向了沈羲和。

看着海东青朝着自己飞掠而来，沈羲和才惊觉她虽然能够用骨哨将海东青给唤出来，却不知晓如何像萧华雍那样指挥海东青——海东青应该只知晓保护她。

她对着红玉喊了一声：“红玉——”

红玉手挽剑花，身子一拧就朝着沈羲和这边退来。卫郎将追击而来，未等他的刀朝着沈羲和落下，巨大的阴影将他笼罩住。他快，海东青更快！他迅速旋身的刀还未划出去，海东青就擦着他的头颅飞掠而过！

尖锐的利爪活生生地将他的半边脸给掀开，听到他的凄厉惨叫声，红玉看着都不自觉地抖了抖左半边脸。

她趁着卫郎将痛得满地打滚儿之际，闪身上前一个手刀将之劈晕了。

短命立刻奔上前，在卫郎将的右半边脸上划了一爪子，然后冲着在天空中盘旋的海东青叫：“喵——喵——”

沈羲和与红玉一脸诧异的表情。

这次短命终于引起了海东青的注意。

见海东青快如闪电般朝着短命飞扑而来，沈羲和被吓得立刻要吹骨哨，却已来不及——海东青掠过了短命的头顶，直朝沈羲和飞来。

沈羲和只觉得自己被海东青撞倒，头上几支利箭“嗖嗖”地飞射而过。

倒在地上的沈羲和迅速地翻身，看到高飞而起的海东青，终于松了一口气，生怕它因撞开自己而中箭。这样具有灵性的鸟，沈羲和可寻不出第二只赔给萧华雍。

有了弓箭手的加入，海东青无法近距离地保护沈羲和了。有人对她们射箭，同时还有人朝着她们提刀攻来。

见海东青几次想要飞过来都被箭矢拦下，沈羲和摁着要冲上去保护她的短命，顺着坡地一路往下滚去，这样既可以躲开箭矢，又能躲过追击上来的人。

然而这些人是铁了心要她的命，沈羲和滚到最下方时，抬眼就迎上了刀光。她抬起早已准备好的手腕对准来人按下机关，细小的针精准地射入了对方的眉心里。

这时候趁着海东青又飞了过来，她到了最下方箭矢暂时射不到的区域里。

她目光迅速一扫，找到一棵大树躲了起来，脱下斗篷，抓着短命的利爪将内衬划开，里面贴了不少小纸包，这些纸包里全是火药。她用树枝将斗篷撑起来抵在树根处，抱着短命悄无声息地挪了个位置。

她刚藏好，上方追杀的人和弓箭手就都跑了过来。他们只看到斗篷在树根之后，似乎人靠着树根坐着。见对方这么明显地暴露着身形，自然起了些警惕心，他们缓缓地逼近。

沈羲和听着声音，估算着他们的距离。此刻她依然神色沉静，不见丝毫紧张与慌乱的样子。

随着她留下的树枝被踩响的声音传来，沈羲和果决地拿出火折子用力地一吹。在火折子点燃的瞬间，沈羲和一手抱着短命，斜飞着弹跳而出，一手将手上的火折子掷过去。

随着她摔倒在地，火折子落在斗篷内的纸包上面，纸包本就被刷了油，一接触火折子“轰”的一声被点燃！等这些人反应过来后撤之时，火光冲天而起，剧烈的炸响声震耳欲聋。

在爆炸声中，有一股香气随着火药炸开而飘散开去。

巨大的一棵树被炸裂，受伤的人不多，但他们还没来得及站起来，香甜的气味便钻入了鼻间——他们顿时感觉头脑发昏，再度倒了下去。

萧华雍快马加鞭，赶了一天两夜的路，路上换了四匹马，才以最快的速度赶到沈羲和所在的地方。他远远地就看到海东青在盘旋，冲天而起的火光映在那布满血丝的双瞳中，震得马嘶鸣的炸响似乎是在心口响起的惊雷。

“呦呦！”

他面色森寒宛如从地府之中走出来的修罗。

雄奇的山峰在夜色中勾勒出嶙峋的轮廓，策马狂奔而来的身影似强弩射出来的长箭，仿佛眨眼间就奔到了沈羲和的身边。

沈羲和在扔出火折子弹跳时并不知下方有不少碎石，她的手腕被划出几道口子，火辣辣地疼。沈羲和性子并不娇气，可身体娇气，确定暂时没有危险后，旁边又有看起来十分干净的水洼，便抽出压在腰间的手帕，打湿了手帕将伤口简单地清理了一番。

马蹄声让她如受惊一般站起身来。还不等她转过身，一个温热宽厚的怀抱从她的身后将她抱住，对方双手如铁索般紧紧地将她勒住，又好似禁不住寒夜的沁凉而轻轻地颤抖着。

熟悉的药香让沈羲和松开了手腕上扣住的机关，不过因自身不喜欢与非亲人的人产生肢体接触，无论男女，于是仍不适地挣扎了一下。

奈何萧华雍一双铁臂力道极大，她根本撼动不了丝毫，只得低声隐含警告地喊道：“放开！”

“片刻……片刻就好……”他闭上眼睛，低声恳求道。

让他感受一下她的温度和气息，感受一下她好好地还在这里。

沈羲和为他心有余悸的声调而震惊，不过也只是一瞬，正要再开口时，萧华雍已经将她松开了。他神色担忧地仔细从头到脚扫视她一遍，看到她被手帕包好的手，又握起她的双手：“受伤了？重不重？疼不疼？可还有别处受伤？”

沈羲和将自己的手抽回来：“殿下怎会在此？”

手上一空，夜风拂过掌心，带来一阵凉意，萧华雍缓缓地收拢什么都没有抓住的五指：“我……我担忧你。”

“殿下知晓此事受何人主使？”沈羲和连忙问道。

沈羲和以为，若非萧华雍知晓了背后之人，怎会担心她应付不了，亲自来一趟?

无论何时，无论何地，她在意的永远是大局与正事。

萧华雍在心里叹了一口气：“先不言这些，寻个稳妥之处看一看伤势。”

“我无碍。”沈羲和最疼的地方并不是擦伤，或是滚下坡的时候被石头硌到的地方，而是被海东青撞的那一下，估摸着肩膀必定瘀青。

萧华雍是带了人来的，尤其是走在沈羲和前方给她开路的人，此刻也折回来增援了。无论是沈羲和这里，还是山上莫远和滕井那里，都已经没有多少顾虑。

地方落后萧华雍一段距离，先去了扎营之处，将沈羲和的马车修整好后赶了过来。

萧华雍向地方投去一个满意的眼神。

地方挺了挺胸脯！他就说他定是比哥哥讨喜，比哥哥更懂主子！

萧华雍扶着沈羲和上了马车。此时红玉也追了过来，本来想要跟着上去，却见一只脚已经踩在马车上的萧华雍身子一顿。

红玉僵在了原地，无月的夜色下，马车上挂了一个灯笼，清楚地将萧华雍那不悦的神色照亮。红玉有一瞬间竟然下意识地往后退，觉得自己出现得不合时宜。

不过一瞬，她就反应过来了——她又不是太子殿下的婢女！她要保护的是郡主！

无视太子殿下的臭脸，红玉疾步上前，给萧华雍端端正正地行了礼："婢子见过太子殿下！"

萧华雍将长腿收回来，让开了路，拉着脸敷衍地动了动："你去看看郡主可有别处受伤？"

别处？红玉一听沈羲和受了伤，立刻跳上马车撩开车帘钻进去。

沈羲和见红玉来了便问道："珍珠他们可有消息？"

"追杀我们的人都退了，珍珠姐姐他们定然无碍。"红玉更关心沈羲和，握住沈羲和的手，拿出谢韫怀准备的药箱，翻出伤药给沈羲和的伤口重新处理后说道，"郡主，让婢子看一看你何处还有伤？"

"不急，等珍珠来。"沈羲和伤在肩膀上，必然要宽衣。马车将铁板升起来也暖和一些，可一想到外面站着一个男子，沈羲和就无法忍受。

红玉一听就知晓沈羲和果然别处也受伤了，压低声音问道："郡主伤在何处？"

沈羲和将视线落在肩膀上。

红玉想到方才沈羲和被海东青撞开，便没有多言。海东青本是为了救郡主，若非这一撞郡主说不定要被一箭穿心。二人均未提及撞伤，太子殿下就在外面，以免说出来引得太子殿下误会。

见萧华雍来了，这样气定神闲，定然是手握大局，沈羲和也就不用担忧了，正要闭目养神，忽然想到她的琼花："红玉，回去，琼花！"

红玉立刻明白，蹿出马车对地方说道："劳烦小哥将马车赶回去。"

萧华雍就立在外面，自然听到了沈羲和的话，跃上马车坐在外面吩咐地方："赶车。"

等他们赶回去的时候，扎营之地剩余的护卫依然睡得极沉。沈羲和奔到琼花处，发现几株恰好就在今夜开放，此时已经凋谢。虽幸得还剩下两株尚未绽放，但她不免有些失望。

“来年养一些在宫中。”萧华雍轻声说道，又看了看天光有渐明的趋势，“余下的今夜应是不会再绽放了，回去歇息吧。”

沈羲和也知晓琼花天亮便不会再开花，就没有固执地留在这里，仍是回到了村子里。没过多久，珍珠和墨玉就一块儿回来了，两个人的身上都有些血迹。

“可有死伤？”沈羲和问道。

不只是珍珠、莫远等人，其他人也都是她从西北带来的，有些人的爹娘还在西北翘首以盼地等他们回家呢。

“郡主放心，并无人牺牲，只是都受了些皮外伤。他们想里应外合，将我们一网打尽，幸好郡主的醉花香将寨子里的大部分人给迷晕了。”珍珠回话道。

正如沈羲和猜想的那般，白日里那些被驱逐的匪寇确实是漏网之鱼。他们被发现以后就故意过来引诱沈羲和，但为了不暴露行迹，不敢跟珍珠跟得太紧，也想不到沈羲和借助风势给他们下了迷香。

珍珠他们也因此才免于一场恶战，寨子里被迷晕的人都被抓了活口。

沈羲和在炸药内加入了细细的香料，炸开的迷香也迷晕了不少人做活口。

“珍珠姐姐，快给郡主看看伤。”红玉一直记挂着沈羲和的伤。

“郡主何处受伤？”珍珠也紧张起来。

沈羲和看了一眼萧华雍。

萧华雍摸了摸鼻子，自觉地回避。

房门被关上后，沈羲和虽肩膀疼得有些厉害，但仍先确定珍珠没有受重伤后，才让她给自己看。

轻纱滑落，见沈羲和肩膀上高肿青黑充血的痕迹触目惊心，红玉发出了惊呼声。

“这……这是因何而伤的？”珍珠也是心疼得眼睛泛红。

“是……”

“不慎撞倒。”沈羲和截断了红玉的话。

红玉立即噤声，才想到太子殿下虽然在屋外，但她们在屋子里说的话，太子殿下必然也能够听到。

珍珠见到沈羲和与红玉的反应大概猜到了什么，抿唇不语，拿了热巾帕浸了药给沈羲和敷一敷。

沈羲和深吸一口气，因剧痛闭上了眼睛。

珍珠素来知晓沈羲和能忍，沈羲和在西北之时受了伤也怕王爷和世子知晓，总是装作面不改色。她总说自己什么都帮不了父兄，只能让他们少为自己担心。

看到沈羲和额头上渗出细密的冷汗，珍珠很是心疼，然而这些瘀血如果不散开，沈羲和接下来一段日子里都要受罪，严重的话很可能导致一只胳膊都得残废。

要是随阿喜在就好了——随阿喜配方不行，施针却是极其厉害的，以银针刺穴虽然很疼，但瘀血散得快些。珍珠不擅长针灸一道——尤其是沈羲和现在胳膊肿到变形，她也未必能寻准穴位。

“郡主，婢子给郡主配些麻药？”珍珠小声询问道。

“不用……”沈羲和从齿缝中挤出颤音。

短命被放在外面，扒拉着房门。萧华雍原本是全神贯注地听着房内的动静，很担心沈羲和的伤势，没有注意到短命，等注意到之际，未曾闩好的房门恰好被短命推开。

他担心冷风灌入让沈羲和受凉，当即伸手去抓门，恰好触及沈羲和等几个人投过来的目光。萧华雍瞳孔放大，盯着沈羲和那高肿青黑的肩膀。

沈羲和立刻将落到臂弯上的衣服往上拉，珍珠和红玉也挡了过来。

萧华雍动了动唇，终是什么都不曾说，重新将房门关上，满脑子都是沈羲和肩膀上的伤。方才沈羲和说是撞伤他听到了，什么样的撞伤会严重到这个地步？

最重要的是那种弧形，他很熟悉。

他大步走到院子外，吹响了骨哨。

海东青盘旋着院子上空飞了两圈，落在了他伸出的胳膊上。

似乎感受到他的不悦，以往喜欢停在他的胳膊靠近肩膀处的海东青，这次选择了胳膊靠近手肘的地方，甚至停下之后还往下臂挪了挪。

萧华雍还没来得及说什么，房门就被打开了，沈羲和披着厚重的斗篷披散着青丝出现在他面前。她担忧萧华雍责难一只鸟，虽然这听起来很可笑，但这是萧华雍干得出来的事。

“当时有暗箭朝我射来，若非它撞开我，我怕是要被一箭穿心了。”沈羲和为海东青说好话。

海东青像是听得懂一般欢快地扇了扇它巨大的双翅。

萧华雍冷淡的目光扫过来，它才收起翅膀，甚至又往萧华雍的小臂靠近手腕处挪了挪，还从喉咙里发出“咕噜咕噜”的声音。

转过脸面向沈羲和的时候，萧华雍瞬间绽开笑脸，声音如同他的目光一般温和：“呦呦不用担忧，它有功我定会赏它。”

沈羲和看了看和萧华雍一起扭头看着自己的海东青——空中之神，勇猛无比的飞禽。沈羲和第一次看到它眼中少了锐利之光，甚至有点儿懵懂。她点了点头，退了回去。

房门一被关上，萧华雍又变了张脸，盯着海东青的目光如夜风般阴凉。

海东青动了动小脑袋，喉咙里断断续续地发出“咕噜咕噜”的声音，小脑袋越垂越低。

“呆鸟！蠢鸟！傻鸟！”萧华雍用手指戳着它的头顶。

它脑袋不断地往外偏，身子却没有动，无辜又无措地“咕噜咕噜”地叫着。

“从今儿起，三个月内自个儿觅食。”萧华雍冷笑一声。

海东青自从被萧华雍驯服之后，几乎每半个月萧华雍就会给它投食一次。但凡它闯了祸，萧华雍就扣它的口粮，当然不至于饿着它。萧华雍从不禁止它捕猎，可它喜欢萧华雍投喂的白鸟。

这种白鸟并不多见——萧华雍为了它特意养了许多白鸟。

似乎知晓自己的口粮又被扣了，海东青喉咙里发出的“咕噜咕噜”声更响了，像极了被爹娘教育的孩童，因不满而嘟囔。

沈羲和透过窗户看到这一幕场景，情不自禁地莞尔一笑。

有沈羲和求情，萧华雍也不过分苛责，交代完后就把它放飞了。它似乎还想要挽回几分，绕着萧华雍飞了几圈后，见萧华雍是铁了心要惩罚它，才长啸一声，好似负气一般直冲离去。

“喵！”沈羲和盯着海东青的时间太久了，短命扯着嗓门儿发出短促而尖锐的叫声。

沈羲和低头瞥了它一眼，想到要不是它，红玉可能要遇险，就伸手揉了揉它的脑袋。短命享受地蹭着沈羲和的手。

等到珍珠给沈羲和处理完伤，莫远和滕井都相继回来了。卫郎将还活着，沈羲和让珍珠给他也治了伤。她不能让他死了，还要带着他去找陛下讨个说法呢。

“他们之所以突然对你下手，是因为临川那边你舅舅抓了他们不少人。他们是想抓了你，与你舅舅做交易。”待沈羲和收拾妥当，萧华雍入屋内将了解的前因后果对她道来。

他不与她说清楚，沈羲和定然也睡不着。

陶成那边出了意外，且还有沈羲和留下的人帮了大忙，这才激怒了背后的人。正好得知沈羲和滞留于此，而他们三成的人也在此，加上随行保护沈羲和的人中也有他们的人，他们这才……

“陛下的人都是旁人的眼线。”红玉低声说了一句，语气里充满浓浓的讽刺。

萧华雍倒没觉得如何。

沈羲和淡淡地扫了她一眼：“陛下一卫逾千人，这五十个人是从各卫中调出来的，即便一卫最多调出两三个人，你以为陛下为何独独派了这五十个人来？”

就是因为这些人忠奸难辨，陛下是让沈羲和“帮个忙”。上千个人里就有那么几个不确定之人，陛下都能精准地点出来，他的掌控力令人惊叹。

萧华雍对沈羲和投以赞赏的目光：“呦呦聪慧！”

第二十四章　翻云覆雨只手间

沈羲和对萧华雍的赞美连客套都没有："这些人，我便交给殿下。"

"交给我？"萧华雍微讶。

"殿下是储君，此事牵扯地方和京都，被卷入的朝廷命官不计其数，自当由殿下决断。"沈羲和露出浅而有礼的笑容。

如此冠冕堂皇的理由，萧华雍还真没有办法拒绝。他知道沈羲和误以为他是冲着这些人来的——抓到这些人，如果顺利，他又能剔除一个觊觎皇位的兄弟。

她大大方方地将人给他，只是在表达一个意思：目的达到，他可以走了。

萧华雍对她这样的绝情性子真是又爱又恨，爱她的冷静自持，也恨她的不解风情："呦呦何时启程？"

沈羲和："我等花开。"

萧华雍："我为你来。"

不给她回避的机会，萧华雍用似春风拂过碧波般的温柔眼神认真地望着她："我不是为了这些人而来。我不是神，如何能在千里之外知晓此间之事？我会来……是因知晓你为何要琼花。"

沈羲和虽然没有告诉萧华雍摘琼花是为了他，但也没有遮掩，面色如常地说道："殿下无须动容。殿下救我，我便还恩。"

"呦呦的初衷，不用言明我亦知晓。"萧华雍已经猜到她的反应，自然能够坦然接受，"可我仍心里感动，无论呦呦是出于何种缘由回应，至少呦呦回应了，不是吗？"

"殿下，您是天之骄子，不应如此……"沈羲和轻蹙黛眉。

"呦呦，'情'之一字，众生平等。我于万丈红尘之中遇你之后，亦不过是为爱而痴的凡夫俗子。"萧华雍的声音低沉而又温柔，像鸿羽轻轻地飘落在心湖上，很轻很轻，轻得掀不起丝毫涟漪。

他的到来丝毫不侵扰她，却又不容她忽视。

她仍不明白，为何一个人能为另一个没有血缘牵绊的人义无反顾地如飞蛾扑火一般?

“殿下的去留，全由殿下做主。”沈羲和不再劝说，面色从容。

将事情都交给了萧华雍，沈羲和就再也没什么需要顾虑的了。她是真的困了，折身回了屋子里歇息，夜里还要守着琼花。

萧华雍带着地方审了这些人，得知他们干这个行当已经三年有余。

头一年他们还能保持清醒，寻了前朝或者年代更久的古墓，随着偷盗出来的东西换回的金钱越来越多，且在各地都不曾引起重视之后，他们的胃口越来越大。

今年一年他们所盗之墓的数量要比去年、前年的数量加起来还多——不只是前朝的坟墓，本朝富贵人家先人的墓也被他们盯上了。他们之中有个挖墓的行家，不需要火药也能下墓，盗走财宝之后再将坟墓填好，如此就能瞒天过海。

他们一共有三个人，另外两个都是头两年老师傅培养出来的徒弟，只学了五六分本事，却也能够轻而易举地获得大量财宝。

萧华雍问及他们的主谋之时，他们都说不出来重要的线索，只说是为一位五爷做事。没有人见过五爷，他们都是把盗出来的东西送到奉合典当行，典当行的朝奉是接头人。

他们也有人曾因财宝动过心，想脱离这位五爷，但没有一个活下来。后来五爷送了一批受过黥面之刑的人来，他们更是再生不起半点儿反抗之念。

这些受过黥面之刑的人，地方也审问清楚了。他们都不是罪犯，而是被发配做苦力的逃兵。

等到沈羲和醒来之后，萧华雍便将这些消息毫无保留地告知了沈羲和。沈羲和听了后脸色反而好看了些：“最初我并未想到逃兵，只想到唯有死囚才能这般毫不忌讳地掘人坟墓。”

如果他们全都是逃兵，还是从一个地方出来的，那么至少说明没有那么多地方官员动了死囚，这样比沈羲和预计的情势好了许多。

这意味着干这等丧尽天良之事的人可能只有一个，而这人若是被揪出来，陛下就能毫无顾忌地惩治。

要是这帮人是死囚，牵扯的地方官员太多，陛下纵使有心一起将这帮人连根拔起，也要顾全大局。

“呦呦猜到死囚，已是十分了得。”萧华雍真心实意地称赞道。

寻常人不会想到这一点，且这一次陶成一家若非沈羲和来这一遭，只怕也要被政敌攻讦。

沈羲和微微一笑未接话，这才看到萧华雍眼下的青黑痕迹：“殿下应好生歇息歇息。”

萧华雍心神一荡，眼底浮现温暖的笑意：“呦呦叮嘱，我定会好生歇息，与呦呦一道用完吃食后再歇息。”

此刻正值正午，沈羲和是真的饿了，欣然颔首。

沈羲和虽然爱美食，但不挑食，在这山野间也就和村民换了有限的食材做些吃食，顶多是让莫远等人打些野物。待萧华雍精心准备的吃食被端上来后，沈羲和自然觉得自己这几日着实过得有些粗糙了。

旁的不说，萧华雍的到来，让她能吃好这一点就令她心情大好。

“临川那边，李竞……呦呦打算如何处置？”用完吃食后，萧华雍趁着消食之际与沈羲和搭话。

按他原本的意思，是将李竞变为功臣，说李竞是一早就被陶成派遣混入这群人当中的细作。这实施起来也简单且不会留把柄，如此陶成就功绩斐然，被调入京都也更顺理成章。

事关沈羲和，萧华雍到底没有自作主张。他心悦的女郎是个极有主见、不喜人替她拿主意之人。

“该如何处置便如何处置。”沈羲和没有想过要偏袒谁，“人，都要为自己的过错付出代价，才能引以为戒，才会对律法有敬畏之心。”

“呦呦不怕牵连陶刺史？”萧华雍问道。

“小舅舅并无过错，任何人都不能借此冤枉他。”沈羲和淡淡地说道，“我相信以小舅舅的刚直性子，他亦不会颠倒黑白、假公济私，李家二郎有过亦有功，能折多少罪便是多少罪。”

至于李氏会不会因此而和三表哥生了嫌隙，这不在沈羲和和陶成的顾虑之中，他们无愧于心。

“呦呦，水至清则无鱼，无伤大雅，何必执着？”萧华雍轻声劝道。

沈羲和侧首，黑曜石般明亮的眼瞳深深地看着萧华雍：“殿下，非我刚正不阿，而是贪欲不在最初被遏制，便会一点点地无限放大。”

人心是个奇怪之物，可以小到如针眼，亦可以大成无底洞。

诚然这一次让李竞由罪人变成有功之人，只需要她的一句话，就能做得天衣无缝，甚至不损及旁人，还能全了李家的颜面，她也不用担忧李氏与三表哥会不会心生芥蒂。

倘若如此轻易地就放过李竞，他改好了还好，若因此而更加肆无忌惮又当如何？

一家人里不患寡而患不均，这次三表哥的妻兄犯了事能够无声无息地被解决，她与小舅舅就解决了，日后大表哥、二表哥、四表哥……他们的妻族的人也犯了事，她是不是也要将事解决？

若是她不解决，他们的妻子会如何想？若是也一并袒护，那她岂不是成了这些人横行无忌、藐视律法的纵容者？！

一点点小事他们轻易地就逃脱，下一次就会更肆意妄为，一次次累加，指不定哪日就会惹出滔天大祸。

萧华雍撑着半边脸，嘴角含笑，目光炯炯地凝视着沈羲和。

“殿下缘何如此看我？”沈羲和觉得有些莫名其妙。

“我在想——西北王是如何教养呦呦的，竟将呦呦教养得如此目光深远？”萧华雍将心中的疑惑道出。

沈岳山是一个满腔侠义豪情的粗人，沈云安看起来也不是文雅远虑之辈，偏偏被这两个人自小养大的女郎，有这样的远见。

很多人其实不是不够聪明，也不是看不到远处，只是私心、情意和脸面将之绊住，让他们无暇考虑得过深，盖因牵涉到自己才会被蒙蔽双眼。

就连他也不能免俗，事情牵涉到他在意之人，公正、大义、仁德这些通通是无稽之谈。

沈羲和却不一样——她是一个真正于己于人都能够考虑深远到豪无私心的人。

听懂萧华雍的话后，沈羲和轻笑一声：“或许……只是李竞的分量还不够。”

人怎会没有私心呢？

沈羲和也是一个活生生的人，也有她想偏袒的人，不过能够让她偏袒的人不多罢了。因此大多数时候，她才能理智而平等地对待每一件事和每一个人。

“真想……”萧华雍眼中的笑意更浓，“成为被呦呦偏袒之人。”

有些人不轻易动情，一旦动情，则是死心塌地，一如他。

有些人不轻易偏袒，一旦偏袒，则是翻天覆地，一如她。

能得她的偏袒者，定然是这世间最有幸之人。

“时候不早了，殿下快去歇息吧。”沈羲和不想泼萧华雍的冷水——他好歹是她的恩人，是她选择要结发之人，她给他一些面子，因此转移话题。

“听呦呦的。”萧华雍轻轻地笑了笑，目光一转，“这四下无客栈，我体寒睡不得马车……”

他的暗示意味很浓，他想在这里补眠，这里只有两间房间，其中一间是红玉和墨玉她们住的，总不能让太子殿下去睡婢女睡过的房间吧？

他想睡她睡过的床榻。

若是今夜琼花盛开，明日便离开，沈羲和倒也不在乎便如了他的愿，可因不确定明日自己是否还用床榻，自然不会轻易地让他得逞：“我已让莫远寻了屋子，被褥都是新换的，还点了避寒香，殿下请。”

萧华雍故意重重地叹了一口气，表达了自己的失落情绪，才慢吞吞地站起身来走到门口随着等候的莫远离去。

“殿下在郡主面前像个讨糖吃的孩子。”红玉忍不住笑道。

珍珠看了她一眼。这话虽有些不妥，可珍珠也觉得如此。

珍珠以往没有少陪着红玉、紫玉看话本，听着那些缠绵悱恻的故事，总觉得男女之情便是那般惊天动地。如今见了太子殿下，珍珠才真切地知晓，一个男子是如何看待心仪之人的。

太子殿下的眼中有一道属于郡主的光，只有目及之处是郡主时，才会亮起来。

夜里沈羲和去守着琼花，萧华雍便跟着来凑热闹。沈羲和给他准备了一个香炉让他捧着，两个人就这样蹲守着。萧华雍不断地与沈羲和说话，先是说起自己童年的趣事，偶尔问上沈羲和一句。

起初沈羲和未曾反应过来，等不知不觉间被萧华雍套出不少这具身体主人的幼年经历时，才回过味来，他是变着法儿打探她的过往，想要多了解她一些。

“盗墓一案，殿下打算如何处置？”沈羲和不想与他说这些事，只得转移话题。

萧华雍也适可而止：“此事影响恶劣，不宜闹大，查清主谋，以旁的罪同等惩处。”

根据供状，他们这三年尤其今年干的事，若是被宣扬出去，这么多墓被盗，只怕要引起民乱。实在是这事太天怒人怨了，令人无法忍下这口气，不是将凶徒绳之以法便能解恨的。

这对朝廷的威信，对地方官的口碑，都会造成极大的损害，且这些人盗的多是豪富与大族先人之墓，这背后牵扯的问题就更大了，一个不慎就会官逼民反，引起动荡。

“我知如此对先人的墓被盗了的人不公，可也只能如此。”萧华雍又解释了一句。

“殿下此举令昭宁敬佩。”沈羲和诚恳地说道。

这是多么好的一个机会——打击祐宁帝的机会。

在陛下统治之下，出现如此恶劣且影响之大的丑案，必将是陛下在执政期间无法抹去的污点。其实要平民怨也很简单，只要陛下下罪己诏，一切问题就能迎刃而解。

说不定萧华雍还能煽风点火，逼得陛下退位呢。

“陛下退位或者下罪己诏，的确能平民怨，可民心难聚。他们对朝廷生了不满之心，便会对地方官僚抗拒。官民之间心不齐，是祸国之始。”萧华雍不想用这样的手段对付陛下。

他不想把这件事情闹大，但不代表有人不想。

就在他陪着沈羲和守着琼花这一夜，京都的皇陵被炸响了。

一夜之间有人炸皇陵企图掘墓的消息传遍整个京都，祐宁帝根本来不及遏制，消息就像星星之火随风燎原般蔓延出京都。

萧长赢气急败坏地跑到信王府：“阿兄，你疯了？！你竟然炸皇陵！”

“太子殿下都能火烧宗庙，我炸个皇陵算什么？”萧长卿一副毫不在意的模样。

萧长赢怒极，盯着他问道：“盗墓案是不是你主使的？！”

不知是谁走漏了风声，有一伙胆大包天的盗墓者四处盗墓，连皇陵都不放过，这会儿各地都乱成一锅粥了。

“我只炸了皇陵。”萧长卿嘴角一扬，“我只与陛下为敌。”

哥哥的笑容阴冷而又诡异，配上他有些苍白的脸，像从坟地里爬出来的鬼魅一般。萧长赢骇得忍不住倒退一步：“阿兄，那是皇陵，里面埋着我们的先祖！”

生而为人，敬畏先祖，这是最基本的人性。人伦纲常，礼义廉耻，孝悌尊长，这是最基本的为人之道。若是一个人连这些都没有了，还能称之为人吗？

若非如此，萧华雍又为何要秘密处置这件事情？挖坟掘墓，惊动先祖，这比自己被虐杀更无法容忍。

“皇陵守备森严，我如何能神不知鬼不觉地将火药运入内？”萧长卿用瘦长的手指摩挲着手中的陶埙，“我不过是学太子殿下，在皇陵外做了些手脚罢了。”

被炸之处距离皇陵很近，烟雾冲天而起，远处的村民只看得到一个大概的位置，而他早就准备好了人煽动此事，才会让流言铺天盖地地传开。

萧长赢闻言，面色才有所松动，缓缓走上前，一手抓住哥哥的肩膀：“阿兄，以后莫要再如此了可好？”

弟弟的语气里满是央求与恐惧之意，萧长卿低头看着弟弟放在自己肩膀上的手——萧长赢很用力，借此来掩饰他的颤抖——萧长卿轻叹一声，反手轻轻地拍了拍弟弟落在自己肩上的手。

“阿弟，哥哥不愿欺骗你。”

萧长赢的长睫颤了颤，眼睛迅速泛红：“阿兄……五嫂已经去了，你放过自己可好？就当……就当弟弟求你。”

萧长卿将萧长赢的手轻轻地从肩上拿下来：“阿弟，唯有长眠不醒能够让我忘记你五嫂。她临死前对我说，要我好好活着，我便好好活着……”

说着，他看到萧长赢腰间挂着一把精巧的匕首，一把将之拔了出来。薄薄的刀刃锋利无比，他将刀柄放在萧长赢的掌心里，握着萧长赢的手对准自己：“或许……你可以成全阿兄，如此……便不是我失信于她。”

萧长赢挣扎了两下没有挣脱萧长卿的钳制，反而划伤了萧长卿的手。萧长赢慌乱地松手，匕首掉落在地上。他一把将笑得唇红齿白的兄长推开：“阿兄，你疯了！”

萧长赢早就知晓哥哥自从五嫂死后就不正常了，往日只当哥哥是沉溺在悲伤情绪中还未走出来，今日才知晓哥哥不是还未走出来，而是将自己牢牢地锁在里面了。如今站在他面前的哥哥，不过是一副躯壳而已。

“哈哈哈——”萧长卿笑出声来，蹲下身将匕首捡起来，用指腹将匕首上的血迹抹去，看着自己还在流血的手，“我早就疯了！我崇敬的父亲，灭了我的妻族之人；我尊重的母亲，将毒药送到我妻子手里，让我妻死子亡。他那么小，就在我面前化成一摊血水。她的身子在我怀里一点点地变得冰凉。

“他们凌迟了我的心，还要我若无其事。我沉湎于丧妻之痛之中，他们却对我说大丈夫何患无妻？！待她过世一年后，他们就给我再寻个可心之人！

“就在我妻子的灵堂里，他们竟说出这等冷漠无情之言，何曾将我视作亲生儿子？”

萧长赢疾步奔上前，将悲恸得仿若要癫狂的萧长卿抱住：“阿兄！”

他的哥哥不仅仅是因为痛失至爱才至此，而是痛失至爱后，所有的至亲都漠然以待，无人懂他的痛。阿爹认为他儿女情长不堪大用，阿娘觉得他优柔寡断为一个女人落魄至此是无能。

他们都没有痛过，不但不体谅他的痛，反而在他的伤口上一次次地撒盐。

萧长卿闭了闭眼，再睁开之时将所有的情绪都敛于幽深的乌瞳之中。他拍了拍弟弟的背，才推开弟弟：“此事我们就到此为止，余下的由陛下去清查。”

盗墓案与他无关——他只不过查到了一些蛛丝马迹，这才加以利用罢了。至于背后是谁在用这等天理不容的法子敛财，他并不好奇，更不想插手，以免引得陛下猜疑。

历阳郡，沈羲和看着偶有星光闪烁的夜空，在这里等了几夜，也就今日有了星辉。

大概巳时，沈羲和不经意地一瞥竟发现花苞像胆怯的女童一样悄悄地往上探了个头，面上一喜，抓了抓旁边萧华雍的手臂，声音不自觉地压低：“它动了。”

萧华雍的视线久久地落在自己的手臂上，方才她……摸了他的手臂，温热柔软的触感，好像粘在了他的肌肤上，他情不自禁地露出了略带傻气的笑容。

沈羲和并没有注意萧华雍，目光都集中在琼花上。

不多时花柄将花苞往上顶，花苞就像小女童拔高，变成纤细的豆蔻少女。

一阵风吹来，花苞轻轻地颤了颤，松动了紧致的花瓣，一层层地缓缓打开，宛如少女初长成般无限娇羞。它们淡雅绝俗，轻软如绸，柔滑似绢，摇曳生姿，亭亭玉立。

花丝娇娇怯怯地探出来，伴随着浓郁迷人的芬芳散开。

萧华雍回过神来看着它们的变化。两朵花几乎是同时绽放的，他仿佛看着两个佳人芳华盛放的一生，正要感慨一句，还没来得及张口，就见沈羲和双手一伸，两朵绽放到了极致的花都被掐断，枝头只剩下光秃秃的花柄。

萧华雍脸上的笑容僵了僵。

“行了，赶回去还能歇息一两个时辰。”沈羲和将花朵放入珍珠一直捧着的匣子中。

放好花之后，沈羲和毫不留恋地抬脚离去。

萧华雍看着她走远，又回头看着光秃秃的花柄，不甘心地把那句话对着无花的花柄呢喃道：“月下美人，美人月下，月美花美不敌人美……”

说完，萧华雍看着在夜风之中颤动的花柄，感叹一声：“遇上不解风情之人，你我一样可怜。”

沈羲和上了马车后，才发现萧华雍还站在原地。她不解地看着低头似乎在探究琼花秃枝的萧华雍，问身边的珍珠：“方才琼花花柄有何独特之处吗？”

珍珠摇头：“婢子不知。”

好在萧华雍也没有停留多久，很快就追了过来。

沈羲和又问了萧华雍一遍：“殿下方才在看什么？”

萧华雍温和地笑着，面上一派泰然神色：“我适才在想如何培植琼花，因此多看了几眼。”

沈羲和点了点头，入了马车，仔细地回想了一番方才的时辰估算。这次她之所以亲自来，就是想要确定花开到极致需要多少时辰。她是凭借着香气来判断花是否开到最盛的。

花香在拂过她的鼻间时是有层次感的，逐渐浓郁说明花还在绽放，稍变淡就意味着花有败落的趋势，这一法子只适用于她，旁人是无法分辨出来的。很快，她将之转换出了精确的时间。

纵使每朵花或许会略有不同，但相差应不会太大。沈羲和将之叙述出来，由珍珠写下来，若是此法当真有效，日后就交给手下的人去采摘此花。

萧华雍坐在一旁听着她不疾不徐的语调，觉得每一个字都好似一朵绽放在他心间的琼花一般。她专注认真的模样真的美极了，尤其是这件专注的事情是为他做的，就更是让他看着看着不由得看痴了。

“咯！”珍珠知晓不该出声，实在有些冒犯殿下，可殿下的目光太过于火热露骨，也就郡主能视若无睹——她和红玉实在是忍不下去了。

“殿下回京都吧，我自河南府绕道。”沈羲和不想和萧华雍一道走。

她心定志坚，萧华雍对她的影响并不大，但对她身边的人的影响不小。

“我……”

“此花也不知能存多久，”不等萧华雍推托，沈羲和就将存放琼花的匣子放到他的手上，“殿下带回去早日用了，也不枉我在此熬了几夜。”

手上的匣子明明轻飘飘的，她的话却似有千斤重，让他无从反驳。

若他执意与她一道走，待到归去之时，这花谢了，岂不是白费了她的一番心意？

“岂能辜负呦呦的一番美意？我明日就快马加鞭地回京。”萧华雍只得妥协。

沈羲和满意地颔首：“我让莫远押送卫郎将等人入京，交给陛下。”

她这是要盯着他入京，怕他半路又跑回来？

萧华雍总觉得沈羲和有这个意思，但也知晓要刻不容缓地将这些人送入京都，时间拖久了有变故不说，也会引得陛下猜疑为何他们带着这些人绕了个圈……

现下倒是可以把她绕路而行的举动解释过去了——她从临川到历阳是为了引出卫郎将等人；从历阳到河南府是为了避开路上可能有的其他埋伏，绝对不能承认是特意为了步疏林去的，她可没有干预朝政之意。

“去了河南府要当心。”萧华雍柔声叮嘱道。

“殿下不是派了人保护我吗？”沈羲和轻轻地笑道。

萧华雍低笑一声：“瞒不过呦呦的慧眼，但是明枪易躲暗箭难防，呦呦还是要当心。”

“殿下放心。”沈羲和淡淡地说道，却没有说要萧华雍将人撤回。

她说了他也不会照做，做了也是面上的样子，实际上还是会派人跟着她。她点明这事亦非责怪他，只是让他知晓自己心中都有数，也是让他不用为自己担忧。

“我在京都，等你归。”

我等你及笄。

沈羲和与萧华雍是歇息了两个时辰后，才得到皇陵被炸的消息的。他们远离京都，也无法判断京都具体是什么情势，不过这事滚雪球一般愈演愈烈，显然是有人和他们掌握了差不多的情报，早就暗中做了安排，事情才会如此一发不可收拾。

沈羲和到客栈用膳时，就听闻了几户大户人家纷纷上衙门报案，缘由就是一早听了有人盗墓的消息，他们立刻去查看家中坟茔，果然发现有被动过的痕迹。

萧华雍没有动身，想留下来看一看地方上的反应。沈羲和知晓这不是推托之词，就没有催促他。她也没有即时动身赶往河南府，而是留下来静观一日。

用完吃食后，一只鹰落了下来，沈羲和抬了抬眉，见这不是海东青，是一只普通的雄鹰。

自古就有人用飞鸽传书，沈羲和还是第一次看到用飞鹰传书的。

鹰可不是鸽子——鸽子之所以被人们用来传信，是因为鸽子会把饲养它的地方深深地刻入脑海中，绝对不会乱飞。

“竟然是老五。”萧华雍扬眉笑道。

沈羲和的沉思被打断，她抬头看着萧华雍：“皇陵被炸之事是信王殿下所为？”

萧华雍诧异地问道：“为何呦呦不觉得我说的是盗墓案系老五所为？”顿了顿，萧华雍又说道，“抑或是皇陵被炸之事与盗墓案皆是老五所为？”

“信王在京都。”沈羲和淡淡地说了五个字。

她没有过多解释，也就是顺着信王在京都这么一想罢了。

萧华雍点了点头。他对她提到的任何男子都很敏感，尤其是他那些没有正妻的兄弟，个个都是敌人。

他想着要不要回去后便把这些兄弟的后宅嫡妻的位置填满……

“殿下？”见萧华雍突然陷入沉思之中，沈羲和便轻唤一声。

回过神来的萧华雍笑道：“呦呦猜得不错，皇陵被炸之事是老五干的。”

“信王殿下的势力不容小觑。”沈羲和没有想到萧长卿能够让流言一夜之间传遍京都四周的郡府，甚至传到了历阳郡。

“这是早就定好了的时辰，把人安排在各郡各府，以信号为准，他行事之后将信号放出，京都之外的人接到信号之后再放信号，距离京都近的人接到信号之后再放。”若非这些信号，萧华雍还不能这么快就知晓这是萧长卿干的好事。

“如此也需要诸多人手，”沈羲和知晓这只是加快了信号的传递速度，“信王殿下只怕早就洞悉盗墓案了。”

“他是陛下曾倾力培养的储君之选。”萧华雍凝望着沈羲和，“陛下想将他磨砺成铁血君王，将顾家女郎嫁与他，却没想到他被磨废。陛下虽然大失所望，不再重视他，可他那些年来从陛下手中学到的手段以及利用陛下的恩宠培植出来的势力还在。”

“陛下用顾家和已故信王妃磨砺信王殿下，对殿下你呢？”沈羲和回望他。

“陛下不会磨砺我。”萧华雍牵了牵嘴角，“在他心中，我注定不是最后接手他的皇位之人。”

“三五年之后呢？”沈羲和又问道。

这三五年，陛下自然不会怀疑什么，可三五年后见萧华雍仍旧好好地活着，还能如此吗？

“三五年后我若还不能架空陛下，不如早早毒发身亡。”萧华雍用平淡的语气说出了最狂妄的话。

“殿下莫要胡言。”沈羲和皱眉说道。

似有清溪缓缓地流淌而来，滑过心田，既滋润又甘甜，萧华雍喜悦地回道：“呦呦不喜听这些，我日后定不再胡言。”

她曾经是因自己命不长才选择自己，现在不但不盼着自己早逝，更不喜欢听到自己说些不吉之言，这说明于她而言已经不再是无关紧要之人。

即便远达不到自己渴望的地步，他却已够满足与欢乐。

沈羲和没有多言。她对萧华雍自他救她那一刻起就有所不同了，不是男女之情，而是心怀感恩。

对待自己的恩人，沈羲和尽管不见得会投入多少真情，却亦不想他英年早逝。

在历阳郡，沈羲和与萧华雍就看到了百姓因为盗墓案而悲痛的景象：老实一些的人只是寻官府讨要说法，狠一些的人直接将纸钱撒在衙门前，聪明一些的人就披麻戴孝地捧着灵牌跪在衙门口，刚烈一些的人甚至有一头撞死在衙门口的。

桩桩件件事情，一下子就将全城百姓的愤怒情绪激了起来。杀人父母尚且是不共戴天之仇，更何况是死后打扰亡人的安宁？稍有良知的百姓，即便没有经历这等事，也是能明白其中的悲痛程度的。

官府连死人都保护不了，又如何能保护他们这些活人？

“难道……信王殿下不知事情会演变至此吗？”

沈羲和亲眼看到一个七十岁高龄的老妇人因亡夫的坟墓被动，一头撞死在府衙门口，鲜血飞溅，染红了那一尊石狮子。

“这些事于他而言并不重要。”萧华雍垂眸。

萧长卿是祐宁帝栽培了十多年的储君之选，只等着祐宁帝眼睛一闭，就接替祐宁帝的位置。若非出了顾家女郎这个变故，萧长卿此刻只怕是威望最高的皇子。

帝王手段本就学了不少，兼之少时便聪颖，有些事情即便陛下还未教给他，他自己只怕都已参透——要成为帝王的人，心都是冷的。

萧长卿此刻有帝王的铁血作风，却无帝王该有的以大局为重、以百姓为重的宽仁之心。

不是祐宁帝没有教给他这些，也不是他自己参悟不到，而是这些东西都不是他所求的。

他已经无心帝位，只想让陛下的日子不好过罢了。

“殿下也不阻拦吗？”沈羲和看向萧华雍。

这件事情到了这个地步，她已经插不上手。她没有证据证明这是信王所为，即便有证据，揭发信王炸皇陵之事，也平息不了民怨。

“现下只能等陛下下罪己诏。”萧华雍望着遥远的京都方向说道，“无论是皇陵外部被炸惊扰先祖，还是此案牵连之广，都得陛下下罪己诏才能平息民愤。”

说到这里，萧华雍意味不明地笑了笑：“老五此举倒也利大于弊。”

“利大于弊？”沈羲和不解地问道。

萧华雍低声回道：“若无皇陵被炸之事，即便陛下颁了罪己诏，百姓也未必会就此善罢甘休。可现在皇陵也被炸了，这意味着不是朝廷纵容盗墓之事，皇家亦是受害者。只要罪己诏写得情真意切、感同身受一些，再提一提陛下登基二十年来，民富国强，百姓又过了最大的悲痛之期，最后陛下寻两个当地同样被动了坟茔的有名望之人站出来说项，这一场风波不难被平定。”

沈羲和听了这话后仔细一想，好像当真如此。

若是没有皇陵被炸之事，只怕百姓定会以为这都是朝廷官官相护、鱼肉百姓、皇室包庇导致的。

可有了皇陵被炸之事，陛下反倒能够和百姓一起“同仇敌忾”，只要最后将幕后之人揪出来绳之以法，那么这件事情就彻底地被揭过去了，也不会在百姓心中留下一根刺。

“这样做唯独会把陛下架在火堆上烤。”萧华雍说着低笑出声。

这下子，陛下不想、不甘、不愿下罪己诏也得下。

沈羲和扫了一眼远处悲痛欲绝地哭喊的人们，低声说：“陛下不会很快下罪己诏。”

萧华雍含笑的眼眸中尽是夸赞之色，说道：“呦呦看出来了。”

沈羲和：“多亏殿下提点。”

萧长卿是剑指陛下，或许安排了人一夜之间将皇陵被炸的消息传遍大江南北，但绝对没有安排人煽动百姓。先人被惊扰的陛下固然惊怒交加，悲恸得难以自持，却也不到搭上一条性命的地步。

这里面很明显还有人顺势而为地动了手脚，而这个人肯定是盗墓案的主使者。

陛下既然已经逃不掉要下罪己诏的命运，为何不将幕后之人揪出来一泄心头之恨？

“但愿少闹出些人命。”沈羲和轻叹一声。

“呦呦，这世间真正蠢笨之人与绝顶聪明之人一样稀少，众生多为寻常人，寻常人并不会轻易地被煽动就以命相抵。”萧华雍语气里透着一丝冷意，“你方才见到撞死的妇人，家产已被儿子败光，她年逾古稀，没有多少年活头，但膝下还有三个孙儿。

“她这般撞死在衙门口，固然有为夫君求公道之心，可若非觉得自己这条命值得，亦不会决意赴死。”

萧华雍并不是胡乱推测，而是派人查了后才敢下定论。这位老妇体弱多病，早已不堪年迈疾病缠身，只不过放心不下儿媳带着三个孩子才苦苦熬着。

如今长孙已经成年可以撑起门户，她现在最需要的就是为孙子们谋个前程。她这样撞死在衙门口，自己得以解脱，也为她的孙子们留下了一条出路——朝廷必然是要安抚补偿她家的。

这就是人性，她或许不聪明，但在为后世子孙筹谋时，只要能够得到自己想要的东西，不在乎是否有人利用她。

“殿下是说，凡因此事以命相搏之人，九成是为了牟利？”

“是。”

只有那么一两个人或许是真的性子偏激或为人刚烈，大多数人更想亲眼见到的，是朝廷会如何处理这件事情的。

“即便如此，我仍然盼着此事早些被解决。”沈羲和说道，“殿下，我明日启程去河南府，那里才是根源所在。”

包括之前有人供出来的奉合典当行也在河南府。

“我得回京。”萧华雍说道。

他倒是想陪着沈羲和去河南府，一则琼花耽搁不得，二则皇陵被炸之事非同小可，自己此刻不在宫中，极易暴露。

身为皇太子，皇陵被炸这样的事情，即便身体再不好，他也要撑着露个面表个态。东宫中的替身代替他“昏迷着”还行，出去是万万不行的，他得赶快回到宫里。

萧华雍与沈羲和在历阳郡分开，一个直奔京都，另一个转道入了河南府。萧华雍是一个人快马加鞭，沈羲和是浩浩荡荡地带着大队人马。

她到河南府的前一日还收到了步疏林的传信，言辞间一如既往地满是嬉笑之意。但她入城的当日，就听到了步疏林被人赃并获的消息——步疏林就是盗墓案的主使者。

“你说什么？！”沈羲和霍然站起身来。

她刚到驿站，和去临川郡带着陛下的赏赐不同，此次只是路经河南府，郡守自然不会亲自来迎接。且现下河南府闹得比历阳郡还要厉害，郡守能够派贴身之人来迎接她，已经是全了脸面。

因此她住到了驿站里，派遣珍珠去知会步疏林，请步疏林来一趟。珍珠没有带回步疏林，反倒带回了步疏林今早天微亮之际与奉合典当行的朝奉见面，并且毒死了朝奉，被河南府郡守人赃并获的消息。步疏林现在被关押在牢房之中，正等待河南府郡守上奏陛下定夺。

“步世子在河南府的死牢里。”珍珠面色凝重地说。

“走，去郡守府。”沈羲和拿上御赐金牌，立刻从驿站要了马匹，带着珍珠与墨玉以最快的速度策马赶到了郡守府。

河南府郡守姓唐，单名一个眷，是祐宁八年的进士出身，为官十二载，做到了河南府郡守。他是寒门子弟出身，深得陛下信任，一直做着纯臣。

到了府衙，沈羲和的心脏突然跳动得十分剧烈，让她极为不适。哪怕是基本恢复与常人无异，她到底还是缺乏锻炼，身子骨儿较弱。

她让珍珠先递了拜帖，算是给唐郡守礼遇。

她没有见到唐郡守，见到的是他手下的簿曹。

簿曹恭恭敬敬地将她请进去，又是茶水又是点心地殷勤招呼：“郡主见谅，郡守忙于盗墓案，不在府衙里。郡主若有事，吩咐小人便是。”

“我要见步世子。”既然他让吩咐，沈羲和就直截了当地吩咐道。

簿曹目光闪了闪：“郡主，步世子牵扯盗墓案，乃盗墓案疑凶。如今民怨四起，郡守叮嘱不容任何人探望步世子。”

沈羲和抬手，金光闪闪的御赐金牌贴在她的掌心上：“我现在就要见步世子。”

簿曹“扑通”一声跪在地上恭敬地行了大礼喊了“万岁”，这才战战兢兢地爬起来："小人这就去安排。"

沈羲和见到步疏林后才松了一口气，真的担忧步疏林被严刑拷打。

步疏林躺在牢房的石床之上，晃着跷起来的腿，嘴里还哼着小曲儿，听到开牢门的声音，转头一眼看到披着斗篷进来的沈羲和，立即哭着奔过来："我的呦呦，你可算……"

沈羲和一个闪身避开步疏林。

扑空的步疏林撇着嘴回头看着沈羲和，痛心地控诉起来。

"我看你自在得很。"沈羲和冷笑了一声。

"我差点儿小命都没了。"步疏林委屈地说道。

珍珠入内，将长凳擦干净，然后出去掏了银子打发狱卒。

沈羲和优雅地落座："说吧，你这是唱哪出？"

"什么唱哪出？"步疏林在沈羲和的旁边坐下，撇了撇嘴，说道，"我真是被人陷害了。若非唐郡守早年蒙受过我阿爹的救命之恩，你这会儿只能给我收尸了。"

"起因、经过。"沈羲和瞥了她一眼。

"我这不是奉命而来的吗？我这段时日一直在明察暗访，毫无头绪，就在前日才查到奉合典当行朝奉可疑。我发现了他们藏匿的赃物后，原是要潜入他的府邸里一探究竟的，哪里知晓他正等着我？"步疏林一提起这事就被气得牙痒痒，"他见了我，与我说了两句话后，自己喝了杯茶就吐血倒地。我担忧他使诈，正要去探他的鼻息，便听到大批人闯进来——我被堵了个正着。"

当时那种情况下逃出去肯定要被人抓，更是百口莫辩，躲起来也不是明智之举，她只能打开门等着这些人来，然后亮出自己是奉命来查此事的特使身份。

"你是不知，唐郡守与那位郡尉竟差点儿为了争夺我而打起来！最后还是因为唐郡守为主政官，这等事非得他做主才合理，这才强势地将我带回来，否则……"

她要是落在郡尉手里，必然是死路一条。

"从那位朝奉的府邸里是不是搜查出许多未被销毁的赃物？"沈羲和问道。

步疏林点头如捣蒜："人赃并获，你说我惨不惨？"

"惨？"沈羲和冷笑一声，"都畿道的刺史没有赶来，我先一步到，你就偷着乐吧。"

郡守掌着一郡的政务，郡尉掌着一郡的军事，唐眷能够将人抢过来。等到刺史赶过来要人时，唐眷也不得不把人给顶头上司——刺史是一州政务的掌控者。

"我知晓……我知晓，呦呦是我命中的贵人。"步疏林用亮晶晶的双眸盯着沈羲和。

"从州府到此不过半日的路程，算算时间刺史很快就会到。"沈羲和敛眉沉思着说道。

不能让刺史将步疏林带走，否则步疏林不可能活着回到京都，可她纵使有御赐金牌，也不能在如步疏林这等人赃并获、证据确凿的事情上强留人，除非这件事有疑点。

想到此，沈羲和目光一定，含笑的视线落在步疏林身上。

“呦……呦呦，你为何这般看我？”步疏林被看得有些发毛。

沈羲和拿出一个碧色的瓷瓶放在桌子上：“这是毒药，一种服下要几日才会致命的毒药。你是习武之人，逼出一口血应该不难。你服下此药之后假装毒发，郎中诊脉会确诊你中了毒。解药我也留给你，你过两日再服下去。”

“他不会说我是畏罪服毒自尽吧？”步疏林担忧地问道。

“你放心，只要你中了毒，有我在，这事就由不得他定论。”沈羲和强势地说道。

步疏林眼中闪烁着感动的泪花，说道：“我为何不是……？此生不娶呦呦，真是枉为男儿！”

沈羲和轻蔑地冷笑了一声：“你蠢成这样，还想娶我？除非我双目失明、脑子被撞坏，否则你就是痴人说梦。”

若非看在西北和蜀南应该同气连枝的情分上，沈羲和都不愿多看步疏林一眼。

步疏林可怜巴巴地盯着沈羲和，见沈羲和无动于衷，便抓起毒药倒出一粒，仰头吞服下去，然后耷拉着脑袋说：“这事也不能怪我。我早就盯着这位朝奉，处处谨慎小心。他绝不是一开始就给我下套，定是其他地方出了岔子，才临时把我诱去做了替罪羊。”

步疏林也很委屈。她是真的很警惕，确保这个朝奉不知自己为何而来。

毕竟此事关系重大，她又是这样的身份，陛下定不会放心将这事交由她负责。

沈羲和闻言微抬螓首：“如此说来，你是被两个人下了套。”

“两个人？”步疏林敛眸沉思，“陛下果然不信我。”

事到如今，她还有什么想不明白的？陛下的确未曾将这事交由她负责，她就是个幌子，用来引走旁人的目光。只不过她来了这边吃喝玩乐，整日留恋花楼，才安安稳稳地活到了现在。

陛下那边估摸着是看着她还有用，真正被派来查这案子的人还未拿到证据，这才一直没有对她下杀手。到后来盗墓案闹大，陛下就更没有工夫对付她了，可好不容易将她弄出来，大好时机不加以利用，实在是可惜。

所以被陛下派来暗中查盗墓案的人摆了她一道，将她来此的目的泄露给了旁人。真正的盗墓主使者眼看这件事已民越闹越大，就一不做二不休，故意引步疏林到已经暴露的朝奉家里来个人赃并获。

沈羲和：“倒也不冤。”

“是吧？他们几方势力暗算我一个，我插翅也难逃，幸得唐郡守欠了我阿爹的恩情。”步疏林一脸庆幸的表情。

“唐郡守亲口告知你，你阿爹对他有恩？”沈羲和问道。

“正是。”步疏林点头。

沈羲和乐了：“你去信问问你阿爹，唐郡守是否欠了你阿爹的恩情？”

一个是勋贵出身，镇守蜀南的武官；另一个是寒门出身，兢兢业业的文臣。

沈羲和已经查过唐眷了——他的确有过在蜀地任职的履历，可距离蜀南王府几个郡，沈羲和可不信他们有交集。

且步疏林来了这里，又是查这样凶险的案子，若是有这样的人脉，步拓海不可能不告知她。

因唐眷当年中进士，主考官是崔家的人，沈羲和倒是觉得崔晋百把步疏林指派到这里来，就是因为有唐眷在，才敢这么有恃无恐。

唐眷是个聪明人，也没有过分袒护，一切公事公办。这件事情的确在刺史没有来前，他以有疑虑为由，可以全权做主，这才免于步疏林落入郡尉之手。

不得不说有唐眷在，步疏林在此地倒是万无一失。沈羲和端看唐眷抓了步疏林放在牢房里，还能离开处理政务，不担心有人趁机对步疏林不利，就能够知晓唐眷对郡守府衙从上到下的掌控程度有多深了。

今日若非她先到一步，想来崔晋百也有法子化解步疏林的危机。

崔晋百对步疏林可谓煞费苦心。

“嗯？”步疏林转了转眼珠子，目光明亮，“呦呦，唐眷是你的人？”

沈羲和一脸无奈的表情，真不该高看步疏林的智商。

“自己想。”沈羲和说着站起身，离开了监牢。

既然于刺史要来，沈羲和自然要好好会一会他。

沈羲和刚出牢房就遇到了急忙赶来的唐眷。

唐眷对沈羲和行了礼：“郡主。”

沈羲和也回了礼：“唐郡守。”

“郡主，于刺史还有一刻钟便到府衙。”唐眷说道。

此言一出，沈羲和更加确定唐眷是崔晋百的人，否则怎会如此信任她？对方这是让她早做准备。

虽然暗地里帮崔晋百，可唐眷有他的顾虑和立场，是不可能和顶头上司起正面冲突的。

“唐郡守只管处理与盗墓案相关之事，其余事交于我。”沈羲和给了唐眷一颗定心丸。

唐眷果然松了一口气，对沈羲和又抱手行了一礼。

沈羲和就坐在大堂内，细细地品着平仲叶茶水。这是萧华雍走前给她留下的一包，让她以茶思人。茶她要了，人嘛，就没甚可思的了。

她约莫坐了一刻钟，果然府衙门外响起了马的嘶鸣声。

很快三个人大步走来，走在前方的人身着紫色官服——本朝只有三品及以上官员才可着紫色官服。

各地刺史分为三等：上州刺史为从三品，中州刺史为正四品，下州刺史为从四品。

于刺史与唐眷互相见过礼后走到正堂就看到了缓缓站起身来的沈羲和。依品级高低，刺史哪怕握有一州实权，他也要先给沈羲和见礼："郡主。"

沈羲和态度谦恭地回礼："于刺史。"

"郡主缘何在此？"于刺史用含笑状似寒暄的语气问道。

"不便与刺史道。"沈羲和淡淡地回答。

于刺史也没有丝毫不满的样子，脸上仍然挂着谦和的笑容："想来是郡主的私事，恕下官失言。既然如此便不打扰郡主了，下官尚有要事在身。"

"莫不是步世子牵涉盗墓案一事？"沈羲和问道。

"正是。"于刺史颔首。

"此案发生在此地，虽说干系重大，也应当由唐郡守主审才是。"沈羲和状似漫不经心地说道。

于刺史虽然是唐眷的上峰，可一处有一处的规矩——若非唐眷上奏，尽管于刺史有干预之权，却也未免太难看。要知道一州之下郡府少则五六个，多则十来个，上峰若都是如此行事，这些郡守心中该如何作想？

"郡主有所不知，此案牵涉重大，州府已经乱成一锅粥。若能早些有个交代，也早些为陛下分忧，令百姓安心。"于刺史说得冠冕堂皇。

沈羲和打量了于刺史几眼，才轻轻地笑道："于刺史如此心急陛下之忧、百姓之患，昭王殿下可知晓？"

昭王已故的王妃于氏，是于刺史嫡亲弟弟的嫡女。

而这件事情，沈羲和不认为是昭王所为，诸多地方无法合理地解释，但于刺史偏又上赶着横插一脚。沈羲和不觉得这是为了抢功，很明显于刺史因为旁的事帮了别人，打算坑昭王一把。

其实于刺史也不算坑昭王，只要步疏林畏罪自尽，昭王也就沾不上腥了。

于刺史笑容不变地说："郡主此话，下官不知何意？下官为官诚于黎民，为臣忠于陛下。"说罢，于刺史不欲与沈羲和纠缠，"下官尚有公务，不能奉陪，郡主见谅。"

沈羲和也顺势让了路，并未纠缠，看着于刺史带着两个下属，消失在视野中，才问唐眷："唐郡守，你这府衙里可有与郡守不齐心之人？"

唐眷莫名地眼皮一跳，眼前这位郡主清丽脱俗，言语时声音动人清婉，看似没有一丝锋芒，却总让人觉得似一柄宝剑，随时都能飞出剑鞘，出鞘则必饮血。

唐眷按下心思，敛眸道：“郡主放心，下官虽愚钝，却有两分御下之能。”

“如此甚好。”沈羲和浅浅地笑了笑。

何处好？唐眷自问浸淫官场十几载见过形形色色之人，亦有几分聪明，眼前这位郡主看似娇弱稚嫩，却让自己难以看透。

总不会西北民风彪悍，这位郡主要在他的府衙里直接杀了于刺史灭口吧？

联想到西北王往年的一些行径，再看着优雅落座低头品茗的沈羲和，他那点儿惊慌之色才收敛。郡主看着高雅知礼，一举一动皆不似莽撞蛮横之人，应不会如此胆大妄为。

琢磨不出沈羲和要做什么，又不好多问，怕问多了就不慎成为“合谋”的唐眷忧心忡忡。

很快于刺史就出来了，且他带来的人还押着步疏林。

步疏林见到沈羲和之际冲她挤了挤眉。

沈羲和几不可见地点了点头。

下一瞬间，步疏林突然张嘴喷出一口鲜血！唐眷被吓得面色一变，于刺史也是转头睨着软倒下去还颤巍巍地伸出手指指着自己的步疏林。

只听步疏林艰难地开口道：“刺史……为何……为何下毒害我？！”

步疏林说完，眼睛一翻就倒在于刺史的下属的怀里。

“于刺史，你对步世子做了什么？”沈羲和立刻质问道。

于刺史绷着脸：“下官未对步世子下毒！”

“唐郡守，快请郎中！”沈羲和冷冷地说道。

“下官自会……”

“于刺史！”沈羲和打断他的话，“步世子人赃并获是嫌疑之人，此刻于刺史亦有下毒毒害步世子之嫌。于刺史若是不洗清嫌疑，我是不会让你带走步世子的。”

“郡主，你要干预朝廷之事？”于刺史沉下脸色。

“于刺史，我并未阻拦你带走步世子，未曾询问过一句关于盗墓案之事，何来干预朝廷之事一说？”沈羲和寸步不让，“我眼见着步世子在你手上中毒，且在昏迷前指认是你下的毒，这是另一桩事。”

“郡主！”

“先让郎中诊治。”唐郡守此时叫了府中的郎中来，打了个圆场，亦不知沈羲和葫芦里到底卖的是什么药。

于刺史给另一个下属使了个眼色，这个下属立刻奔了出去。

府衙的郎中给步疏林诊了脉，有些不确定：“步世子有中毒之兆，身中何毒，恕小人才疏学浅，分辨不出。”

“于刺史作何解释？”沈羲和问道。

于刺史冷哼了一声："郡主莫急。"

没过多久，于刺史的下属也带了一个提着药箱的郎中来："这是州府的郎中。下官担忧步世子身娇体弱，一路上有个闪失，因此带了郎中同行。"

沈羲和扬了扬眉，没有阻拦这个郎中给步疏林诊脉。

这个郎中明显是于刺史的人。可这里还有其他的郎中在，他也不能胡说八道，仔细地诊断了半晌后才低着头回道："世子确实中毒，此毒小人亦未见过。"

沈羲和对于刺史投以似笑非笑的目光。

于刺史知道这定然是沈羲和与步疏林的计谋。他若这会儿带不走步疏林，就别想再带走人了。要是步疏林成为不了盗墓案的主使，他心急火燎地横插一脚，就算没有证据，这个屎盆子也必然要往昭王头上扣。

"既然此毒如此不同寻常，来人，火速带步世子回州府，寻名医解毒！"于刺史大喝一声。

他自然不止带了两个人来，外面的他的人此时已冲了进来。

唐郡守退到一边，郡主既然如此做局，定然是料到了这一步，必有应对之法，以他的身份和立场并不适合偏袒任何一方。

"莫远！"沈羲和低喝一声。

莫远也带着十来个人冲了进来。

"郡主妨碍公务，阻挠下官办案，此事下官定会上奏陛下！"于刺史寒着脸，双手对着京都的方向抱拳："带走！"

"刺史对嫌犯下毒，大有灭口之嫌，我亦会告知陛下。"沈羲和淡淡一笑，退到墨玉和珍珠身后："拿下！"

唐眷完全没有想到事情真的会闹到这个地步，欲言又止。

莫远带来的人和于刺史带来的人大打出手，沈羲和却目不斜视地绕过回廊走到了府衙门外。于刺史的下属跑出去，绝不会只是带了个郎中来，沈羲和可没有忘记步疏林说过，此地郡尉和唐眷争抢过她。

沈羲和才到门口，果然见郡尉骑着马带着一队人来了，滕井守在外面阻拦。

"郡主，下官收到刺史求援，言此地有人欲害他性命。"郡尉握着腰间的刀，眼睛往内张望着。

"于刺史有毒杀步世子之嫌，是我与唐郡守亲眼所见。我只盼于刺史留在此地查清此事，但于刺史执意动手，此事郡尉最好学唐大人，明哲保身。"沈羲和淡淡地说道。

"郡主见谅，下官身负皇命，安一方清平，职责所在，此事下官不可坐视不理。"郡尉对沈羲和抱了抱拳，就对身后之人招了招手。

珍珠和墨玉要阻拦，沈羲和抬手相阻。

郡尉带着人冲进去之时，莫远正好和于刺史的心腹纵身而起交手。莫远一掌将对方击落，对方砸在于刺史的脚边，从身上滚出一个瓷瓶。

“住手！”药瓶砸碎的脆响与郡尉的一声高喝一道响起。

郡尉的人奔了进去，将人围住。

沈羲和挽着丁香色银丝钩平仲叶披帛缓缓地走来，两边的人都停了手。她一步步地走到于刺史面前：“珍珠。”

跟在沈羲和旁边的珍珠拾起药瓶碎掉的其中一片瓷片，将药丸捡起放在瓷片上递给沈羲和。

沈羲和未接，而是对唐眷与郡尉说道：“劳烦二位各寻一个郎中，验一验此毒是否是步世子所中之毒，便知于刺史是否下毒了。”

于刺史被气得胸口一窒，充血的眼瞳都差点儿瞪出来：“诬蔑！”

“于刺史，药尚未被查验，何以如此过激？”沈羲和困惑地看着他，“看来于刺史知晓此为何物？”

为何？你心里不是最清楚？！

于刺史凶狠的目光恨不得将沈羲和给生吞活剥了。

此刻他明白了，毒是步疏林自己吞下的，毒药是沈羲和提供的，沈羲和身边这个护卫身手了得，不知何时交手之际便将药瓶藏入了他的人的怀里，又故意当着郡守与郡尉的面将药瓶打出来。

这就成了在众目睽睽之下，他的人藏了毒，与他们给步疏林做局有异曲同工之处！

“郡主，你可知陷害朝廷命官是何罪？”于刺史阴毒的目光落在沈羲和身上。

沈羲和转过身来一字一顿、不疾不徐地反问道：“于刺史，你可知诬蔑王侯将相是何罪？”

少女婀娜纤细，却如梁柱一般笔直，能够撑起宽大的屋梁，于刺史的气焰顿时矮了一截。

不等他张嘴欲言，沈羲和轻轻地笑了一声：“于刺史此言是我陷害你了？可有证据？难不成于刺史要说这药是我硬塞给你的心腹的？”

难道不是吗？！

“于刺史不觉得荒谬吗？”沈羲和眼眸中闪过一丝嘲讽之色，“我到此不过半个时辰，与你未曾单独见面，皆有唐郡守在身侧。此物由你的心腹身上掉下来，郡守与郡尉看得分明。

“于刺史，你要喊冤，要寻人顶罪，也寻个说得过去之人。”

于刺史被气得将拳头握得“咯吱”作响。

沈羲和无视他，看向唐眷：“唐郡守，事发于你的府衙里，虽然于刺史是你的上峰，可天子犯法与庶民同罪。郡守不若先将于刺史羁押，再上奏陛下。于刺史既然口口声声攀咬我，我自然也不会离去，就留在此地，由陛下委派之人来查个清楚。”

好吧，这位郡主连留下来的理由都如此冠冕堂皇。

唐眷想着她竟然大胆到在众目睽睽之下让下属嫁祸于刺史，且弄了两个目击证人，就觉得这位郡主有勇有谋、行事周全、滴水不漏，日后最好莫要得罪。

“郡主所言极是，我与郡尉亲眼所见，此物由于刺史带来之人身上落下，至于此物是否是步世子所中之毒，还需要查验。”唐眷也是谨慎得不留任何疏漏，且所言句句客观无丝毫偏袒之意。

郡尉倒是很想说一句“我没有见着”，但这么明晃晃的事情，除非是眼瞎，只得干巴巴地说道：“此事尚有疑点，于刺史并无毒杀步世子之由。”

“郡尉如何得知于刺史并无缘由？可有证据？”沈羲和慢条斯理地问道，“若是有，便请郡尉拿出来，以免造成误会，让于刺史平白受了冤枉。”

“下官……”郡尉被堵得说不出话来，只得问道，“郡主何以认为于刺史有毒杀步世子之嫌？”

“郡尉说话真是令人费解！”沈羲和上下打量了他一番，“郡尉是武官，平乱擒贼才是职责，不宜插手这等查案捉凶之事。”

讽刺了郡尉一句后，沈羲和才接着说道：“步世子中了毒，昏厥前指证是于刺史下的毒，而且从于刺史带来之人身上掉下了疑似毒药之物。这难道不应当将人收监追查？怎么就成了我认为于刺史是下毒之人？我可是自始至终言明有嫌疑而已。”

郡尉脸色青白交加。

天高皇帝远，他真想用武力镇压，可唐眷看似保持中立，实则偏向沈羲和；沈羲和又带了不少高手，更有陛下派遣的随身护卫——他要想强行镇压他们根本不可能。

郡尉派人去寻了个郎中来，唐眷还是用了府衙的郎中，两个部中凑在一起仔细辨别，又捉了一只老鼠做实验。

最终，郡守府衙的郎中肯定地答复：“步世子中的应是此毒。”

郡尉请来的郎中也不敢反驳——到时候沈羲和多请几个大夫来查验，他不是自毁招牌吗？但郡尉的意思他也明白。

他只能给出个模棱两可的回答：“似是此毒。”

到了这个地步，唐眷只能对于刺史行了个礼：“于刺史，请等陛下圣裁。”

于刺史目光阴冷地扫过一派淡然且一只手整理着另一只手的宽大水袖的沈羲和。

这里不是他的地盘，他来这里就是自投罗网。

步疏林的局前日才定下，昨夜实施，今早人才被下狱，眼前这个看似柔弱的女郎必然是入了城后才知晓此事——这么短的工夫，她就给他设下了一个死局。

此刻被莫远打晕、从身上掉下药瓶的人苏醒过来，指着莫远说此物是莫远趁他们二人搏斗之际栽赃的，却已经无法取证。正如沈羲和所言，她自始至终没有说过于刺史是凶手，并言明自己会留在此地等待陛下派人来调查此事。

“郡守府已无械斗，郡尉还留在此地，是无事待办吗？”等到唐眷将于刺史请入牢房里后，沈羲和转身浅浅地一笑，对郡尉说道。

沈羲和无疑是个绝色美人，郡尉也无疑有所有男人对美人的迷恋之心。沈羲和这一笑可谓风华万千，却让郡尉莫名地感到背脊发凉。他无声地对沈羲和抱拳行了一礼，带着人不甘心地离去。

对沈羲和如此轻而易举地逆转局势，唐眷敬佩不已：“郡主，于刺史是昭王殿下的妻族。”

这一点沈羲和当然知道。唐眷提醒也不是担心沈羲和不知，而是提醒沈羲和，这件事要不出差错，朝廷派来何人才是至关重要。

“唐郡守放心，京都自有人让昭王殿下知情识趣。”沈羲和敛眸，“我要去牢里与于刺史说说话。”

“郡主请。”唐眷让了路。

沈羲和入了牢房里，见于刺史铁青着脸，面对自己就似面对有不共戴天之仇的仇人一般。

珍珠搬了一把扶手靠背椅过来，沈羲和隔着牢房的门优雅地落座：“于刺史的脸色何必如此难看？我不过以其人之道，还治其人之身。于刺史给步世子做局之时，便不曾想过自己有朝一日也会成为局中人吗？”

沈羲和是真的不太明白，为何这些会算计旁人之人没有丝毫成王败寇的气度？他们只准自个儿谋害旁人，换了自个儿被人谋害，就怨天尤人、恨天恨地。

“郡主若是来奚落我的，大可不必。”于刺史脸色更难看了。

沈羲和低头理了理披帛和袖子，确定没有一丝不妥之后才抬头：“我是来寻于刺史解惑的。”

于刺史冷冷地盯着沈羲和，一言未发。

沈羲和面色平淡地说：“盗墓案涉及之人乃被发配的逃兵，非我小瞧昭王殿下，昭王殿下身后并无军中势力，若有能不动声色地放走这么多被发配的逃兵的势力，也不用此刻还韬光养晦。

“如此推断，盗墓案非昭王主使，我便想知晓是何人逼得于刺史蹚这浑水？”

于刺史怔了怔，旋即看向沈羲和的目光都变了。

他方才是气恼和怨恨，但不是如沈羲和所料那般没有气度——不容许旁人算计自己。只是他打心里没看得起沈羲和，气恼自己竟然轻易地被沈羲和这么个黄毛丫头给设套套住了。

然而沈羲和此刻这番话足以让他震惊——她竟然三言两语就能够分析透其中的关节。

“郡主请回！”于刺史硬邦邦地吐出四个字。

意料到他会不配合，沈羲和又说道：“于刺史，你可知对方陷害步世子不成，要如何让此案迅速地了结？”

背后之人自然会再推一个替罪羊出来，至于这个替罪羊是谁，这还用问吗？

步疏林被查明是惨遭陷害，那么陷害这位步世子的人自然不清白。

于刺史闭上眼：“郡主请回！”

“你身为刺史，应当比我更清楚盗墓案现下闹得有多难以收场。”沈羲和接着说道，“陛下现在只求迅速解决此事，不会为你一个人耽误太多时日，一旦盗墓之罪落下，就不是你一个人可以承担的了。”

此案的主使者害得陛下都不得不下罪己诏，又引起了这么大的民怨，被陛下判个诛九族都不为过。

这一次百姓实实在在地是受害者，只会觉得将主使者诛九族才大快人心。

于刺史握紧双手，深吸一口气，极其克制地说道：“郡主请回！”

沈羲和没有想到诛灭九族的刑法都不能让他将幕后主使者供出来，这背后之人到底给了他怎样的好处，让他一力扛下此事，甚至不惜连累昭王？

“郡主，这于刺史为何如此嘴硬？”沈羲和出了牢房，珍珠也想不明白地问道。

“唯有一个可能。”沈羲和淡淡地说道，“他是真的参与者，且在盗墓案中占据极其重要的地位。陛下清查下去，他根本无法择清，被诛灭九族是不可避免的。”

“即便如此，也不应当放过同谋。”珍珠觉得人性不可能让于刺史眼睁睁地看着自己的九族被灭，同谋却逍遥法外。

“被诛灭九族是在劫难逃的。”沈羲和淡淡地说道，“若他还有个私生子在外，能够保留一丝血脉，这个血脉的延续恰好在他的同谋手里呢？”

珍珠没有想到还有这样的可能性，不过认真一想又觉得这也在情理之中。

血脉延续是天大之事，既然无论如何都免不了要被诛九族，于刺史便只能选择保全能保全的人。

“昭王妃已去世，昭王日后续娶，自然不会亲近于家。”沈羲和已经完全摸清了于刺史的心思，“于刺史还只是已故昭王妃的伯父，关系就更隔了一层。”

“因此，于刺史早就背离了昭王另投他人。”珍珠顿悟，然后又问，“若是如此，昭王殿下此次岂不是受了无妄之灾？”

这么大的事就杀一个刺史，未必能够服众，即便昭王殿下没有嫌疑，只怕也会被人硬扯上去。陛下定会严惩昭王殿下，或许会将人赐死……

“陛下会不会将昭王赐死，就看太子殿下的心思了。”沈羲和冲着珍珠微微一笑。

京都之中，唐眷的八百里奏折还没被送到，萧华雍就先一步知晓了这边发生的事。

“老二真是个可怜虫。于家都背弃他了，他竟不知。”萧华雍怜悯地叹道。

“殿下，郡主还在河南府等着陛下派人去调查此事呢。”天圆开口道。

“派个干净利落之人，孤想呦呦了。”萧华雍将书信递给天圆，琢磨了片刻后，露出一丝透着点儿不怀好意的笑容，“孤看老二最适合。”

天圆的手抖了抖。

这……这也太阴损了。

殿下让昭王殿下亲自去处理此事，不大义灭亲吧，于刺史洗不干净；大义灭亲吧，在群臣看来，昭王就是弃车保帅，且对曾经的妻族的人都能下如此狠手，日后谁还敢将女郎嫁给昭王殿下？

“陛下未必会应允二殿下去。”天圆低声说道。

“孤想让他去，陛下就得让他去。”萧华雍说着，低下头拿起刻刀开始雕刻一支檀木簪子。

簪子做成中空的，里面藏有一把短剑，是给沈羲和防身用的。

沈云安送了个有机关的镯子算什么？

他也会送！而且他送的还是亲手雕刻的呢！

“你去把小十二叫来。孤还不想让老二知晓孤是他得罪不起之人，让小十二去与他说道说道。”萧华雍一边认真地雕刻着簪子尾端的平仲叶，一边吩咐道。

十二皇子萧长庚前些日子已经搬出了东宫，萧华雍未曾阻拦，权当是在狩猎场萧长庚表现得不错的奖赏。不过萧长庚是搬了出去，陛下还未曾给他封爵。

萧长庚是真的不想让太子殿下惦记他，最好是将他这个人给忘了。

他自诩聪颖，想着陛下如今正值盛年，再过十来年自己也羽翼丰满了，未必没有一争皇位之力。可自从遇上了太子殿下，他的雄心就和六哥的一样被磨灭了，他现在只想认认真真地办差，努力积攒功绩，靠自己挣个亲王爵位来便好。

然而太子殿下压根儿不想放过他。太子殿下把他当作挡在自己面前的一张面具——只因他这个皇子身份，诸多太子殿下不宜亲自露面的事他来办合情合理。

譬如眼前这一桩事，他得亲自去说服昭王请命去河南府大义灭亲。

“二哥，这是于家的罪证，桩桩件件清清楚楚。你将之呈给陛下，陛下自然能看清楚此案并非你主使，会允许你亲自去河南府。”萧长庚将萧华雍搜罗的证据递给了昭王萧长旻。

萧长旻似笑非笑地看着萧长庚：“十二弟可真是深藏不露啊！”

萧长庚面上挂着礼貌得体的笑容，内心却一片苦涩。

第二十五章　她之谋令人生畏

二皇子昭王萧长旻明知可能为人棋子，却无法拒绝，因为萧长庚带来的证据能够证明他的清白。他不知萧长庚的目的，也不用问，问了萧长庚也不会告诉他。

他是等到唐眷的奏折被呈到陛下面前，陛下在朝会上大发雷霆的时候，当着满朝文武的面将证物呈上的，证物都是于刺史这些年来一些来历不明的钱财入账。

这些钱财有迹可循，没有一点儿流入他或者与他相关之人的口袋里。至于钱财流入了什么人的口袋里，没有指向，除了得钱之人恐怕无人知晓。

“儿惊闻于刺史之事，痛心疾首，立刻着手彻查。其罪行累累，令儿无颜面对陛下，请陛下责罚。”萧长旻深深地叩拜。

祐宁帝翻阅了证物，脸色稍缓，至少证明此事确实不是萧长旻所为：“传给诸卿阅览。”

证物被刘三指捧着先递给了崔征、薛衡以及刚刚回来的王政等人翻看，然后逐一传下去。

众人看了之后，心中都有了数。

薛衡出列道：“陛下，此事干系甚重，臣以为于造区区一个刺史，绝对不敢如此胆大包天。且昭宁郡主所擒之贼皆是逃兵，于造凭借一己之力如何令如此多人偷天换日？”

“薛公所言极是。”崔征附和道，“逃兵流放之地回复这些人皆是暴毙后被他们草草下葬的，足见有人偷梁换柱。这些逃兵是如何诈死的？又为何深信诈死之后能有人安排他们？”

“薛公与崔公所言在理，诸多疑惑确实需要详查。”王政紧跟着说道，“眼下首要之事还是要平息民怨，臣听闻不少地方有百姓因心里不忿而自尽，如何安抚这些先人的墓地被盗的百姓，也得仔细商榷。”

难得三个人没有争执起来，齐心对事，下面的官员也都松了一口气。每次这三个人斗起来，他们都要选择站队，还要揣摩到底陛下偏向谁之见，比在衙门当值还要累上百倍。

“陛下，”崔晋百忽然站出来说道，“臣以为薛公言之有理，于造非主谋，既然他罪证确凿，收敛钱财如此之巨，必与主谋干系密切，恐唯有他知晓主谋乃何人。

“不如由昭王殿下至河南府，动之以情，晓之以理，兴许能令于造供出主谋，还百姓一个公道，给天下一个交代。”

崔晋百的话合情合理，最主要的是其他大臣也不想掺和这件事。

昭王若是不能自证清白，定然是要避嫌的。现下昭王并非于造背后之人，那去查此事是最合适的。

他们也想把幕后主谋揪出来——谁家没有点儿家底，没有几座陪葬品丰厚的墓地？祸根不除，卷土重来，下一个遭殃的未必不是自家。

事已至此，萧长旻只得请命道：“儿愿前往河南府，主审于造盗墓一案。”

“启奏陛下，二哥虽已清白，可到底与于府乃姻亲关系，恐河南府百姓心中不服，儿也愿前往。”萧长赢道。

谁也没有想到萧长赢会主动站出来抢这个烫手山芋。

要知道于造十有八九是不会松口的，去的人难免会被陛下认为办事不力。

萧长卿皱了皱眉，上前说道：“陛下，此事正如薛公所言，非于造一人敢为，二哥已证清白，我等却最为可疑，理应避嫌。”

大臣们听了萧长卿的话后暗自点头。

能够干出这样的事的，正如胭脂案一般，非皇亲国戚不可，昭王是清白了，可不代表烈王与信王也清白。

萧长赢看了萧长卿一眼，迅速地低下头去。

祐宁帝沉吟了片刻后，说道：“着昭王即刻动身前往河南府，务必查清于造盗墓一案所涉之人。”

“儿遵旨！”昭王领命。

“阿兄，你为何阻拦我？”散了朝会后，萧长赢追上萧长卿问道。

“你为何想去河南府？”萧长卿神色淡然，“你以为昭宁郡主需要你相帮？”

“阿兄……”萧长赢蹙眉。

“她能在于造的地盘上将于造下狱，她之能必在你之上。”萧长卿毫不顾及弟弟的颜面，“老二能有多大能耐，如此快便收齐证据，将自己择个干净？唐眷的奏折昨夜才被递上去，他今早就有了脱身之策，你以为证据当真是他收齐的？”

“我知有人助他脱身。”萧长赢低声说道，“我亦知证据极有可能是小十二送去的。”

“那你可知小十二背后之人又是谁？”萧长卿问道。

萧长赢并未作答。

小十二近来并未与其他人来往，与他们这些哥哥也是能避则避。

“小十二是从东宫搬出去的。”萧长卿提醒道，“这就意味着这份证据是从东宫送出来的。东宫太子对昭宁郡主之心，你应当清楚。太子殿下想让老二去，谁也不能改变。你这个时候横插一脚，惹怒了他，你——就会成为盗墓案的主谋。”

见萧长赢握紧拳头，萧长卿拍了拍他的肩膀。

萧华雍身子不大好，便没有去参加今日的朝会。朝会还未散，他就听到了萧长赢主动请缨的消息。他伸直双腿半坐半躺在窗前的贵妃榻上，清俊绝伦的脸上宛如覆了一层寒霜。

“天圆，我们去给祖母请安。”萧华雍放下手上的东西，拖着病恹恹的身体去了太后的寝宫里。

“有事遣人来知会祖母一声便是。”太后责怪道。

“我岂是几步路都走不得了？”萧华雍乖顺地笑着，“今儿听了朝堂上的一些事，二哥受妻族之人所累，孙儿觉得要是二哥早早续弦，此事也不会牵连他。”

太后听了这话后想了想便说道：“二郎的发妻过世已有四五载了，是该再寻个知冷热的人了。”

萧华雍嘴角的笑容加深了几分：“祖母，七郎也加冠了。”

太后指着他笑出声来：“我说你怎么好端端地关心起你二哥的事来，原来还是为了自个儿啊！”

“祖母这话可就冤枉孙儿了。”萧华雍笑着说道，“孙儿岂是那等只顾自个儿之人？不如祖母来年办个春日宴，给七郎的哥哥、弟弟都寻个可心的枕边人。除了二哥，还有五哥、八弟、九弟呢。”

要一网打尽，他才能安心，他们都娶了妻，才会对他的人歇了心思。

沈羲和并不知道萧华雍在京都的所作所为，河南府这边于刺史显然还在垂死挣扎，第二日一早郡守府的衙门就被百姓堵得水泄不通，他们都嚷嚷着要严惩真凶。

“唐郡守，我们都知道了，是蜀南王派人盗了我们的先人的坟墓，敛财要谋反！”

“唐郡守，您不能袒护这群祸国殃民的王八羔子！”

“唐郡守，我家的祖坟哪！我都不知有何颜面去见先祖！呜呜呜——您若包庇这些杀千刀的人，我就带着全家老小吊死在府衙门口！呜呜呜……”

沈羲和赶到的时候，就看到这样的场景，也不知是谁散播的谣言……

“郡尉呢？”沈羲和问道。

“说是早间有商队被劫，郡尉带人去追凶了。”珍珠回道。

“可真是巧了。”沈羲和意味不明地轻轻地笑了一声。

“郡主，我们要相帮吗？”莫远请示道。

沈羲和抬眼看着府衙门前围了里三层外三层的百姓，还有越来越多的百姓聚集而来，这些人若是冲入府衙里，都能够把差役踩成泥了。

“唐郡守并非无能之人。”沈羲和转眸寻了个食肆，带着珍珠等人入内，点了些河南府的美食。

不一会儿就有震耳欲聋的敲锣声在府衙门口响起，敲锣的是簿曹。百姓安静下来后，唐眷才走出来：“诸位乡亲，唐某祐宁十三年被调任此地，从县令便蒙乡亲们信赖，朝廷重用，忝为郡守。这六年来唐某为人如何、为官如何，诸位心中自有一杆秤。

“郡内发生多起掘墓之事，是唐某失职，引得乡亲们愧对先祖。唐某家中虽无墓被掘，亦对行此丧尽天良之举的人深恶痛绝！请诸位相信唐某，若是寻到凶徒，唐某决不会姑息。

“我们不能因悲愤而被人煽动错杀无辜。此事牵扯蜀南王世子与我们豫州刺史，无论是何人主使，都轮不到唐某做主。唐某已上奏陛下，不日便会有特使前来受理此案。

“唐某担保，陛下派来特使之前，无论是谁，但凡有可疑之处都不会逃出郡守府的牢房。”

唐眷言辞恳切，官声应该不错，以至百姓很快就被说服。

有人站出来表示愿意相信他，率先离去，有些人迟疑了片刻后也离开了。

有不甘之人见状咬了咬牙，也只能离去。

“莫远，派人跟着那两个人。”沈羲和使了个眼色，吩咐完就低头开始享用端上来的吃食。

等她饱餐一顿后，莫远派出去的人就回来禀报：“他们与郡尉接了头。”

“难怪这河南府盗墓之人最猖獗，原来从上到下、从文到武，都有人哪。”沈羲和用茶汤漱了口，取出手绢擦了嘴，又吩咐莫远：“把他捉了。”

她原本以为这个郡尉或许只是收了些好处才动了心思与于刺史合谋，现在看来他不只是收了些好处这么简单，否则事情都已经闹到这个地步了，他应该聪明地选择明哲保身。

“秘密行事，捉了人之后不用带来见我，寻个隐秘之处将人关起来。”沈羲和又吩咐了一句。

于刺史都能守口如瓶，那么这个郡尉也未必能被问出什么有用的话来。她不如让人知晓他失踪了，乱一乱对方的阵脚，或许还会有些收获。

交代完事情之后，沈羲和入了郡守府里，看到唐眷便说道：“唐郡守深得民心。”

类似于方才的事情，并不是人人都能这么三言两语地就化解危机，这要看这人在百姓心中的分量。

“郡主谬赞！”唐眷谦逊地说道，“郡主可有吩咐？”

“再去见见于刺史与步世子。”沈羲和回道。

步疏林已经被救醒了。因唐眷没有特殊照顾，步疏林依然被关押在牢房里，而且就被关在于刺史的隔壁。

“我说，老于头，你都一把年纪了，嘴硬什么啊？你不想想你的妻儿和你的兄弟姊妹？你将功折罪。说不定郡主能帮你求情少诛你二三族。”步疏林脑袋枕着双手，躺在石床上，晃着跷起来的腿，瞥着隔壁牢房里的于造。

于刺史坐在石床上，垂头不语，保持这个姿势已经许久了。

步疏林转了转眼珠子：“老于头，你知道你犯的事逃不了罪，就算供出主谋也无法将功折罪，你英勇牺牲，保全旁人，说你是忠心为主，不惜赔上九族，我可不信。我琢磨着，你是不是有私生子落在主谋的手里？”

于造微微动了动，但是仍旧没有其他反应。

步疏林眼尖，瞬间发现异样原来还觉得沈羲和的这个猜测不大可能，现在的步疏林也顾不上晃腿了，坐起来靠近隔壁牢房：“我的个娘呀！你还真的是为了私生子啊？！”

于刺史再无反应。

步疏林就靠着牢房之间相隔的栏柱坐下来，面朝于刺史：“你不好奇我为何能猜到这点吗？我既然能猜到，就能把你的这根独苗苗给挖出来。你连盗墓这么大的罪都往我身上扣，我找你儿子找补找补不为过吧？”

于刺史霍然抬头，死气沉沉地盯着步疏林。

步疏林不痛不痒，拨了一下垂下来的头发：“老于头，你也是愚不可及！你好歹也是为人扛下一切罪名而死，你那个同谋就不怕养出个白眼儿狼？我要是一个发死人财之人，是不会对一个小娃娃心慈手软的，杀了就一了百了了，以免日后遭反噬。”

于刺史依然盯着步疏林，眼中显露出凶光。

步疏林也学着他的模样看回去：“你看看我，我现在的模样就是你的模样，死了也是个丑鬼。不过你压根儿长得不行，先帝在位时定然眼神不好，似你这等容貌的人也能入仕？

“嗯，我多看你两眼，把你的眉眼记清楚，日后遇到你的小崽子……”

不等步疏林说完，于刺史就又低下了头。

步疏林哼笑了一声：“小爷我记清楚了，你的小崽子莫要落到小爷手中，否则……”

步疏林伸手在自己的脖子前比画了一下，发出“咔”的一声，结果脖子拧得太用劲，“咔嚓”一声被拧到了。沈羲和进来的时候，就看到她用双手卡着头顶和下巴给“咔嚓”一声扳了回去。

沈羲和只觉得好笑与无奈。

步疏林摇头晃脑一下确定没有伤着，一转眼就看到沈羲和，用傻笑来掩饰眼前的尴尬情形。

“郡主。”步疏林嬉笑着跟沈羲和打招呼。

沈羲和瞥了她一眼，就站在了于刺史的牢房门前，什么也没有说，就这样站着。

步疏林看了看沈羲和，又看了看于造，两个人一个赛一个地沉默，本就安静、阴暗、压抑的牢房更是令人不适。忍了好一会儿后，步疏林才问道：“郡主，一个半百老头儿有甚好看的？”说着，步疏林用双手捧着自己的笑脸，“快看，我这张脸多英俊潇洒，多赏心悦目！”

沈羲和淡淡地扫了她一眼后，才开口道：“于刺史，我若能保你全族之人，你可愿交代幕后主使？”

于造霍然抬头，错愕、质疑、激动等情绪在他的眼中一涌而出。

步疏林也震惊得张圆了嘴，好一会儿才说道：“郡主，不可胡来！”

于造犯下的可是要被诛灭九族之罪，这样的罪名别说沈羲和，就算陛下也不能轻易地宽赦。

沈羲和没有理会步疏林，而是淡然而立，平淡的目光落在于造身上。

大牢里安静无声，于造和步疏林都属于重犯，也为了二人的安全考虑，周边没有关押其他犯人，沈羲和能够听到于造有些粗重的呼吸声。他有些激动，有些相信她的话却又不敢轻易地相信。

“陛下派了昭王来主审你的案子。”沈羲和主动开口道，“你若愿意将人供出来，我便安排在昭王到来之后，为你换个身份。”

“换个身份？”于造敏锐地抓住关键点。

沈羲和轻轻地颔首：“我昨夜看了你的履历，你少时有外出求学的经历，受过重伤，是被人送回家的，回家后还有一段时日曾失去记忆。我已经派人去安排，只要你配合，你就不是于造，只是一个盗用于造的身份之人。你犯了错，于家人自然不用受牵连。”

步疏林和于造都纷纷用一种震撼到极致的目光不可思议地盯着沈羲和。

“还……还能如此？”步疏林此刻不知用何种言语来形容内心的震动。

真是没有沈羲和不敢为之事！没有沈羲和不敢想之事！

于造死寂的眼瞳里泛起点点光亮。他认真地想了想，此法固然冒险却可行，如此一来，自己便不是于家的罪人。

他抑制住内心的澎湃情绪，极力平静地审视着沈羲和：“郡主，此乃朝堂之事，郡主不要干涉朝堂内政。此事亦不损西北之利，郡主何故为寻根究底而冒如此之大的风险？”

沈羲和挽着水袖，双手交搭于胸前，站姿笔直如傲视群芳的白牡丹，清雅绝俗又雍容华贵：“如此敛财之人必是皇子，其目的自然是招兵买马，谋夺帝位。我意在东宫，既然有心为太子妃，东宫的敌人便是我的敌人。”

步疏林听了这话后露出了羡慕的目光，嘟囔道：“太子殿下真是积了八辈子的德。”

呦呦都还没有嫁入东宫，就处处为他着想，为他这么大费周章地除去敌人。

不过她想一想这个挖坟盗墓的主谋，可真不简单，这样一条毒蛇潜伏着，确实令人心惊胆战。

于造却没有轻易地相信沈羲和说的话：“郡主尚未与太子殿下有婚约，便如此笃定会嫁入东宫？”

“我欲为之事，从不会不成，”沈羲和淡淡地投去一瞥，“比如给你换个身份。”

于造惊疑不定。他没有被说服，尽管对沈羲和的提议心动，但理智尚存。

“你还在犹豫什么？郡主一言九鼎，可比你们这些臭男人重诺守信不知多少倍。”步疏林用一种嫌恶的目光盯着于造，“这可是你唯一能够保全于家人之法。普天之下，除了郡主，可还有人愿意为你筹谋至此？”

墨玉搬来了椅子，沈羲和优雅地落座：“于刺史谨慎，不愿轻易开口无非是觉得我冒险过大，一个不慎便会沦为你的同谋，甚至牵连整个西北，就为了一个尚不是敌对关系的敌人不值。”

于造反问道：“我不该如此作想？”

“该，你就该如此作想。”沈羲和柔软的樱花瓣状的粉唇边露出点儿笑意，“不过于刺史你想错了，为你换身份是我的主意，可实施之人是昭王殿下。”

步疏林一脸惊讶的表情。

于造也是被惊呆。

“此法可行，昭王殿下应愿意一搏。”沈羲和慢悠悠地说道，“于家被灭九族，于昭王殿下而言这就是永远抹不去的污点，此事若是由于刺史这里查不下去，文武百官如何作想并不重要，重要的是百姓如何作想。昭王若不将这个罪名洗清，便无缘帝位。

“救了于家，昭王殿下同时也救了自己的名声。”

于造若在这里被杀了，昭王不仅无缘帝位更会遭众人唾弃薄情冷血，将来若想通过姻亲或其他方式培植势力，只会难上加难。

陛下有诸多皇子，贤能之辈不在少数，大家为何要跟着一个注定没有任何竞争力的人一条路走到黑呢?

但凡昭王有一点儿心思，都不会拒绝沈羲和给他的提议。

不仅他拒绝不了，此刻已经投靠他，和他有共同利益之人亦拒绝不了这个提议。

“郡主之谋，令人生畏。”于造咬字极重地说道。

因为眼前这个女子的智谋，他的心惊骇地狂跳起来。

她算尽了所有人之心，敢想敢为天下儿郎不敢想不敢为之举。

她得到了自己所求之利，昭王得到了昭王想要的东西，然而此事稍有纰漏，一旦被拆穿，授人以柄的是昭王——与她没有丝毫关系。

步疏林也咽了咽口水，早知沈羲和聪慧睿智，这还是第一次被她的精明直击心灵，可见以前沈羲和展现的不过是小打小闹。

“于刺史可愿做这桩买卖?”沈羲和含笑问道。

“郡主不妨先说服昭王殿下。”于造有所松动。

他肯松动有所求就好，沈羲和淡淡地笑了笑：“那就等昭王殿下与你言。”

说着，沈羲和站起身来。

步疏林眼见着她都不看自己，将手伸到牢房外：“郡主！郡主！有没有给我带吃食？我饿了……”

“饿一饿，说不准能变聪明些。”沈羲和留下一句话后，飘飘然走了。

河南府距离京都很近，昭王又不敢耽搁，带着陛下的圣谕，用了一日半便风尘仆仆地赶到了河南府。

沈羲和只给了他洗漱更衣的时间便去求见。

萧长旻是见过沈羲和的，在荣贵妃的赏菊宴上，在太后的寿宴上。沈羲和无疑是个美人，可身上透出来的清冷气质与一股子独行天地间的傲然气势令他不喜。

“郡主若是为于造盗墓一案而来，小王已掌握证据，会秉公处理此案。”萧长旻先开口道。

沈羲和淡淡地笑了笑，端起茶水悠然地浅呷一口后才说道：“王爷，此罪牵累九族，王爷亦在九族之中。陛下不会为了王爷而宽赦这些人，此等行径必严惩方能杜绝。

“如此一来，陛下便会命王爷休妻，王爷的嫡子——陛下的长孙就会变成庶出，即便是担了一个‘长’字，也无法再入陛下之眼。”

祐宁帝的皇子成年的不少，娶妻的也不少，但孙子就萧长旻所生的那个。他算是祐宁帝的长孙，偶尔祐宁帝也会召见以示恩宠。

“郡主是来看小王的笑话的吗?”萧长旻面色一沉。

这些他早就已经知晓。从他知道于造干出来的好事后，就知道这件事情无可挽回，但总不能为了保住嫡子而带着嫡子一道给于家陪葬吧？

沈羲和目视前方，似乎没有察觉到萧长旻忍耐着的不悦情绪：“挖坟掘墓之事，王爷除非杀子，否则遭受先人的墓被掘之苦的百姓就忘不掉王爷的长子乃于家的后人这件事。王爷这一生都洗不掉这个污点。

“可若王爷当真让长子因此事而被诛，文武大臣乃至陛下该如何想王爷？”

沈羲和缓缓地转头，黑曜石般深沉的眼瞳注视着萧长旻。

“郡主到底是何意？”萧长旻用手握紧扶手，手背青筋暴起。

“我是来给王爷出主意的，以助王爷扭转困局。”沈羲和轻声细语地说，“不过办法有些冒险，就看王爷敢不敢这么做了。”

萧长旻微眯双眼，探究地看着沈羲和——他不信沈羲和会如此好心。

“我自然不是为了王爷，而是自己也有利可图。”沈羲和也不怕他知晓自己的目的，全部道来，心知他去见了于造，也会尽数知晓此事，“如此一来，我与王爷各取所需，王爷也能知晓是何人在背后坑害你。”

“各取所需？”萧长旻听完这话后笑了，笑得有些冷，“郡主占尽好处，我却要担下一切风险，还落了个把柄在郡主手上。郡主当小王是愚儿般糊弄？”

“占尽好处？”沈羲和轻轻地笑了一声，“我不过是想知道幕后主使之人，知与不知于我而言暂无大碍。这于王爷而言就是正名与立功的机会。

“此事若是成了，王爷得大功一件，保住名声，也保住于家，还能大仇得报。诸多好处，不用我道尽，于情于理，此事都应该王爷亲力亲为。”

说着，沈羲和站起身来：“如何抉择，王爷自便，我绝不左右。”

沈羲和无声地行了一礼后转身就走，可谓来得快走得也快。

“郡主，昭王会答应吗？”珍珠有些不确定，实在是此法过于冒险。

“富贵险中求，人处于世间无时无刻不在抉择，只要利大于弊之事，有些险值得一冒。”沈羲和眼底摇曳着笑意，潋滟的光动人心弦，“只要他有一丝不甘，有一丝野心，都会答应。”

珍珠看着在她前方缓缓地走下阶梯的沈羲和，以往郡主也聪慧，只是从不把心思放在琢磨人心上，也不知是否是与太子殿下接触久了，近朱者赤近墨者黑，郡主与太子殿下在算计人的时候，都是这样气定神闲又胜券在握。

沈羲和刚回到驿站，莫远便跑过来禀报：“郡主，郡尉身手不俗，几次险些逃脱，惊动了旁人，我们已经迅速地将他转移。”

“在何处？”沈羲和问道。

莫远回道：“寻了个破庙，派了人把守。”

“去看看。”沈羲和折身上了马车。

他们的马车离开驿站后不久，莫远就察觉有人跟着。沈羲和掀了车帘对莫远说道："你去告知他们，谁再跟着我，一律按对我图谋不轨，视作宵小之徒格杀勿论。"

沈羲和的威胁十分奏效，很快就无人敢再跟随她。她随着莫远来到荒废的破庙中，就看到被捆绑着的郡尉嘴也被堵得严严实实的。

沈羲和递了个眼神，郡尉就被松开了嘴。

他对着沈羲和目露凶光："郡主，你私绑朝廷命官，可知轻则杖八十下，重则流放十年？！"

"郡尉律例学得不错，倒与寻常武官不同。"沈羲和真心夸赞道。

沈云安和沈岳山，军法可以倒背如流，但看着律例能打瞌睡，父子俩如出一辙。

郡尉怒目而视。

沈羲和颇为惋惜地开口道："郡尉掌一郡之军，应当协助郡守办理了不少私绑之案，竟不知被绑者若是见到了绑匪主谋意味着什么？"

郡尉难以置信地死死地盯着沈羲和："你敢——"

她竟然敢……竟然敢杀他！

"我这人不喜杀戮。"沈羲和轻叹一声，"你若乖顺些，不闹到这个地步，我兴许还能把你交给陛下来审讯；但你活够了，非要寻死，我也不好不成全你。"

沈羲和话音一落，莫远就亮出了明晃晃的刀。

郡尉看看刀，又看看莫远刚毅冷漠的脸，才有了一丝畏惧之心："你不能杀我，我是朝廷任命的正四品郡尉……你杀了我，你也是杀头之罪！"

沈羲和静静地看着他。她亲自来一趟，其实是想从这人口里知道一点儿什么有用的消息。对郡尉严刑拷打，她或许套不出话来，可人在面对死亡之际，总会下意识地求生。

郡尉不是个蠢笨之人，应该知道她想知道点儿什么消息才是。可他绝口不提，沈羲和便知道他仍然不信自己会对他下杀手。

"凶器、手法、弃尸都做干净些。"沈羲和淡淡地吩咐了一声后，就转身走了。

直到莫远将刀扬起来，郡尉也没有开口。沈羲和倒也佩服他们背后的人，行事既周密又强硬，无论是于刺史还是这个郡尉都不轻易地吐露那人的信息。

"是个有意思的对手。"沈羲和挺期待与之交手的，上了马车吩咐珍珠："收拾收拾，带步世子准备启程。"

剩余的事情，就由昭王负责了。

昭王只经过一夜的考虑就答应了下来，其间去狱中见了于造一面，还特意以带了太医前来为由将步疏林送到了外面看诊避开。

此事需要快，趁所有人都措手不及时，他们把一切事情都安排妥当，如此才能反将一军。

"此事便依郡主所言。步世子体内的剧毒未解，郡主不如早些带步世子回京，以免耽误解毒。”萧长旻意味深长地说道，“于家之事，多劳郡主费心，无论结果如何，小王定当如实相告。”

他这就是告诉她，之后的事情不用她插手，他自己会办好。如此一来，沈羲和就抓不到任何证据，日后想要以此来要挟他也不可能了。

“静候昭王殿下的佳音。”沈羲和爽快地应下。

她原也没打算借此抓住萧长旻的一个把柄。她要想对付一个人，有的是法子。

沈羲和带着步疏林离开了河南府。

没有了郡尉的煽风点火，唐眷公布步疏林经查是被陷害的，而陷害步疏林的是他们豫州的刺史，一个更大的官，百姓都很信服。

各地的盗墓案件都已经被统计出来，加起来都没有他们豫州的多。不用想也知道问题出在他们豫州，所有人都在翘首以盼地等待着结果。三日后昭王殿下开堂主审，于造对自己的罪行供认不讳。

就在昭王要让于造画押将人送往京都之际，突然冲出两个镖师，跑上堂来状告于造并不是于造，而是他们的同乡假冒的！

一石激起千层浪，昭王审问于造，于造坚称自己如假包换。最终镖师说出自己的同乡身上有胎记，但查出于造身上虽无胎记，却有烫伤，很明显是欲盖弥彰。于造那烫伤看着有二十几年，百姓对此议论纷纷。

此时，沈羲和已经回到了京都，把步疏林送回了步府。步疏林身上的毒，沈羲和也装模作样地请了谢韫怀来解，毕竟毒药就是谢韫怀配制出来的。

萧长旻带去的太医拿了毒去检验，也没有立即配出解药。

沈羲和不让步疏林立刻解毒，也是为了万无一失，在太医那里过一道程序。

“世子这几日切莫吃生冷辛辣之物。”谢韫怀为步疏林解毒之后叮嘱道。

步疏林低头看着自己手上被放毒血而拉的小口子，举起手来向沈羲和卖惨：“我都被放血了，还不补一补？”

沈羲和瞥了步疏林一眼，口子在掌心上，细长却不深，此刻已经被止血包好：“我阿兄身上随意寻条疤都比你这个深长不知多少倍！你为何如此娇气？”

步疏林无言以对。

她这个时候想起自己是女儿身，差点儿张口喊出来，好在看到了谢韫怀，转了转眼珠子：“这不是在齐大夫面前要娇弱些吗？这样才能引得医者怜悯。齐大夫可真是玉人仙姿！”

谢韫怀也不介意步疏林被传得沸沸扬扬的好男风之事，既然对方是沈羲和的朋友，自然也是他的朋友。他正欲开口，瞥见被下人引进来的崔晋百，不由得起了促狭之心：“比之崔少卿如何？”

步疏林躺在一边，被挡住了视线，压根儿没有见到崔晋百，张口就来：“齐大夫如玉之润泽，光风霁月；崔石头就是块既无趣又无用的石头——美玉与石头岂可相提并论？”

沈羲和听她嘴上没有把门的，转眼就看到了立在门口的崔晋百，素来端雅的一个人，竟然忍不住轻轻地笑出声来。

“多谢世子盛赞！”谢韫怀脸上的笑容明明清朗如月，却莫名地透着一股子不怀好意的意味。

他拎起药箱让了道，步疏林就和崔晋百四目相对上了。

步疏林挂在唇边的那抹轻浮的笑容渐渐地凝固。

沈羲和看了谢韫怀一眼——世家公子行无声，她站在这个位置不知，谢韫怀不可能不知。他的位置正好对着入院子的月亮门，他还故意那样问，明显是在给步疏林挖坑。

谢韫怀依然笑得清雅脱俗，即便没有故作讶然，旁人也会觉得这只是个巧合罢了。

“既然你的毒解了，我与齐大夫就先走了。”沈羲和并不理会步疏林挤眉弄眼的表情，带着谢韫怀离开了。

金山立在外面就看见崔晋百站在门槛前，他家世子坐起身来，有些尴尬地低着头，一种令人不适的窒息感蔓延开来。

过了一会儿后，步疏林轻咳了一声：“我就是赞美一下客人，没有要贬低你之意，我们之间这么熟了，难免就不客气了。”

崔晋百依然沉着脸，说道：“你无事便好。”

说完，崔晋百转身就走了。

“哎……哎……哎……”步疏林追到门口，看见崔晋百头也不回地离去，撇了撇嘴，往门上靠去：“金山，你说这人是有什么毛病吧？”

没头没脑的一句话，她也看不出他是不是真生病了。

“崔少卿大概觉得世子此去河南府有他之故，听闻世子归来，便立即登门探望。”金山也摸不准崔晋百是什么意思，“见世子并无大碍，崔少卿也就放心了。如今盗墓案还未结案，大理寺应当很忙。”

步疏林略一思索，觉得这话很有道理：“他不是安排了唐郡守相助吗？我不怪他。你去挑些我带回来的土仪送过去，顺便把我的话带到。”

步疏林对唐郡守说自己的阿爹于他有恩的话本是深信不疑的，谁会无缘无故地让自己欠下人情债？唐郡守又不是假装来欺骗她的。

不过经由沈羲和提醒，她还真去信问了，答案自然是被阿爹臭骂一通。阿爹说旁人说什么就是什么，她能活下来真是个奇迹。

总而言之，阿爹骂了几页纸，最后一句话——他和姓唐的不认识。

离开河南府的那日，她特意问了唐眷。唐眷说受京中故人所托，她想了想也只能是崔晋百，又查到崔家和唐眷的一些渊源，就更加笃定这点。

“诺。”

金山挑了不少土仪，亲自给崔晋百送去，也将话全部带到了。

崔晋百听后被气乐了，说道：“不怪我？”

金山觉得崔少卿的笑容有些不悦，却摸不清不悦在何处，只能谨慎地回答：“是。”

崔晋百轻轻地笑了一声，收了土仪：“你回去告诉世子，东西我收下了。”

金山等了等，再没等到旁的话，才抱拳行礼回去，回去就发现步疏林在翻找东西。

“金山，你可见着一个食味斋的盒子？”步疏林问道。

金山想了想，问道：“木雕牡丹花？”

“对，对，对，给我取来。”步疏林颔首。

“属下看着精美，就送给崔少卿了。”金山回道。

步疏林被气得面色涨红，一把拎起金山的衣领：“谁让你把那个送给他的？！”

“属下……以为是点心……”金山不明白为何步疏林如此气急败坏。

步疏林拍了拍额头，大步往大理寺走去。

那里面是她在河南府收集的一些艳词避火图，送给她的狐朋狗友。

她看着食味斋的点心匣子甚是独特，打开之后有一个隔层，拉开才是下面的点心。这东西也不好直接相赠，要是被家里人察觉，朋友们少不得要挨一顿打，她这才把东西放在隔层里。

她本打算亲自去赠送东西的时候特意暗示一下，哪里知晓才一回来就赶上沈羲和带了谢韫怀来为她解毒，紧接着就出了这桩尴尬事——她忘了这盒点心。她带了那么多东西，偏偏金山就选上了这盒点心。

步疏林冲到大理寺里，得知崔晋百已经归家，又杀到了崔家去。

崔晋百今日不当值。一贯在大理寺里翻阅卷宗的他被步疏林气得看不下去卷宗，索性早早归家。到了家中，他的随从将带回来的土仪放下就安静地退下了。

崔晋百亦不知为何自己心气不顺，大概是因为步疏林让他想起了往事。他和谢韫怀年岁相差不多，幼年时就常被拿到一处比较。

谢韫怀生得容色出众，又八面玲珑，很是讨人喜欢。他少年老成，一贯沉默寡言，处处不如谢韫怀。幼时心存芥蒂过，不过随着年岁渐长，他对这些事也就不放在心上了——人各有所长，以他现在的心胸还不至于计较这些。

崔晋百原以为自己是个心胸宽广之人，这些陈年旧事早不放在心上，不承想今日被提及仍是不悦，看来自己修心不够。

他拿起《中庸》翻阅起来。

每每心神不宁时，崔晋百总能读《中庸》平复，这次也不例外。

心绪平静之后，崔晋百瞥见旁边的包袱，想了想起身将其拆开，放在最上面的就是食味斋的点心匣子。他不大爱吃点心，不过这个老字号的东西，他阿娘倒是喜欢。

不知想到了什么，崔晋百面容柔和了下来。他打开匣子，映入眼帘的是一本写着《中庸》的书。他微微一怔，旋即嘴角有了点儿笑意，只是待翻开看到里面露骨的图画之时，“啪”的一声合上书，脸色潮红，又气又恼。

有辱斯文！有辱斯文！

“崔石头……崔石头……”这时候不顾下人的阻拦，也等不及下人通报的步疏林狂奔而来。

崔晋百不动声色地盖上食味斋的盒子。

步疏林进来之时恰好看到他转过身去。

她连忙扑上去，看到包袱已被打开，最上面就是食味斋的点心匣子，“嘿嘿”一笑：“那……礼物送错人了，有一份点心是旁人托我带回来的，我只买了一盒，不好失信，改日再……再送你一盒。”

说着，她就扑上去抓点心盒子，却被崔晋百反手一掌摁住。

“何人所托？”

“镇北侯府三郎丁珏。”

丁珏本就和步疏林是一条道上的好友。沈羲和入京，丁值被宣平侯府撺掇着利用丁珏对付沈羲和，没有想到被沈羲和轻而易举地化解了。镇北侯府上上下下对沈羲和心怀感激，丁珏知晓步疏林与沈羲和走得近，两个人的感情就更好了。

“你们倒是交情颇深。”崔晋百意味不明地嘲讽了一句。

“那是，我们可是生死之交。”步疏林掰开崔晋百的手，将食盒拿到手里。

崔晋百没有再阻拦。

本以为这件事情就此结束，却没有想到次日她将东西送到丁府里时，丁珏哭着说：“我阿爹要把我送到大理寺里去。”

“你犯了什么过错？”步疏林第一反应是这厮做了伤天害理的恶事，被镇北侯大义灭亲了。

“你就不能盼我点儿好吗？”丁珏气呼呼地说道，“也不知他从何处打听到大理寺里有空缺，嫌我整日游手好闲，说不指望我成才，只盼我到大理寺里能学些为人的本事。”

他爹说得他好像就不是个人，非得去大理寺里才能做人似的。

“你装病推了呗！你不是最擅长装病吗？”

能直接让人补的缺，也就不是什么重要的缺。

“不行，大理寺都下文书了，我已经被记入大理寺，要是不去，我阿爹说这是欺君之罪——他亲自去陛下面前磕头请罪，好让我们一家被发配流放。”丁珏生无可恋地说，“我阿爹说，我要么去大理寺里学，要么去流放途中学……”

步疏林听了这话后憋住不让自己笑出声来：“你阿爹真狠！”

“我真羡慕你阿爹不在跟前，你用不着天天装孙子。”丁珏最羡慕的人就是步疏林。

步疏林在京都做质子算什么？好酒好肉天天称病不当值，陛下也不管，步疏林还有挥之不尽的钱财——不像他，一个月十贯分例，阿娘补贴一点儿都似做贼一般。

他去一趟花楼都得偷偷摸摸的，被阿爹知道又是一顿棍棒。

步疏林冲他挤眼。

“你眼睛抽了？用不用我给你叫郎中？”丁珏关心地问道。

步疏林想开口提醒他，但是对上站在丁珏背后脸色阴沉的镇北侯时，选择了沉默。

镇北侯是金吾卫上将军，步疏林属于金吾卫啊。

“我……我没事。”步疏林低声说道，“我走了。”

“阿林，你别走啊！你都不知你走的这段日子，我过得有多惨！我都怀疑我阿爹是不是我亲爹，压根儿不把我当儿子看。我若是旁人家的儿郎，他早告诉我啊，我好投奔亲生爹娘去……啊！”

不等丁珏说完，小腿就挨了一脚。

见他“扑通”一声跪下，步疏林立刻扔下一句“告辞”就跑了。

老远她都能听到丁珏的哀号和镇北侯的怒喝声。

想到自己方才不地道，步疏林便去寻崔晋百，看看能不能让他把丁珏给撤了——丁珏这等胸无大志的人，还是做纨绔比较快乐。

“不能。”崔晋百一口回绝道。

“你莫要如此不近人情嘛。丁珏文不成武不就，来了大理寺也是添乱。”步疏林苦口婆心地劝说道。

“整理卷宗，不需要文成武就，识字便可。”崔晋百冷冷地说道。

“整理卷宗？”步疏林听着觉得这是个不错的活儿，还能有月钱拿。

“嗯。”崔晋百颔首。

步疏林狐疑地看着崔晋百。不知是否是她的错觉，明明崔晋百一直面色严肃，可她总觉得他脸上好像有了点儿笑意。看了好一会儿，也没有看出什么来，她索性懒得琢磨了。

“大理寺里怎么就突然有空缺了呢？”她心里有点儿担心是因为自己。

昨日她才对崔晋百提到了丁珏，今儿丁珏就这么巧倒霉，日后更没办法陪自己鬼混了。实在是过于巧合，可她又觉得自己这般想过于自作多情。

崔晋百好端端地为何这般做呢？大理寺好歹也是要地，不是要职也不至于如此随意，尤其是崔晋百这种一板一眼之人，更不可能为此而假公济私，更何况他们还没有什么私呢。

“早有空缺，这等烦琐体力活儿，不用动武不用动文，最适合这些……”崔晋百挪开书，上下扫了步疏林一眼，“肩不能挑，手不能提，嘴不会说，脑不够用之人。”

步疏林怎么觉得他是在暗讽自己呢？

“崔石头，你是不是忘了被我压在身下的滋味？要动手吗？”步疏林把下裳一撩，往腰带上扎，大有立刻打一架证明自己的实力的架势。

崔晋百慢条斯理地放下手中的书：“看来世子已然大好，恰好镇北侯要送丁三郎过来，我便与侯爷说说，世子明日便可轮值……”

“哎哟！”步疏林惨叫一声，捂着自己的心口退了几步后坐下来，一脸虚弱的样子，“我心口痛，手也痛，定是中毒伤了根本，只怕没小半个月好不了……”

崔晋百垂眸看着步疏林演，不置一词。

心虚的步疏林悻悻地站起身来：“我胸闷气短，得回府里躺着，就不打扰崔少卿当值了。”

瞧着步疏林似贼一般缩头缩脑地逃离，崔晋百脸上才露出了点儿笑意。

离开大理寺后，步疏林并没有直接回府，而是拐了个弯去郡主府里，见沈羲和正在收拾屋子。

“这是作甚？要招待哪位贵客？”步疏林一来就看到下人们忙进忙出，沈羲和还亲自在场指挥，不由得有些吃味儿。

不知哪尊大佛这么有面子，让她家呦呦如此上心？

“我阿爹要入京了。”沈羲和满脸笑容，一回来就接到了沈岳山传来的书信，因她及笄，祐宁帝特召沈岳山入京。

沈羲和觉得也有可能是为了来年对吐蕃开战一事，祐宁帝要提前与沈岳山商议。

没了萧氏在京都，沈岳山还是很乐意来一趟的。其实圣旨没有明确写让沈岳山或者沈云安来，只是他们二人只能来一位，必须留一个在西北镇守。父子俩为此又打了一架，最后沈云安不得不屈服于武力。

“看我。”步疏林拍了一下额头，“你就快及笄了，西北王是应该来为你主持及笄礼的。”

说着，步疏林打量了一下府邸的布置，问道：“只是西北王不住在沈府里？”

“我在这里，他定是要住在这里的。”沈羲和最了解自己的阿爹和阿兄，“陛下不会为了这点儿小事计较。”

“陛下这几日很是易怒。”提到祐宁帝，步疏林也难免说了一句。

她回来之后去宫中复命见过祐宁帝，祐宁帝少了往日平和的样子，脸上不见怒气，却能让人感觉到他的不悦心情。

“河南府那边传来消息，于造身份有异，此事又被耽搁了下来。”沈羲和能够理解祐宁帝的心情，偏百姓不愿意拖，他们就想快些知晓结果，“至多明日，陛下定要先下罪己诏安抚百姓。”

祐宁帝原是打算查出幕后真凶，罪己诏也可以写得含糊其词一点儿。现在于造的身份存疑，牵扯案中案，偏偏于造现在还死咬着自己就是于造，也没有什么幕后主使者。案情胶着，百姓却已经等不及了。

“陛下已经派人去查于造的身份了，呦呦……”步疏林还是有些担忧。

“勿忧，我早已安排妥当。”沈羲和笑着说道，“此事既然是我出的主意，我自然不能当真由着昭王去。他都是顺着我的安排行事，一切都安排妥当了，绝对查不出任何可疑之处。”

她花了两天两夜问清了于造的一些经历，就好比于造身上那块烫伤，确实是在外求学时所伤，其实就是寻常的烫伤——她非说有块胎记，被他毁了，这反而更能取信于人，因为伤一验就知道年岁长。

“我担忧的是你寻的证人。”步疏林不担心这些真真假假的证据。

“给于造安排的身份也不是假的，确有其人，至于证人……”沈羲和淡然地笑了笑，“我用了些手段，让他们自己都误以为自己所言为真，禁得起盘查。”

顿了顿后，沈羲和又说道：“为了万无一失，陛下派去的人，太子殿下也插了手。”

两个彻查此事之人，一个可控，另一个可利诱，这件事情出不了纰漏。

至于于家那边，她不需要去串供，甚至不需要提前知会。于家人听到风声后，就应该知道如何选择。他们巴不得于造不是于家人否则……

只怕他们会拿出更多的“证据”。

步疏林听完这话后，有些麻木：“你们二人联手，何事不能成？”

沈羲和闻言先是怔了怔，旋即莞尔一笑。

沈羲和的笑容让步疏林“啧啧”了两声。随后，步疏林投以打趣的目光：“呦呦和太子殿下可真是心有灵犀！”

被派到河南府的要不是昭王，这事就成不了。只有昭王萧长旻才能拖这么长时间，让沈羲和他们去安排这件事。

步疏林是了解沈羲和的，她轻易不会开口求人，应该没有让萧华雍促成萧长旻去河南府一事。

“不用叮嘱，亦不用使手段，最后来的必然是昭王，也只能是昭王。”沈羲和用指尖轻轻地拂过面前的枝叶。

萧华雍不让昭王来，沈羲和也会递上证据证明萧长旻的清白。在明显背后有皇子，甚至主使者敛财意图谋反的情形下，陛下只会派没有可疑之处的昭王来，派其他人来只会把这件事弄得更复杂。

事情影响恶劣，陛下已经不能容忍这件事情再出岔子。昭王和于造到底是姻亲关系，更容易令于造开口。

“如此说来，太子殿下就是多此一举。”步疏林露齿一笑。

沈羲和淡淡地扫了她一眼：“明儿我入宫，帮你带话。”

步疏林脸上的笑容顿时僵住。

瞧她变得极快的脸，沈羲和忍不住笑了：“你来我这儿，就是寻我闲聊？”

“我听闻太后开春要办春日宴，据宫里传出的消息，太后要为诸王选妃。”步疏林兴致勃勃地说道，“也不知是否是这个缘由，五公主竟然不来纠缠我了，害我回京之前忧心了好几日。”

“她不纠缠你，是因我不在。”沈羲和淡淡地说道，“待我明日入了宫，她定会故态复萌。”

步疏林一脸诧异的表情。

“为何你不在，她就不纠缠我？”步疏林不解，脑子里闪过一个念头，有些臭美地笑着，“该不会是她误以为你倾心我，担心我被你勾走吧？”

沈羲和用一种看呆子的眼神淡淡地看着步疏林：“她是怕我杀她，才借你保命。”

步疏林惊了片刻后才问道：“你为何要杀她？”

“长陵公主针对我，是她挑拨的。”沈羲和轻轻地拨弄着翠绿的叶片淡淡地回道。

“她挑拨？这是为何？”步疏林想不明白，阳陵公主为何要挑拨长陵公主与沈羲和作对？

“不知，她应是受人指使或者受人威胁。”沈羲和望着前方，风吹拂着她的青丝，勾勒着她半边的脸庞，平添一分风情，“我便是为了她身后之人，才留她的性命至今。她为了保命，倒也有几分聪明，竟缠上了你。”

沈羲和转头有些惋惜地看着步疏林：“你不过是她视作保命的物件罢了。”

步疏林原以为自己魅力无边，结果真相竟然如此不堪，心里堵得慌。

步疏林心堵只是一瞬间，很快就想到另一茬，喜滋滋地说道：“原来连五公主都知晓你在意我，为了我可以饶她一命。”

沈羲和轻轻地笑了一声：“五公主与你很配。”

“此话何意？”步疏林总觉得这是在贬低她。

“一样愚不可及。”沈羲和说完，转身就走。

她留五公主的性命，自始至终为的只是五公主背后之人。她想要五公主的命，无论五公主傍上谁都不顶用。

不连累步疏林的法子不知凡几，只有五公主才会真觉得傍上步疏林就能平安大吉。

自己马上要及笄了，阿爹也要入京了，沈羲和不想有丧事冲撞她的喜事，才容五公主再多活些日子。

若是她早几个月发现此事，五公主这般耗着她，当真以为她非知晓五公主背后之人不可吗？她对敌人素来没有耐心，讲究速战速决，能给五公主一两次机会已然是极限。

第二日沈羲和去了宫里。她回来了要去向祐宁帝谢恩，顺带去看看太子殿下，将随阿喜带回府里。

京都位于北方，北方寒意来得早，据闻前几日已经下了一场早雪，寒风呼啸，没有了秋日的金黄景致。东宫里的寒梅结上了花骨朵儿，点点红艳的花苞在风中抖动，冷香缠绕，给冬日添了几分喜意。

萧华雍今日穿了蓝色翻领袍，金色的绣线绣的如扇般的平仲叶万分精致华美，雪白色的狐皮绲边斗篷清雅绝俗，华贵之中透着一丝慵懒，雍容之中飘着一缕仙姿。

“呦呦，我盼你多时了。”萧华雍一见沈羲和就情意绵绵地开口道。

沈羲和立在屋檐下，偏着头看了萧华雍片刻。

“呦呦何故如此看我？”萧华雍不解。

“有些好奇，殿下是如何能将如此轻浮之言说得如此不庸俗的？”沈羲和实话实说。

萧华雍的言语固然有些露骨，但由他说出来并不让人觉得孟浪。至少他说的时候，沈羲和还能忍受，但一想到他写的信，就让人难以忍受了。

“句句肺腑。”萧华雍含笑道。

沈羲和不与他纠缠这个话题：“殿下可有好转？”

“近来双眸偶尔能看到几分颜色。”萧华雍喜悦地与沈羲和分享好消息，“服用了琼花配制的药后，对肺部的改善极大。”

往年冬日寒意入体，他的肺部就会像针扎似的疼，还会咳嗽不止。这些年来他能将咳嗽装得这般好，也是因为冬日的折磨年复一年，十多年来早已刻入骨髓里。

“除此之外，可还有他法？”

琼花不多，时日不对，她能寻到已经是万幸。

琼花的花期从五月到九月，偏南之地或许会开到十一月，沈羲和已经让收集香料的下属在南海郡多留意一些，若是能遇到就采摘下来送入京都。如何计算时辰采摘的法子，她也详细地记下了，但恐怕无法采摘多少。

“倒也有一些药材能代替琼花的药性，只是或多或少偏寒或偏燥，于殿下之毒有碍。”随阿喜低声回道。

沈羲和与萧华雍入了内，就感觉到一股热气袭来。两个人都脱下了厚重的斗篷后，沈羲和不由得感叹道：“殿下的殿阁格外暖和！”

沈羲和的屋子里也烧着极好的炭，她爱香成痴，用香料与几种木炭混合，弄出的香煤耐烧，无烟，香气萦绕。

她早在初秋之时就备置了很多香煤，送去西北许多，西北的寒冬不比京都暖和多少。

现下宫中最好的炭是瑞炭，产自原西凉，现在的西州。

萧华雍的殿阁之暖有别于旁处，她看不到任何烧炭的迹象。

“东宫设有壁炉，”萧华雍说道，“是十年前改造成的。”

“原来如此，看来我今日备下的礼对殿下无用。”沈羲和轻轻地笑道。

她给萧华雍带来了两筐香煤。

此香煤耐烧，一条能烧数日，但数量有限，她担心萧华雍受不得寒，因此才赠给他一些。

“呦呦所赠，岂能无用？”萧华雍急忙说道，“壁炉干燥，让我总以为自己是炉中炙肉，若非受不得寒，真想停上几日。”

“郡主可真是送到殿下心坎上了，殿下这几日正闹着要停了壁炉呢。”天圆也补充道，怕他们的话没有说服力，还用手指戳了戳随阿喜。

“壁炉干热，于殿下不利。”随阿喜点头道。

随阿喜并没有说谎，壁炉是让整个屋子里暖气腾腾，可烤干了润气，于常人可能多喝几杯温水就能补足，于萧华雍就不同，很是伤肺。

“殿下不必如此，我既然带来了，自然是要赠予殿下的。”沈羲和对这几个人好像她会将东西带走一般的急切样子有些不知该摆出什么表情。

萧华雍也意识到自己有些反应过激，忍不住笑了。

其实他也不知为何——自己自小礼仪德行出众，行事既不刻板又得体自然，但到了沈羲和面前，这些他本以为刻入骨髓里的教养，竟然好似就能轻易地被忘记一样，情绪难以自持。

“天圆去熄了壁炉，燃上郡主带来的香煤。”萧华雍迫不及待地吩咐道。

天圆应声离去，萧华雍才说道：“河南府一事，郡主智高。”

这绝非讨好吹捧，萧华雍是当真感叹沈羲和竟然能够想到这样的法子。

“也多亏殿下相助。”沈羲和谦逊地说道。

“即便无我，呦呦亦能如愿。”萧华雍轻轻地笑着摇头，“郡主是如何想出这样的法子的？”

她还是在这么短的时日里想到的。

“要从我去见于造说起。”沈羲和将事情大致地叙述了一遍，“他当时闭口不言，铁了心要一力扛下罪名。虽然我无法让于家人脱罪，但他为何不憎恨与他同谋、明显获利更多之人？人性自私，到了生死关头，即便是过命的交情，也无法坦然地接受自己一个人承担。”

遑论这还是要被诛灭九族的大罪，于造能如此豪气干云，不连累旁人？对自己那些真正受累的亲眷他就丝毫没有悔痛之心？沈羲和觉得这不大可能。

那么就只剩下，他有不得已的苦衷令他要保住对方这一可能。他都要死了，九族皆不保，还有什么可以威胁到他？

思来想去，沈羲和觉得或许他扛下所有的罪名，能够让另外一个人给他一个拒绝不了的诱惑。什么诱惑是一个将死之人都拒绝不了的？他知道他的罪是要被灭族的。在这种情况下，如果他有不为人所知的血脉在外，不会受这场风波连累，便只能咬牙认下罪名。

“我便大胆猜测，当真如此，要如何才能让他舍弃那一份血脉？只能是有更大的利益摆在他面前，譬如于家不被灭族。”顿了顿，沈羲和又说道，“另外，我不喜抄家灭族之事。”

她不觉得被牵连是无辜的，但也不喜欢这种牵连太广的血腥杀戮行为。

“呦呦，灭族并不一定是嗜杀。”萧华雍轻声说道。

“我知道。”沈羲和颔首，“威慑才是首要目的，有些重罪，譬如挖坟掘墓，若不将犯罪之人灭族，日后总有人不引以为戒，也无法平息百姓心中的愤懑。”

次要目的自然是斩草除根，否则这就是没完没了的恩怨纠缠。

必要的时候残暴才能扼制更多的祸事、恶事再度发生，沈羲和理解。但她理解，甚至日后可能自己都会用上这个手段，与她的不喜并不冲突。

这世间每个人都会有不喜却不得不顺从之事，否则也没有“无可奈何”一说了。

明白了沈羲和之意后，萧华雍垂眸沉思了片刻，才抬眸郑重地对沈羲和说道：“日后我定会少些杀戮，多些宽仁之举。”

并不是任何时候都只有血腥手段才能震慑人，也有宽仁之举能够将人感化，能够被感化之人，便值得多给些机会。

萧华雍从未有过仁爱之心，身为皇太子，有的都是帝王的铁血手腕，能够最快、最狠、最准地达到目的，就不应平白地浪费精力。

可若沈羲和不喜这样，他愿意改变自己。

沈羲和微微一愣，轻声说道：“殿下，你不必如此。”

“呦呦，我们日后是要共度一生的。”萧华雍眼底笑意流转。

香煤在他身侧不远处被点燃，炭盆里的红光照在他的脸上，让他的面容温柔如融化雪山的暖阳。

“我只盼你在我身侧，每一日都能自在安乐。若我有何处让你不适，令你不喜，望你如实相告，我亦会改正。”

夫妻本是两个非亲非故的异姓陌路之人，有缘相遇，有幸相守，是亲是疏，在萧华雍看来，只看两个人的两颗心能否宽容彼此、互相迁就。

香煤轻轻地燃烧着，香气散开，萦绕鼻间，沈羲和不由得有些失神。

萧华雍的话超出了她对夫妻间相处的理解，只有父母之于子女，才会因爱而纠正子女的错误。

可他所言的又与父母、子女之间的相处不同：子女对父母敬重，对父母的过错多是包容与迁就；父母对子女爱惜，对子女的过错多是担待与教导。这些都不是在一种平等的位置上进行的。

萧华雍对夫妻之间的相处，竟然直言不讳，将彼此当作另一种最亲近的她难以想象的关系。

“为何要去为旁人改变自己？”沈羲和不解地问道。

她一生自信、感恩，也懂人情世故，却不愿与人虚与委蛇；她会对人好，却也不会为旁人改了自己的习性。

萧华雍笑而不语，待到一个人走入自己的心田里，重于自己的性命，为这个人而改变便成自然而然的事。

现下不适合与沈羲和言及这些，日后她自然会懂，他会让她懂。

沈羲和在东宫里只逗留了半个时辰就离开了，离开皇宫前又去了阳陵公主的寝殿里。阳陵公主的殿阁也是暖融融的，沈羲和没有让宫人通报——珍珠和紫玉将宫人推开，她堂而皇之地入内。

正在与宫女说笑的阳陵公主看到沈羲和时脸色倏地一白。

沈羲和把双手藏在用兔皮缝制的手笼之中，缓缓地走到阳陵公主身边，看着她惊惧地后退，一手按住了她的肩膀。

阳陵公主的宫女见状，再也不敢呵斥沈羲和，而是撒腿就往外跑，想来是去搬救兵。

沈羲和并未让珍珠她们阻拦，而是绕到阳陵公主身后附耳道：“公主，好生享受你最后的尊贵时日吧。”

阳陵公主被吓得腿一软，扶着旁边的几案才没有栽倒。自从知晓长陵公主的死状，她对沈羲和的畏惧就刻入了骨子里。

沈羲和蔑视地笑了一声，转身间斗篷荡起华光，飘然离去。

“陛下是不是派尚服局为我定了及笄的钗裙？”出了阳陵公主的寝殿，寒风吹来，沈羲和不由得拢了拢斗篷。身子骨儿已健如常人的她，却畏寒到骨子里，被寒风一吹，觉得极冷。

“是。”珍珠应声，“他们明日来府里让郡主挑选式样。”

“你去传话，我点顾则香的名。”沈羲和吩咐道。

珍珠立刻会意，知沈羲和是打算用顾则香。珍珠斟酌之后才建议道：“郡主，我们在宫中亦有人，顾则香或许是太子殿下的人。”

太子殿下倾心郡主，她们都看得到，可到底两个人还不是正经夫妻，即便当真成了正经夫妻，有些事情还是需要酌情提防的，否则一旦反目，势必万劫不复。

珍珠自然是盼着郡主和太子殿下能好，然而儿郎之心，比六月天变得还快，郡主谨慎些总是没错的。

“她不是太子殿下的人。”

她们走了两步，天空突然飘起了雪花，珍珠忙将带着的伞撑开了。沈羲和伸出手，任由寒风中飘飞的雪花滑过指尖。

“她只是与太子殿下做过一桩买卖，我也可以与她做一桩买卖。”

“婢子这就去尚服局。”珍珠将伞柄交给紫玉。

她是做奴婢的，为主子分忧，提醒主子可能未想到之事，做到提醒便是本分，偶尔能劝一两句便是冒犯。主子如何行事，她遵命便是。

这一点是她离了郡主那段时日，才慢慢地琢磨透的。在西北时的郡主是乐意让王爷和世子为她拿主意的，让王爷和世子有一种被郡主依赖和需要的喜悦感，对他们这些奴仆也有些随心。

在京都的郡主不需要任何人为她拿主意，如履薄冰，一个不慎就会溺死在冰湖之中。

第二日一早，陛下就下了罪己诏，坦承自己为君不明，致使诸多百姓先祖被扰，亡妻不宁，逝子不安，诏书以最快的速度传到各地。

陛下决定亲自去皇陵祭拜先祖，以告慰先祖在天之灵，对被挖坟掘墓的人家，也让地方做出了相应的补偿和慰问。

一听朝廷有补偿，不少心思不正、家道中落、门风不清的人还自己去刨了自家的祖坟。然而早在朝廷商议要补偿之时，萧华雍便料到会有这等可能，在议政之时提出了及早对受害的苦主以查案为由做了记录。

因此陛下下了罪己诏之后，各地企图浑水摸鱼之人都挨了板子，被官府痛斥不孝不悌。这样的小插曲，转移了百姓的不少注意力，让真正受苦的百姓心里也好受了不少。

他们是被朝廷认可的苦主——朝廷知道他们受了委屈，陛下派了人来安抚。皇陵都被丧尽天良的凶徒炸了，陛下并未包庇凶徒，而是和他们站在了一起。

各地官府都传达着这样的思想，百姓心中因盗墓案积郁的不满情绪很快便消散了。

就连沈羲和听了几桩混骗朝廷补偿之事，都忍不住轻叹一声：“太子殿下若为君，必是百姓之福！”

他懂百姓的心思，无论是喜怒哀乐都能够于细微之处预估到，用很温柔的法子春风化雨般安抚百姓的心。

“这话若是让太子殿下听见，他必然要喜悦上一整日。”紫玉弯眼笑道。

她们都发现了，太子殿下禁不住郡主夸，只要被郡主夸赞，太子殿下就能笑得见牙不见眼。

越是这样，她们越喜欢太子殿下，因为只有他真正把郡主放在心尖上，才会因郡主的一句话欢乐不止。

沈羲和转头扫了一眼四个丫鬟，话是紫玉说的，但是珍珠、红玉、碧玉都抿唇笑了笑，明显是赞同此言的。

“说与我听听，太子殿下给了你们什么好处，令你们一个个都偏着他？”

郡主虽然在质问，可贴身丫鬟都感觉得出她并没有生气，也不是在说笑，而是当真好奇。

几个丫鬟对视一眼，碧玉先开口道：“太子殿下给的好处可多了，郡主要听哪样？”

“全都说说。”沈羲和说道。

“太子殿下给郡主准备吃食，给郡主准备喜爱的平仲叶盆景，给郡主搜罗奇花异草……”紫玉先掰着手指头回道，“都是寻着郡主的喜好，婢子都能感受到真心。”

“郡主的每一句话，哪怕是无心之言，太子殿下都记在心上。自从知晓郡主喜爱平仲叶后，太子殿下不仅制出平仲叶茶，而且我发现太子殿下现在的衣裳上都绣着平仲叶花纹。”碧玉忍着笑继续说，“郡主的许多衣裳上也绣有平仲叶花纹，两个人的衣裳偶尔还能撞在一起，往那儿一站，可真是金童玉女！”

沈羲和又看向红玉，想听听她的话。

红玉古灵精怪地笑了笑：“我最喜欢的还是太子殿下对郡主的信任。太子殿下能力卓绝，却不自以为是，从不会因自己有才能，就干预郡主的事，做郡主的主。”

这一点让沈羲和的唇边有了一丝笑意，萧华雍能而不自负，强而不自大，高而不自得，贵而不自傲。

这大概是沈羲和觉得与他在一起舒心的缘由，许多儿郎生来便轻视女郎，即便口口声声说着心爱之人，也多以保护和爱惜为由，将之圈在身后，仿佛离了他，女郎就不能活一般。

沈羲和不喜这种人，并非觉得自己无所不能，亦非逞强，而是想要学会变强，要经历、淬炼，才能了解自己，才能成为自己更想成为的样子。

这自然要因人而异，有些人不喜这般辛劳。她不喜依附男子，不喜把希望寄托在任何一个人身上。对父兄她是不忍他们劳累，对其余人则更多的是不信任。

“太子殿下打心眼儿里尊重郡主。”这是珍珠目前所见最令她动容之处。

只要太子殿下一直不变，她相信假以时日，郡主定然会为他心动。

沈羲和听了这些话后不置一词，抚摩着短命的脊背。她承认萧华雍很好，或许这世间再也寻不到比他更好的儿郎。他越是好，她越希望他们能相敬如宾。

感情恰到好处，两个人一辈子和和美美、彼此舒心、相互扶持，才是最好的结果。

男女之情伤身亦伤情。

珍珠轻叹一声，看了一眼外面：“郡主，尚服局的人来了。”

第二十六章　西北王之女难娶

“奴婢给郡主请安，郡主万福！”崔尚服带着尚服局的人齐齐行礼。

“崔尚服免礼。”沈羲和亲自扶起这位年老资深的女官，“有劳崔尚服冒着寒风而来。”

“不敢，本是奴婢之责。奴婢带了司宝、司衣、司饰前来，郡主是先看服饰、图籍，还是先看珍宝、首饰？”崔尚服十分恭敬地说道。

宫中设有六尚，一尚四司。尚服局司宝掌管宫中之人的衣裙图样，司衣掌管宫中之人的衣服、首饰，司饰则掌管宫中之人的巾栉、膏沐、器玩。

沈羲和及笄礼的衣服、首饰都由尚服局安排，当日要沐浴，要净手，要熏香，这是司饰司的事，还有个司仗司，是负责擎执仪仗的。这些按照规制来办便是，不用劳烦沈羲和亲自过目。

“崔尚服安排便是。”沈羲和也给予尊重。

崔尚服便将衣服图样展开让沈羲和挑选，带的几幅图样，每一幅都用心迎合沈羲和的喜好，既寓意吉利又合她的眼缘。

沈羲和看到了一套象牙白色绣着如蝶般的平仲叶花纹的齐胸襦裙，一眼就喜欢上了。它在所有礼服中是最朴素的一套，其余的都是绣着富贵类似牡丹、月季等花纹，或者孔雀、燕雀等花纹。

“就这套吧。”沈羲和指了指那套象牙白色的齐胸襦裙。

“这套衣裳有些素淡，郡主喜欢，便在钗饰上选些华贵的。”崔尚服让人收好沈羲和选择的衣裳，又让司衣带着下面的人上来，一一展示搭配的发饰。

最重要的头冠，沈羲和看到了一个银白色缀珠链镶嵌诸多珍珠的头冠，既华丽又繁复，正好与衣裙相得益彰，随后又挑选了其他的首饰。

她很干脆，不像宫里其他的主子那样挑选之后还要指出对何处不满意，大到整个样式，小到做工手法都要按照心意来。这些主子不懂此道，有些手法和珠宝还有款式是无法相融的，否则不伦不类，他们这些做奴婢的又不敢反驳。

崔尚服和其他尚服局的人都很高兴沈羲和这般好说话。

事情很快就敲定下来，至于当日要用的器具与香料和香膏这些，就由红玉与她们说。见沈羲和要与顾则香单独说会儿话，崔尚服大方放行。

“郡主。”到了私下无人之处，顾则香见到沈羲和不免有些局促。

上次沈羲和向她打探太子殿下的往事，是太子殿下吩咐崔尚服让她那般说的，虽然都是些实话，但她总有些觉得自己对不住沈羲和。

“你是为上次之事不安对吗？”沈羲和慧眼如炬。

“郡主，奴婢……”顾则香羞愧难当，不知说什么。

“不必不安，你并未害我，对我所言亦是实情。若是太子殿下不吩咐你，挑个老宫女与你说来，你再来告知我，便不会心中过意不去，觉得是在帮我，而非与人做了交易算计我。”沈羲和轻轻地笑了笑，“于我而言，两者并无区别，过程如何不重要，重要的是在我心里，你是帮了我的。”

“郡主，我……”顾则香依然难为情，想说在她心里，沈羲和永远是那个与她飞鸽传信的相交，会安抚她，会给她带来些小物件的姐妹。

可她现在的身份与沈羲和的身份，有着云泥之别——她没有资格与沈羲和姐妹相称。

“你与我只是信上相交，不知我为人凉薄，比起情分我更看重利益。”沈羲和宽慰人的方式极其独特，“我今日来寻你，亦是有一件事想请你相助，自然不是以情相求，而是看你能否借此一跃而上，在典衣、司衣能爬多高，全看你的本事。”

顾则香愣愣地看着沈羲和，心中有些酸涩，那个入宫来寻她并想要将她带出宫的沈羲和不见了。她先对沈羲和动了利益之心，她们日后也就只有利益往来了。

纵使心中难受，可顾则香没有过多地伤春悲秋，迅速地收拾起情绪：“郡主请讲。”

“你在尚服局，我给你一种熏衣香，你想法子让阳陵公主喜欢上这种熏衣香。此熏衣香是我按照阳陵公主的喜好调制的。”沈羲和淡淡地说道，“最好是让你欲拉下之人敬献给阳陵公主，也不要在年前成事，慢慢地筹谋，年后与吐蕃和亲之时再成事。”

顾则香在宫中这么久，见了不少阴私之事，一听这话就知晓不是小事，心口发紧，想了想后问道：“郡主可否告知奴婢，这熏衣香可对公主有害？”

沈羲和并未隐瞒：“旁的倒也无甚害处，只是重了人容易犯晕恶心。”

顾则香没有猜到沈羲和要做什么，只想到是不是要迷倒阳陵公主，可沈羲和若要迷倒阳陵公主，熏香、下药更快捷更简单啊！

“你可以斟酌后再做决定。”沈羲和不但不催促，反而说道，“你放心，即便告知你此事，你亦可以拒绝。我不怕有人知晓我的秘密，只因任何人都抓不到我的把柄。”

即便顾则香知晓自己的计划，不愿意参与，日后顾则香看到阳陵公主倒霉猜疑到她是主谋，也是寻不到指证她的证据的，只能将秘密烂在肚子里。

顾则香是个聪明人，听得明白沈羲和对她说这话，除了自信，还透露着她不参与，沈羲和会另寻旁人的意思。

她的爹娘和弟、妹都死了，大仇也报了，原本想着该去寻他们，可想到阿娘临死时要她好生活着，她也就不敢轻生。她如今不再是罪籍，等到年满二十五岁时就有出宫的机会。

她攒些家底，日后寻个老实可靠之人成婚生子，选个孩子随她姓，也算是让顾家香火有继，可要在宫中安稳地活到被放出宫，并不是不争不抢就能做到的。不争不抢只能沦为棋子或者替罪羔羊，她只有足够凶狠和警惕才是长存之道，若是再有人庇护就更能安安稳稳了……

顾则香衡量许久之后说道：“郡主将此事交给奴婢，奴婢定不负所托。”

“你只管放心行事，会有人在宫中助你。”沈羲和笑着给珍珠使了个眼色。

她是有心栽培顾则香的。日后她到了东宫，在没有婆婆的情况下，有嫡出的儿媳，哪有姨娘掌权的道理？

贵妃也是姨娘。

尚服局纵横整个后宫，她需要一开始就在尚服局里培养自己的势力。

顾则香的心思，沈羲和多少能够猜到一些。若是顺利，顾则香不用再熬七八年，也许五年左右，沈羲和就能将她放出去，更能亲自为她挑选一门好亲事。

现在这些话她没有对顾则香说，就看顾则香日后的表现了。

“郡主，您挑选的及笄衣裳，是太子殿下送来的图样。”顾则香说完，给沈羲和行了个礼后就退下去了。

她说这话给沈羲和听，并非要卖好，而是告诉沈羲和，她不是太子殿下的人。

尽管沈羲和与太子殿下看似来往密切，宫中也传言太后和陛下属意沈羲和为太子妃，可没有确定之事都有变故，即便确定了，夫妻之间也未必什么都不介怀。

沈羲和失神片刻，旋即摇头失笑。

其实在图样被展开之后，沈羲和就有这种猜想，但是真的喜欢，没有必要因为这事可能和萧华雍有关，就非得连自己的喜好都扔了。

她选中了那图样，只能说萧华雍有本事，抓住了她的喜好，没什么不敢承认的。

“我就说啊，太子殿下最懂郡主，若非下了功夫，怎会如此明白？日后只怕没有我们表忠心的份了。”紫玉摇头晃脑地感叹道。

沈羲和对她最宽容。说来也奇怪，沈羲和不喜欢愚笨之人——紫玉就属于这类，可沈羲和就喜欢她的开朗活泼，每日都笑逐颜开，仿佛没有什么烦心事。这样的人放在身边每日看着，沈羲和都觉得赏心悦目，心情跟着也好了不少。

“对你的喜好下功夫之人，不一定是待你好的，”沈羲和任何时候都是冷静沉着的，“亦有可能是要你的命之人；眼前对你好之人，未必能经久不变，若是不清醒些，一旦他变了，你便日暮穷途。”

紫玉缩了缩脖子，不敢再多言。

人心易变，谁也不敢担保什么，她们日后还是得警醒一些，不能被太子殿下的糖衣炮弹所迷惑。

于造一案在次日有了结果。于造经查确系旁人假冒，真正的于造已亡故二十余年。消息一经核实，于造便在郡守府牢里自尽了。

朝堂上众人因此对如何处置于造展开了激烈的讨论，于家是安全了，可于家有于造的妻儿和孙儿，这些人都是于造求学归来之后，也就是假于造所娶所生，按理说属于假于造的亲眷。

可其妻的亲族也有朝堂上的人，为了不受牵连，直接在朝会上痛哭流涕，指责于家骗婚，若非于家不核实自家儿子真假，他们好好一个官家女，如何会嫁给一个贼子？

此话也有理，假于造的妻子已经够惨了，再被连诛就显得不近人情了。

可假于造罪行昭彰，总不能就他一个人死了就完事吧，这也太轻了。

两边的人争吵得不可开交，吵得祐宁帝头都痛了。

好不容易来一次朝会的萧华雍，因为他们的争吵剧烈地咳嗽起来。

萧华雍一连串的咳嗽声，让大殿里顿时安静下来——两边的人都立刻噤声，这要是把太子殿下给吓晕过去——王政还在那儿站着呢。王政厚颜无耻地做戏也能再回朝会，此法他们不见得也能成。

祐宁帝看到众人终于安静下来，心里也满意。以往这些人吵起来没完没了，有时候还在朝会上打起来，偏祐宁帝在这方面比较宽容，虽然恼怒，但法不责众。且双方都不是全为私欲，每次祐宁帝都只是斥责一番，这也导致这些人在朝会上越来越容易面红耳赤。

“七郎可还好？”祐宁帝关怀地问了一句。

“咯咯咯……”萧华雍对祐宁帝躬身行礼，“陛下，儿无碍。不过……如何处置于造妻儿……儿有一策，咯咯咯……”

祐宁帝见他说话艰难，吩咐刘三指：“给太子赐座，备笔墨。”

萧华雍婉拒：“儿谢过陛下，儿身子骨儿还成……”

他尽量克制咳嗽，然后说道：“诸公所言皆有理……此事确实轻不得重不得，不若分发各地，由父母官亲自征询苦主，听一听他们如何作想？若是主杀者多……便杀；若是主放者多，便放……

“陛下做主，杀则伤了君臣之谊，其妻儿也委实不该受过；不杀……恐寒百姓之心……由百姓做主，彰显陛下仁德宽宥……亦有安抚百姓之实。”

萧华雍的话让众人包括祐宁帝在内眼睛一亮，这个法子确实极好。

此事让百姓做主，无论最后结果如何，谁都不会有怨言。百姓心中那最后一点儿不满的情绪，也会因为朝廷这样的举动——真心实意地感受到朝廷对他们的重视与尊重而释然。

众人齐齐看向微微弯身、站在大殿上也要披着厚实的斗篷的萧华雍，神色各异，惋惜者居多，尤以忠义之臣最甚。这样肯听大臣谏言，肯闻黎民之音的储君，明明是国之大幸，偏命运多舛，寿数有碍，是他们之悲，是国之哀啊！

“太子所言有理，此事就按太子之言拟办。”祐宁帝都不问其他人的意见了，一锤定音。

他现在正需要举措来挽救声誉，太子这个办法就是极好的。

解决了这件事情后，大伙儿都以为朝会要结束了，祐宁帝却突然面色微沉，拿出一份奏折：“这是昭王连夜送来的奏疏。刘三指，你读给他们听听……”

这是一份于造的悔过书，大篇的忏悔之情，最后却提到与他合谋者乃陛下的第三子代王萧长瑱。

众人齐刷刷地将目光投到萧长瑱身上。

代王脸色一白，说道：“陛下，儿对天发誓，绝无此恶行！”

“是与不是，着大理寺、宗正寺、京兆府协查，即日起你闭府不得出，代王府朕命金吾卫把守。”祐宁帝冷冷地说道。

于造死了，除了这份悔过书，什么证据都没有留下，令祐宁帝气恼不已。

“怨不得他一直不肯开口。”沈羲和听闻消息之后轻叹一声，因为于造没有证据，也怨不得他得知于家人被保住后，就留下这份悔过书自尽了。

“郡主，可信吗？”碧玉问道。

“可信。”沈羲和颔首，“至少于造不会再说谎，至于幕后主使者是不是代王……却不一定。”

碧玉听糊涂了，既然于造所言可信，为何又不一定是代王呢？

萧长瑱是被押回府邸的。他直奔正屋，就看到他的王妃李燕燕端坐在梳妆台前，染着她的蔻丹，艳红色的色彩刺目而血腥。

“退下！”萧长瑱寒着脸，将所有人喝退。

李燕燕是西凉的亡国公主，身边的人都是王府的人，早就没有贴身侍婢了。这些仆人都老老实实地行了礼后，悄无声息地退了出去。

李燕燕依然低着头，几不可闻地笑了一声。

萧长瑱疾步上前，居高临下地盯着她，眼底压抑着狂风暴雨般的怒意：“你好大的胆子，竟敢假借我的名义，和于造联手挖坟盗墓！”

李燕燕瞥了他一眼，微微转头，风情万种：“你放心，于造没有证据。陛下即便命人追查此事，也查不到你的头上。你只要喊一喊冤，此事早晚会过去。”

“你弄这么多不义之财，究竟要做什么？”萧长瑱一掌拍在梳妆台上，压抑着怒火逼问道。

李燕燕咧开红唇，笑容明艳地说道：“我要什么？王爷还需要问吗？”

萧长瑱感觉心口刺痛，望着她，眼睛逐渐泛红，除了愤怒还有悲痛。

他是那样信任她，才会不对她设防，让她能够轻而易举地拿到他的印信，才会让她将于造引入套。只怕于造到死都不知，他效忠的并不是他一直以为的代王，而是代王妃！

李燕燕微敛着嘴角的笑容，转过头对着梳妆镜，看着镜中的自己，忽然有些厌恶，闭了闭眼，再睁开时，神色漠然：“当年我便说过，我心中只有恨，让你别求娶我，否则你定会后悔。”

“我以为……我以为，你我之间是有情的；我以为终有一日，你能够忘记家国之怨。那是大势所趋，是无人能止的。”萧长瑱说着，眼底闪烁着泪光，“强国灭弱国，天下归一，是顺应天命。若强盛的是西凉，此刻亡国的便是我。”

“可惜啊，亡国的是我。”李燕燕拿起象牙梳，轻轻地梳着垂至胸前的一缕长发，面无表情地盯着镜中的自己，不准自己有丝毫心软神色，“我不是顾青栀，不是你们天朝的贵女，没有那样大度的心胸，看不懂大局天命。我只知晓我是西凉的公主，是阿爹捧在掌心里的宝。

“而你的阿爹灭了我的国，杀了我的父，此仇不共戴天。”

正如当年她对祐宁帝高喊的话：“今日你不杀我，来日我定要你追悔莫及！”

“你以为，西凉那么多的公主，为何你能活下来？”萧长瑱说话的声音无力，轻得仿若烟雾，风吹便散。

“哈哈哈……”李燕燕忽然放肆地大笑，笑得眼中含泪，抬手轻轻地拭去眼角的泪滴，“我该感谢你吗？感谢你求得陛下饶了我一命，让我成为陛下昭示对西凉宽容安抚的棋子，让西凉皇室怨恨我怯弱，不敢以死明志？”

说着，她霍然站起身来，透着水光的双瞳里蓄满恨意：“若是可以，我真想求你当年让我一并随着阿爹和西凉离去。你留着我，全了你的私欲，却让我每一日都活在痛苦与仇恨之中。萧长瑱，我不会感激你。我甚至憎恨你，憎恨你让我活了下来。”

她眼底的满满恨意化作一柄利剑直穿萧长瑱的心，他禁受不住地后退了几步，撞倒木桅后才勉强稳住身子。心中的刺痛再也无法隐忍，泪水滴落，他捂着心口，将喉咙里的腥甜味道强行压了下去。

他从未有过的狼狈样子映入李燕燕的眼帘，她别开了脸。

“原来……原来……你一心求死……”萧长琪抹去脸上的泪水，“是我错了……”

李燕燕紧紧地握住手中的象牙梳，指尖用力险些将之掰断。

萧长琪垂眸，失神地问道：“你和谁串谋？”

那些钱财被转移到了何处？就凭李燕燕一个人，即便拿了他的印信也不可能行事如此周全。

“与你无关。”李燕燕冷漠地回答道。

萧长琪低头许久，才沉痛地闭上眼睛，自嘲地扯了扯嘴角：“对……是我无能……你应该选更好的人……”

说着，萧长琪大步走出正屋，一出门险些在石阶上栽倒，还是贴身护卫扶了他一把，才将他扶住。他推开所有人，跑到了后院里，选了个石凳坐下，像个无魂的木偶。不知何时飘起了雪花，他才回过神来。

他抬眼望着满天飞雪，想起了十年前那个夜晚，也是这样大雪纷飞，西凉国灭，西凉皇室尽数被擒获，嫡系男儿都成了刀下亡魂。

他跑到明政殿里跪在祐宁帝面前，求祐宁帝饶了李燕燕。他们幼时就相识，那时他们之间其实尚不是男女之情，他只知道不想让她死。

“三郎，这世间从无求一求便能等到之物。”年轻高大的祐宁帝这样对他说。

年少的萧长琪已不是懵懂稚子，在深宫里生活了十年，额头重重地磕在冰凉的地板上：“儿愿一命换一命。”

“你要为一个亡国公主寻死？”祐宁帝脸上浮现出薄怒之色。

“儿不敢。身体发肤受之父母，儿岂敢不孝？”萧长琪连忙回道，“求陛下宽赦西凉皇族，儿日后全听陛下之言，忠于陛下，忠于陛下心属之人。”

他把一生卖给了陛下，愿成为陛下的刀剑，剑之所向，不问缘由，取其首级。

冰天雪地，他看到了陛下脸上的失望之色。

陛下最终留下了李燕燕的性命，也不再斩杀西凉其余皇室，不知是为了安抚西凉，还是终究对他有了一丝父子之情。这些年来陛下从未让他做过什么，他安安静静，不争不抢，做个乖顺的皇子、亲王。

他从不舍到关怀，最后渐渐地对她倾心，想倾其所有让她过得好。到了适婚年纪，他忤逆了阿娘，以命相逼，才求得阿娘应允他娶了李燕燕。

这些年来夫妻同床异梦，他也不曾后悔过，此刻却后悔了。他不后悔这些年来自己的所作所为，只悔当年年少不懂她，不知她所求的是刚烈大义，自己的一己之私，让她悲痛苟活了十年。

“错了……错了……终究是我错了……”

于造揭发代王为盗墓案主谋，三堂合力调查，却并没有查到与代王有关的直接证据。百姓经过先补偿后被征询如何处置于造的家眷之事，对皇家再无一丝不满的情绪，不少人甚至想着幕后主使者不会是代王。

毕竟皇陵都被炸了，皇帝的儿子再缺钱，能够去刨自家的祖坟吗？

兼之于造一个满口谎言之人，先做下十恶不赦之事，又被查出冒名顶替，居心叵测，说的话未必可信。

百姓得到了安抚，代王之事暂时查不到证据，祐宁帝也没有催促，更没有将代王放出来。

沈羲和暂时没有理会这些事，因为沈岳山入京了。

她一大早就跑到城门口翘首以盼，当看到那一抹高大魁梧的身影骑着骏马朝着她疾驰而来时，她的双眸就像夜色下泛起了涟漪的春水，温柔而又波光粼粼。

“闺女——”沈岳山嗓门儿极大，一声高喊让整个城楼为之一静。

只是眨眼间众人就看到那抹熊一般结实的身影跳下马，冲到了沈羲和的面前。

“阿爹！”沈羲和小跑上前，握住父亲的手。

他的手粗糙又有伤疤，与她柔软细腻的手相碰，那种不适感让她眼中忍不住泛起了泪光，流露出疼惜之色。

沈岳山是个高大伟岸的男子，身强体壮，肩宽体长。西北常年的风沙让他肌肤黝黑，眼神锐利似沙漠之中的雄鹰。他打量了沈羲和一番，先是满意，接着就虎着脸：“谁许你来城门口等着的？你瞧瞧这儿风雪多大，感染了伤寒可如何是好？”

沈羲和抬眼望去，天空飘落着零星的雪花，此刻并无风……

“阿爹，我就是想早些见到阿爹。”沈羲和柔声说道。

“阿爹这么大个人，你还能见不着？以后不准这般任性！”沈岳山板着脸说道。

沈羲和脸上的笑容瞬间消失，甩开他的手，“哼”了一声就绕开他走了。

沈岳山被吓得整个人僵了一下，赶紧赔着笑脸：“都是阿爹不好，阿爹啰啰唆唆的！阿爹的乖乖别气，被气坏了可不好！”

沈羲和也不看他，把脸转到另一边：“被气坏了也抵不上风寒伤身。”

“不，不，不，都伤身……都伤身。阿爹不好！阿爹不识好歹！阿爹没有体谅你！”沈岳山低声下气地连忙赔不是。

“日后还凶不凶我？”沈羲和瞪着他问道。

“阿爹发誓，再不敢犯！”沈岳山伸出四根手指。

沈羲和明亮的双瞳望过去。

沈岳山也顺着她的目光看到自己蒲扇般的大掌，“嘿嘿”一笑，将小拇指弯下去：“发誓！发誓！”

沈羲和憋不住笑了。

沈岳山不知为何，沈羲和自小到大，她一温和他就严肃，她一生气他就小心翼翼。

“走吧，我们快进城里。”沈羲和挽着他的胳膊。

他们入了城后就直接往郡主府走去，沈岳山想和女儿一起挤马车，连爱驹都不留恋了。他身板壮实，往马车里一塞，直接占了半个马车，把红玉和碧玉都赶下去了，只剩下珍珠。

“阿爹给你挡风。”似乎也察觉到女儿的马车过于秀气，他给自己找补，接着就开始数落沈云安的罪行，“你兄长与我上辈子定是有血海深仇，整日就知气我。他每日都念你——你在京都又给他做吃食，又给他做枕头，还给他做衣服和鞋袜……”

沈岳山说了一大堆，表面上句句都在数落沈云安，实则时不时地用眼神瞄她，控诉她一碗水没有端平。

沈羲和端起架子：“阿爹这话说的，好似我不曾给阿爹做吃食，不曾给阿爹做枕头，不曾给阿爹做衣服和鞋袜似的。我还给阿爹送了个独一无二的杯子。对了，我今年做的香煤，阿爹你可分了一半给阿兄？”

“分了！”沈岳山理直气壮地说道。

沈羲和狐疑地眯了眯眼：“当真？我可是要去信问阿兄的。”

沈岳山顿时气势一矮，连连眨了眨眼皮。沈岳山对沈羲和一心虚，就会不自觉地连连眨眼：“你阿兄说他年纪轻，内火重，用不着。”

珍珠极力忍住不让自己笑出来，可怜的世子爷指不定顶着寒风求王爷分香煤，王爷定然不会心软，只会一边享受一边炫耀。

沈羲和也不拆穿他，只是说道：“阿爹还说阿兄不孝，香煤全都留给你了。”

沈岳山细细地品味了一会儿宝贝闺女拐弯抹角地给臭小子正名的行为，心里仿若醋坛子被打翻了一般，冲着车顶“哼”了一声。

“阿爹这是被气着了，定是呦呦不对，呦呦回府里就去自省……”

“阿爹没有。”沈岳山干巴巴地说道，“呦呦，乖，阿爹是生你阿兄的气。”

只要女儿不悦，都是儿子的错，这是沈岳山的习惯。沈羲和不与他掰扯，再掰扯下去，沈云安就成天底下第一不孝子了。

带着沈岳山入了郡主府后，沈羲和让他洗漱一番，换了身衣裳，修剪了一下胡子，亲自给他梳了头发戴了发冠，才让他入宫里给祐宁帝请安。

沈岳山和沈云安不同——来京当日除非是深夜，宫里宵禁下锁，否则沈岳山都得入宫面圣。

沈羲和才送走沈岳山，都还未回到屋子里，下人便来报——

“郡主，二娘子来了。”

“让她进来吧。”沈羲和低声吩咐道。

不是她觉得沈璎婼好，也不是感念之前沈璎婼的所作所为。面对沈璎婼的存在，她甚至还有些失落，失落阿爹不止她一个女儿。可沈璎婼到底是沈岳山的亲骨肉，沈岳山对她就应该担负起做父亲的责任。

沈羲和作为姐姐，是没有理由和资格去阻拦沈璎婼来见沈岳山的。

“阿姐。”沈璎婼入内恭恭敬敬地给沈羲和行了礼。她有一点儿激动，原本以为沈羲和不会让她进来。

“不用多礼，阿爹应是要在宫里用飨。”沈羲和淡淡地说了一句，就起身走了。

沈羲和把沈璎婼一个人晾在这里，沈璎婼的奶娘担忧地看了自家二娘子一眼。

沈璎婼寻了个位子坐下。这样也挺好的，她也自在些，总比与沈羲和相顾无言要轻松许多。

“郡主，二娘子看着心思纯正。”珍珠随着沈羲和走远后说道。

有些人的眼神骗不了人，沈璎婼目光清正，除非是极其厉害的伪装者，否则就是真的骨子里有股正气。

“那又如何？”沈羲和淡淡地说道，“我与她永不会有姊妹之情。”

她并非针对沈璎婼。萧氏是她杀的，沈璎婼不知，她自己难道能不知？有这样的隔阂在，哪怕沈璎婼一辈子不知真相，她也不可能对沈璎婼嘘寒问暖，否则自己成什么人了？

一边杀人亲娘，一边与人姊妹情深，她做不出来这等事。

“微臣参见陛下，陛下圣安！”沈岳山到了明政殿里不只见到了祐宁帝，还有信王兄弟以及太子殿下。

“崇阿多礼了。”祐宁帝亲自搀扶起沈岳山。面对比自己还要高出一头的沈岳山，祐宁帝拍了拍他的肩膀：“崇阿一如当年那般精壮，这些年来西北偏劳你了。”

“精忠报国是沈家家训，陛下将西北交付与微臣，微臣自当尽心尽力，不敢称偏劳。”沈岳山一脸刚正的表情。

“有崇阿在，西北安。”祐宁帝转身对着自己的儿子们说道：“西北王与朕是结义兄弟，你们要以叔伯相待。”

太子打头，齐齐给沈岳山行了晚辈之礼：“世叔。”

“不敢！不敢！”沈岳山连忙行了军礼，“诸位殿下都是凤子龙孙，切莫如此相称，折杀微臣了。”

“你担得起。”祐宁帝爽朗一笑，“日后我们还是儿女亲家，你看看朕这些儿子，哪个入你的眼，由你挑。”

君臣之间倒真像寻常世家，沈岳山依然恪守礼仪：“诸位殿下都是人中龙凤，呦呦自幼在微臣膝下，西北艰苦，她又生来娇弱，乖巧温顺，微臣难免偏疼一些。择婿关乎一生，微臣不好替她做主，只盼她自个儿选的，日后好与不好都不怨怪微臣。”

“昭宁可不娇弱。”祐宁帝说道，“她比朕的公主还果决几分。”

沈岳山也笑道：“在西北微臣与犬子多有偏袒，养成了她有几分霸道和蛮横的性子，莫要冒犯公主便好。”

一君一臣话里有话：一个听着都是赞扬，实则藏锋；另一个听着都是谦虚，实则暗讽。

祐宁帝留沈岳山用了飧后才将人放出宫去。萧华雍亲自去送，沈岳山打量着他：脸白胜女郎，眉目清秀如画，身板看着也不大结实。

沈岳山总觉得自己的闺女是不是看上了这副皮囊？难道她那些说给傻儿子的话都是忽悠傻儿子的借口？

沈岳山丝毫不掩饰眼底的嫌弃之色——萧华雍依然笑容谦和——只有真心疼爱女儿的父亲，才不会因女儿的倾慕者的身份而对其谄媚。

任何一个将女儿当作心头肉的父亲，都看不顺眼要娶走他的心头肉的儿郎。

对沈岳山的挑剔与嫌弃之色，萧华雍不但没有不悦，反而心里喜不自禁。若非沈羲和与沈岳山说了些什么，以沈岳山在陛下面前的城府，怎会对他如此直白地表露情绪？

这意味着沈羲和要嫁他之心是坚定的，无论是什么缘由，他都高兴。

“七郎也学了一身武艺，改日寻西北王讨教。”萧华雍谦逊地开口道。

“你？！”沈岳山不大相信的样子，用大掌拍了拍萧华雍的肩膀，竟然发现萧华雍眉头都不曾皱一下，脸上才有了点儿赞许之色，“行，改日与殿下切磋一二。”

萧华雍执晚辈礼：“多谢王爷！”

“太子殿下谢得太早。”沈岳山扶住萧华雍抱拳的双手，拉近了距离，“我的女儿不是那么轻而易举地就能被娶走的，即便是皇太子亦不例外。”

言罢，沈岳山翻身上马，打马而去，飞扬的玄色斗篷在寒风之中“猎猎”翻飞，一身气势锐利如狼王。

“呦呦，爹爹回来了！”沈岳山乐呵呵地走进来，刚踏入大门，就扯着嗓门儿高喊。

沈岳山一入内就见到了沈璎婼。沈璎婼和萧氏长得并不太像，虽然沈岳山这么多年来从未见过她，但是并不妨碍他猜到她的身份。沈岳山爽朗的笑容转瞬即逝，他的身材高大威猛，不笑的时候令人忍不住心生惧意。

沈璎婼也看到了他的变化，忍着心酸上前行礼：“阿婼给阿爹请安。”

“嗯。”沈岳山轻轻地应了一声，“可用了飧？”

“阿姐给阿婼备下了飧。”沈璎婼小声地回答道。

“既然如此，天色不早了，你早些回府吧。”沈岳山叮嘱道，“你若是缺什么，只管寻阿庆。”

沈璎婼终究忍不住眼睛一红，咬着唇，本应顺从地退下，可不知为何竟生出一股子倔强劲？

沈岳山也没有不悦，在主位上坐下："阿婼，你叫阿婼对吗？"

这是沈岳山第一次叫自己的名字，只是这一声就让沈璎婼强撑的坚强彻底崩塌，眼泪忍不住滚落下来。

"我于你而言，注定不是个好阿爹。"沈岳山轻叹一声，"吃穿用度，我不会克扣你的，亦不会任由人欺辱你，比之诸多世家豪族中的庶女，你应当过得还算不错。我对你说这些，并非觉得自己对你足够好，你应当知足，而是告知你，有些缘分生来便无。

"若是能够看淡迈过这道坎，你自然无忧自在，一生顺遂；若是迈不过，必然粉身碎骨。

"人生一世，骨肉之情、男女之情、知己之情、富贵权势、安乐康健，总有人求而不得。既然求而不得，便莫要强求，你只当缘分浅薄，前世修行不够，放开心胸，放过自己，便是成就。"

沈璎婼的眼泪如断线的珍珠般不停歇，她心里又痛又暖，痛的是这样好的父亲，她明明距离这样近，却难以触碰；暖的是她的父亲如她想的一样，顶天立地，威风凛凛，英雄伟岸。

他说得没错，她比很多贵女活得好、活得自在，他明明白白地告诉她，他对她不会有父女之情，不会有父亲对女儿的疼爱，只有对她身上流着他的血的责任，让她莫要强求。

"别哭了，这世上只有你阿姐的眼泪能让为父心焦，旁人的眼泪我看着就心烦。"沈岳山在沈璎婼面前毫不虚假。

这是沈璎婼与沈岳山第一次进行父女之间的谈话，她想过有朝一日自己站到沈岳山面前时，他会如何看待自己，是冷漠地视若无睹，还是厌恶地不屑一顾？

这些都没有，没有冷漠，没有厌恶，有的是语重心长，是他大概身为父亲给予她的第一次教导或许也是最后一次教导，这残酷直白却又真实。

明明结果比她预想的要好很多，可为何她的心痛得支离破碎？她不知该如何回话，只是泪如雨下，越哭越伤心，最后索性不管不顾，哭得肆无忌惮，似乎要将她一生的委屈都哭尽。

沈岳山坐在上方，就这样静静地看着她哭，不言不语，不安抚、不呵斥亦不生怒。

沈璎婼渐渐地止住了哭声，感觉有些头晕眼花，缓了好一会儿后才平静下来。沈岳山对外面的下人吩咐道："给二娘子准备盥洗用具。"

下人立刻下去准备。

沈岳山不再多言。

沈璎婼在自己的婢女的服侍下整理好仪容，上前对着沈岳山盈盈行了一礼："天色不早了，阿婼告辞。"

"嗯。"沈岳山应了一声。

沈璎婼贪恋地看了沈岳山一眼，就转身离去了。

沈岳山看着她的身影消失在渐渐落下的夜幕之中，独自在屋子里坐了片刻后，才起身走向沈羲和的院子，就见沈羲和正逗着短命玩儿。

沈岳山竖起手指让守在门口的下人不许出声，自己扒着门探头小心翼翼地看了看沈羲和的脸色，发现她没有半点儿不高兴的样子，才松了一口气。

"王爷！"端了茶水过来的紫玉看到沈岳山后唤了一声。

沈羲和抬起头，就看到立即站直、假装整理衣襟的沈岳山，忍不住唇边多了一丝笑意："紫玉，把茶水给阿爹。"

沈岳山脸上一喜，看了看沈羲和，指着自己问道："特意为我备下的？"

"醒酒茶。"沈羲和说道。

沈岳山面色一僵："我千杯不醉，不喝！"

他需要喝这种东西？！

"不喝？"沈羲和拖长了声音问道。

沈岳山硬气地回道："不喝！"

"碧玉，把步世子送我的郫筒酒都送到西北给阿兄喝，明儿一早就送走。"沈羲和扬声吩咐道。

碧玉跑进来，还没来得及行礼，就被沈岳山高喝一声阻拦："不许！"

说完，沈岳山大步走向沈羲和："你待你阿兄就是比阿爹更亲！"

"阿兄对我言听计从，我让他吃什么他就吃什么，莫说拒绝，便是问都不多问一声。"沈羲和轻哼一声。

沈岳山瞪大了双眼："我是阿爹，是长辈，怎能一样？"

沈羲和闻言逼视他："阿爹的意思是，您是长辈，就不应该听我之言，有损您的长辈威严？"说着，沈羲和就站起身来，端端正正地给沈岳山行了个礼，"阿爹见谅，是儿方才冒犯，日后定会将长幼尊卑铭记于心，再不逾矩……"

"别，别，别，我失言……失言，方才喝酒喝多了，有些醉意，呦呦莫要放在心上。"沈岳山哪里受得了女儿这样？一想到女儿以后朝暮请安，一举一动按照规矩来，他不得被气疯了？！

"既然喝醉了……"沈羲和望向紫玉端着的醒酒茶。

沈岳山深吸一口气，一手将醒酒茶端过来，仰头似喝毒药一般灌入嘴里，喝完脸就皱成了包子："苦。"

沈羲和已经站在他面前，对着他勾了勾手。

沈岳山立刻弯下身，沈羲和将手中的蜜饯喂给他："我亲手用梅花蜜渍的，好吃吗？给你做了一罐，它耐放，你带回西北可以吃许久，晚些时候我再做些送去西北。"

淡淡的梅香在口中散开，完全遮盖了药茶的味儿，又不甜腻，沈岳山眉目都舒展了："只给阿爹？"

"只给阿爹。"沈羲和真是受不了这对父子，每次做东西要么就做两种不同的专属一人，要么就得做一模一样的，否则总要忍受两个大男人幽怨的眼神和阴阳怪气的控诉。

沈岳山这才眉开眼笑。开心的沈岳山想到了沈璎婼，又收敛了笑意，将手掌放在沈羲和的发顶上，郑重地说道："呦呦，你是阿爹唯一的女儿。"

沈羲和突然有点儿眼睛酸涩："阿爹，呦呦长大了，不再是幼时不知事的小女童了。"

她大概是在六岁的时候，才偶然得知沈璎婼的存在的，当时被气得喘不上气来，差点儿就一命呜呼，把沈岳山吓得后怕不已。由那儿以后，他下令谁也不准在沈羲和面前提及沈璎婼。

那时候她年幼无知，兼之从小就以为自己是阿爹的独女，又听闻了上一辈的纠葛，连带对沈岳山都有了恨意，半年未曾对他说过一句话。

后来她发病严重，沈岳山不惜抱着她去跪求良医救治。她迷迷糊糊地看到万人敬仰、从不屈膝的沈岳山为了她向旁人下跪哀求，才知晓阿爹对她的疼爱。当时她以为自己或许活不下去了，很是懊悔自己在人生中的最后阶段竟然和阿爹赌气。

幸得那一次她熬过来了，之后再也不会与沈岳山赌气，沈岳山对她也更小心翼翼了。

"阿爹，呦呦长大了，"沈羲和重复了一遍，"明白事理了。她也是无辜的孩子。"

"你们都是无辜的孩子。"沈岳山轻声说道，"阿爹不能因为呦呦明白事理，就理所当然地享受呦呦的宽容大度。阿爹亦不知如何对她……女郎的教养，连你都是请的女先生教，阿爹教养不了你，也教养不了她。阿爹若去疼爱她，不是真心疼爱，难道不是欺骗吗？"

"阿爹……"沈羲和为沈岳山着想，提议道，"你要在京都待不少时日，不如把她接过来。也许你们相处久了，你便知晓如何待她了。"

沈羲和不是大方。她也不愿与别人分享父爱，可又能怎么办呢？那是阿爹的亲骨肉，是不能改变的事实。

她总要为沈岳山着想。

"何必呢？"沈岳山说道，"何必让你们都不开怀呢？阿爹不需要你委屈自己来成全阿爹的名声，她也不需要阿爹虚情假意的施舍，且……阿爹常年不在京都，对她冷漠未尝不是一种保护。”

至少这样少了很多对她动歪脑筋的人。

“阿爹在宫里见到太子殿下了。”沈岳山转移了话题，欲言又止好一会儿，才小声问道，“呦呦，你告诉阿爹，你是不是看上了太子殿下的皮囊？”

沈岳山在萧华雍很小的时候见过他，印象中他是长得有些俊，但今儿一见，尤其是在一众各有千秋的皇子中，他竟然能够以姿色的优势胜出一筹。

“我若是好颜色，就该嫌弃你和阿兄了。”沈羲和没好气地说道。

沈岳山突然急躁起来。他哪里不好看了？他和儿子才是真男人！京都里这些面如冠玉的瘦弱儿郎涂脂抹粉和女郎有何区别？

“你……你……你竟然说我……我丑？”沈岳山被气得舌头都打结了。

“阿爹，你觉得你俊美吗？”沈羲和反问道。

“呼！呼！”沈岳山叉着腰大吐两口浊气，才缓过气来，“阿爹这是俊朗，男子汉大丈夫，要美作甚？我真是昏了头才送你来京都！这京都里的儿郎一个个油头粉面的，风一吹就倒，皇太子更是弱不禁风，细胳膊细腿，我都怕我一掌拍下去要了他的小命！”

“阿爹，你孔武有力，他亦武艺高强。”沈羲和说了句公道话。

这下不得了，点燃了沈岳山脑中的火药：“你……你现在……便袒护他？！”

现在她就袒护太子，日后嫁过去，哪里还会记得他这个阿爹？

沈岳山被气得话都说不清，仿佛下一刻就要昏厥过去。沈羲和真是啼笑皆非，拉着他坐下，给他顺了顺气：“好，好，好，是我失言。我没有看中他的皮囊，各种缘由也已经与阿兄说清楚，阿兄也定然转达给阿爹了。”

“呦呦，你可知你选择了一条怎样的路？”说到正事，沈岳山也严肃起来。

“阿爹，我选择了一条我不悔之路。”沈羲和眸色坚定。

也许这不是最好的路，也许也不是最顺的路，但是她坚定无悔。

沈岳山所有的话都被堵上了。他有点儿理解儿子向他转述女儿的想法之时那种无可奈何又焦急万分的心情了。他不喜欢以年轻不知事来妨碍儿女的抉择——她此刻能够说出无悔，他就什么劝说之词都说不出口了。

“呦呦，阿爹相信你。”沈岳山只能如此安抚她的内心。

若是自己执意反对，是能改变她的主意的，但他亦不能保证他所选的人便是最好的。日后她过得不快乐，他会一生自责。

此刻她如此抉择，日后若过得不快乐，还有父兄随时展开怀抱呵护她，让她不至于觉得自己一无所有。

“阿爹最好！”沈羲和弯起眉眼。

沈岳山哼哼了两声："阿爹信你，但不信他。这几日阿爹好生替你掌掌眼。"

沈羲和憋着笑不语，就她阿爹那挑剔的眼光，萧华雍再好她阿爹也能挑出一身毛病来。

不过没关系，她又不指着萧华雍过日子。萧华雍好，于她而言只是锦上添花；不好，她也无甚意见。

暮色四合，沈岳山也不好在沈羲和的闺房里久留："你早些休息，明儿我们一道去见见你外祖父。"

女婿来了，哪有不登门的道理？沈岳山是个粗人，却也知晓基本的礼数。

陶专宪似乎知晓沈岳山今日要带沈羲和来，竟然亲自来开门，只不过笑脸在看到沈岳山的瞬间就没了。待到被沈岳山挡住的沈羲和走出来时，他才又扬起了和蔼的笑容。

沈岳山早就习惯了被岳父嫌弃，心想有什么可神气的？过不了多久，他也能端岳父的架子！

"妹夫日理万机，不用来一遭，让呦呦来替你传话便是。"陶元直接开腔道。

"呦呦劳累不得，我捧在手心里十五年，自然要小心翼翼地守着。"沈岳山可不怵大舅子。

陶元牙齿一酸，说道："呦呦为何劳累不得，还不是有些人保护不力？"

"你在京都筹谋这么多年，最后还不是要靠呦呦为她阿娘手刃仇人？"沈岳山回戗道。

"说的好像是你报的仇，这话你也有脸说出口？"陶元露出鄙夷的目光。

"我是呦呦的阿爹，呦呦是我养大的——呦呦这份聪慧都源于我。"沈岳山露出一口皓齿。

沈羲和目瞪口呆地看着自己的阿爹和自己的大舅唇枪舌剑。她的阿爹到了陶家，竟然这么能言善辩，她真是开了眼界！

"两个岁数加起来比我这个老头儿子的岁数都大的人，还和童子一般吵嘴，我都替你们俩臊得慌。"陶专宪开口，各打五十个大板。

无论是陶元还是沈岳山，都不敢作声。

沈羲和忍着笑："外祖父，近来可好？"

"好。"陶专宪立刻没有了半分肃容，笑得面上起了褶子，"呦呦给我配的香汤，我每日泡着，膝盖都不疼了。"

陶专宪年纪大了，膝盖风湿严重，一到冬日就疼得厉害，沈羲和让谢韫怀配了香汤。

"呦呦送来的香煤可解了我们的燃眉之急。"舅母张氏也开口道，"以往烧的木炭，不耐烧还烟重，放远了不暖和，放近了呛人。香煤气息芬芳，又耐烧，你表弟往年冬日都不喜读书，今年也愿意待在书房里了。”

“呦呦给我做的香囊醒神，我拿着每日精神头儿都极好，理事也清明麻利了许多。”陶元不甘示弱地补上了一句。

沈岳山极力维持住自己的风度和笑容。

几个表哥、表弟也开口补上了一刀。

若是他们都不用这么炫耀的语气说，沈羲和会觉得他们单纯是感谢自己和赞美自己。

瞄了一眼快维持不住笑容的沈岳山，沈羲和连忙说道：“外祖父准备了什么好吃的东西招待呦呦？呦呦今日想下厨，给外祖父和阿爹做一道下酒菜。”

“不成！”沈岳山、陶专宪、陶元异口同声地说道。

三个男人互看了一眼，眼底都仿若能飞出刀来。

沈岳山：呦呦是我的女儿，只能给我做，凭什么便宜外姓人？

陶专宪和陶元：沈岳山就是个碍眼的人，大冬天的不值得呦呦辛苦！等开春暖和了，沈岳山也滚远了，就只有我们父子可以享受呦呦亲手做的吃食！

至于日后他们父子谁吃得多谁吃得少，再各凭本事。

“哪儿能让呦呦干粗活儿？”张氏上前拉住沈羲和的手，“他们男人有事谈，我们去说些体己话。”

三个男人就这样眼睁睁地看着心肝宝贝被人拉走了。

陶家的欢乐氛围让沈羲和倍感舒适。来之前沈羲和有些担忧陶专宪和陶元会不会对沈岳山没有好脸色，到了后才发现他们斗嘴斗得厉害，越是如此，越证明他们心中并无芥蒂。

“听闻淮阳县主去见你了？”用完飧后，陶专宪才仿若不经意地开口道。

淮阳是沈璎婼的封号，按照公主的封号排序给她，以显示帝王的恩宠。

沈羲和眼皮一跳，先一步说道：“外祖父，是呦呦让她入门的。”

陶专宪暗中给沈羲和使了个眼色。

沈岳山因为女儿的维护而咧开了嘴：“是见了一面，那孩子从出生到现在，我是第一次见，没想到长这般大了。”

陶专宪与陶元都紧盯着沈岳山，不错过他脸上一丝一毫的反应，看他提起沈璎婼时神色自然，更像一个普通长辈在感慨，才放了心。

陶专宪的面色好了许多，他又说道：“你行事素有章程，小老儿我又是呦呦的外祖父，这本是你的家事，我理应避嫌。不过有些话，我还是要放在前头。”

“岳父请讲。”沈岳山也肃容道。

“那孩子我冷眼看着，不似个孬的。我这些年来在京都见过她几次，见了我们她也是恭恭敬敬地尊为长辈，你莫要苛责她。”陶专宪语重心长地说道，“不过她的身份到底是尴尬，呦呦是宽容的性子，不忍你做个恶人，才处处容忍她。

“不知多少世家豪族嫡庶不相容，更何况她和呦呦隔着一条命，若非呦呦自个儿有本事，现下或许是两条命。呦呦能如此待她已然是心疼你这个父亲，不欲你为难。”

陶专宪说到此处看向沈岳山。

沈岳山认可地点头说道：“呦呦大度明理，是我上辈子修的福分。”

“呦呦体谅你这个做父亲的，我也盼着你体谅她这个做女儿的心。”陶专宪婉转地说道，“另外，我是没看出淮阳县主有何不妥，但她到底是陛下的亲外甥女。康王府是没了，可你莫要忘了当年陛下是如何利用萧氏，才有了淮阳县主。

“这么多年来陛下对淮阳县主可比你这个当爹的要疼爱许多。当年陛下能够利用萧氏，日后也未必不会利用淮阳县主。”

顿了顿，陶专宪才加重语气地说道：“傲因之事，我们都未曾想到陛下如此不要脸面，让萧氏动了御赐之酒。你中了计，我们陶家也不好指责，更没有想到他们两手准备，一边暗害你，一边早早派人潜伏在傲因身边伺机而动。傲因之死，权当是君臣博弈我们技不如人。

“可此等事一回是情有可原，若是同样的计你中了两回，再牵连呦呦和不危，陶、沈两家便不再是姻亲，只能是仇敌。”

陶氏的事情，陶家固然悲痛——其实当年陶氏还是有救的，是她自己选择以死来保全丈夫和儿女。

她被救回来也就最多活两三年，且还要缠绵病榻，如此一来，不但萧氏要入门，丈夫被困局难解，日后儿女只怕也免不了入京为质子表忠心的悲剧。

她选择了用两三年的光阴，暗害了萧氏一把，将萧氏派来只是想要刺激她早产的细作变成害她性命之人，成为萧氏必然为妾的有力一击，也为丈夫缓解了危局，为儿女铺了一条相对平顺一些的路。

陶氏死后，贴身婢女带着她的遗书入京，陶家这才不计较陶氏之死。

陛下对沈岳山的忌惮愈重，当年会利用萧氏，今日就一定会利用沈璎婼。

“岳父放心，这些事我心中都明白。”沈岳山只是表面上粗糙，心中若无谋算，也不能成为祐宁帝的肉中刺，“我与那丫头此生没有父女缘，这对我、对沈家、对呦呦与不危，甚至对她都是最好的结果。”

沈璎婼是承受不起沈岳山的关怀的——她是沈岳山的女儿，也是祐宁帝的外甥女。

沈岳山对她稍微松动一些，她就会被陛下盯上，陷入这一盘没有退路的棋局中。无论是她被祐宁帝利用伤了沈岳山，还是沈岳山通过她暗害了祐宁帝，她若有良知，都会心中愧疚。

他对她不闻不问，才是对她最大的保全。

沈羲和之前未曾想到这一点。

“呦呦，可是恼阿爹了？”在回家的路上，沈羲和一言不发，沈岳山忐忑不安。

沈羲和有些某名奇妙地看了父亲一眼：“呦呦只是在反省，自己想得还不够周全。”

沈岳山仔细地分辨她的神色，确定她不是在掩饰，才松了一口气：“哪里是呦呦想得不够周全，是阿爹的呦呦善良又关心阿爹。呦呦心善，因此体谅二娘子也是阿爹的骨肉；呦呦关心阿爹，因此首先想到的是不让阿爹难做。”

沉默了片刻后，沈岳山又小心地说道：“阿爹……能为她做的事也只有这么多了。”

“阿爹为何不告知她呢？”沈羲和问道。

“傻呦呦。”沈岳山轻叹一声，既担忧又爱怜地看着女儿，“你自幼在阿爹和你阿兄身边长大，要什么阿爹和阿兄都能给你，未曾尝过求而不得的滋味，才养成了大气疏朗的胸怀。

“因此，你不知人心欲壑难填。阿爹不给她一丝期望，她才不会有半点儿奢求，死心了也就看开了。阿爹若是对她有半点儿关切之意，哪怕于阿爹而言仅是为人父应尽之责，于她而言就是希望。

“她会永远割舍不下，会所求越来越多。一旦超出阿爹能给予的范围，她便会失望、不甘、怨恨，会觉得阿爹之所以不再满足她，是因为旁的缘由。

“譬如，是因为你。”

人之欲，无穷尽，于千万人之中有那么一个懂得知足常乐之人便是稀罕之事，沈岳山可不想去赌沈璎婼就是这样一个品德高尚之人。他对沈璎婼的情分也不会给他这个机会去赌。

与其日后他们反目成仇，不如一开始就各自安好。

“阿爹也不希望我与她不睦对吗？”沈羲和突然明白了沈岳山对沈璎婼的态度为何如此，或许也有不希望她们水火不容的缘故。

于沈羲和而言，能够理解沈璎婼的无辜并不迁怒于沈璎婼已然是极限。若非沈岳山从小到大明确地对他们兄妹表明沈璎婼是不应该存在之人，只怕沈羲和与沈云安都做不到忽视沈璎婼。

到底是因沈璎婼之母让他们一个幼年丧母，另一个生而未见到母亲，且体弱随时可能一命呜呼。

沈云安那时已知事，沈岳山若是对沈璎婼稍有半分怜惜之情，只怕沈云安就无法释怀。

“血脉上阿爹有三个孩子，亲缘上阿爹只有两个孩子。”沈岳山用厚实粗糙的大掌抚上沈羲和的头顶，“阿爹不想到最后一个孩子都没有。”

只有呦呦一个女儿——这话沈岳山是出自真心的。他亦不只对沈羲和说过，也对沈云安说过。少时丧母的沈云安，已经连他都憎恨。若非那时候呦呦分走沈云安的大部分精力，让沈云安知晓她不能没有自己这个哥哥的庇护，沈云安只怕要不顾性命，潜入京都里杀了萧氏和沈璎婼。

沈岳山一再担保，用了十多年的实际行动，才消除了与沈云安的隔阂。

自打陶氏死后，朝廷一旦召见便全是沈云安去。只有一次朝廷点名要他去，他才去。待他赶回来时，就发现儿子熬红了眼，并且随时准备抛弃他这个生父。

儿子严防死守不准自他来京都，防的自然是他对沈璎婼有了怜惜之情。儿子坚定的心思，在那一次略有松动。

定然是沈羲和对沈云安说了些什么，才能让沈云安放下这份芥蒂。或许也有萧氏已死的缘故，否则这次女儿的及笄礼，儿子也坚决不会允许他来。

“我和阿兄，幼时让阿爹受累了。”沈羲和轻轻地把头靠在沈岳山宽阔的肩膀上。

年幼时她不知事，亦不懂何为大局，更不知沈岳山的苦。这些年来他又当爹又当娘，将他们兄妹抚养成人，身边也再没有女人的陪伴，把全部的心思都放在了西北和他们兄妹身上。

沈羲和偏头，看着他依然乌亮的黑发，想着他青年丧妻，人到中年依然形单影只：“阿爹，阿兄到了成婚的年纪，呦呦也要嫁人了。阿爹何不寻个知冷暖之人相伴？”

低头对上女儿明亮又心疼他的目光，沈岳山笑道：“女人娇弱又事多……”发觉女儿的目光逐渐变凉，沈岳山连忙改口道，“旁的女人娇弱又事多，阿爹做不好夫君，莫要去祸害好人家的女郎。”

提及这事，沈岳山又想到儿子的事：“往年催你阿兄成婚，他犟如牛，从未松口。他上次由京都回去，我再提及这事他似有松动，是否在京都看上哪家女娇娥了？”

沈羲和微微一愣，脑子里闪过的就是薛瑾乔的模样，有些好笑：“作不得数。”

“嗯？”沈岳山立刻听出了门道，“有何缘故？道来与阿爹听听。”

沈羲和遂将薛瑾乔的事细致地说与沈岳山听，末了说道：“阿兄到了京都与乔乔都未曾说上几句话。乔乔就是想黏着我，见了阿兄才起了心思。如此结为儿女亲家，岂不儿戏？”

沈岳山听完，困惑地问道：“这位薛七娘莫不是由儿郎假扮的？”

沈羲和诧异地说道：“阿爹，你可真会想，乔乔有嫡出的兄弟，哪里需要把好好的世家贵女扮作男儿？”

沈岳山问道：“那她又为何黏着你？”

“她好像喜欢女儿身上的香气。”沈羲和也探究过，只因心中素来不信有人会因一面之缘就对另一个人毫无目的地死缠烂打，“她寻常时候大约就是娇俏些，与常人无异，但受不得刺激，一旦受了刺激，就会难以自控——我身上调制的香能让她清醒些。

“为了证实我的猜测，我还特意为她调了一种香料，用了与我用的香料相同的醒神凝心的药材，只是换了旁的花引，香气截然不同，不过功效相差无几。她用了之后，果然能自控了。”

就好比上次长陵公主暗害她，薛瑾乔就在旁边，若非能自控，就不是一鞭子抽在长陵公主的马上了，而是一鞭子抽在长陵公主的身上。看她对付袁女郎就知晓她的狠劲了。

沈岳山若有所思：“改日将薛七娘请入府中，阿爹见见。”

沈羲和无言地看着沈岳山，阿兄胡闹，阿爹也跟着凑热闹。

“你阿兄几岁大的时候，就把你这个小肉团捧在手心里，每日起身必要看到你安好，才能静下心来习武。”沈岳山柔声说道，“他迟迟不娶妻，便是怕妻子待你不好，或者不允许他待你一如既往地事事上心。这过错在他——他改变不了，也无权要求旁人家捧在手心里的女郎嫁入我们家，就得委屈迁就你，这才一直拖着。

“这薛七娘能让他动心思，固然是因为她喜欢你，日后只会待你更好；更有他确实觉得薛七娘让他另眼相待的原因——他虽娶妻会思量你，却不会为你而娶妻。”

沈羲和听了这话后才恍然大悟，是自己一叶障目了，原来阿兄是有些小心思的，遂笑了笑：“不用我去请，她自个儿就会来。”

薛瑾乔会来吗？当然会来，她就喜欢与沈羲和待在一块儿，虽然听闻沈岳山来了，有点儿怯意，忍了两日还是忍不住悄悄地来了郡主府。

“阿姐，叔祖父说你要嫁入东宫，是真的吗？”薛瑾乔小声地问道。

“嗯。”沈羲和点头。

薛瑾乔噘嘴，有些不乐意：“我要去宫里做女官！”

沈羲和一脸无奈的表情。

在宫中做女官也是为奴啊，她这是要把薛家人气死吗？

“不成，你是薛家女郎，怎能去做女官？”沈羲和肃容叮嘱道，“不可胡来！”

“他们说你嫁进了东宫，我就不能每日来寻你。我想每日与你待在一块儿，又不能也嫁到东宫去——我才不要抢你的夫君呢。”薛瑾乔虽然在某些方面极其执着，可并不傻。

“你不是说要嫁我阿兄吗？”沈羲和忽然问道。

“我不嫁了。你阿兄在西北，我嫁了他就得去西北。”薛瑾乔之前是没有想到这一茬。现在沈云安走了，她才惊觉——她不要去西北。

“可你嫁了我阿兄，就和我是一家人。”沈羲和有些鄙夷自己，总觉得自己在利用薛瑾乔对自己的依恋，为阿兄拐夫人，活像个人贩子，“你就能帮我照顾我阿兄，我就不会担忧他。等过几年，你们可以回京了，我们就能时常见面了。”

等到大局已定，沈岳山和沈云安将西北交付出去，她就把沈岳山接到京都来养老。届时他就能含饴弄孙，他们都在京都，又是一家人，随时可以见面。

“一家人？”薛瑾乔喜欢这三个字，和阿姐成为一家人，日后就更亲近了！

自己去西北是帮阿姐照顾阿兄，这样阿姐就不用担忧阿兄，会更放心，去了西北她也不用整日对着那几个人，担忧自己哪一日控制不住自个儿，将他们给撕碎！

“好啊，阿姐，我嫁给阿兄！”薛瑾乔一口应下之后，亮晶晶的眼眸又黯淡下来，“阿姐，乔乔有病……”

“乔乔那不是病。人受刺激都会有反应，只不过有些人反应小些，乔乔的反应大一些。”知晓薛瑾乔受不得刺激，沈羲和就专门去了解了一下，各种缘由无非是幼时受到的伤害难以被治愈。

“乔乔没病？”薛瑾乔激动地抓住沈羲和，从未有人说过她没病。

记得幼年时，她刚被送回家里，害怕得疯了一般砸东西。阴暗中的噩梦挥之不去，她只能尖叫着不让自己去想。他们都说她有病，可她知道自己没有病，只是害怕，只是不想让自己害怕而已。

她阿娘追着给她灌药……

为了让她安静些，他们将她捆绑起来，等到她声嘶力竭，便认为她是学乖了，这才放了她……

后来叔祖父接走她，叔祖母以长辈的身份压着他们不能打扰她，她才不那么害怕。她不想再被人绑着送走，就要凶恶起来，只有让这些人都怕她，他们才不会欺负她。

只要有人欺负她，欺负对她好的人，她就会想杀人。

她将阿弟养的狗用棍棒活生生地砸碎了脑袋，就是因为阿弟让狗咬她。她还让人押着阿弟亲眼看着她把狗打得头破血流……

阿娘说她是恶鬼附体，阿爹也说她没有人性，阿兄他们看到她都忍不住露出厌恶与畏惧的目光。

他们都说她有病。她不承认自己有病，明明是他们有病，是他们做了坏事。

但面对她喜爱和疼爱她的人，她又不得不承认自己好似和寻常女郎不大一样。

“乔乔没有病。”沈羲和笃定地说道。

薛瑾乔扑上来，抱紧了沈羲和，抱得很紧很紧，就像溺水之人抓到了浮木一般，忍不住露出孩童一般天真无邪的笑容。

真好！真好！乔乔最喜欢的人说乔乔没有病！

“阿姐，乔乔一定会替阿姐照顾好不听话的阿兄。他要是让阿姐担忧，乔乔就揍他。”薛瑾乔信誓旦旦地说道。

阿姐对她这样好，她一定要把阿姐吩咐的事情办好。

沈羲和满心欢悦。

“哈哈哈……”沈羲和正要说点儿什么，偷听的沈岳山实在是忍不住笑出声来。作为一个父亲，尤其是诸多地方看儿子不顺眼的父亲，对儿子即将娶这样一个妻子，他开怀不已。

可不是他做父亲的无良，这是儿子自己点头的人。

想着日后有个人替他揍沈云安，他就心情大好。嗯，飧能吃五碗饭。

薛瑾乔似受惊的小鸟一般跳了起来——陌生人的声音和气息，会让她瞬间浑身紧绷。

沈羲和顾不得去瞪自己偷听的爹，握住她的手，牵着她走向沈岳山：“乔乔，这是我阿爹。”

放松下来的薛瑾乔下意识地就喊了一声：“阿爹！”

薛瑾乔的贴身侍女花花和草草惊讶不已。

“哈哈哈……”沈岳山笑得更开心了。他看人准，一下子就喜欢上了这个小姑娘，配他儿子正好，日后一定乐趣无穷。

薛瑾乔喊完后顿觉不妥，满脸通红，有些羞赧地低下了头。

沈羲和轻轻地笑道：“阿爹，我与乔乔有话说。”

她再不把沈岳山支走，薛瑾乔都恨不得挖个坑把自己给埋了。

“阿爹也想和乔乔说会儿话。”沈岳山赖着不肯走。

薛瑾乔就更害怕了，下意识地往沈羲和的身后躲了躲。

陌生人的气息只会让她的全身紧绷，但她从来不惧怕。只有在不能伤害的陌生人面前，她才不知如何应对，下意识地选择了躲避。

“阿爹！”沈羲和挡在薛瑾乔面前，暗暗警告地看着沈岳山。

沈岳山只得讪讪地离去：“乔乔若是不介怀，留下来一道用飧吧。”

薛瑾乔当然没有留下来。主要是因为下意识地跟着沈羲和喊了一声“阿爹”，让她不知如何面对沈岳山。等到沈岳山一走，她就立刻带着花花、草草溜了。这还是她第一次如此毫不拖泥带水地离开郡主府。

沈羲和有些哭笑不得，还以为薛瑾乔至少要几日才敢登门，不承想第二日她就又来了——不是她一个人来的，而是薛衡亲自陪着她来的。

“王爷。”薛衡对沈岳山行礼。

“薛公。”沈岳山也还了礼，“里边请。”

沈羲和给他们上了茶，然后就被薛瑾乔拽着离开，屋子里只留下了薛衡与沈岳山。

“阿姐，我若是去了西北，要多久才能回京都？”薛瑾乔眼巴巴地看着沈羲和问道。

她的杏眼水润，就这样看着沈羲和，大有沈羲和说久了，就哭给沈羲和看的架势。

沈羲和只能说道："少则五年？"

"多则呢？"薛瑾乔没有被糊弄。

"十年，一定不会超过十年。"沈羲和坚定地说道。

十年，她必然要让京都在她的掌控之中。

薛瑾乔其实不太满意，不过想到薛家那对爹娘对她的管控——他们还拿她威胁叔祖父！她咬了咬牙："我等阿姐接我回来！"

"好。"沈羲和嘴上答应着，心里却想着，届时薛瑾乔未必愿意回来，说道，"乔乔，西北不如京都繁华，你要想清楚，事关你一生的幸福。"

薛瑾乔低下头沉默了片刻后才问道："阿姐，你阿兄他……自个儿愿意娶我吗？"

盲婚哑嫁是常态，薛瑾乔生在这个时代，就没有想过要两情相悦再谈婚论嫁，只要知道彼此乐意结两姓之好，日后互相尊重忍让好好过日子便是。

不过若非因为自己喜欢沈羲和，她才不乐意这么轻易地就答应呢。

"自然，我阿爹不会硬逼我阿兄娶不愿娶的女子。"沈羲和没有想到自己阿兄的婚事竟然这么顺利地就被定下了。

第二十七章　殿下有昏君潜质

薛衡现在是薛家当家做主之人，亦是官位最高之人。他亲自来，还是作为女方的家长来，是表明薛家对这门婚事的看重。

当然双方家长要把一些提前该说的事情说好，比如薛衡要交代薛瑾乔的“病”，而沈岳山也要交代沈云安的情况，身边有没有女人，身上是否有隐疾，等等。

这就是双方结亲的诚意，以免最后闹到结亲不成反而结仇的地步。

“阿爹，会顺利吗？”沈羲和有些担忧。

别看沈家烈火烹油，高官厚禄，但大家都知道盛极必衰，也清楚陛下容不下沈家。薛衡能够亲自来，委实出乎沈羲和的意料，毕竟很多大家族是不愿意冒这个风险的，但薛家是个盘根百年的世家大族。

“薛公说过薛家的事交给他处理，他只盼你阿兄好生对薛七娘。”沈岳山对薛衡的态度很是满意。

沈羲和也希望一切顺利，难得她哥哥有想成婚的念头了。若非他在西北，沈岳山又开明，只怕要沦为茶余饭后的谈资——崔晋百就是极好的例子。

薛衡带着薛瑾乔来郡主府，其实猜测的人并不多，盖因薛瑾乔早就是郡主府里的常客，也没有人往儿女亲家方面想，可这事终是瞒不过薛家人的。

作为薛瑾乔生父的薛佪第一个不同意：“五叔，此事不可！”

“我不是与你们商议，是知会你们。”薛衡冷冷地说道。

“可……可我们是七娘的亲生爹娘……”薛瑾乔的母亲万氏低声说道。

“七娘被送到贼人手里时，你们在何处？七娘被钉入棺材里时，你们在何处？七娘被人当作怪物要放火烧死之际，你们又在何处？”薛衡目光讥讽地扫过缓缓低下头的夫妻二人，又对薛佪说：“七娘是我养大的，你以为若无七娘，你能坐到今日的位置？”

他膝下无子，薛家又数他官运亨通，人人都想过继一个孩子到他的膝下。他的妻子抱了七娘过来抚养，没有行过继礼是因他们夫妻年迈，恐陪不了七娘太久，日后总希望有人替她撑腰。

因为七娘，薛衡才将薛佪当作继承人来培养，让他在不惑之年就做到六部尚书之首。

“五叔，七娘再怎么说也是侄儿的亲生骨肉，侄儿对她多有愧疚，也盼她能过得好。可西北王府哪里是好去处？陛下的心思，五叔应是比侄儿更清楚才是。”薛佪仍然坚持。

“我知，你这一辈子把脸面看得比什么都重要，就怕日后西北王落败，因七娘牵连你们，让你在族中兄弟面前抬不起头来。”薛衡冷哼了一声，“因此我已打算将七娘过继到二郎膝下。”

薛佪这一辈的二郎，是他的二堂哥，也就是薛衡的亲生儿子，一个惊才绝艳的少年郎，可惜的是夭折了。

“五叔，七娘是从我身上掉下来的肉啊……”万氏哭喊道。

“你心里或许有七娘，可事情一旦涉及七娘的兄弟，你何曾顾虑她半分？”薛衡不欲与侄儿媳妇多言，而是盯着薛佪：“我还未退下，薛家不止你一个人，薛呈虽是旁支，却也是我薛家人。你莫忘了，他已经是大理寺卿。”

薛佪心头一凛。

薛家重嫡庶，也重能耐，薛呈一直在他身后穷追不舍，让他倍感压力。

“你自个儿去寻族长说我膝下空虚，要把七娘过继给二郎尽孝。”薛衡直接吩咐道，目光凌厉，“我要将七娘嫁给西北王世子，这事若走漏半点儿风声，你且看我能不能让你从吏部尚书的位置上下来！”

万氏的哭声也戛然而止。夫妻二人的反应，让薛衡的面色更冷。

薛瑾乔站在院子里看着里面的人，面色木然。花花和草草都担心薛瑾乔，薛瑾乔却一点儿都不在意，因为这是意料之中的结果，正如当年他们用她换了被调回京都一样。

“可……可……”万氏犹犹豫豫地说道，“我已同国子监祭酒家在商谈七娘的婚事了。”

“国子监祭酒家？”薛衡眼底闪过一道犀利的光，“是何家三郎？”

国子监祭酒何祖有两个嫡子，相差不过两岁：长子何三郎十八岁就已是解元，前途一片大好；次子何四郎，却不学无术，整日流连戏楼，是个戏痴，据闻与一个戏子不清不楚。

万氏讷讷地回道：“七娘生了那样的病，何家怎会允何三郎……”

不等她说完，一个茶杯“砰”的一声在她的脚边炸碎！滚烫的茶水溅在她的鞋面上，烫得她叫了起来。

“你还知道疼？我以为似你这等狼心狗肺之人，心都是铁铸的，那皮子应当也是，否则你怎能做出这等畜生不如之事？”薛衡被气得脖子上青筋暴起，“你以为我不过问内宅之事，就不知你为了给你的幺儿谋个国子监名额，又把七娘推出去？！你们这样的爹娘，七娘早些断绝，才是跳出狼窝。”

薛衡骂了一通犹觉不解气：“去，把薛集给我叫来！我就问问他喝着她阿姐的血过日子，是不是更滋润？他阿姐的血甜不甜？！”

“五叔息怒！”薛佪“扑通”一声跪下，“此事并未定下，不过是私下里的一句戏言，侄儿这就回去禀报族长，将七娘过继到二哥膝下。”

“滚——”薛衡高喝一声。

薛佪立刻拉着万氏退下，转身出门，就与薛瑾乔四目相对。薛佪不知如何开口，万氏却委屈地说道：“七娘，你是阿娘十月怀胎辛辛苦苦生下来的，阿娘岂会不顾你？你阿兄和阿弟好了，日后旁人才不敢欺辱你……”

薛瑾乔抬手闻了闻手背上的香，才克制住自己没有立刻扑上去和自己的亲生母亲同归于尽。她沙哑着声音说道：“趁我尚未发‘病’，赶紧离开这个院子。”

薛瑾乔眼瞳漆黑得不似活人，万氏被吓得面色一白，想到过往的事情……这时从屋子里又砸出一个茶碗，万氏不敢久留，拽着丈夫急忙离开。

薛瑾乔奔入屋内，扶住薛衡，眼中戾气尽退，眼睛泛红：“叔祖父。”

薛衡虚弱地坐下，喝了几口茶水后才平复下来，心疼地看着薛瑾乔：“叔祖父怕是护不了你多久了……”

看着薛瑾乔的眼泪“吧嗒吧嗒”地滚落下来，薛衡心疼不已。从未给人擦过泪水的薛丞相笨拙地用衣袖给她擦拭着眼泪：“莫哭，人老了总会有这么一遭。西北王是个重诺的君子。昭宁郡主，叔祖父冷眼看着，也绝非池中之物。她若真嫁入东宫，这天下输赢不好定论。

“薛家已经不成气候，你爹他撑不起薛家，叔祖父只盼着撑到你及笄，你早日出嫁。你被过继过来后好处便是薛佪日后不能拿捏你，坏处便是若是叔祖父撑不住，你得守孝。

“叔祖父不敢随意给你定下婚事，旁人护不住你。可若是西北王世子娶你，又有昭宁郡主在，你定然无碍。日后你嫁到沈家，要多为他们着想，薛家没有你的依靠，他们才是你的亲人。”

“嗯。”薛瑾乔哭着点头，回道，“乔乔知晓。”

“幸好……幸好上天垂怜……”薛衡欣慰地一叹。

这个时候七娘遇上了沈羲和和沈云安。沈云安真心愿意娶七娘，西北王知晓七娘的病，只有怜惜未有丝毫嫌弃之情。只要定下这门婚事，七娘日后也就有了归属。他去了地下，也有脸面对亡妻。

薛瑾乔很伤心。她最敬爱的叔祖父得了治不好的病，大夫说这是心病，叔祖父是想念亡妻，无药可医。她不想失去叔祖父。

可她知晓叔祖父真的很想很想叔祖母。有时叔祖父梦中的呓语都是叔祖母的闺名，因此她不敢开口让叔祖父为她振作起来。

叔祖父明知父亲撑不起薛家，明知薛家会因为他的离去而倾塌，还是撑不下去。就连家族都无法让叔祖父撑下去，可想而知叔祖父活得有多煎熬，她虽伤心却也不愿自私。

因心中的痛苦无人倾诉，她只能来寻沈羲和。

沈羲和坐在暖阁里，有些无奈地任由薛瑾乔抱着她。薛瑾乔今日一来就这样抱着她，红着眼睛也不哭，也不说话，就是抱着她不撒手。

知晓薛瑾乔要与哥哥定亲，沈羲和自然将她纳入亲人的范围，对她的亲昵也不排斥，知晓她伤心难过，又不好问，就怕一个不慎让她在眼眶中打转的泪水滚出来。

沈羲和虽是女郎，但或许是自身轻易不落泪的缘故，也怕女郎哭。

"阿姐，叔祖父要离开我了……"不知过了多久，薛瑾乔沙哑着声音开口道。

沈羲和目光一凝，伸手抚着薛瑾乔的后背，无声地安抚着她，心里却翻江倒海。薛衡若是辞世，朝堂之上就会掀起轩然大波。他位居三相之一，现在三相是三大世家制衡，由于崔家与薛家政见相同，一直联合起来打压王政。

中书令若空缺，最后有机会补上去的就是王政，但是不知陛下要让谁来补缺门下省侍中？

陛下最有可能提拔的是薛徊。薛徊与薛衡隔房，不用守孝，可薛徊的能力……

"阿姐，我想叔祖父活着，可知晓他活得很苦也很累。"薛瑾乔说着，泪水又滑落下来。

薛瑾乔的泪水渗透了沈羲和的衣裳，传来冰冰凉凉的感觉。沈羲和忍不住开口道："乔乔，你还有阿姐，我、阿爹和阿兄都会对你好。叔祖父太苦太累，我们就让他安安心心地走，莫要让他走得不安生，放心不下你。"

"嗯。"薛瑾乔点着头，把沈羲和抱得更紧了，"真好，乔乔还有阿姐！"

要是没有遇上阿姐，她该多可怜？！如若那样，她就随着叔祖父一起走。

沈羲和陪着薛瑾乔。

薛瑾乔好似察觉沈羲和对她百依百顺，立刻向沈羲和索要香包、衣裙、钗饰，还有吃食……

算了算了，今儿自己就纵容薛瑾乔一日吧。

沈羲和想着明日要入宫一趟，亲自去见一见萧华雍——薛衡看起来面色红润，应该是把病情隐瞒得极好——他们要早做准备，不说将三相之一的位置谋划过来，至少不能让陛下如愿。

沈羲和这会儿想着要和萧华雍商量的大事，萧华雍却在想着要如何讨好她……

他烧着香煤，芬芳萦绕，半躺半倚在贵妃榻上，用指尖托着一颗淡金色的北珠："这颗珠子倒是独特！"

说着，萧华雍举起珠子对着太阳的方向。冬日的阳光温和明亮，投射在北珠之上，一圈淡淡的金色光芒散开，华贵大气。

"派人去多寻一些，待我和呦呦大婚之时，以此做凤冠，一定举世无双。"

"殿下，这北珠是海东青带回来的。"天圆低声回道，"在远东以东的海边才有这种北珠，北珠蚌十月成熟，海边却已坚冰无数，无人能凿冰取蚌。

"海边有白鸟食此蚌，蚌肉被消化，珠留体内，而海东青喜食此白鸟。"

海东青自从上次被萧华雍克扣了口粮后，就一怒之下负气出走，跑到了它的诞生之地吃了个饱，然后带了一颗珠子回来。天圆觉得它大概是要将珠子送给萧华雍，讨好太子殿下。

天圆得到这颗珠子后，地方已经把珠子的来历查清楚了。

"哦？"萧华雍觉得有趣，"那就让它去采珠。让九章随它去一趟远东之海，多采些。"

"诺！"天圆应下。

"它若是不乐意，就多饿它几顿。"萧华雍又无耻地吩咐道，银辉凝聚的眼瞳温柔地看着珠子，越看越喜爱。

天圆有点儿唇亡齿寒的悲凉感，总觉得自从殿下遇上郡主后，他们这些曾经的贴心下属、宝贝飞禽，都成了讨好郡主的工具。

他成天跑腿，还要时刻警惕，机灵地化解郡主对殿下的冷言冷语。

以往殿下对海东青多宝贝啊！谁敢让它一顿吃不尽兴，都要被律令严惩不贷。现在为了给郡主制大婚凤冠，海东青竟沦落到挨饿取珠的境地。

可怜的海东青，原想着带颗珍珠回来讨好殿下，早日得到殿下的投食，却没有想到弄巧成拙，反而要被克扣吃食更久。

殿下，真有做昏君的资质。

这话，天圆也只敢在心里说。

次日，萧华雍还让天圆拿着这颗珍珠去试探沈羲和喜不喜欢。

天圆说道："殿下偶然得到一颗北珠，观之奇特，因此赠予郡主赏玩。"

"金色珍珠。"见过珍宝无数的沈羲和都被惊艳到了。

此珠龙眼大小，圆润光泽，罕见至极。

很好，郡主喜欢这珠子。

海东青自求多福吧……

“此物珍贵，不敢生受，曹侍卫且带回吧。”沈羲和拒绝了。

这和以往那些寻常往来之物并不同，她若要这等贵重之物，要么付出足够高的酬劳，要么送的人足够亲近。她既没有帮助萧华雍什么，此刻两个人的关系也还不到这么亲近的地步。

她惊艳，只是常人见到稀罕、动人之物时的正常反应，并无想将其据为己有的贪婪之心。

“殿下说了，此物赠予郡主千里寻琼花之恩。”天圆笑容不变，似乎早已预料到沈羲和会拒绝。

“寻琼花只为还殿下当日的救命之恩。”沈羲和说道。

天圆有些讶异地问道：“难道郡主令随郎君为殿下治眼不是为着殿下在狩猎场相助之情？”

“是。”

“既然是，郡主已经还了当日相助之情。后郡主寻琼花之恩，理应是殿下欠了郡主的。殿下因此心中挂念，总想早日偿还郡主的一番盛情，好不容易得了颗独特的珠子，这才让奴婢送来。”

天圆暗自钦佩自家主子，对郡主的反应一猜一个准。要让自己来与郡主胡搅蛮缠，他可不行。

天圆接着说：“若是郡主不收，殿下定会误以为此物不合郡主心意，少不得又要苦恼寻摸。”

沈羲和沉默片刻后，耐心地回道：“让阿喜为殿下治眼解毒与寻琼花，都是为了还殿下当日的相救之恩。”

“若是如此，郡主不妨当面与殿下说，属下做不得殿下之主。”天圆恭敬地回道。

也是，天圆是部属，这事她不应该为难他。沈羲和开口道：“正巧，我今日欲入宫。”

天圆笑着应道：“属下与殿下在东宫恭候郡主。”

等到天圆走后，珍珠举着缠枝牡丹飞鸟纹的檀木盒子，盒子里放着金色珍珠，等候沈羲和吩咐：“郡主，珍珠……”

“怕是退不回了。”沈羲和用拇指轻轻地摩挲了一下珠子。

和萧华雍诡辩，她自问不是对手，且他总有那么多缘由。

“你去寻一份贵重之物赠予太子殿下。”沈羲和略一沉吟后吩咐道。

“回礼？”珍珠有些不确定。

回礼是一种基本的礼仪，但珍珠觉得郡主要是给太子殿下回礼，只怕太子殿下会误以为郡主对他有情，互诉衷肠……

“不管他如何作想。日后他若是再送礼，无论是何物，你都比照同等之价回礼。”沈羲和微微一笑，“一两回他或许会自欺欺人，回回如此，便会觉得无趣，自然明白我的心意。”

珍珠一听，眼睛一亮，还是郡主有法子。

沈羲和一转头就对上了沈岳山深沉的目光。她阿爹身上有一股她调制的药香，她早就知道他来了，就见他盯着那颗北珠，恨不能目光化作刀子，将珠子戳几个洞。

“阿爹，西北这般讨好女儿的儿郎不胜枚举，也没见你如此恼怒。”沈羲和无奈地看着沈岳山。

“盖因你并未将他们放在眼里，我就当看猴戏，只觉有趣。”沈岳山回道，“西北那些糙爷们儿，哪里配得上呦呦？”

沈羲和简直无言以对。

西北的人是糙爷们儿，京都的人又是油头粉面，真是全都成了阿爹嘴里一无是处之人。

“太子于你可不一样——他狼子野心，你还有嫁他之意。”沈岳山从齿缝中挤出了这么一句话。

沈羲和真是啼笑皆非。她阿爹现在的样子和几个月前的阿兄简直一模一样，真是令她忍俊不禁：“阿爹，若是如此，你索性把呦呦带回西北，终身不嫁好了。”

沈岳山顿时不知如何回话，真说不把女儿嫁出去又不行，即便她自己乐意，做父兄的也不忍她被人诟病。要是她嫁出去，他又觉得是有人在他的心口上剜去了一块肉，如何能够对剜肉之人有好脸色？

做父亲的心思，他的呦呦不明白。

“我就是觉得呦呦偏袒太子，呦呦还说不是！”沈岳山很生气，女儿以前不是这般与他讲话的。

他这迁怒，真是让沈羲和无可奈何。眼瞧着沈岳山被气得咬牙切齿，跟个孩子似的，沈羲和也只能轻声哄着：“是呦呦失言，阿爹勿恼。”

“呦呦无错，皆是受太子蛊惑！”沈岳山坚持自己女儿是不可能有错的，都是被旁人蛊惑的。

“阿爹所言极是，是太子蛊惑。”面对这样的沈岳山，沈羲和也只能违心地诬蔑萧华雍一次。

沈岳山总算被顺好了毛：“你要入宫？”

这是紧要之事——沈羲和正色道：“呦呦入宫是去与太子殿下商议薛公之事。”

“为何要与他商议？”沈岳山不乐意，“你要知会他，派个人去东宫传信便是，这不是吩咐珍珠回礼吗？让人顺带将话带到就是了。”

“阿爹，呦呦不只是想让太子殿下知晓此事，也想知晓太子殿下有何安排！”沈羲和觉得来来回回带话麻烦。

明明她去一趟东宫就能解决的事，要下人们传话，每日都往返东宫，反而会让旁人觉得她与太子殿下深情互许，如胶似漆。

沈岳山的表情也逐渐严肃起来，他问道："呦呦，你当真要选这条路走吗？"

"阿爹，人生在世，若无志向，岂不白活？"沈羲和坦然地说道，"阿爹素来对女郎、儿郎一视同仁，呦呦志在于此，阿爹难道不愿让呦呦奋力一搏吗？"

冬日寒冽，白雪茫茫，冷风之中沈岳山的眼神深沉而又温暖，像春日的骄阳，似乎要将眼中映的银装素裹的天地融化，让女儿置身于春暖花开之中，不受风寒，不入严冬。

"呦呦，你要及笄了，长大了。你已经过了需要阿爹为你拿主意的年纪，阿爹不舍也不忍让你学会自立，却又不得不盼着你能自立。"沈岳山轻声细语道，"既然你志在于此，身为你的阿爹，我只能远远地看着你，拼尽全力护着你，永远站在你身后。

"可你对太子，仍是初衷不变吗？"

沈羲和感动于沈岳山对她的信任和支持，像她手中捧着的暖炉，温暖的热意丝丝缕缕地钻入掌心里，渗透全身，让她暖到心里。

"阿爹，我欠了他救命之恩。这是我个人的恩情，我会极力偿还，"沈羲和认真地说道，"定不会为此牵连大局。"

沈岳山没有把话挑明，沈羲和却知晓他眼底的隐忧。

他害怕萧华雍对她的一切包括施恩都只是一场算计，尽管如此想，不免以小人之心度君子之腹，可人心隔肚皮，他们这种行走在刀尖上的人，也只能把每一个人都往最坏之处想，才能时刻保持清醒，才能保全自己。

她阿爹怕她在这些恩情之中动摇，最后万劫不复。

沈岳山动了动嘴，最终好似轻叹了一声，没有再多言，有一丝不知如何说的为难情绪。

"阿爹亦可放心，他若不算计我，我亦不会算计他，更不会贪恋权势而对他不利。"沈羲和误解了沈岳山的担忧之情。

对萧华雍，她一开始选择他，便是因他乃正统嫡出，又……

可她从未想过他若长寿，就对他下毒害他性命。

"呦呦……阿爹只愿你安好。"沈岳山最后只柔声地说了这句话，言近旨远，耐人寻味。

他和沈云安一样，知她此刻心如磐石，难以被撼动，可她到底只是个小姑娘，哪里知晓一个儿郎若是真掏心掏肺地讨好一个女郎，是多么难以拒绝？活生生的人，肉长的人，如何能够真的毫无感触？

他盼着自己的女儿往后安乐，有人为她遮风挡雨，为她保驾护航，为她义无反顾，如此她便能松快安乐些，却又怕人心易变，她懂了这些情之后，为情苦、为情累、为情伤。

父母对儿女之忧，大抵是永无止境。

最终沈羲和还是入了宫，萧华雍煮了吐蕃的茶——温热的鲜奶熬制出来的茶——在寒风之中一入口，就能将所有的寒气散尽。

“今日多谢殿下赠珠，如此珍贵之物，无功不受禄。然而，殿下一番盛情不好相拂，因此昭宁也备下了一份礼物，还望殿下收下。”沈羲和亲自从珍珠手里接了一个四四方方的匣子递给萧华雍，“殿下看看，可喜欢？”

萧华雍将之打开——是一套上好的茶碗，邢窑若雪，薄而莹润，工艺精湛。有无数茶碗的萧华雍，也不得不赞一声：“好茶碗！”

“昭宁不擅茶道，此物赠予殿下才不算被埋没。”

沈岳山当年救过一个邢窑手艺人，而后这个手艺人每年都会赠一套邢窑器具给沈岳山。这些邢窑器具多数被沈岳山给了沈羲和。

“呦呦客气！呦呦赠我香煤，我赠呦呦北珠，原就是礼尚往来；呦呦又赠我茶碗，我便不知该赠呦呦何物了……”萧华雍没有提之前的恩情，只说北珠是香煤的回礼。

这下倒是显得沈羲和过于多礼了。沈羲和也不在意：“香煤不值当，往日殿下助昭宁良多，昭宁理应感念殿下的恩情。往年在西北，家中无其他女眷长辈，由昭宁掌中馈。往日与家中交好的亲友，但凡王府里多了些什么稀罕之物，昭宁都会相赠些。”

她这是明明白白地告诉萧华雍，她的举动只不过是寻常的人情往来，不把他当作陌生人罢了，却也并不是真的事事想着他。

萧华雍何等聪明，如何能够不明白？不过他已经做好了循序渐进、持之以恒的心理准备。

“呦呦不要与我细数往日的种种，否则你我怕是掰扯不到头了。”萧华雍笑着说道，“呦呦特意来一趟，便只是为了回礼？”

“是有一事要给殿下提个醒。”沈羲和凝神道，“薛公可能身子不大好，将薛七娘托付给了家兄。”

她用了“托付”二字，委婉地提醒了萧华雍薛衡可能命不久矣。

萧华雍尽敛面上的笑意：“可知是何故？”

他前两日才见过薛衡，薛衡看起来面色红润，精神矍铄，老当益壮。

“心病，思念亡妻，哀思过重。”沈羲和喟叹道。

萧华雍相信消息若非确凿，沈羲和定不会告知他此事，问是何缘由，原是打算请令狐拯前去为薛衡看一看。薛衡是能臣，若辞世也是社稷的一大损失，朝廷还会因他的辞世而掀起轩然大波。

若是心病，大罗金仙也无力回天，这是他自个儿不想活。

“呦呦可想过让陶御史入三省？”萧华雍问道。

沈羲和抬眸——她压根儿没有想过要为外祖父谋前程。她明亮的双瞳如黑曜石一般，又似蒙了一层薄雾，令人看不真切，只是直直地盯着萧华雍。

萧华雍嘴角勾起温和的笑容，目光清明深沉：“我并无试探之心，陶御史为人正直，三省有他，必是一番新天地。”

沈羲和摇头：“树大招风，且我与你成婚后，陛下绝无可能让我外祖父身兼要职。”

“陛下不愿，也未必不可。”萧华雍轻描淡写地说道，“凡事皆可筹谋，三省之下是六部，吏部薛佪看似最有可能入三省，可陛下早不喜薛家与崔家同气连枝，事事压王政一头，让王政束手束脚。

“户部尚书刚任职，不会挪动，剩下兵部、刑部、工部、礼部。”

萧华雍从一旁的棋筒里抓出一把棋子，往棋盘上放下四颗棋子：“礼部可不计，工部尚书已年迈，兵部尚书与刑部尚书，只要将这二人动一动，必然要越过六部擢拔。”

如此一来，陶专宪就是最佳人选。

沈羲和明白了，萧华雍不是要逼祐宁帝，而是只给祐宁帝一个选择。

“位高而责重，外祖父已年迈，我需要问一问他老人家如何作想。”沈羲和不为陶专宪拿主意。若是陶专宪愿意，她倒是可以与萧华雍合力试一试；若是陶专宪不愿意，那就打住。

“陶御史定会应允。”萧华雍笃定地说道。

陶专宪是有能力和才干之人，并不弱于薛衡，只不过为人正直，陶家又不是世家大族，若无人相助，做到从三品的御史大夫基本已经到头，否则这么多年来也不会一直无法挤入六部。

他不钻营，并不意味着没有此志向。

更何况外孙女即将成为太子妃，他更希望自己的权力能大一些，多护着沈羲和一些。

沈羲和明白萧华雍所指，见萧华雍将棋子收起来，而不远处还有一枚黑子，为了岔开话题，便说道：“殿下，您漏了一枚棋子。”

萧华雍与天圆齐刷刷地看过去。

天圆心里“咯噔”了一下，这可是殿下的宝贝疙瘩，这要是也被扔到棋筒里，棋子都长一样，如何再寻出来？

萧华雍嘴角的笑容顿时僵住了。

沈羲和自始至终都没有想过那一枚棋子有什么独特之处——是当日在杏林园里，与华富海博弈所留。

棋子只有三种材质：一是民间较为普遍的木质，二是乡绅书馆里的黑白鹅卵石，三是高门显贵用的玉质。当日在杏林园里，园子并非白头翁所有，而是一位豪富供养白头翁所设，棋子、棋盘这些都是用的最好之物，也是玉质的棋子。沈羲和虽通棋艺，却不好此道，自然不会加以深究，棋子大小也差不多，便没有多想。

她原只是不愿与萧华雍纠缠她外祖家之事，才随意寻了个话茬儿。

“为何还有遗留？”萧华雍冷着脸吩咐道。

天圆心思一动，抱歉地躬身：“定是下面人不仔细，属下这就收拾走。”

萧华雍扫了他一眼：“嗯。”

天圆立刻轻轻地捡起这枚棋子。轻飘飘的一枚玉子，躺在他的手心里，似有千斤重，他生怕自己一个手抖，将太子殿下的宝贝给摔了，这要是磕坏了，去远东以东刨珍珠的就又多一个人了。

等到天圆退下，萧华雍才神色如初，温和地对沈羲和说道：“内侍省送来的棋具略有瑕疵，呦呦来前，我正在为此事问责，下人遗漏，未曾收走。”

有那么一瞬间，萧华雍是想要坦白的，将所有的事情尽数告知沈羲和。然而，一瞬间的恐惧、担忧和踟蹰之情，让他第一反应还是做出了隐瞒之举。

自打从狩猎场回来之后，萧华雍就未曾隐瞒、欺骗过沈羲和，亦未曾再行迷惑之举，引她猜疑旁人，只想水到渠成，自然而然即可。

他不知她知晓全部事情之后，会有何种反应。他从不行无丝毫把握之事，亦知隐瞒越久，越发不妥，更知沈羲和早已隐隐对他有所猜疑，只不过尚未笃定而已。

然而，他到底也只是个凡夫俗子，为爱而生忧，为爱而生惧。

他心中有懊恼亦有庆幸和隐忧的情绪：懊恼的是没有抓住方才的机会向她坦白，只得继续欺瞒她；庆幸的是她不知，自己就不用去面对那未知的恐惧；隐忧的则是知晓这是迟早要被揭露之事，现下他不过是自欺欺人罢了。

人都有逃避心理，他也不过是个寻常人。

只不过这世间让他逃避之事，大抵唯与她相关。

他可以承受失去一切，却唯独不能承受与她回到最初的生分关系。

沈羲和不疑有他，另说起一事：“于造供认代王一事，殿下如何看？”

“呦呦如何作想？”萧华雍不答反问。

沈羲和回道：“不瞒殿下，昭宁入京之前，阿爹便与我言及诸位殿下。入京之后，我亦多加留心，代王殿下似不过问朝堂之事。”

和假装淡泊名利的皇四子定王不同，代王没有游山玩水，亦未远离朝堂，兢兢业业地做着一个亲王该做之事，除此之外心无旁骛。

为陛下分忧之事，他绝对不出头；要职空缺，旁人明争暗斗，他置若罔闻；凡有大事，其他几位殿下恨不能都掺和一脚，要么浑水摸鱼，要么让水更浑，唯有他无动于衷。

明里暗里，他才是那个真正做到孑然一身、不结党羽的皇子。

“呦呦慧眼，老三是个明白人。自他娶了李氏，便注定与帝位无缘。”

否则才渐渐认命的西凉，心思又会蠢蠢欲动，陛下定会不容他们夫妻。

萧华雍继续说道：“他如此，虽不能位居至尊，但日后无论谁赢得天下，必有他的一席之地。”

尤其是踏着兄弟的鲜血走上皇位的皇子，为了安抚朝臣，彰显自己的宽容，为了安抚百姓，彰显自己的仁义，都要留下一两位兄弟，来证明他并非罔顾亲情的冷血暴戾之君。

“如此说来，幕后主使者当真非代王。”沈羲和之前只是猜测，此事过于敏感，有陛下和朝臣都盯着，也不好着手去调查，这才到萧华雍这里寻找最终的答案。

既然幕后主使者不是代王，那么谁能够全权代表代王，而令于造深信不疑呢?

这个人只能是代王妃——李燕燕。

她终究放不下国仇家恨，沈羲和有些惋惜。代王妃难道不知，一旦她被揭露，陛下就有了理由对西凉尚存的皇室赶尽杀绝吗?

“此事周密，代王妃深藏不露。”萧华雍从未将目光停留在除沈羲和以外的女郎身上，“我详查过，若非此事被你撞见，又有步世子深查闹到大理寺里，他们只怕要瞒天过海了。”

被抓起来的人已经招了，他们原打算今年大干一笔，到了年末就彻底收手。

年前各地官府都事务繁多，对一两座墓地被盗的报案不会立即侦查，他们也已经计划在各地闹出几桩人命案子来扰乱视听——等年后官府再来追查，那时他们早已逃之夭夭。

说来也是步疏林执着，沈羲和才会去银楼里走一趟——斗金银楼也已经被查封。

萧华雍主张各地官员发放告示，若有购得陪葬品之人可拿到衙门里，由官府见证，苦主以半价赎回，权当是行善积德。且从坟地里被拿出之物，许多人也不愿留着，将其销毁若是被看见，视为盗墓案同伙，能够拿回一半损失，也算公道。

许多购得赃物之人都将赃物拿到官府里，官府会问清赃物是从何处购得，如此一来就将沾手的人员尽可能地一网打尽。

“殿下亦认为此事乃代王妃所为？”沈羲和有些诧异。

“非代王妃一人可为。”萧华雍说道，“她定与人共谋，才能周全至此。”

陛下和朝廷诸人都没有怀疑到李氏身上，不是因为不够足智多谋，而是不信表面上冲动易怒、对皇家的仇恨明明白白地摆在脸上的李氏是个城府极深之人。

除此之外，沈羲和与萧长旻将于造是假冒之事做得天衣无缝，令百官乃至陛下都被误导，以为于造临死也在胡乱攀咬人。

尤其是陛下——他应该是对代王最了解之人，更不会信此事是代王所为。

只有沈羲和、萧长旻以及萧华雍笃定，于造并未说谎。

于造自然是真的于造。于造清楚若是敢欺骗沈羲和和萧长旻，他们能够偷梁换柱地保全于家人，也能再次将于家人置于死地。

“李氏与何人合谋，一丝线索也无？”涉及朝堂大事，沈羲和不便插手调查，以免引起祐宁帝的猜疑，时刻盯着李氏反而不妙，故此才来问萧华雍。

“干净利落，无一丝痕迹。”萧华雍都忍不住暗赞。

沈羲和沉吟了片刻后说道：“若要如此，只有一个法子可行。”

萧华雍唇边浮现一丝笑纹。虽然自己心中已有定论，但是萧长旻都未曾这般想，只一直盯着老三，他想知沈羲和是否与他想到了一处：“是何法子？”

“代王妃久居内宅，又是西凉皇室之人，即便善于伪装，瞒天过海，可稍有异动，陛下定会察觉。因此，她应是没有可支配之人。”沈羲和分析道，“而此事所谋甚大，非心腹之人她不敢指派。因此，依我看来，于造并非被她的人逼入局中，只不过他们将于造套牢成为他们的棋子之后，于造必然要知晓为谁卖命才肯继续干下去，此时代王妃就出面见了于造，令于造以为一切事情都是代王所为。

“然而，此案代王妃只怕也就这一个作用，就是担了个名，只为掩护她的同谋。”

于造不可能在不确定幕后之人是代王之前就跟着干这样的事，哪怕是被威胁、被算计也不可能。

代王这些年来也绝不是在韬光养晦，以他的实力也不可能做到这样的大事。盗墓案被揭发之后，通过代王一如往常置身事外的态度，他们也能看出他对此事毫不知情。

李燕燕又无人可用，事情被揭发，代王成了被怀疑之人，却让人查不到丝毫证据。哪怕他们顺着代王怀疑到李燕燕，也查不到李燕燕的丝毫证据，这说明李燕燕只是个烟幕弹。也只有如此，她才敢大胆行事。

只因即便人人都猜疑她，却也拿她无法。因此那些被抓之人都是另一主谋借李燕燕之手安插给于造的，让于造越发对代王的暗中势力佩服，从而对代王死心塌地。

萧华雍从胸中爆发出沉闷而又愉悦的笑声：“呦呦与我，心有灵犀。”

对萧华雍的暧昧措辞，沈羲和充耳不闻，面不改色，也不欲去纠正。她计较了反而会使他更加来劲，指不定他还能说出更多露骨之言，不过是仗着她打定主意与他合作罢了。

“殿下心中，对代王妃之同谋可有猜想？”沈羲和问道。

“天家就那么几个人。”萧华雍未曾收敛笑意，“老二无辜，老三无辜，老四去了皇陵，也可疑——他这些年来暗中培植的势力不容小觑。

“老五炸皇陵可谓此事的揭露者——此举意味着他也非同谋。

“小九与老五一母同胞。若此事为小九所为，老五便不是揭露而是帮其遮掩。

“余下只有一个人。”

余下还有两三位皇子，六皇子已“死”，十二皇子不说还未成气候，只说他现下已成了萧华雍的挡箭牌，就能被排除嫌疑，因此幕后主使者只能是远在安南的八皇子萧长彦。

沈羲和最担心的事还是发生了。比起四皇子萧长泰，她更偏向于此事是萧长彦所为，尤其是用那些被黥面之人，更符合萧长彦的做派。

崔晋百与萧长彦的母族裴家走得很近，还有一个与萧长彦一道长大的萧甫行。

当日她让步疏林去缠着崔晋百，确有试探崔晋百之心，亦有为步疏林解困之意。可这二人的传言闹得沸沸扬扬，且彼此关系不浅，日后若是各为其主，步疏林该如何自处？

“呦呦，因何思虑？”萧华雍蓦然感觉到沈羲和的情绪有轻微的波动。

沈羲和原想提醒萧华雍当心崔晋百，又担心提了一嘴之后，萧华雍对崔晋百不利。她得回去问一问步疏林的心思：“一些私事。”

蓦然间，沈羲和想到了华富海，崔晋百与华富海曾经由一个人扮演过，若崔晋百是萧长彦的人，也就意味着华富海也是萧长彦的人。拥有华富海这样富有四海的下属，萧长彦还用得着盗墓敛财？

即便要盗墓敛财，萧长彦也用不着这样销赃吧？他让华富海扬帆出海一遭不就能够神不知鬼不觉地得到大批钱财？

所以崔晋百不可能是萧长彦的人！那么崔晋百也许就是接近裴家之人！

沈羲和霍然抬头，明亮的双瞳盯着萧华雍：“殿下觉得四皇子与景王殿下，谁更可疑？”

萧华雍第一次没有听出沈羲和的试探之意，如实作答：“呦呦定然是怀疑八弟。”

“难道殿下更怀疑四皇子？”沈羲和仔细地分辨着萧华雍的神色，看不出萧华雍有丝毫作伪之意。

“西北王对我们兄弟所知，不过是派人查询之后分析给呦呦听。我们是晚辈，未曾与西北王接触过，西北王不知八弟的为人。”萧华雍轻声说道，“八弟有勇有谋。兄弟之间，他与小九最擅长兵法，是难得的将才。八弟经过战场上的浴血奋战，有亲如手足的将士马革裹尸，这些人也许连尸骨都不能从战场上被完整地带回来厚葬。

“他不会如此作为——若有一日这些人的坟墓被掘，他该如何悲痛？”

沈羲和听得出萧华雍对萧长彦的赞叹之意。

“反观老四——他暴露了野心，无法在京都伪装下去，便寻了个由头解了陛下的燃眉之急，虽被贬为庶人守皇陵，可筹谋十多年，不会一朝死心。”萧华雍肃容道，“若无底气，他怎会这般蛰伏？”

听萧华雍一一剖析着，沈羲和只觉他说得分外有理。他绝没有敷衍或者有意误导她，对十五岁就去了安南一直不回京都的萧长彦，沈羲和的确不了解其为人。

“另外……”萧华雍又提醒了沈羲和一个小细节，“当日叶氏寿辰，李氏也去了。她们二人其实并无多少交情，李氏不喜宫中之宴。”

对，李燕燕不喜萧家人，荣贵妃的赏菊宴都没去，但叶晚棠的寿宴却去了。

沈羲和原以为她是觉得无长辈在自在些才去，现在看来极有可能是因与定王合谋。

“还有一点，”沈羲和经过萧华雍的提醒，也想到一个不合理之处，“信王殿下派人炸了皇陵，按理说四皇子就守在皇陵之中。他会被逼至不得不以此来重新蛰伏，皆是拜信王所赐，应当恨极了信王。

“他要么不会让信王得逞，要么让信王得逞，就必然要抓住信王的把柄。可到了此时他也没有揭露信王，只有一个理由能合理地解释这一点。”

萧长泰当日不在皇陵之中！

以萧长泰敢把自己弄成庶人躲在皇陵里再筹谋的有恃无恐之态，足以说明他底气十足。如此一来，他就不可能让信王得手。

他若是盗墓案的主谋，定会知晓步疏林去了河南府，而沈羲和又在临川郡将此案捅了出来。这件事情终究纸包不住火，他必须火速善后，才会私自离开皇陵去应对，这才让信王得了手。

所以，崔晋百还是有可能是景王萧长彦的人，而盗墓敛财是由四皇子萧长泰所为。

“殿下对景王殿下多有赞誉，是惺惺相惜吗？”沈羲和又问道。

“我与他岂能惺惺相惜？”萧华雍轻轻地笑着摇头，“并无同病相怜之处，怎能相惜？我赞誉他，不过就事论事……八弟，是陛下看好接替东宫之位的人。”

否则陛下也不会这么多年来允许他在安南拥兵自重，让他早早跳出京都这个是非圈。

萧长彦不在京中经营反而更令陛下放心。待到陛下百年之后，就将自己手中的人脉尽数交予他，不怕他不能坐稳皇位。

沈羲和在心中微叹：原来如此，在陛下心里，萧华雍注定要英年早逝，所以一切都已经早早地安排妥当。

“景王殿下也要加冠了吧？”沈羲和忽然说道，“陛下会为他择怎样的王妃？”

萧华雍对这个话题极其敏感，生怕沈羲和对萧长彦动了心思。他认真地看了沈羲和好一会儿后，确信她只是随口一问，这才缓了面色：“翻年便加冠，这两年陛下不会为他指婚。崔家有个小女儿，是尚书令的嫡孙女，年方十二岁。”

陛下过两年将崔家小女儿指婚给萧长彦更好，如此一来就将崔家和萧长彦绑在了一起。

“陛下对景王殿下倒是用心良苦。”沈羲和觉得有必要派人去安南，早些混入景王殿下身边，只是人不好选。

萧华雍置之一笑，并未多言。沈羲和也答应沈岳山，在东宫里不得停留超过半个时辰，算着时间告辞。萧华雍亲自将沈羲和送出东宫，看着飘落的雪花，在她步下阶梯之前突然喊了一声：“呦呦！”

她缓缓地回首，明亮的目光中透着疑惑之意，麋鹿一般湿漉漉的，一眼望入萧华雍的心口里。

她平静、柔和、善意的眼神，令萧华雍到嘴边的话不敢吐露。他暗暗深吸一口气，问道：“若我有隐瞒你之事，你可会恼我？”

沈羲和静默了一瞬，才莞尔一笑。

天地一片素白，她抹了口脂的唇殷红醒目，一笑倾城，点到为止。沈羲和说道：“殿下，这世间无人没有秘密，我亦有隐瞒殿下之事。殿下若未伤及我与我所在乎之人，我自不会恼怒殿下。”

这个善解人意的答案，并未安抚萧华雍的心。他所隐瞒之事，是不损及沈羲和，却会让她重新审时度势，亦有可能让她另择一张面孔来面对自己。

她或许再也不会如现在这般毫不设防地与自己详谈了。

更多的话，他却不敢再多说：“呦呦说得是。”

沈羲和脸上的笑容加深：“殿下可还有事？”

萧华雍：“呦呦路上当心，冬日寒冷，日后若有事着人传信于我，我去见你。”

“阿爹在家中，殿下确定要来寻我？”沈羲和语气中透着点儿笑意。

萧华雍竟忘了，现在郡主府里住着一尊大佛，他的身手要瞒过郡主府的下属不在话下，可要瞒过沈岳山未必能成，若是被沈岳山抓个现行，只怕沈岳山非得趁机将他的腿打断不可。

“传信吧……”萧华雍改了口，虽然麻烦了点儿，也别有一番情趣。

“开春之前，应无大事。”沈羲和淡淡地笑了笑，点头致意，撑着伞飘然远去。

回到郡主府，沈羲和远远地就看见立在大门口抻着脖子张望的沈岳山，忍不住无奈地笑了笑，从马车上跳下去。

沈岳山被吓得大步走过去：“当心！当心！若是摔着可如何是好？”

“这不是怕爹爹等久了吗？”沈羲和笑着说。

“摔着了阿爹心疼。”

“阿爹等久了，呦呦也心疼。”

沈岳山明白了，女儿这是变着法儿地责怪他在天寒地冻的天气里站在门口等她。

“阿爹这是闲来无事，在门口转悠转悠，看一看……”沈岳山张望外面一眼，发现一个人影都没有，“看一看京都的房屋……”

“喀喀喀……”忍不住的是紫玉。她真的不想笑话王爷，实在是王爷的借口过于好笑。

沈羲和扫了紫玉一眼，给自己的父亲台阶下：“可看完了？看完了我们就回屋里。”

“看完了，看完了。”沈岳山瞥了紫玉一眼。

父女俩并肩迈过门槛。沈岳山一入内就忍不住打听：“太子殿下对薛公之事如何作想？”

沈羲和憋着笑，没有立即作答。她怎能不知沈岳山根本就不关心这些朝臣替换之事，丝毫不给祐宁帝抓住他有图谋不轨之意的机会，问这话只是想知晓她和萧华雍都聊了些什么事。

“呦呦，你快说说。”沈岳山追到沈羲和的院子里后又催促道。

这事即使沈岳山不问，沈羲和也要对他说。沈羲和平心静气地说道：“太子殿下想为外祖父谋划入三省之事。”

沈岳山面色微变。他本是为了套话，任何结果都不重要，可听了这话后，不得不重视两分：“是他主动如此说的？”

沈羲和颔首。

沈岳山沉默了片刻后才轻哼道：“他定是在试探你！”

沈羲和沉默不语。

萧华雍是不是在试探她，她难道还分辨不出来？不过她不好说，有了前面几次经验，深知此刻即便说出实情，也会让沈岳山谴责她又偏袒萧华雍。

沈羲和不信沈岳山不知这点，不过是习惯性地在她面前抹黑萧华雍罢了。

那又能如何？这是她唯一的亲爹，她只能由着他。

或许是沈羲和的反应敷衍得没有遮掩，沈岳山又说道：“呦呦，有个词叫——捧杀。”

沈羲和很是纳闷儿地问道：“阿爹，为何你要如此重视太子殿下呢？”

按理说她都把要嫁给萧华雍的缘由说得清清楚楚了，萧华雍与她不过是互惠互利，可无论是沈云安还是沈岳山，这难以言喻的紧张表现到底是为哪般？

“重视？”沈岳山不承认，“阿爹和你阿兄只是觉得他狼子野心，你要小心提防。”

其实他就是吃味儿，以往在西北时沈羲和从不提及除他们父兄和陶家人以外的儿郎，来了京都后，就多了个外姓人。

见沈羲和不排斥嫁给萧华雍，提到萧华雍时虽无欢喜之色与情意，却也温和从容，不似对无关痛痒的陌生人的态度，沈岳山和沈云安就开始担忧。

这人现下可以做到这一步，日后呦呦嫁给他，谁知他又能将呦呦蛊惑到何等地步？

他做爹的也不希望女儿婚后夫妻不睦，但就是不希望自己的女儿太早被骗走了心！

“好，好，好，呦呦定会小心提防。”沈羲和真是拿沈岳山和沈云安无法，“此事阿爹如何看？”

说到正事，沈岳山也正色道：“此事全由你外祖父做主。阿爹明日去与他说。”

对陶专宪的选择，大家几乎心知肚明。他也不全是为了沈羲和，亦有自己的志向，能居高位自然不会心生怯意，不能也不强求。

不过陶专宪也是此刻才知沈羲和竟然属意萧华雍，对此颇有微词：“你怎会应了她？你可知太子殿下身子不好？”

朝堂之中人人都怀疑过太子殿下是否真有病，这关乎许多人的抉择和未来的荣华富贵。他们各显神通，用了不同的法子，都得出一个结论：太子殿下的确寿数不长。

“这是呦呦自个儿的选择。”沈岳山自然不能将沈羲和的打算道出。

这岳父和自己父子俩的想法不同，他们是想着太子殿下日后若真有不好，还能把沈羲和接回西北。

“岳父应知晓，呦呦这性子像傲因。”

陶专宪要知道他们父子俩有这个想法，只怕得拿刀捅他们父子俩——老人家还是盼着晚辈姻缘美满的。

“我若早知今日，当初就应该做个恶父，拦着傲因嫁与你。”舍不得说外孙女不是的陶专宪就把火撒在了女婿身上。

“那您便没有呦呦这么可人的外孙女了。”沈岳山垂首回道。

“你——”陶专宪这辈子受过最多的气，就是来自沈岳山。

偏沈岳山给他气受的时候还低眉顺眼，做出一副晚辈乖顺的模样。

沈岳山给他的印象十年如一日未曾变过，皮糙肉厚，怎么戳都戳不动！

“岳父莫气。”沈岳山又说道，“您还得在京都为呦呦撑几年，气性这般大，我担忧……”

“你——”陶专宪可算知晓为何沈岳山今日不带外孙女来了，就是为了气他，“你给我滚——”

“哦，小婿这就告辞。”沈岳山十分听话地离去。

陶专宪被气得直捶胸口。

陶元赶回来时妹夫已经走了，见到父亲气不顺的模样，问明缘由后冷笑了一声：“阿爹，他这是不懂做岳父的心痛。既然呦呦要嫁给太子殿下，你日后多提点着太子殿下，恶人自有恶人磨。”

陶专宪瞬间气顺了：“对，此法极妙！”

敌人的敌人就是盟友，陶专宪决定等到赐婚圣旨下来之后，就多与太子殿下亲近亲近。

作为外祖父，他可不酸外孙女和外孙女婿！他们越美满，他越高兴，不高兴的就是旁人！

沈岳山还不知道他那每次都被他气得仰倒的岳父已经暗自打算给他使绊子了，接下来的几日十分惬意，将该应酬的事都应酬了，就整日留在家中陪着女儿。

两个人做做吃食，说说闲话，聊聊西北，想想往昔，每日都觉得充实不已。若非天公不作美，一直大雪纷飞，他又担心沈羲和的身子骨儿，真想带着女儿出去游一游。

好不容易有一日放晴，他便带着沈羲和去了马场，亲自指教沈羲和骑马。

转眼就到了沈羲和的生辰。

生辰这一日不少人送了贺礼，不过无人道贺，因为次日就是沈羲和的及笄礼，他们都会亲自前来道贺。

女儿要及笄了，沈岳山既欣慰又难受。

沈羲和及笄这一日，是个难得的大晴天。及笄礼在宫中举行，他们早早地入了宫。

祐宁帝是按照公主的规制给沈羲和举办的及笄礼，沈岳山开礼，百官以及内命贵妇齐聚一堂，沈羲和身着采衣、采履，一头青丝披散下来，飘逸空灵又妩媚清雅。

薛瑾乔做了她的赞者，随她一起入殿，正宾是皇家选的汝阳长公主。

一加笄，绾青丝，拜爹娘，换襦裙。

二加钗，绾发髻，谢师长，加曲裾。

三加冠，正衣冠，叩圣上，加长袍。

正殿之中，素色罗裙、宽袖长袍、五重华服的女子，头冠华丽，傲然如白凤临水。她只是笔直地站在那里，却自有一股清丽绝俗之美。

置醴酒，祭天地，字笄者，沈羲和的字是祐宁帝给取的：四焉。

这两个字一如当日给萧华雍取字北辰一样寓意深远。

“有君子之道四焉：其行己也恭，其事上也敬，其养民也惠，其使民也义。”

君子的四种美德：待人谦恭，侍君尽责，予民惠，使民义。

这都是给上位者的劝谏，几乎是一瞬间，所有人都将目光在萧华雍和沈羲和之间来回打量了一遍。

沈羲和与东宫素有往来，从不遮掩；皇太子对昭宁郡主相帮也从不隐晦。

陛下给昭宁郡主赐予这样的小字，除了国母有哪个女子当得？

萧华雍也参加了沈羲和的及笄礼，站在诸位皇子之首，一袭正装长袍，眉目含笑。

沈羲和听了汝阳长公主说出自己的小字后，也是下意识地看向萧华雍。

四目相对，萧华雍眼底的笑意更是如星河之中闪烁的星光，璀璨明亮。

他将他的爱意，释放于高朋满座之中，毫不隐藏。

沈羲和的及笄礼顺利地落下帷幕，宫中设宴招待了所有来宾，快散席时夜幕已降临。

沈岳山今日被人灌了许多酒，来者不拒。女眷这边沈羲和也是众星捧月，不过因为祐宁帝给她赐了那样一个小字，不少人看她的目光中难免多了一丝怜悯之意。

她们的心思沈羲和都清楚，她们无非是认定她年纪轻轻就要成为寡妇。

胡潆绕给她敬酒，都忍不住挖苦她两句："恭贺郡主及笄，看来郡主好事将近，盼着一睹郡主凤仪，若有那一日——"

她最后一句话意味深长，又故意拖长了尾音，眼底还透着一丝挑衅之色。

不等沈羲和开口，与沈羲和在一起的薛瑾乔就含笑伸手将胡潆绕手上的酒杯取走了："胡三娘，你身子不好，莫要饮酒。如此不爱惜自个儿，你莫不是忘了……落水的滋味？"

胡潆绕浑身一抖，笑容僵住，那是对落水的畏惧。她冷静下来，恶狠狠地盯着薛瑾乔："是你？！"

她今日故意来挑衅沈羲和，就是想知道是不是沈羲和一直在暗中对她下毒手。在她看来，只有身边拥有数百名私卫的沈羲和才有这等本事，次次让她落水，次次不留痕迹。

奈何她爹娘不许她与沈羲和作对，竟然还说事情即便真是沈羲和所为，她也只能忍着，等到沈羲和倦了自然就不会再与她计较。她去寻姨母做主，姨母也劝她忍耐。

凭什么？！凭什么她要忍耐？！难道她要像一只狸奴般一直任由沈羲和玩弄吗？

她没有想到原来并不是她怀疑的沈羲和捣的鬼，竟然是意料之外的薛瑾乔！

"是我，又如何？"薛瑾乔轻蔑地上下打量着她，"你若要寻我报复，恭候指教。不过……你可要做好被我反击的准备，我对付起人来可是残忍得很。"

薛瑾乔的"病"，薛家一直压着，就是怕薛瑾乔影响到其他薛家女郎的婚嫁。所以，她那些疯狂的举动只有薛家人知晓。

胡潆绕压根儿没有把薛瑾乔放在眼里："你以为我是袁二娘吗？"

“你是谁都成，只要你赌得起，我奉陪到底。”薛瑾乔笑得杏目水灵，在琉璃盏透出来的烛火中，却泛着丝丝缕缕的诡异之光。

胡潆绕被吓得后退一步，定睛一看，薛瑾乔的笑容既纯真又无害，便只当方才是自己眼花。

“今儿是郡主的好日子，阿绕既然喝不得酒，就不要拦了我们恭贺郡主。”王羽徽上前扶了胡潆绕一把，替她圆了场。

沈羲和微微抬头看了王羽徽一眼，上次陈佳絮找自己的不愉快，王羽徽就站出来偏帮陈佳絮，这次胡潆绕挑事王羽徽也站出来。上次沈羲和只当是巧合，这次倒是觉得王羽徽对自己有敌意。

只不过上次王羽徽伪装得好，没有通过眼神表露出来。她和王羽徽素无交集，对方对自己的敌意从何而来？

心中有了猜想后，沈羲和淡淡地笑了笑：“王女郎要敬我吗？”

“自然，郡主及笄，盛世大礼，有幸瞻眄，不胜荣幸，若不敬酒，必要引以为憾。”王羽徽双手捧着酒杯朝着沈羲和敬来。

沈羲和低头轻轻地一瞥，嘴角的笑容疏离，回敬之后浅饮一口，微微倾身：“王女郎，被罚跪在祠堂里若不能使你引以为戒，你不妨想一想王公停职之事。”

月色朦胧，沈羲和语调轻缓，声音缥缈，拂过王羽徽的耳畔，散于丝竹之声中。

王羽徽面色微变。

王政被停职了一段时日，皆是因为太子殿下。在这之前，他们都不确定是太子殿下有意为之。今日陛下暗示要将沈羲和指婚给太子殿下后，他们才觉得当日之事绝非巧合。

沈羲和轻点赤色的唇瓣微扬，噙着一丝笑意转身与旁的来恭贺的女郎互相过礼。

王羽徽与胡潆绕面色都不好看。

沈璎婼也来参加沈羲和的及笄礼，远远地看着人人都争相讨好沈羲和。沈羲和就像高悬的皓月，被众星捧着，清冷而又孤高，乐意之时便含笑应答，不乐意之时当即沉下脸，也无人会觉得她失礼——那些人反而赔着小心自省，忐忑不安自己是否何处言辞失当，惹这位郡主不悦。

说一丝不羡慕，连沈璎婼自己都不信。她深吸了一口气，趁着无人将目光落在自己身上，带着侍女离席，去了一趟恭房就不再回去。

她没有错过那些在她和沈羲和身上来回扫视的目光——她们在对比她与沈羲和。

“县主，人生来便有不同，有些福分是艳羡不来的。”乳娘谭氏看着临湖而立、宁愿吹着寒风也不愿回去的沈璎婼，轻声安抚道。

沈璎婼侧首笑容勉强地看着谭氏：“乳娘，我知晓，只是不愿回去被人怜悯罢了。”

那些人有何资格怜悯她？她即便是庶出，血脉中却流着至尊的萧氏皇族和拥有赫赫威名的沈氏的血。她只是顶着庶女的名头，她的荣华富贵都是她们可望而不可即的。

“县主能明白便好。”谭氏松了一口气，欣慰地笑了，“县主知晓便好，她们是忌妒县主，却又不敢多言，因此只能在县主不如意之处抬高自己。”

沈璎婼闻言缓缓地靠在谭氏的肩膀上：“乳娘，阿婼能遇见你，真好！”

若是没有谭氏教她，她无法想象有这样的阿娘和阿爹，自己会长成何种模样——是粗鄙的，尖酸的，跋扈的，抑或是如她阿娘一般疯狂的？

谭氏露出慈和的笑容，伸手顺了顺沈璎婼的头发。她何尝不是将这个孩子当作自己的孩子？尽管沈璎婼身份高贵，自己只是个奴仆。

深冬寒冷，一阵风吹来，刺骨割肉，相依偎的两个人之间却萦绕着淡淡的温情。

就在这时一只猫蹿出来，朝着两个人飞扑过去！全身黑毛的猫有着绿油油的眼珠，乍一看吓得沈璎婼面无人色。她猛然后退一步，却忘了身后就是冰寒的湖水。

“县主——”伸手去挡猫的谭氏转身要去拉却没有拉住沈璎婼，眼睁睁地看着沈璎婼“扑通”一声掉入湖中，也立刻跳了下去。

随着她一起跳入水里的还有另外一个人。

沈羲和听到沈璎婼落水的消息是在一刻钟之后，转头和同样得到传信的沈岳山远远地对视了一眼。恰好宴席也进行得差不多了，沈岳山和沈羲和与众人作别之后一同去了祐宁帝召见的大殿。

今儿虽然是在宫中设宴，但祐宁帝只是象征性地出席了一下就离开去处理政务了。因此，他比沈羲和父女早到一步。

沈璎婼换了一身衣裳，头发也刚刚被擦干披散着。她旁边跪着的是昭王萧长旻。

“崇阿，适才阿婼落水，是二郎将之救起。”祐宁帝简明的一句话就透露了许多深意。

本朝对女子宽容，寡妇再嫁，未出阁的女郎与儿郎一道策马踏春，三五成群都无妨，可到底没有宽容到能够不重视肌肤之亲的地步。

“可寻了太医？”沈岳山开口问道。

沈璎婼微微一怔。她以为沈岳山第一句话会责怪她为何离席，或者问她为何要独自跑到湖边去，抑或因何而落水。

她垂首回道：“太医说儿无碍。”

她被救起得及时，只要喝一些驱寒汤药，夜里谨慎些不要着凉，明早起来若是没有喉咙发疼发紧、头重脚轻便无碍。

沈岳山点了点头：“因何而落水？”

“有些闷，在湖边吹吹风，被野猫惊吓，这才落了水。”沈璎婼如实作答。

沈岳山听闻便转头看向同样换了一身衣裳的昭王萧长旻："殿下又为何如此巧合，见到小女落水？"

萧长旻坦荡地说道："县主在中宫读书之际便与我亲近。今日见县主独自离席，小王自河南府带来了些小物件，想私下赠予县主。"

旁边有内侍端着托盘，托盘里是一把汴绣扇——沈璎婼擅长绣工，这也不算是出格之物。

"这宫中如何会有野猫？"沈羲和转头问道，"县主换下的衣物在何处？"

"朕已经让刘三指亲自去典厩署彻查。"祐宁帝自然也知晓宫里不可能有野猫。

宫女先把沈璎婼换下的衣物捧了上来，主要是斗篷和外袍。沈羲和拿起斗篷，看似在仔细寻找什么，实则不着痕迹地靠近斗篷。由于浸了水，气息都很淡，但是沈羲和还是闻到一股不同寻常的清凉气息，这股气息像极了荆芥。

荆芥之味为猫所喜。任何猫闻到荆芥的味道都会飞扑上去，也难怪那只猫会直奔沈璎婼而去。

搁下斗篷，沈羲和问沈璎婼："今日可有人撞到你，抑或碰了你的衣裙？"

沈璎婼记忆极佳："入宫之时遇上两个宫女，其中一个险些栽倒，我扶了一把。"

宫女自阶梯上下来，端着用具，看不到脚下之路，似乎忘记有几级阶梯。沈璎婼担忧对方摔倒，若是打碎了手中之物，怕是小命不保，便搀扶了一下，却没有想到，有人竟然在那时在她的斗篷上做了手脚。

"我记得宫女的模样。"沈璎婼补充道。

"此事朕定会详查。"祐宁帝开口道，"不过阿婼与二郎，崇阿你如何打算？"

"陛下不用问微臣，微臣在西北，风俗与京都的风俗大有不同。救人性命本是好心，却要因此赔上姻缘，好事成就怨偶，微臣一直以为，此风不可助长。"沈岳山义正词严地说，"若是助长，日后不知有多少儿郎会见死不救，不知有多少男女借此暗中算计。这与让功臣心寒有何不同？若非京都此风肆虐，今日也不会有人借此算计小女。"

他本就是粗人，不在意这些繁文缛节，从不将这些看在眼里。

祐宁帝被他噎得说不出话来，这事到底是沈璎婼吃亏，想到沈岳山压根儿不把沈璎婼当回事，也不会在乎她会不会被人指指点点，若是换了沈羲和，他怕是早就提刀砍人了。

"阿婼，你是如何想的？"祐宁帝温和地问道。

沈璎婼咬了咬唇。若是沈岳山方才没有开口便问她是否请了太医，她也会觉得沈岳山压根儿不在乎她，说那番话不过是因为她不是沈羲和罢了。

不过有沈岳山那句话，她愿意相信，沈岳山那番话是出自真心，与是谁受害无关。

“阿婼谢昭王殿下救命之恩！”沈璎婼定了定神回道，“阿婼虽幼时亲近昭王殿下，是因为当年昭王殿下亦救过阿婼，阿婼将殿下视为兄长，不能恩将仇报，因此赖上殿下。”

“阿婼……”萧长旻难以置信地看着沈璎婼，神色有些急切，对祐宁帝叩首道：“陛下，儿愿娶阿婼为妻，只盼阿婼莫要觉得委屈，做了儿臣的继室。”

“做继室倒也无妨，昭王殿下是皇子，身份尊贵。”沈岳山慢悠悠地开口道，“只是小女年幼，恐做不好一个好后娘。”

沈璎婼嫁过去做继室也就算了，还要做继母，沈岳山嘴上说着萧长旻身份尊贵，实际上欲抑先扬。

萧长旻的话被生生地堵了回去。

祐宁帝也不同意沈家出现两个皇子妃，更何况沈羲和是他决定成全太子的，字都赐了，就差下旨。他只是想看一看在这等情况下还有没有人打沈羲和的主意，看看他的好儿子们到底有多少能耐罢了。

“既然如此，此事就此作罢，宫中朕会下令，定不会有谣言。”祐宁帝说道，“阿婼此事，朕亦会查出原委。”

“陛下……”萧长旻还想说什么，抬首触及祐宁帝凌厉的目光，低头抿唇不再言语。

这件事就暂时如此，毕竟是在宫里发生的，沈羲和与沈岳山也不好插手，更何况祐宁帝已经担保会给个交代。

父女三人出宫后，沈羲和与沈璎婼同坐马车，沈岳山骑马在前，先将沈璎婼送到沈府。沈璎婼被搀扶下去后，迈步走向府门，终究还是忍不住转头问掉转马头的沈岳山：“阿爹，若今日掉入湖中的是阿姐，阿爹也会说出不在意名节的话吗？”

此事若被传出去，无论如何都会影响她的名声，大家当面自然不敢多言，私下必是要非议的。她不轻易在意旁人如何评价，却也有颗肉做的心，怎能不受影响？

“不会。”沈岳山干脆果断地回答道。

沈璎婼错愕地看着沈岳山。

沈羲和撩起车帘：“阿爹说的不会，是指我不会被算计。”

第二十八章　谋妻自岳父开始

沈璎婼看了看沈羲和，又看向沈岳山。

沈岳山点头。

不知为何一股怒气冲上心口，沈璎婼开口道："你当日不也被推下了船吗？"

沈岳山目光锐利——沈羲和会被推下船，不就是萧氏苦心埋了十年的细作做的好事吗？

察觉沈岳山的恼怒之色，沈璎婼也反应过来自己说错了话。这事本就是她阿娘所为，她不应该冲动，可还是倔强地不愿低头。

"玲珑当日于我，便是谭氏现下于你。你认为若有一日谭氏要算计你，你能避开？"沈羲和倒不生气。

萧氏和玲珑都死了，她该报的仇都报了。

沈璎婼看了看旁边的谭氏，不得不承认，若是谭氏算计她，必然是致命之伤。谭氏伴着她长大，玲珑也陪着沈羲和长大。

"我不喜你，亦不厌你。"沈羲和索性将话说明白，"我明白你心中的渴望，但你忘了你的身份。你除了是阿爹的女儿，也是陛下的外甥女。你莫要忘了你是如何来到这世间的。陛下当年能够利用你阿娘，日后也会利用你。"

沈璎婼醍醐灌顶一般豁然开朗，瞳孔微缩，瞬间像是被抽走了神魂，整个人一下子失魂落魄起来，站立不稳地被谭氏扶住。

谭氏不忍地说道："郡主，请你口下留情。"

这样的事实过于残忍，这些年来陛下对沈璎婼算不上格外恩宠，但也事事不落下，是唯一把她记在心上的亲人。

"我并非说陛下待你好就一定存了利用之心。"沈羲和到底心软，"也许陛下是为了弥补愧疚之情。但你要知晓，陛下如今待你的恩宠，在你看来是真心疼爱的恩宠，之所以让你感受到真心，全是因为你与我们不亲，否则你以为陛下这份恩宠还能一如既往地纯粹下去吗？”

沈璎婼紧紧地抓住谭氏，仓皇失措得像个迷路的孩子，眼里只有泪光与慌乱之色。

“你自出生起便得陛下的庇护，是因阿爹不待见你，陛下才对你真心疼爱。”沈羲和轻声说道，“你也不是不知事的孩童，聪慧过人，更应该明白我们与陛下终有一日难以共存。如今你不缺荣华富贵，日后也一样。”

日后无论是陛下赢了，还是他们赢了，沈璎婼只要一直这样保持下去，他们都不会伤她，陛下亦不会让她受牵连——哪怕沈家也落到被满门抄斩的地步，大不了她学萧甫行一样改随母姓。

沈璎婼眼角微微泛红。

“我也好，阿爹也罢，从未因你的出身而迁怒于你。”沈羲和继续说道，“只是你扪心自问，现下要你斩断陛下与你之间的血脉亲情，日后与我一样和陛下虚与委蛇，你才能得到阿爹的关怀，你做得到吗？”

寒风之中，沈璎婼张了张嘴。她很想说做得到，却发不出声音来，因为她的理智告诉她，她做不到。

正如沈羲和所言，陛下迄今为止对她的恩宠应该是不掺杂任何利用之心的，哪怕有观望之意。陛下接她入宫，让她做公主的陪读，教她识字明理，是唯一一个年年不会忘记她的生辰之人。

她对陛下的敬意和感激之情，也容不得她做个忘恩负义之人。她做不到为了得到阿爹的关怀，就昧着良心将陛下这些年来待她的种种好视作为日后加以利用的筹码。

她还没有重要到那个地步。陛下若真有此打算，就不会让阿姐入京。陛下让阿姐入京，便是承认了沈岳山待她没有半分骨肉恩情。

可逢年过节陛下对她的恩赏丝毫未曾减少……

“是我……得陇望蜀了……”沈璎婼几乎是用尽全身的力气才吐出这句话。

“你此刻醒悟，为时不晚，”沈羲和放下车帘，“日后好好过你的日子。阿爹说过，不会让人欺辱你。”

沈岳山轻叹一口气，也说了一句：“好自为之！”

沈璎婼望着他们的马车渐渐地远去消失在视野里，泪水奔涌而出。无人之后她再也忍不住靠在谭氏的怀里号啕大哭起来。

谭氏轻轻地拍着她的后背。许久许久之后，沈璎婼才哽咽着说道：“我不如她……”

“郡主的心胸，非常人能比。”哪怕身为沈璎婼的心腹，谭氏也忍不住赞叹沈羲和。

沈璎婼一心渴望阿爹的关怀，这无疑是和沈羲和夺利。沈羲和未曾因此迁怒于她，是继不曾因萧氏而迁怒于她后再次宽容待她。

沈璎婼忘了自己的处境，忘了她还牵连着陛下。这要是换作其他姐妹，早就拿这件事情出言相讥，可以用话将人羞辱到羞愤欲绝的地步。

沈羲和没有，反而轻声细语地点醒沈璎婼，这是再次宽容。

最后沈羲和认可了沈岳山的承诺，不会容人欺辱沈璎婼，这是第四次宽容。

易地而处，沈璎婼自问做不到这点。不只她做不到，这世间恐怕没有几个人能够做到。

她自问德容言功样样出色，一直以为自己即便比不上沈羲和，但是也不会逊色多少，可今日才明白，自己和沈羲和在德行和度量上都相差甚远。

“你何必对她说这些话？”回到郡主府里，陪着女儿往内走时，沈岳山轻叹道。

“一如阿爹让她莫要多想一样，长痛不如短痛。”沈羲和回道，“若不点醒她，她能够一次、两次地保持理智，不为人利用，不被挑拨，难保三次、四次不动摇。”

那番话对沈璎婼来说实属有些残忍，但也让她清醒地明白了自己的处境。若非最后心软了一下，沈羲和会让沈璎婼深信自始至终那位唯一将她放在心里的人也只是居心叵测。

“呦呦心善。”沈岳山讨好地笑了笑。

让沈璎婼彻底对陛下心寒，才是杜绝沈璎婼倒向陛下之法，他们虽不亲沈璎婼，可到底有着血脉关系——若哪一日陛下狠下心利用沈璎婼，未必不会掣肘他们。

他们早些让沈璎婼防备陛下才好。

沈羲和到底不忍沈璎婼太可怜，才口下留情。

沈羲和闻言，顿住脚步，转头认真地盯着沈岳山：“阿爹，我并非口下留情，而是不妄断任何一个人的是非。”

大抵在沈璎婼和沈岳山看来，沈羲和都是不忍心沈璎婼太可怜，让她觉得这世间唯一对她好之人，在她幼时就当她是一颗棋子。

真正令沈羲和改口的原因是，她意识到也许到目前为止陛下真的对沈璎婼存有愧疚与疼惜之情呢？

沈岳山忍俊不禁地说道：“以呦呦之谋，不确定陛下是否有这等心思，便应当以自己所判，彻底绝了她的念头。呦呦不是个冒险之人。”

“呦呦不是个冒险之人。”沈羲和也莞尔笑道，“换个人我定会如此做，并且令其对我说的话深信不疑，甚至暗恨上陛下。可她姓沈，是阿爹承认之人。”

沈璎婼姓沈——就凭这一点，只要沈璎婼不行差踏错，沈羲和决计不会主动利用与误导沈璎婼。

一种鼓胀的暖意填满沈岳山的胸口，他眼底透着无尽的自豪之色——这样胸襟宽阔的女郎，是他沈岳山的女儿！

对沈岳山眼睛发光，一副就差学狼一般仰着脖子嚎叫几声的兴奋激动模样，沈羲和真是没眼看，只得给他泼一盆冷水："若她日后当真被陛下蛊惑，我决计不会心慈手软。"

沈羲和对沈璎婼的宽容，是基于沈璎婼的知情识趣，否则沈璎婼也只是个沈羲和想杀便杀的敌人。

"因果循环，天道轮回。"沈岳山依然面带喜色。

若有一日沈璎婼自己选择了站边，那就要承担相应的代价。

"我要去看阿兄给我送来的及笄礼。"沈羲和不想继续这个话题，于是加快了脚步。

沈云安给沈羲和送来的及笄礼，不早不晚恰好今日被送到——装在一个精美的匣子里。沈羲和打开匣子，里面竟然是六个嵌珠金镯，沈羲和的眼睛瞬间亮了起来。

有三只金镯嵌了绿松石，有三只没有。

镯子的好不在于其价值，而是这些镯子和她手腕上的这个一样，是藏了机关的。

每个镯子只能藏三根银针，多了就会影响机关的灵活性和射击力度，用完之后不能再往里重置银针。这个机关非他们沈家所有，而是沈岳山救了擅此道的人，这人为他做了三个。

沈羲和只得到一个镯子，另外两个都交给了西北的器械坊拆了钻研，拆了两个后终于研制出来。

这次沈云安满足了沈羲和的要求，嵌了绿松石的手镯里藏的是有毒的银针，没有嵌绿松石的手镯里面藏的还是往日那种浸了麻药的银针。

沈羲和高兴不已，对手镯爱不释手。

沈岳山酸溜溜地说道："阿爹也给你备了礼。"

"我知，我知，阿爹送的呦呦亦喜爱。"沈羲和连忙哄道。

"不过你更喜爱你阿兄所赠之物。"沈岳山皱着鼻子说道。

沈羲和只好将手镯放下，顾左右而言他："今儿可还有旁人赠的礼？"

她今日及笄，自然有许多人送礼，送来的礼物几辆马车都拉不完，礼单红玉都还没有整理好，东西实在是太多了。

留守的随阿喜只能回道："郡主，今儿齐大夫也送了一份礼。"

红玉想起来，立马去将礼物取来，竟然是被捆好的药包。沈岳山看后脸色有些不好——他女儿过生辰，送药多不吉利！

沈羲和却并不在意。她与谢韫怀是朋友，朋友之间哪里来的那么多忌讳？她大概知晓谢韫怀到底还是顾忌一丝男女防备，不好送她钗啊簪啊这类首饰物品。

沈羲和将谢韫怀的信打开，目光一亮，里面有一张药方，这是药浴用的方子，专治各种暗伤。

沈岳山和沈云安这样的武将，不说在战场上留下来的伤，就是习武时也会留下暗伤。这些暗伤在人身强体壮的时候不足为惧，一旦人上了年纪或者来一场大病那就是致命的。

“阿爹，快，快，快，你今晚就去泡一泡！”谢韫怀送了配好的药，沈羲和迫不及待地想知道功效。

她吩咐红玉等人去准备，又把药方给了珍珠和随阿喜：“你们俩看看。”

她只是大致地扫了一眼，觉得有些药材过于珍贵，怕是不能普及，希望珍珠和随阿喜能够多出点儿主意，要是能够将其改善成普通药材方子，就是西北将士的福音。

郡主府这边热火朝天、兴致高涨，东宫那边却一片肃杀气氛。

燃着香煤的寝殿暖融融的，压抑之气却丝毫不亚于屋外的凛冽寒风。

“查到没？”萧华雍立在高挑的烛台前，一只手捻着那颗在烛光中发亮的黑棋，另一只手捏着梗子拨弄着灯芯。

十五连枝烛台高挑而素雅，十五支蜡烛照亮了萧华雍俊美绝俗的容颜。

他眼帘微合，面无表情，令人生畏。

“猫确系从典厩署里跑出来的，失踪了三日，对淮阳县主的斗篷撒了荆芥粉之人被灭了口。”天圆低着头回道。

幕后之人动作太快了，尤其是被灭口之人。萧华雍让人查了，人死于天黑之前，也就是沈璎婼尚未出事之前，宫女就被灭了口。所有线索都断了，陛下的人也是一无所获。

原本天圆还以为这是萧长旻自导自演的一出戏，就是要不择手段地娶沈璎婼，可查了之后才知并非如此。不是天圆低估昭王，实在是昭王做不到如此不留痕迹。

“这事是冲着孤来的。”萧华雍微沉着目光，“有人不想我娶呦呦。”

幕后之人想将沈璎婼嫁给老二，以绝了他迎娶沈羲和之心。

“会是何人？”天圆一头雾水。

这事显然不是陛下做的——陛下有意赐婚。且幕后之人若是陛下，这事不会这么轻易就被揭过；若不是陛下，能够在宫里行事的，就只能是后妃或者皇子。哪位后妃或者皇子能够做得如此干净利落？

“这宫里，还真是藏龙卧虎！”萧华雍嘴角闪过一丝冷笑，“日后呦呦入宫，都警醒些。”

这次幕后之人是算计到沈璎婼和萧长旻身上，估摸着也是知晓这二人有些心思，才会推一把，却没有想到被沈璎婼拖了后腿。若是沈璎婼和萧长旻都乐意婚嫁，只怕此事不好善了。

要么是沈岳山强行阻拦，如此一来，沈璎婼必然恨极沈岳山，届时幕后之人就能利用沈璎婼对付沈岳山和沈羲和；要么是沈岳山不阻拦，陛下迫于无奈赐婚，那么幕后之人就是逼他出手破坏这桩婚事。

沈璎婼落水一事成了悬案，没有任何蛛丝马迹能够追查下去。宫中荆芥的去向也清清楚楚，那日又是沈羲和的及笄礼，不少人出入宫廷，要去查可能就藏在随身香包里且并无异状的荆芥，无疑是大海捞针。陛下的人若当真彻查，沈璎婼落水的事也就隐瞒不住了。

主谋大概也是看到祐宁帝插手此事，算计落空，不敢再散播谣言，进一步逼着沈璎婼与萧长旻成婚。

沈羲和虽然也觉得幕后之人有可能是为了阻拦她和萧华雍的婚事，但未必就是如此，兼之这件事情不好深查，也就没有多放心思在上面。

更何况沈岳山要回西北了。年关对他们而言是很重要的，上元节更是举国同庆的大日子。西北之外的突厥可不过这样的节日，且最喜欢在这个时候偷袭，要是得知沈岳山不在西北，定不会放过这个大好时机。

沈岳山离开前，接到了沈云安的回信——愿意聘薛七娘为妇。

见沈岳山亲自正式登门，薛家人被薛衡镇着，只能做出欢天喜地的模样接纳了这门婚事。

婚事被定下之后，自然就瞒不住了，祐宁帝为此还召见了薛衡。谁也不知君臣二人说了什么，最后祐宁帝竟然大方地给沈云安和薛瑾乔赐了婚，待薛瑾乔及笄之后再行嫁娶之事。

“哎，你哥哥为何娶小妖女啊？我这么豪迈又武艺高强的女郎，不与你哥哥更配吗？”步疏林知晓此事后，顶着一脸被沈羲和抛弃的幽怨表情朝着沈羲和奔来。

“你若是敢去寻陛下袒露你的女儿身，还能活下来，我便也为你牵线搭桥试上一试。”沈羲和因为哥哥得觅良缘心情好，便不与步疏林计较，随意噎了她一句，便正色问道，“你素来与京中纨绔打成一片，可否听到一些关于兵部尚书与刑部尚书的把柄？”

步疏林扮纨绔有扮纨绔的好处，这些纨绔大多是脑袋瓜儿不灵光之人，且在家中身份显赫，从他们嘴里轻易地就能套出话来。

步疏林正拈起一块梅花糕咬了一口，闻言神秘兮兮地问道：“他们又如何得罪你了？”

沈羲和极少主动为难人。除非谁犯到她头上，否则她基本不会坑害旁人。

“这回倒没有人得罪我，而是挡了我的路。”沈羲和微微一笑。

薛衡从宫里回来后只说他告知陛下近来精力不济，有乞骸骨之心，薛家如何全看后世子孙，他膝下就养了薛瑾乔一个人，临到头只想成全孩子的一番心意。

既然他自己都要退下去了，自然就不存在要和沈岳山结盟之意。他这是委婉地对祐宁帝说，他愿意用仕途来成全孩子的姻缘。

祐宁帝没有怪罪和迁怒于薛衡的道理，只是在琢磨着薛衡退下去后，如何提拔自己的心腹……

不过薛衡没有告诉祐宁帝他何时辞官，祐宁帝默认为是等薛瑾乔出嫁之后。其实薛衡很可能撑不到那个时候，这也不算欺君，但给沈羲和他们争取了时间。他们要在陛下还没有筹谋好，薛衡已经撑不住之前，就把一切事情铺垫好。

最好的法子就是他们在这之前，把兵部尚书和刑部尚书换个人，就如户部尚书一样，换了人后就不好在半年内再升，这样会极大地影响六部的运作和效率。

“哟，”步疏林饶有兴趣地问道，“这是要培植朝堂里的势力了？你为何不问太子殿下？你现在可是准太子妃啊！”

“他做他的，我行我的。”沈羲和淡淡地说道，“我们各行其是，亦不相冲。”

步疏林点了点头：“行，我为你去打听打听。”

将事情交给了步疏林后，沈羲和就没有费心派人去查，以免打草惊蛇，反而让别人听到风声，提前将自己的尾巴藏起来。

她陪了沈岳山一日，就把这段时日给沈岳山做的东西收拾好，次日依依不舍地将他送出城门。沈云安走的时候，沈羲和也是不舍，却没有这么难过；沈岳山走，她竟然眼睛有些酸涩。

沈岳山一个大男人也红了眼睛：“快回去吧，莫要着了凉。”

“嗯。”沈羲和闷声应道。

沈岳山的心揪得更疼了。风雪之中，沈岳山为沈羲和正了正斗篷的帽子，隔着帽子揉了揉她的头，哑着声音说道：“照顾好自个儿，阿爹会时常给你传信。”

“此一去，飞雪天，寒冰道，阿爹要当心。”沈羲和担忧地嘱咐道。

“知道了。”沈岳山笑了笑，就利落地翻身上马。马疾驰了几步，他勒住缰绳，转身对她挥了挥手，一扬鞭就如离弦的箭一般飞射出去，转眼就消失在茫茫的大雪之中。

沈羲和在沈岳山的身影彻底消失之后，脸上才滑下两行泪水。

“郡主。”珍珠递了一块帕子给沈羲和。

沈羲和接过帕子擦干泪水，整理了情绪，起身折返回家，却不知她的马车消失在城门长道上之后，沈岳山纵马从一条小道上出来，望着她离去的身影，片刻后才再次扬鞭安心地离去。

沈羲和入城没多久，一个被冻得直哆嗦的小乞儿就冲了过来，晕倒在她的马车前。

莫远抱着小乞儿走过来。沈羲和本要吩咐将小乞儿带去医馆里请郎中，却看到小乞儿手里拿着一片破布，布上绣着平仲叶的花纹，目光一闪，吩咐道：“带回郡主府。”

平仲叶是沈羲和与曾经的阿呆——现在的崔岱做下的约定。他若有事相求，就会让一个小乞儿带着绣着平仲叶的花纹之物来寻沈羲和。

珍珠和随阿喜一起给小乞儿看了诊，发现小乞儿只是受不住饥寒而晕倒，给他施了针，很快他就苏醒过来。小乞儿知晓自己躺在郡主府里的床上，挣扎着要下来，怕自己弄脏了床榻。

“你且躺好，有何事，仔细地与我道来。”沈羲和就在一旁等着。

崔岱现在由崔晋百推荐去了崔氏族学，已经识文断字，若非紧要之事绝不会冰天雪地地急着传信给她。

“郡主，我们孤独园里来了个乞丐，他是从河北道定州蠡县来的，被挖了膝盖骨，双腿溃烂生蛆。阿呆兄长去看我们之时，说这人不是寻常乞丐，让我来寻郡主。”小乞儿口齿伶俐，从衣兜里翻出绢帛，“他托我将此物交给郡主。”

沈羲和看了绢帛后，才知河北道官官相护是何等严重。

沈羲和让珍珠和紫玉给小乞儿弄了些吃食，又备了些郡主府里的旧衣旧物以及米粮柴火，自己也打扮成婢女去了孤独园一趟。这事她不能仅凭一面之词，就信了全部，直接上报。

然而事情闹到自己面前，她亦不能坐视不理，且牵涉孤独园，一个不慎这些无辜的孩子就要被人尽数灭口。她还不能大张旗鼓地去，太多人盯着她呢。

尤其是祐宁帝暗示要将她嫁入东宫之后，盯着她的一举一动的人就更多了。她若是亲自去了孤独园，谁都能察觉不同寻常。

好在郡主府素日就时常接济孤独园、悲田院，沈羲和自己去孤独园，同时又派了另一批人去悲田院，也带了许多吃穿用度的东西。

孤独园里寒冷萧瑟，冷风中甚至夹着一些异味儿——酸且臭。这味道对珍珠等人来说还好，对嗅觉灵敏的沈羲和来说就有些难以忍受了。她又怕自己捂口鼻的举动伤了孩子的心，只得强忍着。

等她见到齐培的时候，难闻的味道实在是令人作呕。

“你们散去，我奉郡主之命过来为你们看看病。”珍珠立刻驱散人群。

众人散去后味道让沈羲和舒适了点儿。沈羲和假作咳嗽，用袖子遮住口鼻，袖口上清凉的香气让沈羲和的眩晕感顿消。

珍珠看了看齐培，也就是递信给沈羲和的少年，他才十三岁，双腿膝盖骨被挖，溃烂加上被冻伤，血肉模糊，又有黄色液体流出，身体还发着热，整个人都迷迷糊糊的。

珍珠跟随着白头翁其实看了不少血肉模糊的伤，但齐培的伤还是让她倒吸一口冷气，伤口的确已经生蛆。她要给齐培清理伤口，幸好有随阿喜在，两个人互相帮衬，倒也没有耽误时间。

一个时辰后两个人才将齐培的伤处处理妥当。沈羲和绕着孤独园走了一圈，大概了解了一下这里的情形。

同一时间，刑部尚书府邸，管事急匆匆地跑进来。闭目养神的老太太睁开眼，将其余人挥退下去。管事附耳道："老夫人，查到了，人在孤独园里。"

"还不快把人给抓回来。"老夫人立刻下令道。

"不是小人不抓人，是今儿昭宁郡主派了人去孤独园里行善举，"管事低着头，有些担忧和焦虑地禀道，"还派了贴身丫鬟去问诊。"

"昭宁郡主怎会突然派人去孤独园，还特意问诊看病？"老夫人面色有些慌乱。

"应是巧合，郡主今日送西北王出城，恰好遇上昏厥在马车前的乞儿。"管事将自己的猜想说了出来，"郡主将之带回府中，又放了出来，恐是因此而想到孤独园和悲田院，便立刻让府中人送了些吃的用的东西去两地。郡主来京后，往日也常派人将郡主府里用不上的旧物件送去。"

杨老夫人定了定神："既然如此，便等他们离去再动手。"

"小人听闻他们已经去了一个时辰，担忧郡主派去的丫鬟治好齐培，齐培知晓她从郡主府里出来，说些不该说的话害了大郎君。"管事担忧地说完这话之后，建议道，"事到如今，老夫人，这事只怕要告知大老爷拿个主意。"

"你们这群废物！"杨老夫人面色阴沉地骂道，"断了双腿之人，竟让他跑到了京都，混入了皇城里！"

管事被骂得低头不语。

杨老夫人转动着手中的一串金珠："你去把大老爷寻回来，再派些人把孤独园看紧，实在不成……就放火烧，再派人潜进去杀了齐培。"

沈羲和尚不知危险悄然而至。她听闻齐培醒了，就回到了屋子里。屋子被珍珠打扫了一番，还放上了香炉，沈羲和再进去时，才不再觉得头晕眼花。

"郡……"齐培显然已经知道沈羲和的身份，十分激动，挣扎着想要坐起身来。

"不必多礼，你伤势过重，长话短说，莫要强撑。"沈羲和在珍珠搬来的椅子上落座。

"郡主……"齐培忍不住流下眼泪来，"请郡主为我齐家四十多口人做主！河北道官官相护，屈打成招，颠倒黑白……"

齐培是一个十三岁的少年，把心中积压的无数委屈和悲痛情绪，一下子倾倒了出来。在他一边哭泣一边痛斥后，沈羲和才了解了事情的始末。

蠡县县令是刑部尚书杨忠兴的嫡长子杨旭林，是祐宁十三年的两榜进士，祐宁十六年被指派到蠡县为县令。要说这杨旭林有多坏倒也不是——他并没有搜刮民脂民膏，也没有糊涂断案，这三年来在蠡县的政绩不算突出却也不算一无是处。

眼看着三年任满，他即将考绩升迁。就在此时，蠡县豪富齐家发生了偷盗之案，一群贼匪趁夜闯入齐家盗窃，杀了齐家一个护院，盗走了卧房中齐均的妻子的一些珠钗金银，后被齐家的护院打退，全部跑掉。

齐培的兄长齐均次日一早就去报了案。官府派人探查之后，发现线索太少，根本难以破案。而本朝有规定，官府必须在规定的时间内侦破盗窃案，若是逾时则父母官也要受责。

杨旭林没想到这个时候会有这样的岔子，因此硬说齐均是发现护院与其妻有染，因此杀了护院，伪造成盗窃案来掩盖自己杀人之事。

护院是齐家家奴，被打杀了也没什么大事，尤其是还有与女主人私通的罪行，杨旭林不受理。齐均很是气愤，误以为是自己打点不到位，就拿了几百金去贿赂杨旭林。

哪里知道杨旭林尽数退回了这笔金子——这事齐均有冤无处诉。本没有吃什么大亏，齐均便想着就此作罢。

可齐均的对头从衙门里知晓这件事后，就借此羞辱齐均，大肆宣扬其妻与护院私通，闹得尽人皆知。齐均的妻子不堪受辱，自尽而亡。

齐均阻拦不及，悲痛欲绝。恰好在这个时候，衙门抓到了一伙行窃者。这伙行窃者供认他们就是当日夜里去齐家盗窃之人，齐家护院也是被他们所杀。

齐均痛失发妻，定要衙门给个公道，就将这事上报到了定州上谷郡，却不知上谷郡郡守乃是杨旭林的亲爹刑部尚书杨忠兴的弟子。

他这一纸状文还未得到回复，就被杨旭林知晓了。齐均运气也不好——恰好那日河北道刺史也在郡守衙门里。刺史与杨忠兴曾是同窗，在详细询问事情经过，且确认杨旭林未受贿赂后，便以诬蔑、贿赂朝廷命官为由将齐均缉拿，严刑拷打要其认罪。

齐均虽是商贾却也硬气，愣是被刑讯而亡也没有画押。齐培知晓消息之后，收拾细软要进京告状，一路上都被追杀，从河北道至京都，足足走了半年。这半年他受尽折磨，终究是留了一口气活着来到了这里。

幸运的是他被当成残疾的乞丐，被其他乞丐收留了。那些乞丐又觉得他年幼伤重，才将他扔在了孤独园里。后来崔岱回孤独园里给孩子们上课，将他所学相授，被齐培看到，才有后来之事。

“请郡主为我齐家主持公道。”说完事情经过之后，齐培泣不成声地恳求道。

沈羲和早知朝廷诸多政举存在弊端，当真亲眼看到，心里仍格外震动，面色也冷了下去：“你可有证据？”

“有，当日盗窃我家中之人逃脱出来后，被我送到了齐家常年供奉的道观之中。”齐培哭红的眼中有了些许光亮——沈羲和既然如此问，意味着要管这事。

沈羲和当然要管。这事不偏不倚牵涉刑部尚书，她正愁没有抓住他的把柄。若非如此，她顶多将齐培和证物托付给信得过的大理寺。

现下，她倒是要亲自参与其中。正在她思虑之际，外面响起了敲锣之声！

“着火了！着火了！大伙儿快救火……”

浓浓的烟雾随之飘散过来，孤独园的守园人立刻召集孩子们往外跑，附近的村民都奔了过来，有些人跑进来帮忙将慌乱的孩子往外抱。

烟雾之中，沈羲和看到有人步伐稳健，目标明确地躲开所有人往他们这边走来。从这人的姿势和行为来看，他都不似普通要帮忙救火之人。

“珍珠，你保护好齐小郎君。”沈羲和吩咐道：“阿喜，你背上齐小郎君，我们走。”

为了不引人注意，沈羲和就带了珍珠和随阿喜过来。有了上次沈云安遇山匪之事，沈羲和不放心沈岳山，派了暗卫随行。因此这次来孤独园，她没带几个人。

不承想杨府之人如此胆大妄为，竟然纵火来掩饰灭口之举。

来人果然是冲着齐培来的，原本只是打量他们，待看到随阿喜背上的齐培时，立刻面色一变。不过不等对方动手，沈羲和抬起左手，一根针就射入了其中一个人的脖颈儿里。

只见这人动作一僵，旋即晕倒，被珍珠一把扶住。

沈羲和这次用的是装有麻药的银针，这可是证人，岂能轻易就让他死了？何况这人也不值得她浪费一根毒针。

就在此时，从后面奔上来的两个人袭向珍珠——这两个人应该是跑进来纵火之人。

随阿喜与珍珠功夫均不俗，对付这两个有武艺的人游刃有余。速战速决地将两个人放倒后，三个人刚往外走，又见五六个人奔进来。这些人一看这架势，直接朝着他们冲过来。

珍珠抽出软剑上前，这个时候等候在外面的墨玉也一个纵身掠来。她旋身一脚踢飞一个人，飘然落在沈羲和面前，对珍珠说道：“交给你。”

言罢，墨玉就护着沈羲和与随阿喜往外冲。也不知那些人是如何放的火，火势越来越大，等到一些液体飞溅过来时，桐油的气味儿也跟着弥漫开来。沈羲和面色一凝，竟然还有人趁乱借着灭火之机泼油！

孤独园本就是木房，被泼了油后火势更是凶猛，齐培被安排在最里面的院子里，等他们出了这座院子，还未走向最外面的院子，大火已经将屋子全部包围。

墨玉揽着沈羲和的腰，一个纵身飞起，“嗖嗖嗖”的冷箭却破空而来，被逼得不得不带着沈羲和又落了下去。

此时烟雾已经很浓，寒风之中呛人口鼻，灼热的火光也从四周飞蹿而来，似乎要将他们包裹住。珍珠杀了五个人后追过来，只能拉着沈羲和他们躲在没有屋梁的院子里。

“你保护郡主，我去把外面的人解决了！”墨玉见珍珠来了，飞掠而起。

面对密集的箭矢，墨玉旋身灵巧地躲过，顾不得屋檐下的大火，足尖一点，借力纵身又躲开一排箭矢，还未缓上一口气，又是一排箭矢齐射而来。箭矢过于密集，哪怕墨玉身手敏捷，还是被一支箭擦过她的肩膀，遂面不改色地落了地。

墨玉一个翻滚又避开一批箭矢，纵身到他们停在门口的马车上，借助马车的庇护朝着隐藏在暗处的人冲了过去。

沈羲和站在空旷处，的确没有被烈火所伤，可大量浓烟让她头重脚轻。哪怕已用了身上携带的香囊，珍珠又在旁边的积雪中弄湿了手帕给沈羲和捂住口鼻，让沈羲和依然坚持不了多久。

珍珠见沈羲和被熏得摇摇晃晃，目光一搜索，就看到正前方被关上的门。她环视了火势一番，觉得她强行推开门，或许房门不会塌，沈羲和就能跑出去。

门上覆盖着一层火，珍珠没有犹豫地手上抓了两把雪就朝着燃烧着大火的门冲了过去。沈羲和慌忙要伸手抓住她，却晚了一步，眼睁睁地看着她朝着门撞上去！握着雪的双手按在满是火焰的门缝前，雪“吱吱”地化成水，她却顾不得手上的灼痛，用力地推去。

被大火烧过的门并不牢固，珍珠又在西北学过破门的技巧，这一推还真推出了裂缝。

她退回来，被烧脱皮的双手又去抓雪，冷热之间是极致的疼痛感。沈羲和要阻拦她，却根本站立不稳，张口就被一大股浓烟呛得一连串地咳嗽起来。

随阿喜看不下去了，将齐培放下来，也抓了两把雪跟着珍珠一起去推门。

门被推出一条裂缝，见上面一根带着火焰的粗壮梁木砸落下来，随阿喜一把抱住珍珠，将她护在身下。梁木重重地砸在他的后背上，烫得他瞳孔紧缩。

吸入大量烟雾的沈羲和看到这一幕场景后，咬了咬舌尖不让自己晕过去。

这个时候远离此地的金吾卫和衙门的差役才姗姗来迟，和墨玉缠斗之人迅速撤退。墨玉立刻折身回来，看着大火已蔓延到屋顶上，对着门缝内的珍珠高喊了一声：“让开！”

她驾着马车直冲过来！马见着火有些畏惧，她便狠命地抽打着马身！珍珠扶着随阿喜迅速地躲开，任马直冲过来，将燃烧着熊熊大火的门撞开！

墨玉却面色惊变地对着沈羲和高喊道：“郡主——”

几乎在同时，她甩出了身上的剑，有一支利箭却比她的剑先一步射中了沈羲和身后的人。

握着匕首朝着沈羲和正欲刺下的人瞬间栽倒——是之前被沈羲和的银针扎晕之

人。众人转头望过去，箭是身着一袭红衣、骑在高头大马之上的烈王萧长赢射出的。

墨玉的剑扎在了旁边的石缝中，她飞奔到沈羲和的身边，将沈羲和抱在怀里，迅速地离开了这里。沈羲和依然保持着清醒，吩咐珍珠：“齐培……”

“郡主放心！”珍珠忍着伤痛让沈羲和不要担忧。

她明白沈羲和的意思，唯恐金吾卫或者跑来相救的人中有人被杨府收买，暗中杀了齐培。只要齐培死了，沈羲和说破了天，拿不到证据，杨府的人也能够狡辩为自己开脱。

“烈王殿下，这人是个重要的人证！”珍珠负伤，无法搀扶齐培，对着萧长赢高喊了一声。

奔向他们的金吾卫和衙门差役只得停下脚步，等待烈王的吩咐。

萧长赢让自己的心腹亲自去背齐培。萧长赢问道：“屋内可还有活人？”

“不知。”珍珠只能如此作答。

“迅速灭火！”萧长赢高喝一声，所有人都行动了起来。

沈羲和被带回郡主府里，杨府很快就得到了消息。他们听到沈羲和竟然亲自去了孤独园，险些丧命，还救出了活着的齐培，一个个面无人色。

杨忠兴今日一直在刑部，忙于各地报上来需要刑部复审的案件。年关各种鸡鸣狗盗、烧杀抢掠、地方大案多了起来，刑部的人忙得像陀螺，杨府的下人来了几趟都没有见到人。他听到有人在孤独园里纵火，被气得面色铁青。

天子脚下，竟然有这样的狂徒！还不等他派人去打探消息，宫中便传来旨意，让他入宫面圣。

杨忠兴入宫时，祐宁帝面色阴冷，旁边还立着面无表情的太子殿下。皇太子看似面无表情，沉郁之气却比陛下还要浓烈。

“孤独园失火，你可知晓？”祐宁帝冷冷地问道。

此刻的杨忠兴只以为是自己失职惹怒了祐宁帝，连忙躬身回道：“陛下息怒，此事微臣已知，等京兆尹审查之后，刑部必当严加核实，定不纵容一人逍遥法外。”

“好一句‘定不纵容一人逍遥法外’。”祐宁帝抄起面前的奏折就往杨忠兴的脑门儿上砸，“你好好看一看！”

这是一份安东都护府上奏的奏疏，揭露的就是河北道刺史乃至上谷郡郡守包庇蠡县县令之事。

杨忠兴看后面色一白：“陛下，此事若为真，逆子为官不正，请陛下严惩！”

此刻的杨忠兴尚不知此事是真是假，却也担忧是真事。

“你可知孤独园里被救出来的人便是齐培？”祐宁帝冷笑道，“你倒是告诉朕，何人会在这个时候对齐培赶尽杀绝，不惜在天子脚下纵火，甚至连昭宁郡主也要一道灭口？”

杨忠兴腿一软，“扑通”一声跪倒在地，忍不住浑身颤抖起来。现在他若还想不明白这事的严重性，也不可能坐到刑部尚书的位置。

“如此看来，你还真不知情。”祐宁帝还有点儿诧异，以为一切事情都是杨忠兴主使。

“陛下，杨尚书虽不知情，喀喀喀……可家中之人竟敢买凶杀人，这份胆量是如何造就的？”萧华雍的眸色冷淡，若非因所站的位置寒冷，一口冷风让他忍不住咳了几声，显些被气得都忘了伪装。

他现下恨不能将杨府众人碎尸万段！若非要给杨府定罪，他早就顾不上许多，奔到郡主府去了——听闻沈羲和受伤的那一刻，萧华雍有一种要将所有涉事之人挫骨扬灰的冲动。

寻常人哪儿敢这么胆大妄为，在京都买凶灭口，还牵涉陛下钦封的郡主？

“河北道上至刺史下至县令，竟然一个个为杨家效命，喀喀喀……”脚下不着痕迹地换了个位置，凉风一来，他稍吸入肺腑里便感到不适，“儿着实开了眼界……”

祐宁帝面色铁青——河北道乃要塞之地，竟然改了杨姓。他最恨的就是地方官员不敬君主。

这些年来他为着西北都快姓沈而忌讳不已！有个西北王还不算，原来他身边的人也能悄无声息地在一道十一州只手遮天！

杨忠兴嚅动着嘴唇，却吐不出来一个字，沉沉地闭上了双眼，抖着双手将头上的官帽摘下来放在一旁，对着祐宁帝深深地拜了下去。

这件事并不是祐宁帝处置杨府一家人就能解决的，河北道从刺史到上谷郡郡守一个个都是重罪。

眼看着就要过年了，在这个时候闹出这样的丑事，败坏祐宁帝迎新年的兴致，同时也让他的脸面无光。河北道上下官员狼狈为奸、颠倒黑白，弄出齐家惨案，告示一被贴出去，河北道百姓该如何看待他这个帝王？

越想越气的祐宁帝，在查明此案是杨忠兴的母亲袒护孙儿而做出来的昏头之举后，给杨忠兴的母亲赐了五马分尸之刑，以此来让朝廷重臣重视内宅之人。

沈羲和醒来的时候，就看到了坐在她床沿上的萧华雍。

“殿下，你……”沈羲和一开口就感觉喉咙灼痛，嗓音带着被烟熏后的沙哑。

萧华雍知晓她是不喜他又闯入她的闺房里，还把她的丫鬟都给制住。他面无表情地从旁边端起一碗汤药，试了试温度：“喝药。”

“你出去……”乏力的沈羲和没有丝毫气势。

萧华雍自顾自地舀了一勺汤药送到沈羲和的唇边：“呦呦是要逼我以唇相渡？”

萧华雍是个一笑万物复苏、春暖花开一般柔和之人，但不笑的时候那股子不怒自威的气势又令人心惊胆战。此刻他对沈羲和就面无表情，可眼神依然是温和的。

沈羲和知晓他之言并非说笑，自己若是执意拒绝，他当真会如此行事。越是如此，沈羲和越发恼怒。她最不喜被人威胁：“萧北辰！”

长睫如扇的眼忽闪了两下，萧华雍将手上的药碗搁下，转了个身坐在沈羲和的身边，将她拉起来，在她尚未反应过来时，自身后将她拢入怀中，控制住她的挣扎动作：“呦呦，我已是很克制了。”

“你……”

“我不愿冒犯你，不想被你所厌。”他紧紧地抱着她，在她的耳畔低语，“因此，莫要逼我，呦呦。”

“萧北辰，你敢，你若敢……”

“我若敢，呦呦又当如何？”萧华雍将沈羲和抱得更紧了，甚至用他的脸轻轻地蹭了蹭她的脖颈儿，看似耳鬓厮磨，声音也如亲密之人般低哑温柔，“心中以大局为重的呦呦，便因此弃我而去，另择他人？还有谁比我更适合呦呦？

“正统嫡出，又命不长，嗯？”

正在挣扎的沈羲和微微一怔。她的确是因这两点而选择了萧华雍，甚至也未曾想过要隐瞒萧华雍。她本就坦荡，可乍然被萧华雍拆穿，莫名地有一丝不自在。

浓烈的药香袭来，药碗被端到了沈羲和的唇边，沈羲和只听到身后的萧华雍诱哄又不容拒绝地说道：“呦呦喝药。”

沈羲和有些累了，不想再与他争执下去，浪费一碗良药。她奋力地挣脱出一只手，夺过药碗仰头一饮而尽，随后一把将萧华雍推开，冷着目光盯着他：“正统嫡出可改，命长与否可谋！”

只要萧华雍死了，陛下再立储君不也一样？或许不用萧华雍死，只要他被废黜便是。

至于命长不长，生死攸关，狭路相逢，她从不是用自己的性命成全旁人之人。

萧华雍怕伤着她才让她挣脱，又被她推开。

将空碗搁在床头的高几上后，沈羲和双手撑着床沿，面色微白，身着雪白的里衣，青丝如瀑般自肩膀上滑落，姿态柔弱，目光却刚毅得令人不敢与之对视。

“呦呦莫气，是我的不是，忧心过重，才会一时失了分寸。”他又温声软语地致歉道。

沈羲和气急，指着门外：“你出去！”

“好，好，好，我这就出去。”萧华雍一副听话顺从的模样，“你好生歇息，余下之事我会处理好，小九那里也用不着你去答谢。”

轻声叮嘱完，萧华雍噙着笑转身走了。

听到房门被关上的声音后，沈羲和才重新躺下。

她刚躺下，碧玉就冲进来，“扑通”一声跪下：“婢子无能，未能拦住殿下，请郡主责罚！”

珍珠姐姐和墨玉姐姐在养伤，莫远带着暗卫去护送王爷，郡主府是她们在把守。

“起吧。”沈羲和疲惫地闭上眼，“这与你们无关。”

以萧华雍的能耐，碧玉哪里阻拦得了他？莫说莫远等人不在，就是在，也未必能够阻拦萧华雍。

“珍珠、墨玉、阿喜他们的伤如何？”沈羲和关切地问道。

“郡主放心，伤势不重。墨玉的伤养十天半个月便能好；珍珠姐姐只是受了些烫伤，三五日便无碍；阿喜伤得重些，只怕要将养一两个月。”碧玉一一详细禀报，这些都是齐大夫亲自来诊断的结果。

“孤独园里的歹徒是何人所派？”沈羲和放了心，接着问道。

“回郡主，是刑部尚书府的老夫人所派。”碧玉回答，此刻已经天黑，事情的缘由都已经被查清楚了。

“好大的胆子！”沈羲和都佩服这位老太太，这人怕是无知者无畏。

在皇城之内火烧官府救助孤儿的孤独园，这老太太竟然还敢买凶杀人。

“他们不知郡主亲自去了。”碧玉觉得，若非不知沈羲和在孤独园里，那老太太也不敢这样张扬。

老太太也并非冲动而为，而是吩咐了杨府的人帮忙疏散孤独园之人，原意是只要齐培一个人的命。齐培本就是一路乞讨而来，无人识得，就是死在里面也无人追究，事后她再拿出些金钱来重盖孤独园。若非碰上了沈羲和与墨玉等人，怎会令她连准备好的弓箭手也用不上？只是死了一个双腿无法行走的乞讨者，没有苦主告，官府不追究，孤独园又有了重盖的钱——就这样轻易地将这件事掩盖过去绝不是老太太的异想天开。

奈何沈羲和亲自去了孤独园。

“齐培呢？”沈羲和又问道。

“齐小郎君是证人，陛下已派人将齐小郎君接走。”

宫里的人亲自来的，碧玉等人只能放人。

这件事闹得这么大，齐培基本已经安全。沈羲和有些困倦，说道：“我歇息片刻，你去备些谢礼，让阿庆伯亲自送到烈王府上。”

萧华雍说什么萧长赢对她的搭救之恩，她无须理会，她全然不放在心上。这是她自个儿的事，哪里需要萧华雍为她出面？

此时的萧华雍刚出郡主府，这次陪着他出来的是天圆。他不是偷跑出来的，而是光明正大地请了旨来探望沈羲和。

“殿下，您何必呢？”天圆不明白萧华雍为何要强行将郡主的丫鬟都拦在外面，这不是故意让郡主恼殿下吗？

坐上马车，萧华雍低头看着指间的一枚黑子，细细地摩挲着："一时脑热。"

那一瞬间他就是愤怒得不可抑制。知道她遇险，他心急如焚，想要表达自己的关切之心，却又知晓她不需要自己的关心，不在意自己是否关心她，这种无力又焦急的心情说了天圆也不懂。

见她无论如何都不愿在他面前柔弱一次，服软一次，他又气又急，差一点儿就真控制不住，强行让她顺从自己喝药，最后到底是理智占了上风，才未曾铸成大错。

她是那般坚忍刚强之人，她的傲骨宁折不弯，让他舍不得下手，亦不敢下手。

"回宫吗？"天圆轻叹一声。

殿下遇上郡主，将"卑微"两个字刻入了骨子里。

"去烈王府。"萧华雍神色一沉。

他不准沈羲和欠旁人的救命之恩。

萧长赢是被人叫回王府的。因为他带人及时赶至孤独园，祐宁帝觉得此事可疑，差役卫队的人去得太慢，或许还暗藏着收受杨府贿赂的毒瘤，因此让烈王彻查此事。

萧华雍是皇太子，非旁的亲王，亲自来了，萧长赢即便再忙，只要不是十万火急、性命攸关之事，都得赶回来。

"给太子殿下请安，太子殿下万福！"

萧长赢是和萧长卿一道来的。

烈王府的人担忧一时寻不到萧长赢，为了不怠慢萧华雍，才去了隔壁将萧长卿请来。

"自家兄弟，五哥、九弟勿多礼。"萧华雍永远是那副温和敦厚的谦和模样。

"太子驾临，不知有何吩咐？"萧长赢对萧华雍本就不亲，又因为沈羲和，就更不欲与萧华雍寒暄。

"孤刚从郡主府归来，郡主托孤代为答谢九弟的相救之恩。"萧华雍淡笑道。

萧长赢忍不住握紧长袍之下的五指："太子，这是弟弟与郡主之间的事。"

"孤知晓。"萧华雍从容地说道，"九弟虽对郡主有恩，可终归男女有别，郡主欲避嫌，这才托孤代为答谢。"

随着萧华雍一抬手，天圆将一封信递给了萧长赢。

"这是孤的谢意，九弟最好仔细阅览后，再定论是否相拒。"

本来想要直接拒绝的萧长赢听了他的话后，狐疑地接过倒出里面的信函。

随着信函落出来的还有一枚细小的指环，萧长卿见到后面色一沉。

萧长赢还未反应过来，萧长卿就按住了弟弟的手，对萧华雍说道："太子运筹帷幄，这份谢意过重，阿弟受不起。"

说着，萧长卿轻轻地想从萧长赢手里拿过信函——信函尾角滑过指尖时萧长赢捏紧了。在萧长卿尚未反应过来之际，萧长赢一把将之抢回来，展开了信函。

里面是萧长卿炸皇陵的证据！

如果这份证据落到陛下手上，萧长卿必死无疑。

萧长赢闭了闭眼，颤着手将信折好，睁眼之际，眼底波澜不惊，对着萧华雍抱拳："皇兄这份谢意，九郎感激不尽。"

"小九！"萧长卿沉声道。

目光在兄弟二人身上扫了一圈后，萧华雍意味不明地笑道："你们兄弟意欲何为，孤不愿掺和。不过孤之人，孤之物，任何人若妄图染指，孤都要其死无葬身之地。"

警告完他们后，萧华雍大步离去。

萧长卿与萧长赢转身对着萧华雍的背影躬身："恭送太子！"

等到人消失不见后，萧长卿才说道："你不必受他所迫，这份证据不是铁证。"

"不是铁证，可你也解释不清。"萧长赢反驳道，"你是我的阿兄，我们一损俱损。"

陛下不需要铁证——炸皇陵这样的事情，陛下只要猜疑，就足够要萧长卿的命。这已经不只是萧长卿的生死问题，这件事逼得陛下下了罪己诏，他和阿娘还有平陵都会被陛下厌弃。

"你可知你接下此物，意味着什么？"萧长卿垂下眼眸。

他防了所有人，自问滴水不漏，却还是被萧华雍抽丝剥茧地寻到了蛛丝马迹，哪怕这不是铁证，若落在祐宁帝手中，也是大忌。寻常事祐宁帝或许会顾及骨肉之情，可这件事是自其登基以来的奇耻大辱。

"不重要。"萧长赢轻哼一声，"我拒绝不了。"

萧华雍给他的东西，他无法拒绝，不只是为了萧长卿，也是为了自己，更是为了母亲和妹妹。

太子殿下八岁时离宫，那时萧长赢才六岁，刚刚开蒙不久。之后萧长赢与太子殿下再无交集，从未亲身领略过太子殿下的手段。今儿第一次，他就深刻地知晓太子殿下只是不出手而已，其实太子殿下什么都知道，有的是法子，一出手就是致命招。

"是阿兄连累了你。"萧长卿有些自责。

萧长赢接下这份证据，就意味着日后不能再对沈羲和有丝毫非分之想。

"她原也对我无意。"萧长赢心里难过，却不怨怪萧长卿，"这些年来若非阿兄相护，恐怕我也没有今日。你我本就是一母同胞，今日即便没有皇陵被炸一事，我想太子也有旁的把柄让我知难而退。

"他……不是来表谢意的，是来摊牌和威慑我们的。"

萧华雍清清楚楚地将他作为皇太子的能耐与手段摊在了他们的面前，让他们看明白，他们自会审时度势。

若非他们兄弟尚未与他为敌，只怕就没有今日这个警告之举了，他会直接到陛下面前揭露他们。

“皇太子……”萧长卿呢喃道。

这三个字对他们而言太过陌生。对诸位兄弟，萧长卿都能够看透，都能够猜准他们的心思。因为他们一块儿长大，彼此了解。唯独萧华雍，他们对萧华雍一无所知。

萧华雍对他们却了如指掌，这种感觉真是令人毛骨悚然。

若是自八岁避开皇宫时起就开始筹谋，那么他该是一个多么可怕之人？这些年来他置身于风雨之外，看尽风雨飘摇，或许还是搅风搅雨的推手。连盯他们都盯得这般紧，可想而知他在朝堂之中布局有多深，只怕陛下也不知他的深浅。

不，没有人知晓他的深浅。哪怕他已经在他们面前不加掩饰，能让他们看到的也只是他不在意让他们看到的部分——他真正的势力深不可测。

想到此，萧长卿不由得低笑出声，莫名地有些愉悦，竟迫不及待地想看到他们英明睿智、自问把每个儿子都掌控在手心里的陛下，有朝一日败在他从不设防的皇太子手里，该是何等精彩的面容？

萧华雍离去不多时，沈庆就送了郡主府的谢礼过来。萧长赢看着这份谢礼，脸色顿时多云转晴：“你回去告知郡主，小王已收了太子殿下的谢礼。”

沈庆只得带着礼物折回。

萧长赢看向东宫的方位：“阿兄，你说得没错，她只是看上了中宫嫡出的身份罢了。”

他早该知晓，那样的女人怎会轻易地动情？

原来他没有得到她的心，高高在上的皇太子亦不过是单相思而已。

否则她怎会让亲自来了一趟的萧华雍颜面扫地呢？

“我们兄弟，都栽在同样的女人身上。”萧长赢莫名地就与兄长同病相怜了。

“不同。”萧长卿不喜欢把任何人与顾青栀做比较，并非轻视沈羲和，只是顾青栀于他而言是独一无二、不可比拟的，“你五嫂是天生冷情，昭宁郡主是具有利益野心。”

萧长赢没有辩驳，兄弟俩一时沉默无言。

萧华雍离开烈王府后就回了东宫，只是当天夜里又因为着凉而发热昏迷不醒。

“着凉？”沈羲和听了这个消息后的第一反应就是他又借病外出了。

萧华雍仗着太医署有人一贯肆无忌惮，寻个人假扮他即可外出。祐宁帝偶尔去探望，十次有九次会碰上“太子刚喝了药歇下”。祐宁帝没有对他起疑，自然不是非要见人不可。

因此每次他都能糊弄过去，倒也有他的病情深入人心之故。

不过想到昨日确实寒冷，他又畏寒，还非要从宫里跑出来看自己，沈羲和又觉得也许这次他是真的受了寒。因身边的随阿喜和珍珠都受了伤，于是她只能在谢韫怀再次来为她看诊之后说道："齐大夫随我入宫一趟吧。"

"去看太子殿下？"谢韫怀似乎早已料到。

沈羲和颔首："太医署能人辈出，但太子殿下还在鳌针治疗之中，现下阿喜不能继续为他治病，只能劳烦齐大夫。"

由于谢韫怀负责沈羲和的身体调理，时常到郡主府里去。随阿喜擅长针灸，其他的却是弱项，尤其是问诊开方因有心向谢韫怀请教，见谢韫怀也不吝惜，作为回报，随阿喜也与谢韫怀分享了针灸之术。

前段时日，随阿喜给萧华雍鳌针治疗，也和谢韫怀探讨过。

"郡主待太子殿下似有不同。"谢韫怀收好药箱后说道。

"他之于我是救命恩人，亦是我日后托付终身之人，"沈羲和直言道，"自是与旁人不同。"

只是这份不同，不是萧华雍期待的那种不同罢了。

谢韫怀答应与沈羲和一道入宫。

沈羲和到了东宫见到天圆，说明来意。

天圆将她请到一旁如实道："殿下不在宫里。"

沈羲和颔首。她原是担心萧华雍当真受了风寒，他借病外出也在她的意料之中，因此并不觉得有何不妥之处。这属于萧华雍的私事，沈羲和也无心打听。

她转身欲走时，天圆却拦住了她："殿下是去追西北王了。"

沈羲和眸光一凝："殿下为何去追阿爹？"

"有些宵小之徒欲对王爷不利，殿下亲自去一趟。"天圆见沈羲和面色发沉，眼底浮现出忧色，连忙又说道，"郡主莫要担忧，不过是些乌合之众，不足挂齿。"

"乌合之众，不足挂齿？那用得着他亲自前去？"沈羲和显然不信这话。

她阿爹久经沙场，若是小麻烦，萧华雍传个信便是——她阿爹自己就能解决，何须他冒险亲自前去？

天圆有些不自在地说道："属下也是这般劝说殿下的，可殿下说……"

"说什么？"沈羲和不解为何天圆一脸难以启齿的样子。

天圆低下头："殿下说，这是在泰山大人面前露脸的好机会。"

沈羲和只觉一口气堵上心口，弄得她不上不下。她素来知晓萧华雍没脸没皮，却不想他竟然如此厚颜无耻，私底下竟然就在心腹面前称她阿爹为泰山大人。

感觉到沈羲和的怒意，天圆立即将头埋得更低。他就知道郡主定然会生气，偏太子殿下离去前信誓旦旦地说："我今儿冒犯了她，最后虽也服了软，可到底惹她不悦了。若她听闻我感染风寒后，非先质疑我借病外出，而是前来宫中探望，定是心中待我不同。"

当时殿下说得那叫一个目光柔和，仿佛见到了今日郡主来的画面："你只管将我的原话讲与她听。"

天圆觉得自己作为心腹还是要在主子得意忘形之时劝谏："殿下，郡主素来端正守礼，这都没有成婚，甚至连定亲都没有，您就……郡主只怕要恼。"

"不怕她恼，孤又不在她面前，她恩怨分明，最是体恤下人，再恼也不会迁怒于你。"萧华雍嘴角噙着笑，摸着沈羲和送他的枕头好一会儿才离宫。

谢韫怀在大殿里就看到了一向冷静自持的沈羲和怒气冲冲地走出来，虽然对他收敛了怒色，可她不悦的表情是掩饰不住的。谢韫怀问道："太子殿下可还好？"

"好得很，我们走。"

沈羲和面色不大好地离开了东宫。

宫里很快就传遍了，自东宫里传出来的版本就是：昭宁郡主撞见太子殿下不好生服药，被气得拂袖而去。

太子殿下自知理亏，立即派人送了一份礼到郡主府赔不是。

未婚男女听得酸了牙，不就是喝个药吗？这两个人非得闹这么一出，给谁看呢？！

回到郡主府里收到萧华雍的信后，沈羲和才知萧华雍早就料到她会恼怒，目的就是让她配合他演一出戏，让他"人在东宫"之事更真实。在信里他也将这次要针对沈岳山之人是突厥人的情况简明地说了一下，突厥人的目的是让西北乍然群龙无首，嫁祸给陛下，扰乱朝纲。

沈岳山确实在进入陇右道之前的峡谷里遭到了潜入进来的突厥人的埋伏。这群突厥人在这里等候多时了，大雪纷飞，条件恶劣，遭遇奇袭，沈岳山他们被困在了峡谷之中。

万幸的是上方的弓弩手被沈羲和派来暗中随行的莫远给击毙了。前后有人他们只能强攻，只是对方设下的陷阱极多，沈岳山不敢轻举妄动，若是不管不顾，早已脱困。

这些人都是他在西北精心培养出来的，沈岳山一个都不想折损，但前方必须有一个人打头阵去将所有的陷阱挑出来，这个人大概率是要牺牲的。见沈岳山要亲自去，十几个人将刀架在脖子上，说若是沈岳山亲自去，他们就齐齐自刎谢罪。沈岳山被气得面色铁青，只得停下来想别的法子。

就在此时，空中出现了几只雄鹰。雄鹰俯冲下来，越过沈岳山等人，朝着正前方的窄谷中飞去，牵动了不少被风雪掩盖的陷阱，一排排长箭、刀剑飞出，山谷之上还滚落不少石头。

一人一骑从他们身后飞驰而来。

沈岳山的护卫迅速地将他保护起来，对着来人严阵以待。

勒紧缰绳骑在高头大马之上的沈岳山在寒风之中眯起眼儿，看着那撕裂朦胧寒雾的身影逐渐清晰，对方那张过于华丽俊美的脸，这世间只怕再难寻出第二张。

沈岳山看清了来人后，抬手挥退护卫，审视着奔至近前的萧华雍，骑在马上抱拳行礼："太子殿下。"

护卫们对视一眼，齐齐翻身下马行礼："参见太子殿下。"

"诸位将军不必多礼。"萧华雍以拽着缰绳的双手抱拳算是回礼，而后又看向沈岳山："王爷，孤特来护送王爷一程。"

"区区鼠辈，何劳殿下亲自来？"沈岳山对萧华雍的猜疑不做掩饰。

"王爷入京时曾言要考验孤之武艺，孤今日前来是为兑现当日之诺。"萧华雍含笑谦虚地作答。

当日沈岳山入宫见陛下，萧华雍送他出宫，两个人的确约定改日切磋切磋。只不过萧华雍身为太子，轻易不能离开皇宫，沈岳山又忙着陪女儿，这个约定到现在都没有兑现。

"好，且让我看看殿下的身手，够不够资格做我的女婿？"沈岳山爽快地应下，掉转马头，看着前方凌乱的狭窄路径，"殿下是选左还是选右？"

"王爷……"下属闻言要劝谏，却被沈岳山抬手制止。

沈岳山用炯炯有神的双目望着萧华雍，微抬下颌，表情似笑非笑。

萧华雍驱马上前两步，与沈岳山并驾齐驱，恰好就在左边："顺天意。"

言罢，他抓紧缰绳侧首看向沈岳山，沈岳山也恰好转头看过来，两个男人眼底都迸发出了斗志昂扬的光。两个人同时喝了一声，扬鞭而起，马蹄飞扬，雪花飞溅，沿着这条山谷的两边分别冲了上去。

四野茫茫，雪白一片，黑色的斗篷在风中如同在天空中盘旋的鹰，矫健而又迅猛，他们直冲过去，前方锐利的箭飞射而来，一支、两支、三支……

越来越密集的箭矢一轮接着一轮，在他们的眼瞳之中放大。

萧华雍身子一滚，一手拽着缰绳，一脚钩紧马鞍，侧身贴在马腹与石壁之间。

沈岳山却拔出了长刀，双脚钩紧马鞍，松开缰绳，大刀在他的双手间旋出了残影，将所有的利箭挡开，马依然疾驰向前。待到下一轮密密麻麻的箭矢射来，他身子后仰，后背与马背相贴，手中的大刀依然霍霍生风。

这时山谷两边的上方又有石头被敌人推落，"咚咚咚咚"地砸下来！萧华雍脸色微沉，翻身而上侧头躲过几支利箭，勒住马跑出了蛇形的路线，在躲开滚落下来的石块的同时闪开暗箭。

沈岳山紧随其后。看着萧华雍一骑绝尘，挺拔的身姿配合着健硕灵活的马，迅速地判断从两边滚落的石块，精确地闪躲开来，沈岳山自眼底闪过一丝赞赏之色。

萧华雍摸出骨哨一吹——空中盘旋的雄鹰用锐利的眼睛对准埋伏好的敌人，瞬间俯冲了下去，打乱了敌人的阵脚。

萧华雍重重地一甩马鞭："驾！"

马吃痛狂奔起来，他则仍盯着前方。

突厥这次设伏的将领是三王子穆努哈。穆努哈反应极快，立刻做了手势，让一部分人朝着雄鹰射箭，另一部分人继续用暗箭阻拦萧华雍，推落石块的人也继续动作。

穆努哈拉开自己的弓箭，先是对准了萧华雍——两个人的目光远远地相撞，他却在放箭的瞬间，弓一转！那边萧华雍被这虚晃的一招误导，躲开这原本以为要射向自己的箭，却不想箭射在了旁边崖壁上的厚雪里，大块大块的雪落下来，顺着石壁越滚越大。

萧华雍立刻控制住马飞跃而起，才险险地躲开砸落的雪。待萧华雍这边的马蹄落下，穆努哈故技重施，箭矢再一次对准了萧华雍。

萧华雍驾着马不敢减缓速度，否则就会被流箭射中，或者被不断滚落的雪块砸中。

这一箭他若是误判就会受致命伤——若是闪躲这支利箭，箭却会射在石壁上的厚雪之中，他未必来得及躲开；可若是不闪躲，这支箭朝着自己射来，他必然被一箭重伤。

萧华雍缓缓地扬起嘴角，先做了个勒马闪躲雪球滚落下来的动作，让穆努哈下意识地就朝着他把箭放出去——萧华雍在利箭离弦的一瞬间，身子一纵飞掠而上，成功地避开了凌厉的一箭。

穆努哈懊恼自己上了萧华雍的当："狡猾的汉人！"

穆努哈的得力手下几乎在他放箭的一瞬间，就搭箭拉弓，三支利箭朝着萧华雍纵身而起的方向射了过去。穆努哈也紧接着拉弓预判萧华雍要如何避开这三支箭，并露出阴冷的笑容，长箭朝着空中放出去。

萧华雍躲过穆努哈的第一箭，刚刚落下还没来得及落到马背上，就见三支利箭飞射而来，遂在空中身子一拧带着飘落的雪花飞旋，拔出藏在腰带之中的软剑，在石壁上一抵。就在此时，穆努哈的第二支箭迅猛地射来！

萧华雍一转头，箭就在瞳孔之中放大，眼看着下一瞬间箭矢就要扎入他的皮肉之中，一支呼啸的长箭冲他的另一边飞来，就在他面前将穆努哈的冷箭射飞。

萧华雍嘴角一扬，迅速地扫了一眼形势，一脚踩在石壁上，朝着下面自己狂奔的马飞扑过去："王爷，掩护我！"

几个纵身起落，避开乱箭，萧华雍吹了一声口哨儿，马朝着他疾驰而来。他落在马背上一滚，一脚钩住马鞍，让自己没有滚落在地上，一只手将绑在马上的弓箭抄走，另一只手用力地拽紧缰绳，借助马的力气飞掠而起。

拔箭、挽弓、瞄准，飞旋间他迅速地射出两支利箭，箭矢迅猛地朝着穆努哈和他的心腹射去。

他们二人藏躲的地方狭窄，边缘均是石壁。两个人下意识地往后退，萧华雍的箭却迅猛无比，只是眨眼间就到了近前。

穆努哈精准地将弯刀挡在胸前——箭矢射穿弯刀只有箭头穿入了皮下一些，不过巨大的力量还是让穆努哈仰头栽倒。

穆努哈的心腹却没有这份准确度，并未拦下萧华雍的箭，被一箭穿透胸部正中央，当场死亡。

第二十九章　大朝会帝王猜疑

两名主将死的死，伤的伤，军心大乱，突厥人迅速地撤离。受伤的穆努哈虽心有不甘，却也只能任由手下带着他撤离。为了这次偷袭他们做足了准备，耗费了大量财物，就是想要将沈岳山一举击毙，令天朝大乱，由此乘虚而入，结果却被不知从何处杀出来的白面小将破坏。穆努哈死死地盯着萧华雍，要将这个人深深地记住，今日一箭，他日必然要还回去。

此刻，萧华雍已经飘然落在自己的马上，对着疾驰而来的沈岳山抱拳："多谢王爷搭救！"

沈岳山带来之人也追了上来。

沈岳山回首看了一眼一个不损的爱将，心情大好："合该是微臣谢殿下。"

原以为是一场小规模的设伏，真的和萧华雍闯出来以后沈岳山才知晓，这次惊险异常——他若是独自一人硬闯陷阱定然要受伤，而他的手下少则要折损几个人。

"助王爷，孤之责。"萧华雍谦和地笑道。

沈岳山笑容中隐含着深意地打量了萧华雍两眼，一扬鞭纵马往前。

"殿下好英姿！"

"殿下好箭法！"

"殿下好神勇！"

…………

跟在沈岳山身后的将士都纷纷恭维抱拳后，一夹马腹跟上沈岳山。

萧华雍微微一笑，也打马跟上去，离开了峡谷。风雪越发肆虐，几乎令人难以睁目，现在他们已经踏入了陇右道，属于西北的领地。

顶着风雪的他们疾驰了两刻钟，到了一个小镇。镇上的男男女女都认得沈岳山，一见到沈岳山都从屋子里钻出来，笑脸相迎。有些百姓还拎着自家六七岁的顽童，朝沈岳山道——

“王爷，我这孩子皮实，把他送入军营里追随王爷，护我河山！”

“还有我，我家的也结实力大，还能吃！”

“阿奇耳，你是自己养不起，要将孩子送到军营里让王爷帮你养吧……”

这话惹来一串笑声，众人对沈岳山尊重却又亲近。

沈岳山也毫无架子，甚至从善如流地捏了捏被推到自己身边的孩子的胳膊：“不错，结实，可还得自个儿再养养，我可养不起。”

“王爷，我们也养不起，这小儿太能吃！”中年汉子十分随意地与沈岳山对话。

“去郡守府，问问牛郡守，为何你们养不起孩子？”沈岳山豪迈地说道，“我只管你们的安危，让你们吃饱喝足是朝廷的事。”

“王爷莫听他胡说，我们都能吃饱喝足，都晓得朝廷仁义宽厚。”明显是镇子上德高望重的人将大伙儿推开，带领着沈岳山他们入了屋内，并给他们烧了热水，煮了热羊奶，让他们暖身。

萧华雍和沈岳山换了衣裳，坐在火堆前，其余人都去了他处休息。

“噼里啪啦”的火花声在狭小安静的屋子里显得格外清晰，吊锅之中的骨头汤也散发着诱人的香气，明亮的火焰映红了沈岳山的半边脸，他说：“殿下对犬子所言，微臣已知；殿下的心意，今日微臣也看见了。实不相瞒，今日之前，微臣对殿下多有猜疑。”

萧华雍闻言露出温顺的笑容，宛如一个聆听长辈训诫的晚辈。

“呦呦是我的女儿，我比任何人都知晓她自小就无与人共结连理的心思……”提到这一点，沈岳山有些自责。

沈羲和没有母亲，少了一些女儿家的柔性和女儿家的羞怯。她自幼最大的心愿就是多活几日，多陪一陪父兄。除了他们父子和陶家人，她不将任何人放在心上，亦不打算再多将一个人放在心上。

盖因她的病情不能心思过重，最忌大悲大喜，为了长寿她把能够让她思虑和影响悲喜的人尽可能地减少了。

幼时看了太多痴男怨女的话本，导致她对男女之情不但不心生向往，反而视其为忌讳。她不觉得那些缠绵悱恻的爱情故事多么感天动地，只觉得那些男男女女自私、痴傻、愚笨，白来世间活一遭，为了一个陌生人寻死觅活，为了一个不相干之人置至亲于不顾……

沈岳山和沈云安太忙，有时十天半个月才能见到她一回，对她的教导一直是请女先生代劳。可女先生教导的都是为人处世之道，教她明理知礼，非亲生母亲，怎敢逾越教导她男女之事？

因而沈羲和在这方面形成了自己独有的见解，兼之对父兄依赖，更觉得去对一个陌生人动心动情，就会变得不能自控，变得面目全非——那她一生都不要如此。

“其实早些年，我与她阿兄用此打趣她之时，她也说过一两句。我们只当她女儿家面皮薄，也不好再打趣她，怕她恼了伤了身子……”沈岳山越说语气越沉重，“及至犬子端正月入京，我才知我们父子对她的忽视有多严重。”

萧华雍其实一直很不理解沈羲和为何就独独对男女之情如此冷漠无情。之前问过，沈羲和对他说是因世道不公，他信了。此刻他从沈岳山这里方知，远不止如此。

她是一个因为体弱不能大悲大喜之人，因而觉得古往今来痴男怨女都是悲喜交加的，才从根源上暗示自己，动情就等于不惜命。

而她又想要活得更久一点儿，这才早早地就绝了此念，这么多年来这种想法早已根深蒂固。

另外，她被沈岳山与沈云安捧在掌心里长大，对亲情的依赖极重，又被话本里那些为了感天动地的男女之情六亲不认的举措吓到，便警告自己不可成为那样的人。

在这个过程之中，她定是与人讨论过——为何一个人会为一个陌生人如此罔顾亲情？

怕是有人辩驳不过她，又说服不了她，对她说过类似于“待你遇上了便知，情不能自控”之类的话，才会让她更害怕自己变成那样的人，伤了沈岳山和沈云安的心，因此就更加排斥男女之情。

了解到沈羲和为何形成现在这样的性子，萧华雍一颗心微微刺疼。她若是有母亲的教导和陪伴，若是能够看到父母鹣鲽情深的样子，定不是这番模样。

沈岳山抬眸，目光真挚地看着萧华雍：“殿下，你若不图两情相悦，呦呦会是这世间最贤惠的妻子。”

她不妒不闹，掌中馈，镇内宅，无人能胜过她。

似沈羲和这样的女子，她嫁给任何一个寻常男子，都会顺遂一生。

她不在乎夫君的心意，而自身主母的威严也不需要夫君给，能靠自己树立起来。

夫君知礼守矩，自然相安无事；夫君若是不懂规矩，非要给她难堪，她有的是法子让自己成为寡妇，当家做主。

这个前提必须是两个人之间无情，只是寻常夫妻相敬如宾。像萧华雍所求，便是她的心、她的情。

“王爷，本宫一生从未有攻而不克之事。”萧华雍也坦诚道，“王爷请放心，本宫对呦呦绝非男人的征服欲，而是真心想要与她永结同心。”

“殿下今日能亲自前来，不惜冒险助我，殿下待呦呦之心，我信。”沈岳山颔首，“可人心易变，殿下就能保证始终如一？”

萧华雍闻言眼底露出一丝锋芒：“王爷丧偶多年，为何能够孑然一身至今？”

“你以为我就没有动摇过？”沈岳山也不在乎萧华雍如何看待他，“这世间哪有多少长情？我对亡妻固然有情，却也不是情深到她死后能为她苦守一生的地步。

"更何况我身份尊贵，这些年来在我身边来来去去的女郎形形色色，胜过亡妻者亦有。"

"可王爷并未踏出这一步。"萧华雍说道。

"非我情深义重，亦非我定力了得。"沈岳山拾起一根木棍掏了掏火堆，"而是在我心中，呦呦和不危更重要。在我心有动摇之际，我便会问自己：若是我带了这样一个女人回家，我能否承受与儿女离心的代价？"

答案是否定的，他承受不起。沈云安是他的长子，是他倾注了全部心血去培养的继承人；沈羲和是他的爱女，因为自己的疏忽导致她生来体弱，他的愧疚和怜惜之情全部倾注在了她的身上。

沈岳山将她从一个小肉团养到了亭亭玉立的少女。幼时她那么小小的一个，哭声都是断断续续的，只有眼泪像珠子般滚落，却听不到连续的哭声，他生怕她随时会哭断气，因此格外地疼爱她。

沈岳山看着她在自己的精心照顾之下一点点地长大的成就感，不啻攻城略地。慢慢地，呵护她竟成了他的习惯——他习惯照顾她的情绪，习惯见到她的笑颜……

也就是这种习惯的偏爱行为，在她逐渐成长中反哺给他的欢乐和暖心，令他对她越来越重视，重视到舍不得她伤心。只要她在，他就能够克制住做出让她伤心之事的冲动。

"我身为阿爹尚且如此，遑论你只是夫君。"沈岳山说话比沈云安更犀利也更真实，"这些年来，若非见到她一天天地长大，变得贴心，变得乖巧，变得可人，我也未必能做到如此。"

沈岳山到了这个年纪，更不相信什么山盟海誓，什么地久天长。他相信的是人与人之间有来有往的情意。

他不知若是这些年来沈羲和并未长成这样，而是变得刁蛮任性、忤逆不孝，甚至对他和沈云安只知索取不知关怀，自己还能不能成为现在这样一个事事依她、处处护着她的好阿爹。

沈岳山的话让萧华雍默然不语，萧华雍的眼底闪现一丝茫然之色。

这一份茫然不是对自己的心意的不确定，亦不是对自己的真情的质疑，只是对未知的将来怀有一份敬畏之心，他没有沈岳山的阅历，亦没有经历过沈岳山经历过的那么多的诱惑，不知自己将来是否也会变成一个不坚定之人。

萧华雍这样的反应令沈岳山更满意了。若他不假思虑便信誓旦旦地承诺，这样的自负表现会让沈岳山担忧，也更能说明萧华雍对沈羲和以及他们的未来没有真心地思量过。

"倘若呦呦与你两情相悦，我或许会少些顾虑，可呦呦的性子……"沈岳山轻叹道。

萧华雍望着窗外纷纷飘落的大雪，从失神到渐渐地聚焦，眼底是难以撼动的坚定之色："王爷的肺腑之言，孤感激于心。"他转头，不躲不闪地对上沈岳山的目光，"呦呦自小立志弃情绝爱，性情坚忍，轻易不会动摇。我知王爷与世子所忧，忧我日后一厢情愿，爱而不得，心生怨恨，借此行伤她之举。"

沈岳山颔首。

"当日世子也曾对我言及，我信誓旦旦地道此心不变、此情无悔。"萧华雍缓缓地扬起嘴角，笑容在火光下似春风般轻柔温暖，"今日王爷待孤以诚，孤亦如此言，王爷定不信。"

"不信。"沈岳山干脆地吐出两个字。

萧华雍脸上的笑容加深："今日我便向王爷许诺，他日我若无力再去求呦呦之心，定会及时收手，放她回西北，决计不会因此伤她一丝一毫。"

沈岳山眼神深沉，深深地望入萧华雍的眼底，探究了他许久："为何？"

他作为父亲，自然觉得沈羲和是这世间无可挑剔的女郎，但没有失去理智到觉得普天之下人人都该如此看待沈羲和的程度。

那么，沈羲和就如此值得萧华雍掏心掏肺吗？

萧华雍认真地思忖了片刻后，才失笑摇头："王爷要问我为何，我却说不出一丝缘由。我不知何时对她用了心，不知何时将她放在心上，不知何时想要执她之手，此生再也不放开……"

追根结底，萧华雍也说不出个子丑寅卯，只知自己动了心，难以自持，无法自拔。

沈岳山端详了萧华雍片刻后，才愉悦地笑出声来："哈哈哈——"

沈岳山笑得猖狂肆意，透着一股子自豪的豪情。

笑够了之后，沈岳山拍了拍萧华雍的肩膀："殿下，锲而不舍，金石可镂。"

萧华雍从沈岳山激励的话中，听出了幸灾乐祸以及坐看好戏的戏谑之意。

不过即便明知沈岳山只等着看他的笑话，他也不敢点出来，只得回道："孤深信，精诚所至，金石为开。"

沈岳山给了他一个鼓励的眼神。

羊汤已煮好，又有人端上菜肴，沈岳山高兴，便让人拿了酒来，让大伙痛饮两杯暖身助兴。

当沈岳山将他的藤实杯拿出来时，萧华雍紧紧地盯着，目不转睛。

沈岳山只当他是看到上面的人像与沈羲和肖似，还炫耀道："这是呦呦赠我的！呦呦素来如此，得了好物总想着我这个阿爹。"

寒风吹来，一口热酒下肚，萧华雍不但没有被暖到，心里还凉飕飕的，活像一丝不挂地站在冰天雪地里。

他不是生气，只是心里不好受而已。虽知晓沈羲和待他无半点儿情意，但看到她将自己精心备下之礼转手送给旁人，哪怕这个旁人是她的生父，他也吃味儿。

原本得到沈岳山的认可的那一丝喜悦之情荡然无存，都不用沈岳山撵他走，他次日一早就急匆匆地走了。

“王爷，殿下似乎不悦？”副将不知为何，睡了一觉这位太子殿下就态度大变了。

沈岳山似有些嘲弄地冷笑了一声：“狼子野心。”

这会儿沈岳山算是明白过来了，若只是呦呦送他一个杯子，何至于让这小子脸色如此臭？萧华雍应是艳羡才对。只有这个杯子是萧华雍赠予呦呦的，但是呦呦转赠给了自己这个亲爹，他才会有如此憋屈的模样。

女儿要嫁，这人又栽在女儿身上，沈岳山这个做爹的还能阻拦不成？他接受萧华雍当女婿，可并不代表看萧华雍顺眼——翁婿之间，永远没有顺眼一说。

不过是该谈正事之时谈正事，没有正事之时，翁婿就是敌人！

敌人不好受，沈岳山就开怀，马鞭一扬，优哉游哉地骑着马儿前行。

走了两步后，沈岳山才停下来面色不大好地说道：“坏了。”

“何事？王爷？”手下的将领立刻围上来，纷纷担忧不已，有些人更是警惕地环顾四周。

“忘了让殿下把驯鹰之法留下。”沈岳山觉得亏了。

萧华雍竟然能够训练出这么多听话的雄鹰，沈岳山只知晓契丹有这等奇人，在中原未曾见过。

若是他训练出一批雄鹰交给斥候，对日后行军作战大有裨益，无论是隐藏自己还是发现敌人，或者干扰敌军，都是奇招。

“王爷莫急，你们日后是翁婿。”得沈岳山信赖的副将忍不住打趣道，“属下看太子殿下也是个有心人，只怕不用王爷开口，太子殿下也会双手奉上驯鹰之法。”

沈岳山瞥了他一眼后，只是轻轻地摇了摇头：“走吧。”

关于驯鹰一事，他须得抽个时日单独与萧华雍谈一谈。这两个人日后能否白头偕老，沈岳山不敢妄下定论——两个心坚志强之人，都不是轻易能够动摇想法的。

不知未来是他的宝贝女儿冰雪消融，还是太子殿下知难而退？

这等至关重要之物还是算清楚些好，沈岳山可不想自己占了旁人的便宜，影响女儿的决定。萧华雍甭想通过讨好他，让他女儿回馈。

萧华雍离开了三日，沈羲和有些担忧，担忧沈岳山的安危，而莫远也迟迟未带人回来。

陛下这段时日都在忙于肃清河北道，上上下下调度了一遍。到底是朝廷任命不妥，导致齐家发生惨案，他着人对齐培也是多有补偿，只不过齐均夫妻再也无法复生，而齐培也永远站不起来了。

齐培恳求让郡主府的医师救治自己，祐宁帝也许可了。谢韫怀、珍珠与随阿喜三人轮番治疗，他又求生欲强盛，这才保住了小命，但日后肯定是不能行走了，寒冷时节还可能膝盖疼痛难忍。

“能苟活，小人已知足。”齐培倒是豁达。

沈羲和盯着他。他看似平和，其实沈羲和能够感受到他眼底没有丝毫光亮。

“你可知我为何助你？”

齐培不知沈羲和为何有此一问，只能答道：“郡主心善。”

“心善？”沈羲和嗤笑一声，“你错了，我救你并非因我心善，而是在你来之前，我就想要对付杨府了。”

珍珠和随阿喜看了沈羲和一眼，谢韫怀则含笑而立。

齐培的眼瞳更晦暗了。

“觉得心凉了？这世间没有一丝温情？”沈羲和直戳他的内心，“我与你非亲非故，为何要救你？不要对这世间的任何一个陌生人抱有奢望——这是我今日要教你的第一则。”

齐培垂着头抱拳：“多谢郡主赐教！”

沈羲和双手挽着披帛交搭于胸前，缓缓地往前走向窗边：“你此刻定然满心愤懑，怨世道不公，恨苍天无眼。”

齐培沉默。他不想否认，但也清楚沈羲和能够判断他所言是真是假：“我不该恨吗？”

“该。”沈羲和说道，“没有人应该受罪，旁人欺你辱你，你就应该还击。可你若因此而牵累无辜之人，便和你怨恨之人再无区别，也没有资格再去怨恨。”

齐培霍然抬起头看向沈羲和。

沈羲和也恰好回首，对他莞尔一笑：“这世间受得住大起大落、身残亲亡之人绝非池中之物。你今日能够挺过这一关，日后便再无磨难能够困住你。但我希望你是破茧成蝶，而非恶龙脱困。

“你怨恨这世道，那便尽你之力去改变这个世道。只有懦夫，才会把满腔怨恨倾泻在弱者身上。”

齐培目光茫然，只是失神地望着沈羲和的方向。

“这是我今日教你的第二则——可恨可怨，却莫要成为你自己所憎恶怨恨之人。”

“莫要成为自己所憎恶怨恨之人……”这句话直击齐培的心灵最深处，让他有些畏惧。他总觉得他已经被沈羲和看透。

“我会救你，固然是因为你正好让我得偿所愿，但最根本的原因在于你们一家人确实是蒙冤受害者。”沈羲和这才说到这一点。

若她一开始就说这些，是得不到齐培内心的共鸣的。

他是受害之人。这个时候任何人劝他宽心，劝他日后好好为人，他都听不进去。

沈羲和不希望他只因为自己的相助之情，在自己面前做个正常之人，背后却是个疯子。

“你齐家若非蒙冤受害，即便与杨府有关，我亦不会出手相助。”沈羲和继续说道，“杨府残害你齐家，罪魁祸首已被五马分尸，刑部尚书已被流放三千里，蠡县县令被斩首，刺史被革职永不录用，郡守被判徒刑三年，其子孙三代不可出仕，这是给你兄嫂的交代。”

“我兄嫂却无法活过来。”齐培眼中含泪地说道。

“逝者已矣，生者如斯。”沈羲和轻声说道，“我未曾受你之难，无权劝你释怀，但你千辛万苦地活下来，我想与其满腔仇恨地制造更多如你这般的可怜人，你不如将齐家发扬光大，告慰先祖，令你兄嫂含笑九泉。”

沈羲和只能把话说到这个份上，再多就讨人嫌了。

至于齐培能不能听进去，能不能放下心中的愤懑情绪，就要看他自己了。

他日后是行善还是行恶，端看他自己如何抉择。

走到门口，迎面一阵寒风袭来，沈羲和顿住脚步微微侧首：“齐培，你阿兄是个怎样的人？”

“我阿兄虽是商贾，却为人仗义，生意往来贵在以诚。每年他也会给孤独园、悲田院捐赠财物，凡行经道观、佛寺必添香火钱。”在齐培心里，哥哥是最光明磊落之人。

沈羲和在微白的天色间绽放浅浅的笑容：“你若心中不定时，不妨想一想你阿兄盼着你成为怎样的人。”

说完，沈羲和迈出门槛，裹着寒风离开。

齐培的目光透过窗棂，追随着她，他看着寒梅飘舞，雪花纷扬间，她清雅绝俗的半边脸柔和如春光。

她的那句话深深地刻入了他的脑海之中——阿兄盼着他成为怎样之人？

他沉思着，双眸在雪色之中渐渐地失神。他想起了阿兄昔年的谆谆教导。

“我们阿培啊，日后一定要刚强、正直，阿兄不求你大富大贵，不求你出人头地，但求你活得无愧于心。”

齐培眼睛一酸，晶莹的泪水滑落，砸在手背上，再一次抑制不住地失声痛哭起来。

沈羲和远远地听到齐培不再压抑的哭声，才露出了欣慰的笑容，知他能痛痛快快地哭一场才好。

离开安置齐培的院子后，沈羲和就看到红玉疾奔而来。

“郡主，莫远回来了。”

沈羲和疾步走到正堂里，看到一身风霜、有些狼狈的莫远：“阿爹可还好？”

“郡主，此次多亏殿下及时赶到……”莫远并不是刻意为萧华雍说好话，而是实事求是地将他所知所见的情况尽数告诉沈羲和。

他们谁都没有想到突厥竟然会不惧可能引起两国交战的结果，潜入进来，冒着风雪埋伏好几日，不惜代价地要刺杀西北王。

沈羲和听完事情的始末后对萧华雍很是感激："太子呢？"

"太子的神驹比我们的马快许多，殿下只怕今早或者昨晚就已回宫。"莫远答道。

"他可受伤了？"沈羲和又问道。

"并无。"

太子还和王爷在镇上留宿了一宿，喝了酒呢。

沈羲和这才安心："快去洗洗，带着他们好生歇息，这一趟辛苦你们了。"

"属下职责所在，郡主莫要如此说。"莫远抱拳，"属下告退。"

沈羲和转头问珍珠："珍珠，你说我如何答谢太子殿下？"

珍珠虽然在养伤，却不妨碍行动，因此每日还是伴在沈羲和的身侧。她思忖后回道："太子殿下救了王爷，王爷定然会答谢，郡主聊表心意便可。"

沈羲和想了想也觉得是，若备下太贵重之物，萧华雍未必会收。又想了想后，沈羲和吩咐道："明儿去东宫看望看望太子殿下。"

她还是给萧华雍做些吃食吧，不过天气寒冷肯定不能在府里做好了再带过去，只能到了东宫亲自给他做。东宫里不缺食材，她带一罐自己调制的酱料，挖了一坛沈云安在时一起酿制的菊花酿。

沈羲和正在琢磨着怎么去东宫答谢萧华雍，萧华雍此刻却在东宫里被太医令诊着脉。

沉沉地叹了一口气，太医令收回手："殿下，您可不能再妄动内劲，要是被师兄知晓，微臣非得被骂个狗血淋头。"

太医令曾师从令狐拯的父亲，是被自己的师父秘密送进宫的，此事朝中无人得知。有了令狐拯这一层关系，太医令也只能站在萧华雍这边。

"孤无碍。"萧华雍收回手腕，"你便对陛下说我已康复。"

"诺。"太医令低头应下。

等他退下之后，萧华雍才对天圆说道："明儿呦呦定要来探望我，你记着告知她我险些伤了经脉。"

天圆一脸无奈的表情。

"殿下，不是做好事不留名吗？"天圆不解，"雪莲之事不比这事重要？"

"雪莲之事要挑个适当的时机，用对了，孤就能虏获美人心。"萧华雍扫了天圆一眼，"这会儿用了，除了让她多感激孤一些，有何用处？"

他才不是要做无名英雄，付出了就要求回报。求而不得他不会埋怨悔恨，并不代表一开始便不求。

沈羲和纵使没有七情六欲，他也要把她拉入凡尘中，让她与他一道沉沦。

"可您说过……日后不欺骗郡主。"天圆必须把事情问清楚，可不想日后郡主清算起来，无良的太子殿下就把他推出去顶罪，然后为了让郡主消气又惩罚他。

顶罪也不是不成，做下属的为主子顶罪是寻常事，可他死也要做个明白鬼。

“孤何时欺骗呦呦了？”萧华雍用质疑的目光打量天圆，“孤不是真岔了内劲？不是真的险些伤了经脉？”

天圆想了想，点头：“是。”

萧华雍睨了天圆一眼，继续说道：“你是越来越蠢笨，孤看你是安逸太久了，不如与地方换一换……”

“殿下！”不等萧华雍说完，天圆“扑通”一声跪下，“属下离不得殿下啊……”

萧华雍伸手揉了揉额头，不耐烦地说道：“退下，孤已经好几日没有枕孤的爱枕了。”

天圆片刻不敢耽误，迅速地退下。萧华雍闭着眼睛往榻上一躺，熟悉的气息让他忍不住闭上眼睛享受起来。

转身关门的天圆见状，都不知该如何形容自己的心情……

这就是个枕头，待到郡主嫁入东宫，日后与郡主同床共枕后，太子殿下还离得开床榻吗？

沈羲和入宫见到萧华雍之时，萧华雍的脸上比往日要少了些血色，眼中也有些许疲惫之色：“殿下……可还好？”

莫远虽说萧华雍没有受伤，可萧华雍本身就中了毒，且又动了武……

他会不会毒发？

“我……”

“郡主，殿下体内奇毒霸道，不可轻易动武，这次差点儿就伤了经脉。”天圆抢先回道，一脸担忧的表情，“还请郡主多规劝规劝殿下，殿下最听郡主之言。”

“多嘴，退下！”萧华雍低声斥责道。

“诺。”天圆委屈地退了下去。

他是真委屈，绝不是装的！

“珍珠，你给殿下诊脉。”沈羲和并非不信天圆之言，亦非怀疑这是伪装，只是出于关心，想知晓萧华雍是不是受了严重的内伤。

“诺。”珍珠上前跪在萧华雍的身旁。

萧华雍大方地伸出手。

珍珠给萧华雍切了脉，察觉萧华雍明明是个男子，但体内有一股奇寒之气极其霸道，似困兽在萧华雍的身体里肆虐。她收回手：“太医令为殿下开的方子极好。”

“殿下可有他处不妥？”沈羲和问珍珠。

珍珠想了想后才回道：“冬日寒冷，殿下不若每日药浴，可缓解四肢僵冷之苦。”

“太医署也开了方子，天圆你带珍珠去看看。”萧华雍吩咐道。

天圆机灵地应声，然后对珍珠让了让身子：“珍珠姑娘，请随我来。”

珍珠看向沈羲和，得到沈羲和的颔首示意后，才跟着天圆离开。其余宫人都在屋外，屋内只剩下沈羲和与萧华雍。炭盆里烧着泛红的香煤，幽幽清香萦绕，萧华雍眉目温柔含笑。

“多谢殿下千里奔波相助！”沈羲和真心实意地感谢他。

萧华雍唇边的笑纹加深：“呦呦不用谢，能相助于你，我心甚悦。”

“无论如何，我都要谢殿下。”沈羲和不理会萧华雍的撩拨，“殿下可有忌口之物？”

萧华雍顿时来了兴致，眼底波光流转：“呦呦要为我‘洗手作羹汤’？”

“不知殿下有何喜好？每至东宫，殿下都以珍馐美味相待，我便想着为殿下做些吃食，聊表谢意。”沈羲和颔首。

萧华雍迫不及待地握住沈羲和的手，牵着她往东宫的膳食间走去。沈羲和被高兴得忘乎所以的萧华雍带着小跑，根本无法停下来，只得挣扎着出声道：“殿下，你松手。”

因萧华雍倏地松手，沈羲和一个不稳，整个身子都朝着后面仰倒。萧华雍一个闪身将沈羲和抱了个满怀，眼里又是自责又是担忧的神色：“呦呦可有伤着？”

被萧华雍紧紧地箍在怀里的沈羲和，待站稳身子，一把将萧华雍推开，沉着脸盯着手足无措的萧华雍。

她素来不是个“以小人之心，度君子之腹”的人，可总觉得萧华雍方才就是故意的。

偏她没有证据，不便于横加指责，今日又是来答谢萧华雍的，更不好恼怒地转身就走。沈羲和理了理发髻，说道：“无碍，屋外寒气重，殿下还是回屋内，着人为我领路便是。”

她一瞬都不想和萧华雍待在一起！他就是个登徒子，而且还是个心机深重到做坏事不留把柄的登徒子！

这种人，她并不是没有法子应对，只是此刻自己欠了他的恩情。

“呦呦无碍便好，我方才喜不自禁，忘了分寸。”萧华雍给自己突然的举动做出很好的解释，然后面色自然地走在前方，“我引呦呦去膳食间。我从未见过贵女下厨，有些好奇。呦呦且容我一观，我定不会捣乱。”

瞧他无赖的模样，沈羲和有点儿后悔。若非心中感激过甚，她真想随便备一份礼物送到东宫就成。可她对萧长赢能如此，是基于当初自己救了萧长赢一命。

无论其父兄是不是有别的目的，无论其初衷是否想救，她救了萧长赢是事实，及时为萧长赢解毒也是事实。若非如此，萧长赢重则小命不保，轻则要废一只胳膊。

至于盗走萧长赢之物，那是她有本事，并非拿来抵换了相救之恩。因此在孤独园里萧长赢救了她，她才有底气只备一份礼物让管家送去，表示自己的感激之心。

对萧华雍则不同，她就从未帮过萧华雍，他们之间顶多是互惠互利，自己却屡屡欠他，无论是被动还是主动，欠了就是欠了，因此有些冷硬的手段对他就使不出来了。

沈羲和用无声的沉默表达她不乐意的意思。

萧华雍自然能看出来她有些不满，却没有恼怒，仍然死皮赖脸地跟着她。

膳食间的宫人看到萧华雍其实是有点儿心有余悸的，前段时日殿下心血来潮要学做吃食，将膳食间弄得鸡飞狗跳的画面仍历历在目。

“殿下，您……”九章跑过来行了礼后欲言又止。

“今儿郡主要做些吃食，你们给郡主帮把手。”萧华雍吩咐道。

九章总算是松了一口气，幸得不是太子殿下要自己来大展身手，九章的笑容都变得真诚了：“郡主请，郡主要备些什么食材，只管吩咐奴婢，奴婢这就去准备。”

沈羲和巡视了一番后，点了些食材：“就这些，劳你清洗、修剪一下。”

沈羲和有厨艺，但这厨艺不包括洗菜、切菜。名门贵女学厨艺都只是掌勺儿，有些连勺儿都不用掌，基本都是看一看，日后当家做主母，不要被厨房里的人糊弄，到了厨房里能够指挥一番便成。

饭前吃点心是习惯，沈羲和也没有克扣，给萧华雍做了一道汉宫棋。

这道菜源于女皇。因女皇喜爱双陆，宫廷里大兴双陆之风，膳房便将面点做成了棋子圆扁且厚实的样子。

点心只做了这一道，沈羲和用鹅肉做了一道烧鹅，炙了一盘大虾，如此寒冷的天气只怕也就宫里还能看到活虾。沈羲和还看到了猪肉。

时人不喜食猪肉，心有忌讳，沈羲和特意问了萧华雍：“殿下可食彘肉？”

“只要是呦呦经手的，毒药我都食。”萧华雍靠在一旁，笑盈盈地说道。

沈羲和淡淡地看了他一眼，接下来便不再问他，按照自己的想法去做。

这道西江料蒸彘肩屑，是沈羲和自己极爱吃的一道菜。只不过高门大户的人不食彘肉，彘肩更难购得，沈羲和也极少做。

五道菜加一盘点心，沈羲和温了菊花酿，在东宫陪着萧华雍用了晚膳，发现萧华雍也特别爱吃她做的彘肩，并不嫌弃这道菜粗鄙，目光柔和了起来。

“呦呦的手艺，真是令人回味无穷！”萧华雍丝毫没有顾及形象，吃到撑了，其中不免有对沈羲和的爱意，但也不得不承认沈羲和是有真功夫的。

“殿下过誉，我只是一个空架子。”沈羲和并非谦逊，而是实话实说。

她不会处理食材，也拿不得菜刀，离了下人未必能够做出如此可口的美味珍馐。

寒冬日短，用完飧，暮色将至，沈羲和起身告辞。萧华雍也未挽留，送她出了东宫：“呦呦，谢谢你为我做吃食！”

他心里是矛盾的，既因为她为他做吃食而开心，又为她对他过于客气而难受。

“情”之一字，大抵便是如此让人喜忧参半。

“王爷问我为何偏偏待你如此——”没有给沈羲和说话的机会，萧华雍轻声说道，“我不知为何，可与你一道，心有欢喜，情有可依，总觉得自在安宁。”

“与殿下一道，我亦觉得舒心。”沈羲和诚恳地说道。

沈羲和黑曜石般美丽的眼瞳清可见底，没有了平日里的溟蒙与琢磨不透。她发自真心地觉得与他在一道舒心，可这份舒心无关情爱。

若是往日，萧华雍定会觉得挫败，不过现在看开了。他笑道：“呦呦待我总是与旁人不同。”

至少这说明他的所作所为并非无用之功，现在她对他没有情不重要，总有一日会有。

这句话谢韫怀也曾说过。她承认她对萧华雍是不同的，谢韫怀和步疏林他们是她的友人，萧华雍是她欲嫁之人，位置不同，身份不同，自然不同对待。

“上元节可否邀呦呦一道游花灯？”萧华雍眼含期待地问道。

沈羲和微微摇头：“殿下，我不喜热闹。”

上元节不用想也知晓京都会有多热闹，灯火满城，照亮京都，更是少男少女相约的节日之一，大街上定是人来人往，但是她不喜欢这些。

一是她不喜嘈杂，二是因嗅觉敏锐，人与人往来多了，气息混杂在一起，会让她头晕。

今日她待他格外不同——以往她总是端雅自称封号，今日却没有。

萧华雍的心中自是欢喜，他又问道：“那我便订下东楼，我们在东楼之上看遍京都花灯可好？”

东楼是一栋很高的食肆，这间食肆按照佛塔的建造方式建造，是京都最高的楼之一，临江而建，因为楼高，故而能够看到整个京都的景致，每逢佳节都是人满为患。不过东楼里最高的一层有四个雅间，只供权贵预订。

沈羲和想了想，颔首：“好。”

萧华雍脸上的笑意扩大，嘴角往后咧着，笑容有那么一点点傻气。不知是不是被他的笑容感染，沈羲和也忍不住露出一点儿淡淡的笑意：“殿下留步。”

她微微一施礼，带着珍珠离去。

“殿下体内的毒，你可有破解之法？”坐在马车上，沈羲和问珍珠。

她让珍珠再给萧华雍诊脉，也是希望多个人多一个主意。

“殿下的毒，婢子与阿喜早已探讨过。”珍珠遗憾地摇头。

她不仅和随阿喜探讨过，还与谢韫怀探讨过，毕竟沈羲和要嫁入东宫，且目下看来沈羲和也不再盼着殿下早逝。

“一点儿眉目都无？”沈羲和又问道。

珍珠斟酌片刻后回道：“齐大夫见多识广，说殿下体内的毒或许不是我们汉人所制之毒。他打算开春之后去西域等地走走，或许能有所获。”

“他要离京？”沈羲和有些诧异。

谢国公府还平平安安的，她原以为谢韫怀会雷厉风行地对付谢戟夫妇，结果自上次之后，他又好似忘了谢戟夫妇。

“郡主，谢国公府现下乱成一团。”紫玉难得懂沈羲和一次，积极表现，“自从谢国公被停职之后，谢氏族人便联手对其施压。偏他们还有分歧，有人主张谢国公将齐大夫认回，有人逼着谢国公从旁支过继子嗣，不过前者的支持声更大。”

这是自然，谢国公府有爵位可袭，嫡亲的骨血，朝廷核实后就能袭爵。哪怕不是嫡亲的，庶出子嗣袭爵概率也大，可若是过继的子嗣是没有资格袭爵的……

若非如此，蜀南王也不至于让步疏林女扮男装，直接过继一个便是了。

爵位是谢戟的没错，但这个爵位代表的绝不是谢戟一脉。

沈羲和听了这话后没有作声。

这是谢韫怀的私事，他定不希望有太多人对此兴致勃勃。

“不过谢国公好似都不愿意。”紫玉神秘兮兮地说道，“我听小姐妹说，谢氏族长那一支的人已经在给谢国公物色良妾，生下的孩子记在袁氏的名下充作嫡子。”

谢韫怀这么恨谢戟，谢戟肯定不想将谢韫怀弄回谢家，怕自己夜不能寐。过继旁支子嗣，这无疑是将他们这支谢家的爵位断送在自己的手里，谢戟也不想做这个罪人，那就只能再生一个孩子。

袁氏不能生，其他人能生啊。

“不过如此……”沈羲和嗤笑了一声。

谢戟可是为了袁氏，连三媒六聘八抬大轿娶回来的正头娘子都算计，连谢韫怀这般龙章凤姿的嫡子都不顾，现下为了顶住族人的压力，不也打算背弃袁氏了吗?

沈羲和还以为谢戟多么感天动地，多么忠贞不贰，多么至死不渝呢!

“郡主远见，这世间儿郎生来薄幸的多。”紫玉深以为然。

她听了太多京都大宅子里的事，越来越觉得男人都是得不到的千好万好，甚至女郎嫁了旁人男子也能为她生死相托，但娶回家了就是另一回事，即便是真心以待之人，成婚久了也有不少最后两看生厌的。

“太子殿下指不定也是如此。”紫玉现在比沈羲和更对男人避之唯恐不及。

珍珠轻咳一声，让她说话注意些。

沈羲和莞尔一笑：“你说得对，万事皆有可能。”

以萧华雍的人品，沈羲和倒是觉得谢戟没有资格与其相提并论，可风云变幻，世事变迁，谁也不知道一个人会不会忽然就因为一件事而性情大变。

没过几日陛下便给京都文武百官放了假，大雪纷飞的京都，家家户户都挂上了喜庆的灯笼，人一推开窗就能看到一片雪色之中的点点红灯笼，与怒放的寒梅遥相呼应。京都的年关要比西北的更热闹，西北的百姓即便是在年关纵情欢乐之际也会保持警惕。

除夕前一日，陶家和薛家都来邀请沈羲和去辞旧迎新守岁——沈羲和当然要去陶家。步疏林可怜巴巴地求上门，沈羲和就顺便也将她捎上了。

步疏林差点儿就闹了个笑话。除夕子时有礼节，晚辈要给长辈行礼，仆人要给主子磕头，男儿是跪地叩头，女子行的是肃礼。

步疏林乐呵呵地差点儿就行了肃礼。

沈羲和站在一旁，看着她弯腰就要拱手，连忙轻咳一声才制止了她的行为。

“步世子莫不是将自己当作女郎了？”眼尖的陶家小辈立马打趣道。

无人怀疑步疏林，实在是因为她平日里的言行举止就没有一点儿女郎的影子。

步疏林反应也极快，连忙跪下叩拜说吉利话，行完礼后才说道：“这都赖郡主，我每每向郡主表明心意时，郡主总说待我与薛七娘无二，我都快被她说得怀疑自己是女郎了……”

大家听了这话后哄堂大笑，沈羲和也不拆穿她。

陶专宪也给了步疏林一个和所有晚辈一样的红包。

她拿了红包后还得寸进尺地对陶专宪说道：“陶公，来年你可要对我手下留情哪！”

她可是御史台榜首之人。沈羲和未到之前，她每个月都要被御史台细数十数条罪状。

“来年世子又大了一岁，就快加冠了，也该有个正形。”陶专宪只有对沈羲和不同，对旁人永远像教书先生一般说教。

步疏林自讨没趣，摸着鼻子溜了。

守岁之夜不能歇息，沈羲和与一家人热闹过后，回了自己的院子里，叫了碧玉她们来热闹一番。主仆之间热闹没有多久，被碧玉强行戴了一顶小红帽子的短命就叫了起来。

没过多久一道修长的人影就出现在门口，碧玉她们立刻拘谨起来。

沈羲和没有感到意外。早前她就在猜测这位横行无忌的皇太子就不是个守礼之人，她的闺房都闯，今儿也未必守规矩，果然他这不就来了？

“还有半刻钟便是元正日，想与呦呦一道辞旧迎新。”萧华雍温和地笑道。

“殿下，这是御史大夫的府邸！”沈羲和提醒道。

要是被陶专宪看到，非得将他骂得体无完肤。

“爱屋及乌，陶御史若是见到我，只怕也会为了呦呦而饶过我。”萧华雍迈入门槛，有恃无恐地说道，“除夕元正与家人相聚，宫中只有君臣，我举目无亲，只想到了呦呦。”

听听这语气，不知者还以为他是路边无家可归的乞儿，哪里会相信这话是出自一人之下万人之上的皇太子之口？

沈羲和深知自己撵不走他，索性掉头不去理他。

珍珠等人乖觉地退到一边，给他们腾出了位置。

萧华雍在沈羲和的旁边坐下，看着她编织结绳："这结绳甚是别致，我正好缺一个，不知呦呦可否赠予我？"

珍珠等人诧异——太子殿下的厚脸皮，真是她们平生未见。

沈羲和才不惯他呢，不撵他走是不想把动静闹大，以免在外祖父面前解释不清。现在外祖父他们都知她要嫁入东宫，却不知缘由，只怕以为她是倾心萧华雍。

"这是我为阿爹打的结绳。"

萧华雍听了这话后好似忽然想起了什么事："那日我在王爷手中见到一个藤实香杯，呦呦将我赠送之物转赠王爷，我伤心不已。"

"殿下所赠之物，便不能转赠？"沈羲和头也不抬地问道。

"能，赠予呦呦之物，全凭呦呦处置，我却依然黯然神伤。"萧华雍心情低落地说道。

他这副模样，活像沈羲和是个十恶不赦的负心汉，将他无情地抛弃一般罪孽深重。

"呦呦勿恼。我知呦呦待我无情，因此不喜我所赠之物。"萧华雍继续轻声说道，"我并无责难之意，亦非怨怪，只是难免伤心。容我伤心片刻，片刻之后，便能释怀。"

沈羲和沉默不语。

这话她该如何回？她说让他清醒吧，他清醒得很；让他知难而退吧，他很明显不会；说些戳心的话吧，他又提到了上次救阿爹之事——她若说让他出去，就不是冷情而是刻薄了。

她只能保持沉默。

"我方才是一时多言，说了些心里话，呦呦莫要介怀。"萧华雍又说道，"真羡慕王爷，有呦呦和世子陪伴，不似我兄弟姊妹不少，却连除夕元正也无人相伴，更无一人赠我新岁之礼。唉……"

那一声叹息，既沉重又哀怨，仿佛一下子给他浑身上下都笼罩上一层落寞的气息。

碧玉等人听了，都觉得太子殿下太难了，忍不住为太子殿下心酸。

沈羲和仍未作声。

"不知何时，我也能有人记挂，有人年节都会为我备下亲手所做之礼。"萧华雍目光灼灼地盯着沈羲和手中晃动的结绳，"郡主的结绳真是越看越精巧！"

堂堂皇太子为了一个结绳竟将姿态放低到这个份上，险些把沈羲和给逗乐。左不过一个"福"字结，也无须忌讳，她恰好收了屋，一把将其扔给他："给你！"

萧华雍拿到艳红色的结绳，一个活灵活现的“福”字躺在掌心里。恰好此时爆竹声响起，元正日的更声传来，容光焕发的萧华雍说道：“新岁得呦呦赠福，我今年必当福运绵绵！”

沈羲和也没想到这么巧，就在把结绳扔给他的一瞬间，新岁的更声响起。

她也不是生气，纯粹是觉得萧华雍厚颜又啰唆——她最烦人话多。

她得想法子早日把欠这人的恩情还清，再遇上他这般胡搅蛮缠的行为，就将他放倒扔出去。

东西到手，萧华雍也见好就收，小心仔细地将东西收好，立即转移沈羲和的注意力：“西北的年关可与我们京都的不同？呦呦往年在西北如何过年关？”

“在西北都是与父兄守岁……”沈羲和想父兄了，“也不知今年没有我在，他们有没有拌嘴，有没有打架，早间能不能吃到牢丸……

“牢丸？我所喜！我与呦呦一道做牢丸？”萧华雍连忙说道。

“这儿是陶府，我是客人！”

大家怎会让她来做牢丸？

“我们去郡主府？”萧华雍怂恿道，“呦呦便可传信给王爷与世子，今年依然做了他们爱吃的牢丸。”

沈羲和有些心动——她想念在西北的日子，想做牢丸。

不过她是个将礼节规矩刻入骨子里的人，不会突然不告而别，以免陶家人忽然寻她寻不到，因此最后萧华雍也没有忽悠成功。

萧华雍遗憾没有借机吃到沈羲和做的牢丸。

天蒙蒙亮的时候，他才回到东宫，第一件事是剪了一缕青丝缠绕在结绳之上，将之挂在床榻上，枕着他最爱的枕头呢喃道：“一寸同心缕，千年长命花。”

萧华雍虽然没有吃到沈羲和做的牢丸，但元正日收到了沈羲和派人送到东宫的一坛屠苏酒。喝屠苏酒，这是新年的习俗。这是一种以药材酿造的酒，具有驱邪、解毒、延年益寿的功效。

饮酒还有规矩，要从家中年幼者开始饮，所谓“小者得岁，先饮贺之；老者失岁，故后饮酒”。

家家户户还准备了甜食胶牙饧，若有孩童至，便给予一些甜甜嘴。

众人贴门神、春联，换桃符，插幡子，一时间好不热闹。

沈羲和在陶家用了牢丸后就回了郡主府。新年第一天，家家户户都要烧爆竹，中空的竹节在火焰之中“噼里啪啦”地响，这叫作“庭燎”。

这堆火要让它从早烧到晚，或者连续烧几天几夜，火中投以香料，让异香缭绕整个宅院。年前，独活楼因为这个习俗所有的香料都被购买一空。

沈羲和闲着无事，就与珍珠等人弄了棵庞大的灯树，让郡主府的下人们围着灯树热热闹闹，载歌载舞。时人善舞，不仅王公贵族喜欢，平民百姓也喜欢。

沈羲和因为身子不适，幼年时就没法儿学舞。她搬来古琴，为他们抚琴助兴。不分尊卑，众人尽情地享受新年的喜悦，每个人的脸上都洋溢着欢乐的笑容。

步疏林没有缠着沈羲和，去传座了。

所谓传座，便是从元正日起，京都家家户户都设着酒宴，邻里们会互相拜年，走到谁家便在谁家吃酒席。

想到此，沈羲和不由得暗自庆幸今日是大朝会，否则萧华雍定要借着习俗大摇大摆地走到她这里来。

热闹了大半日，飧时沈羲和让烤了一只全羊。郡主府上上下下的人围在庭院里，坐在不同的位子上，一人分上几盘羊肉，好好地美餐一顿。

紫玉提议大家来玩儿藏钩之戏。

沈羲和不愿参与，早早回了屋子里，在屋子里看着他们在院子里嬉闹，享受着难得的轻松愉悦的时光。

“郡主，王侍中又被停职思过了。”沈羲和正在作画，莫远前来禀报。

“今儿元正日，是何过错，陛下竟今日便发作？”沈羲和诧异地问道。

元正日是多么重要的日子，寻常过错，哪怕是严重到要被停职思过，陛下也要看在年节的分儿上忍一忍，过上几日再惩处。

“据闻是两方使节在太极殿里发生了冲突所致。”莫远回道。只是具体情况，他们尚且不知。

沈羲和搁下画笔，略一思忖，便说道：“定是有人使绊子。”

大朝会何等重要！

满朝文武，各州朝集使、羁縻州和周边诸国的使节，万邦来贺。

王政是门下省侍中，负责引领、安排来使，能够让两方起冲突，定不是寻常事。但王政老奸巨猾，处事周到，岂会轻易出纰漏？

“郡主，会不会是太子殿下所为？”红玉想到上次王政被停职闭门思过就是太子殿下所为。

“朝中能做到这一步者非太子殿下一人，不过在这个时候动王政，太子殿下的确最为可疑。”沈羲和也怀疑就是萧华雍在偷偷地使坏。

“知我者，呦呦也。”她话音刚落，萧华雍低沉的声音便从屋顶上传来。

护卫们这个时候才发现他。

沈羲和也不能怪自己的护卫无用，实在是这人连皇宫都来去自如，更何况她一个小小的郡主府？

“殿下畏寒，莫要如稚童般胡闹。”沈羲和轻声说道。

萧华雍纵身一跃，从屋顶上跳下来，大步朝沈羲和走来：“我是传座至郡主府，呦呦可不能少了我一顿吃食。”

传座盛行于京都，但人贵有自知之明，寻常人也不敢往达官显贵的府邸里走，邻里之间的身份自然不会相差太多。沈羲和的郡主府占了两条街的边缘，邻居便少了许多，只有几户人家，都是宗亲。他们大多知晓沈羲和性子冷淡，且见郡主府没有打开府门，也不会自讨没趣。

到底是节庆，沈羲和没有打开门，不代表没有准备好吃食，郡主府里毕竟这么多人。

来者是客，又正值年节，沈羲和没有驱逐萧华雍的道理，由着他赖着吃了一顿膳食。

“呦呦可想知晓王政因何被停职？”萧华雍用完膳后，就凑到沈羲和的身旁问道。

沈羲和连眼皮都没有抬：“不想。”

萧华雍笑意未减：“可我想说与呦呦听。”

原来是王政负责安排使节，萧华雍动了些手脚，引了已经落座的大食使节离席，又引了高句丽的使节坐到了大食使节的位子上，等大食使节回来时双方就发生了争执。

二人之间语言不通，萧华雍再安排一个负责翻译的舍人把双方的话用不太友好的词翻译给对方，激化了矛盾。弄得二人差点儿拔刀相向后，萧华雍这才将被绊住的王政放进来。

“可有殿下不敢动手之地？”沈羲和问道。

宗庙外面他敢纵火，万邦来贺的大朝会上也敢制造冲突。

“不过是无伤大雅的小冲突。”萧华雍毫不在意，“不过是让陛下知晓王政担不起侍中之责罢了。”

“殿下，不必如此……”

“就要如此。”不等沈羲和说完，萧华雍就笑道，“我不仅是为了陶御史。”

薛衡要腾出中书令的位置，这个时候王政出了纰漏，而且是极大的一个过错——让陛下在使节面前丢了颜面。日后陛下忘记此事，旁人也不会忘记，这就是攻讦王政的把柄。

如今六部，吏部尚书薛佪之能陛下心里清楚，薛佪这吏部尚书算是做到头了；刑部尚书与户部尚书都是刚上任，还没有坐热位置；礼部尚书的位子，萧华雍应该另有打算；工部尚书年迈，已经到了要致仕的年纪；如此就剩下了兵部尚书。

没有了这些人挡在前头，陛下就只能从大理寺、御史台这些地方来选人。

其他几寺的竞争力不大，论资排辈的话陶专宪在大理寺卿薛呈的前面。

“还有旁的缘故？”沈羲和问道。

“自然。”萧华雍轻轻地笑道，“他惹你不快，我便折腾他。起起落落最是销魂，这不过才开始罢了。”

沈羲和颇为哭笑不得：“殿下可真是记仇！”

“不，他若是对我不敬，我尚能大度。”萧华雍目光柔情缱绻，“他对你不敬，我便锱铢必较。”

他的情意正如他看自己的目光一样炙热，令冬日的寒风都仿佛变成热浪。

沈羲和低头微微一笑，不予置评。

她不知该如何应对萧华雍像烈火一般的情意。该说的话都已经与萧华雍说清楚了，而萧华雍的行为是他的自由，她无权干涉。萧华雍想要什么，她也知晓，可她给予不了。

萧华雍将目光落在她的发髻上：“呦呦可清点了我赠予你的及笄礼？”

“我看过礼单。”沈羲和坦言道。

所有来宾赠予的礼物，她都已过目了一遍。她不缺东西，除了父兄相赠，以及步疏林和薛瑾乔私底下赠送给她的东西，其他礼物都没有拆开。

“有一支藏剑簪，是我亲手所刻，呦呦莫要将之转赠他人。”有了藤实香杯的先例，萧华雍不得不亲自说上一句，“簪子绾发，我想私下单独赠予你，猜想你定不会收，只得放入及笄礼内。”

像他们这样生来身份尊贵之人，逢年过节、生辰大婚等重要日子，都会收到无数的贺礼。这些贺礼除了单独相送的都会被充入他们的私库里，或者拿出来用，或者赏赐下属、奴仆，或者转赠旁人，这样的举动并无不妥之处。

帝王的赏赐则不同，被赐之人只能将其留着传给子孙后代，以表敬重。

“殿下算计人心，得心应手。”沈羲和听了这话后不由得失声笑道。

他先说了为她对付王政，猜准她不会接茬，便退而求其次地提到了定是被她放入库房里的生辰礼。她倒也不是不能拒绝，只是没有必要如此不近人情，于是说道：“殿下，我有些后悔选择殿下了。”

他太懂如何对付人。若非她选择了萧华雍，不想日后成婚之后彼此防备，外患未平还有内忧，真想更绝情一些。

萧华雍挑了挑眉，不但没有生气，脸上的笑意反而更浓：“呦呦，你不是后悔，是畏惧。”

她畏惧他的攻势，畏惧他对她的好，害怕自己有朝一日会松动，会情不自禁地倾心他。

“殿下总是如此自以为是吗？”沈羲和问道。

“是不是，此时多说无益，日后你定会明白。”萧华雍自信满满。她坚定地认为自己对他只是不知如何应对，却不知从这时起她已经不若往日般冷漠。萧华雍又补充了一句："簪子不可赠人。"

"不会赠人。"沈羲和回道。

只不过她不会赠人，也不会佩戴罢了。

萧华雍眼底笑意流转："你会戴的，早晚。"

说完，萧华雍便起身带着愉悦的笑容离开了郡主府。

他走了老远，沈羲和还能听到他发自内心的愉悦的笑声。沈羲和因他之笑都开始怀疑，忍不住转头问珍珠："我当真是畏惧吗？"

珍珠摇头："婢子不知。"

其他人也齐齐摇头。

郡主于他们而言已经够难懂了，现在还多了一个令人捉摸不透的太子殿下。他们很是期待郡主嫁入东宫，想看看郡主与太子殿下最终孰强孰弱，但又有些担忧等郡主嫁入东宫后，自己会不会被当成呆子……

沈羲和思忖了片刻，不觉得自己是畏惧，而纯粹是觉得萧华雍比她设想的还要执着与难缠。

这边沈羲和与萧华雍谈论着风月，那边王政再度被停职已引起了不少人的深思。

"兄长，我总觉得朝中近来大臣的变动有些大。"萧长赢夜间来了信王府，将自己心中的顾虑与哥哥道来，"先是户部尚书，接着是刑部尚书，再是王政……"

户部尚书之所以被革职，严格来说是因为萧长卿捅出了户部的窟窿，而刑部尚书是偶然情况，谁能想到杨家内眷如此胆大包天？

这两件事虽然相隔没有多久，可他们也未进行联想，但是王政在大朝会上出了纰漏，这明显是着了道，是有人故意给他设陷阱。

"王政之事，定是太子所为。"萧长卿语气笃定地说，"在宫中能够如此滴水不漏地行事，连陛下派人彻查也查不出任何蛛丝马迹，捞不了王政，只能严惩王政以给两国使节一个交代……除了太子殿下，我想不出还有何人能如此周全。"

"他……他为何要动王政？"萧长赢其实从第一次王政因惊得太子昏厥被革职起就没有闹明白太子的用意。

若是太子直接将王政一撸到底，倒还可以说是为了王政的位置，可这明显不是。

"王政可不像旁人那么好对付。他忠于陛下，太子想要将他铲除并非易事。"萧长卿觉得对付王政，不如对付崔征和薛衡。这二人的实权更大，威望也更高，但他们不如王政忠君。

崔征和薛衡看重的是世家的利益，哪怕现下世家的地位已经岌岌可危。

顿了顿后，萧长卿又说道："我倒是觉得陛下允薛家嫡女嫁给西北王世子之事很是蹊跷。"

世家与勋贵联姻，陛下竟然如此大方，不但没有刁难两府，甚至赐婚成全。

陛下的这一举动，弄得所有人都是一头雾水。

是什么原因令陛下同这两个最让他防备的家族结两姓之好？

“难道……薛衡要致仕？”萧长卿觉得只有这个缘由才能将一切事情解释清楚。

“薛衡才年过半百。”萧长赢觉得不对。

本朝规定：诸职官年及七十岁，精力衰耗，例行致仕。

“若说是为了成全薛七娘而致仕，他便会成为薛家的罪人，连带薛七娘也讨不到好——崔家人更会因此而恼怒她。”萧长赢补充道。

“若他有非得致仕之由呢？”萧长卿眼神幽深，“譬如重疾？”

“可薛衡看着并不似有重疾在身。若是如此，薛家不可能无人知晓——薛家之人难道看不出丝毫端倪？”萧长赢觉得这说不通。

“薛佪能力平平，薛衡不会为他铺路。”萧长卿坚定地说道，“薛衡将薛七娘过继过来，只怕是想成全薛七娘，日后让薛七娘庇护薛家，薛家未必会鼎盛，却不会就此没落。”

薛衡这一步棋，是两全其美。

薛佪在他故去之后，必然会领着薛家投于陛下，可薛瑾乔嫁给了沈云安，无论双方谁赢谁输，薛家都不会落到被灭族的地步。

陛下胜了，薛瑾乔一个外嫁之女，牵连不到薛家。且薛佪能力不足，日后必不会坐在实权之位上，陛下也就用不着对薛家赶尽杀绝。

东宫胜了，薛瑾乔又是一根纽带。只要萧华雍顾全沈羲和的颜面，就不会让沈云安难做，最多是将薛家贬下去，薛家人绝不会有性命之忧。

“薛衡怕是命不久矣。”萧长卿把所有的关节都想通了，“太子所为是在清路。他要扶持旁人接替薛衡，户部尚书、刑部尚书……令六部退路，是陶御史！”

“他竟然扶持她的外祖！”萧长赢为之一震，“这是在为其开路？”

萧长卿轻轻地笑着摇头：“我倒觉得，他是真心为了讨好昭宁郡主。”

“若是如此，他难道不怕日后外戚坐大，架空他的皇权？”萧长赢垂下眼眸问道。

“或许他是自信……”萧长卿喃喃自语道，“或许甘之如饴……”

萧华雍自信无论如何都不会受制于沈羲和，或者受制于沈羲和也心甘情愿。

有什么东西狠狠地撞在萧长赢的心口处，他紧了紧下颌：“阿兄，我们日后如何对待太子？”

他们是投诚，还是继续与太子针锋相对？

“以往如何，日后仍如何。”萧长卿轻描淡写地说道，“我们做我们的事，他做他的事，不刻意暗害，亦不曲意逢迎。”

他们之间的利益冲突不大，他是要对付陛下，这在一定程度上与萧华雍的利益一致。

太子不需要他们投诚，他们也有他们的傲骨。至于日后太子登基，若是做个明君，自会恩怨分明，不会为难他们兄弟；若他容不下他们，即便现在他们如何讨好，终究难逃一死的命运。

“那……薛衡腾出来的位置……？”

“由他们去争，我们坐看好戏，也让我看一看有多少人想从太子的口中夺食？下场又会如何？”萧长卿理了理衣袍，悠闲地说道。

不只萧长卿兄弟俩敏锐地嗅出了不对劲的味道，昭王与四皇子也察觉到朝中必然会有变故，都瞄准了薛衡的位置。因此大家在初四朝会时又忙碌起来，朝中大臣的调动极大。

“殿下，这些人都在动。”天圆呈了一份名单给萧华雍。

萧华雍随意地扫了名单一眼，唇边荡起一丝谜一般的笑容：“再有一个月便是春闱。”

“属下明白。”天圆应道。

这一场春闱，他们筹备已久，务必肃一肃风气，顺带将文武百官换一遍血，给陛下多送几个有能之士。

至于这些不知天高地厚的人，一并被拉入春闱之事中便是。

“殿下，您在作甚？”天圆看着勾勾画画的萧华雍，低声问道。

“上元节，我与呦呦相约看灯会，去年端正月我送了她一盏灯，今年再送一盏。”萧华雍当然是在忙着给沈羲和准备上元节礼。

天圆觉得就不该问，正要默默地转身退下，有人进来禀道——

“殿下，刘公公来了。”

刘三指的突然到来，让天圆和萧华雍对视了一眼。

神采奕奕的萧华雍在见到刘三指的时候，面色苍白，眼睛里少了些活力和精气。

“殿下，奴婢奉陛下之命，请殿下去明政殿。”刘三指躬身禀道。

“咯咯咯……刘公公带路。”萧华雍没有迟疑。

萧华雍到了明政殿，见祐宁帝还有客人。

这个客人不是旁人，正是突厥三王子穆努哈。

祐宁帝见到萧华雍后，直接抬手免了他的行礼：“七郎，三王子说你面善，他曾见过一位武艺高强、有百步穿杨之能的人，说与你肖似。”

萧华雍转头看向穆努哈：“不知王子在何时何地见过孤？咯咯咯……见过孤之人都赞孤生得举世无双，倒是首次听闻有人……与孤容貌相似，孤必要寻到此人……”

祐宁帝将目光从萧华雍的身上移开，也郑重地颔首道：“穆努哈王子，你可得看仔细。若这世间当真有人肖似本朝太子，这人便不能被放纵在外。这人若被居心不良之人加以利用，必将酿成大祸。”

元正日大朝会，穆努哈就看到了萧华雍，当时震惊不已。这些日子他一直在打探萧华雍的事，可得来的消息与他印象中那个神鹰一般勇猛的人完全无法重合。

但萧华雍这样的容貌，正如他自己所言举世无双。萧华雍与祐宁帝还是有些相似的，尤其是额头，看得出两个人是父子。萧华雍的身世定然不存疑，可那日之人给穆努哈留下了深刻的印象。

“听闻陛下的皇子每位都武艺非凡，穆努哈想与太子殿下切磋武艺。”穆努哈对祐宁帝行了个突厥礼。

“哈哈哈——”祐宁帝闻言说道，“七郎是储君，是天朝的继承人，不需要习武，何况还有精通武艺的兄弟供他驱使。穆努哈王子想切磋武艺，朕派比七郎小两岁的九郎领教如何？”

祐宁帝说萧华雍不习武，着实让穆努哈诧异。他用深蓝色的眼睛打量了萧华雍好一会儿，才回道：“便请烈王殿下赐教！”

祐宁帝又派人传了萧长赢来。

众人到了皇宫的练武场。萧家儿郎不但崇尚骑射，也崇尚武艺，除了萧华雍因病不能习武，每个皇子包括十二皇子萧长庚也武艺不俗。

听闻要与突厥王子比武，从昭王萧长旻到十二皇子萧长庚，在京都参政的皇子都来了，一个个跃跃欲试。

祐宁帝叮嘱二人比武时点到为止，不可伤了两国的和气。

穆努哈是突厥最勇猛的王子，力气极大，拳拳生风，不只有蛮力，反应也很敏捷。

萧长赢的武艺在皇子之中是拔尖儿的，在祐宁帝眼中唯有景王萧长彦能够与之一较高下。

萧华雍站在一旁，时不时轻咳两声，看着二人拆招，从徒手到各自拿了兵刃。

萧长赢手中的剑，剑光闪烁如残影疾飞，破碎的寒光时不时闪过远远观看之人的眼底。

穆努哈拿的是弯刀，弯刀横扫，凌厉无比，手腕一转，刚劲有力。弯刀好似与他的手融为一体，尤其是他抬刀架住萧长赢的长剑之时，突然从刀的下方旋出一把小了一圈的刀。

两个扇叶般的刀刃擦着萧长赢的长剑一绞，火花四溅，强劲的力道将萧长赢手中的剑打落。

第三十章　郡主心机多且深

萧长赢反应极快，见剑落手，立刻抬脚一踢，剑又飞旋而上。正当萧长赢纵身去取剑之时，穆努哈的刀在他的掌心里飞旋如电，逼近萧长赢的腰腹。

萧长赢于半空中一拧腰迅速地翻开，抬手将落下的剑卷走。穆努哈脚步一顿，一个旋身，手中的刀又刺回来。萧长赢落地，不断地往后翻身，带动着他的剑也旋转着跟着他。

几次旋转，终于可以抬手握住剑柄的萧长赢脚下一转，躲过横扫过来的一刀，手中剑花一挽，剑往身后刺去。几乎在同时，穆努哈的刀锋也转了回来。

萧长赢长身直立，剑尖只差一寸没入穆努哈的脖颈儿里。穆努哈倾身如雄鹰展翅，手中的弯刀也只差一寸将萧长赢腰斩。

两个人竟然打成了平手。

祐宁帝率先鼓掌："穆努哈王子，武艺高强！"

"烈王殿下剑法如神！"穆努哈也真诚地赞叹道——极少有人能够与他打成平手。顿了顿后，他又说道："穆努哈从十五岁时起就打遍草原无敌手，钦佩能与穆努哈武艺不相上下的烈王殿下，不过穆努哈还是想要找到当日胜过穆努哈之人。"

说着，他用深蓝色的眼瞳扫过萧华雍。

他这暗示意味极强的目光落在了祐宁帝和诸位皇子的眼里。

萧华雍依旧坦然，萧长卿与萧长赢一脸平静的表情，萧长庚神色波澜不惊，萧长旻若有所思，萧长瑱事不关已。

"朕也要寻到此人。"祐宁帝开口道。

萧华雍轻咳两声，不置一词。

难得诸位皇子都在，祐宁帝一高兴就赐宴，一顿飧倒是用得宾主得宜。

萧华雍回到东宫之后便吩咐道："近来警醒些。"

"我们可要……"

天圆还未说完，就被萧华雍抬手打断。萧华雍说道："不必，陛下未必信他。"

一个突厥王子，陛下更多的是猜疑穆努哈的用心，怀疑对方会不会是在挑拨。穆努哈不敢说是在何时何地见过他，就难以取信于陛下。

只不过陛下谨慎，对有些事宁可信其有不可信其无。

陛下定会找个机会试探他，才能安心。

天圆的意思是他们主动出击，给穆努哈安一个居心不良的罪名。

如此过于急躁，反而会让陛下更加怀疑他。他现在只需要坦坦荡荡，不将这事放在心上便好。

"将此事告知呦呦，便说陛下猜疑孤。"萧华雍吩咐道。

天圆一脸无措的表情，疑惑地问道："此事为何要告知郡主？难道陛下会借郡主试探殿下？"

萧华雍用一种朽木不可雕也的眼神审视着天圆："陛下因何事猜疑孤？"

"穆努哈王子状告……"天圆恍然大悟，连忙回道，"属下这就去传话。"

殿下是因为穆努哈王子的话而被陛下怀疑，而殿下会与穆努哈王子相识，是因为去救西北王。

郡主那么聪慧，定会想到这一层，便会觉得对殿下有些过意不去，会对殿下更宽容……

殿下永远不会放过任何一个博取郡主的宽容心和忍耐心的机会。

这一步步棋，殿下每一步都走得稳稳当当，才有了现在郡主明明不喜他油嘴滑舌，却还是要忍着他的局面。

天圆想着还是蛮同情太子殿下的，可还没有走出大殿，就听到太子殿下已经哼上了小曲儿。

天圆一脸无奈的表情。

他们觉得太子殿下可怜，太子殿下或许觉得他们可悲，不识情滋味。

此刻，殿下估计已经在畅想又能借此从郡主那里讨到哪些好处呢。

次日一早，天圆送了个食盒给沈羲和，并带话："郡主，上元节前，郡主莫要入宫看望太子殿下，陛下这几日正在寻时机试探太子殿下。"

沈羲和十分重视地问道："陛下因何试探太子殿下？"

她担忧太子何处露了马脚。太子若是太早暴露，祐宁帝必然容不下他，两个人之间的争斗将会提前爆发。届时祐宁帝未必还会给他们赐婚，这会打乱她的诸多计划。

天圆面露难色，好半晌才回道："是因穆努哈王子。"

“突厥王子？”对来贺的使节，沈羲和还是略微了解了一番。

见沈羲和投来询问的目光，天圆回道：“当日偷袭王爷的便是这位王子。”

沈羲和恍然大悟，这是见过萧华雍的真面目之人。她眼底闪过一道锐光。

天圆心口一凛。他觉得事情应该没有往殿下预料的方向发展，不过不敢多言，否则聪慧如郡主，定会察觉殿下的小心思，这样就会弄巧成拙。

天圆走了，沈羲和立刻吩咐莫远：“去把那位突厥王子查清楚些。”

沈羲和的确因此想到了萧华雍的功劳，不过并没有生出多少过意不去的心思，因为穆努哈已被列入她的死亡名单之中了。

只要她把这个人解决了，诸多事情不就迎刃而解了？

偷袭她的父亲，还威胁她的未婚夫婿，他是寿星吃砒霜——活腻了。

“郡主，突厥王子是使节，若是在京都有个闪失……”珍珠已经感觉到了来自沈羲和身上的杀气，不得不提醒一下沈羲和，“兹事体大。”

她没有要阻拦沈羲和的意思，只是做奴仆的，无论主子想没想到都得提醒一声，这是她的本分。

“不若我们也等他到了突厥领地再暗杀？”紫玉想得很简单。

红玉和碧玉齐齐翻了个白眼。

珍珠好笑道：“他暗杀王爷，是因交界地一半属于突厥，突厥交界的士卒都听令于他，不但不会阻拦，必要时刻还会接援。”

这就是当日沈岳山和萧华雍没有穷追不舍生擒他的缘由。

可若是他们去伏击穆努哈，如何能够越过交界地他们这边的将士？

紫玉吐了吐舌头。

沈羲和低头摸了摸短命的背脊。短命本能地奓开绒毛，仿佛感受到了致命的危险。

见状，沈羲和笑了：“要杀，就要在京都杀，不能暗杀，亦不能明杀，引得两国开战，陛下极力彻查。我们要想个法子，让陛下站在我们这边。”

“让陛下站在我们这边？”红玉等几个人对视了一眼。

“阳陵公主近来还是没有异动？”沈羲和忽然问道。

珍珠在心里为阳陵公主念了句“阿弥陀佛”：“并无。”

“你们说，若是突厥王子杀了阳陵公主，还能活着回去吗？”沈羲和缓缓地问道。

薄薄的寒雪似西北的羊毛毯子，轻轻地覆盖在亭台楼阁之上，烛火摇曳，银光闪烁。

残冬之际，苍凉大地万木凋零，唯有傲梅与霜花争奇斗艳。

沈羲和着了浅色撒梅花袄裙、银朱色白狸毛绲边斗篷，坐在炭盆旁，展开莫远递上来的书信，上面写满了关于突厥三王子穆努哈的生平事迹。

从字里行间，沈羲和在脑中勾勒出了穆努哈的模样。这个模样并非容颜，而是他的行事之风、为人之性。

“他是个警惕睿智之人，且武艺非凡。”沈羲和放下书信，从珍珠手中接过递来的手炉，“要对他设局，须一击即中。”

否则他必然会警惕，他们再想下手便不易成事。

“郡主，穆努哈也在打探郡主的消息。”莫远又提了一句。

“太子殿下是因为护送阿爹才与他交锋的。”沈羲和笑道，“在京都，太子殿下又与我往来密切，他打探我的消息在情理之中。”

只怕穆努哈更多的是想从她这里着手试探萧华雍。沈羲和正在愁如何主动出击又不引起祐宁帝的猜疑，若是穆努哈自己送上门来，倒省了不少麻烦。

“郡主，你可千万不能以身做诱饵。”珍珠立刻明白沈羲和所想，担忧地劝道。

沈羲和将跳到桌上准备偷吃糕点的短命那毛茸茸的爪子拍掉，又把叫了两声的短命抱起：“你们觉得他若真要以我来试探太子殿下会如何试探？”

“郡主在府中深居简出，他不敢闯入郡主府里挟持郡主。”红玉回道。

碧玉：“郡主外出时也有护卫随行，他带的人不多，更不敢贸然对郡主下手。”

紫玉眨巴着眼睛，这里没有她的发言权。

珍珠沉吟了片刻后说道：“初六是代王妃的生辰，代王妃下了帖子。他若是凑上去，倒是个下手的好时机。”

而且如果事情发生在代王府里，陛下还不好彻查，穆努哈的嫌疑将会降低。

“只不过太子殿下一定不会来。”

太子身子不好，满朝皆知，素来不参与任何小宴。况且是代王妃过生辰，又非代王，也未必会给太子下帖子。去年定王妃过生辰，太子殿下便未至。

“他想来，我还不准他来呢。”沈羲和轻轻地笑道。

就以太子殿下现在对她的心思，醉翁之意不在酒，即便没有帖子硬凑上来，旁人也不会怀疑。

珍珠不解地问道：“殿下若是不来，穆努哈如何会动手？”

沈羲和挠着短命的脖颈儿，倾身让她的青丝滑落，遮住了半边脸，炭火映照在她的身上，整个人披着一层红彤彤的暖光，显得格外温柔。沈羲和开口道：“男人与男人之间，要激起对方最大的怒意，除了屠杀他的至亲，便是抢夺他的权势、地位和——美人。”

珍珠惊了一下，碧玉和红玉也是面色微变。

“郡主，你是说穆努哈要对你……行不轨之事？”就连迟钝的紫玉都明白过来了。

“他怎么敢？”珍珠觉得穆努哈除非疯了，否则怎么敢染指沈羲和？

他是突厥王子，西北王是突厥无法越过的城墙。只要他敢对沈羲和动心思，祐宁帝第一个就灭了他。

“你们错了。”沈羲和微微一笑，将被逗得舒服地盘起尾巴的短命放下。短命扒拉着沈羲和的袖子，沈羲和轻轻地将它的爪子掰开。

之前它也扒拉过，把沈羲和的袖子都给抓破了。沈羲和为此狠狠地罚了它，之后它就懂得了收敛力道。

“他自然不敢主动对我动心思，可若是我与他‘意外’地有了夫妻之实，错不在他，陛下又能如何？”沈羲和垂眸将继续扒拉她的短命拎起来放到一边。

短命又要奔上来，见沈羲和给了它一个似笑非笑的眼神，立刻乖乖地在原地趴下。

“陛下不但不会对他责难，指不定还乐见其成。”

她失了清白，必须嫁给穆努哈。沈岳山就应该主动避嫌，将西北的兵权交出来。有了这么冠冕堂皇的理由，即便西北的百姓也不好为沈岳山鸣不平。

西北的百姓是依赖沈岳山，但更在乎自己的家园，如何能够放心突厥王子的岳父来守卫西北？

珍珠等几个人并未想到还有这一层，脸色一白。

“现下他要做的，就是寻一个能够让他放手去做此事的契机。他需要一个人助他一臂之力。”沈羲和嘴角微扬，“我，这就送他一个人。”

萧华雍没有想到沈羲和会这么快就进宫来，明明昨日才让天圆知会沈羲和，让她这段时日要当心，切莫入宫，以免成了旁人对付他的棋子。

“殿下便这般看低我？”沈羲和淡淡地说道，“当真有人动手，我岂是坐以待毙之人？谁是获利者也未可知。”

她面色如常，但萧华雍知晓她这就是随口一说，并非真的认为自己看低她。

沈羲和自己或许都没有发现，她与萧华雍闲谈之际，已经越发从容和随性。她这个细微的改变，令萧华雍心口仿佛抹了蜜一般。柔情缱绻的笑意染上他的眼角眉梢，让他眼尾的一颗痣风情无限。萧华雍欣喜地说：“我怎敢看低呦呦？我知晓你喜静，担忧因我扰你清幽，你会恼我。”

这是实情，以沈羲和的手段和能耐，除非是如卞先怡那般出其不意地利用沈云安搞偷袭，否则即便是萧华雍全心应付，也未必能够一下将沈羲和击中，遑论旁人。

他对沈羲和智谋的认可，绝非情人眼里出西施，而是就事论事。

沈羲和抬眉，唇畔多了一丝笑纹——萧华雍的确足够明白她。若是有人惹到她，她是真的会迁怒。正如重阳节荣家娘子为萧长赢算计她，她现在看萧长赢也没有好脸色。

“我今日来见殿下，是告知殿下，后日代王妃生辰宴，殿下莫要冒着风雪去凑热闹。”沈羲和叮嘱道。

“呦呦这是怕我去碍事？”萧华雍颇为哭笑不得。

这世间多有人求他办事，从未有人嫌他碍事，沈羲和绝对是第一个。

“殿下多虑，我并非嫌殿下碍事，是殿下在，这戏便不好唱。”沈羲和解释道。

“我独自一人在东宫里，唯有寒雪相伴，寂寥非常。呦呦唱戏，却不容我一观……”萧华雍抓住机会，垂下眼帘，长睫投下阴影，神情很是落寞。

他坐在窗前，小窗微微开启，偶尔有一两片雪花随风飘来，与其落寞的姿态相呼应——他看着就像是被遗弃在冰天雪地里的小可怜。

“殿下想知晓我意欲何为，可我此时不想告知殿下。”沈羲和轻轻地笑道。

要是让他知晓穆努哈会做什么，都不用她动手，他只怕要先把穆努哈给砍了。

现在陛下时刻盯着他，他不好轻举妄动，一个不慎就会全部暴露在陛下的眼皮底下。这于他们日后的路十分不利，沈羲和不想冒这个险。

“被呦呦看穿了。”萧华雍坐直，“好，我答应呦呦，后日不去代王府。”

说服了萧华雍后，沈羲和在东宫里坐了一刻钟才离开。萧华雍依依不舍地将她送到东宫门口。每每她来东宫，只要他不是装病外出，都会像这样将她送到东宫门口，然后凝望着她离去。

沈羲和习惯了，也没有阻拦他，转身走得毫不留恋。

离了东宫的范围后，珍珠借着搀扶沈羲和的手臂的机会低声提醒道：“有人。”

沈羲和微扬着嘴角，往日来东宫，从无人来窥探，并非没有人打探，只不过这些人在宫里都有自己的势力，可以做到不动声色。

今儿既然暴露，只能说明这人本领不到家，至少不是宫中之人培养出来的，十有八九就是穆努哈买通之人。来了才好，她就怕他不来。

沈羲和走到一片冰湖前，吩咐碧玉道：“你去请五公主来，她若不来，便问她可想知晓梁昭容是如何死的？”

“诺。”

冬日寒风如刀，沈羲和裹着手笼依然觉得有点儿冷，面前的湖四周都积了雪，湖面却没有冰。这是因为每日宫里的人都会特殊处理，宫中的水不可结冰，要活动着才有生气。

阳陵公主裹成了团子，捧着手炉，带着两个贴身宫女缓缓地走来，素白的小脸面对着沈羲和，眼底有愤懑和怨念之色：“你寻我何事？”

“公主还是不愿将是谁主使你对我不利告知对吗？”沈羲和慢悠悠地问道。

天寒地冻，她言辞间有白雾缭绕，让她的脸和眼都令人看不真切。

“我说过我不知。”阳陵公主依然守口如瓶。

“公主，我的耐心有限，我对你已经给予了最大的宽容。”沈羲和侧首，神色淡漠地凝视着阳陵公主。

阳陵公主别开视线：“我说了我不知！”

“很好。”沈羲和冷淡的两个字音一落下，珍珠将指间的一颗小珠子弹出去，击在阳陵公主的膝盖上。

阳陵公主膝盖一麻，身子立刻往湖面栽倒。沈羲和手疾眼快地一把抓住她，她的两个宫女刚都被珍珠和碧玉挡着。

沈羲和又问了一遍：“说还是不说？”

“我不知道……”阳陵公主声音里带着哭腔，“你放了我……放过我好不好？”

“郡主，有人来了。”珍珠忽然提醒道。

沈羲和迅速地松开抓住阳陵公主的手腕的手——

“扑通”一声水花四溅，紧接着碧玉跳了下去，看似救人，实则是为了让阳陵公主多喝几口寒冬的冰水。

等到荣贵妃带着人来到院子里时，恰好看到碧玉将阳陵公主给捞了上来。

“这是……？”荣贵妃带着两名宫妃，身边还有平陵公主陪同，几个人都疑惑不解地看到了这一幕场景。

“贵妃娘娘，昭宁郡主推我们公主落水！”阳陵公主的一个宫女立刻“扑通”一声跪在荣贵妃的面前指控道。

沈羲和没有辩解，而是吩咐珍珠：“珍珠，带碧玉去换身衣裳，让东宫熬一碗驱寒的汤药。”

“诺。”

其实碧玉受寒并不严重。沈羲和早就计划好一切，让碧玉内里穿了一层油布剪裁的贴身衣裳，不过天气到底寒冷，还是要慎重些。

“昭宁，你如何说？”荣贵妃问道。

“贵妃娘娘，先带阳陵公主回宫里请太医要紧。至于是我推公主落水，还是宫女玩忽职守令公主落水，待公主醒了，自有定论。”沈羲和慢条斯理地回道。

她的态度让荣贵妃信了几分。

尤其是荣贵妃亲眼看到沈羲和的婢女将阳陵公主捞起来，可不是自己到了婢女才跳下去，是早早就入水救人了。

沈羲和坦坦荡荡地随着她们一道回了阳陵公主的寝殿。等到太医诊脉、开方，宫人熬好汤药，祐宁帝和萧华雍也都来了，阳陵公主这才悠悠转醒。

“阳陵，你因何落水？”祐宁帝见阳陵公主醒了，出声问道。

阳陵公主抬眼，就看到沈羲和站在祐宁帝的旁边，对她笑得阴冷如寒风，心下一横，说道：“是昭宁……是昭宁推我落水。”

众人齐齐看向沈羲和。

沈羲和面露不解之色："公主可否说说，昭宁与公主无冤无仇，为何要推公主？"

"你……是你派婢女请我去小轩阁，我宫里这么多人看着呢！"阳陵公主只想要把她和沈羲和不睦的事情放到明面上，日后自己若有个三长两短，沈羲和就是最大的嫌疑人。

"是昭宁约了公主。昭宁只是代步世子前来问一问公主，公主是否真心许嫁？"沈羲和不疾不徐地说道，"公主却说此事与昭宁无关，让昭宁莫要多管闲事，愤而离去，却因地滑而落水。公主的两个宫女不敢下水相救，还是昭宁让婢女下水救的公主。"

言罢，沈羲和对祐宁帝盈盈行了一礼："陛下可派人去查，公主落水之处的地上定有痕迹。"

痕迹嘛，当然有，只不过是人为的——碧玉入水时刻意留下的。

祐宁帝沉着脸让刘三指亲自去调查此事。

刘三指不但调查出了痕迹，还带来了两个内侍："陛下，这两个人是小轩阁负责打扫的奴婢。"

二人慌忙行礼。

祐宁帝问道："你们可看到了郡主与公主？"

"回陛下，奴婢看到了……"一个小内侍颤巍巍地回道，"公主脚下打滑，郡主伸手去拉，未曾拉住，公主就落水了。"

人证也是安排好的，她经过朱升来安排的。朱升是当日随着黄中寺去迎接她的机灵小内侍，半年前还只是内仆局驾士，现在已经是内仆局内仆丞了，都是沈羲和暗中提拔的。

"你胡说——"阳陵公主惨白着小脸，声音尖厉地斥责道。

"你呢？你可看到了？"祐宁帝又问另一个内侍。

这个内侍当时并不在场，而是在偷懒，自然不敢胡说，否则陛下就知晓他玩忽职守了，因此只能附和同伴："陛下明察，奴婢看到的亦是如此。"

一个人或不足为证，总不能两个人都说谎吧？

祐宁帝看向刘三指："地上的痕迹如何？"

刘三指看了阳陵公主一眼："回禀陛下，地上有积雪，可以看出公主是滑倒落水的。"

"我还有证据证明公主说谎。"这时沈羲和加了把火，"若非这小内侍提及，我都忘了我拉了公主一把。公主肌肤娇嫩，我慌乱间应是刮伤了公主的手腕。"

阳陵公主想到什么，下意识地缩了缩手，她的反应无疑昭示着她心虚了。

"平陵，你把你五姐的手腕拉出来！"祐宁帝下令道。

平陵公主只能上前，有些歉意地对阳陵公主说道："五姐，得罪了。"

阳陵公主想挣扎，但染了风寒根本没有平陵公主的力气大，很快袖口被拉开，腕上赫然多了一条红痕。

祐宁帝被气得面色铁青。

阳陵公主眼泪涟涟地爬起来跪在床边上："陛下，不是如此，不是如此……是昭宁她……她一早算计好了一切。她是故意的，就是故意要折腾儿啊……"

祐宁帝沉声道："你口口声声说昭宁对你不利，倒是告诉朕，昭宁为何对你不利？"

阳陵公主的哭声止了一下，很快她便说道："她……她听三姐胡说，诬赖儿怂恿四姐对她不利，因此处处针对儿。"

"你胡说！"不需要沈羲和反驳，刚好赶来的安陵公主冲了过来，"你血口喷人！我与昭宁从未私下相见过，何来诬赖你一说？"

"陛下，儿没有胡说，儿真的没有胡说。四姐就是被昭宁害死的！昭宁恨四姐害她坠马，报复四姐，才把四姐投入水里。四姐死得那么凄惨，昭宁也会害儿……若哪一日儿惨死，定是为她所害，呜呜呜……"

阳陵公主不管不顾地失声痛哭起来，哭声中有悲戚，有恐惧，也有无助。

祐宁帝被她的哭声弄得有些心软。虽然不重视女儿，可女儿到底是他的亲生骨肉，且他一直对长陵公主的死心存疑虑，但此刻沈羲和明显没有任何可疑之处，自己即便心中有所怀疑，也不能表露出来。

"太医令，公主落水烧糊涂了，给公主开一道凝神汤药。"祐宁帝吩咐完，甩袖走出了阳陵公主的寝殿。

"陛下……陛下，您别走！儿没有烧糊涂，儿所言句句属实，昭宁目无法纪，残害皇族……儿是您的女儿啊！您不能让儿惨死在她的手中，呜呜呜……"阳陵公主凄厉地高喊，见祐宁帝头也不回，立刻转头拽住平陵公主："六妹……六妹，你要帮我，昭宁也不会放过你，她恨我们皇族女郎……"

不等阳陵公主说完，荣贵妃就将女儿解救出来，护着女儿往外走追上陛下。

"你真是疯得不轻！"安陵公主觉得阳陵公主是真的疯了，也赶忙跑了。

萧华雍轻咳了一声，也往外走。

宫人们一个个地都跪在地上——一直没有被叫起来。阳陵公主缩到床角，满是泪水的双眸如同看鬼魅一般看着对她笑得温和不已的沈羲和。

"公主要好生将养，我们来日方长……"留下一丝意味深长又诡异莫测的笑容后，沈羲和迤迤然走了。

她的笑容就像从地狱里爬出来的恶鬼一般令阳陵公主畏惧，偏又印在她的脑海里。阳陵公主抱着头撕心裂肺地大叫起来："啊啊啊啊——"

阳陵公主并没有大叫多久，就被太医令用一根银针扎晕。

祐宁帝在外转头看着有序出来的众人，对沈羲和又是好一阵安抚。

等沈羲和与萧华雍都走了之后，祐宁帝才问平陵公主和安陵公主："昭宁可对你们有不敬之举？"

两个人对视一眼后，安陵公主实话实说："陛下，昭宁不大与我们往来，与京中女郎都不往来。她极喜静，逢宴遇上，也是礼数周到。"

平陵公主也颔首："陛下，昭宁性子冷，对儿不远不近，从未冒犯过。"

她甚至觉得若是可以，沈羲和恨不得一辈子不与她们往来，这份冷淡不是因为厌恶，纯粹是沈羲和好似不太善于与人交往。

祐宁帝闻言点了点头便离开了。

"你这又是闹哪一出？"送沈羲和离宫的萧华雍低声问道。

他一直没有弄明白阳陵到底何处得罪了沈羲和。沈羲和不让他插手，他也就没有去调查。

说阳陵对她伤害极大吧，若是如此，他相信她早已要了阳陵的命，必不会似如今逗猫一般，时不时捉弄阳陵一下。她是干脆果决的性子，萧氏的死就是最好的证明。说阳陵对她伤害不大吧，她又一直记挂着。

"她是否受人指使，对你不利？你在逼她吐露实情？"萧华雍见沈羲和笑而不语，便将心中的猜想问出。

"我若说是，殿下是否要将她捉了严刑拷打？"沈羲和反问道。

萧华雍含笑看着她："若这是呦呦所愿，我必定竭力达成。"

"殿下，她是你的亲妹妹。"沈羲和提醒道。

萧华雍伸手拂去她肩头上的雪："皇家无父子，遑论兄弟姊妹。我与你要走的这条路，日后必将洒满更多我所谓至亲的鲜血。"

但凡与他争夺皇位的人，都会成为他手中的亡魂。

"殿下，我不喜我的庶妹，但只要她未伤我和我父兄，我便不容旁人伤她，我亦不会伤她。"沈羲和说道。

萧华雍明白她的意思，便说道："若有一日，你的庶妹伤了我呢？你会如何？"

沈羲和静静地看着他，并未作答。

萧华雍却笑道："我替呦呦答，若你我成婚以后，她主动伤我，你定会为我教训她，教训之度视她伤我深浅而定；若你我尚未成婚，她即便伤了我，你也会置之不理。

"自然，呦呦不会为我教训她，亦不会干涉我报复她。"

沈羲和眨了眨眼，一丝笑意从眼底一闪而过，依旧未语。

萧华雍所言就是她心中所想。

“呦呦会如此，盖因心中有远近之分。”萧华雍低声说道，“我亦然。呦呦要在我们婚后才将我视作亲人，然而于我而言，此刻呦呦便已胜过世间万物、天下众生。

“任何伤你之人，我都能手刃！”

我并非凉薄之人，亦不是嗜杀之人，更不是毫无血脉亲情之人，只不过将你视作我最重视之人。

若有一日，我的至亲与你势不两立，我的选择只会是你。

“殿下，昭宁是个极难被打动之人，殿下不若多顾惜自己。”沈羲和轻叹一声。

萧华雍的真心实意，她感受到了，也极其震撼萧华雍今时今日能为她做到这一步——但她就是冷静，甚至为萧华雍倾心一个如她这样的女郎而不值。

她就是不会轻易地坠入爱河。

儿郎入爱河可以随时抽身，可以片叶不沾身，潇洒地离去。

女郎却不同。女郎过于执着和感性，一旦入了爱河就是生死赌局，且是九死一生。

“我不愿顾惜自己，只因深信日后总有人会万分顾惜我。”萧华雍目光熠熠地看着沈羲和。

萧华雍总是这般信誓旦旦，不知是在说服她，还是真的如此自信？

沈羲和轻轻地摇头，行了个万福礼，就带着珍珠她们上了马车，放下车帘子，转头问碧玉：“可还好？”

“郡主放心，婢子来之前就服了驱寒之药，婢子无碍。”碧玉眼神清明，看不出虚弱之态。

“婢子会照料碧玉。”珍珠道。

珍珠功夫要好些，但身上的烫伤还未好全，墨玉的箭伤也未痊愈，不然也用不着碧玉来受这罪。

碧玉则更关心另一件事：“郡主，他们会中计吗？”

要是他们不中计，碧玉这水就白跳了。

“会，他们一定会。”沈羲和肯定地回道。

他们都太需要彼此。穆努哈是个极其骄傲之人。沈羲和查到他从未有败绩，上次萧华雍对他的打击很大，让他苦心安排的一切付诸东流，还当着他的面杀了他的心腹，他对萧华雍定是恨极了的。

萧华雍是天朝皇太子，穆努哈日后不好再下手，尤其是看到人人都不知萧华雍的真面目时，更是心中不平。这段时日他定然苦于无法揭露萧华雍的真面目，从萧华雍的身边无法下手，只得另辟蹊径。

沈羲和这个萧华雍唯一放在心上的人就是这条捷径！最妙的是沈羲和还牵连着沈岳山，一举激怒萧华雍，既能扯下萧华雍的面具，又能不费吹灰之力地挪走沈岳山这个西北屏障，穆努哈绝对不会放过这个机会。

他现在只缺一个内应。沈羲和今日这一招，不仅仅是让穆努哈看到阳陵公主，同时也是让阳陵公主无法拒绝穆努哈的计划。

她把阳陵公主推下寒冬的深潭里，却无人相信阳陵公主之言，让阳陵公主清楚地看到她在宫中到底有多少眼线并深深地感到深宫不安全。同时，她还让碧玉暗示阳陵公主，梁昭容是她所杀。阳陵公主就会更害怕——梁昭容的死一直是个谜，梁昭容在宫中的根基可比她这个公主深厚多了，都难逃沈羲和的毒手，更何况是她?

还有一点，因为沈羲和在郡主府里轻易不出门，他们没有太多机会下手，必然只能选择后日在代王妃的寿宴上下手。梁昭容是代王的生母，阳陵公主定会去代王面前搬弄是非。

代王未必会信她的话，但涉及生母的死不得不重视，对阳陵公主的所作所为，即便不帮助，也会睁一只眼闭一只眼，就如其在朝中一样，万事一副事不关己的模样。

沈羲和要的就是代王知道阳陵公主会对付她，对后日代王府里的种种事情视而不见，如此一来才方便她反过来对付阳陵公主和穆努哈，以免代王坏了她的事。

论心机深沉，沈羲和从来不觉得自己比萧华雍逊色。

她在回郡主府的路上，鸿胪客馆内的穆努哈就接到了宫中被买通的内侍传来的消息。沈羲和将事情闹得很大，包括阳陵公主指认沈羲和杀人的事也不再是秘密，宫里宫外的人几乎都知晓。

“王子，您仔细想想。”穆努哈的属下劝说道。

他觉得在京都行事太冒险，他们在这里并没有多少人，若是将事情闹大了，只会让他们难以脱困。

“动手的是陛下的公主，我们也是受害者。”穆努哈笑了，深蓝色的眼瞳里闪烁着异样的光芒，“我听闻这位郡主是陛下要嫁给皇太子之人。这位皇太子狡诈阴险，藏在暗处伺机而动。若是他知晓自己的女人成了别人的女人，我就不信他还能隐藏！”

“王子，我们在京都，惹怒了皇太子，我们很危险。”属下还是觉得此计不妙。

“陛下会保护我们。只要我娶了沈岳山的女儿，沈岳山就不能镇守西北，这是陛下乐见其成之事。”穆努哈考虑周详，“至于撤离，有这位郡主随行，皇太子就不敢大肆地追杀我们。”

“王子……”

“好了，我先去见见这位恨极了昭宁郡主的公主。”穆努哈要先看看这位公主的能力，才决定是否与她联手。

阳陵公主现在对沈羲和的畏惧已经达到了闭上眼就会做噩梦的地步。在梦里，沈羲和无数张狰狞的面孔交织成网，将她困得死死的，令她呼吸不畅。

她知道沈羲和将梁昭容的死都告知她，是真的不会放过她了，哪怕她把幕后主使者供出来也不行了。她和沈羲和已然到了不是你死便是我亡的地步。

她拿到一封传信，上面只有一个地点和一句话——

“能为你解决眼下的困局。”

她就像抓到了一根救命稻草。如今生死关头，无论对方是谁，只要能够帮她摆脱沈羲和，她都要冒险去见一见。

这二人自然不知他们能够顺利地见上面，是沈羲和与萧华雍共同保驾护航，才能让他们在深宫之中取得联系而不被旁人所知。

阳陵公主在看到穆努哈时脸色瞬间变得煞白，转身就要走。

她可以和任何人联手，但这人必须是同胞。她再差也是公主，是陛下的亲生女儿，即便出了纰漏也罪不至死。与突厥王子联手则不同，若是他们的事情败露，无论所图为何，即便她是公主，陛下也保不住她。

“公主且慢。”穆努哈张嘴就是一口流利的汉话。

阳陵公主微微一惊，就被穆努哈拦住了去路。她有些恼怒：“王子，这是宫中！我只要喊上一嗓子，你可知你会如何？”

穆努哈与她拉开距离，行了突厥真挚的礼：“公主见谅，我并无冒犯公主之心。我今日冒昧请公主前来，是因你我有共同的敌人。”

“我不知你在胡说些什么，我们不可能有共同的敌人！”阳陵公主低声怒斥一句，就绕过穆努哈大步地离开。

穆努哈转过身看着她的背影：“公主，这是你唯一能够除掉沈羲和的机会！”

阳陵公主的脚步一滞，她揉着手中的手绢，眼睛微红，霍然转身，咬牙切齿地说道：“我恨她，恨不能将她碎尸万段，但不会联合外族人对付她。非我高洁，而是我不想万劫不复。”

今日她若与穆努哈联手，谁知道这会不会成为穆努哈威胁她的把柄？她若上了这条船，日后就再也下不来了。

“公主谨慎，莫要忙着拒绝，不若听一听我之言，再行定论。”穆努哈走上前，“公主有智慧，能判断出我是否在坑害公主。”

阳陵公主有些心动，却没有开口说话，而是防备地打量着穆努哈。

穆努哈看出阳陵公主的心思，便继续说道：“我想让西北王的爱女成为我的女人。”

阳陵公主睁圆双眸，甚至冷笑出声：“你疯了吗？你是想引起两国之战！”

“你们汉家女郎不是视贞洁为命吗？难道她还会以死明志？”穆努哈不觉得这是多么难以置信的事情，“我诚心求娶，许以重利，相信陛下一定会成全我。”

这是一个将西北王调离西北最好的法子，他可以说服父亲以城池为聘，只要守在西北的不是沈家父子，先让他们一两座城，诱敌入内，再卷土重来……

阳陵公主想，就算沈羲和与穆努哈当真有了夫妻之实，西北王也不会服气。西北军权都在他的手中，他难保不会提前挑起两国之间的战乱，借平乱为由，行报复突厥之举。

但穆努哈说陛下会成全此事，她也蓦然想到了陛下对西北王的忌惮。若是陛下对此事乐见其成，只怕西北王也不敢轻举妄动，否则落了把柄在陛下的手中，不啻自掘坟墓。

她的心“怦怦”地急跳起来，她竟然有了一丝期待之心。

这事成了，沈羲和要么自尽保全西北王的兵权，要么老老实实地嫁到突厥去。

沈羲和对她的杀心已经很明显，这真的是她唯一的出路。沈羲和的手段太多，梁昭容的死至今是个谜，她不想成为第二个梁昭容。

阳陵公主看着穆努哈，依然有些惊疑不定：“你为何要谋娶她？你倾慕她？”

“哈哈哈——”穆努哈低笑道，“我至今未曾见过她，她是美是丑都无妨，只要她是西北王的女儿便成。”

此言无疑是在告诉阳陵公主，穆努哈的目的是西北王，而西北王也恰好是陛下的心头大患。

阳陵公主有些摇摆不定。穆努哈拿出一个小药瓶放在旁边的石桌上：“公主，这是我王庭的秘药，男女欢愉之后，最好的医师也查不出有人被下过药。”

穆努哈放下药瓶，露出一个笃定的笑容，便离开了。

他不能在宫中久留。他是借出恭从小窗里跑出来的，让自己的下属在恭房里学着两个人说话做掩护，时间长了总会露馅儿。

阳陵公主孤零零地站在原地，视线落在桌子上的普通小药瓶上，眼中挣扎之光闪烁了许久，最后还是一咬牙将药瓶带走了。

拿到药瓶后她并没有信穆努哈的话，而是偷偷地将药下给了新被派来的宫女身上。她的宫女昨日因护主不力，攀咬沈羲和，陛下为了表明态度严惩之后将人送到了掖庭。

今日新来的宫女颇为趾高气扬，不与她同心，她自然是要先抓住其把柄。

待到宫女与侍卫秽乱被她撞见之后，她又请了自己信得过的太医前来诊脉，确定这药正如穆努哈所言，只要……就不会查出是被下了药。

阳陵公主心中一定，顾不上还有些乏力虚弱，带着贺礼光明正大地去了代王府。

她自然把沈羲和可能害死了梁昭容的话告知了代王妃，因为代王不在府中。

“公主此话可有证据？”李燕燕抚了抚发间的红宝石石榴金钗，漫不经心地问道。

“我并无证据，这是昨日沈羲和亲口所言。”阳陵公主目光坦然地看着李燕燕。

李燕燕慵懒地往后一靠，单手撑着下巴，风情无限：“哦？昭宁郡主为何要对公主说此话？”

“我知三嫂不信，可我所说句句属实。”阳陵公主斩钉截铁地说道，“不瞒三嫂，四姐对沈羲和的怨恨，确实是我从中挑拨的。不知她是如何知晓此事的，定要对付我。昨日她约我相见，我自然不愿去，她便让她的婢女对我说‘可想知晓梁昭容是如何死的’。我心中畏惧，才去见了她。”

李燕燕轻轻地拨弄着发钗垂下的宝石珠链的手指顿住了。她若有所思地看了阳陵公主一眼：“公主前来告知我这些事，意欲何为？”

“我与她已经到了不死不休的地步。她心机深沉，我不愿再被她欺辱。”阳陵公主咬牙切齿地说道，“明日我要借三嫂的生辰宴对付她，不求三嫂相助，但求三嫂行个方便。”

“明日是我的生辰宴，即便此事与我无关，她若在我府中有个三长两短，我与你三哥如何交代？”李燕燕轻轻地笑道。

“三嫂放心，阳陵敢担保此事绝对不会连累三哥三嫂。”阳陵公主信誓旦旦地说道。

李燕燕垂眸从鼻间发出一声短促的浅笑：“公主既然已将要对昭宁郡主不利之事告知我，何不痛痛快快地说出如何对付她，也好叫我安心。”

阳陵公主有些迟疑，但想着若不说，李燕燕定不会袖手旁观，在代王府里只要他们夫妻严防死守，她与穆努哈绝不能成事，因此便将计划和盘托出，末了说道：“届时，穆努哈王子将会死咬着与沈羲和两情相悦，一时情难自禁，才会在代王府里行苟且之事。”

听完阳陵公主的计划之后，李燕燕上上下下地打量了阳陵公主一番，忍不住讽刺了一句：“你们京都的贵女，可真是……心肠歹毒！”

阳陵公主有些恼怒，却忍着，即便面上都未曾带出一丝情绪：“对付狠毒之人，又何必手下留情？”

李燕燕笑道：“若我没有听错的话，是公主挑拨四公主对付昭宁郡主在前，不慎被昭宁郡主知晓，这才引来昭宁郡主的报复。若非如此，昭宁郡主又为何对你不利？”

她真不知阳陵公主是凭什么把受她迫害之人定义为心肠歹毒之人的？

“我也是迫于无奈，并未想要她的性命。”阳陵公主替自己争辩了一句，而后说道，“三嫂莫要为她说话，以她的性子，既然她敢以梁昭容来威胁我，必然不会是狐假虎威。我虽无证据，却笃定她这般说了，那梁昭容之死定与她脱不了关系。”

李燕燕收敛了面上的讥讽之色。她虽也不喜梁昭容，梁昭容却是她正经的婆婆，也是那人的生母。他们母子一向母慈子孝，梁昭容的去世对那人是极大的打击。

这段时日他依然没有放弃追查真凶，整日盯着嫌疑最大的十二皇子萧长庚。

这是他的心结。

她欠他良多，既然知此线索，好赖都不能置若罔闻。

“公主回宫吧，容我想想。”李燕燕打发阳陵公主走了。

这件事情她没有告诉萧长瑱。萧长瑱若是知晓此事，是不能理性地判断是非的。他对梁昭容的死一直耿耿于怀。沈羲和绝非等闲之辈，况且背后还有个深不可测的皇太子……

李燕燕并未派人去调查此事，而是第二日待沈羲和登门后，特意寻了个时机将沈羲和单独请到一个屋子里，直截了当地问道：“昨日阳陵公主来我府上，对我言昭宁郡主亲口对她说，梁昭容是为郡主所害，郡主对此话如何看？”

她和沈羲和没有接触过几次，但沈羲和入京之后就没有断过传闻，闹出来的事情一次比一次惊天动地。她约莫也能够摸到一二分沈羲和的性子。

若梁昭容的死当真是沈羲和所为，她定不会直接否认。

“代王妃，昭宁从不枉害他人性命。”沈羲和从容地应答。

她杀人，却不乱杀人。

对这个模棱两可的回答，李燕燕一时间摸不准沈羲和的意思。

沈羲和的意思有两重：要么她没有杀害梁昭容；要么她杀了梁昭容，但是梁昭容先要取她的性命。

若是后者，李燕燕也不在乎，本就不喜梁昭容；若是梁昭容枉死，李燕燕倒也愿意看在婆媳一场的情分上为她讨个公道，也让萧长瑱心中少些愧疚与遗憾。

但若梁昭容是自己找死，与人为敌，技不如人，李燕燕自问对梁昭容没有这份孝心。

当年梁昭容如何折腾她，这些年来如何暗中诋毁她，甚至对她起过杀心，她都记得清清楚楚。

只是这些事，阳陵公主不知罢了，否则昨日也不会寻她来说此事。

她不打算掺和旁人的恩怨。沈羲和与阳陵公主之间的纠葛，与她无关。

她不会干涉阳陵公主在代王府里动手，但也已经提醒了沈羲和，阳陵公主明显要对沈羲和不利。沈羲和若还是着了道，也怨不得她。

“天日渐寒冷，烈酒灼肺，暖不了身，我知郡主体弱，饮酒吃茶需要谨慎。”李燕燕含笑道。

沈羲和颔首：“多谢代王妃提点。”

两个人都是聪明人，对视一眼，一切尽在不言中。

李燕燕对沈羲和没有喜与厌。当日沈羲和被追杀，李燕燕虽然与盗墓案有关，不过也就起了一个麻痹于造的作用——想来沈羲和被追杀，李燕燕都不知情。

这事必然是四皇子萧长泰所为。只不过萧长泰躲在皇陵里，沈羲和一时间也不好谋算，更不能无所顾忌地派人跑到皇陵里去暗杀萧长泰。

这一笔账她只能暂且记下，总有一日会如数奉还给萧长泰。

李燕燕的生辰宴极其热闹，她一点儿也不在乎祐宁帝如何想，将番邦来贺的使节都请来了，美其名曰“领略我朝的风范与文化”。

她也确实下了功夫，请了洛阳两大舞姬前来助兴——白芙弓和戚筱人，都是人人一掷千金想要一睹风姿的花魁。

卞先怡的舞姿优美多变，但和这二位比起来，还是稍逊一筹。

除了这二人，还有一些民间技艺人，节目一出接一出，众人看得直呼过瘾，时不时拍手叫好。

沈羲和与薛瑾乔坐在一处。薛瑾乔一直在对沈羲和絮絮叨叨，沈羲和时而含笑应答两声。

眼看着沈羲和一直滴水不沾，阳陵公主有些着急，目光瞥向薛瑾乔，心生一计。

“我会舞剑！阿姐，改日我……”薛瑾乔正在极力地展示自己的才能，一副生怕沈羲和的目光被旁的小妖精勾走的模样。

有婢女过来为薛瑾乔续酒，不慎打翻了酒壶洒了薛瑾乔一身酒。

“奴婢该死！奴婢该死！”婢女匍匐在地上“砰砰砰”地磕着头。

薛瑾乔很生气，但看了看沈羲和，硬生生将脾气给忍了回去：“你起来！”

丢下三个字后，薛瑾乔不等李燕燕走过来，就气呼呼地跑去换衣裳。她们这些贵女出行做客都会多备一套衣裳，以免有个意外，失礼于人前，或者被人算计。

薛瑾乔却一去不回，就连她的两个婢女也不知去向。沈羲和便起身只带了珍珠去寻。

她知道，定是阳陵公主买通下人故意将薛瑾乔主仆三人带错了路，其目的自然是引她这个准小姑子，也是唯一与薛瑾乔交好之人去寻。

沈羲和便如了阳陵公主的愿。她们出了宴厅，寻着下人问，有些人不知，有些人含含糊糊地指路，最后便来到了一个偏远的小院子里。耳目过人的珍珠尚未察觉有人潜伏，沈羲和已经嗅到一股独特的芬芳。

忽然暗中有人用竹筒吹出几根细小的针！

珍珠反应过来旋身避开一根针，但还是被另一根针扎中了胳膊，顿感手臂一麻：“郡主……快走……”

沈羲和面色凝重，伸手搀扶着珍珠，似乎要带她一起离开。

这时候又是一根针飞来，沈羲和闪躲了一下，却没有躲开，捂着的手臂上也多了一根针。珍珠已经软倒下去，沈羲和也倏地眼前一黑，跟着珍珠晕倒。

紧接着有两个人跑出来，费力地将她们一个个往院子里的屋内搬。珍珠被放在一个单独的屋子里，旁边则是一间卧房；沈羲和被扔在了床榻上。

大概过了半炷香的时间，阳陵公主身上独特的香气拂过了沈羲和的鼻间。阳陵公主掏出药瓶，正要捏住沈羲和的嘴，沈羲和倏地睁开了眼，吓得阳陵公主手一抖，手中的药瓶掉落，却被一只手稳稳当当地接住了。

阳陵公主转头一看，就对上了面色阴冷的珍珠，再一扭头看到自己的两个宫女都已经无声地倒下。

她来不及高喊，就被珍珠用银针一扎，身子一软，连说话的力道都没有了。

沈羲和优雅地从床榻上起身，淡淡地吩咐道："给她灌下去。"

在珍珠给阳陵公主灌下药水时，沈羲和走到一旁的香炉边，取出火折子，点燃了一块香料扔进去，盖上香炉。待到珍珠扒光了阳陵公主的衣裳，将她藏在床榻上，又放下了帷帐后，沈羲和才踢了踢其中的一个宫女。

这个宫女睁开眼睛，眼神清明，立刻无声地退下，去了举办宴席的地方通知穆努哈。

前日沈羲和推阳陵公主下水，是让阳陵公主清楚地意识到她对阳陵公主的必杀之心，同时也是故意让阳陵公主身边的婢女换一换，这不就换上了一个她的人。

穆努哈是突厥王子，自然没法儿在代王府里随意走动。在代王府里的事情，只有阳陵公主才能办到。

穆努哈一直在等，终于等到了阳陵公主的婢女前来。婢女给穆努哈使了个眼色，穆努哈便寻了个借口离席。婢女带着他一路到了房间内，说道："公主说此事与她无关，已经先走一步。奴婢也告辞了。"

婢女行了礼后立刻跑了，顺便带上了房门。屋子里幽香阵阵，垂下的床幔里依稀有女子难耐的呻吟声，穆努哈顿觉燥热不已，只当是沈羲和的呻吟之声格外勾人。

屋子里并未掌灯，他大步走上前掀开床幔，也只能看到女人玲珑的曲线。他本想去点灯看清床榻上的人，却觉得浑身似着了火，床榻上的人也是低吟声勾魂，他的血脉沸腾，一种冲动冲上大脑，顾不得许多就覆身上去。

两个人的好事，是被来代王府里做客的两个命妇发现的——这二人是一对手帕交，没什么坏心思，就是好奇心重又爱探听别人的桃色新闻——沈羲和可是好一番精挑细选的。

一声尖叫，引来了无数人。

代王府里的管家急匆匆地走来，对着代王和李燕燕耳语一番。代王面色剧变，李燕燕则意味深长地看了一眼端坐在宴席上与薛瑾乔言笑晏晏的沈羲和。

终究是她小瞧了沈羲和，原来自始至终唱丑角的只是阳陵公主。

阳陵公主与突厥王子在代王府里偷欢之事根本掩盖不住，很快，凡是参加了代王妃的生辰宴之人都已经知晓此事。

两个人被带到明政殿里的时候，祐宁帝脸色铁青，恨不能将穆努哈给宰了。

穆努哈也反应过来，定然是阳陵公主行事出了纰漏，心里很是恼火，却不得不对祐宁帝说道："穆努哈与公主一见倾心，因此情难自持，请陛下责罚穆努哈，莫要责难公主。"

阳陵公主羞愤欲死，却不知如何辩驳，只能绝望地哭泣。

"闭嘴！"那日阳陵公主的哭声确实让身为父亲的祐宁帝心软了，今日再听到却只感觉心烦，"你如此不知廉耻，有何颜面哭闹？"

"陛下，儿……"阳陵公主哽咽着想要辩驳，却不知如何说。

难道她要说是她想算计沈羲和，结果反被算计，或者直接说是沈羲和想要算计她？一如沈羲和将她推入湖里，她没有证据，百口莫辩。

她看了看旁边的穆努哈。穆努哈无疑是一个英俊的男人，且她已经和穆努哈……

京都没有她的容身之地，她只想好好地活着，也许与突厥和亲才是最好的出路："陛下，儿……儿心悦穆努哈王子，愿为两国和平远嫁突厥。"

她至少是为了两国和平去和亲的，至少是功在社稷的——她只能这般安慰自己。

她却不知，祐宁帝闻言杀了她的心都有了。

他已经做好了与吐蕃交战，拒绝和亲的种种准备，从吐蕃撕破口子，让番邦使臣都知道，从此以后他们不和亲。

结果他的苦心计划就这样被自己的亲生女儿给生生毁了。

心中再恼怒，见两个人你情我愿，祐宁帝也没办法责罚穆努哈，只能捏着鼻子认了。他用礼教训斥了一通，做出了不痛不痒的惩罚后，就将两个人轰出明政殿，至于和亲之事只字未提。

回到郡主府的沈羲和听闻此事之后，嘴角扬起一丝淡淡的笑容。

步疏林高兴不已："呦呦，你真是我的贵人。你怎么会有如此妙计？哈哈哈……"

从此以后，阳陵公主再也不能缠着她了！她终于不用每日都想方设法地躲着阴魂不散的阳陵公主了。

"我不是为你，是不想她活了。"沈羲和淡淡地说道。

"你……你真要杀她？"步疏林小声地问道。

"自然。"沈羲和颔首。

"可她到底是陛下的女儿……"

不等步疏林说完，沈羲和嗤笑了一声："你可知现下最想她死的人是谁？"

顺着沈羲和别有深意的目光，步疏林难以置信地猜测道："陛下？"

沈羲和含笑轻轻地“嗯”了一声。

“何至于如此？”步疏林不解。

虽然他们与陛下的立场不同，陛下也不是个心慈手软之人，但阳陵公主所犯的过错，哪里就到了让亲生父亲恨不得她死的地步？

“若是寻常时候，自然不至于此。”沈羲和顺着短命的毛，“可陛下苦心经营十数年，就等今朝宣告番邦使节，我朝日后再不与四夷和亲，却被阳陵公主一朝摧毁。”

这绝对不是一件不知礼教、寡廉鲜耻的风流韵事，这是在祐宁帝雄心勃勃、蓄势待发之际，死死地掐住了祐宁帝的咽喉，让他不得不生生将满腔热血憋回去。

阳陵公主与穆努哈之事闹得满朝皆知，祐宁帝在这个时候若是宣告日后不再与四夷和亲，不是笑话是什么？

“陛下竟有如此打算。”步疏林讷讷地说道。

无论陛下的初衷是为何，不和亲这份骨气，让步疏林生出了敬佩之情。

身为女郎，她不喜欢那些大义凛然地让女郎去和亲来保两方和平的大道理，觉得这是一种男儿懦弱无能的表现。

身为边疆世子，她比寻常人更清楚，汉族女人嫁到异族过得有多么凄苦，哪怕是顶着公主的名义去和亲也是如此。

“阿爹说过，与吐蕃和亲的公主没有几位长寿，她们都在吐蕃郁郁而终。”步疏林叹道，“我泱泱大国，为何不以强势之态断了和亲之路？送嫁和亲，让我觉得万邦来贺不过是笑话！”

“我亦不喜和亲。”沈羲和赞同道，“所以，只要阳陵公主死了，陛下依然可以颁布他不和亲的壮举，甚至能够以此为理由，显得更顺理成章。”

“对。”步疏林眼睛一亮，“如果阳陵公主死了，尤其是死在穆努哈的手上，陛下就能堂而皇之地借题发挥，将从此不和亲说得大义凛然，即便是百姓也难有半句怨言。”

阳陵公主死不死，步疏林一点儿不关心，尤其在知晓阳陵公主在背后挑拨四公主暗害沈羲和后。那日她亲眼看到四公主狠狠地一马鞭抽在沈羲和所骑的马身上，恨不得直接扑过去将四公主给撕碎。

若非沈羲和福大命大，想到那条巨蛇，步疏林心有余悸。

“阿林啊。”沈羲和突然亲昵地叫了步疏林一声。

步疏林莫名地打了一个激灵，下意识地将身子往后倾，防备地看着沈羲和：“你……你有何吩咐，直说便是……”

沈羲和笑道：“我无事要吩咐你，只是要与你算一算账。”

“算账？”步疏林有些茫然。

“嗯。”沈羲和点了点头，说道，“陛下原是要与吐蕃撕破脸，最初是计划着要了你的小命，再刺激你阿爹，让蜀南大军换个人接管。这事虽也有我的功劳，可崔少卿早已安排妥当，我深信即便没有我，你也能活着。因此，我并未与你算这一笔账。”

“我……我还有何处欠你？”步疏林弱弱地问道。

“陛下杀不了你，没有将你们父女拉下来，但也不曾放弃拿吐蕃开刀，让你们父女披甲上阵，开先锋。”沈羲和接着说道，“陛下对蜀南志在必得，只要蜀南与吐蕃开战，你们父女只怕凶多吉少，你说是与不是？”

步疏林跟着点头。

沈羲和加深了唇边的笑容：“我呢，为了你将陛下的战场硬生生地从吐蕃转移到了突厥这边，你和你阿爹轻松了，出战的便是我阿爹和阿兄，你说你是否欠我良多？”

好像是啊。

步疏林感动地看着沈羲和：“呦呦待我之情，我必铭记于心！”

珍珠等人极力地压往这要上扬的嘴角。

步疏林说完，觉得自己仍旧不能表达对沈羲和的感激之情，索性又说道：“日后呦呦但有驱使，哪怕赴刀山火海，我决不推辞！”

“好，我可记下了。”沈羲和满意地颔首。

步疏林就更殷勤地对待沈羲和，完全没有看到珍珠和碧玉怜悯的目光。

沈羲和这般做，步家的确受惠极大，但这不是沈羲和的初衷。沈羲和不会允许陛下毁掉步家，借助蜀南拿下吐蕃，否则西北危矣。

吐蕃在蜀南和西北之间，一旦发生大战，西北需要和蜀南合作，捆在一起才不容易被祐宁帝一网打尽，何况还有祐宁帝那支神秘莫测的神勇军。

突厥则不一样，沈岳山和沈云安可以全心地对付突厥。吐蕃若有异动，步家不会坐视不理。突厥和吐蕃不同，陛下可以容忍吐蕃打败蜀南，然后让景王接援，顺利地掌控蜀南军，却不敢如此对西北。若是突厥突破西北这道屏障，京都就岌岌可危了。

蜀南和吐蕃开战，祐宁帝可以使坏；突厥和西北开战，祐宁帝只得全力支持。

至于沈岳山和沈云安的安危，沈羲和顾虑也无法。他们和突厥迟早要战，不如将主动权掌握在他们的手中。她早在上次沈岳山来京都之时，就和沈岳山商议过，西北定是做好了准备的。

她在京都随时抓住机会，打乱陛下的计划，让他对准突厥；沈岳山在西北严阵以待，只等东风起。他们父女都没有想到，这股东风来得如此之快。

现在她还剩下最后一步棋——杀了阳陵公主嫁祸给穆努哈，让穆努哈离不开京都。

沈羲和正在谋算着下一步棋要如何走，东宫里的萧华雍听到事情的始末后，脸色却阴沉得吓人。

聪明如他，已经不需要去调查此事，就知道为何事情会发展到这一步——沈羲和分明是将计就计，甚至猜到了穆努哈要对她行不轨之举——萧华雍心口发闷，恨不能现在就跑到她面前。

他却不知到了她面前又该如何开口。

他该指责她吗？她有何过错？

是的，她没有错，错的都是旁人。

“调人盯紧鸿胪客馆，一有机会就把穆努哈给孤绑了。”萧华雍眯着狭长的双眼，声音毫无起伏地吩咐道。

“殿下，穆努哈是使臣，陛下也盯着您，您若杀了穆努哈……”天圆知晓自己劝也无用，但还是要劝一句。

萧华雍却露出邪佞的笑容：“孤不杀他，只是对他略施小惩，让他日后再也不能对女人行不轨之举。”

阳陵公主和穆努哈的事情，众人心照不宣，谁也不敢在背后议论。陛下态度不明，更是令知晓这件事的大多数人佯装不知。

穆努哈也留在鸿胪客馆里不敢轻易地外出，并非担忧外面有人议论或者诋毁他——他是男人，怎会在乎这种流言蜚语？他是觉得这件事情不太对劲。

阳陵公主为何会被反设计？

设计阳陵公主的是沈羲和，还是有人暗中相助沈羲和才脱困？

种种疑问浮上心头，穆努哈不知为何总有一种不祥的预感。

还有那日他为何入了房内就难以自持？那香气引起了他的猜疑。

可惜代王府不是他们能够搜查的地方。为了防止事情暴露，他也不敢让祐宁帝深查下去，不敢说自己是被人暗算，因此房间内的香气便无人追查。

这些可疑之处，让他深信有人在背后盯着他，意图对他不利。现在，他只能躲在鸿胪客馆里暗中观察。

不得不说他躲起来这几日，让萧华雍也无计可施。穆努哈在京都无亲无故，萧华雍无法用人将他带出来。萧华雍又被祐宁帝的人盯着，不能大张旗鼓地去鸿胪客馆里掳人。

祐宁帝这几日对穆努哈十分恼怒，更不会召见他。

萧华雍虽然痛恨穆努哈，却不是急性子，索性让穆努哈轻松几日，放松戒备。

这几日沈羲和留在郡主府里，收集些雪水，采摘些梅花腌制，与父兄往来书信。薛瑾乔偶然来了府邸撞见她画画，就央着她教导。

薛瑾乔因为幼时之事，耽误了启蒙，后来身子渐好又不喜学这些，一门心思学武，要变得再无人敢欺辱她，一手还算工整的字，还是她叔祖母押着她苦练出来的。

现在见沈羲和画画，薛瑾乔便来了兴致。沈羲和从未教过人，画技并不算精湛，不过给人启蒙绰绰有余，于是也耐着性子教导起薛瑾乔来。

“郡主对七娘子可真是温和！”这日送走了薛瑾乔后，碧玉忍不住感叹道。

“七娘子日后是我嫂子，我待她自然亲近些。”沈羲和笑着看到被下人推着过来的齐培。

经过近一个月的调养，齐培身子已经大好，面上也有了些血色。

“小人是来向郡主辞行的。”齐培开口道。

“你才断了汤药，如今天寒地冻，不宜启程。”沈羲和提醒道。

“小人并非离京，是小人的老仆寻到京都来，在京都也置了宅子。”齐培解释道，“小人到底是外男，先前是事急从权，现下却不能留在郡主府里。”

沈羲和闻言颔首：“既然如此，你便去吧。”

齐培沉默了片刻后才又说道：“郡主，小人身残，自知不该妄想，但还是厚颜自荐，想投于郡主府上，为郡主效力。”

沈羲和抬眉，从未想过要招揽齐培——齐培是一个比她还小一岁的少年郎，她救他是因事情牵扯杨府——杨府正好是她要清除的障碍。

之后是齐培自己请求，祐宁帝恩准，沈羲和也就没有推拒，这才收容他并为其治疗。

“我身边不留无用之人。”

齐培闻言脸上反而有了一丝笑容。沈羲和这话旁人如何想他不知，他却认为沈羲和此言看似冷漠，实则没有把他与四肢健全之人区分开。

她不以健全与否衡量一个人，只以能耐断好坏。

“恳求郡主给小人一个自证之机。”齐培眼眸晶亮，眼神坚定。

“你想要怎样的机会？”沈羲和问道。

“齐家世代经商，小人自幼耳濡目染。郡主生来富贵，定不缺钱财，小人只盼让西北王府也不缺钱财。”齐培铿锵有力地答道。

西北王府缺钱吗？当然不缺，只不过齐培指的不是这个。

沈羲和目光平静地审视着齐培，看了他片刻之后才淡淡地说道：“你可知你在说什么？”

“郡主，小人并非质疑西北王与郡主的忠君之心，只是事关生死存亡，多些准备总要好些不是吗？”齐培恭敬地回道。

他的潜台词就是：即便西北王不谋反，多积攒些钱财，也能够应付突如其来的变故和危机。

“你可想过，此举意味着什么？”沈羲和淡淡地问道。

“郡主那日对我讲，让我活着光宗耀祖，以慰兄嫂在天之灵。”齐培说道，“小人这段时日，每日都在想日后要如何做。深思熟虑之后，小人想为郡主效力。

“郡主与西北王府已经到了不成功便成仁的地步，我自然知晓我愿为郡主效力，也是不成功便成仁。”

他要活下去，又不能被过去的伤痛所困，只能寻找新的为之奋斗之事。沈羲和说的将齐家发扬光大，就是他最好的活下去的意义。

可他一个人想要走下去太难了。他需要有人支持和庇护，就必须选择为权贵谋财。

一旦被卷入权势之中，他必然身不由己。沈氏一族已经到了一步登天或者一步入地狱的地步，若是他选择了为旁人效命，日后定会与沈羲和这个恩人为敌，索性就选择沈羲和。

他且看日后他齐家是随着沈氏鸡犬升天，还是一同粉身碎骨。

“既然你都明白，仍旧选择为我效力，我便给你个机会。”沈羲和思忖后，便说道，“我给你一百金，以一年为期，你若能将一百金变成一千金，我便收下你。”

“小人领命。”齐培一口应下。

沈羲和让莫远和随阿喜送他去了他所住之地，且约定何时来取钱由他说了算，一年的期限由他取钱那一日开始计时。

“郡主，他当真能成吗？”紫玉好奇地问道。

齐培在她们看来就是个小可怜，是个孩子。独活楼如此红火，扣除了成本，其实两个铺子一年净收益加起来也就五百金左右。

这还是在京都，沈羲和的香料确实好，引得京都王孙贵族、命妇女郎追捧才有如此收益。

“成与不成，都让他试一试。”沈羲和不看重结果。

齐培眼中的阴郁之色明显淡了很多，她给他一个机会，让他更看清自己——他能做成此事皆大欢喜；做不成，也不枉她当日费心劝诫一番。

若机会她都不给一个，对齐培是致命的否定。

番　外　阿娘永远的孩儿

萧钧枢生而尊贵，他从有记忆开始便是这天下的主宰。

他知道他是从皇祖父手中继承帝位，他的外祖父是赫赫威名的西北王，他的舅舅更是战功彪炳的战神。

这些人让他敬佩与尊重，可他最为折服的却是他的阿娘，那个明明在他看来通情达理、温柔如水、沉静柔和的女子，却让整个朝堂的文武百官又惊又怕。

直到他五岁读到《左传·襄公十四年》："民奉其君……敬之如神明。"才懵懵懂懂地理解阿娘在天下人心中的威望。可在他眼里，阿娘只是他的阿娘。

他有三个先生，皇伯萧长卿严厉而又深沉，国公谢韫怀文雅而又随性，吏部尚书崔晋百刚正而又古板。

他最喜欢的是国公谢韫怀，他总有那么多人野趣杂谈，山间民俗，让他禁锢在四方巍峨的皇城之中，也能随着谢先生的妙语连珠博览群山。

谢先生对他也有严苛之时，五岁那年在骑马场上从马匹上跌下，谢先生看他没有受伤，便让他立即上马，驯服烈马。

从马上跌下的畏惧之心还未平复，萧钧枢不敢，却又不能让人瞧出他有了惧意，耍了脾气扔掉马鞭："朕不骑了！"

其余人纷纷跪地，唯有谢先生拦在他的面前："陛下，为君者其心必坚！丈夫之肩担家业；公卿之肩负民生；君主之肩承家国。陛下是君主，若连跌马都不能战胜，日后如何肩承天下？"

堵着一口气，萧钧枢还是上了马，哪怕谢韫怀亲自为他牵着马儿走了几圈，并且与他说了诸多御马之技，萧钧枢后来也再未跌落，可他的心口还是气息不顺。

急匆匆地回了宫殿，瞧见长他一岁的步瞻与崔瞩带着表姐一起嬉闹，他那股郁气化作委屈，令他心口闷痛，他把自己关在寝殿，谁也不理。

阿娘知晓后，亲自来看他，谁也没有带，只有他们母子，可他还是紧紧扯着被褥蒙着头，他能够感觉到阿娘靠近，属于阿娘的气息暖意融融，他却害怕阿娘掀开他的被褥。

他不知该如何面对阿娘，他不够勇敢，不够沉着，阿娘会不会对他失望？

在他胡思乱想、忐忑不安的时候，沈羲和在他床榻边坐下，看着躲在被褥里的萧钧枢，她只是伸出手轻轻地拍着他的背，一如他四岁前哄他入睡一般。

他的记忆极好，他还记得他四岁之前和阿娘一起住，阿娘每夜都是这样轻轻地哄着他入睡。

强忍的泪水霎时夺眶而出，他紧紧咬着牙关，控制着身躯的抖动，不让自己落下眼泪。

哭累了，不知不觉熟睡过去。

待他醒来，阿娘还陪着他，靠在床边，一手轻轻搭在他的背上，他心中有些羞愧，刚一动阿娘就醒了。

红肿的双眼不敢与阿娘对视，萧钧枢慌乱垂下眸。

沈羲和温和一笑，将萧钧枢揽入怀中，无声地抱着他。

愣神而又心思复杂的萧钧枢在阿娘怀里有些扭捏，又不敢动，憋闷了许久才郁郁道："阿娘，金鱼儿错了……"

"金鱼儿何处有错？"沈羲和低声问。

"金鱼儿……金鱼儿不应躲在被褥里哭泣，金鱼儿不应跌马便不敢再骑，金鱼儿不应见到表姐他们嬉戏心生嫉妒……呜呜呜呜……"

明明说着不应该，却还是忍不住哭出了声，他时常在想为何他要生来就是帝王，为何帝王就不能像个孩子可以叫苦叫累，喊疼痛哭？

他也只是一个孩子啊！

"金鱼儿没错。"沈羲和的声音温柔而又笃定。

萧钧枢的哭声戛然而止，他噙着泪愣愣望着阿娘。

"想哭就哭吧。"沈羲和抱住孩子。

"可、可金鱼儿是君王……"萧钧枢哽咽着，男儿有泪不轻弹，他是男儿更是君主，君主肩承天子，怎可软弱无能？

"金鱼儿是朝臣的君主，是百姓的陛下，是天下的帝王。"沈羲和眸光温和，"但这里只有阿娘，你只是阿娘的孩子，在阿娘这里，金鱼儿永远是个孩子。"

萧钧枢"哇"的一声扑到阿娘的怀里。

这就是他的阿娘，她那么温柔，那么美好，是这世间最美的阿娘。

他要永远做阿娘的孩儿！

隔日阿娘还特意召见了谢先生，听到消息的萧钧枢连忙赶去，他此刻已经不委屈了，也想明白了昨日先生并未有过失，是自己生了怯意，又不敢袒露。

他撇开所有人，偷偷进入东宫，是不想过多人知晓此事，借此做文章，挑拨阿娘与谢先生。

“你三人为天子之师，信王深沉，崔卿刚正，我盼着国公能对金鱼儿温和些许，刚柔并济，以免让他养成刚硬的性子。”沈羲和不是兴师问罪，只是对谢韫怀教导萧钧枢有另外的期待。

“太后，陛下有太后足矣。”谢韫怀道。

比寻常孩童更聪慧，也学得更多更深的萧钧枢听到这句话，心中有一丝异样。

谢韫怀与沈羲和都是聪慧之人，一个点到即止，一个一点就通。

君王在一步步成长，他此时孩子心性，尚能管束，他们还可以将心怀不轨之人挡在外面。

再过两年，萧钧枢成为小少年，应该给与他的自由与帝王权力都要一点点放给他，他不得不自己去接触人心叵测与复杂。

在他年幼的岁月里，萧钧枢不应当有太多的依赖，谢韫怀也好，萧长卿也罢，他们都只是萧钧枢的先生与臣子，他们担了帝师之责，倾囊相授是他们的义务。

不应当借此培养与帝王之间超出君臣的情分，萧钧枢需要一个令他无忧无虑，绝对信任，畅所欲言的港湾，这个港湾只能是沈羲和，有且仅有沈羲和。

只有这样成长起来的萧钧枢，才不会被有心人挑拨母子情分。

帝王之家，权力之巅，骨肉相残司空见惯，历年又何曾没有过母子反目的先例？

他们要教会萧钧枢帝王之术，要萧钧枢成为一个合格的帝王，他终究会面对情亲与权力的抉择，或早或晚。

诚然，他能对幼年的帝王有包容放纵之心，有信王与崔晋百在，无论如何也不至于使得萧钧枢左了性子，反而一张一弛事半功倍，可如此会使得萧钧枢对他生出超过君臣、师徒之间的依赖。

这于他、于萧钧枢，乃至沈羲和都不是好事。

他要让君主知道，普天之下除了他的生母，无人是不计代价，不论缘由，不图益处，对他温柔以待。

沈羲和沉默了许久：“我明白了，多谢国公。”

“此乃为臣之本分，太后言谢，臣愧不敢当。”

明明定国公对阿娘恭恭敬敬，言辞不曾半分不同，但萧钧枢总觉着先生对阿娘是不同的。

为何不同？何处不同？尚且年幼的他还参不透。

直到两年之后一场四方来贺的宫宴，定国公携鸿胪寺为朝廷谈拢一笔价值不菲的纳贡，庆功宴上国公来者不拒，喝到双颊微醺，萧钧枢不经意间捕捉到国公看向阿娘的目光，像极了崔先生默默注视发妻的样子。

他恍然明白，他很气愤，有人觊觎他的阿娘，可七岁的他已经有了君王的克己之能，他没有发作，他躺在床上辗转反侧，拟了无数道旨意，有敲打谢先生的、有借故将他调出京都的，更有莫名其妙贬谪的……

最后都被他揉成了废纸扔掉命人焚烧。

数载师徒，他终究狠不下心，且他内心深处更害怕阿娘因此埋怨他。

他又不能去询问阿娘，身为人子，他最是不应当于私情之上对阿娘开口，可把他憋闷坏了。

以至于很长一段时间他都不愿意见到谢韫怀，直到三个月后谢韫怀向他递上了请旨赐婚的奏折，他看到时五味杂陈。

他亲自去了国公府，看到了青衫如茶，已过而立之年，越发龙章凤姿的谢韫怀。

“先生，你……你为何突然要娶妻？”他很担忧是不是他心中的不悦令谢先生察觉，为了安抚他这颗帝王心，先生才突然娶妻。

一想到这个可能，萧钧枢心里就说不出的郁结。

古今帝王策论他几乎已经阅遍，他也终究长成了那个人人畏惧的孤家寡人了吗?

“陛下，可记得臣在书房与在朝堂是如何对待陛下的？”谢韫怀没有回答萧钧枢，反而不着边际问了一句。

谢韫怀在书房时对他严厉，在朝堂时对他恭敬。

“在书房时，臣为师，陛下为徒，臣自当为陛下传道受业解惑。在朝堂时，陛下为君，臣为臣，尽忠不欺、谦卑尊礼，是为臣之本。”谢韫怀眉目舒朗，眸色温润而又澄亮，“陛下，臣在陛下面前是先生是臣子，臣在谢家是家主，臣有家主之责；臣有阿娘，逝前愿臣儿女绕膝，臣应诺必不会孤寡一生……”

后来谢先生成婚，国公夫人亦是勋贵娇娥，他们相敬如宾，恩爱不疑。

婚后谢先生待他无异，但此后再也未曾私下单独与沈羲和相见。

先生那番话一直深深印刻在萧钧枢的脑海里，一个人面对不同人不同事，身份不同，立场不同，应对自是不同。

他是百姓的主，是群臣的君，是天下的王！

却永远是阿娘的孩儿……